TOUTES les matières

Tle

Objectif BAC

GRAND ORAL
Isabelle de LISLE
Sylvie BEAUTHIER

MATHS
Philippe ROUSSEAU
(Grand oral : Éric BARBAZO
et Nadine BILLA)

PHYSIQUE-CHIMIE
Luc RÉJAUD
Marie-Pierre REY-NONY

SVT
Maxime CAUCHOIS
Manon CORBIN

PHILOSOPHIE
Yohann DURAND
Nathalie NIEUVIARTS

HISTOIRE-GÉOGRAPHIE
Arnaud LÉONARD

ANGLAIS
Caroline GARNIER

ESPAGNOL
Michaël SALAÜN

ALLEMAND
Véronique VEYRIER-MILAN

ENSEIGNEMENT SCIENTIFIQUE
Pierre BINZ
Sébastien ZARDET

MATHS EXPERTES
Geneviève GUILLAUMIN
Claudine RENARD

hachette
ÉDUCATION

Sommaire

Crédits photographiques

Chimie
chap 5 : © Shutterstock/ tutsi ; © Shutterstock/ mipan ; © Shutterstock/ haryigit.

Physique
chap 11 : © Shutterstock/Lana_Samcorp ; chap 14 : © Shutterstock/ irisphoto1 ; chap 16 : © Shutterstock/ trgrowth.

Philosophie
Sauf mention contraire, ci-après, tous les portraits de la partie « Philosophie » sont crédités : © Photothèque Hachette.
p. 397 : Hannah Arendt, © *Suddeutsche Zeitung*/Rue des Archives. **p. 381 :** Émile Durkheim, © The Bridgeman Art Library. **pp. 344, 358, 381 :** Sigmund Freud, © Keystone, Eyedea. **pp. 374, 391 :** Martin Heidegger, © BNF. **p. 374 :** Hans Jonas, Photo Bridgeman Images. **p. 374 :** Claude Lévi-Strauss, © INAPhotothèque. **p. 381 :** John Locke, cliché Hachette, © BNF. **p. 387 :** Karl Popper : © Leemage/Effigie. **pp. 344, 358, 370 :** Jean-Paul Sartre : © D.R.

Histoire-Géographie
p. 413 : © Costa/Leemage ; **p. 415 :** © Tallandier/Bridgeman images ; **p. 419 :** © Collection Michael Lellouche/ Leemage ; **p. 421 :** © Agip/Bridgeman Images ; **p. 422 :** © Imagesbroker/Leemage ; **p. 424 :** © Agip/Bridgeman Images ; **p. 426 :** © Michel Faizant/Caricadoc/Leemage ; **p. 429 :** © Eduscol ; **p. 448 :** © Génération Hauts de France.

Enseignement Scientifique
p. 526 : Photo Tom Yates, Wikimedia Commons.

Conception graphique

Couverture : Stéphanie Benoit
Intérieur : Françoise Bouvard – Médiamax – Graph'in Folio

Réalisation

Composition et mise en pages : Médiamax – Grafatom
Cartographie : Domino
Schémas Maths, PC : Grafatom
Schémas SVT : STDI
Schémas Enseignement scientifique : Grafatom et Domino
Édition : Adeline Pécout.

ISBN 978-2-01-732867-4

58 rue Jean Bleuzen, CS 70007, 92178 Vanves Cedex.

www.parascolaire.hachette-education.com

Achevé d'imprimer en juin 2025 en Espagne par Macrolibros
Dépôt légal: juillet 2025 - Édition 01

PAPIER À BASE DE FIBRES CERTIFIÉES

hachette s'engage pour l'environnement en réduisant l'empreinte carbone de ses livres. Celle de cet exemplaire est de : 1,8 Kg éq. CO_2 Rendez-vous sur www.hachette-durable.fr

LE GRAND ORAL

Le Grand Oral : définition de l'épreuve

Le Grand Oral est rattaché, par le choix des sujets, **au programme de Terminale** mais aussi **aux réflexions concernant l'orientation menées** durant les heures dédiées.

Durée de l'épreuve	20 minutes
Temps de préparation	20 minutes
Notation	Sur 20 points
Coefficient	10

Attention !
Le Grand Oral se passe au mois de juin.

Le programme et le jury

Le programme sur lequel porte l'épreuve

- Durant votre année de Terminale, vous **formulez** et **préparez deux questions** qui portent sur vos **enseignements de spécialité**.
- Chaque question peut ne se rapporter qu'à un seul enseignement de spécialité ou associer les deux.

Le jury

- Vous êtes évalué par un jury constitué de **deux professeurs de disciplines différentes**.
- **L'un d'eux au moins enseigne une de vos spécialités de Terminale**.

Les étapes de l'épreuve

Choix de la question par le jury

Le jury vous **interroge sur une seule question** qu'il choisit parmi les deux que vous lui avez proposées.

Attention !
Au cours de la première partie de l'épreuve, vous pouvez consulter les notes que vous aurez prises pendant les 20 minutes de préparation.

Préparation : 20 minutes

- Vous disposez de vingt minutes pour **rassembler vos idées** et vous **remémorer le contenu de votre exposé**. On vous fournit des feuilles de brouillon **sur lesquelles vous pouvez prendre des notes.**
- Vous pouvez, si vous le souhaitez, préparer sur une feuille qui vous est fournie un support que vous remettrez au jury au début de votre exposé. **Ce support ne fera pas l'objet d'une évaluation.**

Première partie de l'épreuve : un exposé de 10 minutes

- Vous expliquez pourquoi vous avez choisi cette question et vous poursuivez en présentant une réponse argumentée et illustrée à cette question.

• Pendant cette première partie de l'épreuve, **vous vous tenez debout**, sauf aménagement spécifique pour raisons médicales.

Seconde partie de l'épreuve : un échange de 10 minutes avec le jury

• Le jury revient sur votre exposé, vous questionne pour obtenir des **précisions**, des **justifications** et vous demande d'**approfondir votre pensée.**
• Pendant cette deuxième partie de l'épreuve, **vous vous tenez debout ou assis**, selon votre choix.
• **Vous disposez d'un tableau.** Prévoyez la façon dont vous l'utiliserez si cela vous semble utile.

Les compétences évaluées

Vos connaissances

• **Pendant l'exposé** vous serez amené à mobiliser les connaissances et les compétences spécifiques acquises dans une ou plusieurs disciplines.
• **L'entretien** prolonge l'exposé. Par ses questions, le jury vérifie la **solidité de vos connaissances sur les parties du programme des enseignements de spécialité en lien avec votre question**, votre capacité à **argumenter** et votre **aisance à l'oral.**

Votre capacité à argumenter

• **La qualité et l'intérêt des questions.** Le jury attend de vous que vous ayez choisi des questions qui méritent une réflexion approfondie et peuvent parfois faire débat.
• **Un travail construit.** Vous devez montrer que vous dominez les **enjeux de la question** et que vous avez su dégager les **grandes perspectives** qui y répondent. Le jury attend des **arguments fondés sur des connaissances** et étayés par des **exemples pertinents**.
• **Un travail personnel.** Le jury appréciera particulièrement votre **implication personnelle** dans la réflexion. Choisissez une question ayant trait à un sujet qui vous tient à cœur ; vous n'en serez que plus convaincant(e).

> **Remarque**
> Cette épreuve vous donne l'occasion de vous exprimer sur des sujets que vous avez choisis et de montrer le sérieux de votre travail.

Votre maîtrise de l'oral

• **Vos qualités d'orateur**
– Élocution claire, voix posée, rythme et niveau sonore adaptés.
– Correction de la langue et pertinence du lexique employé, maîtrise de la rhétorique (procédés de style) au service de la persuasion.
– Maîtrise de la gestuelle, du regard, des codes de l'examen oral.
• **Vos capacités d'interaction avec le jury**
– Une qualité d'écoute et une attitude respectueuse.
– Une implication personnelle et une spontanéité contrôlée.
– Une réactivité aux questions.
– Une facilité à développer les réponses en argumentant.
– Une capacité à rebondir sur les questions pour maintenir une position ou la nuancer.

> **Conseil**
> Votre stress est inévitable, voyez-le comme un stimulant.

LE GRAND ORAL

Le Grand Oral : le choix et la formulation des questions

Le Grand Oral de Terminale ne se déroule qu'en juin, mais vous avez intérêt à rechercher vos thèmes dès le début de l'année et à arrêter assez tôt (mais avec discernement !) vos questions.

Les critères de choix

Des critères liés au programme

• **Chacune de vos questions se rattache à l'une de vos deux spécialités de Terminale ou bien aux deux**, de manière transversale. Dans ce dernier cas, votre ou vos questions doivent croiser les deux spécialités de façon à ce qu'aucune d'elles ne soit négligée.

• Chacune de vos questions éclaire un des enjeux des programmes de Terminale. Pensez que vous devrez justifier votre choix.

Conseil

Pour éveiller la curiosité de votre jury, votre sujet doit commencer par vous intéresser vous-même.

Une approche croisée entre vos centres d'intérêt et les programmes

– Quel aspect de chaque spécialité vous intéresse le plus ?
– Quelles études envisagez-vous de poursuivre ? Quel métier pensez-vous exercer ?
– Quels sont vos centres d'intérêt ? Quels sont vos loisirs ? Dans quelle mesure croisent-ils les spécialités que vous avez choisies ?
– À quelles causes, à quels engagements êtes-vous sensible ?

La question, support de l'épreuve

Deux questions qui vous concernent

• **Vos questions doivent vous concerner personnellement :** une curiosité intellectuelle, une vocation professionnelle, un engagement citoyen…

• **Formulez vos questions en les inscrivant dans une réflexion en lien avec le monde d'aujourd'hui** et la place que vous y occupez ou souhaitez y occuper.

Attention !

Assurez-vous de la correction de votre formulation : ordre des mots, accord sujet-verbe, etc.

Une question en accord avec le plan choisi

Comme votre plan proposera une réponse à la question que vous aurez posée, réfléchissez à la **progression de votre exposé** pour formuler de façon pertinente votre question. Évitez les questions qui, appelant une démarche trop descriptive, ne vous permettront pas de bâtir une **progression dynamique.**

Une question qui facilite l'entretien

• **Privilégiez les questions larges** qui offrent des perspectives que l'entretien pourra approfondir.

• **Écartez les formulations trop ambitieuses** qui risqueraient de vous mettre en danger lors de l'échange avec le jury.

Attention !

Attendez d'avoir effectué vos recherches et bâti les grandes lignes de votre plan pour fixer définitivement la formulation de votre question.

LE GRAND ORAL

Le Grand Oral : le jour de l'épreuve

En vous entraînant tout au long de l'année à la maîtrise du langage verbal et non verbal, vous prendrez confiance en vous. Au lieu de vous encombrer, le corps doit être un allié.

Maîtrisez votre stress

- **Pour apprivoiser votre stress** avant l'épreuve, respirez profondément, avec une **respiration abdominale**. L'apport d'oxygène favorise la détente et, en fixant votre attention sur le va-et-vient de l'air, vous ne serez pas la proie de pensées anxiogènes.
- **Vous pouvez aussi imaginer des situations amusantes ou des moments heureux :** vous prendrez ainsi du recul et relativiserez l'enjeu de l'examen.
- **Une heure avant votre oral**, prenez un en-cas, une barre protéinée par exemple et buvez de l'eau durant votre temps de préparation. Évitez de boire durant l'épreuve.
- **Quand vous prenez la parole** au début de l'exposé, efforcez-vous de **parler posément et distinctement pour garder ensuite un rythme tranquille**.

Maîtrisez votre gestuelle et adoptez la bonne posture

- **Évitez les gestes parasites** qui perturbent votre discours et entravent l'attention de ceux qui vous écoutent. Vous pouvez souligner l'importance de telle ou telle assertion par quelques gestes des mains, mais attention à ne pas en abuser.
- **Maîtrisez vos mouvements** (balancements, trépignements, etc.) pour ne pas indisposer votre jury avec des gestes exagérés.
- **Debout,** ne vous présentez pas les mains dans les poches ; veillez à vous tenir droit, la tête haute, les jambes ancrées au sol, gage de stabilité.
- **Assis,** ne cachez pas vos mains et posez-les plutôt sur la table, écartées ou l'une sur l'autre. Asseyez-vous sur la première moitié de la chaise, les jambes non croisées, bien posées au sol. Maintenez la posture bien droite, sans vous recroqueviller au fil de l'entretien !

> **Attention !**
> Le langage corporel doit être cohérent avec la parole. Les gestes renforcent la puissance des mots.

Utilisez votre voix pour retenir l'attention du jury

- **Vous ne devez parler ni trop fort ni trop bas.** Le volume sonore n'est pas constant. Sans exagérer, **faites-le varier** pour ne pas lasser votre auditoire.
- **Adoptez un rythme posé,** ni trop rapide ni trop lent : vos arguments seront plus audibles et compréhensibles. Pour être compris, travaillez l'**articulation** et n'oubliez pas les **liaisons**.
- **Marquez un temps d'arrêt** pour indiquer les étapes de votre propos : à la fin de l'introduction, avant la conclusion et entre chaque partie. Détachez les formules percutantes pour leur donner du relief.

> **À savoir**
> Si vous avez des troubles de l'élocution, il est possible, à condition de ne pas attendre la dernière minute, de demander, pour raison médicale, une épreuve adaptée à votre handicap.

Maths

Définition de l'épreuve

L'épreuve de mathématiques se compose d'une **épreuve écrite** et d'une **épreuve orale**.

L'épreuve écrite

Durée	4 heures
Coefficient	16

Description de l'épreuve

- L'épreuve écrite de mathématiques est constituée de **trois à cinq exercices** indépendants les uns des autres.
- Cette épreuve est notée sur 20 points.
- Chaque exercice est noté sur 4 et 8 points.

Usage de la calculatrice

Il est clairement indiqué dans le sujet si vous avez le droit, ou non, de l'utiliser.
Il peut être avantageux d'utiliser une calculatrice mais il faut **s'être entraîné tout au long de l'année** pour bien savoir s'en servir.
Dans tous les cas, cela ne se substitue pas à la rédaction détaillée de vos calculs, mais peut en revanche vous permettre de vérifier vos résultats.

Le Grand Oral

Vous trouverez le descriptif général de l'épreuve et des conseils, pages 5 à 8, et des sujets types en Maths p. 111-112.

L'épreuve orale de rattrapage

Durée	20 minutes
Temps de préparation	20 minutes

Description de l'épreuve

- L'épreuve consiste en **un entretien** entre le candidat et un examinateur.
- Pour préparer l'entretien, l'examinateur propose au moins **deux questions** au candidat, portant sur des parties différentes du programme.
- Les conditions matérielles (en particulier la présence d'un tableau), les énoncés des questions posées seront adaptés aux modalités orales de cette épreuve.

Remarque

L'examinateur veillera à faciliter l'expression du candidat et à lui permettre de mettre en avant ses connaissances.

Usage de la calculatrice

L'usage des calculatrices est autorisé, dans les conditions précisées par les textes en vigueur. L'examinateur pourra fournir avec les questions certaines formules jugées nécessaires.

L'ÉPREUVE

Conseils généraux pour l'épreuve

Pour réussir l'écrit et l'oral de mathématiques, il est essentiel de bien savoir s'organiser, le jour J mais aussi au fil de l'année.

Travailler tout au long de l'année

Préparer l'écrit

• **Pour chacun des exercices du bac,** constituez, au fil de l'année, un **dossier** comprenant :

– les **conseils méthodologiques** : les indications de votre professeur, les devoirs-modèles que vous avez examinés de près, les suggestions relevées dans des ouvrages comme celui-ci ;

– les **comptes rendus de vos devoirs** : comparez le corrigé proposé et ce que vous avez fait afin de voir dans quelle direction vous pouvez progresser ;

– vos **copies corrigées** : relisez attentivement les annotations de votre professeur et, lorsque vous abordez un nouveau devoir, notez, sur une feuille que vous garderez dans votre dossier, les qualités et les défauts de votre précédente copie afin de ne pas tomber dans les mêmes travers mais de bien présenter les mêmes points positifs.

Être prêt(e) le jour J

• **Qu'il s'agisse de l'écrit ou de l'oral, prévoyez bien votre organisation matérielle :**
– votre trousse,
– votre convocation
– votre pièce d'identité en cours de validité,
– votre transport jusqu'au centre d'examen.
Prévoyez aussi de quoi boire et grignoter durant les 4 heures de l'écrit.

Préparer l'écrit

• Citez les théorèmes de cours que vous utilisez ;

• Avant d'écrire une expression de type $f(x) = \dots$, toujours indiquer pour quels x l'égalité concernée est vraie (« pour tout x appartenant à …, $f(x) = \dots$ » ;

• Si le sujet comporte un QCM ou un Vrai/Faux, lisez attentivement s'il faut justifier vos résultats, ou non. Si cela n'est pas indiqué, donnez seulement la réponse choisie ;

• Vous pouvez traiter les exercices dans le désordre et commencer par les notions que vous maîtrisez le mieux.

1 Vecteurs, droites et plans de l'espace

1 Vecteurs de l'espace

A Définitions

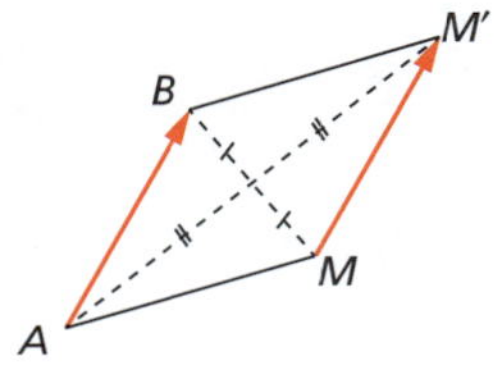

• Soit A et B deux points donnés de l'espace. On appelle image d'un point M par **la translation qui transforme A en B** le point M' tel que $[AM']$ et $[BM]$ ont le même milieu, c'est-à-dire tel que $ABM'M$ est un parallélogramme.

• À la translation qui transforme A en B, on associe **le vecteur** $\overrightarrow{AB}$ qui symbolise le déplacement de A vers B ou de M vers M'.

B Égalité de vecteurs

• Soit A, B, C et D quatre points distincts. On a :

$\overrightarrow{AB} = \overrightarrow{CD} \Leftrightarrow D$ est l'image de C par la translation associée au vecteur $\overrightarrow{AB}$

$\Leftrightarrow [AD]$ et $[BC]$ ont le même milieu

$\Leftrightarrow ABDC$ est un parallélogramme

C Somme de vecteurs

Soit A, B et C trois points de l'espace.

• Appliquer la translation associée au vecteur $\overrightarrow{AB}$, puis la translation associée au vecteur $\overrightarrow{BC}$, revient à appliquer la translation associée au vecteur $\overrightarrow{AC}$.

Le vecteur $\overrightarrow{AC}$ est appelé **vecteur somme** des vecteurs $\overrightarrow{AB}$ et $\overrightarrow{BC}$.

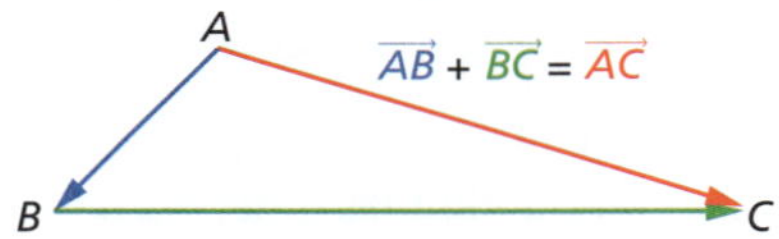

• On a : $\overrightarrow{AB} + \overrightarrow{BC} = \overrightarrow{AC}$.

C'est la **relation de Chasles**.

D Produit d'un vecteur par un réel

• Soit A, B, C et D quatre points tels que (AB) soit parallèle à (CD).

Les vecteurs $\overrightarrow{AB}$ et $\overrightarrow{CD}$ sont dits **colinéaires.** On note $\overrightarrow{CD} = k\,\overrightarrow{AB}$ avec k réel.

On a k positif si $\overrightarrow{AB}$ et $\overrightarrow{CD}$ ont le même sens, négatif sinon.

• Soit $\vec{u}$ et $\vec{v}$ deux vecteurs non nuls.

Ces vecteurs sont **colinéaires** si et seulement s'il existe un réel k tel que $\boldsymbol{\vec{v} = k\vec{u}}$.

2 Droites de l'espace

A Définition

Soit A et B deux points distincts de l'espace.
On appelle **droite** (AB), l'ensemble des points M tels qu'il existe un réel k avec $\overrightarrow{AM} = k\,\overrightarrow{AB}$.
$\overrightarrow{AB}$ est un **vecteur directeur** de la droite (AB).

B Positions relatives de deux droites

Deux droites de l'espace peuvent être :

<table>
<tr><td colspan="2">• coplanaires
si elles sont situées dans un même plan. Elles sont : parallèles (éventuellement confondues) ou sécantes.</td><td>• non coplanaires
s'il n'existe aucun plan les contenant.</td></tr>
<tr><td>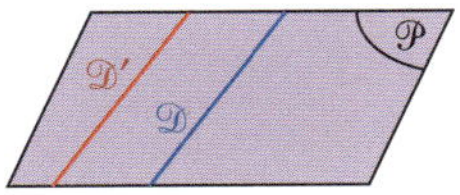
</td><td>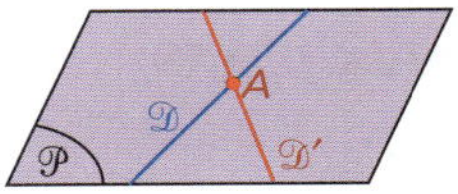
</td><td>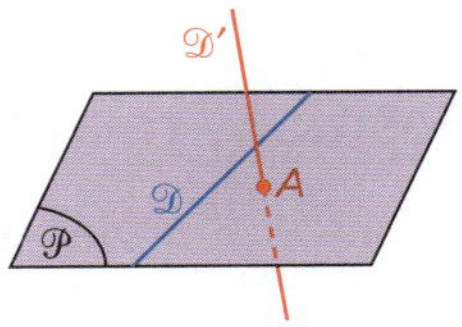
</td></tr>
</table>

3 Plans de l'espace

A Définition

• Soit A, B et C trois points non alignés ($\overrightarrow{AB}$ et $\overrightarrow{AC}$ ne sont pas colinéaires).
On appelle **plan** (ABC), l'ensemble des points M tels qu'il existe deux réels k et ℓ avec $\overrightarrow{AM} = k\,\overrightarrow{AB} + \ell\,\overrightarrow{AC}$.
• ($\overrightarrow{AB}$ et $\overrightarrow{AC}$) est un **couple de vecteurs directeurs** du plan (ABC).

B Propriétés

• Si deux points distincts A et B appartiennent à un plan $\mathscr{P}$, alors la droite (AB) est incluse dans le plan $\mathscr{P}$.
• Dans un plan donné, toutes les règles de la géométrie plane s'appliquent.

C Positions relatives de droites et de plans de l'espace

Une droite $\mathscr{D}$ et un plan $\mathscr{P}$ peuvent être :

<table>
<tr><td colspan="2">• parallèles
Il suffit que 𝒟 soit parallèle à une droite incluse dans 𝒟.</td><td rowspan="2">• sécants
La droite 𝒟 et le plan 𝒫ont un seul point A en commun.</td></tr>
<tr><td>𝒟 incluse dans 𝒫</td><td>𝒟 strictement parallèle à 𝒫</td></tr>
<tr><td>
</td><td>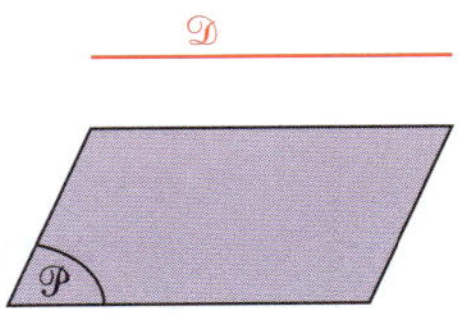
</td><td>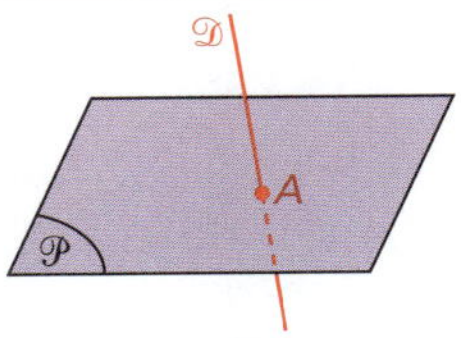
</td></tr>
</table>

Appliquer le cours

ABCD est une pyramide avec *I* le milieu de [*BC*] et *J* le milieu de [*CD*].

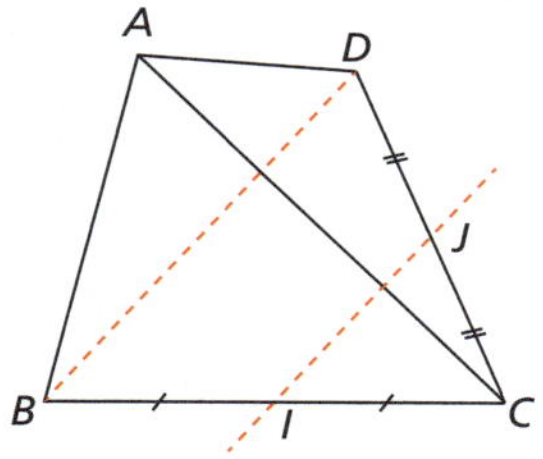

Préciser les positions relatives de :
- (*IJ*) et (*BC*)
- (*AC*) et (*IJ*)
- (*IJ*) et (*BD*)
- (*IJ*) et (*ABD*)
- (*AC*) et (*ABD*)

Solution

- Les droites **(*IJ*) et (*BC*) sont sécantes en *I*,** donc elles sont coplanaires.
- Dans le triangle *BCD*, on a *I* le milieu de [*BC*] et *J* le milieu de [*DC*]. D'après le théorème de la droite des milieux dans le triangle *BCD*, les droites **(*IJ*) et (*BD*) sont parallèles,** elles sont donc coplanaires.
- Les droites (*AC*) et (*IJ*) n'ont aucun point en commun et ne sont pas parallèles, donc **elles ne sont pas coplanaires.**
- La droite (*IJ*) étant parallèle à la droite (*BD*) du plan (*ABD*), **la droite (*IJ*) est parallèle au plan (*ABD*).**
- La droite (*AC*) et le plan (*ABD*) sont sécants en *A*.

D Positions relatives de deux plans

Deux plans $\mathcal{P}$ et $\mathcal{P}'$ de l'espace peuvent être :

• parallèles		• sécants
Strictement parallèles	Confondus	Ils se coupent selon une droite $\mathcal{D}$.
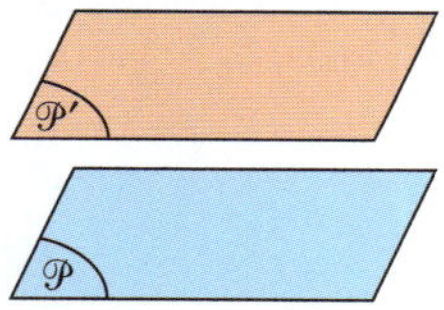		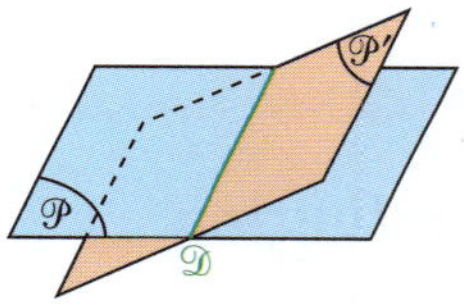

E Critère de parallélisme

Deux plans sont parallèles si et seulement si deux droites sécantes de l'un sont parallèles à deux droites sécantes de l'autre.

F Théorème de section

Un plan coupe deux plans parallèles selon des droites parallèles.

Appliquer le cours

Dans le parallélépipède rectangle (ou pavé droit) *ABCDEFGH*, on a :
- *M* un point de [*EH*], *N* un point de [*HG*] et *O* un point de [*GC*] ;
- le plan (*MNO*) coupe [*BC*] en *P*, [*AB*] en *Q* et [*EA*] en *R*.

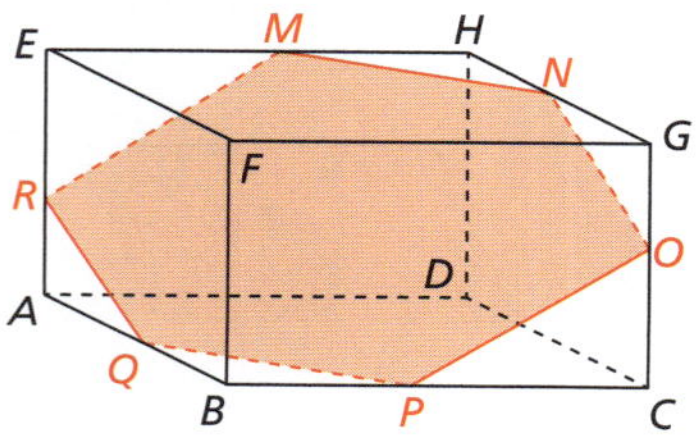

1. Prouver que les plans (*ABC*) et (*EFG*) sont parallèles.

2. Quelle est l'intersection des plans (*ABF*) et (*HGE*) ?

3. Étudier la position relative des droites (*MN*) et (*QP*).

Solution

1. Les droites (*AB*) et (*BC*) du plan (*ABC*) sont sécantes en *B* et respectivement parallèles aux droites (*EF*) et (*FG*) du plan (*EFG*) sécantes en F, donc **les plans (*ABC*) et (*EFG*) sont parallèles**.

2. Les plans (*ABF*) et (*HGE*) sont sécants et **leur intersection est la droite (*EF*)**.

3. Le plan (*MOQ*) coupe les plans parallèles (*ABC*) et (*EFG*) selon deux droites **(*MN*) et (*QP*) parallèles.**

Exercices d'entraînement

Exercice 1 ★ 5 min

Corrigé p. 71

Soit A, B, C et D quatre points. Simplifier les expressions suivantes :

a) $\overrightarrow{BC} + \overrightarrow{AB}$;

b) $\overrightarrow{AD} + \overrightarrow{BC} + \overrightarrow{DB}$;

c) $\overrightarrow{CA} - \overrightarrow{BA}$;

d) $\overrightarrow{AD} - \overrightarrow{AB} - \overrightarrow{CD}$.

Exercice 2 ★★ 8 min

Corrigé p. 71

Soit $MNOP$ un quadrilatère.

1. Simplifier les sommes :

a) $\overrightarrow{MN} + \overrightarrow{NO}$;

b) $\overrightarrow{MO} + \overrightarrow{PM}$;

c) $\overrightarrow{MN} + \overrightarrow{OP} - \overrightarrow{ON}$.

2. Montrer que l'on a : $\overrightarrow{MN} + \overrightarrow{PO} - \overrightarrow{PN} - \overrightarrow{MO} = \vec{0}$.

Exercice 3 ★ 8 min

Corrigé p. 71

ABCDEFGH est le parallélépipède rectangle ci-contre.

1. Quelle est la nature de la face *ADHE* ?

2. Que peut-on en déduire pour les droites (*EA*) et (*AD*) ?

3. On sait que (*AB*) et (*CD*) sont parallèles, ainsi que (*DC*) et (*HG*). Prouver que (*AB*) et (*HG*) sont parallèles.

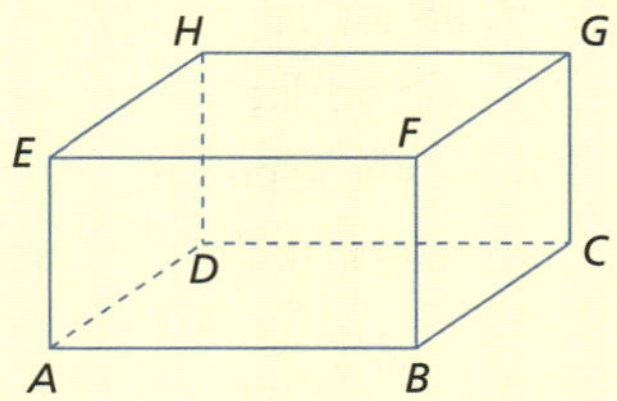

Exercice 4 ★ 10 min

Corrigé p. 71

ABCD est un tétraèdre, *I* un point sur [*AB*], *J* un point sur [*AC*] et *K* un point sur [*AD*] tels qu'indiqués sur la figure.

1.a) Déterminer l'intersection de la droite (*IJ*) et du plan (*BCD*).

b) Déterminer l'intersection de la droite (*JK*) et du plan (*BCD*).

2. En déduire l'intersection des plans (*BCD*) et (*IJK*).

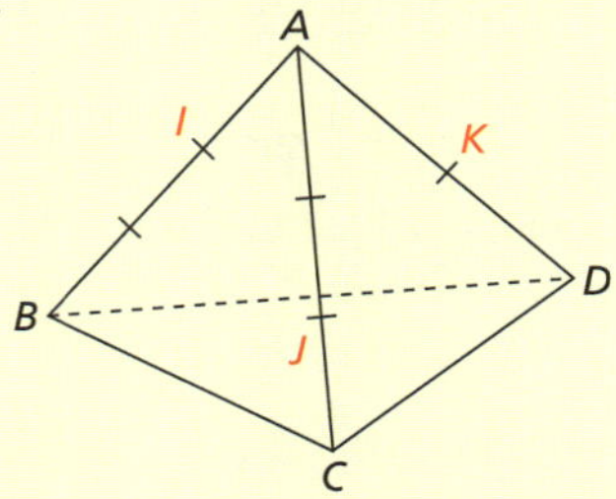

Exercice 5 ★ 10 min

Corrigé p. 71

ABCDEFGH est un cube de 6 cm de côté dans lequel on découpe une pyramide *DEHF*.

1. Calculer les longueurs des arêtes [*HF*] et [*DF*].

2. Calculer le volume de la pyramide *DEFH*.

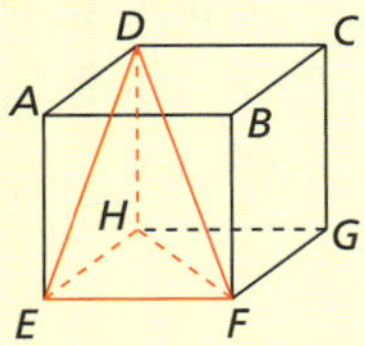

Exercice 6 ★ 8 min

Corrigé p. 72

ABCDEFGH est un pavé droit.
Pour chacune des affirmations suivantes, dire si elle est vraie ou fausse en justifiant la réponse.

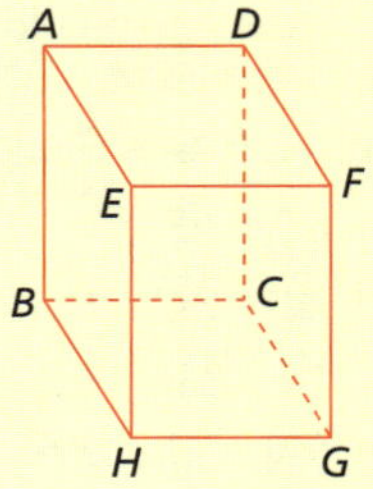

a) Il y a cinq faces.

b) [*AF*] est une arête.

c) *C* est un sommet.

d) *BCFE* est une face.

Exercice 7 ★ 12 min

Corrigé p. 72

On considère la pyramide régulière *ABCDE* ci-contre à base carrée.
Soit *I* l'intersection des diagonales [*BD*] et [*CE*].

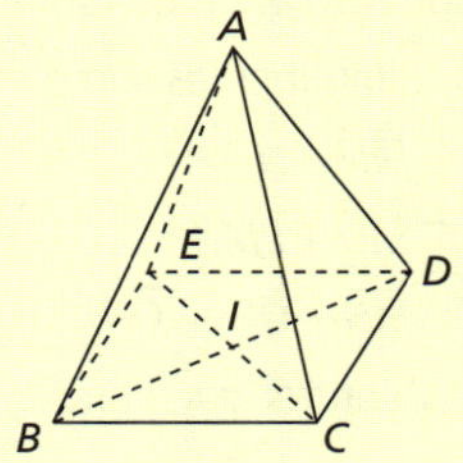

1. Quelle est l'intersection des plans (*ABC*) et (*ACD*) ?
2. Quelle est l'intersection des plans (*ABD*) et (*ACE*) ?
3. Quelle est l'intersection des plans (*ABE*) et (*ACD*) ?

Exercice 8 ★ 10 min

Corrigé p. 72

ABCDEFGH est un pavé droit.

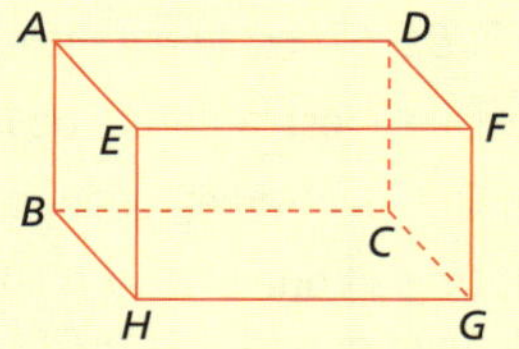

1. Que peut-on dire des droites (*AC*) et (*BD*) ?
2. Prouver que le point *G* appartient au plan (*AEC*).
3. Construire la droite d'intersection des plans (*AEC*) et (*BDG*).

Exercice 9 ★ 10 min

Corrigé p. 72

Soit un tétraèdre *ABCD*, *I* le milieu de [*AD*], *J* le milieu de [*BC*] et *G* le centre de gravité du triangle *ABC*.

1. Où se situe *G* sur le segment [*AJ*] ?
2. Faire une figure et construire l'intersection de la droite (*IG*) et du plan (*BCD*).

Exercice 10 ★★ 10 min

Corrigé p. 73

ABCDEFGH est un cube et *I* est le milieu de l'arête [*AE*].

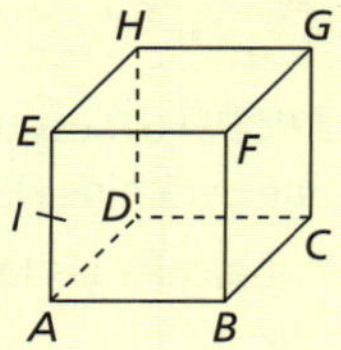

1.a) Justifier que les droites (*AB*) et (*FI*) sont sécantes.

b) Reproduire la figure et construire le point *P* intersection des droites (*AB*) et (*FI*).

2. Construire l'intersection des plans (*IFG*) et (*BCD*) en justifiant la construction.

Exercice 11 ★★ 15 min

Corrigé p. 73

ABCDEFGH est un pavé droit.
Soit *M* un point sur [*AB*], *N* un point sur [*BC*], *Q* un point sur [*DH*].
On cherche à construire l'intersection du plan (*MNQ*) avec les différentes faces du pavé droit.

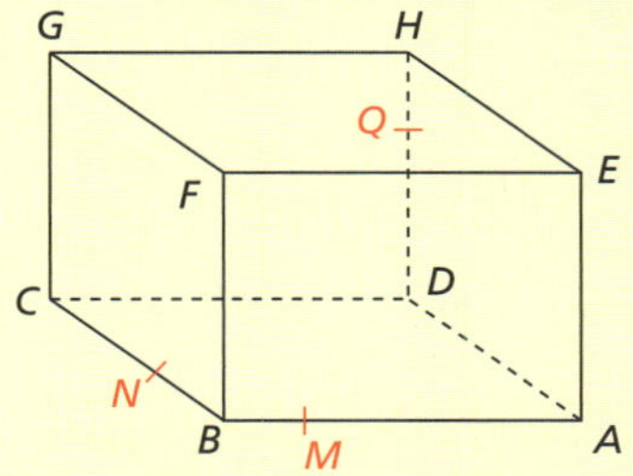

1.a) Reproduire la figure et construire l'intersection des droites (*MN*) et (*AD*).

b) En déduire l'intersection du plan (*MNQ*) avec la face *ADHE*.

2. Construire toutes les intersections recherchées.

2 Orthogonalité et distance dans l'espace

1 Produit scalaire dans l'espace

• Définition

Soit $\vec{u}$ et $\vec{v}$ deux vecteurs de l'espace. Soit A, B et C trois points tels que $\vec{u} = \overrightarrow{AB}$ et $\vec{v} = \overrightarrow{AC}$.

Dans l'espace, le produit scalaire $\vec{u} \cdot \vec{v}$ revient à calculer $\overrightarrow{AB} \cdot \overrightarrow{AC}$ dans un plan contenant les points A, B et C. On a donc :

$$\overrightarrow{AB} \cdot \overrightarrow{AC} = AB \times AC \times \cos(\hat{A}).$$

• Définition (avec projeté orthogonal)

Soit A, B et C trois points de l'espace et H le projeté orthogonal de C sur (AB).

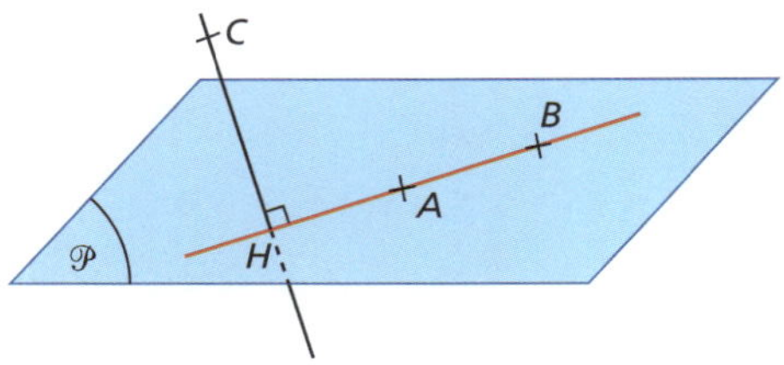

Alors on a :

$\overrightarrow{AB} \cdot \overrightarrow{AC} = AB \times AH$ si H est sur $[AB)$ (soit quand $\overrightarrow{AB}$ et $\overrightarrow{AC}$ sont de même sens) ;	$\overrightarrow{AB} \cdot \overrightarrow{AC} = -AB \times AH$ si H n'est pas sur $[AB)$ (soit quand $\overrightarrow{AB}$ et $\overrightarrow{AC}$ sont de sens contraires).

• Propriétés

Pour tous vecteurs $\vec{u}$, $\vec{v}$ et $\vec{w}$, pour tout réel k.

– Le produit scalaire est **symétrique** : $\vec{u} \cdot \vec{v} = \vec{v} \cdot \vec{u}$

– Le produit scalaire est **bilinéaire** :

$$(k\vec{u}) \cdot \vec{v} = k \times \vec{u} \cdot \vec{v} = \vec{u} \cdot (k\vec{v}) \quad \text{et} \quad \vec{u} \cdot (\vec{v} + \vec{w}) = \vec{u} \cdot \vec{v} + \vec{u} \cdot \vec{w}.$$

• $(\vec{u}+\vec{v})^2 = \vec{u}^2 + 2\vec{u} \cdot \vec{v} + \vec{v}^2$ $\quad (\vec{u}+\vec{v})^2 = \vec{u}^2 + 2\vec{u} \cdot \vec{v} + \vec{v}^2$ $\quad (\vec{u}+\vec{v})(\vec{u}-\vec{v}) = \vec{u}^2 - \vec{v}^2$

• Définition

Soit $\vec{u}$ un vecteur. Soit A et B deux points tels que $\vec{u} = \overrightarrow{AB}$.

On appelle **norme** de $\vec{u}$ la longueur AB. On note $\|\vec{u}\| = AB = \|\overrightarrow{AB}\|$.

On a $\|\vec{u}\|^2 = \vec{u} \cdot \vec{u}$.

• Formules de polarisation

Soit $\vec{u}$ et $\vec{v}$ deux vecteurs.

$$\vec{u} \cdot \vec{v} = \frac{1}{2}\left[\|\vec{u}+\vec{v}\|^2 - \|\vec{u}\|^2 - \|\vec{v}\|^2\right],\ \vec{u} \cdot \vec{v} = \frac{1}{2}\left[\|\vec{u}\|^2 + \|\vec{v}\|^2 - \|\vec{u}-\vec{v}\|^2\right] \text{et } \vec{u} \cdot \vec{v} = \frac{1}{4}\left[\|\vec{u}+\vec{v}\|^2 - \|\vec{u}-\vec{v}\|^2\right]$$

• Orthogonalité de deux vecteurs

Deux vecteurs de l'espace sont orthogonaux si, et seulement si, leur produit scalaire est nul.

2 Orthogonalité dans l'espace

A Propriétés

• **Deux droites de l'espace sont orthogonales** si, et seulement si, leurs vecteurs directeurs $\vec{u}$ et $\vec{v}$ sont orthogonaux.

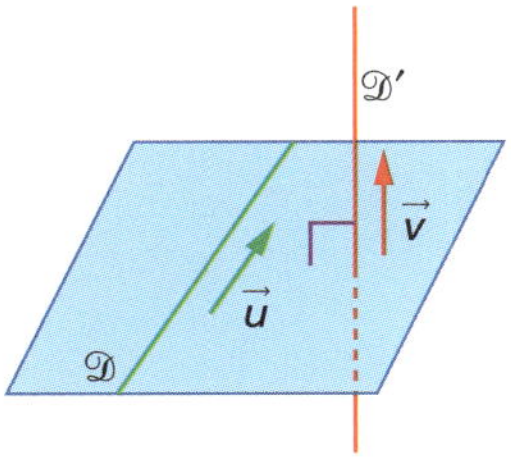

• **Une droite $\mathcal{D}$ est orthogonale à un plan $\mathcal{P}$** si, et seulement si, un vecteur directeur $\vec{n}$ de $\mathcal{D}$ est orthogonal à deux vecteurs $\vec{u_1}$ et $\vec{u_2}$ de $\mathcal{P}$ non colinéaires.

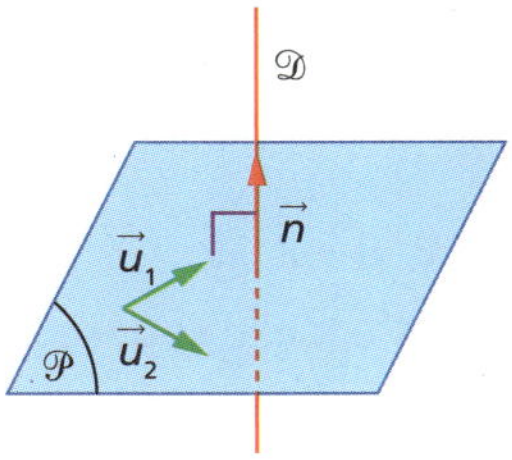

• **Un vecteur normal à un plan $\mathcal{P}$** est un vecteur $\vec{n}$ directeur d'une droite orthogonale à $\mathcal{P}$.

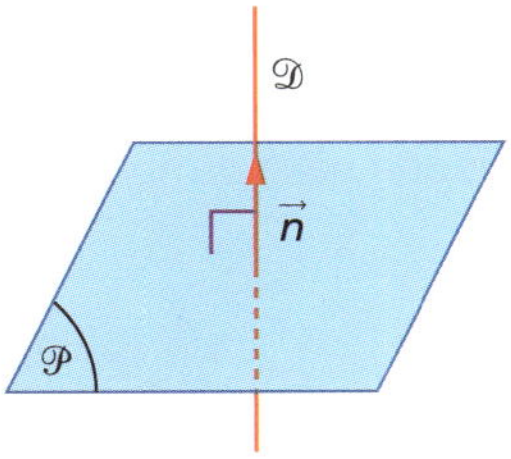

• **Deux plans $\mathcal{P}$ et $\mathcal{P}'$ de vecteurs normaux $\vec{n}$ et $\vec{n}'$** sont orthogonaux si, et seulement si, $\vec{n}$ et $\vec{n}'$ sont orthogonaux.

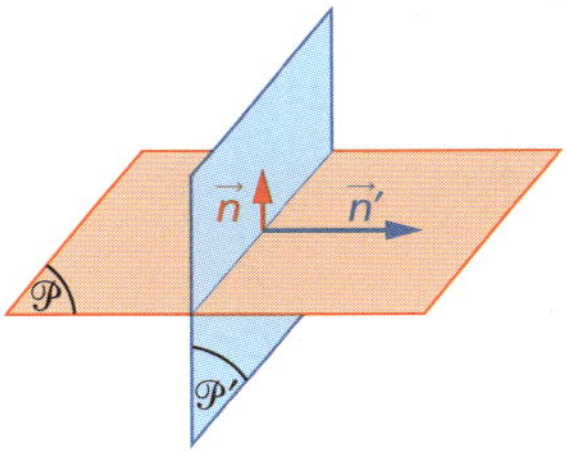

B Définitions

• Soit $\mathcal{D}$ une droite et M un point.
On appelle **projeté orthogonal** de M sur $\mathcal{D}$:
– le point M si M appartient à $\mathcal{D}$;
– le point H situé sur $\mathcal{D}$ tel que (HM) soit perpendiculaire à $\mathcal{D}$ si M n'appartient pas à $\mathcal{D}$.

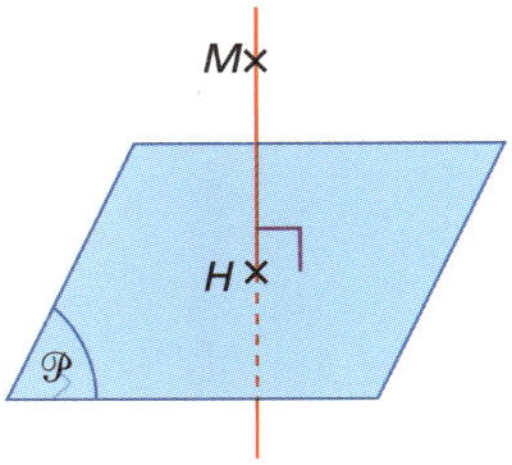

• Soit $\mathcal{P}$ un plan et M un point.
On appelle **projeté orthogonal** de M sur $\mathcal{P}$:
– le point M si M appartient à $\mathcal{P}$;
– le point H situé dans $\mathcal{P}$ tel que (HM) soit orthogonale à $\mathcal{P}$ si M n'appartient pas à $\mathcal{P}$.

Appliquer le cours

Soit $ABCDEFGH$ un cube.

Quels sont les projetés orthogonaux de A sur :
a) la droite (EH) ?
b) le plan (DGH) ?
c) le plan (DBH) ?

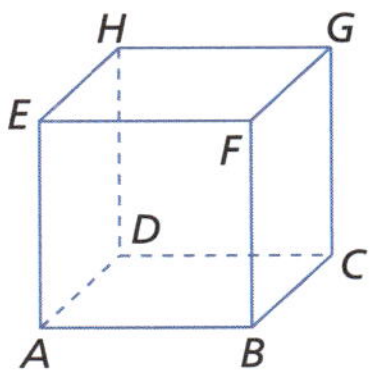

Solution

a) Les faces d'un cube étant des carrés, les droites (AE) et (EH) sont perpendiculaires. **E est le projeté orthogonal de A sur (EH).**
b) (AD) est orthogonale au plan (DGH) : **D est le projeté orthogonal de A sur (DGH).**
c) Les diagonales du carré $ABCD$ étant perpendiculaires, le projeté orthogonal de A sur (DBH) est l'intersection de (AC) et de (BD), soit le milieu de $[AC]$.

3 Coordonnées

A Définition

• $(\vec{u}, \vec{v}, \vec{w})$ constitue une **base orthonormée de l'espace** si, et seulement si :
– les vecteurs $\vec{u}$, $\vec{v}$ et $\vec{w}$ sont deux à deux orthogonaux ;
– les vecteurs $\vec{u}$, $\vec{v}$ et $\vec{w}$ ont la même norme.

• Soit $(\vec{u}, \vec{v}, \vec{w})$ une base de l'espace.
Pour tout vecteur $\vec{a}$ de l'espace, il existe trois réels x, y, z tels que $\vec{a} = x\vec{u} + y\vec{v} + z\vec{w}$.
$\begin{pmatrix} x \\ y \\ z \end{pmatrix}$ s'appellent **coordonnées de $\vec{a}$** dans la base $(\vec{u}, \vec{v}, \vec{w})$.

• Soit O un point et $(\vec{u}, \vec{v}, \vec{w})$ une base orthonormée.
$(O ; \vec{u}, \vec{v}, \vec{w})$ s'appelle **repère orthonormé de l'espace**.

• Soit $(O ; \vec{u}, \vec{v}, \vec{w})$ un **repère orthonormé de l'espace**. Pour tout point M de l'espace, il existe trois réels x, y, z tels que $\overrightarrow{OM} = x\vec{u} + y\vec{v} + z\vec{w}$.
$(x ; y ; z)$ sont les **coordonnées de M** dans le repère orthonormé $(O ; \vec{u}, \vec{v}, \vec{w})$.

B Propriété dans un repère orthonormé

• Soit $\vec{u}\begin{pmatrix} x \\ y \\ z \end{pmatrix}$ et $\vec{v}\begin{pmatrix} x' \\ y' \\ z' \end{pmatrix}$ deux vecteurs de l'espace muni d'une base orthonormée.

Le **produit scalaire** de $\vec{u}$ par $\vec{v}$ est : $\vec{u}.\vec{v} = xx' + yy' + zz'$.

La **norme** de $\vec{u}$ est $\vec{u} = \sqrt{x^2 + y^2 + z^2}$.

• Soit $A(x_A ; y_A ; z_A)$ et $B(x_B ; y_B ; z_B)$ deux points de l'espace muni d'un repère orthonormé.
Les coordonnées du vecteur $\overrightarrow{AB}$ sont :

$$\overrightarrow{AB}\begin{pmatrix} x_B - x_A \\ y_B - y_A \\ z_B - z_A \end{pmatrix}$$

La distance entre A et B est :

$$AB = \sqrt{(x_B - x_A)^2 + (y_B - y_A)^2 + (z_B - z_A)^2}.$$

Appliquer le cours

Dans l'espace muni d'un repère orthonormé, on a $A\ (1 ; 2 ; -3)$, $B\ (0 ; 3 ; 1)$ et $C\ (4 ; 5 ; -3)$.
1. Calculer $\overrightarrow{AB}.\overrightarrow{AC}$ puis AB et AC.
2. En déduire la nature du triangle ABC.

Solution

On a $\overrightarrow{AB}\begin{pmatrix} x_B - x_A \\ y_B - y_A \\ z_B - z_A \end{pmatrix} = \overrightarrow{AB}\begin{pmatrix} -1 \\ 1 \\ 4 \end{pmatrix}$ et $\overrightarrow{AC}\begin{pmatrix} 3 \\ 3 \\ 0 \end{pmatrix}$.

1. On utilise $\vec{u}.\vec{v} = xx' + yy' + zz'$.
$\overrightarrow{AB}.\overrightarrow{AC} = -1 \times 3 + 1 \times 3 + 4 \times 0 = \mathbf{0}$.
$AB = \|\overrightarrow{AB}\| = \sqrt{(-1)^2 + 1^2 + 4^2} = \sqrt{18}$
$AC = \|\overrightarrow{AC}\| = \sqrt{3^2 + 3^2 + 0^2} = \sqrt{18}$.
2. Comme on a $\overrightarrow{AB}.\overrightarrow{AC} = 0$, ABC est rectangle en A.
Comme on a $AB = AC$, ABC est isocèle en A
Le triangle ABC est isocèle rectangle en A.

Exercices d'entraînement

Dans les exercices 1 à 2, on utilise le cube *ABCDEFGH* ci-contre :

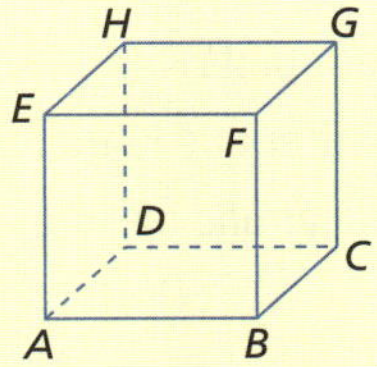

Exercice 1 ★ 10 min

Corrigé p. 73

1. Dans le repère $(A\ ;\ \overrightarrow{AB},\ \overrightarrow{AD},\ \overrightarrow{AE})$, donner les coordonnées de tous les points du cube *ABCDEFGH*.
2. Dans le repère $(C\ ;\ \overrightarrow{CD},\ \overrightarrow{CG},\ \overrightarrow{DA})$, donner les coordonnées de tous les points du cube *ABCDEFGH*.

Exercice 2 ★ 5 min

Corrigé p. 73

Les droites (*EC*) et (*BG*) sont-elles orthogonales ?

Exercice 3 ★ 10 min

Corrigé p. 73

Dans un repère orthonormé de l'espace, on a $A\ (-2\ ;\ 1\ ;\ 3)$, $B\ (1\ ;\ 2\ ;\ -1)$ et $C\ (-1\ ;\ -1\ ;\ 1)$.
Déterminer la nature du triangle *ABC*.

Exercice 4 ★ 10 min

Corrigé p. 73

Soit *A*, *B* et *C* trois points distincts de l'espace.
Trouver l'ensemble des points *M* de l'espace tels que $\overrightarrow{AB}\ .\ \overrightarrow{AM} = \overrightarrow{AC}\ .\ \overrightarrow{AM}$.

Dans les exercices 5 à 12, l'espace est muni d'un repère orthonormé.

Exercice 5 ★ 5 min

Corrigé p. 74

Calculer le produit scalaire $\vec{u}.\vec{v}$ dans chacun des cas suivants :

a) $\vec{u}\begin{pmatrix}-1\\2\\-3\end{pmatrix}$ et $\vec{v}\begin{pmatrix}-2\\2\\2\end{pmatrix}$ **b)** $\vec{u}\begin{pmatrix}5\\1\\-5\end{pmatrix}$ et $\vec{v}\begin{pmatrix}1\\-3\\3\end{pmatrix}$ **c)** $\vec{u}\begin{pmatrix}\sqrt{2}\\\sqrt{3}\\-1\end{pmatrix}$ et $\vec{v}\begin{pmatrix}-\sqrt{3}\\\sqrt{2}\\1\end{pmatrix}$

Exercice 6 ★ 10 min

Corrigé p. 74

Dans chacun des cas, déterminer toutes les valeurs de *x* et de *y* pour que $\vec{u}$ et $\vec{v}$ soient orthogonaux.

a) $\vec{u}\begin{pmatrix}x\\1\\-5\end{pmatrix}$ et $\vec{v}\begin{pmatrix}2\\0\\2\end{pmatrix}$ **b)** $\vec{u}\begin{pmatrix}x\\1\\-5\end{pmatrix}$ et $\vec{v}\begin{pmatrix}2\\x\\7\end{pmatrix}$ **c)** $\vec{u}\begin{pmatrix}2\\x\\-3\end{pmatrix}$ et $\vec{v}\begin{pmatrix}y\\-2\\4\end{pmatrix}$ **d)** $\vec{u}\begin{pmatrix}-3\\1\\x\end{pmatrix}$ et $\vec{v}\begin{pmatrix}2\\-5\\y\end{pmatrix}$

Exercice 7 ★★ 15 min

Corrigé p. 74

Soit les points $A\ (1\ ;\ 1\ ;\ 1)$, $B\ (2\ ;\ 0\ ;\ -2)$ et $C\ (1\ ;\ -2\ ;\ 2)$.

1. Montrer que le triangle *ABC* est rectangle.
2. Donner une mesure en radian à 10^{-2} près des angles aigus de ce triangle.

Exercice 8 ★ 15 min

Corrigé p. 74

Soit les points A (2 ; –1 ; 0), B (3 ; 2 ; –1) et C (6 ; 3 ; 0).

1. Montrer que le triangle ABC est isocèle.
2. Donner une mesure en radian à 10^{-2} près des angles de ce triangle.

Exercice 9 ★★ 15 min

Corrigé p. 74

Soit les points A (0 ; 3 ; 4), B (1 ; –1 ; –1) et C (3 ; 0 ; 1).

1. Calculer le produit scalaire $\overrightarrow{BA} \cdot \overrightarrow{BC}$ et en déduire $\cos(\widehat{ABC})$.
2. Soit H le pied de la hauteur issue de A dans le triangle ABC. Calculer BH.

En déduire AH et l'aire du triangle ABC en unités d'aire.

Exercice 10 ★★ 10 min

Corrigé p. 75

Soit les points A (5 ; –5 ; 3), B (–1 ; –2 ; –1), C (8 ; 5 ; 6) et D (2 ; 8 ; 2).

1. Montrer que ces quatre points sont coplanaires.
2. Calculer le produit scalaire $\overrightarrow{AB} \cdot \overrightarrow{AC}$. En déduire la nature du quadrilatère $ABDC$

Exercice 11 ★★ 20 min

Corrigé p. 75

1. Soit les vecteurs $\vec{u}\begin{pmatrix}1\\2\\5\end{pmatrix}$ et $\vec{v}\begin{pmatrix}4\\-2\\0\end{pmatrix}$.

a) Vérifier que les vecteurs $\vec{u}$ et $\vec{v}$ sont orthogonaux.
b) Déterminer $\vec{e_1}$ de norme 1 colinéaire à $\vec{u}$.
c) Déterminer $\vec{e_2}$ de norme 1 colinéaire à $\vec{v}$.

2. Soit le vecteur $\vec{w}\begin{pmatrix}x\\y\\z\end{pmatrix}$.

a) Donner un système de deux équations à trois inconnues x, y et z qui traduit que $\vec{w}$ est orthogonal à $\vec{u}$ et à $\vec{v}$. Exprimer y et z en fonction de x.
b) Déterminer un vecteur $\vec{e_3}$ tel que $(\vec{e_1}\ ;\ \vec{e_2}\ ;\ \vec{e_3})$ soit une base orthonormée de l'espace (deux solutions).

Exercice 12 ★★ 15 min

Corrigé p. 75

Soit les points O (0 ; 0 ; 0) A (2 ; 0 ; 0) et B (1 ; $\sqrt{3}$; 0).

1. Montrer que OAB est équilatéral.

2.a) Déterminer les coordonnées de G centre de gravité de OAB.
b) En déduire les coordonnées d'un point C tels $OABC$ soit un tétraèdre régulier (toutes les arrêtes de même longueur).

3 Droites, plans et équations

1 Représentation paramétrique d'une droite

Définition

L'espace est muni d'un repère.

Soit $\mathscr{D}$ une droite passant par $A(x_A\,;y_A\,;z_A)$ et dirigée par un vecteur $\vec{u}\begin{pmatrix}a\\b\\c\end{pmatrix}$.

$$M(x\,;y\,;z)\in\mathscr{D}\Leftrightarrow \text{il existe un réel } k \text{ tel que } \overrightarrow{AM}=k\vec{u} \Leftrightarrow \begin{cases}x=x_A+ka\\y=y_A+kb\\z=z_A+kc\end{cases},k\in\mathbb{R}.$$

Ce système est **une représentation paramétrique** de $\mathscr{D}$.

Remarque

Il existe plusieurs représentations paramétriques d'une droite car on peut changer le point de la droite et le vecteur directeur.

Appliquer le cours

Dans l'espace muni d'un repère, on considère la droite $\mathscr{D}$ passant par $A(2\,;3\,;-1)$ et dirigée par $\vec{u}\begin{pmatrix}1\\0\\-1\end{pmatrix}$.

1. Déterminer une représentation paramétrique de $\mathscr{D}$.

2. $B(12\,;3\,;-11)$ et $C(20\,;3\,;-15)$ appartiennent-ils à $\mathscr{D}$?

Solution

1. $$M(x\,;y\,;z)\in\mathscr{D}\Leftrightarrow\exists k\in\mathbb{R}\mid\overrightarrow{AM}\left\{\begin{pmatrix}x-2\\y-3\\z+1\end{pmatrix}=k\vec{u}\begin{pmatrix}1\\0\\-1\end{pmatrix}\right.\Leftrightarrow\begin{cases}x=2+k\\y=3\\z=-1-k\end{cases},k\in\mathbb{R}.$$

C'est une représentation paramétrique de $\mathscr{D}$.

2. $$B\in\mathscr{D}\Leftrightarrow\exists k\in\mathbb{R}\mid\begin{cases}x_B=2+k\\y_B=3\\z_B=-1-k\end{cases}\Leftrightarrow\exists k\in\mathbb{R}\mid\begin{cases}12=2+k\\3=3\\-11=-1-k\end{cases}\Leftrightarrow\exists k\in\mathbb{R}\mid\begin{cases}10=k\\10=k\end{cases}$$

k existe, donc **B appartient à** $\mathscr{D}$.

$$C\in\mathscr{D}\Leftrightarrow\exists k\in\mathbb{R}\mid\begin{cases}x_C=2+k\\y_C=3\\z_C=-1-k\end{cases}\Leftrightarrow\exists k\in\mathbb{R}\mid\begin{cases}20=2+k\\3=3\\-15=-1-k\end{cases}\Leftrightarrow\exists k\in\mathbb{R}\mid\begin{cases}18=k\\18=k\end{cases}$$

k n'existe pas, donc **C n'appartient pas** à $\mathscr{D}$.

2 Représentation paramétrique d'un plan

Définition

L'espace est muni d'un repère.

Soit $\mathcal{P}$ un plan passant par $A(x_A\,;y_A\,;z_A)$ et dirigé par deux vecteurs $\vec{u}\begin{pmatrix} a \\ b \\ c \end{pmatrix}$ et $\vec{u'}\begin{pmatrix} a' \\ b' \\ c' \end{pmatrix}$.

$M(x\,;y\,;z) \in \mathcal{P} \Leftrightarrow$ il existe $(k\,;k') \in \mathbb{R}^2$ tel que $\overrightarrow{AM} = k\vec{u} + k'\vec{u'}$.

$$\Leftrightarrow \begin{cases} x = x_A + ka + k'a' \\ y = y_A + kb + k'b' \\ z = z_A + kc + k'c' \end{cases}, (k\,;k') \in \mathbb{R}^2.$$

Ce système est **une représentation paramétrique** de $\mathcal{P}$.

Appliquer le cours

L'espace est muni d'un repère. Soit le point $A(1\,;-2\,;-3)$ et les vecteurs $\vec{u}\begin{pmatrix} 1 \\ 0 \\ -1 \end{pmatrix}$ et $\vec{u'}\begin{pmatrix} 2 \\ 1 \\ -3 \end{pmatrix}$.

1. Montrer que les vecteurs $\vec{u}$ et $\vec{u'}$ ne sont pas colinéaires.
2. Donner une représentation paramétrique du plan $\mathcal{P}$ passant par A et dirigé par $(\vec{u}\;;\;\vec{u'})$.
3. Prouver que $B(4\,;0\,;-8)$ appartient à $\mathcal{P}$.

Solution

1. $\vec{u}$ et $\vec{u'}$ sont colinéaires $\Leftrightarrow \exists\, k \in \mathbb{R} \mid \vec{u}\begin{pmatrix} 1 \\ 0 \\ -1 \end{pmatrix} = k\vec{u'}\begin{pmatrix} 2 \\ 1 \\ -3 \end{pmatrix} \Leftrightarrow \exists\, k \in \mathbb{R} \mid \begin{cases} 1 = 2k \\ 0 = k \\ -1 = -3k \end{cases}$.

k n'existe pas, donc **les vecteurs $\vec{u}$ et $\vec{u'}$ ne sont pas colinéaires.**

2. $M(x\,;y\,;z) \in \mathcal{P} \Leftrightarrow \exists\,(k\,;k') \in \mathbb{R}^2 \mid \overrightarrow{AM}\begin{pmatrix} x-1 \\ y+2 \\ z+3 \end{pmatrix} = k\vec{u}\begin{pmatrix} 1 \\ 0 \\ -1 \end{pmatrix} + k\vec{u'}\begin{pmatrix} 2 \\ 1 \\ -3 \end{pmatrix}$

$$\Leftrightarrow \begin{cases} \boldsymbol{x = 1 + k + 2k'} \\ \boldsymbol{y = -2 + k'} \\ \boldsymbol{z = -3 - k - 3k'} \end{cases}, \boldsymbol{(k\,;k') \in \mathbb{R}^2}.$$

C'est une représentation paramétrique de $\mathcal{P}$.

3. $B \in \mathcal{P} \Leftrightarrow \exists\,(k\,;k') \in \mathbb{R}^2 \mid \begin{cases} x_B = 1 + k + 2k' \\ y_B = -2 + k' \\ z_B = -3 - k - 3k' \end{cases} \Leftrightarrow \exists\,(k\,;k') \in \mathbb{R}^2 \mid \begin{cases} 3 = k + 2k' \\ 2 = k' \\ -5 = -k - 3k' \end{cases}$

$$\Leftrightarrow \exists\,(k\,;k') \in \mathbb{R}^2 \mid \begin{cases} -1 = k \\ 2 = k' \\ 1 = -k \end{cases}.$$

k et k' existent, donc ***B* appartient à $\mathcal{P}$.**

3 Équation cartésienne d'un plan

• Définition

L'espace est muni d'un repère **orthonormé**.

Soit $\mathcal{P}$ un plan passant par $A(x_A\,;y_A\,;z_A)$ et de vecteur normal $\vec{n}\begin{pmatrix}a\\b\\c\end{pmatrix}$.

$M(x\,;y\,;z) \in \mathcal{P} \Leftrightarrow \overrightarrow{AM}\begin{pmatrix}x-x_A\\y-y_A\\z-z_A\end{pmatrix}$ et $\vec{n}\begin{pmatrix}a\\b\\c\end{pmatrix}$ orthogonaux

$\Leftrightarrow \mathbf{a(x-x_A)+b(y-y_A)+c(z-z_A)=0}$.

Cette équation est une **équation cartésienne** du plan $\mathcal{P}$.

• Propriété

Toute équation de type $ax+by+cz+d=0$ est une équation cartésienne d'un plan de vecteur normal $\vec{n}\begin{pmatrix}a\\b\\c\end{pmatrix}$.

Appliquer le cours

L'espace est muni d'un repère orthonormé.

Donner une **équation cartésienne** du plan $\mathcal{P}$ passant par $A(2\,;-1\,;0)$ et dont un vecteur normal est $\vec{n}\begin{pmatrix}2\\3\\-1\end{pmatrix}$.

Solution

$M(x\,;y\,;z) \in \mathcal{P} \Leftrightarrow \overrightarrow{AM}\begin{pmatrix}x-2\\y+1\\z\end{pmatrix}$ et $\vec{n}\begin{pmatrix}2\\3\\-1\end{pmatrix}$ orthogonaux

$\Leftrightarrow \overrightarrow{AM}\begin{pmatrix}x-2\\y+1\\z\end{pmatrix}.\vec{n}\begin{pmatrix}2\\3\\-1\end{pmatrix}=0$

$\Leftrightarrow 2(x-2)+3(y+1)+(-1)z=0 \Leftrightarrow 2x+3y-z-4+3=0.$

Une équation cartésienne de $\mathcal{P}$ est $\mathbf{2x+3y-z-1=0}$.

4 Système d'équations cartésiennes d'une droite

• Définition

Soit $\mathcal{P} : ax+by+cz+d=0$ et $\mathcal{P}' : a'x+b'y+c'z+d'=0$ deux plans non parallèles ($(a\,;b\,;c)$ et $(a'\,;b'\,;c')$ non proportionnels) d'intersection $\mathcal{D}$.

$\begin{cases}ax+by+cz+d=0\\a'x+b'y+c'z+d'=0\end{cases}$ est un **système d'équations cartésiennes** de $\mathcal{D}$.

Exercices d'entraînement

Dans tous les exercices, l'espace est muni d'un repère orthonormé.

Exercice 1 ★ 15 min

Corrigé p. 76

Soit la droite $\mathscr{D}$ de représentation paramétrique $\begin{cases} x = 2 + k \\ y = 1 - k \\ z = -1 + k \end{cases}$, $k \in \mathbb{R}$.

1. $A(2\ ;1\ ;-1)$ et $B(6\ ;-3\ ;-11)$ appartiennent-ils à $\mathscr{D}$?
2. Déterminer un système d'équations cartésiennes de $\mathscr{D}$.

3.a) Donner un vecteur directeur de $\mathscr{D}$.
b) Déterminer les coordonnées du projeté orthogonal de $C(3\ ;4\ ;1)$ sur $\mathscr{D}$.

Exercice 2 ★ 8 min

Corrigé p. 76

Soit une droite $\mathscr{D}$ dont un système d'équations cartésiennes est $\begin{cases} x - 2y + z + 1 = 0 \\ x + y + 3z - 1 = 0 \end{cases}$.

Déterminer une représentation paramétrique de $\mathscr{D}$.

Exercice 3 ★ 10 min

Corrigé p. 76

Soit $\mathscr{P}$ le plan d'équation : $x + y + 3z + 4 = 0$.
Déterminer une représentation paramétrique de $\mathscr{D}$, la droite perpendiculaire au plan $\mathscr{P}$ et qui passe par $A(1\ ;-2\ ;-2)$.

Exercice 4 ★★ 20 min

Corrigé p. 77

Soit $\mathscr{P}$ le plan d'équation : $2x + y - 3z - 1 = 0$.

1. Les points $A(4\ ;-1\ ;2)$ et $B(0\ ;5\ ;1)$ appartiennent-ils à $\mathscr{P}$?
2. Donner un vecteur normal à $\mathscr{P}$.
3. Donner une représentation paramétrique de $\mathscr{P}$.
4. Déterminer le projeté orthogonal de B sur $\mathscr{P}$.

Exercice 5 ★★ 15 min

Corrigé p. 77

Soit les droites $\mathscr{D} : \begin{cases} x = 4 + t \\ y = 6 + 2t \\ z = 4 - t \end{cases}$, $t \in \mathbb{R}$, et $\mathscr{D}' : \begin{cases} x = 2 + k \\ y = 1 - k \\ z = -1 - 3k \end{cases}$, $k \in \mathbb{R}$.

1. Prouver que $\mathscr{D}$ et $\mathscr{D}'$ ne sont pas parallèles.
2. $\mathscr{D}$ et $\mathscr{D}'$ sont-elles coplanaires ?

Exercice 6 ★★ 10 min

Corrigé p. 77

On donne $\mathscr{D} : \begin{cases} x = 2t - 1 \\ y = t + 2 \\ z = -t + 1 \end{cases}$, $t \in \mathbb{R}$, et $\mathscr{P} : x + y - 2z - 1 = 0$.

Déterminer les coordonnées du point d'intersection de $\mathscr{D}$ et de $\mathscr{P}$.

Exercice 7 ★★ 15 min

Corrigé p. 78

Soit les droites $\mathscr{D}$: $\begin{cases} x = 2t - 2 \\ y = t + 9 \\ z = -t - 4 \end{cases}$, $t \in \mathbb{R}$, et (AB) avec $A(2\ ;1\ ;4)$ et $B(1\ ;3\ ;2)$.

Étudier la position relative de $\mathscr{D}$ et de (AB).

Exercice 8 ★★ 15 min

Corrigé p. 78

Soit le plan $\mathscr{P}_1$ passant par $A(4\ ;-3\ ;1)$ et de vecteur normal $\vec{n}\begin{pmatrix} 2 \\ 3 \\ -1 \end{pmatrix}$.

1. Déterminer une équation cartésienne de $\mathscr{P}_1$.
2. Déterminer la position de $\mathscr{P}_1$ par rapport à $\mathscr{P}_2$ d'équation cartésienne : $x + y - 2z = 0$.
3. $\mathscr{P}_1$ est-il sécant au plan $\mathscr{P}_3$ d'équation cartésienne : $-4x - 6y + 2z + 1 = 0$?
4. Déterminer une équation du plan $\mathscr{P}_4$ parallèle à $\mathscr{P}_2$ passant par A.

Exercice 9 ★★ 20 min

Corrigé p. 78

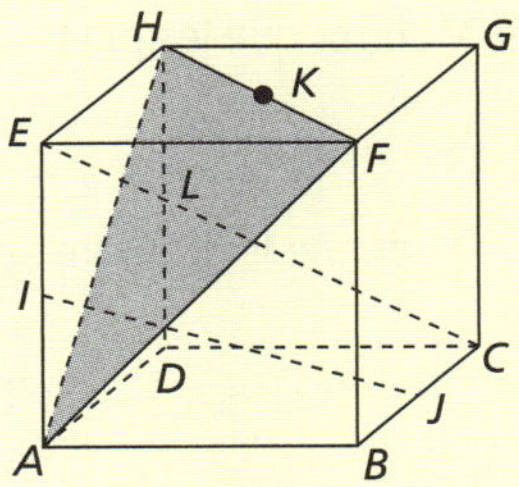

$ABCDEFGH$ désigne un cube de côté 1.
I, J et K sont les milieux respectifs de $[AE]$, de $[CB]$ et de $[HF]$.
La droite (EC) coupe le plan (AFH) en L.
L'espace est muni du repère orthonormé $(A\ ;\overrightarrow{AB}, \overrightarrow{AD}, \overrightarrow{AE})$.

1. Quelle est la position relative des droites (IJ) et (EF) ?
2. Calculer le produit scalaire $\overrightarrow{AF}.\overrightarrow{BG}$.
3. Déterminer une équation cartésienne du plan (AFH).
4. Parmi les vecteurs $\overrightarrow{EG}$, $\overrightarrow{EL}$, $\overrightarrow{IJ}$ et $\overrightarrow{DI}$, lequel est un vecteur normal au plan (AFH) ?

Exercice 10 ★★ 30 min

Corrigé p. 79

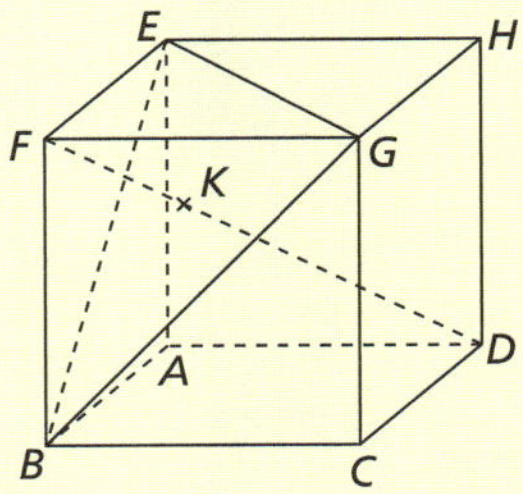

On considère le cube $ABCDEFGH$ représenté ci-contre et on munit l'espace du repère orthonormé $(A\ ;\overrightarrow{AB}, \overrightarrow{AD}, \overrightarrow{AE})$.

1. Déterminer une représentation paramétrique de la droite (FD).
2. Démontrer que le vecteur $\vec{n}\begin{pmatrix} 1 \\ -1 \\ 1 \end{pmatrix}$ est un vecteur normal au plan (BGE) et déterminer une équation cartésienne de ce plan.
3. Montrer que la droite (FD) est perpendiculaire au plan (BGE) et déterminer les coordonnées du projeté orthogonal de F sur le plan (BGE).
4. Quelle est la nature du triangle BGE ? Déterminer son aire.
5. En déduire le volume du tétraèdre $BEGF$.

Exercice 11 ★★★ 60 min

Corrigé p. 79

Dans un repère orthonormé $(O\ ;\ \vec{i},\ \vec{j},\ \vec{k})$, de l'espace, on considère pour tout réel m, le plan $\mathcal{P}_m$ d'équation

$$\frac{1}{4}m^2x + (m-1)y + \frac{1}{2}mz - 3 = 0.$$

1. Pour quelle(s) valeur(s) de m le point A(1 ; 1 ; 1) appartient-il au plan $\mathcal{P}_m$?

2. Montrer que les plans $\mathcal{P}_1$ et $\mathcal{P}_{-4}$ sont sécants selon la droite $\mathcal{D}$ de représentation paramétrique :

$$\mathcal{D}\begin{cases} x = 12 - 2t \\ y = 9 - 2t \\ z = t \end{cases}, \text{ avec } t \in \mathbb{R}.$$

3. a) Montrer que l'intersection entre le plan $\mathcal{P}_0$ et la droite $\mathcal{D}$ est un point noté B dont on déterminera les coordonnées.

b) Justifier que, pour tout réel m, le point B appartient au plan $\mathcal{P}_m$.

c) Montrer que le point B est l'unique point appartenant à $\mathcal{P}_m$ pour tout réel m.

4. Dans cette question, on considère deux entiers relatifs m et m' tels que :

$$-10 \leqslant m \leqslant 10 \quad \text{et} \quad -10 \leqslant m' \leqslant 10.$$

On souhaite déterminer les valeurs de m et de m' pour lesquelles $\mathcal{P}_m$ et $\mathcal{P}_{m'}$ sont perpendiculaires.

a) Vérifier que $\mathcal{P}_1$ et $\mathcal{P}_{-4}$ sont perpendiculaires.

b) Montrer que les plans $\mathcal{P}_m$ et $\mathcal{P}_{m'}$ sont perpendiculaires si, et seulement si :

$$\left(\frac{mm'}{4}\right)^2 + (m-1)(m'-1) + \frac{mm'}{4} = 0.$$

c) On donne le programme Python suivant :

```
for m in range(−10,11) :
    for m′ in range(−10,11) :
        if (m*m′/4)**2+(m−1)(m′−1)+m*m′/4==0 :
            print("("m ";" m′")")
```

Quel est le rôle de cet algorithme ?

d) Cet algorithme affiche six couples d'entiers dont (–4 ; 1), (0 ; 1) et (5 ; –4).
Écrire les six couples dans l'ordre d'affichage de l'algorithme.

4 Suites – Récurrence

1 Principe de démonstration par récurrence

Soit P_n une propriété à démontrer pour tout entier n supérieur à un entier n_0.
Initialisation : on démontre que la propriété est vraie pour l'entier n_0.
Hérédité : on suppose la propriété vraie pour un entier k supérieur ou égal à n_0 et on montre que la propriété est alors vraie pour l'entier $k + 1$.
Conclusion : d'après le principe de récurrence, la propriété est donc vraie pour tous les entiers supérieurs ou égaux à n_0.

Appliquer le cours

Soit (u_n) la suite définie par $u_0 = 0$ et pour tout entier naturel n, $u_{n+1} = \sqrt{u_n + 6}$.
Montrer par récurrence que pour tout entier naturel n, $0 \leqslant u_n \leqslant 3$.

Solution

Soit $P_n : 0 \leqslant u_n \leqslant 3$.

- On a $u_0 = 0$, donc P_0 est vraie.
- Supposons qu'il existe un entier naturel k tel que P_k soit vraie.

On aurait alors :

$$0 \leqslant u_k \leqslant 3$$
$$\Rightarrow \quad 6 \leqslant u_k + 6 \leqslant 9$$
$$\Rightarrow \quad \sqrt{6} \leqslant \sqrt{u_k + 6} \leqslant \sqrt{9}$$

car $x \mapsto \sqrt{x}$ croît sur $[6 ; 9]$;
donc $0 \leqslant u_{k+1} \leqslant 3$.
P_{k+1} serait donc vraie : c'est héréditaire.

- D'après le principe de récurrence, pour tout entier naturel n, P_n est vraie, c'est-à-dire que $\mathbf{0 \leqslant u_n \leqslant 3}$.

2 Limites des suites

A Définitions

- **La suite (u_n) tend vers $+\infty$** si tout intervalle de la forme $[A ; +\infty[$ contient toutes les valeurs u_n à partir d'un certain rang. On note $\lim\limits_{n \to +\infty} u_n = +\infty$.
On dit que la suite (u_n) **diverge** vers $+\infty$
- **La suite (u_n) tend vers $-\infty$** si tout intervalle de la forme $]-\infty ; A]$ contient toutes les valeurs u_n à partir d'un certain rang. On note $\lim\limits_{n \to +\infty} u_n = -\infty$.
On dit que la suite (u_n) **diverge** vers $-\infty$
- **La suite (u_n) tend vers le nombre réel ℓ** si tout intervalle ouvert contenant ℓ contient toutes les valeurs u_n à partir d'un certain rang. On note $\lim\limits_{n \to +\infty} u_n = \ell$.
La suite (u_n) est dite **convergente**.

B Limites de référence

- Limites infinies : $\lim\limits_{n \to +\infty} n = +\infty$ $\quad \lim\limits_{n \to +\infty} n^2 = +\infty$ $\quad \lim\limits_{n \to +\infty} \sqrt{n} = +\infty$.
- Limites nulles : $\lim\limits_{n \to +\infty} \frac{1}{n} = 0$ $\quad \lim\limits_{n \to +\infty} \frac{1}{n^2} = 0$ $\quad \lim\limits_{n \to +\infty} \frac{1}{\sqrt{n}} = 0$.

C Opérations sur les limites

- Les opérations sur les limites obéissent au bon sens avec :

– un quotient par un nombre infiniment grand donne en général une limite nulle ;
– un quotient par un nombre infiniment petit donne en général une limite infinie.

- Il existe quatre **formes indéterminées** : « $+\infty - \infty$ » ; « $0 \times \infty$ » ; « $\dfrac{\infty}{\infty}$ » ; « $\dfrac{0}{0}$ ».

Appliquer le cours

Déterminer les limites des deux suites.

1. (u_n) définie par, $\forall n \in \mathbb{N}$, $u_n = -n^2 + 6n$.

2. (v_n) définie par, $\forall n \in \mathbb{N}^*$, $v_n = \dfrac{n+3}{2n}$.

Solution

1. On a $\lim\limits_{n\to+\infty} -n^2 = -\infty$ et $\lim\limits_{n\to+\infty} 6n = +\infty$ donc la limite de la somme est une forme indéterminée.

On transforme par factorisation.

$\forall n \in \mathbb{N}$, on a $u_n = -n(n-6)$.

On a $\lim\limits_{n\to+\infty} -n = -\infty$ et $\lim\limits_{n\to+\infty} n-6 = +\infty$.

Par produit, on a $\mathbf{\lim\limits_{n\to+\infty} u_n = -\infty}$.

2. On a $\lim\limits_{n\to+\infty} n+3 = +\infty$ et $\lim\limits_{n\to+\infty} 2n = +\infty$ donc la limite du quotient est une forme indéterminée.

On transforme par factorisation.

$\forall n \in \mathbb{N}^*$, on a $v_n = \dfrac{n\left(1+\dfrac{3}{n}\right)}{2n} = \dfrac{1+\dfrac{3}{n}}{2}$.

On a $\lim\limits_{n\to+\infty} \dfrac{3}{n} = 0$, donc $\mathbf{\lim\limits_{n\to+\infty} v_n = 0{,}5}$.

À retenir

Quand on a une forme indéterminée de la forme « $\infty - \infty$ » ou « $\dfrac{\infty}{\infty}$ », on transforme souvent l'expression par factorisation.

D Propriétés

- Toute suite **croissante non majorée** diverge vers $+\infty$ (sa limite vaut $+\infty$).
- Toute suite **décroissante non minorée** diverge vers $-\infty$ (sa limite vaut $-\infty$).
- Toute suite **croissante majorée (ou décroissante minorée)** converge.

- Soit (u_n), (v_n) et (w_n) trois suites.

– Théorème de minoration :

Si $u_n \leqslant v_n$ à partir d'un certain rang et si $\lim\limits_{n\to+\infty} u_n = +\infty$, alors $\lim\limits_{n\to+\infty} v_n = +\infty$.

– Théorème de majoration :

Si $u_n \leqslant v_n$ à partir d'un certain rang et si $\lim\limits_{n\to+\infty} v_n = -\infty$, alors $\lim\limits_{n\to+\infty} u_n = -\infty$.

– Théorème d'encadrement :

Si $u_n \leqslant v_n \leqslant w_n$ à partir d'un certain rang et si $\lim\limits_{n\to+\infty} u_n = \ell = \lim\limits_{n\to+\infty} w_n$, alors $\lim\limits_{n\to+\infty} v_n = \ell$.

- **Comportement d'une suite géométrique (q^n)**

Soit q un réel. Pour la suite (q^n), on a :

$q < 1$	$q = -1$	$-1 < q < 1$	$q = 1$	$1 < q$
(q^n) n'a pas de limite	(q^n) prend deux valeurs opposées	(q^n) converge vers 0	(q^n) est constante	(q^n) diverge vers $+\infty$

Exercices d'entraînement

Exercice 1 ★ 10 min

Corrigé p. 81

Soit (u_n) la suite définie par son premier terme u_0 et la relation $u_{n+1} = \sqrt{2+u_n}$, $\forall\, n \in \mathbb{N}$.

1. On prend $u_0 = 3{,}5$.
Montrer par récurrence que (u_n) est minorée par 2.

2. On prend $u_0 = 1$.
Montrer par récurrence que pour tout entier n, on a $0 \leqslant u_n \leqslant 2$.

Exercice 2 ★ 10 min

Corrigé p. 81

1. Soit x un réel, $x > -1$.
Démontrer par récurrence l'inégalité de Bernoulli, c'est-à-dire pour tout entier naturel n,

$$(1 + x)^n \geqslant 1 + nx.$$

2. En déduire que, pour tout réel $q > 1$, $\lim\limits_{n \to +\infty} q^n = +\infty$.

Exercice 3 ★ 8 min

Corrigé p. 81

Dans chaque cas, calculer la limite de la suite (u_n) :

a) $u_n = 12\,n^2 - 7\,n - 5$;

b) $u_n = \dfrac{-3n^3+3}{4n+2}$.

Exercice 4 ★★ 12 min

Corrigé p. 81

Soit (u_n) la suite définie pour tout entier n par $u_n = \sqrt{n^2+3} - n$.

1. Montrer que $\lim\limits_{n \to +\infty} u_n = 0$.

2. On admet que (u_n) est décroissante.
On veut estimer la vitesse de convergence de la suite (u_n) vers 0 à l'aide d'un algorithme.

a) Compléter l'algorithme suivant pour qu'il indique le plus petit entier N tel que l'écart entre u_N et 0 est inférieur à 10^{-2}.

```
N = ...
Tant que ...
        N = N + 1
Fin Tantque
Afficher N.
```

b) Quel est l'entier N affiché en sortie de l'algorithme ?

c) On considère que la vitesse de convergence est lente si cet entier N est supérieur à 100.
Que peut-on conclure sur la vitesse de convergence de la suite (u_n) ?

Exercice 5 ★★ 10 min

Corrigé p. 82

Soit (u_n) une suite croissante admettant une limite finie ℓ.
Démontrer, en raisonnant par l'absurde, que pour tout entier naturel n, on a $u_n \leqslant \ell$.

Exercice 6 ★★ 45 min

Corrigé p. 82

Partie A

Sur $]0\ ;+\infty[$, on considère la fonction f définie par $f(x) = \dfrac{2x-1}{x}$.

On note $\mathscr{C}$ sa courbe représentative dans un repère orthonormé avec 2 centimètres comme unité. On note $\mathscr{D}$ la droite d'équation $y = x$.

1. Étudier les variations de f sur $]0\ ;+\infty[$.
2. Montrer que $\mathscr{D}$ est la tangente à $\mathscr{C}$ au point d'abscisse 1.
3. Représenter $\mathscr{D}$ et $\mathscr{C}$.

Partie B

Soit (u_n) la suite définie par $u_0 = 5$ et $u_{n+1} = f(u_n)$ pour tout entier naturel n.

1. Montrer par récurrence que $u_n > 1$ pour tout entier naturel n.
2. À l'aide du graphique de la **Partie A**, construire u_1, u_2, u_3.
3. Calculer les valeurs exactes de u_1, u_2 et u_3 sous forme fractionnaire.
4. Conjecturer la limite de (u_n) quand n tend vers $+\infty$.

Partie C

Pour tout entier naturel n, on pose : $v_n = \dfrac{1}{u_n - 1}$.

1. Montrer que la suite (v_n) est une suite arithmétique dont on précisera la raison et le premier terme.
2. Exprimer v_n en fonction de n. En déduire l'expression de u_n en fonction de n.
3. Calculer la limite de (u_n) quand n tend vers $+\infty$.

Exercice 7 ★★ 30 min

Corrigé p. 83

Soit (u_n) la suite définie par son premier terme u_0 et, pour tout entier naturel n, par la relation $u_{n+1} = au_n + b$ (a et b réels non nuls tels que $a \neq 1$).
On pose, pour tout entier naturel n, $v_n = u_n - \dfrac{b}{1-a}$.

1. Démontrer que, la suite (v_n) est géométrique de raison a.
2. En déduire que si a appartient à l'intervalle $]-1\ ;1[$, alors la suite (u_n) a pour limite $\dfrac{b}{1-a}$.

En mars 2015, Max achète une plante verte mesurant 80 cm. On lui conseille de la tailler tous les ans, au mois de mars, en coupant un quart de sa hauteur. La plante poussera alors de 30 cm au cours des douze mois suivants.
Dès qu'il rentre chez lui, Max taille sa plante.

3. Quelle sera la hauteur de la plante en mars 2016 avant que Max ne la taille ?
4. Pour tout entier naturel n, on note h_n la hauteur de la plante, avant sa taille, en mars de l'année $(2015 + n)$.

a) Justifier que, pour tout entier naturel n, $h_{n+1} = 0{,}75h_n + 30$.

b) Conjecturer à l'aide de la calculatrice le sens de variations de la suite (h_n).
Démontrer cette conjecture (on pourra utiliser un raisonnement par récurrence).

c) La suite (h_n) est-elle convergente ? Justifier la réponse.

5 Limites – Continuité – Dérivées

1 Limites d'une fonction

A Limite finie à l'infini

- **Une fonction f admet un réel ℓ comme limite en $+\infty$** si tout intervalle ouvert contenant ℓ, contient toutes les valeurs de $f(x)$ pour tout réel x supérieur à un réel x_0.

On note $\lim\limits_{x\to+\infty} f(x) = \ell$.

La fonction f est dite **convergente** en $+\infty$.

- Si f converge en $+\infty$ vers un réel ℓ, alors la droite d'équation $y = \ell$ est une **asymptote horizontale** à la courbe représentative de f au voisinage de $+\infty$.

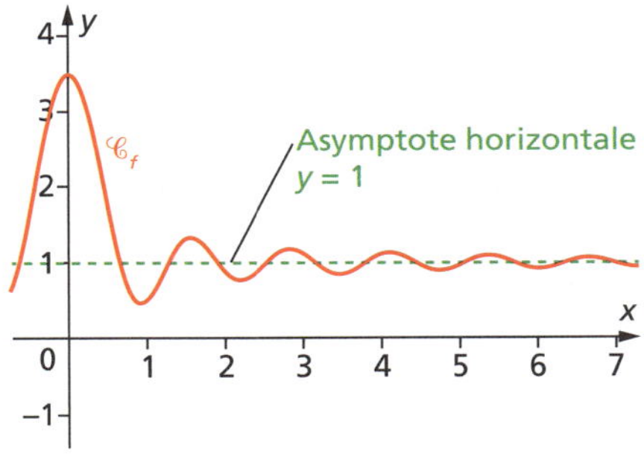

- **Une fonction f admet un réel ℓ comme limite en $-\infty$** si tout intervalle ouvert contenant ℓ contient toutes les valeurs de $f(x)$ pour tout réel x inférieur à un réel x_0.

On note $\lim\limits_{x\to-\infty} f(x) = \ell$.

La fonction f est dite **convergente** en $-\infty$

- Si f converge en $-\infty$ vers un réel ℓ, alors la droite d'**équation** $y = \ell$ est une **asymptote horizontale** à la courbe représentative de f au voisinage de $-\infty$.

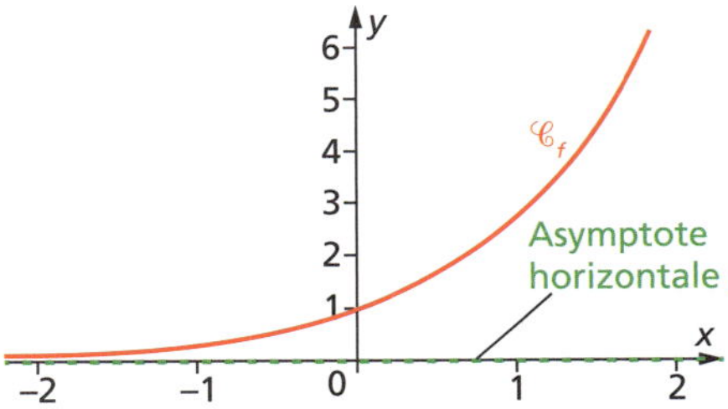

- **Limites finies de référence en l'infini**

$\lim\limits_{x\to+\infty} \dfrac{1}{x} = 0$ $\lim\limits_{x\to+\infty} \dfrac{1}{x^2} = 0$ $\lim\limits_{x\to+\infty} \dfrac{1}{\sqrt{x}} = 0$

$\lim\limits_{x\to-\infty} \dfrac{1}{x} = 0$ $\lim\limits_{x\to-\infty} \dfrac{1}{x^2} = 0$ $\lim\limits_{x\to-\infty} e^x = 0$ $\lim\limits_{x\to-\infty} xe^x = 0$

B Limite infinie à l'infini

- **Une fonction f admet $+\infty$ comme limite en $+\infty$** si tout intervalle de la forme $[A ; +\infty[$ contient toutes les valeurs de $f(x)$ pour tout réel x supérieur à un réel x_0.

On note $\lim\limits_{x\to+\infty} f(x) = +\infty$. La fonction f est dite **divergente** en $+\infty$.

- **Une fonction f admet $-\infty$ comme limite en $+\infty$** si tout intervalle de la forme $]-\infty ; A]$ contient toutes les valeurs de $f(x)$ pour tout réel x supérieur à un réel x_0.

On note $\lim\limits_{x\to+\infty} f(x) = -\infty$. La fonction f est dite **divergente** en $+\infty$.

On définit de même des limites $+\infty$ ou $-\infty$ en $-\infty$.

• Limites infinies de référence en l'infini

$\lim\limits_{x \to +\infty} x = +\infty$ | $\lim\limits_{x \to +\infty} x^2 = +\infty$ | $\lim\limits_{x \to +\infty} \sqrt{x} = +\infty$ | $\lim\limits_{x \to +\infty} e^x = +\infty$ | $\lim\limits_{x \to +\infty} \dfrac{e^x}{x} = +\infty$

$\lim\limits_{x \to -\infty} x = +\infty$ | $\lim\limits_{x \to -\infty} x^2 = +\infty$

C Limite infinie en un réel fini

Soit a un nombre réel.

• On dit que ***f* admet $+\infty$ comme limite en *a* par valeurs supérieures à *a***, si tout intervalle de la forme $[A\ ;+\infty[$ contient toutes les valeurs de $f(x)$ pour tout réel x de $]a\ ;a+h[$ avec h un réel strictement positif. On note $\lim\limits_{x \to a^+} f(x) = +\infty$.

• On dit que ***f* admet $-\infty$ comme limite en *a* par valeurs supérieures à *a***, si tout intervalle de la forme $]-\infty\ ;A]$ contient toutes les valeurs de $f(x)$ pour tout réel x de $]a\ ;a+h[$ avec h un réel strictement positif. On note $\lim\limits_{x \to a^+} f(x) = -\infty$.

• On dit que ***f* admet $+\infty$ comme limite en *a* par valeurs inférieures à *a***, si tout intervalle de la forme $[A\ ;+\infty[$ contient toutes les valeurs de $f(x)$ pour tout réel x de $]a-h\ ;a[$ avec h un réel strictement positif. On note $\lim\limits_{x \to a^-} f(x) = +\infty$.

• On dit que ***f* admet $-\infty$ comme limite en *a* par valeurs inférieures à *a***, si tout intervalle de la forme $]-\infty\ ;A]$ contient toutes les valeurs de $f(x)$ pour tout réel x de $]a-h\ ;a[$ avec h un réel strictement positif. On note $\lim\limits_{x \to a^-} f(x) = -\infty$.

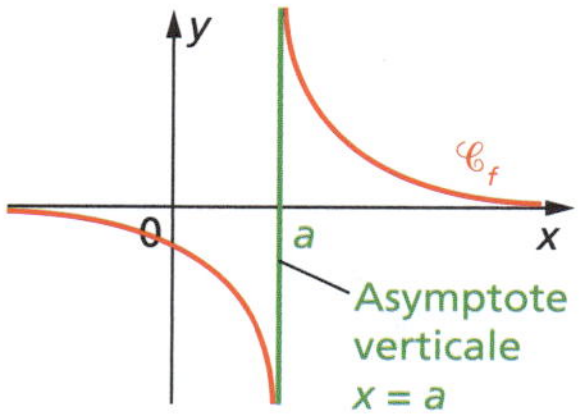

• Si f admet en a^+ ou en a^- une limite infinie, alors la droite d'**équation** $x = a$ est une **asymptote verticale** à la courbe représentative de f.

• Limites infinies de référence en un nombre fini

$\lim\limits_{x \to 0^+} \dfrac{1}{x} = +\infty$ | $\lim\limits_{x \to 0^-} \dfrac{1}{x} = -\infty$ | $\lim\limits_{x \to 0} \dfrac{1}{x^2} = +\infty$ | $\lim\limits_{x \to 0^+} \dfrac{1}{\sqrt{x}} = +\infty$

D Calculs sur les limites

• Opérations sur les limites

Les opérations sur les limites obéissent au bon sens avec :
- un quotient par un nombre infiniment grand donne en général une limite nulle ;
- un quotient par un nombre infiniment petit donne en général une limite infinie.

Il existe **quatre formes indéterminées** : « $+\infty - \infty$ » ; « $0 \times \infty$ » ; « $\dfrac{\infty}{\infty}$ » ; « $\dfrac{0}{0}$ ».

• Limite d'une fonction composée

Soit a, b et c trois réels ou $+\infty$ ou $-\infty$. Soit f et g deux fonctions.

Si $\lim\limits_{x \to a} f(x) = b$ et $\lim\limits_{X \to b} g(X) = c$, alors $\lim\limits_{x \to a} g(f(x)) = c$.

Appliquer le cours

Calculer $\lim_{x \to 3^+} \frac{1}{3-x}$.

Solution

On a $\lim_{x \to 3^+} 3 - x = 0^-$.

On a aussi $\lim_{X \to 0^-} \frac{1}{X} = -\infty$.

Par composition, on en déduit que :

$$\lim_{x \to 3^+} \frac{1}{3-x} = -\infty.$$

- **Propriétés**

– Toute fonction **croissante non majorée** diverge vers $+\infty$ (sa limite vaut $+\infty$).
– Toute fonction **décroissante non minorée** diverge vers $-\infty$ (sa limite vaut $-\infty$).
– Toute fonction **croissante majorée (ou décroissante minorée)** converge.

Soit f, g et h trois fonctions.

– Théorème de minoration :

Si $f(x) \leqslant g(x)$ pour x suffisamment grand et si $\lim_{x \to +\infty} f(x) = +\infty$, alors $\lim_{x \to +\infty} g(x) = +\infty$.

– Théorème de majoration :

Si $f(x) \leqslant g(x)$ pour x suffisamment grand et si $\lim_{x \to +\infty} g(x) = -\infty$, alors $\lim_{x \to +\infty} f(x) = -\infty$.

– Théorème d'encadrement :

Si $f(x) \leqslant g(x) \leqslant h(x)$ pour x suffisamment grand et si $\lim_{x \to +\infty} f(x) = \ell = \lim_{x \to +\infty} h(x)$, alors $\lim_{x \to +\infty} g(x) = \ell$.

Appliquer le cours

Justifier que pour tout réel x strictement positif, on a $\frac{-1}{x} \leqslant \frac{\sin(x)}{x} \leqslant \frac{1}{x}$.

En déduire $\lim_{x \to +\infty} \frac{\sin(x)}{x}$.

Solution

$\forall x \in]0 ; +\infty[$, on $-1 \leqslant \sin(x) \leqslant 1$.

En divisant par x, strictement positif, on a :

$\frac{-1}{x} \leqslant \frac{\sin(x)}{x} \leqslant \frac{1}{x}$.

Or on a $\lim_{x \to +\infty} \frac{-1}{x} = 0 = \lim_{x \to +\infty} \frac{1}{x}$.

Par encadrement, on en déduit :

$$\lim_{x \to +\infty} \frac{\sin(x)}{x} = 0.$$

2 Continuité

- **Définitions**

Soit a un réel et f une fonction définie sur I un intervalle contenant a.
– On dit que ***f* est continue en *a*** si, et seulement si, $\lim_{x \to a} f(x) = f(a)$.
– On dit que ***f* est continue sur I** si, et seulement si, f est continue en tout réel de I.

- **Propriétés**

– Toute fonction dérivable sur un intervalle I est continue sur I.
– Les fonctions usuelles (polynôme, rationnelle, racine carrée, ln, exp, ...) sont continues sur chacun des intervalles où elles sont définies.
– Toute somme, produit, quotient, composée de fonctions continues est dérivable sur chacun des intervalles où elle est définie.

– Soit f une fonction continue sur un intervalle I et (u_n) une suite à valeurs dans I et convergente vers un réel a de I. La suite (v_n) définie pour tout entier naturel n par $v_n = f(u_n)$ est convergente avec sa limite qui est $f(a)$.

• Théorème des valeurs intermédiaires

Soit f une fonction continue sur un intervalle $[a ; b]$. Pour tout réel k compris entre $f(a)$ et $f(b)$, l'équation $f(x) = k$ admet au moins une solution dans $[a ; b]$.

• Théorème de la bijection (corollaire du théorème des valeurs intermédiaires)

Soit f une fonction continue strictement monotone sur un intervalle $[a ; b]$. Pour tout réel k compris entre $f(a)$ et $f(b)$, l'équation $f(x) = k$ admet une unique solution dans $[a ; b]$.

> **Remarque**
> On peut prendre a ou b infini en remplaçant $f(a)$ ou $f(b)$ par la limite de f en a ou en b.

Appliquer le cours

Soit f la fonction définie sur $\mathbb{R}$ par :

$$f(x) = -x^3 - 5x + 1.$$

1. Justifier que f est strictement décroissante sur $\mathbb{R}$.

2. Montrer que l'équation $f(x) = 0$ admet une unique solution sur $[0 ; 1]$.

Solution

1. f est une fonction dérivable sur $\mathbb{R}$ comme fonction polynôme, avec $\forall x \in \mathbb{R}$, $f'(x) = -3x^2 - 5$.

$\forall x \in \mathbb{R}$, on a $f'(x) < 0$, donc f décroît strictement sur $\mathbb{R}$.

2. f est une fonction continue sur $[0 ; 1]$, strictement décroissante, avec $f(0) = 1$ et $f(1) = -5$.
Comme 0 est compris entre $f(0)$ et $f(1)$, d'après le théorème de la bijection, **l'équation $f(x) = 0$ admet une unique solution sur $[0 ; 1]$.**

3 Complément sur la dérivation

A Fonction composée

• Définition

Soit u une fonction définie sur un intervalle I à valeurs dans J et v une fonction définie sur J.
On appelle **composée de u suivie de v** la fonction notée $v \circ u$ et définie pour tout x de I par :

$$(v \circ u)(x) = v(u(x)).$$

• Propriété

Soit u une fonction dérivable sur un intervalle I à valeur dans J et v une fonction dérivable sur J.
$v \circ u$ est dérivable sur I avec $(v \circ u)' = u' \times (v' \circ u)$.

Fonction f	Dérivée f'	Conditions
u^n	$n\,u'\,u^{n+1}$	$n \in \mathbb{N}$
$\frac{1}{u^n}$	$\frac{-u'}{u^{n+1}}$	$n \in \mathbb{N}^*$ u non nul
$\sqrt{u}$	$\frac{u'}{2\sqrt{u}}$	$u > 0$
e^u	$u'\,e^u$	

Appliquer le cours

Soit f la fonction définie sur $\mathbb{R}$ par :

$$f(x) = e^{-x^2}.$$

Déterminer sa fonction dérivée.

Solution

f est dérivable sur $\mathbb{R}$ comme composée de fonctions dérivables sur $\mathbb{R}$.
$\forall x \in \mathbb{R}$, $f'(x) = (-x^2)'\,e^{-x^2} = \mathbf{-2x\,e^{-x^2}}$.

B Convexité

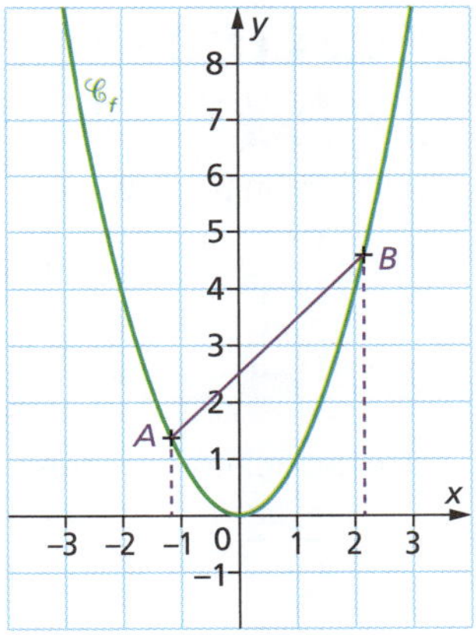

• Définitions

– Soit f une fonction dont la dérivée f' est dérivable sur un intervalle I.
On appelle **dérivée seconde de f** sur I, la fonction dérivée de f'. On la note f''.

– Soit f une fonction définie sur un intervalle I.
f est dite **convexe** sur I si, et seulement si, pour tous points A et B de $\mathscr{C}_f$, la partie de $\mathscr{C}_f$ comprise entre A et B est située au-dessous de $[AB]$.

– Soit f une fonction définie sur un intervalle I.
f est dite **concave** sur I si, et seulement si,
pour tous points A et B de $\mathscr{C}_f$, la partie de $\mathscr{C}_f$ comprise entre A et B est située au-dessus de $[AB]$.

• Propriétés

– Une fonction f deux fois dérivable sur un intervalle I est **convexe**
$\Leftrightarrow$ f' est croissante sur I
$\Leftrightarrow$ f'' est positive sur I
$\Leftrightarrow$ $\mathscr{C}_f$ est situé au-dessus de ces tangentes

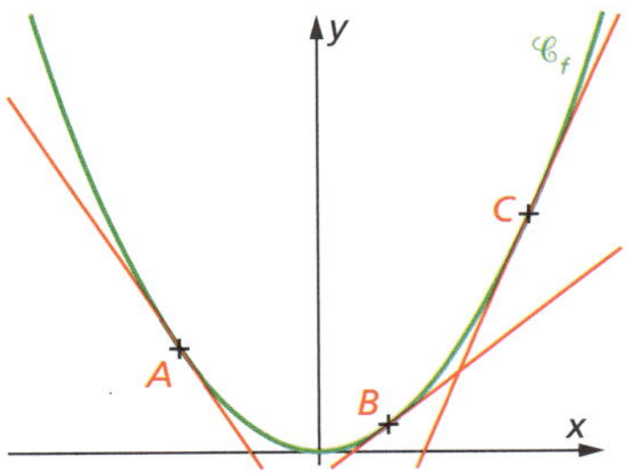

– Une fonction f deux fois dérivable sur un intervalle I est **concave**
$\Leftrightarrow$ f' est décroissante sur I
$\Leftrightarrow$ f'' est négative sur I
$\Leftrightarrow$ $\mathscr{C}_f$ est situé au-dessous de ces tangentes

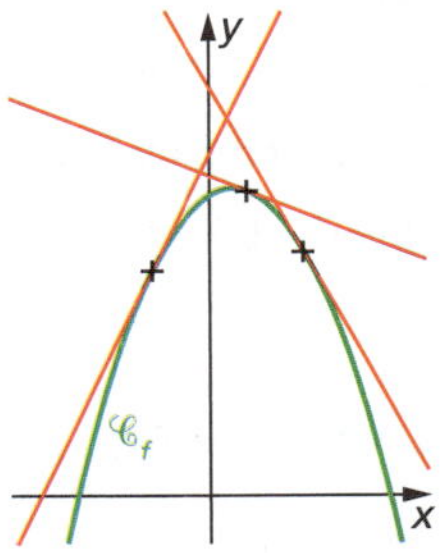

• Point d'inflexion

– $\mathscr{C}_f$ admet au point d'abscisse a un **point d'inflexion** si, et seulement si, f change de convexité, c'est-à-dire si, et seulement si, f est convexe d'un côté de a et concave de l'autre côté.
– $\mathscr{C}_f$ admet un point d'inflexion au point d'abscisse a
$\Leftrightarrow$ $f''(x)$ s'annule en a en changeant de signe
$\Leftrightarrow$ la tangente à $\mathscr{C}_f$ au point d'abscisse a traverse $\mathscr{C}_f$

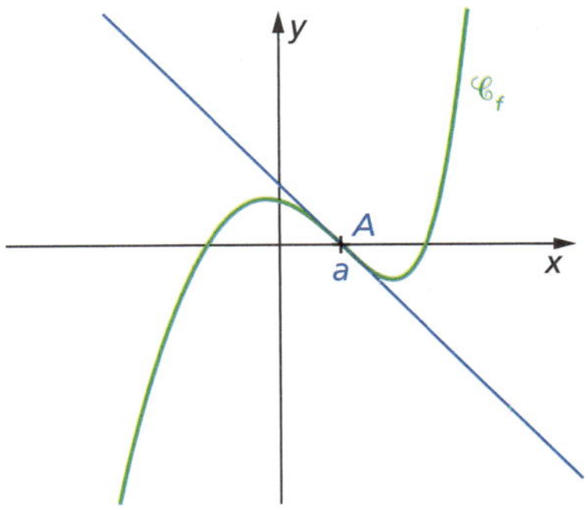

Exercices d'entraînement

Exercice 1 ★ 12 min

Corrigé p. 83

Calculer les limites suivantes :

a) $\lim\limits_{x \to +\infty} \dfrac{3x-1}{2x+5}$ b) $\lim\limits_{x \to +\infty} 4x^2 - 5x + 1$ c) $\lim\limits_{x \to -\infty} x^3 - 5x + 1$ d) $\lim\limits_{x \to -\infty} \sqrt{\dfrac{2x+1}{x+2}}$

Exercice 2 ★ 12 min

Corrigé p. 84

Calculer les limites suivantes :

a) $\lim\limits_{x \to 2^+} \dfrac{1-5x}{x-2}$ b) $\lim\limits_{x \to -1^+} \dfrac{x}{x^2-1}$ c) $\lim\limits_{x \to 0} \dfrac{\cos(x)-1}{x}$ d) $\lim\limits_{x \to 3} \dfrac{x^2-2x-3}{x-3}$

Exercice 3 ★★ 30 min

Corrigé p. 84

Soit f la fonction numérique définie sur $\mathbb{R}\backslash\{1\,;-3\}$ par :

$$f(x) = \frac{2x+2}{x^2+2x-3}.$$

On note $\mathscr{C}$ la courbe représentative de f dans un repère orthonormé d'unité le centimètre.

1. Déterminer les six limites de f aux bornes de son domaine de définition ; préciser les asymptotes à $\mathscr{C}$.

2. Étudier les variations de f.

3. a) Déterminer les coordonnées de I, le point d'intersection de $\mathscr{C}$ avec l'axe des abscisses.

b) Donner une équation de la tangente $\mathscr{T}$ à $\mathscr{C}$ en I.

c) Étudier le signe de $f(x) - (-0,5x - 0,5)$. En déduire la position relative de $\mathscr{C}$ par rapport à $\mathscr{T}$.

4. Tracer $\mathscr{T}$, puis $\mathscr{C}$.

Exercice 4 ★★ 12 min

Corrigé p. 85

Soit f la fonction définie sur $\mathbb{R}$ par $f(x) = (x^2 - 2x)^8$.
Dresser le tableau de variations de la fonction f avec les limites en $+\infty$ et en $-\infty$, en justifiant les réponses.

Exercice 5 ★ 9 min

Corrigé p. 85

Calculer les dérivées des fonctions suivantes en rappelant à chaque fois la règle employée.

a) $g(x) = 2(2x+3)^{2015}$ sur $\mathbb{R}$.

b) $h(x) = \sqrt{x^2+4x+3}$ sur $]-\infty\,;-3] \cup [-1\,;+\infty[$.

c) $u(x) = f(-5x+7)$ avec $f'(x) = 5x^2 + 1$ sur $\mathbb{R}$.

Exercice 6 ★★ 10 min

Corrigé p. 86

1. Soit la fonction définie sur $]0\,;+\infty[$ par $f(x) = \dfrac{5x + 2\sin(x)}{x}$.

a) Montrer que, pour tout x de $]0\,;+\infty[$, on a : $5 - \dfrac{2}{x} \leqslant f(x) \leqslant 5 + \dfrac{2}{x}$.

b) En déduire la limite en $+\infty$ de $f(x)$.

2. Étudier par composition la limite en $-\infty$ de $g(x) = \sqrt{\dfrac{x^3+1}{x}}$ sur $]-\infty\,;-1]$.

Exercice 7 ★★ 9 min

Corrigé p. 86

On a représenté ci-contre, dans un repère orthonormé, d'unités graphiques 2 cm, la courbe représentative $\mathscr{C}$ d'une fonction f définie sur $\mathbb{R}$.

La courbe $\mathscr{C}$ passe par les points A (0 ; 2), E(–2 ; 0) et D (–1 ; e).

Le point B a pour coordonnées (2 ; 0).

La droite (AB) est la tangente en A à $\mathscr{C}$.

La tangente à $\mathscr{C}$ au point D est parallèle à l'axe des abscisses.

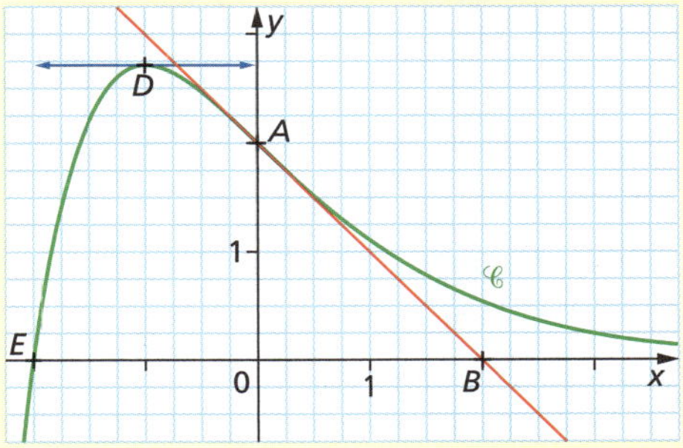

1.a) Déterminer graphiquement $f(-1)$ et $f'(-1)$.

b) Déterminer graphiquement $f(0)$ et $f'(0)$.

2.a) Déterminer graphiquement $f''(0)$. Justifier avec soin.

b) Étudier la convexité de la fonction f. Justifier avec soin.

Exercice 8 ★★ 15 min

Corrigé p. 86

Soit f la fonction définie sur $\mathbb{R}\backslash\{2\}$ par $f(x) = \dfrac{1}{x-2}$.

On note $\mathscr{C}_f$ sa courbe représentative dans un repère orthonormé $(O ; \vec{u}, \vec{v})$.

1. Déterminer les limites de f aux quatre bornes de son domaine de définition.
Quelle conséquence peut-on en déduire pour $\mathscr{C}_f$?

2. Montrer que f décroît strictement sur $]-\infty ; 2[$ et sur $]2 ; +\infty[$.

Exercice 9 ★★ 18 min

Corrigé p. 86

Soit g la fonction définie par $g(x) = \sqrt{x(x-4)}$.

On note $\mathscr{C}_g$ sa courbe représentative dans le repère $(O ; \vec{u}, \vec{v})$.

1. Déterminer l'ensemble de définition de g.

2. Par composition, déterminer les limites en $-\infty$ et en $+\infty$ de g.

3. Montrer que g n'est pas dérivable en 4.

4. Étudier les variations de g sur son domaine de définition.

Exercice 10 ★★ 20 min

Corrigé p. 86

Soit f et g deux fonctions définies sur $\mathbb{R}$.

1.a) Donner une définition de $\lim\limits_{x \to +\infty} f(x) = +\infty$.

b) À l'aide de la définition, démontrer que :

si, pour tout x de $\mathbb{R}$, $g(x) \geqslant f(x)$, et si $\lim\limits_{x \to +\infty} f(x) = +\infty$ alors $\lim\limits_{x \to +\infty} g(x) = +\infty$.

2. Soit f et g les fonctions définies sur $\mathbb{R}$ par $f(x) = x^2 - 3$ et $g(x) = x^2 - 3\sin(x)$.

a) Calculer $\lim\limits_{x \to +\infty} f(x)$.

b) Prouver que, pour tout réel x, $g(x) \geqslant f(x)$.

c) Conclure.

Exercice 11 ★★ 40 min

Corrigé p. 87

Dans tout l'exercice, n désigne un entier naturel et f_n la fonction définie sur $]-\infty\,;1]$ par :

$$f_n(x) = x^n\sqrt{1-x}\ .$$

On admet que f_n est dérivable sur $]-\infty\,;1[$.

1. Dans cette question *n*, = 0.

a) Montrer que f_0 est strictement décroissante sur $]-\infty\,;1]$.

b) Étudier la convexité de f_0.

2. Dans cette question, *n* = 1.

$\mathscr{C}_{f_1}$, la représentation graphique de f_1 est tracée ci-dessous, ainsi que la tangente $\mathscr{T}$ à $\mathscr{C}_{f_1}$ au point d'abscisse 0,75. On admet que $\mathscr{C}_{f_1}$ possède une tangente horizontale au point de coordonnées $\left(\dfrac{2}{3}\,;\,\dfrac{2\sqrt{3}}{9}\right)$.

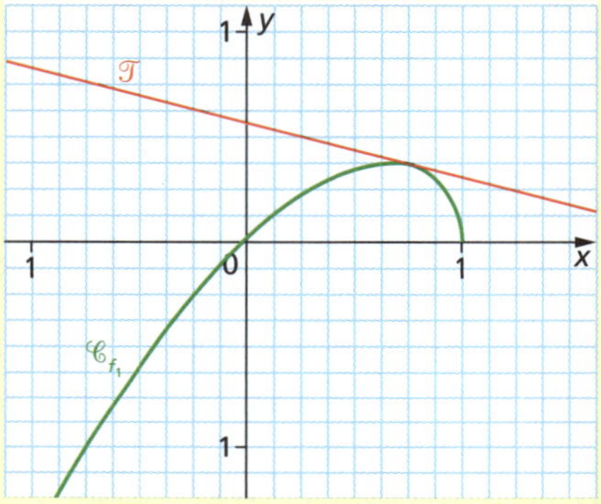

a) Lire graphiquement la limite en $-\infty$ de $f_1(x)$, puis $f_1'(0{,}75)$.

b) À l'aide du graphique, dresser le tableau de variations de f_1.

c) Prouver que l'équation $f_1(x) = -1$ possède une unique solution dont on donnera une valeur approchée à 10^{-2} près.

3. Dans cette question, *n* = 2.

a) Déterminer la limite en $-\infty$ de $f_2(x)$.

b) Établir les variations de f_2.

c) Dresser un tableau de variations de f_2.

4. Pour $n \geqslant 1$, on considère la suite (a_n) où a_n est l'unique élément de $]0\,;1[$ tel que $f_n'(a_n) = 0$.

a) Exprimer a_n en fonction de n.

b) La suite (a_n) est-elle convergente ? Justifier la réponse.

6 Fonctions logarithme népérien et trigonométriques

1 Fonction logarithme népérien

A Définition et conséquences

La fonction logarithme népérien est la fonction, qui à tout réel x strictement positif, associe l'unique solution réelle y de l'équation $e^y = x$.

- $\ln : \begin{cases}]0\,;+\infty[\to \mathbb{R} \\ x \mapsto \ln(x) \end{cases}$
- $\forall x \in \,]0\,;+\infty[,\ e^{\ln(x)} = x$
- $\forall x \in \mathbb{R},\ \ln(e^x) = x$

Appliquer le cours
Résoudre l'équation suivante :
$$\ln(x + 1) = 1.$$

Solution
Il faut $x + 1 > 0 \Leftrightarrow x > -1$.
$\ln(x + 1) = 1 \Leftrightarrow x + 1 = e \Leftrightarrow x = e - 1$.
Comme $e - 1 > -1$, on a donc $\boldsymbol{S = \{e - 1\}}$.

B Propriétés algébriques

Pour tous réels x et y strictement positifs, on a :

$\ln(xy) = \ln(x) + \ln(y)$ $\quad$ $\ln(x^n) = n\ln(x)$ avec n entier relatif

$\ln\left(\dfrac{1}{x}\right) = -\ln(x)$ $\quad$ $\ln\left(\dfrac{x}{y}\right) = \ln(x) - \ln(y)$ $\quad$ $\ln(\sqrt{x}\,) = \dfrac{1}{x}\ln(x)$

Appliquer le cours
Démontrer que pour tout réel x, on a :
$\ln(1 + e^x) = x + \ln(1 + e^{-x})$.

Solution
Pour tout réel x, on a :
$\ln(1 + e^x) = \ln(e^x(1 + e^{-x})) = \ln(e^x) + \ln(1 + e^{-x})$
$= \boldsymbol{x + \ln(1 + e^{-x})}$.

C Étude de la fonction ln

- La fonction ln est continue et dérivable sur $\mathbb{R}$ avec $\forall x \in \,]0\,;+\infty[,\ [\ln(x)]' = \dfrac{1}{x}$.
- La fonction ln est strictement croissante sur $]0\,;+\infty[$.
- $\ln(1) = 0$
- $\ln(e) = 1$
- $\lim\limits_{x \to 0^+} \ln(x) = -\infty$
- $\lim\limits_{x \to +\infty} \ln(x) = +\infty$

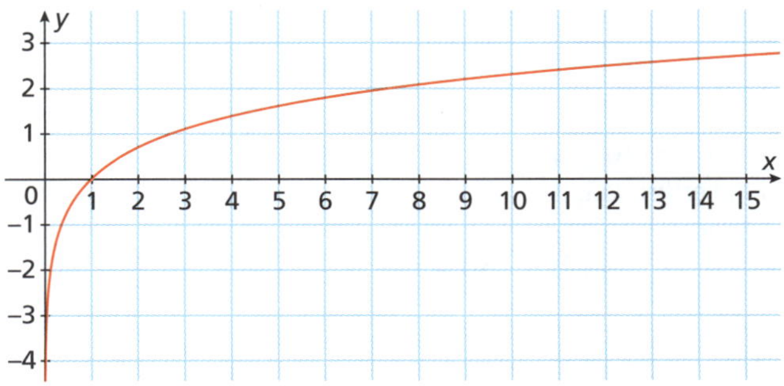

Remarque
La représentation graphique de la fonction ln est symétrique de celle de la fonction exp par rapport à la droite d'équation $y = x$

D Limites de formes indéterminées

Pour tout entier naturel n non nul, on a :

- $\lim_{x \to 0+} x^n \ln(x) = 0$
- $\lim_{x \to +\infty} \frac{\ln(x)}{x^n} = 0$

On a aussi $\lim_{x \to 0} \frac{\ln(1+x)}{x^n} = 1$.

Appliquer le cours

Calculer la limite suivante : $\lim_{x \to +\infty} x - \ln(x)$.

Solution

On a $\lim_{x \to +\infty} x = +\infty$ et $\lim_{x \to +\infty} \ln(x) = +\infty$, donc on a une forme indéterminée.

Pour tout réel $x > 0$, on a :

$x - \ln(x) = x\left(1 - \frac{\ln(x)}{x}\right)$ avec $\lim_{x \to +\infty} \frac{\ln(x)}{x} = 0$.

On a donc $\lim_{x \to +\infty} \left(1 - \frac{\ln(x)}{x}\right) = 1$ et $\lim_{x \to +\infty} x = +\infty$.

Par produit, on a donc $\lim_{x \to +\infty} x - \ln(x) = +\infty$.

Remarque

Pour calculer des limites, on se ramène aux limites du cours en transformant l'expression si nécessaire.

E Équations et inéquations

Pour tous réels x et y strictement positifs, on a :

- $\ln(x) = \ln(y) \Leftrightarrow x = y$
- $\ln(x) = 0 \Leftrightarrow x = 1$
- $\ln(x) > \ln(y) \Leftrightarrow x > y$
- $\ln(x) > 0 \Leftrightarrow x > 1$ et $\ln(x) < 0 \Leftrightarrow 0 < x < 1$

F Dérivée de ln(u)

Soit u une fonction strictement positive et dérivable sur un intervalle I.
La fonction $\ln(u)$ est dérivable sur I avec :

$$[\ln(u)]' = \frac{u'}{u}.$$

Appliquer le cours

Étudier les variations de la fonction définie sur $\mathbb{R}$ par :

$$f(x) = \ln(1 + x^2).$$

Solution

Sur $\mathbb{R}$, $x \mapsto 1 + x^2$ est strictement positive et dérivable, donc f est dérivable sur $\mathbb{R}$.

Pour tout réel x, on a $f'(x) = \frac{2x}{1+x^2}$.

Comme on a $1 + x^2 > 0$, $f'(x)$ a le même signe que $2x$.

Sur $]0 ; +\infty[$, on a $f'(x) > 0$:

f croît strictement sur $[0 ; +\infty[$.

Sur $]-\infty ; 0[$, on a $f'(x) < 0$:

f décroît strictement sur $]-\infty ; 0]$.

2 Fonctions trigonométriques

A Définitions

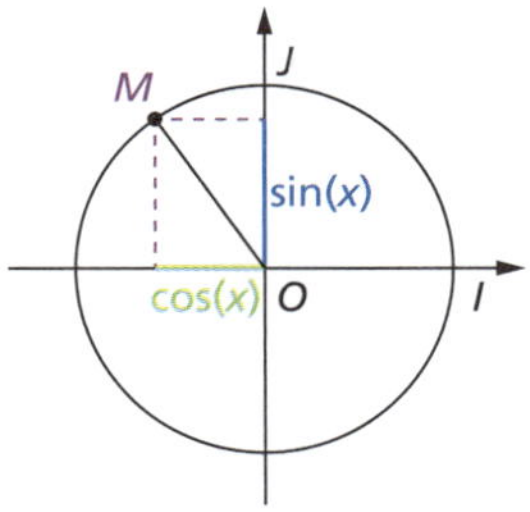

- Soit $(O\ ,I\ ,J)$ un repère orthonormé.

On appelle **cercle trigonométrique** le cercle de centre O et de rayon 1 orienté dans le sens direct.

Soit x un réel et M le point associé du cercle trigonométrique.

- On appelle **cosinus du réel x**, l'abscisse du point M.
- On appelle **sinus du réel x**, l'ordonnée du point M.
- On a donc $M(\cos(x)\ ;\ \sin(x))$.

B Valeurs remarquables de trigonométrie

Mesure x (en radians)	0	$\frac{\pi}{6}$	$\frac{\pi}{4}$	$\frac{\pi}{3}$	$\frac{\pi}{2}$
sin(x)	0	$\frac{1}{2}$	$\frac{\sqrt{2}}{2}$	$\frac{\sqrt{3}}{2}$	1
cos(x)	1	$\frac{\sqrt{3}}{2}$	$\frac{\sqrt{2}}{2}$	$\frac{1}{2}$	0

C Propriétés

Pour tout réel x, on a :

- $\cos^2(x) + \sin^2(x) = 1$ (relation fondamentale)
- $-1 \leqslant \cos(x) \leqslant 1$
- $-1 \leqslant \sin(x) \leqslant 1$

Appliquer le cours

À l'aide du cercle trigonométrique, déterminer le signe de $\sin\left(\frac{2\pi}{3}\right)$ et celui de $\cos\left(\frac{2\pi}{3}\right)$.

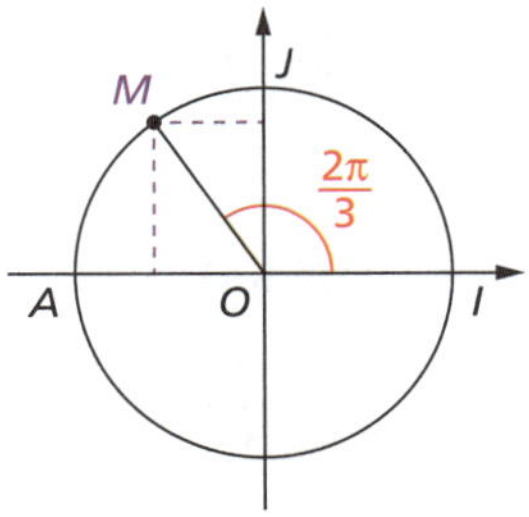

Solution

On a $\frac{\pi}{2} < \frac{2\pi}{3} < \pi$, donc le point M du cercle trigonométrique associé au réel $\frac{2\pi}{3}$ est sur le quart de cercle joignant le point J associé au réel $\frac{\pi}{2}$ et le point A associé au réel π.

L'ordonnée du point M est positive, donc **le sinus de $\frac{2\pi}{3}$ est positif.**

L'abscisse du point M est négative, donc **le cosinus de $\frac{2\pi}{3}$ est négatif.**

D Fonction cosinus

- La fonction cosinus est **paire**.

Sa courbe représentative est symétrique par rapport à l'axe des ordonnées.

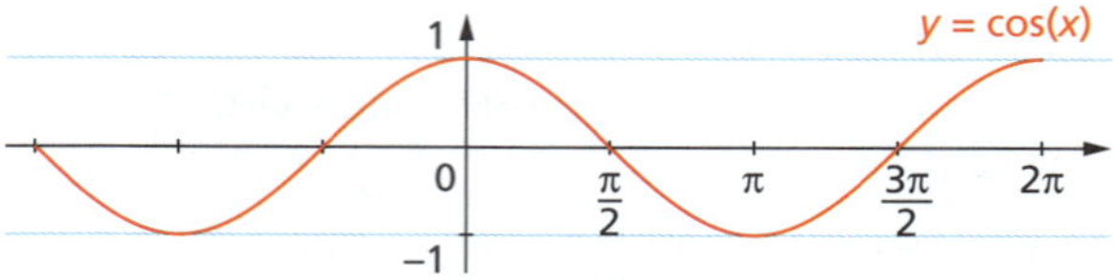

- La fonction cosinus est **2π-périodique**.

$$\forall x \in \mathbb{R}, \cos(x + 2\pi) = \cos(x).$$

- Elle est dérivable sur $\mathbb{R}$ avec $\forall x \in \mathbb{R}, (\cos(x))' = -\sin(x)$.
- La fonction cos est décroissante sur $[0 ; \pi]$ et croissante sur $[\pi ; 2\pi]$.

E Fonction sinus

- La fonction sinus est **impaire**.

Sa courbe représentative est symétrique par rapport à l'origine du repère.

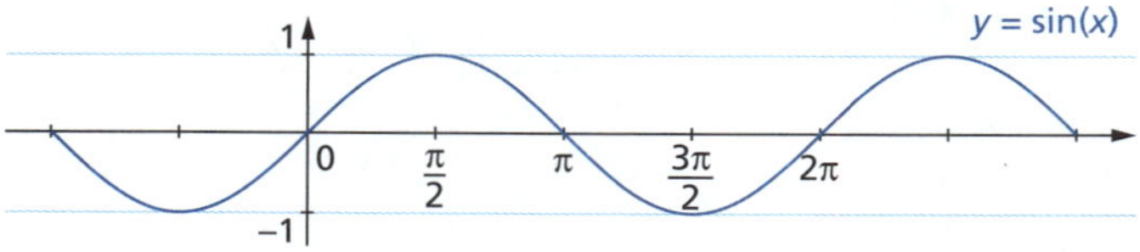

- La fonction sinus est **2π-périodique**.

$$\forall x \in \mathbb{R}, \sin(x + 2\pi) = \sin(x).$$

- Elle est dérivable sur $\mathbb{R}$ avec $\forall x \in \mathbb{R}, (\sin(x))' = \cos(x)$.
- La fonction sin est croissante sur $\left[0 ; \frac{\pi}{2}\right]$ et sur $\left[\frac{3\pi}{2} ; \pi\right]$, décroissante sur $\left[\frac{\pi}{2} ; \frac{3\pi}{2}\right]$.

F Angles associés

Pour tout réel α, on a :

$\cos(-\alpha) = \cos(\alpha)$ $\sin(-\alpha) = -\sin(\alpha)$

$\cos(\pi - \alpha) = -\cos(\alpha)$ $\sin(\pi - \alpha) = \sin(\alpha)$

$\cos(\pi + \alpha) = -\cos(\alpha)$ $\sin(\pi + \alpha) = -\sin(\alpha)$

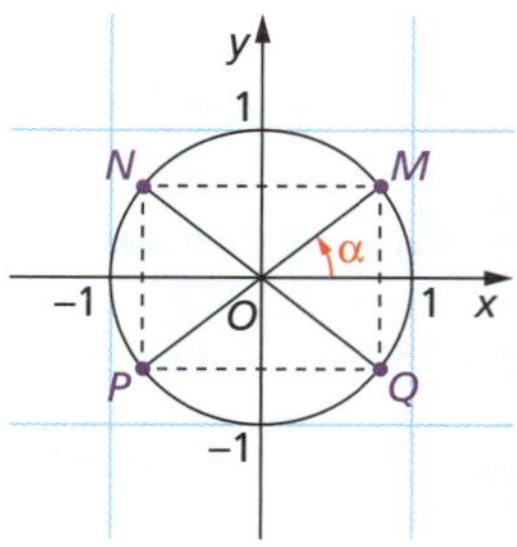

Ex. :

$$\sin\left(\frac{-\pi}{3}\right) = -\sin\left(\frac{\pi}{3}\right) = \frac{-\sqrt{3}}{2}$$

$$\sin\left(\frac{3\pi}{4}\right) = \sin\left(\pi - \frac{\pi}{4}\right) = \sin\left(\frac{\pi}{4}\right) = \frac{\sqrt{2}}{2}$$

Exercices d'entraînement

Exercice 1 ★ 8 min

Corrigé p. 88

Dans chaque cas, déterminer les valeurs de x pour lesquels f est définie :

a) $f(x) = \ln(x + 1)$ b) $f(x) = \ln(2x + 3)$ c) $f(x) = \ln(4 - x)$ d) $f(x) = \ln(x^2 - 5x + 6)$

Exercice 2 ★ 12 min

Corrigé p. 88

Après avoir déterminé les valeurs permises, résoudre les équations suivantes :

a) $\ln(x + 1) = \ln 5$ b) $\ln(x) = 3$ c) $\ln(2x + 1) = \ln(3 - x)$

d) $\ln(2x + 5) = 0$ e) $\ln(x - 6) = \ln(2 - x)$ f) $\ln(x^2 - x + 1) = 0$

Exercice 3 ★★ 10 min

Corrigé p. 88

1. Résoudre l'équation $x^2 - 3x - 4 = 0$.
2. En déduire les solutions de $\ln^2(x) - 3\ln(x) - 4 = 0$.
3. Après avoir déterminé les valeurs permises, résoudre $\ln(x - 3) + \ln(x) = \ln(4)$.

Exercice 4 ★ 12 min

Corrigé p. 88

Après avoir déterminé les valeurs permises, résoudre les inéquations suivantes :

a) $\ln(x) > 3$ b) $\ln(x) \leqslant -2$ c) $\ln(x + 3) \geqslant \ln(2x - 2)$ d) $\ln(1 - x) \leqslant 0$

Exercice 5 ★ 12 min

Dans chaque cas, après avoir déterminé les valeurs permises, discuter le signe de $f(x)$ suivant les valeurs de x :

a) $f(x) = \ln(x - 3)$ b) $f(x) = x\ln(x)$ c) $f(x) = (x - 5)\ln(x)$ d) $f(x) = 1 - \ln(x)$

Exercice 6 ★ 8 min

Corrigé p. 88

Ecrire plus simplement :

a) $\ln(e) + \ln(e^2) + \ln^2(e)$

b) $\ln(4e) - \ln(2e) - \ln 2$

c) $\ln(24) - 3\ln 2$

d) a, b et c étant trois réels de même signe : $\ln\left(\frac{a}{b}\right) + \ln\left(\frac{b}{c}\right)$.

Exercice 7 ★ 8 min

Corrigé p. 89

Déterminer les dérivées des fonctions f :

a) $f(x) = \ln(3x + 1)$ sur $I = \left]-\frac{1}{3} ; +\infty\right[$ b) $f(x) = \ln(x^2)$ sur $I =]-\infty ; 0[$

c) $f(x) = x\ln(x)$ sur $I =]0 ; +\infty[$ d) $f(x) = (x + 2)\ln(1 - x)$ sur $]-\infty ; 1[$

Exercice 8 ★★ 12 min

Corrigé p. 89

Déterminer les dérivées des fonctions f et étudier leurs variations sur I :

a) $f(x) = \ln(2x^2 - 3x + 1)$ sur $I =]1 ; +\infty[$

b) $f(x) = \ln(-2x + 3)$ sur $I =]-\infty ; 1{,}5[$

c) $f(x) = (x - 2)\ln(x - 2)$ sur $I =]2 ; +\infty[$

d) $f(x) = \ln\left(\dfrac{x + 3}{x - 1}\right)$ sur $I =]1 ; +\infty[$

Exercice 9 ★ 7 min

Corrigé p. 89

Déterminer les limites des fonctions f aux bornes du domaine de définition I.

a) $f(x) = \ln(5 - x)$; $I =]-\infty ; 5[$

b) $f(x) = \dfrac{\ln(x)}{x} - 5x + 3$; $I =]0 ; +\infty[$

Exercice 10 ★ 12 min

Corrigé p. 89

Déterminer les limites des fonctions f aux bornes du domaine I de définition et interpréter graphiquement.

a) $f(x) = \dfrac{1}{\ln(x)}$; $I =]1 ; +\infty[$

b) $f(x) = \dfrac{\ln(x)}{x}$; $I =]0 ; +\infty[$

Exercice 11 ★★ 45 min

Corrigé p. 90

Soit f la fonction définie sur $]0 ; +\infty[$ par $f(x) = (2 - \ln(x))\ln(x)$.
On désigne par $\mathscr{C}$ sa courbe représentative dans un repère orthogonal $(O ; \vec{i}, \vec{j})$ (unités graphiques : 2 cm en abscisses et 4 cm en ordonnées).

1. Déterminer la limite de f en 0. Que peut-on en conclure ? Déterminer la limite de f en $+\infty$.
2. Déterminer la fonction dérivée f' de f sur $]0 ; +\infty[$ et étudier son signe.
3. Dresser le tableau des variations de f.

4.a) Résoudre dans $]0 ; +\infty[$ l'équation $f(x) = 0$.

b) En déduire les abscisses des points d'intersection de $\mathscr{C}$ avec l'axe des abscisses.

5. Construire $\mathscr{C}$.

Exercice 12 ★★ 30 min

Corrigé p. 90

Soit f la fonction définie sur $]0 ; +\infty[$ par $f(x) = x^2 - 3\ln(x)$.
$\mathscr{C}_f$ est la courbe représentative de f dans un repère orthonormé d'unité graphique 2 cm.

1.a) Étudier la limite de f en 0.

b) Par factorisation de x dans $f(x)$, déterminer la limite de f en $+\infty$.

2. a) Déterminer $f'(x)$.

b) Étudier les variations de f.

3. L'équation $f(x) = 0$ a-t-elle des solutions ? Justifier la réponse.

Exercice 13 ★★ 5 min Corrigé p. 90

Déterminer la valeur exacte de cos(x) sachant que sin(x) = $\frac{1}{3}$ et x appartient à $\left[\frac{\pi}{2}\ ;\ \pi\right]$.

Exercice 14 ★★ 5 min Corrigé p. 90

Déterminer la valeur exacte de sin(x), sachant que cos(x) = – 0,6 et x appartient à $\left[\pi\ ;\ \frac{3\pi}{2}\right]$.

Exercice 15 ★★ 5 min Corrigé p. 90

Démontrer que pour tout réel x, on a : $[\sin(x) + \cos(x)]^2 + [\sin(x) - \cos(x)]^2 = 2$.

Exercice 16 ★★ 5 min Corrigé p. 91

Existe-t-il un réel x vérifiant sin(x) = 0,3 et cos(x) = 0,7 ? Justifier la réponse.

Exercice 17 ★★ 10 min Corrigé p. 91

Déterminer les valeurs exactes de :

- $\cos\left(\frac{9\pi}{4}\right)$
- $\sin\left(\frac{9\pi}{4}\right)$
- $\sin\left(\frac{13\pi}{4}\right)$
- $\cos\left(\frac{13\pi}{4}\right)$

Exercice 18 ★★ 10 min Corrigé p. 91

1. Déterminer les valeurs exactes des nombres suivants :
   - $\cos\left(\frac{-\pi}{4}\right)$
   - $\sin\left(\frac{-\pi}{2}\right)$
   - $\sin\left(\frac{-\pi}{3}\right)$
   - $\cos\left(\frac{-\pi}{6}\right)$
2. Calculer sans calculatrice les expressions ci-dessous :

$$A = \sin\left(\frac{-\pi}{6}\right) + \cos\left(\frac{-\pi}{6}\right) + \sin\left(\frac{\pi}{6}\right) + \cos\left(\frac{\pi}{6}\right)$$

$$B = \sin\left(\frac{-\pi}{4}\right) - \cos\left(\frac{-\pi}{4}\right) + \sin\left(\frac{\pi}{4}\right) + \cos\left(\frac{-\pi}{4}\right)$$

Exercice 19 ★★ 10 min Corrigé p. 91

1. Résoudre dans $[0\ ;\ 2\pi]$ l'équation $\cos(x) = \frac{\sqrt{2}}{2}$.
2. Résoudre dans $[0\ ;\ 2\pi]$ l'inéquation $\cos(x) < -0{,}5$.

Exercice 20 ★★ 15 min Corrigé p. 91

Soit la fonction f définie sur $\mathbb{R}$ par $f(x) = \ln(2 + \sin^2(x))$.

1. Montrer que f est 2π-périodique et paire.
2. Étudier les variations de f sur $[0\ ;\ \pi]$. En déduire le maximum et le minimum de f sur $\mathbb{R}$.

Exercice 21 ★★ 45 min

Corrigé p. 92

Le plan est rapporté à un repère orthogonal.
La courbe $\mathscr{C}$ est la représentation graphique d'une fonction f définie sur $]0\,;+\infty[$ par :

$$f(x) = x^2\,(a + b\ln(x)),$$

où a et b sont deux constantes.

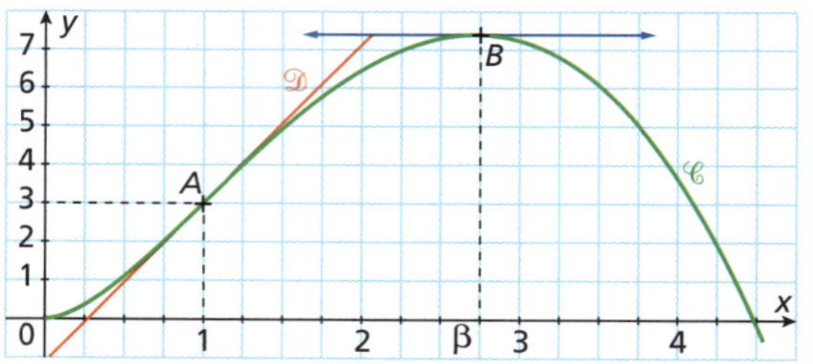

1. Calculer $f'(x)$ où f' désigne la fonction dérivée de f.
2. La courbe $\mathscr{C}$ passe par le point $A(1\,;3)$.
Elle admet en A une tangente $\mathscr{D}$ de coefficient directeur 4.
Montrer que $f(x) = x^2\,(3 - 2\ln(x))$.
3. Déterminer une équation de la droite $\mathscr{D}$.
4. Déterminer la valeur exacte de l'abscisse β du point B de la courbe où la tangente à $\mathscr{C}$ est parallèle à l'axe des abscisses.
5. Étudier les variations de f sur l'intervalle $]0\,;+\infty[$. Calculer la limite de f en $+\infty$.
Montrer que l'équation $f(x) = 3$ admet une solution sur l'intervalle $[4\,;5]$ et donner une valeur approchée à 0,01 près de cette solution.
6. Soit la fonction g définie sur $]0\,;+\infty[$ par $g(x) = \dfrac{x^3(11 - 6\ln(x))}{9}$.
Montrer que g est une primitive de f sur $]0\,;+\infty[$, c'est-à-dire que $g' = f$.

Exercice 22 ★★★ 15 min

Corrigé p. 92

Soit f la fonction définie sur $]0\,;+\infty[$ par $f(x) = \left(1 + \dfrac{1}{x}\right)^x$.

1. Conjecturer la limite de f en $+\infty$.
2. On pose $g(x) = \ln(f(x))$. Déterminer la limite de g en $+\infty$.
3. En déduire la limite de f en $+\infty$.

Exercice 23 ★★★ 10 min

Corrigé p. 92

Soit f la fonction définie sur $\mathrm{I} = \left]\dfrac{-\pi}{2}\,;\dfrac{\pi}{2}\right[$ par $f(x) = \tan(x) = \dfrac{\sin(x)}{\cos(x)}$.

Montrer que pour tout réel x de I, on a $f'(x) = 1 + f^2(x)$.

7 Primitives - Intégration

1 Équations différentielles - Primitives d'une fonction

A Définition

Soit f une fonction continue sur un intervalle I.
L'équation $y' = f$ où y' désigne la dérivée d'une fonction y dérivable sur I est une **équation différentielle**.

B Propriétés

• Soit f une fonction continue sur un intervalle I.
L'équation différentielle $y' = f$ admet une infinité de solutions appelées **primitives de f sur I**.
On note F une primitive de f.

• F est une primitive de f sur un intervalle I $\Leftrightarrow$ $F' = f$ sur I.

• Si F et G sont deux primitives d'une même fonction f sur un intervalle I, alors il existe un réel k tel que $G = F + k$ sur I.

u* désigne une fonction de dérivée *u'		
Fonction f	**Primitive F**	**Conditions**
x^n	$\dfrac{x^{n+1}}{n+1}$	$n \in \mathbb{Z}\backslash\{-1\}$ $x \neq 0$ si $n \leqslant 0$
$u'u^n$	$\dfrac{u^{n+1}}{n+1}$	$n \in \mathbb{Z}\backslash\{-1\}$ $u \neq 0$ si $n \leqslant 0$
$\dfrac{u'}{\sqrt{u}}$	$2\sqrt{u}$	$u > 0$
$u'e^u$	e^u	
$\dfrac{u'}{u}$	$\ln(u)$	$u > 0$
$u'\sin(u)$	$-\cos(u)$	
$u'\cos(u)$	$\sin(u)$	

Appliquer le cours

Déterminer la primitive de la fonction $f : \mapsto x e^{x^2}$ qui s'annule en 1.

Solution

f est continue sur $\mathbb{R}$: elle y admet des primitives.
On veut utiliser $u'e^u$ de primitive e^u avec $u(x) = x^2$.
Il faudrait avoir $u'(x) = 2x$.
Pour tout réel x, on a $f(x) = 0{,}5 \times 2x\,e^{x^2}$.
On a donc $F(x) = 0{,}5\,e^{x^2} + k$, avec k constante.
On veut $F(1) = 0 \Leftrightarrow 0{,}5e + k = 0$
$\Leftrightarrow k = -0{,}5e$.
La primitive recherchée est :
$$F : x \mapsto 0{,}5e^{x^2} - 0{,}5e.$$

• Équations différentielles du premier degré

Soit a un réel. L'équation différentielle $y' = ay$ est une **équation différentielle homogène du premier degré**, dont les solutions sont les fonctions f définies sur $\mathbb{R}$ par :

$$f(x) = k\,e^{ax} \text{ avec } k \text{ une constante réelle.}$$

Méthode de résolution d'une équation différentielle $y' = ay + b$

1- Déterminer une solution h particulière constante.
2- Écrire les solutions g_k de l'équation différentielle homogène $y' = ay$.
3- **Les fonctions f solutions de $y' = ay + b$ sont les fonctions $g_k + h$.**

Appliquer le cours

Résoudre l'équation différentielle. $y' = 2y + 3$.

Solution

Soit h une solution constante. On a $h' = 0$.
On veut $0 = 2h + 3 \Leftrightarrow h = -1{,}5$.
Les solutions de l'équation homogène $y' = 2y$ sont les fonctions g définie sur $\mathbb{R}$ par :
$$g(x) = ke^{2x}, \text{ avec } k \text{ constante.}$$
Les solutions de l'équation $y' = 2y + 3$ sont les fonctions f définie sur $\mathbb{R}$ par :
$$f(x) = ke^{2x} - 1{,}5, \text{ avec } k \text{ constante.}$$

2 Calcul intégral

A Définition

L'intégrale d'une fonction continue positive définie sur un segment $[a\ ;b]$, est l'aire comprise entre la courbe représentative de f, l'axe des abscisses et les droites d'équations $x = a$ et $x = b$.

On la note $\int_a^b f(x)\mathrm{d}x$.

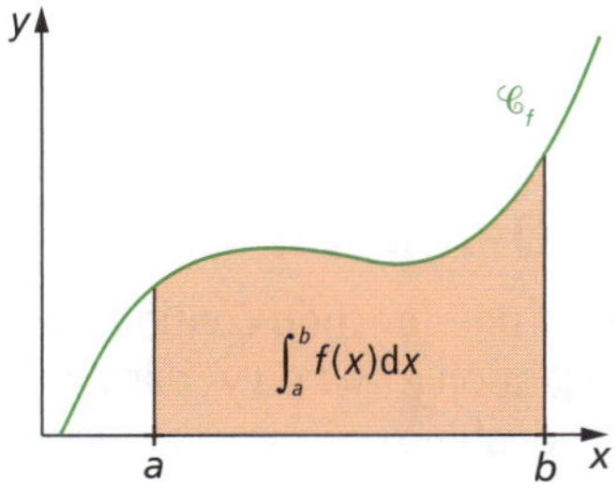

B Propriétés

• Lien entre primitives et intégrale

– Si f est une fonction continue positive sur $[a\ ;b]$, alors la fonction F_a définie sur $[a\ ;b]$,

par $F_a(x) = \int_a^x f(t)\mathrm{d}t$ est **la primitive de f qui s'annule en a**.

– Si f est une fonction continue sur $[a\ ;b]$ et F une primitive de f sur $[a\ ;b]$,

on appelle **intégrale de f sur $[a\ ;b]$** le nombre $\int_a^b f(x)\mathrm{d}x = [F(x)]_a^b = F(b) - F(a)$.

– Toute fonction continue sur un intervalle y admet des primitives.

• Linéarité de l'intégrale

Soit f et g deux fonctions continues sur un intervalle $\mathrm{I} = [a\ ;b]$. Soit k un réel.

$\int_a^b (kf(x)+g(x))\mathrm{d}x = k\int_a^b f(x)\mathrm{d}x + \int_a^b g(x)\mathrm{d}x$.

• Signe de l'intégrale

Si f est positive sur $[a\ ;b]$, alors $\int_a^b f(x)\mathrm{d}x \geqslant 0$.

• Intégration d'une inégalité

Si $g(x) < f(x)$ sur $[a\ ;b]$, alors $\int_a^b g(x)\mathrm{d}x < \int_a^b f(x)\mathrm{d}x$.

N.B. : l'aire entre $\mathscr{C}_f$ et $\mathscr{C}_g$ est alors donnée par :

$\int_a^b (f(x)-g(x))\mathrm{d}x$.

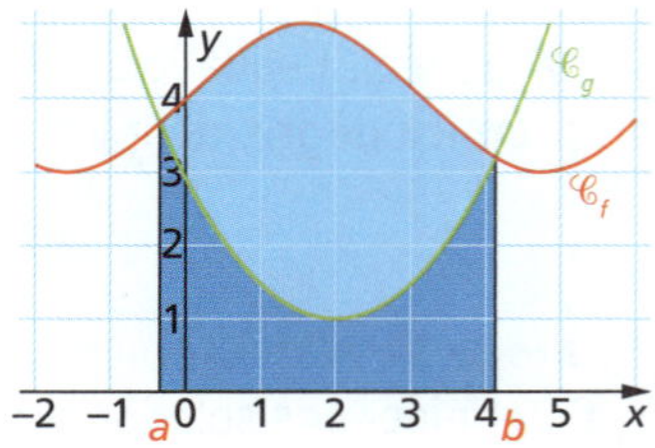

• Relation de Chasles

Soit c un élément de I. On a : $\int_a^c f(x)\mathrm{d}x + \int_c^b f(x)\mathrm{d}x = \int_a^b f(x)\mathrm{d}x$.

• Valeur moyenne d'une fonction

La valeur moyenne de f sur $[a\ ;b]$ est $\dfrac{1}{b-a}\int_a^b f(x)\mathrm{d}x$.

• Intégration par parties

Si f et g sont dérivables sur $[a\ ;b]$, on a : $\int_a^b f'(x)g(x)\mathrm{d}x = [f(x)g(x)]_a^b - \int_a^b f(x)g'(x)\mathrm{d}x$.

Exercices d'entraînement

Exercice 1 ★ 12 min

Corrigé p. 92

Pour chaque fonction f, déterminer une primitive sur l'intervalle I.

a) $f(x) = x^3 - 2x + 7$; $I = \mathbb{R}$ b) $f(x) = \dfrac{2x^2 - 3x}{4}$; $I = \mathbb{R}$ c) $f(x) = \dfrac{-3}{x^2}$; $I =]0 ; +\infty[$

d) $f(x) = \dfrac{10}{3x}$; $I =]0 ; +\infty[$ e) $f(x) = \dfrac{x-1}{x^2 - 2x + 5}$; $I = \mathbb{R}$ f) $f(x) = e^{5x}$; $I = \mathbb{R}$

Exercice 2 ★ 10 min

Corrigé p. 93

Pour chaque fonction f, déterminer l'ensemble de ses primitives sur l'intervalle I et préciser la primitive F qui vérifie la condition donnée.

a) $f(x) = 3x - 2$; $I = \mathbb{R}$ et $F(0) = 4$

b) $f(x) = \dfrac{4}{x^2}$; $I =]-\infty ; 0[$ et $F(-2) = 3$

Exercice 3 ★★ 10 min

Corrigé p. 93

Soit f la fonction définie sur $]-3 ; +\infty[$ par $f(x) = \ln(x + 3)$.

1. Soit g définie sur $]-3 ; +\infty[$ par $g(x) = (x + 3)\ln(x + 3)$. Déterminer $g'(x)$ sur $]-3 ; +\infty[$.
2. En déduire la primitive F de f sur $]-3 ; +\infty[$ qui prend la valeur 1 pour $x = -2$.

Exercice 4 ★★ 8 min

Corrigé p. 93

Soit f la fonction définie sur $\mathbb{R}$ par $f(x) = (x + 2)e^x$.

1. Vérifier que g définie sur $\mathbb{R}$ par $g(x) = (x + 1)e^x$ est une primitive de f sur $\mathbb{R}$.
2. En déduire une primitive de g sur $\mathbb{R}$.

Exercice 5 ★★ 12 min

Corrigé p. 93

Calculer les intégrales suivantes :

a) $\displaystyle\int_0^2 (2x-1)\,dx$ b) $\displaystyle\int_{-1}^{e-2} \frac{3}{x+2}\,dx$ c) $\displaystyle\int_{-4}^{4} (x^3+5x)\,dx$ d) $\displaystyle\int_0^{0,2} e^{5x}\,dx$

Exercice 6 ★★★ 15 min

Corrigé p. 93

Calculer les intégrales suivantes :

a) $\displaystyle\int_1^2 \frac{x^2+2x+1}{x^4}\,dx$ b) $\displaystyle\int_1^e \left(x+\frac{1}{x}\right)dx$ c) $\displaystyle\int_0^2 (x+2)(x^2+4x)\,dx$ d) $\displaystyle\int_{\ln(2)}^{\ln(4)} \frac{e^x}{(e^x+1)^2}\,dx$

Exercice 7 ★★ 10 min

Corrigé p. 94

On considère l'équation différentielle $(E) : y' = 2y + x^2 - 4x + 6$.

1. Déterminer une solution particulière h avec $h(x) = ax^2 + bx + c$.
2. Quelles sont les solutions de l'équation différentielle $y' = 2y$?
3. Résoudre l'équation (E).

Exercice 8 ★★ 10 min

Corrigé p. 94

Soit I et J les intégrales suivantes :

$$I=\int_0^{\ln(2)}\frac{e^x}{e^x+1}\mathrm{d}x \quad ; \quad J=\int_0^{\ln(2)}\frac{1}{e^x+1}\mathrm{d}x.$$

1. Calculer I, puis $I + J$, sans chercher la valeur de J.
2. En déduire J.

Exercice 9 ★★ 10 min

Corrigé p. 94

Pour chaque fonction, calculer sa valeur moyenne sur l'intervalle I :

a) $f(x) = x^2$; $I = [0 ; 1]$

b) $f(x) = \dfrac{3}{x}$; $I = [1 ; 4]$

c) $f(x) = e^{2x}$; $I = [-2 ; 2]$

Exercice 10 ★★ 15 min

Corrigé p. 94

À l'aide d'une intégration par parties, calculer chacune des intégrales suivantes :

a) $\int_1^e x\ln x \ \mathrm{d}x$

b) $\int_0^1 xe^x \ \mathrm{d}x$

c) $\int_1^2 \ln x \ \mathrm{d}x$

Exercice 11 ★★ 30 min

Corrigé p. 94

Soit h la fonction définie sur $\mathbb{R}$ par $h(x) = 3 - \dfrac{3}{1+e^{-2x}}$.

1. Justifier que la fonction h est positive sur $\mathbb{R}$.
2. On désigne par H la fonction définie sur $\mathbb{R}$ par $H(x) = \dfrac{-3}{2}\ln(1+e^{-2x})$.

Démontrer que H est une primitive de h sur $\mathbb{R}$.

3. Soit a un réel strictement positif.

a) Donner une interprétation graphique de l'intégrale $\int_0^a h(x)\mathrm{d}x$.

b) Démontrer que $\int_0^a h(x)\mathrm{d}x = \dfrac{3}{2}\ln\left(\dfrac{2}{1+e^{-2a}}\right)$.

c) Donner la valeur moyenne de h sur $[0 ; 3]$.

8 Dénombrement – Loi binomiale

1 Combinatoire et dénombrement

• **Définition**

Soit E ensemble fini.
On appelle **cardinal de E** le nombre d'éléments de E et on le note **Card(E)**.

• **Notation factorielle**

Pour n entier naturel, $n \geqslant 2$, le nombre $\boldsymbol{n(n-1)\ldots 2\times 1}$ est noté $\boldsymbol{n!}$ (il se lit **factorielle n**).
Par convention, $1! = 1$ et $0! = 1$.

• **Principe additif**

Soit $E_1, E_2, \ldots, E_n$, n ensembles finis deux à deux disjoints.

$$\text{Card}\left(\bigcup_{k=1}^{n} E_k\right) = \sum_{k=1}^{n} \text{Card}(E_k).$$

• Soit $E_1, E_2, \ldots E_n$ n ensembles finis.
$E_1 \times E_2 \times \ldots \times E_n$ est le **produit cartésien** des ensembles E_i.

• **Principe multiplicatif**

$$\text{Card}(E_1 \times E_2 \times \ldots \times E_n) = \text{Card}(E_1) \times \text{Card}(E_2) \times \ldots \times \text{Card}(E_n).$$

Appliquer le cours

Soit $E = \{a ; b ; c ; d\}$ et $F = \{1 ; 2 ; 3\}$.
1. Quel est le cardinal de $E \times F$?
2. À l'aide d'un tableau, donner tous les éléments de $E \times F$.

Solution

1. On a Card(E) = 4 et Card(F) = 3.
Le cardinal de $E \times F$ est $4 \times 3 =$ **12**.

2. On a :

F \ E	1	2	3
a	$(a ; 1)$	$(a ; 2)$	$(a ; 3)$
b	$(b ; 1)$	$(b ; 2)$	$(b ; 3)$
c	$(c ; 1)$	$(c ; 2)$	$(c ; 3)$
d	$(d ; 1)$	$(d ; 2)$	$(d ; 3)$

• Soit E un ensemble fini à n éléments. Soit k un entier naturel non nul.
$(e_1 ; e_2 ; \ldots ; e_k)$, avec pour tout entier i entre 1 et k, et e_i un élément de E, est un **k-uplet** (ou **k-liste**) d'éléments de E. Il y en a n^k.

• Le **nombre des parties** d'un ensemble à n éléments est 2^n. C'est le nombre de n-uplets de $\{0, 1\}$, c'est-à-dire le nombre des mots de longueur n sur un alphabet à deux éléments.

• Un k-uplet d'éléments distincts d'un ensemble à n éléments est un **arrangement**. Il y en a :

$$A_n^k = \frac{n!}{(n-k)!}.$$

• Un n-uplet d'éléments distincts d'un ensemble à n éléments est une **permutation**.
Il y en a $n!$.

Appliquer le cours

Soit $E = \{a ; b ; c ; d\}$.

a) Combien y a-t-il de 2-uplets d'éléments de E ?

b) Combien y a-t-il de 2-uplets d'**éléments distincts** de E ? En donner la liste.

c) Combien y a-t-il de permutations d'éléments de E ?

Solution

a) On a $\text{Card}(E) = 4$. Le nombre de 2-uplets d'éléments de E est $4^2 = \mathbf{16}$.

b) Un 2-uplet d'éléments distincts de E est un arrangement. Il y en a :

$$\frac{4!}{(4-2)!} = \frac{4!}{2!} = \frac{4\times3\times2\times1}{2\times1} = \mathbf{12}.$$

Ce sont **(*a* ; *b*), (*a* ; *c*), (*a* ; *d*), (*b* ; *a*), (*b* ; *c*), (*b* ; *d*), (*c* ; *a*), (*c* ; *b*), (*c* ; *d*), (*d* ; *a*), (*d* ; *b*)** et **(*d* ; *c*)**.

c) Le nombre de permutations d'éléments de E est $\mathbf{4\,!} = 4\times3\times2\times1 = \mathbf{24}$.

• Une partie à k éléments d'un ensemble à n éléments est une **combinaison** de k éléments parmi n. Il y en a :

$$\binom{n}{k} = \frac{n!}{k!(n-k)!}.$$

• En particulier, on a pour tout entier naturel n :

$$\binom{n}{0} = 1 \quad ; \quad \binom{n}{1} = n \quad ; \quad \binom{n}{2} = \frac{n(n-1)}{2}$$

• Pour tous entiers naturels n et k tels que $0 \leqslant k \leqslant n$, $\binom{n}{k} = \binom{n}{n-k}$.

• **Relation de Pascal**

Soit n un entier naturel et p un entier tel que $0 < p < n$. On a :

$$\binom{n}{p} = \binom{n-1}{p-1} + \binom{n-1}{p}.$$

2 Succession d'épreuves indépendantes, schéma de Bernoulli

• **Succession d'épreuves indépendantes**

La probabilité lors d'une succession d'épreuves indépendantes dont l'issue est $(x_1, \ldots, x_n)$ est égale au produit des probabilités des composantes x_i.

• On appelle **épreuve de Bernoulli** une expérience aléatoire qui possède deux issues (le succès et l'échec). Soit p la probabilité du succès dans une épreuve de Bernoulli.
Une variable aléatoire qui prend la valeur 1 en cas de succès et 0 en cas d'échec suit la **loi de Bernoulli** de paramètre p.

• Un **schéma de Bernoulli** est une répétition de n épreuves de Bernoulli identiques et indépendantes. Une variable aléatoire X qui dénombre le nombre de succès de probabilité p dans un schéma de Bernoulli suit une **loi binomiale notée $\mathcal{B}(n ; p)$**.

Lorsque X suit une loi binomiale $\mathcal{B}(n ; p)$ la probabilité d'obtenir exactement k succès avec $0 \leqslant k \leqslant n$ est :

$$P(X = k) = \binom{n}{k} p^k(1-p)^{n-k}.$$

Appliquer le cours

On lance un dé à six faces parfaitement équilibré 5 fois de suite.

Soit X la variable aléatoire représentant le nombre de fois où la face 6 est apparue lors des 5 lancers.

1. Quelle loi suit la variable aléatoire X ?

2. Calculer $P(X = 2)$ et $P(X > 1)$. On arrondira les résultats à 10^{-3} près.

Solution

1. On a une répétition de 5 épreuves de Bernoulli identiques et indépendantes où le succès « obtenir la face 6 » a une probabilité $p = \frac{1}{6}$ **car le dé est équilibré**.

La variable aléatoire X qui compte le nombre de faces 6 obtenues suit une **loi binomiale** $\mathscr{B}\left(5\,;\frac{1}{6}\right)$.

2. $P(X = 2) = \binom{5}{2} \times \left(\frac{1}{6}\right)^2 \times \left(\frac{5}{6}\right)^{5-2} \approx$ **0,161**.

$P(X > 1) = 1 - p(X < 1) = 1 - p(X = 0)$

$= 1 - \binom{5}{0} \times \left(\frac{1}{6}\right)^0 \times \left(\frac{5}{6}\right)^5 \approx$ **0,598**.

À retenir

Pour calculer $P(X > 1)$, on calcule souvent la probabilité de l'événement contraire.

Exercices d'entraînement

Exercice 1 ★ 5 min

Corrigé p. 95

Dans le système décimal, combien y a-t-il d'entiers naturels de 3 chiffres, le chiffre des unités étant strictement inférieur à 7, celui des dizaines étant premier et celui des centaines étant impair ?

Rappel

Un entier naturel est premier si, et seulement si, il admet exactement deux diviseurs entiers naturels.

Exercice 2 ★ 5 min

Corrigé p. 95

Un magazine propose pour un jeu-sondage, une liste de 7 chanteurs. On demande au lecteur d'entourer les noms des chanteur.se.s qu'il aime bien. Il peut donc entourer de 0 nom, s'il n'en aime aucun, à 7 noms, s'il les aime tous. Combien y a-t-il de réponses possibles ?

Exercice 3 ★★ 10 min

Corrigé p. 95

Dans un jeu de 32 cartes combien y a-t-il de façons de choisir 3 cartes qui soient :

a) des as ?

b) de la même valeur ?

c) toutes les trois des piques ?

d) de valeurs différentes ?

Exercice 4 ★★ 5 min

Corrigé p. 95

a) Calculer $\frac{25!}{23!}$, puis $\frac{(n+1)!}{n!}$ et enfin $\frac{(n+2)!}{n!}$.

b) Écrire à l'aide de deux factorielles, le produit $4 \times 5 \times 6 \times 7 \times 8 \times 9 \times 10$.

Exercice 5 ★★ 10 min

Corrigé p. 95

Pour aller du chalet jusqu'au sommet le plus proche, un randonneur peut emprunter cinq sentiers différents. Combien y a-t-il d'itinéraires possibles :

a) si les cinq choix sont permis à l'aller comme au retour ?

b) si le randonneur ne veut pas revenir par le même sentier qu'à l'aller ?

Exercice 6 ★★ 10 min

Corrigé p. 95

On tire au hasard 8 cartes simultanément dans un jeu de 32 cartes.

1. Quel est le nombre total de cas possibles (c'est-à-dire le cardinal de l'univers) ?

2. Combien existe-t-il de mains contenant le roi de cœur ? Quelle est la probabilité que parmi les 8 cartes tirées, il y ait le roi de cœur ?

3. Déterminer la probabilité que parmi les 8 cartes tirées, il y ait :

a) zéro cœur ;

b) exactement un cœur ;

c) trois rois exactement.

Exercice 7 ★★ 15 min

Corrigé p. 96

On note E l'évènement : « une pièce prélevée au hasard dans un stock important de pièces est triangulaire ». On suppose que la probabilité de E est 0,40. On prélève au hasard 60 pièces dans le stock.
Le stock est suffisamment important pour que l'on puisse assimiler ce prélèvement à un tirage avec remise de 60 pièces. On considère la variable aléatoire X qui, à tout prélèvement de 60 pièces, associe le nombre de pièces triangulaires de ce prélèvement.

1. Expliquer pourquoi la variable aléatoire X suit une loi binomiale dont on précisera les paramètres.

2. a) Calculer la probabilité que, parmi les 60 pièces prélevées, il y en ait 20 qui soient triangulaires (arrondir à 10^{-4}).

b) Calculer la probabilité que, parmi les pièces prélevées, il y en ait au moins 20 qui soient triangulaires (arrondir à 10^{-4}).

Exercice 8 ★★ 30 min

Corrigé p. 96

Une enquête a été réalisée auprès des élèves d'un lycée afin de connaître leur point de vue sur la durée de la pause du midi ainsi que sur les rythmes scolaires.
L'enquête révèle que 55 % des élèves sont favorables à une pause plus longue le midi et parmi ceux qui souhaitent une pause plus longue, 95 % sont pour une répartition des cours plus étalée sur l'année scolaire. Parmi ceux qui ne veulent pas de pause plus longue le midi, seulement 10 % sont pour une répartition des cours plus **étalée sur l'année scolaire.**
On choisit un élève au hasard dans le lycée. On considère les évènements suivants :

- évènement L : l'élève choisi est favorable à une pause plus longue le midi ;
- évènement C : l'élève choisi souhaite une répartition des cours plus étalée sur l'année scolaire.

1. Construire un arbre pondéré décrivant la situation.

2. Calculer $P(L \cap C)$ la probabilité de l'évènement $L \cap C$.

3. Montrer que $P(C) = 0{,}567\,5$.

4. Calculer $P_C(L)$, la probabilité de l'évènement L sachant l'évènement C réalisé. En donner une valeur arrondie à 10^{-4}.

5. On interroge successivement et de façon indépendante quatre élèves pris au hasard parmi les élèves de l'établissement.

Soit X la variable aléatoire qui donne le nombre d'élèves favorables à une répartition des cours plus étalée sur l'année scolaire. Le nombre d'élèves étant suffisamment grand, on considère que X suit une loi binomiale.

a) Préciser les paramètres de cette loi binomiale.

b) Calculer la probabilité qu'aucun des quatre élèves interrogés ne soit favorable à une répartition des cours plus étalée sur l'année scolaire. En donner une valeur arrondie à 10^{-4}.

c) Calculer la probabilité qu'exactement deux élèves soient favorables à une répartition des cours plus étalée sur l'année scolaire.

Exercice 9 ★★ 20 min

Corrigé p. 96

Dans une livraison un jour donné, on prélève au hasard 20 produits pour effectuer un contrôle. La livraison est assez importante pour assimiler ce prélèvement à un tirage avec remise de 20 produits. On note E l'évènement : « un produit prélevé au hasard dans cette livraison n'est pas commercialisable ». On admet que $P(E) = 0{,}09$.

On considère la variable aléatoire X qui, à tout prélèvement de 20 produits, associe le nombre de produits non commercialisables parmi ces 20 produits.

1. Justifier que la variable aléatoire X suit une loi binomiale.

2. Calculer la probabilité que, dans un tel prélèvement, il y ait exactement deux produits non commercialisables.

3. Calculer $P(X \geqslant 1)$. Interpréter le résultat.

Exercice 10 ★★ 40 min

Corrigé p. 96

Dans cet exercice, les probabilités seront arrondies au centième.

Partie A

Un grossiste achète des boîtes de thé vert chez deux fournisseurs.

Il achète 80 % de ses boîtes chez le fournisseur A et 20 % chez le fournisseur B.

10 % des boîtes provenant du fournisseur A présentent des traces de pesticides et 20 % de celles provenant du fournisseur B présentent aussi des traces de pesticides.

On prélève au hasard une boîte du stock du grossiste et on considère les évènements suivants :

- évènement A : « la boîte provient du fournisseur A » ;
- évènement B : « la boîte provient du fournisseur B » ;
- évènement S : « la boîte présente des traces de pesticides ».

1. Traduire l'énoncé sous forme d'un arbre pondéré.

2.a) Quelle est la probabilité de l'événement $B \cap S$?

b) Justifier que la probabilité que la boîte prélevée ne présente aucune trace de pesticides est égale à 0,88.

3. On constate que la boîte prélevée présente des traces de pesticides.
Quelle est la probabilité que cette boîte provienne du fournisseur B ?

Partie B

Le gérant d'un salon de thé achète 10 boîtes chez le grossiste précédent. On suppose que le stock de ce dernier est suffisamment important pour modéliser cette situation par un tirage aléatoire de 10 boîtes avec remise.

On considère la variable aléatoire X qui associe à ce prélèvement de 10 boîtes, le nombre de boîtes sans trace de pesticides.

1. Justifier que la variable aléatoire X suit une loi binomiale dont on précisera les paramètres.
2. Calculer la probabilité que les 10 boîtes soient sans trace de pesticides.
3. Calculer la probabilité qu'au moins 8 boîtes ne présentent aucune trace de pesticides.

9 Variables aléatoires

1 Variables aléatoires réelles

• Définitions

– Soit une expérience aléatoire d'univers fini Ω.
On appelle **variable aléatoire** toute fonction X de Ω vers $\mathbb{R}$. **À chaque éventualité** a de Ω, on associe le réel $X(a)$.
– L'ensemble des valeurs que peut prendre la variable aléatoire X se note $X(\Omega)$.
Les éléments de $X(\Omega)$ peuvent être numérotés $x_1, x_2, \ldots, x_n$.
– Soit X une variable aléatoire sur un univers Ω muni d'une probabilité P.
On appelle **loi de probabilité de la variable aléatoire X** la fonction qui à chaque élément x_i de $X(\Omega)$ associe le nombre $P(X = x_i)$.
$P(X = x_i)$ se note aussi p_i.

• Propriété

Si les valeurs $x_1, x_2, \ldots, x_n$ d'une variable aléatoire discrète finie ont pour probabilités respectives $p_1, p_2, \ldots p_n$, on a, pour tout i entier tel que $1 \leqslant i \leqslant n$, $0 \leqslant p_i \leqslant 1$ et $\sum_{i=1}^{n} p_i = 1$.

Appliquer le cours

Une expérience aléatoire consiste à lancer trois fois de suite une pièce de monnaie correctement équilibrée et on note le résultat obtenu sous forme d'une 3-liste.
Soit X la variable aléatoire comptant le nombre de côtés Pile obtenu.
1. Donner l'univers Ω sous forme d'un ensemble.
2. Établir la loi de probabilité de la variable aléatoire X.

Solution

1. Ω = {FFF, FFP, FPF, FPP, PFF, PFP, PPF, PPP}
2. Si la pièce est équilibrée, chacune des huit issues de Ω sont équiprobables.
On en déduit que :

$P(X=0) = \dfrac{\text{Card}(X=0)}{\text{Card}(\Omega)} = \mathbf{0{,}125}$.

De même, $P(X=1) = \dfrac{3}{8} = \mathbf{0{,}375}$,

$P(X=2) = \dfrac{3}{8} = \mathbf{0{,}375}$

et $P(X=3) = \dfrac{1}{8} = \mathbf{0{,}125}$.

À retenir
On donne parfois la loi de probabilité d'une variable aléatoire sous forme d'un tableau.

x_i	0	1	2	3
$P(X = x_i)$	0,125	0,375	0,375	0,125

2 Espérance et variance

• Définitions

Soit X une variable aléatoire prenant des valeurs $x_1, x_2, \ldots x_n$.
– On appelle **espérance de X**, le nombre noté $E(X)$ et défini par :

$$E(X) = x_1p_1 + x_2p_2 + \ldots + x_np_n = \sum_{i=1}^{n} x_ip_i.$$

Interprétation : L'espérance $E(X)$ d'une variable aléatoire est la valeur moyenne de X qu'on peut espérer avoir en répétant un grand nombre de fois l'expérience aléatoire.

– On appelle **variance de X**, le nombre noté $V(X)$ et défini par :

$$V(X) = (x_1 - E(X))^2 p_1 + (x_2 - E(X))^2 p_2 + \dots + (x_n - E(X))^2 p_n = \sum_{i=1}^{n}(x_i - E(X))^2 p_i$$

• Formule de Kœnig-Huygens

$$V(X) = \sum_{i=1}^{n} x_i^2 p_i - E^2(X)$$

***N.B.** : On retient l'espérance du carré moins le carré de l'espérance.*
Elle permet de calculer la variance avec moins de calculs.

Appliquer le cours

On reprend l'expérience précédente de lancer trois fois une pièce de monnaie correctement équilibrée et de compter avec la variable X, le nombre de côtés Pile obtenus.

1. Déterminer l'espérance de X.

2. Déterminer la variance de X.

Solution

1. $E(x) = \sum_{i=0}^{3} ip_i$
$= 0 + 0{,}375 + 0{,}75 + 0{,}375 = 1{,}5.$
L'espérance de X vaut **1,5**.

2. D'après le théorème de Kœnig-Huyens,
$V(X) = \sum_{i=0}^{3} i^2 p_i - E^2(X)$
$= 0 \times 0{,}125 + 1 \times 0{,}375 + 4 \times 0{,}375 + 9 \times 0{,}125$
$= - 1{,}5^2 = \mathbf{0{,}75}.$

• Définition

Soit X une variable aléatoire de variance $V(X)$.
On appelle **écart type** de X le nombre noté $\sigma(X)$ et défini par $\sigma(X) = \sqrt{V(X)}$.

• Somme de deux variables aléatoires

Soit X et Y deux variables aléatoires définies sur un univers Ω.
On appelle somme de X et de Y, la variable S définie de Ω dans $\mathbb{R}$ par :

$$\forall a \in \Omega, \mathbf{S(a) = X(a) + Y(a)}.$$

La loi de probabilité de S est déterminée par l'**ensemble des couples (z ; $P(S = z)$)**

où $z \in S(\Omega)$ et $P(S = z) = \sum_{i+j=z} p((X = i) \cap (Y = j))$.

• Linéarité de l'espérance

$E(X + Y) = E(X) + E(Y)$ et pour tout réel a, $E(aX) = aE(X)$.

• Variance d'une somme de variables indépendantes

Soit X et Y deux variables indépendantes sur un même univers. $V(X + Y) = V(X) + V(Y)$.

• Loi binomiale

Soit X une variable aléatoire qui suit une loi binomiale $\mathcal{B}(n\,;p)$.
L'espérance de X est $E(X) = np$ et la variance de X est $V(X) = np(1 - p)$.

Appliquer le cours

On lance 3 fois une pièce de monnaie équilibrée.
On nomme X le nombre de côtés Pile obtenus.

1. Quelle est la loi suivie par X ?

2. Calculer l'espérance de X et l'interpréter.

Solution

1. On a une répétition d'**épreuves de Bernoulli identiques et indépendantes où le succès** « obtenir Pile » a pour probabilité 0,5.
X la variable aléatoire qui dénombre les succès suit **la loi binomiale $\mathcal{B}(3\,;0{,}5)$**.

2. $E(X) = np = 3 \times 0{,}5 = \mathbf{1{,}5}$.
En répétant un grand nombre de fois l'expérience, on aura un nombre moyen de Pile par expérience proche de 1,5.

• **Échantillonnage**

Soit X une variable aléatoire qui suit une loi de probabilité d'espérance $E(X)$ et de variance $V(x)$. Soit $(X_1, \dots, X_n)$ un échantillon de taille n de variables indépendantes identiques suivant cette loi.

• Soit la **variable aléatoire somme** $S_n = X_1 + \dots + X_n$.

On a $E(S_n) = nE(X)$, $V(S_n) = nV(x)$.

• Soit la **variable aléatoire moyenne** $M_n = \dfrac{X_1 + X_2 + \dots + X_n}{n}$.

On a $E(M_n) = E(X)$ et $V(M_n) = \dfrac{V(X)}{n}$.

3 Concentration, loi des grands nombres

• **Inégalité de Bienaymé-Tchebychev**

Soit X une variable aléatoire réelle possédant une espérance $E(X)$ et une variance $V(X)$.

Pour tout réel $d > 0$, $P(|X - E(X)| \geqslant d) \leqslant \dfrac{V(X)}{d^2}$.

Appliquer le cours

On lance une pièce de monnaie correctement équilibrée 10 fois de suite. On note X le nombre d'apparition du côté pile.

1. Majorer $P(|X - E(X)| \geqslant 2)$ à l'aide de l'inégalité de Bienaymé-Tchebychev.

2. Comparer avec la valeur à 0,01 près de $P(|X - E(X)| \geqslant 2)$.

Solution

1. On a une répétition de 10 épreuves de Bernoulli identiques et indépendantes, de succès « obtenir le côté pile » de probabilité 0,5. La variable aléatoire X qui donne le nombre de côtés pile obtenus suit la loi binomiale $\mathcal{B}(10\,;\,0{,}5)$.

On a $E(X) = np = 5$ et $V(X) = np(1 - p) = 2{,}5$.

D'après l'inégalité de Bienaymé-Tchebychev, on a $P(|X - E(X)| \geqslant 2) \leqslant \dfrac{V(X)}{2^2}$.

Soit $\boldsymbol{P(|X - E(X)| \geqslant 2) \leqslant 0{,}625}$.

2. On a aussi :

$P(|X - E(X)| \geqslant 2) = 1 - P(|X - E(X)| < 2)$

$= 1 - P(X = 4) - P(X = 5) - P(X = 6)$

$= 1 - \dbinom{10}{4} \times 0{,}5^4 \times 0{,}5^6 - \dbinom{10}{5} \times 0{,}5^5 \times 0{,}5^5 - \dbinom{10}{6} \times 0{,}5^6 \times 0{,}5^4.$

$P(|X - E(X)| \geqslant 2) \approx 0{,}344$.

L'inégalité de Bienaymé-Tchebychev est bien grossière.

• **Inégalité de concentration**

Si M_n est la variable aléatoire moyenne d'un échantillon de taille n d'une variable aléatoire d'espérance m et de variance V, alors pour tout $d > 0$, $P(|M_n - m| \geqslant d) \leqslant \dfrac{V(X)}{nd^2}$.

• **Loi faible des grands nombres**

Soit (X_n) une suite de variables aléatoires réelles 2 à 2 indépendantes de même espérance m et de même variance V. On pose $M_n = \dfrac{1}{n}\sum_{i=1}^{n} X_i$, la variable aléatoire moyenne de $(X_1\,;X_2\,;\dots;X_n)$.

La suite (M_n) tend en probabilité vers la variable aléatoire certaine $X = m$ et on a pour tout e strictement positif, $P(|M_n - m| \geqslant e) \leqslant \dfrac{V}{ne^2}$.

Autre formulation : En répétant un grand nombre de fois une même expérience aléatoire, la fréquence observée d'un événement tend vers la probabilité théorique de cet événement.

Exercices d'entraînement

Exercice 1 ★ 10 min Corrigé p. 97

Vous lancez un dé. Si vous obtenez 6, vous gagnez 10 €, si vous obtenez 3 ou 5, vous perdez 3 €, si vous obtenez 1, 2 ou 4, vous perdez 2 €.
Le dé n'est pas pipé. On note X la variable aléatoire qui indique le gain d'une partie.

1. Déterminer $X(\Omega)$, puis la loi de probabilité de X, recopier et compléter le tableau ci-dessous.

x_i			
$p_i = P(X = x_i)$			

2. Calculer la moyenne des gains espérés. Interpréter.
3. Calculer la variance de X.

Exercice 2 ★★ 20 min Corrigé p. 97

Dans une urne, il y a 4 boules blanches et 6 noires. Les boules sont indiscernables au toucher.
On tire au hasard 2 boules parmi les 10.
On note X la variable aléatoire qui, à chaque tirage, associe le nombre de boules blanches obtenues.

1. **Premier cas** : les tirages sont successifs avec remise.
a) Représenter la situation par un arbre pondéré.
b) Déterminer la loi de X.
c) Déterminer l'espérance de X et l'interpréter.

2. **Second cas** : les tirages sont successifs sans remise.
Reprendre les trois questions précédentes.

Exercice 3 ★★ 15 min Corrigé p. 98

On lance deux fois de suite un dé non pipé et on note X la variable aléatoire qui indique la somme des deux nombres obtenus. Déterminer la loi de probabilité de X et son espérance.

Exercice 4 ★★ 15 min Corrigé p. 98

Une urne contient six boules dont deux portent le numéro 0, trois le numéro 1 et une le numéro 2.
On tire deux boules simultanément. X est la variable aléatoire qui, à chaque tirage de deux boules, associe la somme des numéros marqués sur ces boules.
Déterminer la loi de X, son espérance et son écart-type.

Exercice 5 ★★ 20 min Corrigé p. 99

Soient X et Y deux variables aléatoires définies sur un même univers Ω :
X peut prendre les valeurs : -1, 0, 1 et Y les valeurs 0, 1, 2, 3.
La loi de probabilité du couple $(X ; Y)$ est donnée par :

X \ Y	**0**	**1**	**2**	**3**
– 1	0	0	0,1	0,1
0	0,3	0,2	0	0,1
1	0,1	0,1	0	0

Par exemple : la probabilité que l'on ait à la fois $X = -1$ et $Y = 2$ est égale à 0,1.

1. Déterminer :

a) $P(X = 1 \text{ et } Y = 0)$;

b) $P(X \geqslant 0 \text{ et } Y = 1)$;

c) $P(X = 0)$;

d) $P_{(X=0)}(Y = 1)$;

e) $P(X = 0 \text{ ou } Y = 1)$.

2. Déterminer les lois marginales, c'est-à-dire la loi de X et celle de Y leur espérance et leur variance.

3. Calculer :

a) $P(X + Y = 1)$;

b) $P(XY = 0)$.

4. Déterminer la loi de $X + Y$, puis calculer $E(X + Y)$ et $V(X + Y)$. Que remarque-t-on ?

Exercice 6 ★★★ 10 min Corrigé p. 99

Une urne contient des boules blanches dans la proportion p.
On effectue n tirages d'une boule avec remise.
On note X_n le nombre de boules blanches obtenues.

1.a) Quelle est la loi suivie par X_n ? Donner son espérance et sa variance.

b) Quelle est l'espérance de la variable $\frac{X_n}{n}$? sa variance ? On utilisera $V(kX) = k^2V(X)$.

2. En utilisant l'inégalité de Bienaymé-Tchebychev, déterminer n tel que la probabilité p appartienne à $\left]\frac{X_n}{n} - 0{,}01 ; \frac{X_n}{n} + 0{,}01\right[$ soit supérieure à 0,95.

Exercice 7 ★★★ 10 min Corrigé p. 100

Une urne contient des boules blanches et des boules rouges.
On effectue 1 000 tirages avec remise et on obtient 450 fois une boule rouge.
À l'aide de la loi faible des grands nombres, montrer que l'on peut affirmer à 90 % que la proportion des boules rouges est dans l'intervalle]0,4 ; 0,5[.

10 Algorithmique et programmation

1 Généralités

A Algorithme

- Un **algorithme** est un ensemble d'instructions qui s'enchaînent dans un ordre déterminé pour obtenir un résultat.
- Un algorithme peut s'écrire en **langage naturel** ou en **langage spécifique** à une machine.
- Un algorithme peut être composé :
  - d'instructions d'entrée de données ;
  - d'instructions de traitement ;
  - d'instructions de sortie.

B Variable informatique

- Une **variable informatique** est un emplacement mémoire qui contient une information.
- Le contenu d'une variable informatique peut être :
  - un nombre : c'est alors une **variable numérique** ;
  - un texte : c'est une variable **chaîne de caractères** ;
  - une **liste** ordonnée de valeurs, etc.
- **Une variable simple contient une information et une seule.** Tant que cette information n'est pas modifiée manuellement ou par un programme, elle est conservée. Dès qu'on la modifie, l'ancienne information est perdue et remplacée par la nouvelle. En langage naturel, pour qu'une instruction modifie le contenu d'une variable Y, on écrira par exemple :
$Y \leftarrow 13$ pour mettre dans Y la valeur 13 ;
$Y \leftarrow 2Y + 3$ pour remplacer l'ancienne valeur de Y par son double augmenté de 3.
En Python, on écrira Y=13 et Y=2*Y+3.

C Instructions d'entrée-sortie

- Les **entrées** sont les valeurs que doit saisir l'utilisateur. En Python, on écrira :
A=float(input("message")) si A réel ou A=int(input("message")) si A entier.
- Les **sorties** sont les affichages fournis lors de l'exécution de l'algorithme.
Afficher A indique à l'utilisateur la valeur contenue dans la variable A.
En Python, on écrira print(A).

2 Structures usuelles

A Instruction conditionnelle

- Dans un algorithme, il est parfois nécessaire de différentier les calculs à effectuer selon les conditions rencontrées. On utilise une **instruction conditionnelle** :
si condition alors instructions_1 sinon instructions_2.
- Si la condition est vraie alors les instrutions_1 sont exécutées sinon ce sont les instructions_2 qui sont exécutées.

En Python

```
if conditions :
    Bloc Instructions_1
else :
    Bloc Instructions_2
```

La partie «sinon instructions_2» est facultative : si elle est omise et que la condition est fausse alors aucune instruction n'est exécutée.

Appliquer le cours

Dans un parking, le tarif est fonction de la durée d'occupation.

Si la durée est inférieure à 3 heures, on paie 5 euros par heure.

Si la durée est supérieure ou égale à 3 heures, on paie 15 euros plus 2 euros par heure supplémentaire.

1. Exprimer en fonction de x le prix à payer selon que $0 \leqslant x < 3$ ou que $x \geqslant 3$.

2. Écrire en Python, un programme qui demande la durée d'occupation et renvoie le prix à payer.

Solution

1. Si $0 \leqslant x < 3$, alors le prix à payer est $\mathbf{5x}$.
Si $x \geqslant 3$, le prix à payer est $15 + 2(x - 3) = \mathbf{2x + 9}$.

2. Un programme peut être :

```
x=float(input("durée ="))
if 0<=x and x<3 :
    p = 5*x
else :
    p = 2*x + 9
print("le prix à payer est",p)
```

B Note sur les blocs

En Python, il n'y a pas de fin de bloc. C'est l'indentation (décalage vers la droite du texte) qui indique le début et la fin du bloc.

C Boucle itérative

• Dans un algorithme, il est possible de répéter une instruction un nombre donné de fois.
On utilise pour cela une **boucle itérative** :

pour *I* variant de *k* jusqu'à *n* faire instructions.

• I prend toutes valeurs entières comprises entre k (inclus) et n (inclus) et pour chacune de ces valeurs les instructions sont exécutées.

En Python

For i in range(k,n+1) :
  Bloc Instructions

Attention au n+1.

Appliquer le cours

On considère l'algorithme ci-dessous.

$U \leftarrow 0$
Pour I variant de 1 à 6
  $U \leftarrow U + I$
  Afficher U
Fin_Pour

En utilisant un tableau d'avancement, donner les différentes valeurs affichées par l'algorithme.

Solution

U	0	1	3	6	10	15	21
I		1	2	3	4	5	6

I n'a pas de valeur définie au début avant le traitement.

On calcule 0 + 1 et on met la somme 1 dans U au-dessus du 1 de I ; 1 + 2 et on met la somme 3 dans U ; …

Cet algorithme affiche les nombres **1 – 3 – 6 – 10 – 15 – 21**.

D Boucle conditionnelle

• Dans un algorithme, on peut répéter des instructions tant qu'une condition est vraie.
On utilise pour cela une **boucle conditionnelle** :

tant que la condition est vraie faire instructions.

• Si la condition est vraie, alors les instructions sont exécutées et répétées jusqu'à ce que la condition devienne fausse.

En Python

While condition :
  Bloc Instructions

• **Attention :** pour que l'algorithme s'arrête, il est nécessaire que les instructions modifient une (ou plusieurs) variable(s) qui intervienne(nt) dans la condition.

E Fonction

• Une **fonction** est un bloc de code qui exécute un traitement, puis rend la main : on peut la considérer comme un « sous-algorithme ».

• Elle reçoit, la plupart du temps, des données à traiter : les **paramètres**, effectue des actions avec et enfin, éventuellement, renvoie un résultat appelé sortie ou valeur retournée.

En Python

```
def nom_fonction(paramètres) :
    Bloc Instructions
    return(résultat)
```

Appliquer le cours

Soit n un entier non nul. On appelle factorielle n, le nombre noté $n!$ et défini par :
$0! = 1$ et si $n > 0$, $n! = (n-1)!n$.
Écrire une fonction Python qui reçoit n en paramètre et retourne $n!$.

Solution

```
def fact(n) :
    if n==0 :
      return(1)
else
   return(fact(n–1)*n)
```

• **Remarque :** une telle fonction qui est définie en fonction d'elle-même est une **fonction récurrente** (en mathématique) ou **récursive** (en informatique).

3 Notion de liste

Une **liste** en Python est une variable dans laquelle on peut mettre plusieurs variables.

Commandes	Exemple évolutif d'une liste

Créer une liste en Python
liste = [] pour créer une liste vide.
Création d'une liste contenant les éléments 1, "a" et 14.
Remarque : les variables peuvent être de types différents.
	>>> liste = [1,"a",14]
	>>> liste
	[1,"a",14]

Ajouter un élément à une liste
Ou les ajouter après la création de la liste avec la méthode append.
liste.append(valeur)
	>>> liste.append(13)
	>>> liste
	[1,"a",14,13]

Lire un élément dans une liste
liste[indice]
Remarque : le premier item commence toujours avec l'indice 0. Pour lire le premier item, on utilise la valeur 0, le deuxième, on utilise la valeur 1, etc. Dans une liste de longueur n, le dernier élément est liste[n-1].
	>>> liste[1]
	"a"
	>>> liste[2]
	14

Modifier une valeur avec son indice
liste[indice] = valeur
	>>> liste[1]="z"
	>>> liste
	[1,"z",14,13]

Supprimer une entrée avec un indice
del liste[indice]
pour supprimer la valeur correspondante à l'indice.
	>>> del liste[0]
	>>> liste
	["z",14,13]

Supprimer une entrée avec sa valeur
liste.remove(valeur)
	>>> liste.remove(13)
	>>> liste
	["z",14]

Compter le nombre d'items d'une liste len(liste)	>>> len(liste) 2

Exercices d'entraînement

Exercice 1 ★ 10 min

Corrigé p. 100

On considère l'algorithme ci-contre :

1. Déterminer l'affichage correspondant à la saisie $x = 0$, puis celui correspondant à la saisie $x = 1$.

2. a) Déterminer en fonction de x l'expression de y obtenue.

b) Quelles valeurs de x peut-on saisir pour obtenir 0 en sortie ?

```
Lire x
a ← x + 1
b ← a²
y ← − b + 16
Afficher y
```

Exercice 2 ★★ 15 min

Corrigé p. 100

Mat possède un livret bancaire où l'argent est rémunéré au taux de 2 % par an, c'est-à-dire que la somme augmente de 2 % le 1er janvier de chaque année.
Mat a placé 1 000 € le 1er janvier 2016.

1. De quelle somme dispose-t-il le 1er janvier 2017, le 1er janvier 2018 ?

2. Il souhaite connaître la somme disponible le 1er janvier de l'année 2016 + n.

a) Écrire un algorithme qui demande n et renvoie la somme disponible le 1er janvier 2016 + n.

b) Le programmer en Python et déterminer la somme disponible le 1er janvier 2030.

Exercice 3 ★★ 15 min

Corrigé p. 100

On considère pour tout entier naturel n non nul la somme $S_n = 1 + 2^2 + 3^2 + \ldots + n^2$.

1. Écrire un algorithme qui demande un nombre T et qui affiche le plus petit entier n tel que S_n soit égal ou supérieur à T.

2. a) Le programmer en Python.

b) Quel résultat obtient-on si $T = 100$? $T = 2\,020$? $T = 10\,000$?

Exercice 4 ★★ 10 min

Corrigé p. 101

On considère l'algorithme ci-dessous :

```
x ← 0
Tant que x est inférieur ou égal à 1
    y ← −x² + 5x − 6
    Afficher y
    x ← x + 0,2
Fin_Tant que
```

1. Reproduire et compléter le tableau d'avancement ci-dessous.

	x	y
Étape 1	0	−6
Étape 2		
Étape 3		
…	…	…

2. Que calcule cet algorithme ?

Exercice 5 ★★ 15 min

Corrigé p. 101

L'organisateur d'un jeu offre une montre en cadeau si le nombre affiché par l'algorithme ci-contre est égal au plus petit des deux nombres de départ.

```
A ← 12
B ← 30
Entrer la valeur  B
Tant Que A ≠ B
  Si A > B
    Alors A ← A – B
    Sinon B ← B – A
  Fin_Si
Fin_Tant Que
Afficher A
```

1. En complétant le tableau de suivi ci-dessous, donner la valeur affichée par l'algorithme.

Étape	Valeur prise par A	Valeur prise par B	Condition $A \neq B$
Initialisation	12	30	vraie
1er tour			
2e tour			
3e tour			
Affichage			

2. a) Comment peut-on faire pour être sûr de gagner ?

b) Donner deux nombres entiers distincts supérieurs à 10 à entrer pour A et B, qui permettent de gagner une montre.

Exercice 6 ★★ 5 min

Corrigé p. 101

L'organisateur du jeu précédent dispose de deux modèles de montre M_1 et M_2.
Il utilise l'algorithme suivant :

```
M ← PartieEntière(NombreAlétoire × 2 + 1)
Afficher M
```

N.B. NombreAléatoire donne un nombre réel de [0 ; 1[.

1. Quelles valeurs peut prendre la variable M ?

2. À quoi sert-elle pour le jeu ?

Exercice 7 ★★★ 15 min

Corrigé p. 101

On considère l'algorithme ci-dessous :

```
k ← 0
Lire n
Pour i variant de 1 à n
    x ← valeur aléatoire entre 0 et 1
    y ← valeur aléatoire entre 0 et 1
    Si x² + y² ⩽ 1
        alors k ← k+1
    Fin_Si
Fin_Pour
Afficher 4k÷n
```

1. Pour chaque valeur de i, x et y calculés sont les coordonnées d'un point M.

a) Dans quelle figure se situe le point M ? Quelle est son aire ?

b) Caractériser les points M qui sont comptés par la variable k ?

c) Calculer l'aire du domaine des points M qui sont comptés par k.

2. On a fait tourner un logiciel avec cet algorithme pour diverses valeurs de n.
On a obtenu les résultats suivants.

Valeur de n	100	200	400	700	1 000
Affichage	3,2	3,08	3,17	3,11	3,15

À quoi peut servir cet algorithme ? Argumenter la réponse.

Exercice 8 ★★ 10 min

Corrigé p. 102

On considère la suite fibo définie par fibo(0) = 0, fibo(1) = 1 et, pour tout entier naturel, n par fibo(n +2) = fibo(n + 1) + fibo(n).
Écrire un programme en Python qui demande une valeur de n et qui calcule fibo(n).
On pourra utiliser une fonction récursive.

Exercice 9 ★★ 20 min

Corrigé p. 102

On souhaite étudier une série statistique.

1. Écrire un programme en Python qui demande le nombre de valeurs de la série, puis les valeurs de la série et qui les met dans une liste.

2. Compléter le programme pour avoir :

a) le minimum de la série et le maximum de la série ;

b) l'étendue de la série ;

c) sa moyenne ;

d) sa variance.

Exercice 10 ★★ 10 min

Corrigé p. 102

On dispose d'une liste L = [2, 4 , 7 , 3, 11 , 23, 41, 10, 25].

1. Écrire un algorithme qui détermine le nombre de valeurs paires dans la liste.

2. Traduire cet algorithme par un programme en Python.
(On utilisera v % 2 qui donne le reste de la division entière d'un entier v par 2.)

Exercice 11 ★★ 10 min

Corrigé p. 102

1. On dispose d'une liste L = [2, 4 , 7 , 3, 11 , 23, 41, 10, 25].
Transformer en Python cette liste en la liste de ses carrés.

2. On dispose d'une liste L = [2, 4 , 7 , 3, 11 , 23, 41, 10, 25].
Transformer en Python cette liste en la liste de ses valeurs paires.

Exercice 12 ★★ 10 min Corrigé p. 102

1. Écrire une fonction listecarrés en Python qui renvoie la liste des carrés d'une liste L donnée en paramètre par extension à partir d'une liste LC vide.

2. Écrire une fonction listepairs en Python qui renvoie la liste des nombres pairs d'une liste L donnée en paramètre par extension à partir d'une liste LP vide.

3. On dispose d'une liste L = [2, 4 , 7 , 3, 11 , 23, 41, 10, 25].
a) Écrire un programme en Python qui affiche listecarrés(listepairs(L)) et listepairs(listecarrés(L)).
b) Exécuter le programme. Que constate-t-on ? Justifier la réponse.

Exercice 13 ★★ 10 min Corrigé p. 103

On souhaite simuler 10 000 fois l'expérience suivante : on lance deux dés tétraédriques et on note la somme S des deux dés.
En utilisant une liste pour stocker les résultats, écrire un programme Python qui réalise cette simulation et affiche le résultat. On utilisera la fonction randrange(n) de la bibliothèque **random** qui renvoie un entier compris entre 0 (inclus) et n(exclu).

Exercice 14 ★★ 15 min Corrigé p. 103

Les Égyptiens écrivaient les fractions représentant des nombres compris entre 0 et 1 autres que $\frac{2}{3}$ sous la forme de somme d'inverses d'entiers distincts, c'est-à-dire comme somme de fractions de numérateur 1.
Ainsi, pour $\frac{11}{28}$, ils écrivaient $\frac{1}{4}+\frac{1}{7}$ et pour $\frac{3}{5}$, ils écrivaient $\frac{1}{3}+\frac{1}{5}+\frac{1}{15}$.
Pour obtenir les différents inverses dont la somme vaut une fraction A comprise entre 0 et 1, on peut appliquer l'algorithme ci-dessous.

> Saisir A
> Tant que A n'est pas de la forme $\frac{1}{N}$,
>   Calculer M le plus petit entier supérieur à $\frac{1}{A}$
>   Afficher $\frac{1}{M}$
>   Remplacer A par $A-\frac{1}{M}$
> Fin de Tant que

1. Appliquer l'algorithme au nombre $\frac{3}{4}$ et écrire $\frac{3}{4}$ comme la somme des inverses de deux entiers.

2. En appliquant l'algorithme, écrire le nombre $\frac{17}{18}$ comme la somme des inverses de trois entiers.

3. Soit A une fraction comprise entre 0 et 1. On souhaite savoir si la décomposition de A en somme d'inverses d'entiers distincts est unique.

Appliquer l'algorithme au nombre $\frac{3}{5}$ et conclure.

Exercice 15 ★★★ 15 min

Corrigé p. 103

On souhaite déterminer un encadrement d'amplitude inférieure à p de la solution d'une équation du type $f(x) = 0$ qui est comprise entre deux valeurs A et B.
On utilise le programme ci-dessous.

```
def f(x) :
    return(x**2–x–1)

#Main
a=float(input("a="))
b=float(input("b="))
p=float(input("p="))
fa=f(a)
while b–a≥p
    m=(b+a)/2
    if f(m)*fa>0 :
        a=m
    else :
        b=m
print(a,b)
```

1. a. Implanter ce programme sur une machine.

b. Déterminer un encadrement d'amplitude inférieure à 0,001 de la solution de l'équation $x^2 - x - 1 = 0$ comprise entre 1 et 2.

2. Modifier le programme pour déterminer un encadrement d'amplitude inférieure à 10^{-5} de la solution de l'équation $x^3 - 2\,020 = 0$ comprise entre 10 et 22.

CORRIGÉS

CHAPITRE 1 *(Énoncés p.15)*

1 a) On ordonne les termes avant d'appliquer la relation de Chasles pour que l'origine du second vecteur soit égale à l'extrémité du premier vecteur.

$\overrightarrow{BC}+\overrightarrow{AB} = \overrightarrow{AB}+\overrightarrow{BC} = \overrightarrow{AC}$ d'après la relation de Chasles.

Dans un vecteur $\overrightarrow{AB}$, A est l'origine et B l'extrémité.

b) $\overrightarrow{AD}+\overrightarrow{BC}+\overrightarrow{DB} = \overrightarrow{AD}+\overrightarrow{DB}+\overrightarrow{BC} = \overrightarrow{AB}+\overrightarrow{BC}$ d'après la relation de Chasles

$= \overrightarrow{AC}$ d'après la relation de Chasles.

c) On transforme la différence en somme pour pouvoir appliquer la relation de Chasles.

L'opposé d'un vecteur $\overrightarrow{AB}$ est $\overrightarrow{BA}$.

$\overrightarrow{CA}-\overrightarrow{BA} = \overrightarrow{CA}+\overrightarrow{AB} = \overrightarrow{CB}$

d'après la relation de Chasles.

d) On transforme les différences en sommes, puis on ordonne les termes pour pouvoir appliquer la relation de Chasles.

$\overrightarrow{AD}-\overrightarrow{AB}-\overrightarrow{CD} = \overrightarrow{AD}+\overrightarrow{BA}+\overrightarrow{DC}$

$= \overrightarrow{BA}+\overrightarrow{AD}+\overrightarrow{DC} = \overrightarrow{BC}$

en appliquant deux fois la relation de Chasles.

2 1. En appliquant la relation de Chasles, on a :

a) $\overrightarrow{MN}+\overrightarrow{NO} = \overrightarrow{MO}$;

b) $\overrightarrow{MO}+\overrightarrow{PM} = \overrightarrow{PM}+\overrightarrow{MO} = \overrightarrow{PO}$;

Soustraire un vecteur, c'est ajouter son opposé.

c) $\overrightarrow{MN}+\overrightarrow{OP}-\overrightarrow{ON} = \overrightarrow{MN}+\overrightarrow{OP}+\overrightarrow{NO}$

$= \overrightarrow{MN}+\overrightarrow{NO}+\overrightarrow{OP} = \overrightarrow{MP}$.

2. On a :

$\overrightarrow{MN}+\overrightarrow{PO}-\overrightarrow{PN}-\overrightarrow{MO} = \overrightarrow{MN}+\overrightarrow{PO}+\overrightarrow{NP}+\overrightarrow{OM}$

$= \overrightarrow{MN}+\overrightarrow{NP}+\overrightarrow{PO}+\overrightarrow{OM}$

$= \overrightarrow{MM} = \vec{0}$.

3 1. *ABCDEFGH* est un parallélépipède rectangle, donc la face *ADHE* est **un rectangle**.

2. On en déduit que les droites **(*EA*) et (*AD*) sont perpendiculaires en *A***.

Attention Les théorèmes de géométrie plane avec les perpendiculaires ne sont pas valables en géométrie dans l'espace.

3. On sait que (*AB*) et (*HG*) sont parallèles à (*CD*). Si deux droites sont parallèles à une même troisième droite, alors elles sont parallèles.
(*AB*) et (*HG*) sont parallèles.

4 1.a) Les droites (*IJ*) et (*BC*) sont coplanaires dans le plan (*ABC*). Leur intersection *V* est donc l'intersection de la droite (*IJ*) et du plan (*BCD*) car (*BC*) est incluse dans le plan (*BCD*).

Pour trouver l'intersection d'une droite et d'un plan, on cherche l'intersection de cette droite avec une droite du plan.

b) Les droites coplanaires (*JK*) et (*CD*) sont sécantes en un point *W* qui appartient donc au plan (*BCD*).

2. Les points *V* et *W* sont par construction dans le plan (*IJK*) et dans le plan (*BCD*), donc la droite (*VW*) appartient à chacun de ces deux plans et représente leur intersection.

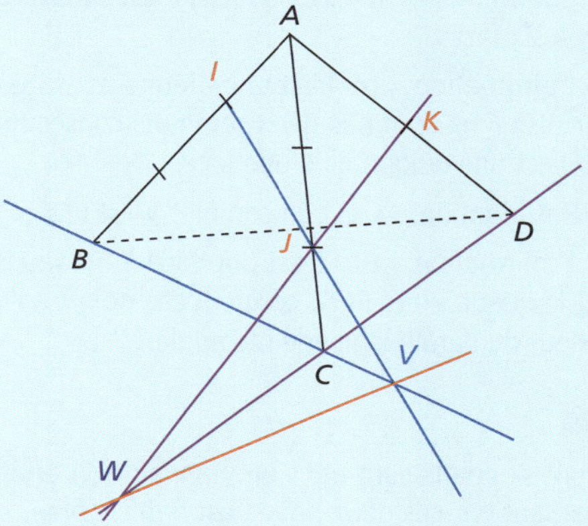

5

Dans un cube, les faces sont en réalité des carrés, même si la réalité est déformée sur la perspective cavalière.

1. On cherche des triangles rectangles dans lesquels on applique le théorème de Pythagore.

La face *EFGH* du cube est un carré, donc le triangle *EFH* est rectangle en *E*.

D'après le théorème de Pythagore, on a :

$FH^2 = FE^2 + EH^2 \Leftrightarrow FH^2 = 6^2 + 6^2 \Leftrightarrow FH = \sqrt{72}$

car *FH* est une longueur.

On a donc : $\mathbf{FH = 6\sqrt{2}}$ **cm.**

La droite (*DH*) est perpendiculaire au plan (*EHF*), donc le triangle *DHF* est rectangle en *H*.

D'après le théorème de Pythagore, on a :

$FD^2 = FH^2 + HD^2 \Leftrightarrow FD^2 = 72 + 6^2$

$\Leftrightarrow FD = \sqrt{108}$ car *FD* est une longueur.

On a donc : $\mathbf{FD = 6\sqrt{3}}$ **cm.**

L'aire d'un triangle de base b et de hauteur h est $\dfrac{bh}{2}$.

2. Dans la pyramide *DEFH*, on peut prendre comme base le triangle *EFH* et comme hauteur [*DH*].
L'aire de *EFH* est :

$$\frac{\text{base } EF \times \text{hauteur } EH}{2} = \frac{6 \times 6}{2} = 18.$$

On a :

$$V = \frac{\text{aire de la base } EFH \times \text{hauteur } DH}{3}$$

$$= \frac{18 \times 6}{3} = 36.$$

Le volume de la pyramide *EFHD* est de 36 cm^3.

6

Un pavé droit ou parallélépipède rectangle possède 6 faces rectangulaires dont au moins 4 sont déformées dans une perspective cavalière.

a) L'affirmation « Il y a cinq faces » est **fausse** car il y a six faces.

b) L'affirmation « [*AF*] est une arête » est **fausse** car *A* et *F* ne sont pas deux sommets consécutifs. [*AF*] est une diagonale d'une face.

c) L'affirmation « *C* est un sommet » est **vraie**.

d) L'affirmation « *BCFE* est une face » est **fausse** car le quadrilatère *BCFE* contient des points à l'intérieur du parallélépipède rectangle.

7

Si deux points sont dans un plan, alors la droite passant par ces deux points est dans le plan.

1. Les points *A* et *C* appartiennent à la fois au plan (*ABC*) et au plan (*ACD*), donc la droite (*AC*) est incluse dans les plans (*ABC*) et (*ACD*).

L'intersection des plans (*ABC*) et (*ACD*) est la droite (*AC*).

2. *I* est l'intersection des diagonales [*BD*] et [*CE*], donc *A* et *I* sont deux points communs des plans (*ABD*) et (*AEC*). **L'intersection des plans (*ABD*) et (*ACE*) est la droite (*AI*).**

3. *A* est un point commun aux plans (*ABD*) et (*ACD*).
Soit $\mathcal{D}$ la droite parallèle à (*BE*) passant par *A*.
Les droites $\mathcal{D}$ et (*BE*) sont coplanaires, donc $\mathcal{D}$ est incluse dans le plan (*ABE*).
Comme $\mathcal{D}$ et (*CD*) sont toutes deux parallèles à (*BE*), alors $\mathcal{D}$ et (*BE*) sont parallèles, donc coplanaires. $\mathcal{D}$ est aussi incluse dans le plan (*ACD*).
L'intersection des plans (*ABE*) et (*ACD*) est la droite $\mathcal{D}$.

Ce résultat est connu sous le nom de théorème du toit.

8 1. Les droites (*AC*) et (*BD*) sont contenues dans le plan de la face *ABCD*, donc elles sont coplanaires. N'étant pas parallèles, **les droites (*AC*) et (*BD*) sont sécantes en un point *I*.**

2. Les droites (*CG*) et (*AE*) étant toutes deux parallèles à (*DF*), elles sont donc parallèles entre elles ; donc elles sont coplanaires et ***G* appartient donc au plan (*AEC*).**

3. Le point *I* intersection des droites (*AC*) et (*BD*) appartient à l'intersection du plan (*AEC*) qui contient (*AC*) et du plan (*BDG*) qui contient (*BD*).
Le point *G* appartient au plan (*BDG*) de manière triviale ainsi qu'au plan (*AEC*), donc *G* appartient à leur intersection. L'intersection des plans (*AEC*) et (*BDG*) est la droite (*IG*).

L'intersection de deux plans non parallèles est une droite définie par deux points.

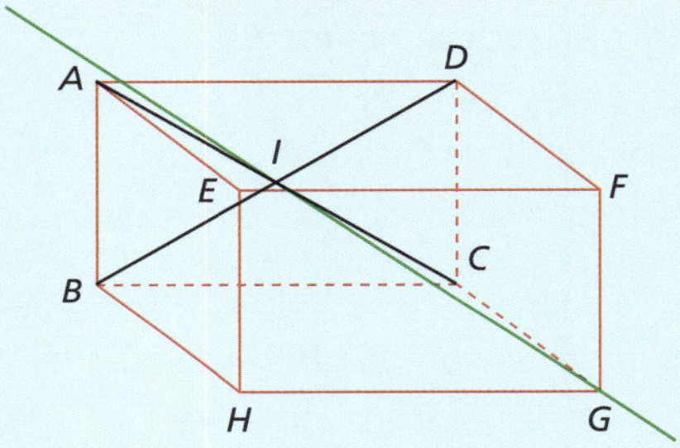

9

Le centre de gravité d'une médiane se situe aux deux tiers de cette médiane à partir du sommet.

1. *G* est le centre de gravité de *ABC* et, *J* étant le milieu de [*BC*], [*AJ*] est la médiane de *ABC* issue de *A*.
***G* est aux deux tiers de [*AJ*] en partant de *A*.**

2. Les points *I* et *G* appartiennent respectivement aux droites (*AD*) et (*AJ*) du plan (*ADJ*). Les droites (*IG*) et (*DJ*) sont donc coplanaires et sécantes en un point *W*.

Comme *W* appartient à (*JD*), droite du plan (*BCD*), *W* est l'intersection de la droite (*IG*) et du plan (*BCD*).

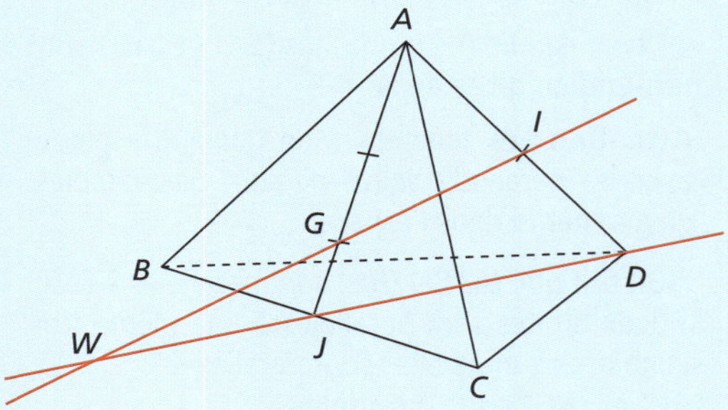

10 Deux droites coplanaires sont soit parallèles soit sécantes.

1.a) Les points A, B, F et I sont quatre points de la face $ABFE$, donc les droites (AB) et (FI) sont coplanaires dans le plan (ABE). Il n'existe qu'une droite du plan (ABE) passant par F et parallèle à (AB), c'est (FE). Comme I n'est pas sur (FE), (FI) n'est pas parallèle à (AB). **Les droites (AB) et (FI) sont sécantes.**

b)

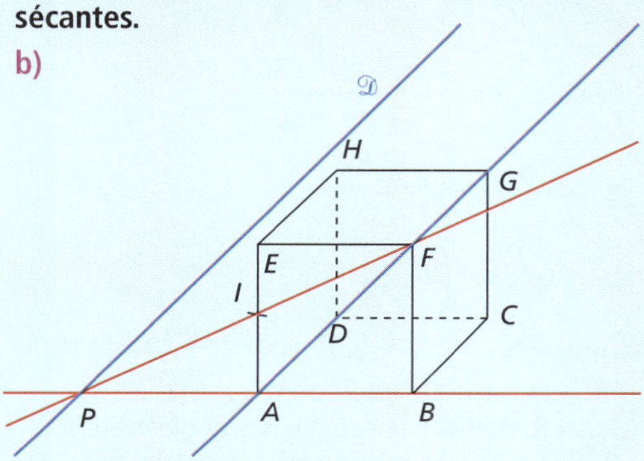

2. Soit $\mathcal{D}$ la droite parallèle à (FG) passant par P

• P appartient à la droite (IF) donc au plan (IFG)
$\mathcal{D}$ est parallèle à (FG) et passe par le point P du plan (IFG), donc $\mathcal{D}$ est incluse dans le plan (IFG).

• P appartient aussi à la droite (AB) incluse dans le plan (BCD) donc P appartient au plan (BCD).
(FG) est parallèle aux droites (BC) et $\mathcal{D}$, donc $\mathcal{D}$ et (BC) sont parallèles.
$\mathcal{D}$ est parallèle à (BC) et passe par le point P du plan (BCD), donc $\mathcal{D}$ est incluse dans le plan (BCD).
$\mathcal{D}$ est l'intersection des plans (IFG) et du plan (BCD).

11 1. a) Soit W l'intersection des droites coplanaires (MN) et (AD).

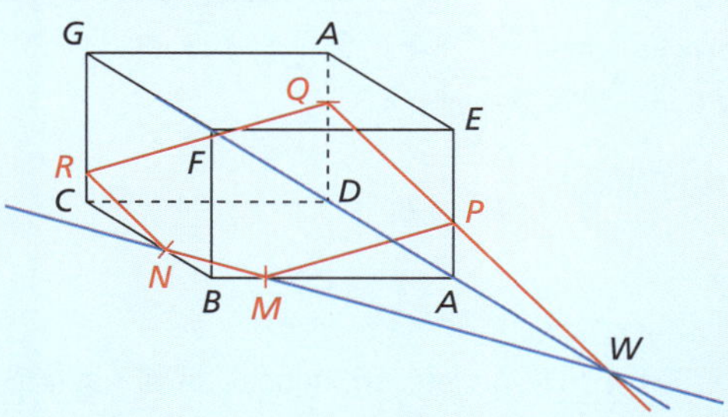

b) Les points Q et W appartiennent aux plans (MNQ) et (ADE) donc la droite (QW) est l'intersection des plans (MNQ) et (ADE). Cette droite coupe (EA) en un point P. **L'intersection du plan (MNQ) avec la face $ADHE$ est le segment $[QP]$.**

Un plan coupe deux plans parallèles selon des droites parallèles.

2. On trace le segment $[PM]$. Les faces avant et arrière étant parallèles, le plan (MNQ) coupe la face $CDHG$ selon un segment de support parallèle à (MP). On obtient le point R et on trace $[NR]$.

CHAPITRE 2 *(Énoncés p.21)*

1 1. On a :
$A(0\ ;0\ ;0)$, $B(1\ ;0\ ;0)$, $D(0\ ;1\ ;0)$ et $E(0\ ;0\ ;1)$.
Pour avoir les coordonnées d'un point M, on cherche les nombres x, y et z tels que :
$\overrightarrow{AM} = x\overrightarrow{AB} + y\overrightarrow{AD} + z\overrightarrow{AE}$.
Par exemple, on a :
$\overrightarrow{AC} = \overrightarrow{AB} + \overrightarrow{BC}$ (relation de Chasles) $= \overrightarrow{AC}$
$= 1\,\overrightarrow{AB} + 1\,\overrightarrow{AD} + 0\,\overrightarrow{AE}$ donc $C(1\ ;1\ ;0)$.
On a $F(1\ ;0\ ;1)$, $G(1\ ;1\ ;1)$ et $H(0\ ;1\ ;1)$.

2. Dans le repère $(C\ ;\overrightarrow{CD},\overrightarrow{CG},\overrightarrow{DA})$, on a :
$C(0\ ;0\ ;0)$, $D(1\ ;0\ ;0)$, $G(0\ ;1\ ;0)$, $B(0\ ;0\ ;1)$
$A(1\ ;0\ ;1)$, $E(1\ ;1\ ;1)$ $F(0\ ;1\ ;1)$, $H(1\ ;1\ ;0)$.

2 $(A\ ;\overrightarrow{AB},\overrightarrow{AD},\overrightarrow{AE})$ est un repère orthonormé car $ABCDEFGH$ est un cube.

On a $\overrightarrow{EC}\begin{pmatrix}1\\1\\-1\end{pmatrix}$ et $\overrightarrow{BG}\begin{pmatrix}0\\1\\1\end{pmatrix}$ donc :

$\overrightarrow{EC}.\overrightarrow{BG} = 1\times 0 + 1\times 1 + (-1)\times 1 = 0$.
Le produit scalaire étant nul, les vecteurs sont orthogonaux.
Les droites (EC) et (BG) sont orthogonales.

Deux vecteurs sont orthogonaux si, et seulement si, leur produit scalaire est nul.

3 Le repère étant orthonormé, on a :

$$AB = \sqrt{(x_B - x_A)^2 + (y_B - y_A)^2 + (z_B - z_A)^2}$$

$$= \sqrt{3^2 + 1^2 + (-4)^2} = \sqrt{26}$$

$AC = \sqrt{1^2 + 2^2 + 2^2} = \sqrt{9} = 3$ et

$BC = \sqrt{2^2 + (-3)^2 + 2^2} = \sqrt{17}$.

On constate que $AC^2 + BC^2 = 9 + 17 = 26 = AB^2$.
D'après la réciproque du théorème de Pythagore, ***ABC* est rectangle en *C*.**

4 $\overrightarrow{AB}.\overrightarrow{AM} = \overrightarrow{AC}.\overrightarrow{AM}$

$\Leftrightarrow (\overrightarrow{AC} + \overrightarrow{CB}).\overrightarrow{AM} = \overrightarrow{AC}.\overrightarrow{AM}$ (relation de Chasles)

$\Leftrightarrow \overrightarrow{AC}.\overrightarrow{AM} + \overrightarrow{CB}.\overrightarrow{AM} = \overrightarrow{AC}.\overrightarrow{AM}$

$\Leftrightarrow \overrightarrow{CB}.\overrightarrow{AM} = 0$

$\Leftrightarrow \overrightarrow{CB}$ et $\overrightarrow{AM}$ sont orthogonaux

$\Leftrightarrow M$ appartient au plan de vecteur normal $\overrightarrow{CB}$ passant par A.

L'ensemble des points M de l'espace tels que $\overrightarrow{AB}.\overrightarrow{AM} = \overrightarrow{AC}.\overrightarrow{AM}$ est **le plan de vecteur normal $\overrightarrow{CB}$ passant par A.**

5 On utilise $\vec{u}\,.\,\vec{v} = xx' + yy' + zz'$

a) $\vec{u}.\vec{v} = -1 \times (-2) + 2 \times 2 + (-3) \times 2 = \mathbf{0}$

b) $\vec{u}.\vec{v} = 5 \times 1 + 1 \times (-3) + (-5) \times 3 = \mathbf{-13}$

c) $\vec{u}.\vec{v} = \sqrt{2} \times (-\sqrt{3}) + \sqrt{3} \times \sqrt{2} + (-1) \times 1 = \mathbf{0}$

6 Deux vecteurs sont orthogonaux si, et seulement si, leur produit scalaire est nul.

a) $\vec{u}.\vec{v} = 0 \Leftrightarrow 2x - 10 = 0 \Leftrightarrow x = 5$
Pour $x = 5$, $\vec{u}$ et $\vec{v}$ sont orthogonaux.

b) $\vec{u}.\vec{v} = 0 \Leftrightarrow 2x + x - 35 = 0 \Leftrightarrow 3x = 35$

Pour $x = \frac{35}{3}$, $\vec{u}$ et $\vec{v}$ sont orthogonaux.

c) $\vec{u}.\vec{v} = 0 \Leftrightarrow 2y - 2x - 12 = 0 \Leftrightarrow y = x + 6.$
Si $y = x + 6$, $\vec{u}$ et $\vec{v}$ sont orthogonaux.

d) $\vec{u}.\vec{v} = 0 \Leftrightarrow -3 \times (2) + 1 \times (-5) + xy = 0$
$\Leftrightarrow xy = -1$
Si y est l'opposé de l'inverse de x, alors $\vec{u}$ **et** $\vec{v}$ **sont orthogonaux.**

7 1. Le repère étant orthonormé on a :

$$AB = \sqrt{(x_B - x_A)^2 + (y_B - y_A)^2 + (z_B - z_A)^2}$$

$$= \sqrt{1^2 + (-1)^2 + (-3)^2} = \sqrt{11}$$

$AC = \sqrt{0^2 + (-3)^2 + 1^2} = \sqrt{10}$ et

$BC = \sqrt{(-1)^2 + (-2)^2 + 4^2} = \sqrt{21}$.

On constate que $AB^2 + AC^2 = 11 + 10 = 21 = BC^2$.
D'après la réciproque du théorème de Pythagore, ***ABC* est rectangle en *A*.**

2. On a d'après le théorème d'Al-Kashi,

$$AB^2 = AC^2 + BC^2 - 2AC \times BC \times \cos(\hat{C})$$

$$\Leftrightarrow \cos(\hat{C}) = \frac{AB^2 - AC^2 - BC^2}{-2\ AC \times BC}$$

$$\Leftrightarrow \cos(\hat{C}) = \frac{11 - 10 - 21}{-2\sqrt{10} \times \sqrt{21}}$$

$$\Leftrightarrow \hat{C} = \cos^{-1}\left(\frac{10}{\sqrt{210}}\right).$$

L'angle $\hat{C}$ mesure 0,81 radian à 10^{-2} près.
Les angles aigus d'un triangle rectangle étant complémentaires, on a

$\hat{B} = \frac{\pi}{2} - \hat{C}$, soit **0,76 radian à 10^{-2} près.**

8 1. Le repère étant orthonormé on a :

$$AB = \sqrt{(x_B - x_A)^2 + (y_B - y_A)^2 + (z_B - z_A)^2}$$

$AB = \sqrt{1^2 + 3^2 + (-1)^2} = \sqrt{11}$

$AC = \sqrt{4^2 + 4^2 + 0^2} = \sqrt{32}$ et

$BC = \sqrt{3^2 + 1^2 + 1^2} = \sqrt{11}$.

On constate que $AB = BC$.
***ABC* est isocèle en *B*.**

2. On a d'après le théorème d'Al-Kashi,

$$AB^2 = AC^2 + BC^2 - 2AC \times BC \times \cos(\hat{C})$$

$$\Leftrightarrow \cos(\hat{C}) = \frac{AB^2 - AC^2 - BC^2}{-2\ AC \times BC}$$

$$\Leftrightarrow \cos(\hat{C}) = \frac{11 - 32 - 11}{-2\sqrt{32} \times \sqrt{11}}$$

$$\Leftrightarrow \hat{C} = \cos^{-1}\left(\frac{16}{\sqrt{352}}\right).$$

L'angle $\hat{C}$ mesure 0,55 radian à 10^{-2} près.
ABC étant isocèle en B, **on a $\hat{A} = \hat{C}$.**
Dans un triangle, la somme des angles vaut π.
$\hat{B} = \pi - 2\hat{C}$, soit **2,04 radians à 10^{-2} près.**

9 Soit les points $A(0 ; 3 ; 4)$, $B(1 ; -1 ; -1)$ et $C(3 ; 0 ; 1)$.

1. On a $\overrightarrow{BA}\begin{pmatrix} x_A - x_B \\ y_A - y_B \\ z_A - z_B \end{pmatrix}$, soit $\overrightarrow{BA}\begin{pmatrix} -1 \\ 4 \\ 5 \end{pmatrix}$ et

$\overrightarrow{BC}\begin{pmatrix} 2 \\ 1 \\ 2 \end{pmatrix}$.

$\overrightarrow{BA}.\overrightarrow{BC} = -1 \times 2 + 4 \times 1 + 5 \times 2 = 12.$

On aussi $\overrightarrow{BA}.\overrightarrow{BC} = BA \times BC \times \cos(\widehat{ABC})$

avec $BA = \sqrt{(-1)^2 + 4^2 + 5^2} = \sqrt{42}$ et

$BC = \sqrt{2^2 + 1^2 + 2^2} = 3.$

$$\cos(\widehat{ABC}) = \frac{\overrightarrow{BA}.\overrightarrow{BC}}{BA \times BC} = \frac{12}{\sqrt{42} \times 3} = \frac{2\sqrt{42}}{21}.$$

2. On a H le projeté orthogonal de A sur (BC), donc $\overrightarrow{BA}.\overrightarrow{BC} = BH \times BC$

$\Leftrightarrow 12 = BH \times 3 \Leftrightarrow \mathbf{BH = 4}$.

ABH est rectangle en H. D'après le théorème de Pythagore, on a :

$AH = \sqrt{BA^2 - BH^2} = \sqrt{42 - 16} = \sqrt{26}$.

L'aire du triangle ABC est :

$$\frac{base\ BC \times hauteur\ AH}{2} = \frac{3\sqrt{26}}{2}.$$

10 1. On a $\overrightarrow{AB}\begin{pmatrix}-1-5\\-2+5\\-1-3\end{pmatrix} = \overrightarrow{AB}\begin{pmatrix}-6\\3\\-4\end{pmatrix}$ et

$\overrightarrow{CD}\begin{pmatrix}2-8\\8-5\\2-6\end{pmatrix} = \overrightarrow{CD}\begin{pmatrix}6\\3\\-4\end{pmatrix}$.

Comme on a $\overrightarrow{AB} = \overrightarrow{CD}$, $ABDC$ est un parallélogramme et **les quatre points *A*, *B*, *C* et *D* sont coplanaires.**

2. On a $\overrightarrow{AB}\begin{pmatrix}-6\\3\\-4\end{pmatrix}$ et $\overrightarrow{AC}\begin{pmatrix}3\\10\\3\end{pmatrix}$,

donc $\overrightarrow{AB}.\overrightarrow{AC} = -6\times3+3\times10+(-4)\times3 = 0$.
Les vecteurs $\overrightarrow{AB}$ et $\overrightarrow{AC}$ sont orthogonaux, donc **le parallélogramme *ABDC* est un rectangle.**

11 1.a) On a :
$\vec{u}\,.\,\vec{v} = 1\times4+2\times(-2)+5\times0 = 0$.
Les vecteurs $\vec{u}$ et $\vec{v}$ sont orthogonaux.
b) On a $\|\vec{u}\| = \sqrt{1^2+2^2+5^2} = \sqrt{30}$

On pose $\vec{e_1} = \dfrac{1}{\|\vec{u}\|}\vec{u}$, d'où $\vec{e_1}\begin{pmatrix}\dfrac{1}{\sqrt{30}}\\\dfrac{2}{\sqrt{30}}\\\dfrac{5}{\sqrt{30}}\end{pmatrix}$

est de norme 1 colinéaire à $\vec{u}$.

c) On a $\|\vec{v}\| = \sqrt{4^2+(-2)^2+0^2} = \sqrt{20}$.

On pose $\vec{e_2} = \dfrac{1}{\|\vec{v}\|}\vec{v}$, d'où $\vec{e_2}\begin{pmatrix}\dfrac{2}{\sqrt{5}}\\\dfrac{-1}{\sqrt{5}}\\0\end{pmatrix}$

est de norme 1 colinéaire à $\vec{v}$.

2.a) On veut $\vec{u}\,.\,\vec{w} = 0$ et $\vec{v}\,.\,\vec{w} = 0$

$\Leftrightarrow \begin{cases} x+2y+5z=0 \ (1)\\ 4x-2y=0 \ (2)\end{cases}$

(2) $\Leftrightarrow 4x = 2y \Leftrightarrow$ **$y = 2x$.**
(1) $\Leftrightarrow x+4x+5z = 0 \Leftrightarrow 5x+5z=0 \Leftrightarrow$ **$z = -x$.**

On a $\vec{w}\begin{pmatrix}x\\2x\\-x\end{pmatrix}$.

b) Il suffit d'avoir un vecteur $\vec{e_3}$ colinéaire à $\vec{w}$ et de norme 1.

On a $\|\vec{w}\| = \sqrt{x^2+(2x)^2+(-x)^2} = \sqrt{6x^2}$
$= \sqrt{6}\,|x|$

Pour tout réel x, $\sqrt{x^2} = |x|$.

On pose $\vec{e_3} = \dfrac{1}{\|\vec{w}\|}\vec{w}$, d'où :

$\vec{e_3}\begin{pmatrix}\dfrac{\sqrt{6}}{6}\\\dfrac{\sqrt{6}}{3}\\\dfrac{-\sqrt{6}}{6}\end{pmatrix}$ ou $\vec{e_3}\begin{pmatrix}\dfrac{-\sqrt{6}}{6}\\\dfrac{-\sqrt{6}}{3}\\\dfrac{\sqrt{6}}{6}\end{pmatrix}$ **est de norme 1 colinéaire à $\vec{w}$**, et $(\vec{e_1}\,;\,\vec{e_2}\,;\,\vec{e_3})$ est une base orthonormée de l'espace.

12 1. On a : $OA = \sqrt{2^2+0^2+0^2} = 2$.
$OB = \sqrt{1^2+\sqrt{3}^2+0^2} = \sqrt{4} = 2$
et $AB = \sqrt{(1-2)^2+\sqrt{3}^2+0^2} = \sqrt{4} = 2$.
***OAB* est équilatéral.**
2.a) G est le centre de gravité de OAB donc :

$$\begin{cases} x_G = \dfrac{x_O+x_A+x_B}{3} = 1\\ y_G = \dfrac{y_O+y_A+y_B}{3} = \dfrac{\sqrt{3}}{3}\\ z_G = \dfrac{z_O+z_A+z_B}{3} = 0\end{cases}.$$

On a $\mathbf{G\left(1\,;\,\dfrac{\sqrt{3}}{3}\,;\,0\right)}$.

b) Comme OAB est équilatéral et G son centre de gravité, on a $OG = AG = BG$.
Tout point M situé sur la droite passant par G et orthogonale au plan (OAB) est équidistant de O, de A et de B.

On cherche donc $C\left(1\,;\,\dfrac{\sqrt{3}}{3}\,;\,z\right)$ tel que $OC = 2$.
$OC = 2 \Leftrightarrow OC^2 = 4 \Leftrightarrow 1+\dfrac{1}{3}+z^2 = 4 \Leftrightarrow z^2 = \dfrac{2}{3}$

On a donc $C\left(1\,;\,\dfrac{\sqrt{3}}{3};\,\dfrac{\sqrt{6}}{3}\right)$ ou $C\left(1\,;\,\dfrac{\sqrt{3}}{3};\,\dfrac{-\sqrt{6}}{3}\right)$
pour que $OABC$ soit un tétraèdre régulier.

CHAPITRE 3 (Énoncés p.26)

Note sur les résultats de ce chapitre : pour de nombreuses questions (équation, représentation paramétrique, vecteur normal), il existe une infinité de réponses exactes. Le corrigé ne donne qu'une de ses réponses exactes. En revanche, pour les réponses avec coordonnées ou distance, il n'y a qu'une réponse exacte.

1 1. $A(2;1;-1) \in \mathcal{D} \Leftrightarrow \exists k \in \mathbb{R} \mid \begin{cases} x_A = 2+k \\ y_A = 1-k \\ z_A = -1+k \end{cases}$

$\Leftrightarrow \exists k \in \mathbb{R} \mid \begin{cases} 2 = 2+k \\ 1 = 1-k \\ -1 = -1+k \end{cases} \Leftrightarrow k = 0$

k existe donc **A appartient à $\mathcal{D}$**.

$B(6;-3;-11) \in \mathcal{D} \Leftrightarrow \exists k \in \mathbb{R} \mid \begin{cases} x_B = 2+k \\ y_B = 1-k \\ z_B = -1+k \end{cases}$

$\Leftrightarrow \exists k \in \mathbb{R} \mid \begin{cases} 6 = 2+k \\ -3 = 1-k \\ -11 = -1+k \end{cases} \Leftrightarrow \begin{cases} 4 = k \\ -4 = -k \\ -10 = k \end{cases}$

k n'existe pas donc **B n'appartient pas à $\mathcal{D}$**.

2. On exprime deux inconnues en fonction de la troisième.

On a : $\begin{cases} x = 2+k \\ y = 1-k \\ z = -1+k \end{cases} \Leftrightarrow \begin{cases} x-2 = k \\ y = 1-(x-2) \\ z = -1+(x-2) \end{cases}$

$\Leftrightarrow \begin{cases} x-2 = k \\ y = -x+3 \\ z = x-3 \end{cases}$

$\Leftrightarrow \begin{cases} y = -x+3 \\ z = x-3 \end{cases}$ est un système d'équations cartésiennes de $\mathcal{D}$.

3.a) Un vecteur directeur de $\mathcal{D}$ est $\vec{u}\begin{pmatrix} 1 \\ -1 \\ 1 \end{pmatrix}$.

Si $\begin{cases} x = x_0 + ka \\ y = y_0 + kb \\ z = z_0 + kc \end{cases}$, $k \in \mathbb{R}$, est un représentation paramétrique d'une droite $\mathcal{D}$, alors $\vec{u}\begin{pmatrix} a \\ b \\ c \end{pmatrix}$ est un vecteur directeur de $\mathcal{D}$.

b) $M(x ; y ; z)$ est le projeté orthogonal du point $C(3 ; 4 ; 1)$ sur $\mathcal{D}$

$\Leftrightarrow \begin{cases} M \in \mathcal{D} \\ \overrightarrow{CM} \text{ orthogonal à } \vec{u} \end{cases} \Leftrightarrow \begin{cases} x = 2+k \\ y = 1-k \\ z = -1+k \\ \overrightarrow{CM}.\vec{u} = 0 \end{cases}$

$\Leftrightarrow \begin{cases} x = 2+k \\ y = 1-k \\ z = -1+k \\ (x-3)-1(y-4)+1(z-1) = 0 \end{cases}$

$\Leftrightarrow \begin{cases} x = 2+k \\ y = 1-k \\ z = -1+k \\ k-1+3+k+k-2 = 0 \end{cases} \Leftrightarrow \begin{cases} x = 2 \\ y = 1 \\ z = -1 \\ k = 0 \end{cases}$

Le projeté orthogonal de $C(3 ; 4 ; 1)$ sur $\mathcal{D}$ est **$A(2 ; 1 ; -1)$**.

2 On exprime deux inconnues en fonction de la troisième.

On a : $\begin{cases} x-2y+z+1 = 0 \ (1) \\ x+y+3z-1 = 0 \ (2) \end{cases}$.

(1) $\Leftrightarrow z = -x + 2y - 1$ (1')

Par substitution :

(2) $\Leftrightarrow x + y + 3(-x + 2y - 1) - 1 = 0$

$\Leftrightarrow -2x + 7y - 4 = 0$

$\Leftrightarrow -2x = -7y + 4$

$\Leftrightarrow x = 3{,}5y - 2$

Par substitution :

(1') $\Leftrightarrow z = -3{,}5y + 2 + 2y - 1$

$\Leftrightarrow z = -1{,}5y + 1$.

En posant $y = t$, **une représentation paramétrique de $\mathcal{D}$ est :**

$\begin{cases} x = 3{,}5t - 2 \\ y = t \\ z = 1{,}5t + 1 \end{cases}$, $t \in \mathbb{R}$.

3

Un vecteur normal à un plan d'équation :

$ax + by + cz + d = 0$ est $\vec{n}\begin{pmatrix} a \\ b \\ c \end{pmatrix}$.

Soit $\mathcal{P}$ le plan d'équation : $x + y + 3z + 4 = 0$.

Un vecteur normal à $\mathcal{P}$ est $\vec{n}\begin{pmatrix} 1 \\ 1 \\ 3 \end{pmatrix}$ qui est un vecteur directeur de $\mathcal{D}$ perpendiculaire à $\mathcal{P}$ en A.

$M(x\,;y\,;z) \in \mathcal{D} \Leftrightarrow \exists\, k \in \mathbb{R} \mid \overrightarrow{AM} = k\vec{n}$

$\Leftrightarrow \exists\, k \in \mathbb{R} \mid \begin{cases} x-1=k \\ y+2=k \\ z+2=3k \end{cases}$

Une représentation paramétrique de $\mathcal{D}$ est :

$\begin{cases} x=k+1 \\ y=k-2 \\ z=3k-2 \end{cases}, k \in \mathbb{R}.$

4 Soit $\mathcal{P}$ le plan d'équation : $2x+y-3z-1=0$.

1. On a :
$2x_A+y_A-3z_A-1 = 2\times 4-1-3\times 2-1=0$,
donc ***A* appartient à $\mathcal{P}$.**
On a $2x_B+y_B-3z_B-1 = 2\times 0+5-3\times 1-1=1$, c'est non nul, donc ***B* n'appartient pas à $\mathcal{P}$.**

2. **Un vecteur normal à $\mathcal{P}$ est $\vec{n}\begin{pmatrix}2\\1\\-3\end{pmatrix}$.**

3. On exprime une inconnue en fonction des deux autres.
$2x+y-3z-1=0 \Leftrightarrow y=-2x+3z+1$ en prenant x et z comme paramètres.
Une représentation paramétrique de $\mathcal{P}$ est :

$\begin{cases} x=t \\ y=-2t+3k+1 \\ z=k \end{cases}, (t\,;k) \in \mathbb{R}^2.$

4. $M(x\,;y\,;z)$ projeté orthogonal de B sur $\mathcal{P}$

$\Leftrightarrow \begin{cases} M \in \mathcal{P} \\ \overrightarrow{BM} \text{ et } \vec{n} \text{ colinéaires} \end{cases}$

$\Leftrightarrow \begin{cases} 2x+y-3z-1=0 & (1) \\ \dfrac{x-0}{2}=\dfrac{y-5}{1} & (2) \\ \dfrac{x-0}{2}=\dfrac{z-1}{-3} & (3) \end{cases}$

Des vecteurs sont colinéaires lorsque leurs coordonnées sont proportionnelles.

(2) $\Leftrightarrow 0{,}5x=y-5 \Leftrightarrow y=0{,}5x+5$ (2')
(3) $\Leftrightarrow -3x=2z-2 \Leftrightarrow z=-1{,}5x+1$ (3')
Par substitution :
(1) $\Leftrightarrow 2x+0{,}5x+5-3(-1{,}5x+1)-1=0$

$\Leftrightarrow 7x+1=0 \Leftrightarrow x=-\dfrac{1}{7}$

(2') $\Leftrightarrow y=0{,}5\times\left(-\dfrac{1}{7}\right)+5=\dfrac{69}{14}$

(3') $\Leftrightarrow z=-1{,}5\times\left(-\dfrac{1}{7}\right)+1=\dfrac{17}{14}$

$M\left(\dfrac{-1}{7};\dfrac{69}{14};\dfrac{17}{14}\right)$ est le projeté orthogonal de B sur $\mathcal{P}$.

5 1. $\mathcal{D}: \begin{cases} x=4+t \\ y=6+2t \\ z=4-t \end{cases}, t \in \mathbb{R}$, est dirigée par $\vec{u}\begin{pmatrix}1\\2\\-1\end{pmatrix}$ et $\mathcal{D}': \begin{cases} x=2+k \\ y=1-k \\ z=-1-3k \end{cases}, k \in \mathbb{R}$, est dirigée par $\overrightarrow{u'}\begin{pmatrix}1\\-1\\-3\end{pmatrix}$.

On a $\dfrac{x_{\vec{u}}}{x_{\vec{u'}}}=1$ et $\dfrac{y_{\vec{u}}}{y_{\vec{u'}}}=-2$, donc $\vec{u}$ et $\overrightarrow{u'}$ ayant des coordonnées non proportionnelles sont non colinéaires et **$\mathcal{D}$ et $\mathcal{D}'$ ne sont pas parallèles.**

2. Cherchons si $\mathcal{D}$ et $\mathcal{D}'$ sont sécantes c'est-à-dire si le système :

$\begin{cases} x=4+t & (1) \\ y=6+2t & (2) \\ z=4-t & (3) \\ x=2+k & (4) \\ y=1-k & (5) \\ z=-1-3k & (6) \end{cases}$ possède une solution.

(1) et (4) $\Rightarrow 4+t=2+k \Rightarrow t=k-2$ (7)
(2) $\Rightarrow y=6+2(k-2) \Rightarrow y=2k+2$
(5) $\Rightarrow 2k+2=1-k \Rightarrow 3k=-1 \Rightarrow k=-\dfrac{1}{3}$
(7) $\Rightarrow t=-\dfrac{1}{3}-2 \Rightarrow t=-\dfrac{7}{3}$
(3) $\Rightarrow z=4+\dfrac{7}{3} \Rightarrow z=\dfrac{19}{3}$
(6) $\Rightarrow z=-1+\dfrac{3}{3} \Rightarrow z=0$

C'est contradictoire.
Le système n'a pas de solution, donc
$\mathcal{D}$ et $\mathcal{D}'$ ne sont pas coplanaires.

6 Soit $M(x\,;y\,;z)$ le point d'intersection de $\mathcal{D}$ et de $\mathcal{P}$.

On résout $\begin{cases} x=2t-1 & (1) \\ y=t+2 & (2) \\ z=-t+1 & (3) \\ x+y-2z-1=0 & (4) \end{cases}$

En injectant (1), (2) et (3) dans (4), on a :
$2t - 1 + t + 2 - 2(-t + 1) - 1 = 0$
$\Leftrightarrow 5t - 2 = 0 \Leftrightarrow t = 0{,}4$
(1), (2) et (3) donnent alors :
$x = 2 \times 0{,}4 - 1 = -0{,}2$
$y = 0{,}4 + 2 = 2{,}4$
$z = -0{,}4 + 1 = 0{,}6$
$M(-0{,}2\ ;\ 2{,}4\ ;\ 0{,}6)$ est le point d'intersection de $\mathcal{D}$ et de $\mathcal{P}$.

7 $\mathcal{D}$ a pour vecteur directeur $\vec{u}\begin{pmatrix}2\\1\\-1\end{pmatrix}$.

La droite (AB) a pour vecteur directeur $\overrightarrow{AB}\begin{pmatrix}-1\\2\\-2\end{pmatrix}$

et pour représentation paramétrique

$$\begin{cases} x = 2 - k \\ y = 1 + 2k \\ z = 4 - 2k \end{cases},\ k \in \mathbb{R}.$$

Les vecteurs $\vec{u}$ et $\overrightarrow{AB}$ ayant des coordonnées non proportionnelles sont non colinéaires et **$\mathcal{D}$ et (AB) ne sont pas parallèles.**
Cherchons si le système :

$$\begin{cases} x = 2t - 2 & (1) \\ y = t + 9 & (2) \\ z = -t - 4 & (3) \\ x = 2 - k & (4) \\ y = 1 + 2k & (5) \\ z = 4 - 2k & (6) \end{cases}$$

possède une solution.

(1) et (4) $\Rightarrow 2t - 2 = 2 - k$
$\Rightarrow k = 4 - 2t$ (7)
(5) $\Rightarrow y = 1 + 2(4 - 2t)$
$\Rightarrow y = 9 - 4t$
(2) $\Rightarrow 9 - 4t = t + 9$
$\Rightarrow 0 = 5t \Rightarrow t = 0$
(7) $\Rightarrow k = 4$
(3) $\Rightarrow z = -4$ et (6) $\Rightarrow z = -4$
(1) $\Rightarrow x = -2$ et (4) $\Rightarrow x = -2$
(2) $\Rightarrow y = 9$ et (5) $\Rightarrow y = 9$
$\mathcal{D}$ et (AB) sont sécantes en $M(-2\ ;\ 9 - 4)$.

8 **1.** $\mathcal{P}_1$ a pour vecteur normal $\vec{n}\begin{pmatrix}2\\3\\-1\end{pmatrix}$.

Une équation cartésienne de $\mathcal{P}_1$ est :
$2x + 3y - z + d = 0$.
$A(4\ ;-3\ ;\ 1)$ appartient à $\mathcal{P}_1$, donc :
$2 \times 4 + 3 \times (-3) - 1 + d = 0$
$\Leftrightarrow -2 + d = 0 \Leftrightarrow d = 2$
Une équation cartésienne de $\mathcal{P}_1$ est :
$2x + 3y - z + 2 = 0$.

2. $\mathcal{P}_2$ a pour vecteur normal $\vec{n'}\begin{pmatrix}1\\1\\-2\end{pmatrix}$.

Les vecteurs normaux $\vec{n}$ et $\vec{n'}$ ayant des coordonnées non proportionnelles sont non colinéaires et **$\mathcal{P}_1$ et $\mathcal{P}_2$ ne sont pas parallèles : ils sont sécants selon une droite.**

Deux plans sont parallèles si, et seulement si, leurs vecteurs normaux sont colinéaires.

3. $\mathcal{P}_3$ a pour vecteur normal $\vec{n''}\begin{pmatrix}-4\\-6\\2\end{pmatrix}$.

On a $\vec{n''} = -2\vec{n}$; ces vecteurs normaux étant colinéaires, **$\mathcal{P}_1$ et $\mathcal{P}_3$ sont parallèles, ils ne sont pas sécants.**

4. $\mathcal{P}_2$ et $\mathcal{P}_4$ étant parallèles, ils ont tous deux $\vec{n'}\begin{pmatrix}1\\1\\-2\end{pmatrix}$, comme vecteur normal.

Une équation de $\mathcal{P}_4$ est donc $x + y - 2z + d = 0$.
$A(4\ ;-3\ ;\ 1)$ appartient à $\mathcal{P}_4$, donc :
$4 - 3 - 2 \times 1 + d = 0 \Leftrightarrow -1 + d = 0 \Leftrightarrow d = 1$
Une équation cartésienne de $\mathcal{P}_4$ est :
$x + y - 2z + 1 = 0$.

9 **1.** E, F et I le milieu de $[AE]$ appartiennent à la face $ABFE$ donc au plan (AEF) et I n'est pas aligné avec E et F.
J le milieu de $[BC]$ n'appartient pas à ce plan (AEF).
Les points E, F, I et J ne sont pas coplanaires.
Les droites (IJ) et (EF) sont non coplanaires.

2. Dans le repère orthonormé $(A\ ;\ \overrightarrow{AB}, \overrightarrow{AD}, \overrightarrow{AE})$, on a $A(0\ ;\ 0\ ;\ 0)$, $F(1\ ;\ 0\ ;\ 1)$, $B(1\ ;\ 0\ ;\ 0)$ et $G(1\ ;\ 1\ ;\ 1)$.

On a : $\overrightarrow{AF}\begin{pmatrix}1\\0\\1\end{pmatrix}.\overrightarrow{BG}\begin{pmatrix}0\\1\\1\end{pmatrix} = 1 \times 0 + 0 \times 1 + 1 \times 1$
$= \mathbf{1}$.

3. Une équation cartésienne du plan (AFH) est du type $ax + by + cz + d = 0$.
Comme $A(0\ ;\ 0\ ;\ 0)$ appartient à (AFH), on a :
$d = 0$.
Comme $F(1\ ;\ 0\ ;\ 1)$ appartient à (AFH), on a :
$a + c = 0 \Leftrightarrow \mathbf{c = -a}$.
Comme $H(0\ ;\ 1\ ;\ 1)$ appartient à (AFH), on a :
$b + c = 0 \Leftrightarrow \mathbf{b = -c = a}$.
On peut choisir pour a une valeur non nulle, 1 par exemple.
Une équation cartésienne du plan (AFH) est $x + y - z = 0$.

4. Un vecteur non nul est normal au plan (AFH) si, et seulement si, ses coordonnées sont proportionnelles à celles de $\vec{n}\begin{pmatrix}1\\1\\-1\end{pmatrix}$ vecteur normal au plan (AFH).

On a $\overrightarrow{EG}\begin{pmatrix}1\\1\\0\end{pmatrix}$, $\overrightarrow{IJ}\begin{pmatrix}1\\0,5\\-0,5\end{pmatrix}$ et $\overrightarrow{DI}\begin{pmatrix}0\\-1\\0,5\end{pmatrix}$ qui ne sont pas des vecteurs normaux à (AFH) car leurs coordonnées ne sont pas proportionnelles avec celles de $\vec{n}\begin{pmatrix}1\\1\\-1\end{pmatrix}$. On a $\overrightarrow{EC}\begin{pmatrix}1\\1\\-1\end{pmatrix}$ qui est un vecteur normal à (AFH) et L qui est sur (EC), donc $\overrightarrow{EL}$ est colinéaire à $\overrightarrow{EC}$.

$\overrightarrow{EL}$ est un vecteur normal au plan (AFH).

10 **1.** Dans le repère orthonormé $(A\,;\overrightarrow{AB},\overrightarrow{AD},\overrightarrow{AE})$ du cube $ABCDEFGH$, on a $D(0\,;1\,;0)$ et $F(1\,;0\,;1)$.

$M(x\,;y\,;z) \in (FD)$

$\Leftrightarrow \exists k \in \mathbb{R} \mid \overrightarrow{FM}\begin{pmatrix}x-1\\y\\z-1\end{pmatrix} = k\overrightarrow{FD}\begin{pmatrix}-1\\1\\-1\end{pmatrix}$

$\Leftrightarrow \exists k \in \mathbb{R} \mid \begin{cases}x-1=-k\\y=k\\z-1=-k\end{cases}$

Une représentation paramétrique de la droite (FD) est $\begin{cases}x=-k+1\\y=k\\z=-k+1\end{cases}$, $k \in \mathbb{R}$.

2. On a :

$\vec{n}\begin{pmatrix}1\\-1\\1\end{pmatrix}.\overrightarrow{BG}\begin{pmatrix}0\\1\\1\end{pmatrix} = 1\times 0 + (-1)\times 1 + 1\times 1 = 0$

et $\vec{n}\begin{pmatrix}1\\-1\\1\end{pmatrix}.\overrightarrow{BE}\begin{pmatrix}-1\\0\\1\end{pmatrix} = 1\times(-1) + (-1)\times 0 + 1\times 1 = 0.$

$\vec{n}$ est orthogonal à $\overrightarrow{BG}$ et à $\overrightarrow{BE}$, deux vecteurs non colinéaires et directeurs de (BGE).

$\vec{n}$ est un vecteur normal au plan (BGE).

Une équation cartésienne du plan (BGE) est $x-y+z+d=0$ avec $B(1\,;0\,;0)$ dans ce plan, donc $1+d=0 \Leftrightarrow d=-1$.

On a donc **(BGE) : $x-y+z-1=0$.**

3. On a $\overrightarrow{DF}\begin{pmatrix}1\\-1\\1\end{pmatrix} = \vec{n}$ qui est un vecteur normal au plan (BGE), donc **la droite (FD) est perpendiculaire au plan (BGE).**

(FD) coupe le plan (BGE) en $K(x\,;y\,;z)$ projeté orthogonal de F sur le plan (BGE).

On a $\begin{cases}x=-k+1 & (1)\\y=k & (2)\\z=-k+1 & (3)\\x-y+z-1=0 & (4)\end{cases}$.

Par substitution :

$(4) \Leftrightarrow -k+1-k-k+1-1=0$

$\Leftrightarrow -3k+1=0 \Leftrightarrow \frac{1}{3}=k.$

En remplaçant k par $\frac{1}{3}$ dans (1), (2) et (3), on a $K\left(\frac{2}{3};\frac{1}{3};\frac{2}{3}\right)$.

4. $[BG]$, $[GE]$ et $[EB]$ sont des diagonales de carrés de côté 1, donc $BG = GE = EB = \sqrt{2}$.

Le triangle BGE est équilatéral.

Son aire est $\frac{\sqrt{2}^2\sqrt{3}}{4} = \frac{\sqrt{3}}{2}$.

> L'aire d'un triangle équilatéral de côté a est $\frac{a^2\sqrt{3}}{4}$.

5. On a $FK = \sqrt{\left(\frac{2}{3}-1\right)^2+\left(\frac{1}{3}-0\right)^2+\left(\frac{2}{3}-1\right)^2}$

$= \sqrt{\frac{3}{9}} = \frac{1}{\sqrt{3}}$.

Le volume du tétraèdre $BEGD$ est :

$\frac{\text{aire } BGE \times \text{hauteur } FK}{3} = \frac{\frac{\sqrt{3}}{2}\times\frac{1}{\sqrt{3}}}{3}$

Le volume du tétraèdre $BEGD$ est $\frac{1}{6}$.

11 **1.** $A(1\,;1\,;1)$ appartient à $\mathcal{P}_m$

$\Leftrightarrow \frac{1}{4}m^2x_A + (m-1)y_A + \frac{1}{2}mz_A - 3 = 0$

$\Leftrightarrow \frac{1}{4}m^2 + (m-1) + \frac{1}{2}m - 3 = 0$

$\Leftrightarrow 0{,}25m^2 + 1{,}5m - 4 = 0.$

$\Delta = b^2 - 4ac = 1{,}5^2 - 4\times 0{,}25\times(-4) = 6{,}25.$

Il y a deux solutions $m_1 = \frac{-b+\sqrt{\Delta}}{2a} = \mathbf{2}$ et

$m_2 = \dfrac{-b-\sqrt{\Delta}}{2a} = -8.$

Pour $m = 2$ ou $m = -8$, $A(1\ ;\ 1\ ;\ 1)$ appartient à $\mathcal{P}_m$.

2. $\mathcal{P}_1$ a pour équation cartésienne :
$0{,}25\ x + 0{,}5\ z - 3 = 0$ et pour vecteur normal

$$\vec{n}_1\begin{pmatrix} 0{,}25 \\ 0 \\ 0{,}5 \end{pmatrix}.$$

$\mathcal{P}_{-4}$ a pour équation cartésienne :

$4\ x - 5\ y - 2\ z - 3 = 0$ et pour vecteur normal

$$\vec{n}_{-4}\begin{pmatrix} 4 \\ -5 \\ -2 \end{pmatrix}.$$

$y_{\vec{n}_1} = 0$ et $y_{\vec{n}_{-4}}$, donc $\vec{n}_1$ et $\vec{n}_{-4}$ ne sont pas colinéaires.
$\mathcal{P}_1$ et $\mathcal{P}_{-4}$ sont sécants suivant une droite $\mathcal{D}$.

$$M(x\ ;y\ ;z) \in \mathcal{D} \Leftrightarrow \begin{cases} 0{,}25x+0{,}5z-3=0 \\ 4x-5y-2z-3=0 \end{cases}$$

$$\Leftrightarrow \begin{cases} 0{,}25x=-\ 0{,}5z+3 \\ -5y=-4x+2z+3 \end{cases}$$

$$\Leftrightarrow \begin{cases} x=-\ 2z+12 \\ -5y=-4(-2z+12)+2z+3 \end{cases}$$

$$\Leftrightarrow \begin{cases} x=-\ 2z+12 \\ -5y=10z-45 \end{cases} \Leftrightarrow \begin{cases} x=-\ 2z+12 \\ y=-2z+9 \end{cases}$$

En posant $z = t$, **une représentation paramétrique de $\mathcal{D}$ est :**

$$\begin{cases} x=-\ 2t+12 \\ y=9-2t \\ z=t \end{cases},\ t \in \mathbb{R}.$$

3. a) $\mathcal{P}_0$ a pour équation cartésienne :
$-y - 3 = 0 \Leftrightarrow y = -3$.
Soit $B(x\ ;y\ ;z)$ un point commun à $\mathcal{P}_0$ et à $\mathcal{D}$.

$$\text{On a alors} \begin{cases} x=-\ 2t+12 \\ y=9-2t \\ z=t \\ y=-3 \end{cases}$$

$$\Leftrightarrow \begin{cases} x=-\ 2t+12 \\ -12=-2t \\ z=t \\ y=-3 \end{cases} \Leftrightarrow \begin{cases} x=0 \\ 6=t \\ z=6 \\ y=-3 \end{cases}$$

B existe et est unique, donc $\mathcal{P}_0$ **et $\mathcal{D}$ sont sécants en un point $B(0\ ;-3\ ;6)$.**

b) Pour tout réel m, $\mathcal{P}_m$ a pour équation cartésienne :
$\frac{1}{4}m^2x + (m-1)y + \frac{1}{2}mz - 3 = 0$ et on a
$B\ (0\ ;-3\ ;6)$.

Or $\frac{1}{4}m^2x_B + (m-1)y_B + \frac{1}{2}mz_B - 3$
$= (m-1) \times (-3) + 0{,}5\ m \times 6 - 3$
$= -3\ m + 3 + 3\ m - 3 = 0$

Pour tout réel m, le point B appartient au plan $\mathcal{P}_m$.

c) Supposons qu'il existe un autre point B' appartenant à tous les plans $\mathcal{P}_m$. Il appartiendrait en particulier à $\mathcal{P}_0$, $\mathcal{P}_1$ et $\mathcal{P}_{-4}$ et donc à $\mathcal{P}_0$ et à $\mathcal{D}$ qui est l'intersection de $\mathcal{P}_1$ et $\mathcal{P}_{-4}$. Or $\mathcal{P}_0$ et $\mathcal{D}$ n'ont qu'un point d'intersection qui est le point B.
Donc on a $B' = B$.
Le point B est donc l'unique point appartenant à $\mathcal{P}_m$ pour tout réel m.

4. a) On a :
$\vec{n}_1 . \vec{n}_{-4} = 0{,}25 \times 4 + 0 \times (-5) + 0{,}5 \times (-2) = 0.$

$\vec{n}_1$ et $\vec{n}_{-4}$ sont orthogonaux.
Ayant leurs vecteurs normaux orthogonaux, **$\mathcal{P}_1$ et $\mathcal{P}_{-4}$ sont perpendiculaires.**

b) $\mathcal{P}_m$ a vecteur normal $\vec{n}_m\begin{pmatrix} \frac{1}{4}m^2 \\ m-1 \\ \frac{1}{2}m \end{pmatrix}$ et

$\mathcal{P}_{m'}$ a pour vecteur normal $\vec{n}_{m'}\begin{pmatrix} \frac{1}{4}m'^2 \\ m'-1 \\ \frac{1}{2}m' \end{pmatrix}$

$\mathcal{P}_m$ et $\mathcal{P}_{m'}$ sont perpendiculaires

$\Leftrightarrow$ $\vec{n}_m$ et $\vec{n}_{m'}$ sont orthogonaux

$$\Leftrightarrow \frac{m^2}{4} \times \frac{m'^2}{4} + (m-1) \times (m'-1) + \frac{m}{2} \times \frac{m'}{2} = 0$$

$$\Leftrightarrow \left(\frac{mm'}{4}\right)^2 + (m-1)(m'-1) + \frac{mm'}{4} = 0.$$

c) Cet algorithme affiche **tous les couples d'entiers $(m\ ;m')$ où m et m' appartiennent à $[-10\ ;\ 10]$ tels que $\mathcal{P}_m$ et $\mathcal{P}_{m'}$ soient perpendiculaires.**

d) On sait que si l'algorithme affiche $(m\ ;m')$, il affiche aussi $(m'\ ;m)$ donc l'algorithme affiche, dans cet ordre, les 6 couples de nombres :
$(-4\ ;\ 1)$, $(-4\ ;\ 5)$, $(0\ ;\ 1)$, $(1\ ;-4)$, $(1\ ;\ 0)$ et $(5\ ;-4)$.

CHAPITRE 4 (Énoncés p. 31)

1 1. Soit $P_n : 2 \leqslant u_n$.

• On a $u_0 = 3{,}5$, donc P_0 est vraie.

• Supposons qu'il existe un entier naturel k tel que P_k soit vraie. On aurait alors :

$2 \leqslant u_k$

$\Rightarrow 4 \leqslant u_k + 2$

$\Rightarrow \sqrt{4} \leqslant \sqrt{u_k + 2}$

car $x \mapsto \sqrt{x}$ croît sur $[4\ ;+\infty[$

$\Rightarrow 2 \leqslant u_{k+1}$

P_{k+1} serait vraie : c'est héréditaire.

• D'après le principe de récurrence, pour tout entier naturel n, P_n est vraie, c'est-à-dire que **$2 \leqslant u_n$: (u_n) est minorée par 2.**

On dit qu'une suite est minorée par un réel a si, et seulement si, chaque terme de la suite est supérieur ou égal à a.

2. Soit $R_n : 0 \leqslant u_n \leqslant 2$.

• On a $u_0 = 1$, donc R_0 est vraie.

• Supposons qu'il existe un entier naturel k tel que R_k soit vraie. On aurait alors :

$0 \leqslant u_k \leqslant 2$

$\Rightarrow 2 \leqslant u_k + 2 \leqslant 4$

$\Rightarrow \sqrt{2} \leqslant \sqrt{u_k + 2} \leqslant \sqrt{4}$

car $x \mapsto \sqrt{x}$ croît sur $[2\ ;4]$

$\Rightarrow 0 \leqslant u_{k+1} \leqslant 2$

R_{k+1} serait vraie : c'est héréditaire.

• D'après le principe de récurrence, pour tout entier naturel n, R_n est vraie, c'est-à-dire que **$0 \leqslant u_n \leqslant 2$.**

2 1. Soit x un réel, $x > -1$.

Soit $P_n : (1 + x)^n \geqslant 1 + nx$.

• On a $(1 + x)^0 = 1$ et $1 + 0x = 1$, donc $(1 + x)^0 \geqslant 1 + 0x$: P_0 est vraie.

• Supposons qu'il existe un entier naturel k tel que P_k soit vraie. On aurait alors :

$(1 + x)^k \geqslant 1 + kx$

$\Rightarrow (1 + x)^k (1 + x) \geqslant (1 + kx)(1 + x)$ car $x > -1$

$\Rightarrow 1 + x > 0$

$\Rightarrow (1 + x)^{k+1} > 1 + (k + 1)x + kx^2$

$\Rightarrow (1 + x)^{k+1} > 1 + (k + 1)x$

P_{k+1} serait vraie : c'est héréditaire.

• D'après le principe de récurrence, pour tout entier naturel n, P_n est vraie, c'est-à-dire que **$(1 + x)^n \geqslant 1 + nx$.**

Cette inégalité s'appelle inégalité de Bernoulli.

2. Soit q un réel, $q > 1$.

On pose $q = 1 + x$ avec $x > 0$.

Pour tout entier naturel n, on a :

$q^n = (1 + x)^n$ et $(1 + x)^n \geqslant 1 + nx$

$\Rightarrow q^n \geqslant 1 + nx$ avec $x > 0$

Comme $\lim\limits_{n\to+\infty} 1 + nx = +\infty$, par comparaison, on a : **$\lim\limits_{n\to+\infty} q^n = +\infty$.**

3 a) On a $\lim\limits_{n\to+\infty} 12n^2 = +\infty$ et $\lim\limits_{n\to+\infty} 7n = +\infty$, donc la limite de la différence est une forme indéterminée du type « $+\infty - \infty$ ».

On transforme l'expression de u_n afin de déterminer la limite.

$\forall n \in \mathbb{N}$, $u_n = 12\,n^2 - 7\,n - 5 = n(12n - 7) - 5$.

Comme $\lim\limits_{n\to+\infty} n = +\infty$, on a $\lim\limits_{n\to+\infty} 12n - 7 = +\infty$ et, par produit et différence, **$\lim\limits_{n\to+\infty} u_n = +\infty$.**

b) On a :

$\lim\limits_{n\to+\infty} -3n^3 + 3 = -\infty$ et $\lim\limits_{n\to+\infty} 4n + 2 = +\infty$, donc la limite du quotient est une forme indéterminée du type « $\frac{\infty}{\infty}$ ».

On transforme l'expression de u_n afin de déterminer la limite. Pour n non nul, on a :

$$u_n = \frac{n\left(-3n^2 + \frac{3}{n}\right)}{n\left(4 + \frac{2}{n}\right)} = \frac{-3n^2 + \frac{3}{n}}{4 + \frac{2}{n}}.$$

On a $\lim\limits_{n\to+\infty} -3n^2 = -\infty$, $\lim\limits_{n\to+\infty} \frac{3}{n} = 0$ donc

$\lim\limits_{n\to+\infty} -3n^2 + \frac{3}{n} = -\infty$ et $\lim\limits_{n\to+\infty} 4 + \frac{2}{n} = 4$,

donc on a, par quotient, **$\lim\limits_{n\to+\infty} u_n = -\infty$.**

4 Soit (u_n), la suite définie pour tout entier n par $u_n = \sqrt{n^2 + 3} - n$.

1. Pour entier naturel n, on a :

$$u_n = \frac{\left(\sqrt{n^2+3} - n\right)\left(\sqrt{n^2+3} + n\right)}{\sqrt{n^2+3} + n} = \frac{3}{\sqrt{n^2+3} + n}.$$

On a $\lim\limits_{n\to+\infty} \sqrt{n^2+3} = +\infty$ et $\lim\limits_{n\to+\infty} n = +\infty$

donc $\lim\limits_{n\to+\infty} \sqrt{n^2+3} + n = +\infty$

On en déduit, par quotient, que **$\lim\limits_{n\to+\infty} u_n = 0$.**

Deux expressions $a + b$ et $a - b$ sont dites conjuguées et on a $(a + b)(a - b) = a^2 - b^2$.

2. a) On part de l'indice 0 et on augmente cet indice tant qu'on a le contraire de ce qu'on veut obtenir, c'est-à-dire tant qu'on a la distance entre u_n et 0 supérieure ou égale à 10^{-2}.

```
n = 0
Tant que |√(n²+3) − n| ⩾ 10⁻²
    n = n + 1
Fin_Tant que
Afficher n.
```

b) En sortie de l'algorithme, on obtient **150** pour n.

c) Comme on obtient 150, **la vitesse de convergence de la suite (u_n) est lente.**

5 Soit (u_n) une suite croissante admettant une limite finie ℓ.
Il faut montrer que, pour tout entier naturel n, on a $u_n \leqslant \ell$.
• On raisonne par l'absurde, en supposant qu'**il existe un entier k tel que $u_k > \ell$.**
• Comme la suite est croissante, pour tout entier $n \geqslant k$, on a $u_n \geqslant u_k$ et donc u_n n'appartient pas à $]\ell - 1\ ,\ u_k[$, intervalle ouvert qui contient ℓ.
Or comme (u_n) admet une limite ℓ, tout intervalle ouvert contenant ℓ doit contenir tous les termes de la suite à partir d'un certain rang et en particulier l'intervalle $]\ell - 1\ ,\ u_k[$.
Comme cet intervalle $]\ell - 1\ ,\ u_k[$ ne contient aucun terme de rang supérieur à k, il y a une absurdité, donc la supposition « **il existe un entier k tel que $u_k > \ell$** » est fausse et son contraire est vrai.
• On a donc pour tout entier naturel n, $u_n \leqslant \ell$.

6 Partie A

1. Sur $]0\ ;+\infty[$, on a la fonction f définie par :
$f(x) = \dfrac{2x-1}{x}$.
Comme f est une fonction rationnelle, f est dérivable sur son domaine de définition avec pour tout x de $]0\ ;+\infty[$:
$$f'(x) = \frac{2\times x-(2x-1)\times 1}{x^2} = \frac{1}{x^2}.$$
On a donc $f'(x) > 0$ pour tout x de $]0\ ;+\infty[$:
f croît strictement sur $]0\ ;+\infty[$.

2. Comme f est dérivable en 1, $\mathscr{C}_f$ admet une tangente au point d'abscisse 1, d'équation
$y = f'(1)(x-1) + f(1)$ avec $f'(1) = 1$ et $f(1) = 1$.
Une équation de cette tangente est donc
$y = 1\ (x-1) + 1$, soit $y = x$, équation de $\mathscr{D}$.
$\mathscr{D}$ est la tangente à $\mathscr{C}_f$ au point d'abscisse 1.

3. $\mathscr{D}$ passe par l'origine du repère et le point de coordonnées (2 ; 2).

x	0,5	1	2	3	4	5
$f(x)$	0	1	1,5	1,67	1,75	1,8

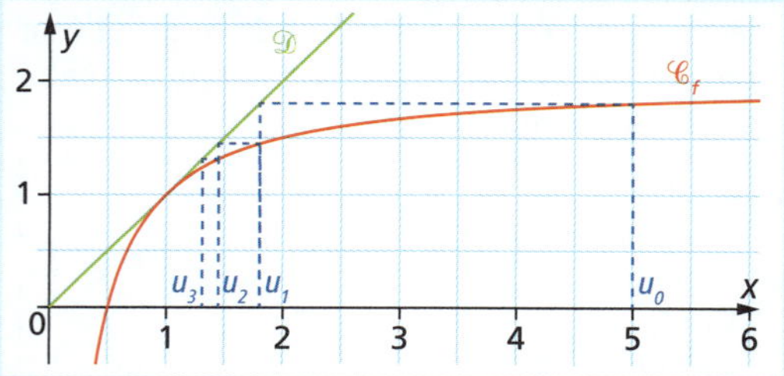

Partie B
Soit (u_n) la suite définie par $u_0 = 5$ et $u_{n+1} = f(u_n)$ pour tout entier naturel n.

1. Soit $P_n : u_n > 1$.
• On a : $u_0 = 5$ donc **P_0 est vraie.**
• On suppose qu'il existe un entier k tel que P_k soit vraie, c'est-à-dire que $u_k > 1$.
Comme f est strictement croissante sur $]0\ ;+\infty[$, on a alors $f(u_k) > f(1)$, soit $u_{k+1} > 1$ car $f(1) = 1$.
La propriété est donc vraie au rang $k + 1$:
P_k est héréditaire.
• D'après l'axiome de récurrence, on a :
$u_n > 1$ pour tout entier naturel n.

2. Voir ci-dessus la construction de u_1, u_2, u_3.

3. On a $u_0 = 5$ et $u_1 = f(u_0) = f(5) = \dfrac{2\times 5-1}{5} = \dfrac{\mathbf{9}}{\mathbf{5}}$.
$$u_2 = f(u_1) = f\left(\frac{9}{5}\right) = \frac{2\times\frac{9}{5}-1}{\frac{9}{5}} = \frac{\frac{13}{5}}{\frac{9}{5}} = \frac{\mathbf{13}}{\mathbf{9}}.$$
$$u_3 = f(u_2) = f\left(\frac{13}{9}\right) = \frac{2\times\frac{13}{9}-1}{\frac{13}{9}} = \frac{\frac{17}{9}}{\frac{13}{9}} = \frac{\mathbf{17}}{\mathbf{13}}.$$

4. **On conjecture que la limite de (u_n) quand n tend vers $+\infty$ est 1.**

Partie C

1. Pour tout entier naturel n, on a : $v_n = \dfrac{1}{u_n - 1}$, donc on a :
$$v_{n+1} = \frac{1}{u_{n+1}-1}$$
$$= \frac{1}{\frac{2u_n-1}{u_n}-1} = \frac{1}{\frac{u_n-1}{u_n}}$$
$$= \frac{u_n-1+1}{u_n-1} = 1 + \frac{1}{u_n-1}$$
$$= 1 + v_n.$$
La suite (v_n) est une suite arithmétique de raison 1 avec $v_0 = \dfrac{1}{u_0-1} = \dfrac{1}{4}$.

2. Comme (v_n) est arithmétique, pour tout entier naturel n, on a :
$v_n = v_0 + nr$, soit $\boldsymbol{v_n} = \dfrac{\mathbf{1}}{\mathbf{4}} + \boldsymbol{n}$.
Comme $v_n = \dfrac{1}{u_n-1}$, on en déduit que :
$u_n = \dfrac{1}{v_n} + 1$, soit $\boldsymbol{u_n} = \dfrac{\mathbf{1}}{\frac{1}{4}+n} + \mathbf{1}$.

3. Comme on a $\lim\limits_{n\to+\infty} \frac{1}{n} = 0$, on en déduit que $\lim\limits_{n\to+\infty} \frac{1}{\frac{1}{4}+n} = 0$ et que $\lim\limits_{n\to+\infty} u_n = 1$.

7 1. Pour tout entier naturel n, on a :

$v_n = u_n - \frac{b}{1-a}$ et

$$v_{n+1} = u_{n+1} - \frac{b}{1-a} = au_n + b - \frac{b}{1-a}$$

$$= au_n + \frac{b(1-a)-b}{1-a} = au_n + \frac{-ab}{1-a}$$

$$= a\left(u_n - \frac{b}{1-a}\right) = av_n$$

La suite (v_n) est géométrique de raison a.

2. Pour tout entier n, on a donc $v_n = v_0 \times a^n$ et $u_n = v_n + \frac{b}{1-a} = v_0 \times a^n + \frac{b}{1-a}$.

Si a appartient à l'intervalle $]-1 ; 1[$,

alors $\lim\limits_{n\to+\infty} a^n = 0$, $\lim\limits_{n\to+\infty} v_0 \times a^n = 0$

et **la suite (u_n) a pour limite $\frac{b}{1-a}$**.

3. En mars 2015, Max achète une plante verte mesurant 80 cm.

Comme il la coupe immédiatement d'un quart de sa hauteur, la plante mesure alors :

$80 \text{ cm} \times \left(1 - \frac{25}{100}\right)$, soit 60 cm.

Diminuer une valeur de a % revient à multiplier cette valeur par $\left(1 - \frac{a}{100}\right)$.

La plante grandit alors de 30 cm dans l'année pour atteindre **90 cm en mars 2016.**

4.a) Soit h_n la hauteur de la plante, avant sa taille, en mars de l'année $(2015 + n)$.

En coupant un quart de sa hauteur en mars, la plante mesure alors $h_n \times \left(1 - \frac{25}{100}\right)$, soit $0{,}75h_n$.

Elle grandit alors de 30 cm et mesure, en mars $(2015 + n + 1)$, $0{,}75h_n + 30$.

Pour tout entier naturel n, $h_{n+1} = 0{,}75h_n + 30$.

b) On a :

n	0	1	2	3	4	5	6
h_n	80	90	97,5	103,1	107,3	110,5	112,9

On conjecture que la suite (h_n) est strictement croissante.

Montrons par récurrence que, pour tout entier naturel n, $h_{n+1} > h_n$.

- On a $h_1 = 90$ et $h_0 = 80$, donc $h_1 > h_0$: la propriété est vraie pour $n = 0$.
- Supposons qu'il existe un rang k pour lequel la propriété est vraie soit $h_{k+1} > h_k$.

On aurait alors $0{,}75h_{k+1} > 0{,}75h_k$

$\Rightarrow 0{,}75h_{k+1} + 30 > 0{,}75h_k + 30$

$\Rightarrow h_{k+2} > h_{k+1}$.

La propriété serait alors vraie au rang $k + 1$: elle est héréditaire.

- D'après l'axiome de récurrence, la propriété est vraie pour tous les entiers naturels n à savoir que pour tout entier naturel n, $h_{n+1} > h_n$.

La suite (h_n) est croissante.

c) Pour tout n entier naturel, on a :

$h_{n+1} = 0{,}75h_n + 30$, donc de la forme :

$h_{n+1} = ah_n + b$ avec $a = 0{,}75$ compris entre -1 et 1.

D'après la question 2., la suite (h_n) **converge et a pour limite $\frac{b}{1-a}$, soit ici 120.**

CHAPITRE 5 (Énoncés p. 38)

1 a) Le numérateur et le dénominateur ayant une limite infinie, c'est une forme indéterminée.

Pour $x > 0$, $\frac{3x-1}{2x+5} = \frac{x\left(3-\frac{1}{x}\right)}{x\left(2+\frac{5}{x}\right)} = \frac{3-\frac{1}{x}}{2+\frac{5}{x}}$.

La limite du numérateur est 3 et celle du dénominateur est 2, donc $\lim\limits_{x\to+\infty} \frac{3x-1}{2x+5} = 1{,}5$.

b) $4x^2$ a pour limite $+\infty$ et $-5x + 1$ a pour limite $-\infty$, donc c'est une forme indéterminée.

$\forall x \in \mathbb{R}$, $4x^2 - 5x + 1 = x(4x - 5) + 1$ avec $\lim\limits_{x\to+\infty} x = +\infty$ et $\lim\limits_{x\to+\infty} (4x - 5) = +\infty$.

Par produit, on a $\lim\limits_{x\to+\infty} 4x^2 - 5x + 1 = +\infty$.

c) On a $\lim\limits_{x\to-\infty} x^3 = -\infty$ et $\lim\limits_{x\to-\infty} -5x + 1 = +\infty$ donc c'est une forme indéterminée.

$\forall x \in \mathbb{R}$, $x^3 - 5x + 1 = x(x^2 - 5) + 1$ avec $\lim\limits_{x\to-\infty} x = -\infty$ et $\lim\limits_{x\to-\infty} x^2 - 5 = +\infty$, donc

$\lim\limits_{x\to-\infty} x^3 - 5x + 1 = -\infty$.

d) Le numérateur et le dénominateur ayant une limite infinie, c'est une forme indéterminée.

Pour $x > 0$, $\frac{2x+1}{x+2} = \frac{x\left(2+\frac{1}{x}\right)}{x\left(1+\frac{2}{x}\right)} = \frac{2+\frac{1}{x}}{1+\frac{2}{x}}$ avec

$\lim\limits_{x \to -\infty} \left(2 + \dfrac{1}{x}\right) = 2$ et $\lim\limits_{x \to -\infty} \left(1 + \dfrac{2}{x}\right) = 1.$

On en déduit que $\lim\limits_{x \to -\infty} \dfrac{2x+1}{x+2} = 2.$

Par composition avec la fonction racine carrée,

on a $\lim\limits_{x \to -\infty} \sqrt{\dfrac{2x+1}{x+2}} = \sqrt{2}$.

Les formes indéterminées sont de type

« $+\infty - \infty$ » ; « $0 \times \infty$ », « $\dfrac{\infty}{\infty}$ » et « $\dfrac{0}{0}$ ».

2 a) On a $\lim\limits_{x \to 2^+} 1 - 5x = -9$ et $\lim\limits_{x \to 2^+} x - 2 = 0^+$,

donc par quotient, on a $\lim\limits_{x \to 2^+} \dfrac{1-5x}{x-2} = -\infty$.

b) On a $\lim\limits_{x \to -1^+} x = -1$. Le trinôme $x^2 - 1$ est positif sauf entre ses racines -1 et 1,

donc $\lim\limits_{x \to -1^+} x^2 - 1 = 0^-$.

Par quotient, on a $\lim\limits_{x \to -1^+} \dfrac{x}{x^2-1} = +\infty$.

c) $\lim\limits_{x \to 0} \dfrac{\cos(x) - 1}{x}$ est une forme indéterminée du type « $\dfrac{0}{0}$ ».

Soit f la fonction $x \mapsto \cos(x)$.
f est dérivable sur $\mathbb{R}$ avec $\forall x \in \mathbb{R}$:
$f'(x) = -\sin(x)$.
En particulier, $f'(0) = -\sin(0) = 0$.
Le taux de d'accroissement de f entre 0 et $0 + h$ est :

$$t_h(0) = \frac{\cos(h) - \cos(0)}{h} = \frac{\cos(h) - 1}{h}.$$

Comme f est dérivable en 0, **la limite de $t_h(0)$ en 0 est $f'(0) = 0$.**

Le nombre dérivé d'une fonction en a est la limite du taux d'accroissement de cette fonction entre a et $a + h$.

d) $x^2 - 2x - 3$ et $x - 3$ ont tout deux 0 comme limite en 3.
3 est donc une racine du trinôme $x^2 - 2x - 3$, qui peut donc être factorisée par $(x - 3)$.
$\forall x \in \mathbb{R}$, $x^2 - 2x - 3 = (x - 3)(x + 1)$ et

$\forall x \neq 3$, $\dfrac{x^2 - 2x - 3}{x - 3} = x + 1$.

La limite quand x tend vers 3 est 4.

3 Soit f la fonction numérique définie sur $\mathbb{R}\backslash\{1\ ;\ -3\}$ par : $f(x) = \dfrac{2x+2}{x^2+2x-3}$.

1. Les racines de $x^2 + 2x - 3$ sont 1 et -3. On a :

x	$-\infty$		-3		1		$+\infty$
$x^2 + 2x - 3$		$+$	0	$-$	0	$+$	

On a :

$\lim\limits_{x \to 1^+} 2x + 2 = 4$ et $\lim\limits_{x \to 1^+} x^2 + 2x - 3 = 0^+$: par quotient $\lim\limits_{x \to 1^+} f(x) = +\infty$.

$\lim\limits_{x \to 1^-} 2x + 2 = 4$ et $\lim\limits_{x \to 1^-} x^2 + 2x - 3 = 0^-$: par quotient $\lim\limits_{x \to 1^-} f(x) = -\infty$.

$\lim\limits_{x \to -3^+} 2x + 2 = -4$ et $\lim\limits_{x \to -3^+} x^2 + 2x - 3 = 0^-$: par quotient $\lim\limits_{x \to -3^+} f(x) = -\infty$

$\lim\limits_{x \to -3^-} 2x + 2 = -4$ et $\lim\limits_{x \to -3^-} x^2 + 2x - 3 = 0^+$: par quotient $\lim\limits_{x \to -3^-} f(x) = -\infty$.

Pour x non nul de $\mathbb{R}\backslash\{1\ ;\ -3\}$,

on a $f(x) = \dfrac{x\left(2 + \frac{2}{x}\right)}{x\left(x + 2 + \frac{3}{x}\right)} = \dfrac{2 + \frac{2}{x}}{x + 2 + \frac{3}{x}}$.

On a

$\lim\limits_{x \to +\infty} 2 + \dfrac{2}{x} = 2$ et $\lim\limits_{x \to +\infty} x + 2 + \dfrac{3}{x} = +\infty$: par quotient $\lim\limits_{x \to +\infty} f(x) = 0$

et

$\lim\limits_{x \to -\infty} 2 + \dfrac{2}{x} = 2$ et $\lim\limits_{x \to -\infty} x + 2 + \dfrac{3}{x} = +\infty$: par quotient $\lim\limits_{x \to -\infty} f(x) = 0$.

On a une asymptote horizontale à $\mathscr{C}$ d'équation $y = 0$ aux voisinages de $+\infty$ et de $-\infty$ et deux asymptotes verticales d'équations $x = 1$ et $x = -3$.

2. f est définie et dérivable sur $\mathbb{R}\backslash\{1\ ;\ -3\}$ comme fonction rationnelle.

On utilise $\left(\dfrac{u}{v}\right)' = \dfrac{u'v - uv'}{v^2}$ avec :

$u(x) = 2x + 2$,
$u'(x) = 2$,
$v(x) = x^2 + 2x - 3$
et $v'(x) = 2x + 2$.

Pour tout x de $\mathbb{R}\backslash\{1\ ;-3\}$, on a :

$$f'(x) = \frac{2(x^2+2x-3)-(2x+2)(2x+2)}{(x^2+2x-3)^2}$$

$$= \frac{2x^2+4x-6-4x^2+8x-4}{(x^2+2x-3)^2}$$

$$= \frac{-2x^2-4x-10}{(x^2+2x-3)^2}.$$

$f'(x)$ est du même signe que $-2x^2 - 4x - 10$, dont le discriminant est $\Delta = -64$.

$-2x^2 - 4x - 14$ est donc strictement négatif, ainsi que $f'(x)$.

***f* décroît strictement sur]–∞ ; –3[, ainsi que sur]–3 ; –1[et que sur]–1 ; +∞[.**

3. a) Comme I est sur l'axe des abscisses, son ordonnée $f(x_I)$ est nulle.

$f(x) = 0 \Leftrightarrow 2x + 2 = 0 \Leftrightarrow x = -1$.

On a donc **$I(-1\ ;\ 0)$.**

b) Comme f est dérivable en –1, une équation de $\mathcal{T}$ est :

$y = f'(-1)(x - (-1)) + f(-1)$, soit $y = -0{,}5(x + 1) + 0$

Une équation de la tangente $\mathcal{T}$ à $\mathcal{C}$ en I est $y = -0{,}5x + 0{,}5$.

c) $f(x) - (-0{,}5x - 0{,}5) = f(x) + 0{,}5\ (x + 1)$

$$= \frac{0{,}5(x+1)\times 4}{x^2+2x-3} + \frac{0{,}5(x+1)(x^2+2x-3)}{x^2+2x-3}$$

$$= \frac{0{,}5(x+1)(4+x^2+2x-3)}{x^2+2x-3}$$

$$= \frac{0{,}5(x+1)(x^2+2x+1)}{x^2+2x-3}$$

$$= \frac{0{,}5(x+1)^3}{x^2+2x-3}$$

$x + 1$ est négatif sur]–∞ ; –1] et positif sur [–1 ; +∞[et le signe de $x^2 + 2x - 3$ est donnée en **1.a.**

- **Sur] –∞ ; –3[**, on a donc $f(x) - (-0{,}5x - 0{,}5)$ négatif, soit $f(x) \geqslant -0{,}5x - 0{,}5$ et $\mathcal{C}$ **est au-dessous de $\mathcal{T}$.**
- **Sur] –3 ; –1[**, on a donc $f(x) - (-0{,}5x - 0{,}5)$ positif, soit $f(x) \leqslant -0{,}5x - 0{,}5$ et $\mathcal{C}$ **est au-dessus de $\mathcal{T}$.**
- **Sur] –1 ; 1[**, on a donc $f(x) - (-0{,}5x - 0{,}5)$ négatif, soit $f(x) \leqslant -0{,}5x - 0{,}5$ et $\mathcal{C}$ **est au-dessous de $\mathcal{T}$.**
- **Sur]1 ; +∞[**, on a donc $f(x) - (-0{,}5x - 0{,}5)$ positif, soit $f(x) \geqslant -0{,}5x - 0{,}5$ et $\mathcal{C}$ **est au-dessus de $\mathcal{T}$.**

4.

x	–5	–4	–3,5	–2,5	–2	–1	0	0,5	1,5	2	3
$f(x)$	–0,7	–1,2	–2,2	1,7	0,7	0	–0,7	–1,7	2,2	1,2	0,7

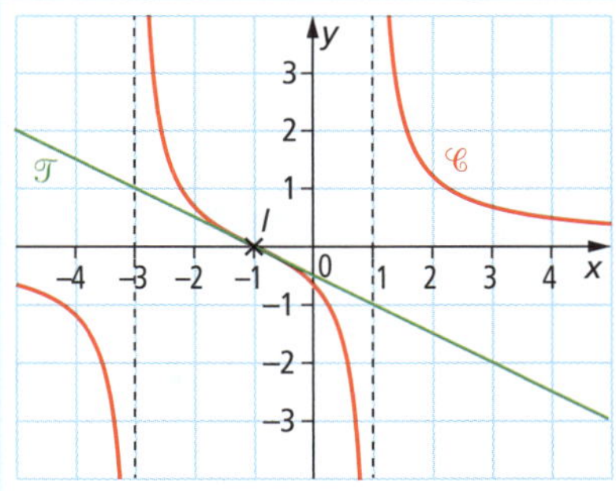

4 La fonction polynôme f définie sur $\mathbb{R}$ par $f(x) = (x^2 - 2x)^8$ est dérivable sur $\mathbb{R}$ avec, pour tout réel x, $f'(x) = 8 \times (2x - 2)\ (x^2 - 2x)^7$.

Le binôme $2x - 2$ a pour racine 1 et $(x^2 - 2x)^7$ a le même signe que le trinôme $x^2 - 2x$ dont les racines sont 0 et 2.

On a le tableau de signes suivant :

x	–∞		0		1		2		+∞
$2x - 2$		–	|	–	0	+	|	+	
$x^2 - 2x$		+	0	–	|	–	0	+	
$f'(x)$		–	0	+	0	–	0	+	

De plus, on a $\lim\limits_{x\to+\infty} x^2 - 2x = \lim\limits_{x\to+\infty} x(x-2) = +\infty$

donc $\lim\limits_{x\to+\infty} f(x) = +\infty$ et

$\lim\limits_{x\to-\infty} x^2 - 2x = \lim\limits_{x\to-\infty} x(x-2) = +\infty$,

donc $\lim\limits_{x\to-\infty} f(x) = +\infty$

On en déduit le tableau de variations suivant :

x	–∞		0		1		2		+∞
$f(x)$	+∞	↘	0	↗	1	↘	0	↗	+∞

5 a) Soit $g(x) = 2(2x + 3)^{2015}$: g est dérivable sur $\mathbb{R}$ comme puissance d'une fonction dérivable sur $\mathbb{R}$.

On utilise $(u^n)' = nu'u^{n-1}$ avec $n = 2015$, $u(x) = 2x + 3$ et $u'(x) = 2$.

Pour tout x de $\mathbb{R}$, on a :

$g'(x) = 2 \times 2015 \times 2 \times (2x + 3)^{2015-1}$

$= \mathbf{8\,060\ (2x + 3)^{2014}}$.

b) Soit $h(x) = \sqrt{x^2+4x+3}$ sur] –∞ ; –3] ∪ [–1 ; +∞[:

comme $x^2 + 4x + 3$ s'annule en –3 et en –1, h est dérivable sur] –∞ ; –3[∪] –1 ; +∞[.

On utilise $\sqrt{u}' = \dfrac{u'}{2\sqrt{u}}$ avec $u(x) = x^2 + 4x + 3$ et $u'(x) = 2x + 4$.

Pour tout x de $]-\infty ; -3[\cup]-1 ; +\infty[$, on a :

$$h'(x) = \frac{2x+4}{2\sqrt{x^2+4x+3}} = \frac{\boldsymbol{x+2}}{\boldsymbol{\sqrt{x^2+4x+3}}}.$$

c. $u(x) = f(-5x + 7)$ avec $f'(x) = 5x^2 + 1$ sur $\mathbb{R}$. u est dérivable sur $\mathbb{R}$ comme composée d'une fonction affine par f dérivable sur $\mathbb{R}$.
On utilise $[f(ax + b)]' = a f'(ax + b)$.
Pour tout x de $\mathbb{R}$, $\boldsymbol{u'(x) = -5\ [5(-5x+7)^2 + 1]}$.

6 1. Soit la fonction définie sur $]0 ; +\infty[$ par :

$$f(x) = \frac{5x+2\sin(x)}{x}.$$

a) Pour tout x de $]0 ; +\infty[$, on a :
$-1 \leqslant \sin(x) \leqslant 1 \Leftrightarrow -2 \leqslant \sin(x) \leqslant 2$
$\Leftrightarrow 5x - 2 \leqslant 5x + \sin(x) \leqslant 5x + 2$
$\Leftrightarrow \frac{5x-2}{x} \leqslant \frac{5x+2\sin(x)}{x} \leqslant \frac{5x+2}{x}$ car x est positif.

Pour tout x de $]0 ; +\infty[$, on a :

$$\boldsymbol{5-\frac{2}{x} \leqslant f(x) \leqslant 5+\frac{2}{x}}.$$

b) On a $\lim\limits_{x\to+\infty} 5-\frac{2}{x} = 5$ et $\lim\limits_{x\to+\infty} 5+\frac{2}{x} = 5$.
D'après le théorème d'encadrement, **la limite en $+\infty$ de $f(x)$ vaut 5.**

2) On a : $\lim\limits_{x\to-\infty} \frac{x^3+1}{x} = \lim\limits_{x\to-\infty} x^2 + \frac{1}{x} = +\infty$ et

$\lim\limits_{X\to+\infty} \sqrt{X} = +\infty$.

Par composition la limite en $-\infty$ de

$\boldsymbol{g(x)} = \sqrt{\frac{x^3+1}{x}}$ **vaut $+\infty$.**

7 1.a) $f(-1)$ est l'ordonnée du point de la courbe d'abscisse -1.
$\boldsymbol{f(-1) = e}$
$f'(-1)$ est le coefficient directeur de la tangente à $\mathscr{C}_f$ au point d'abscisse -1. Cette tangente étant horizontale, on a $\boldsymbol{f'(-1) = 0}$

b) $f(0)$ est l'ordonnée du point de la courbe d'abscisse 0. $\boldsymbol{f(0) = 2}$
$f'(0)$ est le coefficient directeur de (AB) la tangente à la courbe en A d'abscisse 0.
$\boldsymbol{f'(0) = -1}$.

2.a) La tangente à la courbe $\mathscr{C}$ en A coupe $\mathscr{C}$ en A donc A est un point d'inflexion de $\mathscr{C}$, donc
$\boldsymbol{f''(0) = 0}$.

b) Sur $]-\infty ; 0]$, la courbe $\mathscr{C}$ est au-dessous de toutes ses tangentes, donc la fonction ***f* est concave sur** $]-\infty ; 0]$.
Sur $[0 ; +\infty[$, la courbe $\mathscr{C}$ est au-dessus de toutes ses tangentes, donc la fonction ***f* est convexe sur $[0 ; +\infty[$.**

8 Soit f la fonction définie sur $\mathbb{R} \setminus \{2\}$ par :

$$f(x) = \frac{1}{x-2}.$$

1. On a $\lim\limits_{x\to+\infty} x - 2 = +\infty$ d'où $\lim\limits_{x\to+\infty} f(x) = 0$.

On a $\lim\limits_{x\to-\infty} x - 2 = -\infty$ d'où $\lim\limits_{x\to-\infty} f(x) = 0$.

On a $\lim\limits_{x\to2^+} x - 2 = 0^+$ d'où $\lim\limits_{x\to2^+} f(x) = +\infty$.

On a $\lim\limits_{x\to2^-} x - 2 = 0^-$ d'où $\lim\limits_{x\to2^-} f(x) = -\infty$.

$\mathscr{C}_f$ admet une asymptote horizontale d'équation $y = 0$ aux voisinages de $+\infty$ et de $-\infty$ et une asymptote verticale d'équation $x = 2$.

2. f est dérivable sur $\mathbb{R}\setminus\{2\}$ comme fonction rationnelle avec pour tout x de son domaine de définition, $f'(x) = \frac{-1}{(x-2)^2}$.
$f'(x)$ est donc strictement négatif sur $\mathbb{R} \setminus \{2\}$ et ***f* décroît strictement sur $]-\infty ; 2[$ et sur $]2 ; +\infty[$.**

9 Soit g la fonction définie par $g(x) = \sqrt{x(x-4)}$.
1. $g(x)$ existe $\Leftrightarrow x(x-4) \geqslant 0 \Leftrightarrow x^2 - 4x \geqslant 0$ avec 0 et 4 comme racine de $x^2 - 4x$.
On a $D_g = $ **$]-\infty ; 0] \cup [4 ; +\infty[$.**

2. On a $\lim\limits_{x\to-\infty} x(x-4) = +\infty$ et $\lim\limits_{X\to+\infty} \sqrt{X} = +\infty$,
donc par composition $\boldsymbol{\lim\limits_{x\to-\infty} g(x) = +\infty}$.

On a $\lim\limits_{x\to+\infty} x(x-4) = +\infty$ et $\lim\limits_{X\to+\infty} \sqrt{X} = +\infty$, donc par composition $\boldsymbol{\lim\limits_{x\to+\infty} g(x) = +\infty}$.

3. Avec h positif, le taux de variation de g entre 4 et $4 + h$ est :

$$\frac{g(4+h)-g(4)}{h} = \frac{\sqrt{(4+h)h}-0}{h} = \frac{\sqrt{4+h}}{\sqrt{h}}.$$

On a $\lim\limits_{h\to0^+} \frac{\sqrt{4+h}}{\sqrt{h}} = +\infty$: comme ce n'est pas une limite finie, ***g* n'est pas dérivable en 4.**

4. g est dérivable sur $]-\infty ; 0[\cup]4 ; +\infty[$ avec

$$g'(x) = \frac{2x-4}{2\sqrt{x(x-4)}} = \frac{x-2}{\sqrt{x(x-4)}}.$$

$g'(x)$ est du même signe que $x - 2$.
Sur $]4 ; +\infty[$, on a $g'(x) > 0$ donc ***g* croît strictement sur $[4 ; +\infty[$.**
Sur $]-\infty ; 0[$, on a $g'(x) < 0$ donc ***g* décroît strictement sur $]-\infty ; 0]$.**

10 1.a) Soit f une fonction telle que pour tout réel M, il existe un réel x_0 tel que $x > x_0 \Rightarrow f(x) > M$.
Alors f admet en $+\infty$, une limite qui vaut $+\infty$ et on note $\lim\limits_{x\to+\infty} f(x) = +\infty$.

b) Si $\lim\limits_{x\to+\infty} f(x) = +\infty$, alors pour tout réel M, il existe un réel x_0 tel que $x > x_0 \Rightarrow f(x) > M$.

Si de plus, pour tout x de $\mathbb{R}$, $g(x) \geqslant f(x)$, alors $x > x_0 \Rightarrow g(x) \geqslant f(x) > M$.
Alors g admet en $+\infty$, une limite qui vaut $+\infty$, c'est-à-dire que $\lim\limits_{x \to +\infty} g(x) = +\infty$.

2. Soit f et g les fonctions définies sur $\mathbb{R}$ par : $f(x) = x^2 - 3$ et $g(x) = x^2 - 3\sin(x)$.

a) Sur $\mathbb{R}$, $f(x) = x^2 - 3$ donc on a $\lim\limits_{x \to +\infty} f(x) = +\infty$.

b) Pour tout réel x, on a :
$-1 \leqslant \sin(x) \leqslant 1 \Leftrightarrow 3 \geqslant -3\sin(x) \geqslant -3$
$\Leftrightarrow x^2 + 3 \geqslant x^2 - 3\sin(x) \geqslant x^2 - 3$.
On a bien, **pour tout réel x, $g(x) \geqslant f(x)$.**

c. On conclut que $\lim\limits_{x \to +\infty} g(x) = +\infty$.

11 1.a) **Dans cette question, $n = 0$.**
$f_0(x) = \sqrt{1-x}$.
f_0 est dérivable sur $]-\infty\,;1[$ avec pour tout x de $]-\infty\,;1[$, $f_0'(x) = \dfrac{-1}{2\sqrt{1-x}}$.
$f_0'(x)$ est strictement négatif sur $]-\infty\,;1[$, donc f_0 est strictement décroissante sur $]-\infty\,;1]$.

b) Pour tout x de $]-\infty\,;1[$, $f_0'(x) = -0{,}5\ (1-x)^{-\frac{1}{2}}$,

donc $f_0''(x) = -0{,}5 \times (-0{,}5) \times (-1)\ (1-x)^{-\frac{3}{2}}$

$= \dfrac{-0{,}25}{\sqrt{1-x}^{\,3}}$.

Sur $]-\infty\,;1[$, on a $f_0''(x) < 0$,
donc **f_0 est concave sur $]-\infty\,;1]$.**

2. **Dans cette question $n = 1$.** $f_1(x) = x\sqrt{1-x}$.

a) Graphiquement, on a $\lim\limits_{x \to -\infty} f_1(x) = -\infty$.
$f'(0{,}75)$ est le coefficient directeur de la tangente T qui vaut **$-0{,}25$**.

b) On a le tableau de variations de f :

x	$-\infty$	$\frac{2}{3}$	1
$f_1(x)$	$-\infty$ ↗	$\frac{2\sqrt{3}}{9}$	↘ 0

c) Sur $\left]-\infty\,;\dfrac{2}{3}\right]$, f_1 est continue, strictement croissante avec $\lim\limits_{x \to -\infty} f_1(x) < -1 < f_1\left(\dfrac{2}{3}\right)$ donc, d'après le théorème de la bijection, l'équation $f_1(x) = -1$ possède une unique solution dans $\left]-\infty\,;\dfrac{2}{3}\right]$.

Sur $\left[\dfrac{2}{3}\,;1\right]$, f_1 est positive donc l'équation $f_1(x) = -1$ ne possède pas de solution dans $\left[\dfrac{2}{3}\,;1\right]$.

L'équation $f_1(x) = -1$ possède une unique solution dans $]-\infty\,;1]$.
Quand une fonction g a des variations multiples, il faut pour une équation du type $g(x) = k$ faire une étude sur chaque intervalle où g est monotone.
On fait des essais :

x	-1	$-0{,}8$	$-0{,}77$	$-0{,}76$	...	$-0{,}75$	$-0{,}7$	0
$f(x)$	$-1{,}4$	$-1{,}07$	$-1{,}02$	$-1{,}01$	...	$-0{,}99$	$-0{,}91$	0

La solution de $f_1(x) = -1$ vaut $-0{,}76$ à 10^{-2} près.

3. **Dans cette question, $n = 2$.**
$f_2(x) = x^2\sqrt{1-x}$.

a) Comme $\lim\limits_{x \to -\infty} x^2 = +\infty$ et $\lim\limits_{x \to -\infty} \sqrt{1-x} = +\infty$, par produit on a **$\lim\limits_{x \to -\infty} f_2(x) = +\infty$.**

b) f_2 est dérivable sur $]-\infty\,;1[$. On utilise $(uv)' = u'v + uv'$ et on a, pour tout x de $]-\infty\,;1[$,

$f_2'(x) = 2x \times \sqrt{1-x} + x^2 \times \dfrac{-1}{2\sqrt{1-x}}$

$= \dfrac{2x\sqrt{1-x} \times 2\sqrt{1-x} - x^2}{2\sqrt{1-x}} = \dfrac{4x - 5x^2}{2\sqrt{1-x}}$.

$f_2'(x)$ est du même signe que $x(4 - 5x)$, qui s'annule en 0 et en 0,8.
$f_2'(x)$ est négatif sauf entre les racines 0 et 0,8 de $x(4 - 5x)$.
f_2 décroît strictement sur $]-\infty\,;0]$, croît strictement sur $[0\,;0{,}8]$ et décroît strictement sur $[0{,}8\,;1]$.

c)

x	$-\infty$	0	$0{,}8$	1
$f_2(x)$	$+\infty$ ↘	0 ↗	$0{,}64\sqrt{0{,}2}$	↘ 0

4.a) **Pour $n \geqslant 1$,** on a f_n dérivable sur $]-\infty\,;1[$ avec :

$f_n'(x) = nx^{n-1} \times \sqrt{1-x} + x^n \times \dfrac{-1}{2\sqrt{1-x}}$

$= \dfrac{nx^{n-1}\sqrt{1-x} \times 2\sqrt{1-x} - x^n}{2\sqrt{1-x}}$

$= \dfrac{x^{n-1}(2n - (2n+1)x)}{2\sqrt{1-x}}$

$f_n'(x)$ s'annule en 0 et en $a_n = \dfrac{\mathbf{2n}}{\mathbf{2n+1}}$.

b) Pour tout entier $n \geqslant 1$, on a $\boldsymbol{a_n} = \dfrac{2}{2 + \dfrac{1}{n}}$.

Comme $\lim\limits_{x \to +\infty} \dfrac{1}{n} = 0$, on en déduit que $\lim\limits_{x \to +\infty} a_n = 1$

La suite (a_n) est convergente vers 1.

CHAPITRE 6 *(Énoncés p. 45)*

1 a) $f(x) = \ln(x + 1)$ existe $\Leftrightarrow x + 1 > 0$
$\Leftrightarrow x > -1$: $\boldsymbol{D_f =]-1\ ;+\infty[}$

b) $f(x) = \ln(2x + 3)$ existe $\Leftrightarrow 2x + 3 > 0$
$\Leftrightarrow x > -1{,}5$: $\boldsymbol{D_f =]-1{,}5\ ;+\infty[}$

c) $f(x) = \ln(4 - x)$ existe $\Leftrightarrow 4 - x > 0$
$\Leftrightarrow 4 > x$: $\boldsymbol{D_f =]-\infty\ ;4[}$

d) $f(x) = \ln(x^2 - 5x + 6) \Leftrightarrow x^2 - 5x + 6 > 0$

$\boldsymbol{\Delta = b^2 - 4ac}$ = 1. Il y a deux racines :

$x_1 = \dfrac{-b+\sqrt{\Delta}}{2a} = 3$ et $x_2 = \dfrac{-b-\sqrt{\Delta}}{2a} = 2$

$x^2 - 5x + 6$ est positif sauf entre ses racines.
$\boldsymbol{D_f =]-\infty\ ;2[\cup]3\ ;+\infty[}$.

2 a) $\ln(x + 1) = \ln 5$: il faut $x + 1 > 0$
$\Leftrightarrow x > -1$.

$\ln(a) = \ln(b) \Leftrightarrow a = b$

$\ln(x + 1) = \ln 5 \Leftrightarrow x + 1 = 5 \Leftrightarrow x = 4$
$\boldsymbol{S = \{4\}}$.

b) $\ln(x) = 3$: il faut $x > 0$.
$\ln(x) = 3 \Leftrightarrow x = e^3$. $\boldsymbol{S = \{e^3\}}$.

c) $\ln(2x + 1) = \ln(3 - x)$:
il faut $2x + 1 > 0$ et $3 - x > 0$
$\Leftrightarrow x > -0{,}5$ et $3 > x \Leftrightarrow -0{,}5 < x < 3$
$\ln(2x + 1) = \ln(3 - x) \Leftrightarrow 2x + 1 = 3 - x$
$\Leftrightarrow 3x = 2$.
$\boldsymbol{S = \left\{\frac{2}{3}\right\}}$.

d) $\ln(2x + 5) = 0$: il faut $2x + 5 > 0 \Leftrightarrow x > -2{,}5$
$\ln(2x + 5) = 0 \Leftrightarrow \ln(2x + 5) = \ln(1)$ $0 = \ln(1)$
$\Leftrightarrow 2x + 5 = 1 \Leftrightarrow x = -2$.
$\boldsymbol{S = \{-2\}}$.

e) $\ln(x - 6) = \ln(2 - x)$: il faut $x - 6 > 0$ et $2 - x > 0$, soit $x > 6$ et $2 > x$, ce qui est impossible. $\boldsymbol{S = \varnothing}$.

f) $\ln(x^2 - x + 1) = 0$: il faut $x^2 - x + 1 > 0$.
Comme $\Delta = -3$, on a toujours $x^2 - x + 1 > 0$.
$\ln(x^2 - x + 1) = 0 \Leftrightarrow \ln(x^2 - x + 1) = \ln(1)$
$\Leftrightarrow x^2 - x + 1 = 1 \Leftrightarrow x(x - 1) = 0$
$\Leftrightarrow x = 0$ ou $x = 1$.
$\boldsymbol{S = \{0\ ;-1\}}$.

3 1. Pour $x^2 - 3x - 4$, $\Delta = 25$, $x_1 = 4$ et $x_2 = -1$.
Les solutions de $x^2 - 3x - 4 = 0$ sont 4 et – 1.

2. Avec $X = \ln(x)$, $\ln^2(x) - 3\ln(x) - 4 = 0$
$\Leftrightarrow X^2 - 3X - 4 = 0$. On a $X = 4$ ou $X = -1$
$\Leftrightarrow \ln(x) = 4$ ou $\ln(x) = -1 \Leftrightarrow x = e^4$ ou $x = e^{-1}$.
$\boldsymbol{S = \{e^4\ ;e^{-1}\}}$.

3. $\ln(x - 3) + \ln(x) = \ln(4)$ existe
$\Leftrightarrow x - 3 > 0$ et $x > 0 \Leftrightarrow x > 3$.
Pour $x > 3$, on a : $\ln(x - 3) + \ln(x) = \ln(4)$
$\Leftrightarrow \ln[(x - 3)x] = \ln(4)$ $\ln(a) + \ln(b) = \ln(ab)$
$\Leftrightarrow (x - 3)x = 4 \Leftrightarrow x^2 - 3x - 4 = 0$
Comme il faut $x > 3$, **la seule solution est 4.**

4 a) $\ln(x) > 3$: il faut $x > 0$.
$\ln(x) > 3 \Leftrightarrow x > e^3$.
$\boldsymbol{S =]e^3\ ;+\infty[}$.

b) $\ln(x) \leqslant -2$: il faut $x > 0$.
$\ln(x) \leqslant -2 \Rightarrow x < e^{-2}$.
$\boldsymbol{S =]0\ ;e^{-2}[}$.

c) $\ln(x + 3) \geqslant \ln(2x - 2)$:
il faut $x + 3 > 0$ et $2x - 2 > 0$, soit $x > 1$.
$\ln(x + 3) \geqslant \ln(2x - 2) \Rightarrow x + 3 \geqslant 2x - 2 \Rightarrow 5 \geqslant x$.
$\boldsymbol{S =]1\ ;5]}$.

d) $\ln(1 - x) \leqslant 0$: il faut $1 - x > 0 \Leftrightarrow 1 > x$.
$\ln(1 - x) \leqslant 0 \Rightarrow \ln(1 - x) \leqslant \ln(1) \Rightarrow 1 - x \leqslant 1$
$\Rightarrow 0 \leqslant x$.
$\boldsymbol{S = [0\ ;1[}$.

5 a) $f(x) = \ln(x - 3)$: $D_f =]3\ ;+\infty[$.
$f(x) = 0 \Leftrightarrow \ln(x - 3) = \ln(1) \Leftrightarrow x - 3 = 1 \Leftrightarrow x = 4$.

La fonction ln croît strictement sur $]0\ ;+\infty[$.

$f(x) < 0$ sur $]3\ ;4[$, $f(x) = 0$ pour $x = 4$ et $f(x) > 0$ sur $]4\ ;+\infty[$.

b) $f(x) = x\ln(x)$: $D_f =]0\ ;+\infty[$,
donc f a le même signe que $\ln(x)$.

Sur $]0\ ;1[$, $\ln(x) < 0$, donc $\boldsymbol{f(x) < 0}$.

$\ln(1) = 0$, donc $\boldsymbol{f(1) = 0}$.

Sur $]1\ ;+\infty[$, $\ln(x) > 0$, donc $\boldsymbol{f(x) > 0}$.

c) $f(x) = (x - 5)\ln(x)$: $D_f =]0\ ;+\infty[$.

x	0		1		5		$+\infty$
$x - 5$		–		–	0	+	
$\ln(x)$		–	0	+		+	
$f(x)$		+	0	–	0	+	

d) $f(x) = 1 - \ln(x)$: $D_f =]0\ ;+\infty[$.
$f(x) = 0 \Leftrightarrow 1 = \ln(x) \Leftrightarrow x = e$
$f(x) > 0 \Leftrightarrow 1 > \ln(x) \Leftrightarrow e > x$
Sur $]0\ ;e[$, on a $f(x) > 0$, $f(e) = 0$ et sur $]e\ ;+\infty[$, $f(x) < 0$.

6 a) $\ln(e) + \ln(e^2) + \ln^2(e) = 1 + 2 + 1^2 = \boldsymbol{4}$

$\ln(e) = 1\ ;\ \ln(e^n) = n$

b) $\ln(4e) - \ln(2e) - \ln 2 = \ln\left(\dfrac{4e}{2e}\right) - \ln(2)$
$= \ln(2) - \ln(2) = \boldsymbol{0}$.

c) $\ln(24) - 3\ln 2 = \ln(24) - \ln(8)$ $n\ln(a) = \ln(a^n)$
$= \ln\left(\frac{24}{8}\right) = \mathbf{\ln(3)}$.

d) $\ln\left(\frac{a}{b}\right) + \ln\left(\frac{b}{c}\right) = \ln\left(\frac{a}{b} \times \frac{b}{c}\right) = \mathbf{\ln\left(\frac{a}{c}\right)}$.

Remarque : on ne pas écrire $\ln(a) - \ln(c)$ car a et c peuvent être négatifs.

7 $[\ln(u)]' = \frac{u'}{u}$

a) $x \mapsto 3x+1$ est positive et dérivable sur $\left]-\frac{1}{3} ; +\infty\right[$, donc par composition, f est dérivable sur $\left]-\frac{1}{3} ; +\infty\right[$ avec, $\forall x > -\frac{1}{3}$, $\mathbf{f'(x) = \frac{3}{3x+1}}$.

b) f est dérivable comme fonction composée sur $]-\infty ; 0[$ avec, $\forall x < 0$, $\mathbf{f'(x)} = \frac{2x}{x^2} = \frac{2}{x}$.

c) f est dérivable sur $]0 ; +\infty[$ comme produit de fonctions dérivables.

$(uv)' = u'v + uv'$ avec $u(x) = x$, $u'(x) = 1$, $v(x) = \ln(x)$ et $v'(x) = \frac{1}{x}$.

$\forall x > 0$, $f'(x) = 1 \times \ln(x) + x \times \frac{1}{x} = \mathbf{\ln(x) + 1}$.

d) f est dérivable sur $]-\infty ; 1[$ comme produit de fonctions dérivables.

$\forall x < 1$, $f'(x) = 1 \times \ln(1-x) + (x+2) \times \frac{-1}{1-x}$
$= \frac{(1-x)\ln(1-x) - x - 2}{1-x}$.

8 a) f est dérivable comme fonction composée sur $]1 ; +\infty[$ avec pour tout $x > 1$,

$f'(x) = \frac{4x-3}{2x^2-3x+1}$.

Sur $]1 ; +\infty[$, on a $4x - 3 > 0$ et $2x^2 - 3x + 1 > 0$, donc $f'(x) > 0$: **f croît strictement sur $]1 ; +\infty[$.**

b) f est dérivable comme fonction composée sur $]-\infty ; 1{,}5[$ avec pour tout $x < 1{,}5$:

$f'(x) = \frac{-2}{-2x+3}$.

Sur $]-\infty ; 1{,}5[$, on a $-2x + 3 > 0$, donc $f'(x) < 0$.

f décroît strictement sur $]-\infty ; 1{,}5[$.

c) f est dérivable sur $]2 ; +\infty[$ comme produits de fonctions dérivables.

$(uv)' = u'v + uv'$ avec $u(x) = x - 2$, $u'(x) = 1$, $v(x) = \ln(x-2)$ et $v'(x) = \frac{1}{x-2}$.

Pour tout $x > 2$,
$f'(x) = 1 \times \ln(x-2) + (x-2) \times \frac{1}{x-2}$
$= \ln(x-2) + 1$.

$f'(x) > 0 \Leftrightarrow \ln(x-2) > -1 \Leftrightarrow x - 2 > e^{-1}$
$\Leftrightarrow x > e^{-1} + 2$

Sur $]e^{-1} + 2 ; +\infty[$, $f'(x) > 0$:
f croît strictement sur $[e^{-1} + 2 ; +\infty[$.

Sur $]2 ; e^{-1} + 2[$, $f'(x) < 0$:
f décroît strictement sur $]2 ; e^{-1} + 2]$.

d) $u : x \mapsto \frac{x+3}{x-1}$ est positive et dérivable sur $]1 ; +\infty[$ avec pour dérivée, $\forall x > 1$,

$u' : x \mapsto \frac{1\times(x-1)-(x+3)\times 1}{(x-1)^2} = \frac{-4}{(x-1)^2}$.

Sur $]1 ; +\infty[$, on a $u(x) > 0$ et $u'(x) < 0$, $f'(x) < 0$.

f décroît strictement sur $]1 ; +\infty[$.

9 a) On a $\lim\limits_{x\to-\infty} 5 - x = +\infty$ et

$\lim\limits_{X\to+\infty} \ln(X) = +\infty$ donc $\lim\limits_{x\to-\infty} f(x) = +\infty$.

On a $\lim\limits_{x\to 5^-} 5 - x = 0^+$ et $\lim\limits_{X\to 0^+} \ln(X) = -\infty$

donc $\lim\limits_{x\to 5^-} f(x) = -\infty$.

b) On a $\lim\limits_{x\to 0^+} \frac{\ln(x)}{x} = -\infty$ et $\lim\limits_{x\to 0^+} 5x = 0$

donc $\lim\limits_{x\to 0^+} f(x) = -\infty$.

On a $\lim\limits_{x\to+\infty} \frac{\ln(x)}{x} = 0$ et $\lim\limits_{x\to+\infty} 5x = +\infty$

Donc $\lim\limits_{x\to+\infty} f(x) = -\infty$.

10 a) On a $\lim\limits_{x\to 1^+} \ln(x) = 0^+$ et $\lim\limits_{X\to 0^+} \frac{1}{X} = +\infty$

donc $\lim\limits_{x\to 1^+} f(x) = +\infty$. $\mathscr{C}_f$ admet en **une asymptote verticale d'équation $x = 1$.**

On a $\lim\limits_{x\to+\infty} \ln(x) = +\infty$ et $\lim\limits_{X\to+\infty} \frac{1}{X} = 0$

donc $\lim\limits_{x\to+\infty} f(x) = 0$. $\mathscr{C}_f$ admet en $+\infty$ **une asymptote horizontale d'équation $y = 0$.**

b) On a $\lim\limits_{x\to 0^+} \frac{\ln(x)}{x} = -\infty$ donc $\mathscr{C}_f$ admet **une asymptote verticale d'équation $x = 0$.**

On a $\lim\limits_{x\to+\infty} \frac{\ln(x)}{x} = 0$ donc $\mathscr{C}_f$ admet en $+\infty$ **une asymptote horizontale d'équation $y = 0$.**

11 1. Comme on a $\lim_{x\to 0^+} \ln(x) = -\infty$, on a aussi $\lim_{x\to 0^+} (2 - \ln(x)) = -\infty$.

Par produit, **la limite de f en 0 vaut $-\infty$. $\mathscr{C}$ admet une asymptote verticale d'équation $x = 0$.**
Comme on a $\lim_{x\to+\infty} \ln(x) = +\infty$, on a aussi $\lim_{x\to+\infty} (2 - \ln(x)) = +\infty$.
Par produit **la limite de f en $+\infty$ vaut $-\infty$.**

2. f est dérivable sur $]0\,;+\infty[$ comme produit de fonctions dérivables avec, $\forall\, x > 0$,

$$f'(x) = \frac{-1}{x}\ln(x) + (2 - \ln(x)) \times \frac{1}{x} = \mathbf{\frac{2-2\ln(x)}{x}}.$$

Comme $x > 0$, $f'(x)$ a le même signe que $2 - 2\ln(x)$.
$f'(x) > 0 \Leftrightarrow 2 - 2\ln(x) > 0 \Leftrightarrow 2 > 2\ln(x)$
$\Leftrightarrow 1 > \ln(x) \Leftrightarrow e > x$ $\quad$ $1 = \ln(e)$
On a **$f'(x) > 0$ sur $]0\,;e[$ et $f'(x) < 0$ sur $]e\,;+\infty[$.**

3. $f(e) = (2 - \ln(e))\ln(e) = (2 - 1) \times 1 = 1$.

x	0	e	$+\infty$
$f(x)$	$-\infty$ ↗	1	↘ $-\infty$

4.a) $f(x) = 0 \Leftrightarrow (2 - \ln(x))\ln(x) = 0$
$\Leftrightarrow 2 - \ln(x) = 0$ ou $\ln(x) = 0$
$\Leftrightarrow 2 = \ln(x)$ ou $\ln(x) = \ln(1)$
$\Leftrightarrow e^2 = x$ ou $x = 1$.
$S = \{1\,;e^2\}$.

b) On en déduit que $\mathscr{C}$ coupe l'axe des abscisses **aux points d'abscisses 1 et e^2.**

5.

x	0,5	1	2	e	5	e^2	8
$f(x)$	–1,8	0	0,9	1	0,6	0	–0,2

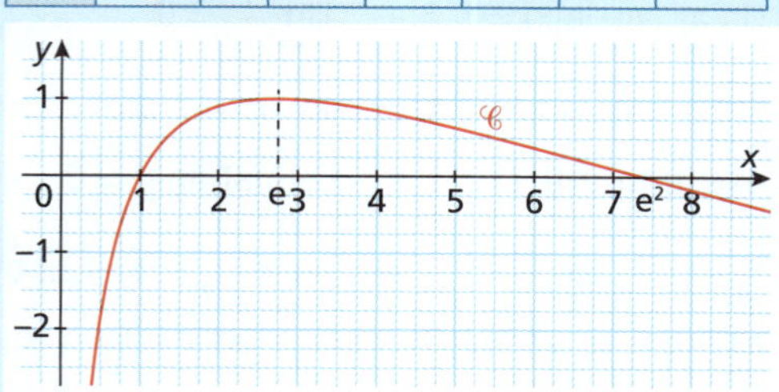

12 1.a) Comme on a $\lim_{x\to 0^+} \ln(x) = -\infty$, on en déduit que **la limite de f en 0 vaut $+\infty$.**

b) Pour tout réel x strictement positif, on a :

$$f(x) = x\left(x - 3\frac{\ln(x)}{x}\right) \text{ avec } \lim_{x\to+\infty} \frac{\ln(x)}{x} = 0$$

donc on a $\lim_{x\to+\infty} x - 3\frac{\ln(x)}{x} = +\infty$.
Par produit, **la limite de f en $+\infty$ est $+\infty$.**

2. a) f est dérivable sur $]0\,;+\infty[$ comme différence de fonctions dérivables avec pour tout $x > 0$,

$f'(x) = 2x - \frac{3}{x}$, soit $\mathbf{f'(x) = \frac{2x^2-3}{x}}$.

b) Comme $x > 0$, $f'(x)$ a le même signe que $2x^2 - 3$.
$2x^2 - 3$ est un trinôme de racines $\sqrt{\frac{3}{2}}$ et $-\sqrt{\frac{3}{2}}$ et qui est positif sauf entre ses racines.
Sur $\left]0\,;\sqrt{\frac{3}{2}}\right[$, on a $f'(x) < 0$ et
f décroît strictement sur $\left]0\,;\sqrt{\frac{3}{2}}\right]$.
Sur $\left]\sqrt{\frac{3}{2}}\,;+\infty\right[$, on a $f'(x) > 0$ et
f croît strictement sur $\left[\sqrt{\frac{3}{2}}\,;+\infty\right[$.

3. f est continue sur $]0\,;+\infty[$, **décroissante sur $\left]0\,;\sqrt{\frac{3}{2}}\right[$ et croissante sur $\left[\sqrt{\frac{3}{2}}\,;+\infty\right[$.**
f admet en $\sqrt{\frac{3}{2}}$ un minimum $f\left(\sqrt{\frac{3}{2}}\right)$ qui est strictement positif.
$f(x) = 0$ n'admet aucune solution.

13 Pour tout réel x, on a $\sin^2(x) + \cos^2(x) = 1$.
Ici, on a $\left(\frac{1}{3}\right)^2 + \cos^2(x) = 1 \Leftrightarrow \cos^2(x) = 1 - \frac{1}{9}$.
x appartient à $\left[\frac{\pi}{2}\,;\pi\right]$ donc $\cos(x) \leqslant 0$.
On a $\cos(x) = -\sqrt{\frac{8}{9}}$, donc $\mathbf{\cos(x) = \frac{-2\sqrt{2}}{3}}$.

14 Pour tout réel x, on a $\sin^2(x) + \cos^2(x) = 1$.
Ici, on a :
$\sin^2(x) + (-0{,}6)^2 = 1 \Leftrightarrow \sin^2(x) = 1 - 0{,}36 = 0{,}64$.
x appartient à $\left[\pi\,;\frac{3\pi}{2}\right]$ donc $\sin(x) \leqslant 0$.
On a $\sin(x) = -\sqrt{0{,}64}$, donc $\mathbf{\sin(x) = -0{,}8}$.

15 Pour tout réel x, on a :
$[\sin(x) + \cos(x)]^2 + [\sin(x) - \cos(x)]^2$
$= \sin^2(x) + 2\sin(x)\cos(x) + \cos^2(x)$
$\quad + \sin^2(x) - 2\sin(x)\cos(x) + \cos^2(x)$
$= 2(\sin^2(x) + \cos^2(x))$
$= \mathbf{2}$.

16 Pour tout réel x, on a : $\sin^2(x) + \cos^2(x) = 1$
Supposons qu'il existe un réel x tel que $\sin(x) = 0{,}3$ et $\cos(x) = 0{,}7$.
On aurait alors $0{,}3^2 + 0{,}7^2 = 1$, soit $0{,}58 = 1$: c'est absurde.
Il n'existe pas de réel x vérifiant $\sin(x) = 0{,}3$ et $\cos(x) = 0{,}7$.

17 $\frac{9\pi}{4} = \frac{8\pi}{4} + \frac{\pi}{4} = 2\pi + \frac{\pi}{4}$

$\cos\left(\frac{9\pi}{4}\right) = \cos\left(\frac{\pi}{4}\right) = \frac{\sqrt{2}}{2}$ $\cos(x + 2\pi) = \cos(x)$

$\sin\left(\frac{9\pi}{4}\right) = \sin\left(\frac{\pi}{4}\right) = \frac{\sqrt{2}}{2}$ $\sin(x + 2\pi) = \sin(x)$

$\frac{13\pi}{4} = \frac{(8+4+1)\pi}{4} = \frac{\pi}{4} + 2\pi + \pi$

$\sin\left(\frac{13\pi}{4}\right) = -\sin\left(\frac{\pi}{4}\right) = \frac{-\sqrt{2}}{2}$

$\sin(x + \pi) = -\sin(x)$

$\cos\left(\frac{13\pi}{4}\right) = -\cos\left(\frac{\pi}{4}\right) = \frac{-\sqrt{2}}{2}$

$\cos(x + \pi) = -\cos(x)$

18 1. $\cos\left(\frac{-\pi}{4}\right) = \cos\left(\frac{\pi}{4}\right) = \frac{\sqrt{2}}{2}$

$\cos(-x) = \cos(x)$

$\sin\left(\frac{-\pi}{2}\right) = -\sin\left(\frac{\pi}{2}\right) = -1$ $\sin(-x) = -\sin(x)$

$\sin\left(\frac{-\pi}{3}\right) = -\sin\left(\frac{\pi}{3}\right) = \frac{-\sqrt{3}}{2}$

$\cos\left(\frac{-\pi}{6}\right) = \cos\left(\frac{\pi}{6}\right) = \frac{\sqrt{3}}{2}$

2.
$A = \sin\left(\frac{-\pi}{6}\right) + \cos\left(\frac{-\pi}{6}\right) + \sin\left(\frac{\pi}{6}\right) + \cos\left(\frac{\pi}{6}\right)$

$= 2\cos\left(\frac{\pi}{6}\right) = \sqrt{3}$

$B = \sin\left(\frac{-\pi}{4}\right) - \cos\left(\frac{-\pi}{4}\right) + \sin\left(\frac{\pi}{4}\right) + \cos\left(\frac{\pi}{4}\right).$

$= -\sin\left(\frac{\pi}{4}\right) - \cos\left(\frac{\pi}{4}\right) + \sin\left(\frac{\pi}{4}\right) + \cos\left(\frac{\pi}{4}\right)$

$= \mathbf{0}$

19 1. On sait que $\cos\left(\frac{\pi}{4}\right) = \frac{\sqrt{2}}{2}$ et que $\cos(2\pi - x) = \cos(-x) = \cos(x)$.

On a $2\pi - \frac{\pi}{4} = \frac{7\pi}{4}$.

L'équation $\cos(x) = \frac{\sqrt{2}}{2}$ a pour solutions dans $[0\,;2\pi]$: $\frac{\pi}{4}$ et $\frac{7\pi}{4}$.

2. On utilise le cercle trigonométrique pour résoudre les inéquations trigonométriques.

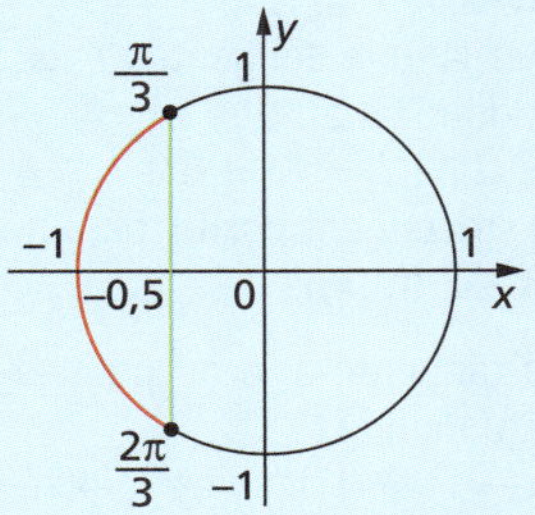

Pour $\cos(x) < -0{,}5$, $S = \left]\frac{\pi}{3}\,;\frac{2\pi}{3}\right[$.

20 1. Pour tout réel x, on a :
$f(x + 2\pi) = \ln(2 + \sin^2(x + 2\pi))$
$= \ln(2 + \sin^2(x)) = f(x)$
car $\sin(x + 2\pi) = \sin(x)$.
f est 2π–périodique.
Pour tout réel x, on a :
$f(-x) = \ln(2 + \sin^2(-x)) = \ln(2 + \sin^2(x)) = f(x)$
car $\sin^2(-x) = [-\sin(x)]^2 = \sin^2(x)$
f est paire.
Il suffit donc d'étudier f sur $[0\,;\pi]$.
Une fonction est 2π–périodique si, et seulement si, pour tout x de D_f, $f(x + 2\pi) = f(x)$.
Une fonction est paire si, et seulement si, pour tout x de D_f, $f(-x) = f(x)$.

2. f est dérivable sur $[0\,;\pi]$ comme composée de fonctions dérivables.
On utilise $[\ln(u)]' = \frac{u'}{u}$ avec :
$u(x) = 2 + \sin^2(x)$ et $u'(x) = 2\cos(x)\sin(x)$.
Pour tout x de $[0\,;\pi]$, on a :
$f'(x) = \frac{2\cos(x)\sin(x)}{2+\sin^2(x)}$.
Sur $[0\,;\pi]$, on a $\sin(x) \geqslant 0$,
donc $f'(x)$ est du même signe que $\cos(x)$.
Sur $\left[0\,;\frac{\pi}{2}\right]$, on a $\cos(x) \geqslant 0$, donc $f'(x) \geqslant 0$:
f est croissante sur $\left[0\,;\frac{\pi}{2}\right]$.
Sur $\left[\frac{\pi}{2}\,;\pi\right]$, on a $\cos(x) \leqslant 0$, donc $f'(x) \leqslant 0$:
f est décroissante sur $\left[\frac{\pi}{2}\,;\pi\right]$.
f atteint en $\frac{\pi}{2}$ son maximum qui vaut $\ln(3)$.
f atteint en 0 son minimum qui vaut $\ln(2)$.

21 1. f est dérivable sur $]0 ; +\infty[$ comme produit de fonctions dérivables sur $]0 ; +\infty[$.
Pour tout $x > 0$, on a :
$f'(x) = 2x\,(a + b\ln(x)) + x^2 \times b \times \dfrac{1}{x}$
$= \boldsymbol{x\,(2a + 2b\ln(x) + b)}$.

2. La courbe $\mathscr{C}$ passe par le point $A(1 ; 3)$, donc on a $f(1) = 3 \Leftrightarrow a = 3$.
$\mathscr{C}$ admet en A une tangente $\mathscr{D}$ de coefficient directeur 4, donc on a :
$f'(1) = 4 \Leftrightarrow 2a + b = 4 \Leftrightarrow 6 + b = 4 \Leftrightarrow b = -2$.
Pour tout x strictement positif, on a :
$\boldsymbol{f(x) = x^2\,(3 - 2\ln(x))}$.

3. $\mathscr{D}$ est la tangente à $\mathscr{C}$ au point d'abscisse 1, donc une équation est :
$y = f'(1)\,(x - 1) + f(1)$, soit $y = 4(x - 1) + 3$ ou encore $\boldsymbol{y = 4x - 1}$.

4. Une tangente à $\mathscr{C}$ est parallèle à l'axe des abscisses si son coefficient directeur est nul, c'est-à-dire si la dérivée s'annule.
On veut sur $]0 ; +\infty[$:
$f'(x) = 0 \Leftrightarrow x(6 - 4\ln(x) - 2) = 0$
$\Leftrightarrow 4 - 4\ln(x) = 0$ (car $x \neq 0$) $\Leftrightarrow 1 = \ln(x) \Leftrightarrow \mathrm{e} = x$.
La valeur exacte de l'abscisse du point B de la courbe où la tangente à $\mathscr{C}$ est parallèle à l'axe des abscisses est $\boldsymbol{\beta = \mathrm{e}}$.

5. f est dérivable sur $]0 ; +\infty[$ avec pour tout x de $]0 ; +\infty[$ $f'(x) = x(4 - 4\ln(x))$.
Comme on a $x > 0$, $f'(x)$ est du même signe que $4 - 4\ln(x)$.
$4 - 4\ln(x) > 0 \Leftrightarrow 4 > 4\ln(x) \Leftrightarrow 1 > \ln(x)$
$\Leftrightarrow \mathrm{e} > x$.
Sur $]0 ; \mathrm{e}[$, on a $f'(x) > 0$:
f croît strictement sur $]0 ; \mathrm{e}]$.
Sur $]\mathrm{e} ; +\infty[$, on a $f'(x) < 0$:
f décroît strictement sur $[\mathrm{e} ; +\infty[$.
La limite en $+\infty$ de x^2 est $+\infty$ et celle de $\ln(x)$ est aussi $+\infty$. La limite de $3 - 2\ln(x)$ en $+\infty$ vaut $-\infty$.
Par produit, **la limite de f en $+\infty$ est $-\infty$.**
Sur $[4 ; 5]$, f est continue et strictement décroissante avec $f(4) = 16(3 - 2\ln(4))$ soit $f(4) \approx 3{,}63$ et $f(5) = 25(3 - 2\ln(5))$ soit $f(5) \approx -5{,}47$.
Comme 3 est compris entre $f(4)$ et $f(5)$, d'après le théorème de la bijection, **l'équation $f(x) = 3$ admet une solution sur l'intervalle $[4 ; 5]$.**
On a par essais :

x	4	4,05	4,08	4,09	4,095	4,1	4,5	5
$g(x)$	3,63	3,32	3,13	3,06	3,03	2,99	–0,17	–5,47

La solution est comprise entre 4,095 et 4,100. Une valeur approchée à 0,01 près de cette solution est **4,10**.

6. Soit la fonction g définie sur $]0 ; +\infty[$ par $g(x) = x^3\,(11 - 6\ln(x)) \div 9$.
g est dérivable sur $]0 ; +\infty[$ comme produit de fonctions dérivables sur $]0 ; +\infty[$.
Pour tout $x > 0$, on a :
$g'(x) = \left[3x^2\,(11 - 6\ln(x)) + x^3 \times (-6) \times \dfrac{1}{x}\right] \div 9$
$= x^2\,(33 - 18\ln(x) - 6) \div 9$
$= x^2(3 - 2\ln(x)) = f(x)$.
g est une primitive de f sur $]0 ; +\infty[$.

22 1. Par essais, on a, pour $f(x) = \left(1 + \dfrac{1}{x}\right)^x$:

x	10	100	500	1 000	5 000
$f(x)$	2,5937	2,7048	2,7156	2,7269	2,7180

On conjecture que la limite de f en $+\infty$ vaut e.
$\mathrm{e} \approx 2{,}7182818284\ldots$

2. On a $g(x) = \ln(f(x)) = x\ln\left(1 + \dfrac{1}{x}\right) = \dfrac{\ln\left(1 + \dfrac{1}{x}\right)}{\dfrac{1}{x}}$.
On a $\lim\limits_{x \to +\infty} \dfrac{1}{x} = 0$ et $\lim\limits_{x \to 0} \dfrac{\ln(1 + u)}{u} = \mathrm{e}$.
Par composition, on a $\lim\limits_{x \to +\infty} g(x) = 1$.

3. On a : $g(x) = \ln(f(x)) \Leftrightarrow f(x) = \mathrm{e}^{g(x)}$.
Comme on a $\lim\limits_{x \to +\infty} g(x) = 1$ et $\lim\limits_{X \to 1} \mathrm{e}^X = 1$,
on en déduit que **la limite de f en $+\infty$ vaut e.**

23 La fonction cos ne s'annulant pas sur $\mathrm{I} = \left]\dfrac{-\pi}{2} ; \dfrac{\pi}{2}\right[$, la fonction f est dérivable sur cet intervalle comme quotient de fonctions dérivables.
On utilise $\left(\dfrac{u}{v}\right)' = \dfrac{u'v - uv'}{v^2}$ avec $u(x) = \sin(x)$,
$u'(x) = \cos(x)$, $v(x) = \cos(x)$ et $v'(x) = -\sin(x)$.
Pour x de I, $f'(x) = \dfrac{\cos(x)\cos(x) - \sin(x)(-\sin(x))}{\cos^2(x)}$
$= \dfrac{\cos^2(x) + \sin^2(x)}{\cos^2(x)} = 1 + \left(\dfrac{\sin(x)}{\cos(x)}\right)^2$
Pour tout réel x de I, on a $\boldsymbol{f'(x) = 1 + f^2(x)}$.

CHAPITRE 7 *(Énoncés p.51)*

1 a) Sur $\mathbb{R}$, $f(x) = x^3 - 2x + 7$
$\Rightarrow \boldsymbol{F(x) = \dfrac{x^4}{4} - x^2 + 7x}$.

b) Sur $\mathbb{R}$, $f(x) = \dfrac{2x^2 - 3x}{4} = \dfrac{x^2}{2} - \dfrac{3}{4}x$
$\Rightarrow \boldsymbol{F(x) = \dfrac{x^3}{6} - \dfrac{3x^2}{8}}$.

Une primitive de ku est kU, k constante.

c) Sur $]0\,;+\infty[$, $f(x) = \dfrac{-3}{x^2} = -3 \times x^{-2}$

$\Rightarrow$ **$F(x) = -3 \times \dfrac{x^{-1}}{-1} = \dfrac{3}{x}$.**

Une primitive de x^n est $\dfrac{x^{n+1}}{n+1}$.

d) Sur $]0\,;+\infty[$, $f(x) = \dfrac{10}{3x} = \dfrac{10}{3} \times \dfrac{1}{x}$

$\Rightarrow$ **$F(x) = \dfrac{10}{3}\ln(x)$.**

e) Sur $\mathbb{R}$, $f(x) = \dfrac{x-1}{x^2-2x+5}$.

Pour $u(x) = x^2 - 2x + 5$, on a $u'(x) = 2x - 2$.

On a $f(x) = 0{,}5\dfrac{2x-2}{x^2-2x+5}$ avec $x^2 - 2x + 5 > 0$

$\Rightarrow$ **$F(x) = 0{,}5\ln(x^2 - 2x + 5)$.**

Une primitive de $\dfrac{u'}{u}$ avec $u > 0$ est $\ln(u)$.

f) Sur $\mathbb{R}$, $f(x) = e^{5x} = 0{,}2 \times 5\,e^{5x}$

$\Rightarrow$ **$F(x) = 0{,}2\,e^{5x}$.**

Une primitive de $u'e^u$ est e^u.

2 **a)** Sur $\mathbb{R}$, pour $f(x) = 3x - 2$, on a :

$F_k : x \mapsto 1{,}5x^2 - 2x + k$, $k \in \mathbb{R}$.

$F(0) = 4 \Leftrightarrow k = 4$.

La primitive est **$F : x \mapsto 1{,}5x^2 - 2x + 4$.**

b) Sur $]-\infty\,; 0[$, pour $f(x) = \dfrac{4}{x^2} = 4x^{-2}$, on a :

$F_k : x \mapsto 4 \times \dfrac{x^{-1}}{-1} + k = \dfrac{-4}{x} + k$, $k \in \mathbb{R}$.

$F(-2) = 3 \Leftrightarrow \dfrac{-4}{-2} + k = 3 \Leftrightarrow 2 + k = 3 \Leftrightarrow k = 1$.

La primitive est **$F : x \mapsto \dfrac{-4}{x} + 1$.**

3 **1.** g est dérivable sur $]-3\,;+\infty[$ comme produit de fonctions dérivables avec $\forall\, x > -3$,

$g'(x) = 1 \times \ln(x+3) + (x+3) \times \dfrac{1}{x+3}$
$= \ln(x+3) + 1$.

2. $\forall\, x > -3$, on a $g'(x) = f(x) + 1 \Leftrightarrow f(x) = g'(x) - 1$.

On a donc comme primitives de f sur $]-3\,;+\infty[$, $F_k : x \mapsto g(x) - x + k$, k constante.

On veut $F(-2) = 1$

$\Leftrightarrow (-2+3)\ln(-2+3) - (-2) + k = 1$

$\Leftrightarrow 2 + k = 1 \Leftrightarrow k = -1$.

La primitive F de f sur $]-3\,;+\infty[$ qui prend la valeur 1 pour $x = -2$ est :

$F : x \mapsto (x+3)\ln(x+3) - x - 1$.

4 **1.** g est dérivable sur $\mathbb{R}$ comme produit de fonctions dérivables avec $\forall\, x \in \mathbb{R}$,

$g'(x) = 1e^x + (x+1)e^x = (x+2)e^x = f(x)$.

g est une primitive de f sur $\mathbb{R}$.

$g' = f \Leftrightarrow g$ est une primitive de f.

2. $\forall\, x \in \mathbb{R}$, $g(x) = (x+1)e^x = (x+2)e^x - e^x$, donc on a $g(x) = f(x) - e^x$.

Par linéarité des primitives, on a comme primitive de g sur $\mathbb{R}$, $G : x \mapsto g(x) - e^x = \mathbf{xe^x}$.

5 **a)** $f : x \mapsto 2x - 1$ est continue sur $[0\,; 2]$ et y admet comme primitive $F : x \mapsto x^2 - x$.

$$\int_0^2 (2x-1)\,dx = [F(x)]_0^2 = F(2) - F(0)$$
$$= 4 - 2 - 0 = \mathbf{2}.$$

Déterminer une primitive de la fonction à intégrer avant de calculer une intégrale.

b) $f : x \mapsto \dfrac{3}{x+2} = 3\dfrac{1}{x+2}$ continue sur $[-1\,; e-2]$ avec $x + 2 > 0$ et elle y admet comme primitive $F : x \mapsto 3\ln(x+2)$.

$$\int_{-1}^{e-2} \frac{3}{x+2}\,dx = [F(x)]_{-1}^{e-2} = F(e-2) - F(-1)$$

$= 3\ln(e) - 3\ln(1) = \mathbf{3}$ $\quad$ $\ln(e) = 1$ et $\ln(1) = 0$.

c) $f : x \mapsto x^3 + 5x$ est continue sur $[-4\,; 4]$ et y admet comme primitive $F : x \mapsto \dfrac{x^4}{4} + 5\dfrac{x^2}{2}$.

$\displaystyle\int_{-4}^{4} (x^3 + 5x)\,dx = [F(x)]_{-4}^{4} = F(4) - F(-4) = \mathbf{0}$ car F est une fonction paire.

d) $f : x \mapsto e^{5x} = 0{,}2 \times 5\,e^{5x}$ est continue sur $[0\,; 0{,}2]$ et y admet comme primitive $F : x \mapsto 0{,}2\,e^{5x}$.

$$\int_0^{0,2} e^{5x}\,dx = [F(x)]_0^{0,2} = F(0{,}2) - F(0)$$
$$= 0{,}2\,e^1 - 0{,}2\,e^0 = \mathbf{0{,}2e - 0{,}2}.$$

6 **a)** $f : x \mapsto \dfrac{x^2+2x+1}{x^4} = x^{-2} + 2x^{-3} + x^{-4}$ est continue sur $[1\,; 2]$ et y admet comme primitive

$$F : x \mapsto \frac{x^{-1}}{-1} + 2\frac{x^{-2}}{-2} + \frac{x^{-3}}{-3} = \frac{-1}{x} - \frac{1}{x^2} - \frac{1}{3x^3}$$
$$= \frac{-3x^2 - 3x - 1}{3x^3}.$$

$$\int_1^2 \frac{x^2+2x+1}{x^4}\,dx = [F(x)]_1^2 = F(2) - F(1)$$
$$= \frac{-19}{24} + \frac{7}{3} = \mathbf{\frac{37}{24}}.$$

b) $f : x \mapsto x + \dfrac{1}{x}$ est continue sur $[1\,; e]$ et y admet comme primitive $F : x \mapsto 0{,}5x^2 + \ln(x)$.

$$\int_1^e \left(x+\frac{1}{x}\right)dx = F(e) - F(1)$$
$$= 0{,}5e^2 + \ln(e) - (0{,}5 + \ln(1))$$
$$= \mathbf{0{,}5e^2 + 0{,}5}.$$

c) $f : x \mapsto (x + 2)(x^2 + 4x)$ est continue sur [0 ; 2].

On utilise $u'\,u$ de primitive $\frac{u^2}{2}$ avec $u(x) = x^2 + 4x$, $u'(x) = 2x + 4$. On a $f(x) = 0{,}5u'(x)u(x)$ donc une primitive est $F : x \mapsto 0{,}25\,(x^2 + 4x)^2$.

$$\int_0^2 (x+2)(x^2+4x)dx = F(2) - F(0)$$
$$= 0{,}25 \times 12^2 - 0{,}25 \times 0^2$$
$$= \mathbf{36}.$$

d) $f : x \mapsto e^x(e^x + 1)^{-2}$ est continue sur [ln(2) ; ln(4)] et y admet comme primitive $F : x \mapsto -(e^x + 1)^{-1}$.

$$\int_{\ln(2)}^{\ln(4)} \frac{e^x}{(e^x+1)^2}dx = F(\ln(4)) - F(\ln(2))$$
$$= -(e^{\ln(4)} + 1)^{-1} + (e^{\ln(2)} + 1)^{-1}$$
$$= \frac{-1}{5}+\frac{1}{3}=\mathbf{\frac{2}{15}}.$$

7 1. Pour $h(x) = ax^2 + bx + c$, on a :
$h'(x) = 2ax + b$.
h solution de (*E*) si, $\forall x \in \mathbb{R}$,
$2ax + b = 2(ax^2 + bx + c) + x^2 - 4x + 6$
$\Leftrightarrow 0 = (2a + 1)x^2 + (-2a + 2b - 4)x + 2c - b + 6$

$$\Leftrightarrow \begin{cases} 2a+1=0 \\ -2a+2b-4=0 \\ 2c-b+6=0 \end{cases} \Leftrightarrow \begin{cases} a=-0{,}5 \\ b=a+2 \\ c=0{,}5(b-6) \end{cases} \Leftrightarrow \begin{cases} a=-0{,}5 \\ b=1{,}5 \\ c=-2{,}25 \end{cases}$$

$h : x \mapsto -0{,}5x^2 + 1{,}5x - 2{,}25$ est solution de (*E*).

Un polynôme est nul pour tout réel si, et seulement si, tous ses coefficients sont nuls.

2. Les solutions de l'équation différentielle $y' = 2y$ sont les fonctions **$g_k : \mapsto k\,e^{2x}$, k constante.**

3. Les solutions de l'équation (*E*) sont les fonctions **$f_k : \mapsto ke^{2x} - 0{,}5x^2 + 1{,}5x - 2{,}25$, k constante.**

8 1. $f : x \mapsto \frac{e^x}{e^x+1}$ est continue sur [0 ; ln(2)] du type $\frac{u'}{u}$ avec u positive dont une primitive est ln(u).

$$I = \int_0^{\ln(2)} \frac{e^x}{e^x+1}dx = \left[\ln(e^x+1)\right]_0^{\ln(2)}$$
$$= \ln(e^{\ln(2)} + 1) - \ln(e^0 + 1) = \ln(3) - \ln(2)$$
$$= \mathbf{\ln(1{,}5)}.$$

$$I + J = \int_0^{\ln(2)} \left(\frac{e^x}{e^x+1}+\frac{1}{e^x+1}\right)dx \text{ par linéarité}$$
$$= \int_0^{\ln(2)} 1\,dx = [x]_0^{\ln(2)} = \mathbf{\ln(2)}.$$

2. $J = (I + J) - I = \ln(2) - \ln(1{,}5) = \ln\left(\frac{2}{\frac{3}{2}}\right) = \ln\left(\frac{4}{3}\right)$.

9

La valeur moyenne d'une fonction f sur un intervalle $[a ; b]$ est $\frac{1}{b-a}\int_a^b f(x)dx$.

a) La valeur moyenne de $f(x) = x^2$ sur I = [0 ; 1] est : $m = \frac{1}{2-0}\int_0^1 x^2\,dx = \frac{1}{2}\left[\frac{x^3}{3}\right]_0^1 = \mathbf{\frac{1}{6}}$.

b) La valeur moyenne de $f(x) = \frac{3}{x}$ sur I = [1 ; 4] est : $m = \frac{1}{4-1}\int_1^4 \frac{3}{x}dx = \frac{1}{3}\left[3\ln(x)\right]_1^4 = \mathbf{\ln(4)}$.

c) La valeur moyenne de $f(x) = e^{2x}$ sur I = [– 2 ; 2] est : $m = \frac{1}{2-(-2)}\int_{-2}^2 e^{2x}\,dx = \frac{1}{4}\left[\frac{1}{2}e^{2x}\right]_{-2}^2 = \mathbf{\frac{e^4 - e^{-4}}{8}}$.

10

$$\int_a^b f'(x)g(x)dx = [f(x)g(x)]_a^b - \int_a^b f(x)g'(x)dx.$$

a) On pose $f'(x) = x$, donc $f(x) = 0{,}5x^2$ et $g(x) = \ln(x)$ donc $g'(x) = \frac{1}{x}$.

$$\int_1^e x\ln(x)dx = \left[0{,}5x^2\ln(x)\right]_1^e - \int_1^e 0{,}5x\,dx$$
$$= \left[0{,}5x^2\ln(x)\right]_1^e - \left[0{,}25x^2\right]_1^e$$
$$= \left[0{,}5x^2\ln(x) - 0{,}25x^2\right]_1^e$$
$$= \mathbf{0{,}25e^2 + 0{,}25}.$$

On peut en déduire qu'une primitive de $x \mapsto x\ln(x)$ est $x \mapsto 0{,}5x^2\ln(x) - 0{,}25x^2$.

b) On pose $f'(x) = e^x$, donc $f(x) = e^x$ et $g(x) = x$ donc $g'(x) = 1$.

$$\int_0^1 xe^x\,dx = \left[xe^x\right]_0^1 - \int_0^1 e^x\,dx = \left[xe^x\right]_0^1 - \left[e^x\right]_0^1$$
$$= \left[(x-1)e^x\right]_0^1 = \mathbf{1}.$$

c) On pose $f'(x) = 1$, donc $f(x) = x$ et $g(x) = \ln(x)$ donc $g'(x) = \frac{1}{x}$.

$$\int_1^2 \ln(x)dx = \left[x\ln(x)\right]_1^2 - \int_1^2 dx = \left[x\ln(x) - x\right]_1^2$$
$$= \mathbf{2\ln(2) - 1}.$$

11 1. $\forall x \in \mathbb{R}$, $h(x) = 3 - \frac{3}{1+e^{-2x}}$.

$$= \frac{3(1+e^{-2x})-3}{1+e^{-2x}} = \frac{3e^{-2x}}{1+e^{-2x}}$$

Une exponentielle étant strictement positive, **la fonction h est positive sur $\mathbb{R}$.**

2. H est dérivable sur $\mathbb{R}$ avec $\forall x \in \mathbb{R}$,
$H'(x) = \frac{-3}{2}\times\frac{-2e^{-2x}}{1+e^{-2x}} = \frac{3e^{-2x}}{1+e^{-2x}} = h(x)$.

***H* est une primitive de *h* sur $\mathbb{R}$.**

3. a) Comme h est positive sur $\mathbb{R}$, $\int_0^a h(x)\mathrm{d}x$ est **l'aire comprise entre $\mathscr{C}_h$, l'axe des abscisses et les droites d'équation $x = 0$ et $x = a$.**

b) $\int_0^a h(x)\mathrm{d}x = [H(x)]_0^a = H(a) - H(0)$

$$= \frac{-3}{2}\ln(1+e^{-2a}) - \frac{-3}{2}\ln(1+e^0)$$

$$= \frac{3}{2}[\ln(2) - \ln(1+e^{-2a})]$$

$$= \frac{3}{2}\ln\left(\frac{2}{1+e^{-2a}}\right).$$

c) La valeur moyenne de h sur $[0\ ;\ 3]$ est : $\frac{1}{3}\int_0^3 h(x)\mathrm{d}x = \frac{1}{2}\ln\left(\frac{2}{1+e^{-6}}\right)$.

CHAPITRE 8 *(Énoncés p. 55)*

1 Pour le chiffre des unités, il y a 7 choix (entiers de 0 à 6), pour le chiffre des dizaines, il y a 4 choix (2, 3, 5, 7) et pour le chiffre des centaines, 5 choix (1, 3, 5, 7, 9).
D'après le principe multiplicatif, il y a $7 \times 4 \times 5$ entiers naturels de 3 chiffres, le chiffre des unités étant strictement inférieur à 7, celui des dizaines premier et celui des centaines impair, soit **140**.

2 Répondre au jeu-sondage, c'est choisir une partie des 7 chanteurs.
Le nombre de réponses possibles est 2^7, soit **128**.

3 **a)** Avoir 3 as, c'est prendre une combinaison de 3 as parmi 4.

Il y a $\binom{4}{3} = \frac{4!}{3! \times 1!} = \frac{4 \times 3!}{3!} = \mathbf{4}$ choix.

b) Il faut choisir la valeur parmi les 8 valeurs possibles (8 choix), puis 3 cartes parmi les 4 de cette valeur (4 choix). D'après le principe multiplicatif, il y a 8×4 façons de choisir 3 cartes de la même valeur, soit **32**.

c) Avoir 3 piques, c'est prendre une combinaison de 3 piques parmi 8.

Il y a $\binom{8}{3} = \frac{8!}{3! \times 5!} = \frac{8 \times 7 \times 6}{3!} = \mathbf{56}$ choix.

d) Il faut choisir les 3 valeurs différentes parmi les 8 valeurs, donc faire une combinaison de 3 éléments parmi 8. Pour chacune des ces combinaisons de valeurs, il faut choisir une carte parmi les 4 possibles.

Il y a donc $\frac{8!}{3! \times 5!} \times 4^3$ choix possibles, soit :

56×64 ou encore **3 584**.

4 **a)** $\frac{25!}{23!} = \frac{25 \times 24 \times 23!}{23!} = 25 \times 24 = \mathbf{600}$

$\frac{(n+1)!}{n!} = \frac{(n+1) \times n!}{n!} = \mathbf{(n + 1)}$

$\frac{(n+2)!}{n!} = \frac{(n+2)(n+1) \times n!}{n!} = \mathbf{(n + 2)(n + 1)}$.

b) $4 \times 5 \times 6 \times 7 \times 8 \times 9 \times 10 = \frac{10!}{3!}$

5 **a)** Si on peut prendre le même sentier à l'aller et au retour, alors un itinéraire est un 2-uplet de 5 éléments. Il y en a alors $5^2 = \mathbf{25}$.

b) Si le sentier retour est différent de celui de l'aller, alors on fait un arrangement de 2 éléments parmi 5.

Il y en a $A_5^2 = \frac{5!}{(5-2)!} = \frac{5!}{3!} = 5 \times 4 = \mathbf{20}$.

6 **1.** Tirer au hasard 8 cartes simultanément dans un jeu de 32 cartes, c'est faire une combinaison de 8 éléments parmi 32.
Le nombre total de cas possibles est :

$\text{Card}(\Omega) = \frac{32!}{8! \times 24!}$, soit **10 518 300**.

2. Avoir une main contenant le roi de cœur, c'est faire une combinaison de 7 cartes autre que le roi de cœur parmi 31 cartes.

On a $\text{Card(A)} = \frac{31!}{7! \times 24!}$, soit **2 629 575**.

En tirant au hasard, on a un univers équiprobable.
La probabilité est :

$p(A) = \frac{\text{Card(A)}}{\text{Card}(\Omega)} = \frac{2\,629\,575}{10\,518\,300} = \mathbf{0{,}25}$.

3. a) Le nombre de combinaisons avec zéro cœur est

$\binom{24}{8} = \frac{24!}{8! \times 16!} = 735\,471$.

La probabilité est $\frac{735\,471}{10\,518\,300}$, soit environ **0,07**.

b) Le nombre de combinaisons avec exactement un cœur est :

$\binom{8}{1}\binom{24}{7} = 8 \times \frac{24!}{7! \times 17!} = 2\,768\,832$.

La probabilité est $\frac{2\,768\,832}{10\,518\,300}$, soit environ **0,26**.

c) Le nombre de combinaisons avec exactement trois rois est :

$\binom{4}{3}\binom{28}{5} = 4 \times \frac{28!}{5! \times 23!} = 393\,120$.

La probabilité est $\frac{393\,120}{10\,518\,300}$, soit environ **0,04**.

7 1. On répète 60 fois l'expérience de Bernoulli dont le succès « avoir une pièce triangulaire » a pour probabilité 0,4. Comme le stock est suffisamment important, chaque expérience est indépendante de la précédente.

La variable aléatoire X qui associe le nombre de pièces triangulaires suit la loi binomiale de paramètres $n = 60$ et $p = 0,4$.

2.a) $P(X = 20) = \binom{60}{20} \times 0,4^{20} \times 0,6^{40} \approx 0,061\ 61.$

La probabilité que, parmi les 60 pièces prélevées, il y en ait 20 qui soient triangulaires est **0,061 6 à 10^{-4}** près.

b) On veut $P(X \geqslant 20) = 1 - P(X \leqslant 19)$. À la calculatrice, on obtient 0,883 0.

La probabilité que, parmi les 60 pièces prélevées, il y en ait au moins 20 qui soient triangulaires est **0,883 0 à 10^{-4}** près.

8 1.

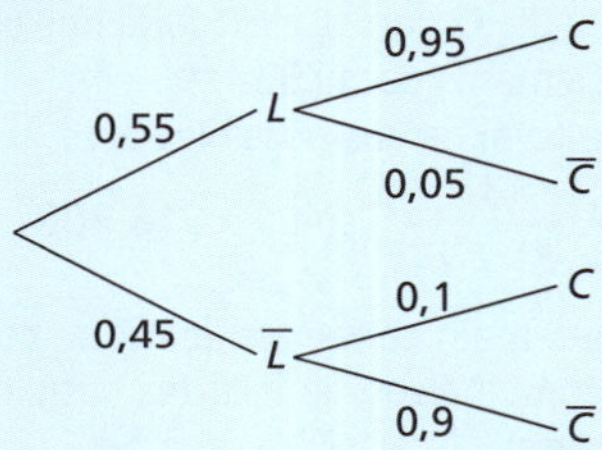

2. $P(L \cap C) = P(L) \times P_L(C) = 0,55 \times 0,95 = \mathbf{0,522\ 5}$.

3. L et $\overline{L}$ forment une partition de l'univers. D'après la formule des probabilités totales, on a

$P(C) = P(L \cap C) + P(\overline{L} \cap C)$

$= 0,55 \times 0,95 + 0,45 \times 0,1$

On a bien $\mathbf{P(C) = 0,\ 567\ 5}$.

4. Calculer $P_C(L) = \dfrac{P(C \cap L)}{P(C)} = \dfrac{0,5225}{0,5675}$,

donc $\mathbf{P_C(L) = 0,920\ 7}$, valeur arrondie à 10^{-4}.

5.a) Comme on a une répétition de 4 épreuves de Bernoulli avec une probabilité de succès qui est $P(C)$, les paramètres de la loi binomiale sont $\mathbf{n = 4}$ **et** $\mathbf{p = 0,567\ 5}$.

b) On veut $P(X = 0) = \binom{4}{0} \times p^0 \times (1-p)^{4-0}$

$= 1 \times 0,567\ 5^0 \times 0,432\ 5^4$.

La probabilité qu'aucun des quatre élèves interrogés ne soit favorable à une répartition des cours plus étalée sur l'année scolaire **est de 0,035 0**, valeur arrondie à 10^{-4}.

c) On veut $P(X = 2) = \binom{4}{2} \times p^2 \times (1-p)^{4-2}$

$= 6 \times 0,567\ 5^2 \times 0,432\ 5^2$.

La probabilité qu'exactement deux élèves soient favorables à une répartition des cours plus étalée sur l'année scolaire **est de 0,361 5**, valeur arrondie à 10^{-4}.

9 1. Le stock étant suffisamment grand, on a une répétition de 20 épreuves de Bernoulli identiques et indépendantes où le succès « un produit est non commercialisable » a pour probabilité $p = 0,09$.

La variable aléatoire X qui associe le nombre de succès suit une loi binomiale $\mathscr{B}(20\ ;\ 0,09)$.

2. On a $P(X = 2) = \binom{20}{2} \times 0,09^2 \times (1 - 0,09)^{20-2}$

$= \dfrac{20 \times 19}{2} \times 0,09^2 \times 0,91^{18} \approx 0,28.$

La probabilité qu'il y ait exactement deux produits non commercialisables est **0,28** à 10^{-2} près.

3. $P(X \geqslant 1) = 1 - P(X = 0)$

$= 1 - \binom{20}{0} \times 0,09^0 \times 0,91^{20}$

$\approx$ **0,85** à 10^{-2} près.

La probabilité qu'au moins une boîte parmi 20 ne soit pas commercialisable est environ **0,85**.

10 Partie A

1. Arbre pondéré.

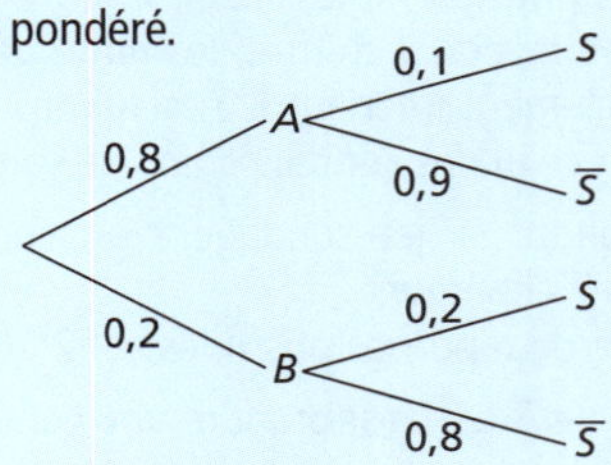

2.a) On a $P(B \cap S) = P(B) \times P_B(S)$

$= 0,2 \times 0,2 = 0,04$.

La probabilité de l'évènement $B \cap S$ est 0,04.

b) On a de même $P(A \cap S) = P(A) \times P_A(S)$

$= 0,8 \times 0,1 = 0,08$.

Les événements A et B formant une partition de l'univers, d'après le théorème des probabilités totales, on a :

$P(S) = P(S \cap A) + P(S \cap B) = 0,08 + 0,04 = 0,12$.

On en déduit que $P(\overline{S}) = 1 - P(S)$

$= 1 - 0,12 = 0,88$.

La probabilité que la boîte prélevée ne présente aucune trace de pesticides est égale à **0,88**.

3. On a $P_S(B) = \dfrac{P(B \cap S)}{P(S)} = \dfrac{0,04}{0,12}$

$= \dfrac{1}{3}$, soit environ 0,33.

Si une boîte prélevée présente des traces de pesticides alors la probabilité que **cette boîte provienne du fournisseur B est 0,33** (au centième près).

Partie B

1. On a une répétition de 10 épreuves de Bernoulli « Prendre une boîte chez le grossiste » identiques et indépendantes où le succès de chaque épreuve « La boîte est sans trace de pesticides » a pour probabilité 0,88.
La variable aléatoire X associée au nombre de succès, c'est-à-dire au nombre de boîtes sans trace de pesticides, suit une **loi binomiale de paramètres $n = 10$ et $p = 0,88$.**

2. On a $P(X = k) = \binom{n}{k} p^k (1-p)^{n-k}$.

Ici, on a $P(X = 10) = \binom{10}{10} \times 0,88^{10} \times 0,12^0$
$\approx 0,2785$.
La probabilité que les 10 boîtes soient sans trace de pesticides est **0,28** au centième près.

3. On veut $X \geqslant 8$.
$P(X \geqslant 8) = P(X = 8) + P(X = 9) + P(X = 10)$ car il n'y a que trois cas.

$$P(X \geqslant 8) = \binom{10}{8} \times 0,88^8 \times (0,12)^2 + \binom{10}{9} \times 0,88^9 \times 0,12^1 + \binom{10}{10} \times 0,88^{10} \times 0,12^0$$
$$\approx 0,2330 + 0,3798 + 0,2785$$
$$\approx 0,8913.$$

La probabilité qu'au moins 8 boîtes ne présentent aucune trace de pesticides est **0,8913.**

CHAPITRE 9 *(Énoncé p.61)*

1 1. Le dé étant non pipé, l'univers constitué des 6 issues possibles du dé est équiprobable. Comme on peut gagner 10 €, en perdre 2 ou 3, on a **$X(\Omega) = \{-3\ ;\ -2\ ;\ 10\}$.**

On a $P(X = 10) = P(\{6\}) = \frac{1}{6}$,

$P(X = -3) = P(\{3\ ;\ 5\}) = \frac{2}{6} = \frac{1}{3}$ et

$P(X = -2) = P(\{1\ ;\ 2\ ;\ 4\}) = \frac{3}{6} = \frac{1}{2}$.

x_i	-3	-2	10
$p_i = P(X = x_i)$	$\frac{1}{3}$	$\frac{1}{2}$	$\frac{1}{6}$

2. La moyenne des gains espérés est l'espérance de la variable aléatoire.

$$E(X) = \sum_{i=1}^{3} x_i p_i$$

$E(X) = -3 \times P(X = -3) + (-2) \times P(X = -2) + 10 \times P(X = 10)$
$= -3 \times \frac{1}{3} - 2 \times \frac{1}{2} + 10 \times \frac{1}{6} = -\frac{1}{3}$.

La moyenne des gains espérés est $-\frac{1}{3}$.

En jouant un grand nombre de parties, **le joueur perd en moyenne un tiers d'euro par partie.**

3. On utilise le théorème de Kœning-Huygens :

$$V(X) = \sum_{i=1}^{3} x_i^2 p_i - (E(X))^2$$

$= (-3)^2 \times \frac{1}{3} + (-2)^2 \times \frac{1}{2} + 10^2 \times \frac{1}{6} - \left(-\frac{1}{3}\right)^2$.

La variance de X vaut $\frac{194}{9}$.

2 Soit B_1 : « obtenir une boule blanche au premier tirage », N_1 « obtenir une boule au premier tirage », B_2 : » « obtenir une boule blanche au second tirage », N_2 « obtenir une boule au second tirage ».

1. Premier cas
Avec un tirage avec remise, les résultats des premier et second tirages sont indépendants.

a)

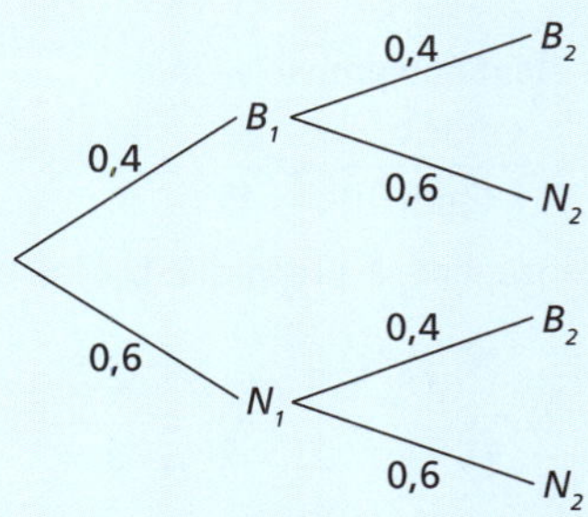

b) On a $X(\Omega) = \{0\ ;\ 1\ ;\ 2\}$.
On a une répétition de 2 épreuves de Bernoulli identiques et indépendantes où le succès « obtenir une boule blanche » a pour probabilité $4 \div 10$, soit 0,4. La variable aléatoire X qui dénombre les boules blanches suit une **loi binomiale $\mathscr{B}(2\ ;\ 0,4)$.**

c) $E(X) = np = 2 \times 0,4$.
L'espérance de X est 0,8.
En répétant un grand nombre de fois l'expérience, on obtient en moyenne 0,8 boule blanche par expérience.

2. Second cas

Avec un tirage sans remise, le résultat du second tirage dépend de celui du premier tirage.

a)

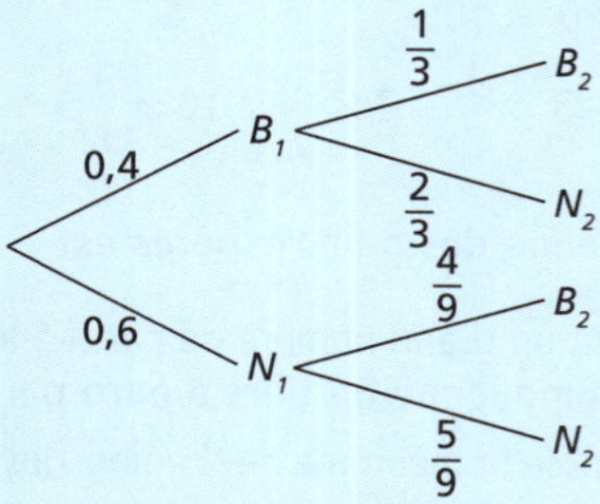

b) On a $X(\Omega) = \{0 ; 1 ; 2\}$.
On prend une partie de 2 éléments parmi 10.

$$\text{Card}(\Omega) = \binom{10}{2} = \frac{10!}{2! \times 8!} = \frac{10 \times 9}{2 \times 1} = 45.$$

$X = 0$ correspond à prendre 2 boules noires parmi 6.

$$\text{Card}(X = 0) = \binom{6}{2} = \frac{6!}{2! \times 4!} = \frac{6 \times 5}{2 \times 1} = 15.$$

L'univers étant équiprobable, on a :

$$P(X = 0) = \frac{\text{Card}(X = 0)}{\text{Card}(\Omega)} = \frac{15}{45} = \mathbf{\frac{1}{3}}.$$

$X = 1$ correspond à prendre 1 boule blanche parmi 4 et 1 boule noire parmi 6.

$$\text{Card}(X = 1) = \binom{4}{1} \times \binom{6}{1} = 4 \times 6 = 24.$$

L'univers étant équiprobable, on a :

$$P(X = 1) = \frac{\text{Card}(X = 1)}{\text{Card}(\Omega)} = \frac{24}{45} = \mathbf{\frac{8}{9}}.$$

$X = 2$ correspond à prendre 2 boules blanches parmi 4.

$$\text{Card}(X = 2) = \binom{4}{2} = \frac{4!}{2! \times 2!} = \frac{4 \times 3}{2 \times 1} = 6.$$

L'univers étant équiprobable, on a :

$$P(X = 2) = \frac{\text{Card}(X = 2)}{\text{Card}(\Omega)} = \frac{6}{45} = \mathbf{\frac{2}{15}}.$$

On vérifie que $\frac{1}{3} + \frac{8}{15} + \frac{2}{15} = 1$.

c) $E(X) = 0 \times P(X = 0) + 1 \times P(X = 1) + 2 \times P(X = 2)$

$$= 0 + 1 \times \frac{8}{15} + 2 \times \frac{2}{15} = 0{,}8.$$

L'espérance de *X* est 0,8.

3 $X(\Omega) = \{2 ; 3 ; 4 ; 5 ; 6 ; 7 ; 8 ; 9 ; 10 ; 11 ; 12\}$.
Les sommes possibles sont :

dé 1 / dé 2	1	2	3	4	5	6
1	2	3	4	5	6	7
2	3	4	5	6	7	8
3	4	5	6	7	8	9
4	5	6	7	8	9	10
5	6	7	8	9	10	11
6	7	8	9	10	11	12

Les 36 cases du tableau sont équiprobables.

On a $P(X = i) = \frac{\text{Card}(X = i)}{\text{Card}(\Omega)}$.

On obtient :

i	2	3	4	5	6	7
$P(X = i)$	$\frac{1}{36}$	$\frac{1}{18}$	$\frac{1}{12}$	$\frac{1}{9}$	$\frac{5}{36}$	$\frac{1}{6}$

i	8	9	10	11	12
$P(X = i)$	$\frac{5}{36}$	$\frac{1}{9}$	$\frac{1}{12}$	$\frac{1}{18}$	$\frac{1}{36}$

On a $E(X) = \sum_{i=2}^{12} iP(X = i) = 7$.

L'espérance de *X* est 7.

4 $X(\Omega) = \{0 ; 1 ; 2 ; 3\}$.
Un tirage est un combinaison de 2 boules parmi 6.

$$\text{Card}(\Omega) = \binom{6}{2} = \frac{6!}{2! \times 4!} = \frac{6 \times 5}{2 \times 1} = 15.$$

• $X = 0$ si on obtient 2 boules numéro 0 parmi 2. Il n'y a qu'un seul cas possible.

$$P(X = 0) = \frac{\text{Card}(X = 0)}{\text{Card}(\Omega)} = \mathbf{\frac{1}{15}}.$$

• $X = 1$ si on obtient 1 boule numéro 0 parmi 2 et 1 boule numéro 1 parmi 3

$$\text{Card}(X = 1) = \binom{2}{1} \times \binom{3}{1} = 2 \times 3 = 6$$

$$P(X = 1) = \frac{\text{Card}(X = 1)}{\text{Card}(\Omega)} = \frac{6}{15} = \mathbf{\frac{2}{5}}.$$

• $X = 3$ si on obtient 1 boule numéro 1 parmi 3 et 1 boule numéro 2 parmi 1

$$\text{Card}(X = 3) = \binom{3}{1} \times \binom{1}{1} = 3 \times 1 = 3$$

$$P(X = 3) = \frac{\text{Card}(X = 3)}{\text{Card}(\Omega)} = \frac{3}{15} = \mathbf{\frac{1}{5}}.$$

Dans une loi de probabilité, la somme des probabilités vaut 1.

$P(X=2)=1-P(X=0)-P(X=1)\ -P(X=3)=\frac{1}{5}$.

$E(X)=\sum_{i=0}^{3} iP(X=i)\ =0+\frac{6}{15}+\frac{10}{15}+\frac{9}{15}=\frac{25}{15}=\frac{5}{3}$.

L'espérance de X vaut $\frac{5}{3}$.

On utilise le théorème de Kœning-Huygens :

$V(X)=\sum_{i=0}^{3} i^2P(X=i)\ -(E(X))2$

$=0+\frac{6}{15}+\frac{20}{15}+\frac{27}{15}-\left(\frac{5}{3}\right)^2=\frac{34}{45}$

On a $\sigma(X)=V(X)$

Son écart-type vaut $\sqrt{\frac{34}{45}}$.

5 1. a) D'après le tableau, on a : $P(X=1 \text{ et } Y=0)=0{,}1$.

b) $P(X \geqslant 0 \text{ et } Y=1)$
$=P(X=0 \text{ et } Y=1)+P(X=1 \text{ et } Y=1)$
$=0{,}2+0{,}1=0{,}3$.

c) $P(X=0)=P(X=0 \text{ et } Y=0)+P(X=0 \text{ et } Y=1)$
$+P(X=0 \text{ et } Y=2)+P(X=0 \text{ et } Y=3)$
$=0{,}3+0{,}2+0+0{,}1=0{,}6$.

d) $P_{(X=0)}(Y=1)$.

e) $P(X=0 \text{ ou } Y=1)$.

2.

X \ Y	0	1	2	3	Loi de X
−1	0	0	0,1	0,1	0,2
0	0,3	0,2	0	0,1	0,6
1	0,1	0,1	0	0	0,2
Loi de Y	0,4	0,3	0,1	0,2	1

$E(X)=-1\times P(X=-1)+0\times P(X=0)$
$+1\times P(X=1)$
$=-0{,}2+0+0{,}2=\mathbf{0}$.

$V(X)=(-1)^2\times P(X=-1)+0^2\times P(X=0)$
$+1^2\times P(X=1)-(E(X))^2=\mathbf{0{,}4}$.

$E(Y)=0\times P(Y=0)+1\times P(Y=1)+2\times P(Y=1)$
$+3\times P(Y=3)$
$=0+0{,}3+0{,}2+0{,}6=\mathbf{1{,}1}$.

$V(Y)=0^2\times P(Y=0)+1^2\times P(Y=1)+2^2\times P(Y=1)$
$+3^2\times P(Y=3)-(E(Y))^2$
$=0+0{,}3+0{,}4+1{,}8-1{,}1^2=\mathbf{1{,}29}$.

3.a) $P(X+Y=1)$
$=P(X=-1\cap Y=2)+P(X=0\cap Y=1)$
$+P(X=1\cap Y=0)$
$=0{,}1+0{,}2+0{,}1=\mathbf{0{,}4}$.

b) $P(XY=0)$
$=P(X=0)+P(Y=0)-P(X=0\cap Y=0\ )$
$=0{,}6+0{,}4-0{,}3=\mathbf{0{,}7}$.

4. $X+Y$ peut prendre les valeurs 0, 1, 2, et 3.

- $P(X+Y=0)$
$=P(X=-1\cap Y=1)+P(X=0\cap Y=0)$
$=0+0{,}3=0{,}3$.
- $P(X+Y=1)=0{,}4$.
- $P(X+Y=2)$
$=P(X=-1\cap Y=3)+P(X=0\cap Y=2)$
$+P(X=1\cap Y=1)=0{,}1+0+0{,}1=0{,}2$.
- $P(X+Y=3)$
$=P(X=0\cap Y=3)+P(X=1\cap Y=2)$
$=0{,}1+0=0{,}1$.

i	0	1	2	3
$P(X+Y=i)$	0,3	0,4	0,2	0,1

$E(X+Y)=0\times P(X+Y=0)+1\times P(X+Y=0)$
$+\ 2\times P(X+Y=2)+3\times P(X+Y=3)$
$=0+0{,}4+0{,}4+0{,}3=\mathbf{1{,}1}$.

On constate que $\mathbf{E(X+Y)=E(X)+E(Y)}$.

D'après le théorème de Kœnig-Huygens, on a :

$V(X+Y)=0^2\times P(X+Y=0)+1^2\times P(X+Y=0)$
$+2^2\times P(X+Y=2)+3^2\times P(X+Y=3)\ -\ (E(X))^2$
$=0+0{,}4+0{,}8+0{,}9-1{,}1\ ^2=\mathbf{0{,}89}$.

On a $\mathbf{V(X+Y)\neq V(X)+V(Y)}$.

6 1. a) En effectuant un tirage avec remise, on a une répétition de n épreuves de Bernoulli identiques et indépendantes dont le succès « avoir une boule blanche » a pour probabilité p. La variable aléatoire X_n suit une loi binomiale $\mathcal{B}(n\,;p)$ d'espérance $E=np$ et de variance $V=np(1-p)$.

b) La variable $\frac{X_n}{n}$ vérifie $E\left(\frac{X_n}{n}\right)=\frac{E(X_n)}{n}\ =p$

et $V\left(\frac{X_n}{n}\right)=\frac{V(X_n)}{n^2}\ =\frac{p(1-p)}{n}$.

2. On cherche n tel que $P\left(\left|\frac{X_n}{n}-p\right|<0{,}01\right)\geqslant 0{,}95$

$\Leftrightarrow\ P\left(\left|\frac{X_n}{n}-p\right|\geqslant 0{,}01\right)<0{,}05$.

D'après l'inégalité de Bienaymé-Tchebychev, on a :

$\left(\left|\frac{X_n}{n}-p\right|-p\geqslant 0{,}01\right)\leqslant \frac{V\left(\frac{X_n}{n}\right)}{0{,}01^2}$

$\Leftrightarrow\ \left(\left|\frac{X_n}{n}-p\right|-p\geqslant 0{,}01\right)\leqslant \frac{10\,000p(1-p)}{n}$.

Il suffit d'avoir $\frac{10\,000p(1-p)}{n}\ \leqslant 0{,}05$

$\Leftrightarrow\ \frac{10\,000p(1-p)}{0{,}05}\ \leqslant n$.

Or pour tout p de [0 ; 1], on a :
$p(1-p) = 0,25 - (0,5-p)^2$,
donc $p(1-p) \leqslant 0,25$. Donc :

si $n \geqslant \dfrac{10\,000 \times 0,25}{0,05}$, soit $n \geqslant$ **50 000,** la probabilité p appartienne à $\left]\dfrac{X_n}{n} - 0,01 ; \dfrac{X_n}{n} + 0,01\right[$ est supérieure à 0,95.

7 On a une répétition de 1 000 épreuves de Bernoulli identiques et indépendantes où le succès « obtenir une boule rouge » a pour probabilité p.
Soit X_i la variable aléatoire qui vaut 1 si la boule obtenue au i-ème tirage est rouge et 0 sinon. Ces variables aléatoires sont indépendantes, de même espérance $m = p$ et de même variance $V = p(1-p)$.

La variable aléatoire $Y = \dfrac{\sum_{i=1}^{1000} X_i}{1000}$ a pour espérance p.

D'après la loi faible des grands nombres, on a pour tout e strictement positif,

$P(|Y-m| \geqslant e) \leqslant \dfrac{V}{1000\ e^2}$.

soit $P(|Y-p| \geqslant e) \leqslant \dfrac{p(1-p)}{1000\ e^2}$ (1).

Or, ici $Y = 450 \div 1000 = 0,45$ et on a pour tout p de [0 ; 1], on a :
$p(1-p) = 0,25 - (0,5-p)^2$,
donc $p(1-p) \leqslant 0,25$.
Pour $e = 0,05$,
(1) $\Leftrightarrow P(|0,45-p| \geqslant 0,05) \leqslant \dfrac{0,25}{1000 \times 0,05^2}$
$\Leftrightarrow P(|0,45-p| \geqslant 0,05) \leqslant 0,1$
$\Leftrightarrow P(|0,45-p| < 0,05) \geqslant 1 - 0,1$
$\Leftrightarrow P(0,4 < p < 0,5) \geqslant 0,9$.
On peut affirmer à 90 % que la proportion p des boules rouges est dans l'intervalle]0,4 ; 0,5[.

CHAPITRE 10 *(Énoncés p. 66)*

1 1. Pour une saisie $x = 0$, on a a qui vaut 0 + 1, soit 1, b qui vaut 1^2, soit 1 et y qui vaut –1 + 16, soit 15. On obtient **15 en sortie**.
Pour une saisie $x = 1$, on a a qui vaut 1 + 1, soit 2, b qui vaut 2^2, soit 4 et y qui vaut –4 + 16, soit 12. On obtient **12 en sortie**.

2. a) Dans l'algorithme, a prend la valeur $x + 1$, b prend la valeur a^2, soit $(x+1)^2$ et y prend la valeur $-b + 16$, soit $-(x+1)^2 + 16$.
En sortie, on a $y = -(x+1)^2 + 16$.

b) On veut $y = 0 \Leftrightarrow -(x+1)^2 + 16 = 0$
$\Leftrightarrow 16 = (x+1)^2 \Leftrightarrow 4 = x + 1$ ou $-4 = x + 1$
$\Leftrightarrow 3 = x$ ou $-5 = x$.

Il faut saisir **3 ou –5** en entrée pour obtenir 0 en sortie.

2 1. Chaque année, la somme augmente de 2 % : elle est donc multipliée par $\left(1+\dfrac{2}{100}\right)$, soit par 1,02.
$1\,000 \times 1,02 = 1\,020$.
Le 1er janvier 2017, Mat dispose de **1 020 €.**
$1\,020 \times 1,02 = 1\,040,4$.
Le 1er janvier 2018, Mat dispose de **1 040,40 €.**

2. a) Un algorithme peut-être :

```
Lire n
S ← 1 000
Pour I variant de 1 à n
    S ← S × 1,02
Fin_Pour
Afficher S
```

b) En Python, on a :

```
N=int(input("Nombre d'années ="))
S=1000
for i in range(1,N+1) :
    S=S*1,02
print(S)
```

On a 2030 = 2016 +14.
En entrant 14, on obtient 1 319,478…
La somme disponible le 1er janvier 2030 sera de **1 319,48 euros**.

3 1. On a :

```
S ← 0
n prend la valeur 0
Lire T
Tant que S < T
    n ← n + 1
    S ← S + n²
Fin _Tant que
Afficher n
```

Dans un algorithme de calcul de somme, il faut initialiser la somme à 0.

2.a) En Python, on a :

```
S=0
N=0
T=float(input("seuil ="))
while S<T :
    N=N+1
    S=S+N*N
print(N)
```

b) Pour $T = 100$, on obtient n **= 7**.
Pour $T = 2\,020$, on obtient n **= 18**.
Pour $T = 10\,000$, on obtient n **= 31**.

4 1.

	x	y
Étape 1	0	–6
Étape 2	0,2	–5,04
Étape 3	0,4	–4,16
Étape 4	0,6	–3,36
Étape 5	0,8	–2,64
Étape 6	1	–2

2. Cet algorithme calcule **les images par $f : x \mapsto -x^2 + 5x - 6$ des nombres compris entre 0 et 1 avec un pas de 0,2.**

5 1.

Étape	Valeur prise par A	Valeur prise par B	Condition $A > B$
Initialisation	12	30	vraie
1er tour	12	18	vraie
2e tour	12	6	vraie
3e tour	6	6	fausse
Affichage	6		

La valeur affichée par l'algorithme est 6.

2. a) **Si on entre 2 nombres A et B égaux**, alors la condition $A \neq B$ est fausse et il n'y a aucune modification des variables A et B. La valeur affichée est la valeur de A initiale, **donc le joueur gagne.**

b) En entrant 11 pour A et 22 pour B, on aura :

Étape	Valeur prise par A	Valeur prise par B	Condition $A \neq B$
Initialisation	11	22	vraie
1er tour	11	11	fausse
Affichage	11		

Le nombre affiché sera la valeur initiale de A, donc le joueur gagnera une montre.

L'algorithme est celui du PGCD par la méthode des soustractions. Pour gagner, il faut et il suffit que l'un des nombres A ou B soit le PGCD de A et de B.

6 1. On a $0 \leqslant$ NombreAléatoire < 1

$\Leftrightarrow 0 \leqslant$ NombreAlétoire $\times 2 < 2$

$\Leftrightarrow 1 \leqslant$ NombreAlétoire $\times 2 + 1 < 3$

Comme M prend la partie entière de NombreAlétoire $\times$ 2 +1, **M peut prendre les valeurs 1 ou 2.**

2. **M peut désigner le type M_1 ou M_2 de montre** offerte par l'organisateur.

7 1. a) Pour chaque point M, on a $0 \leqslant x \leqslant 1$ et $0 \leqslant y \leqslant 1$, donc M se situe dans **un carré de côté 1** dont deux sommets opposés sont $O(0 ; 0)$ et $A(1 ; 1)$. Son aire est 1×1, soit **1**.

b) Pour chaque point compté par la variable k, M est dans le carré précédent et on a $x^2 + y^2 \leqslant 1$, soit $OM^2 \leqslant 1$ donc $OM \leqslant 1$. M appartient au quart de disque de centre O et de rayon 1 inclus dans le carré.

c) L'aire de ce quart de disque est $\frac{1}{4} \times r^2 \times \pi = \frac{\pi}{4}$.

2. Cet algorithme permet pour des n très grands de **calculer une valeur approchée de π.**

k étant le nombre de points dans le quart de disque d'aire $\frac{\pi}{4}$ et n le nombre de points dans le carré d'aire 1, le quotient $\frac{k}{n}$ est proche du quotient des aires, soit proche de $\frac{\pi}{4}$. En multipliant par 4, le résultat est proche de π.

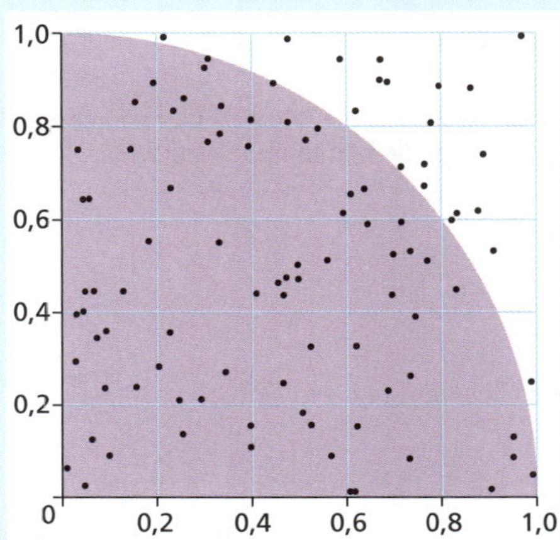

Cette méthode d'approximation de π est connue sous le nom de méthode de Monte Carlo.

8 On peut écrire :

```
def fibo(n):
    if n == 0 :
        return(0)
    elseif n == 1:
        return(1)
    else:
        return(fibo(n–1)+fibo(n–2))
#Main
n=int(input("n="))
print("fibo(",n,")=",fibo(n))
```

9 1. Pour saisir *n* valeur dans une liste, on peut écrire :

```
L=[]      #crée un liste vide
n=int(input("n="))
for i in range(n):  #i prend les valeurs de 0 à n–1
    L=L.append(float(input("valeur =")))
```

2. a) On peut compléter par :

```
max=L[0]
min=L[0]
for i in range(1,n):
    if L[i] > max:
        max=L[i]
    if L[i] < min:
        min=L[i]
print("Le minimum est ",min)
print("Le maximum est ",max)
```

b) L'étendue de la série est la différence entre le maximum et le minimum.

```
print("L'étendue est ",max-min)
```

c) La moyenne est le quotient de la somme des valeurs par le nombre de valeurs.

```
Sx=0
for i in range(n):
    Sx=Sx+L[i]
# calcul de la somme des valeurs
moy=Sx/n
print("La moyenne est ",moy)
```

d) D'après le théorème de Kœnig-Huygens,

la variance est la moyenne des carrés diminuée du carré de la moyenne.

```
Sxx=0
for i in range(n):
    Sxx=Sxx+L[i]**2
# calcul de la somme des carrés
var =Sxx/n–moy**2
print("La variance est ",var)
```

10 1. Un algorithme est :

```
Nbr=0
Pour i allant de 0 à n – 1
    si L[i] est pair
        ajouter 1 à Nbr
Afficher Nbr
```

2. En Python, on a :

```
L=[2, 4 , 7 , 3, 11 , 23, 41, 10, 25]
Nbr=0
for i in range(len(L))
    if L[i] % 2 == 0 :
        Nbr=Nbr+1
print("Le nombre de valeurs paires est", Nbr)
```

11 1. Pour avoir les carrés, on peut écrire :

```
L=[2, 4 , 7 , 3, 11 , 23, 41, 10, 25]
for i in range(len(L)):
    L[i] = L[i]**2
```

2. Pour ôter les nombres impairs, on peut écrire :

```
L=[2, 4 , 7 , 3, 11 , 23, 41, 10, 25]
i=0
while i < len(L):
    if L[i] % 2 == 1:
        del L[i]
    else:
        i=i+1
```

On ne peut pas utiliser une boucle «for i in range(len(L)) comme dans la question 1, car la longueur de la liste change en supprimant des valeurs, ce que la boucle avec compteur ne sait pas gérer.

12 1.

```
def listecarrés(liste):
    LC=[]
    for i in range(len(liste)):
        LC.append(liste[i]**2)
    return(LC)
```

2.

```
def listepairs(liste):
    LP=[]
    for i in range(len(liste)):
        if liste[i] % 2 == 0:
            LP.append(liste[i])
    return(LP)
```

3.a) On utilise les deux fonctions ci-dessus complétées par :

```
L=[2, 4 , 7 , 3, 11 , 23, 41, 10, 25]
print(listecarrés(listepairs(L)))
print(listepairs(listecarrés(L)))
```

b) En exécutant le programme, on obtient le même résultat **[4, 16, 100]**.

Les carrés des nombres pairs sont pairs et les carrés des nombres impairs sont impairs.

Dans le premier cas, on élimine les nombres impairs, ce qui donne [2, 4, 10], puis on prend les carrés de ces 3 nombres.
Dans le second cas, on calcule les carrés, ce qui donne [4, 16, 49, 9, 121, 529, 1681, 100, 625], puis on supprime les nombres impairs.

13 Un programme possible est :

```
from random import randrange
liste = [0,0,0,0,0,0,0,0,0,0]
for i in range(10000):
    r = (randrange(4)+1) + (randrange(4)+1)
    liste[r] = liste[r] + 1
for i in range(2, 9):
    print(i, "−>" ,liste([i])
```

randrange(4) donnant un entier entre 0 et 3, randrange + 1 donne un entier entre 1 et 4 comme un dé tétraédrique.

14 **1.**

A	$\frac{1}{A}$	M	$A-\frac{1}{M}$
$\frac{3}{4}$	$\frac{4}{3} \approx 1{,}66...$	2	$\frac{1}{4}$

On obtient : $\frac{3}{4}=\mathbf{\frac{1}{2}}+\mathbf{\frac{1}{4}}$.

2.

A	$\frac{1}{A}$	M	$A-\frac{1}{M}$
$\frac{17}{18}$	$\frac{18}{17} \approx 1{,}05...$	2	$\frac{4}{9}$
$\frac{4}{9}$	$\frac{9}{4} = 2{,}25$	3	$\frac{1}{9}$

On a : $\frac{17}{18}=\frac{1}{2}+\frac{4}{9}$, puis $\frac{17}{18}=\mathbf{\frac{1}{2}}+\mathbf{\frac{1}{3}}+\mathbf{\frac{1}{9}}$.

3.

A	$\frac{1}{A}$	M	$A-\frac{1}{M}$
$\frac{3}{5}$	$\frac{5}{3} \approx 1{,}66...$	2	$\frac{1}{10}$

On obtient : $\frac{3}{5} = \mathbf{\frac{1}{2}}+\mathbf{\frac{1}{10}}$.

La décomposition en somme d'inverses d'entiers distincts **n'est pas unique**, car on a aussi $\frac{3}{5} = \frac{1}{3}+\frac{1}{5}+\frac{1}{15}$.

15 **1. a)** Programmation en Python.

b) Le programme donne 1,6171.... et 1,6181.... comme résultats.
La solution a de $x^2 - x - 1 = 0$ comprise entre 1 et 2 vérifie **1,6171 < *a* < 1,6182**.

2. On utilise le même programme avec $x^3 - 2020$ comme fonction dans f.
Le programme donne 12,636890.... et 12,63896.... comme résultats.
La solution b de $x^3 - 2\,020 = 0$ vérifie :
12,6368 < *b* < 12,63690.

Cet algorithme s'appelle algorithme de dichotomie. Il permet d'avoir un encadrement d'une solution d'une équation de la forme $f(x) = 0$ si on connaît deux valeurs A et B telles que $f(A)$ et $f(B)$ soient de signes contraires.

Annales du Bac

Épreuve écrite

SUJET DU BAC

Corrigés p. 108

Exercice 1 — 4 points — 48 min

Une entreprise fabrique des puces électroniques qui sont utilisées pour des matériels aussi différents que des téléphones portables, des lave-linges ou des automobiles.
À la sortie de fabrication, 5 % d'entre elles présentent un défaut et sont donc éliminées. Les puces restantes sont livrées aux clients.
On dit qu'une puce a une durée de vie courte si cette durée de vie est inférieure ou égale à 1 000 heures. On observe que 2 % des puces livrées ont une durée de vie courte.
On note L l'évènement « La puce est livrée ».
On note C l'évènement « La puce a une durée de vie courte c'est-à-dire inférieure ou égale à 1 000 heures ».
Étant donné deux évènements A et B, on note $P_A(B)$ la probabilité conditionnelle de l'évènement B sachant que l'évènement A est réalisé.
Les questions 1 et 2 sont indépendantes.

1. On tire au hasard une puce fabriquée par l'entreprise.

a) Donner la valeur $P_L(C)$.

b) Quelle est la probabilité que la puce soit livrée et ait une durée de vie strictement supérieure à 1 000 heures ?

c) Quelle est la probabilité que la puce soit éliminée ou ait une durée de vie courte à la sortie de la chaîne de fabrication ?

Dans la suite de l'exercice, on s'intéresse seulement aux puces livrées aux clients.

2. Les ingénieurs de l'entreprise ont mis au point un nouveau procédé de fabrication. On suppose qu'avec ce nouveau procédé la probabilité qu'une puce livrée donnée ait une durée de vie courte est égale à 0,003.

On prélève au hasard 15 000 puces prêtes à être livrées. On admettra que ce prélèvement de 15 000 puces revient à effectuer un tirage avec remise de 15 000 puces parmi l'ensemble de toutes les puces électroniques produites par l'entreprise et prêtes à être livrées.
On appelle Y la variable aléatoire égale au nombre de puces ayant une vie courte dans cet échantillon.

a) Justifier que Y suit une loi binomiale dont on précisera les paramètres.

b) Calculer l'espérance de la variable aléatoire Y. L'interpréter dans le contexte de l'exercice.

c) Calculer, à 10^{-3} près, la probabilité $P(40 \leqslant Y \leqslant 50)$.

Exercice 2 — 6 points — 1 h 12

Partie A : Étude d'une fonction auxiliaire
Soit g la fonction définie sur $\mathbb{R}$ par $g(x) = (x + 2)e^{x-4} - 2$.

1. Déterminer la limite de g en $+\infty$.
2. Démontrer que la limite de g en $-\infty$ vaut -2.
3. On admet que la fonction g est dérivable sur $\mathbb{R}$ et on note g' sa dérivée.
Calculer $g'(x)$ pour tout réel x, puis déterminer les variations de g.

4. Démontrer que l'équation $g(x) = 0$ admet une unique solution α sur $\mathbb{R}$.

5. En déduire le signe de la fonction g sur $\mathbb{R}$.

6. À l'aide de la calculatrice, donner un encadrement d'amplitude 10^{-2} de α.

Partie B : Étude de la fonction *f*

Soit f la fonction définie sur $\mathbb{R}$ par $f(x) = x^2 - x^2e^{x-4}$.

1. Résoudre l'équation $f(x) = 0$ sur $\mathbb{R}$.

2. On admet que la fonction f est dérivable sur $\mathbb{R}$ et on note f' sa fonction dérivée.
On admet par ailleurs que, pour tout réel x, $f'(x) = -xg(x)$ où la fonction g est celle définie à la **partie A**.
Étudier les variations de la fonction f sur $\mathbb{R}$.

3. Démontrer que le maximum de la fonction f sur $[0 ; +\infty[$ est égal à $\dfrac{\alpha^3}{\alpha+2}$.

Partie C : Aire d'un domaine

Dans un repère orthonormé $(O ; \vec{i}, \vec{j})$ on note D le domaine compris entre la courbe représentative C_f de la fonction f, la parabole P d'équation $y = x^2$ et les droites d'équations $x = 0$ et $x = 4$.

1. Déterminer la position relative des courbes C_f et P.

2. On admet qu'une primitive de la fonction f sur $\mathbb{R}$ est définie par :

$$F(x) = \frac{x^3}{3} - (x^2 - 2x + 2)e^{x-4}.$$

Calculer l'aire du domaine D en unité d'aire. On donnera la valeur exacte.

Exercice 3 5 points 1 heure

On considère la suite (u_n) à valeurs réelles définie par $u_0 = 1$ et, pour tout entier naturel n,

$$u_{n+1} = \frac{u_n}{u_n + 8}.$$

Partie A : Conjectures

Les premières valeurs de la suite (u_n) ont été calculées à l'aide d'un tableur dont voici une capture d'écran :

	A	B
1	n	u_n
2	0	1
3	1	0,111 111 11
4	2	0,013 698 63
5	3	0,001 709 4
6	4	0,000 213 63
7	5	2,670 3 E^{-05}
8	6	3,337 9 E^{-06}
9	7	4,172 3 E^{-07}
10	8	5,215 4 E^{-08}
11	9	6,519 3 E^{-09}
12	10	8,149 1 E^{-10}

1. Quelle formule peut-on entrer dans la cellule B3 et copier vers le bas pour obtenir les valeurs des premiers termes de la suite (u_n) ?

2. Quelle conjecture peut-on faire sur les variations de la suite (u_n) ?

3. Quelle conjecture peut-on faire sur la limite de la suite (u_n) ?

4. Écrire un algorithme calculant u_{30} et l'afficher.

Partie B : Étude générale

1. Démontrer par récurrence que, pour tout entier naturel n, $u_n > 0$.
2. Étudier les variations de la suite (u_n).
3. La suite (u_n) est-elle convergente ? Justifier.

Partie C : Recherche d'une expression du terme général

On définit la suite (v_n) en posant, pour tout entier naturel n, $v_n = 1 + \dfrac{7}{u_n}$.

1. Démontrer que la suite (v_n) est une suite géométrique de raison 8 dont on déterminera le premier terme.
2. Justifier que, pour tout entier naturel n, $u_n = \dfrac{7}{8^{n+1}-1}$.
3. Déterminer la limite de la suite (u_n)
4. On cherche dans cette question le plus petit entier naturel n_0 tel que, pour tout entier naturel n supérieur ou égal à n_0, $u_n < 10^{-18}$.

Justifier l'existence d'un tel entier n_0 et déterminer sa valeur.

Exercice 4 5 points 1 heure

On relie les centres de chaque face d'un cube *ABCDEFGH* pour former un solide *IJKLMN* comme sur la figure ci-dessous.

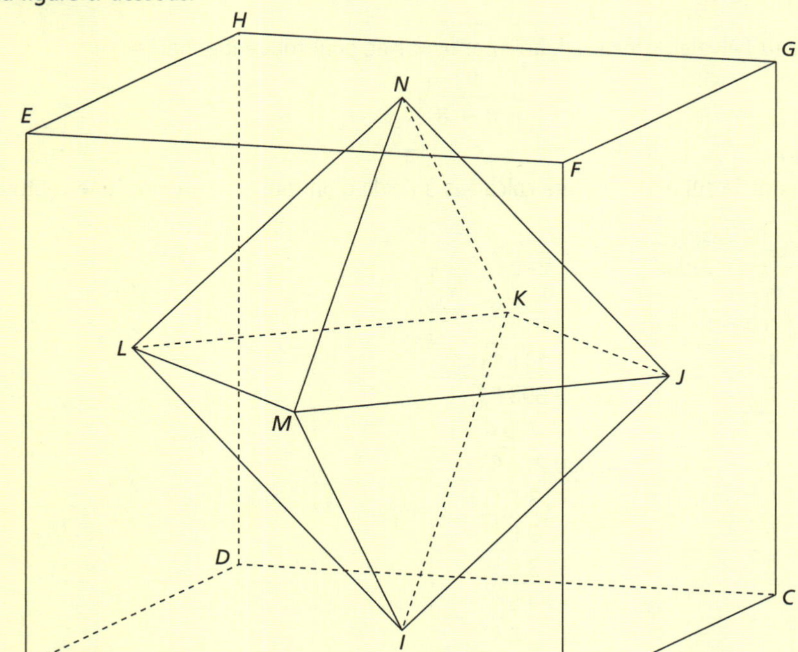

Plus précisément, les points *I*, *J*, *K*, *L*, *M* et *N* sont les centres respectifs des faces carrées *ABCD*, *BCGF*, *CDHG*, *ADHE*, *ABFE et EFGH* (donc les milieux des diagonales de ces carrés).

1. Sans utiliser de repère (et donc de coordonnées) dans le raisonnement mené, justifier que les droites (IN) et (ML) sont orthogonales.

Dans la suite, on considère le repère orthonormé $(A\ ;\ \overrightarrow{AB}\ ,\ \overrightarrow{AD}\ ,\ \overrightarrow{AE}\ )$ dans lequel, par exemple, le point N a pour coordonnées (0,5 ; 0,5 ; 1).

2. a) Donner les coordonnées des vecteurs $\overrightarrow{NC}$ et $\overrightarrow{ML}$.

b) En déduire que les droites (NC) et (ML) sont orthogonales.

c) Déduire des questions précédentes une équation cartésienne du plan (NCI).

3. a) Montrer qu'une équation cartésienne du plan (NJM) est : $x - y + z = 1$.

b) La droite (DF) est-elle perpendiculaire au plan (NJM) ? Justifier.

c) Montrer que l'intersection des plans (NJM) et (NCI) est une droite dont on donnera un point et un vecteur directeur. Nommer la droite ainsi obtenue en utilisant deux points de la figure.

CORRIGÉ

SUJET DU BAC *(Énoncés P.104)*

Exercice 1

1. L'énoncé donne $P(\overline{L}) = 5\ \% = 0{,}05$, donc on a : $P(L) = 1 - P(\overline{L}) = 0{,}95$.

a) On a aussi $P_L(C) = 2\ \% = $ **0,02**.

b) On veut $P(L \cap \overline{C}) = P(L) \times P_L(\overline{C})$
$= P(L) \times (1 - P_L(C)) = 0{,}95 \times 0{,}98 = 0{,}931$.

La probabilité que la puce soit livrée et ait une durée de vie strictement supérieure à 1 000 heures est **0,931**.

c) « La puce est éliminée ou a une durée de vie courte à la sortie de la chaîne de fabrication » est l'événement contraire de « la puce est livrée et a une durée de vie strictement supérieure à 1 000 heures ». Sa probabilité est $1 - P(L \cap \overline{C}) = $ **0,069**.

2. a) On a une répétition de 15 000 épreuves de Bernoulli identiques et indépendantes où le succès « la puce a une durée de vie courte » a pour probabilité 0,003.

La variable aléatoire Y égale au nombre de puces ayant une durée de vie courte dans cet échantillon suit une loi binomiale de paramètres $n = 15\,000$ et $p = 0{,}003$.

b) Pour une loi binomiale de paramètres n et p,

l'espérance est np.

L'espérance de la variable aléatoire Y est $15\,000 \times 0{,}003$ soit **45**.

Dans un échantillon de 15 000 puces livrées, on peut espérer trouver en moyenne 45 puces de durée de vie courte.

c) On a $P(40 \leqslant Y \leqslant 50) = P(Y \leqslant 50) - P(Y \leqslant 39)$
$\approx 0{,}7966 - 0{,}2080$

À la calculatrice, on obtient que **la probabilité $P(40 \leqslant Y \leqslant 50)$ vaut 0,589** à 10^{-3} près.

Exercice 2

Partie A

Soit g la fonction définie sur $\mathbb{R}$ par :
$g(x) = (x + 2)e^{x-4} - 2$.

1. On a $\lim\limits_{x\to+\infty} x - 4 = +\infty$ et $\lim\limits_{X\to+\infty} e^X = +\infty$, donc

par composition $\lim\limits_{x\to+\infty} e^{x-4} = +\infty$.

On a aussi $\lim\limits_{x\to+\infty} x + 2 = +\infty$.

Par produit, on a $\lim\limits_{x\to+\infty} (x + 2)e^{x-4} = +\infty$.

On en déduit que **la limite de g en $+\infty$ vaut $+\infty$.**

2. On a pour tout réel x,

$$g(x) = \frac{x+2}{x-4}(x - 4)e^{x-4} - 2.$$

On a $\lim\limits_{x\to-\infty} \dfrac{x+2}{x-4} = \lim\limits_{x\to-\infty} \dfrac{1+\frac{2}{x}}{1-\frac{4}{x}} = 1$

$\lim\limits_{x\to-\infty} x - 4 = -\infty$

et par croissance comparée $\lim\limits_{X\to-\infty} Xe^X = 0$,

donc par composition $\lim\limits_{x\to-\infty} (x - 4)e^{x-4} = 0$.

Par produit, on a $\lim\limits_{x\to-\infty} (x + 2)e^{x-4} = 0$.

On en déduit que **la limite de g en $-\infty$ vaut -2.**

3. g est dérivable sur $\mathbb{R}$.

On utilise $(uv)' = u'v + uv'$ avec $u(x) = x + 2$, $u'(x) = 1$, $v(x) = e^{x-4}$ et $v'(x) = e^{x-4}$.

Pour tout réel x, on a :

$g'(x) = 1 \times e^{x-4} + (x + 2)\,e^{x-4} = $ **$(x + 3)\,e^{x-4}$**.

Une exponentielle étant toujours positive, $g'(x)$ est du signe de $x + 3$, qui s'annule en -3 et qui est positif pour les réels supérieurs à -3.

Sur $]-3\,;+\infty[$, on a $g'(x) > 0$ et **g croît strictement sur $[-3\,;+\infty[$.**

Sur $]-\infty\,;-3[$, on a $g'(x) < 0$ et **g décroît** strictement sur **$]-\infty\,;-3]$.**

4. • Sur $]-\infty\,;-3]$, g est décroissante avec la limite en $-\infty$ qui vaut -2, donc pour tout réel x de $]-\infty\,;-3]$, on a $g(x) < -2$. L'équation $g(x) = 0$ n'admet pas de solution sur $]-\infty\,;-3]$.

• Sur $[-3\,;+\infty[$, g est continue car dérivable, strictement croissante avec $g(-3) < 0$ et la limite en $+\infty$ qui vaut $+\infty$.

Comme 0 appartient à $[g(-3)\,;+\infty[$, d'après le théorème de la bijection, l'équation $g(x) = 0$ admet une unique solution α sur $[-3\,;+\infty[$.

• **L'équation $g(x) = 0$ admet une unique solution α sur $\mathbb{R}$.**

5. Pour tout x de $]-\infty\,;-3]$, on a $g(x) < -2 < 0$.

Sur $[-3\,;+\infty[$, g est strictement croissante avec $g(\alpha) = 0$.

Donc si $-3 \leqslant x < \alpha$, alors $g(x) < g(\alpha)$, soit $g(x) < 0$ et si $\alpha < x$, alors $g(\alpha) < g(x)$, soit $0 < g(x)$.

g est strictement négative sur $]-\infty\,;\alpha[$, nulle en α et strictement positive sur $]\alpha\,;+\infty[$.

6. $g(3{,}06) < 0 < g(3{,}07)$, donc **$3{,}06 < \alpha < 3{,}07$.**

Partie B

Soit f la fonction définie sur $\mathbb{R}$ par $f(x) = x^2 - x^2e^{x-4}$.

1. $f(x) = 0 \Leftrightarrow x^2(1 - e^{x-4}) = 0$
$\Leftrightarrow x^2 = 0$ ou $1 - e^{x-4} = 0$
$\Leftrightarrow x = 0$ ou $1 = e^{x-4}$
$\Leftrightarrow x = 0$ ou $0 = x - 4$.

$e^a = 1 \Leftrightarrow a = 0$

Les solutions sont 0 et 4.

2. On a :

x	$-\infty$		0		α		$+\infty$
$-x$		+	0	−		−	
$g(x)$		−		−	0	+	
$f'(x)$		−	0	+	0	−	

Sur $]-\infty ; 0[$, on a $f'(x) < 0$ et **f décroît strictement sur $]-\infty ; 0]$.**

Sur $]0 ; \alpha[$, on a $f'(x) > 0$ et **f croît strictement sur $[0 ; \alpha]$.**

Sur $]\alpha ; +\infty[$, on a $f'(x) < 0$ et f décroît strictement sur $]\alpha ; +\infty[$.

3. Sur $[0 ; \alpha]$ f croît et sur $[\alpha ; +\infty[$, f décroît. f admet donc son maximum sur $[0 ; +\infty[$ en α.

Ce maximum vaut $f(\alpha) = \alpha^2 (1 - e^{\alpha-4})$.

Or on a $g(\alpha) = 0 \Leftrightarrow (\alpha + 2)e^{\alpha-4} - 2 = 0$

$\Leftrightarrow e^{\alpha-4} = \frac{2}{\alpha+2} \Leftrightarrow 1 - e^{\alpha-4} = 1 - \frac{2}{\alpha+2}$

$\Leftrightarrow 1 - e^{\alpha-4} = \frac{\alpha}{\alpha+2}$.

Le maximum de la fonction f sur $[0 ; +\infty[$ est égal à $\frac{\alpha^3}{\alpha+2}$.

Partie C

1. Avec P d'équation $y = x^2$, pour tout x de $[0 ; 4]$, on a $f(x) - y = -x^2e^{x-4}$.

Sur $[0 ; 4]$, on a donc $f(x) - y \leqslant 0$, soit $f(x) \leqslant y$

Sur $[0 ; 4]$, C_f est au-dessous de P.

2. Comme C_f est au-dessous de P sur $[0 ; 4]$, l'aire du domaine D est :

$$\int_0^4 (y - f(x))dx = \left[\frac{x^3}{3} - F(x)\right]_0^4$$

$$= \left[(x^2 - 2x + 2)e^{x-4}\right]_0^4$$

$= \mathbf{10 - 2e^{-4}}$ (en unité d'aire).

Exercice 3

Partie A

1. Comme pour tout entier naturel n, on a :

$u_{n+1} = \frac{u_n}{u_n+8}$, on peut entrer la formule **=B2/(B2+8)** dans la cellule B3 et copier vers le bas pour obtenir les valeurs des premiers termes de la suite (u_n).

2. On peut conjecturer que **la suite (u_n) est décroissante.**

3. On peut conjecturer que **la limite de la suite (u_n) est 0.**

4. Un algorithme calculant u_{30} peut être :

```
U ← 1
Pour I allant de 1 à 30
    U ← U ÷ (U + 8)
Fin pour
Afficher U
```

Partie B : Étude générale

1. Soit P_n : « $u_n > 0$ ».

- On $u_0 = 1$, donc $u_0 > 0$. **P_0 est vraie.**
- Supposons qu'il existe un entier k tel que P_k soit vraie.

On aurait $u_k > 0 \Rightarrow u_k + 8 > 8 > 0 \Rightarrow \frac{u_k}{u_k+8} > 0$

comme quotient de deux nombres positifs

$\Rightarrow u_{k+1} > 0 : P_{k+1}$ serait vraie.

La propriété est héréditaire.

D'après l'axiome de récurrence, la propriété P_n est vraie pour tout entier naturel n, c'est-à-dire que **pour tout entier naturel n, $u_n > 0$.**

2. Pour tout entier naturel n, on a :

$$u_{n+1} - u_n = \frac{u_n}{u_n+8} - u_n$$

$$= \frac{u_n - u_n(u_n+8)}{u_n+8} = \frac{-u_n(u_n+7)}{u_n+8}.$$

Comme on a $u_n > 0$, on a aussi $u_n + 7$ et $u_n + 8$ strictement positifs.

On en déduit que $u_{n+1} - u_n$ est strictement négatif.

La suite (u_n) est décroissante.

3. La suite (u_n) étant décroissante et minorée par 0, **elle est convergente**.

Partie C

1. Pour tout entier naturel n, on a :

$$v_n = 1 + \frac{7}{u_n} = \frac{u_n+7}{u_n}.$$

On a donc :

$$v_{n+1} = \frac{u_{n+1}+7}{u_{n+1}} = \frac{\frac{u_n}{u_n+8}+7}{\frac{u_n}{u_n+8}} = \frac{\frac{8u_n+56}{u_n+8}}{\frac{u_n}{u_n+8}} = \frac{8(u_n+7)}{u_n}$$

soit $v_{n+1} = 8v_n$.

La suite (v_n) est une suite géométrique de raison 8 de premier terme $v_0 = 1 + \frac{7}{1} = 8$.

2. La suite étant géométrique, pour tout entier naturel n, $v_n = v_0 \times q^n$, soit $v_n = 8^{n+1}$.

Pour tout entier naturel n, $v_n = 1 + \frac{7}{u_n}$

$\Leftrightarrow v_n - 1 = \frac{7}{u_n} \Leftrightarrow u_n(v_n - 1) = 7$

$\Leftrightarrow u_n = \frac{7}{v_n-1}$.

Pour tout entier naturel n, $u_n = \dfrac{7}{8^{n+1}-1}$.

3. Comme $8 > 1$, on a $\lim\limits_{n \to +\infty} 8^n = +\infty$. On en déduit que **la limite de la suite (u_n) est 0.**

4. Comme $u_0 = 1$, que la suite (u_n) est décroissante et de limite 0, il existe un plus petit entier naturel n_0 tel que, pour tout entier naturel n supérieur ou égal à n_0, $u_n < 10^{-18}$.

$u_n < 10^{-18} \Leftrightarrow 7 < (8^{n+1} - 1) \times 10^{-18}$

$\Leftrightarrow 7 \times 10^{18} < 8^{n+1} - 1$

$\Leftrightarrow 7 \times 10^{18} - 1 < 8^{n+1}$

$\Leftrightarrow \ln(7 \times 10^{18} - 1) < \ln(8^{n+1})$ car la fonction ln est strictement croissante

$\Leftrightarrow \ln(7 \times 10^{18} - 1) < (n + 1)\ln(8)$

$\Leftrightarrow \ln(7 \times 10^{18} - 1) \div \ln(8) < n + 1$

$\Leftrightarrow \ln(7 \times 10^{18} - 1) \div \ln(8) - 1 < n$

On a $19{,}87 \approx n$

On prend $n_0 = 20$.

Exercice 4

1. Dans le triangle AFH, L et M sont les milieux respectifs de $[AH]$ et $[AF]$. D'après le théorème de la droite des milieux, on a (LM) parallèle à (FH).

(IN) et (BF) sont parallèles car $BFNI$ est un rectangle. Or (BF) est perpendiculaire au plan (EFG) donc à la droite (FH). On a (IN) perpendiculaire à (FH) et comme (LM) est parallèle à (FH), on en déduit que **(IN) et (ML) sont orthogonales.**

2. a) On a N milieu de $[FH]$ avec $F(1 ; 0 ; 1)$ et $H(0 ; 1 ; 1)$, donc on a $N(0{,}5 ; 0{,}5 ; 1)$.

On a $C(1 ; 1 ; 0)$.

On en déduit que :

$$\overrightarrow{NC}\begin{pmatrix} x_C - x_N \\ y_C - y_N \\ z_C - z_N \end{pmatrix} = \overrightarrow{NC}\begin{pmatrix} 0{,}5 \\ 0{,}5 \\ -1 \end{pmatrix}.$$

On a M milieu de $[AF]$ avec $F(1 ; 0 ; 1)$ et $A(0 ; 0 ; 0)$, donc on a $N(0{,}5 ; 0 ; 0{,}5)$.

On a L milieu de $[AH]$ avec $A(0 ; 0 ; 0)$ et $H(0 ; 1 ; 1)$, donc on a $N(0 ; 0{,}5 ; 0{,}5)$.

On en déduit que :

$$\overrightarrow{ML}\begin{pmatrix} x_L - x_M \\ y_L - y_M \\ z_L - z_M \end{pmatrix} = \overrightarrow{ML}\begin{pmatrix} -0{,}5 \\ 0{,}5 \\ 0 \end{pmatrix}.$$

b) Le repère étant orthonormé, on a :

$\overrightarrow{NC}.\overrightarrow{ML} = 0{,}5 \times (-0{,}5) + 0{,}5 \times 0{,}5 + (-1) \times 0 = 0.$

Le produit scalaire étant nul, **les droites (NC) et (ML) sont orthogonales.**

c) (ML) est orthogonale à (NC) et à (IN) qui sont deux droites sécantes du plan (NCI) donc (ML) est perpendiculaire au plan (NCI).

Son vecteur directeur $\overrightarrow{ML}\begin{pmatrix} -0{,}5 \\ 0{,}5 \\ 0 \end{pmatrix}$ est donc un vecteur normal au plan (NCI) qui admet comme équation $-0{,}5x + 0{,}5y + d = 0$.

$C(1 ; 1 ; 0)$ appartenant à ce plan,

on a $-0{,}5x_C + 0{,}5y_C + d = 0$

$\Leftrightarrow -0{,}5 + 0{,}5 + d = 0 \Leftrightarrow d = 0$

Une équation cartésienne du plan (NCI) est $-0{,}5x + 0{,}5y = 0$ ou encore $x = y$.

3. a) On a $N(0{,}5 ; 0{,}5 ; 1)$ avec $x_N - y_N + z_N = 1$.

On a $J(1 ; 0{,}5 ; 0{,}5)$ avec $x_J - y_J + z_J = 1$.

On a $M(0{,}5 ; 0 ; 0{,}5)$ avec $x_M - y_M + z_M = 1$.

N, J et M appartiennent donc au plan d'équation $x - y + z = 1$.

(NJM) a donc pour équation cartésienne $x - y + z = 1$.

b) Un plan d'équation $ax + by + cz + d = 0$ admet comme vecteur normal $\vec{n}\begin{pmatrix} a \\ b \\ c \end{pmatrix}$.

(NJM) qui a pour équation cartésienne $x - y + z = 1$ admet comme vecteur normal $\vec{n}\begin{pmatrix} 1 \\ -1 \\ 1 \end{pmatrix}$.

Or le vecteur $\overrightarrow{DF}$ a pour coordonnées $\begin{pmatrix} 1 \\ -1 \\ 1 \end{pmatrix}$; c'est donc un vecteur normal à (NJM).

La droite (DF) est perpendiculaire au plan (NJM).

c) N appartenant aux deux plans (NJM) et (NCI), la droite cherchée passe par N.

Dans le triangle BCG, M et J sont les milieux des côtés $[BE]$ et $[BG]$.

La droite (MJ) est parallèle à (EG) qui passe par N, donc (GE) est incluse dans le plan (NJM).

De plus, les droites (NI) et (GC) sont parallèles à (BF), donc parallèles entre elles.

(CG) est donc incluse dans le plan (NCI).

G est un point de la droite recherchée.

(NG) qui a pour vecteur directeur $\overrightarrow{NG}$, l'intersection des plans (NJM) et (NCI) est la droite.

Annales du Bac — Le Grand Oral

Vous trouverez pages 5 à 8 de cet ouvrage le descriptif précis de l'épreuve du Grand Oral et des conseils pour vous y préparer au mieux. Nous vous proposons ici 3 questions modèles et des exemples de traitement correspondant aux deux parties de l'épreuve : votre exposé de 10 minutes et l'échange avec le jury de 10 minutes.

QUESTION 1 Quelles modélisations mathématiques proposer pour étudier des évolutions de populations dans des environnements différents ?

PREMIÈRE PARTIE Votre exposé — 10 min

Les raisons de mon choix — 2 min

- L'étude de l'évolution du nombre d'individus dans une population peut avoir des conséquences majeures sur la survie même de la population.
- J'ai souhaité étudier quelques modèles mathématiques d'évolution de populations dans des domaines différents (biologiques, humains), en envisageant des hypothèses de développement propres aux populations considérées.

Mon développement — 6 min

- Présentation des différences entre modèles discrets et continus.
- Modèle de Malthus.
- Modèle de Verhulst.
- Modèle de Feigenbaum.
- Étude des modèles avec un ordinateur.

Ma réponse à la question — 2 min

Les évolutions du nombre d'individus dans une population donnée permettent de connaître, à plus ou moins long terme, le devenir de la population. Lorsque la population est constituée de bactéries ou de virus, l'évolution de la taille de la population peut permettre de combattre des épidémies. Lorsqu'il s'agit d'individus humains, les modèles d'évolution peuvent permettre de prévoir les effets de la surpopulation, de prévenir les famines ou les risques de pauvreté.

DEUXIÈME PARTIE Échange avec le jury — 10 min

Questions possibles du jury

- De quoi dépendent les hypothèses données ou envisagées au préalable dans les différents modèles mathématiques utilisés ?
- Y a-t-il des modèles dont on sait maintenant qu'ils ne sont pas pertinents ?
- Comment savoir si un modèle donné peut être réaliste ?

QUESTION 2 Comment étudier des courbes dans le plan ?

PREMIÈRE PARTIE Votre exposé — 10 min

Les raisons de mon choix — 2 min

- Beaucoup de problèmes mathématiques s'étudient par l'étude de courbes planes. Certaines sont des courbes fonctionnelles mais d'autres ne représentent pas des fonctions d'une variable.
- J'ai souhaité étudier différents moyens d'études de courbes planes et d'en présenter des applications concrètes.

Mon développement 6 min

- Étude d'une courbe lorsque c'est la courbe représentative d'une fonction.
- Étude d'une courbe plane par une représentation paramétrique.
- Présentations de certaines courbes particulières : courbes de Bézier.

Ma réponse à la question 2 min

L'étude de phénomènes physiques, mécaniques ou chimiques peuvent se faire grâce à l'étude de courbes planes. Certaines de ces courbes représentent des fonctions et donc s'étudient avec des outils mathématiques comme la différentiation.

D'autres courbes planes ne peuvent pas être des courbes représentatives de fonctions : par exemple, le déplacement d'un mobile dans le plan, le schéma du profil d'une aile d'avion ou la forme d'un logo peuvent être étudiés par des courbes paramétriques.

DEUXIÈME PARTIE Échange avec le jury 10 min

Questions possibles du jury

- Peut-on paramétrer toutes les courbes du plan ?
- À partir d'une courbe, peut-on avoir d'autres informations ? Par exemple, à partir de la courbe du déplacement d'un mobile dans le plan, peut-on avoir sa vitesse ? Son accélération ? La distance totale parcourue ?
- Existe-t-il des courbes paramétrées dans l'espace ?
- Existe-t-il des surfaces paramétrées dans l'espace ?

QUESTION 3 Peut-on déterminer des parties du plan de périmètre infini et d'aire finie ?

PREMIÈRE PARTIE Votre exposé 10 min

Les raisons de mon choix 2 min

- L'étude de certaines figures géométriques peut avoir des applications importantes dans certains domaines comme la médecine, la géographie ou l'économie.
- J'ai souhaité étudier et présenter certaines figures géométriques aux dimensions et aux caractéristiques particulières.

Mon développement 6 min

- Approche de la notion d'aire d'une figure géométrique du plan.
- Existe-t-il des figures géométriques de périmètre infini et d'aire finie ?
- Présentation de certaines fractales.
- Générer des fractales avec un ordinateur à l'aide de suites numériques.
- Présenter certaines applications des fractales.

Ma réponse à la question 2 min

L'étude de certaines formes géométriques qui présentent des caractéristiques particulières est justifiée par des applications possibles dans la vie quotidienne. Une fractale est une figure géométrique qui présente des similitudes de forme dans des agrandissements ou des réductions. Certaines figures fractales ont pour caractéristique d'avoir une aire finie et mesurable comprise dans un périmètre infini.

DEUXIÈME PARTIE Échange avec le jury 10 min

Questions possibles du jury

- Y a-t-il différents moyens de calculer une aire pour une figure du plan donnée ?
- Donnez-nous quelques exemples d'applications en médecine ou en économie.
- Existe-t-il des fractales dans l'espace ?

Physique Chimie

L'ÉPREUVE

Définition de l'épreuve

L'épreuve de Physique-Chimie se compose d'une **épreuve écrite, d'une épreuve pratique** et d'une **épreuve orale**.

Épreuve écrite	3 h 30
Épreuve pratique	1 heure
Coefficient	16

L'épreuve écrite

Description de l'épreuve

• L'épreuve est constituée d'**une partie écrite** et d'**une partie pratique**.

• La **note finale sur 20 points** de l'épreuve est obtenue en multipliant par 0,8 la note sur 20 points de la partie écrite et par 0,2 la note sur 20 points de la partie pratique et en additionnant ces deux résultats.

Structure

• La partie écrite comporte **trois exercices indépendants** et s'appuie de manière équilibrée sur différents thèmes du programme.

• Les sujets traités lors de cette épreuve portent sur des situations contextualisées, peuvent contenir des documents et inclure des questions relatives aux aspects expérimentaux.

• Le sujet précise si l'usage de la calculatrice, dans les conditions précisées par les textes en vigueur, est autorisé.

L'épreuve pratique

• La partie pratique vise à **évaluer les compétences expérimentales** des candidats.

• Le candidat doit :
– **mettre en œuvre ou élaborer un protocole,**
– **réaliser une ou plusieurs expériences,**
– **valider sa démarche,**
– **communiquer ses résultats.**

• L'épreuve valorise l'autonomie et l'initiative du candidat.

• Le candidat tire au sort sa situation d'évaluation entre deux situations d'évaluation à dominante physique et deux situations d'évaluation à dominante chimie.

• L'épreuve se déroule **au cours du second trimestre**.

• Lors de l'évaluation, deux professeurs examinateurs sont présents dans la salle.

Le Grand Oral

Vous trouverez le descriptif général de l'épreuve et des conseil pages 5 à 8, et des sujets types en Physique-chimie p. 223-224.

1 Réactions acide-base

1 Réaction acide-base avec l'eau

A Couple acide-base (au sens de Brönsted)

- **Un acide** est un **donneur de proton H^+**, **une base** est un **accepteur de proton H^+**.

Ex. : Un couple acide-base **conjugués** :

$$CH_3COOH(aq) = CH_3COO^-(aq) + H^+$$

- **L'eau est une espèce amphotère.** Elle est **à la fois acide et base** et intervient dans deux couples :

$$H_3O^+(aq) / H_2O(\ell) \quad \text{et} \quad H_2O(\ell) / HO^-(aq).$$

B Réaction acide-base d'un acide avec l'eau ; pK_A et pK_e

- **H^+ n'existe pas seul en solution aqueuse** : un acide HA ne peut céder son proton que si ce proton est capté par une base. Ce **transfert d'un proton H^+** est appelé **réaction acide-base.**

Ex. : acide AH introduit dans l'eau : deux cas

acide AH fort :	acide AH faible :
réaction totale avec l'eau	état final d'équilibre chimique
$AH(aq) + H_2O(\ell) \rightarrow A^-(aq) + H_3O^+(aq)$	$AH(aq) + H_2O(\ell) = A^-(aq) + H_3O^+(aq)$
état final : il n'y a plus de AH	
Ex. : HCl acide chlorhydrique	**Ex. :** CH_3COOH acide éthanoïque

- **La force d'un acide** est caractérisée par son pK_A. Les tables thermodynamiques donnent le pK_A à 25 °C.

$$pK_A = -\log(K_A) \qquad 0 < pK_A < 14.$$

- Cas de l'eau pure à 25 °C : $H_2O(\ell) + H_2O(\ell) \rightleftharpoons HO^-(aq) + H_3O^+(aq)$

$$K_e = \frac{[HO^-] \times [H_3O^+]}{(c^\circ)^2},$$

K_e est le produit ionique de l'eau
$pK_e = -\log K_e = 14{,}0$ à 25 °C.

C Réaction acide-base d'une base avec l'eau

- **Une base peut capter le proton libéré par l'eau**, acide du couple $H_2O(\ell) / HO^-(aq)$:

– la base est **forte** si la réaction acide-base avec l'eau est totale :

$$CH_3CH_2O^-(aq) + H_2O(\ell) \rightarrow CH_3CH_2OH(aq) + HO^-(aq) \quad (CH_3CH_2O^-(aq) \text{ ion éthanolate}) ;$$

– la base est **faible** si la réaction acide-base avec l'eau est limitée :

$$NH_3(aq) + H_2O(\ell) \rightleftharpoons NH_4^+(aq) + HO^-(aq)$$

SPÉCIALITÉ PHYSIQUE-CHIMIE

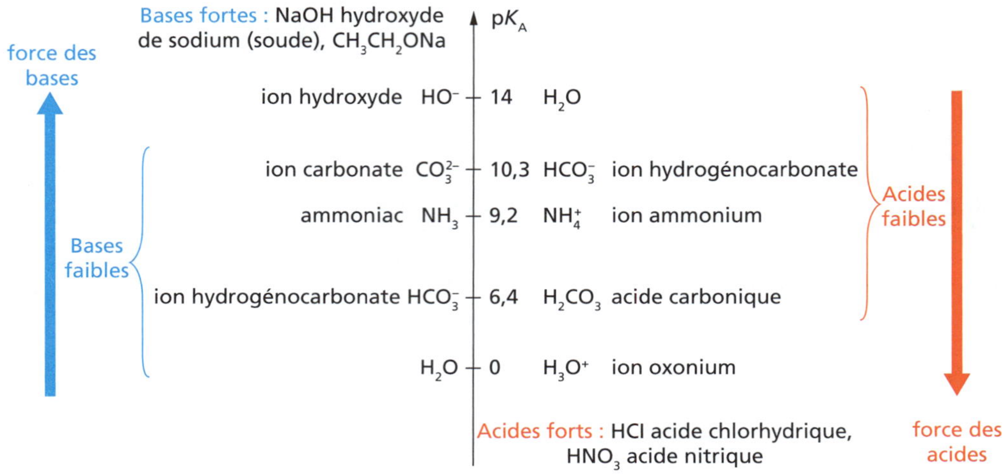

2 pH d'une solution aqueuse

A Définition

Le pH permet de mesurer le caractère total ou limité de l'échange de proton entre un acide (ou une base) et l'eau.

$$pH = -\log\left(\frac{[H_3O^+]}{c°}\right) \Leftrightarrow \frac{[H_3O^+]}{c°} = 10^{-pH}$$

$c° = 1$ mol.L^{-1} est la concentration standard.

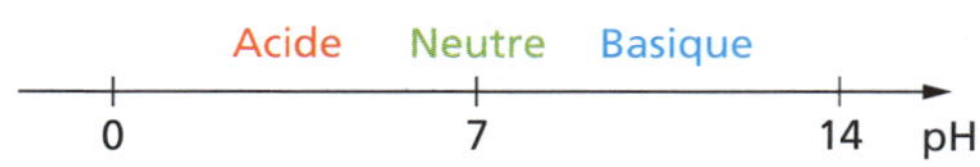

B pH d'une solution d'acide fort ou de base forte

- **Solution aqueuse d'acide fort** introduit à la concentration de C mol.L^{-1} :

$$HCl\,(aq) + H_2O(\ell) \rightarrow Cl^-(aq) + H_3O^+(aq)$$

La réaction est totale : à l'état final $[H_3O^+] = C$. Donc $pH = -\log\left(\frac{C}{c°}\right)$

- **Solution aqueuse de base forte** introduite à la concentration de C' mol.L^{-1} :

$$CH_3CH_2O^-(aq) + H_2O(\ell) \rightarrow CH_3CH_2OH(aq) + HO^-(aq)$$

La réaction est totale : à l'état final $[HO^-] = C'$.

$$K_e = \frac{[H_3O^+]\times[HO^-]}{c°^2} \Leftrightarrow \frac{[H_3O^+]}{c°} = \frac{K_e \times c°}{[HO^-]} = \frac{K_e \times c°}{C'} \text{ soit } pH = pK_e + \log\left(\frac{C'}{c°}\right)$$

- **Variation du pH** lors d'une dilution d'une solution d'acide fort :

$$pH_1 = -\log\left(\frac{C_1}{c°}\right) \text{ ; si } C_2 = \frac{C_1}{10} \text{ alors } pH_2 = -\log\left(\frac{C_1}{10 \times c°}\right) = +\log(10) - \log\left(\frac{C_1}{c°}\right)$$

$$pH_2 = 1 + pH_1.$$

Une dilution d'un facteur 10^1 entraîne une augmentation du pH de **1** unité, une dilution d'un facteur 10^2 une augmentation de **2** unités.

C pH d'une solution d'acide faible ou de base faible

• On note n_0 la quantité de matière de AH dans la solution initiale de volume V. On note x la quantité de matière de A^- et H_3O^+ à l'équilibre :

	$AH(aq) + H_2O(\ell) = A^-(aq) + H_3O^+(aq)$		
État initial	n_0		
État d'équilibre	$n_0 - x$	x	x

À l'équilibre, $K_A = \dfrac{\left(\dfrac{x}{V}\right)^2}{\left(\dfrac{n_0 - x}{V}\right)\times c°}$.

On résout cette équation du second degré en x pour trouver la valeur de x.

• Un acide est **d'autant plus fort (et donc dissocié dans l'eau) que son pK_A est petit**. L'acide le plus fort dans l'eau est H_3O^+.

D Solution tampon

Une solution tampon est une solution dont le pH ne varie quasiment pas par addition modérée d'acide ou de base **et** par dilution. Elle est constituée des formes acide et basique conjuguées à des concentrations voisines, et possède un pH voisin du pK_A du couple.

3 Diagrammes de prédominance et de distribution

A Diagrammes de prédominance

$$K_A = \frac{[A^-]\times[H_3O^+]}{[AH]\cdot c°} \Leftrightarrow pH = pK_A + \log\left(\frac{[A^-]}{[AH]}\right) \quad (1)$$

Si $[AH] > [A^-]$: $\log\left(\frac{[A^-]}{[AH]}\right) < 0$ et $pH < pK_A$: **la forme acide prédomine**.

Si $[AH] < [A^-]$: $\log\left(\frac{[A^-]}{[AH]}\right) > 0$ et $pH > pK_A$: **la forme basique prédomine**.

Si $[AH] = [A^-]$: $\log\left(\frac{[A^-]}{[AH]}\right) = 0$ et $pH = pK_A$: **les deux formes sont présentes en même quantité**.

Ex. : couple NH_4^+ / NH_3

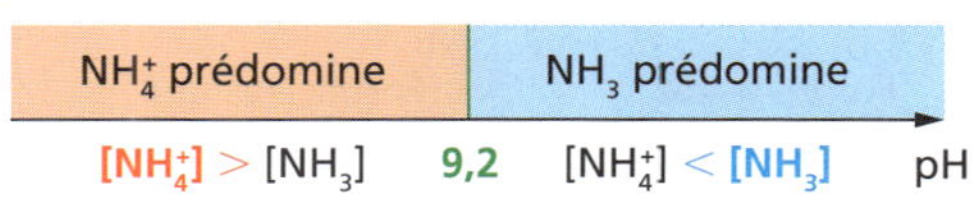

• **Cas des acides alpha-aminés** : composé comportant une fonction acide carboxylique et une fonction amine sur le carbone voisin (noté carbone alpha). Un acide alpha-aminé a deux pK_A (en l'absence d'autres fonctions sur le reste de la chaîne).
Diagramme de prédominance des trois espèces acido-basiques dans le cas de la valine :

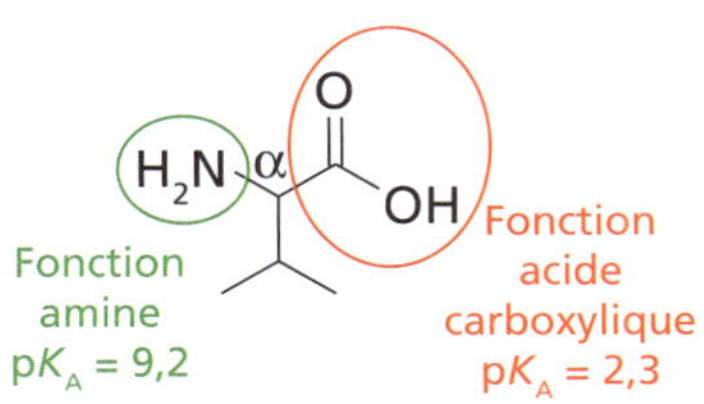

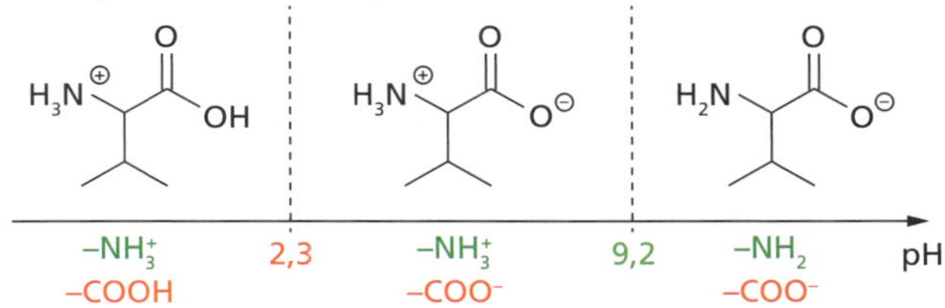

B Diagramme de distribution

Cas d'un monoacide AH	Cas d'un diacide H_2CO_3
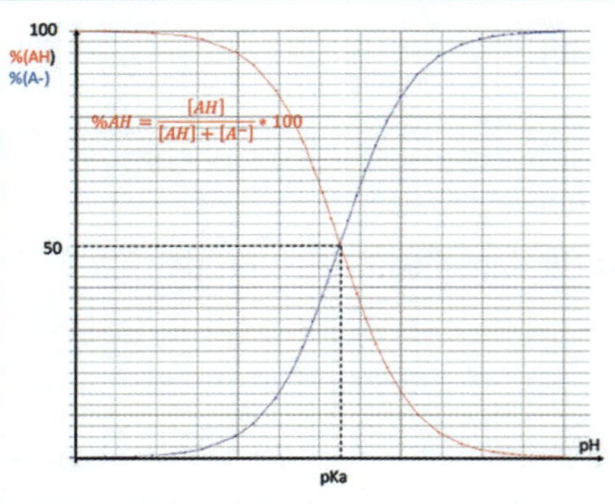	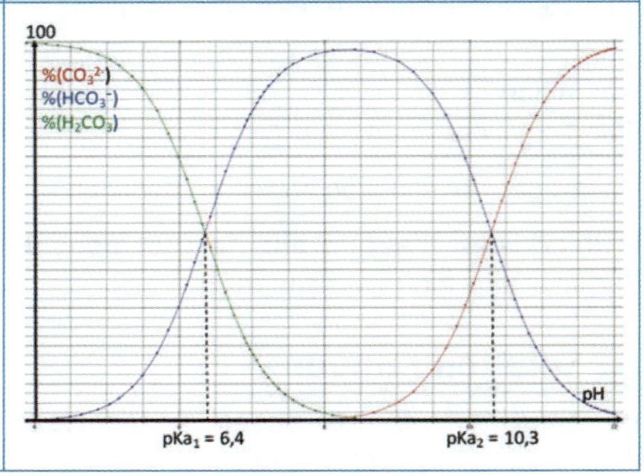

D'après la relation (1) : si l'acide et la base sont en même concentration, alors pH = pK_A. On lit graphiquement le **pK_A à l'abscisse de l'intersection des deux courbes de pourcentage**.

C Indicateurs colorés

Un indicateur coloré est une espèce qui présente des propriétés acido-basique et pour laquelle les formes acide et base ont des **couleurs différentes**.

Il est utilisé pour déterminer l'équivalence lors d'un titrage : le **pH à l'équivalence doit être inclus dans la zone de virage** de l'indicateur coloré.

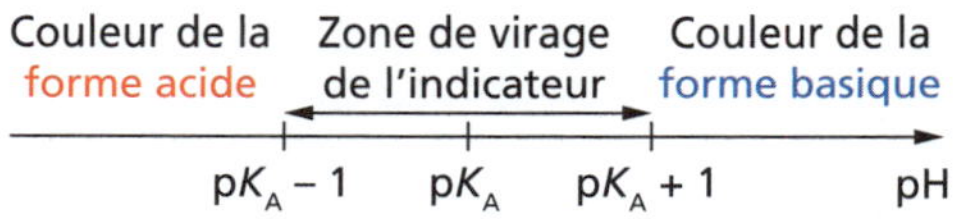

▲ Couleurs d'un indicateur coloré

Ex. : bleu de bromothymol : $pK_A = 7$

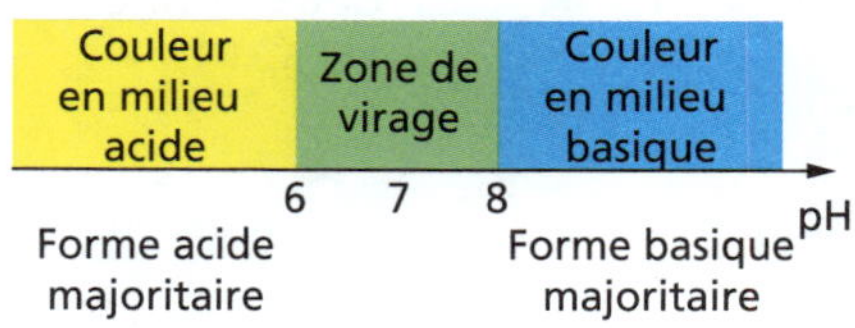

Exercices d'entraînement

Exercice 1 ★★ **15 min** *Corrigé p. 195*

1. Rappeler la définition d'un acide fort. Calculer le pH d'une solution S_1 d'acide chlorhydrique (acide fort) introduit à la concentration de $1{,}0 \times 10^{-2}$ mol.L^{-1}.

2. Dans une fiole jaugée de 100,0 mL, on introduit 1,0 mL de la solution S_1 et on complète au trait de jauge avec de l'eau distillée. Calculer la concentration en H_3O^+ de cette solution S_2 et le nouveau pH. Commenter : comment varie le pH lors de la dilution d'une solution d'acide fort ?

3. On souhaite préparer à partir de S_1 un volume de 50,0 mL de solution de pH = 2,4. Proposer un protocole (préciser la verrerie employée).

Exercice 2 ★★★ 15 min

Corrigé p. 195

On introduit dans un volume $V = 50,0$ mL d'eau une masse $m = 135$ mg de chlorure d'ammonium solide $NH_4Cl(s)$. Le solide ionique se dissout totalement.

1. Déterminer la quantité de matière puis la concentration initiale en ions ammonium.

2. Écrire la réaction acide-base pouvant se produire dans l'eau, en précisant les couples acide-base à considérer.

3. Déterminer l'équation du second degré permettant de trouver la concentration x en ions H_3O^+ à l'équilibre. Résoudre cette équation à l'aide de la calculatrice.

4. En déduire la valeur du pH de la solution obtenue. Est-on dans le domaine de prédominance de la forme acide ou de la forme basique du composé azoté ?

Données :
- masses molaires : Cl : 35,5 g.mol^{-1} ; N : 14,0 g.mol^{-1} ; H : 1,0 g.mol^{-1}.
- pK_A à 25 °C : NH_4^+ / NH_3 : pK_A = 9,2 ; H_2O / HO^- : pK_e = 14,0 ; H_3O^+/ H_2O : pK_A = 0.

Exercice 3 ★★★ 30 min

Corrigé p. 195

On s'intéresse à quelques propriétés acide-base de la fluorescéine.

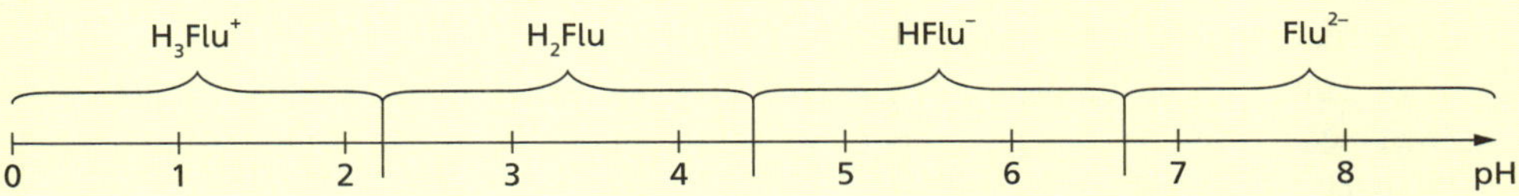

▲ Diagramme de prédominance des différentes formes de la fluorescéine.

On prépare une solution aqueuse S_0 de volume 100,0 mL par dissolution de $1,00 \times 10^{-2}$ g de fluorescinate de sodium $FluNa_2(s)$ (de masse molaire 376 g.mol^{-1}).

1. Identifier les différents couples acide-base associés à la fluorescéine et estimer leur pK_A.

2. Écrire l'équation de dissolution du fluorescinate de sodium $FluNa_2(s)$ en ses ions dans l'eau (réaction totale). En déduire la concentration molaire apportée en ions fluorescinate $[Flu^{2-}]_0$.

3. Lors de la dissolution, les ions Flu^{2-} réagissent avec l'eau. Écrire l'équation de cette réaction acide-base.

4. Justifier la relation suivante : $[Flu^{2-}] = [Flu^{2-}]_0 - [HFlu^-]$ avec :
$[Flu^{2-}]_0$: concentration molaire apportée en ions fluorescinate ;
$[Flu^{2-}]$: concentration molaire en ions fluorescinate à l'équilibre ;
$[HFlu^-]$: concentration molaire de l'espèce $HFlu^-$ à l'équilibre.

5. Pour le couple acide-base $HFlu^-$/ Flu^{2-}, rappeler la relation entre le pH, le pK_A et les concentrations en Flu^{2-} et $HFlu^-$ à l'équilibre.
À partir des résultats précédents, en déduire la concentration molaire en ions $HFlu^-$ à l'équilibre si le pH de la solution vaut 7,0.

2 Dosages par méthode physique

1 Le dosage

• **Doser une espèce chimique**, c'est déterminer sa quantité de matière ou sa concentration dans la solution étudiée. La méthode utilisée dépend de l'espèce chimique :
– **Méthode physique** : utilisée quand l'espèce possède une propriété physique (absorbance, conductivité) **proportionnelle à la concentration** de l'espèce en solution. Un étalonnage préalable est nécessaire, avec un échantillon pur de l'espèce.
– **Méthode chimique** : une réaction chimique quantitative, appelée réaction de titrage, avec un autre composé permet de déterminer la concentration initiale en repérant l'équivalence.

2 Dosage par spectrophotométrie

A Absorbance et loi de Beer-Lambert

• **La spectrophotométrie UV-visible** est utilisée pour l'étude **d'espèces qui absorbent dans le domaine visible** (400 nm $< \lambda <$ 800 nm, espèces colorées) ou dans le proche ultra-violet.
• **Appareil de mesure** : spectrophotomètre.
• **Principe** : une cuve de longueur ℓ (en général 1 cm) contenant la solution de l'espèce colorée E est traversée par un faisceau de lumière monochromatique (longueur d'onde fixée) d'intensité I_0. Le spectrophotomètre mesure l'intensité I du faisceau émergent.

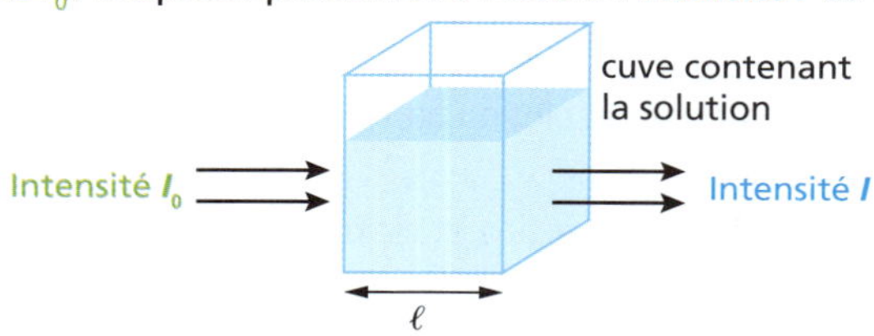

▲ Principe de la spectrophotométrie

• **Absorbance :** $A = \log\left(\frac{I_0}{I}\right)$

• **Loi de Beer-Lambert :** $A = \varepsilon \times \ell \times [E]$
avec ε coefficient d'absorption molaire en $mol^{-1}.L.cm^{-1}$, il dépend de la longueur d'onde λ.

• **Domaine de validité de la loi de Beer-Lambert :**
– solution diluée ($[E] < 10^{-2}$ mol.L^{-1}) ;
– solution limpide.

> **Remarque**
> En pratique : A_{max} mesurable ≈ 2.
> ⇒ il faut travailler avec des solutions **diluées** pour ne pas avoir de saturation.

B Déterminer une concentration à partir d'une mesure d'absorbance

• On détermine expérimentalement la longueur d'onde à laquelle l'**absorbance** de l'espèce est maximale en traçant un **spectre d'absorption.** En faisant les mesures à λ_{max}, la sensibilité sera maximale.

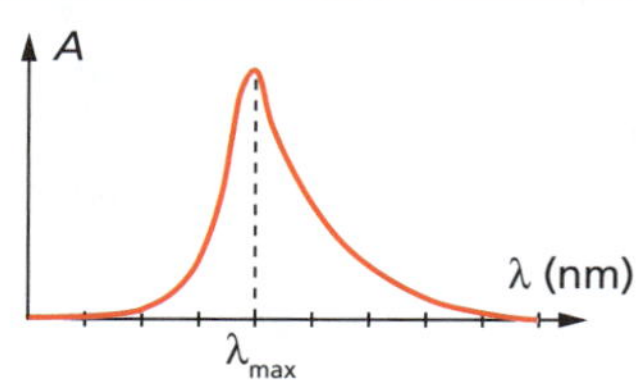

• À cette longueur d'onde λ_{max} , on trace une **droite d'étalonnage** : pour des solutions de concentrations connues, on mesure l'absorbance.
• La mesure de l'absorbance de la solution à doser permet, avec la courbe d'étalonnage, de trouver sa concentration.

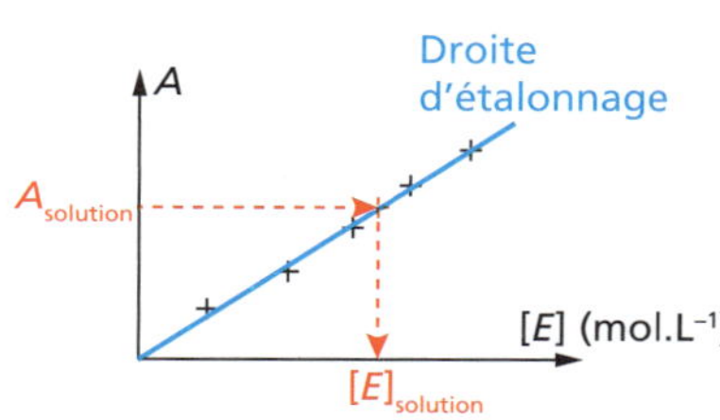

3 Dosage par conductimétrie

A Conductance et loi de Kohlrausch

- **La conductimétrie** est utilisée pour l'étude de solutions **d'espèces ioniques**.
- **Appareil de mesure** : conductimètre.
- **Principe** : la **conductance *G*** d'une solution (*G* est l'inverse de la résistance *R*) caractérise sa capacité à conduire le courant. *G* est la grandeur physique mesurée par le conductimètre.
- **La conductivité** σ est la grandeur directement reliée aux concentrations des ions par la loi de Kohlrausch. La conductivité est proportionnelle à la conductance mesurée : $\sigma = k \times G$, k dépend des caractéristiques physiques de la cellule de mesure (plaques de platine) et varie avec son vieillissement.
- **Loi de Kohlrausch :** $\sigma = \Sigma_i \lambda_i \times [X_i]$

avec σ en siemens par mètre ($S.m^{-1}$), λ_i la constante caractéristique de l'ion *i* en Siemens mètre carré par mole ($S.mol^{-1}.m^2$) et $[X_i]$ la concentration de l'ion *i* en mole par mètre cube ($mol.m^{-3}$).

- **Domaine de validité de la loi de Kohlrausch** : solutions diluées ($[X_i] < 10^{-2}$ $mol.L^{-1}$).
- Dans le cas d'une solution contenant un seul soluté ionique (ex : eau salée) de concentration *C*, la loi de Kohlrausch peut s'écrire $\sigma = \boldsymbol{k} \times \boldsymbol{C}$.

B Déterminer une concentration à partir d'une mesure de conductivité

- On **calibre** le conductimètre à l'aide d'une solution de (K^+(aq) + Cl^-(aq)) de concentration connue (0,1 $mol.L^{-1}$ en général) à la température de l'expérience (la conductivité est très sensible à la température) :

– si l'on connaît les constantes λ_i, la mesure de la conductivité donne la concentration C_i de l'ion ;
– sinon : on trace la **droite d'étalonnage** à partir d'une solution commerciale que l'on dilue.

Ex. : pour trouver la concentration en ions chlorure d'une solution de chlorure de sodium, on utilise une solution commerciale de (Na^+(aq) + Cl^-(aq)) pour tracer la droite d'étalonnage.

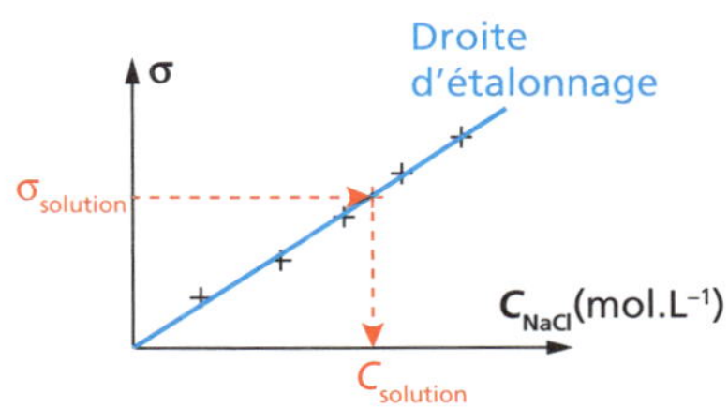

Exercices d'entraînement

Exercice 1 ★ 10 min *Corrigé p. 196*

1. Donner, en justifiant, la formule du solide ionique appelé nitrate de calcium, constitué des ions NO_3^- et des ions Ca^{2+}.

2. Calculer la concentration molaire des ions d'une solution de nitrate de calcium à 1,50 $g.L^{-1}$, en $mol.L^{-1}$ puis en $mol.m^{-3}$.

3. Donner la loi de Kohlrausch. D'après l'unité des conductivités équivalentes, quelle unité faut-il utiliser pour les concentrations ? En déduire la conductivité en $mS.m^{-1}$ de cette solution à 25 °C.

Données : • masses molaires : Ca : 40,0 $g.mol^{-1}$; N : 14,0 $g.mol^{-1}$; O : 16,0 $g.mol^{-1}$
• Conductivités équivalentes à 25°C : $\lambda_{Ca^{2+}} = 11,9$ $mS.m^2.mol^{-1}$; $\lambda_{NO_3^-} = 7,1$ $mS.m^2.mol^{-1}$

Exercice 2 ★★★ 30 min

Corrigé p. 196

Le chlorure de calcium proposé en ampoule de 10 mL contient 1 g d'un solide X écrit sous la forme : « $CaCl_2$, x H_2O ». On veut déterminer la valeur de x par conductimétrie. Pour cela, on dispose, pour tracer la droite d'étalonnage, d'une solution mère de chlorure de calcium à 10 mmol.L^{-1} en ions calcium, que l'on dilue plusieurs fois. On mesure la conductance G des solutions filles.

$[Ca^{2+}]$ (mmol.L^{-1})	1,0	2,5	5,0	7,5	10
G (mS)	0,53	1,32	2,63	3,95	5,21

1. Donner le protocole précis permettant de préparer un volume $V = 50{,}0$ mL de chacune des solutions filles à partir de la solution mère.

2. Tracer la courbe G en fonction de $[Ca^{2+}]$.

3. On place le contenu d'une ampoule dans une fiole jaugée de 1 L, on complète au trait de jauge, on obtient la solution S. La mesure de la conductance de S donne $G = 2{,}42$ mS.
En déduire la valeur de la concentration en ions calcium dans S puis dans l'ampoule de 10 mL.

4. Calculer la masse de chlorure de calcium dans le gramme de solide X, puis la masse d'eau.

5. En déduire la quantité de matière d'eau et enfin la valeur de x.

Données : masses molaires : Ca : 40,0 g.mol^{-1} ; Cl : 35,5 g.mol^{-1} ; O : 16,0 g.mol^{-1} ; H : 1,0 g.mol^{-1}

Exercice 3 ★★ 15 min

Corrigé p. 196

On souhaite doser la fluorescéine dans un échantillon. La fluorescéine a des propriétés acido-basiques, on donne les pK_A des différents couples :
H_3Flu^+ / H_2Flu : p$K_{A1} = 2{,}2$ H_2Flu / $HFlu^-$: p$K_{A2} = 4{,}3$ $HFlu^-$ / Flu^{2-} : p$K_{A3} = 6{,}7$.
On prépare pour ce dosage des solutions aqueuses par dissolution de fluorescinate de sodium $FluNa_2$(s).
La valeur du pH de ces quatre solutions aqueuses S_1, S_2, S_3 et S_4 est ensuite ajustée au-dessus de 9.
On mesure l'absorbance des différentes solutions aqueuses à une longueur d'onde appropriée, en utilisant une cuve spectrophotométrique de 1 cm d'épaisseur, et on obtient les résultats suivants :

Solution	S_1	S_2	S_3	S_4
C (mol.L^{-1}) en fluorescinate de sodium	$2{,}68 \times 10^{-5}$	$2{,}01 \times 10^{-5}$	$1{,}34 \times 10^{-5}$	$6{,}70 \times 10^{-6}$
A	1,523	1,200	0,811	0,411

1. Sous quelle forme se trouve majoritairement la fluorescéine dans les quatre solutions ? Justifier la réponse.

2. À quelle longueur d'onde faut-il réaliser le dosage spectrophotométrique ?

3. Montrer que les mesures réalisées sont en accord avec la loi de Beer-Lambert.

4. En déduire la valeur du coefficient d'absorption molaire ε de la forme prédominante de la fluorescéine au pH de 9.

5. Comment utiliser les résultats précédents pour déterminer la concentration de la solution de fluorescéine à doser ?

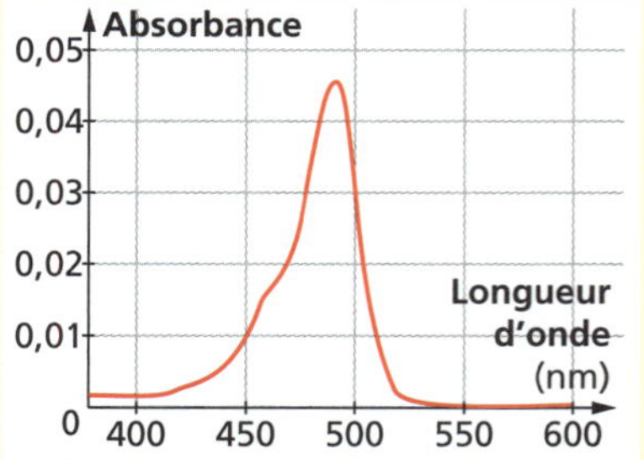

▲ Spectre d'absorption de la fluorescéine sous forme Flu^{2-} dans une solution aqueuse d'hydroxyde de sodium à 0,01 mol.L^{-1}

3 Dosages par titrage

1 Caractéristiques d'un dosage par titrage

A Définition

• **Il s'agit de doser une espèce chimique** (c'est-à-dire déterminer sa quantité de matière, ou sa concentration). Contrairement aux dosages par étalonnage, le dosage par titrage va consommer le composé dosé, *A*, en le faisant réagir avec une autre espèce, *B*.
• **La réaction support du titrage**, entre *A* et *B*, peut être **une réaction d'oxydoréduction ou une réaction acide-base**. Elle doit être rapide et quantitative.

B Exploiter le résultat d'un titrage

• On verse progressivement une solution de *B* à l'aide d'une burette graduée dans une solution de *A* de volume V_0 mesuré précisément.
• On cherche à repérer l'**équivalence du titrage** : c'est le volume *V*, noté V_{eq}, tels que *A* et *B* aient été introduits en proportions stœchiométriques. La relation à écrire à l'équivalence est reliée à l'équation bilan de la réaction support du titrage.
• **Cas général :**
– Réaction de titrage :

$$\alpha A + \beta B = \text{produits}$$

– Relation à l'équivalence :

$$\frac{n_A}{\alpha} = \frac{n_B}{\beta}$$

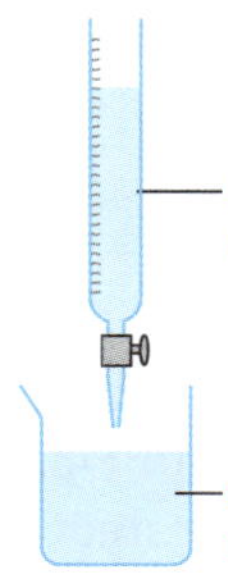

Ex. : dosage du diiode par le thiosulfate
Réaction de titrage : $I_2(aq) + 2\ S_2O_3^{2-}(aq) = 2\ I^-(aq) + S_4O_6^{2-}(aq)$
Relation à l'équivalence : $\frac{n_{I_2}}{1} = \frac{n_{S_2O_3^{2-}}}{2}$

• **Relation à écrire dans le cas général :**

$$\frac{C_0 \times V_0}{\alpha} = \frac{C \times V_{eq}}{\beta}$$

avec C_0 la concentration du réactif dosé, V_0 le volume prélevé de réactif dosé, *C* la concentration du réactif titrant et V_{eq} le volume de réactif titrant versé à l'équivalence.

Les deux paragraphes suivants montrent des suivis possibles pour un titrage.

2 Titrage avec suivi pH-métrique

A Tracer la courbe de pH pour repérer l'équivalence

• **La réaction de titrage est une réaction acide-base**. On relève le pH en fonction du volume *V*, en resserrant les mesures autour de l'équivalence.
• **Appareil de mesure :** pH-mètre.

• **Principe :** un pH-mètre est un millivoltmètre qui mesure une différence de potentiel, qui sera convertie en pH. Il faut donc deux électrodes, une électrode de verre et une électrode de référence. Un pH-mètre s'étalonne avant utilisation avec deux solutions tampons.

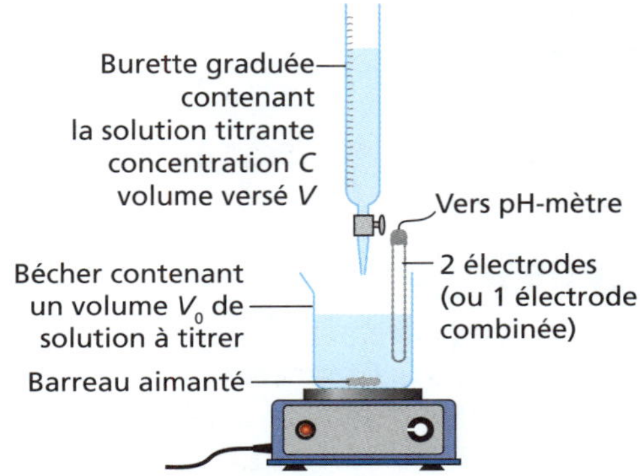

▲ Suivi expérimental du titrage

> **Remarque**
> En TP, on utilise souvent une électrode dite « combinée », qui renferme les deux électrodes.

• **Exploitation de la courbe** : le « saut de pH » repère le volume versé à l'équivalence V_{eq}.

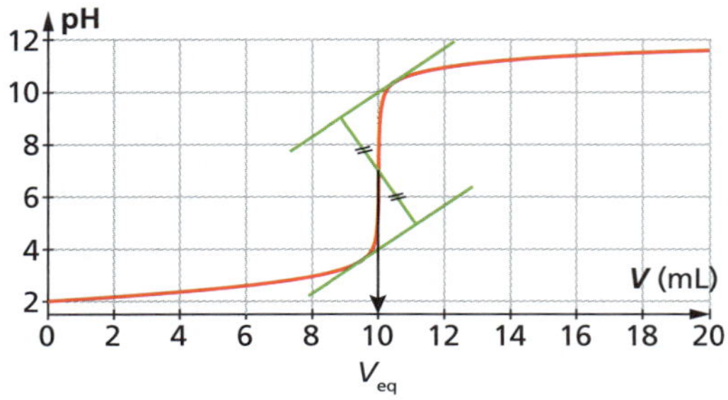

▲ Courbe tracée à la main : la méthode des tangentes permet de déterminer V_{eq}

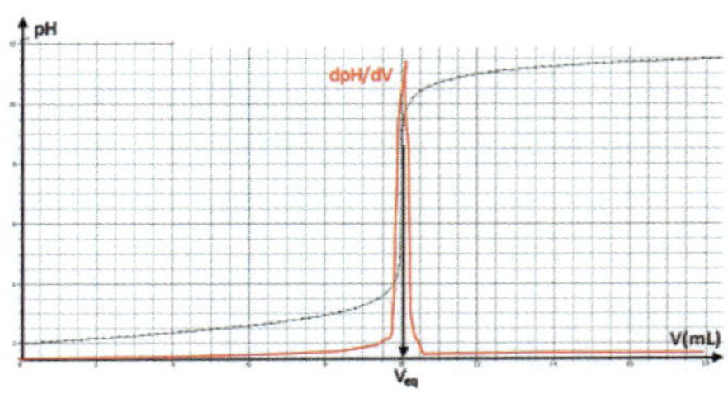

▲ Utilisation d'un tableur : tracé de la dérivée

B Utiliser un indicateur coloré pour repérer l'équivalence

Le tracé de la courbe de pH permet de choisir un indicateur coloré adapté : sa zone de virage (de 2 unités de pH) doit être incluse dans le saut de pH.

Ex. : titrage de l'acide chlorhydrique par la soude. Le bleu de bromothymol pourra permettre de repérer l'équivalence sans avoir à tracer la courbe pH = *f*(*V*).

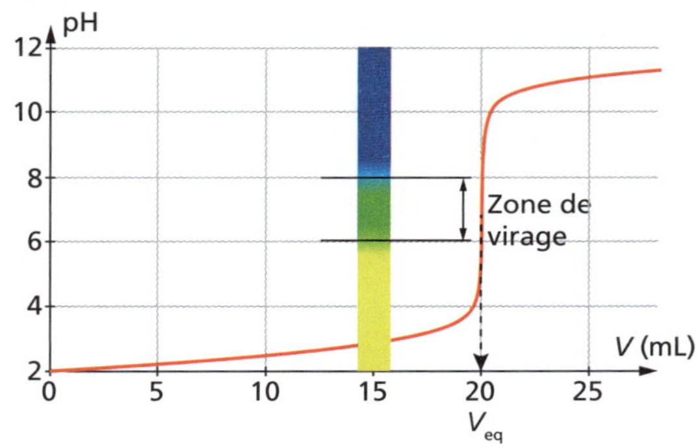

3 Titrage avec suivi conductimétrique

• **Condition pour un suivi conductimétrique :** des ions doivent intervenir dans l'équation du titrage.

Ex. : titrage d'acide chlorhydrique par de la soude

Réaction de titrage :

$$H_3O^+(aq) + HO^-(aq) = 2\ H_2O(\ell)$$

Loi de Kohlrausch (voir chapitre précédent) :

$$\sigma = \Sigma_i \lambda_i \times [X_i]$$

Attention :
La soude est (Na^+(aq) + HO^-(aq)) et l'acide chlorhydrique est (H_3O^+(aq) + Cl^-(aq)).
Les ions spectateurs Na^+(aq) et Cl^-(aq), même s'ils n'interviennent pas dans l'équation bilan du titrage, interviennent dans la conductivité.

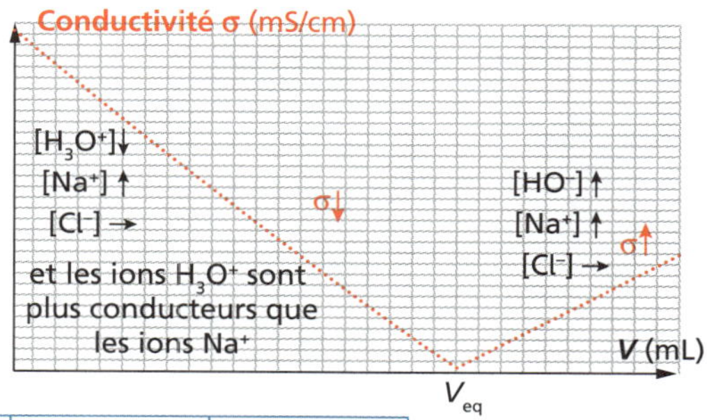

• Conductivités équivalentes à 25°C :

Ion	H_3O^+	HO^-	Na^+	Cl^-
λ (mS.m².mol⁻¹)	35,0	24,0	5,0	7,5

• **L'équivalence se repère à l'intersection des deux droites** : le volume versé est V_{eq}.

• En pratique : pour obtenir une courbe constituée de portions de droites, il faut que **le volume total varie peu au cours du dosage**, donc que le volume introduit V soit négligeable devant le volume initial V_0. On rajoute un grand volume d'eau distillée afin d'avoir une augmentation de volume négligeable.

• On peut tracer la conductivité σ ou la conductance G car ces deux grandeurs sont proportionnelles ; les variations seront donc les mêmes.

• On peut aussi tracer la **conductivité corrigée** $\sigma \times (V + V_0)$ en fonction de V, ce qui permet de s'affranchir de la dilution.

Exercices d'entraînement

Exercice 1 ★★ 20 min

Corrigé p. 196

On fait un suivi pH-métrique du titrage de 20,0 mL d'une solution S_1 de soude (Na^+(aq) + HO^-(aq)), par une solution d'acide chlorhydrique (H_3O^+(aq) + Cl^-(aq)), de concentration C_a = 0,1 mol.L⁻¹.

1. Faire un schéma annoté du montage. Préciser la verrerie utilisée pour prélever 20,0 mL.

2. Avant de commencer le titrage, on doit ajouter un peu d'eau dans le bécher contenant les 20,0 mL de solution. Pourquoi ? Doit-on mesurer précisément ce volume d'eau introduit ?

3. Les mesures ont permis d'obtenir la courbe ci-dessous. Écrire l'équation bilan de la réaction qui se produit lors de ce titrage. Préciser les caractéristiques d'une réaction de titrage. Que repère-t-on sur la courbe tracée ? En déduire la concentration en soude de la solution.

4. Pour pouvoir déterminer plus rapidement le volume versé à l'équivalence, on pourrait faire un suivi colorimétrique. Préciser, dans la liste proposée, le meilleur indicateur coloré.

5. La solution S_1 a été obtenue par dilution (50 fois) d'une solution commerciale S_0 sur laquelle on peut lire : « soude caustique solution à 20 % en masse ; masse volumique ρ = 1,21 kg.L⁻¹ ». Vérifier la concordance entre la concentration déterminée précédemment et les indications.

Données : masses atomiques (en g.mol⁻¹) :
H : 1,0 ; Na : 23,0 ; O : 16,0

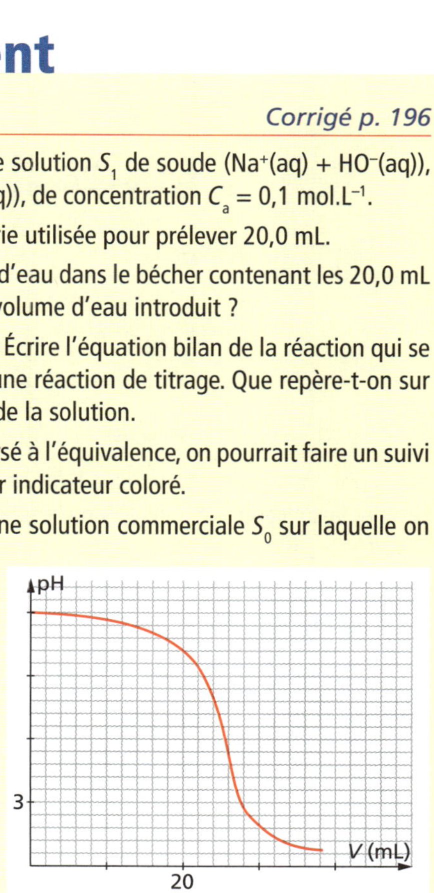

Indicateur	Zone de virage
Hélianthine	3,1 – 4,4
Bleu de bromothymol	6,0 – 7,6
Rouge de crésol	7,2 – 8,8

Exercice 2 ★★★ 15 min

Corrigé p. 197

On veut déterminer la concentration du composé dessiné ci-dessous. Il est présent dans la solution S étudiée à la concentration C_0, sous la forme notée ($A^-(aq) + Na^+(aq)$).

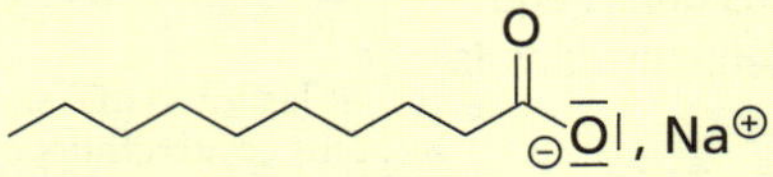

Pour cela, on titre 10,0 mL de S par une solution titrante de concentration molaire égale à :
$C = 1{,}00 \times 10^{-2}$ mol.L^{-1} à choisir entre :
– une solution aqueuse d'acide chlorhydrique ($H_3O^+(aq) + Cl^-(aq)$) ;
– une solution aqueuse d'hydroxyde de sodium ($Na^+(aq) + HO^-(aq)$).

1. Quel est le nom de l'espèce A^- ? À quelle famille appartient-elle ?

2. Choisir la solution titrante en justifiant votre choix et établir l'équation de la réaction support du titrage.

3. Définir l'équivalence d'un titrage et écrire la relation entre les quantités de matière des espèces chimiques mises en jeu.

4. Choisir parmi les quatre représentations proposées ci-dessous celle représentant au mieux le suivi conductimétrique du titrage. Justifier la réponse en faisant notamment un bilan de l'évolution des espèces ioniques au cours du titrage.

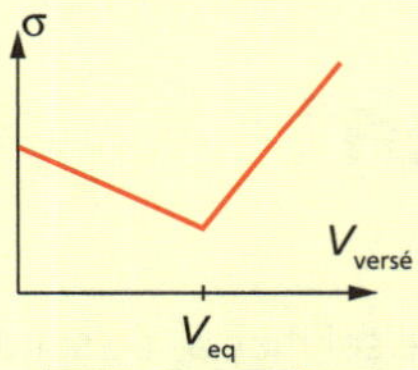

▲ Représentation 1

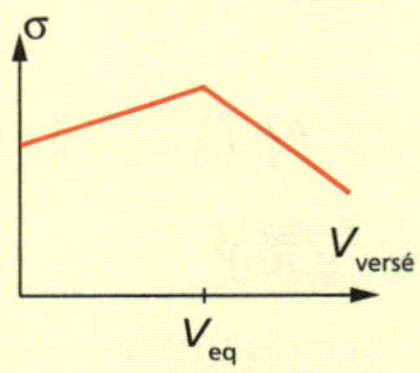

▲ Représentation 2

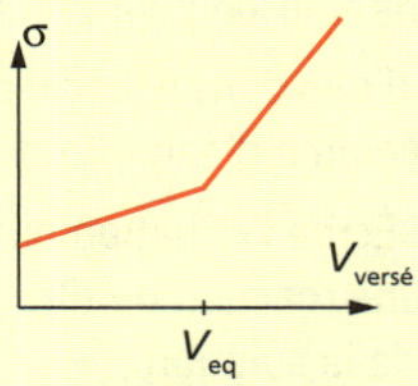

▲ Représentation 3

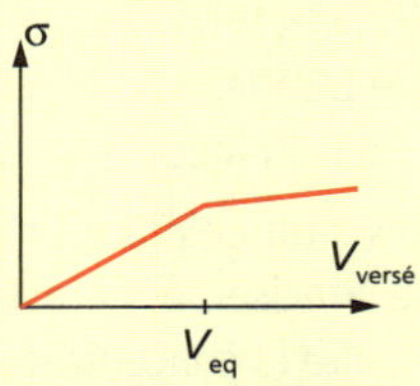

▲ Représentation 4

5. On obtient lors du titrage un volume de solution titrante versé à l'équivalence égal à 14,1 mL. En déduire la concentration en A^- dans la solution S.

Données :

Conductivités molaires ioniques à 25° C

Ion	H_3O^+	Cl^-	Na^+	HO^-	RCO_2^-
λ (mS.m².mol⁻¹)	34,96	7,63	5,01	19,8	< 4

4 Sens d'évolution spontanée d'un système

1 État d'équilibre chimique

A Définition

Après une transformation chimique deux situations possibles

Équilibre chimique → tous les réactifs et tous les produits sont présents dans le milieu réactionnel : **l'état final est un état d'équilibre chimique**

Ex. :
$CH_3COOH(aq) + H_2O(\ell) = CH_3COO^-(aq) + H_3O^+(aq)$

Pas d'équilibre chimique → l'un des réactifs a complètement disparu, la réaction est dite totale : l'équilibre chimique n'est pas réalisé dans l'état final.

Ex. :
$HCl(aq) + H_2O(\ell) \rightarrow H_3O^+(aq) + Cl^-(aq)$

↓ réaction totale : HCl n'est pas présent dans l'état final

B Caractérisation du système à l'équilibre : $Q_r = K(T)$

On considère un équilibre chimique entre les espèces A, B, C et D :

$$\alpha A + \beta B = \gamma C + \delta D$$

• **Définition du quotient réactionnel Q_r :**

$$Q_r = \frac{(a(C))^\gamma \times (a(D))^\delta}{(a(A))^\alpha \times (a(D))^\beta}$$

avec ***a* les activités des constituants**, au numérateur les produits et au dénominateur les réactifs.

Ex. : le quotient de réaction associé à la transformation suivante :

$$I_2(aq) + 2\ S_2O_3^{2-}(aq) = S_4O_6^{2-}(aq) + 2\ I^-(aq)$$

s'écrit : $Q_r = \dfrac{a(S_4O_6^{2-}) \times (a(I^-))^2}{a(I_2) \times (a(S_2O_3^{2-}))^2}$

• **L'activité *a* dépend du constituant considéré :**

Activité selon le constituant :
- espèce A(aq) en solution (soluté) : $a(A) = \dfrac{[A]}{c°}$ — $c° = 1\ mol.L^{-1}$ concentration standard
- solvant S : $a(S) = 1$
- solide A(s) : $a(A) = 1$

Ex. :

• $CH_3COOH(aq) + H_2O(\ell) = CH_3COO^-(aq) + H_3O^+(aq)$

$$Q_r = \frac{\frac{[CH_3COOO^-]}{c^\circ} \times \frac{[H_3O^+]}{c^\circ}}{\frac{[CH_3COOH]}{c^\circ} \times 1}$$

• $Cu^{2+}(aq) + Zn(s) \rightleftharpoons Cu(s) + Zn^{2+}(aq)$ $\qquad Q_r = \frac{1 \times \frac{[Zn^{2+}]}{c^\circ}}{\frac{[Cu^{2+}]}{c^\circ} \times 1}$

• **Relation entre quotient réactionnel Q_r et $K(T)$ à l'équilibre :** elle permet de déterminer les concentrations des espèces en solution à l'équilibre connaissant la valeur de $K(T)$.

$Q_{r,eq} = K(T)$ avec **K la constante thermodynamique**, qui ne dépend que de la température T.

2 Critère d'évolution spontanée d'un système hors équilibre

A Critère d'évolution : comparer Q_r à K

Pour connaître le sens d'évolution spontanée d'un système physico-chimique, on calcule le quotient réactionnel à l'état initial $Q_{r,0}$ que l'on compare à la constante d'équilibre $K(T)$. Le système tend à évoluer vers l'état d'équilibre pour lequel on aurait $Q_{r,eq} = K(T)$.

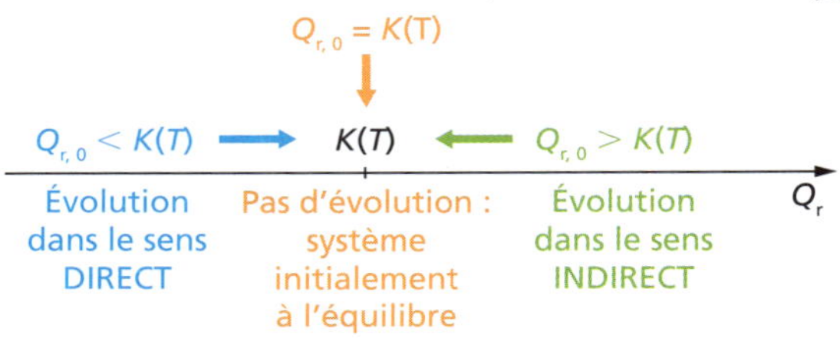

Appliquer le cours

On introduit dans 1 L d'eau 0,1 mole d'acide éthanoïque.

Quel est le sens d'évolution du système ainsi constitué ?

Solution

On calcule $Q_{r,0} = 0$ car $[CH_3CO_2^-(aq)]_0 = 0$ donc $Q_{r,0} < K(T)$ car $K(T) = K_A > 0$.

Donc le système évolue dans le sens direct : l'acide éthanoïque réagit avec l'eau pour former l'ion éthanoate.

B Cas où le système peut atteindre l'équilibre

Méthode pour calculer la composition du système à l'état final :

- on suppose qu'il s'agit d'un état d'équilibre et on note x l'avancement de la réaction ;
- on écrit qu'à l'équilibre : $Q_{r,eq} = K(T)$;
- on vérifie qu'il existe une solution physiquement acceptable.

Ex. : on introduit n_0 moles de AH dans un volume V d'eau :

	$AH(aq)$	+	$H_2O(\ell)$	=	$A^-(aq)$	+	$H_3O^+(aq)$	$K(T) = K_A(T)$
État initial	n_0							
État d'équilibre	$n_0 - x$				x		x	

$$Q_{r,\,eq} = K_A \Leftrightarrow K_A = \frac{x^2}{V.(n_0 - x)c°}$$: équation du second degré à résoudre pour trouver x.

Appliquer le cours

On reprend le système de l'exemple précédent (0,1 mole d'acide éthanoïque dans le volume V = 1 L d'eau) et on veut déterminer la composition du système à l'équilibre.

Donnée : pK_A ($CH_3CO_2H(aq)/CH_3CO_2^-(aq)$) = 4,8.

Solution

On a vu précédemment que le système évolue dans le sens direct. À l'équilibre :

$Q_{r,\,eq} = K_A \Leftrightarrow \frac{x^2}{V.(0{,}1 - x)c°} = 10^{-4{,}8}$

$\Leftrightarrow x^2 + 10^{-4{,}8}x - 0{,}1 \times 10^{-4{,}8} = 0.$

La résolution donne deux solutions

$x_1 = 1{,}25 \times 10^{-3}$ mol et $x_2 = -1{,}27 \times 10^{-3}$ mol.

Seule la solution $x > 0$ est physiquement acceptable

$\Rightarrow [CH_3CO_2^-]_{eq} = [H_3O^+]_{eq} = 1{,}25 \times 10^{-3}$ mol.L^{-1}

C Cas où le système ne peut pas atteindre l'équilibre

Si la résolution de l'équation $Q_{r,\,eq} = K$ ne conduit qu'à des valeurs d'avancement physiquement non acceptables : cela signifie que l'état final ne peut pas être un état d'équilibre chimique. L'un des constituants de l'équation bilan disparaît totalement.

3 Application à l'étude des piles

A Schéma général d'une pile

• **Dans une pile, une réaction d'oxydoréduction spontanée permet la circulation d'électrons** et génère un courant électrique. Une pile finit par s'user, quand l'un des réactifs est épuisé.

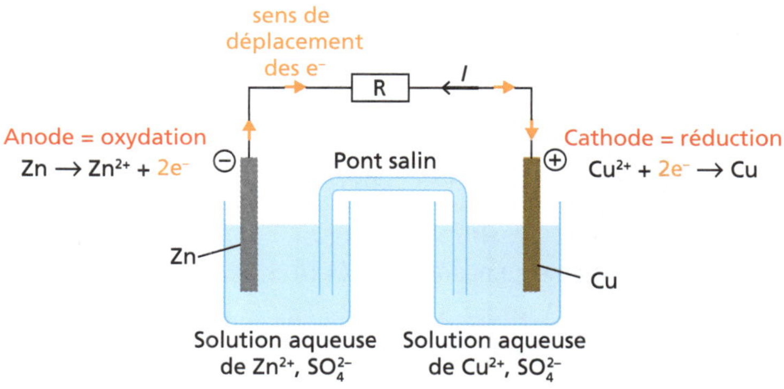

Pile DANIELL : $Cu^{2+}(aq) + Zn(s) \rightarrow Cu(s) + Zn^{2+}(aq)$

• **Rôle du pont salin** (solution ionique, conductrice) : mettre en contact les deux compartiments de la pile et permettre le passage du courant. Dans les piles du commerce, on trouve également des membranes au lieu d'un pont salin, qui permettent le passage des ions.

Remarque

Pourquoi deux compartiments ? Car les deux réactifs (oxydant et réducteur) ne doivent pas être en contact, sinon la réaction spontanée aurait lieu en solution et l'on ne pourrait pas récupérer l'énergie sous forme d'énergie électrique !

SPÉCIALITÉ PHYSIQUE-CHIMIE

Appliquer le cours

Dans la pile Daniell, déterminer la quantité d'électrons (en mole) qui circule quand 1 g de Zn(s) est consommé.

Donnée : $M_{Zn} = 65{,}4\ g.mol^{-1}$.

Solution

On calcule la quantité de matière de Zn(s) :

$$n_{Zn} = \frac{1}{M_{Zn}} \quad \text{soit } n_{Zn} = \frac{1}{65{,}4} = 0{,}015 \text{ mol.}$$

Quand 1 mole de Zn est oxydée, 2 moles d'électrons circulent d'après l'équation bilan, donc $n_{e-} = 0{,}03$ mol.

B Fonctionnement d'une pile

- Le pôle où se produit l'oxydation est l'anode.

Le pôle où se produit la réduction est la cathode.

Astuce pour retenir les noms des pôles

Anode commence par une voyelle comme dans Oxydation, alors que
Cathode commence par une consonne comme dans Réduction

- **Au pôle ⊖ :** des électrons sont libérés, la réaction électrochimique est une oxydation : $Zn \rightarrow Zn^{2+} + 2e^-$.
- **Au pôle ⊕** : des électrons sont captés, la réaction électrochimique est une réduction : $Cu^{2+} + 2e^- \rightarrow Cu$.
- **Le sens du courant** *I* est le sens inverse de celui des électrons, donc du ⊕ vers le ⊖.

Retenir

Les électrons vont du pôle ⊖ (anode) vers le pôle ⊕ (cathode) dans le circuit extérieur.

C Quelques caractéristiques des piles

- **Tension à vide *U*** : différence de potentiel aux bornes de la pile en circuit ouvert :

$$U = V_+ - V_-$$

- **Capacité** : quantité d'électricité *Q* que peut fournir la pile. C'est le produit du nombre de mole d'électrons n_{e-} par la charge d'une mole d'électrons $N_A \times e$

$$Q = n_{e-} \times N_A \times e$$

La capacité est souvent exprimée en ampère-heure (A.h), 1 A.h = 1 × 3 600 = 3 600 C.

- **La quantité de matière du réactif limitant** permet de déterminer le nombre de mole maximal d'électrons qui peut circuler à l'aide de la demi-équation correspondante.
- **Usure d'une pile** : la pile est usée quand un des réactifs a été entièrement consommé.

Appliquer le cours

Déterminer la capacité de la pile Daniell décrite précédemment (en C et en A.h), contenant 1,0 g de zinc solide comme réactif limitant.

Données : $N_A = 6{,}02 \times 10^{23}\ mol^{-1}$; $e = 1{,}6 \times 10^{-19}$ C.

Solution

On a calculé $n_{e-} = 0{,}03$ mol. Dans 1 mole d'électron, il y a N_A électrons de charge e donc :

$Q = n_{e-} \times N_A \times e$

soit $Q = 2{,}9 \times 10^3$ C, c'est-à-dire $Q = 0{,}80$ A.h.

Exercices d'entraînement

Exercice 1 ★★ 15 min

Corrigé p. 197

Critère d'évolution

1. Une lame de fer décapée plongée dans une solution de sulfate de cuivre (II) se recouvre d'une couche rougeâtre. Proposer une équation bilan pour la réaction observée.
La constante d'équilibre de cette réaction est $K = 1,0 \times 10^{26}$.

2. On prépare 100 mL d'une solution contenant des ions cuivre (II) à la concentration de $1,00 \times 10^{-3}$ mol.L^{-1} et des ions fer (II) à la concentration de $1,00 \times 10^{-4}$ mol.L^{-1}. On verse 1,0 g de poudre de fer dans cette solution et 1,0 g de poudre de cuivre.

a) Calculer le quotient de réaction $Q_{r,0}$ dans l'état initial et en déduire le sens d'évolution du système.

b) En déduire l'état final du système et préciser s'il s'agit d'un état d'équilibre chimique.

Données : masses molaires : Fe : 56 g.mol^{-1} ; Cu : 63,5 g.mol^{-1}.

Exercice 2 ★★ 15 min

Corrigé p. 197

La pile Leclanché

Dans une pile Leclanché, le dioxyde de manganèse MnO_2(s) est réduit et le Zn(s) est oxydé.

1. Écrire les réactions électrochimiques qui se déroulent aux bornes de la pile.

2. En déduire l'équation de la réaction d'oxydo-réduction spontanée qui se produit quand la pile débite.

3. MnO_2(s) se trouve-t-il à l'anode ou à la cathode ? Justifier.

4. Quelle est la polarité de l'électrode en zinc ?

Données : couples d'oxydo-réduction à considérer :
MnO_2(s) / Mn^{2+}(aq) ; Zn^{2+}(aq) / Zn(s)

Exercice 3 ★★ 20 min

Corrigé p. 197

Capacité d'une pile

Dans une pile au lithium, il se produit la réaction suivante (les espèces en solution sont notées avec l'indice sol, le solvant ne pouvant être l'eau) :

$$MnO_2(s) + H^+(sol) + Li(s) \rightarrow Li^+(sol) + MnO(OH)(s)$$

La masse de l'électrode en lithium est de 2,0 g.

1. Pourquoi l'eau ne peut-elle pas être utilisée comme solvant ? On rappelle que le lithium Li(s) fait partie de la famille des alcalins, comme le sodium Na(s).

2. Déterminer la quantité de matière de Li disponible, ainsi que la quantité de matière d'électrons que la pile peut transférer.

3. En déduire la quantité d'électricité Q (exprimée en C puis en A.h) que la pile peut fournir.

4. Déterminer la capacité massique C_m, c'est-à-dire la quantité maximale d'électricité que peut débiter la pile par kilogramme de lithium.

5. Comparer ce résultat à la capacité massique d'autres piles : au cadmium (480 A.h.kg^{-1}), au zinc (500 A.h.kg^{-1}) ou à l'argent (820 A.h.kg^{-1})).

6. On admet que lors du fonctionnement de la pile, le réactif limitant est le lithium. Calculer l'autonomie de la pile, c'est-à-dire la durée Δt pendant laquelle la pile peut fonctionner, en considérant qu'elle délivre un courant $I = 0,1$ mA.

Donnée : masse molaire du lithium : 6,9 g.mol^{-1}.

5 Forcer le sens d'évolution d'un système

Les métaux comme l'aluminium ou le zinc s'oxydent spontanément au contact du dioxygène de l'air. Comment forcer le sens de l'évolution pour obtenir le métal à partir de son oxyde ?

1 Passage forcé d'un courant : fonctionnement d'un électrolyseur

A Électrolyse de l'eau

Comme vu au chapitre 4, il est possible d'utiliser une réaction spontanée entre un oxydant et un réducteur pour convertir une énergie chimique en énergie électrique (pile).

• **Lors d'une transformation forcée, on fournit de l'énergie** au système pour qu'il évolue dans le sens inverse de son évolution spontanée. Quand cette énergie fournie est de l'énergie électrique, on parle d'**électrolyse**.

Ex. : Équation bilan de l'électrolyse de l'eau : $2\ H_2O(\ell) \rightarrow O_2(g) + 2\ H_2(g)$

Si on met en présence $O_2(g)$ et $H_2(g)$, ils réagissent spontanément pour donner de l'eau (en présence d'un catalyseur – voir chapitre 6). Le passage forcé d'un courant permet de réaliser la transformation chimique inverse non spontanée.

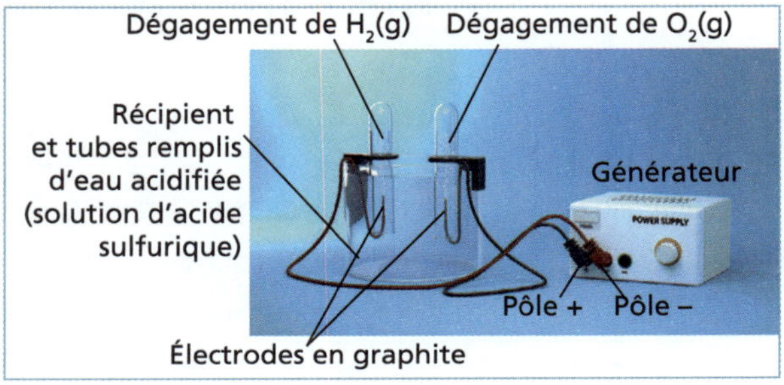

▲ Électrolyse de l'eau

B Schéma d'un électrolyseur

Points importants :

– à l'anode la réaction électrochimique qui se produit est une **oxydation** et à la cathode une **réduction** (voir chapitre 4) ;

– les électrons partent du pôle – du générateur et sont consommés à la cathode ;

– le sens du courant est le sens inverse des électrons.

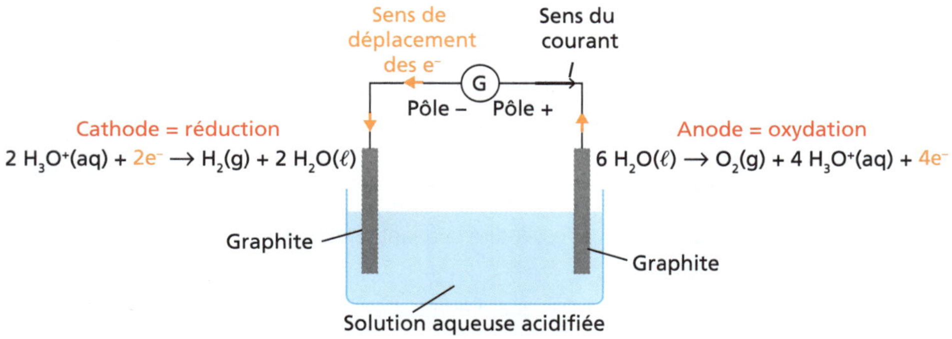

▲ Branchement du générateur pour l'électrolyse de l'eau.

Remarque

Dans un électrolyseur, les espèces formées lors de la transformation chimique doivent en général être séparées, par une membrane par exemple : elles réagiraient spontanément sinon ! Dans l'exemple de l'électrolyse de l'eau, les gaz sont récupérés dans des tubes à essais et ne sont donc pas en contact.

C Variations de quantités de matière

L'objectif est de relier l'intensité du courant et la durée Δt de l'électrolyse aux variations de quantités de matière des réactifs et des produits.
On utilise les équations des réactions électrochimiques et les deux relations suivantes :

$$I = \frac{Q}{\Delta t} \quad \text{et} \quad Q = n_{e^-} \times e \times N_A$$

avec n_{e^-} le nombre de mole d'électrons ayant traversé le circuit pendant Δt, e la charge d'un électron (en valeur absolue), N_A le nombre d'Avogadro et Q la charge électrique ayant circulé pendant cette durée.

Appliquer le cours

Sur l'exemple de l'électrolyse de l'eau, calculer les quantités de matière de dihydrogène et de dioxygène produits si l'électrolyse est réalisée pendant une durée de 700 s avec une intensité I = 1,4 A.

Solution

On calcule : $Q = I \cdot \Delta t = 9{,}8 \times 10^2$ C.

On calcule : $n_{e^-} = \dfrac{Q}{1{,}6 \times 10^{-19} \times 6{,}02 \times 10^{23}} = 1{,}0 \times 10^{-2}$ mole.

On regarde combien de mole de H_2 sont créées par mole d'électrons qui circulent (réaction électrochimique à la cathode) :

$$2\ e^- + 2\ H_3O^+(aq) \rightarrow H_2(g) + 2\ H_2O(\ell).$$

Il y a donc $\dfrac{1{,}0 \times 10^{-2}}{2} = 5{,}0 \times 10^{-3}$ mole de H_2 crées pendant 700 s. De même, en regardant la réaction électrochimique à l'anode, on trouve qu'on forme $2{,}5 \times 10^{-3}$ moles de O_2.

2 Stockage et conversion d'énergie chimique

A Dispositifs mis en jeux

• **L'énergie chimique** ne peut pas toujours être utilisée au fur et à mesure de sa production, ni sur son lieu de production : il est nécessaire de la **stocker**.
Une batterie d'accumulateur stocke de l'énergie chimique lorsqu'elle est rechargée, et la restitue lors de sa décharge.

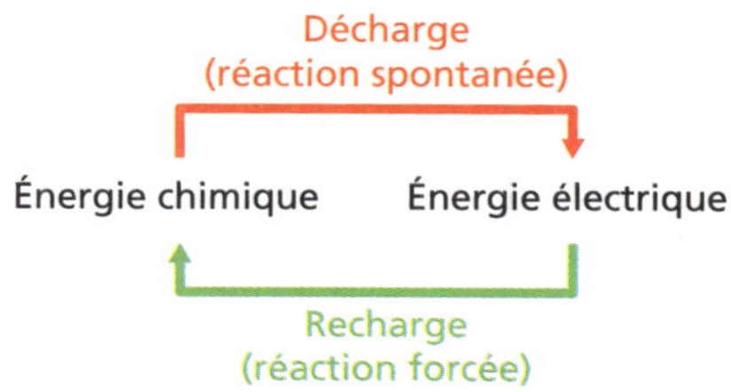

Ex. : une batterie au plomb contient les espèces Pb(s), $PbSO_4$(s) et PbO_2(s) et de l'acide sulfurique comme électrolyte. Le sulfate de plomb $PbSO_4$(s) est un solide ionique constitué des ions Pb^{2+} et SO_4^{2-}.

Lors de la décharge, la réaction spontanée qui se produit est la suivante :

$$Pb(s) + PbO_2(s) + 2\ HSO_4^-(aq) + 2\ H_3O^+(aq) \rightarrow 2\ PbSO_4(s) + 4\ H_2O(\ell)$$

Lors de la charge, c'est la réaction inverse qui se produit grâce à l'énergie électrique fournie :

$$2\ PbSO_4(s) + 4\ H_2O(\ell) \rightarrow Pb(s) + PbO_2(s) + 2\ HSO_4^-(aq) + 2\ H_3O^+(aq)$$

• **La photosynthèse** est réalisée par les végétaux chlorophylliens. Il s'agit d'une conversion d'énergie lumineuse en énergie chimique : la synthèse de molécules organiques nécessaires à la plante est réalisée à partir de matière uniquement minérale à l'aide de l'énergie lumineuse.

▼ Principe de la photosynthèse

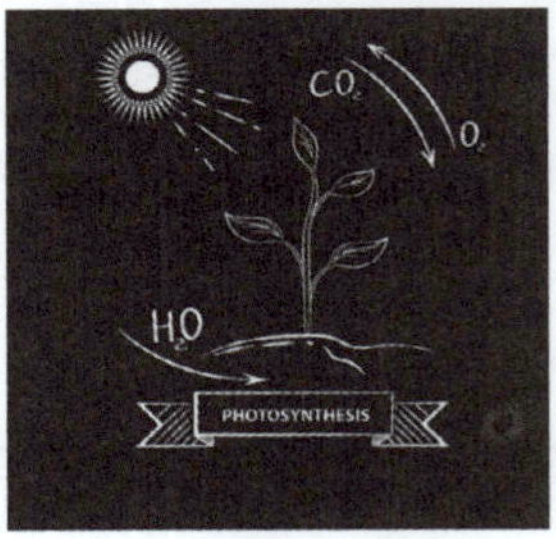

▼ Chlorophylle a

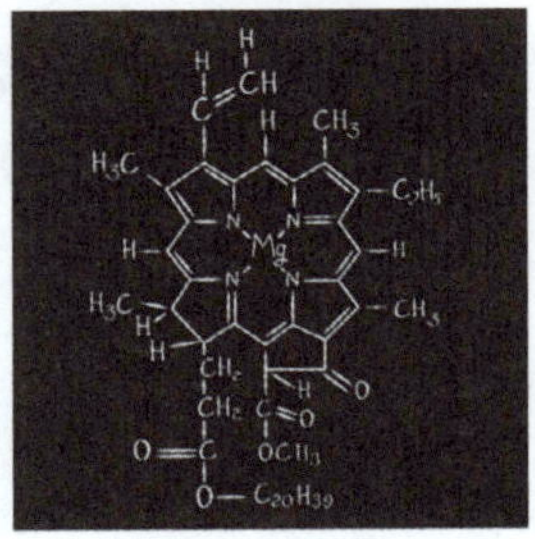

$$6\ CO_2\ (g) + 6\ H_2O(\ell) \xrightarrow[\text{lumineuse}]{\text{énergie}} C_6H_{12}O_6(aq) + 12\ O_2(aq)$$

Les pigments chlorophylliens absorbent l'énergie des photons de la lumière visible et restituent cette énergie pour réaliser la photosynthèse.

B Enjeux sociétaux

Les enjeux sociétaux associés à la problématique du stockage et de la conversion d'énergie chimique sont doubles, il s'agit :
- d'augmenter les performances énergétiques des systèmes de stockage (pour stocker plus d'énergie, plus longtemps et avec des pertes réduites)
- de minimiser l'impact environnemental des technologies mobilisées (choix des matériaux en fonction de leurs disponibilités, de leur toxicité, des possibilités de recyclage)

Exercices d'entraînement

Données pour l'ensemble des exercices : $N_A = 6{,}02 \times 10^{23}$ mol^{-1} ; e = $1{,}61 \times 10^{-19}$ C.

Exercice 1 ★★ 15 min

Corrigé p. 198

Électrolyse de l'eau en milieu basique

Une usine produit du dihydrogène par l'électrolyse de l'eau. Elle fabrique 450 m^3 de gaz à l'heure. L'électrolyte utilisé est une solution aqueuse d'hydroxyde de potassium :

$$(K^+(aq) + HO^-(aq)).$$

1. Écrire la réaction électrochimique se produisant à la cathode, sachant que l'on est en milieu basique. On pourra partir de la demi-équation électronique ajustée en milieu acide.

2. En utilisant la loi des gaz parfaits $PV = nRT$, calculer le volume molaire en m^3.mol^{-1} du dihydrogène gazeux à la température de 298 K et sous la pression $P = 10^5$ Pa.

3. En déduire la quantité de matière de dihydrogène produite en 1 heure, puis la quantité d'électron ayant circulé pendant ce temps.

4. Quelle doit être l'intensité du courant d'électrolyse ?

Donnée : $R = 8{,}31$ J.mol^{-1}.K^{-1}.

Exercice 2 ★★★ 20 min *Corrigé p. 198*

Accumulateur au plomb

Un accumulateur au plomb est constitué de deux électrodes de plomb dont l'une est recouverte de dioxyde de plomb $PbO_2(s)$. Ces deux électrodes plongent dans une solution d'acide sulfurique concentré ($2H_3O^+(aq) + SO_4^{2-}(aq)$). Pour comprendre le fonctionnement de l'accumulateur au plomb, on considèrera de manière simplifiée les couples : $PbO_2(s) / Pb^{2+}(aq)$ et $Pb^{2+}(aq) / Pb(s)$. Pour ce deuxième couple, la demi-équation électronique à considérer dans ce milieu est :

$$PbO_2(s) + 4\ H_3O^+(aq) + 2\ e^- = Pb^{2+}(aq) + 6\ H_2O(\ell).$$

La capacité de cet accumulateur est de $4{,}00 \times 10^5$ C.

1. Lors du fonctionnement en situation de décharge, le plomb et le dioxyde de plomb sont consommés.

Écrire les réactions électrochimiques se produisant à l'anode et à la cathode. En déduire l'équation bilan de fonctionnement de l'accumulateur. Faire un schéma légendé du montage si l'accumulateur se décharge dans une résistance R.

2. Comment recharger l'accumulateur ? Indiquer précisément les branchements nécessaires.

3. a) Donner la quantité d'électricité qui doit traverser l'accumulateur pour le recharger complètement, en supposant qu'il est initialement entièrement déchargé.

b) Au cours de cette charge, déterminer la variation de masse de l'électrode de plomb.

Donnée : masse molaire de Pb : $M = 207{,}2$ g.mol^{-1}.

Exercice 3 ★★★ 30 min *Corrigé p. 199*

Nickelage électrochimique

1. Écrire l'équation bilan de la réaction entre les ions nickel (II) et le cuivre solide. On prendra un coefficient stœchiométrique égal à 1 pour le cuivre solide.

2. La constante thermodynamique de cette réaction vaut 10^{-19}.

a) Rappeler le critère d'évolution spontanée.

b) Si l'on plonge une lame de cuivre et une lame de nickel dans une solution contenant des ions Ni^{2+} et des ions Cu^{2+} chacun à la concentration de 10^{-2} mol.L^{-1}, donner le sens d'évolution du système.

c) Conclure : peut-on obtenir un dépôt de nickel solide sur une plaque de cuivre par simple trempage de cette plaque dans une solution de sulfate de nickel (II) ?

3. Pour réaliser le *nickelage* de la plaque de cuivre, c'est-à-dire la recouvrir de nickel, on procède par électrolyse. L'anode est en graphite, la cathode en cuivre et la solution électrolytique est une solution acidifiée de sulfate de nickel ($Ni^{2+}(aq) + SO_4^{2-}(aq)$). On observe à l'une des deux électrodes un dégagement de dioxygène.

Décrire le dispositif : faire un schéma légendé du montage en précisant les réactions électrochimiques se produisant aux électrodes, le sens de circulation des électrons et le sens du courant.

4. La surface de la plaque à nickeler est $S = 400$ cm^2, l'épaisseur du dépôt recherchée est e = 20 microns.

a) Quelle est la masse de nickel nécessaire ?

b) Quel est le nombre de mole d'électrons nécessaire ?

c) En déduire la durée du nickelage si l'électrolyse est faite avec une intensité $I = 2{,}00$ A.

Données : • masse molaire de Ni : 58,7 g.mol^{-1} ; masse volumique du nickel $\rho = 8\,900$ kg.m^{-3}
• Couples d'oxydoréduction considérés : $Ni^{2+}(aq) / Ni(s)$; $Cu^{2+}(aq) / Cu(s)$; $O_2(g) / H_2O(\ell)$.

6 Cinétique et catalyse

1 Suivi temporel et modélisation macroscopique

A Caractéristiques cinétiques

a) Transformation rapide, transformation lente

• **Transformation rapide**
Elle se produit **dès que les réactifs sont mis en contact** (elle est instantanée à l'échelle de l'expérimentateur).
Ex. : réaction acido-basique.

• **Transformation lente**
Elle se produit **sur un intervalle de temps** allant de quelques secondes à plusieurs heures, voire des années.
Ex. : certaines réactions d'oxydoréduction.

Ne pas confondre **cinétique** et **thermodynamique** : une transformation chimique thermodynamiquement favorable peut se dérouler à une vitesse trop faible pour que l'équilibre soit atteint.

b) Facteur cinétique
Un facteur cinétique est un paramètre qui **influe sur la vitesse d'une réaction.**
Les deux facteurs cinétiques principaux sont :
– **la concentration des réactifs** : la vitesse augmente quand cette concentration augmente ;
– **la température** : en général, la vitesse augmente quand la température augmente.

B Catalyse

Un catalyseur est une espèce qui accélère une réaction sans apparaître dans l'équation bilan.
Il est **régénéré** à la fin de la réaction : une petite quantité de catalyseur peut suffire pour transformer une grande quantité de réactif.
Il ne modifie pas l'état final prévu par la thermodynamique : une réaction thermodynamiquement défavorable n'aura pas lieu même en présence de catalyseur.

> **Remarque**
> Une réaction peut être catalysée par la lumière, on parle alors de photocatalyse.

C Suivi temporel d'une transformation

a) Méthodes expérimentales
Il faut **mesurer la concentration** d'une espèce en fonction du temps

l'un des constituants (réactif ou produit)

- est coloré → suivi spectrophotométrique, loi de Beer Lambert
- est un ion → suivi conductimétrique, loi de Kohlrausch
- a un caractère acido-basique → suivi pH-métrique, dosage par titrage

Voir chapitres 2 et 3.

b) Vitesses volumiques

• **Une vitesse volumique** est la **dérivée d'une concentration par rapport à un temps.**

• **Vitesse volumique d'apparition** d'un produit P :

$$v_p = + \frac{d[P]}{dt}$$

avec v_p en mole par litre par seconde ($mol.L^{-1}.s^{-1}$), $[P]$ en mole par litre ($mol.L^{-1}$) et t en seconde (s).

• **Vitesse volumique de disparition** d'un réactif R :

$$v_R = - \frac{d[R]}{dt}$$

Une vitesse est **toujours positive** $\left(\frac{d[R]}{dt} < 0\right)$ car le réactif R est consommé.

Remarque : Le temps t peut être en seconde, en minute ou en heure, selon la réaction étudiée.

c) Temps de demi-réaction

Le temps de demi-réaction $t_{1/2}$ est la durée nécessaire pour que l'avancement atteigne la moitié de sa valeur finale x_f : $t = t_{1/2}, x = \frac{x_f}{2}$.

Unité : $t_{1/2}$ s'exprime, selon la réaction étudiée, en seconde, en minute ou en heure.

Détermination graphique de la vitesse

À partir de la courbe donnant la concentration de l'espèce en fonction du temps : c'est la valeur absolue de la pente de la tangente à la courbe.

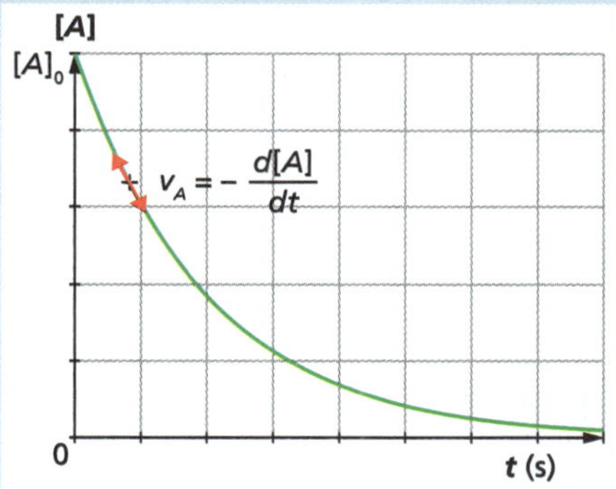

▲ Détermination graphique de la vitesse de disparition d'un réactif A

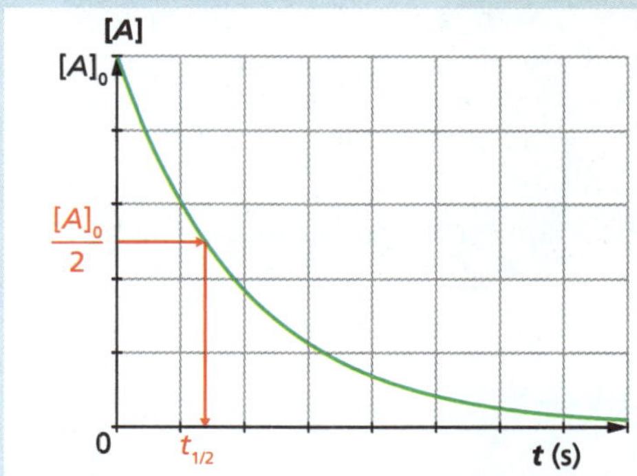

▲ Détermination graphique du temps de demi-réaction $t_{1/2}$

2 Réaction d'ordre 1

A Définition et caractéristiques

Soit une réaction de bilan $A \rightarrow B$ dont on étudie la vitesse.

• **Cette réaction est d'ordre 1** (par rapport à A) si la vitesse volumique de disparition de A s'écrit :

$$v_A = k \times [A]^1 \leftarrow \textbf{ordre 1} \text{ par rapport à } A$$

avec v_A en mole par litre par seconde ($mol.L^{-1}.s^{-1}$), k constante de vitesse (s^{-1}) et $[A]$ en mole par litre ($mol.L^{-1}$).

Ex. : décroissance radioactive, chapitre 7.

- Comme $v_A = -\frac{d[A]}{dt}$, on en déduit **l'équation différentielle** vérifiée par $[A]$:

$$-\frac{d[A]}{dt} = k \times [A] \Leftrightarrow \frac{d[A]}{dt} + k \times [A] = 0$$ dont la solution est : $[A] = [A]_0 \times e^{-kt}$

$[A]_0$ est la concentration de A à l'instant $t = 0$.

- **Caractéristique de l'ordre 1 :** le temps de demi-réaction est **indépendant** de la concentration initiale $[A]_0$.

$$[A](t = t_{1/2}) = \frac{[A]_0}{2} \Leftrightarrow [A]_0 \times e^{-kt_{1/2}} = \frac{[A]_0}{2} \Leftrightarrow t_{1/2} = \frac{\ln 2}{k}$$ (indépendant de $[A]_0$).

B Vérifier l'ordre 1 expérimentalement

Vérifier à partir des résultats expérimentaux qu'une réaction est d'ordre 1 :

- **Par régression linéaire :**

Si la réaction est d'ordre 1 alors :

$$\ln \frac{[A]}{[A]_0} = -k \times t$$

On trace, avec la calculatrice ou un tableur, la courbe $y = f(x)$ en portant en ordonnée $y = \ln \frac{[A]}{[A]_0}$ et en abscisse $x = t$.

Si la réaction est d'ordre 1 alors la courbe tracée est une droite de pente $-k$.

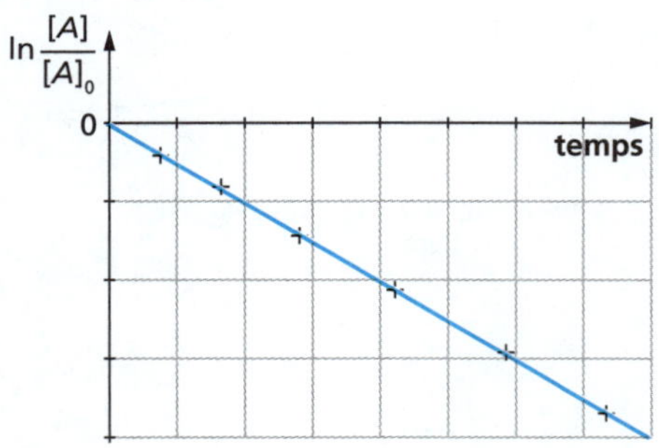

- **En raisonnant sur le temps de demi-réaction :**

Si la réaction est d'ordre 1 alors quelle que soit la concentration initiale en A, elle sera divisée par 2 au bout du temps $t_{1/2}$.

Sur la courbe $[A] = f(t)$, on vérifie par construction graphique que :

$$t_{1/4} = 2t_{1/2}.$$

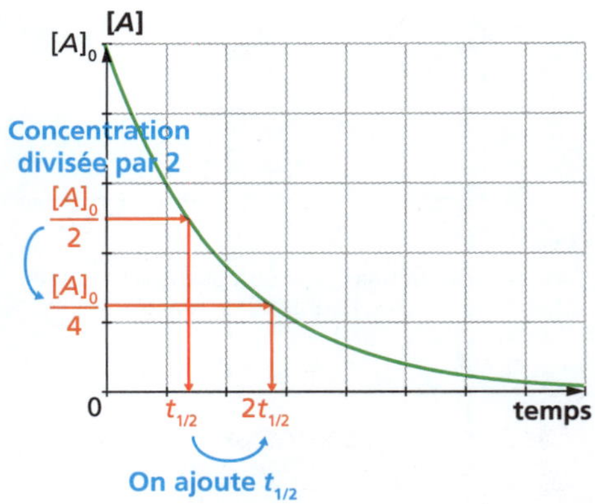

3 Modélisation microscopique

A Définitions et exemples

- **L'équation bilan d'une réaction est un bilan macroscopique**, qui ne traduit pas ce qui se déroule à l'échelle microscopique. Le passage à l'échelle microscopique montre ce qui se passe à l'échelle moléculaire.

• **Définition :** on appelle **acte élémentaire** une **transformation chimique qui se déroule en une seule étape** à l'échelle microscopique. Il y a généralement 1 ou 2 réactifs pour un acte élémentaire, comme indiqué ci-dessous. On utilise le symbole $\longrightarrow$.
– Acte élémentaire de type $A + B \longrightarrow C$: une **collision** entre A et B conduit directement à C.
– Acte élémentaire de type $A \longrightarrow C + D$: la dissociation spontanée de A conduit directement à C et D.

• **Le mécanisme réactionnel** est la **suite d'actes élémentaires** qui montre comment se déroule la réaction à l'échelle microscopique. Des espèces qui n'apparaissent pas dans l'équation bilan peuvent intervenir : ce sont des **intermédiaires réactionnels**.
Ex. : mécanisme d'une substitution nucléophile SN_1.

Équation bilan :

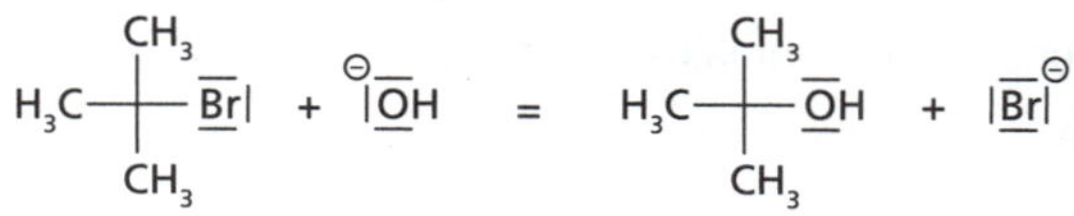

• **Identification d'un intermédiaire réactionnel** pour ce mécanisme composé de 2 actes élémentaires :

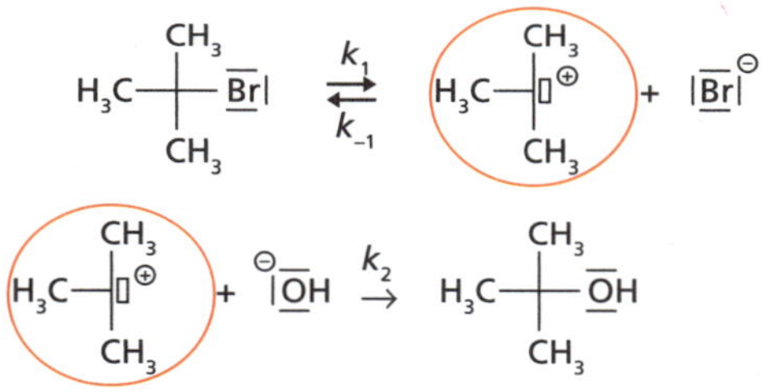

• **Formalisme de la flèche courbe** : la flèche indique le sens de déplacement du doublet d'électrons :

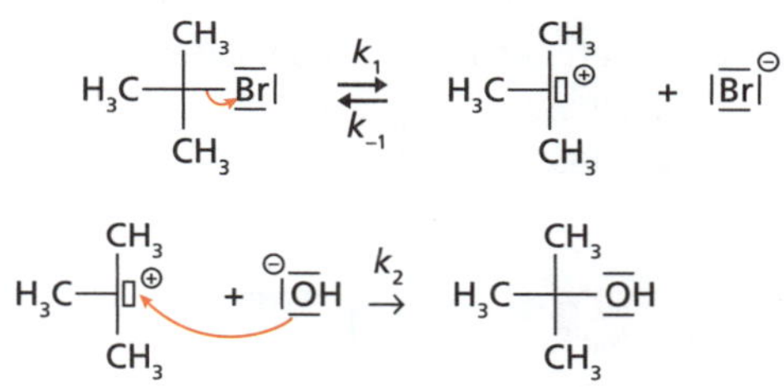

Pour retrouver l'équation bilan, on fait la somme membre à membre des deux actes élémentaires : l'intermédiaire réactionnel s'élimine, il n'apparaît pas dans le bilan.

> **Remarque**
> Écrire $\rightleftarrows$ signifie que l'on tient compte de la transformation dans le sens direct $A + B \longrightarrow C$ mais aussi de la transformation inverse $C \longrightarrow A + B$.

• **Le mécanisme réactionnel est modifié par ajout d'un catalyseur** : une étape lente est remplacée par plusieurs étapes rapides, faisant apparaître des intermédiaires réactionnels.
Le catalyseur est régénéré, il n'apparaît pas dans l'équation bilan.

B Interprétation microscopique des facteurs cinétiques

• **Deux facteurs cinétiques principaux** : la température T et les concentrations des réactifs.
Interprétation microscopique pour un acte élémentaire $A + B \longrightarrow C$: une collision (un « choc ») entre A et B conduit à la formation de C :
– si les concentrations en A et en B augmentent, la quantité de chocs entre ces deux espèces augmente (elle est liée à leur probabilité de rencontre) : **la vitesse augmente quand la fréquence des chocs augmente donc quand les concentrations augmentent ;**
– **si la température augmente : en général, la constante de vitesse k augmente**. Cette constante prend en compte la probabilité que le choc soit efficace, c'est-à-dire qu'il conduise à la formation de C.

Exercices d'entraînement

Exercice 1 ★★ 25 min

Corrigé p. 199

On dissout dans un bécher 34,2 g de saccharose dans de l'eau, afin d'obtenir 100 mL de solution, et on déclenche le chronomètre. Le saccharose de formule brute $C_{12}H_{22}O_{11}$ s'hydrolyse selon la réaction :

$$C_{12}H_{22}O_{11} + H_2O = \text{glucose} + \text{fructose}$$

Quel que soit l'instant choisi comme origine des temps, on constate que si N est la quantité de matière de saccharose présent à cet instant, il faut attendre 200 minutes pour que la quantité de saccharose restant en solution soit égale à $\frac{N}{2}$.

1. Calculer la concentration initiale C_0 de saccharose.

2. Compléter le tableau ci-dessous. Tracer la courbe donnant la concentration C de saccharose en fonction du temps pour t variant de 0 à 1200 minutes.

t (min)	0	200	400	600	800	1 000
C (mol.L^{-1})						

3. Quel est l'ordre de la réaction par rapport au saccharose? Justifier.

4. Définir et déterminer graphiquement la vitesse de disparition du saccharose à la date $t = 300$ minutes.

Données : masses molaires : C : 12,0 g.mol^{-1} ; H : 1,0 g.mol^{-1} ; O : 16,0 g.mol^{-1}.

Exercice 2 ★★★ 25 min

Corrigé p. 200

On étudie l'oxydation des ions iodures I^-(aq) par les ions peroxodisulfate $S_2O_8^{2-}$(aq) en solution aqueuse, selon l'équation bilan : $2\ I^-(aq) + S_2O_8^{2-}(aq) = 2\ SO_4^{2-}(aq) + I_2(aq)$

À l'instant $t = 0$, on mélange 25 mL d'une solution d'iodure de potassium (K^+(aq) + I^-(aq)) à 0,25mol.L^{-1} et 15 mL d'une solution de peroxodisulfate d'ammonium ($2\ NH_4^+$(aq) + $S_2O_8^{2-}$(aq)) à $6{,}25 \times 10^{-3}$ mol.L^{-1}. On mesure l'absorbance A du mélange au cours du temps, à la longueur d'onde 454 nm, dans une cuve de longueur 1 cm. Seul le diiode formé est coloré.

t (min)	0	4	8	12	16
A	0	0,35	0,67	0,94	1,18
$[I_2(aq)]$					
$[S_2O_8^{2-}(aq)]$					

1. Rappeler la loi de Beer-Lambert en précisant le nom des différents termes et les unités utilisées. On donne la valeur du coefficient d'absorption molaire du diiode à la longueur d'onde de travail : $\varepsilon = 1\ 250$ L.mol^{-1}.cm^{-1}.

2. En déduire la valeur de la concentration de diiode et compléter le tableau.

3. Calculer la concentration initiale des ions peroxodisulfate $[S_2O_8^{2-}(aq)]_0$ dans le mélange.

4. En exploitant l'équation bilan, écrire la relation entre la concentration des ions peroxodisulfates et celle du diiode à tout instant t. Faire les applications numériques pour compléter le tableau.

5. Que faut-il tracer pour montrer que ces résultats sont en accord avec une réaction d'ordre 1 par rapport aux ions peroxodisulfate ? Faire ce tracé à la calculatrice et conclure.

6. Donner la valeur de la constante de vitesse k.

Exercice 3 ★★ 10 min

Corrigé p. 200

On complète l'étude précédente de l'oxydation des ions iodures $I^-(aq)$ par les ions peroxodisulfate $S_2O_8^{2-}(aq)$ en solution aqueuse, selon l'équation bilan :

$$2\ I^-(aq) + S_2O_8^{2-}(aq) = 2\ SO_4^{2-}(aq) + I_2(aq)$$

À l'instant $t = 0$, on mélange 100 mL d'une solution d'iodure de potassium ($K^+(aq) + I^-(aq)$) à 0,02 mol.L^{-1} et 100 mL d'une solution de peroxodisulfate de potassium ($2\ K^+(aq) + S_2O_8^{2-}(aq)$) à 0,60 mol.L^{-1} dans les conditions suivantes :

– expérience n°1 : le mélange est placé dans un bain thermostaté à la température T_1 ;

– expérience n°2 : le mélange est placé dans un bain thermostaté à la température $T_2 > T_1$;

– expérience n°3 : le mélange est placé dans un bain thermostaté à la température T_2 et on ajoute quelques gouttes d'une solution d'ions fer (III).

Comme étudié dans l'exercice 2, on suit la cinétique par spectrophotométrie et on trace la concentration de diode formé en fonction du temps. On obtient les courbes suivantes :

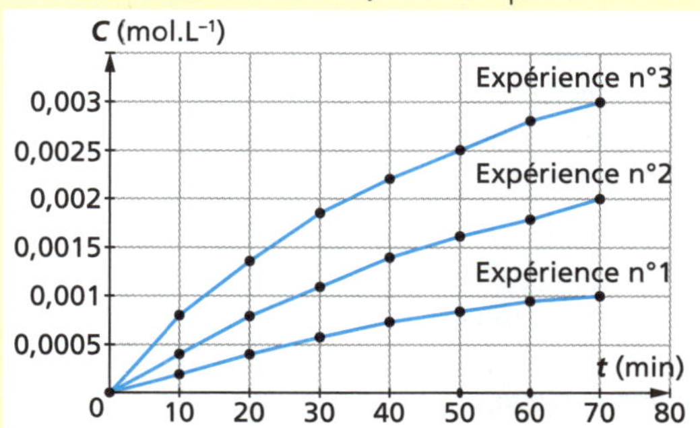

Répondre par vrai ou faux aux affirmations suivantes, et justifier les réponses :

1. La vitesse d'apparition du diiode croît avec la température.
2. La température est un facteur cinétique.
3. Les ions fer (III) catalysent la réaction.
4. Les courbes (1) et (2) n'atteindront pas la même limite que la courbe (3) même si l'on attend assez longtemps.

Exercice 4 ★ 15 min

Corrigé p. 200

1. Représenter les flèches courbes des deux actes élémentaires suivants :

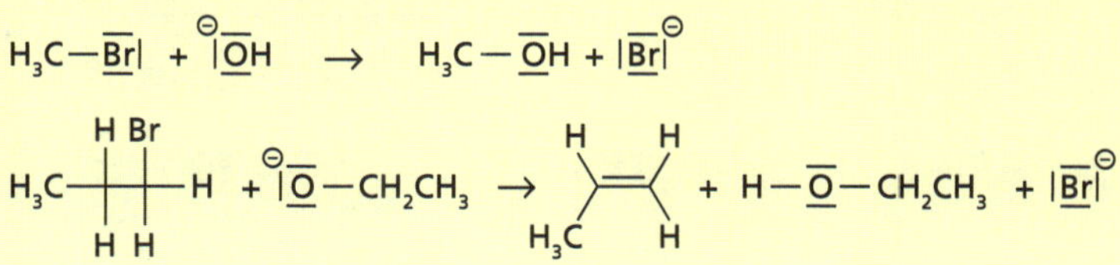

2. Le mécanisme de saponification d'un ester, l'éthanoate d'éthyle, est donné ci-dessous. Identifier les intermédiaires réactionnels et établir l'équation bilan de la réaction.

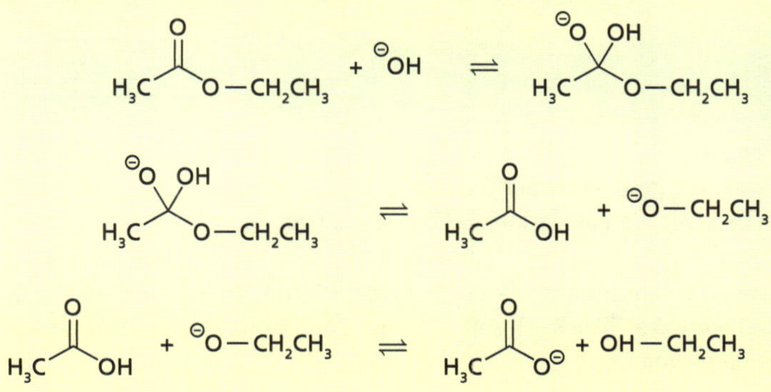

7 Transformations nucléaires – Radioactivité

Certains éléments sont naturellement radioactifs car non stables, d'autres sont créés afin d'être utilisés dans des domaine précis : médical, nucléaire, militaire…ce sont des éléments radioactifs artificiels.

1 Les divers types de radioactivité

• On représente les différents isotopes des éléments chimiques par des points dans un **diagramme (N, Z)** avec N le nombre de neutrons et Z le nombre de protons. Les points représentant des noyaux stables constituent la vallée de stabilité. En dehors de cette vallée, on trouve les noyaux instables qui se désintègrent par radioactivité.

Ces noyaux (noyau père) instables se désintègrent en donnant de nouveaux noyaux (noyau fils).

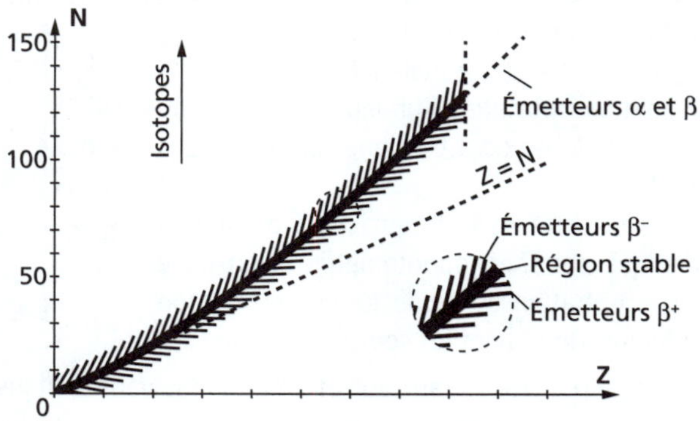

	Radioactivité α	Radioactivité β⁻	Radioactivité β⁺
	Noyaux trop lourds (plus de 208 nucléons)	Nombre de neutrons trop grand	Nombre de protons trop grand
Particule émise	Noyau d'Hélium appelé particule α	Électron appelé particule β⁻	Positon appelé particule β⁺
	$^{4}_{2}He$	$^{0}_{-1}e$	$^{0}_{+1}e$
Équation générale	$^{A}_{Z}X \rightarrow {}^{A-4}_{Z-2}Y^{*} + {}^{4}_{2}He$	$^{A}_{Z}X \rightarrow {}^{A}_{Z+1}Y^{*} + {}^{0}_{-1}e$	$^{A}_{Z}X \rightarrow {}^{A}_{Z-1}Y^{*} + {}^{0}_{+1}e$
Exemple	$^{238}_{92}U \rightarrow {}^{234}_{90}Th^{*} + {}^{4}_{2}He$	$^{192}_{77}Ir \rightarrow {}^{192}_{78}Pt^{*} + {}^{0}_{-1}e$	$^{18}_{9}F \rightarrow {}^{18}_{8}O^{*} + {}^{0}_{+1}e$

* Noyau fils dans un état excité.

• **Équation de réaction nucléaire** : il y a conservation du nombre de nucléons (A) et conservation de la charge (Z).

$$^{A_1}_{Z_1}X \rightarrow {}^{A_2}_{Z_2}Y^{*} + {}^{A_3}_{Z_3}Z \quad \text{avec} \quad A_1 = A_2 + A_3 \quad Z_1 = Z_2 + Z_3$$

Appliquer le cours

Le Xenon $^{140}_{54}Xe$ est un noyau émetteur β⁻.

Écrire l'équation de la réaction de désintégration radioactive.

Solution

La particule émise est un électron $^{0}_{-1}e$. Le noyau fils caractérisé par A et Z est obtenu grâce aux lois de conservation : $140 = A + 0$ et $54 = Z - 1$, soit $^{140}_{55}X$ que l'on identifie avec le tableau périodique comme étant un isotope du césium Cs.

• **Lors des désintégrations radioactives** les noyaux fils sont dans un état excité (noté avec une étoile *). Le noyau revient ensuite à son état fondamental (stable) en émettant un rayonnement électromagnétique γ de très grande énergie. Les longueurs d'onde de tels rayonnements sont inférieures à 10^{-4} nm : c'est la **radioactivité γ**. Ce retour à un état stable est quasi-immédiat.

2 Loi de décroissance radioactive

• **Une source radioactive** contient un nombre de noyaux radioactifs noté N : c'est la **population**. Cette population diminue du fait des désintégrations.
La cinétique des désintégrations suit une loi d'ordre 1.

Équation différentielle	Loi intégrée
$-\dfrac{dN}{dt} = \lambda \times N$	$N(t) = N_0 \times \exp(-\lambda t)$ $N(t) = N_0 \times \exp\left(-\dfrac{t}{\tau}\right)$
λ est la constante radioactive en s^{-1}.	τ est la constante de temps. $\tau = \dfrac{1}{\lambda}$ s'exprime en seconde (s).

• **L'activité, notée A**, d'une source radioactive est égale au nombre de désintégrations par seconde. Elle s'exprime en becquerels (Bq). Elle est proportionnelle à la population de noyaux radioactifs présents :

$$A = \lambda \times N$$

• **$t_{1/2}$ est la période ou demi-vie de l'élément**, c'est la durée au bout de laquelle son activité est divisée par 2.

$$\frac{A(t_{1/2}+t)}{A(t)} = \frac{N(t_{1/2}+t)}{N(t)} \text{ donc } \frac{N(t_{1/2}+t)}{N(t)} = \frac{1}{2} \text{ comme } \frac{N(t_{1/2}+t)}{N(t)} = \frac{\exp\left(-\dfrac{t_{1/2}+t}{\tau}\right)}{\exp\left(-\dfrac{t}{\tau}\right)} = \exp\left(-\frac{t_{1/2}}{\tau}\right),$$

on obtient $t_{1/2} = \tau \times \ln 2 = \dfrac{\ln 2}{\lambda}$.

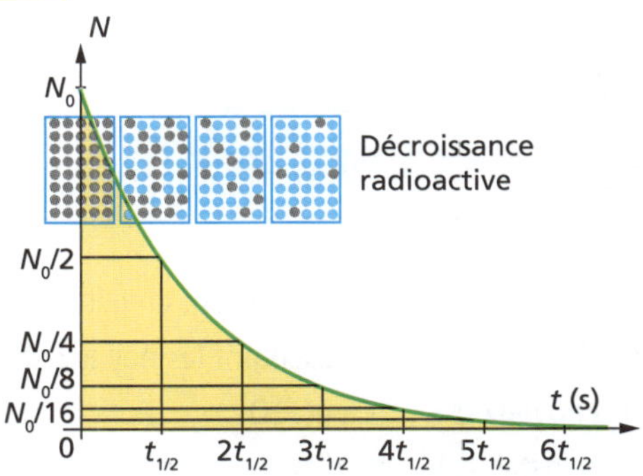

▲ Courbe de décroissance radioactive

Ex. : le césium 137 a une demi-vie de 30 ans. Cela veut dire qu'au bout de 30 ans, le nombre de noyaux de ^{137}Cs a été divisé par 2.

3 Quelques applications

• **Radioactivité naturelle :** la datation au carbone 14.

L'isotope ^{14}C, radioactif, est produit dans la haute atmosphère dans des molécules de dioxyde de carbone. La décroissance du $^{14}CO_2$ équilibre cette production, et le rapport $\frac{^{14}C}{^{12}C}$ du CO_2 est constant.

Tant qu'un organisme est vivant, il échange du carbone avec l'atmosphère et **le rapport $^{14}C/^{12}C$, noté R,** de sa matière organique **est constant**. Dès que cet organisme meurt, il n'échange plus avec l'atmosphère et ce rapport $\frac{^{14}C}{^{12}C}$ commence à décroître.

$$R(t) = R_0 \times \exp(-kt)$$

La période du ^{14}C est de 5 730 ans.

Mesure du rapport isotopique $R(t)$ (par comptage ou spectrométrie de masse) → Calcul de $\Delta t = \frac{1}{k}\ln\left(\frac{R_0}{R(t)}\right)$

• **Radioactivité artificielle :** l'imagerie médicale.

La radioactivité est mise à profit pour des diagnostics médicaux (scintigraphie avec l'iode 123, tomographie par émission de protons (TEP) avec des produits marqués à l'oxygène 18).

Elle est utilisée à des fins curatives pour détruire des tumeurs (curiethérapie avec de l'iridium 192, thérapie métabolique avec de l'iode 131,...)

• En médecine nucléaire, la manipulation de sources radioactives implique d'**importantes précautions de protection** contre les rayonnements ionisants (γ) : écrans de plomb, chambres ou salles d'examens blindées, temps de présence du personnel soignant limité, présence de dosimètres, etc.

Exercices d'entraînement

Exercice 1 ★ **10 min** *Corrigé p. 201*

Utilisation du diagramme (N, Z)

Les noyaux de numéro atomique Z < 20 tels que Z = N sont en général stables.

1. Tracer dans un diagramme (N, Z) la droite représentant les noyaux stables pour Z < 20.
2. Placer sur le diagramme les noyaux $^{40}_{19}K$, $^{40}_{20}Ca$ et $^{15}_{8}O$.
3. Indiquer, pour chaque noyau instable, le type d'émission radioactive qu'il va donner.
4. Écrire les réactions de désintégration pour chaque noyau instable.

Exercice 2 ★ 5 min Corrigé p. 201

Écriture de réactions de désintégration

Compléter les équations des réactions nucléaires et préciser pour chacune d'elles le type de radioactivité.

1. ${}^{213}_{84}\mathrm{Po} \rightarrow {}^{209}_{82}\mathrm{Pb} + \ldots$
2. ${}^{209}_{82}\mathrm{Pb} \rightarrow {}^{209}_{83}\mathrm{Bi} + \ldots$
3. ${}^{207}_{83}\mathrm{Bi} \rightarrow \ldots + {}^{0}_{+1}\mathrm{e}$
4. ${}^{174}_{72}\mathrm{Hf} \rightarrow \ldots + {}^{4}_{2}\mathrm{He}$
5. ${}^{238}_{92}\mathrm{U} \rightarrow {}^{234}_{90}\mathrm{Th} + \ldots$

Exercice 3 ★ 10 min Corrigé p. 201

Exploiter une loi de décroissance

On dispose de résultats de mesures relatives à la décroissance de l'activité de deux sources radioactives.

1. Déterminer graphiquement les périodes des radionucléides correspondant à ces 2 courbes.

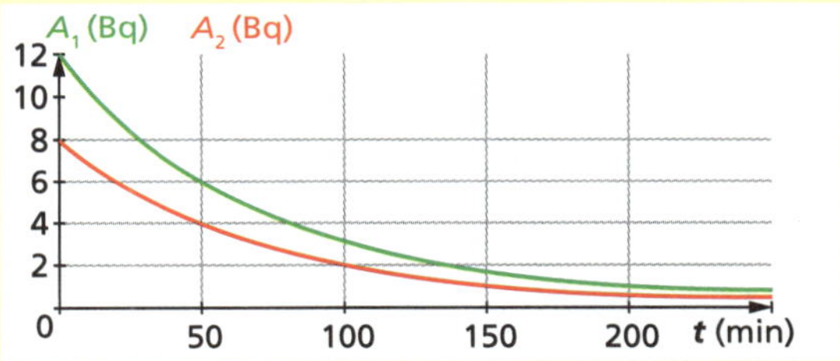

2. Tracer la courbe d'un radionucléide de période 100 minutes et d'activité initialement égale à 12.

Exercice 4 ★★ 15 min Corrigé p. 201

Datation au carbone 14

En 1983 fut découverte l'épave d'un drakkar dans la vase du port de Roskilde (à l'ouest de Copenhague). Pour valider l'hypothèse indiquant que ce navire est d'origine viking, une datation au carbone 14 est réalisée sur un échantillon de bois prélevé sur sa coque.

L'activité A mesurée pour cet échantillon est de 12,0 désintégrations par minute et par gramme de carbone. Or l'activité pour 1 gramme de carbone participant au cycle du dioxyde de carbone de l'atmosphère est égale à $A_0 = 13{,}6$ désintégrations par minute. Le temps de demi-vie du carbone 14 est de l'ordre de 5 570 ans.

1. Justifier la variation d'activité d'un échantillon de bois au cours du temps.
2. Sachant que la loi de décroissance de l'activité en fonction du temps s'écrit : $A(t) = A_0 \times \exp(-\lambda t)$:

a) Exprimer le temps t en fonction des autres grandeurs $A(t)$, A_0 et le temps de demi-vie $t_{1/2}$.

b) On cherche le temps t_d correspondant au temps écoulé entre la date de fabrication du bateau et la date de découverte de l'épave. Calculer t_d et déterminer l'année de construction du bateau.

c) La période Viking s'étend du VIIIe siècle au XIe siècle (entre 700 et 1 000 ans). L'hypothèse faite précédemment est-elle vérifiée ?

8 Chimie organique : structure des molécules

1 Représentation plane des molécules

A Formule topologique

- **Rappels de 1re :** les formules brute, développée et semi-développée. **Ex. :** l'éthanol

Formule brute	Formule développée	Formule semi-développée
C_2H_6O	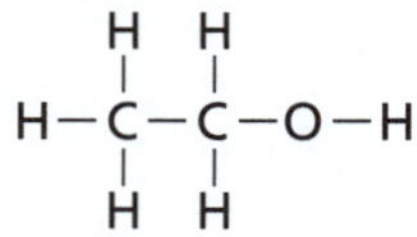	H_3C-CH_2-OH
Elle indique la composition de la molécule (nature et nombre des atomes).	Elle indique les liaisons chimiques entre les atomes.	Les liaisons C–H, O–H, N–H ne sont pas représentées.

- **Nouvelle représentation : la formule topologique** de l'éthanol.

Formule topologique

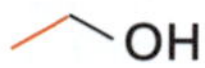

– Les liaisons carbone-carbone sont représentées par des lignes brisées.
– Les liaisons carbone-hydrogène ne sont pas représentées.
– Les atomes autres que H et C sont indiqués (O, N, Cl, Br, ...) ainsi que les hydrogènes qui leur sont liés.

- Intérêt de la formule topologique : **met en évidence les groupes fonctionnels**, qui sont les parties réactives de la molécule.

Acide tartrique :

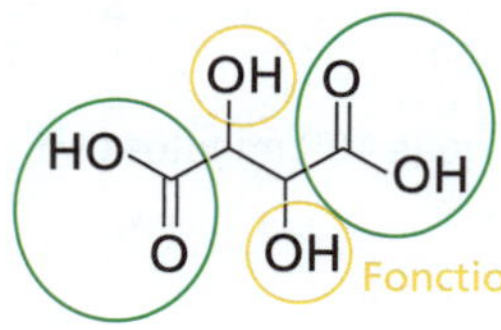

B Squelette carboné insaturé

- **Rappels de 1re** : un hydrocarbure, molécule composée uniquement d'hydrogène et de carbone, est dit **saturé** s'il est acyclique et ne possède que des liaisons simples carbone–carbone et des liaisons carbone–hydrogène. **Les alcanes, de formule brute C_nH_{2n+2}, sont des hydrocarbures saturés.**
- **Les alcènes sont des hydrocarbures acycliques insaturés** qui possèdent une **seule double liaison C=C** et ont pour formule brute C_nH_{2n} : deux atomes d'hydrogène ont disparu par rapport à l'alcane saturé de même nombre de carbone.

Nomenclature : terminaison « ène ».

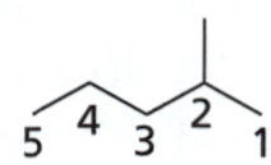

2-méthylpentane

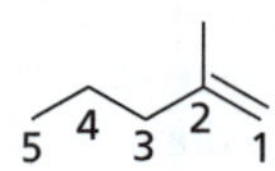

2-méthylpent-1-ène

C Squelette carboné cyclique

Alcènes $\Rightarrow C_nH_{2n}$ mais la réciproque est fausse, **un hydrocarbure cyclique** à *n* carbone a également pour formule brute C_nH_{2n}.

C_nH_{2n} → alcène — exemples pour C_6H_{12} :

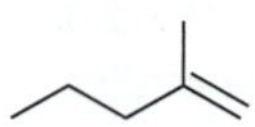

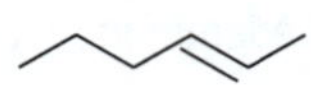

C_nH_{2n} → hydrocarbure cyclique — exemples pour C_6H_{12} :

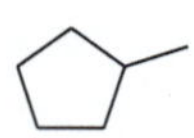

2 Familles fonctionnelles et identification par IR

A Rappel des familles étudiées en classe de 1re

Famille			
alcool	aldéhyde	cétone	acide carboxylique
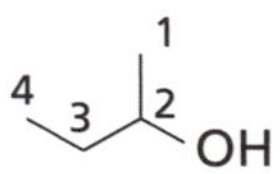 butan-2-ol	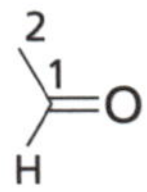 éthanal	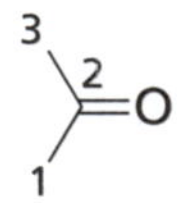 propan-2-one	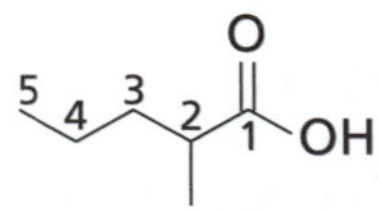 acide 2-méthylpentanoïque

Rappel de nomenclature : la numérotation de la chaîne principale se fait de telle sorte que l'indice de position de la fonction soit le plus petit possible (dans l'exemple ci-dessous : fonction alcool sur le carbone 2).

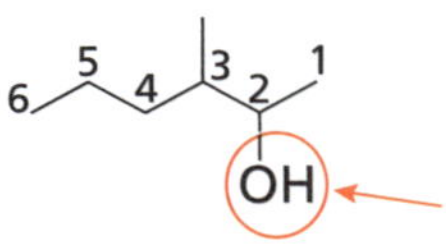

Fonction

Substituant — Suffixe de fonction

3-méthylhexan-2-ol

Chaîne carbonée principale à 6 carbones

B Nouvelles familles fonctionnelles

Famille	
Amine	Halogénoalcane
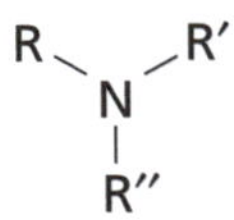 R, R′ et R″ peuvent être des atomes H ou des chaînes carbonées	R—X R est une chaîne carbonée, X un halogène qui peut être le fluor F, le chlore Cl, le brome Br ou l'iode I (X remplace formellement un atome H)
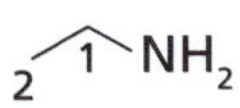 Éthanamine 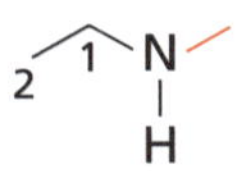 N-méthyléthanamine	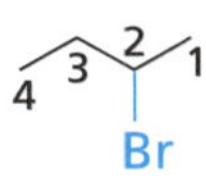 2-bromobutane 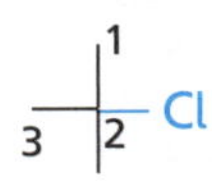 2-chloro-2-méthylpropane
Nomenclature : lorsque l'amine possède un substituant, le nom du substituant est écrit précédé de la lettre N indiquant qu'il est porté par l'atome d'azote. Même chose quand il y a plusieurs substituants.	**Nomenclature** : préfixes fluoro, chloro, bromo et iodo. S'il y a plusieurs substituants, ils sont notés dans l'ordre alphabétique (ici chloro avant méthyl).

Famille	
Ester	Amide
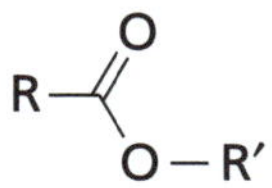 R peut être un atome H ou une chaine carbonée. R′ ne peut être qu'une chaine carbonée (car si R′ = H : c'est un acide carboxylique).	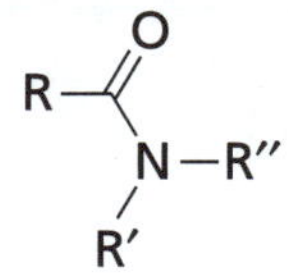 R, R′ et R″ peuvent être des atomes H ou des chaines carbonées.
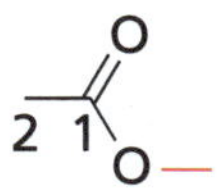 éthanoate de méthyle	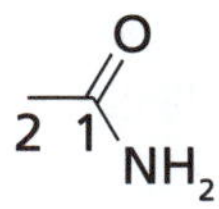 éthanamide 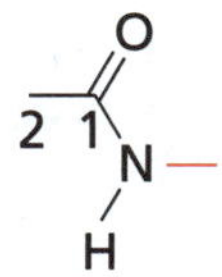 N-méthyléthanamide
Nomenclature : la chaîne principale porte la terminaison « oate », la chaine secondaire liée à l'atome O porte la terminaison « yle ».	**Nomenclature** : la terminaison « amide » indique la fonction, les chaines secondaires éventuellement liées à l'atome N sont précédées, comme pour l'amine, de « N- ».

C Identification par spectroscopie infrarouge (IR)

Rappels de 1re :

le spectre InfraRouge (IR) est le tracé de la transmittance $T = \frac{I}{I_0}$ (intensité transmise divisée par l'intensité initiale) en fonction du nombre d'onde $\sigma = \frac{1}{\lambda}$ (λ longueur d'onde du faisceau incident).

▼ Tables de données fournies

Bande d'élongation	Ordre de grandeur de σ (cm^{-1})
C-H	3 000
O-H (alcool)	3 200 – 3 400 (bande large)
O-H (acide carboxylique)	2 500 – 3 200 (bande large)
N-H	3 400 (bande large)
C=O (aldéhyde ou cétone)	1 710 – 1 730
C=O (ester)	1 730 – 1 750
C=C (alcène)	1 660

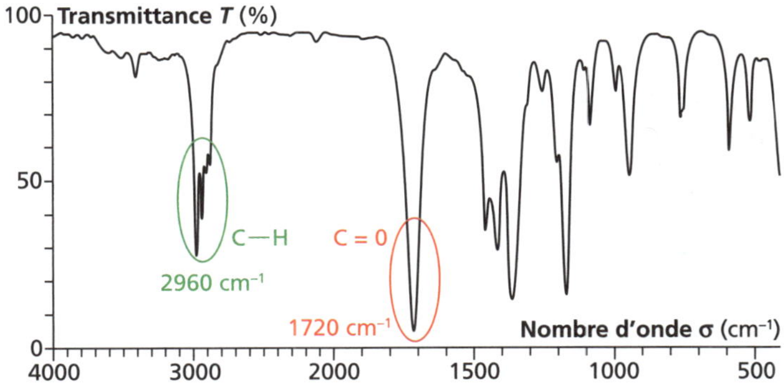

butan-2-one

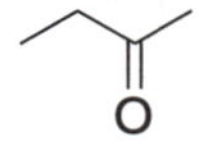

▲ Spectre IR de la butan-2-one

3 Isomérie de constitution

A Nombre d'insaturation N_i d'un composé

• Avant de proposer une formule topologique à partir d'une formule brute, on peut calculer le **nombre d'insaturation N_i** du composé pour avoir une idée de sa composition.
• Le nombre d'insaturations représente **le nombre de paires d'hydrogène manquantes** par rapport à l'alcane linéaire de même nombre de carbone (de formule brute C_nH_{2n+2}).
• **Un cycle ou une liaison double** (C=O, C=C) comptent pour **1** insaturation.

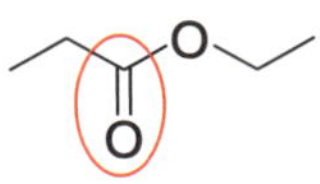

ester : 1 insaturation

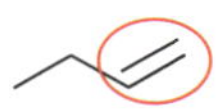

alcène : 1 insaturation

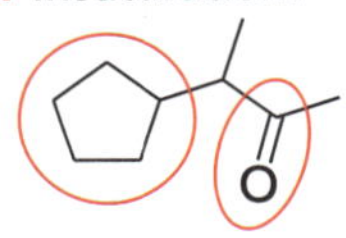

cycle + cétone : 2 insaturations

• **Formule permettant le calcul de N_i** pour un composé de formule brute $C_xH_yO_z$:

$$N_i = \frac{2x + 2 - y}{2}$$

(le nombre d'atome d'oxygène O, élément divalent, n'intervient pas dans cette formule).

Remarque

Calcul de N_i pour un composé de formule brute $C_xH_yO_wX_zN_t$: $N_i = \frac{2x+2-y-z+t}{2}$

(un halogène X étant monovalent compte comme un hydrogène).

B Proposer des isomères de constitution

Ex. : $C_6H_{12}O$: on trouve un nombre d'insaturation $N_i = 1$.
• Une insaturation peut correspondre soit à une liaison double (C=C ou C=O), soit à un cycle.
• On peut proposer les isomères de constitution suivants (insaturation entourée en rouge) :

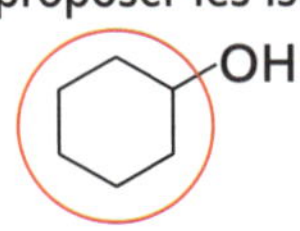

cyclohexanol

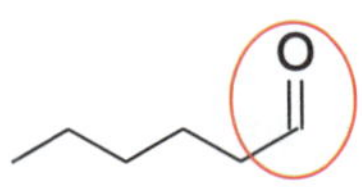

hexanal

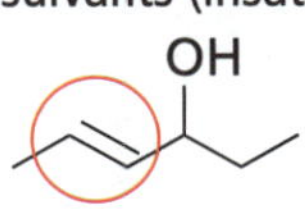

hex-4-èn-3-ol

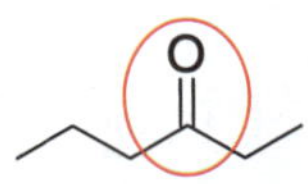

hexan-3-one

Cette liste n'est pas exhaustive !

4 Les polymères

A Polymères et macromolécules

• **Un polymère** (étymologie : du grec *pollus*, plusieurs, et *meros*, partie) est une substance composée de nombreuses longues chaînes moléculaires. Par abus de langage, on appelle souvent ces chaînes « polymères ».

• **Ces chaînes moléculaires** sont formées par la répétition d'unités constitutives appelées **motifs**, liés entre eux par des liaisons covalentes. Le nombre de motifs d'une chaîne est important (il peut atteindre 10^5) et varie d'une chaîne à l'autre (toutes les chaînes n'ont pas la même taille).

Polymère

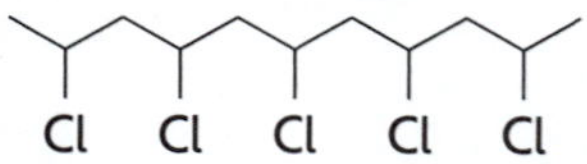

Polychlorure de vinyle (PVC)

Motif (repéré entre crochets)

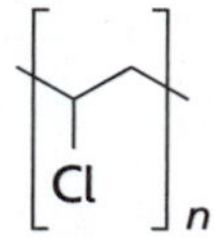

B Quelques polymères courants

• **Polymères naturels :**

– **la cellulose** (principal constituant de la paroi des cellules végétales)

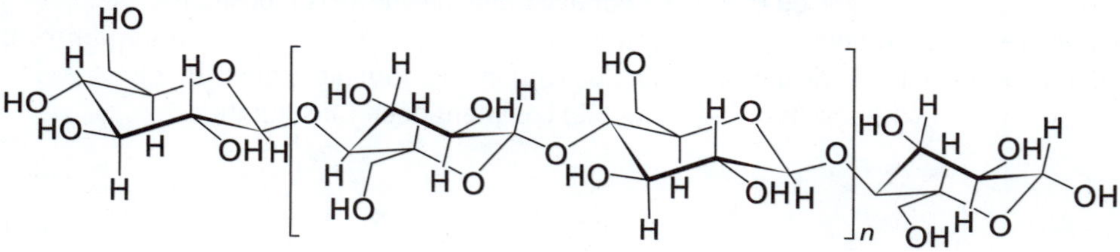

Cellulose

– **le 1,4-polyisoprene cis** (caoutchouc naturel) :

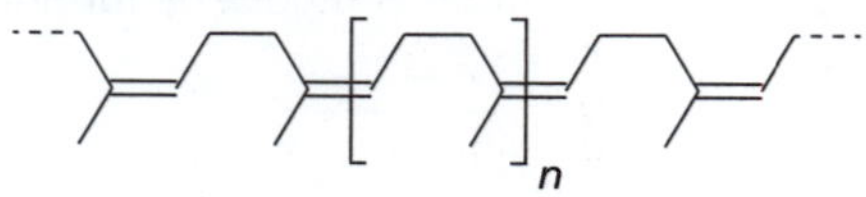

• **Polymères synthétiques** et leurs utilisations courantes :

Motif	Nom	Applications
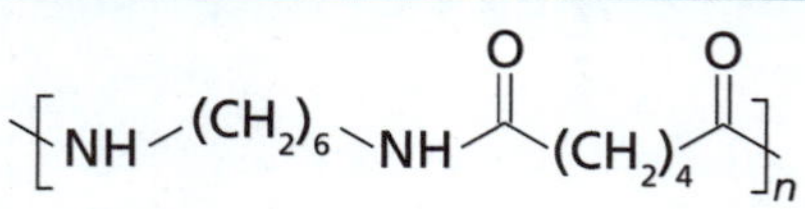	Nylon 6,6	Thermoplastiques fibres textiles
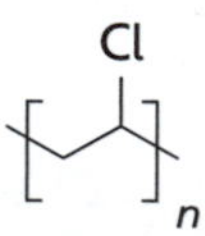	Polychlorure de vinyle PVC	Châssis de fenêtres, revêtements de sols, disques vinyl
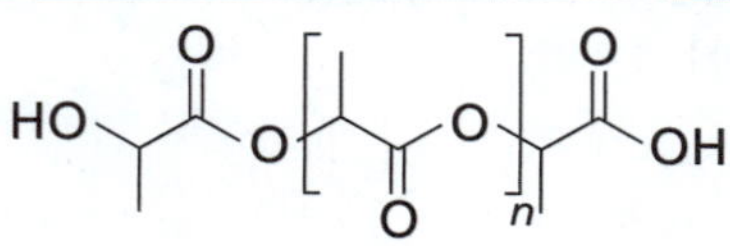	PLA (Poly Acide Lactique)	Emballage, gobelets jetables

Exercices d'entraînement

Exercice 1 ★★ 20 min

Corrigé p. 202

Formule topologique, nomenclature

1. Représenter les molécules suivantes en formule topologique et les nommer :

a)
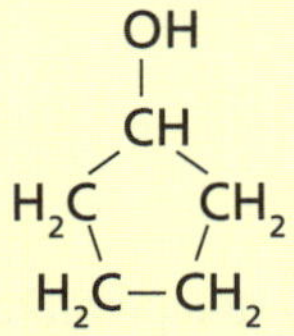

b)
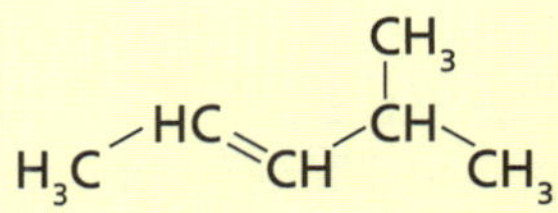

c)
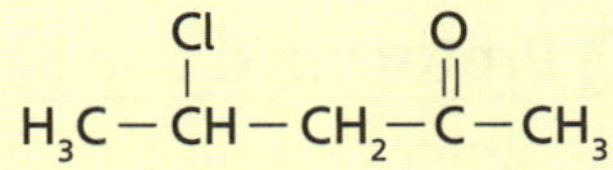

d)
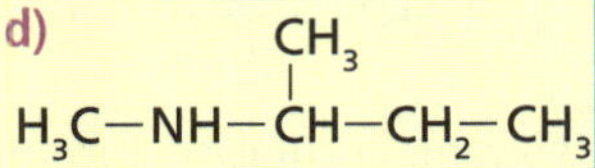

e)
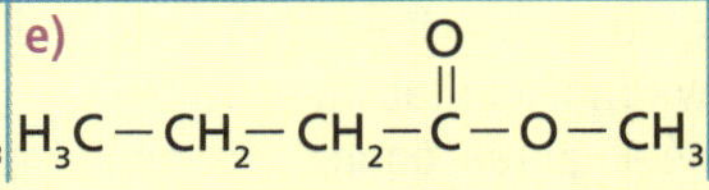

f)
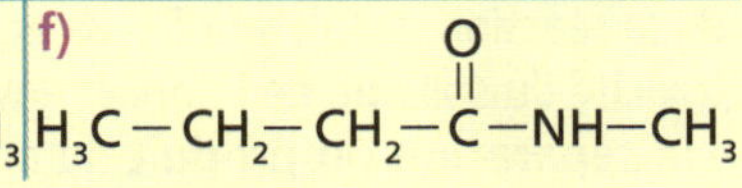

2. Représenter en formule topologique les deux molécules A et B suivantes :

A : N,N-diéthyléthanamide B : pentanoate de 3-méthylbutyle

3. La formule semi-developpée de l'alanine est donnée ci-dessous :

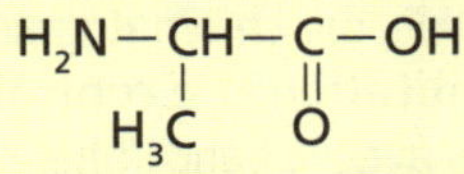

a) Justifier le nom donné à cet acide aminé en nomenclature officielle : acide 2-aminopropanoïque.
b) Donner la formule topologique de cet acide aminé.
c) Proposer un isomère de ce composé comportant entre autre une fonction amide.

Exercice 2 ★★ 10 min

Corrigé p. 202

Isomérie, insaturation

On considère un composé de formule brute C_5H_{10}.

1. Calculer le nombre d'insaturation de ce composé en utilisant la formule : $N_i = \frac{2x + 2 - y}{2}$, où x représente le nombre de carbone, y celui d'hydrogène.
2. Proposer six isomères de constitution correspondant à cette formule brute.

Exercice 3 ★★ 15 min

Corrigé p. 202

Isomérie, insaturation

On considère un composé de formule brute $C_6H_{10}O_2$.

1. Calculer le nombre d'insaturation de ce composé en utilisant la formule : $N_i = \frac{2x + 2 - y}{2}$, où x représente le nombre de carbone, y celui d'hydrogène.
2. À quoi peuvent correspondre ces insaturations ? Quels groupes fonctionnels peut-on envisager ?
3. Proposer un isomère possédant :
a) un cycle à 5 atomes, une fonction alcool et une fonction aldéhyde ;
b) une fonction ester et une liaison double carbone-carbone ;
c) une fonction cétone, une fonction alcool et un cycle à 6 atomes.

Exercice 4 ★★ 5 min

Corrigé p. 203

Motif d'un polymère

Identifier le motif des deux polymères suivants.

1. Polystyrène (Ph représente le substituant phényl) :

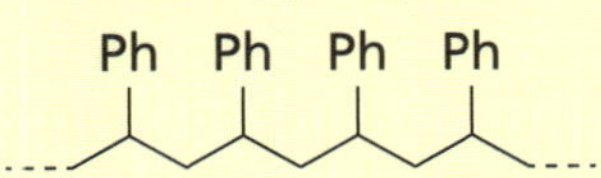

2. Nylon 6 :

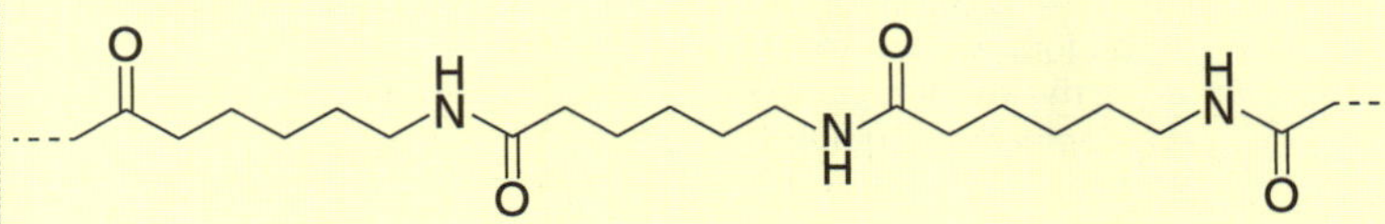

9 Chimie organique : stratégie de synthèse

1 Optimisation d'une synthèse

A Protocole d'une synthèse organique

• **Le protocole d'une synthèse** comprend différentes étapes :
- le **choix des réactifs**, du **solvant** et des **conditions expérimentales** (température, durée de la réaction, catalyseur le cas échéant) ; ce choix dépend de la disponibilité des réactifs, de la toxicité du solvant, de l'impact environnemental, du coût, …
- la **séparation du produit** du mélange réactionnel (contenant le solvant, le catalyseur éventuel, les réactifs n'ayant pas réagi) ;
- la **purification du produit** (par recristallisation s'il s'agit d'un solide, par distillation s'il s'agit d'un liquide, par chromatographie sur colonne,…) ;
- **l'identification** et le **contrôle de la pureté** (par spectroscopie IR, par mesure de température de fusion avec le banc Köfler s'il s'agit d'un solide, par chromatographie sur couche mince).

B Optimisation du rendement, optimisation de la vitesse

• **Détermination du rendement ρ :**

Se calcule à partir du résultat expérimental (masse de produit formé)

$$\rho = \frac{\text{quantité de matière de produit } P \text{ obtenu expérimentalement}}{\text{quantité de matière maximale de produit } P \text{ que l'on peut obtenir}}$$

se calcule à partir de la quantité de matière de réactif limitant

• **Équation bilan :** $\alpha A + \beta B = \gamma P$

si A réactif limitant : $\frac{n_{max}(P)}{\gamma} = \frac{n(A)}{\alpha}$; si B réactif limitant : $\frac{n_{max}(P)}{\gamma} = \frac{n(B)}{\beta}$

Cas de la synthèse d'un ester à partir d'un acide carboxylique et d'un alcool :
– réaction lente à température ambiante ;
– rendement de l'ordre de 60 % si les réactifs sont introduits en proportions stœchiométriques.
Elle nécessite l'optimisation de la synthèse en jouant sur les deux facteurs :
– **cinétique** : augmenter la vitesse de formation du produit (en chauffant le milieu réactionnel ou en utilisant un catalyseur) ;
– **thermodynamique** : augmenter le rendement de la réaction (déplacer l'équilibre en introduisant un des réactifs en excès ou en éliminant un des produits du milieu réactionnel au cours de la réaction, avec un appareil de Dean Stark)

Ex. : optimisation dans le cas de la synthèse de l'éthanoate de pentyle :

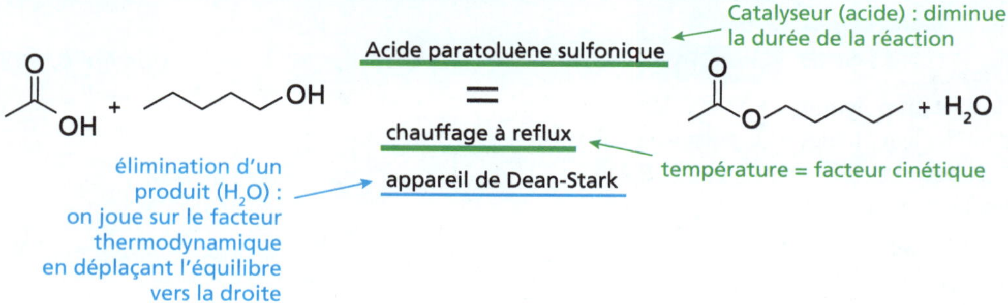

2 Les grandes familles de réaction

A Réaction d'oxydoréduction, réaction acide base

• **Réaction d'oxydoréduction :**

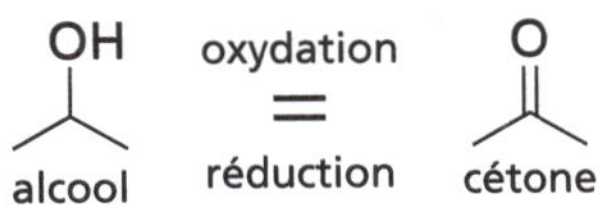

Comment la reconnaître ?

Le réactif et le produit appartiennent à un couple d'oxydoréduction

• **Réaction acide-base :**

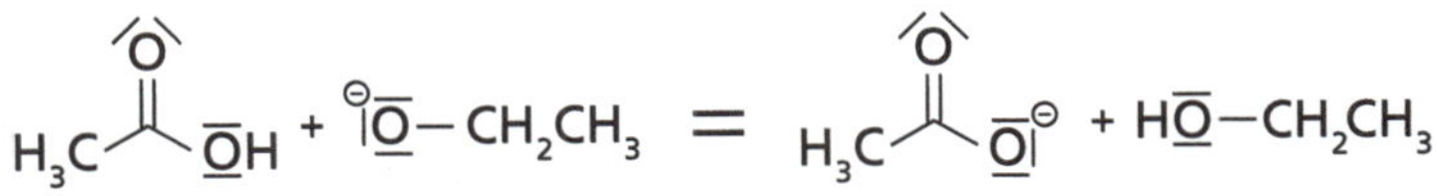

Comment la reconnaître ?

Les réactifs appartiennent à des couples acide-base, l'un est un **acide** et l'autre une **base**.

CH_3CH_2OH / $CH_3CH_2O^-$

CH_3COOH / CH_3COO^-

B Trois grandes familles de réaction en chimie organique

• **Réaction de substitution :**

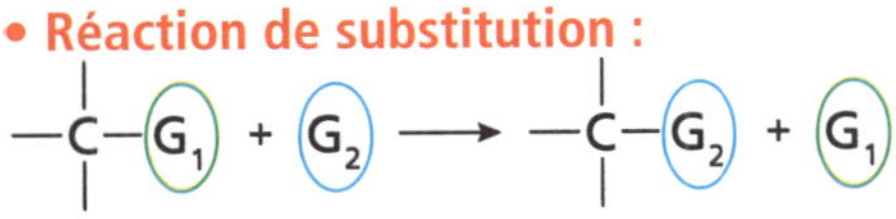

Ex. : passage d'un halogénoalcane à un alcool

Comment la reconnaître ?

Un **atome**, ou un **groupe d'atomes**, est remplacé par un autre **atome ou groupe d'atomes.**

• **Réaction d'addition**

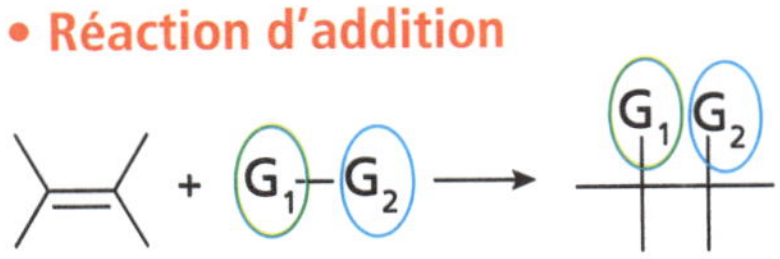

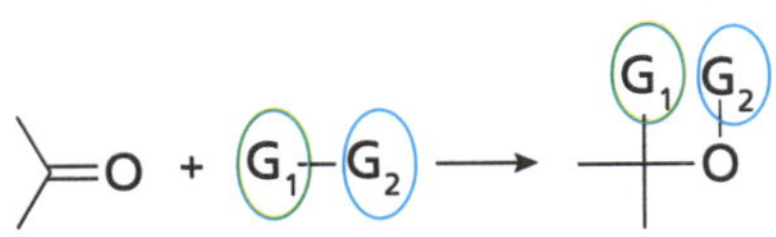

Ex. : passage d'un alcène à un alcool

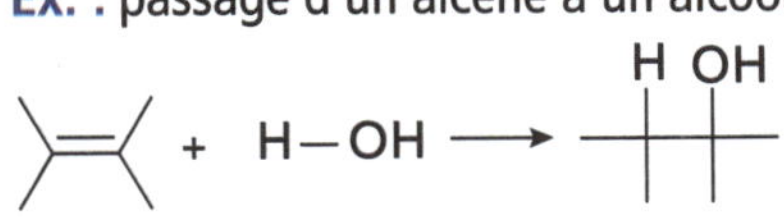

Comment la reconnaître ?

Deux atomes, ou **groupes d'atomes**, se fixent sur deux atomes initialement liés par une liaison double, C=C ou C=O (ou sur une liaison triple C≡C)

• **Réaction d'élimination :**

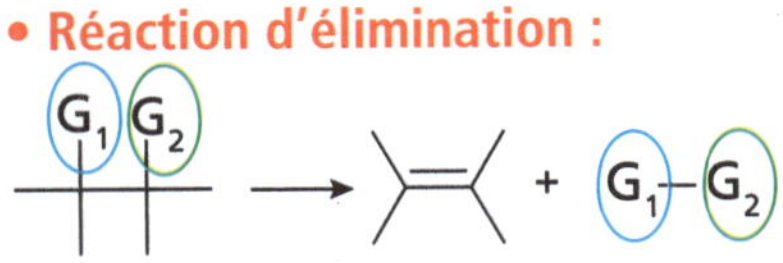

Ex. : passage d'un halogénoalcane à un alcène

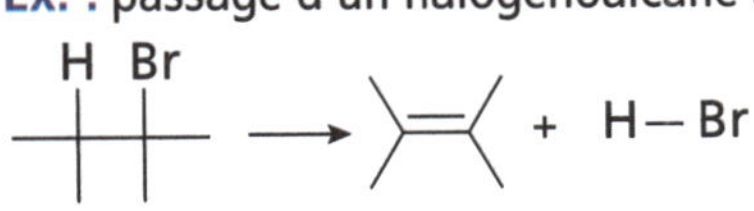

Comment la reconnaître ?

Des **atomes**, ou des **groupes d'atomes**, portés par deux atomes adjacents, sont éliminés et une double liaison est formée. En terme de bilan, c'est l'inverse d'une réaction d'addition.

C Polymérisation

Les réactions données dans les banques de données (voir paragraphe suivant) permettent de proposer des synthèses de polymères.

Ex. : le PET (Polytéréphtalate d'éthylène)

– Il est utilisé dans les bouteilles plastiques, emballages divers, fibres textiles (Tergal®, Dacron®).

– Motif :

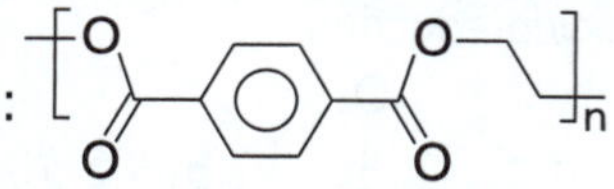

– Proposition de synthèse : réaction n°7 de la banque de données (voir tableau, page suivante) ; on choisit deux réactifs di-fonctionnels (portant deux fonctions pour permettre la formation de la chaîne du polymère)

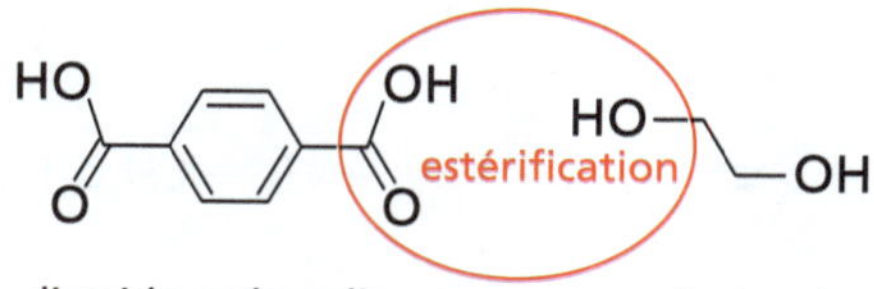

di-acide carboxylique — di-alcool

3 Stratégie de synthèse multi-étapes

A Protection de fonction

Lors de l'élaboration d'une synthèse, il faut veiller à :

– proposer des **conditions expérimentales pertinentes** : solvant, température, catalyseur ;

– dans le cas où plusieurs fonctions sont susceptibles de réagir, il faut **protéger préalablement les fonctions non visées** : l'utilisation d'un groupe protecteur permet de bloquer temporairement une fonction. Les réactions de protection et de déprotection doivent être **quantitatives** pour optimiser le rendement global de la synthèse.

Ces données sont fournies dans des banques de réactions.

B Proposition d'une synthèse

Ex. : proposer une synthèse de *P* à partir de l'acétoacétate d'éthyle *A*.

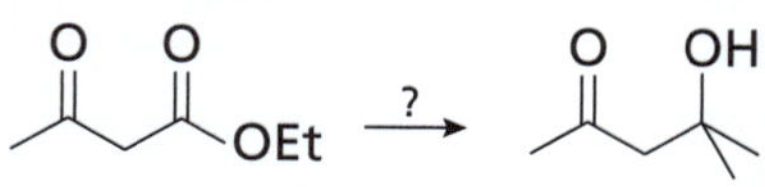

A — P

- **Première proposition** : utilisation d'un organomagnésien mixte

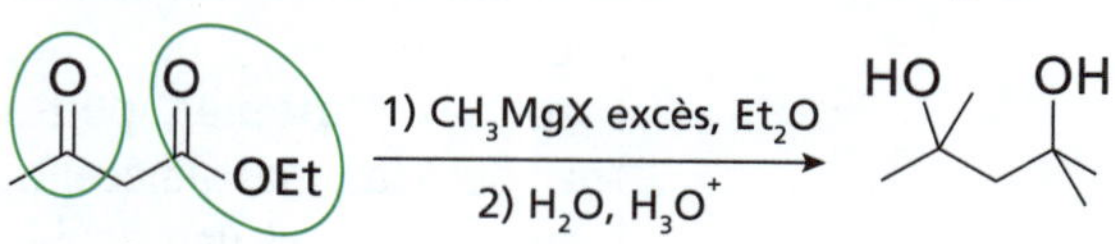

A

Échec : les deux fonctions, cétone et ester, ont été modifiées (réactions 1 et 2)

- **Deuxième proposition** : **protection préalable** de la fonction cétone

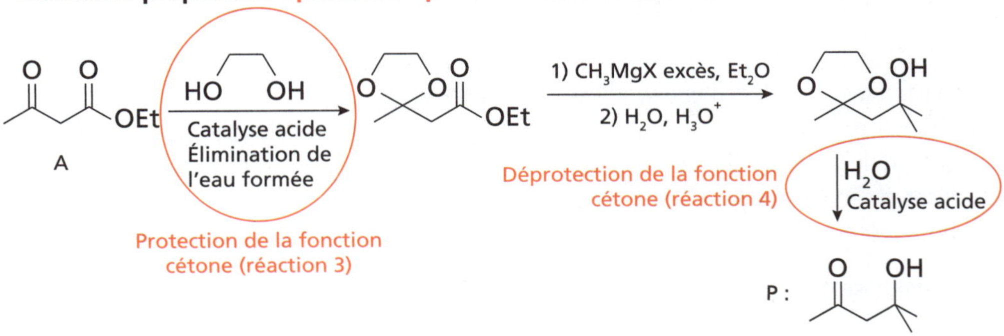

Banque de réactions

Numéro	Transformation réalisée	Seul le produit principal est indiqué, les sous-produits et notamment H_2O sont omis
1	Passage d'un ester à un alcool avec addition de deux groupes –R	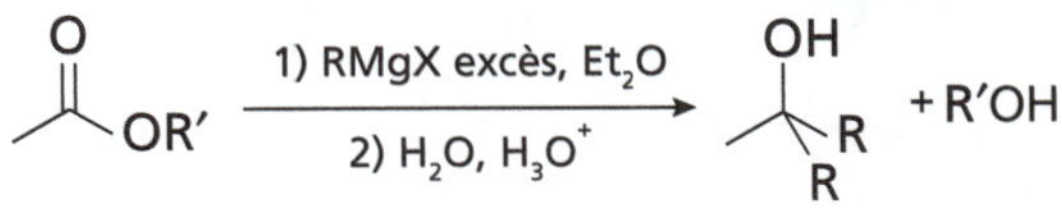
2	Passage d'une cétone à un alcool avec addition d'un groupe –R	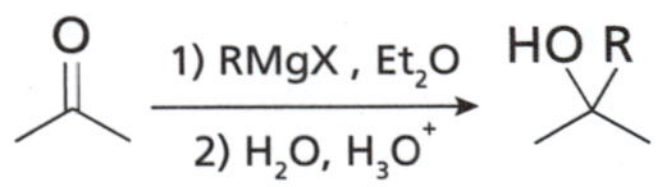
3	Passage d'une cétone à un acétal	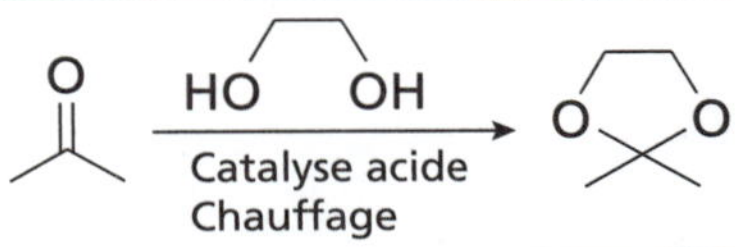
3'	Passage d'une cétone à un acétal	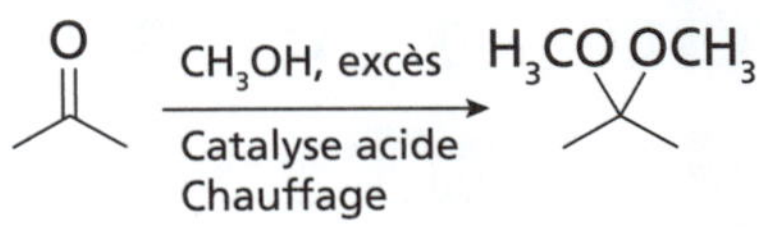
4	Passage d'un acétal à une cétone	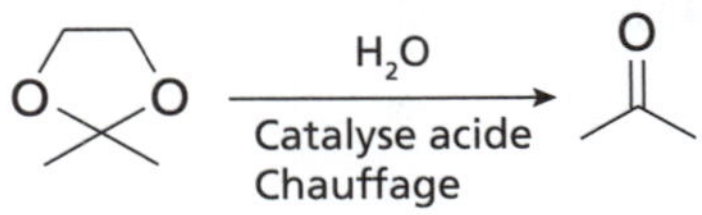
4'	Passage d'un acétal à une cétone	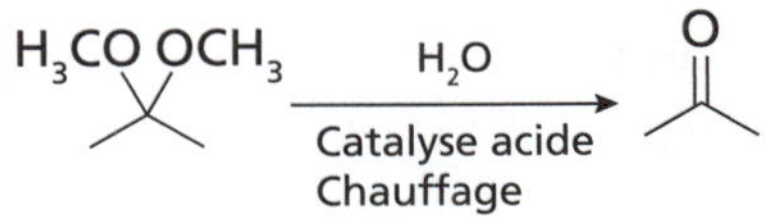
5	Passage d'un ester à un alcool	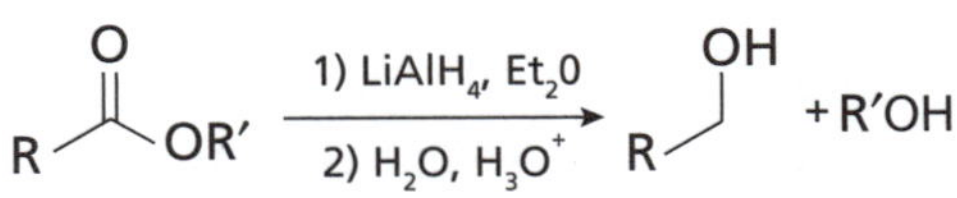
6	Passage d'une cétone à un alcool	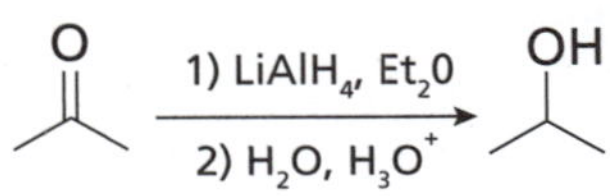
7	Passage d'un acide carboxylique à un ester	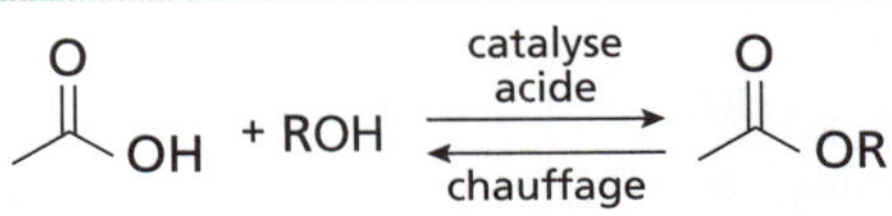

4 Synthèses écoresponsables

La chimie verte est un concept introduit dans les années 1990 aux États-Unis, qui propose 12 points à respecter lors d'une synthèse, parmi lesquels :

– concevoir des synthèses chimiques **moins dangereuses** (procédés utilisant des réactifs peu toxiques, réduisant l'emploi de solvants), **moins coûteuses en énergie** ;

– utiliser des **matières premières renouvelables** (non fossiles) ;

– synthétiser des substances à **dégradation finale** dans des conditions naturelles.

Ex. : synthèse de tensioactifs utilisés en industrie, les éthers de glycérol.

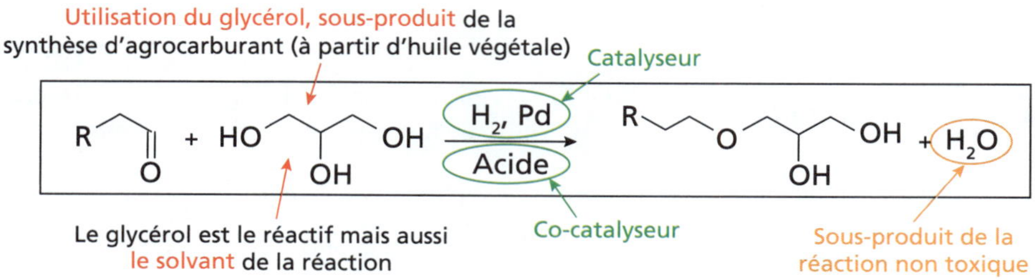

Exercices d'entraînement

Exercice 1 ★ 15 min *Corrigé p. 203*

1. On s'intéresse à la réaction entre l'eau et le dérivé halogéné ci-dessous.

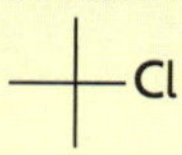

a) Nommer ce dérivé halogéné.

b) Cette réaction peut conduire, selon les conditions opératoires, à deux produits P_1 et P_2 par une substitution ou par une élimination

Nommer ces deux produits et attribuer à chacun le type de réaction dont il est issu en justifiant.

2. Une des étapes de la synthèse de l'ibuprofène est modélisée ainsi :

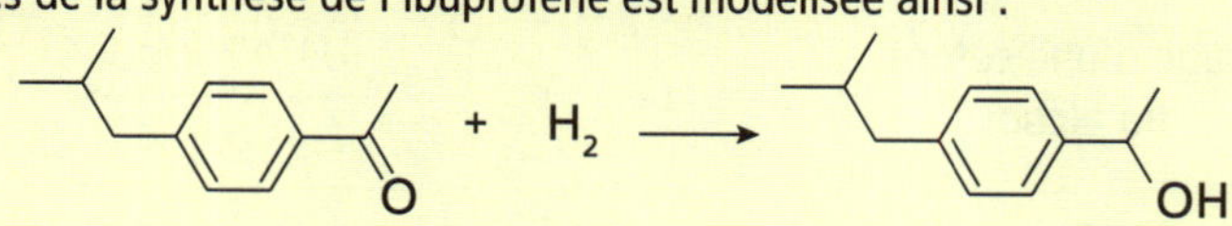

a) Nommer la fonction du réactif qui est modifiée, ainsi que celle qui est formée

b) Cette étape est-elle une substitution, une addition ou une élimination ? Justifier.

Exercice 2 ★★ 15 min

Corrigé p. 203

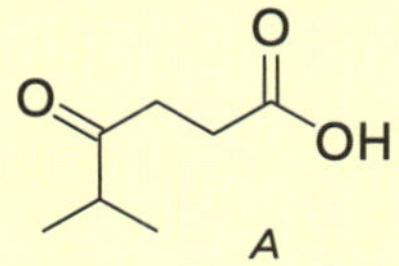

A

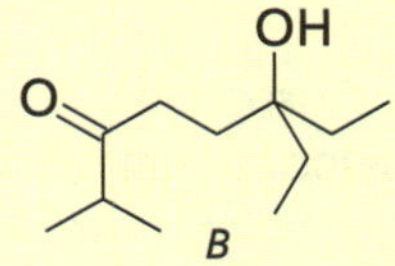

B

1. Nommer les fonctions présentes dans les composés *A* et *B*.

2. Voici une proposition de synthèse de *B* à partir de *A* :

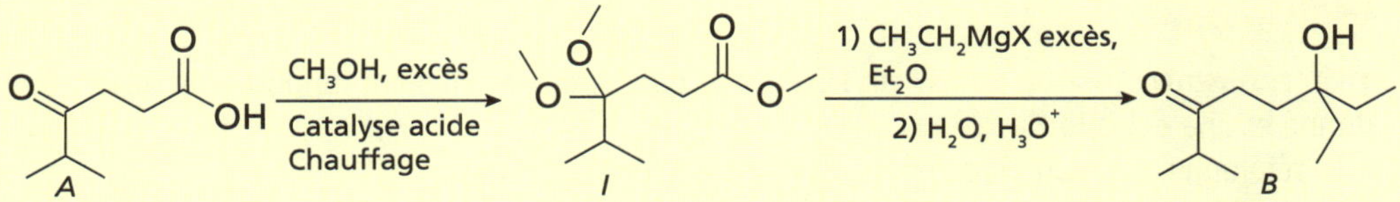

En utilisant la banque de données, commenter la synthèse proposée en repérant notamment la réaction de protection de fonction et la réaction de déprotection de fonction. Commenter l'intérêt de ce choix de protection de fonction.

Exercice 3 ★★★ 20 min

Corrigé p. 204

La molécule P, précurseur de l'aspartame, peut être synthétisée à partir d'acide aspartique et de la phénylalanine, deux acides aminés.

Acide aspartique	Phénylalanine	*P*
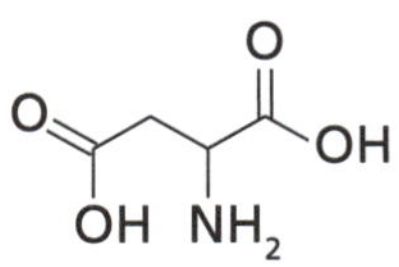	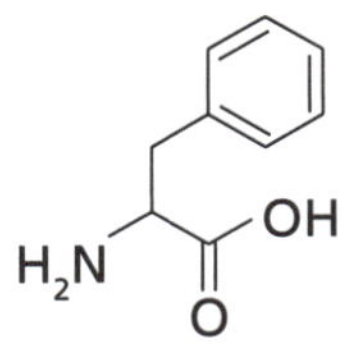	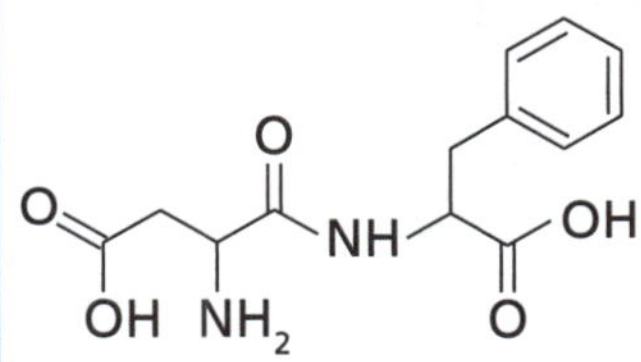

1. Entourer les fonctions présentes dans l'acide aspartique, dans la phénylalanine et dans le produit *P* et les nommer.

2. La nouvelle fonction créée dans le produit *P* provient de la réaction entre un acide carboxylique et une amine. Identifier, dans les réactifs, les deux fonctions utiles.

3. Expliquer pourquoi il est nécessaire de protéger certaines fonctions lors de la synthèse de *P* à partir des deux acides aminés.

4. Proposer un schéma de synthèse pour *P* en notant GP les groupes protecteurs à utiliser (qui ne sont pas à préciser).

10 Décrire un mouvement

• **La cinématique** est la description du mouvement. Celui-ci étant toujours relatif, sa description est nécessairement associée à un référentiel.
• **La dynamique** fait le lien entre les actions mécaniques (forces) et les grandeurs descriptives du mouvement.

1 Référentiel

• **Un référentiel est un solide de référence** qui reste immobile par rapport à un observateur donné et une **échelle de temps.**
• Le référentiel est muni d'un repère d'espace et d'un repère temporel.
Un point *M* est repéré à l'instant *t* par trois coordonnées de l'espace.
Dans un système d'axes orthogonaux (*Ox*), (*Oy*), (*Oz*) d'origine *O* et de vecteurs unitaires $\overrightarrow{u_x}$, $\overrightarrow{u_y}$, $\overrightarrow{u_z}$, le vecteur position $\overrightarrow{OM}(t)$ est le vecteur de coordonnées $x(t)$, $y(t)$ et $z(t)$ dans la **base cartésienne** $(\overrightarrow{u_x}, \overrightarrow{u_y}, \overrightarrow{u_z})$.

$$\overrightarrow{OM}(t) = x(t)\overrightarrow{u_x} + y(t)\overrightarrow{u_y} + z(t)\overrightarrow{u_z}$$

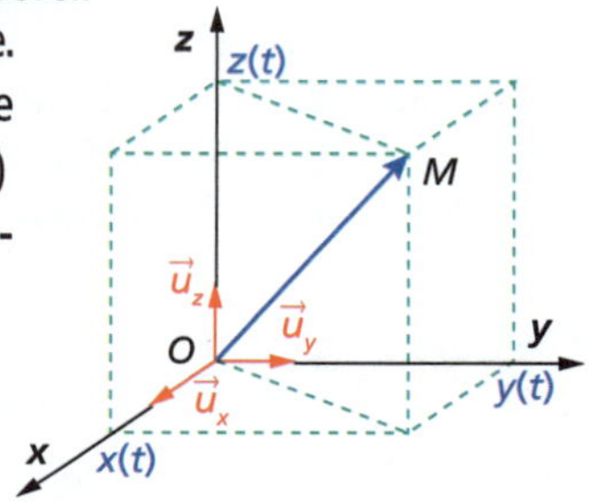

2 Vecteurs vitesse et accélération

• **Les vecteurs vitesse et accélération** dans le référentiel $\mathcal{R}$ sont obtenus par dérivations temporelles successives du vecteur position.

Vecteur vitesse	Vecteur accélération
$\vec{v}(t) = \dfrac{\mathrm{d}\overrightarrow{OM}}{\mathrm{d}t}$	$\vec{a}(t) = \dfrac{\mathrm{d}\vec{v}}{\mathrm{d}t} = \dfrac{\mathrm{d}^2\overrightarrow{OM}}{\mathrm{d}t^2}$
$\vec{v}(t) = \dfrac{\mathrm{d}x}{\mathrm{d}t}\overrightarrow{u_x} + \dfrac{\mathrm{d}y}{\mathrm{d}t}\overrightarrow{u_y} + \dfrac{\mathrm{d}z}{\mathrm{d}t}\overrightarrow{u_z}$	$\vec{a}(t) = \dfrac{\mathrm{d}v_x}{\mathrm{d}t}\overrightarrow{u_x} + \dfrac{\mathrm{d}v_y}{\mathrm{d}t}\overrightarrow{u_y} + \dfrac{\mathrm{d}v_z}{\mathrm{d}t}\overrightarrow{u_z}$ $\vec{a}(t) = \dfrac{\mathrm{d}^2x}{\mathrm{d}t^2}\overrightarrow{u_x} + \dfrac{\mathrm{d}^2y}{\mathrm{d}t^2}\overrightarrow{u_y} + \dfrac{\mathrm{d}^2z}{\mathrm{d}t^2}\overrightarrow{u_z}$
$\vec{v}(t) = v_x\overrightarrow{u_x} + v_y\overrightarrow{u_y} + v_z\overrightarrow{u_z}$	$a(t) = a_x\overrightarrow{u_x} + a_y\overrightarrow{u_y} + a_z\overrightarrow{u_z}$

Remarque
Pour alléger l'écriture, on met un point au-dessus de la coordonnée qui est dérivée une fois et deux points dans le cas d'une dérivée seconde :

$$\dot{x}(t) \text{ est } v_x \text{ ou } \frac{\mathrm{d}x}{\mathrm{d}t}, \ \ddot{y}(t) \text{ est } a_y \text{ ou } \frac{\mathrm{d}^2y}{\mathrm{d}t^2}.$$

Appliquer le cours

On lance, à l'instant $t = 0$, une balle de masse m à la vitesse $\overrightarrow{v_0}$ faisant un angle α avec l'horizontale. On tient compte des frottements de type fluide ($-k\vec{v}$). Les coordonnées, dans le plan (xOy), du vecteur position $\overrightarrow{OM}$ (M : centre de gravité de la balle) sont :

$$\begin{cases} x = \dfrac{m}{k} v_0 \cos\alpha \left(1 - e^{-\frac{k}{m}t}\right) \\ y = \dfrac{m}{k}\left(\dfrac{m}{k} g + v_0 \sin\alpha\right)\left(1 - e^{-\frac{k}{m}t}\right) - \dfrac{m}{k} gt \end{cases}$$

Déterminer les coordonnées du vecteur vitesse de la balle à chaque instant.

Solution

On dérive les fonctions $x(t)$ et $y(t)$ par rapport au temps et on obtient :

$$v_x = v_0 \cos\alpha \times e^{-\frac{k}{m}t}$$

$$v_y = \left(\frac{m}{k} g + v_0 \sin\alpha\right) e^{-\frac{k}{m}t} - \frac{m}{k} g$$

3 Les différents types de mouvement

- **Mouvement rectiligne :** le mouvement d'un point mobile M est rectiligne si sa trajectoire est une **droite**.
- **Mouvement circulaire :** un point qui, dans un référentiel donné, décrit un cercle est en mouvement **circulaire**
- **Mouvement uniforme, accéléré ou retardé :**

– Si le produit scalaire $\vec{v} \cdot \vec{a} > 0$, le mouvement est **accéléré**.
Un mouvement peut être **uniformément accéléré** si la norme de l'accélération est constante.

– Si le produit scalaire $\vec{v} \cdot \vec{a} < 0$, le mouvement est **retardé**.

Dans le cas où $\vec{v} \cdot \vec{a} = 0$, le mouvement est dit **uniforme** (cas obtenu si $\vec{a} = \vec{0}$ ou si $\vec{v} \perp \vec{a}$).
Pour un mouvement uniforme, la norme du vecteur vitesse est constante.

Cas particulier du mouvement circulaire de rayon R

Pour simplifier les calculs, on utilise une base locale attachée au point M, appelée aussi le **repère de Frenet**.

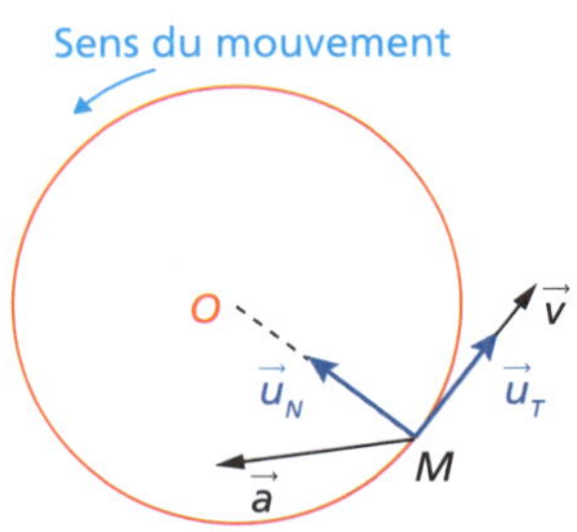

Vecteur vitesse :

$$\vec{v} = v \times \vec{u}_T$$

v est une grandeur algébrique, c'est la composante du vecteur vitesse sur $\vec{u}_T$.
Sur le schéma, la grandeur algébrique v est positive.

Vecteur accélération :

$$\vec{a} = \frac{d\vec{v}}{dt} = \frac{dv}{dt}\vec{u}_T + \frac{v^2}{R}\vec{u}_N$$

– La composante sur $\vec{u}_T$, $\dfrac{dv}{dt}$, est l'**accélération tangentielle** : elle est liée à la variation de la valeur de la vitesse.

– La composante sur $\vec{u}_N$, $\dfrac{v^2}{R}$, est l'**accélération normale** : elle est liée à la variation de la direction de la vitesse.

Sur le schéma, $a_T = \dfrac{dv}{dt}$ est négatif et $a_N = \dfrac{v^2}{R}$ est positif.

4 Première loi de Newton

• Un solide est un système matériel indéformable. La résultante des forces de pesanteur s'applique au centre de masse (ou centre de gravité) d'un solide.
Le mouvement du centre de masse G est, en général, plus simple que celui des autres points.

• **1re loi de Newton :** dans un référentiel dit galiléen, si la somme vectorielle des forces extérieures appliquées à un solide est égale au vecteur nul, le centre de masse du solide a un mouvement rectiligne uniforme (ou est immobile), et réciproquement.
Tout référentiel en translation rectiligne et uniforme par rapport à un référentiel galiléen est lui-même galiléen.

• Exemples d'études de mouvements dans des référentiels considérés comme galiléens :

Étude du mouvement d'une particule chargée	Étude de la chute libre d'un solide	Étude d'un satellite terrestre	Étude du mouvement des planètes du système solaire
↓	↓	↓	↓
Référentiel terrestre	Référentiel terrestre	Référentiel géocentrique	Référentiel héliocentrique

5 Seconde loi de Newton ou principe fondamental de la dynamique

• **2e loi de Newton** : dans un référentiel galiléen et pour un système de masse m fixé (point matériel M, ou solide de centre de masse M) :

$$\vec{F} = m \times \vec{a}_M \text{ avec } F \text{ en } N \text{ ; } m \text{ en kg ; } a_M \text{ en m.s}^{-2}.$$

$\vec{F}$ est la résultante des forces appliquées au système, $\vec{a}_M$ est l'accélération du centre de masse du solide ou du point M.

• Connaître l'accélération d'un système permet de trouver la résultante des forces qui lui sont appliquées et inversement, connaître la résultante des forces appliquées à un système permet de trouver l'accélération de celui-ci.

• Pour un système à **l'équilibre** dans un référentiel galiléen, $\overrightarrow{OM}$ est un vecteur constant, ce qui implique que l'accélération $\vec{a}$ est nulle. La seconde loi de Newton permet alors d'écrire que **la résultante des forces $\vec{F}$ est nulle.**

Bilan

Pour résoudre un problème en mécanique en utilisant la seconde loi de Newton :
1- Définir le système étudié.
2- Choisir un référentiel adapté considéré comme galiléen.
3- Faire l'inventaire des actions mécaniques qui s'appliquent au système.
4- Appliquer la seconde loi de Newton.
5- Projeter la relation vectorielle sur une base adaptée (cartésienne ou Frenet) puis exploiter les relations scalaires obtenues.

Exercices d'entraînement

Exercice 1 ★★ 10 min

Corrigé p. 204

Caractériser un mouvement

Une balle de masse m et de centre de masse G est lancée depuis le point H avec une vitesse initiale $\overrightarrow{v_0}$ qui fait un angle α avec l'horizontale. Pour repérer sa position, on utilise un repère cartésien dont l'origine est située sur le sol. On donne les équations horaires des coordonnées de G :

$$x(t) = v_0 \cos(\alpha) \times t\,, \quad y(t) = 0\,, \quad z(t) = -\frac{1}{2} g t^2 + v_0 \sin(\alpha) \times t + H$$

où g est l'intensité du champ de pesanteur.

1. Déterminer l'expression des composantes de la vitesse en fonction du temps.
2. Déterminer l'expression des composantes de l'accélération en fonction du temps.
3. Qualifier le mouvement étudié.

Exercice 2 ★★ 10 min

Corrigé p. 204

Vrai ou faux ?

Dire si les affirmations suivantes sont vraies ou fausses en donnant un exemple ou un contre-exemple permettant de justifier la réponse.

1. Un point matériel peut avoir une vitesse nulle à un instant mais une accélération non nulle à ce même instant.
2. Un mobile peut avoir un vecteur accélération qui change de direction mais une norme de vitesse constante.
3. Un mobile peut avoir un vecteur vitesse qui change de direction mais une accélération constante.

Exercice 3 ★ 10 min

Corrigé p. 205

Mouvement de la lune

Dans le référentiel géocentrique, en première approximation, la Lune est en mouvement circulaire uniforme autour de la Terre. La distance Terre-Lune est $D = 3{,}84 \times 10^5$ km. La Lune effectue un tour de la Terre en 27,3 jours.

1. Déterminer la vitesse v de la Lune en $km.h^{-1}$.
2. Donner l'expression du vecteur vitesse dans la base de Frenet.
3. Déterminer les composantes du vecteur accélération de la Lune dans la base de Frenet. Calculer sa norme.

Exercice 4 ★★ 10 min

Corrigé p. 205

Résultante des forces

Un livre de masse $m = 500$ g est posé sur une table inclinée d'un angle $\alpha = 10°$ par rapport à l'horizontale. Le livre ne glisse pas et reste en équilibre.

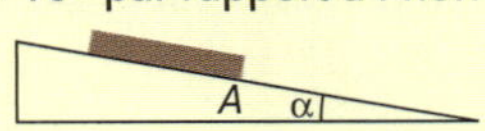

1. Quelles sont les forces s'exerçant sur le livre en équilibre ?
2. Déterminer les caractéristiques de la réaction exercée par la table sur le livre (R_N et R_T).

Donnée : $g = 9{,}8$ $m.s^{-1}$.

11 Mouvement dans un champ uniforme

La notion de champ en physique est très présente, elle associe à chaque point de l'espace une grandeur physique. Certains champs comme le champ de pesanteur et le champ électrique sont directement liés aux forces exercées.

1 Deux exemples de champs uniformes

A Définitions

- On parle **de champ vectoriel** lorsque la grandeur décrite est un vecteur.
- **Un champ uniforme** est un champ dont les caractéristiques (direction, sens et norme) ne dépendent pas du point de l'espace considéré.

B Champ de pesanteur

▲ Champ de pesanteur local.

- Soit $\vec{P}$ le poids d'un objet de masse m.

Le vecteur champ de pesanteur $\vec{g}$ est défini par :

$$\vec{g} = \frac{\vec{P}}{m}$$ avec g en $N.kg^{-1}$; P en N et m en kg.

- Localement, le champ de pesanteur est uniforme. Il est vertical, orienté vers le bas et sa valeur moyenne à la surface de la Terre est $g = 9,8\ N.kg^{-1}$.

C Champ électrique créé par un condensateur plan

- **Un condensateur plan** est constitué de deux armatures conductrices planes, parallèles et face à face. Lorsqu'une tension U est appliquée entre ces deux armatures, il règne dans l'espace situé entre les deux armatures un champ électrique $\vec{E}$.
- Ce champ est uniforme (sauf à proximité des extrémités des armatures), de direction perpendiculaire aux plaques, il est **orienté de l'armature positive vers l'armature négative**.

Sa valeur dépend de la valeur de la tension U appliquée (en volt) et de la distance d (en mètre) qui sépare les deux armatures. On a :

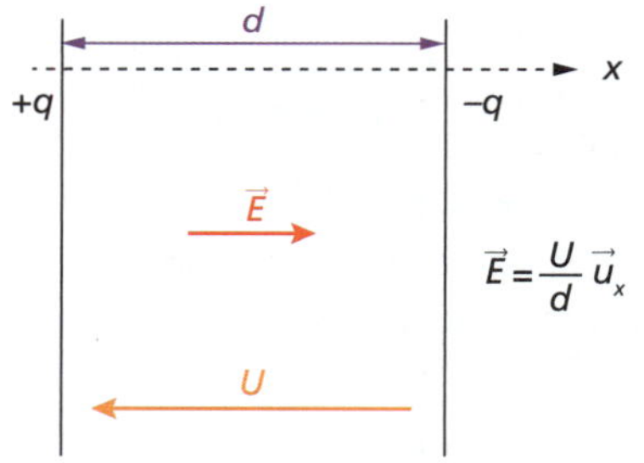

▲ Champ électrique uniforme et permanent créé par un condensateur plan.

$$E = \frac{|U|}{d}$$ avec E en $V.m^{-1}$; U en V et d en m.

- Le champ électrique est d'autant plus important que :
– la tension appliquée est grande ;
– la distance est faible.
- **Une particule de charge q** placée dans une région de l'espace où règne un champ électrique $\vec{E}$ est soumise à une force électrostatique : $\vec{F} = q\vec{E}$.
- **Le vecteur champ électrique $\vec{E}$** est donc défini par : $\vec{E} = \frac{\vec{F}}{q}$.

2 Champ de pesanteur

A Étude du mouvement

• Un objet de masse m, modélisé par son centre de gravité G, est lancé en l'air avec une vitesse initiale $\overrightarrow{v_0}$.

L'étude se fait dans un repère orthonormé $\left(O\,;\vec{u}_x,\vec{u}_y,\vec{u}_z\right)$ choisi tel que la vitesse initiale soit dans le plan vertical $\left(O,\vec{u}_x,\vec{u}_y\right)$. À la date $t = 0$, l'objet se trouve à l'origine du repère.

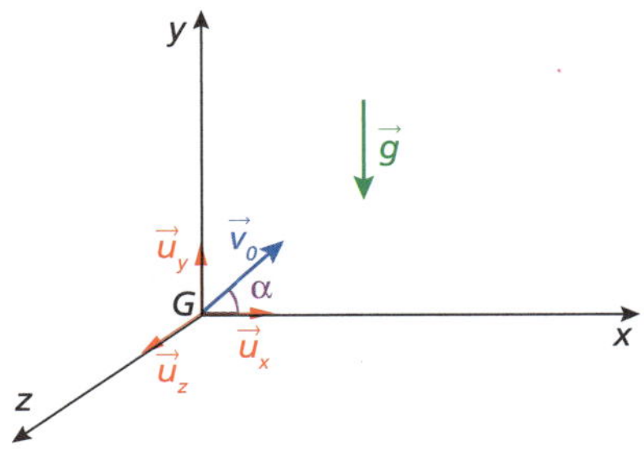

Référentiel	Terrestre considéré galiléen
Système	Objet de masse m
Bilan des forces	Poids de l'objet : $\vec{P} = m\vec{g} = -mg\overrightarrow{u_y}$ On néglige l'action de l'air sur l'objet
2ᵉ loi de Newton	$\vec{P} = m\vec{a}_G = m\left(a_x\overrightarrow{u_x} + a_y\overrightarrow{u_y} + a_z\overrightarrow{u_z}\right)$ Soit $\vec{g} = -g\overrightarrow{u_y} = a_x\overrightarrow{u_x} + a_y\overrightarrow{u_y} + a_z\overrightarrow{u_z}$

On connaît donc les coordonnées du **vecteur accélération** :

$$\vec{a}\begin{pmatrix} 0 \\ -g \\ 0 \end{pmatrix}$$

Le champ est uniforme donc g est constant.

• **Pour connaître les coordonnées du vecteur vitesse**, il faut rechercher la primitive par rapport au temps de chaque coordonnée du vecteur accélération en tenant compte de la vitesse initiale ($\overrightarrow{v_0} = v_0\cos\alpha\,\overrightarrow{u_x} + v_0\sin\alpha\,\overrightarrow{u_y}$).

$$\vec{v}\begin{pmatrix} v_0\cos\alpha \\ -gt + v_0\sin\alpha \\ 0 \end{pmatrix}$$

• **Pour connaître les coordonnées du vecteur position**, il faut rechercher la primitive par rapport au temps de chaque coordonnée du vecteur vitesse en tenant compte de la position initiale ($\overrightarrow{OG_0} = \vec{0}$).

$$\overrightarrow{OG}\begin{pmatrix} v_0\,\cos\alpha t \\ -\dfrac{1}{2}gt^2 + v_0\,\sin\alpha t \\ 0 \end{pmatrix}$$

On obtient ainsi les coordonnées du vecteur position $x(t)$, $y(t)$ et $z(t)$ qui sont appelées les **équations horaires** du mouvement.

• **La coordonnée z est constamment nulle, ce qui signifie que le mouvement est plan :** il s'effectue dans le plan $\left(O,\overrightarrow{u_x},\overrightarrow{u_y}\right)$.

B Trajectoire

• **L'équation de la trajectoire** dans le repère $\left(O;\overrightarrow{u_x},\overrightarrow{u_y}\right)$ est de la forme $y = f(x)$.

De l'expression $x(t)$, on tire $t = \dfrac{x}{v_0\cos\alpha}$ que l'on substitue dans $y(t)$.

On obtient $y = -\dfrac{1}{2}g\left(\dfrac{x}{v_0\cos\alpha}\right)^2 + v_0\sin\alpha\dfrac{x}{v_0\cos\alpha}$

$$y = -\frac{1}{2}g\left(\frac{x}{v_0\cos\alpha}\right)^2 + \tan\alpha\, x$$

• **La trajectoire est une portion de parabole** représentée en rouge sur le schéma ci-contre.

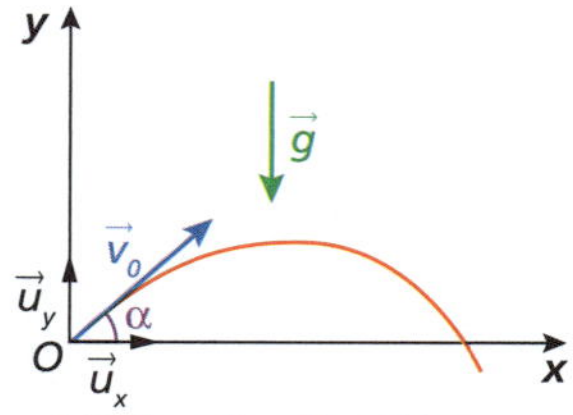

▲ Trajectoire d'un objet dans un champ de pesanteur uniforme $\vec{g}$.

C Aspect énergétique

• Dans le cas du mouvement dans le champ de pesanteur uniforme, si les frottements sont négligeables, il y a **conservation de l'énergie mécanique**.

• **La variation d'énergie mécanique** au cours du mouvement est donc nulle :

$$\Delta E_m = \Delta E_c + \Delta E_p = 0.$$

Rappel de 1re

$$E_c = \frac{1}{2}mv^2$$

$$E_p = mgy$$

• **Il y a transfert de l'énergie potentielle de pesanteur en énergie cinétique ou inversement.**

3 Particule chargée dans un champ électrique

A Équations horaires et trajectoire

• Une particule M supposée ponctuelle, de masse m et de charge électrique q, est placée dans un champ électrique uniforme $\vec{E}$ avec une vitesse initiale $\vec{v_0}$. L'étude se fait dans un repère orthonormé $\left(O;\overrightarrow{u_x},\overrightarrow{u_y},\overrightarrow{u_z}\right)$ choisi tel que la vitesse initiale soit dans le plan vertical $\left(O,\overrightarrow{u_x},\overrightarrow{u_y}\right)$. À la date $t = 0$, la particule se trouve à l'origine du repère.

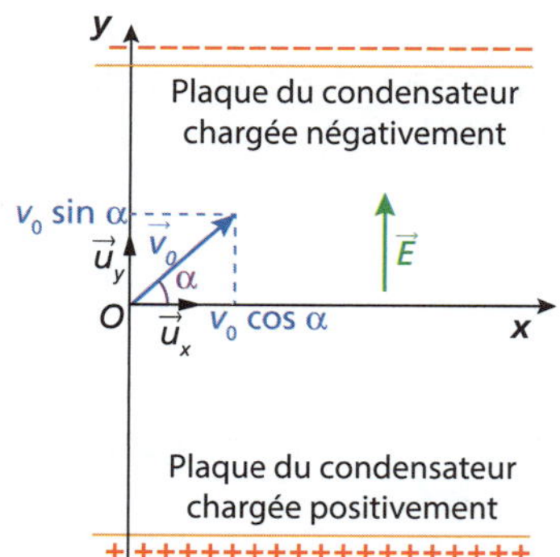

▲ Trajectoire d'un particule chargée dans un champ électrique uniforme $\vec{E}$.

Référentiel	Terrestre considéré galiléen
Système	Particule de masse m, de charge q
Bilan des forces	Force électrique : $\vec{F} = q\vec{E} = qE\overrightarrow{u_y}$ Les valeurs du poids $\vec{P}$ et des forces exercées par l'air sur la particule sont très faibles devant la force électrique : on les néglige.
2e loi de Newton	$\vec{F} = q\vec{E} = m\left(a_x\overrightarrow{u_x} + a_y\overrightarrow{u_y} + a_z\overrightarrow{u_z}\right)$ Soit $q\dfrac{E}{m}\overrightarrow{u_y} = a_x\overrightarrow{u_x} + a_y\overrightarrow{u_y} + a_z\overrightarrow{u_z}$

• En suivant le même raisonnement que dans le cas du champ de pesanteur, on obtient les **équations horaires** du mouvement puis l'**équation de la trajectoire**.

$$\vec{a}\begin{pmatrix}0\\ \dfrac{qE}{m}\\ 0\end{pmatrix} \xrightarrow{\text{Primitive}} \vec{v}\begin{pmatrix}v_0\cos\alpha\\ \dfrac{qE}{m}t+v_0\sin\alpha\\ 0\end{pmatrix} \xrightarrow{\text{Primitive}} \overrightarrow{OM}\begin{pmatrix}v_0\cos\alpha t\\ \dfrac{qE}{2m}t^2+v_0\sin\alpha t\\ 0\end{pmatrix}$$

• Comme dans le cas du champ de pesanteur, le mouvement est plan et la trajectoire est une portion de parabole.

B Accélérateur de particules

• **Dans un accélérateur linéaire de particules**, le champ électrique $\vec{E}$ et la vitesse initiale de la particule $\vec{v_0}$ sont colinéaires (la vitesse initiale peut être nulle).

Dans le cas ci-contre, $\vec{v_0}=v_0\vec{u_x}$ et $\vec{E}=-E\vec{u_x}$.

Une étude similaire au cas **A.** donne :

$$x(t)=-\frac{qE}{2m}t^2+v_0t.$$

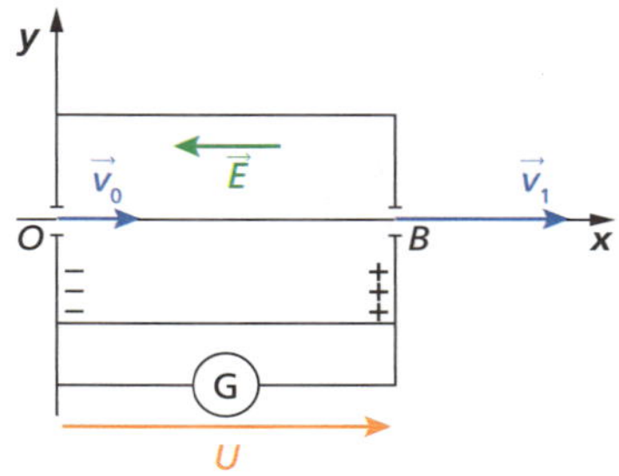

▲ Principe de l'accélérateur de particules : cas d'une particule chargée négativement.

• Dans le référentiel terrestre supposée galiléen, le théorème de l'énergie cinétique appliquée à la particule entre O et B s'écrit, si la seule force prise en compte est la force électrique :

$$E_c(B)-E_c(O)=W_{OB}(\vec{F})=|q|U_{BO}=|q|(V_B-V_O)$$

> **Rappel de 1re**
> Si la force F constante est colinéaire au déplacement de A vers B alors :
> $$W_{AB}(\vec{F})=\vec{F}\times\overrightarrow{AB}=F\times AB$$

• **Application** : si la vitesse de la particule est nulle à l'entrée, on peut trouver la vitesse à la sortie de l'accélérateur. Elle vaut : $v_B=\sqrt{\dfrac{2|q|U}{m}}$.

Plus la tension est élevée, plus la vitesse en sortie est grande.

Exercices d'entraînement

Exercice 1 ★★ 15 min Corrigé p. 205

Chute libre

Une personne de masse m = 80 kg fait du saut à l'élastique. Elle se laisse tomber du pont verticalement sans vitesse initiale. Durant la première phase du saut, tant que l'élastique n'est pas tendu, on considère qu'il s'agit d'une chute libre (les frottements dus à l'air seront négligés). La hauteur du pont par rapport au fond de la rivière est H = 50 m.

On choisit un repère représenté par un axe (Oz) orienté vers le haut, son origine O prise au niveau de la rivière. Le champ de pesanteur terrestre est $\vec{g} = -g\overrightarrow{u_z}$ avec $g = 9{,}8$ m.s^{-1}.

1. Définir le système et le référentiel d'étude.

2. Déterminer les coordonnées du vecteur accélération du système.

3. Déterminer les équations horaires des coordonnées du vecteur vitesse et du vecteur position du système. Montrer que le mouvement est accéléré.

4. L'élastique mesure $L = 15$ m lorsqu'il n'est pas étiré. Calculer la vitesse du sauteur à l'instant où l'élastique commence à se tendre.

Exercice 3 ★★★ 30 min Corrigé p. 205

Expérience inspirée de Sir Joseph John Thomson (1897)

Le physicien anglais J.J. Thomson réalise la déviation d'un faisceau d'électrons (dans le vide) à l'aide d'un champ électrique $\vec{E}$ uniforme et indépendant du temps (voir le schéma ci-dessous). Il mesure la déviation Y sur l'écran par rapport au cas où le champ électrique est nul. On négligera l'action de la pesanteur devant la force électrique. L'électron arrive en O avec une vitesse $\overrightarrow{v_0} = v_0\overrightarrow{u_x}$.

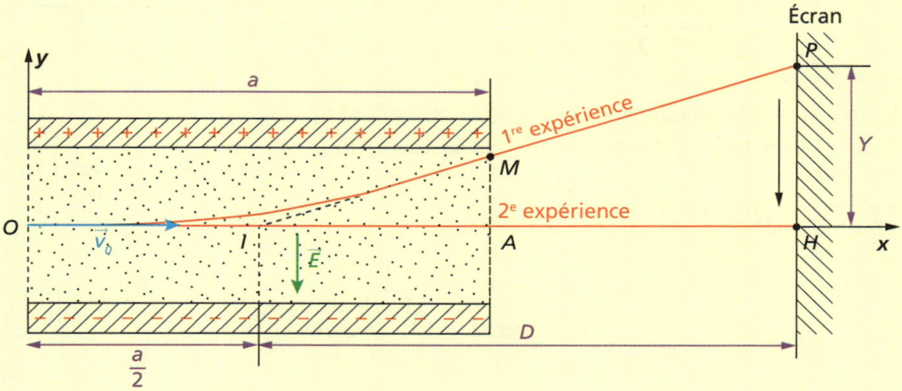

▲ Déviation d'un faisceau d'électrons.

1. Établir l'équation de la trajectoire d'un électron entre les plaques.

2. Déterminer les coordonnées du vecteur vitesse de l'électron et de sa position au point M (à la sortie des plaques) en fonction de a, v_0, E, q et m.

3. Sachant que l'on peut considérer que sur le trajet MP, l'électron n'est soumis à aucune force (son poids est négligeable), établir les équations horaires du mouvement hors des plaques puis l'expression de Y en fonction de E, m, q, v_0, a et D.
On prendra comme nouvelle origine des temps l'instant qui correspond à la sortie de l'électron de l'espace entre les plaques.

4. La première mesure du rapport $\frac{e}{m}$ (appelé charge massique de l'électron) a été faite par J.J. Thomson avec ce dispositif. On mesure $Y = 27$ cm pour une vitesse de l'électron de $v_0 = 1{,}8 \times 10^7$ m.s^{-1}.

Calculer $\frac{e}{m}$ et commenter.

Données :
- $a = 10$ cm, $E = 50$ kV.m^{-1} et $D = 10$ cm ;
- la charge de l'électron est $q = -e$ avec $e = 1{,}6 \times 10^{-19}$ C ; la masse de l'électron est m ;
- valeur de la charge massique de l'électron : $1{,}7588 \times 10^{11}$ C.kg^{-1}.

12 Mouvement dans un champ de gravitation

L'étude des mouvements des planètes, des comètes ou encore des satellites lancés depuis la Terre peut être menée à l'aide des lois de Kepler ou de la seconde loi de Newton.

1 Mouvement des satellites et des planètes - Lois de Kepler

- Les lois de Kepler (astronome 1571-1630) ont été formulées historiquement pour décrire le mouvement des planètes autour du Soleil.
- **1re loi de Kepler :**

Dans le référentiel héliocentrique, la trajectoire du centre de gravité d'une planète est **une ellipse** dont le centre de gravité du Soleil est l'un des foyers.

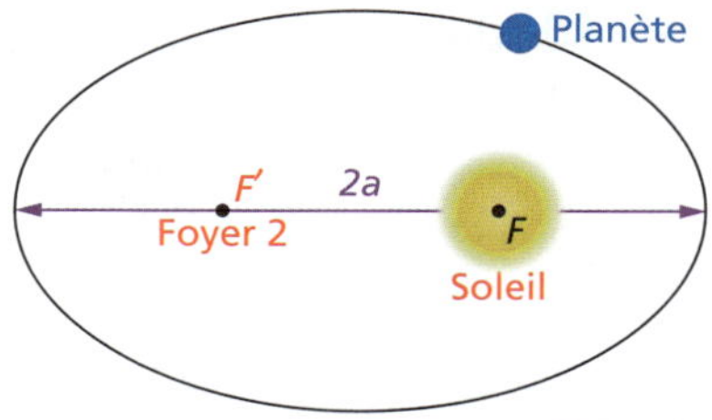

***a* est le demi-grand axe de l'ellipse**

- **2e loi de Kepler :**

Le segment de droite reliant le centre du Soleil à celui de la planète balaie des **aires égales** pendant des **durées égales**.

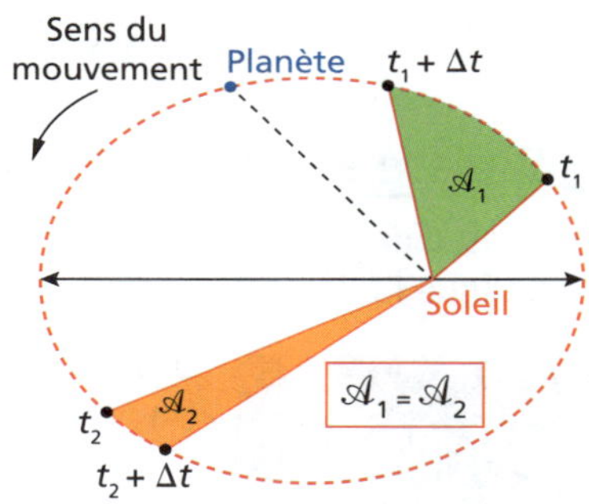

- **3e loi de Kepler :**

Pour toutes les planètes du système solaire, le rapport entre le carré de la **période de révolution** *T* et le cube du **demi-grand axe** est égal à une constante.

$$\frac{T^2}{a^3} = constante.$$

- **Généralisation :** les trois lois de Kepler énoncées dans le cas de planètes en orbite autour du Soleil peuvent être généralisées à tout satellite ou planète en orbite autour d'un astre de masse *M*.

Appliquer le cours

Calculer la période de révolution de la planète Mars autour du Soleil.

	Demi-grand axe de l'orbite elliptique	Période de révolution
Terre	$1{,}50 \times 10^8$ km	365,3 jours
Mars	$2{,}28 \times 10^8$ km	?

Solution

On utilise la 3e loi de Kepler : $\frac{T_{Terre}^{\ 2}}{a_{Terre}^{\ 3}} = \frac{T_{Mars}^{\ 2}}{a_{Mars}^{\ 3}}$.

D'où : $T_{Mars} = T_{Terrre}\sqrt{\frac{a_{Mars}^{\ 3}}{a_{Terre}^{\ 3}}} = 365{,}3 \times \sqrt{\frac{2{,}28^3}{1{,}50^3}} = 684{,}6$ jours.

- Dans certains cas, les foyers de l'ellipse sont suffisamment proches pour que l'on puisse approximer l'orbite elliptique par une orbite circulaire de rayon *R*. La 3e loi de Kepler, qui sera démontrée dans ce cas particulier, s'écrit alors : $\frac{T^2}{R^3} = constante$.

2 Cas du mouvement circulaire

A Champ de gravitation

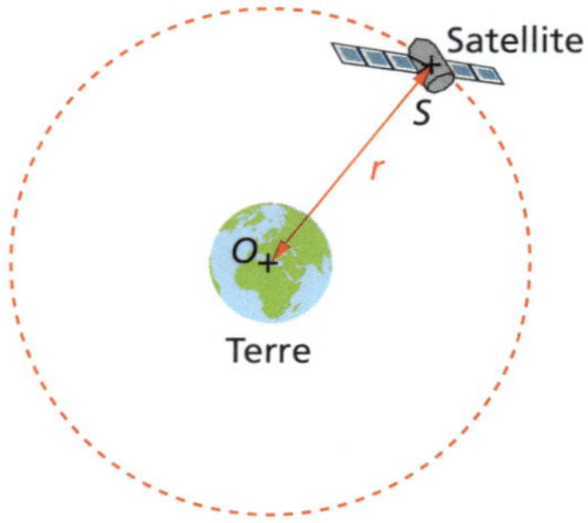

• On étudie le mouvement d'un satellite S de masse m, assimilé à un point matériel, en orbite autour de la Terre de centre O et de masse M_T. On se place dans le cadre de l'approximation d'une orbite circulaire de rayon $r = OS$. La force d'attraction gravitationnelle exercée par la Terre $\vec{F}_{T/S}$ a pour expression dans le repère de Frenet :

$$\vec{F}_{T/S} = G\frac{mM_T}{r^2}\vec{n}$$

$G = 6{,}67 \times 10^{-11}$ N.m².kg⁻² est la **constante de gravitation universelle**.

• On définit le **champ de gravitation** par :

$$\vec{\mathcal{G}} = \frac{\vec{F}_{T/S}}{m} = G\frac{M_T}{r^2}\vec{n}.$$

B Vitesse et accélération

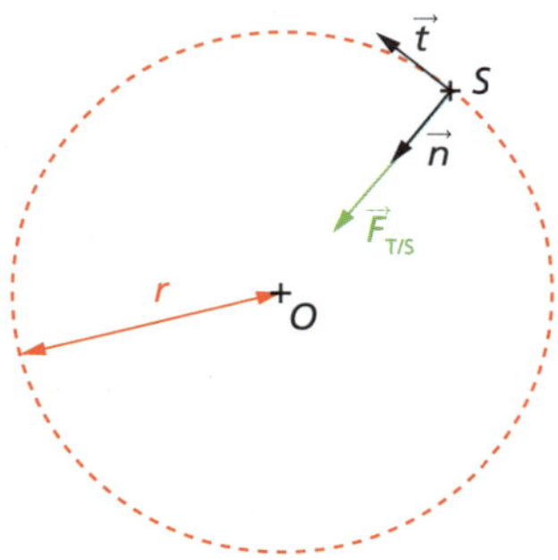

• Pour étudier le mouvement du satellite autour de la Terre, on applique la démarche habituelle :

Référentiel : Géocentrique considéré galiléen. On utilise le repère de Frenet $(S ; \vec{n}, \vec{t})$ adapté aux mouvements circulaires

↓

Système : Satellite S de masse m

↓

Bilan des forces : Force de gravitation : $\vec{F}_{T/S} = G\frac{mM_T}{r^2}\vec{n}$

On néglige l'action des autres astres sur le satellite.

↓

2e loi de Newton : $\vec{F}_{T/S} = G\frac{mM_T}{r^2}\vec{n} = m\vec{a}$

Soit $\vec{a} = G\frac{M_T}{r^2}\vec{n}$

On utilise l'expression de l'accélération dans la base de Frenet : $\vec{a} = \frac{dv}{dt}\vec{t} + \frac{v^2}{r}\vec{n}$.

On en déduit, en identifiant les deux expressions de l'accélération, les coordonnées du vecteur accélération :

$$\vec{a}\begin{pmatrix} a_n = \frac{v^2}{r} = G\frac{M_T}{r^2} \\ a_t = \frac{dv}{dt} = 0 \end{pmatrix}$$

- **Conséquences :**

– le vecteur accélération est **centripète** : il est dirigé vers le centre de la trajectoire ;

– le fait que $\frac{dv}{dt} = 0$ implique que la vitesse du satellite est constante : **le mouvement est circulaire uniforme** ;

– l'égalité $\frac{v^2}{r} = G\frac{M_T}{r^2}$ permet de trouver la vitesse du satellite sur son orbite circulaire :

$$v = \sqrt{G\frac{M_T}{r}}.$$

C Période de révolution

La durée *T* pour effectuer un tour est appelée période de révolution.

La vitesse étant constante, on peut écrire $v = \frac{d}{\Delta t} = \frac{2\pi r}{T}$ pour un tour complet, donc :

$$T = \frac{2\pi r}{v}.$$

En utilisant l'expression de la vitesse du satellite, on obtient :

$$T = \frac{2\pi r}{v} = \frac{2\pi r}{\sqrt{G\frac{M_T}{r}}} = 2\pi\sqrt{\frac{r^3}{GM_T}}.$$

En élevant cette relation au carré, on retrouve la 3e loi de Kepler dans le cas du mouvement circulaire :

$$\frac{T^2}{r^3} = \frac{4\pi^2}{GM_T}.$$

D Satellite géostationnaire

- **Un satellite géostationnaire** reste à la verticale d'un point fixe de la surface de la Terre ; il est immobile dans le référentiel terrestre.
- Dans le référentiel géocentrique, **la période de révolution *T* d'un satellite géostationnaire** est égale à la période propre de rotation de la Terre soit :

23 h 56 min 4 s (jour sidéral).

- Tous les satellites géostationnaires évoluent à une altitude voisine de 35 800 km, suivant une trajectoire circulaire dans le plan de l'équateur terrestre.

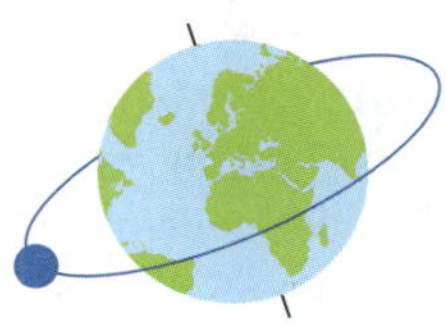

▲ Satellite géostationnaire (période orbitale : 1 jour)

Exercices d'entraînement

Exercice 1 ★★ 20 min

Corrigé p. 206

Habitabilité d'une exoplanète

Une exoplanète est une planète qui tourne autour d'une étoile autre que le Soleil.

Document : Zone d'habitabilité d'une planète

La zone d'habitabilité se définit par une fourchette de distance entre une planète et son étoile. Elle correspond à une zone dans laquelle la quantité d'énergie reçue par la planète permet à l'eau d'exister sous forme liquide. Dans notre système solaire, c'est le cas de la Terre située à 1 U.A. qui reçoit environ 1 000 Watts par mètre carré d'énergie rayonnée par le Soleil. Si l'on s'approche du Soleil et que l'on dépasse Vénus situé à 0,723 U.A., la quantité d'énergie reçue est trop importante et l'eau se vaporise. Si l'on s'en éloigne et que l'on dépasse Mars située à 1,52 U.A., alors l'eau n'existe plus que sous forme de glace. Or, seule l'eau liquide permet à la vie d'exister sous la forme que nous lui connaissons.
La taille et la position de la zone d'habitabilité dépend naturellement de la puissance de l'étoile qui émet le rayonnement lumineux. Si l'étoile est petite, la zone d'habitabilité sera beaucoup plus proche d'elle que s'il s'agit d'une étoile géante.
Donnée : 1 U.A. = $1{,}50 \times 10^8$ km.

D'après http://www.sciencesetavenir.fr

Il s'agit de déterminer la distance séparant l'étoile de son exoplanète HD 189733b détectée en décembre 2005 par une équipe européenne d'astronomes. Ses caractéristiques sont les suivantes :
– l'étoile du système HD 189733b est une étoile dont les caractéristiques sont assez proches de celle du Soleil : les températures de surface sont voisines, la masse de l'étoile est $M_E = 0{,}82 \times M_0$ où M_0 est la masse du Soleil ($M_0 = 1{,}989 \times 10^{30}$ kg) ;
– la période de révolution de l'exoplanète HD 189733b autour de l'étoile est $T = 2{,}22$ jours.

1. Énoncer la troisième loi de Kepler.
2. Montrer, en utilisant la deuxième loi de Newton et en explicitant les différents termes, que pour une trajectoire circulaire cette loi s'écrit : $\dfrac{T^2}{R^3} = \dfrac{4\pi^2}{GM_E}$
3. En déduire la distance moyenne entre la planète et l'étoile ($G = 6{,}67 \times 10^{-11}$ N.m².kg⁻²).
4. La planète du système HD 189733b appartient-elle à la zone d'habitabilité ?

Exercice 2 ★★ 20 min

Corrigé p. 206

Satellite géostationnaire

METEOSAT est une famille de satellites géostationnaires qui constituent le réseau de satellites météo de l'Europe. Le dernier satellite (Meteosat-10) a été lancé dans l'année 2012. Situé à une altitude H voisine de 36 000 km, il fournit de façon continue des informations couvrant une zone circulaire représentant environ 42 % de la surface de la Terre.

1. Rappeler les caractéristiques d'un satellite géostationnaire (orbite, période de révolution).
2. Donner la troisième loi de Kepler dans le cas général d'une trajectoire elliptique de demi-grand axe a.
3. Dans le cas d'une trajectoire circulaire de rayon $r = R_T + H_S$ et sachant que la vitesse du satellite sur son orbite circulaire est $V = \sqrt{\dfrac{GM_T}{R_T + H_S}}$, établir l'expression de la constante K telle que $\dfrac{T^2}{(R_T + H_S)^3} = K$.
4. Calculer K dans le système international d'unités. En déduire, pour Meteosat-10, la valeur de $R_T + H_S$, puis celle de H_S.

Données :
- Masse de la Terre : $M_T = 5{,}98 \times 10^{24}$ kg ; rayon de la Terre : $R_T = 6{,}38 \times 10^3$ km ; période de rotation propre de la Terre : 1 436 minutes.
- Constante de gravitation universelle $G = 6{,}67 \times 10^{-11}$ N.m².kg⁻².

13 Modéliser l'écoulement d'un fluide

Le monde qui nous entoure est rempli de fluides en mouvement : fleuves, océans, masses d'air atmosphérique, fluides caloporteurs dans des conduites industrielles…
Comment étudier le mouvement de tels systèmes déformables ?

1 Poussée d'Archimède

- **Lorsqu'un solide est immergé dans un fluide au repos**, il est soumis à l'action de ce fluide : les forces pressantes s'exercent sur toute la surface qui délimite le solide.
- Une force pressante s'écrit comme le produit de la pression par la surface. Pour le solide immergé, la pression est plus élevée sur la partie basse que sur la partie haute du solide : il en résulte une résultante des forces pressantes dirigée vers le haut. **La résultante $\vec{F}$ des forces pressantes qui s'exercent sur le solide est appelée poussée d'Archimède.**
- **La poussée d'Archimède** est verticale, orientée vers le haut et sa norme est égale au poids des fluides déplacés par le solide :

$$\vec{P_A} = -\rho_{\text{fluide}} V_S \vec{g}.$$

Remarque

Cas des corps flottants. Si un objet flotte à la surface de l'eau la poussée d'Archimède s'écrit :

$$\vec{P_A} = -\rho_{\text{eau}} V_{\text{immergé}} \vec{g} - \rho_{\text{air}} V_{\text{émergé}} \vec{g}$$

Comme $\rho_{\text{air}} \ll \rho_{\text{eau}}$, on a $\vec{P_A} \approx -\rho_{\text{eau}} V_{\text{immergé}} \vec{g}$.

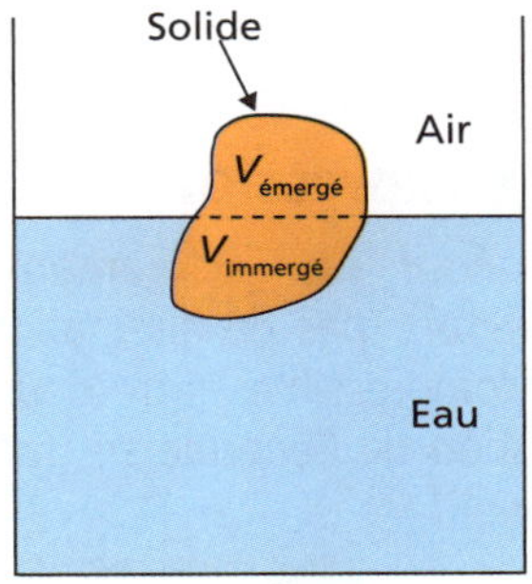

▲ Corps flottant

2 Écoulement en régime stationnaire

A Débit volumique d'un fluide incompressible

- **Un écoulement est dit stationnaire ou permanent** si les paramètres qui le caractérisent (pression, température, vitesse, etc.) ont une valeur constante dans le temps en chaque point du fluide.
- **Le débit volumique D_v d'un fluide** en écoulement stationnaire est le rapport entre le volume de fluide V qui traverse une section droite S d'une conduite et la durée Δt de l'écoulement :

$D_v = \dfrac{V}{\Delta t}$ avec D_v en mètre cube par seconde ($m^3.s^{-1}$), V en mètre cube (m^3) et Δt en seconde (s).

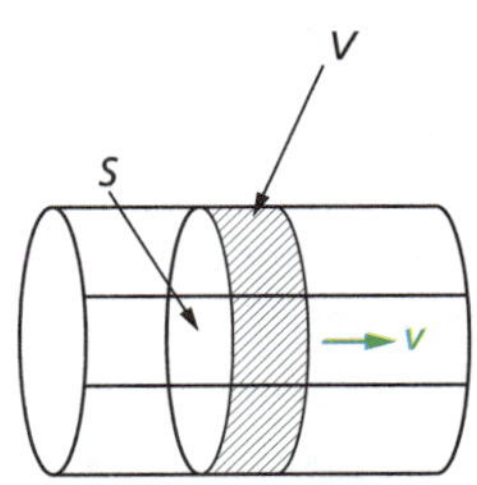

▲ Schéma d'une conduite

- Le débit volumique est aussi égal au produit de la vitesse moyenne v de l'écoulement par la section S de la conduite :

$$D_v = S \times v$$

B Conservation du débit

Lors d'un écoulement en régime stationnaire d'un fluide incompressible, il y a conservation du débit volumique tout au long de l'écoulement. Pour une conduite dont la section varie, la conservation du débit volumique s'écrit :

$$v_1 \times S_1 = v_2 \times S_2.$$

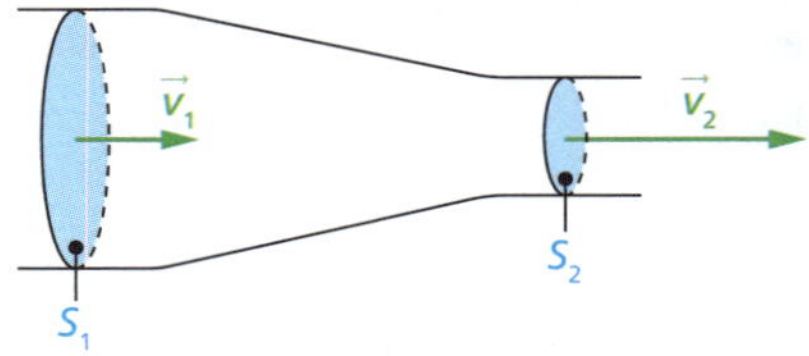

▲ Schéma d'une conduite dont la section varie

Appliquer le cours

Un tuyau de section $S_1 = 3{,}0 \times 10^{-4}$ m² délivre de l'eau potable avec un débit de 5,0 L.s⁻¹.

1. Calculer la vitesse moyenne d'écoulement du fluide dans le tuyau.

2. Que devient cette vitesse si on place en sortie de tuyau un réducteur telle que $S_2 = \frac{S_1}{2}$?

Solution

1. Il faut mettre le débit en m³.s⁻¹ avant d'effectuer le calcul (1 L = 10⁻³ m³).

$$v = \frac{D_v}{S} = \frac{5{,}0 \times 10^{-3}}{3{,}0 \times 10^{-4}} = 17 \text{ m.s}^{-1}.$$

2. Si on divise par 2 la section de l'écoulement, comme il y a conservation du débit volumique, on multiplie la vitesse par 2 car : $v_2 = v_1 \frac{S_1}{S_2}$.

3 Relation de Bernoulli

A Expression

• **Pour un écoulement stationnaire d'un fluide parfait** (pas de dissipation d'énergie par frottements), incompressible, entre deux sections S_1 et S_2, la conservation de l'énergie se traduit par **la relation de Bernoulli** :

$$P_1 + \rho g z_1 + \frac{1}{2}\rho v_1^2 = P_2 + \rho g z_2 + \frac{1}{2}\rho v_2^2$$

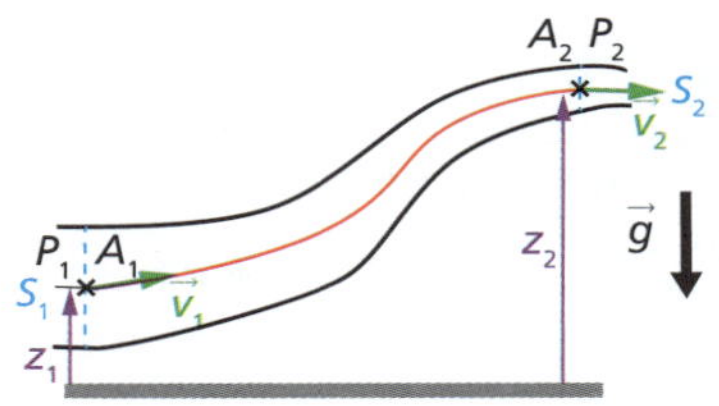

▲ Écoulement d'un fluide incompressible

avec la pression P en Pascal (Pa), la vitesse v en mètre par seconde (m.s⁻¹), la masse volumique ρ en kilogramme par mètre cube (kg.m⁻³) et g en mètre par seconde carré (m.s⁻²).

• Pour un fluide en équilibre (vitesse nulle), on retrouve la relation de la statique des fluides (vue en classe de 1re) :

$$P + \rho g z = constante.$$

B Effet Venturi

• **Pour un écoulement horizontal,** dans les conditions d'application de la relation de Bernoulli, **l'effet Venturi** indique que les zones de forte vitesse dans un écoulement sont aussi des zones de faible pression.

• A et B sont à la même altitude.
La relation de Bernoulli s'écrit :

$$P_A + \frac{1}{2}\rho v_A^2 = P_B + \frac{1}{2}\rho v_B^2.$$

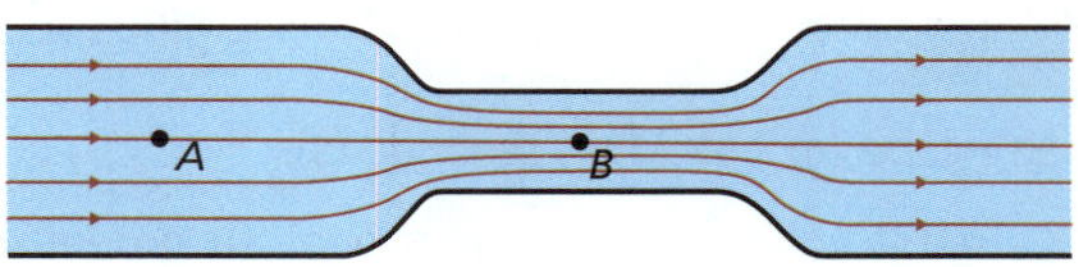

▲ Tube de Venturi

• Comme la section en B est plus faible que la section en A ($S_A > S_B$), la conservation du débit permet d'affirmer que $v_A < v_B$. Donc : si $v_A < v_B$ alors $P_A > P_B$.

Exercices d'entraînement

Exercice 1 ★ 10 min

Corrigé p. 207

Comparaison poids/poussée d'Archimède

1. Un ballon de volley-ball a une masse m de 260 g et un rayon r de 10 cm.
Déterminer le poids du ballon et la poussée d'Archimède exercée par l'air sur le ballon. Conclure.

2. Une petite montgolfière est modélisée par une enveloppe sphérique de rayon $R = 4{,}0$ m. Sa masse (enveloppe + gaz contenu dans l'enveloppe + nacelle et accessoires) est $M = 300$ kg.
Déterminer le poids du ballon et la poussée d'Archimède exercée par l'air sur le ballon. Conclure.

Données : • Masse volumique de l'air à la pression de 1 bar sous la température de 25°C : $\rho = 1{,}2$ kg.m^{-3}.
• Accélération de la pesanteur $g = 9{,}8$ m.s^{-2}.

Exercice 2 ★★ 15 min

Corrigé p. 207

Ballon-sonde

Un ballon-sonde est un ballon à gaz utilisé dans les domaines de la météorologie et de l'aéronautique. Il s'agit d'un ballon libre non habité, utilisé pour faire des mesures locales dans l'atmosphère.
Un ballon sphérique indéformable de diamètre $D = 10$ m est gonflé à l'hélium. La pression atmosphérique au sol est $p = 1{,}0 \times 10^5$ Pa et la température ambiante $t = 20°$ C.
Dans ces conditions, la masse volumique de l'air est $\rho_0 = 1{,}3$ kg.m^{-3}. Le ballon et son chargement ont une masse totale $M = 400$ kg.

1. Calculer la résultante des forces exercées sur ce ballon au sol. Conclure.

2. Que vaut la résultante des forces exercées sur le ballon lorsqu'il cesse de monter ?

3. La masse volumique de l'air évolue dans les basses couches de l'atmosphère selon la loi :

$$\rho = \rho_0 \times \exp\left(-\frac{M_{air} g z}{RT}\right).$$

M_{air} est la masse molaire de l'air, R la constante des gaz parfaits 8,31 J.K^{-1}.mol^{-1}, z l'altitude et T la température absolue en Kelvin. Calculer l'altitude plafond du ballon sonde en considérant que la température n'a pas varié.

Données : • $M_{air} = 29$ g.mol^{-1}.
• Accélération de la pesanteur $g = 9{,}8$ m.s^{-2}.
• $T(\text{K}) = T(°\text{C}) + 273$.

Exercice 3 ★★ 10 min

Corrigé p. 207

Écoulement sanguin

Dans l'artère aorte de diamètre D_1 égal à 2,5 cm, le débit volumique sanguin moyen est de 80 cm^3.s^{-1}.

1. Quelle est la vitesse moyenne du sang dans cette artère ?

2. En prenant un individu standard qui contient 5,0 L de sang, calculer la durée moyenne permettant l'expulsion par le cœur de ce volume de sang.

3. Quelle serait la vitesse moyenne de l'écoulement dans une zone où l'aorte voit son diamètre diminuer de 10 % par une plaque d'athérome (dépôt lipidique) ?

14 Description d'un système thermodynamique

1 États de la matière

On distingue essentiellement trois états de la matière :

• **L'état solide :** les particules constitutives peuvent être des atomes, des ions ou des molécules ; elles sont régulièrement distribuées dans l'espace. Les interactions entre particules sont importantes, cela assure rigidité et cohésion au solide.

• **L'état liquide :** l'organisation des particules est désordonnée. Les interactions entre particules sont importantes mais permettent le mouvement des unes par rapport aux autres.

• On parle d'**état condensé** de la matière pour les états **solide et liquide** : un système à l'état condensé a un volume qui varie très peu sous l'influence de la température (peu dilatable) et très peu sous l'influence de la pression (peu compressible).

• **L'état gazeux :** les particules sont quasiment libres, elles se déplacent suivant des mouvements désordonnés. Les interactions entre particules sont faibles car elles sont éloignées les unes des autres, cela assure des propriétés de compressibilité importantes.

• On appelle **système thermodynamique** un corps délimité par une surface fermée (réelle ou fictive). Tout le reste de l'espace constitue **le milieu extérieur**.

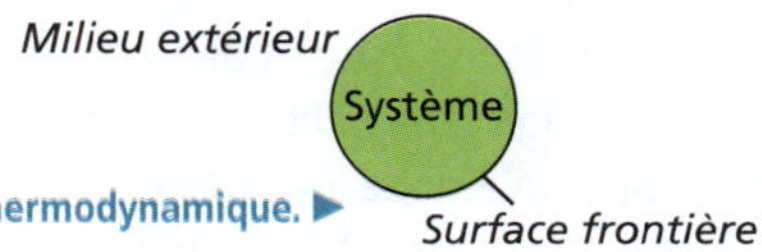

Système thermodynamique. ▶

2 Grandeurs descriptives d'un système

• **Pour caractériser un système,** on utilise de nombreuses grandeurs caractéristiques parmi lesquelles on peut citer :

– sa masse m qui s'exprime en kg ;

– son volume V qui s'exprime en m^3 ;

– sa masse volumique : $\rho = \frac{m}{V}$, dans le cas d'une répartition homogène de la matière dans le système, qui s'exprime en $kg.m^{-3}$;

– la température absolue T qui s'exprime en kelvin (K). Le lien entre les échelles de température Celsius θ(°C) et Kelvin T(K) est : $T(K) = \theta(°C) + 273$;

– sa pression qui s'exprime en Pascal (Pa) et qui est définie en un point du système. Dans le cas des gaz, la pression peut être considérée comme identique en tout point du gaz à l'équilibre. Dans le cas d'un liquide au repos, la pression varie selon la loi de la statique des fluides.

> **Remarque**
> Un écart de température peut s'exprimer indifféremment en °C ou en K : $\Delta\theta(°C) = \Delta T(K)$

3 Modèle du gaz parfait

A Les lois expérimentales

• **Loi de Mariotte** : le produit PV d'une quantité de gaz fixée reste constant à température fixée.

• **Loi de Gay-Lussac et Charles** : le produit PV ne dépend pas de la nature du gaz et n'est fonction que de la température.

• **Loi d'Avogadro-Ampère** : le produit PV à température fixée est proportionnel au nombre de molécules N.

B Équation d'état du gaz parfait

• L'étude thermodynamique des gaz aux faibles pressions permet de dégager un modèle de gaz : **le modèle du gaz parfait.**

Un gaz parfait vérifie rigoureusement les 3 lois énoncées ci-avant. Il vérifie l'équation d'état :

$$PV = nRT$$

avec P la pression en Pascal (Pa), V le volume en mètre cube (m^3), n en mole (mol), T en Kelvin (K) et R la constante des gaz parfaits, elle vaut 8,31 $J.K^{-1}.mol^{-1}$.

• **Quelques conversions utiles** à l'utilisation de la loi des gaz parfaits
Unité de pression : 1 bar = 10^5 Pa
Unité de volume : 1 L = 10^{-3} m^3
Unité de température : $T(K) = \theta(°C) + 273$

Appliquer le cours
Calculer la quantité de dioxygène présente dans une bouteille d'oxygène médical de 5,0 L, sous pression de 200 bars, à 20 °C.

Solution
Attention aux unités !

$$n = \frac{PV}{RT} = \frac{200 \times 10^5 \times 5{,}0 \times 10^{-3}}{8{,}31 \times (20 + 273)} = 41 \text{ mol}.$$

C Aspect microscopique du gaz parfait

Dans le modèle du gaz parfait :
– les particules constituant le gaz (molécules ou atomes) sont considérées comme ponctuelles ;
– on considère qu'il n'y a aucune interaction entre les particules ;
– la pression est due aux chocs des particules sur la paroi ;
– lorsque la température augmente, l'agitation thermique augmente (l'énergie cinétique des particules augmente).

D Limites du modèle

• **Les limites du modèle du gaz parfait** apparaissent en étudiant l'influence de la pression sur un gaz.
À température fixée, pour différents gaz, on constate que $\frac{PV}{n}$ varie avec P, ce qui n'est pas le cas pour le modèle du gaz parfait.

• **La loi de Mariotte apparaît comme une loi limite** : tous les gaz, quelle que soit leur nature, ont un comportement qui tend vers celui du gaz parfait lorsque la pression devient très faible.

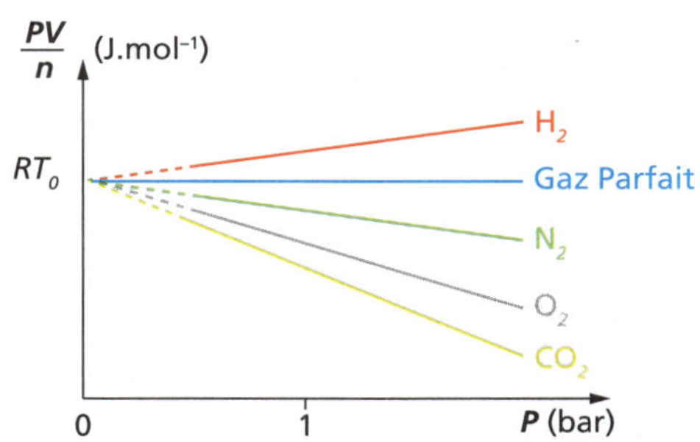

▲ Influence de la pression sur $\frac{PV}{n}$ pour différents gaz

• Lors d'une forte augmentation de pression, les particules vont se rapprocher et interagir : le modèle du gaz parfait n'est alors plus valable.

Exercices d'entraînement

Exercice 1 ★ 10 min

Corrigé p. 207

Un peu de plongée

Un certain nombre de sous-marins conçus pour la plongée profonde ont permis d'explorer l'ensemble des fonds des mers. Ainsi, en 1960, le bathyscaphe du professeur Auguste Piccard a atteint la profondeur de 10 916 m dans la fosse des Mariannes.

On imagine utiliser ce sous-marin pour une expérience. On attache à l'extérieur du sous-marin un ballon souple de 1,0 L contenant de l'air. On suppose qu'à la température considérée, la masse volumique de l'air est de 1,3 g.dm^{-3}. La masse molaire de l'air est M = 29 g.mol^{-1}, la pression à la surface est de 1,0 bar. La masse volumique de l'eau sera supposée constante égale à $\rho_{eau} = 10^3$ kg.m^{-3} et l'accélération de la pesanteur sera prise égale à g = 10 m.s^{-2}.

1. À l'aide de la relation de la statique des fluides, estimer la pression au fond de la fosse des Mariannes.

2. En considérant l'air comme un gaz parfait et l'océan à température constante, évaluer le volume du ballon au fond de la fosse des Mariannes.

3. Calculer la masse volumique de l'air contenu dans le ballon à cette profondeur et la comparer à celle de l'eau. Conclure sur la validité de ce calcul.

4. En réalité la masse volumique de l'air à cette pression est de l'ordre de 0,6 kg.dm^{-3}. Interpréter.

Exercice 2 ★★ 20 min

Corrigé p. 207

Pression des pneumatiques

Un poste mobile de gonflage de pneumatiques comporte un réservoir de volume V_1 = 15 L que l'on peut remplir d'air au poste fixe du garage, sous la pression P_1 = 6,0 bars.
L'air sera assimilé à un gaz parfait.

1. La température du réservoir est égale à θ_1 = 17°C.
Calculer le nombre de moles d'air présent dans le réservoir.

2. On utilise le poste mobile, contenant de l'air sous la pression P_1 à la température θ_1, pour compléter le gonflage d'un pneumatique de l'automobile à la température de 17°C.
La pression avant le gonflage est P_2 = 2,2 bars et la pression recommandée par le manufacturier est P_3 = 3,0 bars. Le volume de l'enveloppe, supposé invariable, est v = 35 L.
a) Calculer la quantité d'air (en mol) introduit dans le pneumatique lors de cette opération.
b) Calculer la pression finale P_4 de l'air dans le poste mobile à la fin de l'opération à 17°C.

3. Après un parcours, effectué à grande vitesse, la pression dans le pneumatique atteint la valeur P_5 = 6,0 bars (pression maximale). Sachant que lorsque la température du pneumatique est supérieure à 250°C, la gomme se dégrade, risque-t-on l'explosion ?

Données : constante des gaz parfaits R = 8,31 J.K^{-1}.mol^{-1} ; 1 bar = 10^5 Pa ; T(K) = θ(°C) + 273.

15 Premier principe de la thermodynamique

1 Énergie interne

- **Les particules qui constituent un système**, quel que soit son état physique, sont en mouvement désordonné : c'est l'agitation thermique que l'on mesure à l'échelle macroscopique par la température. Plus l'agitation thermique est importante, plus **l'énergie cinétique microscopique** (c'est-à-dire l'énergie cinétique de chaque particule) **est grande**.
- Les interactions entre particules (électromagnétique, fortes et faibles), l'interaction gravitationnelle confèrent au système une **énergie potentielle microscopique**.
- **L'énergie interne U** d'un système thermodynamique résulte de la contribution de toutes les énergies microscopiques :

$$U = \sum_{particules} \varepsilon_{\text{cinetique microscopique}} + \sum_{particules} \varepsilon_{\text{potentielle microscopique}}.$$

- **L'énergie totale** d'un système est la somme de son énergie interne et de son énergie mécanique :

$$E_{tot} = U + E_{méca}.$$

2 Bilan d'énergie

A Cas d'une transformation finie

- **La variation d'énergie totale** ΔE_{tot} d'un système est la conséquence d'échanges d'énergies entre ce système et le milieu extérieur, soit par travail W (mécanique ou électrique), soit par transfert thermique Q.
- **Le premier principe de la thermodynamique** donne le bilan d'énergie correspondant :

$$\Delta E_{tot} = \Delta U + \Delta E_{méca} = W + Q$$

Variation de l'énergie totale du système. ← ΔE_{tot} ; $W + Q$ → Transferts d'énergie entre le système et le milieu extérieur.

- **Dans le cas où le système est au repos**, son énergie mécanique est constante, le premier principe s'écrit :

$$\Delta U = W + Q.$$

- Par convention, le travail W et le transfert thermique Q sont comptés **positivement** s'ils sont **reçus** par le système et négativement s'ils sont cédés au milieu extérieur.

B Cas d'une transformation infinitésimale

- Il arrive que l'on doive faire des bilans d'énergie sur de très courtes durées notées dt. Dans ce cas, les transferts d'énergies entre le système et le milieu extérieur sont très petits : on les note δW et δQ. Il en résulte une très faible variation de l'énergie totale du système notée dE_{tot}.

L'écriture du premier principe est alors :

$$\mathrm{d}E_{tot} = \mathrm{d}U + \mathrm{d}E_{méca} = \delta W + \delta Q$$

petites variations : notation avec un « d ». ← $\mathrm{d}E_{tot}$; $\delta W + \delta Q$ → Petits « paquets » d'énergie : notation avec un « δ ».

- **Dans le cas où le système est au repos,** le premier principe s'écrit :

$$\mathrm{d}U = \delta W + \delta Q.$$

3 Cas d'un système incompressible

• **Variation finie de température** : lorsque la température d'un corps en phase condensée de masse m (liquide ou solide) passe de la température T_1 à la température T_2, son énergie interne U varie. **Cette variation d'énergie interne** notée ΔU a pour expression :

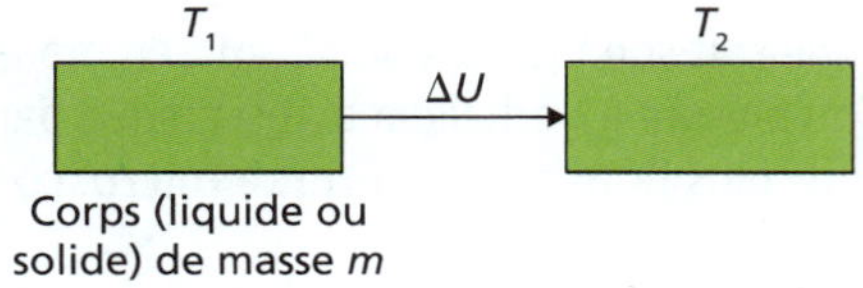

$$\Delta U = m \times c \times \underbrace{(T_2 - T_1)}_{\Delta T}$$

Capacité thermique massique du corps (c)

Unités :
ΔU : J
ΔT : K ou °C
m : kg
c : $J.kg^{-1}.K^{-1}$

• D'après le premier principe, cette variation d'énergie interne est due à un transfert d'énergie entre le système et le milieu extérieur. Si l'énergie interne du système augmente, c'est qu'il a reçu de l'énergie de la part du milieu extérieur.

• $C = mc$ est la **capacité thermique du système** et s'exprime en $J.K^{-1}$.

Bilan

Pour appliquer le 1^{erw} principe de la thermodynamique :

1 – Définir le système thermodynamique étudié.
2 – Relever la nature des transferts énergétiques (par travail ou par transfert thermique) entre le système et le milieu extérieur.
3 – Repérer le sens des transferts afin de connaître leur signe.
4 – Écrire le 1er principe.

4 Transferts thermiques

A Différents modes de transfert

L'échange d'énergie par transfert thermique peut se faire de plusieurs manières : par **conduction**, **convection** ou par **rayonnement**.

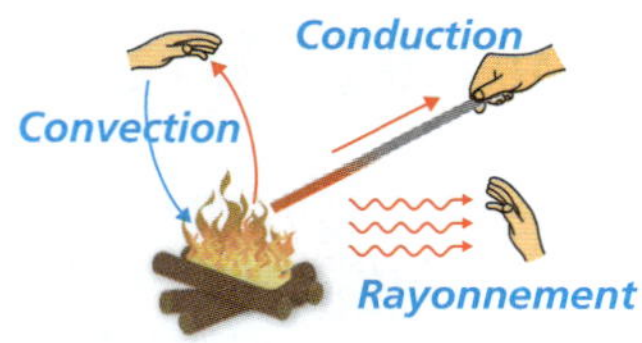

▲ Schéma des transferts thermiques

B Flux thermique (ou puissance thermique) par conduction

• **Lorsqu'une paroi est soumise à une différence de température,** il se produit naturellement un **transfert thermique Q** du côté le plus chaud vers le coté le plus froid. Si cette différence de température est maintenue constante, **le flux thermique** à travers cette paroi est constant.

• **Flux thermique P_{th}** : puissance thermique traversant la paroi de surface S : $P_{th} = \dfrac{Q}{\Delta t}$ P_{th} est un **débit d'énergie** (énergie qui traverse la paroi de surface S en une seconde) en watt (W), Q est le transfert thermique en joule (J), Δt est la durée du transfert en seconde (s).

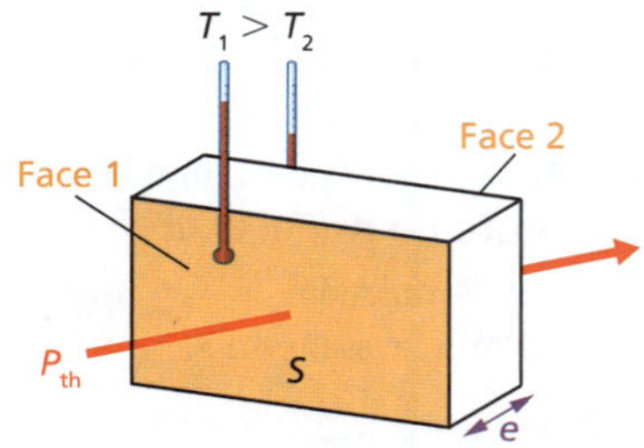

▲ Transfert thermique par conduction à travers une paroi

• Le flux thermique P_{th} s'exprime aussi en fonction de la **résistance thermique R_{th}** de la paroi par :

$$P_{th} = \frac{T_1 - T_2}{R_{th}} \qquad (T_1 > T_2)$$

P_{th} en watt (W), T_1 et T_2 en Kelvin (K) ou degré Celsius (°C) et R_{th} en Kelvin par watt ($K.W^{-1}$).

Pour une paroi plane, R_{th} dépend
- de la conductivité thermique λ (en $W.m^{-1}.K^{-1}$) du matériau ;
- de son épaisseur e (en m) ;
- de la surface S (en m^2) traversée.

$$R_{th} = \frac{e}{\lambda S}.$$

Appliquer le cours

La température intérieure d'une maison est maintenue grâce à un système de climatisation à 21°C alors que la température extérieure est de 38°C.
Indiquer le sens du transfert thermique et calculer le flux thermique à travers un mur de 5,0 m de large sur 2,5 m de haut et d'épaisseur 40 cm. Le mur est en brique creuse de conductivité thermique $\lambda = 0{,}12$ $W.m^{-1}.K^{-1}$.

Solution

On calcule d'abord la résistance thermique du mur :

$$R_{th} = \frac{e}{\lambda \times S} = \frac{0{,}40}{0{,}12 \times 5{,}0 \times 2{,}5} = 0{,}27 \text{ K.W}^{-1}.$$

Puis, on en déduit le flux à travers le mur qui va du chaud vers le froid, donc de l'extérieur de la maison vers l'intérieur dans ce cas.

$$P_{th} = \frac{38 - 21}{0{,}27} = 63 \text{ W}.$$

C Cas de la convection

La loi phénoménologique de Newton permet de connaître le transfert thermique entre un corps condensé et un fluide. Ce transfert a lieu à l'interface, de surface S, entre le corps et le fluide. La puissance thermique transférée au corps de température T par le fluide de température T_{fluide} est :

$$P_{th} = \frac{\delta Q}{dt} = -k\left(T - T_{fluide}\right)S$$

δQ est le transfert thermique pendant la durée dt (infinitésimale), k est un coefficient de transfert thermique, il est positif et s'exprime en $W.m^{-2}.K^{-1}$.

5 Quelques bilans thermiques

A Système Terre-atmosphère

• **Bilan simplifié.** Le rayonnement solaire qui parvient sur le système Terre-atmosphère est en partie réfléchi (et renvoyé dans l'espace) et en partie absorbé.
Cette énergie absorbée a pour conséquence de réchauffer le système Terre-atmosphère.
Le système Terre-atmosphère émet en retour un rayonnement vers l'espace donné par la **loi de Stefan**, la puissance rayonnée par unité de surface par un corps à la température T est :

$$p_{surf} = \sigma T^4 \text{ avec } \sigma = 5{,}67 \times 10^{-8} \text{ W.m}^{-2}.\text{K}^{-4}.$$

Si ces deux grandeurs se compensent, le bilan thermique est nul et la température du système

Terre-atmosphère est constante.

• Les paramètres dont il faut tenir compte :

– **L'effet de Serre.** Les gaz à effet de serre présents dans l'atmosphère absorbent une partie de l'énergie rayonnée par la surface terrestre.

– **L'albédo.** Tout corps réfléchit une partie de l'énergie solaire qu'il reçoit. L'albédo est la part d'énergie solaire réfléchie par rapport à celle reçue.

L'effet d'albédo joue ainsi un rôle sur le climat et l'équilibre thermique de la planète, au même titre que l'effet de serre.

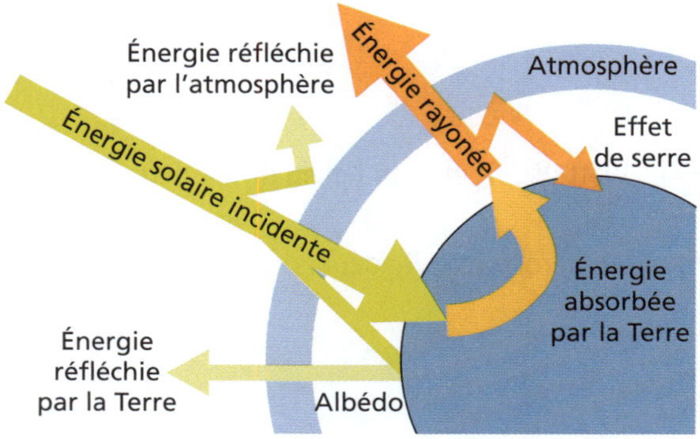

▲ Schéma du système Terre-atmosphère.

B Système au contact d'un thermostat

Considérons un corps incompressible, de capacité thermique massique c et de masse m, initialement à la température T_A que l'on place dans un four à la température constante T_B. Il s'agit, par exemple, de réchauffer un aliment.

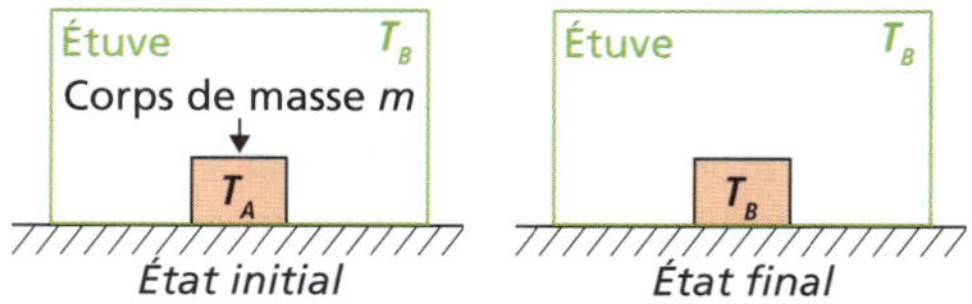

Pour connaître l'évolution de la température du corps au cours du temps, **on applique le premier principe au système entre deux instants très proches** (variation infinitésimale).

On suppose que le seul transfert d'énergie qui existe entre le système et le milieu extérieur est donné par la loi de Newton. Il n'y a pas de travail reçu par le corps. On a :

$$\mathrm{d}U = \delta Q \text{ avec } \delta Q = -k(T - T_B)S\,\mathrm{d}t \text{ et } \mathrm{d}U = mc\,\mathrm{d}T.$$

Équation différentielle du premier ordre vérifiée par T : $mc\,\mathrm{d}T = -k(T - T_B)S\,\mathrm{d}t$

$$\frac{\mathrm{d}T}{\mathrm{d}t} + \frac{kS}{mc}T = \frac{kS}{mc}T_B$$

L'évolution de la température au cours du temps est donc : $T(t) = (T_A - T_B)\exp\left(-\frac{kS}{mc}t\right) + T_B.$

Exercices d'entraînement

Exercice 1 ★★ 15 min *Corrigé p. 208*

Micro-onde

Un mug contenant 350 mL d'eau est mis à réchauffer dans un four micro-onde afin de préparer un thé. La température initiale de l'eau est $\theta_1 = 20°C$. Au bout d'une durée Δt, la température de l'eau a atteint $\theta_2 = 74{,}5°C$.

1. Calculer la variation d'énergie interne de l'eau lors de cette opération. Comment cela se traduit-il au niveau microscopique ?

2. Quelle est l'énergie thermique transférée par le four micro-onde à l'eau ?

3. Sachant que la durée de chauffage est de 2 min, en déduire la puissance thermique moyenne restituée par ce four micro-onde.

Données pour l'eau : $\rho = 1{,}0$ kg.L^{-1} ; capacité thermique massique $c_{eau} = 4\,180$ J.K^{-1}.kg^{-1}.

Exercice 2 ★★ 20 min

Corrigé p. 208

Double vitrage

La pièce à vivre d'une maison comporte une baie vitrée (simple vitrage, épaisseur de vitre 2 mm) de dimension 3,0 m par 2,0 m. On cherche à évaluer l'avantage, en terme d'énergie à la remplacer par une baie en double vitrage.

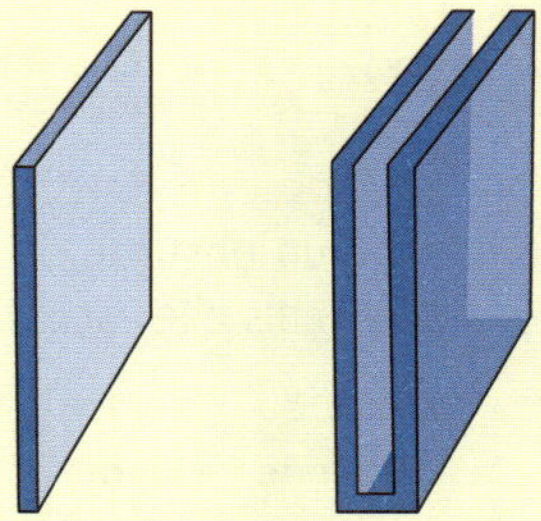

1. Calculer la résistance thermique de la baie vitrée.

2. L'intérieur de la pièce est à la température $\theta_1 = 19°C$, l'extérieur à $\theta_2 = 0°C$, rappeler la relation entre le flux thermique, l'écart de température et la résistance thermique puis en déduire le flux thermique à travers la vitre Φ_{thV}.

3. On remplace les vitres simples par du double vitrage : deux vitres de 2,0 mm séparées par une couche d'air d'épaisseur $e' = 4,0$ mm. Calculer la résistance thermique R_{DV} du double vitrage sachant que lorsque plusieurs matériaux sont accolés, les résistances thermiques s'ajoutent.

4. En déduire le flux thermique Φ_{thDV} à travers le double vitrage dans les mêmes conditions que dans la question **2**.

5. Calculer le rapport entre Φ_{thV} et Φ_{thDV}. Conclure.

Données : • conductivités thermiques du verre $\lambda_{verre} = 0,78$ W.K^{-1}.m^{-1} et de l'air $\lambda_{air} = 0,026$ W.K^{-1}.m^{-1}.
• La résistance thermique d'un matériau d'épaisseur e, de surface S et de conductivité-thermique λ est $R_{th} = \dfrac{e}{\lambda S}$.

Exercice 3 ★★★ 35 min

Corrigé p. 208

Mise en température

La température d'un cake à la fin de la cuisson dans un four est $\theta_1 = 180°C$. Pour pouvoir le déguster, la température idéale est $\theta_2 = 45°C$. Le cake est placé sur une grille dans une cuisine où la température θ_c est constante et égale à 20°C. Le but de l'exercice est de savoir au bout de combien de temps après la sortie du four on pourra manger le cake.

Le cake est modélisé par un parallélépipède de dimension 7,0 cm × 7,0 cm × 20 cm. Sa capacité thermique est $C = 1\,000$ J.K^{-1}. Sa température, en degré Celsius, à l'instant t est supposée homogène et notée $\theta(t)$. L'origine des temps $t = 0$ est prise à la sortie du four.

1. Entre deux instants très proches séparés d'une durée dt, la température du cake varie d'une valeur très faible notée dθ. Exprimer la variation d'énergie interne dU du cake entre ces deux instants. Quel est le signe de dU ?

2. Quel est le sens du transfert thermique entre le cake et l'air ambiant ?

3. Exprimer le transfert thermique δQ entre le cake et l'air ambiant entre ces deux instants. Quel est son signe ? Donner une interprétation physique.

4. En appliquant le premier principe de la thermodynamique au cake, établir l'équation différentielle vérifiée par la température $\theta(t)$ du cake.

5. Montrer que numériquement, on obtient : $\theta(t) = 160\exp\left(-6,6\times10^{-4}t\right)+20$.

6. Calculer la durée nécessaire pour que le cake atteigne la température de dégustation.

Données : la puissance thermique transférée d'un corps de température θ par un fluide de température θ_{fluide}, au niveau d'une surface S, est donnée par la loi de Newton : $P_{th} = -k\left(\theta - \theta_{fluide}\right)S$.
On prendra $k = 10$ W.m^{-2}.K^{-1}.

16 Caractériser un phénomène ondulatoire

1 Diffraction d'une onde

• **Le phénomène de diffraction :** lorsqu'une onde, de longueur d'onde λ, rencontre une ouverture ou un obstacle de petite taille, l'onde continue de se propager derrière l'ouverture ou l'obstacle, mais elle est déviée de sa trajectoire rectiligne et elle s'élargit.

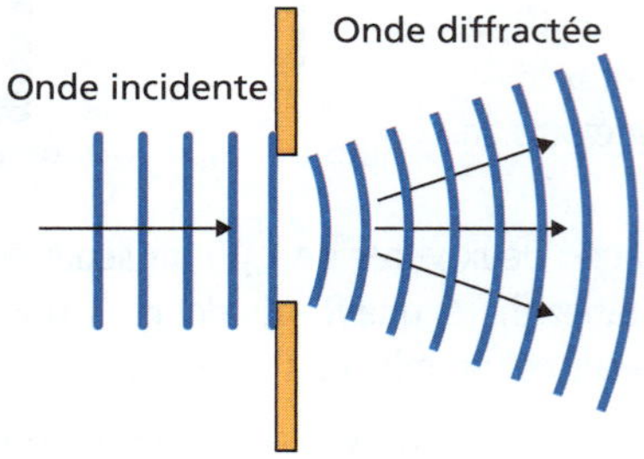

▲ Ouverture large : faible diffraction

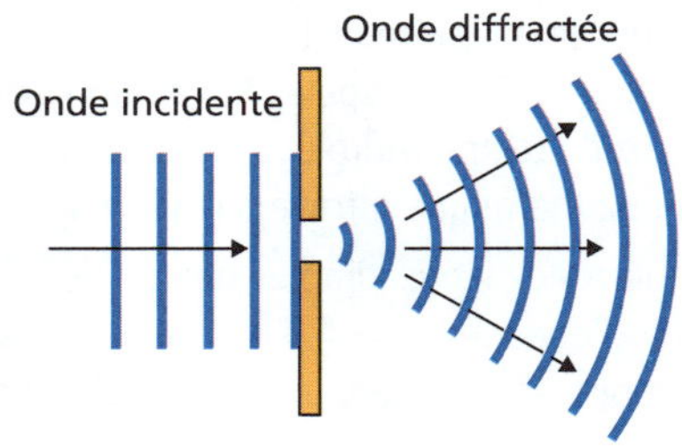

▲ Ouverture petite : diffraction intense

Pour observer ce phénomène, **la dimension de l'ouverture ou de l'obstacle doit être du même ordre de grandeur que celui de la longueur d'onde**.

Ex : À l'entrée d'un port, on observe un phénomène de diffraction de la houle. Longueur d'onde et obstacle sont du même ordre de grandeur : une dizaine de mètres.

• **Les ondes diffractée et incidente** ont **même fréquence et même longueur d'onde** (si le milieu de propagation est le même).

2 Interférences entre deux ondes

A Phénomène d'interférences

• **Un phénomène d'interférences** se produit, sous certaines conditions, lorsque deux ondes se superposent. Il s'observe si les ondes qui se superposent sont de **même fréquence** et présentent un **déphasage constant en tout point de l'espace :** on parle alors d'**ondes cohérentes**.

• **Lorsque deux ondes se rencontrent**, leurs élongations s'ajoutent.

– Si en un point de l'espace, les ondes sont en phase, l'onde résultante aura une amplitude maximale : on parle d'**interférences constructives**.

– Si en un point de l'espace, les ondes sont en opposition de phase, l'onde résultante aura une amplitude minimale : on parle d'**interférences destructives**.

– Dans les autres situations (ni en phase, ni en opposition de phase), **l'amplitude est intermédiaire**.

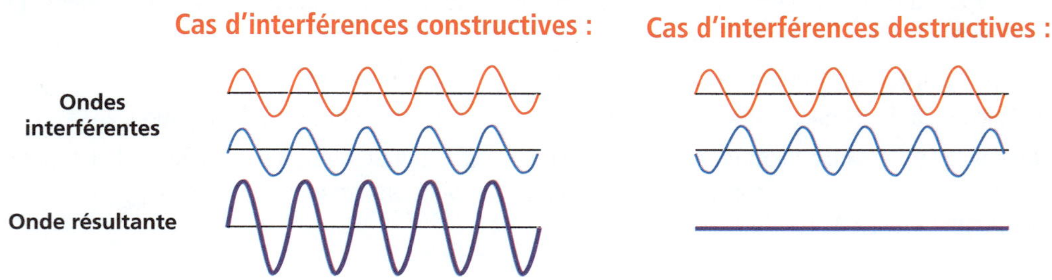

B Cas de deux ondes issues de sources ponctuelles en phase

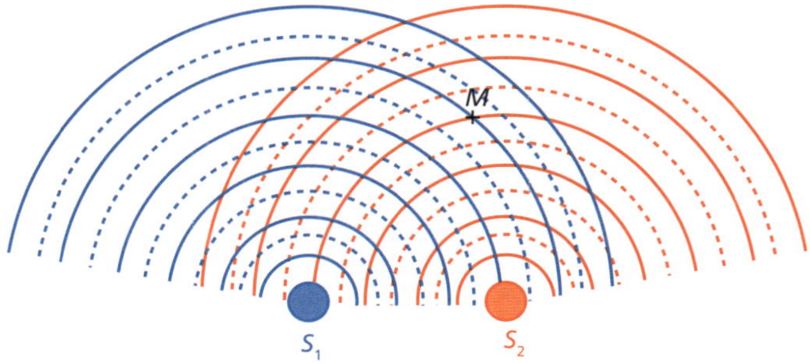

- Deux sources cohérentes, S_1 et S_2, émettent deux ondes progressives sinusoïdales et cohérentes décrites par $s_1(S_1, t) = a_1\cos(\omega t)$ et $s_2(S_2, t) = a_2\cos(\omega t)$.
- **Définition :** On appelle $\delta = S_2M - S_1M$ **la différence de marche** des deux ondes en M.
- **Il y a interférences constructives** si les ondes en M issues de S_1 et S_2 sont **en phase**, ce qui se traduit par : $\delta = k\lambda$.
- **Il y a interférences destructives** si les ondes en M issues de S_1 et S_2 sont **en opposition de phase**, ce qui se traduit par $\delta = \left(k + \dfrac{1}{2}\right)\lambda$.

3 Effet Doppler

A Le phénomène

- **Lorsque l'émetteur et le récepteur d'une onde sont en mouvement l'un par rapport à l'autre,** la fréquence de l'onde reçue $\left(f_R = \dfrac{1}{T_R}\right)$ est différente de la fréquence de l'onde émise $\left(f_E = \dfrac{1}{T_E}\right)$: on parle d'**effet Doppler**.
- Ce phénomène est bien connu, par exemple, dans le cas des sons d'une sirène qui ne sont pas perçus de la même façon si la voiture qui porte la sirène se rapproche (son plus aigu) ou s'éloigne (son plus grave).

B Décalage en fréquence

- Un émetteur mobile (se rapprochant à la vitesse v) émet une onde qui se propage à la célérité c vers un observateur fixe. La période T_R de l'onde reçue par l'observateur est différente de celle T_E de l'onde émise.
- Pour l'observateur, **la période T_R de l'onde reçue** est : $T_R = T_E\left(1 - \dfrac{v}{c}\right)$.
- **La fréquence de l'onde perçue** par l'observateur est donc : $f_R = \dfrac{1}{T_R} = \dfrac{f_E}{1 - \dfrac{v}{c}}$.

On retrouve le fait que si l'émetteur se rapproche de l'observateur, la fréquence de l'onde reçue est plus grande que celle de l'onde émise.

- Dans le cas où l'émetteur s'éloigne de l'observateur à la vitesse v, on obtient la formule suivante : $f_R = \dfrac{1}{T_R} = \dfrac{f_E}{1 + \dfrac{v}{c}}$.

4 Cas des ondes lumineuses

A Diffraction

• **La figure de diffraction** obtenue lorsqu'une lumière monochromatique de longueur d'onde λ rencontre une fente est constituée d'une tache centrale entourée de taches plus petites et régulièrement espacées. Cette figure est perpendiculaire à la fente.

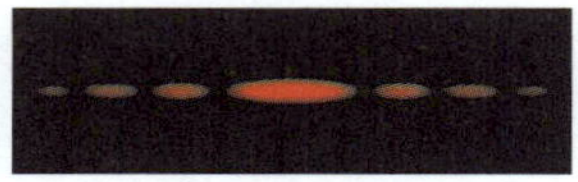

• **L'angle caractéristique de diffraction θ**

est donné par la relation : $\theta = \dfrac{\lambda}{a}$

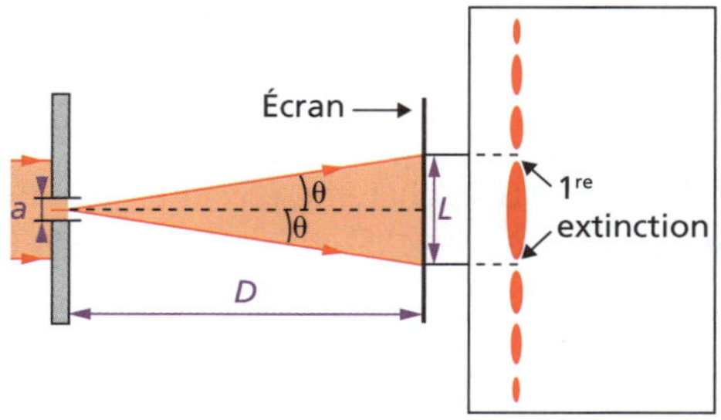

θ est l'angle caractéristique de diffraction en radian (rad), λ est la longueur d'onde en mètre (m) et *a* la largeur de la fente en mètre (m).

Appliquer le cours

Calculer la valeur de l'angle caractéristique de diffraction pour la lumière d'un laser de longueur d'onde λ = 650 nm traversant une fente de largeur *a* = 0,16 mm.

Solution

Toutes les distances sont d'abord converties en mètre, puis on calcule θ par la relation :

$$\theta = \frac{\lambda}{a} = \frac{650 \times 10^{-9}}{0,16 \times 10^{-3}} = 4,1 \times 10^{-3}\ \text{rad}.$$

B Interférences lumineuses : dispositif des trous d'Young

• On éclaire à l'aide d'un laser un écran percé de deux trous S_1 et S_2 séparés d'une distance *a*. Au niveau de chaque trou, l'onde lumineuse est diffractée. Les deux ondes ainsi produites sont cohérentes et donnent lieu à des interférences. On observe sur un écran une succession de franges brillantes (interférences constructives) et de franges sombres (interférences destructives).

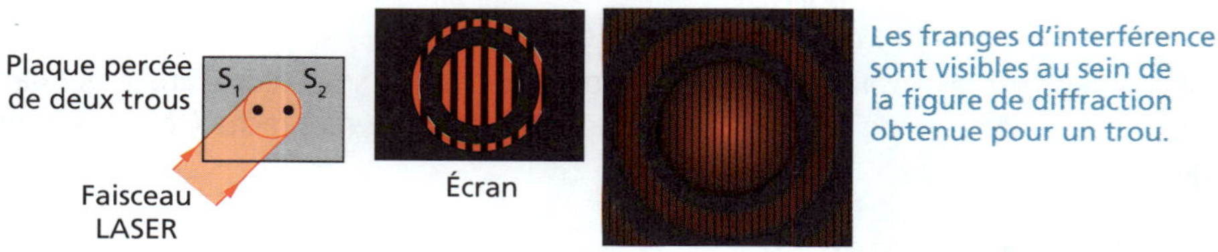

▲ Expérience des trous de Young

• La différence de marche définie au paragraphe **2.B.**, s'écrit de façon approchée dans ce cas :

$$\delta = S_2M - S_1M \approx S_1S_2\frac{x}{D} = \frac{ax}{D}.$$

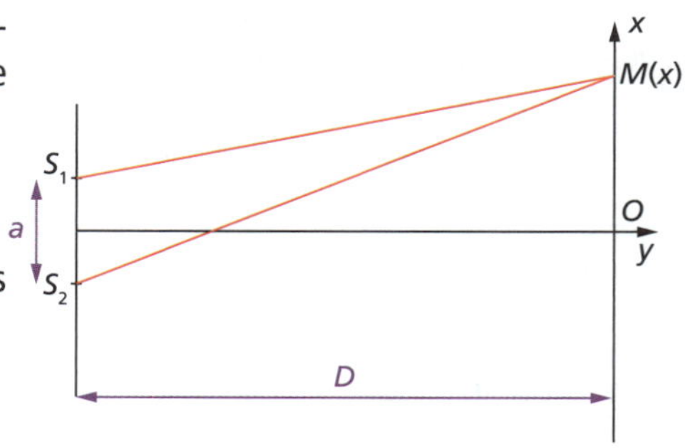

• **Les franges brillantes** (lieu des interférences constructives) sont caractérisées par δ = *k*λ.

$$x_{b,k} = \frac{\lambda D}{a}k$$

$x_{b,k}$ désigne la position de la frange brillante d'ordre *k*.

• **Les franges sombres** (lieu des interférences destructives) sont caractérisées par $\delta = \left(k + \frac{1}{2}\right)\lambda$.

$$x_{s,k+\frac{1}{2}} = \frac{\lambda D}{a}\left(k + \frac{1}{2}\right)$$

$x_{s,k+\frac{1}{2}}$ désigne la position de la frange sombre d'ordre $k+\frac{1}{2}$.

• **Les franges d'interférences** sont des droites orthogonales à S_1S_2.
En $x = 0$, on trouve la frange brillante d'ordre 0.

• La distance qui sépare deux franges consécutives de même nature (brillante ou sombre) est notée i et appelée **interfrange**.

$$i = x_{b,k+1} - x_{b,k} = x_{s,k+1+\frac{1}{2}} - x_{s,k+\frac{1}{2}} = \frac{\lambda D}{a}.$$

5 Cas des ondes sonores

• **L'intensité acoustique *I*** (ou intensité sonore) est la **valeur moyenne** temporelle de la **puissance transportée** par l'onde sonore par unité de surface : elle caractérise l'intensité du signal reçu par l'oreille. L'intensité acoustique s'exprime en W.m^{-2}.

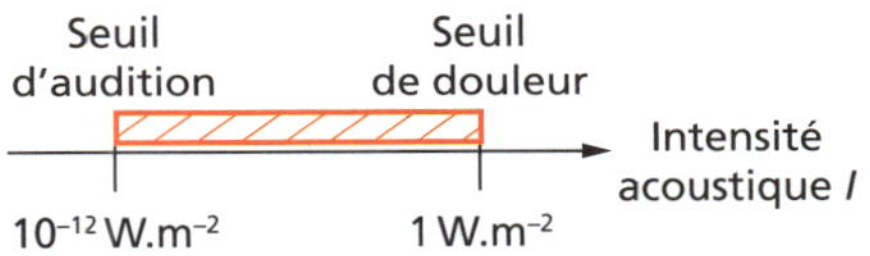

• On utilise également l'échelle de niveau sonore L :

Niveau sonore : $L = 10\log\left(\frac{I}{I_0}\right)$

(avec L en décibels (dB) et $I_0 = 10^{-12}$ W.m^{-2})

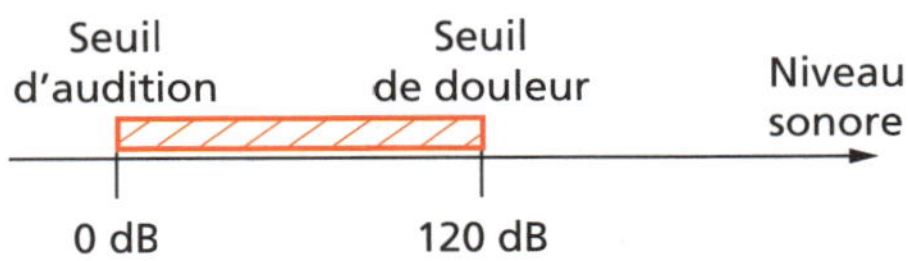

• Lorsque plusieurs sons sont émis simultanément, les intensités sonores s'ajoutent mais les niveaux sonores, eux, ne s'ajoutent pas.

Appliquer le cours

Déterminer le niveau sonore correspondant à une intensité acoustique :

$I = 5 \times 10^{-4}$ W.m^{-2}.

Solution

Le niveau d'intensité sonore correspondant est :

$L = 10\log\left(\frac{5\times10^{-4}}{10^{-12}}\right) = 87$ dB. Cela correspond à un son intense.

• L'**atténuation** est exprimée en dBA et se calcule par l'expression :

$$A = 10\log\left(\frac{I_i}{I_t}\right)$$

où I_t est l'intensité acoustique transmise et I_i est l'intensité acoustique incidente.

Remarque

Dans le niveau sonore et l'atténuation il s'agit du **logarithme décimal**, défini par $\log x = \frac{\ln x}{\ln 10}$.

Exercices d'entraînement

Exercice 1 ★ 10 min

Corrigé p. 209

Soit la figure de diffraction obtenue ci-contre d'un élément d'épaisseur e avec un laser. C'est la même que celle obtenue en éclairant une fente de largeur e avec un laser.

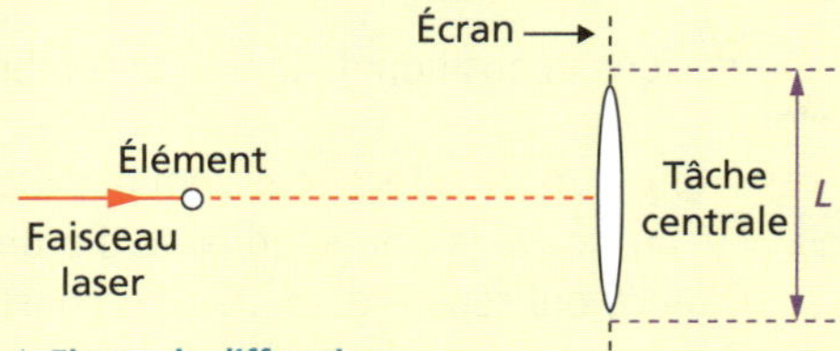

▲ Figure de diffraction.

1. Reproduire le schéma ci-contre en faisant apparaître la distance D entre l'élément et l'écran, et l'angle θ caractéristique de la diffraction.

2. Établir la relation entre L, D, λ et e. On utilisera l'approximation des petits angles $\tan\theta \approx \theta$.

3. On mesure $L = 3{,}2$ cm pour une distance $D = 2{,}5$ m et un laser de longueur d'onde $\lambda = 650$ nm. En déduire l'épaisseur de l'élément.

Exercice 2 ★★ 15 min

Corrigé p. 209

Mesure de longueur d'onde par interférométrie

Deux fentes étroites et parallèles, séparées par une distance $b = 0{,}20$ mm, sont éclairées par un faisceau de lumière monochromatique de longueur d'onde λ dans le vide inconnue. On observe sur un écran placé à une distance $D = 1{,}00$ m du plan de ces fentes, une alternance de franges sombres et brillantes.

1. La différence de marche en un point M de l'écran repéré par son abscisse x est $\delta = \dfrac{bx}{D}$.
Établir l'expression donnant l'interfrange en fonction de b, D et λ.

2. On mesure la distance d comme indiqué sur le schéma ci-contre et on obtient $d = 30$ mm. Calculer l'interfrange et en déduire la longueur d'onde de la lumière utilisée.

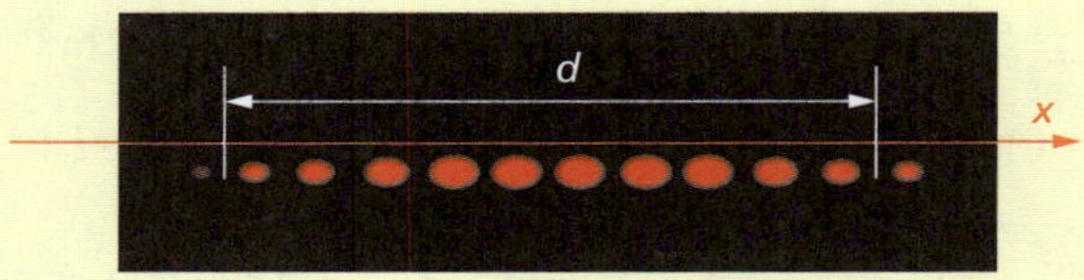

3. Pourquoi a-t-on mesuré plusieurs interfranges ?

Exercice 3 ★★★ 30 min

Corrigé p. 209

Doppler

La galaxie NGC 7317 est en mouvement par rapport à la Terre à une vitesse radiale notée v. Les astrophysiciens peuvent mesurer la vitesse d'objets célestes grâce à l'effet Doppler.

1. Une source lumineuse émet des éclairs avec une période T_e, elle s'éloigne à la vitesse v, supposée constante, du récepteur. On considère que la vitesse v est beaucoup plus faible que la célérité de la lumière dans le vide c ($c = 3{,}00 \times 10^8$ m.s^{-1}).

a) Déterminer la durée T_r séparant la réception de deux éclairs en fonction de v, c et T_e.

b) En déduire le lien entre la fréquence de l'onde émise et la fréquence de l'onde reçue.

c) Que penser si la source se rapproche du récepteur ?

2. On suppose que le résultat trouvé en **1.** s'applique à la fréquence d'une onde sinusoïdale émise par une source mobile.

a) Rappeler la relation entre la fréquence d'une onde et sa longueur d'onde dans le vide.

b) On détecte dans la lumière provenant de la galaxie NGC 7317 la séquence de l'hydrogène et on mesure pour la radiation β de ce spectre $\lambda_r = 495{,}8$ nm alors que la valeur de la radiation β de l'hydrogène est de 486,1 nm. La galaxie s'éloigne-t-elle ou se rapproche-t-elle de la Terre ?

c) Déterminer la vitesse radiale de la galaxie par rapport à la Terre.

17 Formation des images – Décrire la lumière par un flux de photons

1 Lunette astronomique

A Lentilles convergentes – Rappels de 1re

• **Une lentille** est constituée d'un milieu transparent limité par deux surface sphériques (ou une plane et une sphérique).

• **Une lentille mince convergente** est représentée par un segment de centre O (centre optique) fléché à ses deux extrémités, son foyer objet F et son foyer image F' symétriques par rapport à O.

Les positions de l'objet A et de son image A' par la lentille sont liées par la relation de conjugaison :

$$-\frac{1}{\overline{OA}}+\frac{1}{\overline{OA'}}=\frac{1}{f'} \text{ avec } f'=\overline{OF'}.$$

• **Pour construire une image $A'B'$ d'un objet AB**, on utilise les rayons remarquables décrits ci-contre (passant par le centre optique et par les foyers F et F').

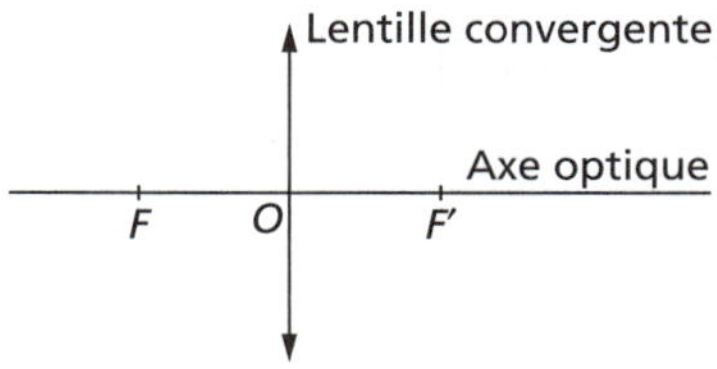

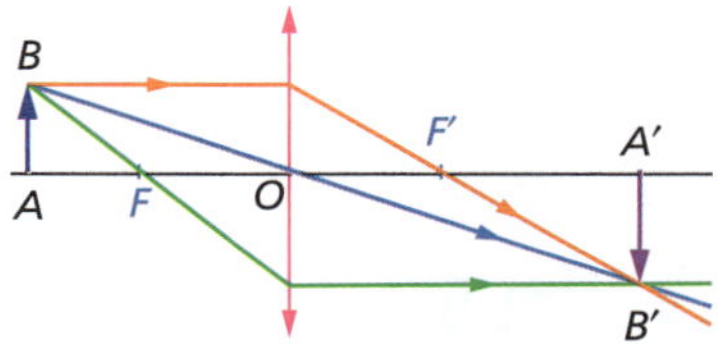

▲ Les trois rayons principaux.

B Description

• **La lunette astronomique** est un instrument optique destiné à observer des objets lointains, considérés comme étant à l'infini.

Elle est constituée de deux lentilles convergentes :

• **L'objectif L_1 de grande distance focale** qui donne de l'objet AB éloigné une image A_1B_1 dans son plan focal image.

• **L'oculaire L_2 de petite distance focale** qui permet à l'œil d'observer à l'infini l'image $A'B'$ de A_1B_1.

$$AB_\infty \xrightarrow{L_1} A_1B_1 \xrightarrow{L_2} A'B'_\infty$$

• **Le foyer image de l'objectif F'_1 coïncide avec le foyer objet de l'oculaire F_2** : la lunette est dite **afocale**. Elle donne une image à l'infini d'un objet à l'infini. L'image intermédiaire A_1B_1 est située dans le plan focal image de L_1 et dans le plan focal objet de L_2.

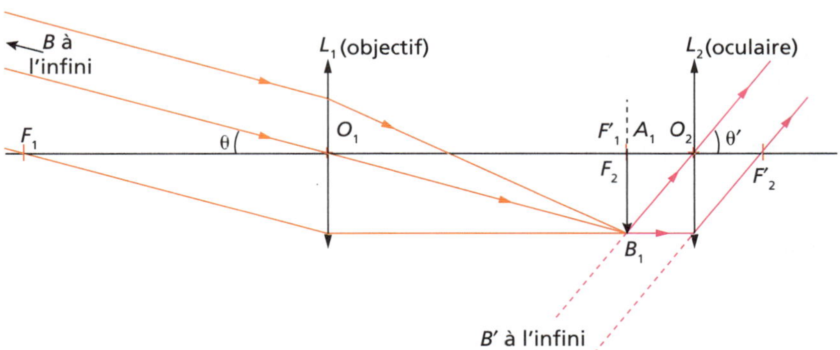

▲ Schéma de la lunette astronomique avec un faisceau lumineux provenant d'un point B situé à l'infini dans une direction repérée par l'angle θ (mesuré par rapport à l'axe optique).

L'image est vue à travers l'oculaire sous un angle θ'.

On définit le grossissement de la lunette par : $G = \frac{\theta'}{\theta}$.

On peut calculer le grossissement en fonction des valeurs des distances focales des deux lentilles :

- on retrouve l'angle θ dans le triangle $O_1F'_1B_1$: $\tan\theta = \frac{F'_1B_1}{O_1F'_1}$;
- on retrouve l'angle θ' dans le triangle $O_2F_2B_1$: $\tan\theta' = \frac{F_2B_1}{O_2F_2}$.

Dans l'approximation des petits angles, on a : $\tan\theta \approx \theta$,

$$\text{d'où } G = \frac{\theta'}{\theta} = \frac{F_2B_1}{O_2F_2} \times \frac{O_1F'_1}{F'_1B_1} = \frac{O_1F'_1}{O_2F_2} \text{ car } F'_1B_1 = F_2B_1.$$

On obtient : $G = \frac{f'_1}{f'_2}$. L'image obtenue est renversée.

2 Aspect corpusculaire de la lumière

A Effet photoélectrique

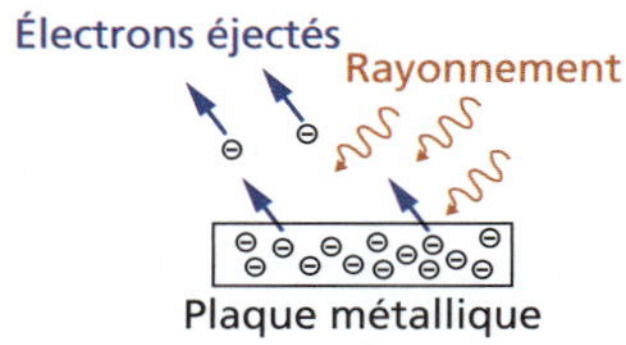

- **L'effet photoélectrique** est le fait qu'un rayonnement (sous forme de rayons X, ultraviolets ou lumière visible) permet d'extraire des électrons de la surface d'un métal. Il est découvert par Hertz en 1887.

Einstein, en 1905, publie un article sur l'analyse de cet effet photoélectrique en introduisant que la lumière, outre son aspect ondulatoire, peut être considérée comme un flux de particules d'énergies **appelées photons**.

- **Les photons** sont des particules de masse nulle, se déplaçant à la vitesse de la lumière $c = 3{,}00 \times 10^8\ \text{m.s}^{-1}$. **Une onde électromagnétique de fréquence *f* peut être considérée comme un flux de photons, chaque photon ayant une énergie :**

$$E = hf = \frac{hc}{\lambda}$$

h est la constante de Planck et vaut $h = 6{,}626 \times 10^{-34}$ J.s.

B Caractéristiques et interprétation

- **Les faits expérimentaux :**

(1) Pour un métal donné, il existe un seuil de fréquence en dessous duquel l'éjection d'électrons n'a pas lieu et ce, quelque soit l'intensité du rayonnement.

(2) L'énergie cinétique des électrons éjectés est indépendante de l'intensité du rayonnement mais elle est liée à sa fréquence.

L'aspect ondulatoire de la lumière ne permet pas d'interpréter ces deux caractéristiques de l'effet photoélectrique.

- **Interprétation :**

– travail d'extraction : pour amener un électron à la surface du métal et le libérer, une certaine quantité d'énergie est nécessaire. L'énergie minimum à apporter, $W_{\text{extraction}}$ est appelée travail d'extraction. C'est une caractéristique du métal utilisé.

– en considérant la lumière comme un flux de photon, on considère que lors de l'interaction entre le rayonnement et le métal, un photon va entrer en collision avec un électron et lui céder toute son énergie : **si l'énergie du photon est supérieure à $W_{extraction}$ alors l'électron est éjecté**. L'excès d'énergie se retrouve alors sous forme d'énergie cinétique de l'électron.

• **Bilan énergétique** : $hf = W_{extraction} + E_c(\text{électron})$.

• Si l'énergie du photon est inférieure à $W_{extraction}$ alors l'électron n'est pas éjecté même si on augmente l'intensité du rayonnement (ce qui revient à augmenter le nombre de photons mais pas leur énergie). On interprète ainsi le point (1).
• D'après le bilan d'énergie : $E_c(\text{électron}) = hf - W_{extraction}$. On interprète ainsi le point (2).

C Cellule photoélectrique

C'est **un capteur** dont les **propriétés varient avec l'intensité de la lumière**.
Ex. : une photodiode est un composant électronique capable de détecter un rayonnement électromagnétique (visible, infra-rouge) et de le transformer en signal électrique.
Si l'énergie du photon est supérieure à une valeur seuil, des électrons du composant vont être libérés et vont contribuer à la conductivité du matériau : il en résulte un courant électrique.
En présence d'un obstacle entre émetteur et récepteur, ou en absence de lumière, il n'y a plus de courant. Elle peut être utilisée pour les interrupteurs crépusculaires, les détecteurs de passage…

3 Interaction photons-matière

• **Les applications de l'interaction de la lumière avec la matière** sont nombreuses, on peut citer :
– les capteurs de lumière, par exemple présents dans les dispositifs de mesure d'intensité lumineuse ;
– les diodes électroluminescentes (LED) avec l'émission de photons suite au passage d'un courant électrique dans la matière ;
– l'analyse chimique avec les méthodes spectroscopiques UV-visible et IR qui permettent d'obtenir des informations sur la structure de molécules ;
– la cellule photovoltaïque :

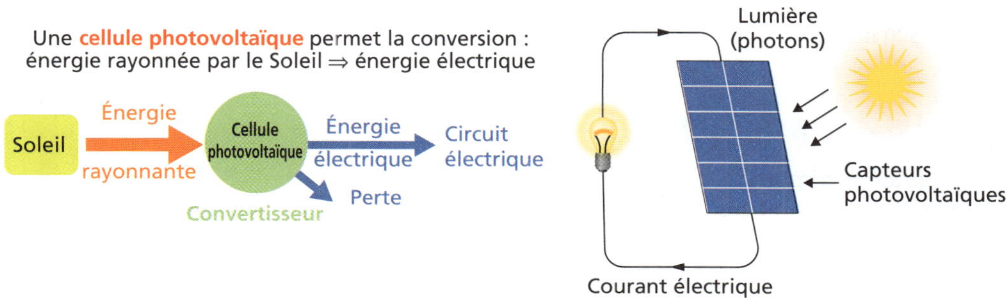

▲ Schéma des interactions.

La puissance absorbée dans le cas des panneaux photovoltaïques est **proportionnelle à leur surface S**. Le rendement maximal d'une cellule se calcule à l'aide de la relation ci-dessous :

$$R_{max} = \frac{P_{max}}{P_{surf} S}$$

P_{surf} est l'irradiance : c'est la puissance lumineuse reçue par unité de surface, elle s'exprime en $W.m^{-2}$ et P_{max} est la puissance maximale que peut délivrer la cellule photovoltaïque.

Exercices d'entraînement

Exercice 1 ★★★ 30 min

Corrigé p. 210

La lunette de Kepler

Une lunette de Kepler, appelée aussi lunette astronomique, est constituée de deux lentilles minces convergentes, d'axe optique commun (Δ). Une modélisation de cette lunette est constituée de la manière suivante :

- l'objectif (L_1) est une lentille convergente de distance focale $f'_1 = 250$ mm, de diamètre $D = 25$ mm, de centre optique O_1 ;
- l'oculaire (L_2) est une lentille de distance focale $f'_2 = 50$ mm, de centre optique O_2.

1. Faire un schéma en faisant coïncider le foyer objet F_2 de l'oculaire avec le foyer image F'_1 de l'objectif.

2. L'astre observé est à l'infini, son diamètre AB est perpendiculaire à l'axe optique en A. Tous les rayons issus de B sont parallèles entre eux et font avec l'axe optique un angle θ qui est le diamètre apparent de l'astre.

a) L'objectif (L_1) donne, de l'astre observé, une image A_1B_1. Construire l'image A_1B_1 sur le schéma.

b) Où se forme l'image définitive A_2B_2 donnée par l'oculaire (L_2) ? Justifier la réponse.

c) Compléter la figure en traçant le rayon émergeant de la lunette correspondant au rayon incident tracé issu de B.

3. On appelle grossissement G d'un instrument d'optique le rapport $G = \dfrac{\theta'}{\theta}$ avec θ' l'angle sous lequel on voit l'image donnée par l'instrument. Pour les angles petits et exprimés en radians, $\tan \theta \approx \theta$.
Exprimer le grossissement de cette lunette en fonction de f'_1 et f'_2. Le calculer.

4. L'expérience montre que les plus belles images du ciel s'obtiennent avec des grossissements dont la valeur est inférieure à un nombre N. Ce nombre est identique à la valeur du diamètre D de l'objectif, exprimé en millimètre, soit ici 25. L'idéal pour l'instrument étudié ici est de disposer d'une gamme d'oculaires permettant des grossissements de $\dfrac{N}{7}$ à N. À partir d'un grossissement égal à N les images paraissent floues à l'œil humain.
Déterminer pour l'instrument étudié, les deux valeurs extrêmes de f'_2 correspondant à ces grossissements.

5. Le cercle oculaire est l'image du bord de l'objectif par l'oculaire. Construire le cercle oculaire.
Quel est son intérêt pratique ?

Exercice 2 ★★ 15 min

Corrigé p. 211

Effet photoélectrique

On éclaire une cellule photoélectrique dont la cathode est en césium avec une radiation de longueur d'onde λ. Le travail d'extraction d'un électron de césium est $W = 3{,}06 \times 10^{-19}$ J.

1. Calculer la longueur d'onde qui permet d'observer l'effet photoélectrique.

2. On éclaire la cellule avec un laser émettant une radiation de longueur d'onde 680 nm.
Observe-t-on un effet photoélectrique ?

3. Même question avec deux lasers identiques émettant une radiation de longueur d'onde 680 nm.

4. Même question avec un laser émettant une radiation de longueur d'onde 490 nm.

5. Dans ce dernier cas, déterminer l'énergie cinétique maximale d'un électron émis par la cathode de césium. En déduire la vitesse de cet électron.

Données : constante de Planck $h = 6{,}626 \times 10^{-34}$ J.s ; célérité de la lumière $c = 3{,}00 \times 10^{8}$ m.s^{-1} ; masse de l'électron $m = 9{,}1 \times 10^{-31}$ kg.

18 Dynamique d'un système électrique

1 Condensateur et capacité

A Comportement capacitif

• Lorsqu'on applique une différence de potentiel à deux conducteurs isolés l'un de l'autre, on assiste à une accumulation de charges par influence électrostatique.

• **Un condensateur plan** est constitué de deux armatures métalliques planes séparées par un isolant électrique (appelé diélectrique).
– Si aucune tension n'est appliquée à ses bornes, les deux armatures ne sont pas chargées.
– Si on applique une tension U à ses bornes, l'une des armatures acquiert une charge positive notée $+q$ et l'armature en regard une charge négative opposée notée $-q$. Ceci est possible grâce à un déplacement de charges électriques d'une armature à l'autre via un courant électrique d'intensité i.

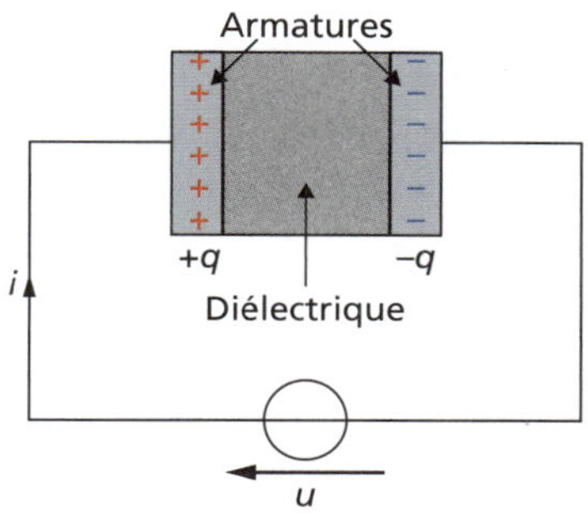

B Caractéristiques du condensateur

• La charge q est proportionnelle à la tension u appliquée entre ses armatures. Le coefficient de proportionnalité, noté C, est appelé capacité du condensateur :

$$q = C.u_c$$

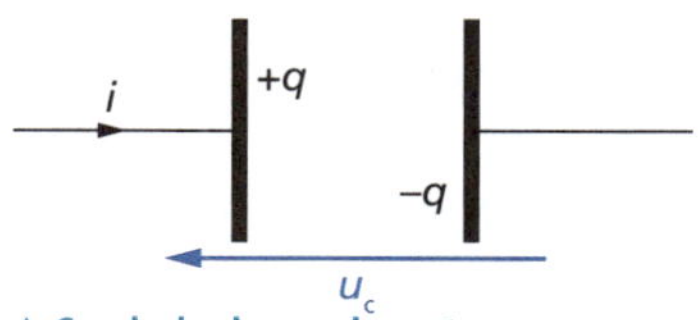

▲ Symbole du condensateur

q est la charge en coulomb (C), C est la capacité en farad (F) et u_c la tension à ses bornes en volt (V).

• Les capacités usuelles des condensateurs sont de l'ordre du µF (10^{-6} F) ou nF(10^{-9} F).

2 Intensité du courant en régime variable

A Débit de charges

• **En régime continu, l'intensité I du courant est constante**. La charge Q, en coulomb (C), qui circule en un point du circuit est proportionnelle au temps Δt écoulé, en seconde (s), ces grandeurs sont liées par la relation :

$$I = \frac{Q}{\Delta t}$$

I est le débit de charge électrique en ampère (A).

• **En régime variable, l'intensité $i(t)$ du courant électrique dépend du temps**. L'intensité est toujours le débit de charge électrique. Si la charge qui circule en un point du circuit entre deux instants très proches t et $t + dt$ est notée dq, alors :

$$i(t) = \frac{dq}{dt}.$$

Remarque
L'intensité apparaît aussi comme la dérivée temporelle de la charge de l'armature positive du condensateur.

B Relation de structure du condensateur

En combinant les relations précédentes, avec les **conventions d'orientation représentées** sur le schéma, on obtient : $i(t) = \frac{dq}{dt}$ et $q(t) = C.u_c(t)$ donc $i(t) = C\frac{du_c}{dt}$.

3 Modèle du circuit RC

A Charge du condensateur

• On considère un circuit RC alimenté par une source idéale de tension. Pour $t < 0$, l'interrupteur est ouvert et le condensateur de capacité C est non chargé. On ferme l'interrupteur à $t = 0$.
La relation entre les tensions indiquées sur la figure ci-contre est :
$E = u_{DB} = V_D - V_B = V_D - V_A + V_A - V_B = u_{DA} + u_{AB}$.
Soit : $E = Ri + u_c$
Comme $i(t) = C\frac{du_c}{dt}$, on obtient l'équation différentielle vérifiée par u_c suivante :

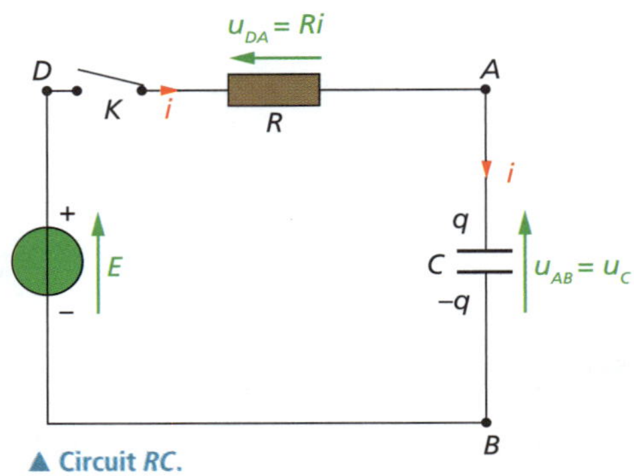

▲ Circuit *RC*.

$RC\frac{du_c}{dt} + u_c = E$ que l'on peut mettre sous la forme : $\frac{du_c}{dt} + \frac{1}{RC}u_c = \frac{E}{RC}$.

Elle est de la forme $y' + ay = b$ avec $a = \frac{1}{RC}$ et $b = \frac{E}{RC}$, sa solution est donc :

$u_c(t) = A\exp(-at) + \frac{b}{a}$. Soit : $u_c(t) = A\exp\left(-\frac{t}{RC}\right) + E$.

• **La tension aux bornes du condensateur est continue**, ce qui signifie que la tension juste après la fermeture de K est égale à la tension juste avant cette fermeture, ce qui se traduit par :

$u_c(0^+) = u_c(0^-) = 0$ ici car le condensateur est initialement non chargé.

Ainsi $\boldsymbol{u_c(0^+)} = A + E = 0$ donc $A = -E$.
La tension aux bornes du condensateur est donc :

$$u_c(t) = E\left(1 - \exp\left(-\frac{t}{RC}\right)\right)$$

• **Définition :** RC est appelée **constante de temps** et notée τ. Elle s'exprime en seconde. C'est un temps caractéristique du circuit.
La charge du condensateur est complète au bout d'une durée environ égale à 5τ : c'est la durée du régime transitoire.
τ peut être déterminé graphiquement : c'est l'abscisse du point d'intersection de l'asymptote horizontale avec la tangente à l'origine.

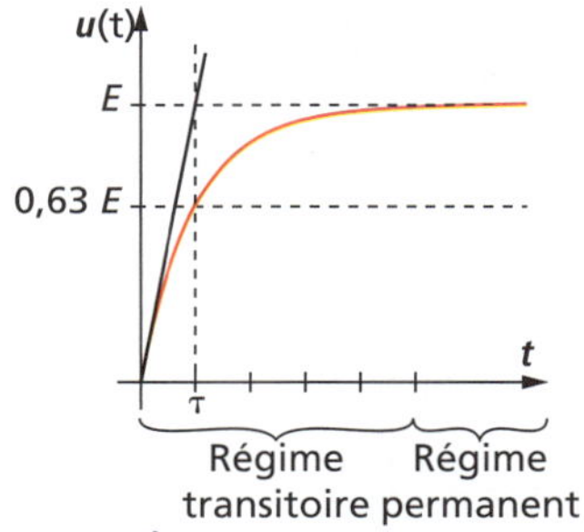

▲ Évolution de la tension aux bornes du condensateur.

B Décharge du condensateur

• On considère le circuit RC alimenté. Pour $t < 0$, l'interrupteur est ouvert et le condensateur de capacité C a été chargé sous une tension E. On ferme l'interrupteur à $t = 0$.
De même qu'en **A**, l'équation différentielle obtenue est :

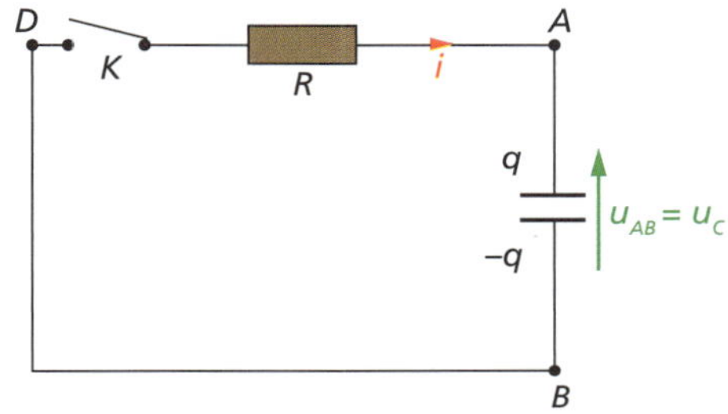

$$RC\frac{du_c}{dt} + u_c = 0$$

que l'on peut mettre sous la forme :

$$\frac{du_c}{dt} + \frac{1}{RC}u_c = 0.$$

• On utilise la continuité de la tension aux bornes du condensateur, qui s'écrit ici $u_c(0^+) = u_c(0^-) = E$ car le condensateur est initialement chargé sous la tension E.

• La résolution donne : $u_c(t) = E\exp\left(-\frac{t}{RC}\right)$.

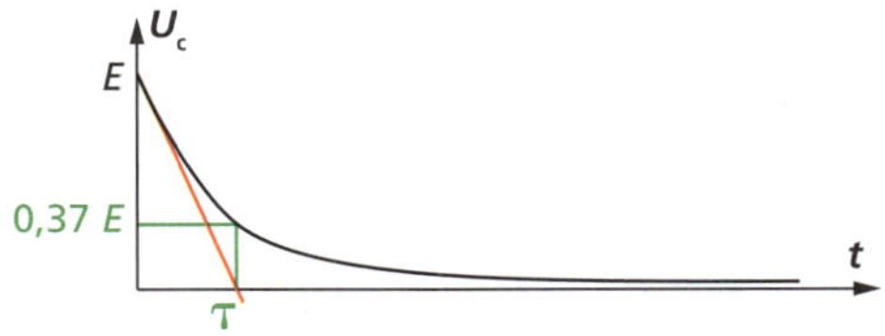

▲ Décharge du condensateur.

4 Application à des capteurs capacitifs

• **Afin de réaliser des mesures physiques, on utilise des capteurs.** Les capteurs de type capacitifs sont basés sur le principe suivant : **la grandeur physique mesurée influe sur la valeur de la capacité d'un condensateur présent dans le capteur**.
Le comportement électrique du système est modifié en fonction de cette valeur (par exemple le temps caractéristique τ).
• On peut citer comme capteurs capacitifs : capteur d'humidité relative, capteur de pression différentiel, détecteurs de position et de déplacement…
Ex. : La capacité d'un condensateur plan est proportionnelle à la surface A des armatures en regard et inversement proportionnelle à la distance D qui les sépare : $C = k\frac{A}{D}$.
Lorsque D varie, la capacité du condensateur varie aussi : on peut envisager de fabriquer un capteur de position avec une armature fixe et la seconde armature mobile sur l'objet à détecter.

Exercices d'entraînement

Exercice 1 ★ 10 min

Corrigé p. 211

Charge d'un condensateur

On considère le circuit RC ci-contre alimenté par un générateur de f.é.m $E = 10$ V. À l'instant $t = 0$, on ferme l'interrupteur K, le condensateur étant initialement déchargé.

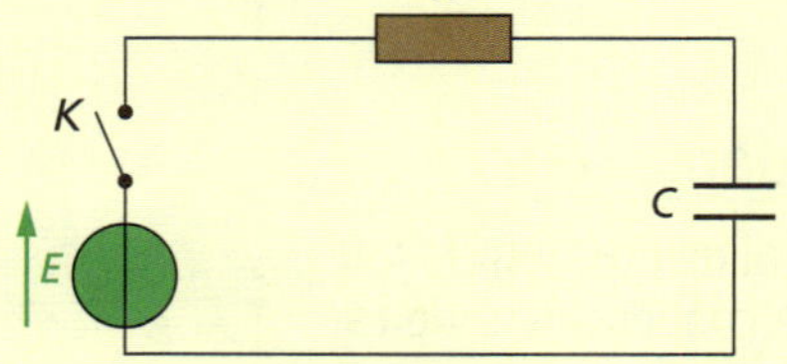

▲ Circuit *RC*.

1. Définir un temps caractéristique pour ce circuit, puis le calculer.

2. Au bout d'une durée $t_1 = 0{,}5$ s, on ouvre l'interrupteur.
Quelle est alors la tension aux bornes du condensateur (pour cette question, aucun calcul n'est nécessaire) ?

3. Déterminer la charge portée par l'armature positive du condensateur.

Données : $R = 1\ 000\ \Omega$ et $C = 2{,}5\ \mu$F.

Exercice 2 ★★ 20 min

Corrigé p. 211

Défibrillateur cardiaque

Le défibrillateur cardiaque est un appareil utilisé en médecine d'urgence. Il permet d'appliquer un choc électrique sur le thorax d'un patient, dont les fibres musculaires du cœur se contractent de façon désordonnée (fibrillation). Le défibrillateur cardiaque peut être représenté de façon simplifiée par le schéma suivant :

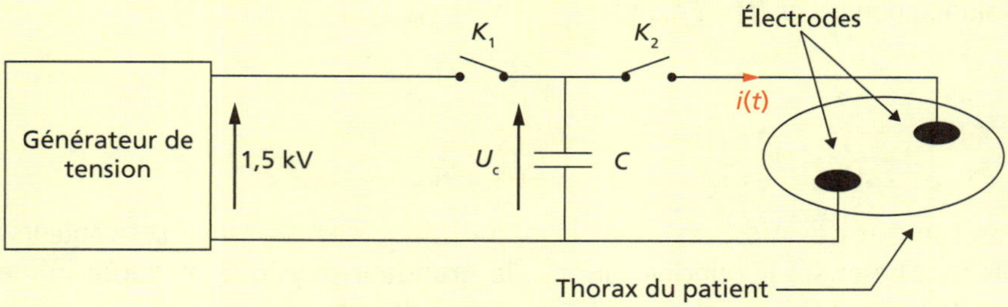

▲ Schéma du défibrillateur.

La capacité du condensateur C est de 470 µF.
Le thorax du patient sera assimilé à un conducteur ohmique de résistance $R = 50\ \Omega$.
Après avoir chargé complètement le condensateur à l'aide du générateur de tension, K_1 est ouvert puis K_2 est fermé à l'instant $t = 0$ s, et le condensateur se décharge dans le thorax du patient.

1. Montrer que l'équation différentielle vérifiée par u_c est $\frac{du_c}{dt} + \frac{1}{RC}u_c = 0$. Résoudre cette équation pour obtenir $u_c(t)$.

2. En déduire l'expression de $i(t)$.

3. À quelle date l'intensité du courant est-elle maximale ? Calculer la valeur absolue de cette intensité. Cette valeur dépend-elle de la capacité du condensateur ?

CHAPITRE 1

(*Énoncés p. 118*)

1 1. Un acide fort est un donneur de protons qui réagit totalement avec l'eau. La concentration en ions H_3O^+ est donc celle de l'acide de départ. $pH = -\log\left(\frac{10^{-2}}{1}\right) = 2,0$.

2. Par dilution, il y a conservation de la quantité de matière : $C_{fille} \times V_{fille} = C_{mère} \times V_{mère}$

Donc ici : $C_{fille} \times 100,0 = 10^{-2} \times 1,0$, ce qui donne : $C_{fille} = 10^{-4}$ mol.L^{-1}. $pH = -\log\left(\frac{10^{-4}}{1}\right) = 4,0$

Conclusion : quand on dilue la solution d'acide fort, le pH augmente.

3. $[H_3O^+] = 10^{-pH}$ donc $[H_3O^+] = 4,0 \times 10^{-3}$ mol $\times$ L^{-1}. On prélève un volume V_p de S_1, on verse dans une fiole jaugée de 50 mL et on complète au trait de jauge avec de l'eau distillée.

$[H_3O^+] = \frac{10^{-2} \times V_p}{V_{tot}} = 4,0 \times 10^{-3}$ avec $V_{tot} = 50,0$ mL, donc $V_p = \frac{50 \times 4 \times 10^{-3}}{10^{-2}} = 20,0$ mL. On prelève V_p avec une pipette jaugée de 20,0 mL.

2 1. Masse molaire de NH_4Cl (s) : 53,5 g.mol^{-1}, donc après dissociation, on a en solution :

$n_{NH_4^+} = \frac{135 \times 10^{-3}}{53,5} = 2,5 \times 10^{-3}$ mol. Cela correspond à une concentration initiale en ions ammonium de $C_o = \frac{n}{V} = \frac{2,5 \times 10^{-3}}{0,050} = 5,0 \times 10^{-2}$ mol.L^{-1}.

2. L'ion ammonium est l'acide du couple NH_4^+ / NH_3, il peut réagir avec l'eau considéré comme base, donc le couple à considérer est H_3O^+/ H_2O.

3.

	NH_4^+	+ H_2O	⇄ NH_3	+ H_3O^+	$K_A = 10^{-9,2}$
État Iinitial	$2,5 \times 10^{-3}$				
État d'équilibre	$2,5 \times 10^{-3} - x$		x	x	

$$10^{-9,2} = \frac{x^2}{(2,5 \times 10^{-3} - x)0,05c°} \Leftrightarrow x^2 + 0,05 \cdot c°.10^{-9,2}.x - 2,5 \times 10^{-3} \times 10^{-9,2} \times 0,05c° = 0.$$

On trouve $x = 2,81 \times 10^{-7}$ mol.

4. $pH = -\log\left(\frac{[H_3O^+]}{c°}\right)$ donc ici $pH = -\log\left(\frac{x}{0,005c°}\right)$, ce qui donne pH = 5,25.

$pH < pK_A = 9,2$: on est dans le domaine de prédominance de la forme acide.

3 1. Les valeurs des pK_A se lisent à la frontière des domaines de prédominance. Il s'agit d'une lecture graphique précise, qui doit être faite avec la règle graduée.

H_3Flu^+ / H_2Flu : $pK_{A1} = 2,2$ H_2Flu / $HFlu^-$: $pK_{A2} = 4,3$ $HFlu^-$ / Flu^{2-} : $pK_{A3} = 6,7$

2. $FluNa_2(s) \rightarrow 2\ Na^+(aq) + Flu^{2-}(aq)$

$n_{FluNa_2} = \frac{1,00 \times 10^{-2}}{376} = 2,66 \times 10^{-5}$ mol dans 100,0 mL, soit $[Flu^{2-}]_0 = \frac{2,66 \times 10^{-5}}{100 \times 10^{-3}} = 2,66 \times 10^{-4}$ mol.L^{-1}.

3. Flu^{2-} est une base qui réagit avec l'eau considérée comme acide (couple H_2O/HO^-) :

	Flu^{2-}	+ H_2O	⇄ $HFlu^-$	+ HO^-
État Iinitial	n_0			
État d'équilibre	$n_0 - x$		x	x

4. D'après le tableau d'avancement, $[Flu^{2-}] = \frac{n_0 - x}{V}$ et comme $[HFlu^-] = \frac{x}{V}$, on a bien la relation demandée.

5. Pour le couple $HFlu^-$ / Flu^{2-} : $pH = pK_{A3} + \log\left(\frac{[Flu^{2-}]}{[HFlu^-]}\right)$ soit $7,0 = 6,7 + \log\left(\frac{[Flu^{2-}]_0 - [HFlu^-]}{[HFlu^-]}\right)$ soit

$0,3 = \log\left(\frac{2,66 \times 10^{-4} - [HFlu^-]}{[HFlu^-]}\right) = \frac{2,66 \times 10^{-4} - [HFlu^-]}{[HFlu^-]} = 10^{0,3}$ et on en tire :

$[HFlu^-] = 8,88 \times 10^{-5}$ mol.L^{-1}.

CHAPITRE 2 (*Énoncés p. 121*)

1 1. Le solide ionique est électriquement neutre : il faut autant de mole de charges négatives que de mole de charges positives. Formule : $Ca(NO_3)_2(s)$.

2. La masse molaire du solide est :
$40 + (14 + 3 \times 16) \times 2 = 164$ g.mol^{-1}, donc la quantité de matière en ions calcium est :
$\frac{1,5}{164} = 9,15 \times 10^{-3}$ mol.
La concentration en ions calcium est :
$[Ca^{2+}] = 9,15 \times 10^{-3}$ mol.L^{-1} et celle en ions nitrate est
$[NO_3^-] = 2 \times 9,15 \times 10^{-3} = 18,3 \times 10^{-3}$ mol.L^{-1}.
Pour passer aux mol.m^{-3}, on multiplie par 10^3 :
$[Ca^{2+}] = 9,15$ mol.m^{-3} et $[NO_3^-] = 18,3$ mol.m^{-3}.

3. D'après la loi de Kohlrausch :
$\sigma = \lambda_{Ca^{2+}} \times [Ca^{2+}] + \lambda_{NO_3^-} \times [NO_3^-]$.
λ est en mS.m^{-1} (m^3.mol^{-1}) : il faut mettre la concentration en mol. m^{-3}.
$\sigma = 11,9 \times 9,15 + 7,1 \times 18,3 = 239$ mS.m^{-1}.

2 1. Par conservation de la matière par dilution :
$C_{fille} \times V_{fille} = C_{mère} \times V_{mère} \Leftrightarrow V_{mère} = \frac{C_{fille} \times 50}{10}$ avec $V_{mère}$ en mL et C_{fille} en mmol.L^{-1}. On prélève le volume $V_{mère}$ avec une pipette graduée, on verse la solution dans une fiole jaugée de 50 mL et on complète au trait de jauge avec de l'eau distillée.

C_{fille} (mmol.L^{-1})	1	2,5	5	7,5
$V_{mère}$ (en mL)	5	12,5	25	37,5

2. Voir la courbe ci-dessous.

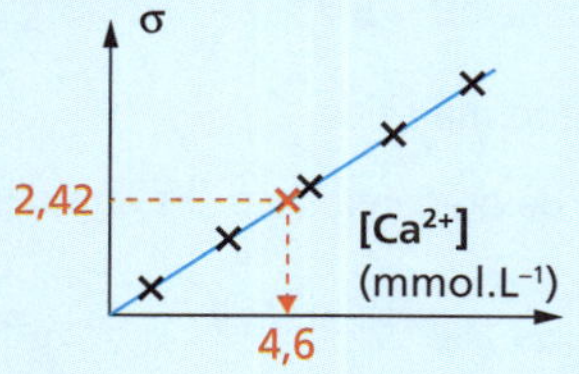

3. On dilue l'ampoule d'un facteur 100. On lit en utilisant la courbe d'étalonnage, $[Ca^{2+}] = 4,6$ mmol.L^{-1} donc dans l'ampoule 100 fois plus concentrée : $[Ca^{2+}] = 4,6 \times 100$ mmol.L^{-1} soit 0,46 mol.L^{-1}.

4. Quantité de matière en calcium dans les 10 mL de solution de l'ampoule :
$n_{Ca^{2+}} = 0,46 \times 10 \times 10^{-3} = 4,6 \times 10^{-3}$ mol.
On a donc une masse de $CaCl_2$ de :
$n_{Ca^{2+}} \times M_{CaCl_2} = 0,51$ g. Il y a $1,0 - 0,51 = 0,49$ g d'eau.

5. 0,49 g d'eau correspond à $n_{Ca^{2+}} = 27,2 \times 10^{-3}$ mol.
On calcule $\frac{n_{H_2O}}{n_{CaCl_2}} = x = 5,9 \approx 6$.
Formule du solide X : $CaCl_2$, 6 H_2O.

3 1. D'après le diagramme donnant les domaines de prédominance, la fluorescéine est sous forme d'ions Flu^{2-} à pH > 9.

2. On choisit la longueur d'onde à laquelle l'absorbance de la fluorescéine, sous forme Flu^{2-}, est la plus grande pour avoir le maximum de précision dans la détermination de la concentration. On travaillera ici à $\lambda_{max} = 490$ nm.

3. La loi de Beer-Lambert est vérifiée si $A = \varepsilon \times \ell \times [Flu^{2-}]$ donc si A est proportionnelle à la concentration $[Flu^{2-}] = C$, ε et ℓ étant constants lors des mesures à λ_{max}.
On peut vérifier graphiquement que $A = f(C)$ est bien une droite : la loi de Beer-Lambert est vérifiée.

4. La pente de la droite de meilleure approximation est $p = 5,96 \times 10^4$ L.mol^{-1} avec $p = \varepsilon \times \ell$.
La cuve étant de largeur $\ell = 1$ cm, on en déduit la valeur de $\varepsilon = 5,96 \times 10^4$ L.mol^{-1}.cm^{-1}. Il s'agit du coefficient d'absorption molaire de Flu^{2-} qui est la forme majoritaire à pH = 9,0.

5. Il faut ajuster le pH pour avoir la forme Flu^{2-} majoritaire, en ajoutant quelques gouttes de base forte concentrée par exemple. On mesure l'absorbance à λ_{max} et connaissant $\varepsilon \times \ell$, on en déduit la concentration C.

CHAPITRE 3 (*Énoncés p. 125*)

1 1. Il faut un pH-mètre relié à deux électrodes, une électrode de verre et une électrode de référence (ou une seule électrode combinée), un bécher, un agitateur magnétique, un barreau aimanté et une burette graduée (voir schéma du montage dans le cours).

2. Les électrodes du pH-mètre doivent être immergées dans la solution, mais 20 mL est un volume trop faible pour cela : il faut ajouter de l'eau. Cela ne modifie pas la quantité de matière en OH^- : on n'a pas besoin de connaître le volume d'eau introduite.

3. Réaction de titrage :
$$H_3O^+(aq) + HO^-(aq) = 2\ H_2O(\ell)$$
Une réaction de titrage doit être quantitative et rapide. On repère l'équivalence par la méthode des tangentes : $V_{eq} = 25$ mL. À l'équivalence : $n(OH^-)_{initial} = n(H_3O^+)_{versé}$ soit $C_1 \times V_1 = C_a \times V_{eq}$:
$C_1 = \frac{0,1 \times 25}{20} = 0,125$ mol.L^{-1}.

4. La zone de virage de l'indicateur coloré doit contenir le pH du point équivalent (pH = 7, $V_{eq} = 25$ mL) : le bleu de bromothymol convient.

5. $C_0 = 50 \times C_1 = 6{,}25$ mol.L^{-1} : concentration déterminée par le dosage.

Concentration déterminée d'après les indications : dans 100 g de solution, il y a 20 g de soude NaOH donc $n_{NaOH} = \frac{m_{NaOH}}{M_{NaOH}}$ soit $n_{NaOH} = \frac{20}{40} = 0{,}5$ mol.

Comme 100 g de solution correspondent à un volume de solution $V = \frac{m}{\rho} = \frac{0{,}1}{1{,}21} = 0{,}08$ L, on trouve une concentration pour la solution commerciale de $\frac{0{,}5}{0{,}08} = 6{,}25$ mol.L^{-1} : excellent accord.

2 **1.** Il s'agit de l'ion décanoate, base conjuguée de l'acide décanoïque (acide carboxylique à 10 carbones). On peut noter A^- : $RCOO^-$.

2. A^- est une base, on va donc la faire réagir avec un acide. On choisit la solution d'acide chlorhydrique. La réaction de titrage est :

$$H_3O^+(aq) + A^-(aq) = AH(aq) + H_2O$$

3. À l'équivalence, les réactifs ont été introduits dans les proportions stœchiométriques. La relation s'écrit ici : $n(A^-)$ initial $= n(H_3O^+)$ versé.

4. D'après la loi de Kohlrausch : $\sigma = \sum_{i\ ions} \lambda_i \times [X_i]$.

On fait un bilan des ions majoritaires avant et après l'équivalence :

- $V < V_{eq}$: $A^-(aq)$, $Cl^-(aq)$, $Na^+(aq)$

> $[A^-] \downarrow$ $[Na^+] \rightarrow$ $[Cl^-] \uparrow$ or Cl^- est un meilleur conducteur que $A^- = RCOO^-$ d'après les données donc la conductivité σ **augmente**.

- $V > V_{eq}$: H_3O^+ (aq), $Cl^-(aq)$, $Na^+(aq)$

> $[H_3O^+] \uparrow$ $[Na^+] \rightarrow$ $[Cl^-] \uparrow$ et $[H_3O^+]$ s'accumule car il n'y a plus de base pour le consommer, donc la conductivité σ **augmente fortement**.

Conclusion : la bonne représentation est la représentation 3.

5. $n(A^-)_{initial} = n(H_3O^+)_{versé}$

$\Leftrightarrow 10 \times C = 1{,}00 \times 10^{-2} \times 14{,}1$

soit $C = 1{,}41 \times 10^{-2}$ mol.L^{-1}.

CHAPITRE 4

(*Énoncés p. 131*)

1 **1.** Réactions électrochimiques : $Cu^{2+}(aq) + 2\,e^- = Cu(s)$ et $Fe^{2+}(aq) + 2\,e^- = Fe(s)$.

Équation bilan traduisant l'observation : le cuivre (II) est réduit, donc le fer doit s'oxyder :

$$Cu^{2+}(aq) + Fe(s) = Cu(s) + Fe^{2+}(aq).$$

2. a) On calcule $Q_{r,0} = \frac{[Fe^{2+}(aq)]_0}{[Cu^{2+}(aq)]_0} = 0{,}1 < K$: l'évolution spontanée se fait dans le sens direct.

b) On fait un bilan en mole pour tenir compte du fer solide (on ne peut pas parler de concentration pour un solide).

	$Cu^{2+}(aq)$	+	$Fe(s)$	=	$Cu(s)$	+	$Fe^{2+}(aq)$
État initial	$1{,}0 \times 10^{-4}$		$1{,}8 \times 10^{-2}$		$1{,}6 \times 10^{-2}$		$1{,}0 \times 10^{-5}$
État final	$1{,}0 \times 10^{-4} - x$		$1{,}8 \times 10^{-2} - x$		$1{,}6 \times 10^{-2} + x$		$1{,}0 \times 10^{-5} + x$

Si le système atteint l'équilibre alors $Q_{r,\,final} = Q_{r,\,eq} = K$.

La résolution de $\frac{1{,}0\times10^{-5} + x}{1{,}0\times10^{-4} - x} = 1{,}0 \times 10^{26}$ donne $x = 5{,}6 \times 10^{-6}$ mol qui est bien inférieur à $1{,}0 \times 10^{-4}$, il s'agit donc d'un état d'équilibre.

> **Attention !**
> Il ne faut pas oublier de diviser les nombres de mole par le volume de la solution car l'activité d'un soluté est proportionnelle à sa concentration, pas à son nombre de mole. Cependant ici, les volumes se simplifient.

2 **1.** Réactions électrochimiques : on équilibre les demi-équations électroniques (programme de 1re) :

$$MnO_2(s) + 4\,H_3O^+(aq) + 2\,e^- = Mn^{2+}(aq) + 2\,H_2O$$

$$Zn^{2+}(aq) + 2\,e^- = Zn(s)$$

2. La réaction s'écrit : $MnO_2(s) + 4\,H_3O^+(aq) + Zn(s) = Zn^{2+}(aq) + Mn^{2+}(aq) + 2\,H_2O$.

3. $MnO_2(s)$ est réduit en Mn^{2+}, il est donc à la cathode.

4. L'électrode en zinc constitue l'anode : il y a oxydation, les électrons sont libérés pour aller vers l'autre électrode, il s'agit du pôle négatif.

3 **1.** Le lithium est un alcalin qui réagit violemment avec l'eau en la réduisant.

2. $n_{Li} = \frac{m_{Li}}{M_{Li}} = \frac{2{,}0}{6{,}9} = 0{,}29$ mol.

Par oxydation d'une mole de Li circule une mole d'électrons (car Li devient Li^+) : $n_{e^-} = 0{,}29$ mol.

3. $Q = n_{e^-} \times N_A \times e = 0,29 \times 6,02 \times 10^{23} \times 1,6 \times 10^{-19} = 28 \times 10^3$ C.
Comme 1 A.h = 3 600 C, on trouve $Q = \dfrac{28 \times 10^3}{3600} = 7,8$ A.h.

4. $C_m = \dfrac{7,8}{2 \times 10^{-3}} = 3\,900$ A.h.kg^{-1} : la capacité massique d'une pile au lithium est très supérieure à celle des piles courantes (cela est dû à la faible masse molaire du lithium).

5. $I = \dfrac{Q}{t}$ donc $t = \dfrac{7,8}{0,1 \times 10^{-3}} = 78 \times 10^3$ heures, ce qui fait à peu près 9 ans .

CHAPITRE 5

(Énoncés p. 134)

1 1. On part de la demi-équation électronique équilibrée en milieu acide comme dans le cours :

$$2\ H_3O^+(aq) + 2\ e^- = H_2(g) + 2\ H_2O.$$

En ajoutant 2 $OH^-(aq)$ de chaque côté et comme $OH^-(aq) + H_3O^+(aq) = 2\ H_2O(\ell)$, on trouve la réaction électrochimique demandée : $2\ H_2O + 2\ e^- = H_2(g) + 2\ HO^-(aq)$.

2. $V_m = \dfrac{V}{n} = \dfrac{RT}{P}$ soit dans les conditions précisées ici : $V_m = \dfrac{8,31 \times 298}{10^5} = 24,8 \times 10^{-3}$ m^3.mol^{-1}.

3. $n = \dfrac{V}{V_m} = \dfrac{450}{24,8 \times 10^{-3}} = 18\,145$ moles de H_2 produites en 1 heure. Comme la formation d'1 mole de H_2 nécessite 2 moles d'électrons, il faut $n_e = 2 \times 18\,145 = 36\,290$ moles d'électrons. Cela correspond à une charge $Q = n_e \times (N_A \times e) = 36\,290 \times (6,02 \times 10^{23} \times 1,61 \times 10^{-19})$ soit $Q = 3,51 \times 10^9$ C.

4. L'intensité est $I = \dfrac{Q}{t}$ donc $I = \dfrac{3,51 \times 10^9}{3600} = 975 \times 10^3$ A.

2 1. Le plomb est consommé : il ne peut que s'oxyder d'après les couples donnés, donc c'est ce qui se produit à l'anode, lieu de l'oxydation : $Pb(s) \rightarrow Pb^{2+}(aq) + 2\ e^-$.
À la cathode, réduction du dioxyde de plomb :

$$PbO_2(s) + 4\ H_3O^+(aq) + 2\ e^- \rightarrow Pb^{2+}(aq) + 6\ H_2O(\ell).$$

L'équation bilan de fonctionnement est obtenue en combinant les demi-équations précédentes de façon à éliminer les électrons :

$$PbO_2(s) + 4\ H_3O^+(aq) + Pb(s) = 2\ Pb^{2+}(aq) + 6\ H_2O(\ell).$$

2. L'équation bilan de la réaction de recharge est l'inverse de celle de décharge :

$$2\ Pb^{2+}(aq) + 6\ H_2O(\ell) = PbO_2(s) + 4\ H_3O^+(aq) + Pb(s).$$

Il faut fournir de l'énergie électrique au système car ce n'est pas une réaction spontanée.
Branchement : les électrons doivent arriver à l'électrode lieu de la réduction, donc à la cathode. Les électrons partent du pôle – du générateur, qu'il faut donc relier à l'électrode de plomb. On relie le pôle + à l'électrode recouverte de $PbO_2(s)$, où se produira l'oxydation.

3. a) Cette quantité Q est la capacité de l'accumulateur : $Q = 4 \times 10^5$ C.
b) Le nombre de mole d'électron ayant circulé au cours de la charge complète est :
$n_e = \dfrac{Q}{N_A \times e} = \dfrac{4 \times 10^5}{6,02 \times 10^{23} \times 1,61 \times 10^{-19}} = 4,13$ moles. D'après la demi-équation électronique écrite en 1., quand 1 mole de plomb est formée 2 moles d'électrons ont circulé donc :

$$n_{Pb} = \frac{n_e}{2} = 2,06 \text{ moles de plomb formées.}$$

La masse de plomb est $m_{Pb} = n_{Pb} \times M_{Pb} = 2,06 \times 207,2$ soit $m_{Pb} = 428$ g.

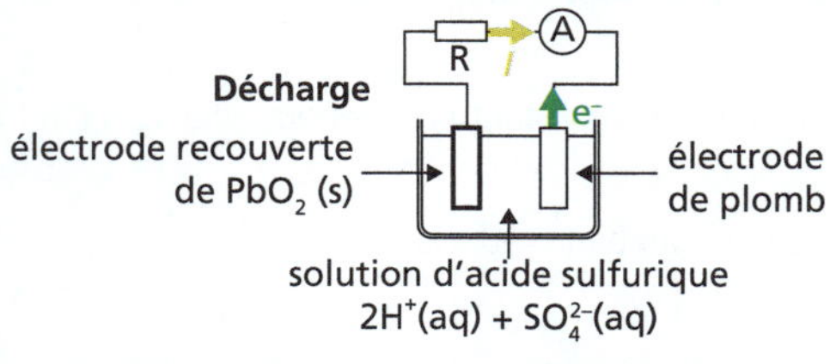

Réponse question 1

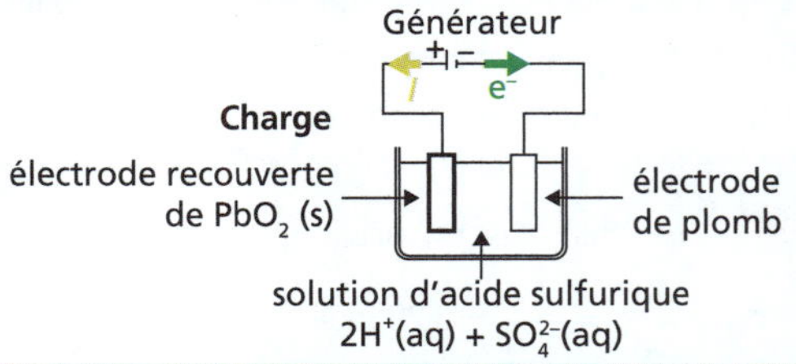

Réponse question 2

3 **1.** On écrit les deux demi-équations électroniques :

$$Ni^{2+}(aq) + 2\,e^- = Ni(s) \qquad Cu(s) = Cu^{2+}(aq) + 2\,e^-$$

Bilan :

$$Ni^{2+}(aq) + Cu(s) = Cu^{2+}(aq) + Ni(s).$$

2. a) Si $Q_r < K$: le système évolue spontanément dans le sens direct (→) ; si $Q_r > K$: le système évolue spontanément dans le sens indirect (←).

b) On calcule $Q_r = \dfrac{[Cu^{2+}]}{[Ni^{2+}]} = 1$: $Q_r > K$ donc le système évolue spontanément dans le sens indirect (←).

c) La réaction permettant d'obtenir du nickel solide par réduction des ions Ni^{2+} par le cuivre n'est pas la réaction spontanée : il faut forcer le sens de l'évolution pour réaliser cette transformation, en fournissant de l'énergie au système.

3.

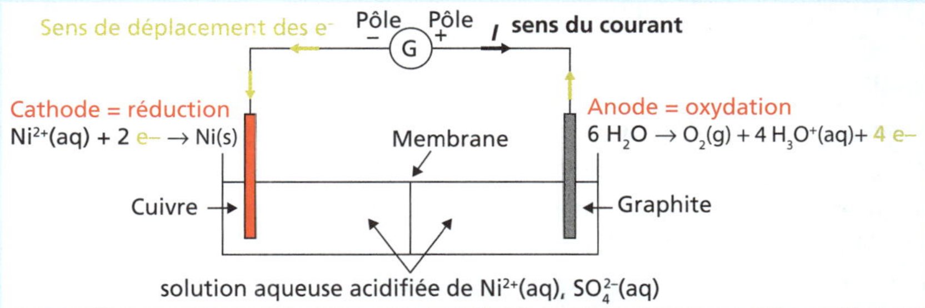

4. a) Volume de nickel : $V = S \times e = (400 \times 10^{-4}) \times (20 \times 10^{-6}) = 8{,}00 \times 10^{-7}\ m^3$.
Ce volume correspond à une masse $\rho \times V = 8\,900 \times 8 \times 10^{-7} = 7{,}12 \times 10^{-3}$ kg soit $m = 7{,}12$ g.

b) Le nombre de mole de nickel ayant été réduit est $n = \dfrac{m}{M} = \dfrac{7{,}12}{58{,}7} = 0{,}12$ mole. Comme 1 mole de Ni^{2+} nécessite 2 moles d'électrons pour sa réduction, il faut $n_e = 2 \times 0{,}12 = 0{,}24$ moles d'électrons.

c) Charge Q nécessaire : $Q = n_e \times (N_A \times e) = 0{,}24 \times (6{,}02 \times 10^{23} \times 1{,}61 \times 10^{-19}) = 23{,}3 \times 10^3$ C.

Comme $Q = I \times t$, on a $t = \dfrac{23{,}3 \times 10^3}{2{,}00} = 11{,}65 \times 10^3$ s, soit environ 3 heures et 15 minutes.

CHAPITRE 6

(*Énoncés p. 140*)

1 **1.** La masse molaire du saccharose est $M = 12 \times 12 + 22 \times 1 + 11 \times 16 = 342\ g.mol^{-1}$.

$C_0 = \dfrac{n}{V}$ avec n la quantité de matière de saccharose $n = \dfrac{m}{M} = \dfrac{34{,}2}{342} = 0{,}1$ mol donc :

$C_0 = \dfrac{0{,}1}{100 \times 10^{-3}} = 1\ mol.L^{-1}$.

2. Le volume restant constant, si N est divisée par 2 alors la concentration l'est également. Quand on passe d'une case du tableau à la suivante, la concentration est divisée par deux car l'intervalle de temps est de 200 minutes.

***t* (min)**	0	200	400	600	800	1 000
***C* (mol.L⁻¹)**	1	5×10^{-1}	$2{,}5 \times 10^{-1}$	$1{,}25 \times 10^{-1}$	$6{,}25 \times 10^{-2}$	$3{,}12 \times 10^{-2}$

3. Le temps de demi-réaction, temps mis pour que la concentration soit divisée par deux, est indépendant de la concentration initiale : c'est caractéristique d'une réaction d'ordre 1.

4. La vitesse de disparition du réactif est l'opposé de la dérivée de la concentration par rapport au temps :

$$v = -\frac{dC}{dt}.$$

La vitesse à $t = 300$ min se détermine graphiquement sur la courbe $C = f(t)$ en traçant la tangente à la courbe et en prenant le coefficient directeur (en valeur absolue, la vitesse étant toujours positive).
On trouve : $v = 1{,}25 \times 10^{-3}\ mol.L^{-1}.min^{-1}$.

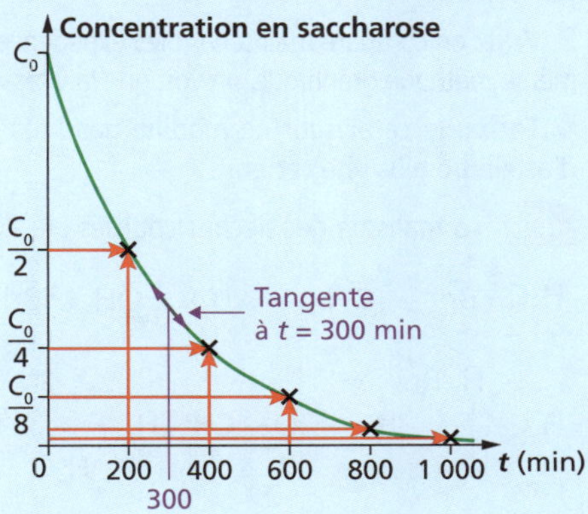

2 **1.** La loi de Beer-Lambert (voir chapitre 2) permet de relier l'absorbance A à la concentration de l'espèce qui absorbe, ici le diiode : $A = \varepsilon \times \ell \times [I_2]$.
A est sans dimension, ℓ en centimètre, la concentration en $mol.L^{-1}$ et ε en $L.mol^{-1}.cm^{-1}$.

2. On a $[I_2] = \dfrac{A}{\varepsilon \times \ell}$.

t (min)	0	4	8	12	16
A	0	0,35	0,67	0,94	1,18
$[I_2(aq)]$ ($mol.L^{-1}$)	0	$2{,}80 \times 10^{-4}$	$5{,}36 \times 10^{-4}$	$7{,}52 \times 10^{-4}$	$9{,}44 \times 10^{-4}$
$[S_2O_8^{2-}(aq)]$ ($mol.L^{-1}$)	$2{,}34 \times 10^{-3}$	$2{,}06 \times 10^{-3}$	$1{,}81 \times 10^{-3}$	$1{,}59 \times 10^{-3}$	$1{,}40 \times 10^{-3}$
$\ln\left(\dfrac{[S_2O_8^{2-}]}{[S_2O_8^{2-}]_0}\right)$	0	−0,127	−0,257	−0,386	−0,514

3. On écrit la relation $C_{mère} \times V_{mère} = C_{fille} \times V_{fille}$ pour tenir compte de la dilution lors du mélange :
$6{,}25 \times 10^{-3} \times 15 = [S_2O_8^{2-}]_0 \times (25 + 15)$ soit $[S_2O_8^{2-}]_0 = 2{,}34 \times 10^{-3}$ $mol.L^{-1}$.

4. D'après l'équation bilan, quand 1 mole de diiode est formée, 1 mole d'ion peroxodisulfate a disparu, donc pour tout t : $[S_2O_8^{2-}](t) = [S_2O_8^{2-}]_0 - [I_2](t)$.

On peut le voir également en faisant un tableau d'avancement : on note n_0 la quantité de matière initiale et x la qantité de matière qui a disparu à l'instant t.

	$2\ I^-(aq) + S_2O_8^{2-}(aq)$	$= 2\ SO_4^{2-}(aq)$	$+ I_2(aq)$
$t = 0$	n_0	0	0
t	$n_0 - x$	$2x$	x

On peut compléter le tableau en calculant, pour tout t, $[S_2O_8^{2-}](t) = 2{,}34 \times 10^{-3} - [I_2](t)$.

5. Si la réaction est d'ordre 1 par rapport aux ions peroxodisulfate, la vitesse s'écrit $v = k.[S_2O_8^{2-}]$.

En intégrant l'équation différentielle, on trouve que $\ln\left(\dfrac{[S_2O_8^{2-}]}{[S_2O_8^{2-}]_0}\right) = -k \times t$.

On trace la courbe $y = \ln\left(\dfrac{[S_2O_8^{2-}]}{[S_2O_8^{2-}]_0}\right)$ en fonction du temps. Si cette courbe est une droite alors les résultats expérimentaux sont bien compatibles avec un ordre 1.
Tracé à la calculatrice : on obtient bien une droite passant par l'origine (avec un excellent coefficient de corrélation $r^2 > 0{,}999$: la modélisation est très satisfaisante).

6. k est l'opposé de la pente de la droite : $k = 3{,}2 \times 10^{-2}$ min^{-1}.

3 **1. Vrai :** on compare les expériences (1) et (2), qui ne diffèrent que par la température.
On se place à t fixé, par exemple $t = 20$ min ; on voit graphiquement que la pente de la tangente à la courbe augmente entre l'expérience (1) et l'expérience (2). La température augmentant elle aussi quand on passe de (1) à (2), la vitesse d'apparition du diiode croît avec la température.

2. Vrai : la vitesse d'apparition varie avec la température, la température est donc un facteur cinétique par définition.

3. Vrai : on compare maintenant les expériences (2) et (3), qui ne diffèrent que par l'ajout d'ions fer (III). Par la même méthode graphique, on voit que la vitesse augmente après addition de fer (III), c'est donc un catalyseur.

4. Faux : le catalyseur ne modifie pas l'état final prévu par la thermodynamique, il permet seulement d'atteindre plus vite cet état.

4 **1.** Formalisme des flèches courbes : la flèche part du doublet d'électrons.

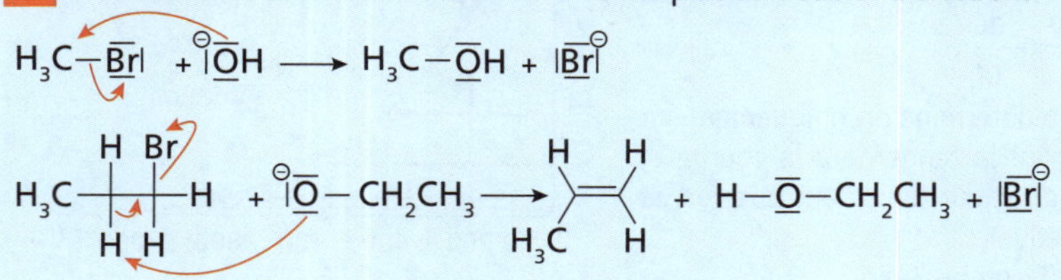

2. Les intermédiaires de réaction sont créés par un premier acte élémentaire et consommés par un acte élémentaire suivant. Il s'agit ici des espèces entourées.

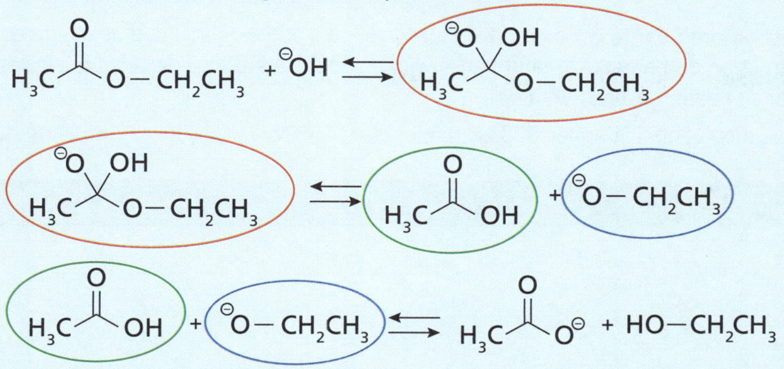

L'équation bilan s'obtient en faisant la somme membre à membre des actes élémentaires :

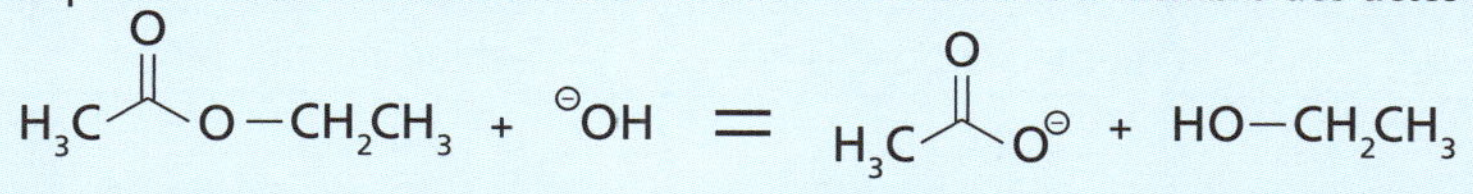

CHAPITRE 7

(*Énoncés p. 000*)

1 **1.** et **2.** On trace la droite et on place les 3 noyaux en calculant le nombre de neutrons :
N = A − Z.

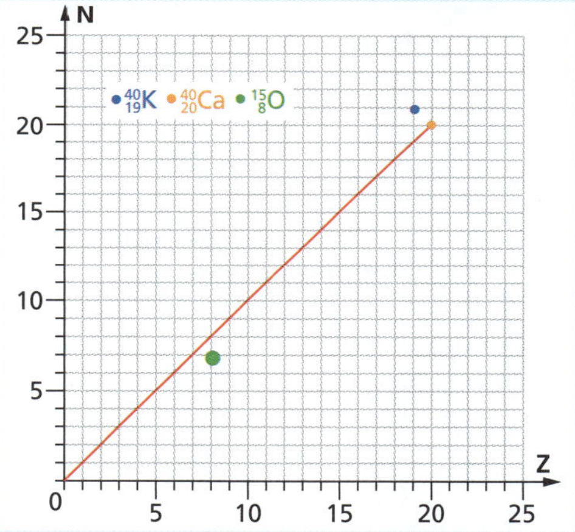

3. Les noyaux trop riches en neutrons (au-dessus de la zone de stabilité) sont des émetteurs β^- : c'est le cas du noyau de potassium 40.
Les noyaux trop riches en protons (en dessous de la zone de stabilité sont des émetteurs β^+ : c'est le cas du noyau d'oxygène 15.

4. On applique les lois de conservation du nombre de nucléons et la conservation de la charge.
On obtient :
$^{15}_{8}O \rightarrow {}^{15}_{7}N + {}^{0}_{+1}e$
$^{40}_{19}K \rightarrow {}^{40}_{20}Ca + {}^{0}_{-1}e$

2 On applique les lois de conservation du nombre de nucléons et la conservation de la charge.
On obtient :

1. $^{213}_{84}Po \rightarrow {}^{209}_{82}Pb + {}^{4}_{2}He$ Radioactivité α

4. $^{174}_{72}Hf \rightarrow {}^{170}_{70}Yb + {}^{4}_{2}He$ Radioactivité α

3. $^{207}_{83}Bi \rightarrow {}^{207}_{82}Pb + {}^{0}_{+1}e$ Radioactivité β^+

5. $^{238}_{92}U \rightarrow {}^{234}_{90}Th + {}^{4}_{2}He$ Radioactivité α

2. $^{209}_{82}Pb \rightarrow {}^{209}_{83}Bi + {}^{0}_{-1}e$ Radioactivité β^-

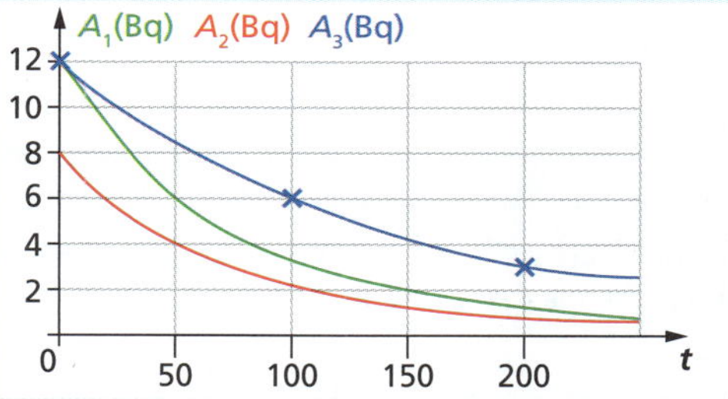

3 **1.** On regarde l'activité au temps $t = 0$, puis on cherche le temps pour lequel l'activité a été divisée par 2. On trouve 50 minutes dans les deux cas.

2. On divise l'activité par 2 toutes les 100 minutes.

4 **1.** À partir de l'instant où un arbre est abattu, son taux de carbonne 14 se met à décroître car il n'échange plus de CO_2 avec l'atmosphère et le rapport $^{14}C/^{12}C$ n'est plus constant.

2. a) $A(t) = A_0\,e^{-\lambda t}$; $e^{-\lambda t} = \dfrac{A(t)}{A_0}$; $-\lambda \times t = \ln\left(\dfrac{A(t)}{A_0}\right)$ soit $t = \dfrac{-1}{\lambda}\ln\left(\dfrac{A(t)}{A_0}\right)$

et comme $t_{1/2} = \dfrac{\ln 2}{\lambda}$ on obtient $t = \dfrac{t_{1/2}}{\ln 2}\ln\left(\dfrac{A_0}{A(t)}\right)$.

b) $t = \frac{5\ 570}{\ln 2} \ln\left(\frac{13{,}6}{12}\right) = 1\ 010$ ans.

c) L'année trouvée à la question précédente est bien dans l'intervalle. Il s'agit de l'année d'abattage de l'arbre qui a servi à la construction du bateau. On peut penser que le bois a été utilisé dans les quelques années qui ont suivi l'abattage : l'hypothèse est vérifiée.

d) L'hypothèse précédente est bien vérifiée. L'année 973 entre bien dans l'intervalle : [700 ; 1 000] années.

CHAPITRE 8 *(Énoncés p. 151)*

1 1.

a) 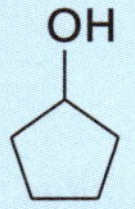	b) 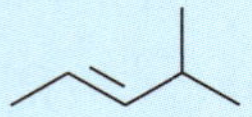	c) 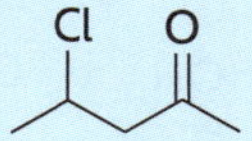
cyclopentanol	4-méthylpent-2-ène	4-chloropentan-2-one
d) 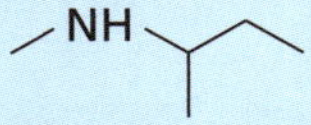	e) 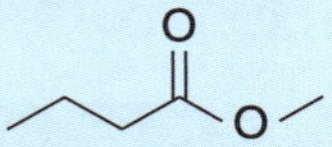	f) 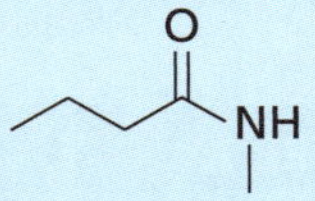
N-méthylbutan-2-amine	Butanoate de méthyle	N-méthylbutanamide

2.

A	B
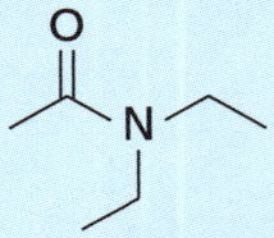	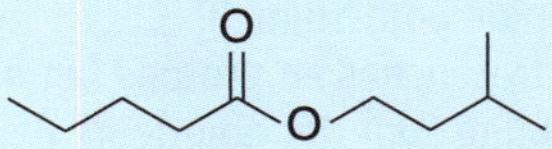

3. a) Le squelette carboné comporte 3 atomes d'où « propa ». L'alanine possède une fonction acide carboxylique d'où « acide…propanoïque ». Elle possède également un groupe amine porté par le carbone n°2, d'où le nom complet : acide 2-aminopropanoïque.

b) 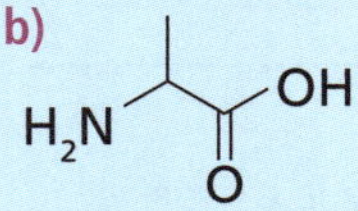

c) 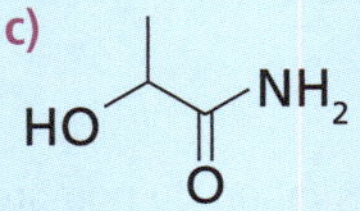

2 1. $N_i = 1$: ce composé possède une insaturation, qui peut être une double liaison C=C ou un cycle.

2. 

3 1. On trouve $N_i = 2$: il y a deux insaturations dans cette molécule.

2. Une insaturation peut correspondre à un cycle, à C=C ou à C=O.
Les groupes fonctionnels présents peuvent être : alcool, cétone, aldéhyde, ester et acide carboxylique.

3. Plusieurs isomères sont envisageables avec les indications de l'énoncé, voici deux réponses possibles pour chaque cas envisagé :

a) 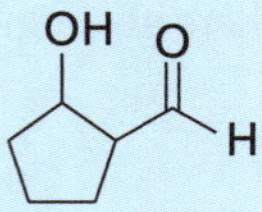 et 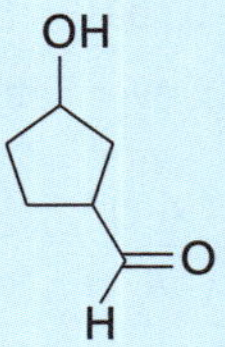	b) 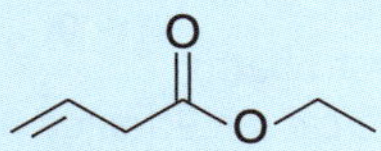 et 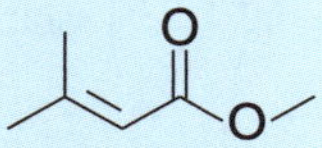	c) 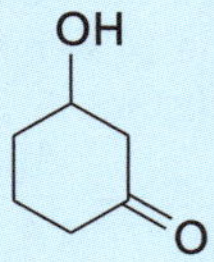 et 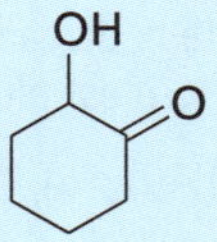

4 1.

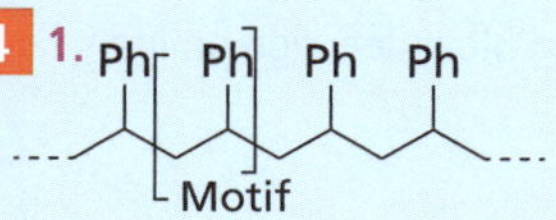

2.

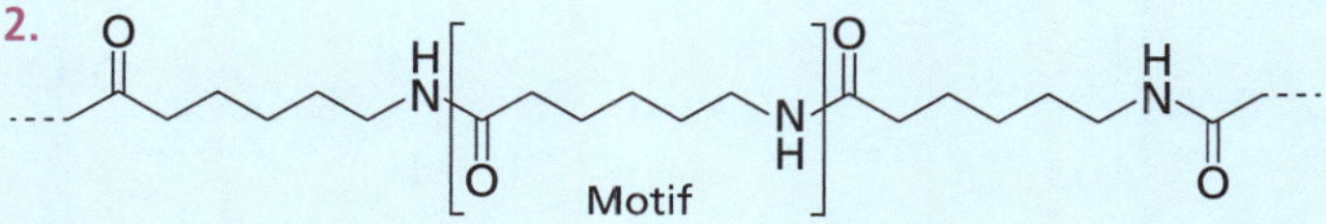

CHAPITRE 9

(Énoncés p. 156)

1 1. a) 2-chloro-2-méthylpropane.
b) P_1 est le 2-méthylpropan-2-ol et P_2 est le 2-méthylprop-1-ène.
P_1 résulte d'une réaction de substitution : un –Cl est remplacé par un –OH.
P_2 résulte d'une réaction d'élimination : un –Cl et un –H portés par deux atomes adjacents sont éliminés, une double liaison C=C apparaît.

2. a) La fonction modifiée du réactif est la fonction cétone, la fonction formée est la fonction alcool.
b) Il s'agit d'une réaction d'addition : deux atomes d'hydrogène sont ajoutés aux atomes d'une liaison double, liaison C=O ici.

2 1. Dans A : fonction cétone et fonction acide carboxylique
Dans B : fonction cétone et fonction alcool.

2. La réaction de synthèse qui semble intéressante, car elle permet d'additionner deux groupes –R identiques ($R = CH_2CH_3$) est la réaction n°1 de la banque de données.

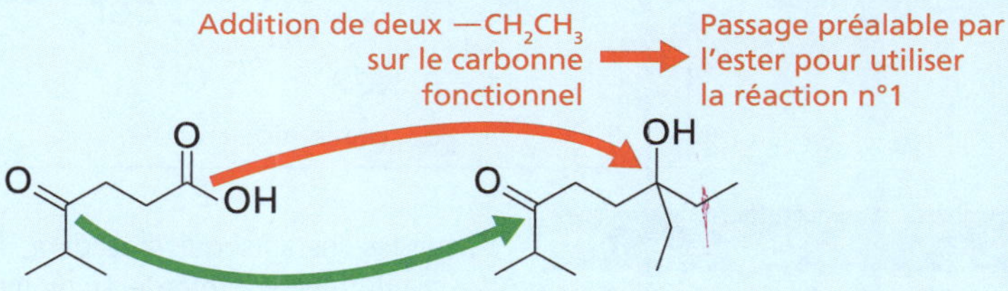

A B

Deux problèmes se posent :
– il faut partir d'un ester et non d'un acide carboxylique : il faut au préalable passer de l'acide carboxylique à l'ester avec la réaction n°7 ;
– la fonction cétone de A peut aussi réagir avec CH_3CH_2MgX selon la réaction 2 pour conduire à un alcool, réaction non souhaitée. Il faut donc protéger la fonction cétone : c'est possible avec la séquence 3' (protection) puis 4'(déprotection).
Intérêt de cette méthode : on utilise le même réactif, le méthanol, dans les mêmes conditions (catalyse acide, chauffage) pour protéger la fonction cétone et pour synthétiser l'ester nécessaire à la réaction suivante.

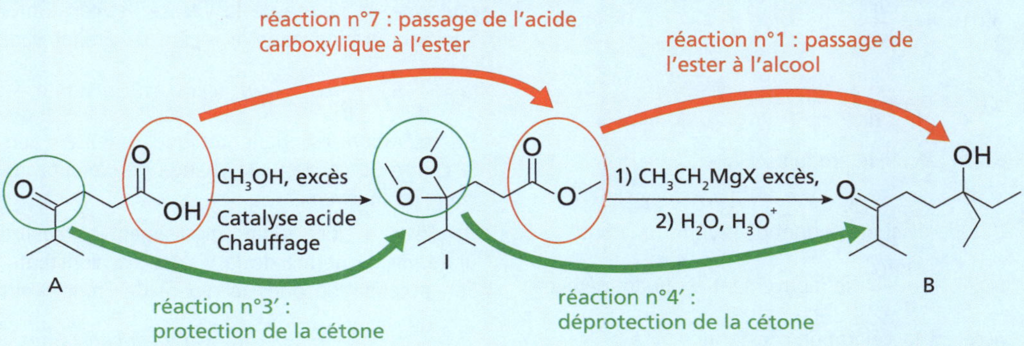

3 1. En rouge : fonction acide carboxylique ; en vert : fonction amine ; en bleu : fonction amide

2. Fonction acide carboxylique numérotée 1 et fonction amine numérotée 2.

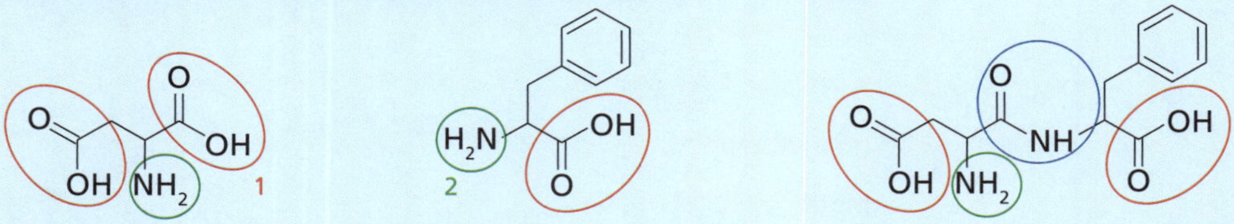

3. Sans précaution particulière, la fonction amine de l'acide aspartique réagira également avec la fonction acide carboxylique de la phénylalanine et avec la fonction acide carboxylique d'une autre molécule d'acide aspartique. De même, la fonction amine numérotée 2 réagira avec l'autre fonction acide carboxylique de l'acide aspartique et avec celle d'une autre molécule de phénylalanine. Il est donc nécessaire de protéger certaines fonctions pour obtenir le produit P.

4. On donne ci-contre le schéma de synthèse proposé, en notant GP1 et GP2 les groupes protecteurs des fonctions amine et acide carboxylique.

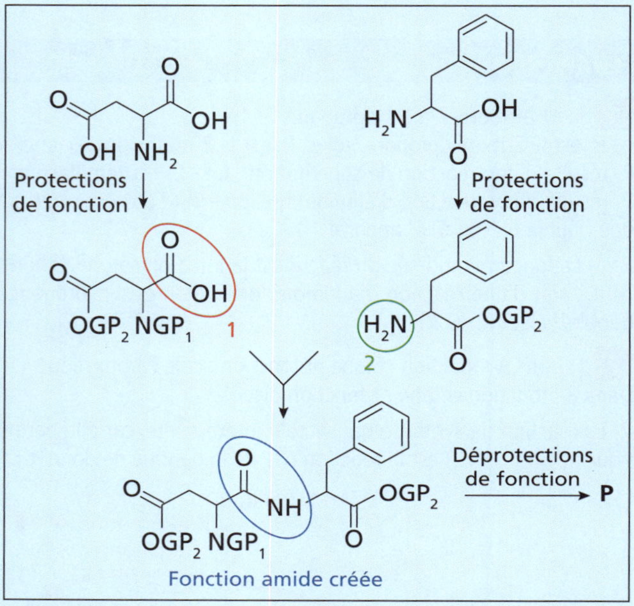

CHAPITRE 10 *(Énoncés p. 161)*

1 1. La vitesse est obtenue par la dérivée de la position par rapport au temps soit :

$$\dot{x}(t)=v_x=\frac{dx}{dt}=v_0\cos(\alpha)\ ;\ \dot{y}(t)=v_y=\frac{dy}{dt}=0\ ;$$

$$\dot{z}(t)=v_z=\frac{dz}{dt}=-g\times t+v_0\sin(\alpha)\,.$$

2. L'accélération est obtenue par la dérivée de la vitesse par rapport au temps soit :

$$\ddot{x}(t)=a_x=\frac{dv_x}{dt}=0\ ;\ \ddot{y}(t)=a_y=\frac{dv_y}{dt}=0\ ;$$

$$\ddot{z}(t)=\ a_z=\frac{dv_z}{dt}=-g.$$

3. On calcule le produit scalaire :

$\vec{v}.\vec{a}=v_xa_x+v_ya_y+v_za_z=g\left(g\times t-v_0\sin(\alpha)\right)$.

L'étude de signe permet de montrer que pour $t>\dfrac{v_0\sin(\alpha)}{g}$ le mouvement est uniformément accéléré (accélération constante et $\vec{v}.\vec{a}>0$).

Pour les instants qui précèdent, le mouvement est uniformément retardé. Le mouvement n'est ni rectiligne, ni circulaire.

2 1. **Vrai** : un objet lâché sans vitesse initiale à l'instant t = 0 s est soumis à son seul poids. Dans un référentiel galiléen, on peut donc avec la seconde loi de Newton écrire $\vec{a}=\vec{g}$. À l'instant initial, sa vitesse est nulle et son accélération ne l'est pas.

2. **Vrai** : lors d'un mouvement circulaire uniforme, la norme de la vitesse est constante. Son accélération dans le repère de Frenet vaut

$\vec{a}=\dfrac{dv}{dt}\overrightarrow{u_T}+\dfrac{v^2}{R}\overrightarrow{u_N}=\dfrac{v^2}{R}\overrightarrow{u_N}$ car v est constante.

L'accélération est donc toujours orientée vers le centre du cercle : elle change de direction au cours du mouvement.

3. **Vrai** : lors d'un mouvement circulaire uniforme, la norme de la vitesse est constante. Son accélération dans le repère de Frenet vaut

$\vec{a}=\dfrac{dv}{dt}\overrightarrow{u_T}+\dfrac{v^2}{R}\overrightarrow{u_N}=\dfrac{v^2}{R}\overrightarrow{u_N}$ car v est constante.

L'accélération est constante car elle vaut $\frac{v^2}{R}$ (le vecteur accélération, lui, n'est pas constant). La vitesse dans le cas d'un mouvement circulaire change de direction car elle est portée par le vecteur $\overrightarrow{u_T}$.

3 1. Le mouvement est uniforme, donc :

$v = \frac{D}{\Delta t} = \frac{2\pi R}{T}$ pour un tour complet.

$v = \frac{D}{\Delta t} = 2 \times \pi \times \frac{3{,}84 \times 10^5}{27{,}3 \times 24} = 3\ 680\ \text{km.h}^{-1}$

soit environ 1 km.s^{-1}.

2. Dans le repère de Frenet, la vitesse est $\vec{v} = v.\overrightarrow{u_T}$.

3. Dans le repère de Frenet, l'accélération est

$\vec{a} = \frac{dv}{dt}\overrightarrow{u_T} + \frac{v^2}{R}\overrightarrow{u_N} = \frac{v^2}{R}\overrightarrow{u_N}$ car v est constante.

L'accélération est normale, la composante tangentielle est nulle.

$$\|\vec{a}\| = a = \frac{v^2}{R} = \frac{\left(\frac{3{,}68 \times 10^3}{3{,}6}\right)^2}{3{,}84 \times 10^5} = 2{,}72 \times 10^{-3}\ \text{m.s}^{-2}.$$

4 1. Le livre est soumis à son poids $\vec{P} = m\vec{g}$ et à la réaction du support (ici la table). Le livre étant à l'équilibre la résultante des forces est nulle : $\vec{P} + \vec{R} = \vec{0}$.

2. Schématisons les forces en décomposant la réaction $\vec{R} = \overrightarrow{R_N} + \overrightarrow{R_T}$.

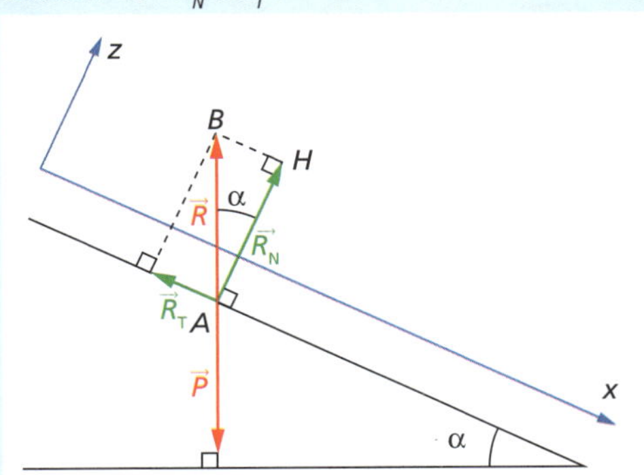

On choisit un système d'axes adapté au problème : l'axe (Ox) est selon la ligne de plus grande pente du plan incliné et l'axe (Oz) est orthogonal au plan incliné dirigé vers le haut. On projette la relation vectorielle sur les deux axes. Sur l'axe (Oz), on obtient :

$\|\overrightarrow{R_N}\| - \|\vec{P}\| \cos\alpha = 0$, soit :

$\|\overrightarrow{R_N}\| = \|\vec{P}\| \cos\alpha = 0{,}5 \times 9{,}8 \times \cos 10° = 4{,}8\ \text{N}$.

Sur l'axe (Ox), on obtient :

$-\|\overrightarrow{R_T}\| + \|\vec{P}\| \sin\alpha = 0$, soit :

$\|\overrightarrow{R_T}\| = \|\vec{P}\| \sin\alpha = 0{,}5 \times 9{,}8 \times \sin 10° = 0{,}85\ \text{N}$.

CHAPITRE 11

(Énoncés p. 165)

1 1. Le système étudié est le sauteur, le référentiel d'étude le référentiel terrestre, considéré galiléen.

2. Durant la première phase du saut, on considère qu'il s'agit d'une chute libre : la seule force exercée sur le sauteur est donc son poids $\vec{P} = m\vec{g}$. D'après la seconde loi de Newton, on a $\vec{P} = m\vec{a}_M = m\vec{g}$. Dans un repère où l'axe (Oz) est ascendant et son origine prise au niveau de la rivière, on a donc la seule composante non nulle de l'accélération qui est a_z, soit :

$$\vec{a}\begin{pmatrix} 0 \\ 0 \\ -g \end{pmatrix}$$

3. En intégrant successivement, on obtient :

$$\vec{v}\begin{pmatrix} 0 \\ 0 \\ -gt \end{pmatrix} \text{ puis } \overrightarrow{OM}\begin{pmatrix} 0 \\ 0 \\ -\frac{1}{2}gt^2 + H \end{pmatrix}$$

Remarque

La composante selon (Oz) de v est négative, car la vitesse est orientée vers le bas alors que l'axe (Oz) est orienté vers le haut.

On calcule le produit scalaire $\vec{a}.\vec{v} = g^2t > 0$: le mouvement est accéléré.

4. On peut calculer l'instant t qui correspond à une longueur d'élastique de 15 m : cela correspond à une valeur de z égale à 35 m ($H - L$) car on a pris l'origine du repère au niveau de la rivière.

$z(t) = -\frac{1}{2}gt^2 + H = H - L$

donc $-\frac{1}{2}gt^2 = -L \Leftrightarrow t = \sqrt{\frac{2L}{g}}$

Puis on reporte cette durée dans l'expression de la vitesse.

$$|v| = g\sqrt{\frac{2L}{g}} = \sqrt{2gL} = 17\ \text{m.s}^{-1} = 62\ \text{km.h}^{-1}.$$

2 1. L'étude du système (électron) dans le référentiel terrestre, sans tenir compte de la pesanteur, permet d'obtenir les équations horaires suivantes, avec une vitesse initiale horizontale donc $\overrightarrow{v_0} = v_0\vec{i}$ et un vecteur position initial $\overrightarrow{OM_0} = \vec{0}$:

Remarque

Contrairement à la démonstration du cours, ici le vecteur $\vec{E}$ est orienté vers le bas, d'où le signe –.

$$\begin{pmatrix} x(t) = v_0 t \\ y(t) = -\frac{qE}{2m}t^2 \\ 0 \end{pmatrix}$$

L'équation de la trajectoire est donc :

$$y = -\frac{qE}{2m} \times \left(\frac{x}{v_0}\right)^2$$

2. Au point M, les coordonnées de l'électron sont $(a\,;y(a))$ soient $\left(a\,;-\frac{qE}{2m}\left(\frac{a}{v_0}\right)^2\right)$ La vitesse a pour coordonnées en dérivant $x(t)$ et $y(t)$:

$$\begin{pmatrix} v_0 \\ -\frac{qE}{m}t \\ 0 \end{pmatrix} \text{ soit } \begin{pmatrix} v_0 \\ -\frac{qE}{m}\left(\frac{a}{v_0}\right) \\ 0 \end{pmatrix}$$

3. À partir du point M l'électron n'est plus soumis à aucune force, la seconde loi de Newton appliquée à l'électron permet d'affirmer que son accélération est nulle.

Comme $\vec{a} = \vec{0}$, on en déduit que $\vec{v}$ est constante en tout point de la trajectoire de M à P (c'est la vitesse en M). Comme $\vec{v} = \frac{d\overrightarrow{OM}}{dt}$, on obtient en intégrant les coordonnées de l'électron après qu'il soit sorti des plaques (on prend $t = 0$ lorsque l'électron est en M) :

$$x(t) = v_0 t + x_M \quad ; \quad y(t) = -\frac{qE}{m}\left(\frac{a}{v_0}\right)t + y_M$$

Y correspond à la valeur de y à l'instant t_1 où l'électron arrive sur l'écran c'est-à-dire en : $x = D + \frac{a}{2}$. On a déterminé x_M et y_M en 2.

On obtient : $v_0 t_1 = D + \frac{a}{2} - x_M$ soit $t_1 = \frac{D - \frac{a}{2}}{v_0}$.

car $x_M = a$.

$$y(t_1) = Y = -\frac{qE}{m}\left(\frac{a}{v_0}\right)\frac{D - \frac{a}{2}}{v_0} + y_M = -\frac{qE}{m}\left(\frac{a}{{v_0}^2}\right)D.$$

4. On en déduit :

$$\frac{e}{m} = \frac{Y{v_0}^2}{aDE} = \frac{27 \times 10^{-2} \times (1{,}8 \times 10^7)^2}{0{,}10 \times 0{,}10 \times 50 \times 10^3}$$

$$= 1{,}7 \times 10^{11}\ \text{C.kg}^{-1}.$$

Ce résultat est cohérent avec la valeur donnée par l'énoncé de la charge massique de l'électron.

CHAPITRE 12 *(Énoncés p. 170)*

1 **1.** Troisième loi de Kepler : le carré de la période de révolution T est proportionnel au cube du demi-grand axe de la trajectoire elliptique, soit :

$$\frac{T^2}{a^3} = \text{constante.}$$

2. La 2e loi de Newton appliquée au système {exoplanète, masse m}, dans le référentiel de l'étoile supposé galiléen, en considérant que la trajectoire est circulaire et de rayon R, donne dans le repère de Frenet $\vec{F}_{E/P} = G\frac{mM_E}{R^2}\vec{n} = m\vec{a}$.

L'égalité des composantes sur le vecteur $\vec{t}$ permet d'écrire $\frac{dv}{dt} = 0$ ce qui signifie que la vitesse de l'exoplanète est constante.

L'égalité des composantes sur le vecteur $\vec{n}$ donne $\frac{v^2}{R} = G\frac{M_E}{R^2}$, ce qui permet de trouver la vitesse de l'exoplanète : $v = \sqrt{G\frac{M_E}{R}}$.

Pour un tour, on obtient une durée égale à la période de révolution :

$$T = \frac{2\pi R}{v} = \frac{2\pi R}{\sqrt{G\frac{M_E}{R}}} = 2\pi\sqrt{\frac{R^3}{GM_E}}.$$

Par élévation au carré, on obtient la relation recherchée.

3. On a : $\frac{T^2}{R^3} = \frac{4\pi^2}{GM_E}$

$$R = \left(\frac{GM_E T^2}{4\pi^2}\right)^{1/3} = 4{,}6628 \times 10^9\ \text{m}.$$

4. Sachant que 1 U.A = $1{,}50 \times 10^8$ km
= $1{,}50 \times 10^{11}$ m, on a :

$$R = \frac{4{,}66 \times 10^9}{1{,}50 \times 10^{11}} = 3{,}11 \times 10^{-2}\ \text{U.A.}$$

L'étoile ayant des caractéristiques similaires à celle du Soleil, on peut penser que sa zone d'habitabilité est voisine de celle du Soleil : elle serait donc comprise entre 0,726 U.A. et 1,52 U.A. Comme R n'appartient pas à cet intervalle, l'exoplanète n'est pas dans la zone d'habitabilité de l'étoile HD 189733b.

2 **1.** Un satellite géostationnaire a une orbite comprise dans le plan de l'équateur terrestre et une période de révolution égale à la période propre de la rotation de la Terre. Il est immobile dans le référentiel terrestre.

2. Dans le cas d'une trajectoire elliptique, la 3e loi de Kepler s'écrit : $\frac{T^2}{a^3} = \text{constante}$.

3. La durée T nécessaire pour effectuer un tour correspond à la période de révolution. Elle est égale au périmètre de la trajectoire circulaire divisé par la valeur de la vitesse pour un mouvement uniforme : $T = \frac{2\pi(R_T + H_S)}{v}$.

En utilisant l'expression de la vitesse du satellite, on obtient :

$$T = \frac{2\pi(R_T + H_S)}{v} = \frac{2\pi(R_T + H_S)}{\sqrt{G\frac{M_T}{(R_T + H_S)}}} = 2\pi\sqrt{\frac{(R_T + H_S)^3}{GM_T}}.$$

D'où la constante recherchée :

$$\frac{T^2}{(R_T + H_S)^3} = \frac{4\pi^2}{GM_T} = \text{K}.$$

4. $\text{K} = \frac{4\pi^2}{GM_T} = 9{,}90 \times 10^{-14}\ \text{s}^2.\text{m}^{-3}$.

Connaissant T, on en déduit $R_T + H_S$ puis H_S :

$$H_S = -R_T + \left(\frac{T^2}{K}\right)^{1/3} = 3{,}58 \times 10^4\ \text{km}.$$

Ce résultat est cohérent avec les 36 000 km annoncés en début d'exercice.

CHAPITRE 13 *(Énoncés p. 173)*

1 **1.** Le volume d'une sphère est $V = \frac{4}{3}\pi r^3$. La poussée d'Archimède exercée par l'air sur le ballon est donc :

$$P_A = \rho V_{\text{ballon}} g = \rho \frac{4}{3}\pi r^3 g$$
$$= 1{,}2 \times \frac{4}{3}\pi \times (0{,}10)^3 \times 9{,}8 = 4{,}9 \times 10^{-2}\ \text{N}.$$

Le poids du ballon est :

$P = mg = 0{,}260 \times 9{,}8 = 2{,}5$ N. Dans ce cas, la poussée d'Archimède est négligeable car elle est environ 50 fois moins intense que le poids.

2. La poussée d'Archimède exercée par l'air sur la montgolfière est donc :

$$P_A = \rho V_{\text{montg}} g = \rho \frac{4}{3}\pi R^3 g$$
$$= 1{,}2 \times \frac{4}{3}\pi \times 4{,}0^3 \times 9{,}8 = 3\ 150\ \text{N}.$$

Le poids de la montgolfière est :

$$P = Mg = 300 \times 9{,}8 = 2{,}9 \times 10^3\ \text{N}.$$

Dans ce cas la poussée d'Archimède n'est pas négligeable, elle est du même ordre de grandeur que le poids et va permettre à la montgolfière de s'élever car elle est supérieure au poids.

2 **1.** Les forces appliquées au système (ballon) lorsqu'il est au sol sont :

Poids : $\vec{P} = M\vec{g}$

Poussée d'Archimède : $\vec{P_A} = -\rho_0 V_{\text{ballon}}\vec{g}$.

La résultante des forces est donc :

$$\vec{F} = M\vec{g} - \rho_0 V_{\text{ballon}}\vec{g}.$$

Comme $\vec{g} = -g\vec{u_z}$, si l'axe (Oz) est orienté vers le haut, on obtient :

$$\vec{F} = \left(-M + \frac{4}{3}\pi R^3 \rho_0\right) g\vec{u_z}$$
$$= \left(-400 + \frac{4}{3}\pi \times \left(\frac{10}{2}\right)^3 \times 1{,}3\right) \times 9{,}8\vec{u_z} = 2{,}8 \times 10^3 \vec{u_z}$$

La résultante des forces est orientée vers le haut : le ballon sonde monte.

2. Lorsque le ballon cesse de monter, la résultante des forces est nulle, d'après la 1re loi de Newton (Principe d'inertie).

3. On traduit la nullité de la résultante :

$$\left(-M + \frac{4}{3}\pi R^3 \rho\right) g\vec{u_z} = \vec{0}.$$

Soit $M = \frac{4}{3}\pi R^3 \rho = \frac{4}{3}\pi R^3 \rho_0 \exp\left(-\frac{M_{\text{air}} g z_{\text{plafond}}}{RT}\right)$.

On obtient :

$$z_{\text{plafond}} = -\frac{RT}{M_{\text{air}} g} \ln\left(\frac{M}{\frac{4}{3}\pi R^3 \rho_0}\right) = 4{,}5 \times 10^3\ \text{m}.$$

Attention à bien convertir la masse molaire en kg.mol^{-1} et la température en Kelvin.

3 **1.** On a : $v_1 = \frac{D_v}{S} = \frac{D_v}{\pi\left(\frac{D_1}{2}\right)^2} = \frac{80 \times 10^{-6}}{\pi\left(2{,}5 \times \frac{10^{-2}}{2}\right)^2}$

$$= 0{,}16\ \text{m.s}^{-1} = 16\ \text{cm.s}^{-1}.$$

2. Pour que le cœur expulse 5,0 L de sang avec un débit de 80 cm^3.s^{-1}, il faut une durée :

$$\Delta t = \frac{V}{D_v} = \frac{5{,}0 \times 10^{-3}}{80 \times 10^{-6}} = 63\ \text{s}.$$

3. Si l'aorte a son diamètre diminué de 10 %, on peut calculer son diamètre D_2 à cet endroit, puis par conservation du débit, on a : $v_1 S_1 = v_2 S_2$

$$v_1 \pi\left(\frac{D_1}{2}\right)^2 = v_2 \pi\left(\frac{D_2}{2}\right)^2$$

Soit : $v_2 = v_1\left(\frac{D_1}{D_2}\right)^2 = v_1\left(\frac{1}{0{,}90}\right)^2 = 20\ \text{cm.s}^{-1}$.

CHAPITRE 14 *(Énoncés p. 176)*

1 **1.** On a $\Delta P = \rho_{\text{eau}} g \Delta z$ donc :

$\Delta P = 10^3 \times 10 \times 10\ 916 = 1\ 091 \times 10^5$ Pa soit 1 091 bars.

2. Il y a 1,3 g d'air dans le ballon. La loi des gaz parfaits $PV = nRT$ permet d'affirmer que si n et T sont constants alors le produit PV est aussi constant. Comme le ballon est fermé, la quantité d'air enfermée ne varie pas et l'océan est pris à température constante.

On obtient $V_{\text{Mariannes}} = \dfrac{V_{\text{initial}} P_{\text{initial}}}{P_{\text{Mariannes}}} = 9{,}1 \times 10^{-4}$ L.

3. À cette profondeur la masse volumique de l'air vaudrait $\rho = \dfrac{1{,}3}{9{,}1 \times 10^{-4}} = 1\,420$ g.L^{-1}. Elle serait donc supérieure à celle de l'eau ! Le gaz contenu dans le ballon serait plus dense que l'eau.

4. La masse volumique est inférieure à celle obtenue par utilisation de la loi des gaz parfaits. Ce modèle du gaz parfait n'est plus valable aux fortes pressions, ce qui explique que le résultat obtenu soit absurde. Les interactions entre molécules de gaz ne peuvent pas être négligées dans ce cas.

2 **1.** $n = \dfrac{PV_1}{RT} = \dfrac{6{,}0 \times 10^5 \times 15 \times 10^{-3}}{8{,}31 \times (17 + 273)} = 3{,}7$ mol.

2. a) Il faut exprimer la quantité d'air avant le gonflage puis à la fin du gonflage. La différence entre les deux valeurs donnera la quantité d'air introduite :

$$n_{\text{introduit}} = n_{\text{final}} - n_{\text{initial}} = \frac{P_3 v}{RT} - \frac{P_2 v}{RT}$$

$$= \frac{0{,}8 \times 10^5 \times 35 \times 10^{-3}}{8{,}31 \times (17 + 273)} = 1{,}2 \text{ mol.}$$

b) Il reste dans le poste mobile :
$n_{restant} = 3{,}7 - 1{,}2 = 2{,}5$ mol. La pression est donnée par la loi des gaz parfaits :

$$P_4 = \frac{n_{\text{restant}} RT}{V_1} = 4{,}0 \times 10^5 \text{ Pa} = 4{,}0 \text{ bars.}$$

3. Cherchons la température de l'air dans le pneu lorsque la pression vaut 6 bars :

$$n_{final} = \frac{P_3 v}{RT} = 4{,}4 \text{ moles}$$

$$T = \frac{P_5 v}{n_{\text{pneu}} R} = \frac{6{,}0 \times 10^5 \times 35 \times 10^{-3}}{4{,}4 \times 8{,}31}$$

$$= 574 \text{ K soit } 301\ °\text{C}.$$

Il y a donc risque d'explosion car $T > 250$ °C.

CHAPITRE 15 *(Énoncés p. 180)*

1 **1.** La variation d'énergie interne de l'eau est $\Delta U = mc_{\text{eau}} \Delta\theta = \rho V c_{\text{eau}} \Delta\theta$.

$\Delta U = 1{,}0 \times 0{,}350 \times 4180 \times (74{,}5 - 20) = 79{,}7$ kJ.

Il y a augmentation de l'énergie cinétique microscopique des molécules d'eau.

2. L'énergie thermique transférée par le four à l'eau est $Q = \Delta U$ d'après le premier principe appliqué à l'eau contenue dans la tasse.

3. Comme $P = \dfrac{Q}{\Delta t}$, on obtient :

$$P = \frac{79{,}7 \times 10^3}{120} = 664 \text{ W.}$$

2 **1.** On calcule la résistance thermique en utilisant la relation $R_{\text{th}} = \dfrac{e}{\lambda S}$.

$$R_{\text{th,verre}} = \frac{2{,}0 \times 10^{-3}}{0{,}78 \times 3 \times 2{,}0} = 4{,}3 \times 10^{-4} \text{ K.W}^{-1}.$$

2. On utilise la relation entre flux thermique, différence de température et résistance thermique :

$$\Phi_{\text{thV}} = \frac{\theta_1 - \theta_2}{R_{\text{th,verre}}} = \frac{19 - 0}{4{,}3 \times 10^{-4}} = 44{,}5 \text{ kW}.$$

3. Le double vitrage peut donc s'interpréter comme une paroi composée de trois couches : 1 couche de verre,1 couche d'air,1 couche de verre.
La résistance thermique du double vitrage est donc $R_{\text{DV}} = R_{\text{th,verre}} + R_{\text{th,air}} + R_{\text{th,verre}}$

Pour la couche d'air, on obtient :

$$R_{\text{th,air}} = \frac{4{,}0 \times 10^{-3}}{0{,}026 \times 3{,}0 \times 2{,}0} = 2{,}6 \times 10^{-2} \text{ K.W}^{-1}.$$

On obtient pour le double vitrage :

$R_{\text{DV}} = 2 \times 4{,}3 \times 10^{-4} + 2{,}6 \times 10^{-2} = 2{,}7 \times 10^{-2}$ K.W^{-1}.

4. On en déduit le flux thermique à travers le double vitrage :

$$\Phi_{\text{thDV}} = \frac{\theta_1 - \theta_2}{R_{\text{th,DV}}} = \frac{19 - 0}{2{,}7 \times 10^{-2}} = 704 \text{ W.}$$

En calculant le rapport $\dfrac{\Phi_{\text{thV}}}{\Phi_{\text{thDV}}} = \dfrac{44\,000}{704} = 63$, on voit que le flux thermique est 63 fois plus grand à travers le simple vitrage qu'à travers le double vitrage ! Le double vitrage est donc très efficace pour diminuer les pertes thermiques.

3 **1.** Sur une faible durée (variation infinitésimale) on a : $\mathrm{d}U = C\mathrm{d}\theta$.
Comme le cake refroidit, sa température diminue au cours du temps donc sa variation d'énergie interne est négative et dU aussi.

2. Le transfert thermique a lieu du chaud vers le froid donc du cake vers le milieu ambiant (l'air de la cuisine).

3. D'après la loi de Newton sur les échanges thermiques, par convection, on a :

$$P_{\text{th}} = \frac{\delta Q}{\text{d}t} = -k\left(\theta - \theta_{\text{fluide}}\right)S.$$

D'où $\delta Q = -k\left(\theta - \theta_{\text{fluide}}\right)S\mathrm{d}t$.

On constate, comme $\theta > \theta_{\text{fluide}} = \theta_c$ que ce transfert thermique est négatif : il est bien cédé par le système au milieu ambiant.

4. Le premier principe appliqué au cake (en l'absence de transfert d'énergie sous forme de travail δW) donne $\mathrm{d}U = \delta Q$.

En reprenant les résultats des questions 1 et 3, on obtient :

$$C\mathrm{d}\theta = -k\left(\theta - \theta_{\text{fluide}}\right)S\mathrm{d}t.$$

L'équation différentielle obtenue est alors :

$$\frac{\mathrm{d}\theta}{\mathrm{d}t} + \frac{kS}{C}\theta = k\frac{S}{C}\theta_{\text{fluide}}.$$

5. Elle est de la forme $y' + ay = b$ avec $a = \dfrac{kS}{C}$ et $b = kS\dfrac{\theta_{\text{fluide}}}{C}$, sa solution est donc :

$$\theta(t) = A\exp(-at) + \frac{b}{a}$$

soit $\theta(t) = A\exp\left(-\dfrac{kS}{C}t\right) + \theta_{\text{fluide}}$.

À l'instant initial, θ (t = 0) = θ_1 = 180°C d'où

$$\theta(t=0) = A\exp(0) + \theta_{\text{fluide}} = A + \theta_{\text{fluide}} = \theta_1.$$

On en déduit $A = \theta_1 - \theta_{\text{fluide}}$.

D'où $\theta(t) = \left(\theta_1 - \theta_{\text{fluide}}\right)\exp(-at) + \theta_{\text{fluide}}$.

Le calcul de a nécessite la surface de contact S du cake avec l'air ambiant : il y a 6 faces (2 faces carrées de 7 cm par 7 cm et 4 faces rectangulaires de 7 cm par 20 cm).

On obtient :

$$a = 10 \times \frac{0{,}070^2 \times 2 + 4 \times 0{,}070 \times 0{,}20}{1\,000}$$

$$= 6{,}6 \times 10^{-4}\ \text{s}^{-1}\ ;$$

$\theta_1 - \theta_{\text{fluide}} = 160°\text{C}$; $\theta_{\text{fluide}} = \theta_c = 20°\text{C}$.

On trouve le résultat proposé par l'énoncé.

6. On cherche t_2 tel que $\theta(t_2) = \theta_2 = 45°\text{C}$.

$$\theta(t_2) = 45 = 160\ \exp\left(-6{,}6 \times 10^{-4} \times t_2\right) + 20$$

On tire l'instant t_2 de cette expression :

$$\frac{45-20}{160} = \exp\left(-6{,}6 \times 10^{-4} \times t_2\right)$$

$$\ln\frac{45-20}{160} = \left(-6{,}6 \times 10^{-4} \times t_2\right)$$

Soit $t_2 = \dfrac{1}{-6{,}6 \times 10^{-4}} \ln\dfrac{45-20}{160} = 2\,812$ s.

La durée de refroidissement est donc environ de 47 min.

CHAPITRE 16 *(Énoncés p. 186)*

1 1. Schéma :

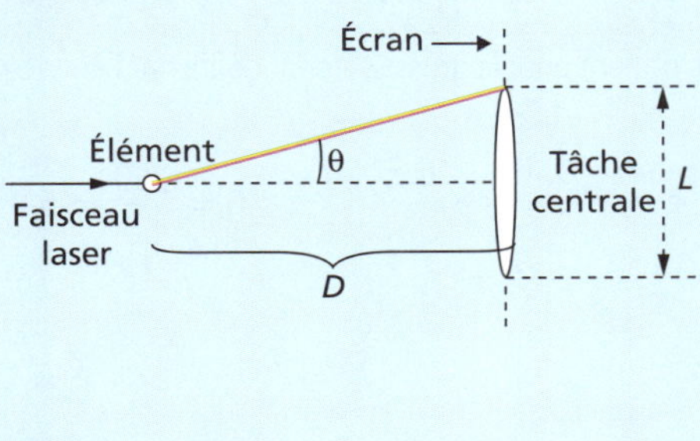

2. D'après les relations du triangle rectangle, on a

$$\tan\theta = \frac{\frac{L}{2}}{D} \approx \theta \text{ et } \theta = \frac{\lambda}{e} \text{ donc } e = \frac{2D\lambda}{L}$$

$$e = \frac{2 \times 2{,}5 \times 650 \times 10^{-9}}{3{,}2 \times 10^{-2}}$$

$$= 1{,}0 \times 10^{-4}\ \text{m} = 0{,}10\ \text{mm}.$$

2 1. L'interfrange est la distance qui sépare deux franges consécutives de même nature. Cherchons la position des franges brillantes : elles sont le lieu des interférences constructives soit $\delta = k\lambda$ avec k un nombre entier.

On obtient $x_{\text{b,k}} = \dfrac{\lambda D}{b}k$.

La distance entre la frange brillante d'ordre k et la frange brillante suivante d'ordre k + 1 est par définition l'interfrange :

$$i = x_{\text{b,k+1}} - x_{\text{b,k}} = \frac{\lambda D}{b}(k+1) - \frac{\lambda D}{b}k = \frac{\lambda D}{b}.$$

2. La distance d mesurée correspond à 10 interfranges.

On en déduit $i = \dfrac{D}{10} = 3{,}0$ mm.

À l'aide de l'expression obtenue à la question 1, on a $\lambda = \dfrac{ib}{D} = \dfrac{3 \times 10^{-3} \times 0{,}20 \times 10^{-3}}{1{,}00}$.

$$= 6{,}0 \times 10^{-7}\ \text{m}$$

3. La mesure de plusieurs interfranges permet de diminuer l'incertitude sur la détermination de l'interfrange.

3 1. a) Pour déterminer cette durée, on réalise 4 schémas :

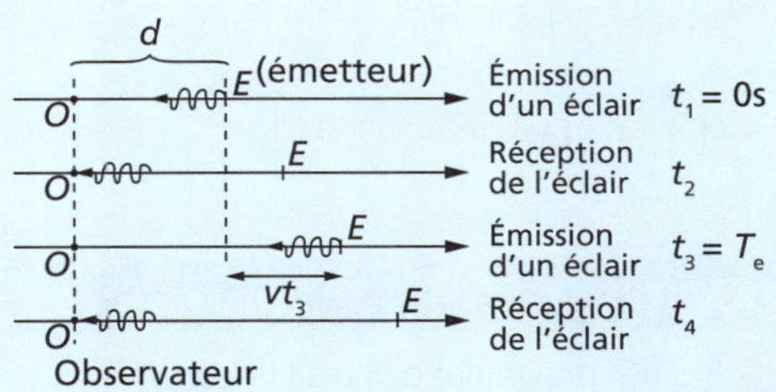

Pendant la durée T_e, la source s'est déplacée à vitesse constante v d'une distance vT_e.

La distance parcourue par le premier éclair, entre t_1 et t_2, est d, à la célérité c : la durée mise par cet éclair pour aller de l'émetteur au récepteur est donc $t_2 - t_1 = \dfrac{d}{c}$.

La distance parcourue par le deuxième éclair, entre t_3 et t_4, est $d + vT_e$, à la célérité c : la durée mise par cet éclair pour aller de l'émetteur au récepteur est donc $t_4 - t_3 = \dfrac{d + vT_e}{c}$.

La durée séparant la réception de deux éclairs est $T_r = t_4 - t_2$.

On obtient alors $T_r = T_e\left(1 + \frac{v}{c}\right)$.

b) Comme $f = \frac{1}{T}$, on en déduit $f_r = \frac{f_e}{1 + \frac{v}{c}}$.

Remarque

La fréquence de l'onde reçue est plus faible que celle de l'onde émise ce qui est normal si émetteur et récepteur s'éloignent l'un de l'autre.

c) Si la source se rapproche du récepteur, la distance parcourue par le second éclair devient $d - vT_e$ et la formule de la fréquence devient $f_r = \frac{f_e}{1 - \frac{v}{c}}$.

2. a) La relation entre longueur d'onde dans le vide et la fréquence est $\lambda = \frac{c}{f}$.

b) La radiation β de l'hydrogène en provenance de la galaxie n'a pas la même longueur d'onde que celle mesurée sur Terre : cela prouve que la galaxie est en mouvement par rapport à la Terre.

On constate que la longueur d'onde est plus grande pour la radiation en provenance de la galaxie, ce qui signifie que la fréquence est plus faible (d'après la relation du **2.a)** : on est donc dans le cas **1.b)** où l'émetteur s'éloigne du récepteur, c'est-à-dire que la galaxie s'éloigne de la Terre.

c) On a $f_r = \frac{f_e}{1 + \frac{v}{c}}$ soit $\frac{c}{\lambda_r} = \frac{\frac{c}{\lambda_e}}{1+\frac{v}{c}}$

d'où $\lambda_e\left(1+\frac{v}{c}\right) = \lambda_r$ ce qui donne

$v = c\left(\frac{\lambda_r}{\lambda_e} - 1\right) = 5{,}99 \times 10^6$ m.s^{-1}.

CHAPITRE 17 *(Énoncés p. 190)*

1 **1.** Positionnement de l'oculaire L_2 :

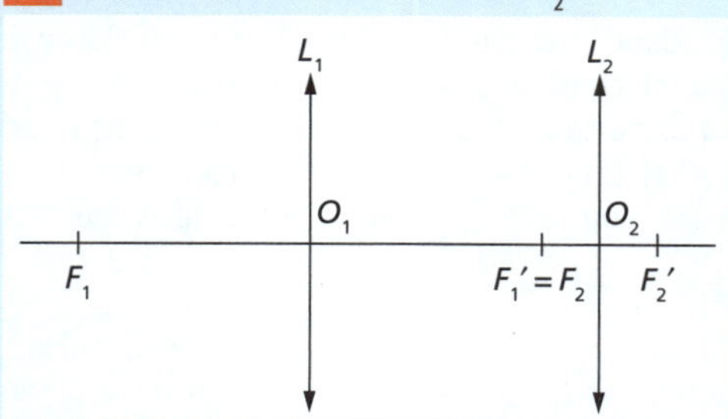

2. a) Construction de l'image intermédiaire A_1B_1 :
L'objet est à l'infini ; par définition du foyer principal image, son image se trouve donc dans le plan focal image de la lentille (L_1) (tracé en pointillé sur le schéma).

D'autre part, le rayon issu de B et passant par le centre optique de la lentille n'est pas dévié. On place B_1 à l'intersection de ce rayon et du plan focal image de L_1.

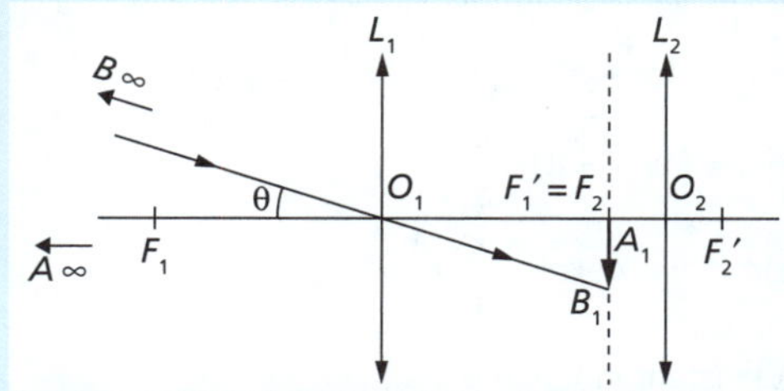

b) L'image définitive A_2B_2 donnée par l'oculaire (L_2) est située à l'infini, car A_1B_1 est un objet pour l'oculaire et il se trouve dans le plan focal objet de cet oculaire (L_2).

c) On utilise les rayons remarquables pour tracer le rayon demandé. Par exemple, le rayon issu de B_1 et passant par le centre optique O_2 de la lentille n'est pas dévié. Le rayon incident issu de B, ressort de la lentille (L_2) parallèlement au rayon précédent.

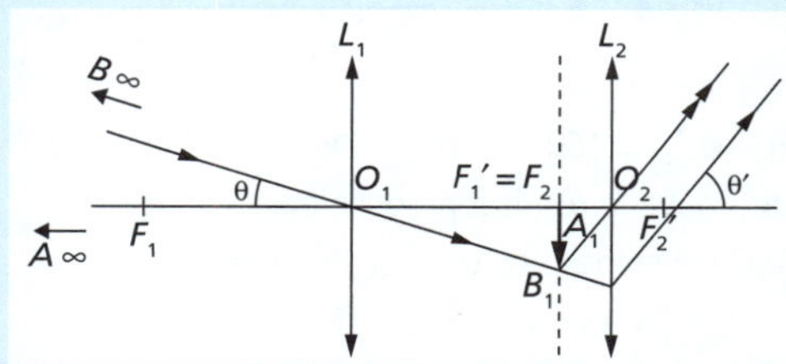

3. Dans le triangle $F_2O_2B_1$ rectangle en O_2, on peut écrire $\tan\theta' = \frac{A_1B_1}{O_2F_2} = \frac{A_1B_1}{f'_2}$.

Avec l'approximation classique des petits angles :

$\theta' = \tan\theta' = \frac{A_1B_1}{f'_2}$.

Dans le triangle $F_2O_1B_1$ rectangle en F_2, on peut écrire $\tan\theta = \frac{A_1B_1}{O_1F'_1}$ et comme l'angle θ est petit, on a $\tan\theta \approx \theta \approx \frac{A_1B_1}{O_2F'_1}$.

On obtient pour le grossissement défini par l'énoncé :

$$G = \frac{\theta'}{\theta} = \frac{\frac{A_1B_1}{O_2F_2}}{\frac{A_1B_1}{O_1F'_1}} = \times\frac{O_1F'_1}{O_2F_2} = \frac{f'_1}{f'_2} \text{ ; } G = \frac{250}{50} = 5{,}0.$$

4. D'après l'énonce, pour avoir de belles images et éviter qu'elles apparaissent floues pour l'œil humain, il faut $\frac{N}{7} < G < N$.

En reportant l'expression obtenue pour G à la question précédente, on obtient :

$\frac{N}{7} < \frac{f_1'}{f_2'} < N$; soit $\frac{N}{7f_1'} < \frac{1}{f_2'} < \frac{N}{f_1'}$.

L'encadrement sur les distances focales envisageables pour l'oculaire est donc :

$\frac{f_1'}{N} < f_2' < \frac{7f_1'}{N}$.

A.N. : $\frac{250}{25} < f_2' < \frac{7 \times 250}{25}$

soit 10 mm $< f_2' <$ 70 mm.

5. Construction du cercle oculaire.

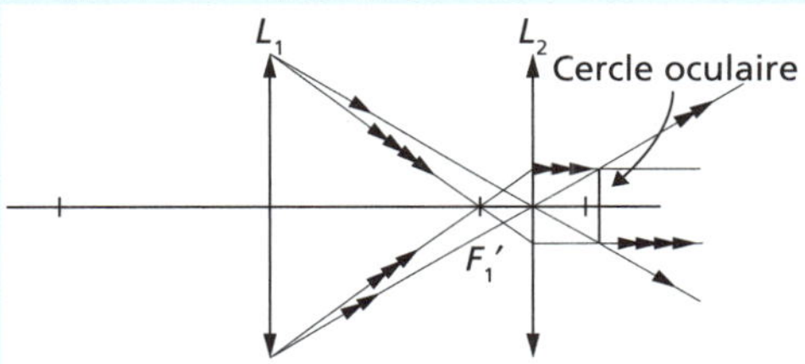

Cette position d'observation est celle qui permet à l'œil de recevoir toute la lumière issue de l'objectif L_1 et d'observer l'image A_2B_2 la plus lumineuse.

2 1. Pour que l'effet photoélectrique soit observé, il faut que l'énergie du photon soit au moins égale au travail d'extraction.

Soit $hf_{min} = W$ et comme $f = \frac{c}{\lambda}$ on obtient :

$$\lambda_{max} = \frac{c}{W}h = \frac{3 \times 10^8}{3 \times 10^{-19}} \times 6{,}626 \times 10^{-34} = 663 \text{ nm.}$$

2. On a 680 nm > 663 nm, l'effet photoélectrique n'est pas observé.

3. L'intensité lumineuse peut être augmentée en multipliant le nombre de laser, cela ne permettra pas d'observer un effet photoélectrique car les photons ne sont pas assez énergétiques.

4. Ici on a 490 nm < 663 nm, l'effet photoélectrique est observé.

5. L'excès d'énergie apporté par le photon se retrouve sous forme d'énergie cinétique de l'électron :

$$E_c(\text{électron}) = hf - W = h\frac{c}{\lambda} - W.$$

Comme $E_c = \frac{1}{2}mv^2$, on obtient :

$$v = \sqrt{\frac{2\left(h\frac{c}{\lambda} - W\right)}{m}} = 4{,}8 \times 10^5 \text{ m.s}^{-1}.$$

CHAPITRE 18 *(Énoncés p. 194)*

1 1. La constante de temps de ce circuit est $\tau = RC$ et elle vaut $\tau = 1\,000 \times 2{,}5 \times 10^{-6} = 2{,}5$ ms.

2. On sait qu'au bout d'une durée d'environ 5τ, le régime permanent est atteint, c'est-à-dire que le condensateur est totalement chargé, la tension à ses bornes est alors égale à la tension délivrée par le générateur soit, 10 V.

3. On a $q = C \times u_c$

donc $q = 2{,}5 \times 10^{-6} \times 10 = 2{,}5 \times 10^{-5}$ C.

2 1. Pour établir l'équation : *cf.* cours.

L'équation différentielle est de la forme $y' + ay = b$ avec $a = \frac{1}{RC}$ et $b = 0$, sa solution est donc :

$u_c(t) = A\exp(-at)$. Soit $u_c(t) = A\exp\left(-\frac{t}{RC}\right)$.

La tension aux bornes du condensateur est continue ce qui signifie que la tension juste après la fermeture de K_2 est égale à la tension juste avant cette fermeture, cela se traduit par :

$u_c(0^+) = u_c(0^-) = E = 1\,500$ V, car le condensateur est initialement chargé.

On obtient $u_c(t) = E\exp\left(-\frac{t}{RC}\right)$.

2. On a $i(t) = C\frac{du}{dt}$ ce qui permet de trouver $i(t)$.

$$i(t) = C\frac{du}{dt} = CE\left(-\frac{1}{RC}\right)\exp\left(-\frac{t}{RC}\right)$$
$$= -\frac{E}{R}\exp\left(-\frac{t}{RC}\right).$$

3. La fonction $\exp\left(-\frac{t}{RC}\right)$ est décroissante, donc la valeur maximale de l'intensité est observée à la date $t = 0$ s (instant de fermeture de K_2).

On obtient $|I_{max}| = |i(0)| = \frac{E}{R}$. On constate que cette valeur ne dépend pas de la capacité du condensateur.

Annales du Bac

Épreuve écrite

SUJET DU BAC

Corrigés p. 219

Exercice 1 — 7 points — 1 heure 15

Cinétique de réaction suivie par spectrophotométrie

Le vert malachite (noté $M^+(aq)$) est un colorant, qui peut également servir d'indicateur coloré acido-basique.

En milieu très basique, les ions hydroxydes $HO^-(aq)$ peuvent s'additionner sur le vert malachite de façon irréversible, entraînant la décoloration de la solution suivant la réaction (1) totale :

$$M^+(aq) + HO^-(aq) \rightarrow MOH \qquad \text{réaction (1)}$$

On se propose de suivre la cinétique de cette réaction par spectrophotométrie.

Partie 1 : détermination du coefficient d'extinction molaire du vert malachite

1. Énoncer la loi de Beer-Lambert, en nommant les différents paramètres qui interviennent. Préciser le domaine de validité de cette relation.
2. Comment appelle-t-on la courbe (donnée sur le Figure 1) représentant l'absorbance A en fonction de la longueur d'onde λ ? À quelle longueur d'onde λ_0 faut-il travailler pour suivre la cinétique de la réaction (1) ? Justifier. On précise que l'espèce MOH n'absorbe pas dans le domaine du visible.

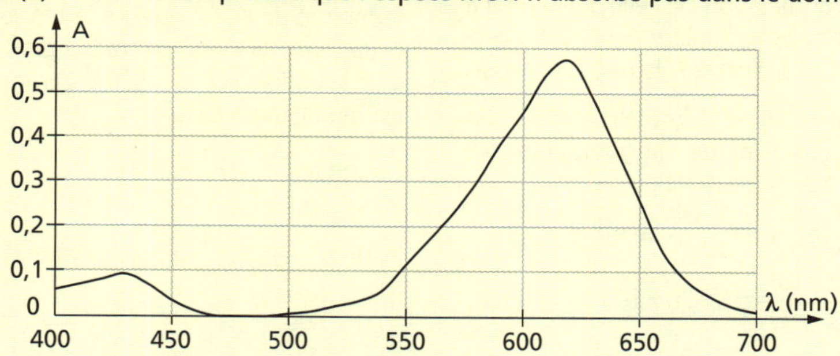

Figure 1 : absorbance d'une solution aqueuse de vert malachite de concentration $C_M = 1{,}00 \times 10^{-5}$ mol.L^{-1}.

3. À partir d'une solution mère de concentration $C_M = 1{,}00 \times 10^{-5}$ mol.L^{-1}, on prépare plusieurs solutions filles pour lesquelles on mesure l'absorbance à la longueur d'onde λ_0 choisie précédemment. La cuve de mesure est de longueur $l = 1{,}00$ cm, et on fait préalablement le blanc avec le solvant. Les concentrations des solutions filles varient de $1{,}00 \times 10^{-6}$ mol.L^{-1} à $9{,}00 \times 10^{-6}$ mol.L^{-1}.

a) Expliquer comment préparer un volume $V_F = 50{,}0$ mL de la solution fille de concentration $C_F = 1{,}00 \times 10^{-6}$ mol.L^{-1}. On précisera le matériel utilisé et le protocole à suivre.

b) On mesure pour chaque solution fille l'absorbance A à la longueur d'onde λ_0, on obtient la courbe tracée Figure 2. La loi de Beer-Lambert est-elle vérifiée ? Déterminer le cas échéant la valeur du coefficient d'extinction molaire $\varepsilon(\lambda_0)$ à la longueur d'onde de travail.

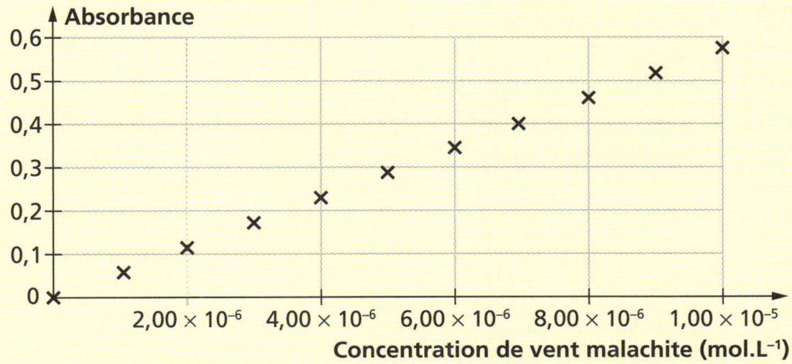

Figure 2 : absorbance des solutions aqueuses de vert malachite de différentes concentrations à la longueur d'onde λ_0 non précisée.

Partie 2 : détermination de la loi de vitesse de la réaction 1

On dispose initialement des solutions suivantes :

S_1 : 20,0 mL d'une solution aqueuse de vert malachite de concentration $C_1 = 7,50 \times 10^{-5}$ mol.L^{-1}

S_2 : 80,0 mL d'une solution aqueuse d'hydroxyde de sodium concentrée (les ions OH^- seront ainsi en large excès par rapport aux ions M^+).

À l'instant $t = 0$, on mélange les deux solutions et on déclenche le chronomètre. On mesure toutes les deux minutes l'absorbance A de la solution à la longueur d'onde λ_0 choisie dans la partie 1. On obtient les résultats donnés dans le tableau suivant :

T (min)	2	4	6	8	10	12	14	16
A	0,80	0,75	0,70	0,65	0,61	0,57	0,53	0,50
C_M (µmol.L^{-1})	14,0	13,1	12,2	11,4	10,7	9,98	9,30	8,70

On rappelle que seul le vert malachite M^+(aq) absorbe dans le domaine du visible.

On cherche à vérifier que dans les conditions de l'expérience, la loi de vitesse est d'ordre 1 par rapport au réactif M^+(aq).

1. Donner l'expression de la vitesse volumique de disparition v_d de M^+(aq) dans ces conditions. On notera k la constante de vitesse.
2. Rappeler la relation entre v_d et la dérivée de la concentration de M^+(aq) en fonction du temps.
3. Montrer que si la réaction est d'ordre 1 par rapport au réactif M^+(aq), la concentration de M^+(aq) varie en fonction du temps selon la relation :
$$[M^+_{aq}] = [M^+_{aq}]_0 \times e^{-}$$
4. Calculer la valeur de la concentration initiale $[M^+_{aq}]_0$, à l'instant où le chronomètre déclenché.
5. Quelle représentation graphique peut-on tracer pour vérifier que la loi de vitesse est bien d'ordre 1 ? Préciser ce qui doit être porté en abscisse, en ordonnée ainsi que l'allure de la courbe (à dessiner sur la copie).
6. À l'aide de la calculatrice, faire ce tracé et en donner les caractéristiques. Conclure : les résultats expérimentaux sont-ils en accord avec un ordre 1 ? Si oui, déterminer la valeur de k et donner son unité.
7. La formule topologique de l'ion M^+ est donnée ci-dessous.

En admettant que la réaction (1) constitue un acte élémentaire, écrire la flèche courbe modélisant le transfert d'électrons et donner le produit obtenu

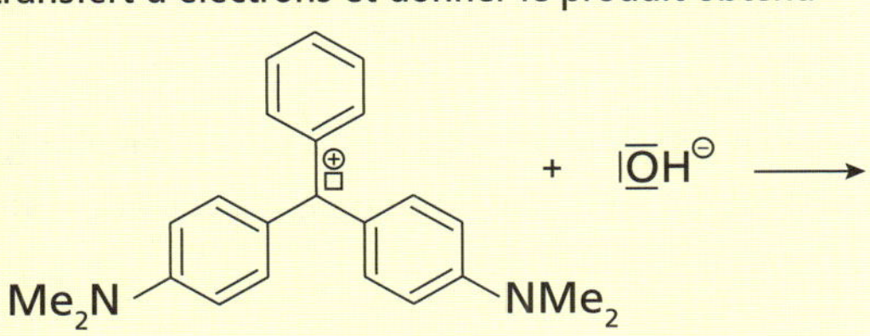

Exercice 2 3 points 30 min

Synthèses du vert malachite

1. Dans la première étape de la synthèse historique du vert malachite, deux réactifs notés A et B (donné ci-dessous) conduisent à C. Le bilan de cette étape est : $A + 2B \rightarrow C + H_2O$

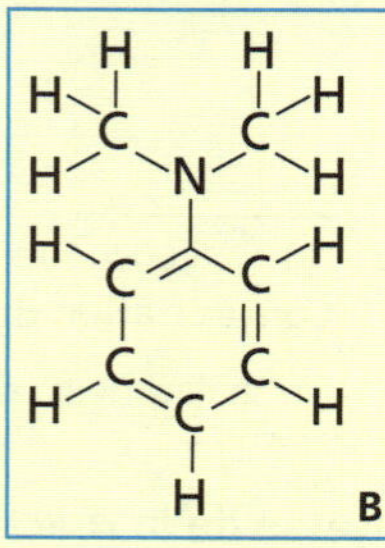

B

a) Représenter B en formule topologique.

b) Quelle fonction possède la molécule B ?

c) La molécule A a pour formule brute C_7H_6O. Calculer son nombre d'insaturation. À quelle structure un nombre d'insaturation aussi élevé peut-il correspondre ?

d) En utilisant le spectre IR donné Figure 1 et les tables de données Figure 2, proposer une formule semi-développée pour A.

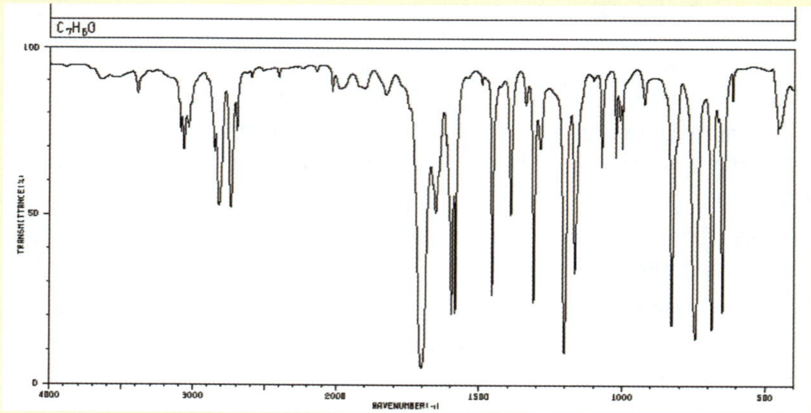

Figure 1 : spectre IR de A.

Bande d'élongation	Ordre de grandeur de σ (cm^{-1})
C-H des groupes CH_2, CH_3, CH dans les alcanes, les alcènes et les cycles aromatiques	2 900-3 100
O-H (alcool)	3 200 – 3 400 (bande large)
O-H (acide carboxylique)	2 500 – 3 200 (bande large)
C=O (aldéhyde ou cétone)	1 710 – 1 730
C=O (ester)	1 730 – 1 750
C=C (alcène)	1 660
C=C (cycle aromatique)	1 500 – 1 600

Figure 2 : bandes d'absorption IR de quelques types de liaisons

2. Le protocole de cette première étape de synthèse est le suivant :
Dans un ballon rodé de 200 mL, introduire 4,0 mL de benzaldéhyde, 4,0 mL de N,N-diméthylaniline B, 2 à 3 g de chlorure de zinc et quelques grains de pierre ponce. Adapter un réfrigérant à eau et chauffer au reflux pendant 10 minutes.

a) Un élève a proposé le montage suivant :

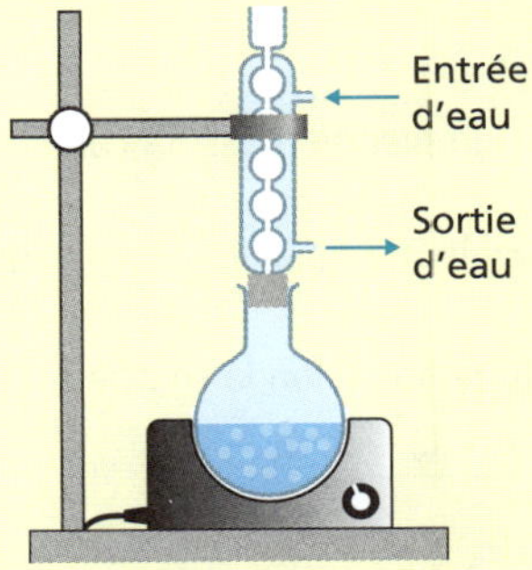

Expliquer les erreurs commises par cet élève et représenter un montage correct sur votre copie. Le légender en indiquant le nom des différents éléments.

b) Déterminer les quantités de matière mises en jeu. Commenter, sachant que la réaction entre le benzaldéhyde et la N,N-diméthylaniline B a pour équation bilan :

benzaldéhyde + 2 N,N-diméthylaniline → produit + H_2O

c) Quel est le rôle probable du chlorure de zinc ? Justifier.

d) Si l'on veut un rendement au moins égal à 90 %, quelle masse de produit *P* faudrait-il obtenir à l'issue de cette première étape ?

Données :

Benzaldéhyde : masse molaire : 106 $g.mol^{-1}$ masse volumique : 1,05 $g.mL^{-1}$

N,N-diméthylaniline : masse molaire : 121 $g.mol^{-1}$ masse volumique : 0,96 $g.mL^{-1}$

Produit : masse molaire : 329 $g.mol^{-1}$.

3. Une deuxième synthèse trouvée dans la littérature est décrite ci-dessous : donner la nature des étapes 1, 3 et 4.

Étape 1	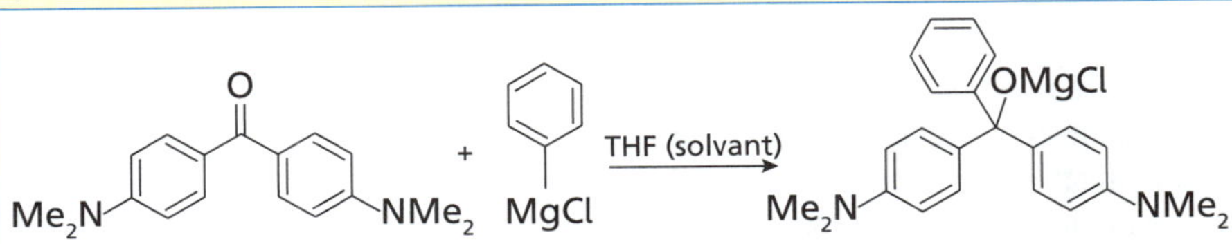
Étape 2	Étape d'hydrolyse, à ne pas commenter 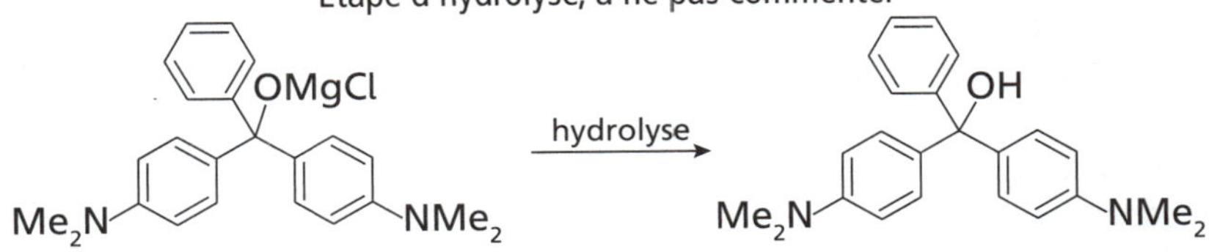
Étape 3	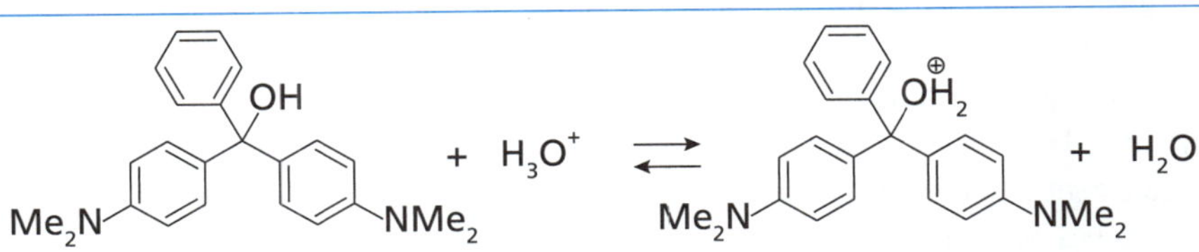
Étape 4	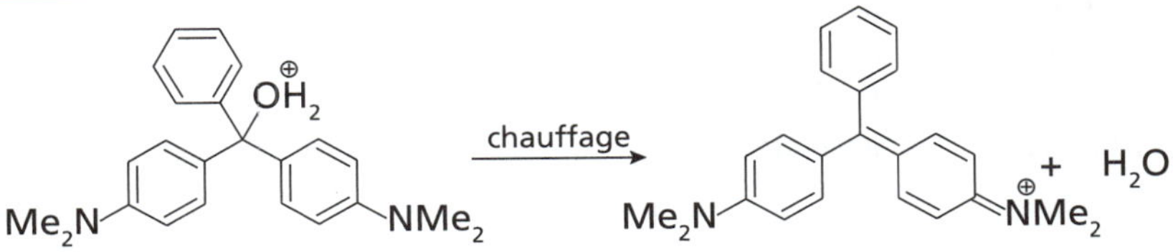

Exercice 3 **10 points** **1 heure 45**

Physique et aéronautique

L'Airbus 300 Zéro-G se déplace dans un plan vertical. Sa carlingue est équipée pour l'entraînement des astronautes à l'impesanteur.

Il y a impesanteur à l'intérieur de la carlingue si l'avion n'est soumis qu'à son poids (chute libre sans frottement).

L'altitude de l'avion varie au cours du temps selon la courbe ci-dessous.

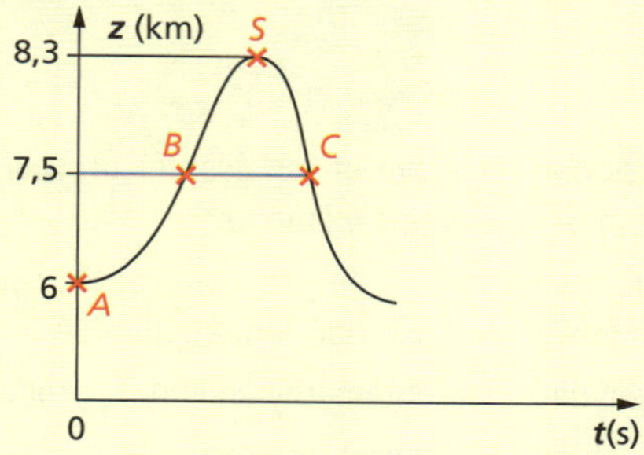

Figure 1 : Altitude de l'avion en fonction du temps

En B sa vitesse est de 180 m.s^{-1} avec un angle d'inclinaison $\alpha = 45$ ° par rapport à l'horizontale. Le long du trajet BSC les moteurs sont coupés.

1. Établir les équations horaires du mouvement du centre de masse de l'avion dans le référentiel terrestre supposé galiléen sur la partie BSC du vol.
2. Montrer que pendant la phase BSC du vol, le mouvement est plan.
3. En déduire l'équation de la trajectoire de l'avion durant cette phase.
4. Calculer la durée t_{BSC} de l'impesanteur.

On donne l'accélération de la pesanteur $g = 9,8$ m.s^{-2}.

Radar météo sur un aéroport

Les radars météorologiques présents sur les aéroports permettent de localiser les précipitations et de mesurer leur intensité en temps réel. En exploitant l'effet Doppler, ils fournissent aussi des informations sur le vent dans les zones de précipitations.

L'onde électromagnétique émise par le radar a une fréquence $f_{émise} = 3,0 \times 10^9$ Hz et se propage à la vitesse de la lumière dans le vide $c = 3 \times 10^8$ m.s^{-1}.

Cette partie décrit les conditions météorologiques particulières d'un orage subies par un avion en phase d'atterrissage.

Afin de reconstituer la carte en 3D des précipitations, le radar balaye l'espace horizontalement et verticalement en émettant des impulsions électromagnétiques de courte durée $\tau = 1$ µs.

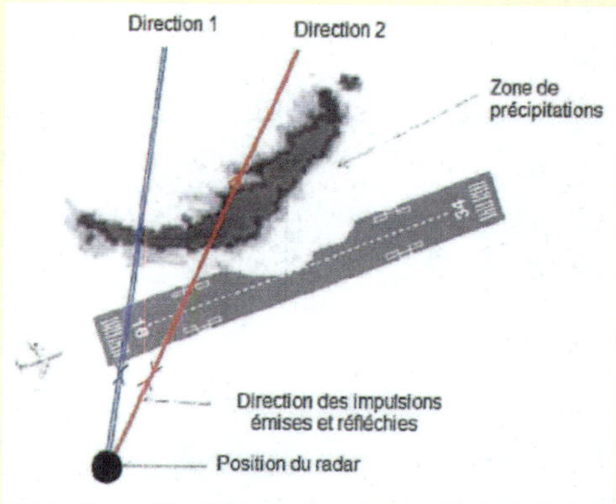

Figure 2 : Position du radar au voisinage de la piste.

On s'intéresse à la zone de précipitations présente au voisinage de la piste (Figure 2), le radar pointant dans la direction 2 indiquée sur le schéma.

Dans le nuage, plus la zone représentée est foncée, plus l'intensité des précipitations est importante. Une simulation des signaux émis (E) et reçus (R) par le radar dans la direction 2 est présentée sur la

Figure 3. L'amplitude du signal reçu est proportionnelle à l'intensité des précipitations et sa durée à l'épaisseur de la zone de précipitations.

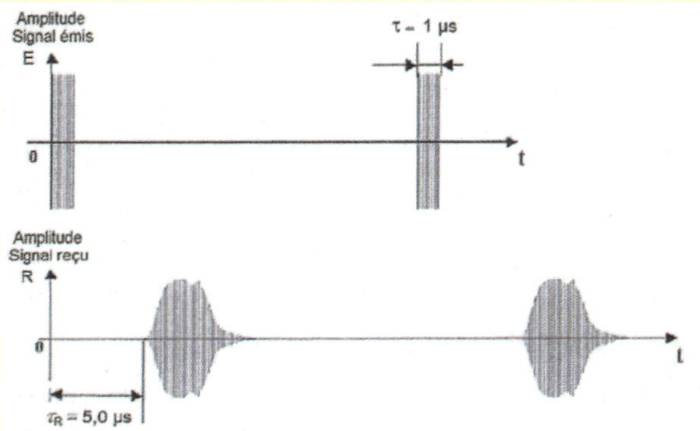

Figure 3 : Simulation des signaux émis et reçus par le radar.

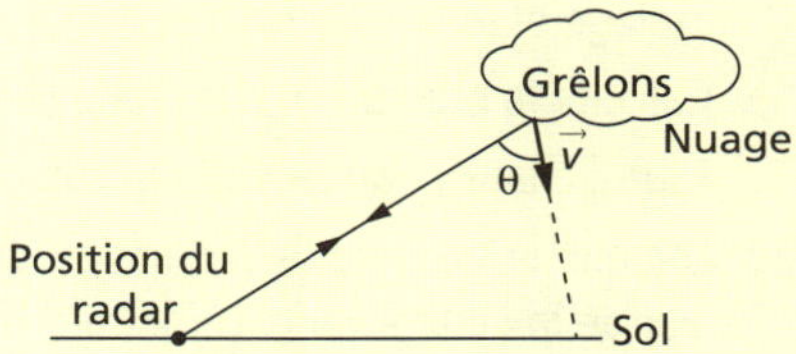

Figure 4. Orientation du radar météorologique

5. À quelle distance du radar se trouve le début de la zone de précipitations ?

6. Représenter, sans souci d'échelle, l'allure du signal reçu lorsque le radar émet l'onde dans la direction 1 indiquée sur la Figure 3.

La réflectivité Z est la grandeur caractérisant la puissance retournée au radar météorologique lorsque l'onde électromagnétique émise rencontre des précipitations.

Du fait de la grande variabilité de Z, on préfère utiliser la grandeur R_{dBZ} (réflectivité en dB) définie par la relation suivante :

$$R_{dBz} = 10\log\frac{Z}{Z_0}$$ où Z_0 est la réflectivité de référence.

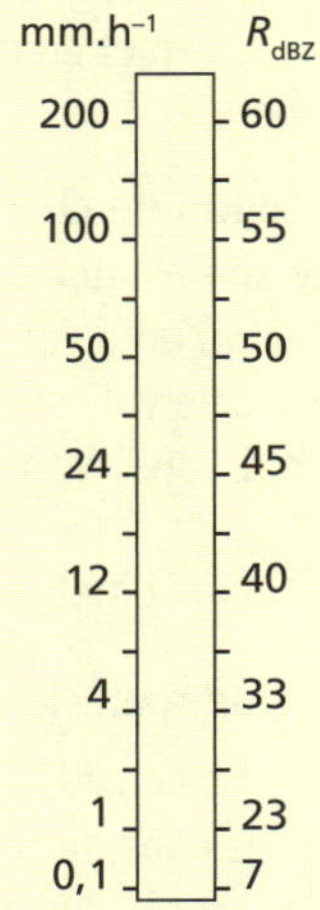

L'échelle ci-contre donne la correspondance entre R_{dBZ}, exprimé en dB, et l'intensité des précipitations.

Le radar météorologique mesure une réflectivité maximale $Z = 10^5 \times Z_0$ en bord de piste.

7. Estimer l'intensité des précipitations.

L'onde électromagnétique émise par le radar a une fréquence $f_{émise}$. La fréquence $f_{reçue}$ de l'onde réfléchie vers l'émetteur dépend de la vitesse de chute des hydrométéores (goutte de pluie, grêlon...).

Lorsque l'angle entre la direction dans laquelle le radar émet l'onde et la direction de chute des hydrométéores vaut θ (Figure 4), le décalage en fréquence Δf s'exprime par la relation suivante :

$$\Delta f = |f_{reçue} - f_{émise}| = \frac{2v\cos\theta}{c} \times f_{émise}$$

avec v vitesse des hydrométéores par rapport au radar et c la célérité de l'onde électromagnétique.

Pour θ = 60°, le radar mesure un décalage Doppler $\Delta f = +200$ Hz en bord de piste.

La vitesse d'un grêlon (supposé sphérique) dépend de son diamètre d selon la relation :

$$v = \sqrt{k \times \frac{d}{2}} \text{ avec } k = 3{,}8 \times 10^4 \text{ m.s}^{-2}.$$

8. Expliquer en quelques lignes en quoi consiste l'effet Doppler dans ce cas.

9. Calculer le diamètre des grêlons.

Régulation de température dans un avion de ligne

Pour assurer un confort satisfaisant à l'intérieur de l'avion, le cahier des charges d'un Airbus A340 impose le maintien, en altitude de croisière, dans la cabine transportant 250 passagers, d'une température $T_{INT} = 293\ K$, alors qu'*à l*'extérieur l'atmosphère est à la température $T_A = 220\ K$.
Chaque passager, assis et calme, dégage une puissance thermique de 70 W.

10. La résistance thermique du fuselage de l'avion est estimée à $R_{th} = 7{,}3 \times 10^{-3}$ K.W^{-1}. Rappeler la relation entre la température intérieure, la température extérieure, la résistance thermique du fuselage et le flux thermique à travers le fuselage $P_{th,fus}$. Calculer ce flux thermique.

11. Calculer la puissance thermique totale $P_{th,pass}$ dégagée par l'ensemble des passagers.

12. Faut-il chauffer ou refroidir la cabine pour la maintenir à température constante ?

13. Lorsque le système de régulation de la température est à l'arrêt, la température de l'air à l'intérieur de la cabine varie. Le premier principe de la thermodynamique appliqué à l'air de la cabine (masse volumique ρ, volume V_{cab}, capacité thermique c_{air}) entre deux instants proches t et $t + \mathrm{d}t$ s'écrit :

$$\rho V_{cab} c_{air} \mathrm{d}T = -P_{th,fus} \mathrm{d}t + P_{th,pass} \mathrm{d}t.$$

Dans le bilan ci-dessus :

a) identifier le terme correspondant à la variation d'énergie du système.

b) identifier les termes correspondants aux transferts d'énergie avec l'extérieur et justifier leur signe.

c) à l'instant $t_0 = 0$ s, le système de régulation s'éteint, la température de la cabine est $T_{INT} = 293$ K à cet instant. Établir l'expression de la température au cours du temps.

d) il se remet en route lorsque la température de la cabine s'est écartée de 1 degré de la valeur $T_{INT} = 293$ K. Calculer la durée t_1 au bout de laquelle le système de régulation de la température se remet en marche.

Données : $\rho = 1{,}3$ kg.m^{-3} ; $c_{air} = 1$ kJ.K^{-1}.kg^{-1} ; $V_{cab} = 2\,500$ m^3.

L'avion de chasse

Le son est une onde qui se propage dans l'atmosphère avec une célérité c (vitesse de propagation). Lorsqu'un avion vole à une vitesse $v < c$ on dit que le vol est subsonique, dans le cas contraire où $v > c$, le vol est dit supersonique. Lorsqu'un avion passe d'un régime à l'autre à une altitude donnée, on dit qu'il franchit le « mur du son ».

14. On admet la relation $c = \sqrt{\dfrac{P\gamma}{\rho}}$ où P est la pression de l'air, ρ sa masse volumique et γ un coefficient sans dimension égal à 1,4. Vérifier l'homogénéité de la relation.

15. En considérant l'air comme un gaz parfait, donner l'expression de c en fonction de R constante des gaz parfaits, T la température, M la masse molaire de l'air et γ.

Calculer la vitesse du son au niveau du sol ($T_0 = 290$ K).

Données : $M = 29$ g.mol^{-1} et $R = 8{,}31$ J.K^{-1}.mol^{-1}.

16. On admet que la température dans l'atmosphère décroit avec l'altitude selon la loi :

$$T(z) = T_0(1 - az) \text{ avec } a = 3{,}4 \times 10^{-5}\ \mathrm{m}^{-1}$$

Tracer l'allure de la courbe $c(z)$.

17. Un avion se déplace à la vitesse $v = 1\,200$ km.h^{-1} à une altitude $z = 10$ km. Il amorce une descente à vitesse constante. À quelle altitude z_{MS} franchit-il le mur du son ? On attend d'abord une détermination graphique puis une détermination plus précise par le calcul.

SUJET DU BAC *(Énoncés p.212)*

Exercice 1

Partie 1

1. Loi de Beer-Lambert : $A = \varepsilon(\lambda) \times l \times c$ où c est la concentration de l'espèce qui absorbe le rayonnement (en mol.L^{-1}), l la longueur de la cuve (l = 1 cm en général) et $\varepsilon(\lambda)$ le coefficient d'extinction molaire qui dépend de la longueur d'onde (ε en mol^{-1}.L.cm^{-1}).
Domaine de validité de la loi de **Beer-Lambert** : solution diluée ($C < 10^{-2}$ mol.L^{-1}) et limpide.

2. Cette courbe est un spectre d'absorption. On choisit de travailler à la longueur d'onde du maximum d'absorption du vert malachite, pour avoir la meilleure sensibilité (la variation de l'absorbance sera d'autant plus grande, quand la concentration varie, que le coefficient ε est grand). On choisira ici λ_o = 620 nm.

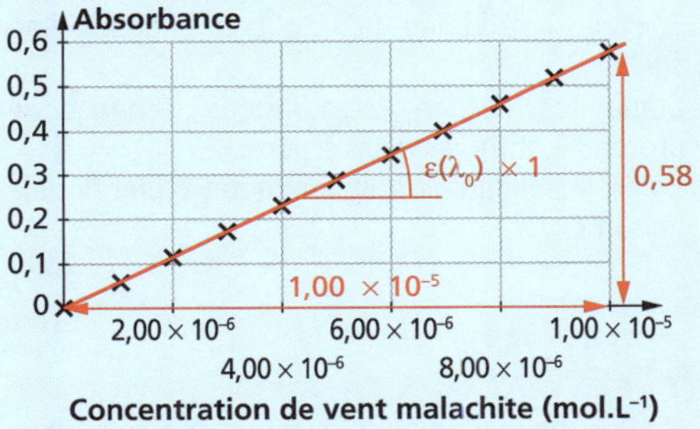

3.a) Par dilution il y a conservation de la quantité de matière du vert malachite :

$$C_M\,V_M = C_F\,V_F \text{ donc } V_M = \frac{1{,}00\times10^{-6}}{1{,}00\times10^{-5}} = 5{,}0 \text{ mL.}$$

Protocole : prélever 5,0 mL de solution mère avec une pipette jaugée de 5 mL, les placer dans une fiole jaugée de 50,0 mL. Ajouter de l'eau distillée avec une pissette jusqu'à mi-hauteur de la fiole jaugée, agiter pour homogénéiser puis compléter précisément jusqu'au trait de jauge.

3. b) La courbe $A = f(c)$ est une droite passant par l'origine, la loi de Beer-Lambert est bien vérifiée. Le coefficient directeur de la droite est égal à $\varepsilon(\lambda_o) \times l$, il vaut :

$$\frac{0{,}58}{1{,}00\times10^{-5}} = 5{,}80 \times 10^4 \text{ L.mol}^{-1}$$

donc $\varepsilon(\lambda_o) = 5{,}80 \times 10^4$ mol^{-1}.L.cm^{-1}.

Partie 2

1. $v_d = k[M^+]$.

2. $v_d = -\dfrac{d[M^+]}{dt}$.

3. Comme $v_d = -\dfrac{d[M^+]}{dt}$ on en déduit **l'équation différentielle** vérifiée par $[M^+]$:

$$-\frac{d[M^+]}{dt} = k[M^+] \leftrightarrow \frac{d[M^+]}{dt} + k.[M^+] = 0$$

$[M^+] = [M^+]_0\, e^{-k.t}$, $[M^+]_0$ concentration de M^+ à l'instant t = 0.

4. $[M^+]_o = \dfrac{C_1V_1}{V_{tot}} = \dfrac{7{,}50\times10^{-5}\times20}{20+80}$

ce qui donne $\left[M^+_{aq}\right]_o = 1{,}50 \times 10^{-5}$ mol.L^{-1}.

5. $[M^-] = [M^+]_0 \times e^{-kt} \Rightarrow \ln\dfrac{[M^+]}{[M^+]_0} = -k \times t$:

on trace $\ln\dfrac{[M^+]}{[M^+]_0}$ en fonction du temps : si l'on obtient une droite passant par l'origine, les résultats expérimentaux sont en accord avec un ordre 1 par rapport à M^+.

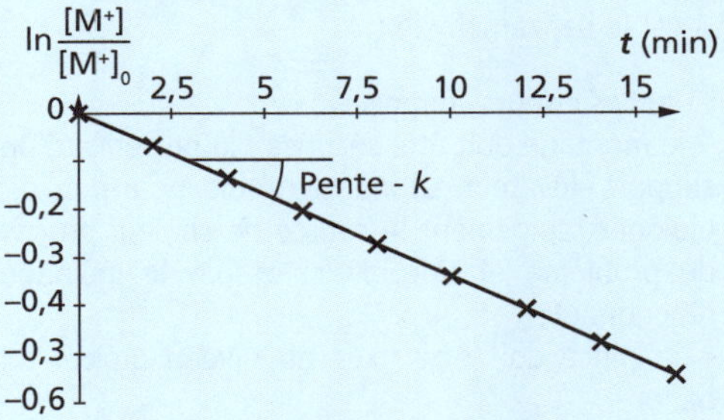

6. Les points semblent alignés, la régression linéaire sur la calculatrice donne l'équation de la droite : $y = -0{,}0340t - 0{,}0005$.
Le coefficient de corrélation est $R^2 = 0{,}9999$:
la modélisation par une droite est excellente.
$k = 0{,}0340$ min^{-1}.

7. La flèche part du doublet non liant de HO^- et arrive sur le carbone, centre déficient en électrons.

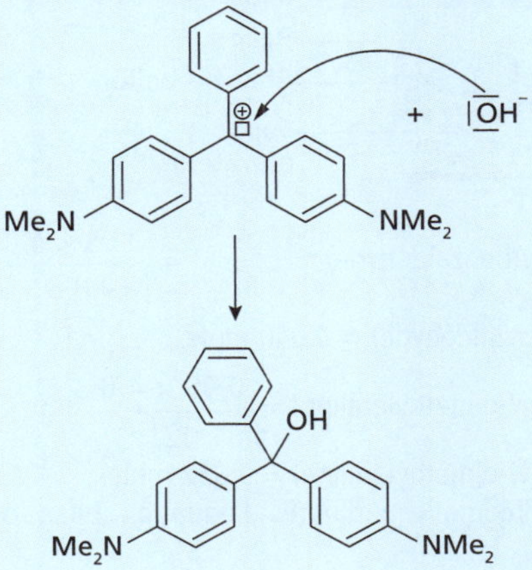

Exercice 2

1.a)

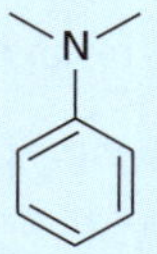

B

b) B possède une fonction amine.

c) $n_I = \dfrac{2\times7+2-6}{2} = 5$.

C'est un nombre d'insaturation très élevé avec seulement 7 atomes de carbones, on peut penser que A contient un cycle aromatique (qui compte pour 4 insaturations).

d) On observe une bande dans la zone 1 500-1 600 m^{-1} qui peut correspondre aux vibrations d'élongations C=C du cycle aromatique. La dernière insaturation peut correspondre à C=O d'un aldéhyde : on retrouve bien le signal intense caractéristique à 1 700 cm^{-1}.

A est le benzaldéhyde : 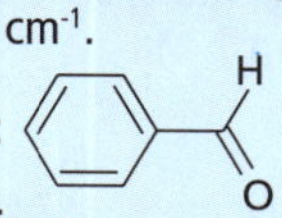

2. a) Les erreurs commises :

– le montage doit être sécurisé : la présence d'un support élévateur est indispensable, pour pouvoir éloigner rapidement la source de chaleur en cas de problème et refroidir si besoin le mélange réactionnel ;

– la pince doit être fixée au niveau du col du ballon

– le réfrigérant doit être alimenté en eau du bas vers le haut pour être efficace

Le montage corrigé est représenté ci-dessous.

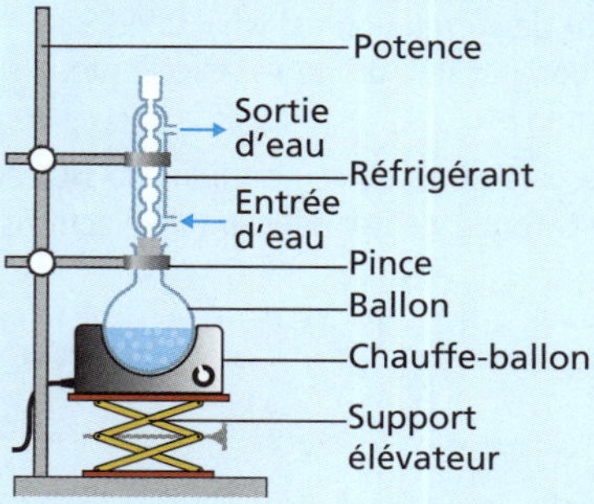

b) $n(\text{benzaldéhyde}) = \dfrac{\rho V}{M} = \dfrac{1{,}05 \times 4{,}0}{106}$ soit

n(benzaldéhyde) = 0,040 mole.

$n(\text{N,N-diméthylaniline}) = \dfrac{0{,}96 \times 4{,}0}{121}$ soit

n(N,N-diméthylaniline) = 0,032 mole.

Commentaire : d'après l'équation bilan de la réaction, les réactifs seraient en proportions stoechiométriques si :

n(N,N-diméthylaniline) = 2.n(benzaldéhyde).

Ce n'est pas vérifié ici, le benzaldéhyde est en large excès (probablement parce qu'il faut déplacer l'équilibre dans le sens de la formation du produit).

c) Le chlorure de zinc n'apparaît pas dans l'équation bilan, il doit s'agir d'un catalyseur de la réaction.

d) Le réactif limitant est la N,N-diméthylaniline. On peut obtenir au maximum

$n(\text{produit})_{max} = \dfrac{n(\text{N,N}-\text{diméthylaniline})}{2}$ donc

$n(\text{produit})_{max} = 0{,}016$ mole.

Le rendement de 0,90 correspond à :

$r = \dfrac{n(\text{produit})}{n(\text{produit})\text{max}} = \dfrac{\frac{m}{329}}{0{,}016}$ ce qui donnerait une masse de P de 4,7 g.

3. Étape 1 : addition de RMgCl sur la double liaison C=O.

Étape 3 : réaction acido-basique (échange de proton H^+ entre les deux espèces).

Étape 4 : élimination et formation d'une double liaison C=C.

Exercice 3

1. Le système étudié est l'avion de masse M dans le référentiel terrestre supposé galiléen. De B à C les moteurs sont coupés, la seule force qui s'exerce sur l'avion est son poids : $\vec{P} = M\vec{g} = -Mg\overrightarrow{u_z}$.

On néglige l'action de l'air sur l'avion (hypothèse de l'énoncé).

La seconde loi de Newton s'écrit :

$$\vec{P} = M\times\vec{a} = M\left(a_x\overrightarrow{u_x} + a_y\overrightarrow{u_y} + a_z\overrightarrow{u_z}\right).$$

On connaît ainsi les coordonnées du vecteur accélération :

$$\vec{a}\begin{pmatrix} 0 \\ 0 \\ -g \end{pmatrix}$$

En primitivant et en tenant compte de la vitesse initiale de l'avion (en B à l'instant $t = 0$: ($\overrightarrow{v_B} = v_0\cos\alpha\overrightarrow{u_x} + v_0\sin\alpha\overrightarrow{u_z}$)), on obtient :

$$\vec{v}\begin{pmatrix} v_0\cos\alpha \\ 0 \\ -gt + v_0\sin\alpha \end{pmatrix}$$

Pour connaître les coordonnées de l'avion, on primitive une nouvelle fois :

$$\overrightarrow{OG}\begin{pmatrix} v_0\cos\alpha t + x_B \\ y_B \\ -\frac{1}{2}gt^2 + v_0\sin\alpha t + z_B \end{pmatrix}$$

2. La coordonnée y est constamment nulle, ce qui signifie que le mouvement est plan : il s'effectue dans le plan $(O,\overrightarrow{u_x},\overrightarrow{u_z})$.

3. De l'équation $x(t)$, on tire $t = \frac{x - x_B}{v_0\cos\alpha}$ que l'on substitue dans $z(t)$.

On obtient :

$$z = -\frac{1}{2}g\left(\frac{x - x_B}{v_0\cos\alpha}\right)^2 + v_0\sin\alpha\frac{x - x_B}{v_0\cos\alpha} + z_B$$

4. On remarque que :

$$z_B = z_C = z(t_{BSC}) = -\frac{1}{2}gt_{BSC}{}^2 + v_0\sin\alpha t_{BSC} + z_B$$

Soit $(-\frac{1}{2}gt_{BSC} + v_0\sin\alpha)t_{BSC} = 0$.

La condition est vérifiée pour $t = 0$ et pour

$$t_{BSC} = \frac{2v_0}{g}\sin\alpha$$

$$t_{BSC} = \frac{2 \times 180}{9{,}8}\sin 45 = 26 \text{ s}$$

5. L'onde électromagnétique émise par le radar effectue l'aller-retour à la célérité c jusqu'au nuage situé à une distance D.

On peut écrire ici :

$$c = \frac{d}{\Delta t} = \frac{2 \times D}{\tau_R} \Leftrightarrow D = \frac{c \times \tau_R}{2}.$$

$$D = \frac{3{,}00 \times 10^8 \times 5{,}0 \times 10^{-6}}{2} = \mathbf{7{,}5 \times 10^2\ m.}$$

6. La zone de précipitation est plus proche : le retard est donc moins important. L'amplitude est la même car le nuage est aussi « foncé » dans la direction 1 que la direction 2 et l'écart entre les salves est identique.

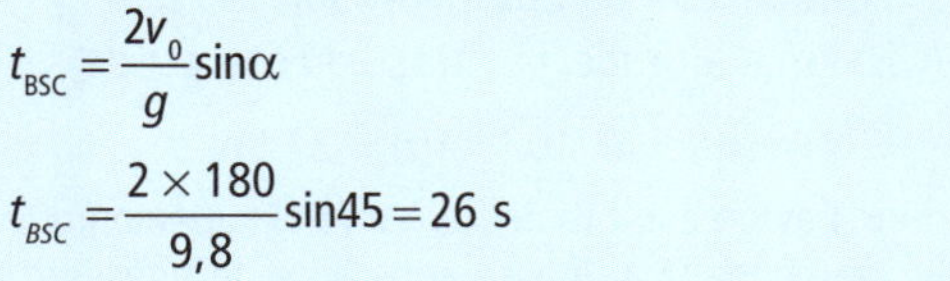

7. Pour déterminer l'intensité des précipitations, il faut déterminer la grandeur R_{dBz} :

Le radar mesure une réflectivité $Z = 10^5 \times Z_0$ et

$$R_{dBz} = 10\log\frac{Z}{Z_0}.$$

Ainsi $R_{dBz} = 10\log\frac{10^5 \times Z_0}{Z_0} = 10\log(10^5) = \mathbf{50\ dB.}$

En utilisant l'échelle, on trouve une intensité des précipitations de **50 mm.h⁻¹**.

8. On observe un effet Doppler lorsqu'une onde est émise par une source en mouvement relatif par rapport au récepteur. Dans le cas des précipitations l'onde émise par le radar est reçue par l'hydrométéore en mouvement puis ré-émise car réfléchie vers le radar qui devient alors récepteur. La source de l'onde en mouvement relatif entrainant un effet Doppler est l'hydrométéore, pas le radar.

9. $v = \sqrt{k \times \frac{d}{2}} \leftrightarrow v^2 = k \times \frac{d}{2}$

$$d = \frac{2 \times v^2}{k}$$

k étant connu, il nous faut donc l'expression de v à partir de la relation de l'effet Doppler :

$$\Delta f = |f_{reçue} - f_{émise}| = \frac{2 \times v \times \cos\theta}{c} \times f_{émise}$$

donc $v = \frac{\Delta f \times c}{2 \times \cos\theta \times f_{émise}}$

Ainsi $d = \frac{2}{k} \times \left(\frac{\Delta f \times c}{2 \times \cos\theta \times f_{émise}}\right)$

$$= \frac{2}{3{,}8 \times 10^4} \times \left(\frac{200 \times 3{,}00 \times 10^8}{2 \times \cos 60° \times 3{,}0 \times 10^9}\right)$$

$= 0{,}021$ m $= 2{,}1$ cm

10. La relation entre flux thermique, différence de température et résistance thermique est :

$$P_{th,fus} = \frac{T_1 - T_2}{R_{th}} = \frac{293 - 220}{7{,}3 \times 10^{-3}} = 10 \times 10^4 \text{ W}.$$

11. La puissance thermique dégagée par les 250 passagers est :

$$P_{th,pass} = 250 \times 70 = 1{,}8 \times 10^4 \text{ W}.$$

12. La puissance thermique dégagée par les passagers est supérieure à la puissance thermique perdue via le fuselage : il est donc nécessaire de refroidir la cabine.

13. a) Le terme correspondant à la variation d'énergie de la cabine est $\rho V_{cab} c_{air} dT$.

b) Les termes correspondants aux échanges thermiques sont $-P_{th,fus}dt$ *et* $P_{th,pass}dt$. L'un est compté positivement ($P_{th,pass}$) car il s'agit d'énergie effectivement reçue par la cabine (de la part des passagers) et l'autre négativement car il s'agit d'énergie perdue par la cabine.

c) L'expression donnée est valable et s'écrit :

$$\rho V_{cab} c_{air}\frac{dT}{dt} = -P_{th,fus} + P_{th,pass}$$

soit $\frac{dT}{dt} = \frac{(-P_{th,fus} + P_{th,pass})}{\rho V_{cab} c_{air}}$.

En intégrant entre l'instant initial $t_0 = 0$ s et l'instant t quelconque on obtient :

$$T(t) = T(t_0) + \frac{(-P_{\text{th,fus}} + P_{\text{th,pass}})}{\rho V_{\text{cab}} c_{\text{air}}} t$$

avec $T(t_0) = T_{\text{INT}} = 293$ K.

d) Pour l'instant t_1 recherché (correspondant à 1 degré de plus dans la cabine car elle se réchauffe), on a :

$$T(t_1) - T(t_0) = \frac{(-P_{\text{th,fus}} + P_{\text{th,pass}})}{\rho V_{\text{cab}} c_{\text{air}}} t_1 \text{ soit}$$

$$t_1 = \frac{(\rho V_{\text{cab}} c_{\text{air}})(T(t_1) - T(t_0))}{(-P_{\text{th,fus}} + P_{\text{th,pass}})} = 433 \text{ s soit environ}$$

7 minutes.

14. Déterminer l'unité de P :
$PV = nRT$ => n en mol ; R en J.mol^{-1}.K^{-1} et T en K donc PV en J => P en J.m^{-3}.
Montrer que 1 J = 1 kg.m^2.s^{-2}

$$E_c = \frac{1}{2} m v^2$$

E_c en J ; m en kg et v^2 en (m.s^{-1})^2.

$\sqrt{\frac{P\gamma}{\rho}}$; P en kg.m^2.s^{-2}.m^{-3} et ρ en kg.m^{-3} $\Rightarrow \sqrt{\frac{P\gamma}{\rho}}$ est en m.s^{-1}, c'est bien l'unité d'une vitesse comme la célérité c.

15. D'après la loi des gaz parfaits on a $P = \frac{nRT}{V}$

d'où $c = \sqrt{\frac{nRT\gamma}{\rho V}} = \sqrt{\frac{nRT\gamma}{m}} = \sqrt{\frac{RT\gamma}{M}}$

avec $M = 29 \times 10^{-3}$ kg.mol^{-1} on trouve $c = 341$ m.s^{-1}.

16. En remplaçant, on obtient :

$$c = \sqrt{\frac{RT_0(1-az)\gamma}{M}} = \sqrt{\frac{RT_0\gamma}{M}}\sqrt{1-az} = c_0\sqrt{1-az}\,.$$

Tracé de la courbe $C = f(z)$:

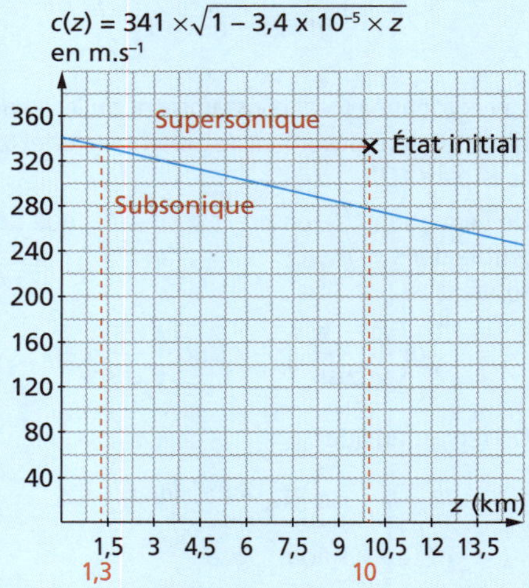

17. L'avion vole à 1 200 km.h^{-1} soit 333 m.s^{-1}.
À 10 km d'altitude, la vitesse du son est de :

$$c = 341 \times \sqrt{1 - 3{,}4 \times 10^{-5} \times 10^4} = 277 \text{ m.s}^{-1}$$

donc l'avion est initialement en vol supersonique. En descendant à vitesse constante, la vitesse du son augmentant, il franchira le mur du son à l'altitude pour laquelle $c = 333$ m.s^{-1}.
On lit graphiquement $z \approx 1{,}3$ km.

On obtient par le calcul :

$$z = \frac{1}{a}\left(1 - \left(\frac{c}{c_0}\right)^2\right) = 1\,364 \text{ m.}$$

Annales du Bac Le Grand Oral

Vous trouverez pages 5 à 8 de cet ouvrage le descriptif précis de l'épreuve du Grand Oral et des conseils pour vous y préparer au mieux. Nous vous proposons ici 3 questions modèles et des exemples de traitement correspondant aux deux premières parties de l'épreuve : votre exposé de 5 minutes et l'échange avec le jury de 10 minutes. La troisième partie de l'épreuve qui consiste en un échange de 5 minutes avec le jury autour de votre projet d'orientation relève d'une préparation personnelle propre à chaque candidat.

QUESTION 1 Verra-t-on un Homme marcher sur Mars dans les prochaines décennies ?

PREMIÈRE PARTIE Votre exposé — 10 min

Les raisons de mon choix — 2 min

- Je suis passionné(e) par le domaine des conquêtes spatiales, j'ai suivi le séjour de Thomas Pesquet dans l'ISS avec grand intérêt.
- J'ai souhaité comprendre les défis technologiques qui accompagnent les projets de mission habitée vers la planète Mars.

Mon développement — 6 min

- Le voyage entre la Terre et Mars est possible puisque des missions non habitées ont déjà été menées avec succès. Il dure environ 6 à 7 mois.
- Il faut prendre en compte toutes les forces gravitationnelles (exercées par la Terre, le Soleil et Mars) pour envisager la trajectoire suivie par le vaisseau spatial.
- Un des enjeux majeurs pour le voyage et l'installation des astronautes est la production de dioxygène. On peut envisager une électrolyse de l'eau à l'aide de l'énergie rayonnée par le Soleil.
- La planète Mars n'étant pas très accueillante (température, atmosphère riche en CO_2, absence de protection contre les rayonnements U.V. ...) de nombreuses questions restent à régler.

Ma réponse à la question — 2 min

C'est le prochain défi spatial après la conquête de la Lune, l'Homme sur Mars est encore un projet fou sur lequel de nombreuses agences spatiales travaillent.

DEUXIÈME PARTIE Échange avec le jury — 10 min

Questions possibles du jury

- Comment faire passer un objet de l'orbite terrestre à une orbite martienne ?
- Quelles lois régissent le mouvement des objets célestes autour des planètes et des étoiles ?
- Décrire la production d'oxygène par électrolyse. Quel sous-produit obtient-on et d'où vient l'eau nécessaire à la réaction ?

QUESTION 2 Quelles sont les caractéristiques des procédés industriels de stérilisation des aliments ?

PREMIÈRE PARTIE Votre exposé — 10 min

Les raisons de mon choix — 2 min

- Je suis intéressé(e) par le domaine de la sécurité alimentaire.
- La réponse à cette question implique la résolution d'équations mathématiques et l'utilisation des fonctions exponentielle et logarithme népérien.

Mon développement (6 min)

- La dégradation des vitamines et des germes lors d'un processus de stérilisation suit une cinétique d'ordre 1. Les concentrations évoluent selon des lois de type $c = c_0.\exp(-kt)$.
- Pour détruire 99,99 % des germes à 100°C, il faut chauffer pendant $t = \frac{1}{k_{germe} \times \ln(10^{-4})}$, la durée obtenue entraîne souvent la destruction de toutes les vitamines.
- Les constantes de vitesse des réactions dépendent de la température et ne varient pas de la même façon en fonction de la réaction étudiée (dépendance de k en fonction de la température en $\exp\left(-\frac{A}{T}\right)$, A dépendant du réactif.
- En augmentant la température, il est possible d'augmenter beaucoup plus la constante de vitesse de dégradation des germes que celle de dégradation des vitamines.

Ma réponse à la question (2 min)

Le procédé UHT permet en chauffant plus mais moins longtemps de détruire la totalité des germes tout en laissant des vitamines.

DEUXIÈME PARTIE Échange avec le jury (10 min)

Questions possibles du jury

- Établir l'équation différentielle vérifiée par la concentration en germe dans le milieu.
- Quelle(s) autre(s) procédés industriels utilisés dans l'industrie alimentaire connaissez-vous et quels sont leur(s) but(s) ?

QUESTION 3 Quelles actions peut-on envisager pour limiter la quantité de CO_2 ?

PREMIÈRE PARTIE Votre exposé (10 min)

Les raisons de mon choix (2 min)

- Je suis impliqué(e) dans le mouvement pour la planète.
- Les changements climatiques dus aux émissions de gaz à effet de serre commencent à être visibles, il est nécessaire d'agir.
- J'ai souhaité comprendre comment il était possible de ralentir le réchauffement climatique.

Mon développement (6 min)

- Des méthodes de stockage du CO_2 sont à l'étude.
- L'utilisation du CO_2 comme ressource renouvelable d'énergie : la réduction chimique du dioxyde de carbone en méthanol par exemple (utilisé ensuite dans une pile à combustible).
- La réduction du dioxyde de carbone nécessite de l'énergie qui doit être une énergie verte pour que le gain en CO_2 soit réel : développement des énergies solaires, éoliennes…
- Limitation des émissions.
- Augmentation de production de la biomasse grâce au CO_2 : problème de la disponibilité des terres agricoles.

Ma réponse à la question (2 min)

Il est possible d'agir, la recherche avance pour élaborer des processus permettant de piéger le CO_2 mais cela doit s'accompagner d'une action citoyenne visant à limiter les émissions.

DEUXIÈME PARTIE Échange avec le jury (10 min)

Questions possibles du jury

- Qu'est-ce qu'une pile à combustible ?
- Quel est le principe physique de la production d'énergie dans les fermes solaires ?
- Quelles stratégies de stockage du carbone connaissez-vous ?

SVT

(Sciences de la Vie et de la Terre)

Définition de l'épreuve

L'épreuve comporte **deux parties** : une **partie écrite**, comptant pour 15 points et une **partie pratique** avec évaluation des compétences expérimentales, comptant pour 5 points. La note globale de l'épreuve est donnée sur 20 points.

Épreuve écrite	3 h 30
Épreuve pratique	1 heure
Coefficient	16

L'épreuve écrite

Description de l'épreuve

- L'épreuve est constituée de **deux exercices**.
- **Exercice 1** (noté sur 6 ou 7 points) : le candidat rédige **un texte argumenté** répondant à la question scientifique posée. Le questionnement peut être accompagné d'un ou plusieurs documents. L'exercice permet :
– de mobiliser des connaissances,
– les organiser,
– les exposer avec le vocabulaire scientifique approprié.
L'exposé s'appuie sur les expériences, les observations, les exemples éventuellement issus du ou des documents proposés dans le sujet.
- **Exercice 2** (noté sur 8 ou 9 points) : le candidat doit développer un raisonnement scientifique pour **résoudre un problème** posé.
Le questionnement amène le candidat à :
– choisir une démarche de résolution
– l'exposer ;
– analyser les documents fournis et intégrer leur analyse ;
– structurer et rédiger correctement un raisonnement.

L'épreuve pratique

- L'évaluation des compétences expérimentales se déroule **au cours du troisième trimestre** pendant la période de l'épreuve écrite de spécialité.
Dans cette épreuve, le candidat doit mettre en œuvre un protocole pour résoudre une situation-problème présentée par le sujet, à partir d'une stratégie qu'il propose ou imposée par le sujet selon les cas.
Il doit ensuite communiquer et exploiter ses résultats pour amorcer une réponse au problème.
La prise en compte de ses propres résultats et des ressources complémentaires fournies au cours de l'épreuve permet ensuite au candidat de rédiger une conclusion finale répondant au problème posé.
- Le calcul de la note se fait sur 20 points ramenée à une note sur **5 points** pour compléter la note de l'épreuve écrite sur 15.
- Le candidat **tire un sujet au sort.**

Le Grand Oral

Vous trouverez le descriptif général de l'épreuve et des conseils, pages 5 a 8, et des sujets types à la fin de cette partie.

L'épreuve orale de rattrapage

Le candidat tire au sort un sujet comportant deux questions, portant sur deux thématiques différentes de l'ensemble du programme et doit traiter les deux questions.

Durée	20 minutes
Préparation	20 minutes

IMPORTANT ! Les thématiques des sujets portent sur le programme de terminale et les compétences mobilisées sont celles du cycle terminal (classe de 1re et classe de Terminale).

Méthodologies pour l'écrit et la pratique

• Analyser un document ou une expérience en SVT

L'analyse d'un document ou d'une expérience doit comporter :
- des **observations,** c'est-à-dire « ce que j'observe » : valeurs chiffrées, comparaison au témoin ...) ;
- des **apports de connaissances,** c'est-à-dire « ce que je sais » : il s'agit d'apporter les connaissances ou éléments nécessaires à la compréhension et à l'interprétation des observations ;
- une **conclusion,** c'est-à-dire « ce que je déduis » de la mise en relation de mes connaissances avec l'apport du ou des documents pour répondre au problème posé : il est important de bien faire le lien avec le sujet dans la conclusion de l'analyse.

Il n'est pas nécessaire d'utiliser exactement et de façon répétitive les expressions « j'observe que », « je sais que » et « j'en déduis que » dans la copie : c'est le principe de la démarche qui est important (partir d'observations interprétées à la lumière de connaissances pour aboutir à une conclusion en lien avec le sujet).

Attention à **ne pas paraphraser les documents :** cela n'est pas une analyse. Vous pouvez néanmoins citer des extraits des documents entre guillemets. De plus, **il ne faut pas chercher à « tout dire » sur un document :** il faut extraire uniquement les informations pertinentes, en lien avec le sujet.

Il est aussi possible d'utiliser les données d'un même document à deux moments dans la copie, car l'analyse n'apporte alors pas les mêmes informations.

• Présenter les résultats lors de l'épreuve pratique de SVT

Liste non exhaustive des modes de présentation des résultats possibles en fonction de leur nature :

Type de résultats	Valeurs chiffrées	Observations microscopiques	Image anatomique ou modélisation 3D obtenues par un logiciel	Changement de couleur d'un réactif, formation d'un précipité
Mode de(s) présentation possible(s)	Tableau/ Graphique	– Dessin d'observation – Schéma d'observation – Photo annotée grâce à un logiciel	Capture d'écran annotée grâce à un logiciel	– Tableau – Schéma

Un simple texte n'est en aucun cas une forme de réponse satisfaisante. Si la réponse ne comporte pas au moins un schéma, un tableau, etc., des points seront assurément perdus.

De plus, n'oubliez pas de donner un titre au document que vous produisez ainsi que d'indiquer les unités dès qu'il y a des valeurs.

1 Divisions cellulaires et génotypes individuels

La **mitose** est une reproduction conforme qui permet de multiplier et renouveler les cellules. Au cours de la reproduction sexuée chez les espèces **diploïdes**, les **gamètes haploïdes** sont produits grâce à la **méiose**. Les dommages subis par l'ADN, tout comme les erreurs au cours de sa réplication ou lors des divisions, peuvent être transmis à la descendance de la cellule ou de l'individu.

1 Stabilité génétique et évolution clonale

A. Mitose et stabilité génétique des cellules

■ À partir d'une cellule, la succession de mitoses produit un **clone**, c'est-à-dire un ensemble de cellules, toutes génétiquement identiques.

Ex. : Lors de la réponse immunitaire, un lymphocyte B capable de reconnaître un antigène spécifique sera sélectionné. Ainsi stimulé, il produira par mitoses successives un clone de plasmocytes produisant tous les mêmes anticorps circulants, capables de neutraliser les antigènes.

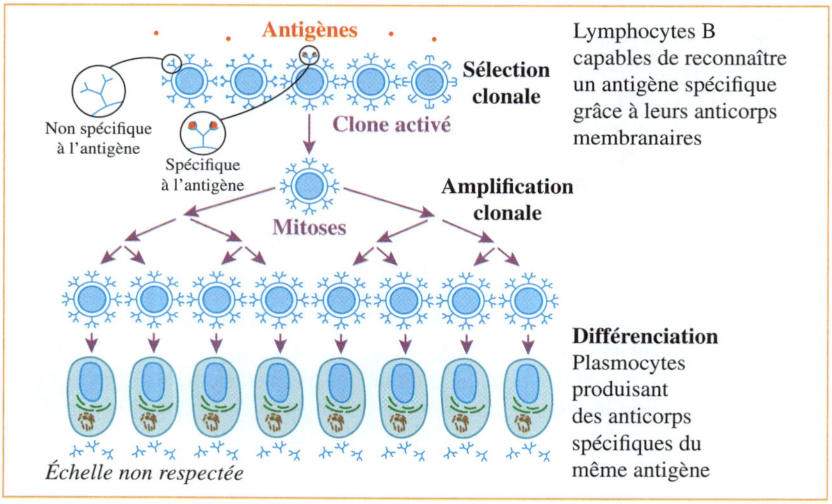

Figure 1 *Exemple de production d'un clone*

Ce schéma présente les cellules sanguines sécrétrices d'anticorps au cours de la réponse immunitaire adaptative. Les cellules immunitaires sont un exemple de « cellules séparées » car elles ne forment pas un tissu solide mais peuvent circuler.

B. Diversité génétique au sein des clones

■ Avant chaque division cellulaire, des erreurs de **réplication** peuvent survenir malgré l'existence de mécanismes de vérification et de réparation de l'ADN. Une cellule dans laquelle apparaît une mutation la transmet ensuite à toute sa descendance par mitoses.

■ Ainsi, toutes les cellules d'un clone sont identiques… aux **mutations** près ! Celles-ci ne sont pas rares mais elles ne sont pas toutes suivies de conséquences.

■ Lorsqu'une cellule subit une mutation dans un gène impliqué dans le contrôle des divisions cellulaires, cette cellule peut être à l'origine d'une **tumeur**. L'accumulation de ce type de mutations dans les sous-clones successifs peut conduire à l'apparition d'un **cancer**.

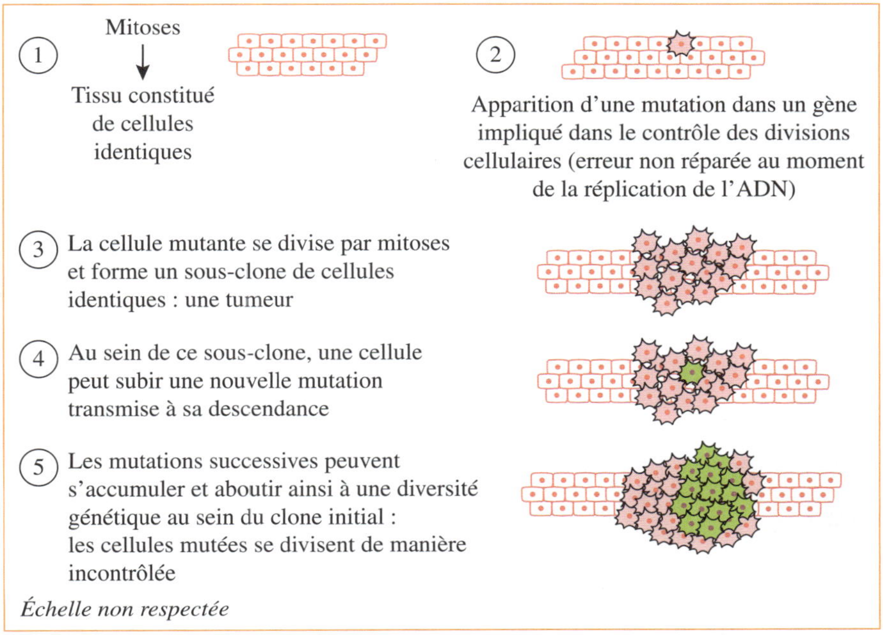

Figure 2 *Premiers stades de l'apparition d'un cancer dans un tissu solide (où les cellules sont associées de façon stable)*

■ Des cassures des deux brins de l'ADN peuvent entraîner la perte d'un fragment de **chromosome** et donc de **gènes** dans une cellule. Ces accidents génétiques sont irréversibles : toutes les cellules du sous-clone seront affectées.

■ Toutes les erreurs affectant l'ADN ne sont pas néfastes. Les mutations (**insertion**, **délétion**, **substitution**) sont des variations de la séquence d'un gène qui peuvent également conduire à l'existence de nouveaux **allèles.** Les mutations contribuent à la diversité génétique au sein d'une espèce, à condition d'affecter des cellules de la **lignée germinale**, à l'origine des gamètes.

2 Brassage des génomes au cours de la reproduction sexuée

A. Stabilité du caryotype de génération en génération

■ Chez les espèces diploïdes, la méiose mène à la production des gamètes. Elle conduit à la formation de quatre cellules haploïdes, qui ne contiennent plus que la moitié des chromosomes de la cellule diploïde initiale (un chromosome de chaque paire).

■ La **fécondation** réunit les génomes de deux gamètes haploïdes pour former la première cellule diploïde d'un nouvel individu appelée **zygote**.

■ L'alternance entre méiose et fécondation, au fil des générations, permet de garantir la stabilité du **caryotype**, c'est-à-dire le maintien du nombre de chromosomes caractéristique de l'espèce, tout en assurant un brassage génétique.

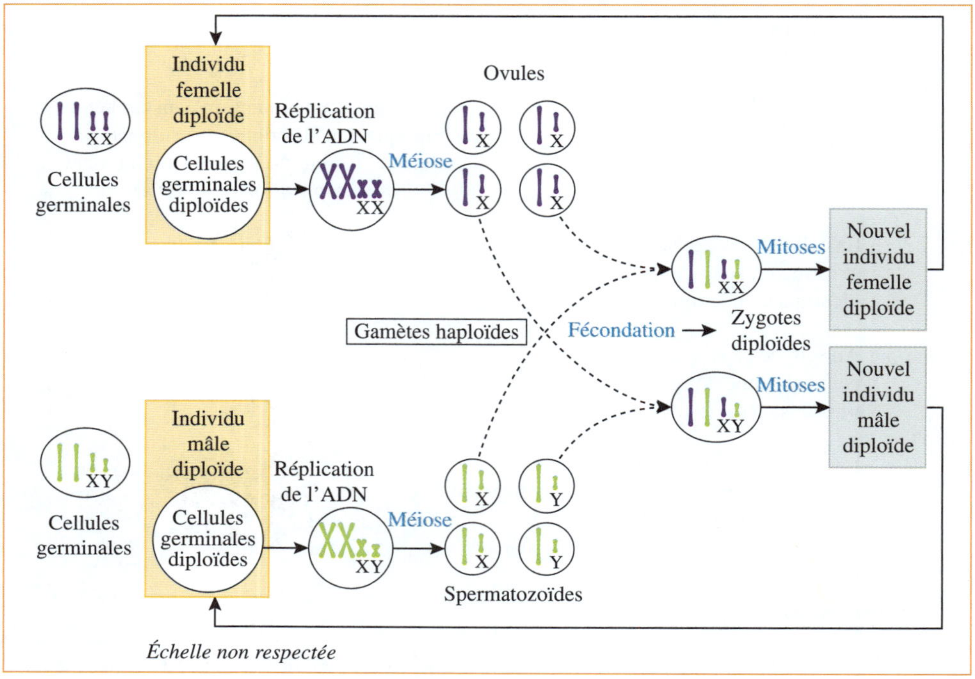

Figure 3 *Cycle biologique d'une espèce diploïde*

Deux paires de chromosomes homologues sont représentées, dont la paire de chromosomes sexuels.

B. Méiose et diversité des gamètes

- Pour chaque gène, une cellule diploïde peut posséder :
  - deux **allèles** identiques, elle est alors **homozygote** pour ce gène ;
  - deux **allèles** différents, elle est alors **hétérozygote** pour ce gène.

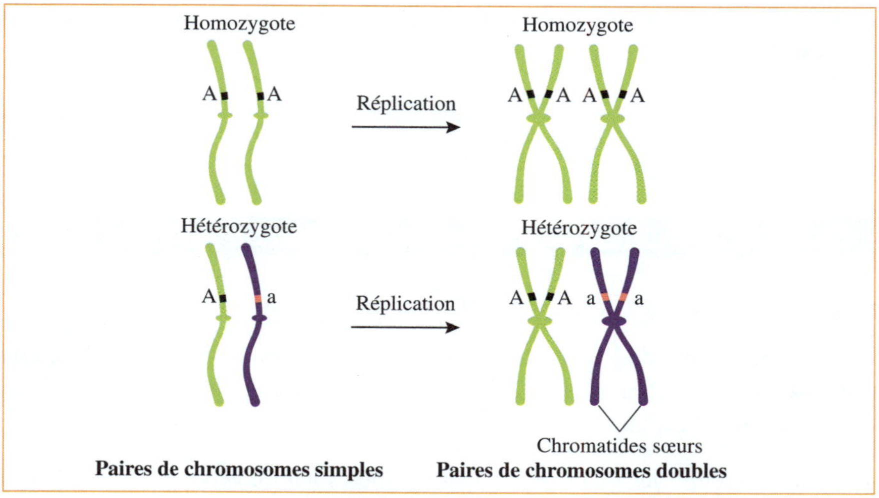

Figure 4 *Deux combinaisons alléliques possibles pour un gène situé sur une paire de chromosomes homologues*

- Les gamètes haploïdes, issus de la méiose, ne possèdent plus qu'un seul allèle pour chaque gène.

Conventions d'écriture en génétique

Par convention, on écrit les phénotypes entre crochets et les génotypes entre parenthèses.

• Si l'on considère deux gènes A et B indépendants (chacun ayant deux allèles, les allèles dominants étant écrits en majuscules), on écrira pour un individu hétérozygote pour les deux gènes :

$$\textbf{Phénotype : [A, B] Génotype : }\left(\frac{A}{a}, \frac{B}{b}\right) \textbf{ ou (A//a, B//b)}$$

• Si l'on considère deux gènes A et D liés, on écrira par exemple pour un individu hétérozygote pour les deux gènes :

$$\textbf{Phénotype : [AD] Génotype : }\left(\frac{AD}{ad}\right) \textbf{ ou (AD//ad)}$$

• Dans l'écriture du génotype d'une cellule diploïde, les deux barres de fraction représentent les deux chromosomes homologues. Ainsi, on ne mettra qu'une barre de fraction pour le génotype d'un gamète haploïde.

Gènes indépendants : ($\underline{A}$, $\underline{B}$) **Gènes liés : ($\underline{ad}$)**

Mise en évidence du brassage interchromosomique

■ L'étude de deux gènes indépendants permet de mettre en évidence le **brassage interchromosomique**.

■ Deux **gènes indépendants** sont portés par deux paires différentes de chromosomes. Ces deux paires se séparent de façon indépendante en anaphase I de méiose. Pour une cellule hétérozygote pour les deux gènes, deux situations sont ainsi possibles, aboutissant à quatre combinaisons d'allèles équiprobables.

■ Soit une cellule diploïde hétérozygote pour deux gènes indépendants A et B présentant chacun deux allèles (respectivement A/a, B/b).

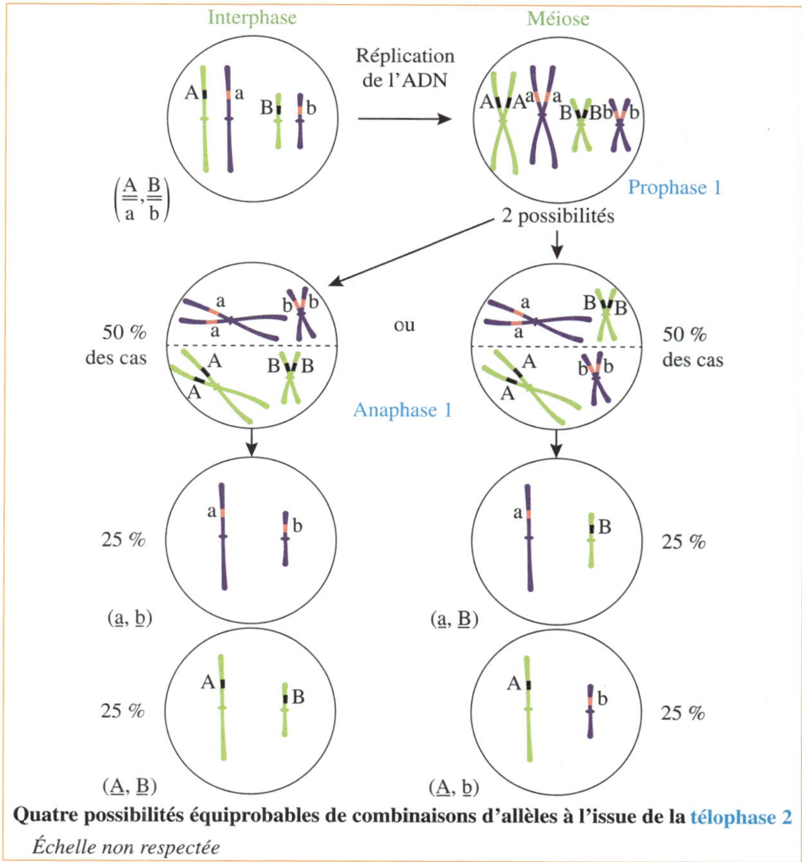

Figure 5 *Déroulement et résultat de la méiose à partir d'une cellule hétérozygote pour deux gènes indépendants*

Mise en évidence du brassage intrachromosomique

■ Soit une cellule diploïde hétérozygote pour deux gènes liés A et D présentant chacun deux allèles (respectivement A/a, D/d).

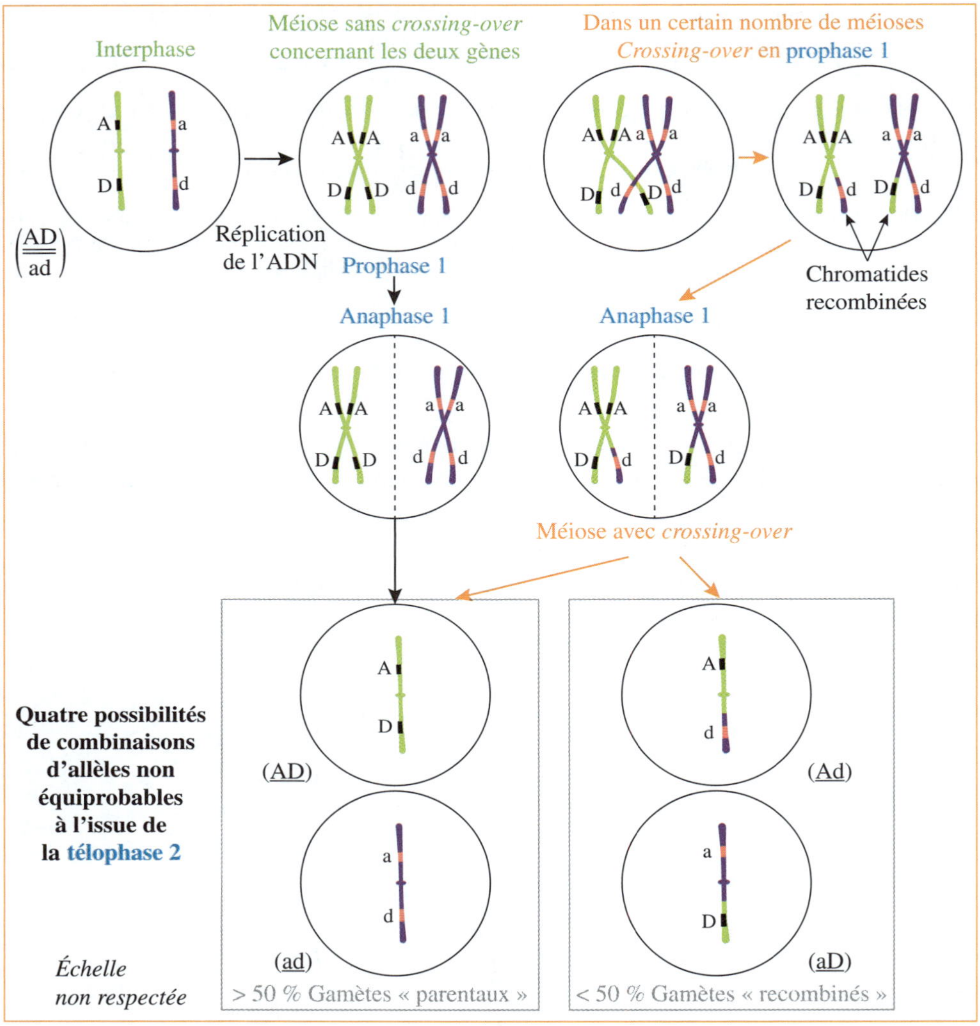

Figure 6 *Déroulement et résultat de la méiose à partir d'une cellule hétérozygote pour deux gènes liés*

Les gamètes « parentaux » sont plus probables car ils sont produits à la fois au cours des méioses avec et sans *crossing-over* concernant les deux gènes étudiés. Le taux de *crossing-over* est variable selon les couples de gènes et dépend de leur position relative sur les chromosomes.

■ Deux **gènes liés** sont portés par la même paire de chromosomes. La méiose permet également de former quatre combinaisons d'allèles, mais elles ne sont pas équiprobables. Les proportions de gamètes « parentaux » (avec des chromosomes qui portent les mêmes associations d'allèles que chez les parents) et « recombinés » (avec des chromosomes qui associent des allèles qui ne l'étaient pas chez les parents) dépendent de la fréquence de ***crossing-over*** concernant les deux gènes. Les *crossing-over* se produisent au cours de la prophase I de méiose, lorsque les chromosomes homologues sont appariés et qu'ils peuvent échanger des portions de **chromatides**. L'étude de deux gènes liés permet ainsi de mettre en évidence le **brassage intrachromosomique**.

Bilan

■ En réalité, le **génome** d'une espèce comprend un grand nombre de gènes, répartis sur un nombre n de chromosomes. La probabilité que deux chromosomes homologues présentent les mêmes allèles pour tous les gènes qu'ils portent est très faible. Ainsi, le **brassage interchromosomique** au cours de la méiose permet de former 2^n combinaisons génétiques différentes pour les futurs gamètes.

Ex. : Dans l'espèce humaine, qui présente 23 paires de chromosomes, 2^{23} correspond à plus de huit millions de gamètes génétiquement différents pouvant être produits par un même individu.

■ Le nombre de combinaisons génétiques supplémentaires que le **brassage intrachromosomique** est susceptible de former est d'autant plus élevé que le nombre de gènes à l'état hétérozygote est grand.

■ La fécondation amplifie encore le brassage génétique en réunissant au hasard deux gamètes parmi de très nombreuses possibilités.

Ex. : Dans l'espèce humaine, un même couple peut produire au moins $2^{23} \times 2^{23} = 2^{46} = 7 \times 10^{13}$ soit 70 000 milliards de zygotes génétiquement différents.

3 Principes de base de l'analyse génétique

A. Transmission héréditaire des caractères

■ Le croisement de deux **lignées pures**, c'est-à-dire homozygotes pour les gènes étudiés, permet d'obtenir une génération « F1 » hétérozygote. L'observation du phénotype de cette génération permet de déterminer les relations de **dominance** et de **récessivité** entre les allèles d'un même gène.

Croisement de lignées pures, c'est-à-dire homozygotes pour les deux gènes considérés.
Ces gènes déterminent :
- pour l'un, la longueur des ailes : normales ou vestigiales (réduites) ;
- pour l'autre, la couleur du corps : clair ou noir.

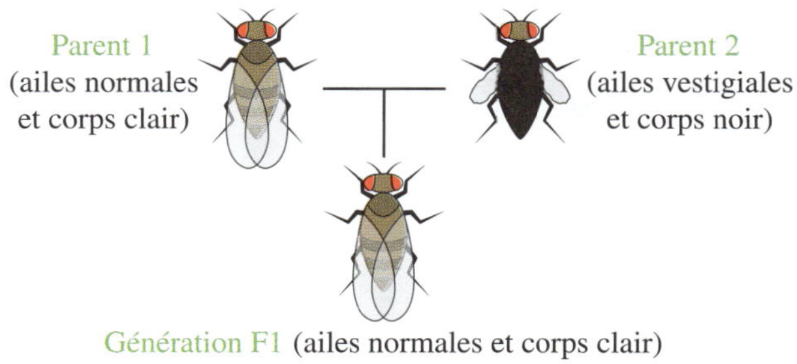

Figure 7 *Un croisement de lignées pures chez la drosophile*

■ La génération F1, ayant hérité d'un allèle de chacun de ses deux parents pour chaque gène, est homogène : tous les descendants sont hétérozygotes pour les gènes considérés.

Le phénotype des individus F1 permet de déterminer que :
– l'allèle responsable des ailes normales est dominant, tandis que celui responsable des ailes vestigiales est récessif ;
– l'allèle responsable du corps clair est dominant, tandis que celui responsable du corps noir est récessif.

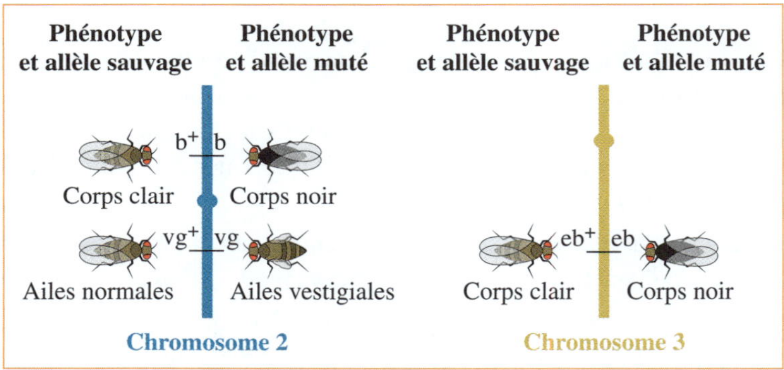

Figure 8 *Carte simplifiée des chromosomes 2 et 3 de la drosophile*

Deux gènes déterminent la couleur du corps : b et eb. Ils sont portés par des chromosomes différents. Une mutation sur l'un de ces gènes au moins entraîne la couleur noire.

■ Les **croisements-tests** sont réalisés entre des individus « F1 » hétérozygotes et des individus ne portant que les **allèles récessifs**. Ces croisements permettent de déterminer si deux gènes sont liés ou indépendants. En effet, les proportions des différents phénotypes de la descendance d'un croisement-test reflètent exactement les proportions des différents génotypes des gamètes produits par le parent hétérozygote.

Deux résultats de croisement-test différents

	Cas de 2 gènes indépendants : vg et eb		**Cas de 2 gènes liés : vg et b**	
Phénotypes et génotypes parentaux	F1 × 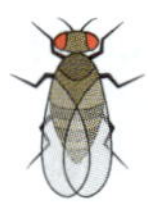 Ailes normales et corps clair (vg^+//vg, eb^+//eb)	Parent 2 (P2)  Ailes vestigiales et corps noir (vg//vg, eb//eb)	F1 × 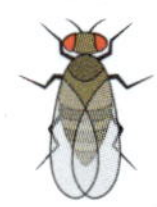 Ailes normales et corps clair (vg^+ b^+//vg b)	Parent 2 (P2)  Ailes vestigiales et corps noir (vg b//vg b)
Type de brassage	Brassage interchromosomique → 4 combinaisons alléliques équiprobables		Brassage intrachromosomique → 4 combinaisons alléliques non équiprobables (selon la fréquence des recombinaisons homologues ou *crossing-over*)	
Échiquier de croisement représentant la fécondation	Gamètes de P2 / Gamètes de F1	100 % (vg/, eb/)	Gamètes de P2 / Gamètes de F1	100 % (vg b/)
	25 % (vg^+, eb^+)	25 % (vg^+//vg, eb^+//eb)	> 25 % (vg^+ b^+)	> 25 % (vg^+ b^+//vg b)
	25 % (vg, eb)	25 % (vg//vg, eb//eb)	> 25 % (vg b)	> 25 % (vg b//vg b)
	25 % (vg^+, eb)	25 % (vg^+//vg, eb//eb)	< 25 % (vg^+ b)	< 25 % (vg^+ b//vg b)
	25 % (vg, eb^+)	25 % (vg//vg, eb^+//eb)	< 25 % (vg b^+)	< 25 % (vg b^+//vg b)
Résultat au niveau de la descendance	4 phénotypes équiprobables		4 phénotypes non équiprobables	
	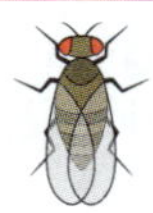 Ailes normales et corps clair 25 % —  Ailes vestigiales et corps noir 25 %	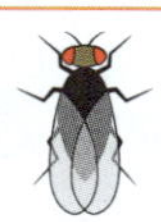 Ailes normales et corps noir 25 % —  Ailes vestigiales et corps clair 25 %	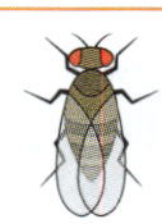 Ailes normales et corps clair —  Ailes vestigiales et corps noir — > 50 % parentaux	 Ailes normales et corps noir —  Ailes vestigiales et corps clair — < 50 % recombinés

B. L'analyse génétique dans l'espèce humaine

■ En génétique humaine, l'**étude d'un arbre généalogique** permet d'**estimer les risques** de développer une maladie pour un enfant à naître.

Ex. : L'hémophilie A est due à une anomalie d'un facteur de coagulation du sang, le facteur VIII, résultant de l'expression d'un gène situé sur le chromosome X, et absent du chromosome Y. Cette maladie est dite récessive liée à l'X : elle touche préférentiellement les hommes, car ils n'ont qu'un seul chromosome X.

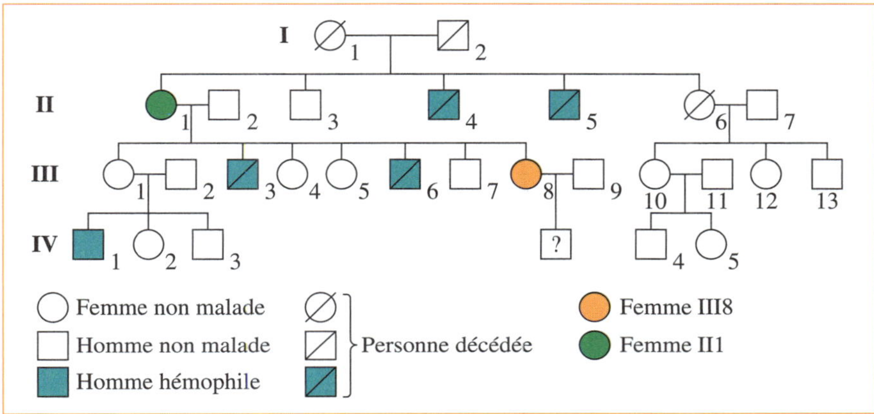

Figure 9 *Arbre généalogique d'une famille où s'exprime l'hémophilie A*

- Dans cette famille, la femme III8 est enceinte. Deux de ses frères ayant été touchés par l'hémophilie, elle cherche à savoir si son futur enfant est malade. Un caryotype du fœtus a permis de déterminer qu'il s'agissait d'un garçon.
- La femme II1, la mère de la femme III8, était forcément porteuse de la mutation puisqu'elle a eu deux fils malades. Elle a 50 % de risque de l'avoir transmise à sa fille, qui serait alors conductrice de la maladie et aurait elle-même dans ce cas 50 % de risque de la transmettre à son fils. Le fœtus a donc un risque sur quatre d'être atteint.

Échiquier de croisement pour un fœtus à naître de sexe masculin

Avec X_H allèle sain et X_h allèle muté.

	Génotype de la mère III8 (inconnu, deux possibilités équiprobables)		
	($X_H X_H$) probabilité 0,5	**ou**	**($X_H X_h$) probabilité 0,5**
Gamètes de la mère III8 / **Gamètes du père III9 de génotype ($X_H Y$)**	(X_H) probabilité 0,5	(X_H) probabilité 0,25	(X_h) probabilité 0,25
Y	(X_H Y)	(X_H Y)	(X_h Y)
	Garçon non atteint, probabilité : 0,75		Garçon malade, probabilité : 0,25

■ Un diagnostic prénatal sûr n'étant pas permis par la seule analyse de l'arbre généalogique, des tests génétiques peuvent être envisagés. Le gène responsable du facteur VIII présente une grande diversité de mutations ponctuelles. On dispose d'une molécule, appelée sonde, capable de repérer différentes versions du gène en se liant à certaines séquences nucléotidiques spécifiques. Dans cette famille, les allèles 2, 3 et 5 sont présents.

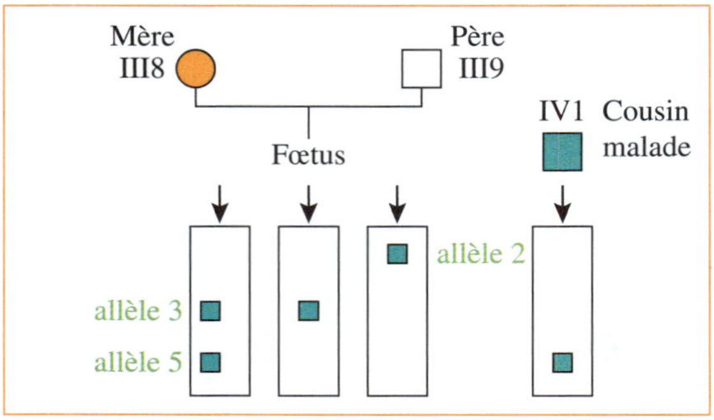

Figure 10 *Autoradiogrammes obtenus avec une sonde radioactive*

Ils permettent de repérer les différents allèles du gène du facteur VIII, pour les parents III8 et III9, le fœtus et son cousin malade IV1.

■ L'analyse de l'ADN du chromosome concerné permet d'affirmer que le fœtus est sain, car il porte l'allèle 3, alors que son cousin malade porte l'allèle 5. La mère III8 est donc porteuse de la mutation mais ne l'a pas transmise à son enfant.

Des progrès récents

■ Le développement des techniques de **séquençage** de l'ADN donne un accès direct au génotype des individus. Le traitement d'un grand nombre de données, grâce aux progrès de la bio-informatique, permet d'associer des mutations précises à certains phénotypes.

Ex. : Dans le cadre de la recherche sur la mucoviscidose, grâce à la coopération entre de nombreux laboratoires dans le monde, plus de 900 mutations du gène CFTR, en cause dans cette maladie, ont ainsi pu être décrites avec précision et associées à des variations des symptômes des malades. Ces progrès ouvrent la perspective de traitements ciblés selon le génotype du patient.

4 Accidents génétiques de la méiose

A. *Crossing-over* inégaux et familles multigéniques

■ Un ***crossing-over* inégal** lors de la prophase I de méiose peut entraîner une **duplication génique**, c'est-à-dire le doublement accidentel d'un gène. Si l'une des paires de chromosomes homologues est mal appariée, l'échange de portions de chromatides n'est plus réciproque. Il en résulte la présence en double exemplaire d'une partie de l'information génétique sur l'une des chromatides, et son absence sur l'autre chromatide.

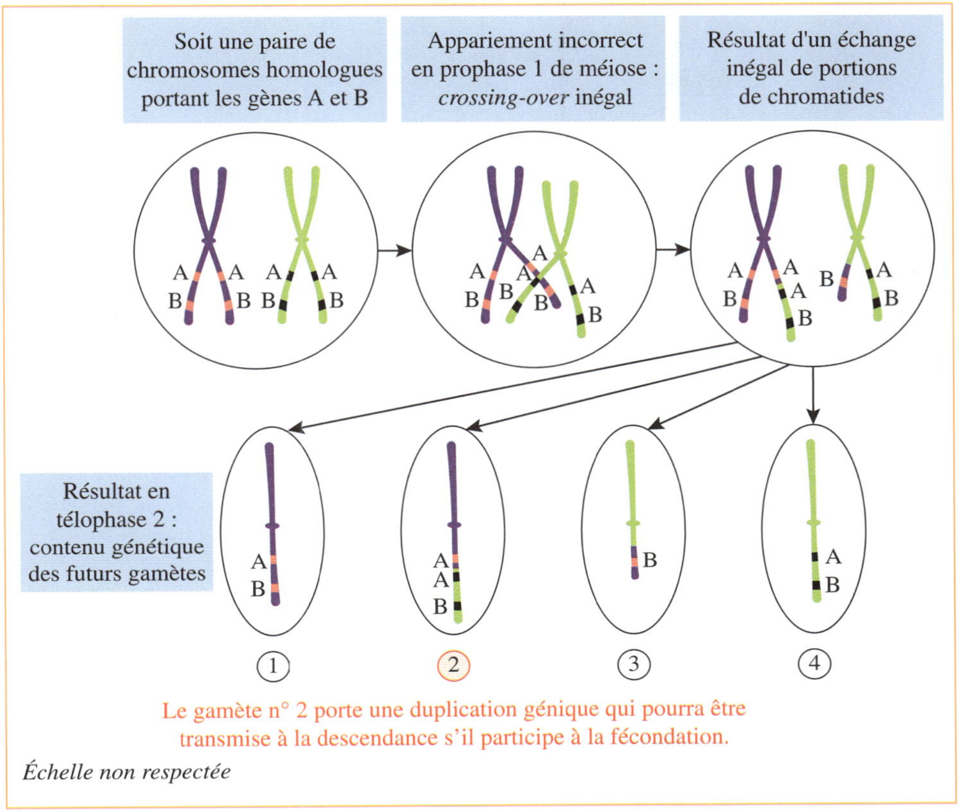

Figure 11 Crossing-over *inégal à l'origine d'une duplication génique*

■ Dans le génome d'une espèce, un ensemble de gènes présentant des séquences ressemblantes, et codant pour des protéines proches, forme une **famille multigénique**. Des *crossing-over* inégaux dans les futurs gamètes pourraient expliquer l'apparition de familles multigéniques au cours de l'évolution. Tous les gènes d'une même famille proviendraient de duplications à partir d'un gène ancestral. Les différentes copies du gène accumulent des mutations au cours du temps, pouvant mener à l'apparition de nouvelles protéines, voire de nouvelles fonctions biologiques.

■ La comparaison des séquences des gènes d'une même famille permet de retracer son histoire : le nombre de mutations accumulées est d'autant plus grand que la duplication est ancienne.

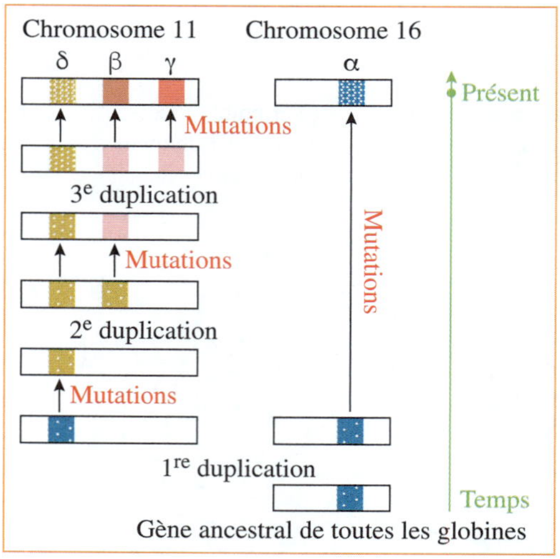

Figure 12 *Histoire de la famille multigénique des globines humaines*

La première duplication a été suivie d'une transposition sur un autre chromosome.

B. Variations du caryotype

■ Dans l'espèce humaine, la plupart des anomalies chromosomiques sont létales et entraînent une interruption de la grossesse. Elles peuvent être liées à des anomalies de la répartition des chromosomes au cours de la méiose.

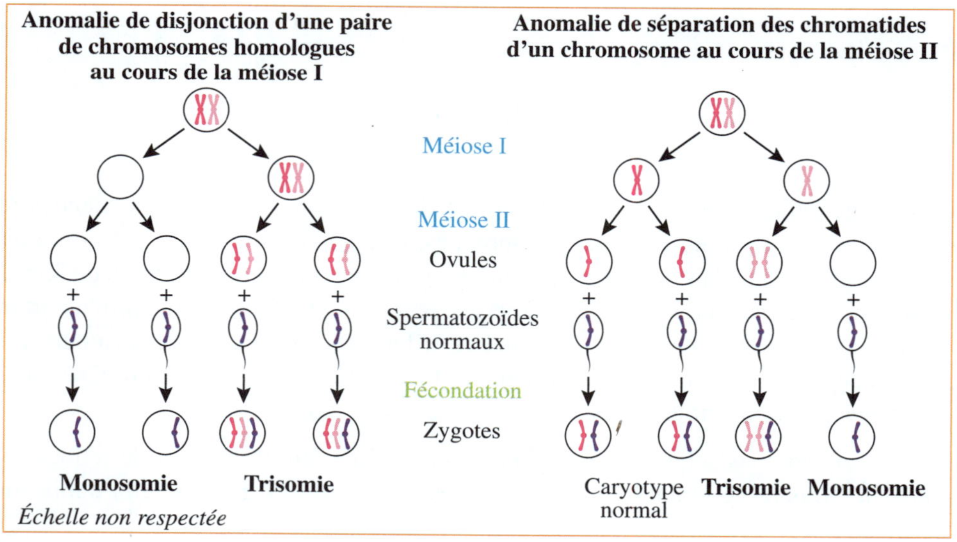

Figure 13 *Origines possibles d'une trisomie ou d'une monosomie dans l'espèce humaine : cas d'anomalies au cours de la méiose chez la mère (NB : également possible chez le père)*

■ Un chromosome, ou une portion de celui-ci, peut parfois fusionner par accident avec un chromosome non homologue (translocation).

■ L'apparition et la transmission d'une variation non létale du caryotype, au sein d'une population d'une espèce donnée, peuvent constituer une barrière à la reproduction et mener à une **spéciation**, c'est-à-dire à l'apparition d'une nouvelle espèce, sans isolement géographique (*voir chapitre 3*).

■ Chez les végétaux, un doublement accidentel du nombre de chromosomes, en raison d'une non-disjonction de ceux-ci au cours de l'une des phases de la méiose, peut conduire à un changement de **ploïdie** (nombre de lots de chromosomes) et à une spéciation. Ainsi de nombreuses espèces de plantes à fleurs, en particulier des espèces cultivées par l'être humain, sont **polyploïdes** (le bananier est triploïde car il présente trois lots de chromosomes 3n = 33, tandis que la pomme de terre est tétraploïde 4n = 48). Cette variation du caryotype s'accompagne de changements morphologiques et contribue donc à la diversification du vivant.

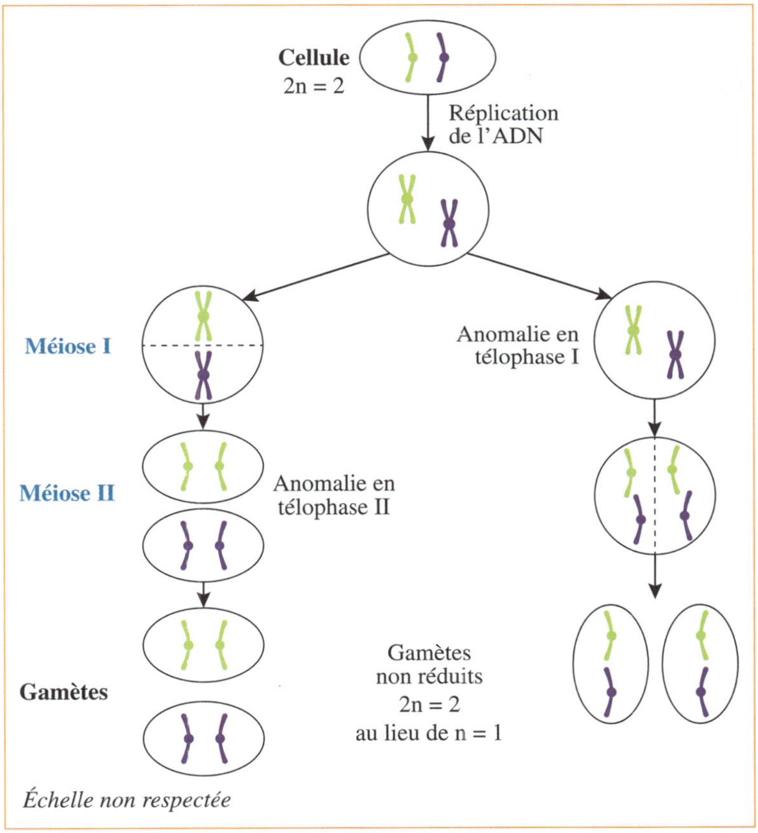

Figure 14 *Des erreurs de la méiose à l'origine de la polyploïdisation*

■ Les mutations qui surviennent lors de la réplication de l'ADN, et les erreurs au cours des divisions cellulaires, peuvent être létales pour un individu, mais elles peuvent également être tolérées et à l'origine d'innovations génétiques au sein d'une espèce (nouveaux allèles, nouveaux gènes), ou contribuer à l'apparition de nouvelles espèces (nouveau caryotype).

■ Ces processus jouent donc un rôle essentiel dans la diversification génomique du vivant au cours des temps géologiques.

2 La diversification des génomes hors de la reproduction

Les transmissions de matériel génétique de génération en génération, au cours de la reproduction, sont qualifiées de **transferts verticaux**. Par opposition, les échanges de matériel génétique hors de la reproduction sont appelés **transferts horizontaux**. Ils contribuent à enrichir les **génomes** des êtres vivants. L'unicité de structure de l'ADN, comme support universel de l'information génétique dans le monde vivant, permet ces transferts génétiques entre des organismes d'espèces différentes, qui peuvent même être très éloignées sur l'arbre **phylogénétique** du vivant.

1 Transferts horizontaux

A. Mécanismes de transferts horizontaux

■ La **transformation** est le transfert d'ADN étranger à une cellule receveuse. C'est un processus naturel chez les bactéries, qui peut entraîner l'acquisition de nouveaux caractères transmissibles. La transformation bactérienne a été mise en évidence en 1928 par Frederick Griffith.

Expérience	Interprétation
(1) Bactéries S virulentes → Infection et mort 	Les bactéries S sont létales pour les souris.
(2) Bactéries R (non virulentes) → Pas d'infection, survie 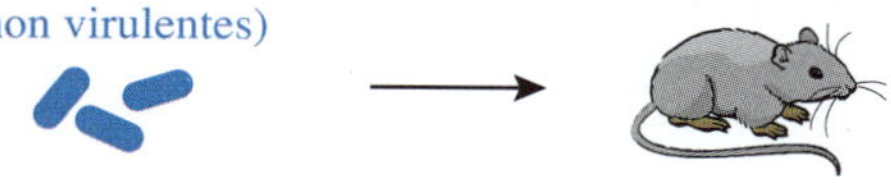	Les bactéries R sont inoffensives pour les souris.
(3) Bactéries S tuées par la chaleur → Pas d'infection, survie 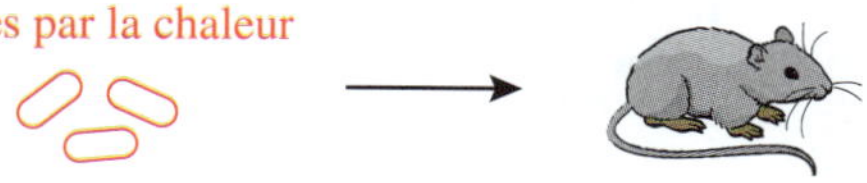	Les bactéries S tuées par la chaleur sont inoffensives pour les souris.
(4) Bactéries S tuées par la chaleur  + Bactéries R (non virulentes)  → Infection et mort  Présence de bactéries S virulentes 	Les bactéries R vivantes ont été « transformées » par un élément provenant des bactéries S tuées. Ainsi les bactéries R sont devenues des bactéries S virulentes.

Échelle non respectée

Figure 1 *Expériences de Griffith vers 1928*

Les bactéries S sont des pneumocoques pathogènes, agents de la pneumonie et létaux pour les souris. Les bactéries R sont des mutants non virulents.

Remarque

En 1928, le facteur transformant n'est pas identifié. C'est en 1944 qu'Oswald Avery montrera qu'il s'agit d'**ADN**. La structure de la molécule d'ADN sera déterminée en 1953.

■ La **conjugaison** est le transfert d'ADN d'une bactérie à une autre par contact direct et formation d'un « pont » cytoplasmique. L'ADN transféré peut être un **plasmide**, molécule d'ADN circulaire distincte de l'ADN chromosomique. Le plasmide peut comporter, par exemple, des gènes de résistance aux **antibiotiques**.

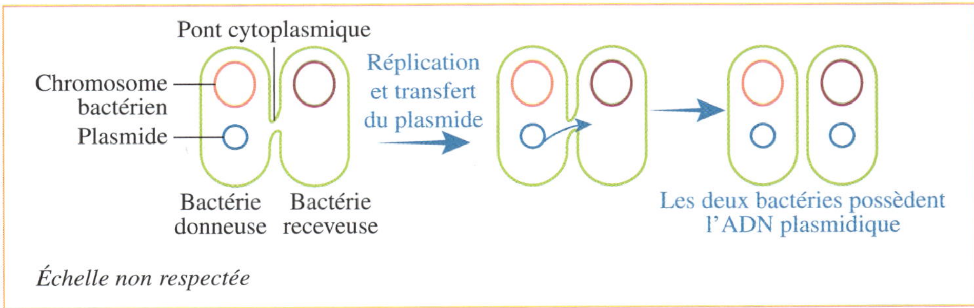

Figure 2 *Transfert d'ADN plasmidique entre deux bactéries au cours de la conjugaison*

■ Certaines bactéries sont capables de transférer de l'ADN plasmidique dans une cellule **eucaryote**. Cette séquence s'intègre alors dans le génome de la cellule. C'est le cas d'*Agrobacterium tumefaciens*, bactérie pathogène à l'origine de **tumeurs** chez certains végétaux. Cette propriété est utilisée en biotechnologie pour produire des plantes **transgéniques**, en incorporant un gène d'intérêt dans le plasmide.

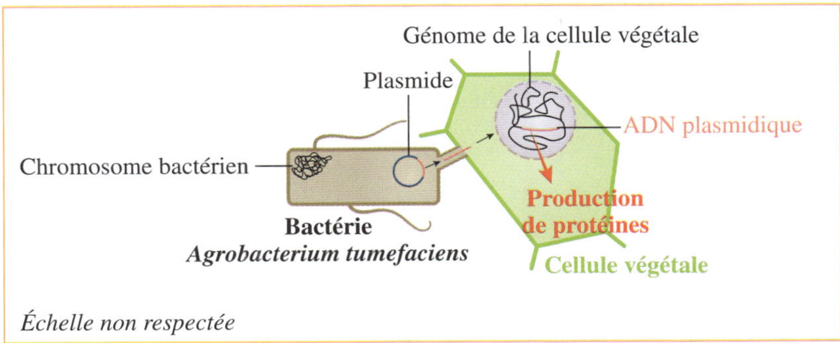

Figure 3 *Transfert d'ADN entre la bactérie* Agrobacterium tumefaciens *et une cellule végétale de plante infectée*

■ Les **virus** peuvent également jouer le rôle de **vecteurs** en intégrant leur matériel génétique dans le génome des cellules qu'ils infectent, qu'elles soient **Procaryotes** ou **Eucaryotes**.

B. Conséquences et applications en santé humaine

■ Les **antibiotiques** sont des substances ayant pour effet de détruire ou d'empêcher le développement des bactéries, susceptibles de causer des maladies.

■ Les bactéries peuvent se transmettre des gènes de résistance aux antibiotiques par transfert horizontal. Ces gènes diffusent particulièrement facilement entre différentes espèces bactériennes par conjugaison au sein des **microbiotes** intestinaux. Les bactéries devenues multirésistantes (c'est-à-dire résistantes à plusieurs types d'antibiotiques) peuvent ainsi se répandre dans l'environnement *via* les excréments des animaux.

L'utilisation, parfois abusive, des antibiotiques en santé humaine ou dans les élevages favorise donc la propagation de bactéries résistantes et constitue un problème majeur de santé publique.

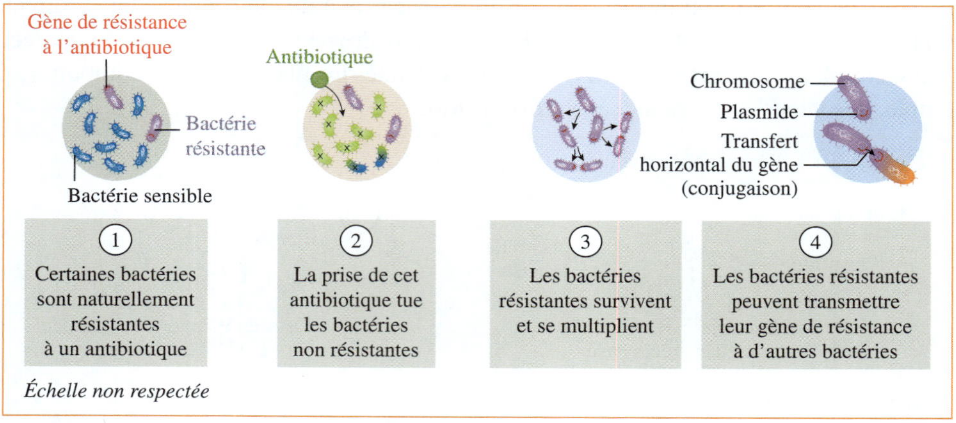

Figure 4 *Sélection et propagation d'un gène de résistance par la prise d'un antibiotique*

■ La connaissance des mécanismes des transferts horizontaux permet des applications biotechnologiques. La possibilité de découper l'ADN au niveau de sites précis grâce à des enzymes permet de concevoir des plasmides portant un gène d'intérêt. Ainsi, la culture de lignées bactériennes transgéniques permet de produire des molécules d'intérêt en grande quantité pour soigner les humains.

Ex. : des **hormones** pour traiter le retard de croissance de certains enfants.

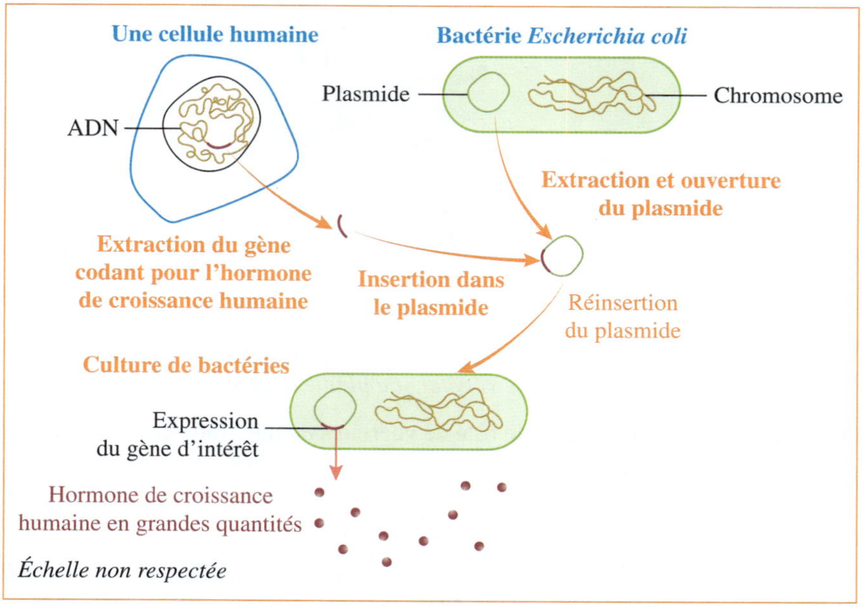

Figure 5 *Production d'hormone de croissance humaine par des bactéries transgéniques*

■ Des virus modifiés peuvent aussi être utilisés en biotechnologie, dans le cadre de thérapies géniques par exemple.

2 Endosymbioses

■ Les cellules des organismes eucaryotes sont caractérisées par la présence d'organites spécialisés tels les **mitochondries** (siège de la respiration cellulaire *; voir chapitre 17*) et les **chloroplastes** (siège de la photosynthèse *; voir chapitre 8).*
Différents arguments ont conduit à considérer que ces organites énergétiques étaient issus d'**endosymbioses** : des bactéries auraient été ingérées par des cellules primitives dans la lignée des eucaryotes et cette association aurait procuré des bénéfices réciproques aux deux organismes. Au cours de l'évolution, plusieurs endosymbioses successives permettent d'expliquer la diversité au sein des organismes eucaryotes.

■ La taille des mitochondries et des chloroplastes est très comparable à celle des bactéries (1 à 10 µm). Ces organites sont limités par une double membrane dont la partie interne a une composition proche d'une membrane de bactérie. Comme les bactéries, les mitochondries et les chloroplastes se divisent en deux par **scissiparité**, indépendamment des divisions du noyau de la cellule eucaryote qui les héberge.

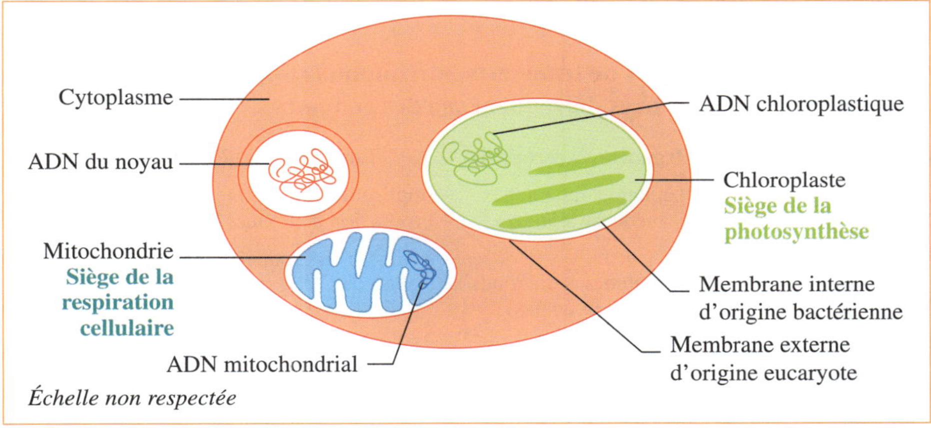

Figure 6 *Structure simplifiée d'une cellule eucaryote végétale*

■ Une cellule eucaryote contient de l'ADN dans son noyau, mais également dans ses organites endosymbiotiques. On parle ainsi de génome mitochondrial et de génome chloroplastique. Comme les bactéries, et contrairement aux cellules eucaryotes, les mitochondries et les chloroplastes comportent de l'ADN nu, non contenu dans un noyau, sous la forme d'un unique chromosome, souvent circulaire.

■ Par comparaison avec des bactéries libres, les mitochondries et chloroplastes ont perdu une grande partie de leur matériel génétique (de 95 à 99 %). Cependant les protéines de ces organites endosymbiotiques sont toujours produites : elles sont en grande partie codées par des gènes du noyau de la cellule eucaryote, puis importées depuis le cytoplasme.
En effet, au cours de l'évolution, certains gènes des mitochondries et chloroplastes ont été transférés dans le génome nucléaire. D'autres gènes des endosymbiotes sont devenus inutiles ou leurs fonctions ont pu être assurées par des gènes du noyau : ils ont ainsi pu être perdus sans conséquence. Les organites endosymbiotiques se sont donc étroitement intégrés au fonctionnement de leur cellule-hôte eucaryote.

3 Importance au cours de l'évolution

A. L'acquisition de nouvelles fonctions

■ Les transferts horizontaux et andosymbioses permettent aux êtres vivants d'acquérir de nouvelles fonctions qui affectent leur mode de vie et leurs interactions avec les autres espèces. Ils ont donc des effets très importants sur l'évolution des populations et des écosystèmes.

■ Qu'il s'agisse de transferts horizontaux de gènes ou d'endosymbioses, les cellules et organismes transmettent ces acquisitions au cours de la reproduction.

■ La transmission verticale des caractères héréditaires par l'ADN des plasmides ou des organites (mitochondries, chloroplastes) est qualifiée d'**hérédité cytoplasmique**.

■ Le **séquençage** complet des génomes d'un grand nombre d'espèces montre que les transferts horizontaux sont très fréquents, aussi bien chez les Procaryotes que chez les Eucaryotes, y compris chez les Animaux.

> **Remarque**
> Le **mécanisme de transfert** n'est pas toujours connu.

Exemples de transferts horizontaux supposés, tirés du séquençage des génomes

Organismes donneurs	Organismes receveurs	Fonction des gènes transférés
Bactéries	Cnidaires (anémones, méduses, coraux)	– Implication dans le métabolisme – Production de toxines
Bactéries	Nématodes (vers ronds non segmentés)	– Synthèse du groupement hème (fixation de l'O_2) – Implication dans le parasitisme des plantes – Synthèse de vitamines B
Bactéries Champignons	Insectes Arachnides	– Synthèse de caroténoïdes (pigments)
Bactéries Champignons	Crustacés	– Implication dans le métabolisme – Implication dans les mécanismes de défense
Bactéries Rétrovirus	Vertébrés	– Production de protéines antigel

Source : Boto 2014

■ Les transferts horizontaux peuvent avoir des effets très importants sur l'évolution.

Ex. : Le transfert de gènes entre des **rétrovirus** (virus à ARN) et les ancêtres des Mammifères actuels ont permis l'apparition du placenta au cours de l'évolution. La comparaison entre les séquences de la syncytine humaine, protéine nécessaire à la mise en place du placenta lors du développement embryonnaire, et d'une protéine de l'enveloppe du rétrovirus MPMV montre plus de 80 % d'identité génétique qui ne peuvent pas être dus au hasard.

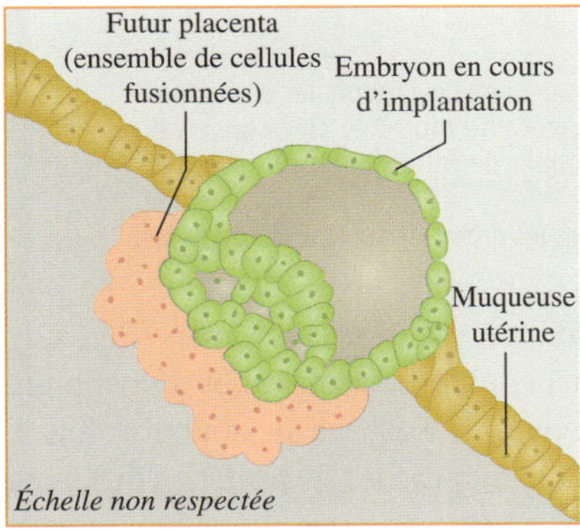

Au cours du développement embryonnaire des Mammifères, le placenta (zone d'échanges avec l'organisme maternel) est obtenu par fusion de cellules, induite par des protéines membranaires appelées syncitines. Or les gènes codants pour ces protéines sont issus de rétrovirus. Ces gènes se sont donc intégrés dans le génome des ancêtres des Mammifères actuels à l'occasion d'une infection virale, ayant touché les cellules germinales (futurs gamètes).

Figure 7 *Des transferts horizontaux expliquent l'apparition du placenta chez les Mammifères*

Syncitine humaine	ThrLeuG1nAspG1nLeuAsnSerLeuA1aA1aVa1Va1LeuG1nAsnArg
Protéine de l'enveloppe de MPMV	Asp - - - - ValAsp - - - Glu - - - - - -
Syncytine humaine	ArgA1aLeuAspLeuLeuThrA1aG1uArgG1yGlyThrCysLeuPhe
Protéine de l'enveloppe de MPMV	- Gly - - - - - - - - G1n - - Ile - - Ala

D'après logiciel Anagène

Figure 8 *Comparaison entre une partie des séquences en acides aminés de la syncytine humaine et d'une protéine de l'enveloppe du rétrovirus MPMV Les traits horizontaux indiquent des acides aminés similaires.*

Remarque

Les **séquences d'ADN d'origine rétrovirale** ne sont pas négligeables : elles représentent **8 % du génome humain.**

B. Conséquences sur les phylogénies

■ En raison des transferts horizontaux et endosymbioses, des espèces phylogénétiquement très éloignées peuvent présenter des ressemblances, et réciproquement des espèces proches parentes peuvent exprimer des caractères très différents

■ En raison des transferts horizontaux, les arbres phylogénétiques peuvent être contradictoires selon les gènes considérés.

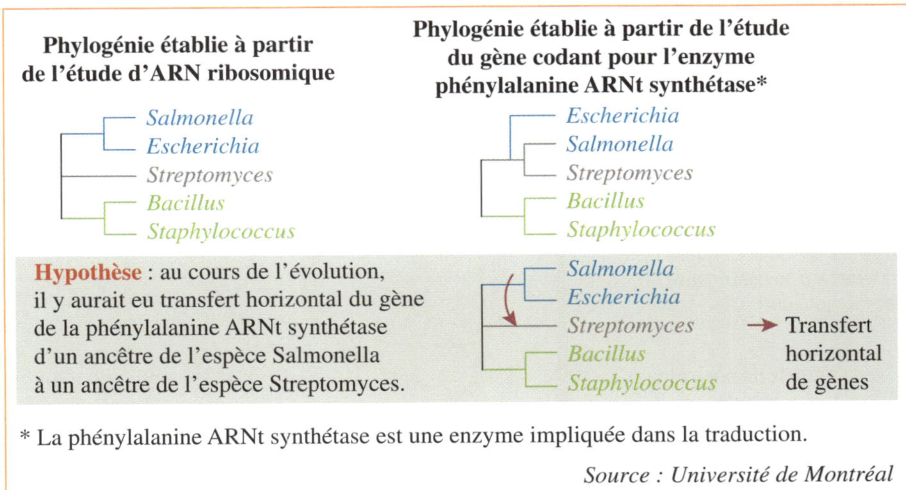

Figure 9 *Transferts horizontaux et phylogénies, exemple chez les bactéries*

Remarques

- L'**ARN ribosomique** (ARNr) est utilisé comme marqueur de l'évolution des organismes pour construire les arbres phylogénétiques car c'est une molécule très conservée, présente chez toutes les espèces, et peu susceptible de faire l'objet de transferts horizontaux.
- Les détails sur les séquences utilisées pour construire les arbres ne sont pas à connaître.

■ En raison des endosymbioses, si pour une espèce donnée, par exemple le maïs (*Zea mays*), on considère indépendamment les génomes du noyau, des chloroplastes et des mitochondries pour établir une phylogénie, on obtient un arbre dans lequel cette espèce apparaît trois fois. Les mitochondries et les chloroplastes sont phylogénétiquement proches de bactéries différentes, tandis que l'étude du génome nucléaire du maïs le place bien parmi les autres Eucaryotes.

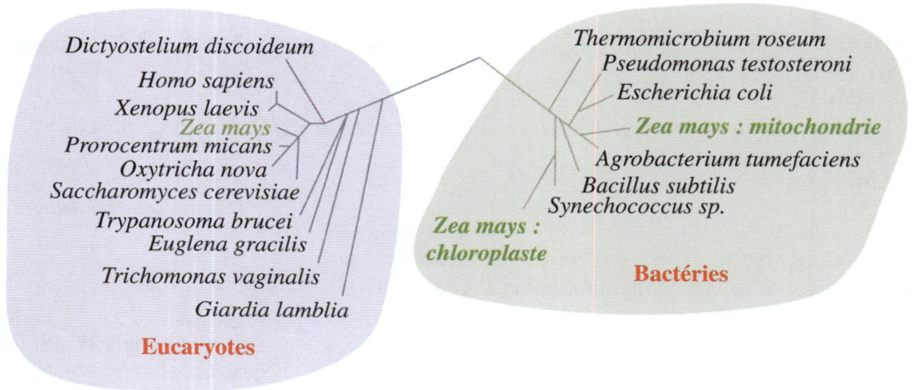

La longueur des branches est proportionnelle au nombre de mutations accumulées.

Source : Lang et al., *2000*

Figure 10 *Représentation schématique de l'arbre phylogénétique démontrant les relations évolutives entre des organismes appartenant aux branches des Bactéries et des Eucaryotes*

D'après l'analyse d'un gène codant pour de l'ARN ribosomique. Pour l'espèce Zea mays (le Maïs), on a étudié indépendamment les génomes du noyau, des mitochondries et des chloroplastes.

■ En raison des transferts horizontaux et des endosymbioses, les relations de parenté entre les organismes sont mieux représentées sous la forme d'un **réseau phylogénétique** que par un arbre, pour traduire la complexité de l'histoire évolutive du vivant.

Remarque

Les **Archées** sont des **micro-organismes unicellulaires procaryotes**, qui se distinguent des bactéries aux niveaux génétique et métabolique.

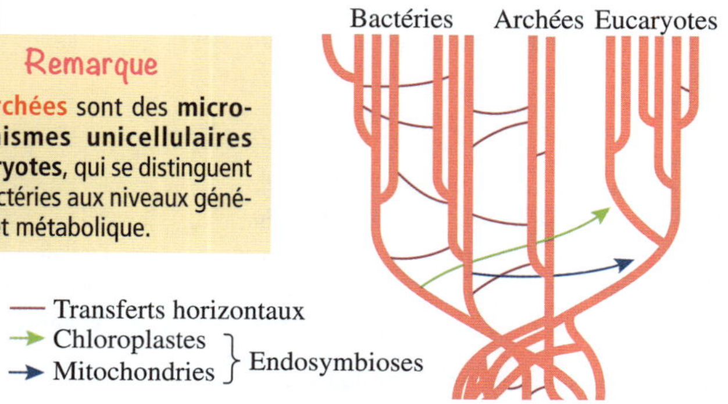

Source : Nature, 2005

Figure 11 *Réseau phylogénétique simplifié du monde vivant, incluant les transferts horizontaux de gènes et les endosymbioses*

3 L'évolution des génomes au sein des populations

La génétique des populations est une science qui tente d'établir des lois expliquant l'évolution de la diversité génétique des espèces.

On définit une **population** comme un ensemble d'individus d'une même **espèce** vivant dans un même milieu. Au cours de l'évolution, la composition génétique des populations d'une espèce change de génération en génération. Les écarts entre les résultats issus de modèles mathématiques et les observations dans les populations naturelles permettent de mettre en évidence les effets de différentes forces évolutives.

1 Modèle théorique de Hardy-Weinberg

■ Les populations naturelles sont composées d'organismes génétiquement différents pour un grand nombre de **gènes**. Lorsqu'un gène présente différents allèles (en raison de **mutations**), on parle de **polymorphisme**. Dans une population, la **fréquence allélique** correspond, pour un gène et un **allèle** donnés, au nombre d'exemplaires de cet allèle divisé par le nombre total d'allèles dans la population.

Soit une population de 6 individus, dont le génotype est indiqué pour un gène *A* qui présente 3 allèles : *A1*, *A2* et *A3*.

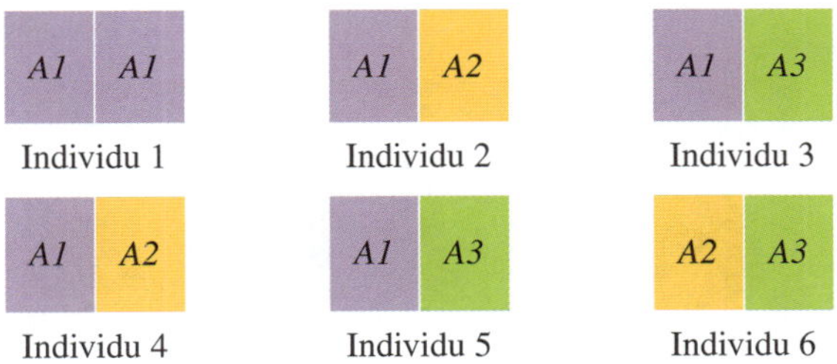

Fréquence de l'allèle $A1 = \frac{6}{12} = \frac{1}{2} = 0{,}5$ soit 50 %

Fréquence de l'allèle $A2 = \frac{3}{12} = \frac{1}{4} = 0{,}25$ soit 25 %

Fréquence de l'allèle $A3 = \frac{3}{12} = \frac{1}{4} = 0{,}25$ soit 25 %

Total des fréquences de l'ensemble des allèles de $A = 1$ soit 100 %

Figure 1 *Calcul des fréquences alléliques pour un gène dans une population d'individus diploïdes*

■ Dans les populations eucaryotes à reproduction sexuée, le modèle théorique de Hardy-Weinberg prévoit la stabilité des fréquences relatives des allèles d'un gène dans une population d'une génération à l'autre. Ce modèle mathématique s'applique uniquement dans des conditions bien définies (*cf. enseignement scientifique de Terminale*). Différents facteurs permettent d'expliquer pourquoi l'évolution des fréquences alléliques dans les populations réelles diffère de l'équilibre prédit par le modèle théorique.

Les conditions

La **loi de Hardy-Weinberg** ne peut s'appliquer que dans une **population de dimension infinie**, où les unions des individus et des gamètes se réalisent au **hasard**, où il n'existe **ni migration**, **ni sélection naturelle** vis-à-vis de certains phénotypes et où le **taux de mutations est considéré comme nul**.

2 Effet de forces évolutives dans les populations réelles

A. Existence de mutations favorables ou défavorables

■ Les mutations ponctuelles sont des variations de la séquence d'ADN qui peuvent conduire à l'existence de nouveaux allèles *(voir chapitre 1).*

■ Les variations du **phénotype** qui découlent de ces mutations peuvent être neutres, mais aussi favorables ou défavorables dans un environnement donné pour les individus qui les portent. Les individus porteurs des mutations favorables ont plus de chance de survivre et de se reproduire, engendrant ainsi plus de descendants portant les mêmes allèles favorables. La fréquence des allèles favorables augmente donc dans la population au cours des générations : c'est la **sélection naturelle**.

■ Le caractère neutre, favorable ou défavorable des allèles peut être différent d'une population à l'autre, selon l'évolution des caractéristiques du milieu. Ceci contribue à la diversité génétique de l'espèce, car ce ne sont pas forcément les mêmes allèles qui sont sélectionnés au cours du temps dans les différentes populations.

■ La sélection naturelle est largement observée dans les populations réelles et permet d'expliquer que l'évolution des fréquences alléliques de certains gènes diffère de l'équilibre de Hardy-Weinberg, lorsqu'on étudie les populations sur de nombreuses générations.

Ex. : Les hiboux à cornes, prédateurs des souris à abajoues de l'Arizona, peuvent plus ou moins bien distinguer leurs proies selon leur couleur (génétiquement déterminée) lorsqu'elles se trouvent sur une roche sombre.

Figure 2 *Une souris à abajoues de l'Arizona à phénotype clair*

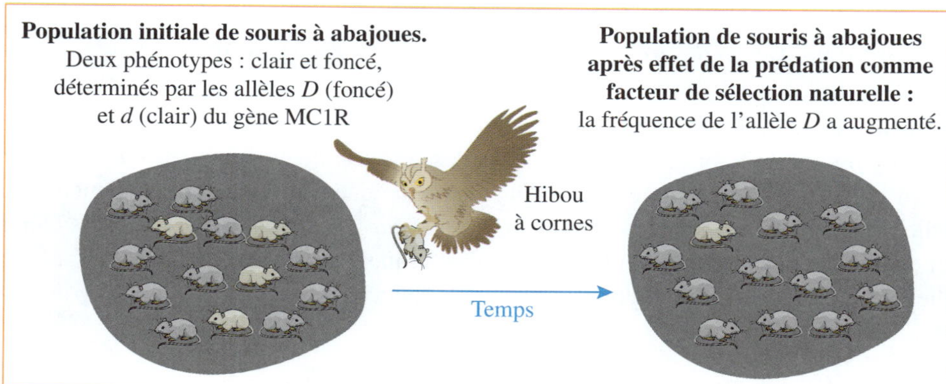

Figure 3 *Exemple de sélection naturelle*

■ La sélection naturelle fait partie des forces responsables de l'évolution du monde vivant.

B. Taille limitée d'une population

■ Contrairement à l'une des conditions de la loi de Hardy-Weinberg, une population n'est jamais de dimension infinie. Or, dans les populations de taille finie, les fréquences alléliques peuvent varier aléatoirement au cours des générations : c'est la **dérive génétique**. Celle-ci est d'autant plus importante que la population est petite.

Ex. : Si l'on considère l'évolution des fréquences alléliques pour un gène au sein d'une population fictive dans un modèle mathématique, et que l'on répète la simulation plusieurs fois à partir de la même population initiale, on obtient des populations génétiquement différentes. En particulier, certains allèles sont amenés à disparaître après un certain nombre de générations.

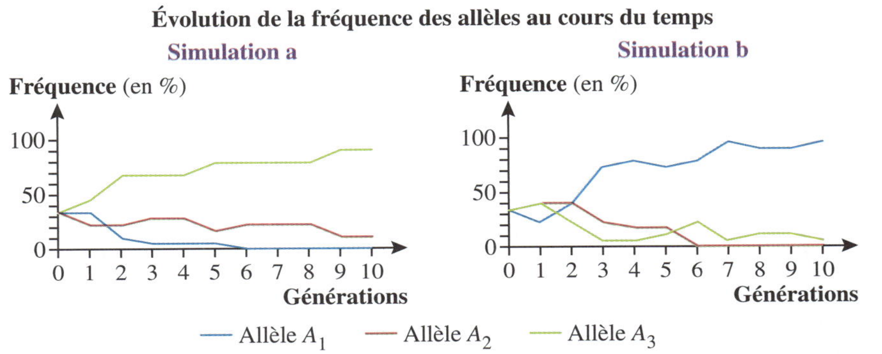

Fréquences pour la génération n° 10 : (Simulation a)

Allèles	Fréquence	Disparu à la génération n°
A_1	0 %	6
A_2	11,1 %	…
A_3	88,9 %	…

Fréquences pour la génération n° 10 : (Simulation b)

Allèles	Fréquence	Disparu à la génération n°
A_1	94,4 %	…
A_2	0 %	6
A_3	5,6 %	…

Figure 4 *Deux simulations à partir d'une même population de départ constituée de 9 individus, pour les allèles A_1, A_2 et A_3 du gène A, présentant initialement la même fréquence (33,3 %)*

■ La dérive génétique a pour conséquence la perte de diversité génétique au sein de chaque population et l'accentuation des différences génétiques entre des populations à faible **flux génétique** (peu d'échanges génétiques entre des individus issus de différentes populations). Cependant, la diversité génétique de l'espèce n'est pas forcément réduite tant qu'il existe plusieurs populations.

C. Migrations

■ Si des individus migrent, l'**éloignement géographique** empêche leur reproduction avec les autres individus de la population d'origine, même s'ils sont toujours compatibles génétiquement.

■ Les individus qui migrent peuvent alors, selon les cas se reproduire :
– uniquement entre eux ;
– avec les individus d'autres populations de la même espèce, auxquelles ils seront susceptibles d'apporter de nouveaux allèles.

Les migrations peuvent ainsi contribuer à **différencier génétiquement** des populations ou au contraire à **maintenir les flux génétiques** entre ces populations.

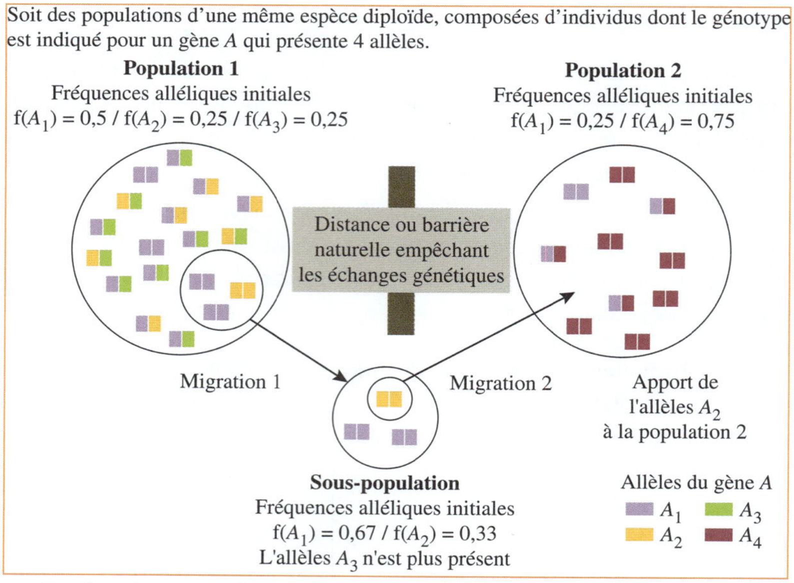

Figure 5 *Conséquences des migrations sur l'évolution des fréquences alléliques au sein des populations*

■ Ainsi, les migrations observées dans les populations réelles déterminent les possibilités de croisements entre certains individus, selon la distance ou l'existence de barrières naturelles (océan, montagnes…). Les migrations influencent donc l'évolution de la diversité allélique dans les différentes populations d'une espèce.

Remarque

Lorsqu'un petit groupe d'individus s'isole d'une population, sa composition génétique peut différer fortement de sa population d'origine en raison de son faible effectif. On parle d'**effet fondateur**.

D. Unions non aléatoires

■ La loi de Hardy-Weinberg s'applique dans des populations où les unions se réalisent au hasard. Or, dans une espèce animale, des **préférences sexuelles** ou des **relations hiérarchiques** peuvent conditionner les unions.

Ex. : Chez le rat-taupe (*Heterocephalus glaber*), il existe une hiérarchie au sein des groupes, et seuls les individus dominants se reproduisent. La dominance s'exerce par des comportements agressifs empêchant l'accouplement des autres individus, mais il a également été montré que les processus physiologiques liés à la reproduction étaient inhibés. Les unions ne se réalisent donc pas au hasard au sein de la population.

© Neil Bromhall

Figure 6 *Rat-taupe de l'espèce* Heterocephalus glaber

■ Chez l'être humain, des **barrières culturelles** (linguistiques, religieuses…) ou **sociales** peuvent limiter les possibilités de reproduction entre des individus, même s'ils sont géographiquement proches.

■ Chez les végétaux, des **gènes d'incompatibilité** peuvent empêcher la reproduction entre des individus qui se ressemblent trop génétiquement (*voir chapitre 9*).

3 Remise en question de la notion d'espèce

■ Une espèce est un groupe d'individus génétiquement isolés, au sein duquel peut se réaliser la reproduction sexuée. Cependant, toutes les espèces apparaissent comme des ensembles hétérogènes de populations, évoluant continuellement dans le temps. Les différentes populations forment des sous-groupes au sein desquels les échanges génétiques se réalisent effectivement.

■ À cause de l'instabilité de l'environnement, une différenciation génétique entre les différentes populations d'une espèce soumises à la sélection naturelle, mais aussi à la dérive génétique, se produit obligatoirement au cours du temps.

> **Remarque**
> L'**environnement d'une population** se définit par des facteurs abiotiques et biotiques susceptibles de varier au cours du temps.
> - Les **facteurs abiotiques** sont les facteurs physico-chimiques ayant une influence sur les êtres vivants. Ex. : température, humidité, salinité…
> - Les **facteurs biotiques** sont liés aux relations entre les êtres vivants de la même espèce (coopération, compétition…) ou d'espèces différentes (prédation, compétition, parasitisme…).

■ Ainsi, différentes populations d'une même espèce peuvent présenter des allèles différents pour les gènes de l'espèce. Les allèles partagés par les individus au sein de chaque population correspondent à son patrimoine génétique.

■ Grâce au **séquençage** des génomes, la diversité génétique entre les populations d'une même espèce peut être mise en évidence et précisément quantifiée au niveau de séquences non codantes (qui n'aboutissent pas à la production de protéines et, ne déterminant pas le phénotype, ne sont pas soumises à la sélection naturelle). Par exemple, les **microsatellites** sont de courtes séquences d'ADN répétées que l'on trouve dans la plupart des génomes. Les variations du nombre de répétitions de ces séquences selon les individus peuvent être considérées comme des « allèles » et servir de marqueurs dans le suivi de l'évolution de la diversité génétique au sein des populations.

■ La différenciation génétique entre les populations d'une même espèce peut conduire à limiter les échanges réguliers de gènes entre elles, par suite de modifications majeures de leur morphologie ou de leur comportement. Ceci peut mener à la **spéciation**, c'est-à-dire la formation de nouvelles espèces distinctes.

■ Les processus de mutation, sélection naturelle, dérive génétique et migration expliquent l'écart entre l'évolution de la diversité observée dans les populations réelles et celle prédite par le modèle de Hardy-Weinberg. Ces forces évolutives agissent en même temps sur les populations avec des importances relatives que l'on peut déterminer grâce aux données issues du séquençage des génomes.

4 La diversification des êtres vivants sans modification du génome

Toute la **diversité phénotypique** des êtres vivants ne peut être expliquée uniquement par la **diversité génétique**. D'autres mécanismes, non fondés sur l'ADN, interviennent. Autrement dit, il existe des mécanismes entraînant une diversification des êtres vivants sans modification de leur génome.

> **Définition**
> **Phénotype** : ensemble des caractères d'un organisme, issu de l'expression de ses gènes.

1 Association non héréditaire entre êtres vivants

■ Nombreux sont les êtres vivants qui ne vivent pas seuls mais en **association** avec d'autres êtres vivants. Par exemple, près de 90 % des espèces végétales vivent en associations à **bénéfices réciproques** avec des champignons. Ces associations ne sont pas héréditaires, c'est-à-dire que la transmission de ces associations d'une génération à l'autre n'est pas sous le contrôle des gènes.

■ On distingue différents types d'associations, en fonction des bénéfices tirés par chacun des participants. Les plus importantes sont présentées ci-dessous.

Principaux types d'associations entre êtres vivants

Partenaire A	Partenaire B	Type d'association
+	+	Symbiose
+	–	Parasitisme

+ : effet favorable
– : effet défavorable

A. Associations à bénéfices réciproques

■ Certains êtres vivants s'associent de manière durable et échangent entre eux, de manière réciproque, des molécules nécessaires à leur développement : on parle de **symbiose**. Les membres de cette association sont appelés **symbiotes**.

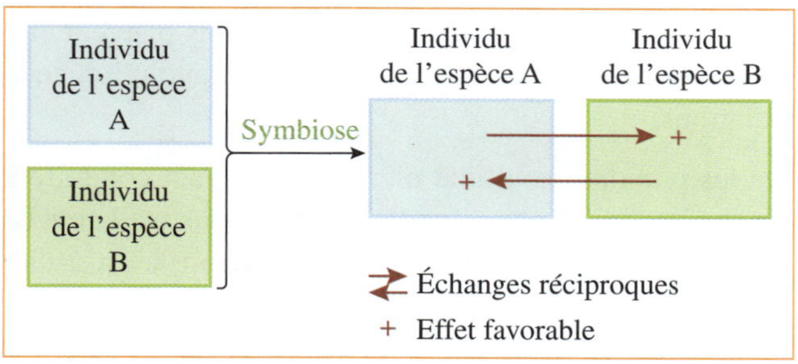

Figure 1 *Principe de la symbiose*

■ La symbiose entre deux êtres vivants leur offre la capacité de se développer dans des milieux où ils ne pourraient pas vivre séparément (exploitation de nouvelles ressources, protection). En effet, la symbiose permet de **mettre en commun les capacités** des deux êtres vivants.

Ex. : Les plantes ont besoin d'azote, mais sont incapables de fixer le diazote atmosphérique (N_2). Les bactéries du genre *Rhizobium* sont capables de transformer le N_2 en une forme assimilable par les plantes (NH_4^+). Ainsi, l'association entre une légumineuse (haricot, *etc.*) et une bactérie du genre *Rhizobium* permet à cette plante de disposer d'une ressource importante en azote. En contrepartie, les bactéries sont protégées et reçoivent une part du glucose produit lors de la photosynthèse.

■ La symbiose conduit aussi à des **modifications morphologiques** des êtres vivants impliqués dans cette relation.

Ex. : Dans la symbiose *Rhizobium*-légumineuse, la légumineuse présente des nodules au niveau de ses racines permettant l'accueil des bactéries *Rhizobium*. Les bactéries *Rhizobium* ont, quant à elles, une morphologie différente quand elles sont impliquées dans la symbiose ou quand elles sont libres. Par ailleurs, elles n'acquièrent leur capacité à fixer le N_2 atmosphérique que lorsque la symbiose est établie.

Les différentes morphologies de *Rhizobium* et des racines de la légumineuse

<table>
<tr><th></th><th>Morphologie de Rhizobium</th><th>Morphologie de la légumineuse</th></tr>
<tr><td>En l'absence de symbiose</td><td>
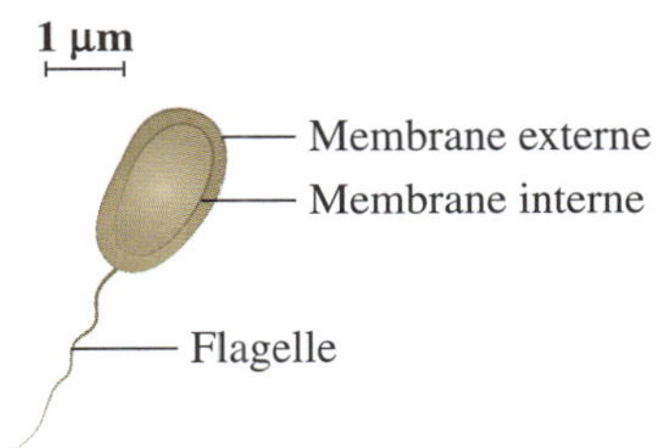

</td><td>

</td></tr>
<tr><td>En cas de symbiose</td><td>
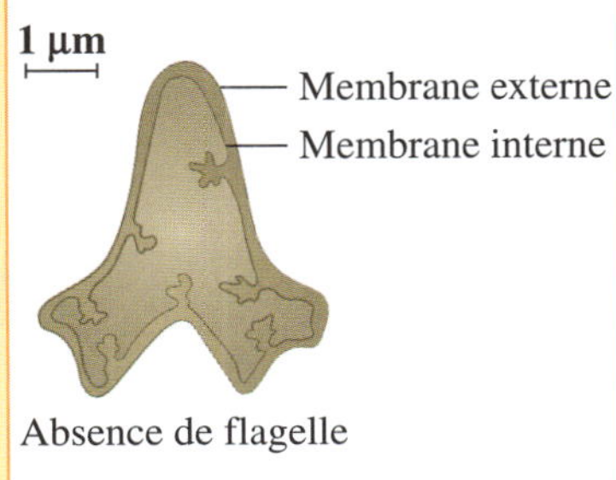

</td><td>
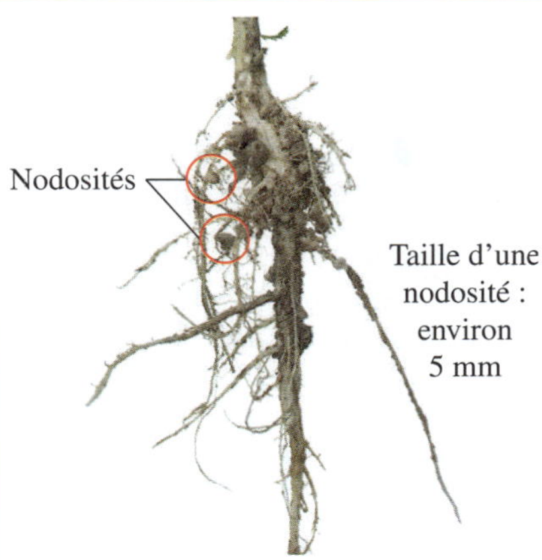

</td></tr>
</table>

■ L'être humain est en symbiose avec de nombreux êtres vivants (champignons, bactéries, acariens) formant le **microbiote** : il y a au moins dix fois plus d'êtres vivants dans notre microbiote que de cellules dans notre corps. Ces êtres vivants sont partout (sur la peau, sur les muqueuses, dans l'intestin) et sont acquis au cours de la vie de l'individu. Les rôles du microbiote sont nombreux : protection des muqueuses contre les pathogènes, maturation du système immunitaire, défense du système digestif contre les bactéries pathogènes… En contrepartie, le microbiote est protégé et hébergé par le corps humain, dans des conditions qui lui sont favorables.

■ La symbiose entre deux êtres vivants conduit ces derniers à présenter de **nouveaux caractères**. Ces nouveaux caractères ne sont pas définis génétiquement. On utilise la notion de **phénotype étendu** pour décrire l'ensemble formé par les caractères de l'organisme déterminés génétiquement, et ceux issus du fonctionnement de l'organisme dans son milieu.

■ La symbiose **modifie le phénotype étendu** des êtres vivants impliqués dans celle-ci, et contribue donc à la diversification du vivant.

B. Associations à bénéfices unilatéraux

■ Les associations entre êtres vivants ne sont pas toujours des associations à bénéfices réciproques. Dans certaines situations, un organisme (le parasite) s'associe de manière durable à un autre organisme (l'hôte) et puise ses ressources dans l'hôte, sans contrepartie : on parle de **parasitisme**. Dans le cas du parasitisme, les bénéfices sont donc **unilatéraux** et le parasite a un **effet négatif** sur l'hôte.

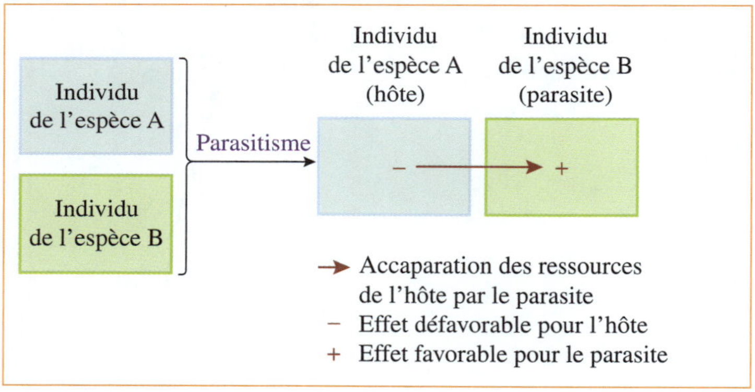

Figure 2 *Principe du parasitisme*

■ Le parasitisme conduit à des modifications (métaboliques, morphologiques, comportementales) des êtres vivants impliqués dans cette relation.

Ex. : La limnée (« escargot d'eau ») peut être parasitée par *Leucochloridium paradoxum* (ver trématode). Le parasite s'installe dans les tentacules oculaires de la limnée, et s'agite, ce qui rend la limnée très repérable pour les prédateurs (voir la *figure 3*, p. 99). De plus, il conduit la limnée à quitter la protection de la végétation pour se percher bien en vue : elle devient facilement visible pour des oiseaux qui la mangent, permettant au parasite de poursuivre son cycle de vie.

© Michel Loup/Biosphoto

Figure 3 *Limnée non parasitée (à gauche) et limnée parasitée par* Leucochloridium paradoxum *(à droite)*

■ Certains parasites sont des **pathogènes** pour l'être humain.

Ex. : Plasmodium falciparum, agent du paludisme, est transmis d'humain à humain par la piqûre d'un moustique (247 millions de cas dans le monde en 2021 selon l'OMS).

■ Le parasitisme **modifie le phénotype étendu** du parasite et de l'hôte. Le parasitisme participe donc à la diversification du vivant.

2 Utilisation des composants du milieu

■ Certains animaux utilisent des composants du milieu qui les entoure (feuilles, branches, brindilles…), notamment pour construire leur habitat.

© Bildagentur Zoonar GmbH/Shutterstock

Figure 4 *Cigogne construisant un nid*

© Chase Dekker/Shutterstock

Figure 5 *Castor construisant un barrage*

■ Cette utilisation des composants du milieu **module le phénotype étendu des animaux** et participe ainsi à la diversification du vivant.

3 Transmission culturelle de comportements

■ Au sein d'une même espèce, des **comportements différents** peuvent être observés dans les différentes populations.

Ex. : Chez le bruant à couronne blanche (oiseau), chaque population produit des chants différents en fonction de leur localisation. Ainsi, au sein de cette espèce, le chant est une source de diversité.

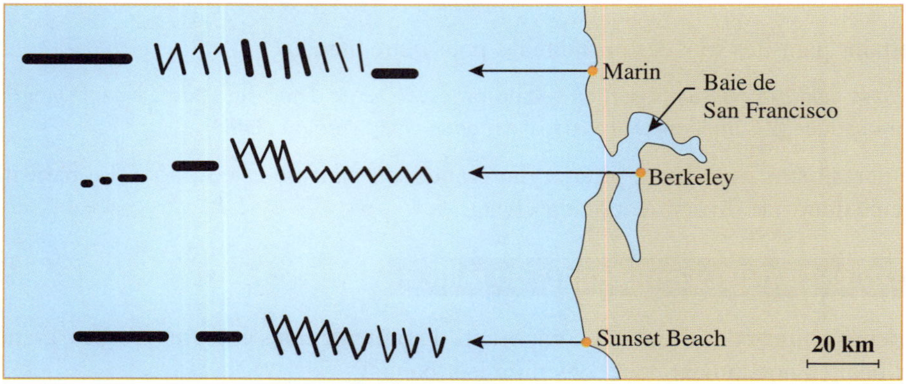

Figure 6 *Les différents chants au sein de l'espèce de bruant à couronne blanche*

■ L'**utilisation d'outils** (par exemple, les chimpanzés utilisant des brindilles pour récupérer des termites), la **culture** (notamment dans les sociétés humaines) sont autant de comportements qui présentent eux aussi une diversité au sein des espèces.

■ Les comportements sont transmis entre contemporains, et de génération en génération : il y a donc une **transmission culturelle des comportements** au sein des populations animales.

■ Les comportements au sein d'une espèce subissent une évolution. De nouveaux comportements peuvent apparaître : ces derniers peuvent être sélectionnés, ou non, en fonction de l'avantage qu'ils procurent. Ils peuvent aussi être perdus par hasard.

■ La transmission culturelle de comportements participe donc à la diversification du vivant, car elle modifie le phénotype étendu des animaux.

5 La chronologie des événements géologiques par l'étude des roches

Un objet géologique (une faille, une roche, un minéral…), quelles que soient ses dimensions, témoigne d'une histoire que l'on peut reconstituer par l'application de méthodes chronologiques.

1 Chronologie relative

■ La **chronologie relative** ordonne les événements géologiques ou biologiques, les uns par rapport aux autres sans préciser d'âge.

A. Principes de la chronologie relative

■ La chronologie relative s'appuie sur les relations géométriques entre deux structures géologiques ainsi que sur leur contenu en fossiles. Les principes de la chronologie relative s'appliquent à toutes les échelles : paysage, affleurement, échantillon, lame mince.

■ Les couches géologiques ou strates se déposent horizontalement. Lorsque l'on observe deux strates superposées, la strate supérieure est toujours la plus jeune. C'est le **principe de superposition**.

Figure 1 *Falaises d'Étretat en Normandie*

■ Une strate est de même âge sur toute son étendue : c'est le **principe de continuité**.

■ Les strates sont plus anciennes que les failles ou les roches qui les recoupent : c'est le **principe de recoupement**.

Figure 2 *Faille recoupant des strates plus anciennes*

■ Toute roche, ou tout fragment de roche, inclus dans une autre roche est plus ancien : c'est le **principe d'inclusion**.

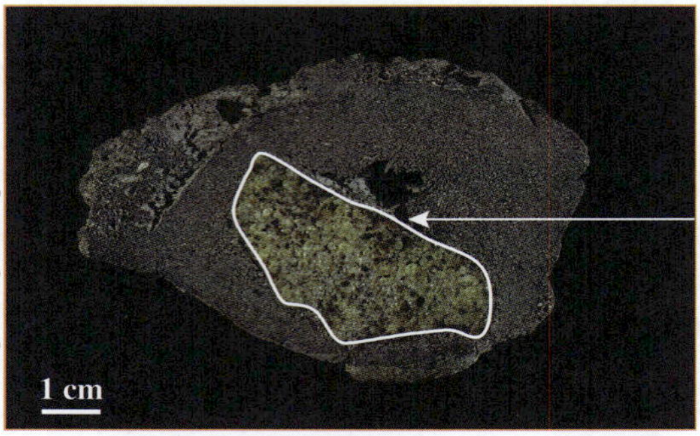

© Monique Berger/Biosphoto

Figure 3 *Enclave de péridotite dans un basalte*

■ Deux couches qui ont le même contenu en fossiles (contenu paléontologique) sont de même âge : c'est le **principe d'identité paléontologique**. Ce principe repose sur l'utilisation d'associations de fossiles stratigraphiques. Les **fossiles stratigraphiques** ont pour caractéristiques d'être des fossiles ayant évolué rapidement (durée d'existence brève de l'espèce, ils caractérisent alors une période « précise »), présentant une aire de répartition vaste (corrélation temporelle possible entre zones éloignées) et abondants. Ils sont alors utilisés pour caractériser des intervalles de temps.

Ex. : Les ammonites sont de bons fossiles stratigraphiques et sont caractéristiques du Jurassique et du Crétacé.

B. Limites de la chronologie relative

■ La chronologie relative présente des limites d'utilisation. Par exemple, il est difficile d'appliquer le principe de superposition dans des zones où la tectonique a été importante : l'ordre des strates peut être inversé. Il faut alors avoir recours à des critères de polarité pour définir l'ordre de succession des strates.

© Jean-Philippe Delabelle/Biosphoto

Figure 4 *Pli couché de Saint-Clément dans les Alpes*

2 Chronologie absolue

■ La **chronologie absolue** fournit un âge absolu (années, millions d'années) et mesure la durée de phénomènes géologiques ou biologiques.

A. Principe de la chronologie absolue

■ La chronologie absolue s'appuie sur la désintégration radioactive, un phénomène continu et irréversible.

■ Certains minéraux des roches contiennent des éléments radioactifs (nommés éléments pères) au moment de leur cristallisation. Ces éléments radioactifs se désintègrent progressivement en éléments radiogéniques (nommés éléments fils). Ils sont d'autant plus abondants qu'il s'est écoulé du temps depuis la cristallisation de la roche.

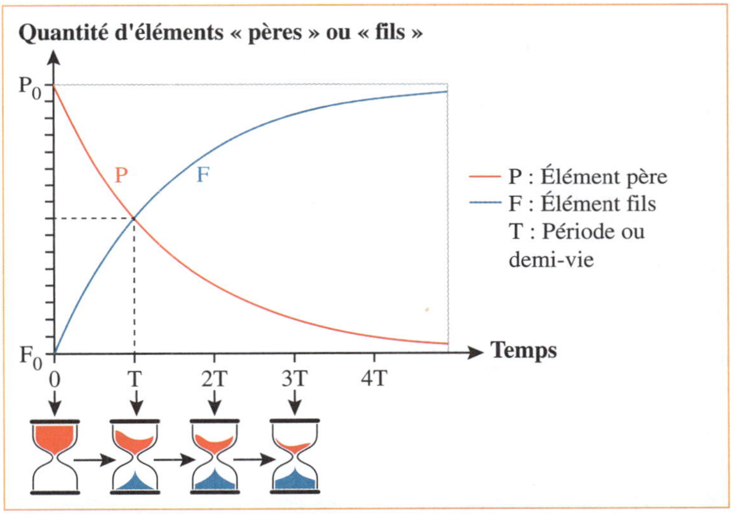

Figure 5 *Courbe de désintégration radioactive dans le cas où la quantité initiale d'éléments fils est nulle*

■ La quantification de l'élément père radioactif et de l'élément fils radiogénique permet de déterminer l'âge des minéraux constitutifs d'une roche à l'aide de courbes de référence ou par calcul à partir du coefficient directeur d'une droite isochrone.

■ Les datations peuvent s'effectuer sur des **roches magmatiques**, des **roches métamorphiques** (utilisation des roches totales ou de leurs minéraux isolés) ou sur des **restes d'êtres vivants** (os, dent, bois).

■ L'âge obtenu est celui de la **fermeture du système** considéré (formation du minéral ou de la roche, mort de l'être vivant). Cette fermeture correspond à l'arrêt de tout échange entre le système considéré et l'environnement, par exemple quand un cristal solide se forme à partir d'un magma liquide.

B. Chronomètres utilisés en géologie

> **Remarque**
> Dans les exercices, on donne parfois la constante radioactive (*lambda*, λ). Elle est liée à la période par la formule : (λ) = ln(2)/période.

■ Différents **chronomètres** (couples père-fils) sont classiquement utilisés en géologie. Ils se distinguent par la période ou demi-vie de l'élément père. La **période ou demi-vie** d'un élément radioactif est caractéristique de cet élément et désigne le temps au bout duquel la moitié des noyaux pères initialement présents se sont désintégrés.

■ Le choix du chronomètre dépend de l'âge supposé de l'objet à dater, qui peut être appréhendé par chronologie relative.

Chronomètres utilisés classiquement en géologie

Couple		Demi-vie	Domaine de datation
Élément père	Élément fils		
^{14}C	^{14}N	5 730 années	< 40 000 ans
^{40}K	^{40}Ar	$1,25 \times 10^9$ années	1 à 4 500 Ma
^{238}U	^{206}Pb	$4,47 \times 10^9$ années	10 à 4 500 Ma
^{87}Rb	^{87}Sr	$4,88 \times 10^{10}$ années	10 à 4 500 Ma

C. Limites de la chronologie absolue

■ Comme la chronologie relative, la chronologie absolue présente aussi des limites d'utilisation.

Ex. : Des roches magmatiques peuvent subir du métamorphisme : le système est alors de nouveau ouvert et la date obtenue sera celle de l'épisode métamorphique et non celle de cristallisation de la roche.

3 Corrélation entre chronologie relative et chronologie absolue

■ La corrélation entre chronologie relative et chronologie absolue aboutit à l'**échelle internationale des temps géologiques** ou **échelle stratigraphique**.

■ L'apparition ou la disparition de groupes fossiles a permis d'établir des coupures dans les temps géologiques.

Ex. : La crise biologique durant laquelle les dinosaures ont disparu (–65 Ma) permet de séparer la période Crétacé de l'ère Cénozoïque.

■ Ces événements permettent de découper les temps géologiques en différents intervalles de temps : ères, périodes, étages.

■ Les méthodes de chronologie absolue permettent de caler temporellement les événements ordonnés par chronologie relative.

Voir l'échelle des temps géologiques page suivante.

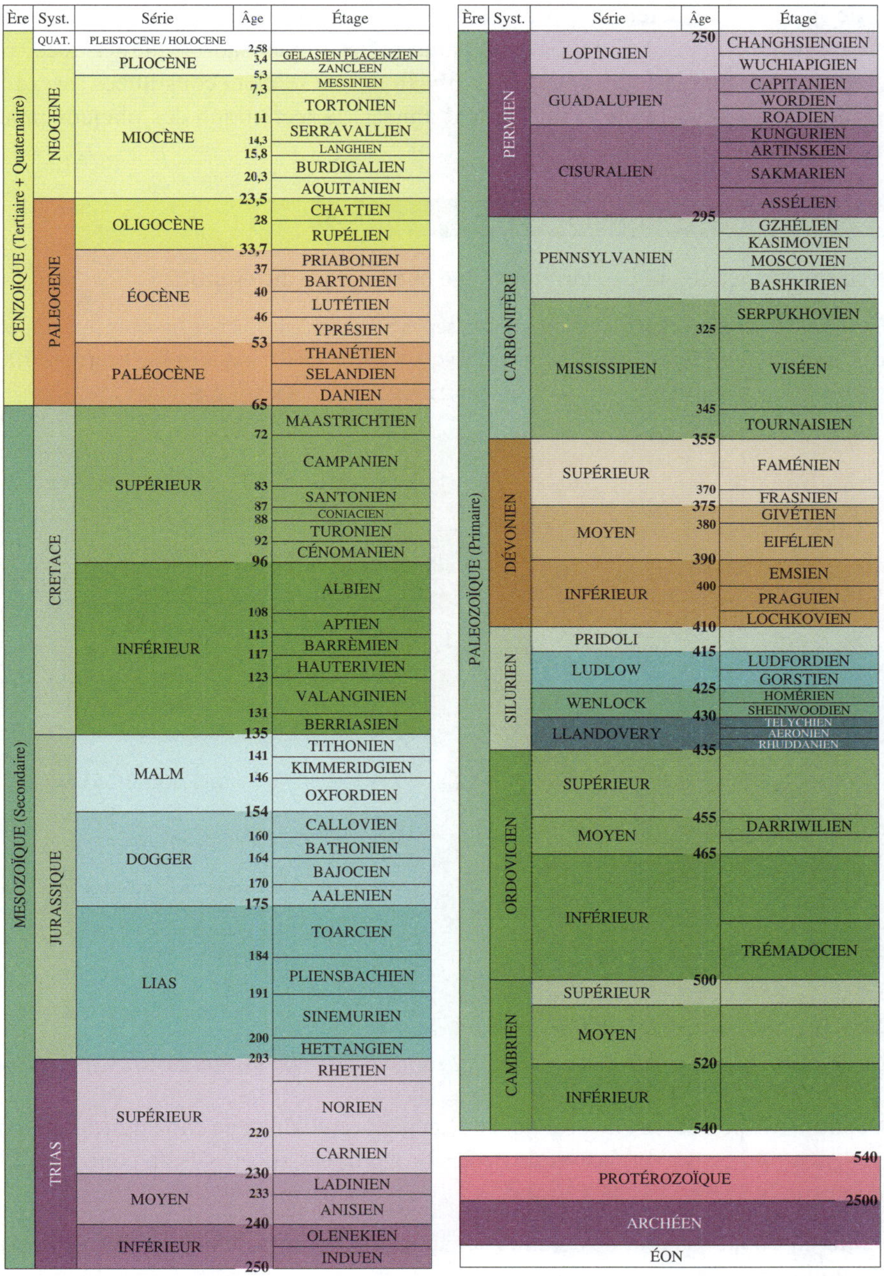

Figure 6 *Échelle internationale des temps géologiques*

6 La reconstitution de l'histoire géologique de la Terre

L'âge de la Terre est déterminé précisément par les méthodes de datation absolue : la Terre s'est formée il y a 4,57 milliards d'années. Des modélisations numériques récentes suggèrent que les premières **plaques lithosphériques** se seraient constituées assez tôt dans son histoire. Depuis au moins 3 milliards d'années, la tectonique des plaques modèle la surface de la Terre.

1 Des domaines continentaux d'âges variés

- Les continents associent des terrains d'âge et de nature différents.

Ex. : Dans le Massif des Vosges, des formations sédimentaires cénozoïques (g, q1, q2 et q3) côtoient des formations mésozoïques (t1, t2 et t3), des formations sédimentaires paléozoïques (h1, h2…), protérozoïques (bk) et des formations magmatiques paléozoïques (15 et 17).

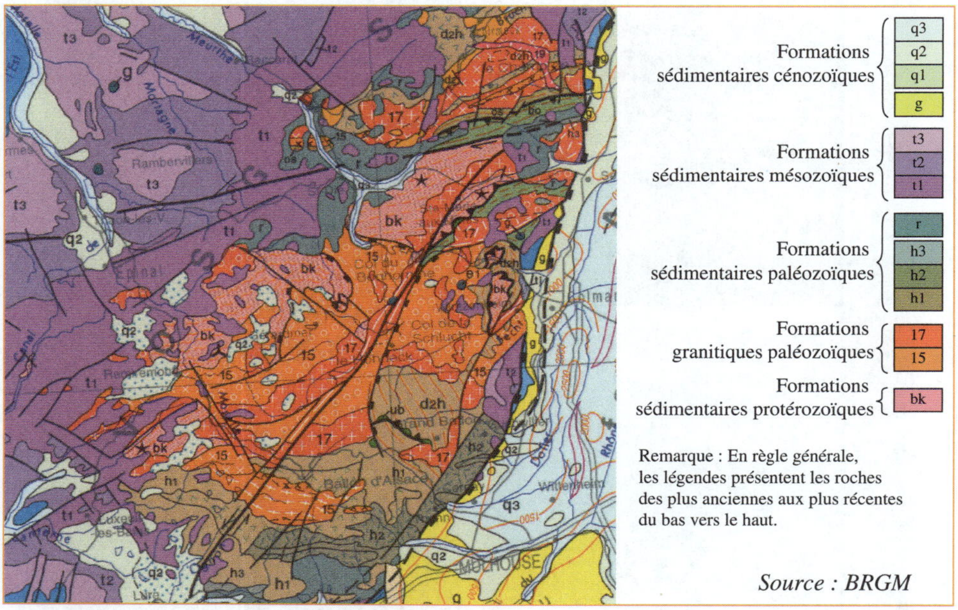

Figure 1 *Extrait de la carte géologique de France ($1/10^6$) au niveau du Massif des Vosges*

- Les continents présentent des reliquats d'anciennes chaînes de montagnes (aussi appelées **ceintures orogéniques**) issues de cycles orogéniques successifs au cours de l'histoire géologique de la Terre.

- Ces reliquats sont souvent des granites et autres roches apparentées dont la composition minéralogique et autres roches apparentées est caractéristique des collisions (réunion de blocs continentaux) à l'origine des chaînes de montagnes.

Ex. : En France métropolitaine, on peut mettre en évidence l'existence de reliquats de quatre anciennes ceintures orogéniques grâce à l'étude des granites.

> **Remarque**
> **Granitoïdes** est la dénomination sur la carte géologique de France des **granites** au sens large.

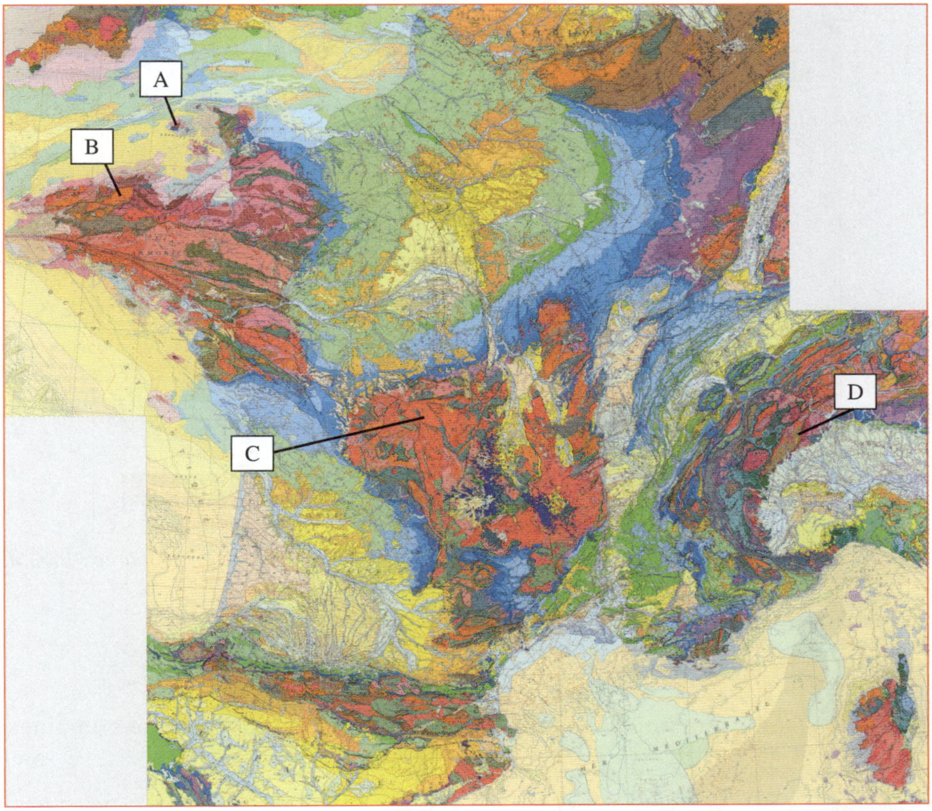

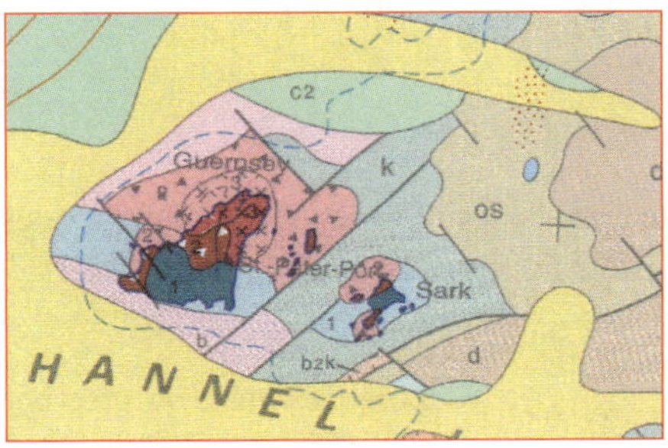

A : Île de Guernesey

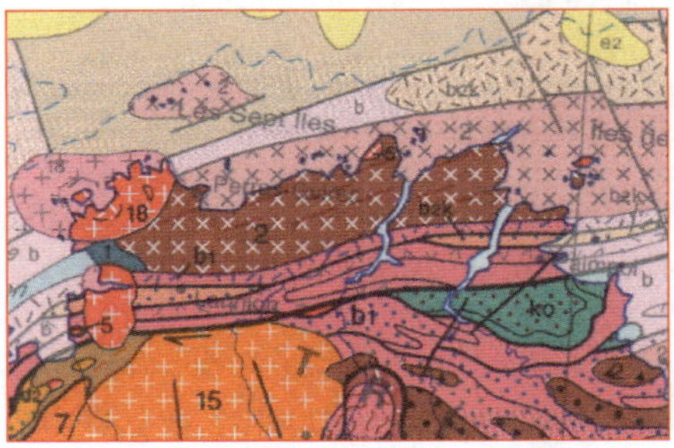

B : Massif armoricain (détail)

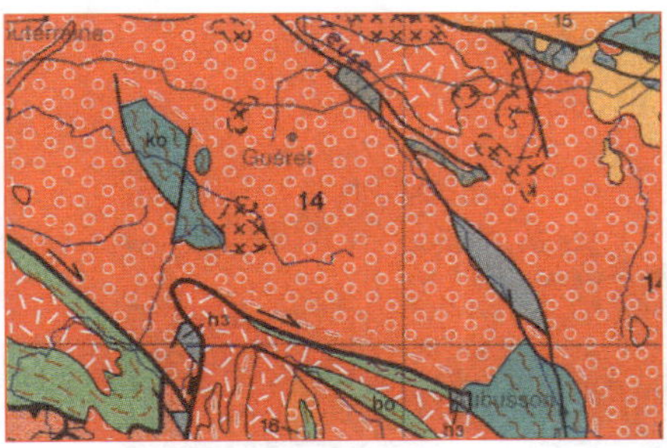

C : Massif central (détail)

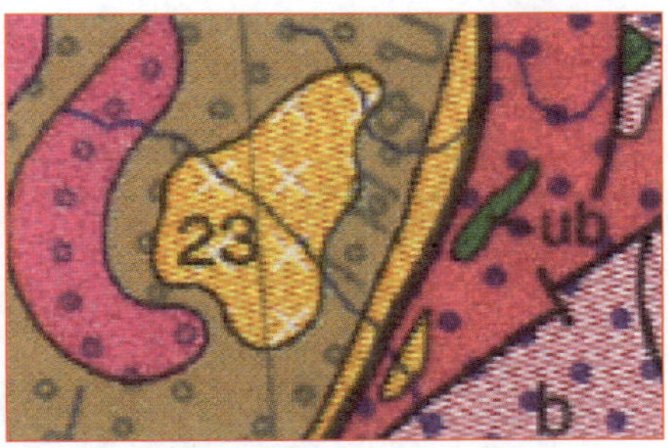

D : Alpes Lépontines

Légende simplifiée des principales formations visibles sur les extraits :

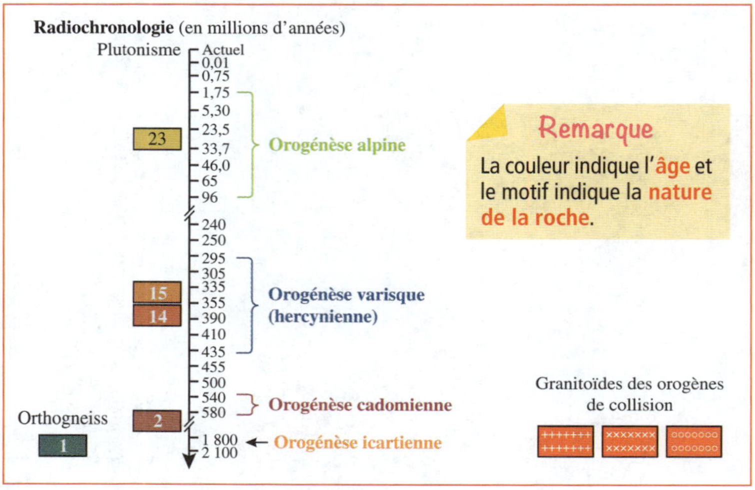

Source : BRGM

Figure 2 *Reliquats d'anciennes ceintures orogéniques à l'aide de la carte géologique de France (1/10^6)*

■ Les **roches métamorphiques** sont aussi des reliquats d'anciennes chaînes de montagnes.

2 Des traces d'océans disparus

■ Il est possible d'observer sur les continents une succession de roches caractéristiques de la lithosphère océanique (péridotite, gabbro et basalte) : on les nomme **ophiolites**.

Ex. : Dans les Alpes, on observe dans le massif du Chenaillet une succession de péridotite, de gabbro et de basalte qui témoignent de l'océan alpin disparu.

> **Remarque**
> **Ophiolites** vient du grec *ophis* signifiant serpent car les roches ont l'aspect de peau de serpent.

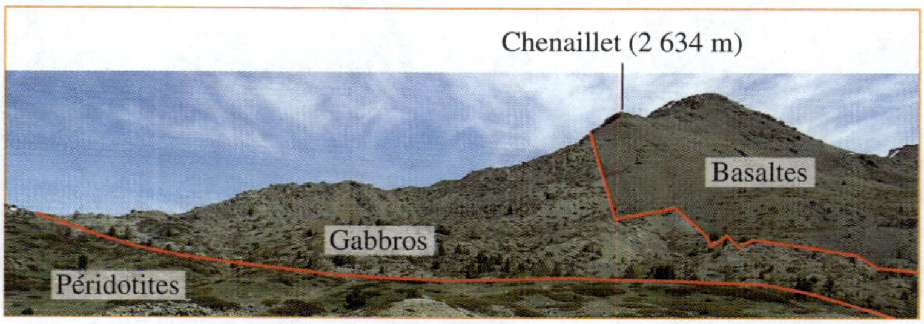

© Florent Figon

Figure 3 *Panorama au niveau du massif du Chenaillet dans les Alpes*

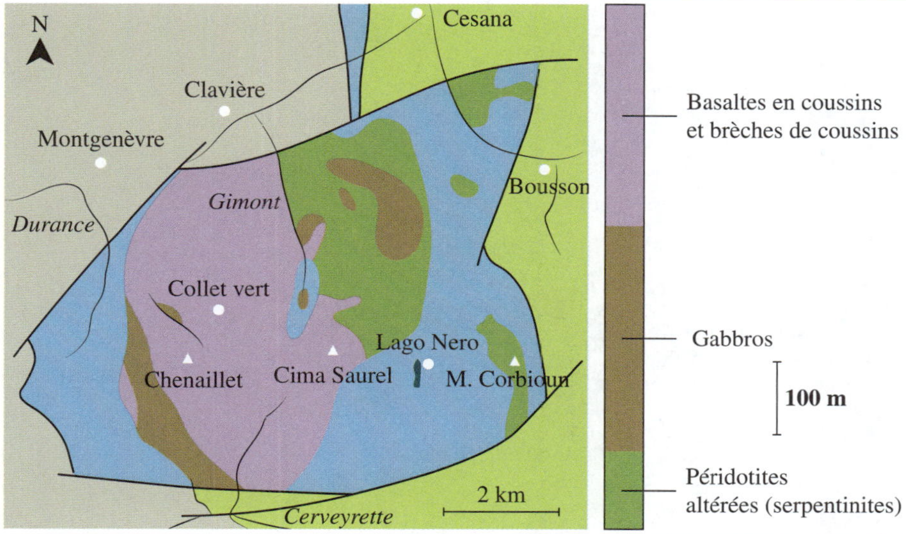

Figure 4 *Carte géologique simplifiée du Massif du Chenaillet et log simplifié associé*

> **Remarques**
> - Une **carte géologique** représente les roches visibles à l'**affleurement**.
> - Un **log** représente la **succession verticale** des roches.

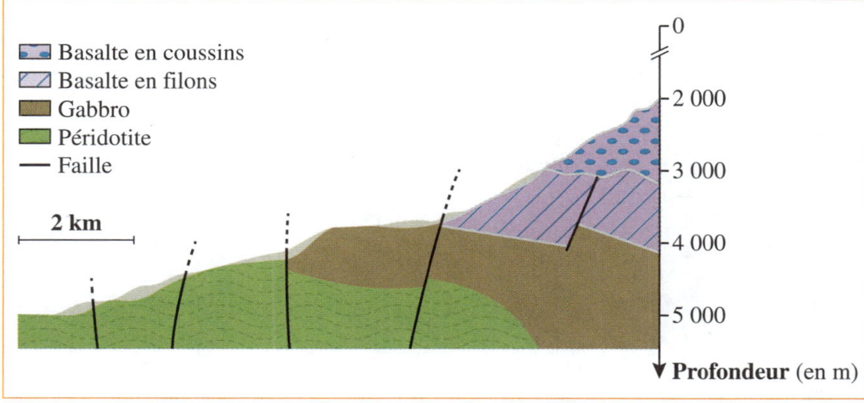

Figure 5 *Coupe géologique au niveau de la faille VEMA (dorsale médio-atlantique) présentant l'organisation de la lithosphère océanique actuelle*

■ Dans les chaînes de montagnes, les complexes ophiolitiques forment des sutures qui témoignent de la fermeture de domaines océaniques, suivie de la collision de blocs continentaux par convergence de plaques lithosphériques.

■ La mise en place d'ophiolites résulte d'une **exhumation** (retour à la surface par mouvements tectoniques) de roches ayant subi le phénomène de **subduction** puis d'**obduction** (lithosphère océanique ne s'enfonçant plus sous la lithosphère continentale, mais au contraire, tendant à la chevaucher).

> **Remarque**
> L'unité mécanique en mouvement lors d'une **subduction** est bien la **lithosphère**.

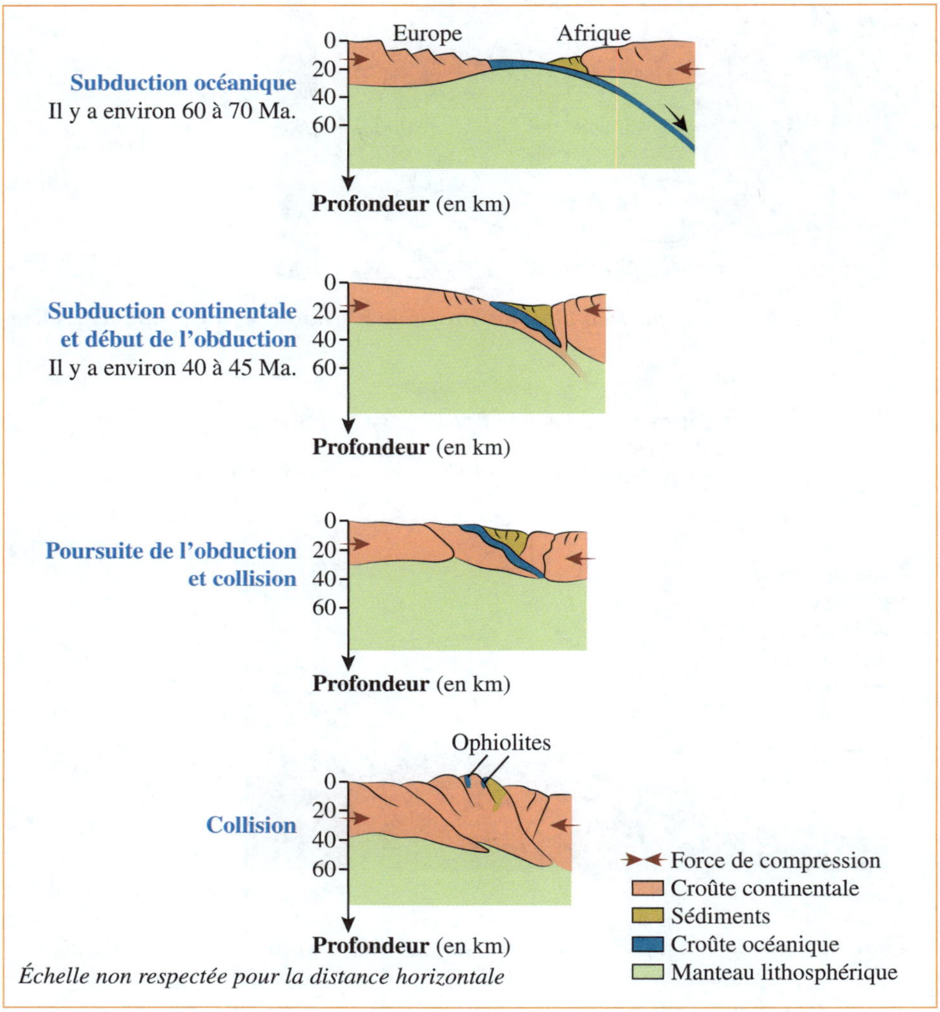

Figure 6 *Scénario possible de mise en place d'ophiolites par obduction dans les Alpes*

3 Des indices d'une fragmentation continentale et d'une ouverture océanique

■ Les **marges passives** bordant un océan portent des marques d'extension : on y trouve des failles normales et des blocs basculés. Ils témoignent de la fragmentation initiale du domaine continental ayant précédé la naissance de l'océan.

Définition

Les **marges** sont les **zones de transition** entre la croûte continentale et la croûte océanique.

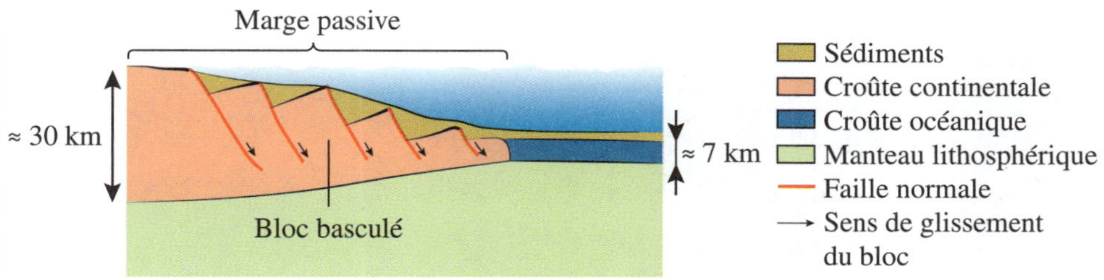

Figure 7 *Structure d'une marge passive actuelle*

■ La présence de blocs basculés associés à des failles normales en milieu totalement continental est un indice d'une ancienne marge passive.

Ex. : Dans les Alpes, au niveau de la région du Pelvoux, on observe des blocs basculés en milieu totalement continental, traces de l'ouverture de l'océan alpin.

■ Les stades initiaux de la fragmentation continentale correspondent aux **rifts continentaux**.

Ex. : Dans les Afars (Afrique de l'Est), on observe en domaine continental des blocs basculés et des failles normales : il s'agit d'un rift continental.

■ La **fragmentation continentale** est souvent suivie par la **mise en place de nouvelles dorsales**. Elles produisent alors de la **croûte océanique** (accrétion océanique) conduisant à la formation d'un océan (océanisation).

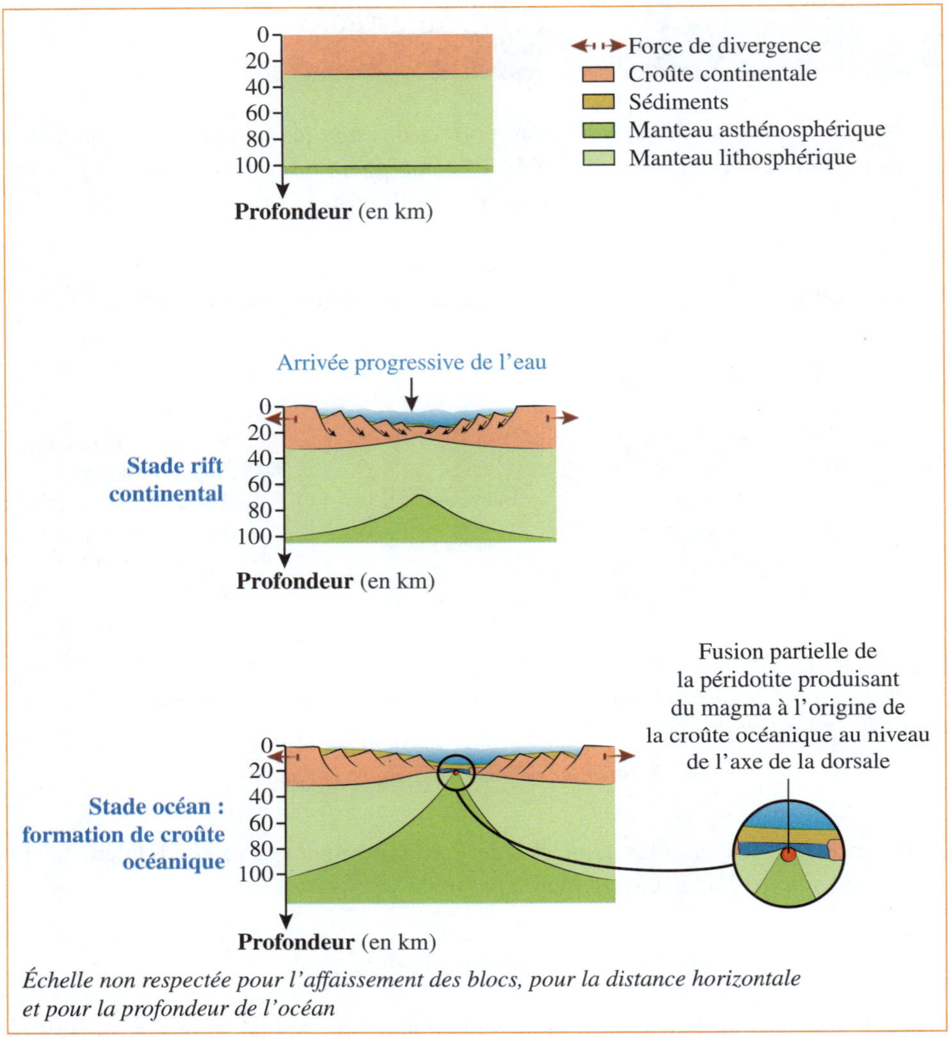

Figure 8 *De la fragmentation continentale à l'ouverture d'un océan*

4 Les reconstitutions paléogéographiques

■ La datation (relative et absolue) des différents indices permet de définir le déroulement d'un **cycle orogénique** : fragmentation d'un domaine continental, formation d'un océan, subduction/obduction puis collision formant la chaîne de montagnes.

Il y a donc des **périodes de réunion de blocs continentaux**, liées a des collisions orogéniques, et des **périodes de fragmentation** conduisant à la mise en place de nouvelles dorsales.

■ Au cours des temps géologiques, les cycles orogéniques se succèdent et permettent de déterminer différentes **périodes paléogéographiques**.

7 L'organisation des plantes à fleurs

Les plantes à fleurs, aussi appelées plantes **Angiospermes**, représentent la plus grande partie des espèces végétales terrestres. Fixées au sol par leurs racines, elles ne peuvent pas se déplacer pour s'approvisionner en eau et ions minéraux, pour fuir un herbivore ou bien encore pour rencontrer un partenaire parfois éloigné *(voir chapitre 9)*. Au cours de leur évolution, des caractères sont apparus et ont été sélectionnés en lien avec la vie fixée.

Remarque
Angiosperme vient du grec *sperma* « graines » et *angeion* « récipient » : les graines sont enfermées dans les fruits.

1 Organisation générale d'une plante à fleurs

■ Les plantes à fleurs sont à l'interface entre deux milieux très différents : l'un souterrain (le sol) et l'autre aérien (l'atmosphère). Elles puisent les ressources nécessaires à leur développement dans ces deux milieux grâce à deux organes fondamentaux : les racines et les feuilles. La tige fait le lien entre l'**appareil racinaire** et l'**appareil foliaire**.

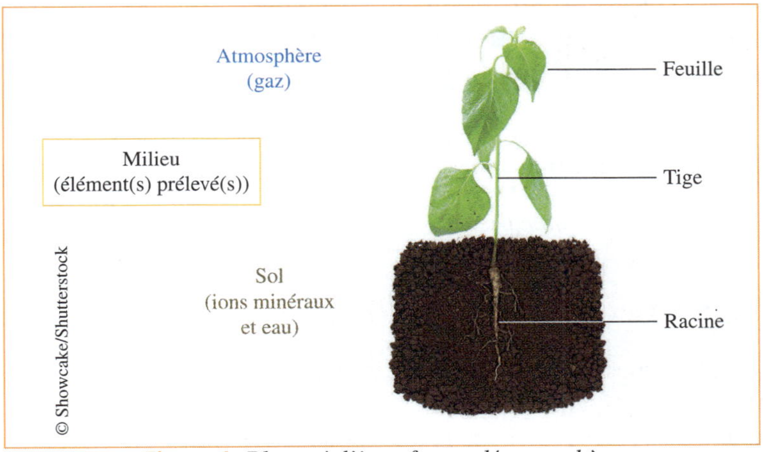

Figure 1 *Plante à l'interface sol/atmosphère*

A. Absorption d'éléments nutritifs et ancrage par les racines

■ Les racines permettent l'absorption de l'eau et des ions minéraux du sol ainsi que la fixation de la plante dans le sol. L'absorption est réalisée par de longues cellules, les **poils absorbants**.

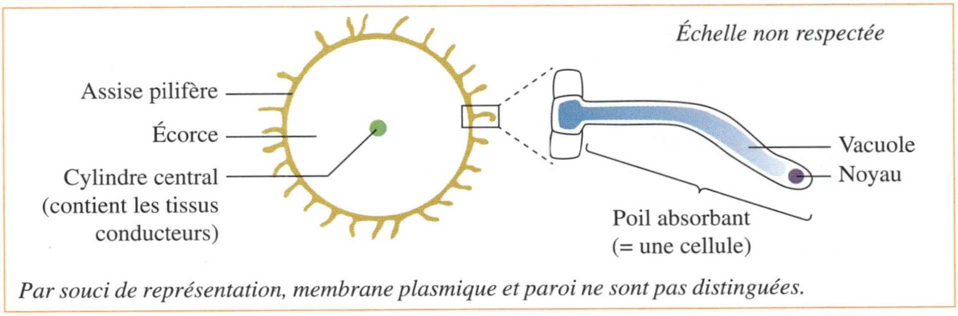

Figure 2 *Structure d'une racine en coupe transversale*

SPÉCIALITÉ SVT

B. Production de matière organique par les feuilles

■ Les feuilles sont des organes généralement aplatis, portés latéralement par les tiges. Elles réalisent la **photosynthèse** : production de matière organique à partir de matière minérale (CO_2) avec la lumière comme source d'énergie.

■ Les feuilles possèdent à la surface de leur épiderme des **stomates**. Les stomates sont formés par deux cellules stomatiques délimitant un orifice, l'**ostiole**. Les échanges gazeux (CO_2, O_2, H_2O) entre la plante et l'atmosphère se réalisent par les ostioles. Ils peuvent être fermés ou ouverts selon les conditions du milieu.

Remarque
Les **stomates** sont souvent sur la face inférieure de la feuille, limitant les pertes d'eau lors de fortes chaleurs.

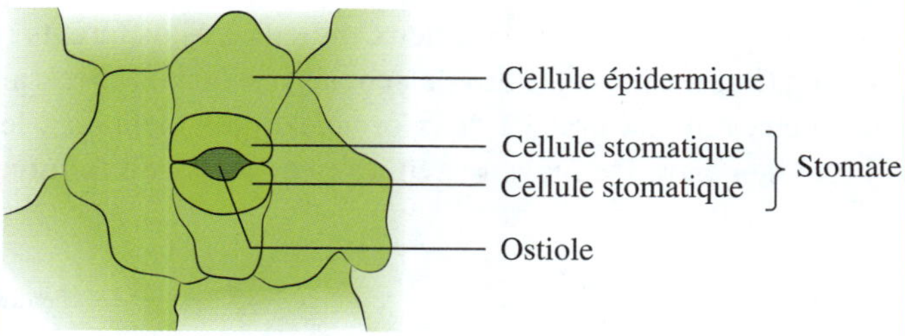

Échelle non respectée et par souci de représentation, membrane et paroi ne sont pas distinguées

Figure 3 *Stomates au niveau de l'épiderme des feuilles*

C. Port des feuilles et des organes reproducteurs par la tige

■ Les tiges sont la partie aérienne de la plante portant les feuilles à la lumière et, au moment de la reproduction, les organes reproducteurs (fleurs et fruits). Elles font le lien entre les racines et les feuilles. Elles présentent une organisation répétitive de **phytomères**.

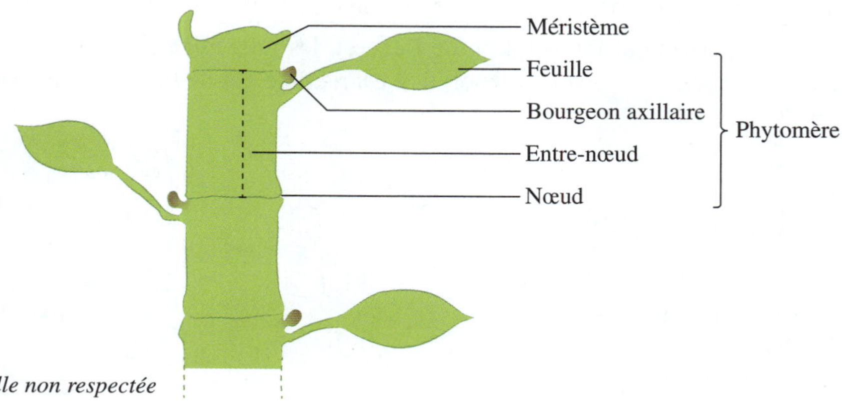

Échelle non respectée

Figure 4 *Organisation répétitive d'une tige*

D. Conduction des sèves par les tissus du xylème et du phloème

■ Des tissus conducteurs canalisent les circulations de matière dans la plante, notamment entre les racines (lieux d'approvisionnement en matière minérale), les feuilles (lieux de synthèse organique) et les lieux de stockage (fruits, graines, tubercules…).

■ Les **tissus du xylème** transportent la **sève brute** (eau et ions minéraux) et les **tissus du phloème** transportent la **sève élaborée** (eau et sucres principalement).

2 Développement d'une plante à fleurs

■ Le développement d'une plante associe croissance et différenciation d'organes à partir de **méristèmes**. Un méristème est un groupe de cellules indifférenciées qui ont la capacité de se diviser un nombre indéfini de fois, formant des tissus et des organes.

> **Remarque**
> Les **méristèmes** ne sont présents que chez les végétaux.

Figure 5 *Localisation des méristèmes dans une plante*

■ La **croissance** consiste en une **multiplication cellulaire par mitoses** dans les méristèmes, suivie d'**élongation cellulaire**.

■ La **différenciation des cellules** formées lors de la phase de croissance permet la mise en place des différents **organes** (tiges, feuilles, racines, fleurs).

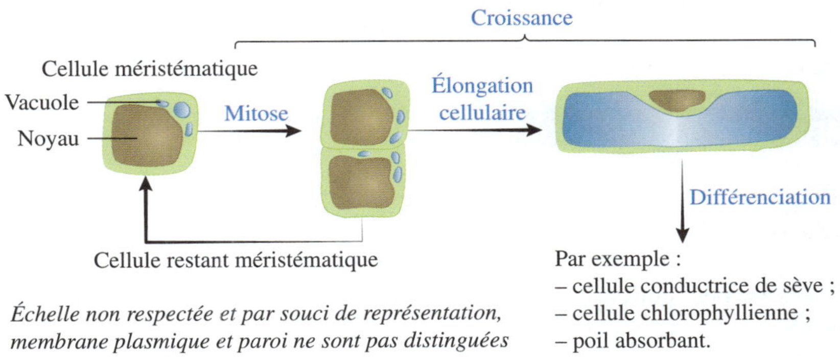

Figure 6 *Principe du développement d'une plante*

■ Le développement d’une plante est contrôlé par des **hormones végétales**.

Ex. : L’auxine stimule la croissance de la tige et les cytokinines stimulent la croissance des racines.

■ Le développement d’une plante est aussi influencé par les **conditions du milieu**.

Ex. : La lumière influence la croissance des plantes : elles croissent dans sa direction, sous l’effet d’une distribution différentielle de l’auxine.

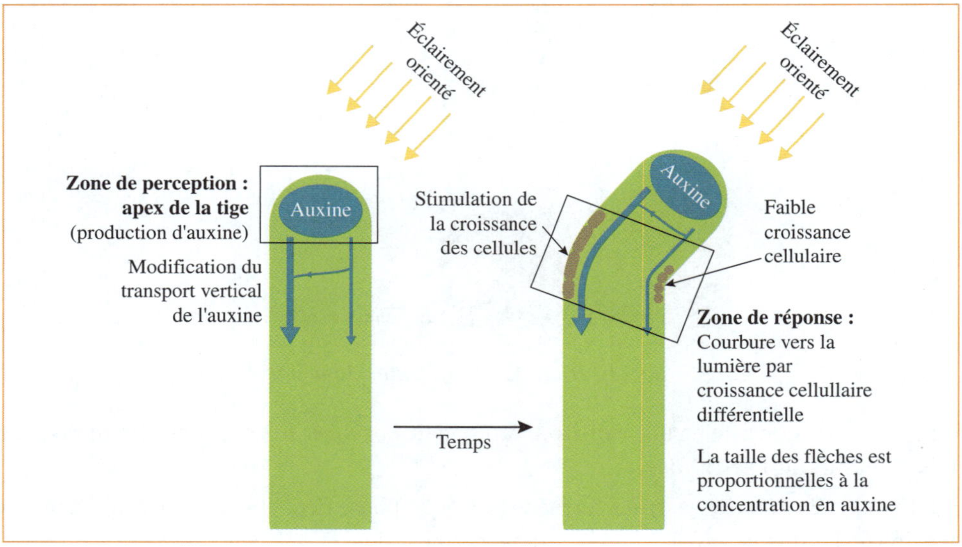

Figure 7 *Croissance de plants de tomates en direction de la lumière et schéma d’interprétation*

3 Adaptations à la vie fixée

■ L’organisation des plantes à fleurs traduit des adaptations à la vie fixée sélectionnées au cours de l’évolution.

■ Les plantes ne peuvent pas fuir les herbivores. Elles présentent des **moyens de lutte** contre ceux-ci.

Ex. : La menthe produit une huile essentielle (le menthol) qui éloigne les herbivores.

■ Les plantes subissent de plein fouet les variations climatiques, qu'elles soient journalières ou saisonnières. Elles possèdent des moyens de lutte contre les variations des conditions du milieu.

Ex. : Moins de stomates sont ouverts aux heures les plus chaudes de la journée permettant de limiter les pertes en eau.

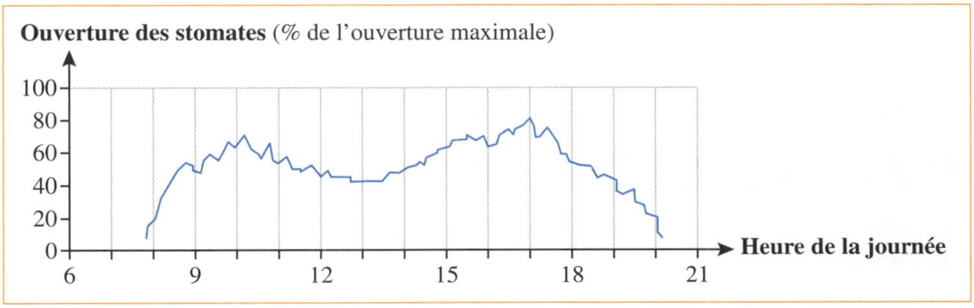

Figure 8 *Variation de l'ouverture des stomates en fonction de l'heure de la journée*

■ La croissance permanente des plantes permet le développement de **grandes surfaces d'échanges** entre la plante et son environnement (sol et atmosphère).

Ex. : Pour un pied de seigle (hauteur comprise entre 1 et 2 m), on a pu évaluer la longueur totale des racines à plusieurs dizaines de kilomètres et leur surface absorbante à 470 m^2. Pour un arbre feuillu de 24 mètres de haut, on a pu évaluer la surface foliaire entre 294 et 470 m^2.

Remarque

Les **surfaces absorbantes** calculées pour les deux exemples sont de l'ordre de 400 m^2, à titre de comparaison, un terrain de basket fait environ 420 m^2.

■ Dans la majorité des cas, l'absorption par les racines est facilitée par des **symbioses**. Ces symbioses font souvent intervenir des champignons : ce sont les **mycorhizes**. Elles permettent l'exploration d'une plus grande surface de sol que des racines seules.

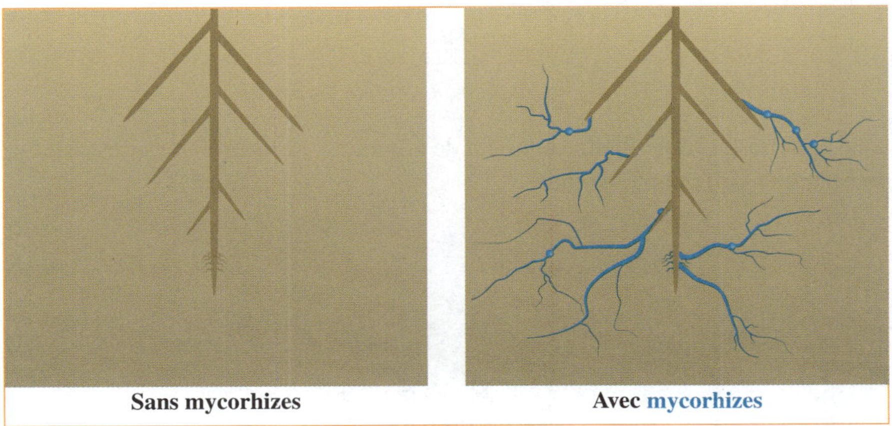

Figure 9 *Surface explorée par des racines sans et avec mycorhizes.*

8 La production de matière organique par les plantes

Les plantes sont des organismes autotrophes : elles ont uniquement besoin d'eau, de minéraux et d'énergie lumineuse pour produire leur matière organique. Elles produisent cette matière organique par photosynthèse selon l'équation-bilan simplifiée suivante :

$$6\,CO_2 + 6\,H_2O \xrightarrow{\text{énergie lumineuse}} C_6H_{12}O_6 + 6\,O_2$$

dioxyde de carbone (CO_2), eau (H_2O), glucose ($C_6H_{12}O_6$), dioxygène (O_2)

1 Localisation de la photosynthèse

■ Les feuilles de la plante sont les organes spécialisés dans la production de la matière organique par photosynthèse.

■ Le tissu photosynthétique de la feuille est appelé **parenchyme chlorophyllien**. Il est constitué de plusieurs couches de cellules chlorophylliennes, spécialisées dans la photosynthèse.

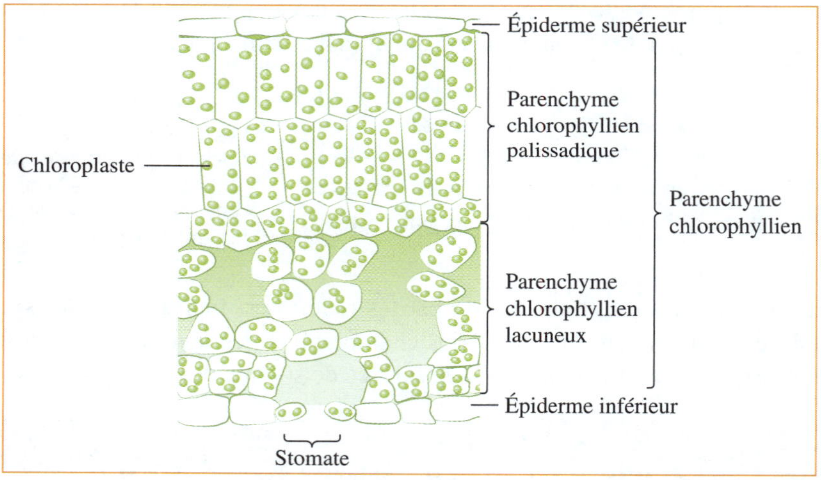

Figure 1 *Coupe transversale de feuille*

■ Chaque cellule chlorophyllienne contient de nombreux **chloroplastes**. Les chloroplastes sont les organites de la photosynthèse.

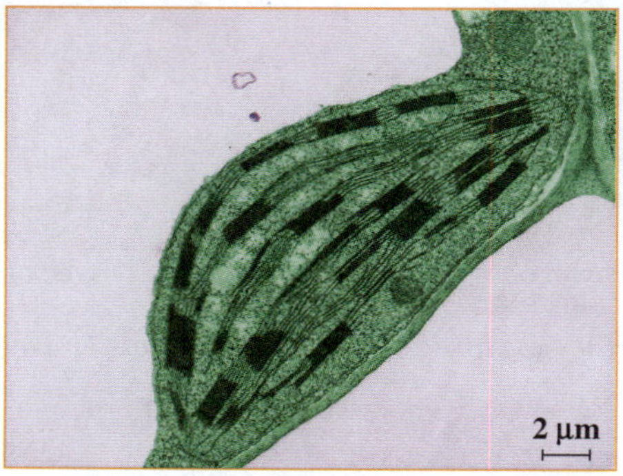

Figure 2 *Chloroplaste observé au microscope électronique (fausses couleurs)*

■ Le chloroplaste est un organite contenant de nombreux compartiments membranaires : les **thylakoïdes**. L'espace délimité par les membranes du chloroplaste et dans lequel baignent les thylakoïdes est le **stroma**.

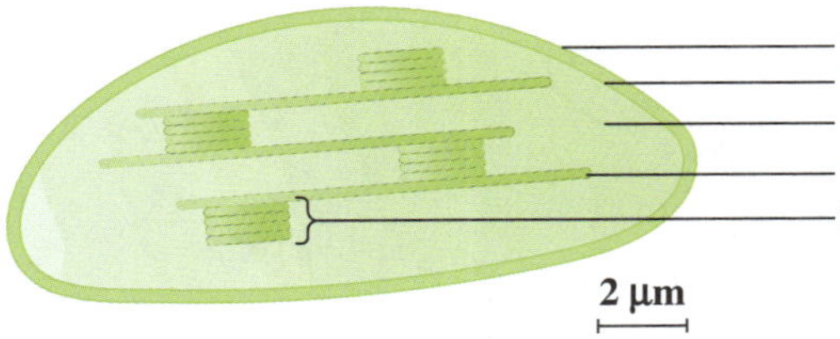

Figure 3 *Structure d'un chloroplaste*

2 Déroulement de la photosynthèse

■ La photosynthèse se réalise en deux étapes dépendantes l'une de l'autre : la **phase photochimique** et la **phase chimique**.

A. Phase photochimique de la photosynthèse

■ La phase photochimique dépend directement de la lumière. Elle se déroule au niveau de la membrane des thylakoïdes.

> **Remarque**
> On appelle encore aussi cette phase « **la phase claire** » car elle dépend directement de la lumière.

■ L'énergie lumineuse est captée par des pigments chlorophylliens (notamment la chlorophylle *a*) présents au sein de **photosystèmes** de la **chaîne photosynthétique**, au niveau de la membrane des thylakoïdes.

■ La chlorophylle *a*, excitée par l'énergie lumineuse, perd un électron : celui-ci circule dans la chaîne photosynthétique conduisant à la production de composés réduits (NADPH, H^+). Ces composés réduits seront utilisés lors de la phase chimique de la photosynthèse.

■ La chlorophylle *a* oxydée retrouve son état initial grâce à la **photolyse de l'eau** au niveau de la chaîne photosynthétique. La photolyse de l'eau est une réaction d'**oxydation** : les électrons libérés permettent de régénérer la chlorophylle *a*. Cette oxydation est associée à une libération d'O_2.

> **Définitions**
> **État oxydé** : une molécule à l'état oxydé a libéré des électrons.
> **État réduit** : une molécule à l'état réduit a capturé des électrons.
> **Oxydation** : une réaction chimique d'oxydation est une réaction où un ou plusieurs électrons sont libérés par une molécule.

> **Remarque**
> L'eau provient de la **sève brute**.

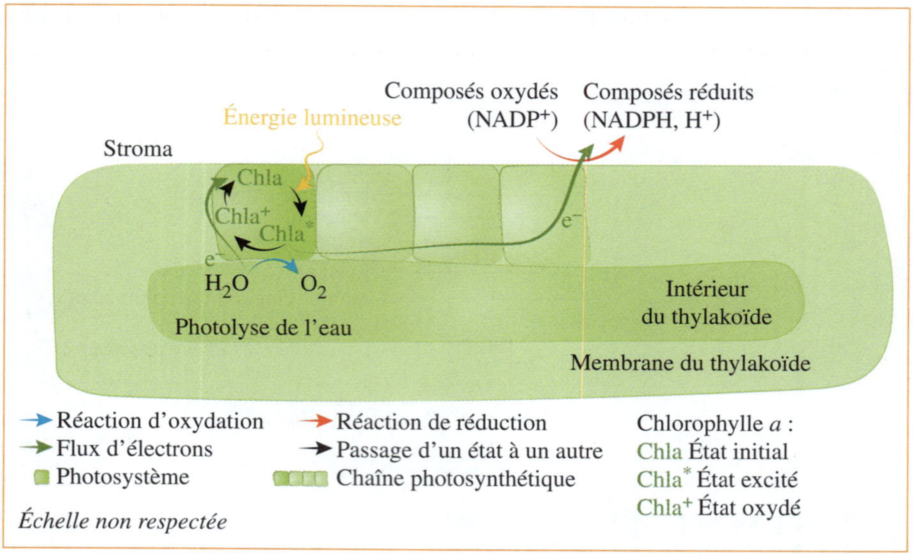

Figure 4 *Déroulement de la phase photochimique de la photosynthèse au niveau des thylakoïdes*

■ Lors de la **phase photochimique**, il y a donc **conversion de l'énergie lumineuse en énergie chimique**.

B. Phase chimique de la photosynthèse

■ La phase chimique de la photosynthèse ne dépend pas directement de la lumière. Elle se déroule au niveau du stroma et correspond à des réactions organisées en un cycle : le **cycle de Calvin-Benson**.

■ Lors du cycle de Calvin-Benson, l'oxydation des composés réduits $(NADPH, H^+)$ produits lors de la phase photochimique permet la réduction du CO_2 aboutissant à la production de glucose et d'autres sucres solubles (matière organique).

> **Remarque**
> On appelle encore cette phase la « **phase sombre** » car elle ne dépend pas directement de la lumière.

> **Définition**
> **Réduction** : réaction chimique où un ou plusieurs électrons sont capturés par une molécule.

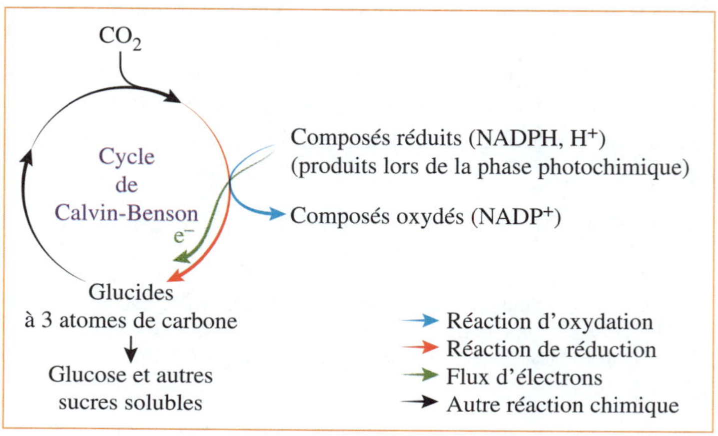

Figure 5 *Déroulement de la phase chimique de la photosynthèse au niveau du stroma des chloroplastes*

3 Devenir des sucres produits lors de la photosynthèse

■ Les sucres produits par la photosynthèse circulent dans toute la plante *via* la **sève élaborée**.

■ Ces sucres sont métabolisés dans les différents organes, grâce à des **enzymes** variées. Les produits de ce **métabolisme** assurent des fonctions biologiques différentes dont notamment :
– la croissance et le port dressé de la plante ;
– le stockage de réserves ;
– les interactions avec d'autres espèces.

■ La **croissance** et le **port dressé** de la plante sont permis grâce à la production de **cellulose** (polymère de glucoses) et de lignine. Ces deux molécules structurent la **paroi végétale** et la **lignine** participe à sa rigidification.

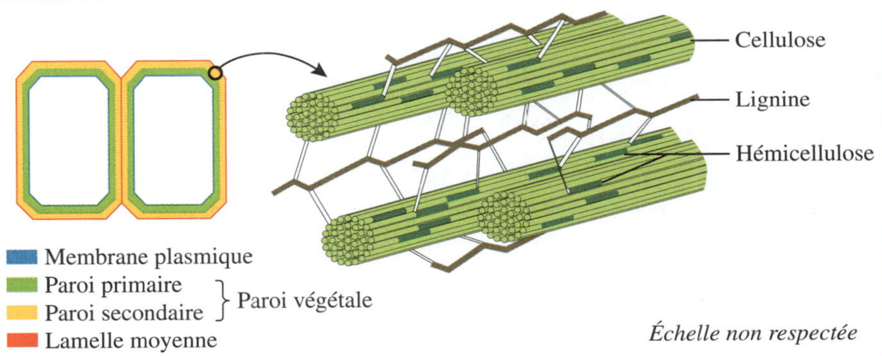

Figure 6 *Structure simplifiée de la paroi végétale secondaire*

■ Le **stockage de réserves** dans différents organes est effectué sous différentes formes : glucides (saccharose, amidon,…), protéines, lipides.

■ Le stockage de réserves peut permettre de résister aux conditions défavorables.

Ex. : La pomme de terre (tubercule) est l'organe du plant de pomme de terre qui passe l'hiver. Le tubercule stocke de l'amidon. Au printemps, cette réserve est utilisée permettant la croissance du nouveau plant de pomme de terre à partir du tubercule.

■ Le stockage de réserves joue aussi un rôle dans la reproduction sexuée.

Ex. : Le grain de blé contient des réserves sous forme de protéines. Ces réserves sont nécessaires à la germination de la graine et à la formation du nouveau plant de blé.

■ Les produits du métabolisme des sucres photosynthétiques jouent aussi un rôle dans les interactions avec d'autres espèces. Certains interviennent dans des **interactions mutualistes** tandis que d'autres interviennent dans des **interactions compétitives**.

Ex. : Les anthocyanes (pigments retrouvés dans les pétales notamment) permettent d'attirer les pollinisateurs (interaction mutualiste) tandis que les tanins permettent la défense contre les herbivores (interaction compétitive).

9 La reproduction des plantes à fleurs

Les plantes à fleurs sont appelées **Angiospermes**. Elles ont deux modalités de reproduction : **sexuée** (impliquant des **gamètes** mâles et femelles) et **asexuée**, qui leur permettent de se disséminer dans l'environnement, malgré leur fixation au sol par les racines.

1 Reproduction asexuée

■ Les capacités de reproduction asexuée et de croissance indéfinie des plantes sont exploitées depuis longtemps par les humains pour leurs cultures. Ainsi, la technique du bouturage consiste à obtenir une nouvelle plante à partir d'un fragment d'organe isolé (tige, feuille…).

Figure 1 *La technique du bouturage*

Une tige placée dans l'eau forme des racines, ce qui permet d'obtenir une nouvelle plante.

■ Certaines plantes, comme le fraisier, émettent des tiges à croissance horizontale, les stolons, capables de s'enraciner pour former un nouveau plant.

Figure 2 *La reproduction asexuée du fraisier grâce aux stolons*

■ Ces modes de reproduction asexuée montrent que les cellules végétales sont capables de se dédifférencier puis de se redifférencier ensuite en tous les types cellulaires. Cette propriété est appelée la **totipotence**.

2 Reproduction sexuée

A. Organisation de la fleur

■ Chez les Angiospermes, la reproduction sexuée est assurée par la **fleur**.
– Les gamètes femelles, ou **ovules**, sont contenus dans l'ovaire, faisant partie du **pistil**.
– Les gamètes mâles sont contenus dans les grains de **pollen**, produits par les **étamines**.

■ Lors de la **pollinisation**, les grains de pollen d'une fleur se déposent sur le stigmate d'une fleur de la même espèce. Chaque ovule peut ainsi être fécondé par un gamète mâle.

■ Les pétales et les sépales, qui forment les parties stériles de la fleur, peuvent présenter des caractéristiques variées (taille, forme, couleur…) et jouer un rôle important dans la fonction de reproduction, en particulier pour la collaboration avec des espèces animales.

Figure 3 *Coupe longitudinale dans une fleur*

B. Autofécondation

■ La fécondation des gamètes femelles par les gamètes mâles de la même fleur est appelée **autofécondation**. Elle est possible dans certains cas : elle permet ainsi la colonisation d'un milieu par reproduction sexuée, même en l'absence d'autres plantes de la même espèce dans l'environnement proche.

■ Chez de rares espèces, l'autofécondation est obligatoire. C'est par exemple le cas du blé, car la fécondation a lieu alors que les fleurs ne sont pas ouvertes.

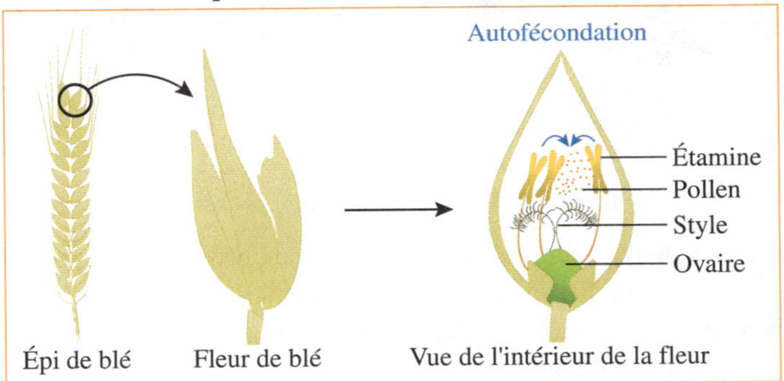

Figure 4 *Autofécondation chez le blé*

Un épi de blé est formé de nombreuses fleurs.

■ Cependant, l'autofécondation limite les possibilités de **brassage génétique** (voir *chapitre 1*).

C. Fécondation croisée

■ Divers **mécanismes d'incompatibilité**, favorisant la **fécondation croisée** entre individus différents, ont été sélectionnés au cours de l'évolution.

Ils peuvent être :
- génétiques (pas de fécondation possible si le grain de pollen est génétiquement similaire aux cellules de l'ovaire) ;
- anatomiques (séparation des parties mâles et femelles) ;
- temporels (maturité différée de l'ovaire et des étamines).

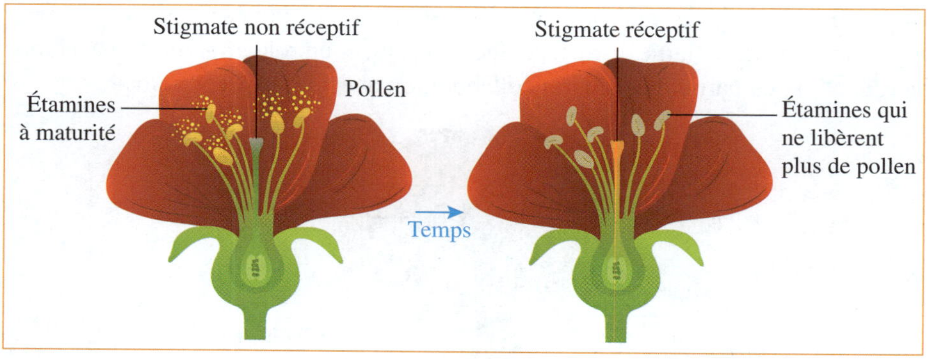

Figure 5 *Exemple de mécanisme empêchant l'autofécondation*

La maturité différée des organes mâles et femelles dans une même fleur favorise la fécondation croisée.

■ Certaines fleurs ou plantes sont **unisexuées** : elles ne portent que des organes mâles ou femelles. L'autofécondation est donc impossible.

■ La fécondation croisée implique la mobilité du pollen et donc son transport par un vecteur. Chez certaines espèces, comme les céréales, le pollen est transporté par le vent, mais pour 90 % des plantes à fleurs, les vecteurs sont des animaux **pollinisateurs**, principalement des insectes.

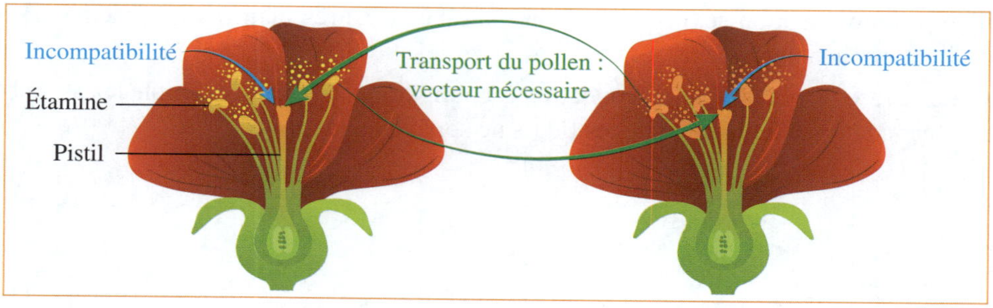

Figure 6 *La fécondation croisée implique le transport du pollen*

■ Les espèces dont le pollen est transporté par le vent en produisent des quantités massives. Leurs fleurs sont de petite taille et peu colorées, leurs stigmates peuvent être longs et plumeux, ce qui maximise les chances d'intercepter des grains de pollen, qui sont eux de petite taille (en moyenne 30 µm) et légers.

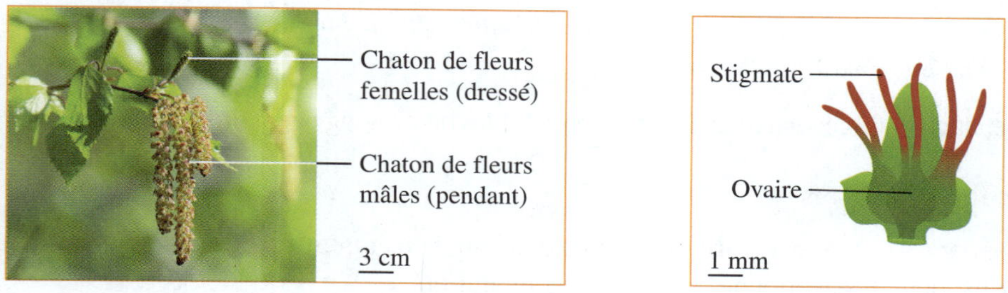

Figure 7 *Chatons de bouleau portant les fleurs et dessin d'une écaille de chaton de bouleau portant trois fleurs femelles*

■ Les espèces dont la pollinisation repose sur une **collaboration avec une espèce animale** présentent des fleurs aux caractéristiques particulières : grands pétales blancs ou colorés (par des pigments comme les anthocyanes), odeur et nectar sucré qui attirent les pollinisateurs.

Lorsque l'animal se nourrit, tout en participant à la reproduction de l'espèce végétale, on peut qualifier l'interaction de **mutualiste** car les bénéfices sont réciproques.

Ex. : L'organisation de la fleur de sauge favorise la pollinisation par les insectes tout en empêchant l'autofécondation. Le pollen ne peut pas atteindre directement le stigmate de la même fleur, mais s'accroche à l'insecte venu se nourrir de nectar, grâce au basculement des étamines. L'insecte dépose ensuite le pollen sur le stigmate d'une autre fleur de la même espèce.

© Aviavlad/Shutterstock

Figure 8 *Une inflorescence de sauge*

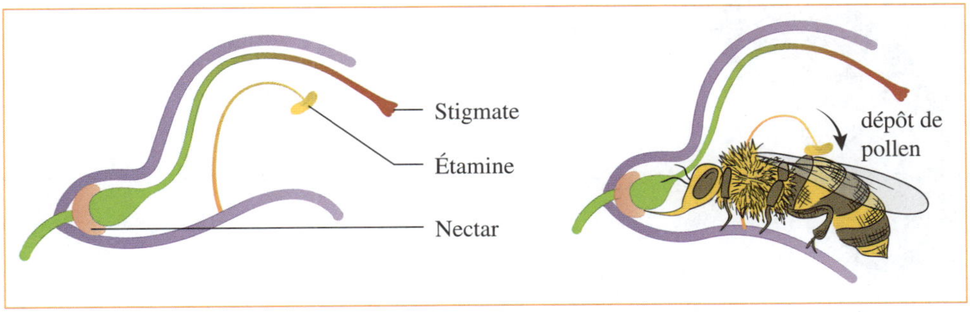

Figure 9 *Collaboration entre la fleur de sauge et son pollinisateur*

■ Certaines espèces d'orchidées présentent la forme, les motifs, la texture, voire l'odeur, caractéristiques de la femelle de leur pollinisateur. Le mâle de cette espèce peut alors être leurré et tenter de se reproduire tout en se couvrant de pollen au passage. Le mâle dépose ensuite ce pollen sur le pistil d'une autre fleur.

■ L'adaptation très spécifique d'une fleur avec son pollinisateur montre que l'évolution des deux espèces s'est faite conjointement : on parle de **coévolution**.

© Viktor Loki/Shutterstock

Figure 10 *Orchidée du genre Ophrys et abeille pollinisatrice*

SPÉCIALITÉ SVT

D. De la fleur au fruit

■ Le grain de pollen déposé sur le stigmate émet un tube permettant au gamète mâle d'atteindre l'ovule pour le féconder. À l'issue de la fécondation, chaque ovule se transforme en graine et l'ovaire se transforme en **fruit**.

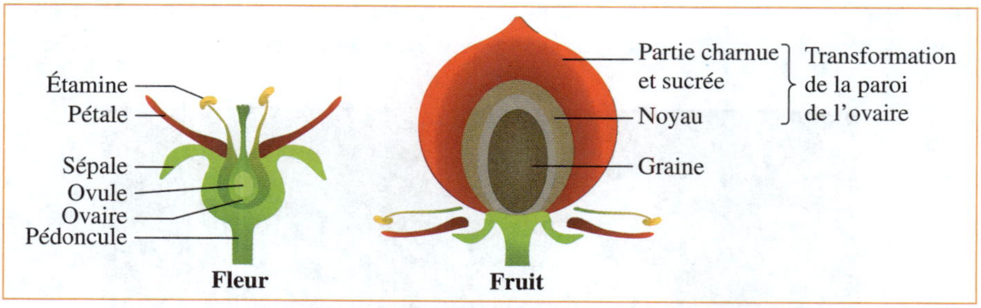

Figure 11 *De la fleur au fruit, l'exemple de la cerise*

■ Une **graine** contient l'**embryon** d'une future plante, qu'elle protège par une enveloppe résistante. Après une certaine durée de vie ralentie, dans un état de déshydratation permettant sa longue conservation, la graine peut entrer en **germination** si les conditions sont favorables (teneur en eau suffisante, température adéquate). L'embryon se développe alors en utilisant les molécules de réserve préalablement accumulées (amidon, lipides, protéines). (voir *chapitre 8*)

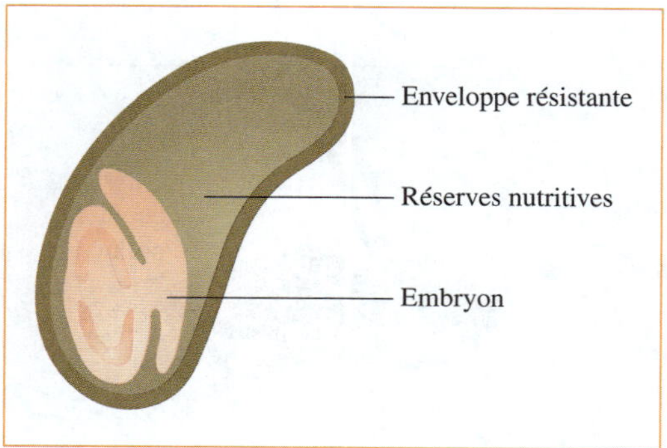

Figure 12 *Coupe longitudinale dans un grain de blé*

© Alena Brozova/Shutterstock

Figure 13 *Premières étapes de la germination d'une graine de courge*

E. Dispersion des graines

■ Une espèce d'Angiosperme peut étendre sa zone de répartition géographique, et coloniser de nouveaux milieux, à la condition que ses graines soient disséminées à distance du lieu de formation du fruit. Ainsi, les fruits et/ou les graines peuvent être transportés sur de plus ou moins longues distances et de différentes manières :
– transport par des agents physiques (vent, eau) ;
– transport par des animaux disperseurs (**interaction mutualiste** ou transport passif).

■ Différentes adaptations des fruits et des graines, permettant leur transport, ont été sélectionnées au cours de l'évolution.

Ex. : Chez le pissenlit, dont les petites fleurs sont regroupées en inflorescence, chaque ovaire se transforme en un fruit sec contenant une seule graine, surmonté d'une structure en forme de parapluie, issue de la transformation du stigmate. Cette adaptation favorise la dissémination par le vent.

© Bess Hamitii/Shutterstock

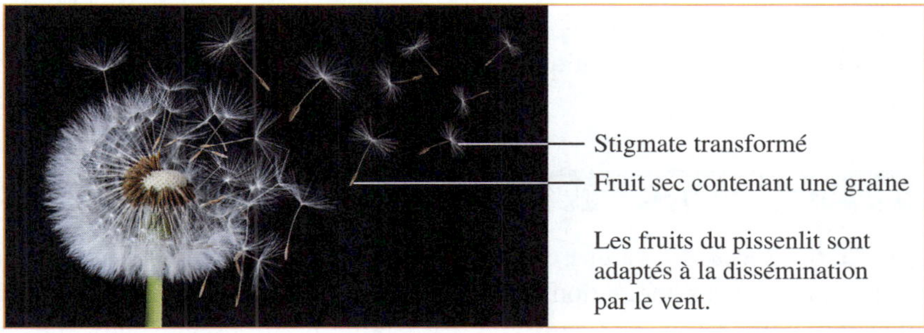

Figure 14 *Fruit du pissenlit*
Les fruits du pissenlit sont adaptés à la dissémination par le vent.

Ex. : Les fruits de la bardane sont munis de crochets et s'accrochent facilement au pelage des animaux, qui peuvent les transporter involontairement sur de longues distances.

■ De nombreux fruits, charnus et riches en ressources nutritives, attirent les animaux qui les consomment, grâce à des couleurs ou odeurs. Une fois le fruit avalé, les graines résistent à la digestion et sont évacuées dans les excréments, parfois très loin du lieu de consommation. Certaines graines très dures ont même besoin d'être soumises à la digestion par un animal pour pouvoir germer.

© Prosthetic Head/Shutterstock

Figure 15 *Fruits de la bardane*

© T. W. van Urk/Shutterstock

Figure 16 *Oiseau consommant le fruit d'une variété de pommier*

■ Ainsi, l'interdépendance entre certaines plantes à fleurs et certains animaux, pour la dissémination et la germination des graines, montre une **coévolution** entre espèce végétale et animal disperseur.

10 La domestication des plantes

Les humains utilisent les plantes comme base de leur alimentation (en particulier les **graines**, telles les céréales) et dans des domaines variés : matériaux, médicaments, cosmétiques, combustibles… Les pratiques culturales constituent donc un enjeu majeur pour l'humanité.

1 Humanité, génome et phénotype des plantes cultivées

■ Une **plante domestiquée** est une espèce végétale cultivée dont les caractéristiques sont transformées au cours des interactions avec les êtres humains. Ces transformations peuvent s'effectuer directement sur le **phénotype** (ex. : taille de la vigne), mais elles affectent souvent le **génome** des plantes. Au cours de l'histoire de la domestication, ces actions sur le génome ont d'abord été le résultat d'une sélection empirique, basée sur l'expérience et l'observation, mais sans compréhension des phénomènes en jeu.

■ Les plantes sont utiles aux êtres humains, mais ces derniers, en protégeant les cultures, en récoltant, en stockant et en semant les graines, sont également utiles aux plantes. La relation entre les plantes cultivées et les humains peut donc être qualifiée de **mutualiste**.

■ Les plantes domestiquées ont des ancêtres sauvages qu'il est parfois possible d'identifier. C'est le cas pour le maïs, cultivé depuis 10 000 ans, et dont l'ancêtre sauvage supposé est la téosinte. Le maïs et la téosinte présentent les mêmes **caryotypes** et sont capables de s'**hybrider** naturellement, c'est-à-dire de se croiser par reproduction sexuée, dans les régions où ces deux espèces coexistent.

■ Le maïs et la téosinte présentent cependant des différences phénotypiques importantes. Contrairement à son ancêtre, le maïs consacre l'essentiel de ses ressources à la production de graines. Or ce sont les graines qui sont exploitées pour l'alimentation : les caractères utiles aux êtres humains ont donc été sélectionnés au cours de la domestication.

■ Les différences phénotypiques entre le maïs et la téosinte ont pu être mises en relation avec des différences affectant un petit nombre de **gènes** impliqués dans le développement de la plante.

	Téosinte (plante sauvage)	**Maïs** (plante cultivée)
Répartition géographique	Mexique	Sur tous les continents Origine : Mexique
Organisation de la plante **f = inflorescence* femelle** **m = inflorescence mâle**	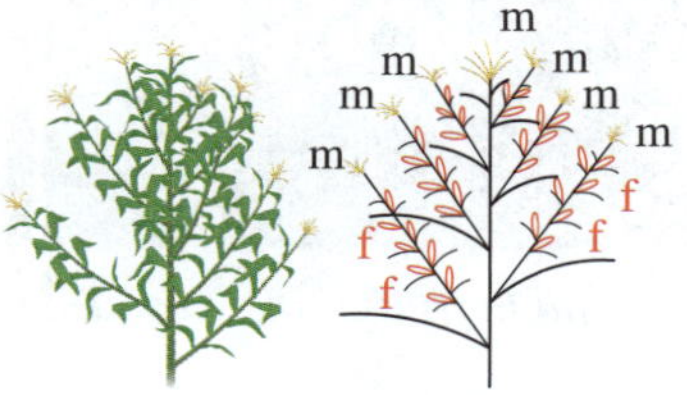 Présence de rameaux latéraux, **en lien avec une faible expression du gène tb1**[1]	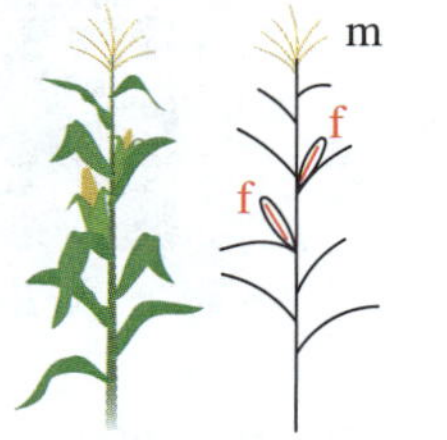 Plante à tige unique, **en lien avec une forte expression du gène tb1**

Organisation des inflorescences femelles : les épis	 Longueur : 5 cm Nombre moyen de grains : 10	 Longueur : 30 cm Nombre moyen de grains : 500
Caractéristiques des grains	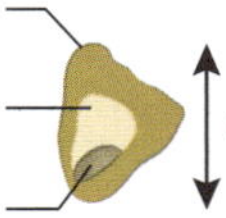 – Les grains tombent au sol. – L'enveloppe protectrice résiste au passage dans le tube digestif des oiseaux, principaux disperseurs des graines. – La présence d'une enveloppe dure est **en lien avec l'allèle sauvage du gène tga1**[2] (codon AAG en position 6).	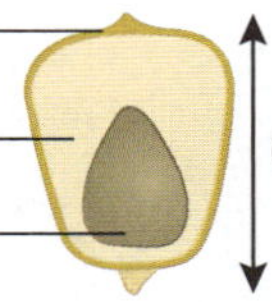 – Les grains ne se détachent pas spontanément. – Les grains ne sont pas protégés. – La présence d'une enveloppe souple est **en lien avec l'allèle muté du gène tga1** (codon AAT en position 6).

Figure 1 *Comparaison du maïs et de son ancêtre sauvage, la téosinte*

[1] tb1 signifie « Teosinte branched gene 1 » : ce gène est impliqué dans le développement de la ramification des plantes.
[2] tga1 signifie « Teosinte glume architecture 1 » : ce gène est impliqué dans la mise en place de l'enveloppe protectrice du grain.
* Inflorescence : groupe de fleurs disposées sur une tige.

■ Chez la plante domestiquée, certaines fonctions indispensables de la plante sauvage, comme la dispersion des graines, sont assurées par l'être humain. Ainsi, l'être humain a sélectionné au cours des siècles, d'abord involontairement, des caractéristiques différentes de celles qui étaient favorables aux ancêtres sauvages des plantes domestiquées. Ces caractéristiques définissent le syndrome de domestication. Certaines espèces domestiquées perdent ainsi leur capacité à se reproduire sans l'intervention humaine.

■ On parle de **sélection artificielle** lorsque les humains choisissent de reproduire entre elles les plantes qui présentent les caractéristiques qui les intéressent : forme, taille, couleur, nombre de graines, rendement, résistance, moment de floraison ou de fructification, facilité de récolte, qualités nutritionnelles…

■ La technique d'**hybridation** consiste à croiser deux **variétés** végétales différentes, afin d'obtenir des individus présentant simultanément les caractéristiques intéressantes de ces deux variétés. La sélection variétale prend cependant de nombreuses d'années avant d'aboutir à d'éventuels résultats.

Ex. : Des croisements sont réalisés pour obtenir des tomates de grande taille résistantes au champignon parasite *Fusarium oxysporum*, qui est responsable d'une baisse importante de la production (voir chapitre 1).

SPÉCIALITÉ SVT

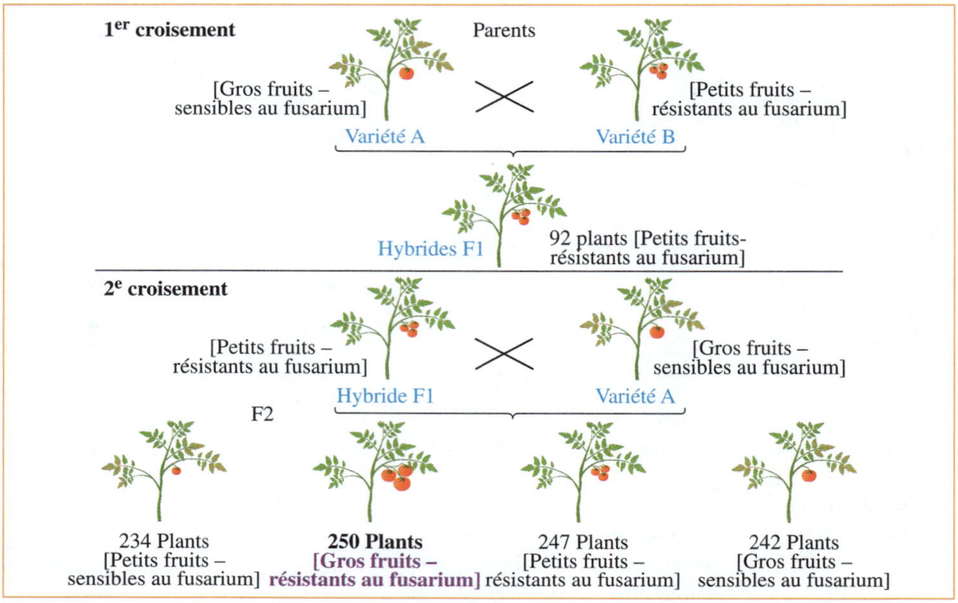

Figure 2 *Création d'une nouvelle variété de tomates par hybridation*
Différents croisements, s'appuyant sur les connaissances en génétique, permettent ensuite d'obtenir des lignées pures avec les caractéristiques recherchées.

Remarque

Les connaissances sur les brassages génétiques au cours de la reproduction sexuée ont permis l'amélioration des espèces végétales cultivées et la création de nouvelles variétés par la technique d'hybridation. Voir chapitre 1.

■ L'utilisation des **biotechnologies** permet désormais de créer de plus en plus rapidement de nouvelles variétés végétales, en agissant directement sur le génome des plantes cultivées. L'introduction d'un gène étranger, par la technique de **transgenèse**, permet d'obtenir des plantes **OGM** (Organismes Génétiquement Modifiés), dotées de nouvelles caractéristiques intéressantes *(voir aussi chapitre 2)*.

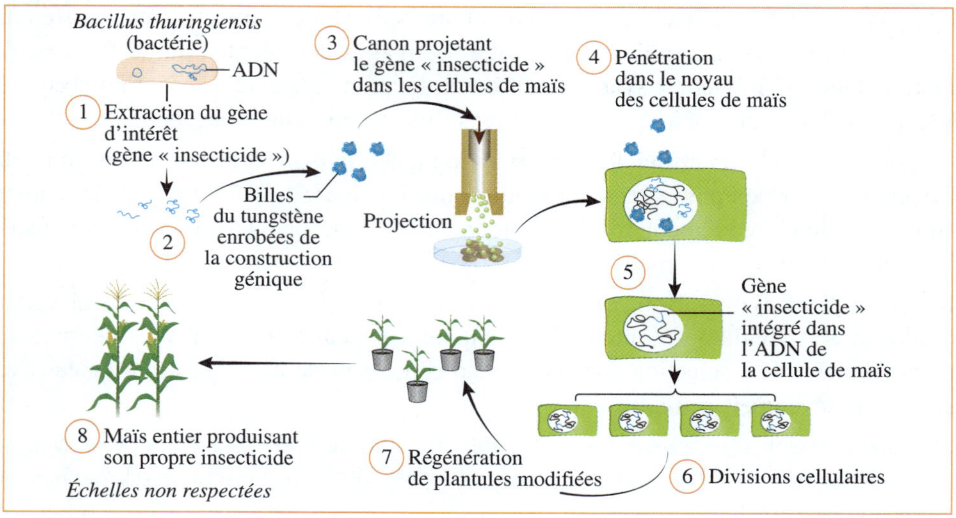

Figure 3 *Production d'un maïs transgénique résistant à un insecte ravageur des champs de maïs : la chenille de la pyrale (papillon).*

Remarque

L'**édition génomique** est une technique récente permettant d'effectuer des modifications génétiques ciblées dans les cellules, grâce à des molécules permettant de couper l'ADN en des endroits précis (« ciseaux moléculaires »). Depuis 2012, le système CRISPR-Cas9 a simplifié le procédé et permet d'introduire ou corriger des mutations, voire d'inactiver ou d'insérer un nouveau gène, sans avoir recours à la transgenèse. Cette technique est utilisée pour créer de nouvelles variétés végétales.

■ La réussite de la culture de plantes dépend de la qualité des graines que l'on sème, appelées **semences**. Les graines doivent effectivement germer pour devenir des plantes aux caractéristiques stables et homogènes correspondant à leur variété. Ainsi, la production de semences commerciales pour l'agriculture est une activité spécialisée exercée par les **semenciers**, dont certains sont des grands groupes internationaux.

2 Conséquences de la domestication sur la biodiversité végétale

A. Réduction de la biodiversité

■ Une espèce cultivée présente souvent de nombreuses variétés : c'est une forme de **biodiversité** qui découle du processus de domestication exercé par les humains dans différentes zones du globe depuis 10 000 ans.

Figure 4 *Diversité phénotypique chez la tomate (*Solanum lycopersicum*) (à droite : « tomates-cerises »)*

■ Au sein d'une espèce ou d'une variété, la **diversité génétique** correspond à la **diversité allélique**, qui résulte elle-même de mutations ayant affecté les gènes au cours de l'évolution.

■ Aujourd'hui, les trois-quarts des aliments proviennent d'à peine douze espèces végétales, sur plus de 250 000 espèces comestibles connues. Seules trois espèces, le riz, le maïs et le blé, produisent environ 60 % de la ration énergétique végétale consommée par les humains. L'Organisation des Nations Unies pour l'alimentation et l'agriculture estime que 75 % de la biodiversité des plantes cultivées s'est perdue au cours du XXe siècle et que plus de 90 % des variétés agricoles ont disparu des champs des agriculteurs. En effet, l'étude des génomes des plantes cultivées montre un appauvrissement global de la diversité allélique.

■ La diversité allélique dans une espèce cultivée n'est importante que pour un petit nombre de gènes en lien avec les phénotypes sélectionnés.

■ Même si la sélection par l'être humain a permis historiquement de faire émerger de nouvelles variétés végétales, la domestication entraîne une réduction de la diversité génétique. En effet, lorsqu'un échantillon de graines est exporté à distance de sa région d'origine, une partie de la diversité génétique est perdue par **effet fondateur** et **dérive génétique** *(voir chapitre 3)*. De plus, les techniques modernes ne sélectionnent qu'un faible nombre de variétés végétales. Enfin, la diffusion à grande échelle de variétés génétiquement homogènes par des firmes multinationales, spécialisées dans la commercialisation des semences, contribue à accélérer l'appauvrissement de la diversité allélique des espèces cultivées.

B. Fragilité des espèces cultivées

■ Comme pour les plantes sauvages, la persistance des plantes domestiques peut dépendre de leur capacité à évoluer, si leur milieu se modifie (changement climatique par exemple) ou si leurs **parasites** parviennent à contrer leurs défenses. Or, l'homogénéité génétique ne permet pas de faire face aux variations de l'environnement.

■ La réduction de la diversité au sein des plantes cultivées contribue déjà directement à leur fragilité, avec des conséquences pour les êtres humains. Certaines variétés de plantes cultivées ont ainsi perdu des moyens de défense naturels (contre les **ravageurs** ou les parasites) au cours de la domestication.

Ex. : Les larves de *Diabrotica virgifera virgifera*, un petit coléoptère également appelé « chrysomèle », sont susceptibles d'attaquer les racines du maïs et de détruire ainsi les cultures. Chez la téosinte, ancêtre du maïs, les racines émettent du ß-caryophyllène en cas d'agression. Cette substance est capable d'attirer des vers nématodes pathogènes pour le ravageur, ce qui protège la plante. Les variétés de maïs modernes ont perdu la capacité à se défendre contre les larves de *Diabrotica virgifera virgifera*. Or, ce ravageur des cultures, originaire d'Amérique, se répand désormais en Europe. L'adaptation des pratiques culturales, les stratégies de lutte (insecticides potentiellement toxiques pour les humains) et même la production de maïs transgénique « insecticide » ont jusqu'ici été mises en échec par les capacités d'adaptation du coléoptère, qui constitue une réelle menace pour la culture mondiale du maïs.

© Temasz Kleijdysz/Shutterstock

Adultes

Larves dans le sol

© Anthony Zukoff

Figure 5 *Chrysomèle des racines du maïs*

■ L'uniformité génétique des populations végétales rend les cultures humaines vulnérables aux maladies, avec des conséquences à grande échelle.

Ex. : La variété de banane Cavendish est la plus cultivée et représente 95 % des exportations mondiales de bananes. Or cette variété est touchée par la fusariose, une maladie causée par un champignon : *Fusarium oxysporum*. Cette maladie infectieuse détruit totalement le bananier et se propage dans les bananeraies, mettant en péril la culture de ce fruit. En effet, aucun traitement ne permet d'éradiquer ce champignon.

© Banana Oil/Shutterstock

Figure 6 *Bananier atteint de fusariose*

C. Avenir de l'agriculture

■ L'**appauvrissement génétique**, responsable de la fragilité des espèces cultivées, a pour conséquence l'utilisation croissante de pesticides, dont certains sont pourtant nocifs pour la santé humaine.

■ Une solution réside dans l'**exploitation des ressources génétiques de variétés anciennes ou des ancêtres sauvages**, afin de réintroduire de la diversité dans les espèces modernes, en particulier via les semences commerciales.

Ex. : Des croisements entre le maïs domestiqué et la téosinte pourraient permettre de restaurer les mécanismes de défense naturels contre les ravageurs des cultures, comme la chrysomèle.

■ L'évolution de l'agriculture dépend donc de la recherche scientifique et de la responsabilisation des semenciers, mais aussi des décisions politiques et de l'implication des citoyens, en particulier par l'intermédiaire de leurs actes de consommation.

3 Domestication et évolution des populations humaines

■ La domestication des plantes, menée dans différentes régions du monde, a eu des conséquences importantes sur l'évolution culturelle, biologique et génétique des populations humaines.

■ Pour remédier aux problèmes de digestibilité ou de toxicité de certaines espèces végétales, les êtres humains ont développé des pratiques de préparations alimentaires, impliquant notamment une domestication microbienne (levures, bactéries).

Ex. : Le rouissage du manioc en Afrique permet par trempage et fermentation d'éviter la production de cyanure hautement toxique.

Figure 7 *Racines de manioc, aliment de base en Afrique*

■ La composition du **microbiote intestinal** varie selon les régions du globe et les régimes alimentaires. En particulier, certaines bactéries intestinales produisent des enzymes capables de digérer ou transformer des molécules contenues dans les végétaux. Par exemple, le microbiote intestinal des Japonais contient une enzyme, la porphyranase, capable de dégrader la paroi d'une algue rouge utilisée pour préparer les sushis. Cette enzyme est très similaire à celle identifiée chez des bactéries marines. La consommation d'algues a donc modifié le **phénotype étendu** de la population japonaise, par l'intégration de bactéries marines dans le microbiote intestinal *(voir aussi chapitre 4)*.

■ La domestication des espèces végétales a contribué à la sélection de caractères génétiques humains spécifiques. La relation mutualiste entre les plantes cultivées et les êtres humains engendre donc une **coévolution**.

■ Par exemple, la capacité des humains à digérer l'amidon, contenu notamment dans les céréales, est conditionnée par la quantité d'amylase qu'ils possèdent. Or la quantité de cette enzyme digestive dépend du nombre de copies du gène présentes dans le génome d'un individu. Alors que les chimpanzés ne possèdent que deux copies du gène qui code pour l'amylase salivaire (appelé AMY1), le nombre de copies dans les populations humaines est variable (de 2 à 15) et peut être corrélé à leur régime alimentaire. Au cours de l'évolution des populations humaines et de la domestication des céréales, les régimes alimentaires riches en amidon semblent avoir sélectionné les individus capables de le digérer efficacement. Dans ces populations au régime alimentaire riche en amidon, un nombre plus important de copies du gène AMY1 a constitué un **avantage sélectif**.

L'humanité a domestiqué des espèces végétales variées et optimisé leurs caractéristiques pour faciliter leur culture et leur consommation. Cette domestication s'est réalisée au détriment de la diversité génétique des espèces végétales et de leur capacité à se reproduire sans intervention humaine, ce qui peut contribuer à les fragiliser. Réciproquement, la domestication des plantes cultivées a exercé une influence sur l'humanité, aussi bien biologiquement que culturellement.

11 Comprendre les variations climatiques passées

Depuis 150 ans, le climat planétaire présente un réchauffement d'environ 1 °C. Celui-ci est corrélé à la perturbation du cycle du carbone par l'émission de gaz à effet de serre liée aux activités humaines.

> **Remarque**
> Ce chapitre fait appel aux connaissances de l'enseignement scientifique de Première et de Terminale.
> Se référer à l'**échelle internationale des temps géologiques** dans le chapitre 5.

D'autres variations climatiques ont eu lieu au cours des temps géologiques : leur connaissance et leur compréhension permettent d'appréhender les enjeux climatiques actuels.

1 Variations climatiques récentes du Quaternaire

A. L'enregistrement des variations climatiques

Indices sédimentaires

■ Des **moraines** datées du Quaternaire (– 2,58 Ma à l'actuel) sont observées par exemple en France. Elles correspondent au relief formé par des amas de débris rocheux transportés par un glacier et témoignent d'un climat froid.

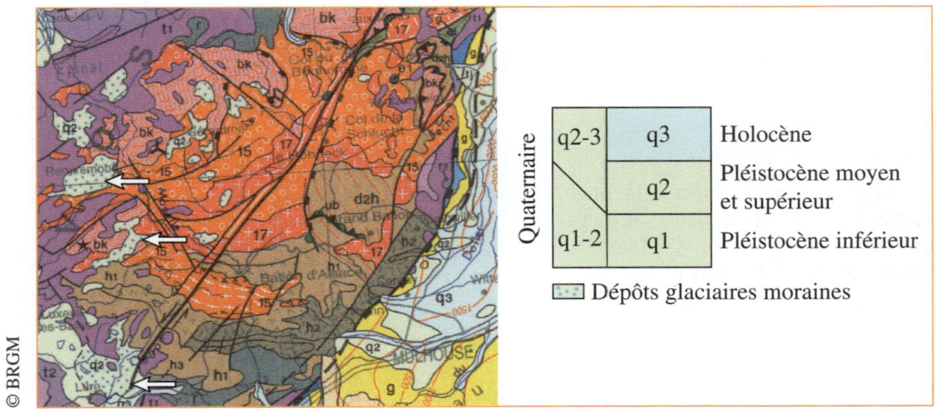

Figure 1 *Moraines quaternaires sur la carte géologique de France (1/10⁶)*

Indices isotopiques

■ Différents isotopes de l'oxygène existent dont notamment le ^{18}O et le ^{16}O (isotope majoritaire). Ils présentent une différence de comportement en raison de leur différence de masse, en fonction de la température : on parle de fractionnement isotopique.

> **Rappel**
> Deux **isotopes** d'un élément chimique ne diffèrent que par leur nombre de **neutrons**.

■ L'analyse des variations du rapport $^{18}O/^{16}O$, caractérisées par le $\delta^{18}O$ dans les carbonates des sédiments océaniques ou dans les glaces, renseigne sur les variations de température.

Variations du $\delta^{18}O$ dans les glaces et dans les carbonates

	Dans les glaces	Dans les carbonates des sédiments océaniques
Augmentation de la température	↗ $\delta^{18}O$	↘ $\delta^{18}O$
Diminution de la température	↘ $\delta^{18}O$	↗ $\delta^{18}O$

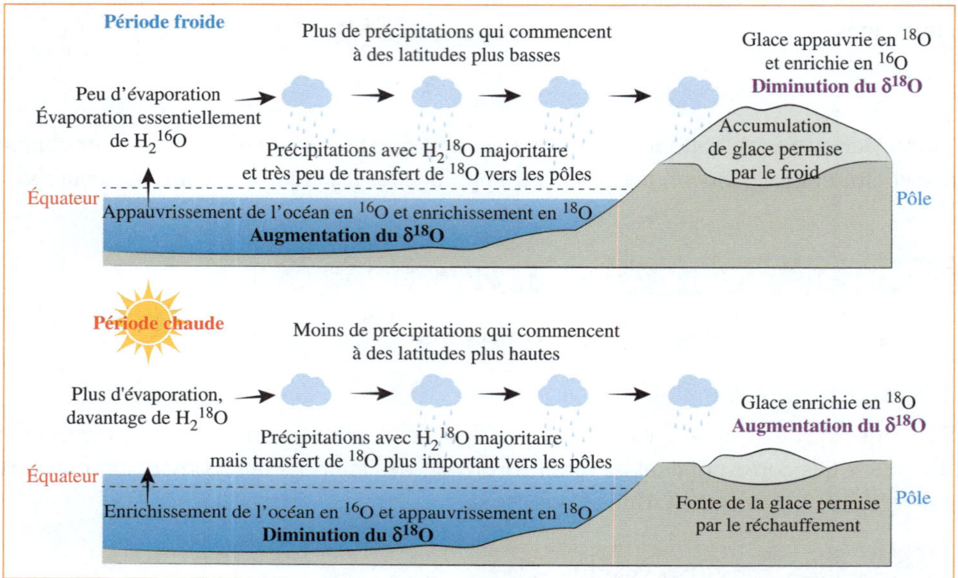

Figure 2 *Fractionnement isotopique de l'oxygène*

Remarque

L'**évaporation du ^{18}O** nécessite plus d'énergie (donc plus de chaleur) car il est « plus » lourd que l'^{16}O mais l'^{18}O « tombe » plus facilement lors des précipitations.

Définition

$$\delta^{18}O = \left[\frac{\left(\frac{^{18}O}{^{16}O}\right)_{\text{échantillon}} - \left(\frac{^{18}O}{^{16}O}\right)_{\text{référence}}}{\left(\frac{^{18}O}{^{16}O}\right)_{\text{référence}}}\right] \times 1000$$

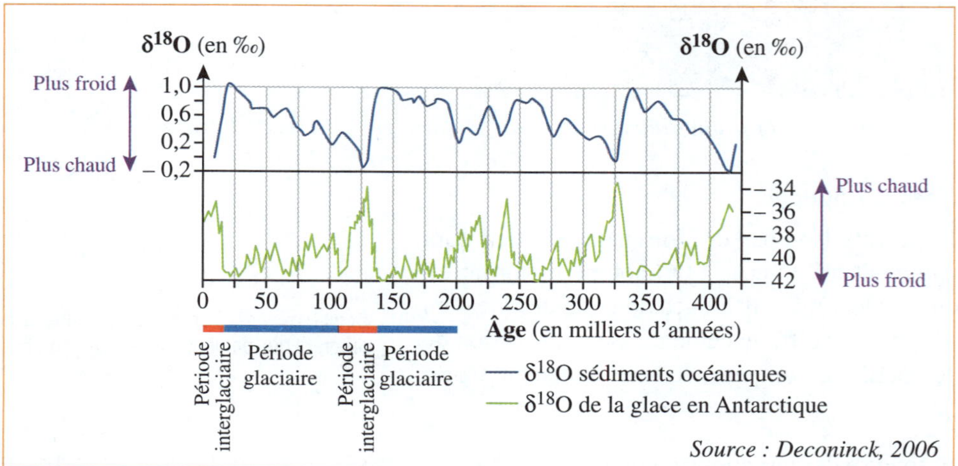

Figure 3 *Variations opposées du $\delta^{18}O$ dans les océans et la glace en Antarctique et interprétation*

Indices biologiques

■ Les végétaux peuplent les milieux continentaux en fonction de leurs exigences climatiques. Lors des périodes de reproduction, ils produisent du **pollen** (cas des Angiospermes et des pins) ou des **spores** (cas des mousses et fougères).

■ Pollens et spores peuvent être piégés et conservés dans des **tourbières** (dépressions humides dans lesquelles s'accumulent des restes de mousses à l'origine de la tourbe). Il est alors possible de construire des **diagrammes polliniques** représentant l'abondance des pollens/spores de différentes espèces au cours du temps : il permet de déterminer la ou les espèces majoritaires à une période donnée.

■ L'interprétation d'un diagramme pollinique en terme de climat nécessite l'utilisation du **principe d'actualisme** : on suppose que les espèces passées ont les mêmes exigences écologiques que des espèces actuelles qui leur sont apparentées.

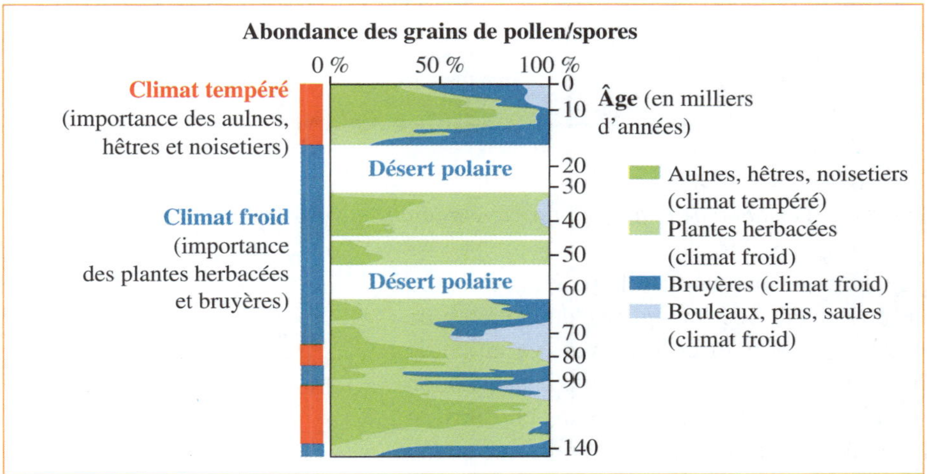

Figure 4 *Diagramme pollinique en Europe du Nord et interprétation*

Alternance de périodes glaciaires et interglaciaires

■ Les différents indices font apparaître une alternance de **périodes glaciaires** (vaste extension des calottes glaciaires) et **interglaciaires** (faible extension des calottes glaciaires) durant les 800 000 dernières années.

Ex. **:** La période s'étendant entre – 120 000 et – 11 000 ans est une période glaciaire, c'est-à-dire d'une période de temps où la baisse planétaire des températures conduit à une vaste extension des calottes glaciaires tandis que la période qui s'étend de – 11 000 à l'époque actuelle est une période interglaciaire.

B. Origine des variations climatiques

■ La quantité d'énergie solaire reçue par la Terre dépend de trois paramètres orbitaux nommés **paramètres de Milanković** :
– l'**excentricité** : mesure de la différence entre l'ellipse de l'orbite de la Terre et un cercle ;
– l'**obliquité** : angle entre l'axe de rotation de la Terre et le plan de l'orbite terrestre ;
– la **précession des équinoxes** : mouvement très lent de rotation de l'axe de la Terre, elle-même en rotation.

■ Ces paramètres varient selon des cycles, nommés cycles de Milanković, avec chacun leur propre périodicité.

■ Les variations de température déterminés grâce aux rapports isotopiques montrent des variations cycliques coïncidant avec des **variations périodiques des paramètres orbitaux de la Terre**.

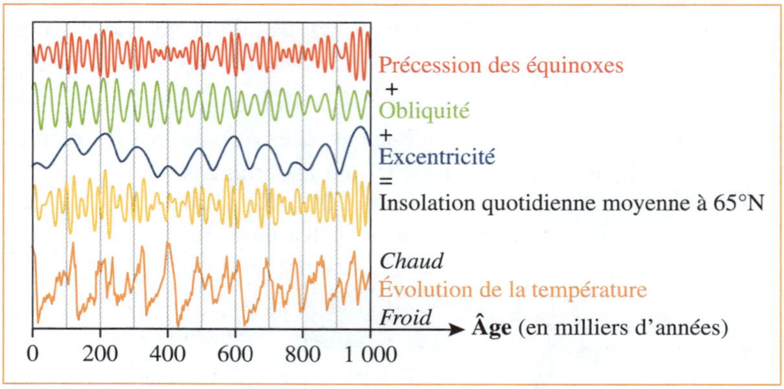

Figure 5 *Variation de la température et variations des paramètres orbitaux sur 1 Ma*

■ Ces variations ont modifié la puissance solaire reçue et ont été accompagnées de boucles de **rétroactions** positives et négatives (variation de l'**albédo** en fonction des surfaces glacées, variation de solubilité du CO_2 dans les océans en fonction de la température) : la combinaison de ces phénomènes est à l'origine des entrées et des sorties de glaciation.

Remarque

Le CO_2 est d'autant plus soluble dans l'eau que la température de cette dernière est faible.

2 Refroidissement global depuis 30 Ma

■ Globalement, à l'échelle du Cénozoïque, et depuis 30 millions d'années, les indices isotopiques des sédiments marins montrent une tendance générale à la baisse de la température moyenne du globe.

■ Ce refroidissement s'explique en partie par une baisse de la concentration atmosphérique de CO_2 en relation avec l'altération des matériaux continentaux, notamment à la suite des **orogénèses** du Cénozoïque (formation des Alpes et de l'Himalaya notamment).

Ex. : L'altération des feldspaths plagioclases (un des minéraux composant le granite) nécessite plus de CO_2 qu'elle n'en produit.

Le transport et le dépôt des produits de l'altération des matériaux continentaux conduit donc à un stockage de CO_2 sous forme de carbonates dans les océans. Or, le CO_2 est un gaz à **effet de serre**. Cela contribue à diminuer l'effet de serre et donc la température.

Altération d'un feldspath plagioclase

$CaAl_2Si_2O_8$ (feldspath plagioclase) + $2\ CO_2$ + $3\ H_2O$

$\downarrow$

$Ca^{2+} + 2\ HCO_3^- + Si_2O_5Al_2(OH)_4$ (argile)

(transport des produits de l'altération dans les océans)

Précipitation des carbonates dans les océans

$Ca^{2+} + 2\ HCO_3^- \rightarrow CaCO_3$ (calcaire) + CO_2 + H_2O

Bilan net

1 CO_2 stocké

Figure 6 *Altération de la croûte continentale et stockage de CO_2*

■ De plus, la variation de la position des continents par la tectonique des plaques a modifié la circulation océanique favorisant la mise en place du refroidissement.

Ex. : Vers 34 Ma, l'Antarctique n'est plus relié à l'Amérique du Sud : un courant autour de l'Antarctique se met en place et ce continent n'est alors plus réchauffé par les eaux chaudes venant de l'équateur. Ceci contribue à la mise en glace de l'Antactique.

3 Une période chaude au Crétacé

■ Au Mésozoïque, pendant le Crétacé (– 135 à – 65 Ma), les indices sédimentaires et paléontologiques montrent une tendance à une hausse de température.

Ex. : On observe des évaporites (roches sédimentaires se formant par évaporation) et des fossiles crocodiliens jusqu'à 60° de latitude Nord (latitude actuelle de Stockholm).

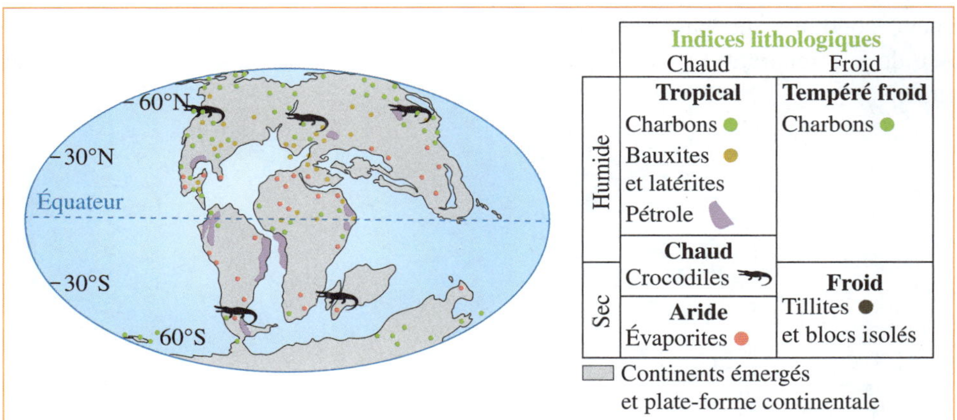

Figure 7 *Carte des indices climatiques au Crétacé*

■ Au cours du Crétacé, l'activité des dorsales augmente : il y a alors une forte production de magma au niveau des dorsales entraînant une forte augmentation des émissions de CO_2. Autrement dit, la géodynamique terrestre interne semble principalement responsable de cette augmentation de température.

4 Une glaciation au Carbonifère-Permien

■ Au Paléozoïque, des indices paléontologiques et sédimentaires, corrélés à l'échelle planétaire et tenant compte de la paléogéographie (la position actuelle des continents n'est pas la même que celle au Paléozoïque), révèlent une importante glaciation au Carbonifère-Permien (aux alentours de – 300 Ma).

Ex. : On observe des tillites jusqu'à environ 30° de latitude sud (latitude actuelle de Johannesburg, Afrique du Sud). Les tillites sont des roches formées par l'accumulation et la compaction des produits de l'érosion glaciaire des continents, au niveau des moraines.

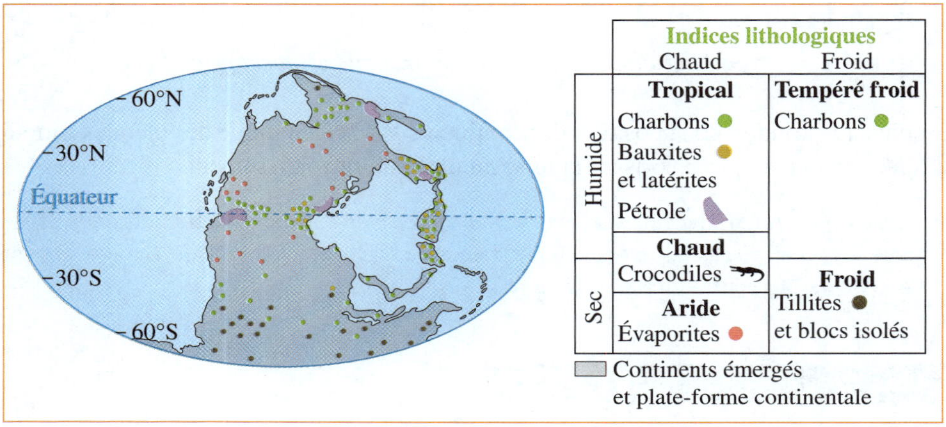

Figure 8 *Carte des indices climatiques au Carbonifère-Permien*

■ Au début du Carbonifère, le climat global est chaud (par rapport à l'actuel) et il y a une séquestration massive de carbone sous forme de charbon (formation de grands gisements carbonés). De plus, l'altération de la chaîne hercynienne entraîne une baisse de la quantité de CO_2 (voir *figure 6*). À cela, s'ajoute la faible activité des dorsales. L'ensemble de ces éléments conduit à une baisse de la concentration en CO_2 dans l'atmosphère et donc à une baisse de la température : une glaciation se met alors en place à la limite Carbonifère-Permien.

12 Le réchauffement climatique

Le **réchauffement climatique**, ou **changement climatique**, désigne l'augmentation de la température moyenne de surface de notre planète à cause des activités humaines. On peut aussi parler de changement climatique car un réchauffement global peut se traduire par d'autres types de variations climatiques selon les endroits du globe. Le dernier rapport du GIEC (Groupe d'experts Intergouvernemental sur l'Évolution du Climat) en 2018 précise qu'entre 20 à 40 % de la population globale a connu un réchauffement de 1,5 °C au cours d'au moins une saison pour la période 2006-2015.

Un effort de recherche scientifique majeur est mené depuis quelques dizaines d'années pour élaborer un modèle robuste sur le changement climatique, ses causes et ses conséquences, et pour définir les actions qui peuvent être conduites pour y faire face.

SPÉCIALITÉ SVT

1 Conséquences multiples du réchauffement climatique

A. Effets sur les milieux de vie

■ Le réchauffement climatique conduit à de nombreuses modifications des milieux de vie sur Terre : inondations plus fréquentes et importantes, sécheresses plus longues et intenses, fonte des glaces, montée du niveau marin, érosion littorale…

Ex. : À Soulac-sur-Mer (Gironde), l'augmentation du niveau marin conduit à une érosion littorale très importante : des habitations, autrefois à des dizaines de mètres du bord de mer, se retrouvent à présent au niveau de la ligne de côte et sont menacées par l'avancée de la mer.

Figure 1 *Érosion littorale à Soulac-sur-Mer*

■ Les effets du réchauffement climatique sur les milieux de vie ont des conséquences directes et indirectes sur les populations humaines.

B. Effets directs sur les populations humaines

■ Le réchauffement climatique a des effets directs sur les populations, notamment en ce qui concerne les **effectifs des populations**, leur **état sanitaire** ainsi que leur **répartition**.

■ La hausse de la température terrestre et l'augmentation de la fréquence des **vagues de chaleur** entraînent une **surmortalité** dans toutes les populations humaines. À partir des données actuelles sur la surmortalité liée aux vagues de chaleur, des estimations selon différents scénarios ont pu être établies.

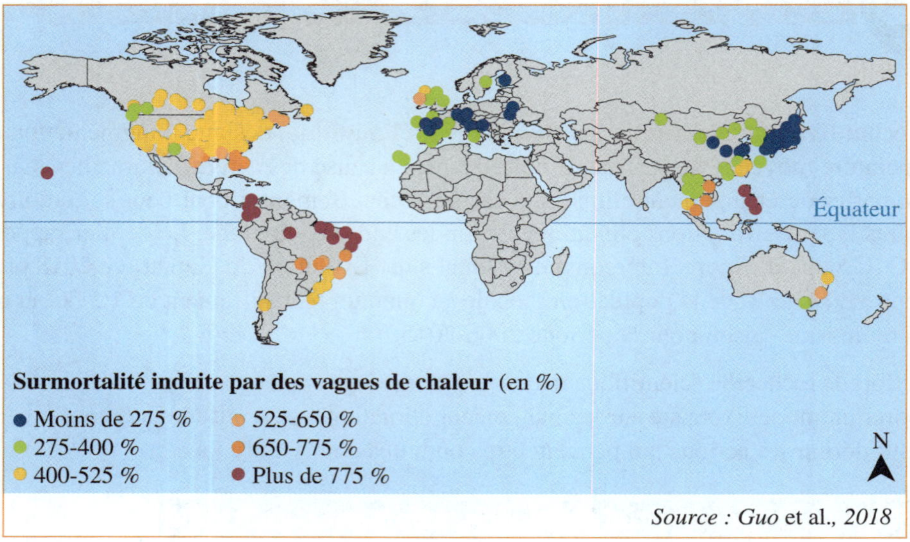

Figure 2 *Estimation de la surmortalité induite par des vagues de chaleur pour quelques populations pour la période 2031-2080*

Estimations faites dans le cadre du scénario où l'augmentation de la température est la plus importante (absence de stratégie d'atténuation) et sans mesure d'adaptation au changement climatique, et en comparaison avec la période 1971-2020.

■ Le changement climatique actuel conduit à une **modification des aires de répartition des vecteurs de maladies** (par exemple les moustiques dans le cas du paludisme) ainsi que des pathogènes eux-mêmes. Cela contribue donc à la propagation de maladies dans des zones où elles n'étaient autrefois par présentes.

■ Les conséquences du réchauffement climatique (inondations, sécheresses,…) contraignent certaines populations à quitter leur lieu d'habitation. Cela entraîne des **mouvements massifs de populations** (les « réfugiés climatiques ») et donc une modification de la répartition des populations humaines à la surface du globe.

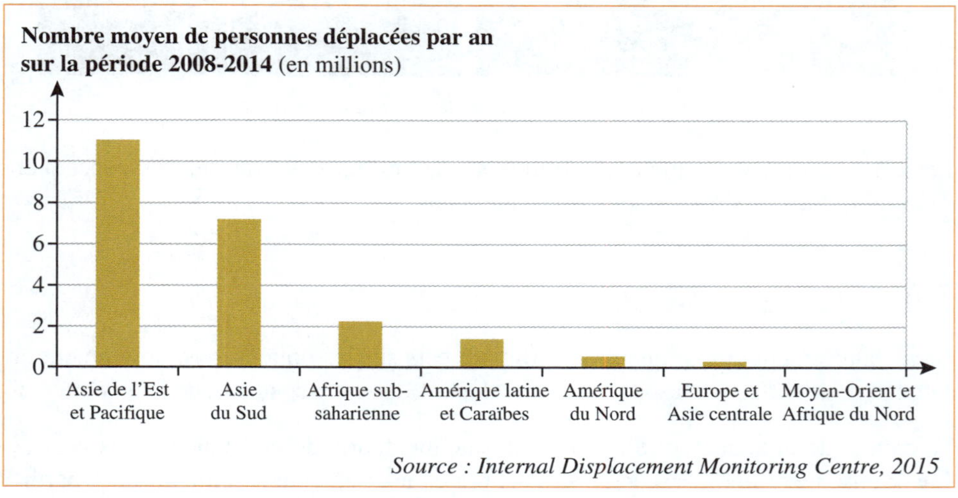

Figure 3 *Déplacement de populations lié au réchauffement climatique (estimations juin 2015)*

C. Effets indirects sur les populations humaines

■ Le réchauffement climatique perturbe le fonctionnement des écosystèmes et des agrosystèmes. Il en résulte une **atteinte à la biodiversité** : elle décroît fortement à cause de l'augmentation des températures. En effet, le caractère trop brutal de ces changements ne laisse pas le temps aux espèces de s'adapter.

■ L'humanité tire un grand bénéfice de fonctions assurées gratuitement par les écosystèmes : ce sont les **services écosystémiques**. Le réchauffement climatique impacte donc indirectement les populations humaines par la dégradation des écosystèmes dont elles sont dépendantes.

■ L'**augmentation de la concentration en CO_2** (par les activités humaines), responsable en partie du réchauffement climatique, favorise la production de biomasse par photosynthèse. Cependant, le fort impact du changement climatique sur les sols et les ressources en eau contribue à réduire la disponibilité en terres agricoles de qualité.

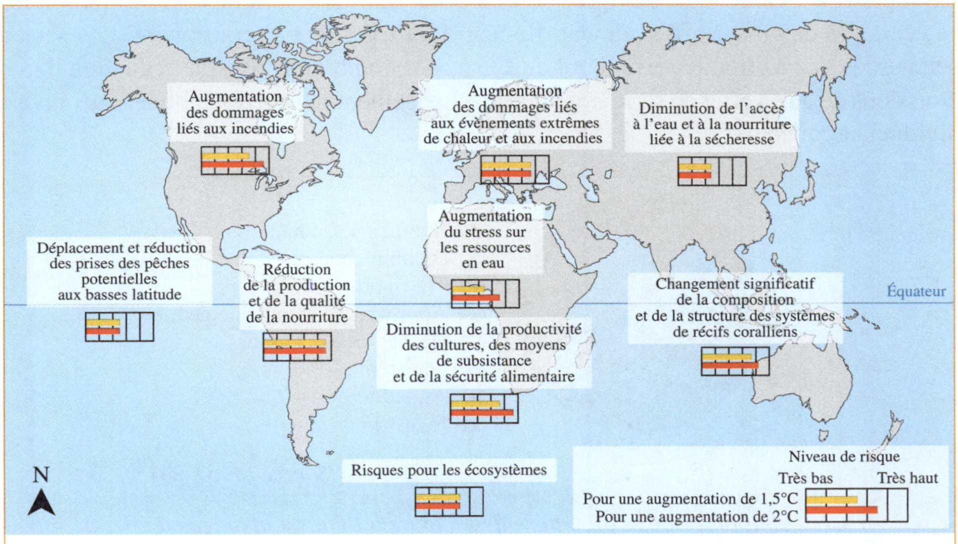

Source : GIEC 2019, réchauffement à 1,5 °C

Figure 4 *Principaux risques régionaux pour les écosystèmes et les agrosystèmes*

2 Actions possibles face au réchauffement climatique

■ Aux niveaux individuel et collectif, il est possible d'entreprendre des actions face au réchauffement climatique. Ces actions peuvent être de l'ordre de l'**adaptation** ou de l'**atténuation**.

■ Il existe ainsi, dans différents pays, des plans d'action bâtis sur un consensus scientifique, dont l'objectif est de renforcer l'acquisition des connaissances, ainsi que d'évaluer les actions mises en place face au changement climatique.

Ex. : En France, il existe le Plan National d'Action sur le Changement Climatique (PNACC).

SPÉCIALITÉ SVT

A. Stratégies d'adaptation

■ Les stratégies d'adaptation sont des stratégies visant à **réduire la vulnérabilité** face aux effets du changement climatique actuel et à venir. Ces stratégies tentent alors de modérer les dommages ou d'exploiter les potentielles opportunités du réchauffement climatique, par exemple l'augmentation de la production de biomasse.

Ex. : Une des stratégies d'adaptation adoptée dans les zones vulnérables exposées à des cyclones est l'utilisation de semences à cycle court : cela permet de semer et récolter entre deux périodes cycloniques.

B. Stratégies d'atténuation

■ Les stratégies d'atténuation visent à **réduire les émissions de gaz à effet de serre** et/ou à **accroître le stockage des gaz à effet de serre** (notamment le CO_2).

■ Le rapport du GIEC de 2018 précise que pour stabiliser la température mondiale, il est nécessaire de cesser efficacement d'émettre du CO_2 dans l'atmosphère. Les secteurs émettant des gaz à effet de serre (dont du CO_2) sont nombreux. Ainsi la réduction durable d'émissions de gaz à effet de serre implique un changement radical d'habitudes, aux niveaux individuel et collectif.

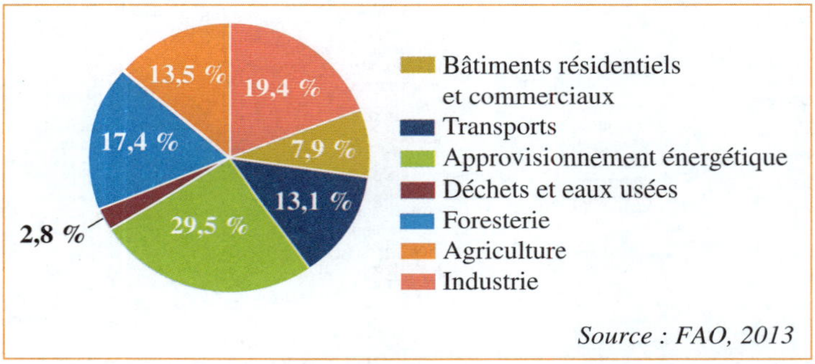

Figure 5 *Contribution relative de différents secteurs à l'émission de gaz à effet de serre*

■ Le stockage du CO_2 atmosphérique peut se faire grâce à des moyens technologiques ou biologiques. Les **moyens technologiques** comprennent, par exemple, la capture directe du CO_2 atmosphérique grâce à des procédés chimiques. Cependant, ces techniques sont en cours de développement et n'ont pas encore fait leurs preuves. Les **moyens biologiques** comprennent, notamment, la restauration des écosystèmes et la transition vers des pratiques agroécologiques. En effet, les recherches actuelles montrent que ces deux stratégies auraient le plus d'effet sur la séquestration de CO_2.

■ Néanmoins, les différentes méthodes de stockage ne seraient efficaces que si elles étaient effectuées à l'échelle mondiale. De plus, il est difficile de quantifier leur efficacité. Par conséquent, la réduction du taux atmosphérique des gaz à effet de serre doit prioritairement passer par une forte **réduction des émissions**.

■ La complémentarité entre les stratégies d'atténuation et d'adaptation, entre les démarches individuelles et collectives, et entre les politiques nationales et internationales permettrait de faire face au réchauffement climatique.

13 La réalisation d'un mouvement réflexe

Chez un animal, certains comportements sont liés à la réalisation de mouvements involontaires en réponse à des stimulations de l'environnement : on les appelle des **réflexes**. La réalisation d'un mouvement réflexe met en jeu la contraction des muscles, sous l'effet d'une commande nerveuse. Ainsi, lors d'un examen de santé, le test des **réflexes myotatiques** sert d'outil pour apprécier l'intégrité du système neuromusculaire.

1 Éléments de l'arc-réflexe

■ Un réflexe est un mouvement involontaire déclenché par un **stimulus**. Par exemple, le réflexe myotatique correspond à la contraction d'un muscle en réponse à son propre étirement. Le médecin teste habituellement le réflexe rotulien (au niveau du genou) et le réflexe achilléen (extension du pied suite à l'étirement du tendon d'Achille).

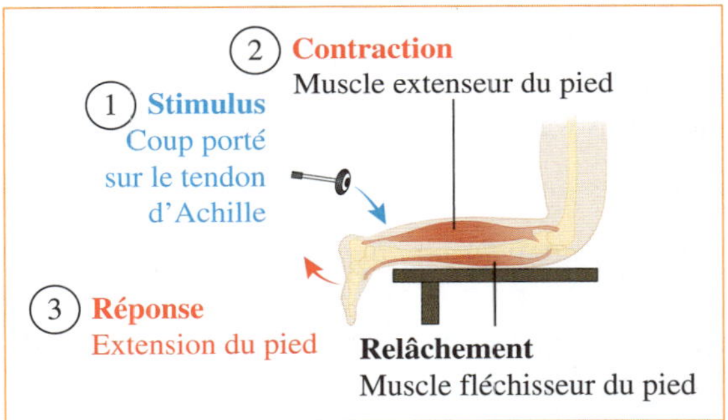

Figure 1 *Test du réflexe achilléen*

■ Le circuit nerveux, de la réception du stimulus à la réponse motrice, se nomme **arc-réflexe**. Il met en jeu un **récepteur sensoriel**, les **neurones** véhiculant les messages nerveux, un **centre nerveux**, qui regroupe les corps cellulaires des neurones, et un **muscle**.

> **Définition**
> Le muscle extenseur et le muscle fléchisseur du pied sont qualifiés de **muscles antagonistes**, car leur contraction produit un effet inverse au niveau de l'articulation.

Un arc-réflexe implique l'élaboration de messages nerveux, leur propagation et leur transmission entre neurones (relais synaptique), puis entre neurone et cellule musculaire (appelée aussi **fibre musculaire**).

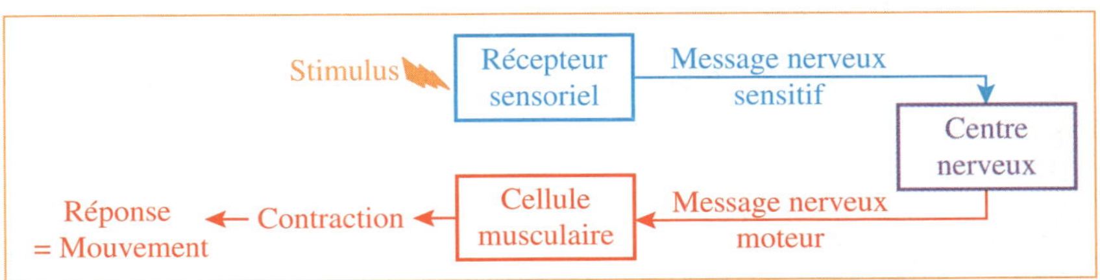

Figure 2 *Principe de l'arc-réflexe dans le cas d'un mouvement réflexe*

SPÉCIALITÉ SVT

■ Les neurones sont des cellules capables de générer des messages nerveux. Les neurones présentent des prolongements cytoplasmiques permettant de recevoir, conduire et transmettre les messages nerveux. Les longs prolongements cytoplasmiques le long desquels se propagent les messages nerveux sont appelés **fibres nerveuses**. L'**axone** est la fibre nerveuse unique qui s'étend du corps cellulaire à l'**arborisation terminale**.

■ Des neurones sensitifs et des neurones moteurs sont impliqués dans un réflexe myotatique.

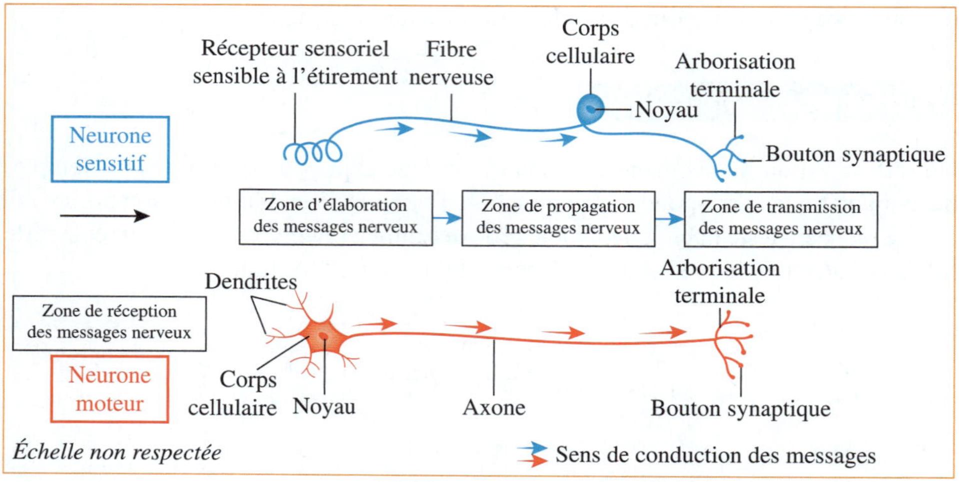

Figure 3 *Structure des neurones impliqués dans le réflexe myotatique*

■ Dans le cas du réflexe myotatique, le récepteur sensoriel fait partie d'une structure appelée **fuseau neuromusculaire**. Sensible à l'étirement du muscle, le fuseau neuromusculaire est constitué de cellules musculaires modifiées et de l'extrémité d'un **neurone sensitif**.

■ La transmission du message nerveux moteur au muscle s'effectue au niveau de la **jonction neuromusculaire**, qui correspond à une **synapse** entre un **neurone moteur** (ou motoneurone) et une cellule musculaire.

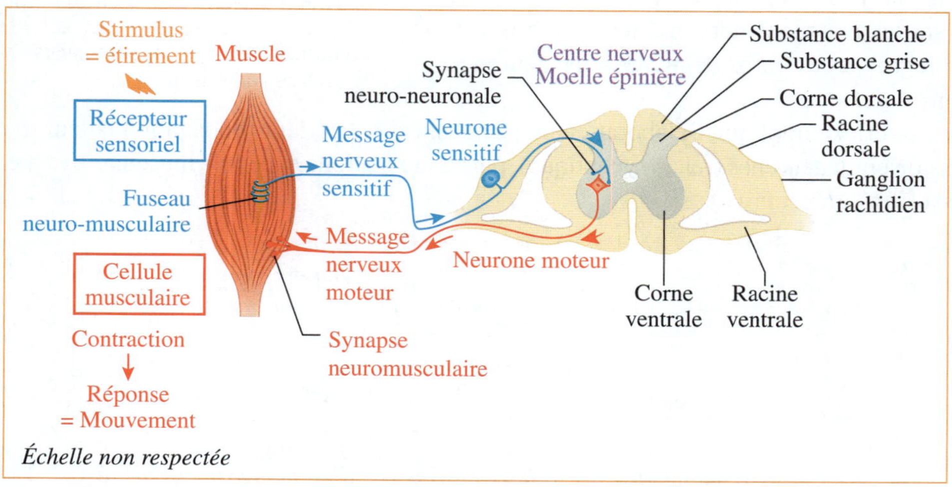

Figure 4 *Fuseau et jonction neuromusculaires au niveau d'un muscle*

■ Le centre nerveux impliqué dans le réflexe myotatique est la **moelle épinière**. Il s'agit donc d'un **réflexe médullaire** (ou réflexe spinal). Le corps cellulaire du neurone sensitif se trouve dans le **ganglion rachidien**. Le message nerveux sensitif est transmis au neurone moteur au niveau d'une synapse dans la **substance grise** de la moelle épinière. La substance grise est la partie de la moelle épinière qui contient les corps cellulaires des neurones.

Définition

Une **synapse** est une zone de contact entre un neurone et une autre cellule, au niveau de laquelle un message nerveux est transmis par la libération de **neurotransmetteurs**.

■ Les fibres nerveuses sont regroupées au sein des **nerfs**, qui relient les différentes parties du corps aux centres nerveux.

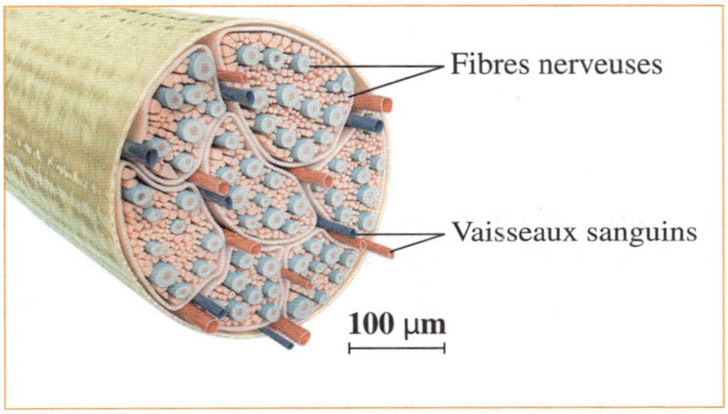

Figure 5 *Structure d'un nerf vu en coupe transversale*

2 Élaboration et propagation des messages nerveux

■ Toute cellule excitable est caractérisée par un **potentiel membranaire de repos** d'environ - 70 mV, qui correspond à la différence de potentiel électrique entre les faces interne (négative) et externe (positive) de la membrane plasmique.

■ Les cellules sensorielles, les neurones et les cellules musculaires sont des cellules excitables : si elles sont suffisamment stimulées, elles peuvent générer des messages nerveux sous la forme de **potentiels d'action**.

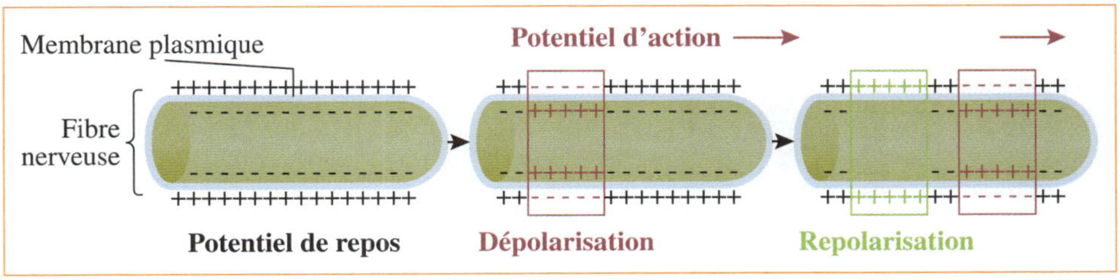

Figure 6 *Potentiel de repos et potentiel d'action*

■ Un potentiel d'action est une inversion transitoire de la polarité de la membrane plasmique, c'est-à-dire une **dépolarisation**, suivie d'un retour au potentiel de repos. Un potentiel d'action est un signal stéréotypé, qui a toujours la même forme et la même amplitude.

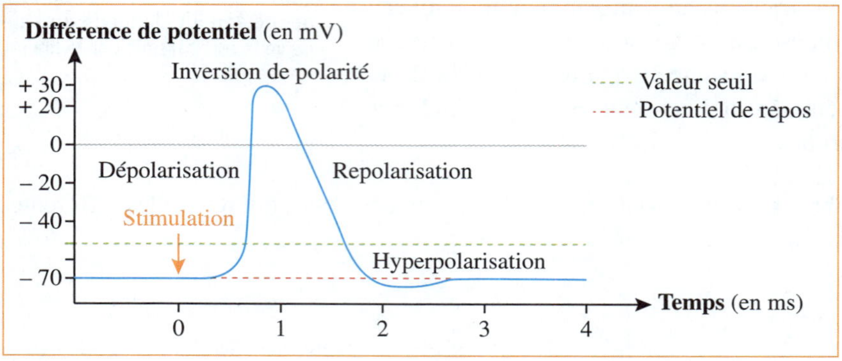

Figure 7 *Le potentiel d'action : un signal stéréotypé*

■ Un récepteur sensoriel élabore un message nerveux sensitif en générant des potentiels d'action lorsqu'il est soumis à un stimulus. L'intensité de la stimulation est **codée en fréquence de potentiels d'action**, qui se propagent ensuite sans atténuation le long de la fibre nerveuse.

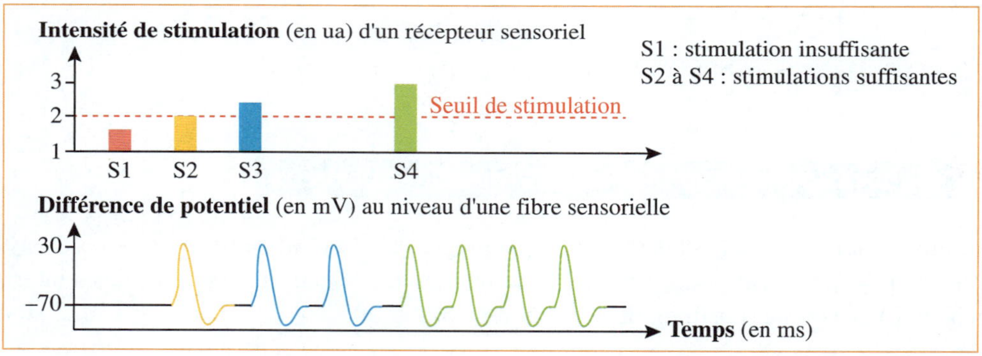

Figure 8 *Codage en fréquence de potentiels d'action selon l'intensité du stimulus au niveau d'une fibre nerveuse sensorielle*

3 Transmission des messages nerveux

A. Relais synaptique dans le centre nerveux

■ Dans le cas du réflexe myotatique, le neurone sensitif transmet le message nerveux au neurone moteur au sein de la moelle épinière : il s'agit d'une synapse neuro-neuronale. **La transmission est chimique** : l'arrivée du message nerveux au niveau de l'arborisation terminale du neurone sensitif déclenche la libération de **neurotransmetteurs**. Ces derniers se fixent sur des **récepteurs** spécifiques situés sur la membrane du neurone moteur, ce qui entraîne la naissance d'un nouveau message nerveux.

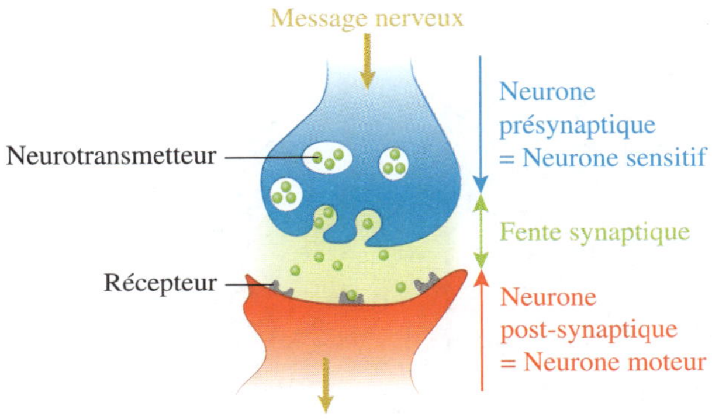

Figure 9 *Structure et fonctionnement d'une synapse neuro-neuronale dans le cas du réflexe myotatique*

■ La fréquence des potentiels d'action qui arrivent au niveau de la terminaison synaptique détermine la quantité de neurotransmetteurs libérés : il s'agit d'un **codage en concentration de neurotransmetteurs**.

B. Synapse neuromusculaire

■ Le message nerveux moteur, arrivé à l'arborisation terminale du neurone moteur, est transmis aux cellules musculaires au niveau de la jonction neuromusculaire. Le neurotransmetteur libéré est l'**acétylcholine**. Les molécules d'acétylcholine se fixent sur leurs récepteurs spécifiques, situés sur la membrane de la cellule musculaire, ce qui entraîne une dépolarisation qui évolue en un **potentiel d'action musculaire**.

4 Contraction de la cellule musculaire

■ Le potentiel d'action musculaire se propage le long de la membrane de la cellule musculaire. Par une cascade de réactions, le potentiel d'action musculaire a pour effet l'ouverture de **canaux calciques** situés au niveau de la membrane d'un organite contenant des **ions calcium (Ca^{2+})** : le réticulum sarcoplasmique. Les ions calcium diffusent alors dans le

SPÉCIALITÉ SVT

hyaloplasme (la fraction liquide du cytoplasme), ce qui entraîne la contraction de la cellule musculaire. *(Voir chapitre 16).*

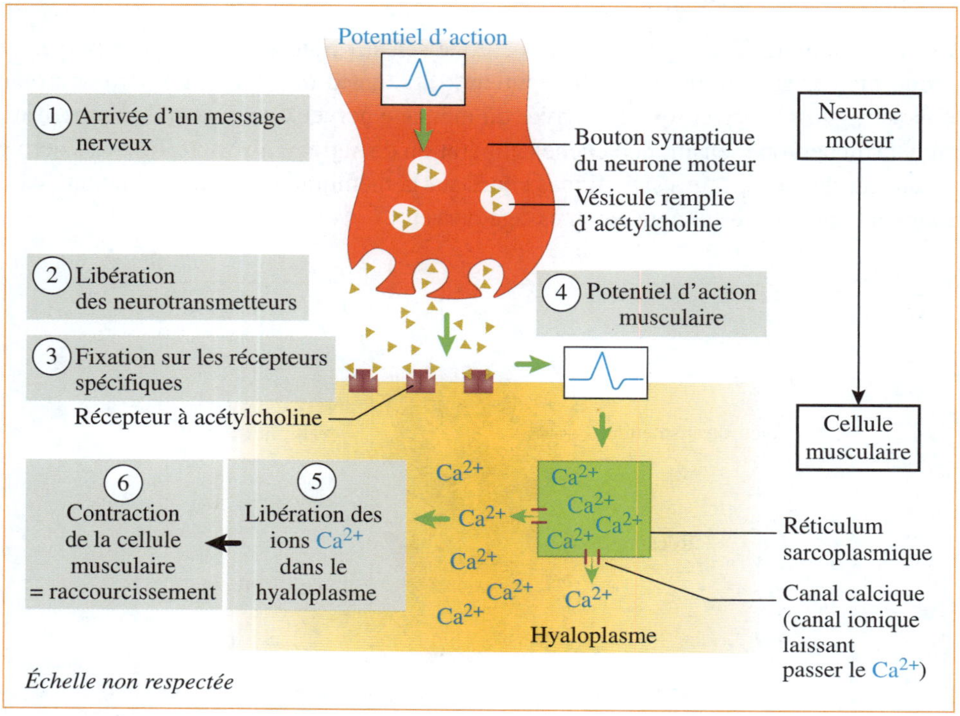

Figure 10 *Fonctionnement de la jonction neuromusculaire*

■ Chaque neurone moteur innerve un ensemble de cellules musculaires formant une unité motrice. La contraction de l'ensemble de ces cellules contribue à la contraction du muscle.

■ Dans le cas du **réflexe myotatique achilléen**, la contraction du muscle extenseur entraîne l'**extension du pied**, ce qui constitue la réponse au stimulus initial (étirement du muscle extenseur au niveau du tendon d'Achille).

> **Remarque**
>
> Au niveau d'une articulation, les muscles antagonistes sont coordonnés : le muscle fléchisseur est relâché quand le muscle extenseur se contracte. Cette coordination implique l'intervention de neurones intermédiaires inhibiteurs.

14 La réalisation d'un mouvement volontaire

Le réflexe myotatique aboutit à une contraction automatique des muscles, sans intervention du cerveau. Les muscles peuvent également être contractés volontairement : dans ce cas, la commande nerveuse part du cerveau.

1 Aires cérébrales de la motricité volontaire

■ Le cerveau est composé d'un ensemble de cellules nerveuses : les **neurones**. Les **cellules gliales** forment l'environnement des neurones et assurent leur bon fonctionnement (apport de nutriments et de dioxygène, défense contre les pathogènes).

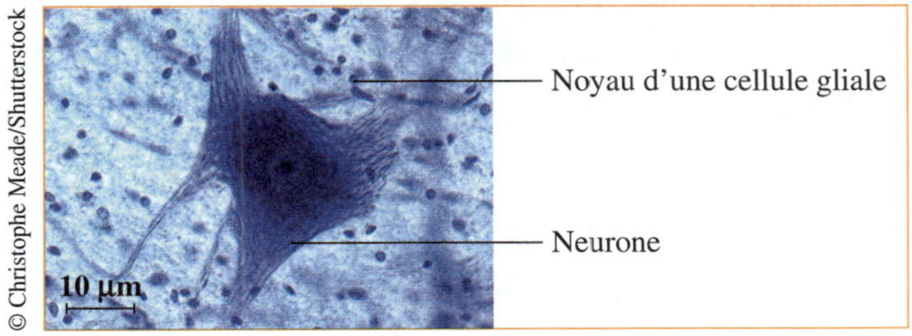

Figure 1 *Neurone entouré de cellules gliales*

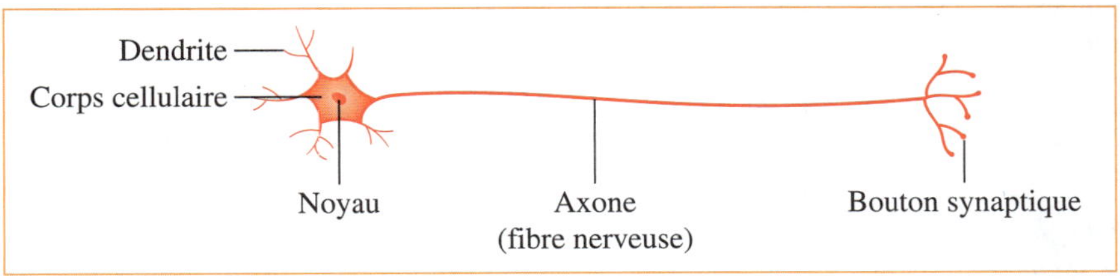

Figure 2 *Structure d'un neurone*

■ L'exploration fonctionnelle du cortex cérébral met en évidence sa spécialisation. La commande du mouvement volontaire est permise par l'**aire motrice primaire**.

■ L'aire motrice primaire collabore avec d'autres aires corticales (**aire pré-motrice** et **aire motrice supplémentaire**) formant le **cortex moteur**. Les aires pré-motrice et motrice supplémentaires permettent la planification et l'organisation du mouvement.

■ L'aire motrice primaire collabore également avec le **cortex pariétal** : les intentions du mouvement y sont élaborées.

■ L'aire motrice primaire contrôle la réalisation des mouvements suite à l'**intégration des messages nerveux** provenant du cortex pariétal, de l'aire pré-motrice et de l'aire motrice supplémentaire.

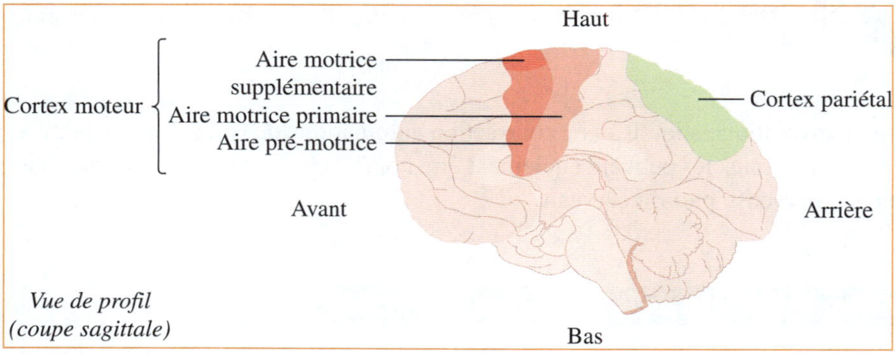

Figure 3 *Localisation des zones cérébrales impliquées dans la motricité volontaire*

■ Les muscles de chaque région du corps sont contrôlés par une zone particulière de l'aire motrice primaire : on représente alors cela sous la forme d'un *Homunculus* moteur, sur lequel chaque région du corps est associée à une zone de l'aire motrice primaire la contrôlant. Plus la surface est grande dans l'aire motrice primaire, plus la précision des mouvements est importante.

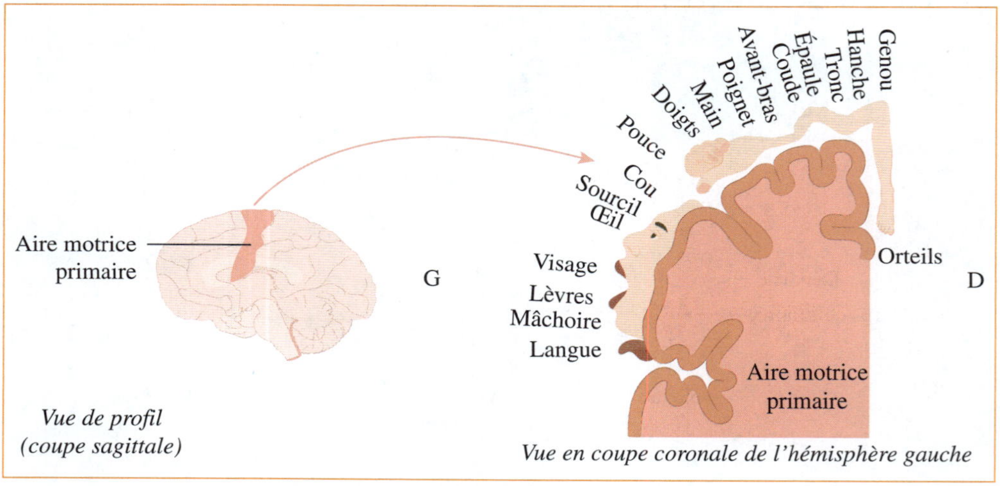

Figure 4 *Homonculus moteur*

2 Organisation des voies motrices

■ Les neurones de l'aire motrice projettent leurs axones dans la moelle épinière et transmettent ainsi les messages nerveux moteurs. Les terminaisons axoniques de ces neurones établissent des **synapses**, avec des **neurones moteurs** (ou motoneurones) de la moelle épinière.

■ À chaque instant, le corps cellulaire d'un neurone moteur est soumis à l'influence de nombreuses synapses. Ces synapses sont mises en place par un neurone de l'aire motrice primaire et des neurones sensoriels. Le neurone moteur intègre tous ces messages nerveux : on parle de **sommation**.

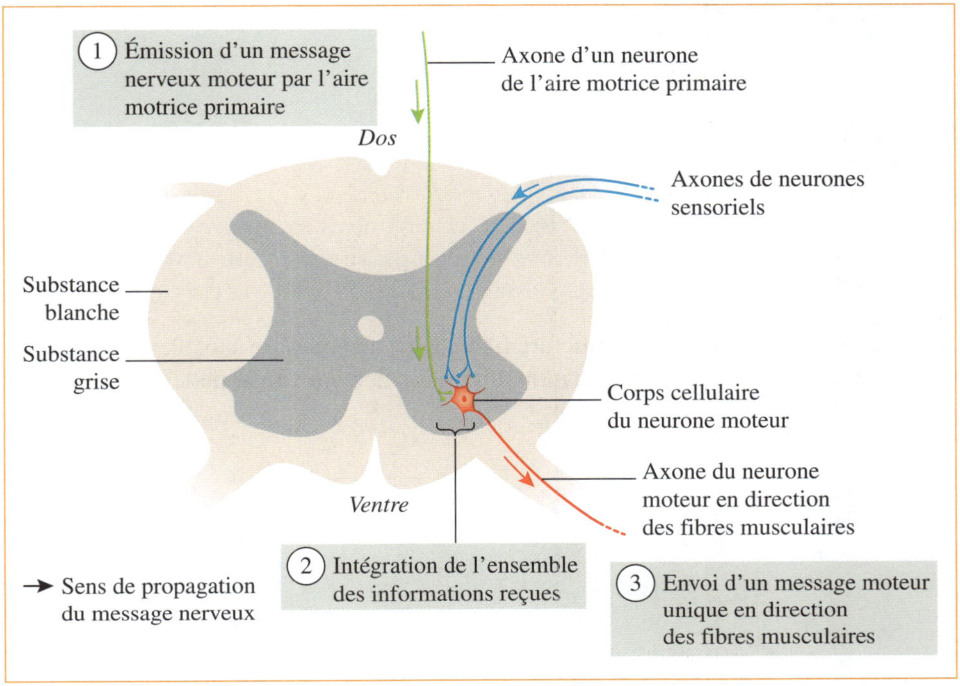

Figure 5 *Intégration des messages nerveux par le neurone moteur*

■ Le neurone moteur effectue une sommation temporelle et spatiale des informations reçues. La **sommation temporelle** consiste à intégrer les informations nerveuses provenant d'un même neurone à différents instants très rapprochés dans le temps. La **sommation spatiale** consiste à intégrer les informations nerveuses provenant de différents neurones à un même instant. Les messages nerveux reçus peuvent être **stimulateurs** ou **inhibiteurs**.

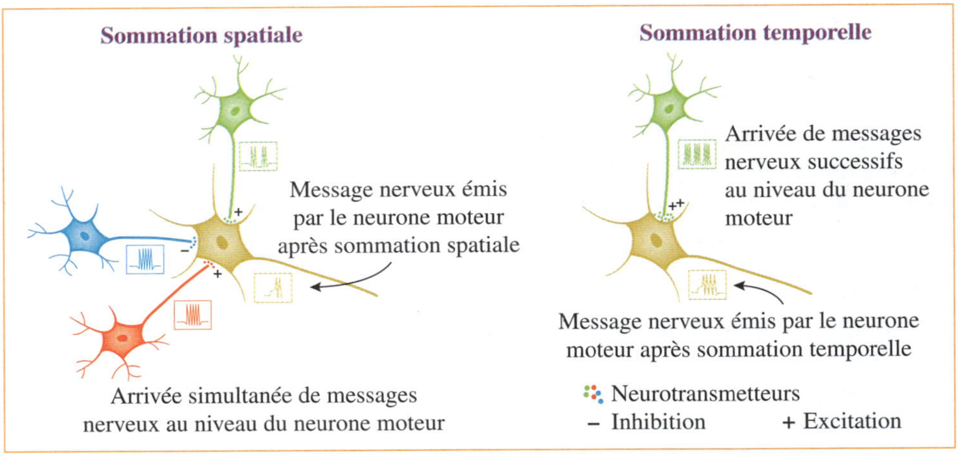

Figure 6 *Intégration des informations reçues par le neurone moteur*

■ L'intégration par le neurone moteur de l'ensemble des informations reçues permet l'envoi d'un message moteur unique en direction des fibres musculaires. Chaque **fibre musculaire** reçoit le message d'un seul neurone moteur.

Remarque
Un muscle est constitué d'un ensemble de cellules nommées **fibres musculaires**.

3 Plasticité cérébrale

A. Apprentissages

■ L'étude des cartes motrices montre des variations entre les individus. Ces différences sont le résultat d'un apprentissage différent.

Ex. : La zone de l'aire motrice primaire affectée aux mouvements des mains occupe plus de surface chez un.e pianiste que chez une personne ne jouant pas au piano. Cette différence anatomique s'explique par une différence d'apprentissage.

■ Ainsi, le cerveau n'est pas une structure figée. Il est au contraire capable de modifier son organisation en réponse à une stimulation environnementale : on appelle cela la **plasticité cérébrale**.

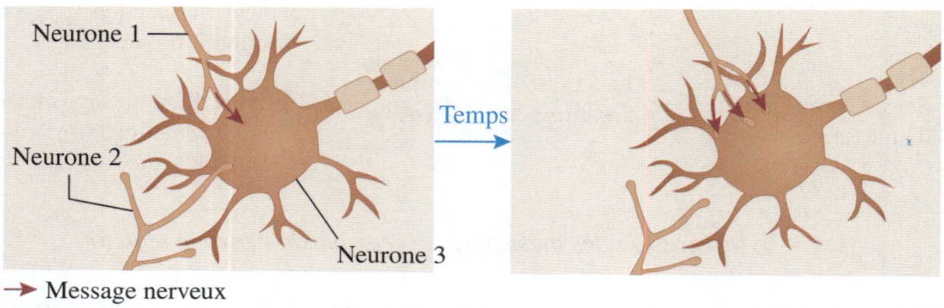

Figure 7 *La plasticité cérébrale*

Les connexions synaptiques peuvent changer avec le temps, en fonction de l'activité des synapses. Une activité intense à la synapse du neurone 1 sur le neurone 3 conduit à l'augmentation du nombre de terminaisons synaptiques du neurone 1 sur le neurone 3. L'absence d'activité à la synapse du neurone 2 sur le neurone 3 conduit à une perte de connexions fonctionnelles avec le neurone 3.

B. Récupération suite à un dysfonctionnement du système nerveux

■ Le système nerveux est un système fragile. Des lésions ou certaines maladies peuvent conduire à des dysfonctionnements du système nerveux. Ces dysfonctionnements modifient le comportement (difficulté voire impossibilité à réaliser certains mouvements) et ont des conséquences sur la santé.

Ex. : Un accident vasculaire cérébral (AVC) peut perturber la réalisation de mouvements. Un AVC correspond soit à l'obstruction, soit à la rupture d'un vaisseau sanguin dans le cerveau, conduisant à un arrêt de l'apport de dioxygène pour la zone concernée.

Remarque

Un **AVC** entraîne une destruction irrémédiable de la partie du cerveau concerné par l'accident.

■ La récupération de la fonction cérébrale après un accident repose aussi sur la plasticité cérébrale.

Ex. : Lors d'un AVC affectant une partie de l'aire motrice primaire, la récupération des fonctions motrices est permise par un remaniement de l'organisation de l'aire motrice primaire. L'aire motrice primaire se réorganise dans les zones non affectées par l'AVC.

15 Le cerveau, un organe fragile à préserver

Le cerveau joue un rôle important dans le fonctionnement de l'organisme humain : régulation du fonctionnement d'autres organes (action sur les muscles, les glandes…) et fonctions cognitives.

1 Transmission des messages nerveux dans le cerveau

A. Propagation électrique le long des neurones

■ Les aires du **cortex cérébral** (aires corticales) communiquent entre elles par des voies nerveuses constituées par des **chaînes de neurones**.

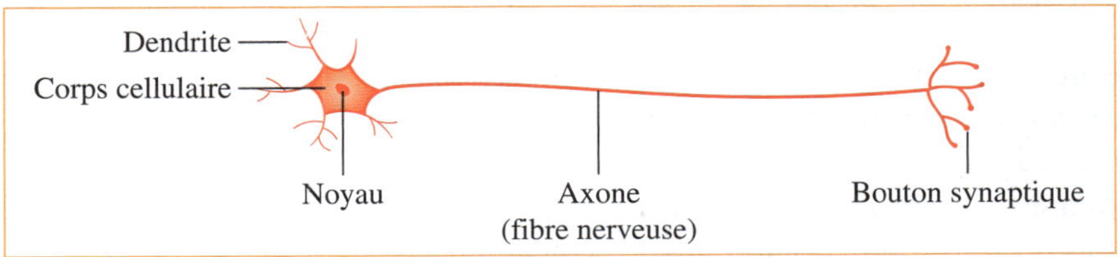

Figure 1 *Structure d'un neurone*

■ Le long d'un neurone, **le message nerveux est de nature électrique** et se propage sous la forme de **potentiels d'action**. Un potentiel d'action est une inversion transitoire de la polarité de la membrane plasmique, c'est-à-dire une **dépolarisation**, suivie d'un retour au potentiel de repos. Un potentiel d'action est un signal stéréotypé qui a toujours la même forme et la même amplitude.

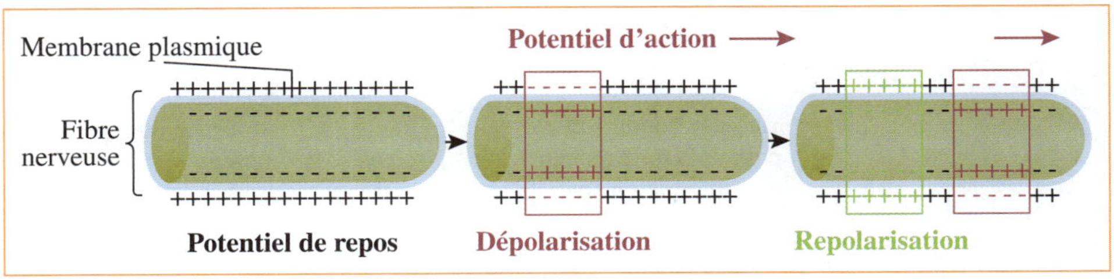

Figure 2 *Potentiel de repos et potentiel d'action*

■ L'information circulant dans les neurones est **codée en fréquence de potentiels d'action** : cela signifie que le message est modifié en fonction du nombre de potentiels d'action par unité de temps.

B. Transmission chimique entre neurones au niveau des synapses

■ La transmission du message nerveux entre les neurones se fait au niveau des synapses par l'intermédiaire de **substances chimiques** nommées **neurotransmetteurs**.

■ La fréquence des potentiels d'action qui arrivent au niveau de la terminaison synaptique du neurone pré-synaptique détermine la quantité de neurotransmetteurs libérés dans la fente synaptique : il s'agit d'un **codage en concentration de neurotransmetteurs**.

SPÉCIALITÉ SVT

■ La fixation des neurotransmetteurs sur des **récepteurs** spécifiques situés sur la membrane du neurone post-synaptique entraîne la naissance d'un nouveau message nerveux.

■ La concentration ainsi que le type de neurotransmetteurs module la fréquence des potentiels d'actions du neurone post-synaptique.

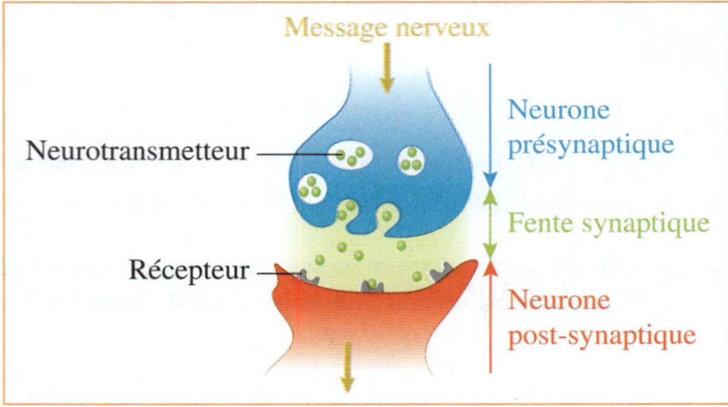

Figure 3 *Structure et fonctionnement d'une synapse neuro-neuronale*

Ex. : Le glutamate a un effet stimulateur tandis que le GABA a un effet inhibiteur sur le neurone post-synaptique.

■ Le neurone post-synaptique effectue une sommation temporelle et spatiale des messages nerveux stimulateurs et/ou inhibiteurs reçus.
– La **sommation temporelle** consiste à intégrer les informations nerveuses provenant d'un même neurone à différents instants.
– La **sommation spatiale** consiste à intégrer les informations nerveuses provenant de différents neurones à un même instant.

Remarque

Les neurones utilisant le **GABA** et le **glutamate** comme neurotransmetteurs représentent plus de 80 % des neurones du cerveau et sont respectivement les **systèmes d'inhibition** et **d'excitation** du cerveau les plus importants.

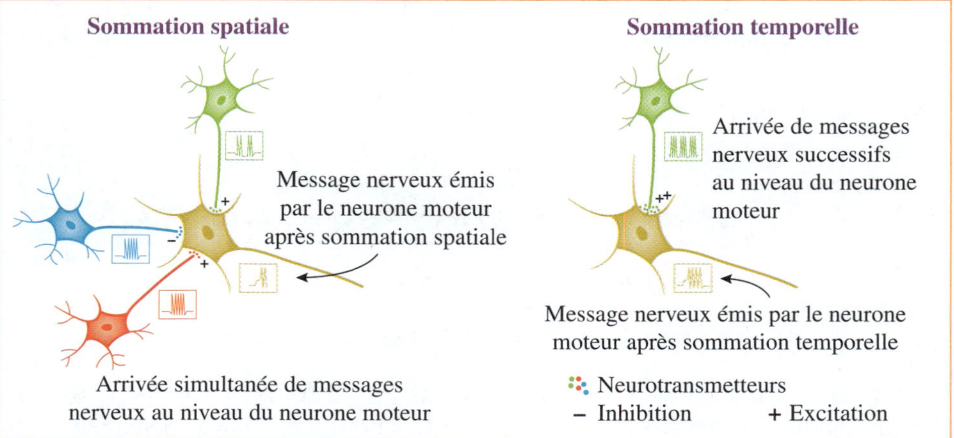

Figure 4 *Intégration des informations reçues par le neurone post-synaptique*

2 Conséquences de la prise de molécules exogènes

■ La prise de **molécules exogènes** (alcool, drogues, certains médicaments,…) peut entraîner la perturbation des messages nerveux dans le cerveau. Toutes les molécules exogènes n'agissent pas de la même façon dans le cerveau.

■ L'action de certaines de ces molécules est due à la **similitude de leur structure moléculaire** avec celle de certains neurotransmetteurs du cerveau auxquels elles se substituent : elles sont donc capables de se fixer sur les récepteurs du neurone post-synaptique.

Ex. : Le LSD est capable de se fixer sur les récepteurs à la sérotonine (neurotransmetteur) et la nicotine sur ceux à l'acétylcholine (neurotransmetteur).

■ Certaines de ces molécules **empêchent la recapture des neurotransmetteurs** sécrétés au niveau de la fente synaptique : cela augmente l'effet des neurotransmetteurs.

Ex. : La cocaïne empêche la recapture de la dopamine (neurotransmetteur) et l'ecstasy celle de la sérotonine.

■ D'autres de ces molécules **empêchent le fonctionnement normal des récepteurs spécifiques** des neurotransmetteurs.

Ex. : L'alcool réduit le pouvoir excitateur du glutamate (neurotransmetteur) sur certains récepteurs.

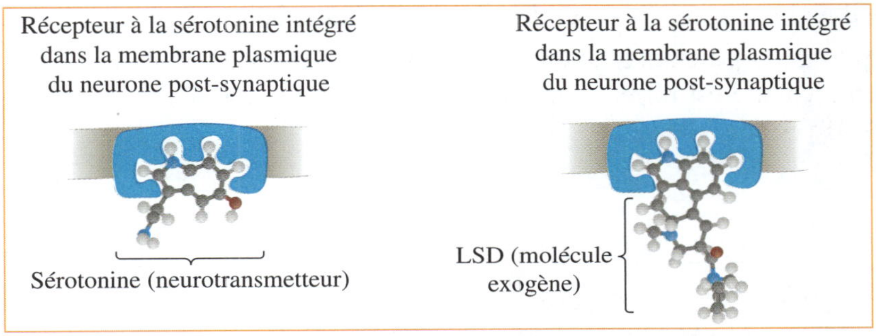

Figure 5 *Comparaison moléculaire entre la sérotonine (neurotransmetteur) et le LSD (molécule exogène) fixé sur le récepteur à la sérotonine*

■ Il existe, dans le cerveau, des neurones faisant partie d'un système nommé « **circuit de la récompense** » : ce circuit est complexe mais le noyau *accumbens* et l'aire tegmentale ventrale, deux zones du cerveau, jouent un rôle important. L'activation des neurones du circuit de la récompense conduit à une **sensation de plaisir**.

■ Les molécules exogènes augmentent l'activité général du circuit de la récompense : cela conduit à un renforcement du comportement (prise de molécules exogènes) et donc à des comportements addictifs. En effet, l'augmentation artificielle d'un neurotransmetteur peut conduire à une diminution de sa production naturelle par le corps. Ainsi, quand l'apport extérieur de la drogue cesse, l'organisme est en état de manque, ce qui conduit à consommer à nouveau.

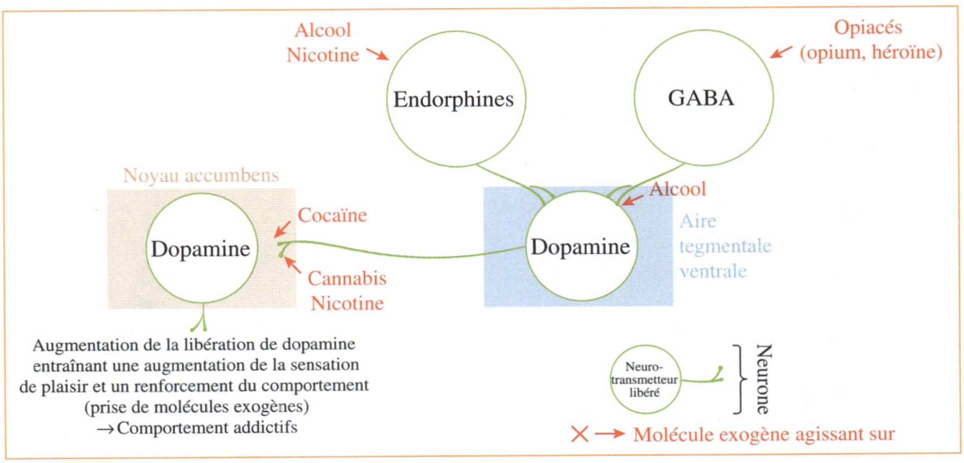

Figure 6 *Niveau d'action de quelques molécules exogènes sur le circuit de la récompense*

16 La contraction musculaire

La contraction musculaire lors d'un mouvement volontaire ou d'un mouvement réflexe nécessite un travail à l'échelle de la cellule musculaire.

1 Contraction musculaire à l'échelle du muscle

A. Organisation d'un muscle

■ Les **muscles striés squelettiques** sont les muscles permettant la mise en mouvement du squelette d'un organisme. Ils sont reliés aux os par des tendons.

■ Le muscle strié squelettique est formé d'un ensemble de **faisceaux musculaires**. Chaque faisceau musculaire est formé d'un ensemble de cellules musculaires striées également nommées **fibres musculaires**.

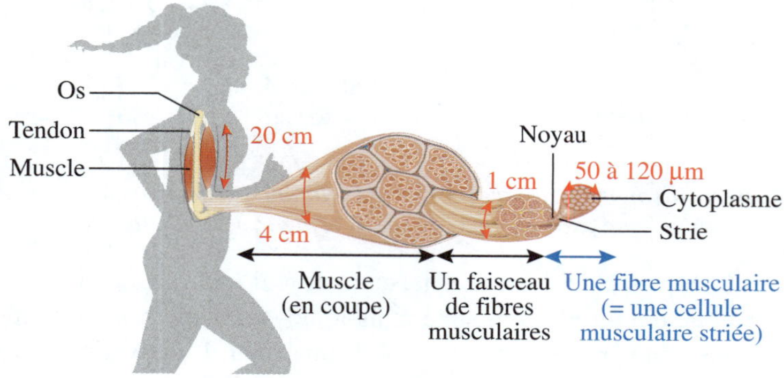

Les valeurs indiquées sont des valeurs moyennes : elles dépendent du muscle considéré.

Figure 1 *Les différents niveaux d'organisation d'un muscle strié squelettique*

> **Remarque**
> Les **fibres musculaires** ont une longueur pouvant atteindre 30 à 35 cm.

B. Mise en mouvement des os par contraction des muscles

■ Lors de sa **contraction**, le muscle raccourcit et s'épaissit.

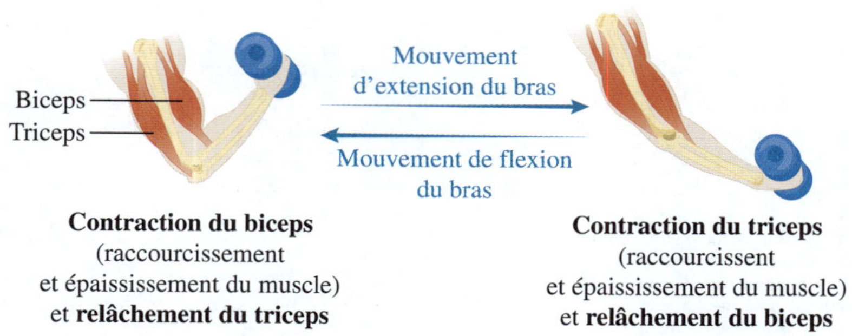

Figure 2 *Contraction et relâchement des muscles antagonistes*

■ L'épaississement et le raccourcissement du muscle permettent le mouvement relatif des deux os auxquels le muscle est relié par les tendons.

2 Contraction musculaire à l'échelle de la cellule musculaire

A. La cellule musculaire : une cellule spécialisée

■ La cellule musculaire est une **cellule spécialisée** permettant son propre raccourcissement.

■ Les cellules musculaires sont des cellules très allongées présentant une striation verticale à cause de leur **cytosquelette**.

Remarque

Les cellules musculaires contiennent **plusieurs noyaux** car elles sont **issues de la fusion de plusieurs cellules musculaires lors du développement embryonnaire**.

■ Le cytosquelette est le réseau complexe de filaments protéiques à l'intérieur d'une cellule. Dans le cas des cellules musculaires, le cytosquelette a une organisation particulière : il forme de longues structures striées nommées **myofibrilles**.

■ Les myofibrilles sont organisées en unités répétitives, les **sarcomères**. Les sarcomères sont formés par des filaments d'actine et de myosine.

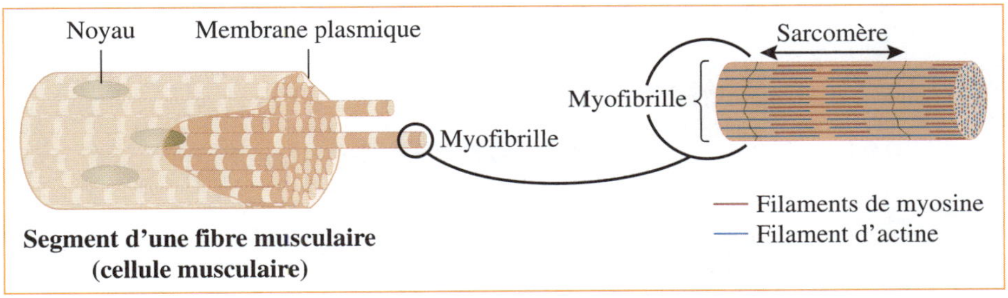

Figure 3 *Organisation de la fibre musculaire*

■ Lors de la contraction, il y a un glissement des filaments de myosine par rapport aux filaments d'actine : les sarcomères se raccourcissent. Cela entraîne le raccourcissement de la cellule musculaire.

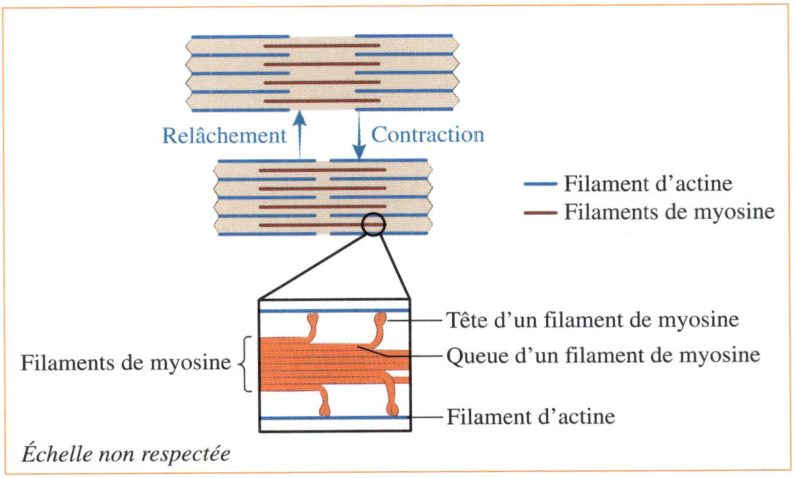

Figure 4 *Contraction et relâchement d'un sarcomère au sein d'une myofibrille de fibre musculaire*

B. Mécanisme de la contraction

■ Le mécanisme de la contraction du sarcomère peut être décrit en cinq étapes avec pour point de départ la myosine fixée à l'actine :
- la tête de la myosine est fixée au filament d'actine : le **pont d'union** actine-myosine est en place ;
- de l'**ATP** se fixe à la tête de myosine : cela entraîne la rupture du pont d'union actine-myosine par détachement de la tête de myosine ;
- l'**hydrolyse** de l'ATP par la tête de myosine fournit l'énergie nécessaire à l'activation de la tête (changement d'orientation). L'ADP et le Pi (phosphate inorganique), issus de l'hydrolyse, restent fixés à la tête ;
- la tête de myosine activée établit le **pont d'union avec l'actine** ;
- la tête de myosine ainsi fixée pivote provoquant le **glissement du filament de myosine sur celui d'actine**. Cela entraîne un raccourcissement du sarcomère. Au cours du mouvement, il y a libération de l'ADP et du Pi (retour à l'étape de départ).

Définition

Hydrolyse : rupture d'une liaison chimique en présence d'eau.

Remarque

L'ATP est une molécule riche en énergie. **L'hydrolyse de l'ATP en ADP + Pi** libère de l'**énergie chimique**.

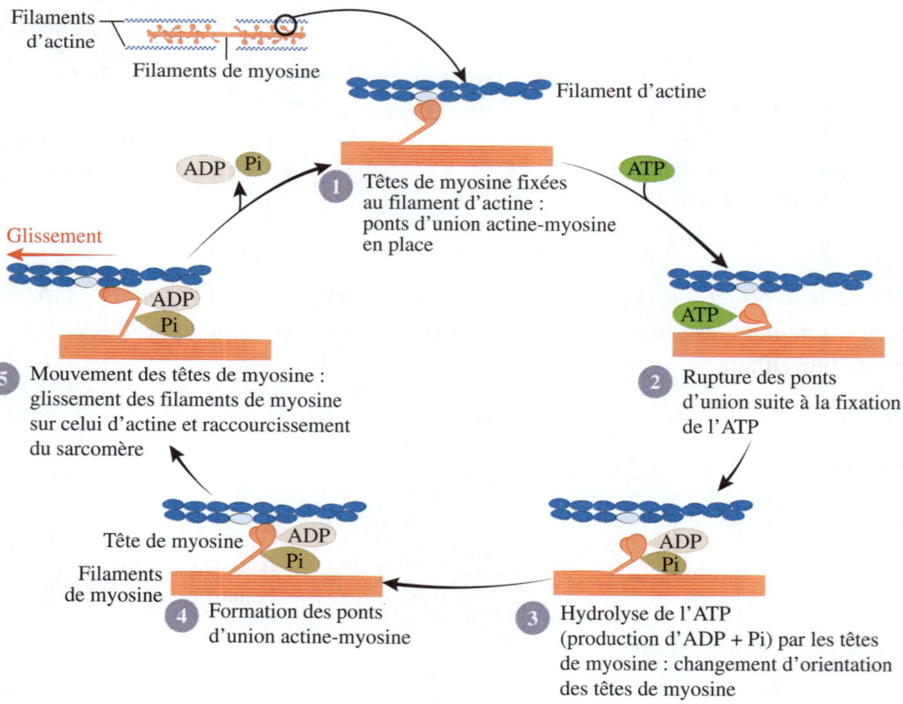

La sous-unité blanche sert de repère pour montrer le déplacement.

Échelle non respectée

Figure 5 *Détail moléculaire du mécanisme de contraction du sarcomère*

Remarque

Chacune des quelques **350 têtes présentes sur un filament de myosine** forme et reforme environ **cinq ponts d'union par seconde**, ce qui provoque le glissement des myofilaments les uns sur les autres.

■ La contraction du sarcomère nécessite donc de l'ATP mais aussi des ions calcium Ca^{2+}. Ces ions permettent de rendre accessible les sites de fixation de la myosine sur l'actine.

3 Myopathies

■ Des maladies peuvent affecter les muscles : ce sont les **myopathies**. Elles se caractérisent par une dégénérescence des cellules musculaires.

■ Dans certaines myopathies, la dégénérescence des cellules musculaires est due à un défaut dans les interactions entre les protéines membranaires des cellules et la **matrice extra-cellulaire**.

Ex. : Dans le cas de la myopathie de Duchenne, une protéine nommée dystrophine n'est pas fonctionnelle. Elle sert au maintien de l'architecture des cellules musculaires et fait le lien entre l'actine de la cellule et la matrice extra-cellullaire : sans elle, les cellules musculaires se désorganisent et finissent par dégénérer.

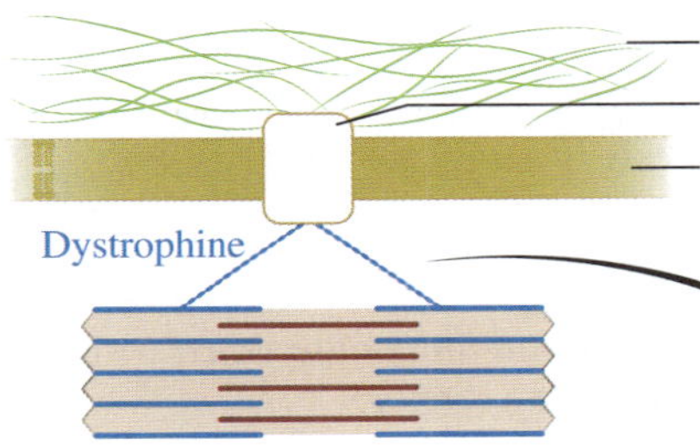

Présence de dystrophine :
1. Maintien de l'architecture de la cellule
2. Lien entre l'actine des sarcomères et la matrice extracellulaire
Absence de dystrophine : désorganisation et dégénérescence de la cellule
→ **Myopathie**

Échelle non respectée

Figure 6 *Localisation et rôle de la dystrophine*

SPÉCIALITÉ SVT

17 Origine de l'énergie nécessaire à la contraction musculaire

La contraction des fibres musculaires nécessite de l'énergie sous forme d'**ATP**.

1 Consommation d'ATP par les fibres musculaires

- Lors de la **contraction musculaire**, les fibres musculaires consomment de l'ATP. Cet ATP est nécessaire au glissement des filaments de myosine sur les filaments d'actine.

- Le stock d'ATP dans les cellules est très réduit : il ne peut permettre une contraction que pendant quelques secondes. Il existe donc des **mécanismes qui permettent la régénération en permanence de l'ATP** dans les cellules.

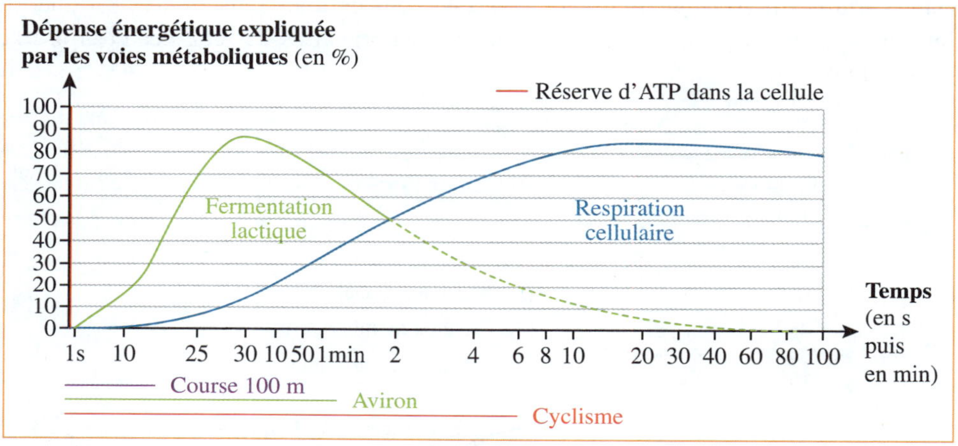

Figure 1 *Mode de production d'ATP par la fibre musculaire en fonction de la durée et du type d'effort*

2 Régénération de l'ATP

A. Oxydation du glucose lors de la glycolyse

- L'ATP est produit par les cellules grâce à la dégradation de matière organique (glucides, lipides, protéines). Dans la majorité des cas, l'ATP est produit à partir de la dégradation du glucose.

- Dans les cellules, au niveau du cytoplasme (plus précisément dans l'**hyaloplasme**, fraction liquide du cytoplasme), le glucose est oxydé en pyruvate lors de la **glycolyse**. Ce mécanisme conduit à la formation de deux molécules d'ATP et de **composés réduits** (NADH, H^+) utilisés par la suite. Les composés réduits jouent le rôle de **transporteurs d'électrons**.

Définitions

Une molécule à l'**état oxydé** a libéré des électrons. Une molécule à l'**état réduit** a capturé des électrons.
- Une **oxydation** est une réaction chimique où un ou plusieurs électrons sont libérés par une molécule.
- Une **réduction** est une réaction chimique où un ou plusieurs électrons sont capturés par une molécule.

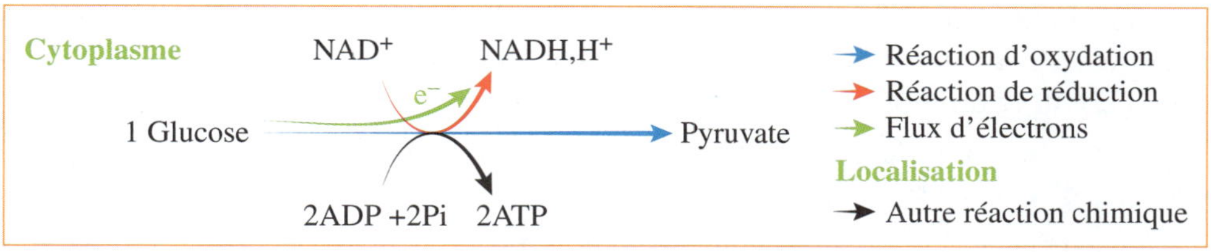

Figure 2 *Bilan de la glycolyse*

Les coefficients stoechiométriques ne sont précisés que pour le glucose et l'ATP car nécessaires au calcul du rendement de la réaction.

■ Le pyruvate est à son tour dégradé. Le mécanisme de dégradation dépend du type d'effort (courte ou longue durée).

B. Production anaérobie d'ATP : la fermentation lactique

■ Les cellules musculaires produisent de l'ATP par **fermentation lactique** lorsque le dioxygène vient à manquer : cette production d'ATP se fait donc sans dioxygène (métabolisme **anaérobie**). Cela arrive notamment lors des efforts brefs mais intenses : la dégradation du glucose se fait plus rapidement que l'apport du dioxygène aux muscles.

■ La fermentation lactique consiste en une **glycolyse** à laquelle s'ajoute la **réduction du pyruvate en acide lactique**. Cette réduction régénère le NAD^+ en transférant les électrons du NADH, H^+, au pyruvate. Le NAD^+ peut alors servir de nouveau pour l'oxydation du glucose dans la glycolyse.

■ La fermentation lactique conduit à la production de deux molécules d'ATP à partir d'une molécule de glucose.

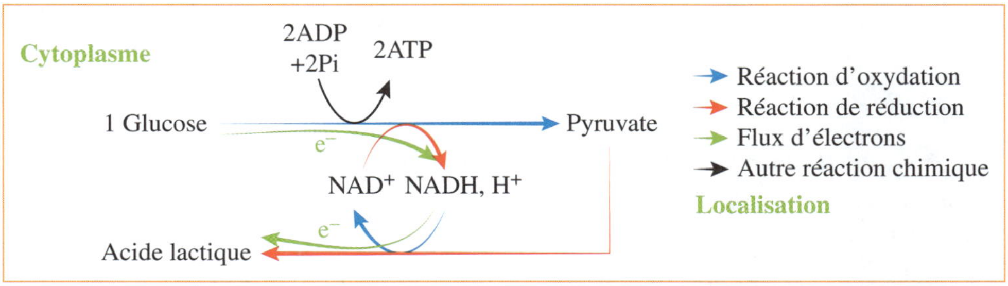

Figure 3 *Bilan de la fermentation lactique*

Les coefficients stoechiométriques ne sont précisés que pour le glucose et l'ATP car nécessaires au calcul du rendement de la réaction.

C. Production aérobie d'ATP : la respiration cellulaire

■ Les cellules musculaires produisent de l'ATP par **respiration cellulaire** lors d'efforts de longue durée : production d'ATP en présence de dioxygène (métabolisme **aérobie**).

■ La respiration cellulaire comprend deux étapes.

– **L'utilisation du pyruvate** (produit par la glycolyse) lors du **cycle de Krebs**, dans la matrice mitochondriale. Cela conduit principalement à la formation de CO_2 et de composés réduits (NADH, H^+).

– **La réoxydation des composés réduits** grâce à la réduction de dioxygène en eau au niveau de la **chaîne respiratoire mitochondriale** (membrane interne des mitochondries). Cela conduit à la production d'ATP.

■ Le dioxygène étant indispensable à la production d'ATP par respiration cellulaire, il est **nécessaire d'avoir une bonne oxygénation** durant l'effort physique, d'autant plus quand celui-ci est un effort prolongé.

■ La glycolyse, suivie de la respiration cellulaire, conduisent à la production d'environ 30 molécules d'ATP à partir d'une molécule de glucose.

■ Le rendement de la respiration cellulaire est donc bien supérieur à celui de la fermentation lactique.

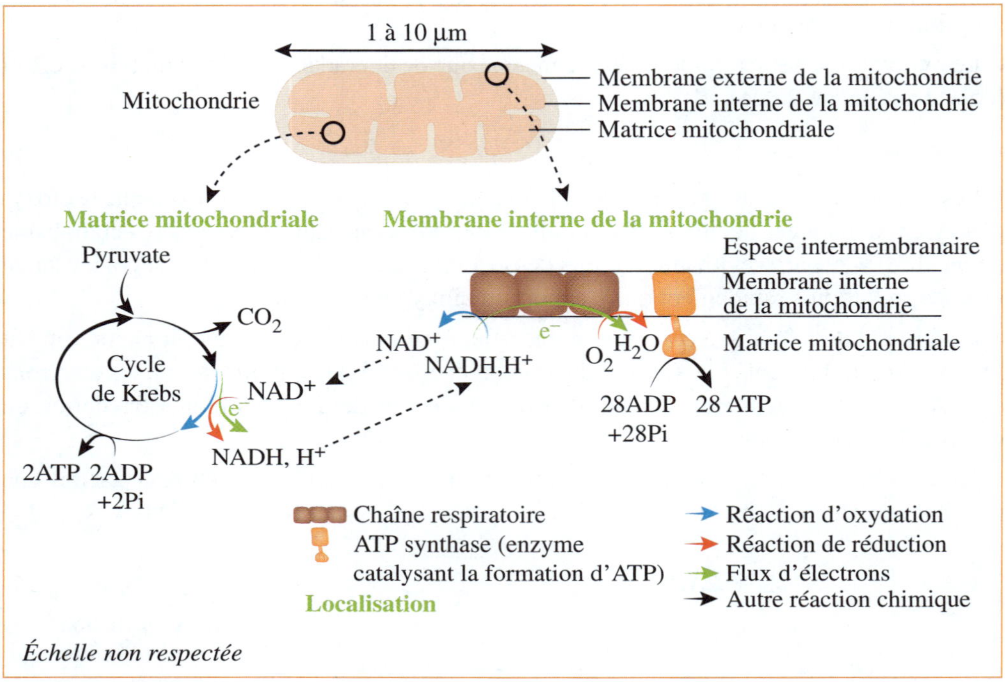

Figure 4 *Localisation et bilan simplifié des étapes de la respiration cellulaire*

Les coefficients stoechiométriques ne sont précisés que pour l'ATP car nécessaires au calcul du rendement de la réaction.

3 Utilisation de produits dopants et performance sportive

■ Certaines substances peuvent être utilisées pour améliorer les performances sportives : ce sont les **produits dopants**. Ils agissent notamment en **améliorant le métabolisme musculaire**.

Ex. : L'EPO (ou érythropoïétine) est une hormone naturellement fabriquée par les reins. Elle agit sur la moelle osseuse en stimulant la fabrication des globules rouges. L'augmentation de la quantité de globules rouges améliore le transport de dioxygène dans le sang. C'est par cette fonction que l'EPO peut favoriser la respiration cellulaire et améliorer les performances. De ce fait, elle est utilisée à des fins dopantes principalement dans les sports d'endurance.

■ Les produits dopants peuvent avoir des effets, parfois graves, sur la santé.

Ex. : À court terme, l'utilisation d'EPO augmente le risque d'infarctus et d'accidents vasculaires cérébraux (AVC). À long terme, cette hormone entraîne des risques d'hypertension artérielle et favorise le cancer de la moelle osseuse.

18 Le contrôle des flux de glucose

Les cellules musculaires, comme toutes les cellules, ont besoin de glucose et de dioxygène pour la production d'**ATP**, source d'énergie cellulaire nécessaire à la réalisation des mouvements (*voir chapitre 17*). Le contrôle des flux de glucose permet de garantir l'approvisionnement des cellules musculaires, tout en évitant les dommages sur la santé d'un excès de glucose sanguin.

1 Mise en évidence d'une régulation de la glycémie

La **glycémie** est la concentration de glucose dans le sang (exprimée en $g \cdot L^{-1}$).

A. Des besoins en glucose variables

- Les cellules musculaires puisent le glucose dans le sang.

- Les besoins en glucose des cellules musculaires varient selon que l'organisme est au repos ou fournit un effort, et selon l'intensité de l'activité physique réalisée.

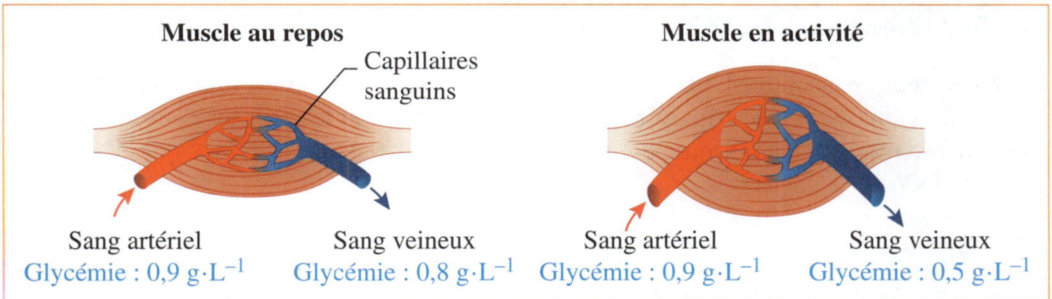

Figure 1 *Consommation en glucose d'un muscle et effort fourni*

B. Des apports en glucose discontinus

- Le glucose puisé dans le sang par les cellules musculaires provient initialement de la **digestion des aliments**. Le glucose entre dans le sang au niveau de l'**intestin grêle**.

- Les apports directs en glucose se réalisent au moment des repas et varient selon le type d'aliments ingérés. Ils sont particulièrement importants lors de la consommation d'**aliments riches en glucides** (sucres, pommes de terre, produits céréaliers…).

C. Régulation de la glycémie

- La glycémie dépend des apports alimentaires (hausse transitoire de la glycémie) et de l'activité physique (baisse transitoire de la glycémie), mais elle est toujours maintenue dans un intervalle relativement étroit autour d'une valeur d'équilibre proche de $1\ g \cdot L^{-1}$.

SPÉCIALITÉ SVT

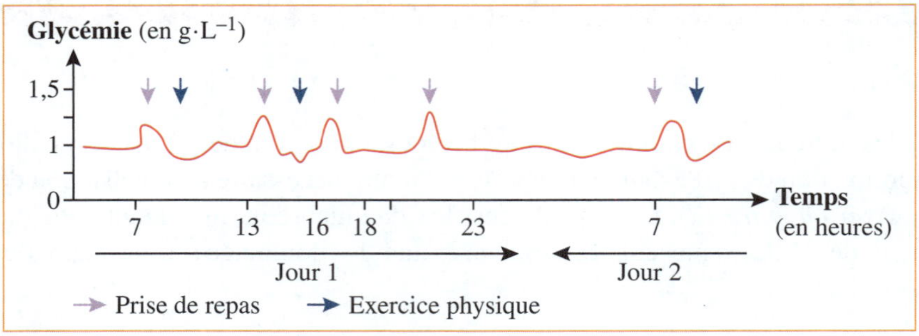

Figure 2 *Évolution de la glycémie au cours d'une journée chez une personne*

■ Une **hypoglycémie** (< 0,5 g · L^{-1}) est dangereuse pour l'organisme car le fonctionnement du cerveau est menacé par l'insuffisance en glucose. Elle peut mener au coma voire au décès de la personne.

■ Une **hyperglycémie** (> 1,1 g · L^{-1} à jeun et > 1,4 g · L^{-1} après un repas) n'a pas de conséquence grave à court terme sauf si elle est très élevée (risque de coma au-dessus de 3 g · L^{-1}). À long terme, une hyperglycémie, même légère mais en continu, cause des dommages aux reins, aux yeux, aux nerfs et aux pieds et augmente le risque d'accident cardio-vasculaire.

2 Contrôle hormonal de la glycémie

■ La glycémie est contrôlée par un **système de régulation hormonale** impliquant des flux variables entre les sources (intestin et réserves de glucose) et les organes consommateurs de glucose (notamment les muscles).

A. Stockage du glucose

■ Les réserves de glucose se trouvent sous forme de **glycogène** dans les cellules musculaires et dans les cellules hépatiques (cellules du foie). Le glycogène est un polymère de glucose (de nombreuses molécules de glucose reliées les unes aux autres).

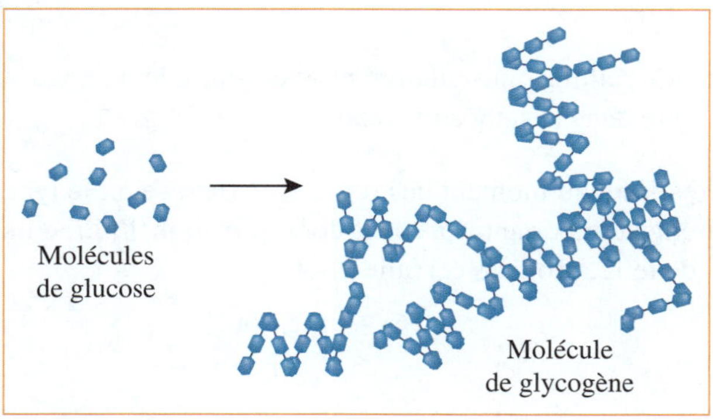

Remarque

Les **glucides complexes** qui constituent les formes de stockage du glucose ne sont pas les mêmes chez les animaux et chez les végétaux : le **glycogène** (chez les animaux) et l'**amidon** (chez les végétaux) sont tous les deux des polymères, qui diffèrent par le type de liaisons chimiques entre les molécules de glucose.

Figure 3 *Le glycogène : une forme de stockage du glucose*

B. Rôle du pancréas

■ Le pancréas a une fonction **endocrine** : il possède des structures nommées îlots de Langerhans, qui produisent et libèrent dans le sang des **hormones**. Les cellules β (bêta) sécrètent **l'insuline** et les cellules α (alpha) sécrètent le **glucagon**. Ces deux hormones permettent de réguler la glycémie.

> **Remarque**
> Une astuce pour mémoriser facilement !
> La **sécrétion d'insuline** par les cellules **bêta** permet de faire **baisser** la glycémie.
> À l'inverse, la sécrétion de glucagon par les cellules **alpha** permet de faire **augmenter** la glycémie.

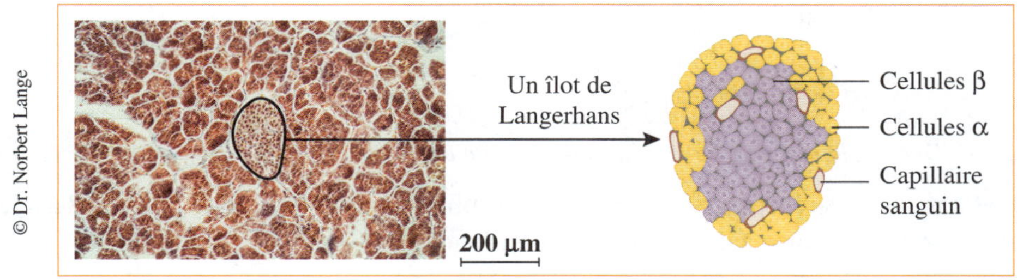

Figure 4 *Coupe de pancréas observée au microscope et schéma d'un îlot de Langerhans*

C. Tissus cibles des hormones pancréatiques

■ Les hormones peuvent agir sur les cellules qui présentent des **récepteurs** spécifiques au niveau de leur membrane plasmique : une reconnaissance entre hormone et récepteur est nécessaire.

■ Les cellules hépatiques (du foie) présentent à la fois des récepteurs à l'insuline et au glucagon. Les cellules musculaires striées squelettiques ne présentent que des récepteurs à l'insuline.

■ La fixation d'insuline ou de glucagon sur leurs récepteurs spécifiques permet de contrôler la production ou la dégradation de glycogène, afin de stocker du glucose ou de le libérer dans le sang.

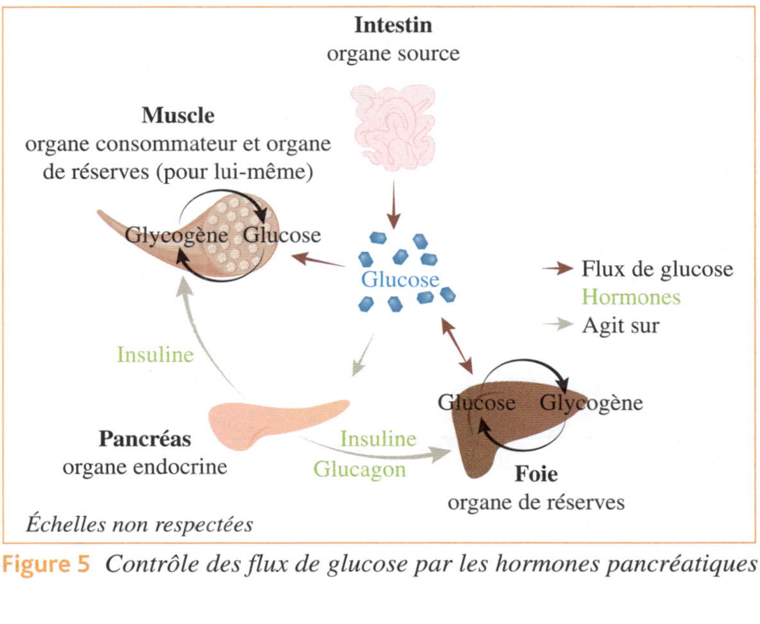

Figure 5 *Contrôle des flux de glucose par les hormones pancréatiques*

D. Déclenchement et effets de la sécrétion d'insuline

- Après un repas riche en glucides, la glycémie augmente par absorption intestinale de glucose.
- Du glucose entre dans les cellules β du pancréas grâce à des protéines membranaires, ce qui déclenche la libération d'insuline dans le sang.

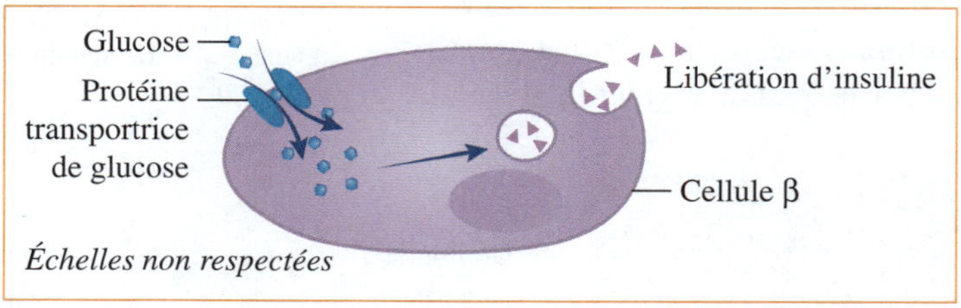

Figure 6 *Déclenchement de la sécrétion d'insuline au niveau d'une cellule β du pancréas*

- En se fixant sur ses récepteurs spécifiques, l'insuline permet l'entrée de glucose dans les cellules musculaires grâce à des **protéines membranaires**.
- La synthèse de glycogène, stimulée par l'insuline dans les cellules musculaires et hépatiques, permet de stocker le glucose.

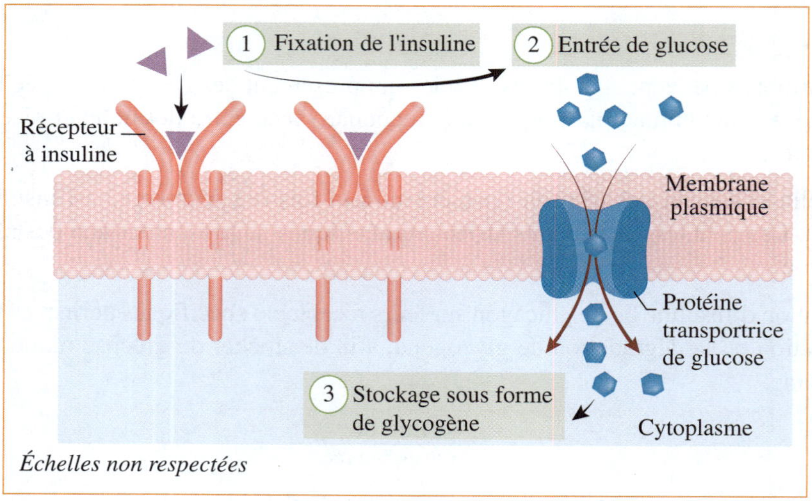

Figure 7 *Effet de l'insuline sur une cellule-cible musculaire*

- Ainsi, le taux de glucose dans le sang diminue : l'insuline est une hormone **hypoglycémiante**.

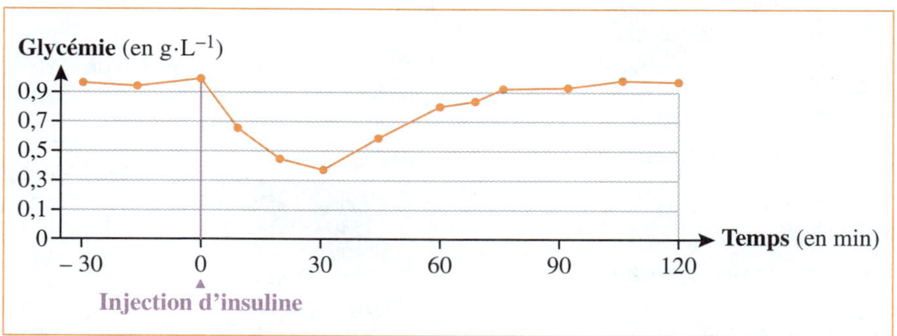

Figure 8 *Évolution de la glycémie d'un sujet sain à la suite d'une injection d'insuline*

E. Déclenchement et effets de la sécrétion de glucagon

■ Entre les repas, ou au cours d'un effort physique, la glycémie diminue car le glucose est consommé par les cellules, en particulier musculaires. Cette hypoglycémie déclenche la libération de **glucagon** dans le sang par les **cellules α du pancréas**.

■ Le glucagon se fixe sur ses **récepteurs spécifiques** au niveau de la membrane plasmique des cellules hépatiques, ce qui provoque la dégradation du glycogène et la sortie du glucose, grâce à des protéines membranaires.

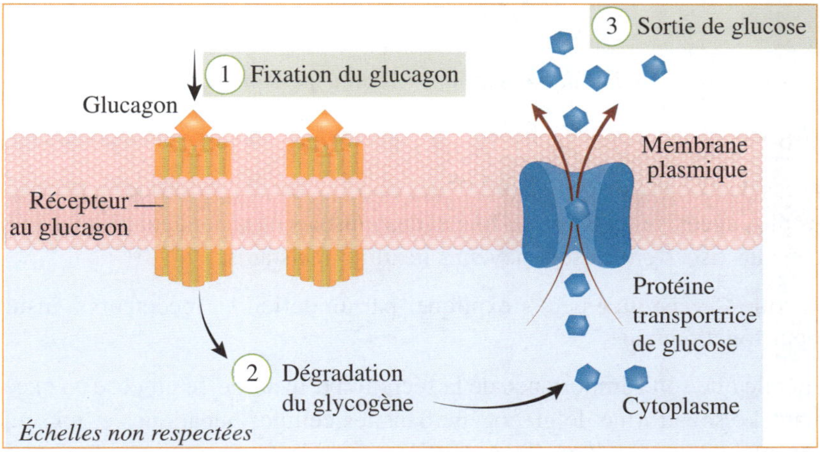

Figure 9 *Effet du glucagon sur une cellule hépatique*

■ Ainsi, le taux de glucose dans le sang augmente : le glucagon est une hormone **hyperglycémiante**.

■ Dans les cellules musculaires, le glucose issu de la dégradation du glycogène n'est pas exporté et est directement consommé pour produire le mouvement.

3 Diabètes

■ Les **diabètes** se caractérisent par une hyperglycémie chronique, c'est-à-dire un taux de glucose sanguin trop élevé de manière continue. Un diagnostic de diabète est posé lorsque la glycémie à jeun est égale ou supérieure à 1,26 $g \cdot L^{-1}$, ou égale ou supérieure à 2 $g \cdot L^{-1}$ à n'importe quel moment de la journée.

■ L'hyperglycémie chronique est dangereuse pour différents organes, surtout à long terme (*voir 1.C*).

■ Il existe deux grands types de dysfonctionnement de la régulation de la glycémie.

A. Déficit de la sécrétion d'insuline

■ Lorsque le pancréas ne produit pas assez ou plus du tout d'insuline, le glucose sanguin en excès n'entre plus dans les cellules musculaires et n'est plus transformé en glycogène dans les cellules musculaires et hépatiques. Ceci entraîne donc une hyperglycémie chronique.

■ Ce dysfonctionnement peut être pallié par la prise d'insuline : on dit qu'il est **insulino-dépendant**.

■ Dans le cas du **diabète de type 1** (6 % des cas de diabètes), qui est diagnostiqué chez des personnes jeunes, les cellules β des îlots de Langerhans sont détruites par le système immunitaire : c'est une maladie **auto-immune**.

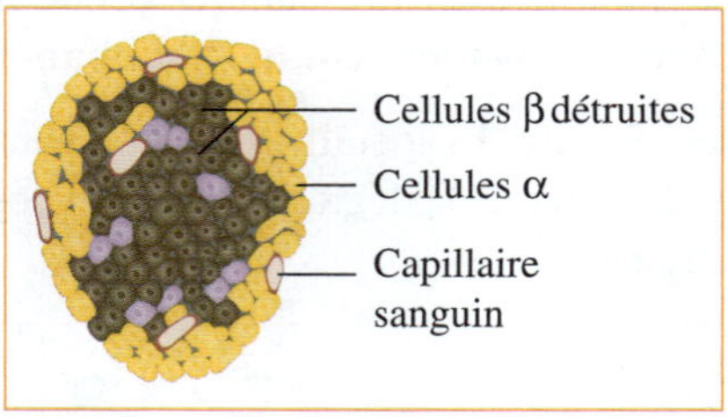

Figure 10 *Coupe dans un îlot de Langerhans chez une personne atteinte de diabète de type 1*

B. Insulino-résistance des tissus cibles

■ Dans le cas du **diabète de type 2** (92 % des cas), qui est diagnostiqué en général chez des personnes plus âgées, les cellules du foie et des muscles ne répondent plus à l'insuline : on dit alors que les tissus-cibles sont devenus insulino-résistants.

■ Cette **insulino-résistance** peut s'expliquer par un déficit en récepteurs à insuline ou la perte de leur fonctionnalité.

■ Ainsi, quelle que soit l'importance de la sécrétion d'insuline, le glucose en excès ne peut plus être stocké sous forme de glycogène dans les cellules hépatiques et musculaires. Le glucose est maintenu à un taux élevé dans le sang. Ce dysfonctionnement est qualité de non-insulinodépendant.

■ Le surpoids, l'obésité et le manque d'activité physique sont des facteurs qui favorisent le déclenchement du diabète de type 2 chez des personnes souvent génétiquement prédisposées.

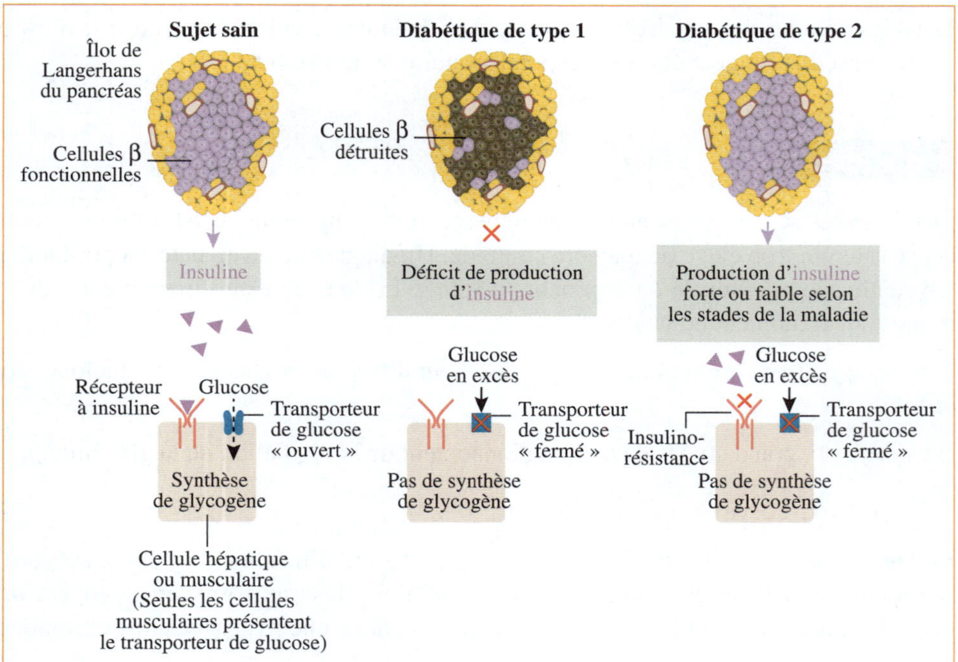

Figure 11 *Les différents types de diabètes*

19 Le stress aigu

Face aux perturbations de son environnement, l'être humain dispose de réponses adaptatives impliquant le système nerveux et lui permettant de produire des comportements appropriés à la situation. Il s'agit d'une réponse normale de l'organisme face aux **agents stresseurs** : on parle de **stress aigu**.

> **Remarque**
> Les **perturbations** peuvent être **d'ordre physiologique, mental, social ou émotionnel**.

1 Réponse de l'organisme lors du stress aigu

■ La réponse adaptative de l'organisme lors du stress aigu est extrêmement rapide. Elle emprunte deux axes principaux :
– un axe conduisant à la **production d'adrénaline** ;
– un axe conduisant à la **production de cortisol**.

> **Remarque**
> **Adrénaline** et **cortisol** sont des **hormones**.

■ Temporellement, on observera d'abord la production d'adrénaline puis la production de cortisol.

■ Ces différentes voies physiologiques sont coordonnées au sein d'un système, qualifié de complexe. Elles permettent une économie importante de l'énergie (par l'inhibition de certaines fonctions de l'organisme) et augmentent ainsi la disponibilité en substrats énergétiques. Il y a ensuite une redistribution adaptative de ces substrats permettant de faire face à la situation stressante. Autrement dit, ces voies permettent l'**adaptabilité** de l'organisme face aux agents stresseurs.

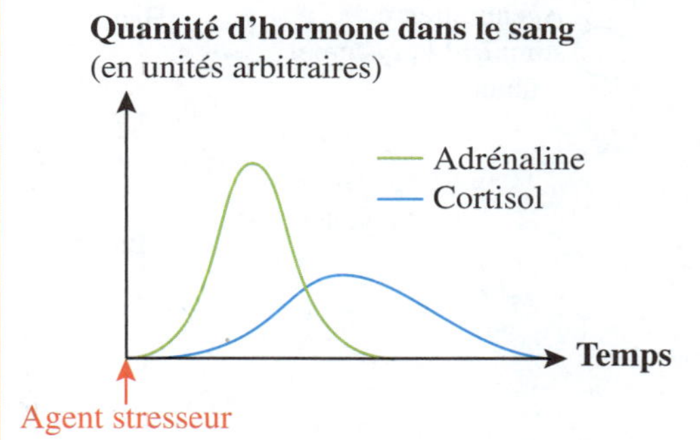

Figure 1 *Quantité d'adrénaline et de cortisol dans le sang d'un organisme soumis à un agent stresseur*

Ex. : Dans une situation où la réponse aux agents stresseurs est la fuite, le glucose (source d'énergie) est redistribué majoritairement aux muscles dans le but de permettre la fuite, les autres organes reçoivent alors moins de glucose (les fonctions de ces organes sont alors inhibées).

■ De nombreux facteurs (génétiques, psychologiques, sociaux, émotionnels) peuvent intervenir dans la réponse physiologique de l'individu. Ainsi, il existe des variations inter-individuelles lors de la réponse au stress aigu.

> **Remarque**
> Si l'action des agents stresseurs est trop intense ou se prolonge dans le temps, **l'organisme peut être débordé** dans ses capacités d'adaptation.

2 Réponse rapide de l'organisme lors du stress aigu via l'adrénaline

> **Remarque**
> Les **glandes surrénales** sont situées au-dessus des reins. Elles comportent deux parties :
> – la **partie corticale** (glande cortico-surrénale) ;
> – la **partie médullaire** (glande médullo-surrénale).

■ La réponse rapide de l'organisme lors du stress aigu fait intervenir le **système limbique**. Le système limbique désigne un ensemble de structures du cerveau, dont l'**amygdale** et l'**hippocampe**, intervenant dans le comportement et les émotions.

■ Le système limbique est stimulé par les agents stressants. En réponse à cette stimulation, un message nerveux, en partance du système limbique atteint les **glandes médullo-surrénales**.

■ La stimulation nerveuse des glandes médullo-surrénales conduit à la production d'**adrénaline** par ces dernières. Cette hormone est libérée dans le sang.

■ L'adrénaline provoque une **augmentation du rythme cardiaque**, **de la fréquence respiratoire** et la **libération de glucose dans le sang par le foie**. Cela prépare l'organisme à la réponse aux agents stresseurs.

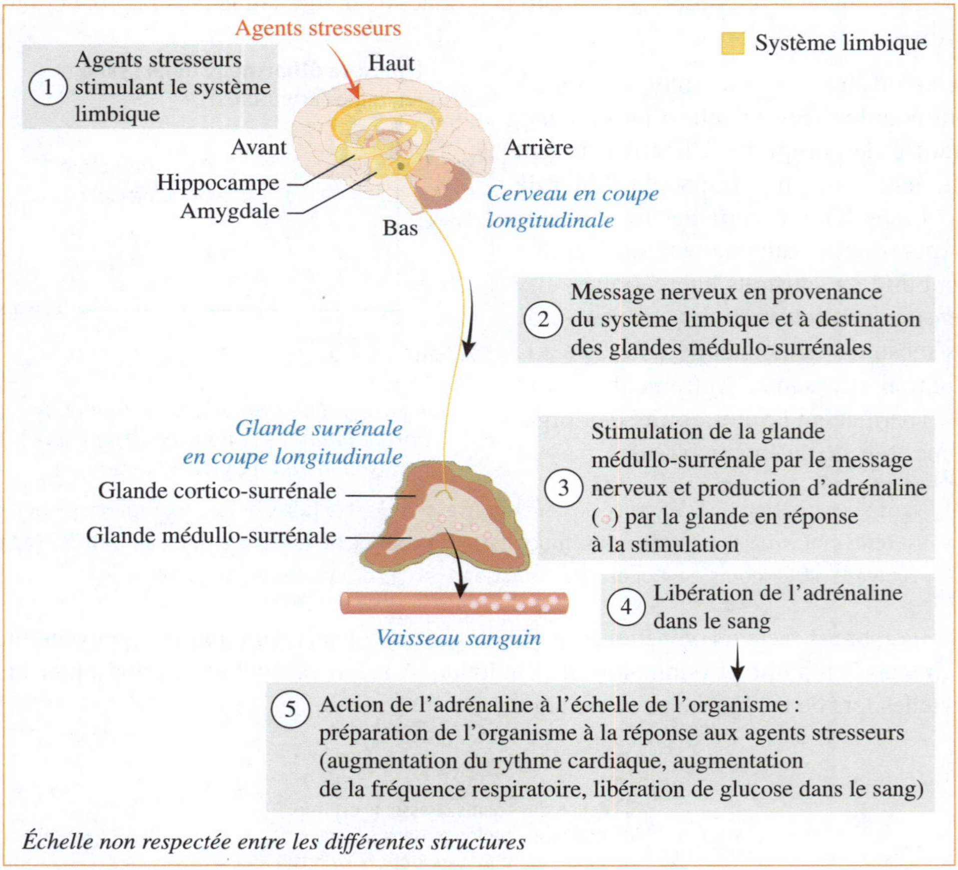

Figure 2 *Déroulement de la réponse rapide de l'organisme lors du stress aigu*

3 Réponse plus lente de l'organisme lors du stress aigu via le cortisol

- Dans un second temps en réponse à la stimulation par les agents stresseurs l'hypothalamus produit une neuro-hormone, la **CRH** (*Corticotropin Releasing Hormone*). Cette hormone est libérée au niveau de l'hypophyse.
- En réponse à la CRH, l'**hypophyse** produit l'**ACTH** (*Adreno CorticoTrophic Hormone*).
- L'ACTH agit sur les **glandes cortico-surrénales**. En réponse à cette stimulation, elles produisent du **cortisol**. Ainsi, la libération de cortisol lors du stress aigu fait intervenir l'axe hypothalamo-hypophyso-corticosurrénalien.
- Le **cortisol favorise la mobilisation du glucose** (libération de glucose dans le sang par le foie). De plus, il **inhibe certaines fonctions** (dont le système immunitaire) : cela permet une économie d'énergie.
- Le cortisol exerce un **rétrocontrôle** négatif sur l'hypothalamus : il inhibe la production de CRH par l'hypothalamus. Ce mécanisme favorise le rétablissement de conditions de fonctionnement durables : on parle de **résilience**.

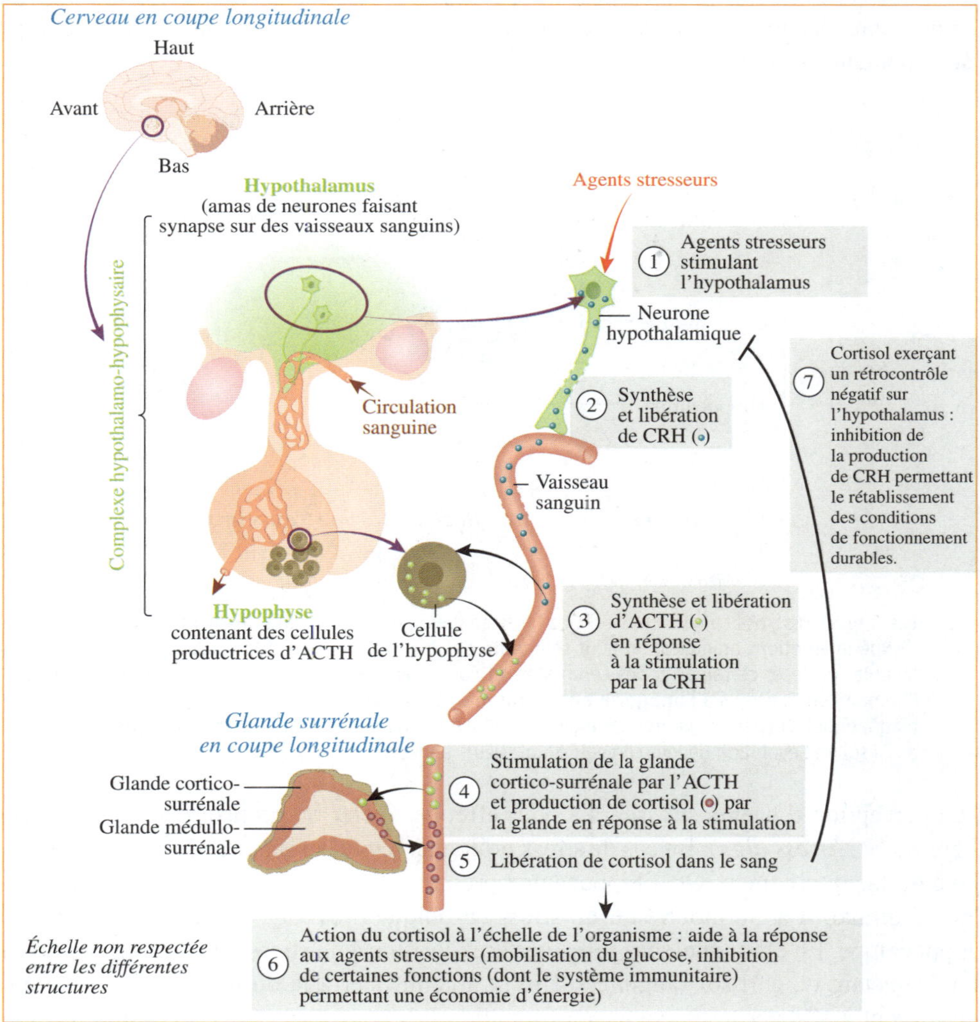

Figure 3 *Déroulement de la réponse plus lente de l'organisme lors du stress aigu*

20 Le stress chronique

L'étude du **stress aigu** montre l'adaptabilité de l'organisme à des changements de son environnement. Cependant, le système complexe de réponse au stress est fragile et ces mécanismes physiologiques peuvent être débordés si l'action des **agents stresseurs** est trop intense ou si elle se prolonge dans le temps : on parle alors de **stress chronique**.

1 Conséquences du stress chronique

- La **résilience** est la capacité d'un organisme à retrouver des conditions de fonctionnement durables après une perturbation. Dans le cas d'un stress intense ou prolongé, l'organisme s'adapte en réponse aux agents stresseurs, mais ses mécanismes physiologiques sont déréglés.
- Certaines structures cérébrales peuvent être modifiées sous l'effet du stress chronique : le **système limbique** (amygdale, hippocampe) et le **cortex préfrontal**. Ces structures interviennent dans les processus liés aux émotions, à la mémoire et aux **fonctions cognitives** (raisonnement, comportement…).

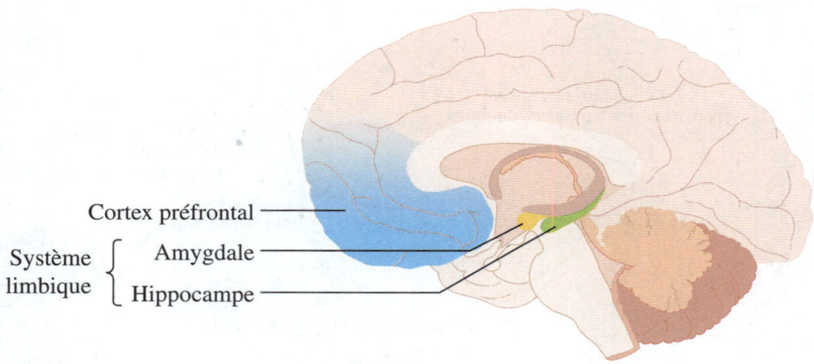

Figure 1 *Structures cérébrales affectées par le stress chronique*

> **Remarque**
> Les **effets du stress chronique sur le cerveau** sont étudiés de différentes manières. Dans le cadre d'expérimentations animales, on peut soumettre des lots d'animaux à des situations stressantes, stimuler ou léser certaines zones cérébrales, et comparer les résultats à des lots témoins. Chez l'humain, on a recours à l'**imagerie anatomique et fonctionnelle** (IRM, imagerie par résonance magnétique). On peut comparer des individus entre eux, en relation avec leur niveau de stress, mais aussi suivre l'évolution de leur cerveau sur plusieurs années.

- La perception d'agents stresseurs a pour effet de libérer du cortisol dans le sang (*voir chapitre 19 : Stress aigu*). En cas de stress prolongé, le niveau sanguin de cortisol est donc élevé de façon continue. Or, l'hippocampe présente de nombreux récepteurs au cortisol. Chez l'animal, il a été montré qu'un stress chronique provoque une dégénérescence de l'hippocampe. En effet, quelques semaines d'exposition à un stress intense, ou à un niveau élevé constant de cortisol sanguin, suffisent à contribuer à la diminution du nombre de neurones et à affecter le processus de formation des nouvelles **synapses**, compromettant ainsi la **plasticité cérébrale**.

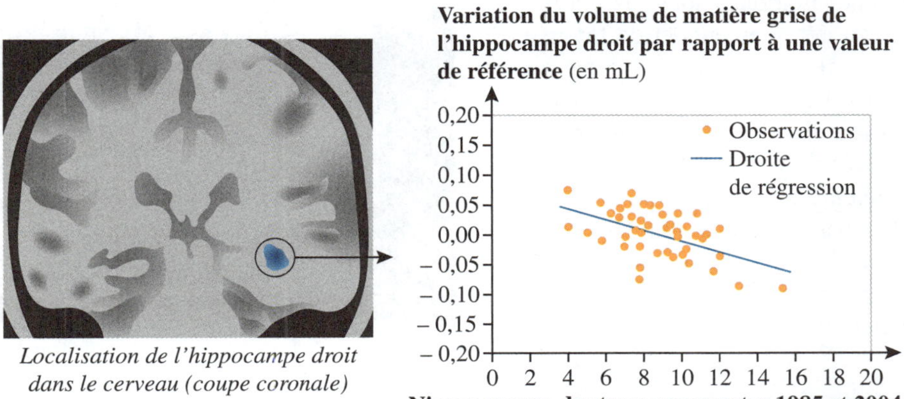

Source : Gianaros et al., *2007*

Figure 2 *Lien entre le stress chronique et le volume de l'hippocampe*

Étude menée sur 48 femmes en bonne santé, sur la base d'un questionnaire standardisé d'évaluation du stress. La matière grise contient les corps cellulaires des neurones. Les valeurs sont « ajustées » selon l'âge et le volume total de matière grise.

■ Ces modifications de structure et de fonctionnement de zones cérébrales constituent une forme de plasticité cérébrale dite mal-adaptative : les dérèglements engendrés par le stress chronique se traduisent ainsi par diverses pathologies. En particulier, l'**anxiété** liée au stress chronique peut s'accompagner de troubles de l'attention et de la mémoire, ainsi que d'une diminution des performances cognitives (capacité à raisonner, s'exprimer et agir).

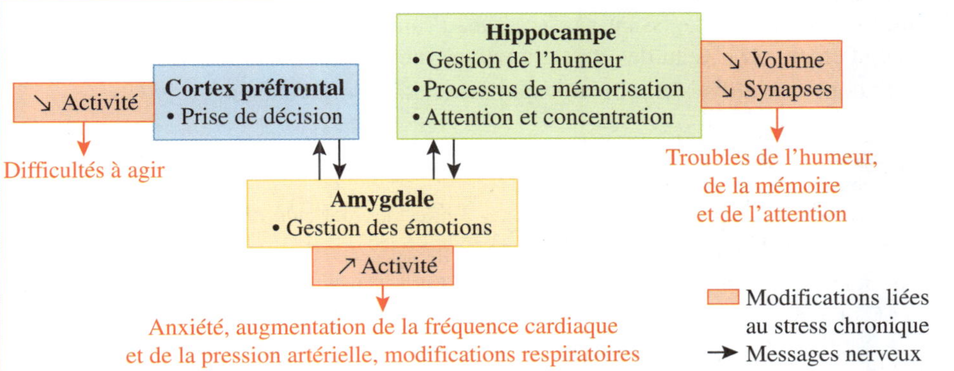

Figure 3 *Pathologies liées au stress chronique*

2 Traitement du stress chronique

A. Prévention et remèdes non médicamenteux

■ La solution la plus évidente pour remédier au stress chronique est d'identifier précisément les agents stresseurs afin de les supprimer de l'environnement de l'individu, ou de limiter leur action (durée, intensité). Cela n'est pas toujours possible immédiatement.

■ Pour de multiples raisons (facteurs génétiques, histoire personnelle…), chaque individu réagit différemment face aux agents stresseurs. Ainsi, dans une même situation, les mécanismes de réponse au stress d'un individu pourront suffire à la résilience, tandis qu'un autre individu subira des perturbations durables et nuisibles pour sa santé.

■ Certaines pratiques sont susceptibles de limiter les dérèglements et de favoriser la résilience du système : une bonne gestion du sommeil (nombre d'heures suffisant et régularité), des efforts physiques modérés, des exercices de contrôle de la respiration et de détente musculaire qui doivent être encadrés par des professionnels (sophrologie, yoga…). Dans le cadre de la vie quotidienne, ces pratiques ont un effet calmant et permettent une meilleure gestion du stress.

Figure 4 *Des exercices permettent la gestion du stress à l'approche des examens*

B. Traitement médicamenteux et effets secondaires

■ Si les bonnes pratiques et l'hygiène de vie globale d'un individu sont insuffisantes à maintenir sa santé hors de danger, certains médicaments peuvent être utilisés pour traiter les pathologies associées au stress chronique. L'effet de ces médicaments vise à favoriser la résilience en agissant sur le système nerveux.

■ En cas d'anxiété, des benzodiazépines peuvent être prescrites. Ces molécules sont capables de se fixer sur les récepteurs à **GABA** (acide γ-aminobutyrique, un neurotransmetteur inhibiteur) de la membrane plasmique des neurones, au niveau des synapses *(voir chapitre 15)*. De cette manière, les benzodiazépines favorisent l'entrée d'ions chlorure (Cl^-) et inhibent ainsi, par **hyperpolarisation**, certains neurones impliqués dans les troubles nerveux liés au stress chronique. Les benzodiazépines peuvent aider à réduire l'anxiété (effet **anxiolytique**) et faciliter le sommeil en agissant sur le cerveau (amygdale, hippocampe). Ces molécules agissent également au niveau des **motoneurones** (neurones moteurs) de la moelle épinière et peuvent donc être utilisés comme relaxant musculaire (myorelaxant).

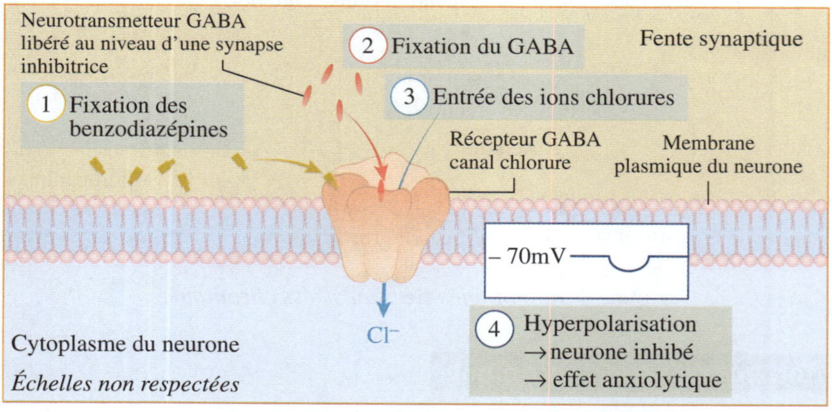

Figure 5 *Action des benzodiazépines au niveau d'un neurone impliqué dans les troubles liés au stress chronique*

Les benzodiazépines augmentent l'effet du GABA en se fixant sur un récepteur associé à un canal chlorure.

■ Les effets secondaires des benzodiazépines peuvent cependant affecter la vie quotidienne des patients (risque de **dépendance**, troubles de l'attention, sédation, c'est-à-dire baisse de vigilance excessive). Ainsi, l'obtention de ces médicaments exige une ordonnance médicale et le protocole thérapeutique doit être suivi rigoureusement. Un usage occasionnel ou de courte durée est recommandé.

Épreuve écrite

SUJET DU BAC

Corrigés p. 337

Exercice 1 7 points 1 h 30 min

Maîtrise des connaissances

Le réflexe myotatique, un exemple de commande réflexe du muscle

Le maintien de la position debout nécessite un réajustement permanent et réflexe de la contraction des muscles des jambes.

Par exemple, lorsque le corps penche vers l'avant, les muscles du mollet se trouvent légèrement étirés. Par réflexe, ils se contractent, ce qui permet le retour à une position parfaitement verticale.

Le réflexe myotatique, primordial dans ce maintien, nécessite la mise en jeu de différents éléments constituant un arc réflexe.

Montrer comment, dans le cas du réflexe myotatique, les éléments de l'arc-réflexe entrent en jeu, permettant le maintien de la position verticale.

Méthode

- Même si le sujet ne le précise pas, il est vivement conseillé d'accompagner l'exposé d'un schéma fonctionnel.
- Un **schéma fonctionnel** est une représentation simplifiée d'un processus complexe.
- Un schéma fonctionnel est composé de **cadres** et/ou de **formes simples mises en relation par des flèches**.

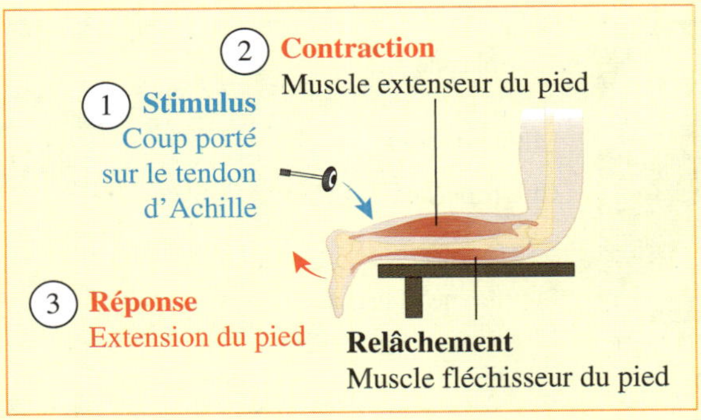

Remarque

Un document peut parfois accompagner l'énoncé. Ce document est indicatif et son exploitation n'est pas demandée.

Exercice 2 **8 points** 1 h 45 min

Développer un raisonnement scientifique

Elysia chlorotica

Elysia chlorotica est un mollusque vivant le long de la côte atlantique nord-américaine. Dans son milieu naturel, il se nourrit presque exclusivement d'une seule espèce d'algue, *Vaucheria litorea*, qui n'est disponible que pendant une courte période. On constate que ceci lui suffit pour survivre, sans se nourrir, durant les 11 mois de sa vie.

À partir de l'exploitation des documents et de la mise en relation avec les connaissances, expliquer dans un premier temps le constat fait chez *Elysia chlorotica*. Dans un deuxième temps, déterminer la durée minimale d'alimentation nécessaire à *Elysia chlorotica* pour ensuite vivre et se développer sans manger.

Document 1 : *Elysia chlorotica* observée à différents stades de sa vie

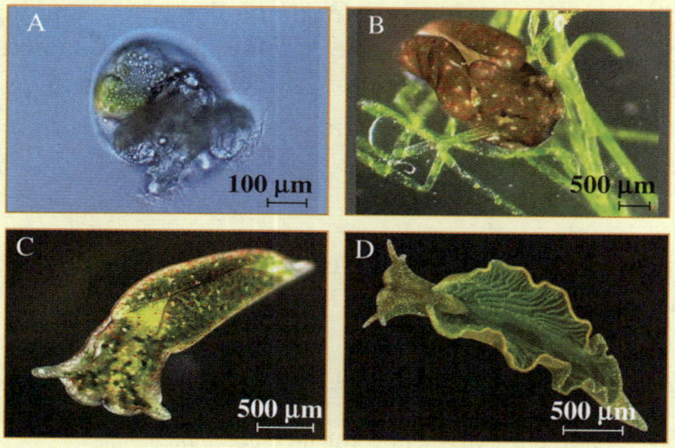

A : larve
B et C : jeunes limaces
D : limace adulte

Document 2 : Électronographie d'une portion de cellule intestinale d'*Elysia chlorotica*

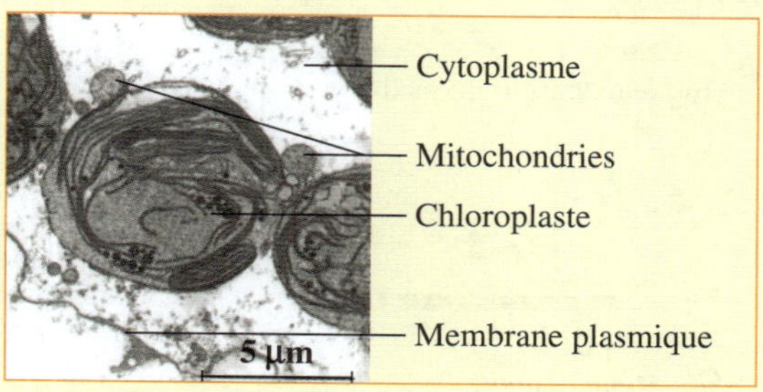

Document 3 : Échanges de dioxygène chez *Elysia chlorotica* adulte, en fonction de l'intensité lumineuse

Des chercheurs ont quantifié les échanges de dioxygène des individus adultes d'*Elysia chlorotica* (âgés de 6 à 7 mois) avec leur environnement, en fonction de l'intensité lumineuse à laquelle ont été soumis les animaux.

Le tableau indique les résultats obtenus :

	Intensité lumineuse (en % de l'intensité maximale)				
	100 %	**50 %**	**25 %**	**10 %**	**0 %**
Échanges d'O_2 (en µL d'O_2 par mg de chlorophylle et par heure)	+ 17	+ 12	+ 6	+ 0,5	– 7

« + » = dégagement de dioxygène
« – » = absorption de dioxygène

Source : acces.ens-lyon.fr/evolution

Document 4 : Cycle de vie d'*Elysia chlorotica*

À leur naissance, les jeunes limaces *Elysia chlorotica* sont brunes. Puis elles consomment l'algue *Vaucheria litorea* et leur corps change de couleur, virant progressivement au vert, couleur qu'elles garderont toute leur vie.

Parallèlement, un phénomène accompagne cette transformation : une fois ce repas terminé, elles peuvent rester plusieurs semaines, voire plusieurs mois, sans manger de nouveau.

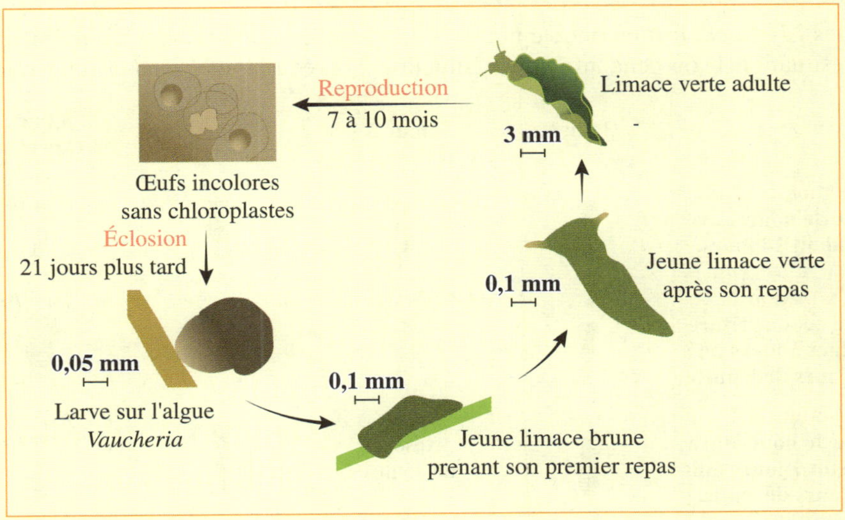

*Cycle de vie d'*Elysia chlorotica

Document 5 : Effet de la durée d'alimentation sur la croissance d'*Elysia chlorotica*

De jeunes larves *Elysia chlorotica* ont été nourries pour la première fois avec des algues (*Vaucheria litorea*) pendant une durée déterminée allant de 1 jour à 8 jours. Une période de jeûne de 14 jours suit la période d'alimentation.

On mesure le pourcentage de diminution de la longueur du mollusque après 14 jours de jeûne par comparaison avec des adultes ayant jeûné aussi 14 jours. Chez les adultes, on sait que l'association entre les chloroplastes et le mollusque est correctement établie.

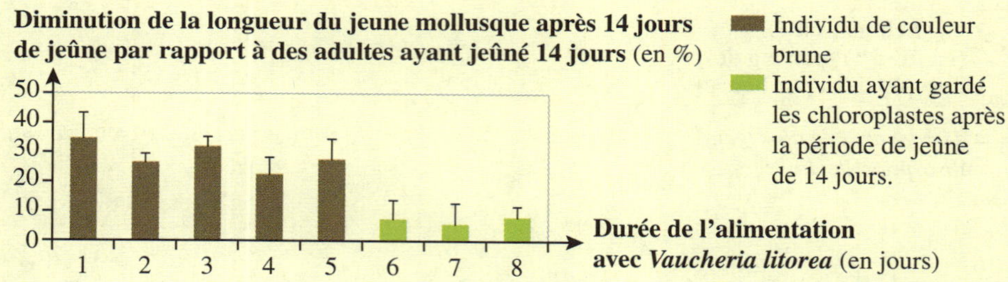

Source : Pelletreau et al., *2012*

Document 6 : Exemples représentatifs de croissance d'*Elysia chlorotica* en fonction de différentes conditions expérimentales

De jeunes *Elysia chlorotica* ont été nourries continuellement (situation contrôle), pendant 5 jours (situation 1) ou pendant 7 jours (situation 2) avec l'algue *Vaucheria litorea*.

	Jour 1	**Jour 5**	**Jour 7**	**Fin de l'expérience**
Situation contrôle **Prise de nourriture pendant 14 jours.**				*Jour 14*  *
Situation 1 **Prise de nourriture pendant 5 jours puis 14 jours de jeûne.**			Absence de données	*Jour 19* 
Situation 2 **Prise de nourriture pendant 7 jours puis 14 jours de jeûne.**		Absence de données		*Jour 21*  *

** Morphologie semblable.*
La barre d'échelle fait 100 μm.

Source : Pelletreau et al., *2012*

ANNALES DU BAC

(Énoncés p. 333)

Exercice 1

Maîtrise des connaissances

Le réflexe myotatique, un exemple de commande réflexe du muscle

Un réflexe est un mouvement involontaire en réponse à une stimulation. Le réflexe myotatique correspond à la contraction d'un muscle en réponse à son propre étirement. Comment le reflexe myotatique permet-il le maintien de la position debout suite à l'étirement de certains muscles ?

> **Méthode**
> L'introduction d'une synthèse des connaissances doit comporter la définition des mots-clés du sujet, la problématique et l'annonce du plan.

Nous verrons, dans une première partie, les éléments mis en jeu dans l'exemple du réflexe achilléen (extension du pied lors d'un coup porté sur le tendon d'Achille). Les relations entre ces éléments constituent un circuit appelé arc-réflexe, qui sera décrit dans une deuxième partie. Enfin, la troisième partie sera consacrée aux caractéristiques des messages nerveux élaborés, propagés et transmis le long de l'arc-réflexe.

1 – Éléments mis en jeu dans le réflexe myotatique

a) *Le fuseau neuromusculaire : un récepteur sensoriel*

Le muscle impliqué dans le réflexe achilléen est le muscle extenseur du pied, il est situé au niveau du mollet.

> **Remarque**
> Il est possible de traiter un autre exemple que celui proposer dans le sujet.

Le fuseau neuromusculaire est un récepteur sensoriel sensible à l'étirement, situé au niveau du muscle. Il est constitué de cellules musculaires modifiées et de l'extrémité d'un neurone sensitif.

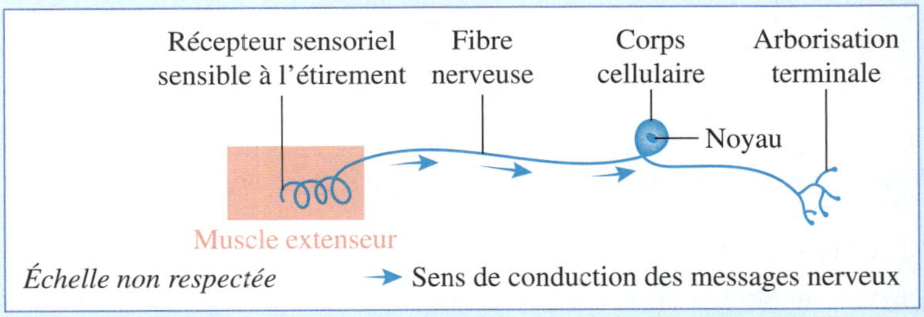

Schéma simplifié d'un neurone sensitif dont l'une des extrémités fait partie du fuseau neuromusculaire

b) *Le réflexe myotatique : un réflexe médullaire*

Ici, on peut développer l'exemple d'une expérience qui prouve que le cerveau n'est pas impliqué dans le réflexe myotatique.

Le centre nerveux impliqué dans le réflexe myotatique est la moelle épinière.

Le corps cellulaire du neurone sensitif se trouve au niveau d'un ganglion rachidien relié à la moelle épinière. Le neurone sensitif est relié au neurone moteur, situé dans la substance grise de la moelle épinière, et lui-même relié au muscle extenseur du pied.

Les fibres nerveuses sensitives et motrices sont réunies au sein d'un nerf rachidien émanant de la moelle épinière.

c) *La jonction neuromusculaire*

L'arborisation terminale du neurone moteur est reliée à un ensemble de cellules musculaires du muscle extenseur du pied.

> **Méthode**
> Un **schéma** peut parfois remplacer un long paragraphe descriptif. Il doit cependant être accompagné d'un **titre** et d'une **légende**.

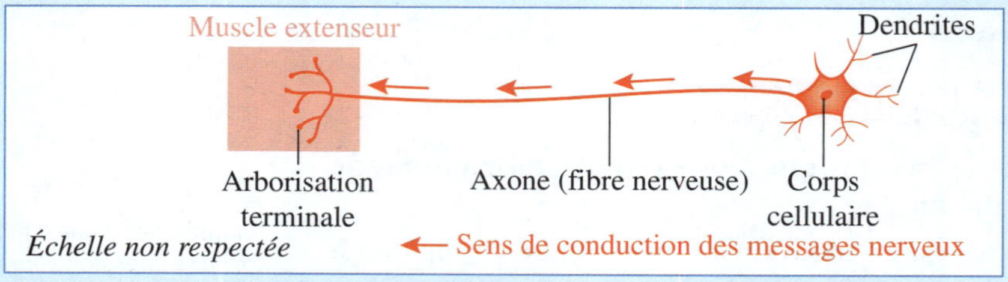

Schéma simplifié d'un neurone moteur dont l'arborisation terminale forme la jonction neuromusculaire

2 – L'arc-réflexe : de l'étirement à la contraction du muscle

L'arc réflexe met en jeu différents éléments, du stimulus à la réponse.

Ici, on peut évoquer l'exemple des expériences de Magendie (sections et stimulations de nerfs).

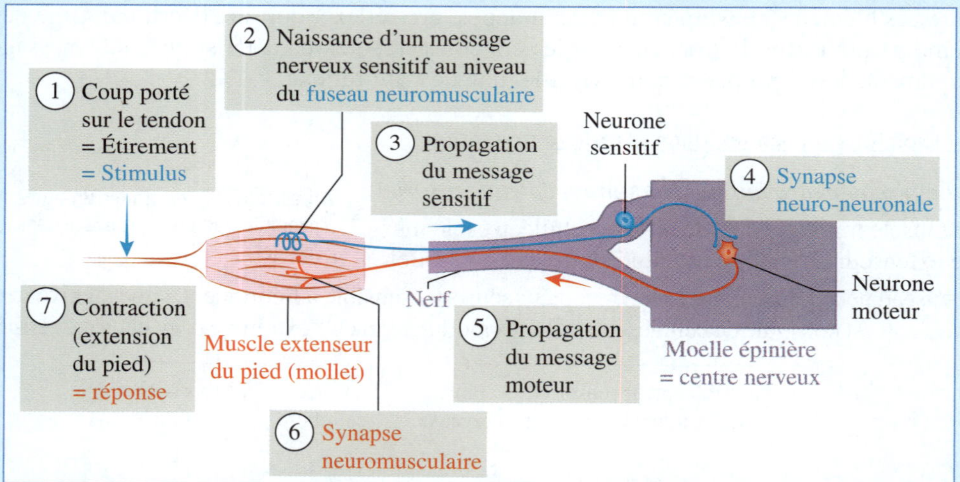

Schéma fonctionnel de l'arc-réflexe pour le réflexe myotatique achilléen

3 – Les messages nerveux

a) *Élaboration du message nerveux sensitif*

Le message nerveux sensitif est élaboré au niveau du fuseau neuromusculaire sous la forme de potentiels d'action dont la fréquence dépend de l'intensité de stimulation.

Les potentiels d'action sont des dépolarisations transitoires de la membrane plasmique. (*schéma conseillé : voir figure 7, p. 304*)

b) *Propagation des messages nerveux*

Les potentiels d'action se propagent sans atténuation et dans une seule direction le long des fibres nerveuses :
- pour les messages sensitifs, du muscle vers la moelle épinière ;
- pour les messages moteurs, de la moelle épinière vers le muscle.

> **Conseil**
> Ne pas oublier d'aérer votre copie en sautant des lignes entre les paragraphes afin de faciliter la lecture pour le correcteur.

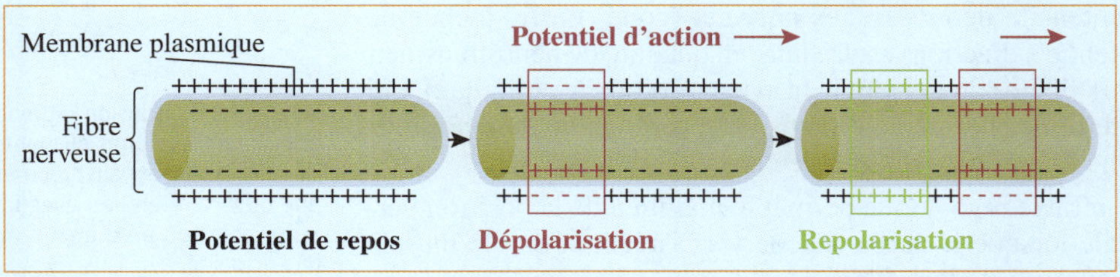

Schéma conseillé

c) *Transmission des messages nerveux*

Les messages nerveux sont transmis par les neurones au niveau de zones de contact appelées synapses. L'arrivée de potentiels d'action au niveau de l'arborisation terminale d'un neurone déclenche la libération de neurotransmetteurs dans la fente synaptique.

Dans la moelle épinière, une synapse neuro-neuronale permet de transmettre le message sensitif au neurone moteur.

Au niveau de la jonction neuromusculaire, une synapse entre le neurone moteur et la cellule musculaire permet de transmettre le message moteur.

Un potentiel d'action musculaire est alors généré, ce qui a pour conséquence de libérer les ions calcium (Ca^{2+}) du réticulum sarcoplasmique. En conséquence, la cellule musculaire, et donc le muscle extenseur, se contractent et se raccourcissent.

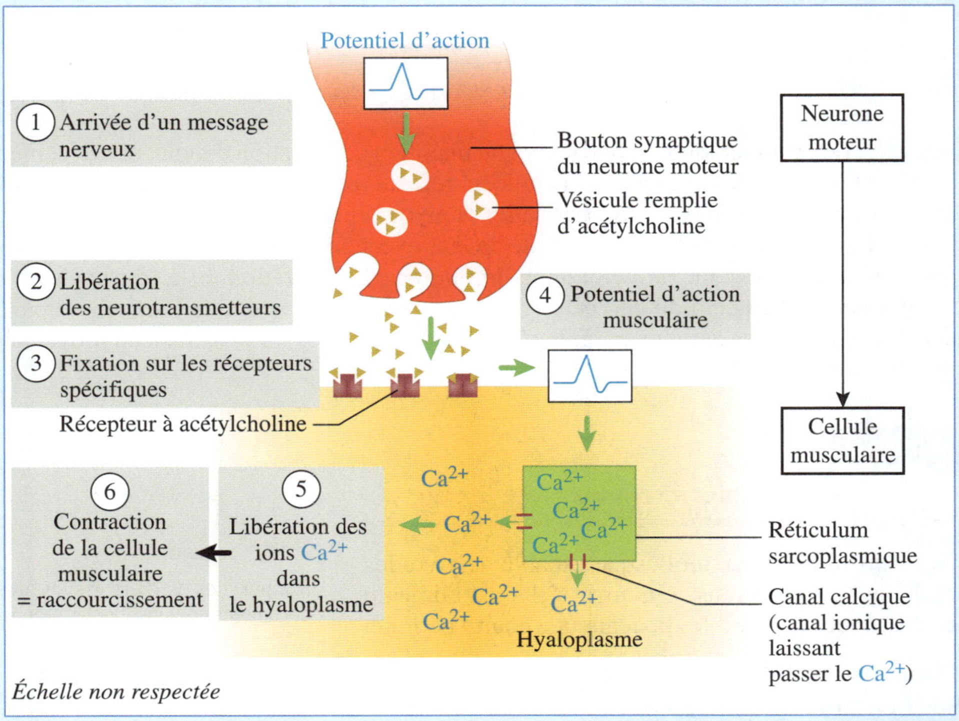

Fonctionnement de la jonction neuromusculaire

Cela conduit à l'extension du pied lors d'un test achilléen.

L'intensité des messages nerveux (codés en fréquence de potentiels d'action) est traduite en quantité de neurotransmetteurs libérés au niveau de la synapse (codage chimique), qui détermine elle-même l'intensité de contraction du muscle, et donc l'amplitude du mouvement.

Le réflexe myotatique permet le maintien de la position verticale lorsque le corps penche vers l'avant et que le muscle extenseur est alors étiré.

Conseil

Une bonne conclusion reprend brièvement quelques éléments clés de l'exposé et peut proposer une ouverture en lien avec un autre point du programme ou une actualité.

4 – Une coordination nécessaire

Pour que la position verticale soit maintenue, il est indispensable que les muscles antagonistes soient coordonnés : la contraction du muscle extenseur doit s'accompagner du relâchement du muscle fléchisseur. Cette coordination est rendue possible par l'implication d'un intermédiaire inhibiteur, situé entre le neurone sensitif et le neurone moteur relié au muscle antagoniste. Le neurone inhibiteur empêche le neurone moteur de générer des potentiels d'action et le muscle fléchisseur reste donc relâché.

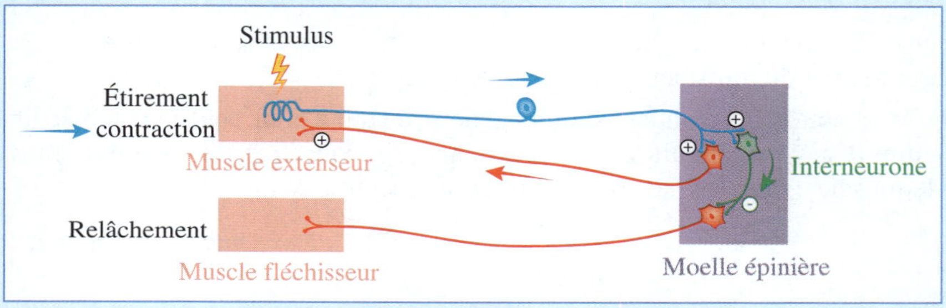

La coordination des muscles antagonistes lors du réflexe myotatique

Ainsi, les réflexes myotatiques contribuent au maintien de la station debout, et le test médical de leur bonne réalisation (réflexe achilléen, réflexe rotulien) permet d'apprécier l'intégrité du système neuromusculaire. Les réflexes myotatiques font intervenir uniquement la moelle épinière, ce qui explique la rapidité de leur exécution et leur caractère involontaire. *A contrario*, les mouvements volontaires impliquent l'élaboration et la transmission de messages nerveux au sein du cerveau. Ainsi, les neurones moteurs de la moelle épinière génèrent des messages nerveux par intégration des différentes informations en provenance de la périphérie et du cerveau.

Exercice 2

Développer un raisonnement scientifique

Elysia chlorotica est un mollusque capable de vivre les onze mois de sa vie sans se nourrir s'il s'est alimenté avec des algues disponibles pendant une courte période.

Méthode

Donner des valeurs issues des documents pour justifier les propos.

I. Comment expliquer ce fait étrange pour un animal ?

- Sur l'électronographie du document 2 on observe l'intérieur d'une cellule intestinale d'*Elysia chlorotica* où deux types d'organites sont présents : des mitochondries et des chloroplastes. Les mitochondries sont les organites responsables de la respiration cellulaire, aussi il n'est pas surprenant d'en observer ici. Les chloroplastes, par contre, sont les organites responsables de la photosynthèse : on les trouve habituellement chez les végétaux chlorophylliens, il est donc très étonnant de les retrouver chez un animal.

- Les résultats du document 3 montrent qu'il y a un dégagement d'O_2 par *Elysia chlorotica* en présence de lumière, le dégagement est d'autant plus important que l'intensité lumineuse est forte : il passe de 0,5 à 17 microlitres par milligramme de chlorophylle et par heure lorsque l'intensité lumineuse passe de 10 % à 100 % de l'intensité maximale. En l'absence de lumière, *Elysia chlorotica* absorbe 7 microlitres d'O_2 par milligramme de chlorophylle et par heure.
- Le dégagement d'O_2 en présence de lumière par le mollusque ne peut s'expliquer que par le fait que les chloroplastes contenus dans les cellules intestinales sont fonctionnels. Ces organites réalisent la photosynthèse selon l'équation-bilan simplifiée suivante : $6\ CO_2 + 6\ H_2O \rightarrow C_6H_{12}O_6 + 6\ O_2$. Leur présence permet donc de produire de la matière organique (sucres) nécessaire au développement du mollusque et à sa survie.
- Le cycle de vie d'*Elysia chlorotica* présenté dans le document 4 montre qu'à leur naissance, les jeunes limaces sont brunes. Leur corps change de couleur, virant progressivement au vert, dès lors qu'elles consomment l'algue *Vaucheria litorea*. La mise en lien de cette information avec l'observation du document 2 permet de déduire que le mollusque conserve les chloroplastes de l'algue lorsqu'il la consomme.

Pour conclure, *Elysia chlorotica* est capable de vivre les onze mois de sa vie sans se nourrir si elle a consommé l'algue *Vaucheria litorea* au début de sa vie. Le mollusque internalise à ce moment les chloroplastes de l'algue dans ses cellules intestinales. *Elysia chlorotica* utilise à son profit la photosynthèse : les chloroplastes produisent, à la lumière, les sucres nécessaires à sa croissance, lui évitant ainsi de manger. *Elysia chlorotica* est donc un mollusque photosynthétique.

Méthode

Le développement est structuré en différents paragraphes, dont chacun développe un aspect du sujet de manière cohérente et argumentée.

II. Quelle est la durée minimale d'alimentation nécessaire à Elysia chlorotica pour ensuite vivre et se développer sans manger ?

- Le document 5 montre l'effet d'un jeûne de 14 jours sur la croissance de jeunes mollusques dont la durée d'alimentation avec l'algue a varié avant le jeûne.
  Pour une durée d'alimentation avec l'algue inférieure ou égale à 5 jours, il y a une diminution de la longueur des individus de l'ordre de 25 % en moyenne par rapport au groupe témoin (adultes ayant aussi jeûné 14 jours) tandis que cette diminution n'est que de l'ordre de 10 % quand la période d'alimentation dure de 6 à 8 jours. Par ailleurs, quand la durée d'alimentation avec l'algue est inférieure ou égale à 5 jours, le mollusque ne conserve pas les chloroplastes après la période de jeûne de 14 jours tandis qu'au-delà de 5 jours d'alimentation, le mollusque maintient les chloroplastes dans ses cellules. Il semble donc nécessaire qu'*Elysia chlorotica* se nourrisse pendant au moins 6 jours avec les algues pour vivre et se développer ensuite sans manger.
- La morphologie d'*Elysia chlorotica* en fonction de la durée d'alimentation avec l'algue est présentée dans le document 6. Après la période de jeûne, les jeunes mollusques nourris avec l'algue pendant 7 jours ont une morphologie normale (semblable aux témoins) ce qui n'est pas le cas des mollusques nourris avec l'algue pendant 5 jours. Cela corrobore les faits observés dans le document 5 : la durée minimale d'alimentation avec l'algue doit être supérieure à 5 jours.

Pour conclure, *Elysia chlorotica* doit se nourrir pendant au moins 6 jours d'algues pour ensuite vivre et se développer sans manger grâce aux chloroplastes «volés» à l'algue. Ceux-ci permettent en effet la production de matière organique, par photosynthèse, nécessaire à son développement.

Annales du Bac — Le Grand Oral

Vous trouverez pages 5 à 8 de cet ouvrage le descriptif précis de l'épreuve du Grand Oral et des conseils pour vous y préparer au mieux. Nous vous proposons ici 3 questions modèles et des exemples de traitement correspondant aux deux premières parties de l'épreuve : votre exposé de 5 minutes et l'échange avec le jury de 10 minutes. La troisième partie de l'épreuve qui consiste en un échange de 5 minutes avec le jury autour de votre projet d'orientation relève d'une préparation personnelle propre à chaque candidat.

QUESTION 1 Les connaissances en génétique et les biotechnologies permettent-elles de tout savoir sur un embryon humain avant la naissance de l'enfant ?

PREMIÈRE PARTIE Votre exposé 10 min

Les raisons de mon choix 2 min

- J'ai choisi ce sujet car le développement des connaissances en génétique permet d'améliorer la santé humaine mais pose aussi des questions éthiques.
- Les questions éthiques liées au dépistage génétique chez l'embryon humain sont incontournables pour les futurs médecins.

Mon développement 6 min

- On peut obtenir des informations sur les caractéristiques génétiques d'un embryon à partir de ses cellules, soit au moment d'un diagnostic préimplantatoire (en cas de fécondation *in vitro*), soit à l'occasion d'un prélèvement appelé amniocentèse.
- On peut alors réaliser un caryotype pour savoir si le futur enfant présente une anomalie chromosomique.
- On peut également rechercher les allèles mutés associés à certaines maladies génétiques.
- Cependant, on ne réalise pas de séquençage complet de l'ADN de l'embryon. On cible seulement certains gènes, en particulier s'il y a des cas de maladies génétiques dans la famille. De plus, on ne sait pas quelles séquences sont associées à chaque caractère du phénotype.

Ma réponse à la question 2 min

Non, on ne peut pas tout savoir sur un embryon avant la naissance et même si cela était techniquement possible, des lois de bioéthique encadrent ces pratiques. Les analyses chromosomiques et génétiques ne sont pas systématiques et sont réservées à des cas précis : anomalies constatées lors des examens chez la mère ou cas des maladies héréditaires présentes dans la famille.

DEUXIÈME PARTIE Échange avec le jury 10 min

Questions possibles du jury

- Le prélèvement de cellules embryonnaires par amniocentèse est risqué, dans quels cas décide-t-on alors de pratiquer cet examen ?
- Comment peut-on évaluer la probabilité qu'un enfant soit porteur d'une maladie génétique sans étudier son ADN ?
- Quelles pourraient être les dérives d'un système de santé autorisant l'analyse complète du génome d'un embryon ?

QUESTION 2 Comment améliorer les pratiques agricoles pour nourrir l'humanité tout en préservant l'environnement ?

PREMIÈRE PARTIE Votre exposé 10 min

Les raisons de mon choix 2 min

- L'augmentation de la population mondiale place l'humanité face au défi de pouvoir nourrir tous les habitants de la planète.
- L'usage de certains intrants (engrais, pesticides) peut avoir des conséquences néfastes sur l'environnement et la santé humaine.
- Les connaissances sur les plantes cultivées, mais aussi sur leurs ravageurs potentiels, permettent d'améliorer les pratiques agricoles.

Mon développement 6 min

- La transgenèse et l'édition génomique (CRISPR-Cas9) peuvent permettre de modifier génétiquement certaines espèces pour améliorer leur croissance ou les rendre plus résistantes.
- La réduction de la diversité génétique des plantes cultivées fragilise les cultures.
- Certaines espèces cultivées sont sensibles à des parasites, alors que leurs plantes ancestrales étaient capables de résister.

Ma réponse à la question 2 min

La connaissance et la préservation de variétés anciennes permet d'envisager des hybridations et le maintien d'une biodiversité des plantes cultivées, alors moins fragiles. Les biotechnologies permettent également de cultiver les plantes dans différents types de milieu en limitant l'usage des intrants, à condition que l'innocuité des OGM soit garantie.

DEUXIÈME PARTIE Échange avec le jury 10 min

Questions possibles du jury

- Si la culture d'OGM permet de limiter l'usage de pesticides, pourquoi est-elle controversée ?
- En quoi la diminution de la biodiversité des plantes cultivées est-elle un problème ?

QUESTION 3 Dans quelle mesure l'étude des climats du passé permet-elle d'envisager les conséquences du réchauffement climatique ?

PREMIÈRE PARTIE Votre exposé 10 min

Les raisons de mon choix 2 min

- Je m'intéresse au changement climatique qui a des répercussions sur les populations humaines et qui constitue une urgence environnementale.
- L'étude des climats du passé permet d'envisager les conséquences du changement climatique afin de mettre en place des moyens d'action adaptés.

Mon développement 6 min

- L'étude des climats du passé permet de déterminer les différentes causes des changements climatiques et d'évaluer ainsi la part liée aux activités humaines dans le réchauffement actuel.
- La connaissance des climats du passé permet d'anticiper les conséquences possibles sur la dynamique de l'atmosphère et les courants océaniques.
- Il est nécessaire de mettre en perspective les données actuelles et passées en tenant compte des échelles de temps différentes selon les périodes considérées.

Ma réponse à la question 2 min

Différents marqueurs permettent de reconstituer les climats du passé : de nombreuses variations climatiques ont ainsi marqué l'histoire de la Terre avant l'apparition des êtres humains. L'évolution récente et rapide de certains paramètres est cependant liée aux activités humaines (taux de CO_2, température globale). Les variations passées du niveau marin, mises en relation avec les paramètres climatiques, permettent d'anticiper les conséquences du réchauffement climatique pour les populations humaines.

DEUXIÈME PARTIE Échange avec le jury 10 min

Questions possibles du jury

- Comment a-t-on pu mettre en évidence l'importance du taux atmosphérique de CO_2 dans l'évolution du climat ?
- Que signifie l'expression « modélisation du changement climatique » ?
- Qu'est-ce qui distingue le changement climatique actuel de toutes les variations climatiques passées ?

Philosophie

(Enseignement commun)

COMPRENDRE EN VIDÉO
Retrouvez les vidéos sur parascolaire.hachette-education.com
Découvrez 10 TUTOS VIDÉO sur les techniques à maîtriser pour réussir l'épreuve du Bac

L'ÉPREUVE

Définition de l'épreuve et conseils

Lors de l'épreuve écrite, trois sujets sont proposés **au choix** des candidats : **deux sujets de dissertation** et **un sujet-texte**. Les élèves admis au rattrapage peuvent décider de passer une épreuve orale de contrôle.

	Épreuve écrite	Épreuve orale de contrôle
Durée	4 heures	• Préparation : 20 minutes • Passage devant l'examinateur : 20 minutes
Coefficient	8	7

La méthode de la dissertation

Principe de l'exercice

Disserter, c'est réfléchir de façon ordonnée à partir d'une question faisant problème, c'est-à-dire confrontant plusieurs réponses possibles à la question. Le plan a pour but d'établir une progression faisant apparaître ces différentes réponses.

Principes de rédaction

L'introduction doit faire apparaître, dans l'ordre :
– une **définition** de la (ou des) notion(s) en jeu dans le sujet proposé ;
– un **paradoxe** opposant les différentes réponses possibles et les justifiant (« On peut croire que… car… mais on peut aussi penser que… car… ») ;
– le **problème** résumant ce paradoxe (par une question en « … ou bien… », par exemple) ;
– l'annonce du **plan** sous forme de questions (« En quoi, tout d'abord… ? » ; « En quoi, toutefois… ? » ; etc.).

Le plan doit proposer les **différentes réponses** possibles à la question posée, ainsi que la réponse permettant de **résoudre leur opposition**.

> **Exemple :** pour le sujet « Le bonheur est-il inaccessible à l'homme ? », une première partie peut montrer sur quoi repose l'idée que le bonheur *semble* facilement accessible à l'homme (par quels moyens ?). Puis une deuxième partie peut montrer sur quoi repose l'idée selon laquelle le bonheur peut *paraître également* inaccessible à l'homme (quels sont les obstacles au bonheur ?). Enfin, une troisième partie peut chercher les manières de surmonter cette inaccessibilité au bonheur (comment dépasser les obstacles ?).

Les transitions doivent, d'une part, faire le **bilan** de la partie achevée et, d'autre part, **annoncer**, sous forme de question, la partie à venir.

La conclusion a un rôle de **synthèse** : il s'agit de **reprendre, dans l'ordre,** les différentes parties développées et de **répondre** ainsi, de façon claire, à la question de départ et au problème posé.

S'entraîner tout au long de l'année

Il est nécessaire de s'exercer toute l'année à la dissertation, en tenant compte, à chaque nouveau devoir ou exercice, des **remarques faites par le professeur**. Le tableau ci-dessous résume les différents défauts reprochés et les moyens d'y remédier.

Remarque sur la copie	Conseil pour progresser
Absence du problème	Opposez deux idées ou réponses possibles à la question en les justifiant.
Manque de lien avec le sujet	Vos idées ne sont pas rattachées au sujet. Il faut montrer quelle réponse elles appuient.
Logique de l'argumentation à revoir	Votre raisonnement manque de rigueur. Il faut vérifier les liens logiques et ne pas vous contredire.
Analyse trop superficielle	Vous n'analysez pas assez les concepts en jeu ou il y a trop d'exemples. Il faut des arguments et des références.
Analyse trop rapide	Vous ne prenez pas le temps de développer vos idées. Il faut davantage définir les concepts utilisés et justifier vos arguments.

La méthode de l'explication de texte

Principe de l'exercice

Il s'agit de faire une **explication ordonnée (linéaire) et détaillée** d'un texte dont l'auteur figure au programme. Le but est de **clarifier le texte** par une **analyse des concepts** et d'en montrer la **progression logique**. Il convient donc de **citer** régulièrement le texte en évitant tout excès (citer peu et expliquer beaucoup ou inversement) et de répondre à la question de savoir **ce que « fait » l'auteur** (d'un point de vue logique : il définit, il illustre, il tire une conséquence, il oppose…). Cette explication peut se doubler d'une réflexion critique sur ce qui est exposé par l'auteur, pour montrer qu'il y a d'autres réponses possibles et souligner ainsi le problème.

Principes de rédaction

L'introduction doit faire apparaître, dans l'ordre :
– la **définition de la notion** sur laquelle porte principalement le texte ;
– le **problème** posé (question à laquelle l'auteur répond) ;
– la **thèse** (réponse de l'auteur au problème) ;
– le **plan** du texte (en indiquant les différentes parties ainsi que les lignes).

Le plan de l'explication doit contenir **autant de parties que le texte** ou bien **prolonger la thèse** de l'auteur en la complétant. On peut faire référence à d'autres auteurs.

La conclusion a une fonction de **synthèse**. Elle doit reprendre la thèse en montrant son intérêt philosophique (en quoi elle résout un problème), ainsi que le dépassement opéré par la démarche critique.

S'entraîner tout au long de l'année

Il est nécessaire de s'exercer toute l'année à l'épreuve de l'explication de texte, en tenant compte, à chaque nouveau devoir ou exercice, des **remarques faites par le professeur**. Le tableau ci-dessous résume les différents défauts reprochés et les moyens d'y remédier.

Remarque sur la copie	Conseil pour progresser
Absence de la thèse	Vous n'avez pas, dans l'introduction, exposé l'idée principale du texte, ce que veut montrer l'auteur.
Paraphrase	Vous répétez le texte au lieu de l'expliquer. Posez-vous les questions suivantes : pourquoi l'auteur affirme-t-il cela ? que veut-il dire ?
Logique du texte à revoir	Vous ne faites pas apparaître la progression logique du texte. Montrez davantage comment l'auteur progresse dans son raisonnement, ce qu'il fait logiquement.
Analyse trop superficielle	Vous n'analysez pas assez les concepts en jeu. Arrêtez-vous sur les mots importants et définissez-les.
Analyse trop rapide	Vous ne prenez pas le temps de suivre précisément le texte ; vous résumez. Il faut faire une analyse linéaire.

1 Les perspectives

• Les notions au programme sont présentées en lien avec **trois perspectives** : *l'existence humaine et la culture ; la morale et la politique ; la connaissance.* Il s'agit donc de réfléchir sur les notions en elles-mêmes, tout en étant capable de les relier à certains aspects fondamentaux de l'être humain. Le terme de *perspective* signifie en effet l'action de regarder « à travers » ou « par le biais de ».

• Les perspectives sont ainsi des **manières d'orienter** (sans diriger) **les problématiques** relatives à chaque notion, en les rattachant à tel ou tel aspect de l'être humain (l'existence, la culture, la morale, la politique, la connaissance).

• Chaque notion, de près ou de loin, renvoie à ces perspectives, car celles-ci représentent les **différents problèmes posés par la réflexion philosophique**, qui se veut réflexion sur l'homme. Ainsi, notions et perspectives peuvent toujours être mises en lien d'une manière ou d'une autre, comme dans une croisée de regards sur l'homme. Malgré tout, certains liens (entre notions et perspectives) sont plus naturels que d'autres.

• Plus précisément, les notions renvoient davantage à des « objets » d'étude, les perspectives à des « regards » portés sur elles. Par exemple, l'art (« objet » humain) peut s'envisager sous le regard de l'existence, de la culture, de la morale, de la politique et aussi de la connaissance. De ce fait, l'analyse de la notion en elle-même nous amène à l'envisager sous un certain angle. Par exemple, réfléchir précisément sur l'art comme création esthétique nous conduit à réfléchir sur ce qu'apporte l'art à l'existence ou à la culture.

À l'inverse, réfléchir de manière large à une perspective nous porte aussi à nous interroger plus précisément sur telle ou telle notion. Par exemple, se demander jusqu'où peut aller la connaissance humaine en général nous fait nous interroger sur le rôle possible de l'art dans sa capacité à saisir certains aspects de la réalité.

Outils

On trouvera dans chaque chapitre, pour chaque notion étudiée, ce lien avec les perspectives ainsi que des exemples de questions ou sujets de dissertation illustrant précisément ces liens.

• Il y a donc un **mouvement naturel de va-et-vient** allant des notions aux perspectives d'une part, et des perspectives aux notions d'autre part.

1 L'existence humaine et la culture

• Cette perspective combine et distingue **deux** grandes **dimensions** de l'être humain, à savoir d'une part sa dimension **personnelle et existentielle**, d'autre part sa dimension **sociale** et en partie déterminée par des **règles** de vie en commun. Les différentes notions du programme peuvent ainsi s'articuler de près ou de loin avec cette double perspective, selon qu'on les envisage sous cet angle. Par exemple, il est clair que la notion de liberté peut être interrogée sous ce biais car se demander jusqu'où notre liberté est effective suppose que l'on ait en vue les contraintes culturelles qui peut-être limitent nos possibilités existentielles.

• **L'existence humaine** renvoie au fait que l'homme existe d'une manière distincte de celle de l'animal ou des choses. Il existe au sens où il « est », mais de manière dynamique, dans un mouvement de sortie hors de soi (sens de *ex* en latin signifiant « hors de » et de *sistere* signifiant « se tenir »). Si les animaux ou les choses « existent » aussi, c'est dans un sens plus limité, au sens où ils « sont » là. L'homme, lui, dans son existence, se projette en avant de lui-même en se représentant son existence. Il se voit exister et oriente lui-même son existence par sa **conscience** et sa liberté. Il **choisit** donc en partie son existence. Dans cette perspective, ce que pense et fait l'homme a une certaine orientation **personnelle**, une visée « existentielle », un sens particulier censé permettre à l'homme une réalisation de soi, épanouissante et heureuse. L'existence humaine se distingue ainsi et en ce sens du concept de « vie » : autant la vie renvoie à la dimension biologique de l'homme comme être vivant, autant l'existence renvoie à une dimension personnelle et ouverte. Le problème que pose cette dimension existentielle est de savoir jusqu'où l'homme est ainsi capable d'orienter lui-même son existence et ce, de façon harmonieuse et librement choisie. Cette dimension existentielle de l'homme doit subir en effet certaines influences et se confronter à différents obstacles qui limitent ses possibilités. D'autre part, l'idée d'une existence librement choisie et orientée suppose une responsabilité et un engagement de soi parfois lourds à porter, et dont on peut vouloir se décharger en invoquant une existence subie ou conditionnée. On se demande alors quels sont les facteurs qui interviennent pour ouvrir les possibilités existentielles de l'homme, ou au contraire les limiter.

• **La culture** renvoie quant à elle, en plus de la dimension existentielle de l'homme, au fait que l'homme vit en **société**, avec des **règles** de vie en commun qui le **transforment** et le façonnent. Cette dimension culturelle le distingue ainsi des choses « naturelles » qui elles ne se modifient pas par des règles inventées, artificielles. L'homme, lui, modifie la nature (le monde extérieur) et sa propre nature (ce qu'il est au départ). Là aussi, ce que pense et fait l'homme prend une dimension spécifique et soulève divers problèmes, liés justement à ce caractère « non naturel », modifié et réglé socialement. Que vaut exactement la culture humaine, améliore-t-elle l'existence humaine et peut-elle se concilier avec l'exigence d'une existence personnelle, libre et authentique ? Par ailleurs, les règles de transformation que la culture fait subir à la nature et à l'homme sont-elles bénéfiques ? Ne faut-il pas leur imposer certaines limites et lesquelles ?

> **Attention !**
> Le sens philosophique donné au terme de *culture* ne se réduit pas au sens habituel qui désigne simplement une accumulation de connaissances.

• Ici, les notions liées de près à cette double perspective sont par exemple la liberté, le bonheur, la conscience, l'inconscient, le temps, la nature, l'art, le travail, la technique, la religion. Mais rien n'empêche d'envisager la vérité dans sa dimension existentielle par exemple.

2 La morale et la politique

• Cette perspective combine deux aspects de l'être humain qui renvoient plutôt à la **pratique** humaine, aux formes que prennent les actions de l'homme dans une dimension notamment collective, impliquant la prise en compte d'autrui ou d'un groupe.

• L'action humaine peut prendre une forme **morale** en lien avec des valeurs censées définir le bien et le mal, et une forme **politique** en lien avec la vie en société, au sein d'un État (gouvernement). Les notions au programme peuvent donc là aussi être envisagées sous ce biais, avec les problèmes que posent ces deux dimensions.

• **La morale** soulève en effet le problème de savoir ce que sont exactement ces valeurs censées rendre compte du bien et du mal (par exemple, sont-elles particulières, acquises, ou bien au contraire universelles et innées ?). On peut aussi se demander jusqu'où l'homme est capable de moralité, quelles sont les facultés à l'œuvre dans l'action morale (la conscience, la raison...) et quels sont les obstacles à la moralité (le désir par exemple, ou l'inconscient). L'action morale suppose également un effort de volonté qui peut sembler s'opposer à la liberté (la morale semble limiter nos désirs) mais qui en même temps la présuppose (l'action morale semble en effet relever d'un choix, d'un engagement volontaire). Ici, on comprend que la notion de liberté prend une place centrale dans cette perspective qui interroge notre capacité à agir « bien » par nous-mêmes.

- **La politique** soulève quant à elle le problème de savoir quel serait le modèle de vie en société et quel type de gouvernement privilégier. On peut se demander ce que l'homme gagne à vivre en société, sous un gouvernement, et quels seraient les obstacles à une vie sociale harmonieuse. En un mot, comment faire en sorte que la vie en société soit la plus avantageuse et la plus harmonieuse ? Sous cet aspect, l'homme semble à la fois perdre certains avantages et en regagner d'autres, et l'on doit se poser la question de l'efficacité et des buts de l'action politique : vise-t-elle à imposer un certain pouvoir en exerçant une contrainte plus ou moins juste, ou bien vise-t-elle à rendre les citoyens libres et heureux grâce à des lois justes ?
- Les notions en lien direct avec ces perspectives sont par exemple la liberté, le bonheur, l'État, la justice, la vérité. Mais rien n'empêche de réfléchir à la dimension morale et politique de l'art par exemple, ou encore d'envisager la conscience dans sa dimension morale.

3 La connaissance

- **La connaissance** enfin témoigne de l'aspiration de l'homme à se **représenter objectivement** la réalité et de son aspiration à la **vérité**. Là encore, de nombreux problèmes se posent quant à la possibilité même d'accéder à cette connaissance. Il s'agit en effet d'acquérir un véritable savoir, garanti par un certain niveau de certitude et portant sur des aspects fondamentaux de la réalité. La connaissance semble ainsi obéir à des exigences spécifiques et sévères. Quels seraient alors les moyens de répondre à une telle exigence et n'y aurait-il pas de nombreux obstacles ? Les **sciences** sont-elles en ce sens un modèle de connaissance ou bien en existe-t-il d'autres ?
- Ici, on comprend que dans cette perspective, **certaines notions sont centrales**, notamment la vérité et la science, qui renvoient explicitement à cette dimension de connaissance qui marque l'être humain. En s'interrogeant sur la connaissance de l'homme, on ne peut que se questionner sur ses capacités à parvenir à la vérité et sur l'importance que représente la science dans cette quête. Pour autant, d'autres notions peuvent être convoquées, comme l'art, la culture, ou encore l'inconscient. À l'inverse, la vérité et la science peuvent être interrogées à travers d'autres perspectives, comme la morale ou la politique.

4 Conclusion

On constate ainsi, à travers ces différentes perspectives, que certaines notions semblent directement impliquées dans leur étude, et qu'en ce sens certaines notions « renvoient » explicitement à **telle ou telle perspective** plus qu'à telle autre. Pour autant, ces mêmes notions peuvent aussi s'envisager à partir des **autres perspectives**. De la même façon, certaines perspectives « appellent » directement telle ou telle notion, mais aussi indirectement telle autre.

2 L'art

Voir aussi : la nature (p. 388), la technique (p. 405), la vérité (p. 414)

L'art est le domaine de la création d'œuvres destinées à la **contemplation.** Cette création n'implique-t-elle pas une faculté spécifique ? Peut-on juger de sa valeur, si elle repose sur la beauté ? Enfin, si l'art ajoute des œuvres à la réalité, est-ce pour nous en détourner ou pour nous la faire mieux appréhender ?

Art et « beaux-arts » — **Peut-on juger de la beauté ?** — **Art et réalité**

Alain (1868-1951) Artiste et artisan

Kant (1724-1804) La beauté comme satisfaction universelle

Platon (427-347 av. J.-C.) L'art nous éloigne de la réalité.

Hegel (1770-1831) L'art comme manifestation de l'esprit

Bergson (1859-1941) L'artiste, révélateur de réalité

1 Art et « beaux-arts »

A L'art comme « savoir-faire »

Le mot *art* désigne, au sens premier, « toute activité impliquant un **savoir-faire**, des règles, de l'**habileté** ». De ce point de vue, il n'y a pas lieu de distinguer un « artiste » d'un artisan, une œuvre d'art pouvant être considérée comme un **objet bien réalisé** d'un point de vue **« technique »**. C'est ce qui semble offrir, en outre, un critère assez objectif pour juger de la qualité d'une œuvre.

B L'art comme « génie »

- Toutefois, si l'on parle de **« beaux-arts »**, c'est que l'on reconnaît bien la spécificité d'un domaine « artistique » par rapport à l'artisanat. Les œuvres de l'**artiste** sont faites pour la contemplation ; la **beauté** est donc leur finalité essentielle. L'**artisan** vise plutôt à fabriquer des objets destinés à être **utilisés** ou **consommés**.
- Cette distinction doit être encore affinée, car il arrive bien à des artisans d'avoir comme visée essentielle la beauté, sous la forme d'objets décoratifs. Alain propose donc une définition plus subtile : l'artisan produit une œuvre dont il a entièrement le projet par avance, alors que **l'artiste découvre son œuvre** au cours de sa réalisation. Dans le premier cas, il y a simple **« fabrication »**, dans le second, véritable **« création »**. Cette dimension créative et imprévisible, qui définit l'art au sens strict, met en valeur le rôle du « génie », comme ce qui vient inspirer l'artiste.

À voir

***Amadeus*, film de Milos Forman (1984).** L'histoire d'Amadeus (c'est-à-dire Mozart), racontée par son rival Salieri, jaloux et fasciné par ce génie qu'il n'a pas.

Mot-clé

Génie : **don** réservé à de rares hommes de recevoir des idées **originales**. C'est une chose qui **ne peut pas s'acquérir**, ni même **se contrôler** ou **s'expliquer**. D'où l'ambiguïté de cette notion : est-elle un hommage à la singularité de l'artiste ou une façon d'amoindrir son mérite ?

2 Peut-on juger de la beauté ?

A Subjectivité du goût

Si les œuvres d'art visent la beauté, c'est sur cette qualité qu'elles doivent être jugées. Cependant, la beauté n'est pas une qualité présente dans les œuvres elles-mêmes. Nous disons bien que « *c'est* beau », mais pour traduire le **plaisir** que nous éprouvons *en nous-même*. Le **« goût »** par lequel nous jugeons de la beauté est donc **subjectif**.

À voir

***Le Goût des autres*, film d'Agnès Jaoui (2000).** L'histoire d'un chef d'entreprise, apparemment sans goût ni culture, mais qui, en tombant amoureux, s'ouvre également au monde de l'art et à la peinture.

B Une satisfaction universalisable

- Kant remarque que nous attendons pourtant que ce plaisir soit **partagé avec autrui**. L'existence de **« chefs-d'œuvre »** nous incite aussi à penser qu'une entente est possible, même en matière de beauté. Cette entente donne ainsi une dimension morale à l'art, en nous invitant au respect (de l'œuvre et d'autrui).
- Pour cela, nous devons nous assurer que nous sommes bien dans une relation purement **« esthétique* »** avec l'objet que nous jugeons. Notre jugement doit être **« désintéressé »** (comme dans le domaine moral), c'est-à-dire qu'il doit répondre à la question « S'agit-il d'une belle représentation ? », et non « S'agit-il de la représentation d'une chose qui nous fait plaisir ? ». Cela permet à la satisfaction esthétique d'être **universalisable**, tout en étant subjective.

3 Art et réalité

A L'art comme éloignement de la réalité

- L'existence de l'art peut se voir comme le besoin d'**échapper à la réalité**, en créant comme un « autre monde ». L'art est une forme de **« divertissement »** au sens où l'entend Pascal.
- Platon montre que, même quand l'art s'attache à **imiter la réalité** de la façon la plus fidèle, il ne fait pourtant que nous en éloigner. Selon son analyse, les choses qui nous entourent ne sont déjà elles-mêmes que des « copies » dégradées d'« Idées » parfaites. L'objet représenté par l'artiste n'est donc jamais mieux que **« la copie d'une copie »**. Ainsi, l'artiste n'est pour Platon qu'un faiseur d'illusions et n'a pas sa place au sein de la Cité. Il ne peut avoir de fonction politique (éduquer les citoyens, les rendre meilleurs).

B L'art comme révélateur de réalité

- Il semble pourtant bien que l'on puisse dire qu'il y a **une « vérité »** dans les œuvres d'art, qui nous les rend plus « touchantes » que les objets qu'elles représentent. Hegel explique que le véritable artiste ne se pose jamais en simple imitateur de la réalité. Il fait apparaître un **contenu spirituel**, en dégageant quelque chose d'essentiel et d'universel à travers les objets particuliers qu'il représente. C'est ce contenu que l'on associe communément à l'idée de « message ».

Citation clé

« Les manifestations de l'art renferment une réalité plus haute et une existence plus vraie que l'existence courante. »
Georg W. F. Hegel, *Esthétique*, 1835 (posthume).

• Nous avons besoin des artistes pour cela, car leur don tient aussi à la **sensibilité particulière** de leur perception. Pour Bergson, cette sensibilité vient paradoxalement de leur rapport « **distrait** » à la réalité, qui leur permet de la percevoir autrement que sous l'angle habituel de l'utilité. L'art ne nous tire donc à l'écart de la réalité que pour mieux nous y faire retourner.

C L'art « engagé »

Il existe aussi une fonction directement politique de l'œuvre d'art, qu'on trouve dans des œuvres dites « **engagées** ». Ici, la dimension esthétique (plaire par sa beauté) vise autre chose et aspire notamment à dénoncer des injustices ou à critiquer directement l'État.

L'art selon les trois perspectives

L'ART – L'existence humaine et la culture

• S'interroger sur le rapport entre l'art et l'existence (personnelle) ou sur le rapport entre l'art et la culture, c'est se demander notamment ce que nous apporte l'art ou encore d'où viennent les capacités créatrices de l'artiste.

• On doit ainsi comprendre la dimension créatrice de l'art, la différence entre savoir-faire et génie **[1. A et B]**. Cela interroge aussi la **valeur esthétique et universelle** de l'œuvre d'art **[2. A et B]** ainsi que son action révélatrice **[3. B]**.

Exemples de questions

• *A-t-on besoin de l'art ?* → Le « on » a ici un sens à la fois personnel et social. On se demande si l'art répond à quelque chose de vital ou d'essentiel, ou bien s'il faut associer la création artistique à une démarche libre, n'obéissant à aucune nécessité, relevant notamment de la contemplation esthétique.

• *La sensibilité aux œuvres d'art demande-t-elle à être éduquée ?* → On interroge les conditions qui rendent possible et accessible à tous le goût esthétique, notamment le rôle de l'éducation et de la culture.

L'ART – La morale et la politique

Dans la perspective de l'action morale et politique, on peut s'interroger plus particulièrement sur la **finalité des œuvres d'art**, les idées qu'elles expriment et les actions ou engagements qu'elles appellent. On se demande ainsi si l'artiste a pour but de nous inciter à agir plus moralement (ou au contraire à nous détourner de la morale), si ses œuvres sont porteuses d'un « message » politique, ou bien si l'art n'a qu'une vocation esthétique, contemplative **[1. B, 2. B, 3. C]**.

Exemples de questions

• *Une société peut-elle se passer d'artistes ?* → On interroge la place/le rôle politique de l'artiste, sa fonction sociale ; mais aussi la fonction utilitaire et esthétique de l'art en posant la question du goût : en quoi peut-il rassembler les individus d'une société autour d'une satisfaction esthétique partagée ?

• *Peut-on interdire une œuvre d'art ?* → On se demande si on a le droit de limiter la liberté créatrice au nom de certaines valeurs morales ou politiques notamment, ou bien si au contraire l'art ne doit pas permettre justement la remise en question des valeurs en ayant un rôle transgressif.

L'ART – La connaissance

Dans cette perspective, on interroge le **rapport entre l'art (les œuvres) et la réalité**, pour se demander si la représentation du réel par l'art vise une certaine vérité ou si au contraire elle ne fait qu'exprimer la perception de l'artiste **[3. A et B]**.

Exemples de questions

• *L'art nous permet-il de mieux connaître la réalité ?* → On se demande quel est le rapport entre l'œuvre d'art et les objets ou le monde qu'elle représente : s'agit-il pour l'art de déformer la réalité ou bien de la représenter le plus objectivement possible ?

• *L'art nous éloigne-t-il des choses ?* → On se demande également si l'art nous rend la réalité plus accessible, ou au contraire, moins accessible, tant au niveau de la perception que de la connaissance.

3 Le bonheur

Voir aussi : le devoir (p. 361), l'État (p. 368), la liberté (p. 384), la raison (p. 392)

Le bonheur (du latin *bonum*, « bon », et *augurium*, « chance ») désigne un **état de satisfaction complète et durable**. On peut croire que le bonheur serait une manière, pour l'homme, de voir ses désirs accomplis et qu'il se confondrait ainsi avec le plaisir. Pourtant, l'homme semble à la recherche d'un bien plus exigeant et plus profond que le simple plaisir. Comment alors concevoir le bonheur pour que l'homme puisse espérer l'atteindre ? Et est-il à ce point **le but de l'existence** ?

Le bonheur comme plaisir — **Bonheur et satisfaction morale** — **La dignité d'être heureux**

Platon (427-347 av. J.-C.) Calliclès : le bonheur comme somme de plaisirs

Épicure (341-270 av. J.-C.) Le bonheur comme ataraxie

Descartes (1596-1650) La grande âme

Kant (1724-1804) Le bonheur comme « idéal de l'imagination »

1 Bonheur et plaisir

A Le bonheur comme somme de plaisirs

- Une première conception du bonheur revient à le confondre avec le plaisir, sous sa forme la plus extrême, à savoir la **jouissance**. Telle est la conception du personnage de **Platon**, Calliclès, pour qui le bonheur consiste à satisfaire tous ses désirs sans aucune restriction. Ici, le bonheur se mesure à la **quantité de plaisir** obtenue par la satisfaction de désirs.
- Un des moyens de parvenir à un tel bonheur est, selon Calliclès, l'**intempérance**, c'est-à-dire l'absence de mesure et de raison. Le modèle de l'homme heureux est le tyran, parce qu'il est le plus à même de faire ce que lui commande sa nature, en étant placé au-dessus des lois et en soumettant tous les autres hommes à ses désirs.

B Le bonheur comme absence de troubles

Toutefois, comme le montre **Épicure**, certains désirs et certains plaisirs ne mènent pas au bonheur, parce qu'ils sont sources de trouble. Il faut donc savoir mieux « écouter » ce que nous demande la nature. Seul le plaisir d'être sans trouble **(ataraxie)** et exempt de douleur **(aponie)** doit donc être recherché, et tel est le vrai bonheur, lequel passe par la connaissance et la raison. Seule la pratique philosophique nous apprend à nous délivrer de tout ce qui nous trouble et à classifier nos désirs pour ne satisfaire que les désirs naturels et nécessaires.

Citation clé

« Ce qui trouble les hommes, ce ne sont pas les choses mais les opinions qu'ils en ont. »

Épictète, *Manuel*.

C Ennui et satisfaction

Par ailleurs, comme le montre **Schopenhauer**, la satisfaction en elle-même est moins ressentie que la douleur ou que le manque, et les hommes ont du mal à apprécier le fait même d'être heureux. L'ennui est ce qui menace le plaisir d'être comblé et d'autant plus si l'on prend l'habitude d'être comblé. Pour Schopenhauer, le bonheur ne peut donc être ressenti que rétrospectivement, quand nous l'avons perdu.

2 Bonheur et satisfaction morale

A Bonheur et connaissance

On peut aussi suggérer avec **Descartes** que le « *souverain bien* » (bien suprême recherché par les hommes) peut passer par une certaine forme de déplaisir, lorsqu'il prend l'apparence de la vérité. En ce sens, l'homme a l'esprit plus satisfait lorsqu'il connaît la vérité, même si celle-ci le rend triste. Le bonheur, ici, consiste en « l'exercice de la vertu », **c'est-à-dire faire l'effort de connaître la juste valeur des choses et de soi-même**, même si cette connaissance s'accompagne de désillusion.

À lire

***La parure*, nouvelle de Guy de Maupassant (1884).** L'histoire de Mathilde qui emprunte une parure de diamants à son amie Jeanne, pour paraître aussi riche qu'elle…

B La grande âme

Descartes montre, en ce sens, que les « *grandes âmes* » se mesurent à leur capacité de supporter les chagrins et les épreuves ainsi qu'à leur **altruisme**. C'est dans l'effort ainsi fait sur soi-même et envers les autres que se trouvent à la fois la vertu et le bonheur. L'âme basse, au contraire, se laisse conduire par ses passions, et son bonheur n'est que fragile et incertain. Ici, le bonheur prend une signification et une valeur morale, il consiste dans la satisfaction d'exercer sa volonté face à l'adversité et en faveur d'autrui.

Mot-clé

Générosité : chez **Descartes**, ce terme désigne, le contraire de la *vanité* : l'homme généreux est celui qui s'estime et estime les choses à leur juste valeur, à la différence du vaniteux qui se surestime et accorde de l'importance à des biens illusoires.

3 La dignité d'être heureux

A Incertitude du bonheur

- Pour autant, la vertu semble réduire le bonheur à un bien « négatif » (se montrer indifférent au malheur, éprouver sa force face aux coups du sort). Le bonheur en lui-même, en tant que plénitude, semble inaccessible et sans cesse menacé. De même, les nombreux malheurs qui peuvent frapper les hommes (maladies, accidents, mort, violence, échecs…) suggèrent que la volonté ne peut pas toujours suffire pour garantir une absence de troubles, ni même rendre possible la force que suppose la grandeur d'âme.
- Par ailleurs, il est difficile de savoir exactement ce qui nous rend, nous, personnellement heureux. Pour **Kant**, le bonheur est un « *idéal de l'imagination* », c'est-à-dire **quelque chose dont le contenu ne peut être établi** précisément ni objectivement.
- De plus, le sens même du mot *bonheur*, selon son étymologie, suggère qu'il est, par nature, aléatoire et hasardeux.

PHILOSOPHIE

B L'obéissance à la loi morale nous rend digne du bonheur

• À l'inverse, selon Kant, il existe en nous une loi morale qui nous prescrit, en toute certitude, ce que nous devons faire. Si nous ne savons pas exactement ce qui nous rend heureux, nous savons ce qui est bien et juste. En agissant selon la loi morale, nous ne nous rendons pas heureux mais nous avons au moins l'assurance de **mériter de l'être** (de par nos bonnes actions).

• Ce sentiment d'être « dignes du bonheur » est d'ailleurs, selon Kant, ce qui nous permet de nourrir l'espoir légitime qu'il peut y avoir **une « vie après la mort »**, où nous serons **récompensés dans une juste proportion de notre moralité**. C'est ce qui suppose aussi **l'existence d'un Dieu**, *« auteur intelligent du monde »*. La présence de la conscience morale en nous, qui nous invite à sacrifier notre bonheur immédiat au nom de notre devoir, aurait sinon quelque chose de tragique, voire d'absurde.

C Renoncer au bonheur par devoir

Enfin, si l'action morale nous impose de sacrifier directement notre bonheur, en donnant notre vie par exemple, nous pouvons revendiquer le droit de ne pas vouloir être heureux et de préférer d'autres valeurs, plus nobles, plus dignes. Les actions héroïques sont ainsi faites au nom du devoir, et non au nom du bonheur. Même si le héros peut se dire heureux de faire son devoir (en sauvant des vies notamment), le fait même qu'il risque sa vie fait qu'il ne vise pas le bonheur en lui-même, mais autre chose, qu'il place au-dessus.

À lire

***Antigone* de Sophocle (441 av. J.-C.).** Tragédie grecque qui met en valeur l'héroïsme d'Antigone, prête à mourir pour enterrer son frère.

4 Dimension politique du bonheur

Le bonheur repose aussi sur des conditions politiques, incarnées notamment par des lois justes et démocratiques. Celles-ci doivent permettre à chacun au moins de rechercher son bonheur sans en être empêché par autrui, en posant et en respectant le droit fondamental de tout homme à rechercher le bonheur. Ici, les lois jouent un rôle paradoxal, en limitant certes la recherche illimitée du plaisir (prônée par **Calliclès**), mais en permettant à chacun des conditions égales d'accès au bonheur. En revanche, il est clair que des lois injustes sont directement des obstacles à ces conditions, puisqu'elles ne favorisent que le bonheur de certains individus. Le bonheur, dans ce cas, ne devient accessible qu'en s'opposant aux lois et à leur injustice.

Le bonheur selon les trois perspectives

LE BONHEUR – L'existence et la culture

Il s'agit de réfléchir sur la valeur que représente le bonheur comme finalité de l'existence humaine, dans une dimension personnelle et collective, en envisageant la manière dont on peut l'atteindre par sa propre volonté ainsi que par des règles de vie en commun (culturelles). Il s'agit d'étudier conjointement les capacités des hommes à être heureux et les obstacles qui rendent ce but difficile à atteindre, voire inaccessible **[3. A]**. Sur le plan personnel, la dimension à la fois consciente et inconsciente de l'homme peut poser problème et, sur le plan culturel, le respect de certaines règles ou coutumes peut poser question en ce qui concerne la possibilité d'être pleinement heureux. Selon la manière dont on définit le bonheur (somme de plaisirs ou bien contentement minimum) **[1. A et B]**, il devient clair que l'accès au bonheur se voit modifié. Il convient donc de rechercher des remèdes à tout ce qui peut menacer le bonheur ou bien poser le droit de chercher autre chose **[1. C, 2. B, 3. B et C]**.

Exemples de questions

- ***Dépend-il de nous d'être heureux ?*** → Cette question porte sur le caractère incertain du bonheur qui échapperait peut-être à notre volonté et qui nous imposerait de le concevoir de manière plus modeste et accessible en toutes circonstances.
- ***Le bonheur est-il inaccessible à l'homme ?*** → On se demande si les moyens dont l'homme dispose pour atteindre le bonheur ne peuvent pas en même temps être des obstacles, et comment concevoir le bonheur pour le rendre accessible à l'homme.

LE BONHEUR – La morale et la politique

On interroge le rapport entre l'aspiration de chacun au bonheur et certaines exigences de vie en commun (règles morales et lois politiques). La question est de savoir comment concilier le désir d'être heureux avec le devoir de respecter autrui et d'être juste. L'exigence individuelle et personnelle n'est-elle pas empêchée par l'exigence altruiste ou plus largement politique (celle d'un bien commun) ? **[2. B, 3. B, 4]**, **[Fiche 6, L'État 1. A et 3. B]**

Exemples de questions

- ***Peut-on ne pas vouloir être heureux ?*** → On s'interroge sur la volonté d'atteindre le bonheur, qui peut être mise en échec par le malheur notamment ou parce qu'il y aurait des fins plus nobles à rechercher (fins morales ou politiques).
- ***Le bonheur dépend-il des lois ?*** → On interroge le rôle des lois dans la quête du bonheur et l'on doit se demander si elles constituent des moyens d'accéder au bonheur ou au contraire des obstacles.

LE BONHEUR – La connaissance

On peut enfin réfléchir sur le bonheur dans la perspective de la connaissance, en se demandant ce qu'il faut notamment savoir pour être heureux, et si l'accès au bonheur ne suppose pas une certaine connaissance de soi, des autres et du monde. Le questionnement philosophique ici prend tout son sens puisqu'il s'agit précisément de l'amour du savoir et de la sagesse. En ce sens, la philosophie antique désigne l'art d'être heureux et suppose une certaine connaissance de l'homme **[1. A et B, 2. A]**.

Exemple de question

- ***Peut-on ne pas vouloir se connaître ?*** → On interroge les raisons de préférer l'ignorance ou l'inconscience à la connaissance de soi, et le bonheur semble en jeu dans cette alternative : est-on plus heureux en se cachant certaines choses déplaisantes ou bien au contraire en les affrontant ?

4 La conscience

Voir aussi : le devoir (p. 361),
l'inconscient (p. 372),
la vérité (p. 414)

La conscience (du latin *cum*, « avec, ensemble », et *scientia*, « connaissance, savoir ») désigne la capacité du sujet à se représenter le monde ainsi que lui-même (il peut « **se** » penser) ; elle a également un sens moral, en tant que capacité à penser le bien et le mal, le juste et l'injuste. La question est de savoir si une telle connaissance peut être **objective** et si ses valeurs morales sont **fiables**. La conscience n'est-elle pas plutôt l'expression de la **subjectivité** humaine ?

Une conscience objective et fiable… | **… ou subjective et faillible** | **Les remèdes à la subjectivité**

Descartes (1596-1650)	Kant (1724-1804)	Spinoza (1632-1677)	Freud (1856-1939)	Hegel (1770-1831)	Sartre (1905-1980)
Une substance pensante	« La loi morale en moi »	L'illusion de la liberté	Des pensées inconscientes	L'acquisition pratique de la conscience	Autrui entre moi et moi-même

1 L'objectivité et la fiabilité de la conscience

A La conscience de soi comme modèle de vérité

- La conscience permettrait à l'homme de se questionner sur lui-même et de se connaître intérieurement. Il pourrait savoir ce qu'il est (un homme) et qui il est (telle personne unique). Il aurait ainsi **conscience « de lui-même »** (conscience réfléchie), à la différence des animaux (conscience spontanée).
- Dans son *Discours de la méthode*, **Descartes**, doutant de tout pour chercher **une vérité absolument certaine**, montre qu'il est impossible de douter de la conscience que l'on a de soi-même. Le fait même de penser prouve que l'on existe.

B Une conscience morale innée

On peut croire aussi que l'homme a **un sens inné* du bien et du mal**, qu'il « sait » ce qu'il doit faire, et que sa conscience morale est le meilleur guide pour bien agir. S'inspirant de Rousseau, qui montre, dans *Émile ou De l'éducation*, la présence en tout homme d'une conscience morale innée et universelle, **Kant** soutient que tout homme a en lui *« la loi morale »*, permettant d'agir *« par devoir »* (ce qu'il nomme ***« l'impératif catégorique* »***).

> **Citation clé**
>
> *« Pendant que je voulais ainsi penser que tout était faux, il fallait nécessairement que moi qui le pensais fusse quelque chose. »*
>
> René Descartes, *Discours de la méthode* (IV), 1637.

2 Les limites subjectives de la conscience

A Une conscience sous influence

- On peut toutefois souligner les faiblesses de la conscience, qui, selon **Spinoza**, serait influencée notamment **par le corps et le désir**. Nous avons conscience de nos actions, mais nous n'avons pas conscience de ce qui nous pousse à agir, et nous nous croyons libres.
- De même, **Marx** suggère que notre conscience serait influencée **par notre milieu social**. Nous avons une conscience « de classe ».
- Selon ces philosophes, on ne se représente donc pas les choses ou soi-même de façon objective mais de façon **subjective**.

B L'hypothèse de l'inconscient

Plus encore, on peut concevoir l'existence de **pensées inconscientes, refoulées** par la conscience, laquelle « *ne voudrait pas penser* » certaines choses. C'est ce que suggère **Freud** : certaines maladies produites par ces refoulements (les névroses) montrent la nécessité de supposer l'existence d'un inconscient de nature « psychique », à explorer par la psychanalyse.

À voir

***Freud, passions secrètes*, film de John Huston (1962).** Récit de la manière dont Freud a été amené à établir sa théorie de l'inconscient à partir de son travail avec ses patients.

C Une conscience morale acquise et relative

Par ailleurs, on peut douter de l'existence d'une conscience morale innée* et égale en tout homme. Celle-ci serait plutôt **acquise et produite par l'éducation**, comme le montre Freud, qui donne le nom de **Surmoi** à l'instance morale qui serait à l'origine de nos refoulements. L'enfant « apprend » de ses parents et de la société des valeurs qui seraient, en fait, relatives et particulières : chacun aurait donc sa propre conscience.

Mot-clé

Le déterminisme psychique désigne le fait qu'il y ait un rapport, un lien, entre ce que la conscience exprime et ce qu'elle cache : on peut déchiffrer l'inconscient à partir du conscient, l'interpréter selon un code.

3 Remèdes possibles à la subjectivité

A Avoir conscience et prendre conscience

- Il est toutefois possible d'acquérir une conscience de soi (et du monde) plus objective. Le sujet humain peut, en effet, avoir conscience (de lui-même, du monde) en croyant savoir, mais il peut aussi, par **la réflexion**, réinterroger ce qu'il pense et ainsi **« prendre »** conscience (de ce que lui ou le monde est réellement).
- **Hegel** montre aussi que l'homme peut acquérir une conscience de soi par la **« pratique »** : il peut se connaître et se reconnaître **à travers ce qu'il fait**. La philosophie et la psychanalyse visent cet effort réflexif, pouvant s'exercer aussi dans le domaine moral.

B Le rôle d'autrui

Jean-Paul Sartre souligne le rôle fondamental d'autrui dans la conscience que l'on a de soi, parce qu'il nous voit de façon **extérieure**. Son simple regard peut rectifier la conscience que nous avons de nous-même.

La conscience selon les trois perspectives

LA CONSCIENCE – L'existence humaine et la culture

La conscience (comprise comme conscience « de soi ») peut être interrogée dans sa dimension existentielle, en soulignant le rôle fondamental qu'elle joue dans l'orientation de l'existence humaine. C'est parce que l'homme est conscient de sa propre existence qu'il peut, semble-t-il, l'orienter librement par ses propres choix en se représentant ce qu'il pense et ce qu'il fait, en étant responsable de lui-même. En même temps, il apparaît aussi que cette conscience n'est pas parfaitement claire, et que l'homme n'est pas conscient de tout ce qui se passe en lui-même **[Fiche 7, L'inconscient]** et que beaucoup de facteurs (notamment issus de l'éducation) influencent, voire conditionnent, le regard qu'il porte sur sa propre existence **[2. A et B]**. On doit ainsi se demander jusqu'où la conscience de soi peut être objective (ne manque-t-on pas nécessairement de distance envers soi-même ?) et si cela ne limite pas nos possibilités existentielles de réalisation de nos capacités ou de nos choix.

Exemple de question

Pourquoi chercher à se connaître ? → On cherche les raisons qu'il y aurait à vouloir savoir qui l'on est et ce que l'on est (personnellement et humainement) ; rechercher cette vérité sur soi peut paraître à la fois essentiel et difficile, voire douloureux ; il convient ici de valoriser cette recherche en montrant que sa valeur surpasse les difficultés et les maux engendrés.

LA CONSCIENCE – La morale et la politique

La notion de conscience peut être envisagée sous un angle moral et politique lorsqu'on veut s'attacher à certains domaines sur lesquels porte cette connaissance (de soi-même). Ainsi interroger la conscience dans une perspective morale, c'est se demander ce qu'elle contient comme valeurs (le bien, le mal, le juste, l'injuste…) et ce que « valent » justement ces valeurs qui nous sont propres, intérieures. Ne sont-elles pas aléatoires et acquises **[2. C]** ? L'État (à travers les lois qu'il nous impose de respecter) est-il capable d'influencer positivement notre conscience morale afin de faire de nous de « bons » citoyens, justes, respectueux d'autrui ?

Exemples de questions

- *La conscience morale est-elle infaillible ?* → On questionne ici les limites éventuelles de nos valeurs morales propres, en se demandant ce qui peut les rendre faibles, incapables de nous faire agir « bien ».
- *Peut-on ne pas savoir ce que l'on fait ?* → On se demande jusqu'où il est possible d'avoir pleinement conscience de la valeur de nos actes et jusqu'où il est possible et légitime d'agir inconsciemment, de manière irresponsable.

LA CONSCIENCE – La connaissance

La notion de conscience renvoie directement à la notion de connaissance et cette perspective est donc la plus naturellement appelée lorsque l'on s'interroge sur ses fondements : la conscience est-elle à proprement parler la connaissance qu'elle est censée être (une connaissance de nous-mêmes notamment) ou bien ne s'agit-il que d'une connaissance limitée voire illusoire, ne nous renseignant qu'imparfaitement sur ce que nous sommes **[1. A, 2. A et B]** ? Dans ce cas, comment remédier à ce qui la rend imparfaite **[3. A et B]** ?

Exemples de questions

- *Peut-on se connaître ?* → On questionne les pouvoirs et les limites de la conscience de soi : que peut-on et que ne peut-on pas connaître ? Pourquoi ? Comment remédier à ces limites ?
- *Suis-je ce que j'ai conscience d'être ?* → On cherche à savoir si la connaissance que l'on a de soi-même correspond à ce que l'on est réellement, si l'on se connaît objectivement.

5 Le devoir

Voir aussi : la conscience (p. 358), la liberté (p. 384), la raison (p. 392)

Le devoir renvoie à l'ensemble des **règles morales** que l'on « doit » respecter. Faire son devoir, c'est donc s'efforcer d'agir bien. Le devoir est-il alors **une obligation** faite à soi-même et issue de notre propre raison ou bien **une contrainte** venue du dehors ? Peut-on s'accorder sur des valeurs universelles qui seraient au fondement de nos devoirs ?

Devoir et bonheur — **Devoir et volonté** — **L'origine du devoir**

Platon (427-347 av. J.-C.)	Épicure (341-270 av. J.-C.)	Descartes (1596-1650)	Kant (1724-1804)	Rousseau (1712-1778)	Kant (1724-1804)
Calliclès : devoir et force	Devoir et prudence	Le devoir d'exercer sa volonté	Le devoir de respecter la personne humaine	Le sentiment de pitié	La loi morale en moi

1 Devoir et bonheur

A Le devoir de suivre la force de sa nature

- Une première conception du devoir consiste à poser que l'homme a le **devoir de rechercher le bonheur**.
- Telle est la conception du sophiste inventé par Platon, Calliclès : l'homme se doit d'exprimer toute la force dont il est capable pour atteindre le maximum de plaisir. Ici, le devoir consiste **à suivre sa nature**, comprise comme **force capable de désirer le plus possible**.

> **Citation clé**
> *« La vie tempérante vaut mieux que la vie déréglée. »*
> Platon, *Gorgias*.

B Devoir et raison

Toutefois, le devoir de se rendre heureux suppose plutôt, comme le montre **Épicure**, une certaine prudence, c'est-à-dire un **usage de la raison** : l'homme doit **philosopher**, c'est-à-dire réfléchir sur ce qui rend heureux et ce qui est source de trouble, et il doit **réguler ses désirs**. Ici, la nature qui sert de guide au devoir n'est plus la force, mais le **monde ordonné par la raison** : l'homme « doit » se conformer à l'ordre naturel (en ne désirant, par exemple, que des choses naturelles et nécessaires).

C Devoir et intérêt

- On peut aussi concevoir un devoir fondé sur la notion d'intérêt, qui dans ce cas consiste à **agir en vue d'un bonheur collectif**. C'est le principe de la **morale utilitariste**, incarnée par J. S. Mill pour qui l'action bonne est l'action qui contribue au bonheur du plus grand nombre. Ici, le devoir peut prendre la forme d'une action qui peut sembler injuste, mais qui, vue d'une autre façon, est juste. On peut par exemple « devoir » abandonner son enfant et le faire adopter pour qu'il soit heureux (principe de l'accouchement sous X en France par exemple). On peut aussi devoir sacrifier des militaires pour sauver des otages.

À lire

***Aux Champs*, nouvelle de Guy de Maupassant (1882).** À travers l'histoire de deux familles de paysans, on est amené à se demander si l'on doit préférer garder son enfant en le condamnant à une vie de misère ou bien le faire adopter en échange d'une rente, pour qu'il soit heureux.

• L'**action politique** s'inspire souvent de cette morale pour voter et défendre des lois (par exemple sur la réforme des retraites ou sur les impôts) : ici, on a en vue ce que l'État doit faire pour le bonheur ou **l'intérêt collectif**.

2 Devoir et volonté

A Le devoir de faire preuve de volonté

On peut, toutefois, poser que le bien n'est pas tant le bonheur que *« l'exercice de la vertu »*, comme le montre **Descartes** : l'homme peut, par sa volonté, résister à ses désirs et supporter le malheur ; il a le **devoir d'exercer cette force de caractère** pour lui-même et en faveur d'autrui. L'homme aurait, ainsi, le devoir de faire preuve de **grandeur d'âme** ou de **générosité***, selon Descartes.

B Le devoir de respecter la personne humaine en tout homme

• Mais ce qui fonde le devoir ne doit-il pas être aussi et surtout une volonté d'**empêcher le mal** plutôt que de faire le bien ? En ce cas, je me dois, avant tout, de **respecter la personne humaine en tout homme**, c'est-à-dire de ne pas simplement l'utiliser comme une chose ou un animal. Tel est le fondement du devoir, selon Kant.

• Ce devoir, toujours selon **Kant**, doit, pour être un « vrai » devoir, reposer sur la **« bonne volonté »**, à savoir la volonté de faire son devoir **par devoir**, parce qu'on doit le faire. Ici, le devoir exprime la **liberté d'agir par sa seule volonté**. Si le devoir repose sur d'autres motifs (désirs ou intérêts), alors ce n'est qu'une action conforme au devoir ; il n'a pas la même valeur morale puisqu'il est soumis à des motifs sensibles.

Citation clé

« Agis toujours de telle sorte que tu traites l'humanité aussi bien dans ta personne que dans la personne de tout autre, jamais simplement comme un moyen, mais toujours en même temps comme une fin. »

Emmanuel Kant, *Fondements de la métaphysique des mœurs*, 1785.

C Devoir et connaissance

• Le devoir peut aussi porter sur soi-même et prendre la forme d'un devoir de se connaître. Il s'agit dans ce cas pour l'homme de **faire valoir ce qui fait de lui un être humain et le distingue de l'animal** ou de l'homme indigne. **Platon** reprend ainsi l'injonction socratique ***« connais-toi toi-même »*** pour affirmer que l'homme doit exercer sa raison pour tendre vers la vérité et la justice. En sachant ce qu'est l'homme, l'homme ne peut que tendre vers ce devoir d'être pleinement homme (un homme juste et épris de vérité). Ici, la volonté prend la forme de la raison qui doit lutter contre le désir de rester dans l'illusion ou l'ignorance.

• Pour **Descartes**, le **devoir comme vertu** s'appuie sur l'idée que l'homme doit connaître la vraie valeur des choses. Dans ce cas, il y a un devoir de connaissance qui dépasse le devoir de se connaître.

3 L'origine du devoir

A Un sentiment naturel

Il faut encore se demander d'où viennent nos devoirs et si chaque homme a en lui naturellement le sentiment du devoir à accomplir. Pour **Rousseau**, l'homme a en lui un sentiment moral naturel : **la pitié**. C'est elle qui lui permet, à l'« état de nature », de rechercher son bien avec le **moindre mal possible pour autrui**.

B La loi morale en moi

Toutefois, on peut supposer que le devoir impose plutôt un **effort de volonté** et que le sentiment, au contraire, n'amène qu'à une action imposée par la sensibilité. Pour **Kant**, tout homme a *« la loi morale en lui »*, et cette loi est issue de la raison, principe de volonté capable de déterminer le sujet à agir **contre ses tendances égoïstes** et faisant de lui un être libre (non soumis à ses déterminations sensibles : désirs, etc.).

Mot-clé

L'impératif catégorique désigne, chez **Kant**, la formulation même du devoir, tel qu'il s'impose en nous sous la forme d'une loi. Cette obligation est catégorique au sens où elle s'impose en toutes circonstances.

C Le rôle de l'éducation

Pour autant, ce serait oublier que **cette loi morale a besoin de l'éducation pour se développer** : on apprend à l'enfant ce qu'il doit faire, à respecter les autres. Une telle origine (familiale et sociale) du devoir est visible dans ce que Freud appelle ***« le Surmoi »*** : chaque sujet a en lui une censure morale qu'il a intériorisée au cours de son existence et qui est donc relative, voire absente. De ce fait, il faut que les hommes s'accordent sur des **valeurs universelles** – accord qui n'est pas immédiat.

Le devoir selon les trois perspectives

LE DEVOIR – L'existence humaine et la culture

La notion de devoir peut être interrogée dans sa dimension existentielle (personnelle) et culturelle (collective) si l'on se demande notamment d'où viennent nos valeurs et règles morales, si elles sont inscrites en tout homme de manière innée **[3. A et B]** ou bien si elles proviennent plutôt de ce que notre éducation et notre culture nous apprennent et nous font acquérir. Dans le premier cas, elles seraient absolues et universelles, dans le second cas, elles seraient relatives et particulières **[3. C]**.

Exemples de questions

- ***Savons-nous toujours ce que nous devons faire ?*** → On doit se demander si tout homme a conscience du bien et du mal, si la notion de devoir est présente en tout être humain, ou bien si cette représentation des valeurs morales peut être absente ou affaiblie ; dans ce cas on doit interroger ce qui pourrait causer cette faiblesse ou absence.
- ***Une culture peut-elle être porteuse de valeurs universelles ?*** → Cette question interroge la capacité d'une culture particulière, avec ses règles et ses traditions propres, à promouvoir des règles morales qui vaudraient pour n'importe quel individu ; c'est en même temps se demander si le devoir de respecter la personne humaine, par exemple, peut venir de la culture ou s'il provient d'un autre principe (dépassant les frontières) présent en tout homme.

LE DEVOIR – La morale et la politique

Le devoir se présente nécessairement comme une notion renvoyant à la morale, à la connaissance ou à la représentation de valeurs altruistes telles que le bien et le mal, le juste et l'injuste que l'homme s'imposerait **[2. A et B]**. Mais il peut aussi s'entendre de manière plus spontanée comme étant une aspiration légitime au bonheur et au plaisir (devoir de rechercher le bonheur) et dans ce cas, la dimension morale du devoir prend un autre sens et renvoie à l'hédonisme, à la morale du plaisir **[1. A et B]**. Dans sa dimension politique, le devoir renvoie plutôt soit à la question de savoir comment orienter les actions en vue de l'intérêt commun, collectif. Ici, les valeurs qui président aux devoirs sont souvent inspirées par la morale utilitariste **[1. C]**, mais aussi par la morale kantienne, soucieuse du respect de la personne humaine **[2. B]**.

Exemple de question

- ***Qui est autorisé à me dire « tu dois » ?*** → Cette question porte sur l'autorité de celui/ceux qui auraient le droit de nous obliger à faire telle ou telle chose : y a-t-il quelqu'un qui soit plus légitime, plus autorisé à nous obliger ? Faut-il que ce ne soit « personne » en particulier (l'État par exemple) ou bien faut-il que ce soit nous-mêmes ?

LE DEVOIR – La connaissance

Enfin, le devoir peut être interrogé dans son rapport avec la connaissance. Dans ce cas, on se demande notamment si l'homme, pour être moral et pour être capable de faire son devoir, doit acquérir une certaine connaissance (du bien et du mal, du juste et de l'injuste) **[3. C]**, ou bien s'il « sait » naturellement ce qu'il doit faire, sans avoir besoin de l'apprendre **[2. A et B]**. On peut supposer aussi que cette connaissance est la philosophie et qu'elle consiste à se connaître soi-même en tant qu'homme, afin de savoir ce que l'on doit faire précisément en tant qu'homme **[2. C]**.

Exemples de questions

- ***N'a-t-on de devoirs qu'envers autrui ?*** → On se demande si le devoir ne porte pas aussi sur soi-même et sur l'ensemble de la nature ; dans ce cas ne doit-on pas connaître plus largement l'homme ainsi que le reste de la nature, pour donner à nos devoirs une portée humaine universelle ?
- ***Doit-on chercher à se connaître ?*** → Cette question interroge le devoir que l'on doit avoir envers soi-même, à la fois psychologique – chercher à savoir qui l'on est –, et philosophique – chercher à savoir ce qu'est l'homme ; l'enjeu de ce devoir est la maîtrise de soi, la responsabilité, et aussi le fait de se comporter de manière humaine, digne.

Annales du Bac

Dissertation

SUJET Dissertation *Corrigé p. 366*

La laideur peut-elle intéresser l'artiste ?

Comment traiter le sujet

Notions

L'art, la nature, la vérité.

Remarques générales

Le sujet est assez classique, même si la notion de « laideur » peut sembler difficile à analyser (le terme *beauté* nous est plus familier). Ce qui est interrogé ici, c'est le rapport entre l'art et la beauté et en quel sens celui-ci peut viser autre chose que le beau.

Analyser les termes du sujet

- **La laideur :** la laideur désigne ce qui n'est pas beau. Pour autant, ce qui n'est vraiment pas beau n'est pas forcément laid. Il y aurait donc un intermédiaire entre le beau et le laid, quelque chose pouvant n'être ni beau ni laid, nous laissant indifférent sur le plan esthétique*. La laideur désigne un manque cruel de beauté qui, du coup, nous interpelle et nous étonne : face à elle, nous sommes comme surpris par cette absence radicale, exceptionnelle, de beauté. Par ailleurs, la laideur semble pouvoir s'appliquer soit à l'apparence (visage, décor, vêtements…), soit à des formes d'intériorité (pensées, sentiments, parties du corps). Dans tous les cas, la laideur semble à la fois attirer le regard et nous repousser.
- **Peut-elle :** on interroge à la fois la possibilité, pour l'artiste, de s'intéresser à la laideur et la légitimité (valeur) d'un tel intérêt : jusqu'où est-il « bon » que l'artiste s'intéresse à la laideur ?
- **Intéresser :** la notion d'« intérêt » peut désigner le caractère « utile » d'une chose (d'un point de vue matériel, économique ou politique), et, en cela, l'intérêt nous rend « intéressé » (nous cherchons un « gain » possible) ; l'intérêt peut aussi renvoyer aux domaines de la culture et de la connaissance, et l'on s'intéresse alors à une chose non pas pour « y gagner » quelque chose, mais parce que la chose en elle-même a de la valeur et demande qu'on s'intéresse « à » elle.

Dégager une problématique

- Il semblerait que l'artiste s'intéresse à la beauté et que, par conséquent, il ne puisse s'intéresser à la laideur.
- Pour autant, certaines œuvres ne nous apparaissent-elles pas laides, et ce non pas parce que nous les trouverions personnellement laides, mais parce qu'elles se voudraient laides ? N'est-ce pas alors le signe que l'artiste, de fait, s'intéresse à la laideur ?
- Pourquoi un tel intérêt et est-il légitime ?

Corrigé : plan détaillé

Les titres en couleur apparaissant dans ce corrigé ne doivent pas figurer dans votre devoir. Nous les avons insérés pour vous guider et vous aider à repérer la progression de la dissertation.

I Difficultés que pose l'intérêt que l'artiste porte à la laideur

1 L'artiste devrait rejeter la laideur

On pourrait tout d'abord penser que l'artiste ne devrait ni ne peut s'intéresser à la laideur et que son rôle est, au contraire, de représenter la beauté. La laideur viendrait, en effet, remettre en question l'idée d'un ordre et d'une harmonie des choses. C'est ce que suggère Platon, dans le livre X de *La République*, lorsqu'il condamne les poètes qui *« créent des fantômes, non des réalités »*. En montrant, par exemple, la laideur des dieux (qui se jalousent, se querellent et s'enivrent), les poètes, selon Platon, incitent les hommes à devenir eux-mêmes laids et les poussent aux vices. Il faut donc chasser les artistes qui montrent des choses laides.

2 Rôle de l'artiste : s'intéresser à la beauté

Le rôle de l'artiste consisterait, au contraire, à inciter les hommes à la vertu, en leur montrant plutôt la beauté. Pour Platon, il faut *« obliger les poètes à composer des fables qui tendent au même but : la vertu »* et il faut *« faire tout son possible pour que les fables soient les plus belles et les plus propres à enseigner la vertu »*. Plus largement, on peut penser qu'effectivement l'art est une manière de représenter tout ce que le monde, la nature et l'homme ont de « beau », c'est-à-dire de bon et d'ordonné, d'harmonieux.

3 Seule possibilité de s'intéresser à la laideur : vouloir la dénoncer

La seule manière alors pour l'artiste de s'intéresser à la laideur serait de la montrer pour la dénoncer, et pour que l'homme s'en détourne et rejoigne la beauté et la vertu. Ainsi, par exemple, chez Victor Hugo, les personnages « laids » (physiquement comme Quasimodo ou moralement comme les Thénardier) ne sont montrés que pour leur opposer des personnages « beaux » (Esméralda ou Jean Valjean). La laideur qui intéresse l'artiste doit donc être comprise comme un vice de forme, une faute humaine : ne sont laids que ceux qui méritent de l'être par leurs vices, par leur refus de suivre la vertu.

II Possibilité pour l'artiste de s'intéresser à la laideur pour elle-même

1 L'artiste peut vouloir montrer qu'il existe du laid et pas seulement de la beauté

Mais, si l'on pose que la laideur existe de fait et tout autant que la beauté, alors l'artiste ne peut pas se désintéresser de la laideur. L'artiste n'est-il pas celui qui cherche à représenter, à rendre visible ce que l'homme commun ne voit pas de lui-même, et donc à montrer aussi la laideur ? Ainsi, pour Aristote, *« il y a des dieux même dans la cuisine »* et la nature montre aussi bien des animaux bien constitués que des monstres difformes dont l'enfant s'émerveille. S'intéresser à la laideur en cherchant à la représenter serait une manière de revenir à la réalité telle qu'elle nous apparaît sous toutes ses formes.

2 Plus encore, il n'y aurait peut-être pas de beauté

Autre raison possible de s'intéresser à la laideur : elle serait peut-être l'essence même du réel, le fond des choses, tandis que la beauté ne serait qu'illusion. Peut-être n'y a-t-il dans le monde ni ordre, ni harmonie, ni stabilité, et peut-être tout n'est-il que pur chaos, comme le suggère Nietzsche pour qui *« nous avons l'art pour ne pas mourir de la vérité »* ? L'art nous délivrerait de l'illusion selon laquelle il existerait un *« arrière-monde »* soutenant notre monde visible. Un tel « autre » monde n'existerait pas.

3 L'artiste s'intéresse à la laideur pour en faire de la beauté

Alors, l'artiste, conscient de cette laideur fondamentale des choses et du monde, ne pourrait que s'intéresser à elle, pour montrer en quoi toutes nos illusions en découlent. En s'intéressant à la laideur, il nous dirait que c'est elle qui est derrière tout ce que nous masquons par une beauté artificielle et vaine. Tel est le projet des *Fleurs du mal*, par exemple, où Baudelaire, en créant des poèmes tels que « Une charogne », « Les Aveugles », cherche à créer de la beauté à partir de la laideur. Il est possible de faire un beau poème sur les laideurs du monde et des choses. Si « Une charogne » est un beau poème, c'est parce qu'il nous dit de belle façon ce qui fait toute la laideur de notre condition (l'inévitable putréfaction des corps).

III Limites à l'intérêt de l'artiste pour la laideur

1 Le devoir de condamner l'intérêt pour une certaine laideur

Toutefois, Nietzsche, en affublant Zola de l'expression *« la joie de puer »*, semble condamner une certaine forme de laideur : celle incarnée par une misère populaire et qui ne serait que pure complaisance pour une forme de décadence. La laideur d'un Lantier ou d'un Coupeau serait la laideur d'un laisser-aller, d'une oisiveté qui dégénère sans chercher à lutter contre elle-même. Dans l'art contemporain, on peut également critiquer certaines formes de complaisances pour la laideur : faut-il, en effet, se laisser aller à décrire le domaine de nos besoins animaux (comme le fait, par exemple, Wim Delvoye avec son œuvre *Cloaca*, qui est une machine à déféquer) ?

2 Comment distinguer alors différents types de laideurs ?

Si l'œuvre d'art doit, comme le suggère Heidegger, manifester, installer un monde, mettre en œuvre une vérité, n'autorise-t-elle pas alors certaines formes de laideurs qui seraient de tels événements ? De même, si l'artiste fait l'œuvre autant qu'il est fait par elle, ne peut-il s'intéresser à certaines laideurs qui, ici ou là, à telle ou telle époque, sont celles de notre monde et de nos attitudes ? Proust, à ce titre, ne dit-il pas la laideur des salons mondains, la laideur des sentiments engendrés par la guerre et l'affaire Dreyfus, la laideur de l'amour ? Et si, comme le dit Heidegger, *« la beauté est un mode d'éclosion de la vérité »*, alors la laideur faite œuvre, capable de faire éclore la vérité, est belle.

3 La laideur comme marque du génie

Plus encore, ne peut-on voir dans la beauté transfigurée en laideur la marque du génie de l'artiste, le témoignage de son « style », de son « coup d'œil », capable de défaire et de refaire, selon son propre goût, le modèle qui l'inspire ? Ainsi, le narrateur de *À la recherche du temps perdu* admire dans le peintre Elstir cette transfiguration même du modèle rendu presque laid : Odette devient laide lorsqu'elle apparaît en Miss Sacripant. C'est que le peintre l'a enlaidie, débarrassée de ses fards et de ses masques.

Plus largement, comme le suggère Bergson, l'artiste est celui qui est capable de *« percevoir pour percevoir »*, percevoir *« pour rien, pour le plaisir »* : c'est dire qu'en débarrassant le monde de son caractère utilitaire, l'artiste saisit ce qui du monde est ordinairement laid, mais qui pour son œil est beau.

6 L'État

Voir aussi : la justice (p. 375), la liberté (p. 384)

L'État (du latin *stare*, « tenir debout ») désigne l'ensemble des moyens mis en place dans une société pour la **gouverner**, la diriger. En ce sens, l'État renvoie aux instruments de **pouvoir** (et donc à la notion de **« souveraineté »**) et se distingue du corps social lui-même. Mais la société a-t-elle nécessairement **besoin de l'État** pour se maintenir ? Quelle est la **meilleure forme de gouvernement** possible ?

Le modèle du pouvoir absolu | **Le modèle démocratique** | **Limites de la démocratie**

Hobbes (1588-1679)	Rousseau (1712-1778)	Montesquieu (1689-1755)	Tocqueville (1805-1859)	Marx (1818-1883)
La nécessité de l'État	La *« volonté générale »*	La séparation des pouvoirs	Le *« despotisme doux »*	La lutte des classes

1 Le modèle du pouvoir absolu

A L'homme à l'« état de nature »

• On peut croire que l'homme n'a pas besoin d'être gouverné et que l'**« état de nature »** est un modèle possible de **vie heureuse et pacifique**, comme le suggère **Rousseau.** À l'origine, les hommes sont en effet peu nombreux, relativement dispersés et animés par leurs seuls besoins. Ils n'ont donc que peu d'occasions de rencontre et de conflit.

• Pour autant, une telle affirmation est discutable. L'état non civil est peut-être l'état dont les hommes doivent sortir pour se maintenir en vie, en créant notamment un État, c'est-à-dire un pouvoir capable d'empêcher les individus de se nuire mutuellement. C'est ce que suggère **Hobbes** en affirmant qu'à l'« état de nature », ***« l'homme est un loup pour l'homme »*** (*Léviathan*, 1651).

B Une société sans État ?

• De même, on pourrait concevoir la possibilité de sociétés sans État. Le sociologue **P. Clastres** analyse notamment certaines **sociétés dites « primitives » amérindiennes**, dans lesquelles le chef suffit à lui seul à maintenir la stabilité du groupe, sans pour cela exercer aucune autorité, aucun pouvoir. Par sa parole seule, il parvient à régler les conflits et à instaurer l'unité.

• Pour autant, cette possibilité pour les hommes de vivre en société sans pour autant être gouvernés apparaît comme réduite. Comme le montre Clastres, les sociétés sans État sont rares et reposent sur des conditions très strictes, comme la **petitesse du groupe social** (réduit à un village par exemple) et un **petit nombre de besoins à satisfaire**.

- De façon plus générale, l'idée même d'État peut être critiquée, au nom de la liberté individuelle. C'est ce que fait la **théorie anarchiste**, illustrée notamment par la formule de **Bakounine *« Ni Dieu, ni maître »***. Pour les anarchistes, l'État est synonyme d'oppression. L'individu pourrait se passer d'État, en formant des associations capables de fonctionner sur la base de l'autogestion.
- Là encore, cette théorie peut être remise en question. Il faudrait des **individus responsables et raisonnables**, capables de prendre de bonnes décisions et capables de s'entendre pour une action collective sans dirigeant.

C Le besoin d'un État fort

Dans une telle perspective, à savoir l'idée que l'État serait nécessaire à la vie en société, l'État incarne avant tout la capacité d'assurer d'abord la **sécurité** de ses citoyens. Seul un **pouvoir absolu**, c'est-à-dire qui impose aux individus d'**abandonner leur liberté** pour obéir au souverain (homme ou assemblée), est, selon **Hobbes**, légitime. Son autorité ne peut être menacée par les individus, et l'ordre qui garantit la sécurité est maintenu. Cette conception de l'État est théorisée par Hobbes dans le *Léviathan*, dont le nom fait référence au monstre marin de la Bible.

> **Rappel**
>
> L'« **état de nature** » ne désigne pas une réalité (un état préhistorique, par exemple), mais une hypothèse de travail. En supposant un tel état hypothétique, précédant la société, on peut ainsi penser de façon critique* ladite société, en voyant ses avantages et ses défauts.

2 Le modèle démocratique

A Critique* du pouvoir absolu

Pourtant, on peut trouver ***« nul »*** (c'est-à-dire sans valeur, sans réalité) le contrat qui consiste ainsi à échanger sa liberté contre sa sécurité, comme le montre **Rousseau** dans le *Contrat social* (1762). Celui qui perd sa liberté ne peut, en effet, jamais être certain que l'État le protégera, et sa soumission n'a pas de contrepartie équivalente (le souverain* peut faire ce qu'il veut).

B La volonté générale

L'État doit donc reposer, selon **Rousseau**, sur la ***« volonté générale »***, c'est-à-dire sur une volonté commune issue de la raison et visant un bien commun (et non pas une somme d'intérêts particuliers). La **démocratie** semble alors s'imposer comme modèle puisqu'elle fait du peuple un **peuple souverain**, détenteur de l'autorité politique. Celui-ci s'associe donc avec lui-même et obéit à lui-même, à ce que veut sa raison.

> **Citation clé**
>
> *« Trouver une forme d'association* [...] *par laquelle chacun, s'unissant à tous, n'obéisse pourtant qu'à lui-même et reste aussi libre qu'auparavant. »*
>
> Jean-Jacques Rousseau, *Du contrat social*, 1762.

C La séparation des pouvoirs et le rôle de l'éducation

Pour autant, afin que le pouvoir ne soit pas concentré dans les mains des mêmes individus, il convient, comme le montre **Montesquieu**, que les pouvoirs soient séparés. Il y a ainsi le pouvoir qui fait les lois (pouvoir **législatif**), celui qui applique les lois (pouvoir **exécutif**) et celui qui juge les infractions aux lois (pouvoir **judiciaire**). De même pour Montesquieu, chaque type de gouvernement repose sur un principe, sans lequel il ne peut pas être efficace. Ainsi la démocratie repose sur la « vertu », à savoir le fait pour le peuple d'être éclairé par la raison, éduqué, c'est-à-dire capable de savoir quel est au fond l'intérêt général. Ce principe ne peut s'acquérir que par l'éducation des citoyens.

3 Limites de la démocratie

A La revendication d'égalité

On peut, toutefois, s'interroger sur les défauts du modèle démocratique, non pas pour lui en préférer un autre, mais pour garder les moyens de le critiquer là où il reste critiquable. Ainsi, **Tocqueville**, analysant les débuts de la démocratie en Amérique, montre les excès auxquels conduit la revendication systématique d'égalité : tous les individus désirent avoir la même chose, en plus des mêmes droits – d'où une certaine **uniformisation des conditions et des valeurs**.

B L'individualisme

De même, **Tocqueville** montre que la démocratie américaine est, en réalité, une forme de **« despotisme doux »**, au sens où le pouvoir amène les individus à ne plus réfléchir de façon critique, à ne plus penser par eux-mêmes et à s'isoler les uns des autres. En leur offrant le plus de bien-être possible (sécurité, satisfaction des besoins et réjouissances), l'État s'immisce dans la vie privée et, en prenant en charge des domaines de plus en plus nombreux, il devient une forme de **totalitarisme** qui passe inaperçu.

C La lutte des classes

Enfin, on peut suggérer que la démocratie ne résout pas le problème soulevé par **Marx**, à savoir que tout État, quel qu'il soit, ne représente jamais que la **classe dominante** et ne sert que les intérêts de celle-ci. En effet, pour Marx, le pouvoir politique reste soumis aux exigences de l'**économie**. La Révolution française n'a fait que remplacer l'opposition entre seigneurs et serfs, de l'Ancien Régime, par l'opposition entre bourgeois et prolétaires. Selon Marx, c'est le système capitaliste qui est en cause dans cette lutte des classes, car il fonctionne avec une classe détentrice des moyens de production, et une classe ne disposant que de sa force de travail. Selon Marx, pour que l'État disparaisse, il faut qu'il n'y ait plus de classes sociales. Cela suppose un autre système économique, le **communisme**, dans lequel tous les biens seraient mis en commun et redistribués de manière égalitaire entre tous les membres de la société.

D La démocratie représentative et la notion de « populisme »

Enfin, les États démocratiques sont fragiles à un autre titre, en tant que **démocraties représentatives**, c'est-à-dire indirectes et non directes. Le peuple en effet n'est pas directement souverain, il n'est pas directement au pouvoir : il élit des représentants. Or il est toujours possible que ces derniers soient en décalage avec les besoins réels ou les intérêts du peuple, et que celui-ci se sente lésé, oublié. Pour autant, il est difficile d'identifier ce qui se cache derrière le mot « peuple ». La **montée des populismes**, qui s'observe récemment dans les États démocratiques, ne suggère pas forcément que le peuple soit toujours éclairé ni animé d'intentions justes, égalitaires, unitaires. Le populisme est en effet souvent associé à des **revendications sectaires, souvent nationalistes, voire racistes**.

À voir

***Le Dictateur*, film de Charlie Chaplin (1940).**
L'histoire d'un barbier juif, amené par le hasard des circonstances et parce qu'il est le sosie d'un dictateur, à lutter contre le pouvoir autoritaire et à défendre la démocratie.

L'État selon les trois perspectives

L'ÉTAT – L'existence humaine et la culture

Le lien entre la notion d'État et cette perspective peut paraître artificiel, et ce n'est pas celui le plus fréquemment mis en œuvre. Les questions que pose la notion d'État sont plus en lien avec les autres perspectives. Toutefois, on peut s'interroger sur le rapport entre État et individu, sur les effets de l'État sur la liberté individuelle **[3. B]**. Dans ce cas, la notion d'existence peut être convoquée, pour souligner à quel point la liberté est fondamentale pour un sujet humain doué de conscience, ayant à construire sa propre existence par ses propres choix. Par ailleurs, le rôle de l'éducation, et donc de la culture, semble primordial dans la formation des citoyens, pour qu'ils intègrent les règles et les lois sociales, qu'ils les comprennent et leur obéissent de façon libre et non de manière aveugle et ignorante **[2. C]**.

Exemples de questions

• ***L'État est-il l'ennemi de la liberté ?*** → On interroge la manière dont l'État semble réduire la liberté individuelle, par le biais des lois. On est obligé de s'interroger sur le bienfait de ces lois en matière de liberté : en limitant certaines actions, ne rendent-elles pas possible le respect des libertés de chacun ?

• ***Les hommes ont-ils besoin d'être gouvernés ?*** → On se demande si l'État est nécessaire pour vivre en société, si les hommes ne sont pas capables de se donner à eux-mêmes des règles, sans passer par une autorité extérieure et par des lois imposées ; on interroge ainsi des modèles politiques tels que l'anarchisme ou bien la possibilité de sociétés sans État.

L'ÉTAT – La morale et la politique

• Le lien ici entre l'État et les notions de morale et de politique est plus naturel car la réflexion sur l'État est de nature morale et politique : c'est le but même de l'État que d'instaurer la justice au sein d'une société, en permettant aux hommes de sortir de l'état de nature **[1. A]**.

• Sur le plan moral, on peut ainsi penser que les lois de l'État visent à rendre les citoyens meilleurs, justes, capables de se respecter mutuellement, mais on peut aussi estimer qu'elles ne parviennent pas à rendre les hommes bons, car elles peuvent être injustes, au service des intérêts de certains **[3. C]** ou bien même trop égalitaires et favoriser l'individualisme **[3. A et B]**.

• Sur le plan politique, on peut se demander si l'État est nécessaire pour vivre harmonieusement en société, et s'il n'est pas possible, pour les individus, de se passer d'un gouvernement, d'une autorité leur imposant d'obéir à des lois **[1. B]**. Par ailleurs, la question de savoir quel type d'État est le meilleur suppose que l'on ait en vue une réflexion sur l'action politique et sur le modèle démocratique **[1. C, 2. B et C, 3]**.

Exemples de questions

• ***Peut-on critiquer la démocratie ?*** → On se demande si la démocratie, comme modèle d'État, n'a pas également des failles qui autoriseraient une certaine forme de critique. Il ne s'agit pas tant de défendre d'autres types de gouvernements (monarchie, autocratie, despotisme) que de se montrer vigilant à l'égard de ce qui, dans la démocratie, reste problématique.

• ***Ce que la morale autorise, l'État peut-il légitimement l'interdire ?*** → La question porte ici sur le rapport entre les lois de l'État et les lois morales. Il s'agit de savoir si c'est la même justice qui inspire les lois de l'État et les lois que l'on se donne à soi-même. Ainsi certains débats de société mettent en évidence des différences entre ce qui est juste selon l'État, et ce qui est juste sur le plan individuel. On peut penser à la procréation médicale assistée, qui peut sembler juste au niveau moral, mais que certains partis politiques veulent interdire.

L'ÉTAT – La connaissance

Dans cette perspective, qui met en lien la réflexion sur l'État avec la notion de connaissance, on peut se demander notamment si l'action politique a besoin d'une certaine connaissance pour être efficace ou si elle repose sur une certaine intuition, sur la capacité à prendre des décisions au bon moment.

Exemple de question

• ***L'action politique doit-elle être guidée par l'histoire ?*** → On interroge le rôle et l'efficacité de la connaissance du passé humain pour permettre à un État de ne pas reproduire certaines erreurs du passé, et sur la manière dont la politique doit aussi tenir compte du présent pour être innovante et adaptée aux réalités.

7 L'inconscient

Voir aussi : la conscience (p. 358), la liberté (p. 384)

Le terme *inconscient* (du latin *in*, « non, contre », et *conscire*, « savoir ») désigne l'ensemble des éléments qui échappent à la conscience, tout ce que l'on ne sait pas sur soi-même. Le problème est de savoir si cette forme de méconnaissance de soi remet en question les idées de « maîtrise de soi » et de **« responsabilité »**, qui caractérisent notre dimension de **sujet**.

De l'inconscience… — **… à l'inconscient** — **Critiques de l'inconscient**

Leibniz (1646-1716)	Bergson (1859-1941)	Freud (1856-1939)	Alain (1868-1951)	Sartre (1905-1980)
Les petites perceptions	Des souvenirs inconscients	Un inconscient refoulé	Un unique sujet	La mauvaise foi

1 L'inconscience

A L'inconscience du corps

- L'inconscient serait d'abord constitué d'éléments ignorés par la conscience et relatifs au **corps** : certains phénomènes physiologiques comme la respiration et la digestion sont inconscients. Il y a également les tics et les réflexes, ainsi que les automatismes acquis par l'apprentissage et l'habitude (marcher, écrire…).
- Ici, la conscience ignore des **éléments du corps**. Le corps fonctionnerait **sans la conscience**.

B L'inconscience de l'esprit

- **Leibniz** met également en évidence ce qu'il nomme *« les petites perceptions »* et qui sont des **perceptions inconscientes**, comme le bruit d'une vague ou celui d'un moulin (nous percevons le bruit de la mer et non de chaque vague, le bruit du moulin mais sans nous en apercevoir).
- Ici, la conscience ignore des **éléments de l'esprit** : l'esprit se représente bien certaines choses, mais le sujet n'en a pas conscience. Ce sont d'ailleurs ces *« petites perceptions »* qui seraient à l'origine des décisions que nous croyons prendre de façon arbitraire, la cause en étant trop subtile.

> **Citation clé**
>
> *« C'est une grande source d'erreurs de croire qu'il n'y a aucune perception dans l'âme que celles qu'on aperçoit. »*
>
> Gottfried W. Leibniz, *Nouveaux Essais sur l'entendement humain* (II), 1703.

2 L'inconscient

A Des pensées et souvenirs écartés par la conscience

- Il est possible aussi de concevoir une autre forme d'éléments inconscients, qui ne seraient plus dus à une conscience affaiblie mais à une forme de **mise à l'écart** de la conscience.

• C'est ce que montre **Bergson**, dans *L'Énergie spirituelle*, en interrogeant le phénomène du rêve. Selon cet auteur, lorsque nous ne dormons pas, un mécanisme cérébral empêche certains souvenirs et certaines **pensées inutiles** à l'action de se manifester. Ces éléments se manifestent seulement à travers les rêves.

B Un inconscient psychique refoulé

• On peut aller plus loin et constater, avec **Freud**, que le sujet humain n'arrive pas à expliquer, par la conscience, certains phénomènes (actes, paroles, rêves…) : le **lapsus**, par exemple, montre que nous disons quelque chose que notre conscience ne voulait pas dire et qu'elle n'explique pas. De telles manifestations sont, pour Freud, la preuve qu'il existe en nous des pensées que nous refusons de connaître, que **nous refoulons**.

• Un tel inconscient montre que le sujet est **obscur à lui-même**, qu'il refuse certaines de ses pensées, certains de ses désirs. C'est en ce sens que Freud affirme que *« le Moi n'est pas maître dans sa propre maison » (Essais de psychanalyse appliquée*, 1917). Pour Freud, ce que nous refoulons s'enracine dans nos pulsions sexuelles et dans notre histoire familiale. La **censure morale** qui rejette dans l'inconscient certains désirs jugés honteux est formée par notre éducation, elle est le résultat des interdits parentaux que nous avons intériorisés.

Mots-clés

Le Moi, le Ça et le Surmoi : les trois instances psychiques, les trois composantes de notre psychisme, de notre âme. Le **Moi** est la partie la plus consciente de notre personnalité, le **Ça** est l'ensemble des éléments que nous refoulons et le **Surmoi** est la censure morale héritée de l'éducation.

C La névrose

Pour Freud, certaines maladies sont ainsi de nature psychique et s'expliquent par un refoulement trop sévère à l'égard de ces désirs ou pulsions. Les phobies, névroses obsessionnelles et hystéries témoignent ainsi selon Freud de **traumatismes** ou de **conflits infantiles** non résolus qui rendent le sujet malade tout en jouant un rôle de défense : le sujet préfère tomber malade plutôt que de se souvenir de choses douloureuses ou de s'avouer certains désirs.

À voir

***Will Hunting*, le film de Gus Van Sant (1997),** raconte la quête d'identité d'un génie des mathématiques, empêchée par le refoulement d'un douloureux passé.

3 Critiques de l'inconscient et objections

A L'inconscient ne serait pas un autre Moi

• On peut toutefois s'inquiéter d'une telle dépossession du sujet : comment être encore responsable de nous-même et de nos actes si une partie de nous agit en nous et nous fait agir sans que nous puissions la maîtriser ? Ainsi, pour **Alain**, il faut réaffirmer **l'unité du sujet** déjà posée par Descartes : *« Il n'y a point en nous de pensées sinon par l'unique sujet Je »* (*Éléments de philosophie*, 1941).

• C'est dire que le sujet reste entièrement responsable de lui-même et que l'inconscient ne doit pas **servir d'excuse** pour dire : « Je ne savais pas ce que je faisais » ou « Je n'étais plus moi-même ».

B La mauvaise foi*

Jean-Paul Sartre souligne la contradiction qu'il y a à affirmer, d'une part, le caractère inconscient de la censure morale (nous ne savons pas que nous refoulons) et, d'autre part, le tri qu'effectue la censure pour refouler certains éléments et qui suppose donc qu'elle sache ce qu'elle refoule. Pour Sartre, l'inconscient n'est qu'une manière d'**être de mauvaise foi**. C'est se mentir à soi-même, faire semblant de ne pas savoir ce qu'au fond de soi l'on sait.

C Le rôle de la psychanalyse malgré ces critiques

Malgré ces critiques, il faut reconnaître le mérite de la psychanalyse et de Freud, qui ont rendu possible **l'exploration de cette partie inconnue de nous-même**, qui se manifeste tout en se cachant et que nous ne pouvons feindre d'ignorer.

L'inconscient selon les trois perspectives

L'INCONSCIENT – L'existence humaine et la culture

• On peut questionner l'inconscient dans sa dimension **existentielle** en s'interrogeant notamment sur la capacité du sujet à se rendre **maître de lui-même**. Si en effet sa conscience lui cache certains aspects de lui-même, qui agissent en lui à son insu **[1. A et B, 2]**, alors bien évidemment on se demande si l'homme est encore **libre**. Ainsi toutes les manifestations de l'inconscient suggèrent que l'existence humaine n'est que partiellement maîtrisable **[2]**. En même temps, il convient de chercher à limiter et à relativiser cette forme de déterminisme qui peut encourager l'homme à se déresponsabiliser **[3]**.

• En ce qui concerne le lien avec la **culture**, on peut se demander en quel sens c'est **l'éducation**, avec ses règles et ses valeurs familiales, qui détermine également ce qui en nous est inconscient, refoulé **[2. B]** et qui peut nous rendre malade **[2. C]**. Là encore, la question se pose de savoir jusqu'où l'on peut échapper à ce processus **[3]**.

Exemple de question

• ***L'homme peut-il échapper à son inconscient ?*** → On questionne le degré de liberté que l'inconscient ferait perdre à l'homme, en cherchant en même temps des moyens de se rendre maître de lui. Il s'agit donc de déterminer ce qui soit nous fait subir notre inconscient (en tombant malade par exemple), soit nous permet de nous en libérer (par l'introspection* ou la psychanalyse notamment).

L'INCONSCIENT – La morale et la politique

Interroger l'inconscient d'un point de vue moral, c'est se demander si nos **valeurs morales** ne sont pas justement **inculquées** sans que l'on s'en rende compte et si elles ne sont pas relatives à notre éducation (c'est pour Freud ce dont témoigne la notion de **Surmoi**) **[2. C]**. C'est se demander aussi, dans un sens plus **juridique**, et donc plus politique, si ce qui nous fait agir inconsciemment peut nous excuser, nous **déresponsabiliser** sur le plan moral, puisque cela semble réduire notre liberté d'action et de décision. Là encore, la critique de l'inconscient pousse l'homme à être plus responsable et à ne pas se décharger avec des excuses, dans des conduites de **mauvaise foi [3]**.

Exemple de question

• ***Peut-on ne pas savoir ce que l'on fait ?*** → Cette question porte sur la possibilité et le droit d'être inconscient de nos actions. La possibilité même d'agir sans être accompagné ou guidé par la conscience paraît en effet paradoxale car nos actions semblent supposer la conscience pour être réalisées. Pour autant, certaines actions pourraient également se faire sans que l'on sache comment ni pourquoi ; il s'agit ici d'expliquer cette possibilité et de lui poser des limites morales et juridiques.

L'INCONSCIENT – La connaissance

Dans son lien avec la connaissance, la réflexion sur l'inconscient interroge notre capacité à **nous connaître** de manière parfaitement **objective**, par nous-mêmes, au moyen de notre propre conscience. Tous les phénomènes inconscients **[1, 2. A et B]** témoignent des limites de la conscience de soi, et il convient alors de chercher des solutions à ce qui nous empêche de nous connaître. La psychanalyse est en ce sens un moyen d'accéder à ce qui est le plus refoulé en nous **[3]**.

Exemple de question

• ***Peut-on se connaître ?*** → Cette question interroge notre capacité à nous connaître par notre propre conscience ainsi que ses limites ; l'inconscient fait partie de ce que nous refusons de connaître et pose donc un vrai problème : comment connaître ce que précisément nous ne voulons pas connaître ? Comment aider la conscience de soi à être plus efficace en tant que connaissance ?

8 La justice

Voir aussi : le devoir (p. 361), l'État (p. 368), la liberté (p. 384)

La **justice** (du latin *jus*, « le droit ») désigne une **valeur morale** renvoyant à la notion d'« égalité » et à l'idée de « respect des droits de chacun ». Cette valeur morale est censée provenir de nous-mêmes, de notre moralité intérieure. Mais elle est en même temps inséparable de la notion de droit (du latin *directus*, « sans courbure ») qui comprend l'**ensemble des lois** qui régissent une société. La question est donc de savoir comment rendre les hommes justes, tant par une obligation morale intérieure que par une contrainte extérieure relevant des lois, sachant que ces deux fondements peuvent s'avérer fragiles et incertains.

Droit naturel et droit positif — **La justice des lois** — **Le rôle de la morale**

Rousseau (1712-1778) : Le modèle du droit naturel

Thomas d'Aquin (1225-1274) : Les quatre fondements du droit

Hobbes (1588-1679) : Nécessité des lois

Platon (427-347 av. J.-C.) : Valeur des lois

Aristote (384-322 av. J.-C.) : Égalité et équité

Spinoza (1632-1677) : Comprendre les lois pour obéir

1 Droit naturel et droit positif

A Critique du droit positif

On peut reprocher aux lois d'être injustes, parce qu'inventées par des hommes eux-mêmes incapables de justice. Les **lois humaines** peuvent en effet paraître **arbitraires, inégalitaires.** Il faudrait alors chercher un autre fondement que le droit positif.

C'est la position incarnée par le personnage d'**Antigone de Sophocle** : face à la loi de son oncle Créon qui interdit d'offrir à son frère une sépulture (pour le punir d'avoir trahi sa cité), Antigone oppose la justice divine qui exige que tout mort soit enterré.

> **Mot-clé**
>
> **Droit positif :** ensemble des règles applicables dans un espace juridique déterminé.

B Le modèle du droit naturel

- On peut croire aussi que la **justice** peut s'établir de façon **naturelle**. Pour **Rousseau,** les hommes à l'état de nature auraient un principe inné* de justice : la **pitié**. Ce sentiment leur permettrait de se nuire le moins possible.
- De même, pour **Rousseau,** la nature fait que la propriété privée est injuste : la terre est naturellement la propriété de tous.

> **Citation clé**
>
> *« Les fruits sont à tous et la terre n'est à personne. »*
> Jean-Jacques Rousseau, *Discours sur l'origine et les fondements de l'inégalité parmi les hommes*, 1755.

C Les différents fondements du droit et de la justice

Ainsi on peut plus largement distinguer **plusieurs catégories de droits**, comme le fait **saint Thomas d'Aquin** : un droit naturel (issu de la nature), un droit positif (issu des lois humaines), un droit divin (issu de Dieu) et un droit positif révélé (issu des textes sacrés). Une telle distinction permet d'examiner une même situation de façon différente, et le vol dit « de nécessité » (voler de la nourriture pour se nourrir, par exemple) peut ainsi être accepté comme juste selon le droit naturel et le droit divin, même si, au regard du droit positif, il est injuste.

2 La justice des lois

A Critique* du droit naturel

- Pourtant, le droit naturel montre aussi certaines limites. Ainsi, il peut facilement être confondu avec le droit du plus fort, comme le suggère **Hobbes**, pour qui le droit naturel est celui qu'ont les hommes ***« sur toutes choses et même*** **[…]** ***sur le corps des autres »*** et pour qui l'homme naturel est ***« un loup pour l'homme ».***
- Ainsi, poser que les hommes seraient en eux-mêmes capables de justice (selon une moralité naturelle ou « divine »), c'est oublier que beaucoup d'hommes sont également incapables d'appliquer cette moralité. La force des désirs l'emporte souvent sur l'exigence de justice, *« nous voyons le meilleur et faisons le pire »* (Spinoza).

B La nécessité et la valeur des lois

On peut donc poser la nécessité des lois, du droit positif, pour **contraindre les hommes à être justes** et limiter leur agressivité naturelle. Pour **Platon**, le mal et l'injustice s'expliquent ainsi par l'ignorance et non pas par la volonté d'être injuste. Le rôle des hommes politiques est de faire connaître ce qu'est la justice.

> **Rappel**
>
> **La prosopopée des lois :** dans le *Criton* de Platon, discours que tiendraient les lois, personnifiées, si elles apprenaient le désir de Socrate de fuir sa cité, pour échapper à sa condamnation à mort. Socrate leur fait dire combien il leur doit d'être l'homme qu'il est : seules les lois permettent aux hommes de dominer leur nature sensible et irrationnelle.

C Égalité et équité*

Certes, les lois ont le défaut d'être **trop générales**. La notion d'« égalité », qui sert de fondement à la justice, ne peut pas toujours rendre compte de la différence des individus. C'est pourquoi, selon **Aristote**, il faut que les lois puissent être assouplies par le juge et les faire reposer sur la notion d'« équité », à savoir sur la justesse, la proportion, pour qu'elles puissent **s'adapter aux cas particuliers**.

3 Le rôle de la morale

A Limites de l'obéissance aux lois

On peut, toutefois, se demander s'il ne faut pas, pour être juste intérieurement, autre chose qu'être en conformité avec les lois. En effet, celles-ci peuvent être injustes et dans ce cas, seule la **morale de chacun** ou d'individus exceptionnels peut dénoncer l'injustice des lois et tenter de les redresser. Mais encore, il ne suffit pas d'obéir à une loi juste pour être juste. Notre justice ne serait que contrainte et artificielle.

> **À voir**
>
> ***La Haine*, film de Mathieu Kassovitz (1995)** retrace le désir de vengeance d'un jeune de la cité, Vinz, qui, suite à une bavure policière, veut tuer un policier.

B Comprendre les lois

Pour **Spinoza**, il faut savoir pourquoi on obéit à une loi. Certains n'obéissent que par crainte de la sanction. Or, pour être intérieurement juste, vertueux, il faut que l'homme obéisse aux lois ***« parce qu'il connaît la vraie raison des lois et leur nécessité »*** *(Traité théologico-politique)*. Il doit donc **obéir volontairement** à la loi. C'est suggérer qu'en plus des lois, du droit, l'homme a en lui un sens moral, capable d'orienter ses actions en vue du bien, du juste.

C Le rôle de l'éducation et la notion de « droits de l'homme »

- Si la justice passe ainsi autant par l'obéissance à des lois extérieures que par un sens intérieur de la justice, il faut peut-être également acquérir ce **sens moral** (ou bien le développer s'il est en partie inné) et tel est le rôle de l'éducation et de la culture.
- Par ailleurs, pour que chaque société (quelle que soit sa culture) puisse progresser en matière d'égalité et d'équité, peut-être faut-il alors s'entendre sur des **droits fondamentaux**, ceux de tout homme et de toute femme, en vertu de leur dignité de personne humaine. Cette entente sur des droits universels applicables dans toute société est la vocation des « droits de l'homme ».

La justice selon les trois perspectives

LA JUSTICE – L'existence humaine et la culture

La notion de justice peut être reliée à la question de savoir comment orienter son existence en tant qu'homme, notamment selon quel sens ou quelle valeur. Tel est le rôle des lois que d'empêcher la violence et l'inégalité en conciliant toutes les aspirations possibles de l'homme **[2]**. La question de la justice peut aussi prendre un sens social plus large, en interrogeant la capacité de chaque culture à atteindre cette forme de perfectionnement moral : toutes les pratiques culturelles se valent-elles sur le plan de la justice ? **[3. C]**

Exemple de question

- *Peut-on être à la fois juste et heureux ?* → La question porte sur la capacité de l'homme à concilier des exigences en apparence contradictoires, celle qui consiste à satisfaire ses désirs égoïstes et individuels, et celle visant à respecter les désirs des autres individus.

LA JUSTICE – La morale et la politique

La notion de justice convoque directement la morale et la politique. Il s'agit précisément d'une valeur morale relevant de la conscience ou de la raison de chacun **[1]** et en même temps d'une exigence politique dépendant des lois, du droit **[2]**. La question est alors de savoir comment chacun de ces deux fondements de la justice opère séparément et comment ils peuvent se compléter **[3]**.

Exemple de question

- *Suffit-il d'obéir aux lois pour être juste ?* → Cette question porte précisément sur le rôle nécessaire des lois pour établir une société juste, mais aussi sur le rôle complémentaire de la morale pour faire en sorte que l'on soit juste intérieurement par notre propre volonté, et non pas seulement de manière contrainte et superficielle en obéissant simplement aux lois.

LA JUSTICE – La connaissance

La notion de justice peut être interrogée dans son lien avec la connaissance, le savoir. On peut ainsi se demander si le sens de la justice est inné et naturel **[1]** ou bien s'il faut l'acquérir **[2]**. Dans ce sens, cela voudrait dire qu'il faudrait savoir ce qu'est être juste pour devenir juste.

Exemple de question

- *Peut-on vouloir être injuste ?* → On se demande si le fait de savoir ce qui est juste est compatible avec la volonté d'aller contre ce que l'on sait. On se demande si un homme injuste est volontairement injuste, s'il sait vraiment ce qu'il fait, ou bien s'il est injuste involontairement, par ignorance.

PHILOSOPHIE

9 Le langage

Voir aussi : l'art (p. 351), la nature (p. 388), la vérité (p. 414)

Le langage est la faculté de **pouvoir « parler »**, c'est-à-dire d'utiliser une langue afin de **communiquer**. Son usage nous est si familier qu'il nous semble banal. Or, n'y a-t-il pas lieu de s'en émerveiller, en soulignant son caractère proprement humain ? Ou bien ne faudrait-il pas s'en méfier, comme d'un outil imparfait ?

Spécificité du langage humain — **Critiques du langage** — **Réhabilitation du langage**

Descartes (1596-1650) La *« parole »*

Bergson (1859-1941) Des *« signes intelligents »*

Bergson (1859-1941) Des *« étiquettes »* qui nous masquent la réalité

Hobbes (1588-1679) Une équivocité trompeuse

Hegel (1770-1831) L'élément indispensable de la pensée

1 Spécificité du langage humain

A Spécificité de la parole

Tous les êtres vivants communiquent par des moyens divers (chants, cris, parades…). Il y a pourtant une **différence de nature** entre cette communication et celle dont l'homme est capable. Descartes montre que *« la parole »* est la manifestation d'une **véritable pensée**, alors que l'animal n'extériorise que des **« passions »** (besoins, sensations…).

B Langues humaines et « langages » animaux

- Bergson montre que, dans un « langage animal », les signes sont fixes et désignent toujours la même chose. Au contraire, **les mots** sont des **« signes mobiles »** : leur signification peut s'enrichir à mesure que l'homme accroît ses connaissances et ses activités. Ce sont des **« signes intelligents »** et non *« instinctifs »*.
- Le linguiste André Martinet souligne la grande efficacité du système de **« double articulation »** propre aux langues humaines. À partir d'un certain nombre de **« phonèmes »** (unités sonores élémentaires), elles peuvent créer, par combinaison, une grande variété de **« morphèmes »** (unités de sens élémentaires). Ces morphèmes peuvent eux-mêmes faire l'objet d'un nombre infini de combinaisons. Le langage permet ainsi **une infinité de discours**.

> **Rappel**
> Ce qui définit **la parole**, c'est bien moins l'organe par lequel elle passe, que la pensée qui la constitue. Les sourds-muets sont eux-mêmes doués de « parole », puisque les signes qu'ils emploient sont bien la manifestation d'une réflexion.

2 Critiques du langage

A Un facteur d'appauvrissement

Nous faisons parfois l'expérience de **« l'ineffable »** : les mots semblent incapables de traduire nos sentiments. **Bergson** montre que cela tient à la nature des mots, car ils désignent quelque chose de **général**. Notre désir d'« expression », comme souci de dire quelque chose de singulier, ne peut être que déçu. Le langage ne paraît propre qu'à la **« communication »**, la transmission d'idées *communes*. Il faudrait établir un rapport plus immédiat à la réalité, en échappant au langage, sous la forme de l'**intuition***.

B Un facteur d'incompréhension

- Même du point de vue de la communication, le langage est **un outil bien imparfait, voire trompeur**. Il est marqué par l'**équivocité**. **Hobbes** montre que, sous un même mot, nous glissons des **significations différentes**, en raison de nos sensibilités différentes. Cela fausse la base même des dialogues.
- La **diversité des langues** est aussi un obstacle à l'entente entre les hommes. La linguistique montre que chaque langue a des particularités empêchant de la traduire exactement dans une autre. On peut constater aussi que certaines langues possèdent plus de mots pour désigner telle ou telle chose. Le psychologue **Klineberg** indique par exemple que la langue arabe contient plusieurs milliers de mots relatifs à la vie des chameaux. Cette richesse de vocabulaire s'explique par la place du chameau dans la culture arabe. Pour lui, cela signifie que selon que nous parlons telle ou telle langue, notre perception des choses sera plus ou moins facilitée par les mots dont nous disposons.

PHILOSOPHIE

3 Réhabilitation du langage

A Fécondité du langage

- Pour **Hegel**, la richesse de **« l'ineffable »** n'est qu'**une illusion** : celle d'une pensée qui précéderait le langage. En dehors des mots, il n'y a qu'**une pensée « en fermentation »**. Le langage est donc non seulement indispensable à l'expression de la pensée, mais même à **sa constitution**. Cela signifie que si l'on n'arrive pas à exprimer une pensée, ce n'est pas parce que les mots sont imparfaits, c'est parce que notre pensée est imparfaite.

> **Citation clé**
>
> *« Le mot donne à la pensée son existence la plus haute et la plus vraie. »*
>
> Georg W. F. Hegel, *Encyclopédie des Sciences philosophiques*, 1817.

- Les poètes et les écrivains montrent que les mots peuvent dire mieux que des banalités qui trahissent notre singularité. Il faut, pour cela, faire du langage un **usage créatif et original**.

B Enjeux du dialogue et de la diversité des langues

- La philosophie permet de remédier à l'équivocité du langage, par l'**effort de distinction et de définition** dont les **dialogues socratiques** nous donnent le modèle.
- Enfin, il convient de voir la **singularité des langues** moins comme un défaut que comme une chance. Elles représentent **d'autres regards sur la réalité**, qui peuvent nous enrichir.

C Des limites à donner au langage ?

Malgré tout, sur le **plan moral et politique**, il convient de donner aux mots des limites pour empêcher et interdire des propos portant atteinte au respect d'autrui. S'il est possible de tout dire en faisant un bon usage des mots, il reste que l'**on n'a pas le droit de tout dire** et que certaines paroles sont condamnables. La conscience morale de chacun ainsi que les lois doivent veiller à maintenir de telles limites. L'apprentissage de la langue et d'un certain niveau de langage permet également de bien s'exprimer, tant au niveau formel que dans un sens moral.

À voir

L'Esquive, un film d'Abdellatif Kechiche (2004), décrit les limites du langage « de la cité » et l'effort fait par quelques jeunes pour accéder au discours soutenu en jouant une pièce de Marivaux, symbole d'émancipation sociale.

Le langage selon les trois perspectives

LE LANGAGE – L'existence humaine et la culture

• En reliant le langage à l'**existence humaine**, on comprend qu'il est une expression de la **dimension consciente** de l'homme, lui permettant d'accéder au rang de sujet. L'homme « se pense » et le langage exprime cette pensée d'abord relative à soi, qu'il peut élargir à tout ce qu'il pense de lui-même et qui le distingue des animaux **[1. A et B]**. À ce titre, le langage humain peut exprimer également des pensées inconscientes **[Fiche 7, L'inconscient]**.

• Les différentes **cultures** sont des variations de cette capacité de l'homme à penser son existence. Les différences de langues témoignent simplement de la **dimension sociale** que prend l'existence humaine et des diverses manières de vivre **[2. B, 3. B]**.

Exemples de questions

• ***Peut-on dire que nos paroles nous trahissent ?*** → La question porte sur le décalage possible entre ce que l'on veut dire et ce que l'on dit, sur la manière dont les mots peuvent échapper à notre maîtrise, soit en étant incapables de rendre compte de nos pensées, soit au contraire en les révélant involontairement et en dévoilant plus largement qui nous sommes, comme c'est le cas avec les langues étrangères, les accents, le langage familier ou populaire.

• ***Le langage ne sert-il qu'à communiquer ?*** → On se demande si le langage ne doit pas et ne peut pas aussi se mettre au service de l'expression ; s'il ne vise que la mise en commun – des pensées, sentiment, besoins –, le langage a tendance à rester général et banal, il faut lui donner la possibilité de traduire ce que chacun ressent intérieurement de manière unique, singulière, originale.

LE LANGAGE – La morale et la politique

Le langage peut être vu sous un angle **moral et politique** lorsqu'on interroge les **limites** qu'il convient de donner à la parole humaine. Sur le plan **moral**, certaines paroles peuvent sembler condamnables, lorsqu'elles portent atteinte à autrui, ou qu'elles dégradent celui qui parle, et les lois juridiques mises en place par l'État sont en ce sens des manières d'interdire certains discours **[3. C]**.

Exemple de question

• ***Peut-on tout dire ?*** → On interroge les limites matérielles du langage, l'imperfection des mots d'une part, mais aussi ses limites morales ; on se demande si l'on a le droit de tout dire (mentir, insulter, dire n'importe quoi n'importe comment, etc.).

LE LANGAGE – La connaissance

Dans son lien avec la **connaissance**, le langage interroge la capacité des mots à nous faire connaître le réel de manière vraie et **objective**. Ici, les mots peuvent sembler limités **[2. A et B]** et en même temps indispensables **[3]**.

Exemple de question

• ***Les mots nous éloignent-ils des choses ?*** → On se demande si les mots ne sont pas incapables de nous faire connaître la réalité en elle-même, s'ils ne nous font pas au contraire percevoir une autre réalité (en étant trop généraux et au service de l'action). Mais, on doit se demander si cette incapacité vient des mots eux-mêmes ou de l'usage que nous en faisons. Il faut alors chercher des usages plus originaux du langage.

Explication de texte

SUJET Explication de texte

Corrigé p. 382

Expliquez le texte suivant :

« La fin de l'État n'est pas de faire passer les hommes de la condition d'êtres raisonnables à celle de bêtes brutes ou d'automates, mais au contraire il est institué pour que leur âme et leur corps s'acquittent en sûreté de toutes leurs fonctions, pour qu'eux-mêmes usent d'une raison libre, pour qu'ils ne luttent point de haine, de colère ou de ruse, pour qu'ils se supportent sans malveillance les uns les autres. La fin de l'État est donc en réalité la liberté. [Et], pour former l'État, une seule chose est nécessaire : que tout le pouvoir de décréter appartienne soit à tous collectivement, soit à quelques-uns, soit à un seul. Puisque, en effet, le libre jugement des hommes est extrêmement divers, que chacun pense être seul à tout savoir et qu'il est impossible que tous opinent pareillement et parlent d'une seule bouche, ils ne pourraient vivre en paix si l'individu n'avait renoncé à son droit d'agir suivant le seul décret de sa pensée. C'est donc seulement au droit d'agir par son propre décret qu'il a renoncé, non au droit de raisonner et de juger ; par suite nul à la vérité ne peut, sans danger pour le droit du souverain, agir contre son décret, mais il peut avec une entière liberté opiner* et juger et en conséquence aussi parler, pourvu qu'il n'aille pas au-delà de la simple parole ou de l'enseignement, et qu'il défende son opinion par la raison seule, non par la ruse, la colère ou la haine. »

Spinoza, *Traité théologico-politique.*

* opiner : formuler une opinion.

Comment traiter le sujet

Notions

L'État, la justice, la liberté, la raison.

Remarques générales

Il s'agit d'un texte classique de philosophie politique, mais qui exige que l'on réfléchisse sur le couple de notions « État/liberté » (notions que le professeur a pu peut-être séparer). Le texte suppose aussi que l'on distingue la liberté d'action et la liberté d'expression (ou d'opinion).

Thème, thèse et problème du texte

Le problème posé ici est celui de la finalité de l'État et des moyens mis en œuvre pour réaliser celle-ci : l'État ne prive-t-il pas l'individu de sa liberté en remettant celle-ci entre les mains d'un pouvoir ? À cette question, Spinoza répond que, si l'État exige de l'individu qu'il renonce à son pouvoir d'agir par lui-même, il n'exige pas pour autant que ce dernier renonce à sa liberté d'opinion et d'expression, lesquelles peuvent même être exercées pour critiquer l'État. L'enjeu du texte est de nous faire réfléchir sur les différents sens et usages possibles de la liberté et sur la manière dont l'État nous fait renoncer à un usage de la liberté apparemment fondamental (liberté d'action), pour en permettre et en maintenir un autre, plus essentiel (liberté de pensée et de parole).

Corrigé : plan détaillé

Les titres en couleur apparaissant dans ce corrigé ne doivent pas figurer dans votre devoir. Nous les avons insérés pour vous guider et vous aider à repérer la progression de l'explication de texte.

Introduction

On associe souvent la notion d'État à l'idée de contrainte, parce que l'État gouverne au moyen de lois qui semblent priver l'homme de sa liberté. Pour autant, on est d'accord pour admettre que sans État, les hommes n'arriveraient pas à s'entendre et ne seraient pas libres non plus, tant ils se nuiraient les uns les autres. Comment alors comprendre la finalité de l'État dans son rapport avec la liberté ? Ici Spinoza montre en ce sens que le but de l'État est précisément d'empêcher une liberté déraisonnable pour permettre une liberté raisonnable, et que cela passe par une distinction entre différentes formes de liberté. Spinoza commence par exposer le but de l'État (ligne 1 à 6), puis il analyse la condition qui rend possible cette finalité (ligne 6 à 12). Enfin, Spinoza explique en quoi consiste la liberté obtenue (ligne 12 à 18).

I La liberté raisonnable comme finalité de l'État (l. 1 à 6)

Spinoza explique en quoi consiste le but de l'État en insistant sur sa dimension morale et positive – ce qui, du même coup, permet d'en saisir l'exigence. Le but de l'État est, en effet, de rendre les hommes meilleurs et non pires, afin qu'ils puissent s'entendre et vivre harmonieusement ensemble. Concevoir un État qui rabaisserait les hommes serait absurde : ainsi, il ne s'agit pas pour l'État d'amener les hommes à une « *condition* » (un type d'existence) dans laquelle ils ne penseraient qu'à eux-mêmes (comme des êtres « *brutes* ») ou n'agiraient qu'instinctivement (comme des « *automates* »). L'État vise, au contraire, à soustraire les hommes à cette condition quasi animale.

Il a ainsi plusieurs buts (« *pour... pour... pour... pour...* »). Il doit d'abord assurer la sécurité (« *sûreté* ») des personnes en permettant aux individus de développer toutes les qualités de « leur âme » et de « leur corps » : protéger les âmes et les corps, c'est permettre à l'âme de devenir raisonnable et bonne et au corps d'être maintenu en vie et en bonne santé, par exemple. Par ailleurs, l'État doit permettre aux individus de la société d'user « *eux-mêmes d'une raison libre* », c'est-à-dire de savoir utiliser leur faculté de réflexion et d'action de façon autonome et volontaire. Autre but : éviter que les individus « *ne luttent* » les uns contre les autres de façon égoïste et passionnelle. Enfin, l'État doit permettre le respect de chacun (permettre aux hommes de « *se supporte*[r] »). Spinoza résume (« *donc en réalité* ») ces différentes fins par le terme de « *liberté* ». En effet, faire que les hommes soient raisonnables, c'est leur permettre de ne plus être esclaves de leurs désirs (haine, colère, ruse), lesquels les rendent non seulement nuisibles aux autres, mais aussi à eux-mêmes, en les maintenant au stade du « déterminisme » (animal ou mécanique). Seule la raison permet, selon Spinoza, d'atteindre une vraie liberté, à comprendre non pas au sens de « libre arbitre » (comme chez Descartes), mais comme « *le fait d'obéir à la nécessité de sa nature* ». L'homme étant par nature raisonnable, c'est en obéissant à la nécessité de cette nature raisonnable et en comprenant cette nécessité qu'il est libre.

II Explication de la condition à réaliser pour former l'État (l. 6 à 12)

Spinoza interroge ensuite la condition nécessaire à la formation de l'État (« *pour former l'État, une seule chose est nécessaire* »). Il s'agit de remettre le pouvoir de décision et d'action (« *pou-*

voir de décréter ») dans d'autres mains que celles de l'individu. Spinoza évoque pour cela différents types de régimes politiques. En effet, il est possible de confier l'autorité au peuple lui-même dans son ensemble (dans ce cas, le peuple est dit « souverain » et il s'agit d'un État démocratique), ou bien à quelques individus (régime aristocratique ou « oligarchique »), ou encore à un seul individu (régime monarchique, qui n'est pas nécessairement « tyrannique »).
Pour justifier cette condition, Spinoza explique que, sans cela, les individus risquent de ne pas pouvoir se mettre d'accord : si, en effet, chacun conserve son pouvoir de décision, chacun risque de vouloir être le seul à décider, en croyant « *être seul à tout savoir* », c'est-à-dire en pensant avoir le meilleur jugement sur toutes les questions. Spinoza avance l'argument selon lequel les individus ont des jugements divers et ne sauraient être unanimes. D'où une « *paix* » impossible et la nécessité de priver l'individu de son « *droit d'agir suivant le seul décret de sa pensée* ». Il faut comprendre par là que l'État ne peut assurer la liberté raisonnable des individus que si chacun renonce à faire ce qu'il lui plaît, car, en faisant ce qu'il lui plaît, l'individu ne pourrait qu'entraver la liberté des autres ainsi que la sienne (il serait esclave de ses passions). L'expression « *le seul décret de sa pensée* » suggère que ce qui rend l'État possible, ce n'est pas le fait de priver l'homme de toute liberté d'action, mais celui de le priver de ce qui serait une action *égoïste*, issue de sa « seule » pensée. Il faut donc confier le pouvoir de décision et d'action à une autorité distincte des individus, pour que les décisions ne soient pas prises égoïstement mais en vue du bien commun (décisions à prendre donc par la collectivité souveraine ou par un ou plusieurs individus ayant en vue le bien commun).

III Mise en évidence de la liberté rendue possible par l'État (l. 12 à 18)

Spinoza relativise enfin ce renoncement nécessaire à la formation de l'État, en précisant qu'il ne porte que sur la liberté d'action : chacun doit renoncer au pouvoir d'agir uniquement par lui-même (et pour lui-même). Mais il ne s'agit pas de renoncer à la liberté d'opinion et d'expression, laquelle reste intacte. En effet, l'action seule est nuisible et doit donc être entravée lorsqu'elle menace le bien commun et la liberté des autres. La pensée et la parole n'ont pas le même effet sur la collectivité et n'ont pas besoin d'être limitées. D'où une conséquence (« *par suite… et en conséquence aussi* ») sur le droit qu'auraient les individus de contester le pouvoir : ils ne peuvent pas le contester par leurs actions « *mais il peut avec une entière liberté opiner et juger et en conséquence aussi parler* [contre son décret] ». C'est dire que l'individu ne peut agir contre l'État mais qu'il peut penser et parler contre lui, en le critiquant notamment.
Seule restriction exposée par Spinoza à la fin du texte : il faut que cette contestation « *n'aille pas au-delà de la simple parole ou de l'enseignement* », c'est-à-dire qu'elle ne dépasse pas le stade de la contestation légitime (parler pour en tirer des enseignements, des leçons). Spinoza précise l'autre condition, mais qui est la même : défendre « *son opinion par la raison seule* ». On a ainsi le droit de critiquer l'État lorsque celui-ci ne remplit pas sa finalité, lorsque, par exemple, il est injuste ou inégalitaire au regard de la communauté ; mais il ne s'agit pas de critiquer l'État lorsque celui-ci nous empêche de satisfaire nos désirs égoïstes.

Conclusion

Nous comprenons ainsi avec Spinoza en quoi consiste ce que l'on nomme la liberté politique, laquelle est rendue possible par l'État lui-même, en renonçant à ce que l'on entend ordinairement par liberté. L'État est en effet ce qui impose aux individus de renoncer à une certaine liberté d'action déraisonnable et égoïste, pour gagner une liberté fondée sur la raison et permettant la vie en commun. Cela n'enlève pas la possibilité pour les individus de critiquer le pouvoir, s'ils le font également de manière raisonnable.

10 La liberté

Voir aussi : le bonheur (p. 354), l'État (p. 368), la raison (p. 392)

La liberté (du latin *liber*, « qui n'est pas esclave », par opposition à *servus*) semble désigner le fait de n'être soumis à **aucune contrainte** qui viendrait **entraver nos désirs**. Être libre, ce serait pouvoir faire tout ce que l'on souhaite. Pour autant, cette conception n'est-elle pas **illusoire** ? N'est-ce pas être esclave de ses désirs ? La *liberté* n'est-elle pas alors synonyme de **volonté**, de *choix* ?

Liberté et désir — **Liberté et libre arbitre** — **Liberté et morale**

Platon (427-347 av. J.-C.) Socrate contre Calliclès

Descartes (1596-1650) La volonté éclairée par la connaissance

Spinoza (1632-1677) La *« nécessité comprise »*

Kant (1724-1804) La liberté comme postulat

Sartre (1905-1980) Le fardeau de la liberté

1 Liberté et désir

A La liberté comme licence

- Une première conception de la liberté consiste à la faire reposer sur la capacité à satisfaire ses désirs sans entrave. Telle est la conception du personnage de **Platon**, Calliclès, pour qui l'**homme libre** est celui qui, comme le **tyran**, a tout pouvoir sur les autres hommes et obtient d'eux tout ce qu'il désire sans obstacle.
- Cette liberté s'obtient par le laisser-aller des désirs et **repose sur la force**. En ce sens, toute contrainte est comprise comme un obstacle à sa réalisation. Ces contraintes, sous forme de règles, seraient inventées par des hommes faibles, eux-mêmes incapables de satisfaire leurs désirs. Selon Calliclès, il serait **contraire à la nature** que les tyrans et les fils de rois se soumettent à ces règles, eux qui ont eu la chance de naître forts et libres.

B Liberté et mesure

Toutefois, comme le montre **Socrate** critiquant Calliclès, le désir ainsi abandonné à la démesure rend l'homme **esclave** au lieu de le rendre libre. Le tyran est dépendant de son désir de pouvoir, et sa liberté est menacée sans cesse par plus fort que lui. Pour Socrate, seul l'homme **tempérant**, aux désirs modérés, maîtrise ses désirs au point de ne pas en être esclave.

Mot-clé

Licence (du latin *licet*, « il est permis ») : la liberté conçue comme capacité, pouvoir de satisfaire tous ses désirs sans aucune limite.

2 Liberté et libre arbitre

A Le modèle du libre arbitre

• On peut, toutefois, suggérer avec **Descartes** que la liberté se mesure surtout à l'exercice de la **volonté**, dans sa capacité à **choisir** entre deux choses indépendamment de toute contrainte extérieure, à *« pouvoir faire une chose ou ne la faire pas » (Méditations métaphysiques)*. On appelle **« libre arbitre »** un tel pouvoir de se décider par sa seule volonté, sans être influencé par autrui ou par ses désirs.

• Cette liberté aurait différents degrés. Pour Descartes, le plus bas degré serait la **liberté d'indifférence** (choisir au hasard) et le plus haut degré serait la **volonté éclairée** par la connaissance (choisir en sachant pourquoi).

B Critique* du libre arbitre

Pour autant, selon **Spinoza**, le libre arbitre est une **illusion** ; une telle volonté n'existe pas. L'homme se croit libre de décider par lui-même quelque chose, alors qu'**il obéit toujours, en réalité, à un désir** ou à un état de son corps qui le pousse à faire telle ou telle chose. L'homme ivre, par exemple, croit parler parce qu'il l'a choisi, alors que c'est son corps ivre qui le pousse à parler. Il n'est donc pas libre de parler. La seule liberté possible, pour Spinoza, consiste alors à comprendre ce à quoi nous obéissons, ce qui nous détermine, pour ainsi être en accord avec notre nature : c'est l'idée de ***« nécessité comprise »***.

Citation clé

« Les hommes se croient libres parce qu'ils sont conscients de leurs actions mais ignorants des causes par lesquelles ils sont déterminés. »

Baruch de Spinoza, *Éthique*, 1677 (posthume).

3 Liberté et morale

A La liberté comme postulat

Sur le plan moral, on est obligé de poser que la liberté existe. Sinon, on ne peut plus exiger de l'homme qu'il agisse bien, qu'il soit capable de **choisir entre le bien et le mal. Kant** fait ainsi de la liberté un postulat, c'est-à-dire un objet de croyance. L'homme doit être supposé libre pour que l'action morale, à savoir le choix du bien, ait un sens. Pour Kant, l'homme **fait l'expérience de cette liberté dans le remords** : celui qui a mal agi a le sentiment qu'il pouvait bien agir ; il n'arrive pas à excuser sa faute parce qu'il sent qu'il était libre de choisir le bien au lieu du mal.

À voir

***Orange mécanique*, film de Stanley Kubrick (1971).** Alex, passionné par Beethoven et en même temps par l'ultra-violence qu'il associe à un idéal de liberté, est arrêté et mis en prison. Alex est contraint de suivre un programme mis au point par des médecins pour guérir de son mal et devenir « bon ». Mais la question se pose de savoir ce que vaut cette morale imposée par un « traitement », ne provenant pas de la volonté du sujet.

B La liberté comme fardeau

La liberté serait à ce point réelle que **Sartre** en fait un poids pour l'homme, lequel se trouve toujours confronté à faire des choix qui ne reposent que sur sa liberté et qui le rendent donc **responsable de tout et de tous**. Refuser cette liberté, c'est être de **mauvaise foi***, c'est chercher des excuses à ses actes pour ne pas s'en sentir responsable. C'est dire par exemple « ce n'est pas de ma faute », « je n'ai pas voulu cela », « je suis comme ça », pour attribuer ses actions à autre chose qu'à sa propre volonté. Pour Sartre, même si l'on subit certaines situations que l'on n'a pas choisies (par exemple tomber malade), à l'intérieur de ces situations, notre liberté reste entière car nous pouvons choisir notre « manière d'être » (manière d'être malade par exemple).

4 Liberté et politique

A Les lois comme contraintes à la liberté

Sur le plan politique, les **lois**, en limitant nos désirs, peuvent sembler **contraires à l'exercice de la liberté individuelle.** Elles nous empêchent de faire ce que bon nous semble. Pour le sophiste **Calliclès**, les lois qui visent à limiter les désirs pour permettre une vie juste, pour empêcher que certains aient plus que d'autres, sont un **obstacle à la liberté**. Seul le tyran dans ce cas est libre car il peut imposer ses désirs à tous et soumettre tout le monde à ses désirs.

B Les lois comme conditions de liberté

Mais l'on peut poser à l'inverse que, **sans lois**, **la liberté devient impossible**, chaque liberté s'exerçant contre une autre liberté. Pour **Hobbes**, dans Le *Léviathan*, la **liberté naturelle** que chacun peut avoir dans un état de nature sans lois est **infinie mais incertaine**, sans cesse menacée par les autres. Au contraire, dans un État où existent des lois, la liberté devient certes réduite mais elle est garantie par le fait que personne n'a le droit d'en user contre autrui.

C La volonté générale

Plus encore, on peut supposer que dans un État où le peuple est lui-même l'auteur des lois auxquelles il obéit, alors la liberté reste entière, chacun voulant la même chose, à savoir le **bien commun**. Dans ce cas, la liberté n'est plus le fait de laisser aller ses désirs sans nuire à autrui, elle devient l'expression de ce que **Rousseau** nomme la *« volonté générale »*, où il s'agit de viser non plus son intérêt personnel, mais ce que l'ensemble des citoyens peut vouloir de mieux pour la vie en commun. Ce type d'État où *« chacun, s'unissant à tous, n'obéisse pourtant qu'à lui-même et reste aussi libre qu'auparavant »* (Rousseau, *Du contrat social*) est incarné par la **démocratie**.

La liberté selon les trois perspectives

LA LIBERTÉ – L'existence humaine et la culture

La liberté peut être considérée comme propre à l'homme et comme expression de sa dimension consciente : parce qu'il a conscience de lui-même, l'être humain est capable de faire des **choix**, d'orienter son existence selon ses **désirs**. En même temps, il apparaît que ses choix sont limités voire empêchés par toutes sortes de contraintes et de règles (sociales, culturelles, morales) auxquelles il doit obéir **[1. A, 3. A]**. Par ailleurs, les désirs peuvent apparaître comme une source de dépendance **[1. B, 3. B]**. On se demande alors quel rôle jouent ces contraintes et si elles ne peuvent pas aussi aider l'homme à maîtriser ses désirs, à faire de meilleurs choix, plus fondés sur la raison et sur la volonté **[2. A, 3. B et 4. C]**. On se demande aussi si l'homme ne reste pas libre au sein même de ces contraintes **[2. B]**.

Exemples de questions

- ***Suis-je plus ou moins libre ?*** → On se demande si la liberté, censée être absolue, n'est pas plutôt relative, s'il n'y a pas à distinguer des degrés ou niveaux et ce qui pourrait les conditionner.
- ***Peut-on se libérer de sa culture ?*** → La question interroge le rôle des règles imposées par la culture : sont-elles des obstacles que l'on pourrait dépasser ou bien sont-elles insurmontables, ancrées en nous ? Est-ce légitime de vouloir s'en affranchir ou au contraire contribuent-elles à nous rendre plus aptes à nous servir de notre volonté et à faire de vrais choix en nous rendant plus civilisés, moins soumis à nos instincts ?

LA LIBERTÉ – La morale et la politique

Sur le plan moral, on peut penser également, dans un premier temps, que les règles morales sont des obstacles à la liberté, car elles contrarient les désirs en imposant des valeurs, des devoirs **[1. A]**. Pour autant, en se montrant capable de ne pas céder à ses désirs pour vouloir agir moralement, l'homme gagne peut-être une forme plus élevée de liberté, qui le rend **responsable** et méritant **[3. A]**, même si cette responsabilité peut lui peser **[2. B]**. Sur le plan **politique**, la liberté ne désigne pas tant le pouvoir de faire ce que bon nous semble que le **droit** de faire tout ce qui ne nuit pas à autrui **[4]**.

Exemples de questions

- ***L'obligation morale est-elle un obstacle à la liberté ?*** → On interroge le rôle à la fois limitatif et porteur des valeurs morales qui, tout en limitant nos désirs, nous permettent de nous en libérer pour agir selon notre volonté, dans l'effort d'accomplir de bonnes actions.
- ***L'État est-il l'ennemi de la liberté ?*** → On doit ici se demander si l'État nous empêche d'être libres, en nous imposant des lois, ou bien si, au contraire, il ne nous permet pas d'harmoniser nos libertés et de nous affranchir de nos désirs égoïstes. Mais à quelles conditions, dans quel type d'État ?

LA LIBERTÉ – La connaissance

Sur le plan de la connaissance, on se demande si celle-ci entrave ou, au contraire, conditionne la liberté **[2. A]**.

Exemple de question

- ***Suis-je d'autant plus libre que je suis plus conscient ?*** → La liberté est interrogée dans son rapport avec la connaissance de soi et du monde extérieur. On se demande si le fait de savoir nous limite dans nos choix ou au contraire nous en rend plus maîtres.

PHILOSOPHIE

11 La nature

Voir aussi : la liberté (p. 384), la technique (p. 405)

La « nature » (du latin *natus* signifiant « né ») désigne à la fois le **monde physique** (du grec *phusein* : pousser, croître) et **biologique** (vivant), mais aussi ce qui est **originel**, non modifié, non artificiel, et enfin ce qui est **propre à quelque chose** (son essence). En quoi le monde physique se distingue-t-il du monde « humain » (monde de la culture, monde artificiel, fabriqué par l'homme) et quelle place donner à la nature dans notre monde « humain » ? Quel rôle joue la nature chez l'homme si l'homme a véritablement une nature, s'il est un être « naturel » ?

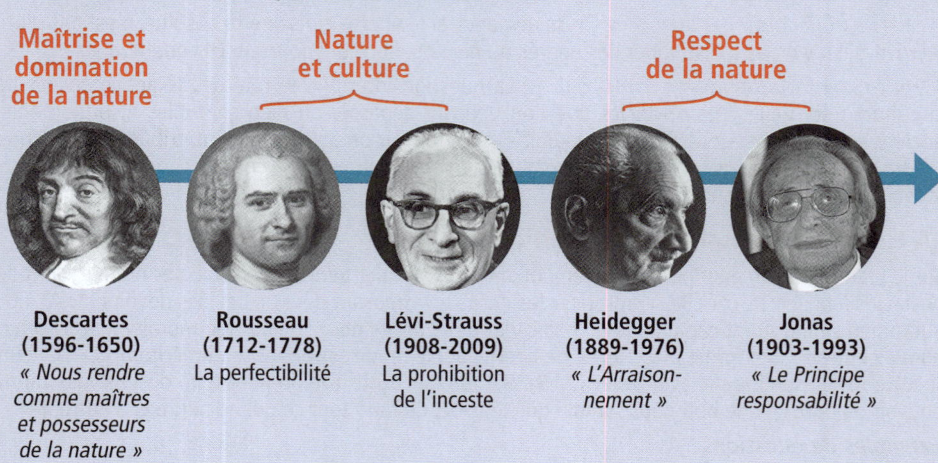

1 Nature et culture

A L'homme et l'animal

- L'homme est souvent comparé à l'animal pour suggérer qu'il est un animal différent des autres. Cela souligne à la fois son **appartenance à la nature** (au fait d'obéir à des lois physiques et biologiques déterminées) et sa **spécificité** (sa différence par rapport à la nature). En disant que l'homme est un *« animal politique »* ou un *« animal raisonnable »* (Aristote) ou encore un *« animal qui a besoin d'un maître »* (Kant), on suggère que l'homme a des points communs avec l'animal et des différences. Il appartient donc à la nature tout en occupant une place à part.

- L'être qui apparaît alors, d'après l'analyse de Rousseau dans le *Second Discours*, est un animal comparable aux autres, qui se distingue pourtant d'eux par deux facultés spécifiques : le **« libre arbitre* »** et la **« perfectibilité »**. En effet, l'homme ne semble pas défini par des instincts fixes, comme l'animal : *« un animal est, au bout de quelques mois, ce qu'il sera toute sa vie, et son espèce, au bout de mille ans, ce qu'elle était la première année de ces mille ans »*. L'homme au contraire est un être qui peut échapper aux contraintes naturelles fixes et déterminées imposées par les lois physiques.

> **Mot-clé**
> **Perfectibilité :** ce terme signifie que l'homme n'est pas un être « achevé » (*perfectus*, en latin) mais, au contraire, un être capable de changer. Cette faculté est équivoque, selon Rousseau, car, en s'écartant de la nature, l'homme prend le risque de « se pervertir ».

B L'idée de « nature humaine »

Pourtant, ces différences entre l'homme et la nature ne permettent pas d'affirmer que l'homme « a » une nature, puisque précisément ce qui le caractérise, c'est sa capacité à se libérer des contraintes fixes imposées aux autres êtres naturels. Par ailleurs, ces caractéristiques ne sont pas « innées » mais « acquises ». Les cas d'« enfants sauvages » montrent que l'homme ne développe ses facultés les plus caractéristiques (bipédie, langage, conscience de soi, raison…) que sous la condition de rencontrer un environnement culturel et humain. Seul, isolé très tôt dans la nature, l'homme ne s'humanise pas, il reste un *« moindre animal »* (L. Malson, *Les Enfants sauvages*). Dans cette mesure, l'idée de **« nature humaine »**, entendue comme ensemble de qualités présentes naturellement en l'homme, se trouve remise en cause. La **culture** apparaît donc comme l'**élément indispensable** de l'acquisition de ce qui fait notre humanité et comme expression de notre différence par rapport à la nature.

> **À voir**
>
> ***L'Enfant sauvage*, film de François Truffaut (1970).** L'histoire d'un enfant abandonné très tôt dans la nature, qui a grandi sans contact humain, qu'un médecin recueille et tente d'éduquer.

C Critique de la culture et des cultures

- Toutefois, cette prédominance de la culture signifie que l'homme est un être qui cherche à se modifier et à modifier la nature. Cette transformation prend des formes variées selon les différentes cultures, et certaines règles ou pratiques peuvent sembler condamnables : on peut les trouver **inhumaines**, « barbares », soit parce qu'elles semblent laisser l'homme à un état sauvage, soit parce qu'elles le transforment trop et mal (exemples de l'anthropophagie, de l'excision…).
- Pourtant, pour l'ethnologue **Claude Lévi-Strauss**, toute culture fait apparaître la même règle, à savoir la *« prohibition de l'inceste »*. Cette règle à la fois universelle (présente dans chaque culture) et particulière (variant en fonction des différentes cultures) montre la manière dont l'homme intervient sur la nature (alliance sexuelle) pour la modifier et créer un **état social**. Pour **Lévi-Strauss**, l'existence de cette règle dans toutes les cultures sans exception, montre que toute culture est autant culture qu'une autre. Le constat de l'existence de pratiques « inhumaines » relève selon lui de ***« l'ethnocentrisme »***, du fait de juger et condamner une autre culture en se prenant comme modèle. Pour lui, il faut faire preuve de ***« relativisme culturel »*** en acceptant que toutes les pratiques se valent et que toute culture est imparfaite.

> **Citation clé**
>
> *« Le barbare, c'est d'abord l'homme qui croit à la barbarie. »*
>
> Claude Lévi-Strauss, *Race et Histoire*, 1952.

2 La nature et la technique

A La maîtrise de la nature

- Les modifications que l'homme fait subir aux lois naturelles peuvent s'appliquer au monde extérieur (monde physique) et à lui-même, en vue de réaliser un certain **progrès**. Il peut vouloir **améliorer la nature** en y introduisant des règles et des changements afin de la parfaire ou de s'en protéger. La **technique** (outils et machines) vise un tel perfectionnement.
- Pour **Descartes**, c'est la science qui doit permettre ainsi de rendre les hommes *« comme maîtres et possesseurs de la nature »*, en lui faisant connaître ses lois. On doit en effet à la connaissance et à la technique les nombreux progrès réalisés par l'homme pour lutter contre les maladies, les catastrophes naturelles, le vieillissement, etc.

- Rousseau reconnaît aussi que l'homme a inventé l'outil afin de **s'adapter à une nature changeante et hostile** : « *la différence de terrains, de climats, de saisons* [...] *put les [les hommes] forcer à en mettre dans leurs manières de vivre* [...] *Ils s'inventèrent la ligne et l'hameçon* ».
- Pour autant, cette maîtrise peut dégénérer en **domination**, comme le suggère aussi **Rousseau** pour qui le progrès technique vire en **décadence morale** : l'homme devenu supérieur aux animaux grâce aux outils, s'en réjouit et, par orgueil, cherche à dominer à la fois les animaux et les hommes.

B Le respect de la nature

- Pourtant, la nature semble inspirer d'elle-même un certain **respect**, dont les poètes romantiques notamment témoignent en louant sa beauté et en la comparant à l'art, dans sa dimension créatrice. Kant aussi place les beautés naturelles au-dessus des beautés artistiques.
- Par ailleurs, avec les retombées écologiques de cette volonté de maîtrise, de nombreux cris d'alarme sont lancés. **Heidegger**, dans ses réflexions sur la technique, dénonce « *l'Arraisonnement* » que l'homme fait subir à la nature en cherchant à la soumettre aux règles rationnelles de productivité et de rentabilité. En traitant la nature comme une chose à « utiliser », l'homme épuise les ressources.
- **Hans Jonas**, dans son ouvrage *Le Principe responsabilité*, défend l'idée que l'homme doit se montrer **soucieux de la nature** non seulement pour lui-même mais pour les générations futures. C'est semble-t-il à la **morale** (valeurs posant ce qui est juste et bien) et à la **politique** (lois, droit) de poser un devoir de respect envers la nature.
- La notion moderne d'**environnement** traduit ce souci de voir l'homme comme une partie de la nature et non plus comme un être à part. Les débats de société sur la **bioéthique**, sur la menace climatique et sur les droits des animaux s'inscrivent dans cette démarche invitant à la prise de conscience et à l'action concrète en faveur de la nature.

La nature selon les trois perspectives

LA NATURE – L'existence humaine et la culture

Le lien entre la notion de nature et les notions d'existence humaine et de culture est le plus évident. On ne peut que se demander quelle place l'homme doit accorder à la nature dans son existence individuelle et sociale, marquée par la liberté et par les règles de la culture **[1. B, 2]**. Par ailleurs, la question de la nature humaine est directement posée par la notion même d'existence, qui suggère que l'homme doit son existence à lui-même, à sa liberté, et non pas à une nature toute faite **[1. A]**.

Exemples de questions

- ***La culture doit-elle éloigner l'homme de la nature ?*** → La question interroge le rapport que l'homme doit établir avec le monde physique et vivant. La culture semble avoir pour but d'éloigner l'homme du monde naturel mais on peut aussi poser des limites à cela car l'homme reste tout de même un être issu de la nature et vivant au sein de la nature.
- ***L'homme est-il un être naturel ?*** → On se demande si l'homme a en lui une nature, des caractéristiques innées, et s'il contient aussi des éléments naturels, propres au monde physique et vivant, comme par exemple des instincts. On cherche à savoir ce que son existence doit à la culture, à la transformation, si quelque chose résiste à cette transformation et si l'homme ne doit pas son existence aussi à la nature qu'il utilise pour vivre.

LA NATURE – La morale et la politique

On peut s'interroger aussi sur la manière dont la morale et la politique peuvent encadrer le rapport entre l'homme et la nature afin de permettre à la fois un progrès technique et économique (utiliser la nature et s'en protéger) et un respect de celle-ci. Il s'agit de poser des droits de la nature et des devoirs de l'homme envers elle afin d'une part de garantir la survie de l'homme à long terme, et, d'autre part, de veiller à respecter la nature pour elle-même, pour sa variété et sa beauté **[2]**.

Exemple de question

- ***Doit-on respecter tout être vivant ?*** → Cette question interroge la place du respect à accorder aux êtres vivants issus de la nature, sachant que l'homme a besoin de les utiliser et de s'en protéger, mais que, par ailleurs, le vivant inspire un certain respect, par son existence même et sa beauté.

LA NATURE – La connaissance

On peut aussi interroger le rapport entre la nature et la connaissance (notamment la science), en se demandant ce que la connaissance de la nature (physique, biologie, médecine) doit permettre à l'homme de faire. Ses connaissances lui donnent-elles le droit de disposer librement de la nature, ou bien au contraire doivent-elles l'inviter à plus de mesure, de prudence et de respect ? Est-ce la connaissance qui peut poser ces limites ou bien faut-il en appeler à la morale et au droit **[2]** ?

Exemple de question

- ***Faut-il connaître la nature pour la respecter ?*** → On se demande si la connaissance scientifique de la nature est nécessaire à son respect, au fait de s'interdire certains usages destructeurs. D'autres moyens ne suffisent-ils pas pour inspirer ce sentiment, venant de la conscience ou raison de chacun, ou imposés par des lois ?

12 La raison

Voir aussi : le devoir (p. 361), la science (p. 401), la vérité (p. 414)

La **raison** (du latin *ratio* : calcul, mesure) est une **faculté humaine** pouvant s'exercer soit dans le domaine théorique de la **connaissance**, soit dans le domaine pratique de l'action où elle prend un sens **moral**. On a tendance à valoriser cette faculté qui se met au service de la **vérité** et du **bien**. Toutefois, la question se pose aussi de savoir quelles sont ses **limites** et ses faiblesses.

L'idéalisme et le rationalisme — **Critiques de la raison** — **D'autres facultés que la raison**

Platon (427-347 av. J.-C.)	Descartes (1596-1650)	Nietzsche (1844-1900)	Bacon (1561-1626)	Bergson (1859-1941)
L'idéalisme L'Idée de Bien	Le modèle rationaliste	La raison cherche à rassurer	Raison et expérience	L'intuition

1 Le primat de la raison

A Le réel est ordre

• On peut tout d'abord concevoir la raison comme moyen d'accéder à la connaissance et à la vérité, car elle est la faculté capable d'atteindre le fond des choses, au-delà des apparences.

• **L'idéalisme platonicien** met la raison au centre de la connaissance et de la morale, en posant que le réel est structuré par des formes stables, les ***« Essences »*** ou ***« Idées »***, reflétées et déformées par les apparences sensibles. Dans le domaine moral, l'action bonne ou juste s'obtient par la connaissance de ce qui est bien et juste. Là encore, la raison est condition de l'action bonne car elle permet d'atteindre l'Idée du Bien et donc de savoir ce qui est bien. L'homme injuste est injuste parce qu'il ne sait pas ce qu'est la justice.

B Le modèle du rationalisme

• De même, est « **réel** » ce qui n'est pas fictif ou seulement apparent. Or, comme le montre **Descartes** à propos d'un morceau de cire, nos sens ne nous font saisir que les *« qualités secondes »* des choses, les plus *« accidentelles »*. Là aussi, c'est par la raison que nous pouvons atteindre ce qu'il y a de plus essentiel dans le réel, c'est-à-dire ce qui demeure derrière les changements.

> **Citation clé**
>
> *« L'Univers* [...] *est écrit en langage mathématique, et les caractères sont des triangles, des cercles et d'autres figures géométriques* [...]. *»*
>
> Galilée, *L'Essayeur*, 1623.

• Le **rationalisme** désigne ce courant qui pose que c'est seulement par la raison que l'on connaît le réel, grâce notamment à des idées innées (telle que l'idée de cause). Il s'oppose à l'**empirisme** (Hume, Locke) qui affirme au contraire que c'est d'abord par nos sens que l'on connaît le réel, l'esprit n'étant, au départ, qu'une « table rase ».

C Action bonne et action raisonnable

Dans le domaine **moral**, l'action bonne est également associée à une action guidée par la raison, où l'on s'interdit l'excès et où l'on s'efforce de contrôler ses désirs. Pour **Descartes**, la vertu s'atteint ainsi par les *« grandes âmes »*, en qui *« les raisonnements si forts et si puissants font que leur raison demeure néanmoins toujours la maîtresse »*, et où le malheur vaut comme épreuve. Pour **Kant**, le fondement de la loi morale est le respect, et il est inspiré en nous par la raison.

À voir

***Douze hommes en colère*, film de Sidney Lumet (1957),** raconte l'histoire de douze jurés délibérant à huis clos sur la culpabilité apparente d'un jeune homme accusé de meurtre, et qui, confrontés à leurs préjugés et à leurs opinions, se voient obligés de réfléchir et de se remettre en question.

2 Critiques de la raison

A Une affinité étonnante, voire douteuse, entre le réel et la raison

Cette affinité entre la réalité et la raison peut être discutée. Comment se fait-il que l'esprit humain soit **si précisément adapté** à la compréhension du réel ? Ou encore, comment se fait-il que le réel soit **si exactement en accord** avec nos attentes logiques ? Ne serait-ce pas seulement **parce que nous souhaitons qu'il en soit ainsi** ?

B Le réel : rationalité ou chaos ?

Pour **Nietzsche**, la véritable réalité consiste dans ce que la raison nomme apparences. Le monde est un **« devenir* »** et même **un « chaos »**. Le monde « réel » mis au jour par la science n'est qu'**une fiction**, qui tend à nous donner une vision simplifiée de la réalité, parce que la logique fait partie de nos conditions de vie. Il faut donc voir les lois et les concepts de la science comme **des inventions commodes** et non des découvertes.

Citation clé

« Le monde nous paraît logique parce que nous avons commencé par le rendre logique. »

Friedrich Nietzsche, *La Volonté de puissance*, 1884-1888.

C Limites de la raison dans le domaine moral

- Dans le domaine **moral** également, on peut douter de l'efficacité de notre raison, parfois dépassée par la force de nos désirs. **Rousseau** place le sentiment de **pitié**, plus naturel et plus spontané, au-dessus des *« maximes raisonnées de justice »* (commandements moraux réfléchis), en le jugeant plus utile et plus efficace.
- À l'inverse, on peut aussi douter de l'efficacité morale de la raison en posant la nécessité des lois (politiques) pour inciter, voire contraindre, l'homme au bien.

3 D'autres facultés que la raison ?

A L'expérience : allier les faits à la raison

On peut supposer que c'est plutôt par un dialogue entre la raison et l'expérience que la connaissance du réel devient possible et fiable. S'inspirant de l'**empirisme** pour poser que la raison doit se soumettre aux faits, **Francis Bacon** est à l'origine des **sciences expérimentales** qui naissent au XVIIe siècle. Prenant l'exemple de l'abeille qui collecte la matière lui servant de nourriture pour la transformer ensuite, Bacon montre qu'il faut que l'homme rassemble le plus de faits possible, mais s'en fasse aussi l'interprète par sa raison.

B L'intuition

On peut aussi croire à la force de l'**intuition**, sorte de vision directe capable d'atteindre l'intériorité des choses sans passer par le raisonnement ni la réflexion. C'est l'idée de Bergson selon laquelle le réel se saisit bien plus et bien mieux par l'intuition que par l'intelligence. Celle-ci en effet aurait tendance à simplifier le réel et à le vider de sa force vitale et de sa **singularité**. L'intuition nous permet au contraire de saisir cette singularité, comme en témoigne la perception de l'**artiste**.

C La pensée sauvage

On constate aussi que l'usage de la raison, dans le domaine de la connaissance et dans le domaine moral, n'est pas partagé par toutes les **cultures**. Dans certaines cultures dites « primitives », analysées par l'ethnologue **Claude Lévi-Srauss**, le mode de pensée est une *« pensée sauvage »*, en apparence irrationnelle. Cette pensée, animée par des croyances diverses (notamment animistes), constitue pourtant un véritable système de représentations et de valeurs, efficace sur le plan personnel et collectif.

La raison selon les trois perspectives

LA RAISON – L'existence humaine et la culture

Il est possible de questionner la place de la raison dans l'existence personnelle et collective, pour étudier si sa valeur est partagée de façon universelle par toutes les cultures, ou bien si ce primat n'est que le fait des cultures modernes et occidentales **[2. A]**.

Exemple de question

• ***Notre existence doit-elle toujours être conduite par la raison ?*** → On se demande quelle place accorder à la raison dans nos choix et comportements : la raison doit-elle toujours prévaloir, notamment sur nos désirs, ou bien peut-on parfois la mettre de côté ? Mais dans quelles limites ?

LA RAISON – La morale et la politique

La notion de raison peut être rattachée directement à des questions d'ordre moral, et indirectement à des questions politiques en se demandant notamment si les valeurs posées par la raison sont les seules valables, si elles constituent un modèle sans exception, et si les lois ne peuvent pas aussi compléter la raison **[1. A et C, 2. C, 3. A]**.

Exemple de question

• ***Notre raison nous dit-elle toujours ce que nous devons faire ?*** → La question est centrée sur la capacité de la raison à guider nos choix moraux, à nous faire agir bien : on se demande si elle est toujours présente et efficace, s'il n'y a pas d'autres facteurs pouvant aussi jouer un rôle moral, comme les lois par exemple.

LA RAISON – La connaissance

Le lien entre la raison et la connaissance est le plus évident, tant la raison semble l'outil par excellence pour connaître le réel dans son ordre et sa rationalité **[1]**. Ici, il convient également de questionner les limites de la raison dans cette prétention à atteindre la vérité, et d'envisager d'autres outils de connaissance **[2 et 3]**.

Exemple de question

• ***La raison est-elle le meilleur moyen d'atteindre la vérité ?*** → On questionne encore les pouvoirs et les limites de la raison, en nous invitant à envisager d'autres moyens complémentaires, comme l'expérience ou l'intuition, pour également comparer leur efficacité.

13 La religion

Voir aussi : le devoir (p. 361), la raison (p. 392), la vérité (p. 414)

La religion est un ensemble de croyances et de pratiques autour de choses « sacrées », qui réunissent des hommes en une même communauté. Le sens étymologique (*religare* en latin signifiant « relier ») suggère que la religion permet à l'homme d'être relié d'une part à une autre réalité (transcendante) et d'autre part à d'autres hommes (au sein d'une communauté). S'agit-il d'un **phénomène contraire à notre dignité et à nos intérêts** d'êtres doués de raison ou bien d'une **dimension légitime de notre humanité** ? À quelles conditions la religion est-elle bénéfique sur un plan à la fois existentiel, moral et social ?

Critique de la religion — **Légitimité de la religion**

Freud (1856-1939)	Marx (1818-1883)	Pascal (1623-1662)	Durkheim (1858-1917)	Locke (1632-1704)
La religion est une « *illusion* »	Nécessité d'« *abolir la religion* »	Le « *cœur* » et la « *raison* »	« *Une chose éminemment sociale* »	Les bornes de la foi légitime

1 Critique de la religion

A Paradoxe de la foi

La croyance religieuse ou « foi » est faite de **« dogmes »**, c'est-à-dire d'idées qui ne s'offrent pas à la critique* et auxquelles il faut **adhérer sans exiger de preuve**. La valeur de la foi se mesure ainsi à la capacité à croire avec la plus grande fermeté là où ni l'expérience ni la logique ne peuvent fournir de garantie, et même parfois en allant contre elles. D'où le **paradoxe de la foi** : comment expliquer qu'il y ait une telle certitude là où précisément les raisons de croire manquent ? Cette certitude n'explique-t-elle pas la tendance de la religion à dériver en fanatisme (du latin *fanaticus*, « inspiré, enthousiaste ») ?

B La religion comme *« illusion »*

Selon Freud, la force des idées religieuses vient de ce qu'elles ne s'adressent pas à la raison de l'homme, mais plutôt à ses **passions**, ses **craintes et** ses **désirs**. L'existence d'un Dieu paternel et juste, par exemple, satisfait un des souhaits les plus chers de l'humanité, en lui offrant une **représentation rassurante de l'existence**. Si les hommes tiennent tant à leurs religions, c'est qu'elles constituent un **« trésor » d'illusions**.

C Nécessité d'*« abolir la religion »*

• Pour se montrer à la hauteur de leur nature d'êtres raisonnables, les hommes doivent renoncer à la religion. **Marx** montre qu'il s'agit même d'une véritable **nécessité politique**. En effet, en posant l'existence d'un *« autre monde »*, la religion justifie les souffrances « terrestres » et dissuade d'y remédier. Tout progrès social nécessaire à **garantir un *« bonheur réel »*** doit donc passer d'abord par *« l'abolition de la religion »*.

> **Citation clé**
>
> *« La religion est l'opium du peuple. »*
>
> Karl Marx, *Introduction à la Critique de la philosophie du droit de Hegel*, 1843.

• Par ailleurs, on ne peut que constater la difficulté qu'ont les différentes religions de cohabiter au sein d'une même société. Si une religion rassemble des hommes en son sein, elle les sépare de ceux d'une autre religion et peut les mettre en conflit (intolérance religieuse, guerres de religion).

2 Légitimité de la religion

A Le *« cœur »* et la *« raison »*

N'est-il pas prétentieux de faire de la raison l'autorité ultime en matière de vérité ? Ne doit-elle pas reconnaître ses **propres limites** ? Par exemple, nous ne pouvons pas prouver, en cet instant, que nous ne rêvons pas et nous en sommes pourtant intimement sûrs. De même, il existe en mathématiques des principes indémontrables – les axiomes – que l'on pose au fondement de toute démonstration. **Pascal** en conclut qu'il y a des vérités qui ne peuvent qu'être **senties intuitivement**, par ce qu'il appelle ***« le cœur »***. C'est sur lui que repose donc la foi, sous la forme d'une **« révélation »**. La religion permettrait ainsi une forme d'élévation spirituelle par laquelle l'homme donnerait un certain sens à son existence. Pour Pascal, la croyance en Dieu est une réponse et une solution à l'angoisse de la mort et à la prise de conscience de notre dimension *« finie »*, *« misérable »*, de notre petitesse dans l'univers.

> **Mot-clé**
>
> **Révélation :** façon dont une divinité ferait elle-même connaître certaines vérités impossibles à découvrir par la « lumière naturelle », c'est-à-dire par la seule raison.

B La religion comme besoin social

Comme on ne connaît aucune société sans religion, on peut penser qu'il doit y avoir un rapport nécessaire entre les deux. **Durkheim** voit d'ailleurs le phénomène religieux comme une émanation naturelle de la société. Réunis, les individus sentent la présence d'**une *« force »* qui les dépasse**. C'est de là que naissent les idées religieuses, si bien que, par leurs cultes, les hommes vénèrent, en réalité, la communauté qu'ils forment. C'est pourquoi **toute société implique une dimension religieuse**, par exemple par des **cérémonies** qui entretiennent régulièrement le lien social ou par la définition du caractère « sacré » de certains objets (drapeau, hymne…).

> **À voir**
>
> ***Les Innocentes*, film d'Anne Fontaine (2016).** À la fin de la Seconde Guerre mondiale, l'histoire de jeunes filles polonaises dans un couvent de bénédictines, dont certaines, enceintes après avoir été violées par des soldats soviétiques, doivent accoucher dans le secret.

C Conditions de légitimité

• On peut donc reconnaître à la religion sa légitimité. Il faut toutefois poser certaines conditions. En effet, en admettant la légitimité de croyances extérieures au domaine de la raison, on risque de justifier aussi bien la religion que ses formes dévoyées – la **superstition** et le **fanatisme**. Pour éviter cela, **Locke** propose de bien distinguer les idées qui vont **« contre la raison »** de celles qui sont **« au-dessus de la raison »**. Par suite, une croyance n'est digne de l'homme que si la raison ne peut pas en établir l'absurdité. Cette croyance peut alors, à bon droit, relever de la « liberté de conscience ».

• À l'égard de la société, toute pratique religieuse doit être permise dans la mesure où elle **ne porte pas atteinte au bon ordre de la vie collective**, c'est-à-dire aux intérêts et à la liberté de chacun. À ce titre, le rôle de l'État doit être de garantir le respect de la **laïcité**, en s'abstenant lui-même de toute prise de position et en veillant à ce que la liberté de conscience de chaque homme, croyant ou non, ne soit pas menacée.

• Enfin, on peut **évaluer la légitimité d'une croyance à sa valeur humaine**. Dans la mesure où elle a pour effet d'amener l'homme à exprimer et développer ses facultés intellectuelles, morales et esthétiques*, on peut dire qu'elle trouve toute sa place au sein du processus de culture. À l'inverse, il faudrait combattre toute forme de croyance qui « n'élèverait » pas l'homme et entraverait son accomplissement.

La religion selon les trois perspectives

LA RELIGION – L'existence humaine et la culture

La religion peut être pensée dans sa dimension existentielle et culturelle si l'on envisage ses effets à la fois au niveau personnel et au niveau collectif. La fonction de « lien » qu'établit la croyance religieuse a en effet deux orientations, l'une qui permet une certaine élévation spirituelle avec une réalité transcendante dépassant ce que l'on peut atteindre par la raison **[2. A]**, l'autre qui permet un lien horizontal avec d'autres hommes au sein d'une communauté (fonction sociale) **[2. B]**. En même temps, cette fonction peut être contestée **[1. B, C]**. Il faut donc poser des conditions pour que ces aspects positifs soit effectifs **[2. C]**.

Exemple de question

• *Les religions empêchent-elles les hommes de s'entendre ?* → On se demande si l'existence de différentes religions au sein des différentes cultures ne remet pas en question le lien social, l'unité de la vie en société. Il s'agit donc de chercher à quelles conditions la pluralité des religions peut éviter de séparer les hommes et comment elle pourrait avoir un effet unificateur.

LA RELIGION – La morale et la politique

La religion a aussi une dimension morale et des enjeux politiques. Elle permet à l'homme d'avoir certaines valeurs morales (le Bien, le Mal) qui peuvent guider ses actions **[2. fin C]**. Elle permet aussi de structurer la vie sociale **[2. B]**. Pour autant, cette fonction morale et politique peut être remise en question. La croyance en des valeurs peut dériver en fanatisme **[1. A, 2. C]** ou en soumission politique **[1. C]** et suppose certaines conditions pour éviter ces effets pervers **[2. C]**.

Exemple de question

• *Une société peut-elle se passer de religion ?* → La question porte sur la nécessité de la religion au sein d'une société, sur sa fonction sociale – relier les individus – et politique – garantir un certain ordre ou le respect entre les individus. C'est donc se demander ce qui pourrait remplacer la religion dans sa fonction unificatrice et structurante.

LA RELIGION – La connaissance

Enfin, la religion peut être pensée en lien avec la connaissance, la raison et la vérité. On se demande en effet si la religion apporte à l'homme certaines vérités (sur le sens de son existence, sur la mort) **[2. A]** ou bien si au contraire elle ne l'en éloigne pas **[1. A]**. Là encore, la croyance religieuse doit être soumise à certaines conditions pour que sa fonction spirituelle soit effective **[2. C]**.

Exemple de question

• *La religion s'oppose-t-elle à la raison ?* → Cette question classique permet d'interroger la dimension à la fois rationnelle et irrationnelle de la religion sur le plan de la connaissance, ainsi que sa dimension à la fois raisonnable et déraisonnable sur le plan moral.

Annales du Bac

Dissertation

SUJET Dissertation

Corrigé p. 399

Peut-il exister des désirs naturels ?

Comment traiter le sujet

Notions

La nature, le bonheur, la liberté, la morale.

Remarques générales

Ce sujet peut être compris comme une allusion directe aux désirs naturels que l'on trouve dans la morale d'Épicure et qui servent de critères pour accéder plus ou moins au bonheur. Il s'agirait, ici, de remettre en question la possibilité même de tels désirs. La difficulté du sujet tient à sa problématique car on ne voit pas forcément quel est l'enjeu de ces désirs naturels : qu'ils existent ou pas, qu'est-ce que cela change ?

Analyser les termes du sujet

- **Peut-il :** l'expression est à prendre au sens de « est-il possible ». Savoir si des désirs naturels « ont le droit » d'exister semble, en effet, peu pertinente : en quoi des désirs naturels seraient-ils contraires à la morale ou à l'homme ?
- **Exister :** c'est la possibilité même de désirs naturels qui est interrogée. De tels désirs peuvent-ils avoir une réalité ? Ne sont-ils pas une illusion ?
- **Des désirs naturels :** le pluriel suggère qu'on doive chercher l'existence de plusieurs désirs naturels, soit de plusieurs objets possibles. Le sujet ne porte pas sur le désir en général, mais sur ses différentes formes. *Naturel* est à opposer ici à *artificiel*, c'est-à-dire fabriqué (par l'homme). Il peut signifier aussi « essentiel », c'est-à-dire ici « propre à l'homme, en accord avec sa nature ou issu de sa nature ». Le *désir* renvoie à un état de manque dont le but est la satisfaction (plaisir) et qui est comblé par différents objets (moyens). On se demande donc s'il existe des manques qui ne seraient pas le produit artificiel (et inessentiel) de l'homme. Le sujet invite à distinguer les différents sens possibles du mot *naturel*.

Dégager une problématique

- On peut croire que le désir en lui-même est naturel, au sens où il semble s'enraciner dans le besoin (de rester en vie). L'homme serait ainsi naturellement porté à désirer de quoi « bien » vivre, le désir étant le moyen par lequel il comblerait ses manques pour atteindre la satisfaction (bonheur).
- Pour autant, la variété des désirs, leur singularité, ainsi que leur caractère parfois culturel peuvent faire penser que tous les désirs seraient l'œuvre artificielle de l'homme : l'homme inventerait ses désirs, et seuls les besoins seraient naturels.
- Le problème est donc de savoir si la possibilité même de désirs naturels n'est pas qu'une illusion, ou bien s'il serait possible de trouver des désirs échappant à la culture et à l'artifice humains.

Corrigé : plan détaillé

Les titres en couleur apparaissant dans ce corrigé ne doivent pas figurer dans votre devoir. Nous les avons insérés pour vous guider et vous aider à repérer la progression de la dissertation.

I Apparemment tous les désirs ont une origine naturelle

1 Les désirs seraient des dérivés du besoin (naturel)

On peut croire que tous les désirs sont naturels, au sens où le désir ne serait qu'un dérivé du besoin. En effet, désir et besoin auraient en commun d'être des manques visant la satisfaction (être comblés). Le besoin aurait pour but le maintien en vie (vivre) et le désir aurait pour but le bonheur (bien vivre). C'est donc la vie même qui déterminerait l'homme à désirer.

2 Il n'y aurait qu'une différence de degré entre les désirs et les besoins

La différence entre désirs et besoins ne serait qu'une différence de degré et non de nature. Ainsi, par exemple, l'homme a besoin de boire et manger pour vivre, mais il désire boire et manger des choses agréables au goût. C'est en ce sens qu'Épicure distingue les désirs naturels nécessaires des désirs naturels non nécessaires. Si les premiers correspondent aux besoins et ne sont pas à proprement parler des désirs, les seconds, en revanche, sont bien des « désirs » naturels : ils sont toujours issus de la nature.

3 Il ne pourrait donc pas exister de désir non naturel

Par conséquent, la question ne serait pas tant de savoir s'il peut exister des désirs naturels que celle de savoir s'il peut exister des désirs non naturels. Même le désir apparemment artificiel et superflu serait, en réalité, naturel au sens lié au besoin de se maintenir en vie. Son inutilité apparente ne serait due qu'au fait pour l'homme de passer du besoin d'inventer des « nécessités » au loisir d'inventer des *« commodités »* (Rousseau). Ainsi, le désir de posséder tel ou tel objet ne serait qu'une variation du désir de se protéger ou se défendre (besoin d'acquérir des outils). Le désir amoureux (ou désir d'amitié) ne serait qu'un mode plus complexe du besoin naturel de se reproduire (et de communiquer). Enfin, le désir de choses « impossibles » (conquérir l'espace, être immortel) ne serait également que le désir naturel de lutter contre la finitude et la mort.

II En réalité, tous les désirs ont un caractère artificiel

1 Tous les désirs humains sont une manière de rompre avec l'animalité

Même si le désir semble un dérivé du besoin naturel, il n'empêche qu'il y a en lui une part d'artifice qui le « dénature ». Il se distingue aussi de celui-ci par certains aspects inventés, cherchant justement à se démarquer radicalement de l'animal. Ainsi, le désir de satisfaire plus commodément ses besoins est aussi une manière pour l'homme de montrer qu'il n'est pas soumis à la nature : en désirant manger ou boire telle ou telle chose, ou bien acquérir tel objet, l'homme montre sa rupture par rapport à lui. Il montre, en effet, qu'il est libre de satisfaire ses besoins et que c'est lui qui choisit donc sa manière d'être (en vie). C'est pourquoi l'homme « invente » des désirs qui n'ont apparemment plus rien en commun avec le besoin naturel, qui se veulent au maximum éloignés de lui et en rupture avec la nature.

PHILOSOPHIE

2 Tous les désirs sont le produit de la culture

C'est pourquoi les désirs ont un caractère culturel : ils sont fabriqués par l'homme, mais plus particulièrement par la société ou le groupe dans lesquels l'homme existe et se reconnaît en tant qu'individu. Les désirs humains obéissent ainsi à des règles, à des codes, par lesquels là aussi ils se distinguent du besoin naturel. L'individu se plie ainsi volontiers à telle ou telle mode ou coutume, pour désirer conformément à ce que sa société ou son groupe exige. Certes, si les animaux ont aussi des besoins souvent identiques en fonction de leur espèce, il ne s'agit pas pour autant pour eux d'une règle, mais de ce que leur impose leur nature spécifique.

3 Tous les désirs sont le produit de notre histoire personnelle

Enfin, nos désirs sont également produits par notre histoire personnelle ; ils racontent ce que nous sommes et ce que nous avons vécu, y compris dans notre inconscient (Freud). C'est nous qui les inventons au fur et à mesure de notre existence. Ils ont ainsi une dimension subjective qui les distingue radicalement du besoin qui, lui, est produit par la nature et non pas par la conscience singulière d'un sujet. Par exemple, le désir du cleptomane ou celui du meurtrier ne seraient plus l'expression d'un besoin naturel (s'approprier quelque chose ou agresser pour survivre) mais le produit élaboré et fantasmé d'une histoire unique.

III Sous quelles formes alors les désirs naturels peuvent-ils exister ?

1 Il peut exister des désirs en accord avec la nature

Malgré ce caractère artificiel, fabriqué du désir humain, il demeure possible de concevoir l'existence de désirs qui « resteraient » naturels, c'est-à-dire de la nature. Ainsi, certains désirs, tout en étant le produit de l'homme (produit culturel ou singulier), visent le caractère « naturel » de l'homme, son appartenance au règne vivant. L'essor des produits « bio » ou des techniques respectueuses de l'environnement témoigne de ce désir que peut avoir l'homme de rester proche de son milieu d'origine et en harmonie avec lui. Cela ne signifie pas pour autant qu'il renonce à se distinguer de l'animal, mais qu'il désire revendiquer le fait d'être un homme en harmonie avec la nature qui l'entoure et qu'il se doit de respecter.

2 Il peut exister des désirs en accord avec l'essence de l'homme

Il peut aussi exister des désirs naturels au sens de « désirs propres à l'homme », en accord avec son essence. Si tout désir témoigne de la nature non animale de l'homme (du fait que l'homme ne soit pas qu'un animal), cela ne signifie pas pour autant que tout désir témoigne de l'essence de l'homme. Par *essence* de l'homme, il faut, en effet, entendre « essence rationnelle ou raisonnable » ; il s'agirait donc de chercher s'il existe des désirs « spirituels », désirs issus de l'esprit. On peut alors admettre qu'il existe de tels désirs : l'art, la religion, la science témoignent de l'existence de désirs naturellement tournés vers les choses dites « de l'esprit ».

3 Le modèle de la philosophie

Derrière ces désirs spirituels (le désir de connaître et de représenter le réel), n'y a-t-il pas un autre désir, naturel lui aussi, mais encore plus essentiel : le désir de connaître l'homme ? À ce titre, la philosophie n'est-elle pas un peu le « modèle » du désir naturel que l'on recherche ? L'amoureux du savoir et de la sagesse est, en effet, à la recherche de tout ce qui pourrait répondre à la question *« Qu'est-ce que l'homme ? »* (Kant).

14 La science

Voir aussi : l'art (p. 351), la raison (p. 392), la religion (p. 395), la vérité (p. 414)

La **science** (du latin *scire*, « savoir ») désigne un ensemble de **connaissances rationnelles**, fondées sur la **démonstration** (logique et mathématiques) ainsi que sur l'**expérience** (sciences expérimentales : physique, chimie, biologie…). La science se présente, par son exigence d'objectivité et de preuves, comme un **modèle de vérité** en ce qui concerne la connaissance du réel sous toutes ses formes. Pourtant, ce modèle n'a-t-il pas ses **limites** et n'y a-t-il pas d'autres manières de saisir le réel ?

La science comme modèle de vérité — **Limites de la science** — **Autres approches possibles du réel**

Aristote (384-322 av. J.-C.) La logique

Descartes (1596-1650) Le modèle mathématique

Popper (1902-1994) Pour un scepticisme dynamique

Nietzsche (1844-1900) L'art

Bergson (1859-1941) L'intuition

1 La science comme modèle de vérité

A Logique et démonstration

La science doit sa force au raisonnement qui la fonde, la **démonstration**. C'est un type de raisonnement qui, à lui seul, garantit comme **certain** et donc **vrai** ce qu'il conclut. C'est par la logique (science du raisonnement) que l'on peut établir les règles de la démonstration, et l'on doit à **Aristote** l'exposition de ces règles dans son ouvrage *Organon* (« outil » en grec). Dans le raisonnement démonstratif, la conclusion s'impose comme nécessaire, en étant **déduite** des précédentes : la conclusion est, en fait, un cas particulier tiré d'une proposition générale.

> **Citation clé**
>
> *« Savoir, c'est connaître par le moyen de la démonstration. »*
>
> Aristote, *Organon*.

B Le modèle des mathématiques

Les mathématiques, science démonstrative par excellence portant sur les nombres et les figures, constituent ainsi un modèle de connaissance et de vérité. Il serait dommage que cela reste réservé à ce domaine abstrait. C'est pourquoi **Descartes** souhaite appliquer ce modèle à l'ensemble du réel, à travers son projet de ***« mathématique universelle »***. En ramenant l'ensemble des phénomènes physiques à des nombres et des figures, on peut ainsi élargir la certitude admirable des mathématiques à toutes les autres sciences. Dans ce projet, se dessine aussi une autre finalité rendue possible par la science : devenir *« comme maîtres et possesseurs de la nature »*. En effet, en connaissant les lois qui ordonnent le réel, il devient possible de prévoir les phénomènes et donc d'avoir un certain pouvoir sur eux.

C La méthode expérimentale

Pour autant, même si les mathématiques sont un modèle, leur application à la réalité requiert **« l'expérience »**, par où la raison se soumet à l'épreuve des faits, tels qu'ils se donnent à l'observation sensible, à la perception. Le raisonnement à lui seul ne peut suffire. Il faut un dialogue entre la raison et le réel lui-même, garanti par une certaine méthode : la **méthode expérimentale**, afin de **vérifier** ce que la raison élabore d'elle-même.

Rappel

La **méthode expérimentale** désigne la démarche mise en place par **Claude Bernard** en médecine, procédant en trois étapes : l'observation des faits, l'élaboration d'une hypothèse, la vérification de cette hypothèse par une expérimentation.

D Le critère de falsifiabilité

Plus encore, on peut poser que le rôle de l'expérimentation n'est pas tant de chercher à vérifier (confirmer) une hypothèse que de chercher à la **falsifier** (en montrer la fausseté). Pour **Karl Popper**, en effet, une hypothèse n'a de validité scientifique que lorsqu'elle **résiste à l'épreuve des faits**, lorsqu'elle se prête à la critique* et qu'on ne parvient pas à la réfuter. Sa validité est alors établie, bien que de façon relative et provisoire.

2 Limites de la science

A Le problème des hypothèses

En ce qui concerne la valeur du raisonnement démonstratif, il apparaît que si la conclusion d'une démonstration est certes nécessairement vraie, elle repose sur des **hypothèses** (propositions précédentes) qui, elles, ne sont pas démontrées et peuvent être **indémontrables**. Le système sur lequel reposent les démonstrations est donc un **système relatif**, qui dépend de la fiabilité des hypothèses et qui peut être remis en question si les hypothèses de départ se révèlent fausses.

B La résistance du réel à sa rationalisation

Au niveau expérimental, la raison rencontre aussi des déceptions quand elle s'intéresse aux constituants ultimes de la réalité. L'**« atome »** s'avère être une réalité composée et non élémentaire comme le voudrait son nom. La **« physique quantique »**, qui étudie les « particules élémentaires », révèle l'existence **d'une part « d'indétermination »** à ce niveau de la réalité, qui fait obstacle à notre désir de prévision.

C Une part d'interprétation dans les sciences

Il semble aussi que l'on doive **« interpréter »** dans le domaine des sciences, où pourtant les faits semblent s'imposer comme évidents, comme parlant d'eux-mêmes. En effet, ces derniers peuvent cacher autre chose que ce qu'ils montrent. **Francis Bacon**, à l'origine du développement des sciences expérimentales, envisage ainsi qu'il faut **interpréter les faits** à la lumière de la raison. Une hypothèse est donc une interprétation possible d'un fait observé.

À voir

***Galilée ou l'amour de Dieu*, de J.D. Verhaeghe (2006).**
L'histoire de l'abjuration de Galilée au tribunal de l'Inquisition.

D Les problèmes éthiques liés à l'expérimentation

Enfin, on peut s'interroger sur des limites à imposer en matière d'**expérimentation**, sur le vivant notamment (les animaux) ou sur les humains (tests, dissection). En effet, le principe moral de respect vient poser des barrières éthiques, l'éthique étant une manière d'appliquer les grands principes moraux à des domaines particuliers où l'on serait tenté de les enfreindre. La **bioéthique** est ainsi un domaine de réflexion sur le devoir de respecter des valeurs morales dans le domaine de la biologie (interdire certaines expériences par exemple).

3 Dépassement des critiques et autres approches possibles du réel

A Le risque d'un scepticisme* stérile

• Est-il pour autant raisonnable de renoncer à une approche rationnelle du réel ? Pour **Karl Popper**, il faut rompre avec l'attitude « dogmatique », selon laquelle la raison humaine pourrait prétendre détenir la vérité absolue sur le réel. Mais il ne faut pas, malgré cela, verser dans un **« scepticisme pessimiste »** considérant comme nuls tous les efforts de la science, qui ne serait que stérile.

• Par un **« scepticisme dynamique »**, nous pouvons légitimement croire que nos constructions rationnelles **se rapprochent** quand même progressivement **de la vérité sur le réel**, sans jamais pouvoir l'atteindre entièrement.

B L'intuition

On peut donc s'interroger sur d'autres moyens que la science pour accéder à la vérité. Ce que visent les sciences, c'est l'ensemble des lois générales qui ordonnent le réel (par exemple, montrer que tous les corps tombent ou que toutes les planètes s'attirent). Pour **Bergson**, la science rate le caractère singulier (unique et mouvant) du réel (tel corps, tel phénomène). Seule l'**intuition** permet la saisie directe de l'essence singulière des choses.

C L'art

De même, on peut penser au rôle de l'art en matière de vérité. Pour **Nietzsche**, les sciences démonstratives construisent un monde figé et ordonné qui n'existe pas. Seul l'**artiste**, capable de **multiplier les points de vue** sur le réel, peut saisir aussi ce qui ne se démontre pas, ce qui ne se range pas dans une loi, et qui appartient aux domaines du changeant et du particulier.

D La philosophie

La **philosophie**, comme « amour de la sagesse », désir de connaître l'homme dans ce qui fait son humanité, peut aussi venir compléter la science. En effet, celle-ci ne répond pas à certaines **questions**, dites **existentielles**, ou **métaphysiques**, sur la liberté, le bonheur, la mort, la conscience…, c'est-à-dire sur les notions portant sur l'homme et qui ne peuvent faire l'objet d'un savoir démonstratif ou expérimental. On ne peut pas démontrer ni expérimenter la liberté par exemple ; on ne peut qu'en faire un objet de pensée et de réflexion en se demandant de manière conceptuelle : qu'est-ce que la liberté ? Qu'est-ce qu'être libre ?

La science selon les trois perspectives

LA SCIENCE – L'existence humaine et la culture

La science peut être questionnée dans son rapport avec l'existence individuelle et collective, lorsque par exemple on questionne son sens et sa valeur : que nous apporte-t-elle au juste ? Pourquoi lui attribuer un tel rang et n'y a-t-il pas d'autres formes de connaissance tout aussi importants sur le plan humain ? **[1. B, 3. B, C et D]**

Exemple de question

• *Les sciences satisfont-elles notre désir de vérité ?* → On interroge l'aspiration fondamentale de l'homme à la vérité, à la connaissance objective du réel, pour savoir si les sciences comblent à elles seules ce désir, et s'il n'y a pas d'autres moyens de le combler.

LA SCIENCE – La morale et la politique

On peut également interroger les limites morales et les contraintes politiques à imposer à la science lorsqu'elle semble **néfaste ou dangereuse**. Mais alors il s'agit plus d'une réflexion sur les applications techniques de la science **[Fiche 15, La technique]**. En elle-même, la science est d'abord une connaissance visant la vérité. Ce qu'on peut lui reprocher sur le plan moral, c'est son caractère **expérimental** lorsqu'il **menace le respect** (vivisection, dissection par exemple) et ici la réflexion devient **éthique [2. D]**. Par ailleurs, on peut lui reprocher de **réduire notre rapport aux choses**, en visant son ordre, ses lois, et en négligeant d'autres aspects, notamment esthétiques ou philosophiques **[3. B, C et D]**.

Exemple de question

• *Doit-on donner des limites à la science ?* → On envisage la science dans ses méthodes (expérimentation) et retombées concrètes et pratiques (inventions techniques) ; les limites à envisager sont à la fois morales, relevant de la raison ou de la conscience, pour imposer des principes de respect, et politiques, pour mettre en place des lois, afin d'interdire certaines expérimentations par exemple.

LA SCIENCE – La connaissance

Le lien le plus évident est celui qui unit la science à la connaissance, car la science apparaît comme étant le modèle de la connaissance vraie, objective, démontrée par la raison et prouvée par l'expérience **[1]**. Or ce modèle connaît des limites et des faiblesses, qu'il faut interroger **[2, 3. A]**. Par ailleurs, il existe d'autres types de connaissances et d'approches du réel, comme l'art ou la philosophie **[3. B, C et D]**.

Exemple de question

• *N'y a-t-il de vérité que dans les sciences ?* → On interroge ici non pas tant les limites des sciences dans leur prétention à la vérité que l'existence d'autres vérités, non scientifiques, dans l'art ou la philosophie par exemple.

15 La technique

Voir aussi : le bonheur (p. 354),
la liberté (p. 384),
la science (p. 401), le travail (p. 411)

La **technique** (du grec *technè*, « production, fabrication, métier, procédé, habileté ») désigne l'ensemble des **moyens** créés et employés pour accomplir une fin utilitaire, souvent en lien avec le travail. Plus largement, la technique renvoie à l'ensemble des **outils** (manuels, intellectuels) ou machines inventées par les hommes, **créés artificiellement**. Elle est directement un effet de la **culture**, comprise comme activité de transformation de la nature. La technique représente pour l'homme et la nature un moyen d'**épanouissement** ou bien faut-il la voir comme une **menace** ?

Des moyens d'épanouissement… **…ou une menace pour notre humanité ?**

Platon (427-347 av. J.-C.) Dimension « prométhéenne » de la technique

Aristote (384-322 av. J.-C.) La main, outil des outils

Rousseau (1712-1778) Progrès technique et décadence morale

Heidegger (1889-1976) Un rapport appauvrissant au réel

1 Des moyens d'épanouissement

A Dimension « prométhéenne » de la technique

Selon le mythe exposé dans le *Protagoras* de **Platon**, l'homme est, à l'origine, **l'être le plus démuni et le plus faible**. En offrant aux hommes le don d'invention technique volé aux dieux, **Prométhée** renverse la situation. Les outils et les savoir-faire dont l'homme se dote à volonté lui permettent non seulement de survivre, mais aussi d'exploiter la nature à son profit, pour **accroître ses satisfactions et sa liberté**.

B La main et l'outil

Aristote, critiquant Platon, va plus loin dans cette analyse de l'homme inventeur de la technique. Pour lui, l'homme sans outil n'est pas démuni, bien au contraire, il est doté du **meilleur des outils, la main**. Selon Aristote, la nature a donné justement à l'homme *« l'outil qui tient lieu des autres »*, pour servir son intelligence. Ainsi, l'homme, grâce à la main, peut inventer et tenir un très grand nombre d'outils, alors que l'animal est limité à un seul. Ici, on comprend que la technique humaine, symbolisée par la main, ne se sépare pas de la nature, mais en est le produit et le prolongement. Par ailleurs, elle augmente la liberté humaine par l'éventail des possibilités d'actions qu'elle crée.

2 Une menace pour notre humanité

A Progrès technique et décadence morale

Certes le progrès technique semble découler naturellement des efforts faits par l'homme pour survivre dans une nature hostile. Mais il peut apparaître aussi comme une manière pour l'homme d'accroître sa **supériorité** et sa **domination** sur la nature ainsi que sur les autres hommes. C'est l'analyse que fait **Rousseau** du progrès technique pour mettre en cause l'orgueil humain et les effets pervers de sa *« perfectibilité »*. Il souligne également la dépendance entraînée par l'utilisation des outils, et ainsi la perte de **liberté** occasionnée par l'habitude d'une existence facilitée.

B Les dangers de la technique

- L'évolution des techniques représente un progrès dans les moyens offerts aux hommes, encore plus évident avec la **« technologie »**, l'articulation étroite des sciences et de la technique. Ce **« progrès »** est cependant très **équivoque**, dans la mesure où il s'offre **indifféremment à toutes les fins**, y compris les pires passions des hommes. Il mène ainsi à des **menaces** sur l'environnement comme sur l'existence de notre espèce.

> **À voir**
>
> ***Demain*, le film documentaire de Cyril Dion (2016)** présente les enjeux environnementaux et sociaux liés au réchauffement climatique et plus largement à la technologie.

- **Heidegger** pointe un danger plus grave encore, car plus subtil. Nos succès dans l'appropriation de la nature nous amènent à **ne plus voir le monde que comme un « fonds »** fait pour être exploité. De façon insidieuse, la technique devient ainsi autre chose qu'un ensemble de moyens : une forme de rapport « agressif » et réducteur à la réalité, qui entraîne un **appauvrissement de notre essence** d'êtres pensants.

3 Remèdes

- Il semble nécessaire d'encadrer l'évolution technique par des lois, qui appellent d'abord à une **réflexion éthique inédite**. Dans la mesure où la technique remet en cause les limites fixées par la nature, l'homme se retrouve devant la responsabilité de devoir lui-même les définir. **Hans Jonas** ajoute que cette **responsabilité** doit même, à présent, s'étendre à des êtres qui n'existent pourtant pas encore : les « générations futures ».

> **Citation clé**
>
> *« Agis de façon que les effets de ton action soient compatibles avec la permanence d'une vie authentiquement humaine sur Terre. »*
>
> Hans Jonas, *Le Principe Responsabilité*, 1979.

- Pour ne pas tomber dans ce qu'**Heidegger** appelle *« l'oubli de l'Être »*, il faut cultiver des formes de rapport au monde plus « sereines » que celle de la technique. L'**art**, la **philosophie** ou encore la **religion** en donnent l'exemple, dans la mesure où ce sont autant de moyens de **se rapporter à la réalité sans chercher à l'exploiter**.
- Ainsi, les remèdes au danger potentiel de la technique passent à la fois par la **connaissance**, par une **exigence morale de respect**, et par la mise en œuvre de **moyens politiques**.

La technique selon les trois perspectives

LA TECHNIQUE – L'existence humaine et la culture

La technique est directement en lien avec des questions **existentielles** ou relatives à la **culture**. Elle est en effet l'expression directe de la culture comme transformation de la nature et on se demande jusqu'où elle améliore l'existence des hommes. Elle peut également être questionnée dans ses effets sur la conscience et sur la liberté **[1 et 2]**.

Exemple de question

• *Le progrès technique transforme-t-il les hommes ?* → On se demande si le développement technique censé agir sur la nature pour la transformer positivement n'a pas aussi un effet sur les hommes et lequel.

LA TECHNIQUE – La morale et la politique

De même, on ne peut que questionner les effets moraux de la technique ainsi que la responsabilité politique impliquée dans ces effets. L'usage d'outils rend-il les hommes meilleurs, plus « humains », plus respectueux, ou les rend-il au contraire moins « humains », moins respectueux, plus égoïstes, plus indifférents… ? Que peuvent faire les lois pour empêcher les effets néfastes du progrès technique ? **[2 et 3]**

Exemple de question

• *Faut-il limiter le progrès technique ?* → La question porte sur le paradoxe de la technique, censée se développer et progresser pour améliorer l'existence des hommes, mais dont les effets se révèlent inverses ; il convient de se demander sur quels critères limiter ou empêcher l'utilisation de certaines techniques, et quel rôle accorder à la fois à la morale et à la politique pour fixer ces critères.

LA TECHNIQUE – La connaissance

Enfin, on peut questionner le rapport entre connaissance et technique, ou entre science et technique. On se demande jusqu'où la fabrication et l'utilisation d'outils rendent les hommes plus intelligents, plus performants sur le plan de la connaissance et de la réflexion. Là encore, les effets semblent paradoxaux, voire contradictoires, et la question se pose de savoir si c'est la technique en elle-même qui doit être condamnée ou bien les hommes eux-mêmes dans l'usage qu'ils en font et dans les buts (finalité) qu'ils lui donnent **[1 et 2]**.

Exemple de question

• *Les techniques ne sont-elles qu'une application des sciences ?* → On interroge le décalage possible entre la science, comme connaissance rationnelle théorique au service de la vérité, et la technique, comme application pratique au service d'un intérêt humain : certaines dérives ne sont-elles pas possibles dans l'utilisation des objets techniques ? Ne peuvent-ils pas servir des intérêts économiques, commerciaux, politiques ?

16 Le temps

Voir aussi : le bonheur (p. 354),
la conscience (p. 358),
la liberté (p. 384)

Le temps désigne, avec l'espace, une des dimensions dans lesquelles s'établit l'existence humaine, comme manière pour l'homme de se projeter en avant de lui-même. Il s'agit d'interroger le rapport que l'homme entretient, par sa conscience, avec le temps. Ce rapport est-il d'emblée tragique, du fait d'une **existence limitée dans le temps** ? Ne peut-on **voir le temps autrement** que comme une marque de notre finitude ?

Le caractère tragique de l'existence humaine

Crainte de la mort et fuite du temps

Valeurs positives du temps et de l'existence

Héraclite (v. 550-v. 480 av. J.-C.)
« Rien n'est, tout devient »

Épicure (341-270 av. J.-C.)
La crainte de la mort

Pascal (1623-1662)
Le divertissement

Nietzsche (1844-1900)
L'éternel retour

Bergson (1859-1941)
Le temps comme durée

1 Le temps comme marque de la finitude

A L'irréversibilité du temps

- Le temps apparaît comme essentiellement irréversible : il ne passe que dans un seul sens, allant du passé vers l'avenir. En posant que le temps « passe », on pose que tout, dans le temps, se trouve **soumis au changement**. Ainsi, pour Héraclite, *« rien n'est, tout devient »*.

> **Citation clé**
>
> *« Tu ne te baigneras jamais deux fois dans le même fleuve. »*
>
> Héraclite, *Fragments*.

- Plus encore, en passant, le temps semble condamner l'ensemble des choses et des êtres à disparaître ou à **mourir**. Rien ne semble pouvoir résister à l'**usure du temps**.

B La conscience de la finitude

De ce fait, l'existence humaine semble marquée par la **conscience de la « finitude »**. L'homme a conscience que son existence a nécessairement une limite (*finis*, en latin) dans le temps, comme s'il ne venait au monde que « pour » retourner ensuite au néant. Ce but absurde lui révèle la contingence de l'existence : il existe « pour rien » et aurait pu ne pas exister. **Sartre**, dans *La Nausée*, montre que la nausée est précisément le dégoût et le vertige causés par la prise de conscience de ce trait de l'existence.

> **Mot-clé**
>
> **Vanité :** caractère vain, vide, de l'existence humaine marquée par la finitude dans le temps. « Tout est vain » est, en cela, synonyme de « À quoi bon ? ». Vivre n'a aucun sens si notre seul horizon est la mort.

2 Les attitudes de l'homme face au temps

A La crainte de la mort

- L'homme ne peut donc vivre, semble-t-il, que dans l'**angoisse** de la mort. Il sait qu'il va mourir, mais ne sait rien de la mort elle-même, de ce qu'il y a « après ».
- D'où l'idée, selon **Épicure**, que la crainte de la mort est en même temps **une crainte de la vie**, laquelle a pour horizon la mort.
- Pour se libérer de cette crainte, il faut donc, selon Épicure, penser que ***« la mort n'est rien »*** : elle n'est rien tant que nous existons et elle n'est rien après, car il n'y a rien après la mort.

B La fuite du temps

- Mais l'homme ne peut pas toujours affronter l'idée même de la « mort ». La fuite du temps représente, en ce sens, l'idée à la fois que **le temps nous échappe** (nous ne le maîtrisons pas) et que **nous essayons de lui échapper**, de nous soustraire au devenir* et à la pensée de la mort.
- Pour **Pascal**, l'homme est ainsi incapable de *« se tenir »* au temps présent, car cela le ramènerait à l'idée de sa finitude. Il *« erre »* donc dans des temps qui *« ne sont pas les siens »*, en se projetant vers un avenir plus agréable ou en ressassant les bons souvenirs. C'est par le **divertissement** qu'il se « détourne » ainsi l'esprit.

3 Valeurs positives du temps et de l'existence

A L'éternel retour des choses

Selon Nietzsche, il faut exister de telle sorte que chaque moment soit tel que nous souhaiterions le revivre éternellement. Le temps serait ainsi **réversible à l'infini** et inviterait l'homme à une autre forme d'épreuve, source de perfectionnement.

> **À voir**
>
> ***Un jour sans fin*, film de Harold Ramis (1993).** Un journaliste de télévision spécialisé dans la météo, parti faire un reportage dans une petite ville perdue, se retrouve condamné à revivre sans cesse la même journée…

B Le temps comme durée

Bergson souligne également que nous nous trompons en concevant le temps à la manière de l'espace, de façon quantitative. Le temps ne nous est pas extérieur et objectif, mais **intérieur et subjectif**, propre à chaque conscience, passant plus ou moins vite. En ce sens, le temps exprime notre *« durée »* intérieure. Il se confond avec la **conscience** elle-même, véritable *« pont jeté entre le passé et l'avenir »*. Celle-ci conserve le passé et anticipe l'avenir en les reliant dans le présent, assurant ainsi notre continuité au sein du changement.

C Création et liberté

Le temps ainsi conçu comme durée permet également d'intégrer une **dimension créatrice et imprévisible de l'existence**. Pour **Bergson**, le temps est ce qui nous permet de nous créer continuellement en ajoutant et en intégrant de la nouveauté à ce que nous sommes déjà. Nos actions peuvent ainsi, au contact des nouvelles possibilités données par le temps (l'avenir), rejaillir sur nous et nous modifier. Ainsi nous ne sommes pas condamnés à être ce que nous sommes et à agir en fonction de ce que nous sommes, nous changeons sans cesse, sans nous perdre pour autant puisque nous nous conservons également.

Le temps selon les trois perspectives

LE TEMPS – L'existence humaine et la culture

La notion de temps est directement en lien avec la notion d'existence car exister signifie pour l'homme se projeter en avant de lui-même, s'ouvrir au devenir en conservant le passé et en anticipant l'avenir au moyen de la conscience. On se demande toutefois quelle forme on peut donner à son existence sachant que le temps est d'abord perçu comme ce qui entraîne fatalement vers la mort **[1]**. Est-il possible de concevoir une existence ouverte malgré tout ? **[2 et 3]**

Remarque : Le lien entre la notion de temps et la notion de culture est rare, sauf si l'on se demande comment varient les représentations du temps en fonction des cultures, ou si l'on interroge le temps social.

Exemple de question

• ***Cela a-t-il un sens de vouloir échapper au temps ?*** → On questionne l'attitude naturelle consistant à tout mettre en œuvre pour fuir les effets destructeurs du temps ; on se demande si cette attitude est logique, efficace, bénéfique, et s'il n'y a pas d'autres attitudes plus sensées à avoir.

LE TEMPS – La morale et la politique

Le rapport de l'homme au temps peut aussi prendre un sens moral (moins politique) si l'on a en vue l'effort que l'on doit faire pour assumer la perspective de la mort : ce travail d'acceptation ne nous élève-t-il pas et ne nous rend-il pas « meilleur » ? **[2, 3. A]**

Exemple de question

• ***Faut-il vivre comme si l'on ne devait jamais mourir ?*** → On se demande quelle est l'attitude la plus morale à adopter face à la perspective de la mort : doit-on oublier que l'on va mourir et privilégier une existence au jour le jour, insouciante ? Ou bien au contraire, doit-on avoir conscience de la mort pour mener une vie plus sérieuse, plus vertueuse ? Mais comment alors ne pas « trop » penser à la mort ?

LE TEMPS – La connaissance

• Le lien entre le temps et la connaissance ne se fait pas spontanément. Néanmoins, on ne peut manquer de faire le rapprochement entre le temps et la conscience, car, chez l'être humain, ils se confondent. La conscience que l'homme a de sa propre existence n'est en effet rien d'autre que sa représentation dans le temps, avec conservation du passé et anticipation de l'avenir **[3. B]**.

• On peut se demander par conséquent si notre rapport à nous-mêmes et au temps ne dépend pas de la conception que l'on peut se faire du temps. Selon que l'on se représente le temps de telle ou telle manière, notre relation au temps change, ainsi que notre manière d'orienter notre existence **[2 et 3]**.

Exemple de question

• ***Le temps est-il notre ennemi ou notre allié ?*** → La question invite à comprendre que le temps n'est rien en lui-même mais dépend de la manière dont nous le comprenons ou le définissons.

17 Le travail

Voir aussi : l'État (p. 368), la justice (p. 375), la technique (p. 405)

Le **travail** (du latin *tripaliare*, « torturer avec un tripalium », instrument à trois pieux destiné à ferrer les animaux ou à punir les esclaves) désigne l'activité par laquelle l'homme **transforme la nature** pour l'adapter à ses besoins. La question se pose de savoir si cette activité est **libératrice** ou bien au contraire **asservissante** ?

Une spécificité et une libération — **…ou une aliénation**

Hegel (1750-1831) La dialectique du maître et de l'esclave

Marx (1818-1883) Le travail proprement humain

Marx (1818-1883) Le travail comme « aliénation »

Arendt (1906-1975) Le travail comme soumission au cycle de la vie

1 Spécificité humaine du travail

A Travail et reconnaissance

- Le travail humain peut certes être associé à l'asservissement. Dans l'Antiquité, l'homme libre est précisément celui qui ne travaille pas. On l'oppose à l'esclave qui est contraint de travailler pour un maître et qui est privé de liberté.
- Toutefois, on peut opposer à cette vision des choses l'idée que l'esclave se libère justement de la nécessité (besoins à satisfaire) par le travail, libération à laquelle ne peut prétendre le maître qui dépend de son esclave pour satisfaire ses besoins. C'est l'analyse que fait **Hegel**, communément appelée la *« dialectique du maître et de l'esclave »*.

B Travail humain, activité animale

Marx à son tour souligne que l'emploi d'outils est déjà un aspect par lequel le travail se sépare de la pure activité animale. Ces « moyens de travail » rendent les tâches moins pénibles et plus efficaces. Ce qui caractérise encore le travail humain, c'est que l'homme se représente ce qu'il fait grâce à sa conscience. Le travail est autre chose qu'une contrainte naturelle : un moyen de s'accomplir en réalisant ses propres projets. Plus largement, il y a une dimension morale dans le travail humain, car son produit profite à l'ensemble de l'espèce humaine alors que l'activité productrice de l'animal ne vise que sa propre subsistance (ou celle de sa progéniture). On comprend qu'ici le travail permette à l'homme une certaine reconnaissance ou prise de conscience de lui-même.

2 Travail et aliénation

A Le travail comme lieu d'« aliénation »

Le travail peut pourtant être vécu comme un lieu d'« aliénation ». **Marx** montre notamment que l'introduction des machines (machinisme) conduit à un **travail simplifié et répétitif**, qui le **vide de son intérêt humain**. Il n'est plus vu que comme une contrainte nécessaire à supporter pour « gagner sa vie » : ce qui ravale finalement le travail à une activité animale, dans laquelle l'homme ne peut plus se reconnaître. Pour **Marx**, c'est le capitalisme, modèle économique reposant sur le désir de faire du profit, qui est en cause, et plus largement l'État, fondé sur ce système et sur la lutte des classes. Dans le travail, certains hommes sont « forcés de se vendre » à ceux qui les font travailler et qui en tirent profit (patrons).

Mot-clé

Aliénation : littéralement, le fait de « devenir étranger à soi-même ». Le travail n'est pas **« aliénant »** en soi, selon Marx. Il n'a cet effet négatif que lorsqu'il perd sa dimension humaine, dans des conditions particulières.

À voir

***Les Temps Modernes*, film de Charlie Chaplin (1936)** nous montre un personnage qui peine à se soumettre aux conditions modernes du travail, marquées par le machinisme et l'exigence de rentabilité.

B Travail et nécessité

L'analyse d'**Hannah Arendt** va encore plus loin puisqu'elle pose que le travail est en lui-même une manière pour l'homme de rester soumis à la nécessité vitale. Celle-ci impose à l'homme de devoir satisfaire vainement des besoins qui se renouvellent sans cesse (notamment celui de se nourrir). Travailler en ce sens reste une manière de reproduire le cycle de la vie (vie/mort) puisque le produit du travail est consommé sitôt réalisé, et doit être reproduit constamment. La perspective d'une société délivrée du travail, où les machines notamment permettraient à l'homme de ne plus travailler, fait partie de son analyse critique du travail humain.

3 Remèdes à l'aliénation

A Rôle de l'État

Dans le domaine du travail, l'intervention de l'**État** semble nécessaire, sous la forme des **lois**, pour faire en sorte que l'homme ne soit pas considéré seulement comme une « force de travail ». Il s'agit, ainsi, de garantir le **respect de la personne**, en définissant des **conditions de travail dignes** et non soumises au seul calcul de la rentabilité et du profit. Le rôle de l'État est en effet de produire les conditions d'une société juste et harmonieuse.

B Le modèle du loisir

Enfin, il faut équilibrer notre rapport au travail en repensant le rôle du **« loisir »**. Il ne doit pas être conçu comme un remède à l'ennui mais comme un authentique moyen de **s'accomplir** en employant nos meilleures facultés. Pour **Hannah Arendt**, il est urgent de revaloriser ce modèle antique. Comme le progrès technique nous libère de plus en plus de la nécessité de travailler, il faut voir que d'autres activités « sérieuses » peuvent exister **en dehors du travail**, comme l'art ou la politique, lesquels laissent derrière nous des « œuvres » ou « actions » qui perdurent là où le produit du travail est consommé et perdu.

Le travail selon les trois perspectives

LE TRAVAIL – L'existence humaine et la culture

Le travail semble directement en lien avec des questions d'ordre existentiel ou relevant de la culture. On se demande ce que le fait de travailler apporte à l'être humain, marqué par la conscience et la liberté : y gagne-t-il un moyen de s'humaniser davantage **[1]** ou au contraire y perd-il une part de son humanité **[2]** ? Quelles solutions envisager dans ce cas **[3]** ? Plus précisément, dans la manière dont l'homme transforme la nature au moyen du travail, on se demande s'il n'y a pas des limites à poser à cette transformation, compte tenu du danger que représente la technique **[Fiche 15, La technique]**.

Exemple de question

• *Que gagne-t-on à travailler ?* → On se demande si l'homme gagne tout, à savoir son humanité, ou bien rien, en perdant celle-ci ; le but de la question est de savoir si c'est le travail en lui-même qui est en cause, ou bien ses conditions.

LE TRAVAIL – La morale et la politique

De même, on ne peut que se demander si le travail sert toujours des fins moralement bonnes, et quels sont dans ce cas les rôles de l'État et de la société, fondés sur la division du travail et sur l'exigence d'une certaine productivité (richesse) **[1. A, 2. A, 3. A]**, **[Fiche 6, L'État et Fiche 8, La justice]**.

Exemple de question

• *Le travail contribue-t-il à unir les hommes ou bien à les diviser ?* → On se demande quels sont les effets, positifs et pervers, de la division du travail et du travail en général : permettre à chacun de produire dans un domaine spécifique et permettre à certains de faire travailler d'autres profite-t-il à l'ensemble de la société ou cela oppose-t-il les individus les uns aux autres ? Quelle est la responsabilité de l'État ?

LE TRAVAIL – La connaissance

Enfin, on peut se demander ce que le travail **apporte** à l'homme en termes de connaissance, à un niveau **intellectuel** ou **spirituel, et en termes de conscience**. Ici encore, le travail peut avoir un effet enrichissant ou au contraire dégradant, selon que l'homme y déploie ou non ses facultés spécifiques, à la fois physiques, intellectuelles et morales. L'utilisation d'outils pose le même problème : ils semblent supposer une certaine intelligence mais peuvent aussi, via le machinisme, faire perdre à l'homme tout l'usage de sa pensée et de sa réflexion. Là encore, il convient de rechercher des solutions à cet aspect aliénant **[1. A et B, 2. B, 3]**, **[Fiche 15, La technique]**.

Exemple de question

• *Le travail permet-il de prendre conscience de soi ?* → La question est de savoir quel impact le travail a sur la représentation ou connaissance que l'on a de soi-même : le produit de notre travail nous ressemble-t-il ou au contraire nous renvoie-t-il une image dégradée ou fausse de ce que l'on est réellement ? Pour quelles raisons et comment y remédier si tel est le cas ?

18 La vérité

Voir aussi : la religion (p. 395)

La vérité désigne, de façon classique, l'**adéquation de l'esprit à la chose**. C'est se représenter le réel tel qu'il est, de manière objective. On se demande, d'une part, si une telle conformité est accessible à l'homme et par quels moyens l'atteindre. On s'interroge, d'autre part, sur la valeur de la vérité : qu'apporte sa recherche ?

Difficultés que pose la vérité — **Les différentes formes de vérités** — **Valeur de la vérité**

Platon (427-347 av. J.-C.) Le monde des Idées

Descartes (1596-1650) Le modèle de l'évidence

Leibniz (1646-1716) Vérités de fait et vérités de raison

Kant (1724-1804) Le devoir de sincérité

1 Difficultés que pose la vérité

A Vérité et réalité

- La vérité est à distinguer de la simple réalité : c'est un discours ou une pensée sur la réalité. C'est avoir une représentation exacte, objective de la réalité, chercher un **accord** entre notre esprit et le réel.
- Plus encore, la vérité porterait sur l'**essence** des choses, sur ce qu'elles sont en elles-mêmes, au-delà de leur apparence. Elle a alors un caractère stable et universel.

B Caractère idéal de la vérité

C'est pourquoi, pour **Platon**, la vérité porte non pas sur la réalité sensible (ce que l'on voit, touche, etc.) mais sur une réalité « **intelligible** », accessible à la raison, et qui serait le **monde des Idées**, essences qui composent et ordonnent notre réalité. Ainsi, la vraie beauté, ce n'est pas une belle jeune fille ou une belle lyre, c'est l'Idée de beauté, c'est-à-dire ce par quoi toutes les choses belles le sont.

C Les obstacles à la recherche de la vérité

Une telle recherche suppose donc de vaincre les obstacles qui empêchent d'atteindre cette réalité intelligible. L'homme est, en effet, sujet à l'**erreur** (se tromper) ou à l'**illusion** (être victime de ses sens ou de ses désirs). Face à cette difficulté, il peut aussi préférer l'**ignorance** ou la simple **opinion** (pensée superficielle). Enfin, il peut vouloir se réfugier dans le **mensonge**, lorsque la vérité contrarie ses désirs ou ses intérêts.

À voir

***Music Box*, film de Costa-Gavras (1990).** L'histoire d'une avocate qui veut défendre son père accusé d'être un ancien nazi et poursuivi pour crime de guerre.

2 Les différentes formes de vérités

A Le modèle de l'évidence

Pour vaincre ces obstacles qui entravent la recherche de la vérité, on peut alors chercher, comme **Descartes**, à tout remettre en question, pour trouver une vérité indubitable. La proposition ***« Je pense, donc je suis »*** est, en ce sens, pour lui, le **modèle de la vérité**, en s'imposant comme **évidence** : penser, c'est être certain d'exister. La vérité relèverait ainsi d'une intuition* intellectuelle.

> **Citation clé**
>
> *« Les choses que nous concevons fort distinctement et fort clairement sont toutes vraies. »*
>
> René Descartes, *Discours de la méthode*, 1637.

B Vérités de fait ou de raison ?

Pourtant, comme le suggère **Leibniz**, il y a différentes vérités, selon les différents domaines de réalité : il y a ainsi des vérités de fait (« Il pleut »), dont le contraire est possible, et des vérités de raison ($2 + 2 = 4$), dont le contraire est impossible. Les vérités de fait supposent une certaine **expérience sensible**, et les vérités de raison sont données par la **raison seule**.

C Le modèle des sciences

On comprend que les sciences, qui reposent sur la rigueur du raisonnement et sur l'expérimentation, constituent un **modèle de vérité**. Elles proposent en effet des lois et des théories permettant de saisir des **rapports nécessaires et universels entre les choses** (par exemple la loi de la chute des corps pose que tous les corps tombent nécessairement).

PHILOSOPHIE

3 Valeur de la vérité

A Vérité et devoir

- On peut donc s'interroger sur la valeur de la vérité. Les difficultés que pose sa recherche peuvent-elles, par exemple, autoriser le mensonge ? Pour **Kant**, le **devoir de sincérité** est un devoir sans condition : je ne suis jamais sûr, en mentant, de rendre mon action (même bonne) efficace. Plus largement, la recherche de la vérité rend l'homme meilleur, plus courageux, plus en accord avec sa dimension spirituelle. Elle a ainsi une vocation **morale**.

> **Rappel**
>
> Il est plus juste de parler d'un **devoir de « sincérité »** que de « vérité ». Il est en effet difficile d'être sûr de connaître la vérité. Ce que nous pouvons au moins garantir à autrui, c'est de dire ce que nous pensons être vrai. Nous n'avons qu'à interroger notre propre conscience.

- Pour **Descartes**, on peut hésiter entre l'illusion porteuse de joie ou la vérité accompagnée de tristesse. Selon lui, l'esprit humain place son « bien » dans la connaissance de la vérité et, par conséquent, même si celle-ci n'est pas toujours plaisante, l'homme en retire une plus grande satisfaction. L'illusion ou l'ignorance ne le contentent que superficiellement.

B Vérité et croyance

- De même, on peut poser que l'homme ne peut affirmer certaines vérités, lorsqu'elles portent sur des aspects du réel inaccessibles à l'expérience, comme Dieu. Mais, selon **Kant**, la morale exige de poser des objets de croyance, là où connaître est impossible. Croire en l'existence de Dieu est ainsi nécessaire pour croire en nos devoirs (on les pose comme issus de Dieu). Dieu fait l'objet d'une foi, qui pour le croyant acquiert le statut de **vérité subjective**.
- À ce niveau, c'est à l'État de garantir une liberté de croyance ou d'opinion, pour permettre à chacun d'avoir sa propre vérité. Pour autant, l'État peut aussi chercher à limiter et empêcher des croyances ou opinions néfastes à la vie en commun et contraires au respect de la personne humaine (on peut ainsi condamner quelqu'un pour des propos qui incitent à la haine et condamner par là même l'opinion qui les sous-tend).

• La diversité des cultures et des croyances rend également la vérité « relative », conditionnée par certains facteurs. C'est cette diversité qui fait dire à **Pascal** : *« Vérité en deçà des Pyrénées, erreur au-delà »*. Là encore, la croyance peut avoir valeur de vérité, elle peut avoir un **rôle social** (partager les mêmes croyances).

C Vérité et illusion

Plus radicalement pour **Nietzsche**, les vérités établies par les hommes, notamment dans le domaine des sciences ou même de la philosophie, ne sont qu'**illusions** : elles expriment le désir qu'ils ont de croire en un monde stable et ordonné par des lois, mais elles cachent un monde dont l'apparence, changeante et particulière, est l'unique réalité. Seul l'art permet de saisir cette réalité variable et éphémère, ainsi qu'un certain type de philosophie (notamment celle de **Nietzsche**, censée rompre avec le modèle platonicien.

La vérité selon les trois perspectives

LA VÉRITÉ – L'existence humaine et la culture

La notion de vérité est à articuler avec les questions existentielles car on se demande ce que sa recherche apporte à l'homme, tant elle peut s'avérer difficile, voire impossible, et parfois douloureuse [**1. C, 3. A**]. Par ailleurs, la pluralité des cultures pose aussi la question du rapport entre la vérité et les valeurs sociales, en interrogeant la dimension relative et subjective de certaines croyances admises comme vraies [**3. B**].

Exemples de questions

• *Peut-on ne pas vouloir rechercher la vérité ?* → On se demande ce qu'apporte la recherche de la vérité à l'homme, et si elle est toujours bénéfique ; on se demande aussi ce qui peut contrarier la volonté de l'homme dans sa quête de connaissance.

• *Toutes les opinions sont-elles tolérables ?* → On interroge la légitimité des opinions, c'est-à-dire de certaines pensées non réinterrogées, admises souvent comme vraies et pouvant l'être. Au nom de la liberté d'opinion, il semble qu'un devoir de tolérance s'impose en cas de désaccord. Pourtant, certaines limites apparaissent nécessaires au niveau moral.

LA VÉRITÉ – La morale et la politique

La vérité a un rapport avec la **morale** puisque l'on a en vue l'idée qu'il y a peut-être un devoir de vérité, contrebalancé par la tentation de défendre aussi un droit de mentir. De même, en se demandant ce que la recherche de la vérité apporte à l'homme, on s'interroge sur sa valeur morale [**2. A**]. On se demande également si l'**État** peut jouer un rôle dans la quête ou l'énoncé de la vérité [**3. B**].

Exemple de question

• *Toute vérité est-elle bonne à dire ?* → Cette question interroge l'énoncé de la vérité, et pose la question du droit de mentir. Il convient de rechercher des situations où le devoir de dire la vérité à autrui serait remis en question, et on se doit aussi de rechercher des conditions pour énoncer des vérités pénibles, douloureuses, terribles, que l'on ne peut taire.

LA VÉRITÉ – La connaissance

Enfin, la vérité est en lien direct avec les questions touchant à la connaissance puisqu'elle se définit comme connaissance objective. On se demande comment accéder à la vérité et si cet accès est possible. On se doit aussi d'interroger le modèle que représentent les sciences, pour savoir s'il n'y a pas des vérités d'un autre ordre (dans la religion, dans l'art, la philosophie...) [**2. C, 3. B et C**].

Exemple de question

• *N'y a-t-il de vérité que dans les sciences ?* → On attend une réflexion critique sur les sciences, en tant que modèles de vérité, pour interroger la possibilité d'établir des vérités dans d'autres domaines, tels que l'art ou la religion, ou encore la philosophie.

Annales du Bac Explication de texte

SUJET Explication de texte

Corrigé p. 418

Expliquez le texte suivant :

Chaque degré de bonne fortune qui nous élève dans le monde nous éloigne davantage de la vérité, parce qu'on appréhende plus de blesser ceux dont l'affection est plus utile et l'aversion plus dangereuse. Un prince sera la fable de toute l'Europe, et lui seul n'en saura rien. Je ne m'en étonne pas : dire la vérité est utile à celui à qui on la dit, mais désavantageux à ceux qui la disent, parce qu'ils se font haïr. Or, ceux qui vivent avec les princes aiment mieux leurs intérêts que celui du prince qu'ils servent ; et, ainsi, ils n'ont garde de lui procurer un avantage en se nuisant à eux-mêmes.

Ce malheur est sans doute plus grand et plus ordinaire dans les grandes fortunes ; mais les moindres n'en sont pas exemptes, parce qu'il y a toujours quelque intérêt à se faire aimer des hommes. Ainsi, la vie humaine n'est qu'une illusion perpétuelle ; on ne fait que s'entre-tromper et s'entre-flatter. Personne ne parle de nous en notre présence comme il en parle en notre absence. L'union qui est entre les hommes n'est fondée que sur cette mutuelle tromperie ; et peu d'amitiés subsisteraient, si chacun savait ce que son ami dit de lui lorsqu'il n'y est pas, quoiqu'il en parle alors sincèrement et sans passion.

L'homme n'est donc que déguisement, que mensonge et hypocrisie, et en soi-même et à l'égard des autres. Il ne veut donc pas qu'on lui dise la vérité. Il évite de la dire aux autres ; et toutes ces dispositions, si éloignées de la justice et de la raison, ont une racine naturelle dans son cœur.

Blaise Pascal, *Pensées*.

Comment traiter le sujet

Notions

La vérité, le bonheur, le devoir, la justice.

Remarques générales

Ce texte, facile à comprendre, pourrait prêter à la paraphrase. De plus, les thèmes de « la vie sociale » et du « mensonge » conduisent vite à dire des banalités. Il faut donc être attentif, dans l'explication, au détail des idées et à leur progression.

Thème, thèse et problème du texte

Pascal réfléchit, ici, sur la place que peut avoir la vérité dans les rapports entre les hommes. Une véritable vie commune semble ne pouvoir exister qu'à la condition d'un rapport de confiance réciproque entre eux. La société devrait donc être fondée sur la vérité ou, du moins, sur la sincérité. Au contraire, Pascal montre que la nature humaine condamne les relations humaines à reposer sur l'illusion et le mensonge. Cela ne devrait-il pas engendrer une méfiance généralisée, détruisant tout lien social ? Comment la société peut-elle se maintenir sur une telle base ? Enfin, est-ce un mal vraiment irrémédiable que décrit, ici, Pascal ?

Corrigé : plan détaillé

Les titres en couleur apparaissant dans ce corrigé ne doivent pas figurer dans votre devoir. Nous les avons insérés pour vous guider et vous aider à repérer la progression de l'explication de texte.

Introduction

Ce qui semble fonder les rapports entre les hommes dans une société, c'est que chacun espère parvenir à assurer ses propres intérêts grâce aux autres. Une société devrait donc pouvoir reposer sur la confiance. Au contraire, Pascal affirme, dans cet extrait, que la vie en société prend nécessairement la forme d'une dissimulation généralisée, par laquelle chacun ment à chacun pour préserver ses intérêts. Pour établir cette thèse, l'auteur commence par analyser et mettre en évidence ce phénomène à son niveau le plus visible, à savoir les instances de pouvoir. Il montre, ensuite, que cette analyse doit être étendue à la société dans son ensemble et à tous les rapports humains. Enfin, Pascal fait apparaître la cause première et profonde de ce mal qui touche la société : l'amour-propre, qui entache la nature humaine. S'agit-il, cependant, d'un mal irrémédiable ? N'est-il pas possible de faire comprendre aux hommes qu'ils vont, en réalité, contre leur véritable intérêt en faisant aussi peu de cas de la vérité ?

I Partie explicative

1 Mise en évidence d'une sorte de « loi » (l. 1 à 8)

L'extrait commence par l'énoncé d'une sorte de « loi » : plus on accède à des places avantageuses dans la société et plus il faut renoncer à vivre dans la vérité. Le phénomène tient au fait que le devoir de dire la vérité se heurte bien souvent aux intérêts des individus. Pascal relève, à ce sujet, un décalage entre les deux parties concernées : *« Dire la vérité est utile à celui à qui on la dit, mais désavantageux à ceux qui la disent. »* Il y a, ici, un présupposé implicite : dire la vérité à autrui est préjudiciable dans la mesure où celle-ci est désagréable à entendre. Si Pascal évoque la vérité uniquement sous son aspect « blessant », c'est parce que c'est le seul à poser problème (il est facile de dire une vérité agréable). C'est aussi parce que *« la vérité »* dont il est question ici correspond directement ou indirectement aux qualités et aux défauts des personnes. Or, pour Pascal, l'homme est surtout défini par des défauts et des imperfections. Entendre la vérité est donc souvent désagréable mais pas inutile, comme le précise le texte. Cela permet de mieux se connaître, de s'améliorer éventuellement, de savoir, en tout cas, quelles sont les véritables idées des autres à son égard. Or, plus on s'élève socialement et plus on est en relation avec des gens qui ont du pouvoir et qui peuvent nous procurer de grands avantages. On a donc beaucoup à perdre en tenant des propos pouvant passer pour des critiques. D'où cette conséquence paradoxale : plus on a de pouvoir et de responsabilités et plus on vit dans un entourage faux, trompeur. Ce que décrit Pascal ici correspond directement aux pratiques des « courtisans » de l'Ancien Régime (*cf.* l'allusion à *« un prince »* qui serait *« la fable de toute l'Europe »*, c'est-à-dire un sujet de moquerie générale tant il est victime des flatteurs qui l'entourent), mais cette analyse est généralisable à toute société hiérarchisée.

2 Exposition de la thèse, à travers la généralisation de cette « loi » : l'absence de sincérité envers autrui (l. 9 à 16)

Pascal poursuit son analyse en l'étendant à la société dans son ensemble et à toutes les formes de relations humaines. S'il a commencé par étudier le phénomène au niveau le plus haut de la société *(« les* [plus] *grandes fortunes »)*, c'est seulement parce qu'il s'y manifeste de façon plus évidente. Mais cette « loi » vaut à tous les échelons de la société. En effet, toutes les relations humaines sont soumises à la même logique. Même lorsque les enjeux sont moindres, ils ne sont jamais totalement négligeables : personne ne prend donc le risque de déplaire à autrui en lui parlant de façon sincère et véridique. Pascal en tire la conséquence logique que *« l'union* […] *entre les hommes n'est fondée que sur cette mutuelle tromperie »*. Autrement dit : les hommes ne peuvent vivre les uns avec les autres que dans des rapports faussés, où chacun ment à chacun. Pascal l'affirme même de l'amitié, qui est pourtant, par définition, la forme la plus sincère et authentique du rapport à autrui. Elle suppose, en principe, une estime réciproque, fondée sur la juste connaissance de chacun, et doit être séparée de toute question d'intérêt. Pour Pascal, rien de tel ne peut exister dans les faits : personne ne pourrait aimer quelqu'un qui le connaisse pour ce qu'il est vraiment et qui ait le courage de lui dire ce qu'il pense sincèrement de lui.

3 Mise au jour de la cause radicale de ce mal : l'amour-propre de chacun (l. 17 à 20)

Pascal termine son analyse en dégageant la cause première et profonde de ce mal social, sa *« racine naturelle »* : l'amour-propre individuel. L'amour-propre désigne l'estime que chacun se porte, qui pourrait être légitime. Cependant, pour Pascal, cet amour-propre prend nécessairement des proportions exagérées. Il nous pousse à ignorer nos défauts ou à nous inventer des qualités, et, plus généralement, à refuser de connaître et d'entendre la vérité sur nous-même. La comédie sociale que les hommes se jouent entre eux trouve donc son origine dans la comédie que chacun se joue à lui-même, en son for intérieur *(« L'homme n'est donc que déguisement, que mensonge et hypocrisie, et en soi-même et à l'égard des autres »)*. En parlant de *« racine naturelle »*, ancrée dans le *« cœur »* de l'homme, Pascal suggère, de façon pessimiste, qu'il s'agit là d'un mal irrémédiable, lié à la nature même de l'homme et à ses sentiments. Cela suggère qu'il serait difficile de trouver par exemple de véritables amitiés (ou amours) où les personnes seraient sincères l'une envers l'autre. Or ne peut-on s'interroger tout de même sur la possibilité de telles relations ? Si elles restent certes exceptionnelles, ne permettent-elles pas au moins d'être moins pessimiste ?

Conclusion

Nous avons donc vu que, selon Pascal, les hommes ne pouvaient pas vivre autrement que dans des rapports de dissimulation et de mensonge. En effet, chaque homme cherche naturellement à assurer et protéger ses intérêts – ce qui le conduit à toujours ménager la susceptibilité d'autrui en lui cachant la vérité. Une telle attitude aboutit à un résultat opposé à celui recherché. Elle n'engendre que des rapports faux, superficiels, ou une méfiance réciproque, contraires à ce qui fonde une vraie société mais aussi au véritable bonheur. C'est ce dont chacun devrait prendre conscience, pour remédier à ce mal social.

19 Les repères philosophiques

Comme le soulignent les programmes officiels : « *L'examen des notions et l'étude des œuvres sont précisés et enrichis par des repères que le professeur sollicite dans la conduite de son enseignement.* »

Afin de vous aider à les comprendre, voici quatre tableaux qui montrent que certains repères : s'opposent ; sont différents mais pas nécessairement opposés ; sont proches mais doivent être différenciés ; fonctionnent ensemble dans une progression.

1 Les repères qui s'opposent

<table>
<tr><td>Absolu : Qui ne varie pas en fonction de conditions.</td><td>Relatif : Qui varie en fonction de conditions.</td></tr>
<tr><td>Abstrait : Ce qui renvoie à des idées générales.</td><td>Concret : Ce qui renvoie à des choses particulières.</td></tr>
<tr><td>Analyse : Action de décomposer en éléments simples.</td><td>Synthèse : Action de rassembler en un tout.</td></tr>
<tr><td>Théorie : Ce qui renvoie au domaine de la pensée.</td><td>Pratique : Ce qui renvoie au domaine de l'action.</td></tr>
<tr><td>Essentiel : Propriété qui permet de définir un objet.</td><td>Accidentel : Propriété qui ne définit pas un objet.</td></tr>
<tr><td>Immédiat : Ce que l'on atteint directement.</td><td>Médiat : Ce que l'on atteint indirectement.</td></tr>
<tr><td>Impossible : Qui ne peut pas exister.</td><td>Possible : Ce qui n'existe pas mais peut exister.</td></tr>
<tr><td rowspan="2">Objectif : Ce qui ne tient compte que de l'objet, ce qui vaut de façon universelle.</td><td>Subjectif : Ce qui dépend d'un sujet, d'un point de vue particulier.</td></tr>
<tr><td>Intersubjectif : Ce qui caractérise la relation entre deux sujets, deux consciences.</td></tr>
<tr><td>Public : Qui renvoie à la sphère collective, à l'espace partagé par le groupe social (lieux et espaces publics, biens de l'État).</td><td>Privé : Qui renvoie à la sphère personnelle, à l'espace de vie intime (vie privée, maison, famille, biens personnels).</td></tr>
<tr><td>Transcendant : Ce qui dépasse l'ordre naturel des choses accessibles par l'expérience.</td><td>Immanent : Ce qui est du même ordre que la réalité donnée dans l'expérience.</td></tr>
</table>

2 Les repères qui sont différents sans être nécessairement opposés

<table>
<tr><td colspan="3">Croire : Tenir pour vrai de façon subjective.</td><td colspan="3">Savoir : Tenir pour vrai de façon objective.</td></tr>
<tr><td colspan="3">En acte : Ce qui est réalisé effectivement.</td><td colspan="3">En puissance : Ce qui peut se réaliser mais qui ne l'est pas encore.</td></tr>
<tr><td colspan="3">En fait : Ce qui existe dans les faits, sans être pour autant juste.</td><td colspan="3">En droit : Ce qui devrait exister parce que juste, légitime d'un point de vue moral.</td></tr>
<tr><td colspan="3">Exemple : Ce qui permet d'illustrer un énoncé général à l'aide d'un cas concret et particulier.</td><td colspan="3">Preuve : Ce qui permet de vérifier l'accord d'un énoncé avec la réalité.</td></tr>
<tr><td colspan="3">Formel : Ce qui concerne la valeur logique d'un raisonnement, la forme.</td><td colspan="3">Matériel : Ce qui concerne le contenu d'un raisonnement, sa conformité avec la réalité.</td></tr>
<tr><td colspan="3">Idéal : Ce qui existe en pensée et représente un modèle.</td><td colspan="3">Réel : Ce qui existe dans les faits et peut être imparfait.</td></tr>
<tr><td colspan="3">Intuitif : Ce qui peut être saisi de façon immédiate.</td><td colspan="3">Discursif : Ce qui suppose les articulations d'un raisonnement, d'un discours.</td></tr>
<tr><td colspan="2">Principe : Ce qui est premier, ce qui fonde.</td><td colspan="2">Cause : Tout principe d'explication.</td><td colspan="2">Fin : Explication par un but ou une intention.</td></tr>
</table>

3 Les repères qui sont proches mais qu'il faut distinguer

Expliquer : Chercher les causes, ce qui a rendu possible quelque chose.	**Comprendre :** Chercher les raisons, les buts, les motivations.
Légal : Ce qui est conforme à la loi, au droit positif.	**Légitime :** Ce qui est conforme à la morale, ce qui est juste en soi.
Obligation : Ce que l'on s'impose à soi-même librement.	**Contrainte :** Ce qui est imposé de façon extérieure.
Origine : Ce qui désigne le commencement ou les conditions d'apparition de quelque chose.	**Fondement :** Ce qui justifie l'existence de quelque chose d'un point de vue moral ou logique.
Persuader : Obtenir l'adhésion de quelqu'un à partir d'éléments subjectifs.	**Convaincre :** Obtenir l'adhésion de quelqu'un à partir d'éléments objectifs.
Ressemblance : Comparaison directe d'éléments.	**Analogie :** Comparaison indirecte portant sur des rapports.

4 Les repères qui fonctionnent ensemble dans une progression

Concept : Se dit d'une idée générale et abstraite (« la » liberté, « le » temps).	**Image :** Représentation concrète permettant de représenter un concept explicitement (l'image du fleuve pour représenter le temps).	**Métaphore :** Image implicite et indirecte (les « ravages » du temps, « l'écoulement » du temps).	
Contingent : Ce qui existe et aurait pu ne pas exister.	**Nécessaire :** Ce qui existe et qui ne pouvait pas ne pas exister.		
Genre : Le groupe général.	**Espèce :** Le sous-groupe du genre.	**Individu :** L'élément de l'espèce.	
Hypothèse : Proposition incertaine qu'on demande d'admettre (« si… »).	**Conséquence :** Proposition découlant logiquement d'une autre proposition (« alors… »).	**Conclusion :** Proposition finale découlant logiquement d'une série de propositions (« donc… »).	
Identité : Le fait d'être strictement le même.	**Égalité :** Le fait d'être le même sous un certain rapport.	**Différence :** Le fait de ne pas être le même.	
Universel : Ce qui vaut sans exception.	**Général :** Ce qui vaut dans la plupart des cas.	**Particulier :** Ce qui vaut dans certains cas.	**Singulier :** Ce qui vaut dans un seul cas.
Vrai : Se dit d'un énoncé (discours ou pensée) en accord avec le réel.	**Probable :** Se dit d'un énoncé qui admet une forte possibilité d'être vrai.	**Certain :** Se dit d'un énoncé dont l'accord avec le réel a été démontré ou prouvé.	

Lexique

Aliénation : Voir fiches 14 et 16.

Critique : Attitude consistant à ne rien admettre comme vrai sans examen ou demande de preuve.

Déterminisme : Conception selon laquelle la réalité obéit à une relation nécessaire de cause à effet.

Devenir : Désigne la réalité en tant qu'elle est instable et soumise au passage du temps. Voir fiche 15.

Dogmatisme : Attitude consistant à soutenir l'existence de vérités absolues et indiscutables (des « dogmes »).

Empirique : Issu de « l'expérience » (*empeiria*, en grec), c'est-à-dire perçu par les sens. Voir fiche 11.

Empirisme : Voir fiche 11.

Équité : Forme de justice qui consiste à tenir compte de « l'esprit » d'une loi selon les circonstances plutôt que de l'appliquer strictement (« à la lettre »). Voir Fiche 7.

Esthétique : Relatif à la beauté ; partie de la philosophie qui concerne l'art et le beau. Voir fiche 1.

Existentiel : Qui concerne l'homme comme être qui a conscience d'être en vie et s'interroge sur ce fait.

Générosité : Voir fiches 2 et 4.

Impératif catégorique : Principe moral se présentant comme un commandement absolu. Chez Kant, il se formule notamment sous la forme *« Agis de telle sorte que la règle de ton action puisse toujours valoir en même temps comme une loi universelle »*. Voir fiches 3 et 4.

Inné : Désigne ce qui est donné de façon naturelle et immédiate, par opposition avec ce qui est « acquis ». Voir fiche 3.

Introspection : Littéralement, désigne le fait de « regarder » (spectare) à « l'intérieur » (intra) de soi-même. Opération par laquelle la conscience nous permet de saisir notre « vie intérieure ».

Intuition : Rapport immédiat à une réalité. Elle peut être sensible sous la forme de la perception ou intellectuelle par la rencontre d'une « évidence » ne passant pas par le raisonnement. Voir fiches 11 et 13

Libre arbitre : Capacité à pouvoir choisir par soi-même, indépendamment de toute détermination ou influence extérieure. Voir fiches 9 et 10.

Mauvaise foi : Chez Sartre, désigne l'attitude consistant à se cacher à soi-même sa liberté et sa responsabilité. Voir fiches 6 et 9.

Métaphysique : Partie de la philosophie qui porte sur des objets de réflexion inaccessibles à l'expérience.

Rationalisme : Voir fiche 11.

Relativisme : Conception selon laquelle il n'y a rien d'absolu, mais seulement des points de vue équivalents. Voir fiche 10.

Scepticisme, sceptiques : Courant philosophique issu de l'Antiquité remettant en cause la capacité de l'homme à pouvoir saisir la vérité de façon absolue. La sagesse consiste, dans cette mesure, à reconnaître qu'il ne peut y avoir ni de vrai ni de faux, tout point de vue pouvant être soumis au doute. Voir fiche 13.

Souverain : Désigne ce qui est au-dessus de tout le reste et qui ne dépend que de lui-même. Voir fiche 5.

Utilitarisme : Doctrine faisant de l'utilité le fondement de la morale. Voir fiche 7.

Histoire-Géographie

(Enseignement commun)

Histoire

Géographie

CONTRÔLE CONTINU

Descriptif du contrôle continu et conseils

L'enseignement commun d'histoire-géographie fait l'objet de contrôles en classe tout au long de l'année. L'ensemble de vos notes de Première et de Terminale sert à établir votre moyenne générale prise en compte dans le cadre du contrôle continu (coefficient 3 pour chaque année). Cette moyenne compte pour 6 % de votre note finale au Bac.

Exercices possibles de contrôle continu

La réponse à une question problématisée

L'exercice porte sur l'ensemble ou sur une partie du chapitre ; exceptionnellement, il peut concerner tout le thème ou être à cheval sur deux chapitres.

L'**énoncé** est donné sous la forme d'une question. La **problématique** est fournie par le sujet et n'est donc pas à construire.

Vous devez élaborer une réponse rédigée et construite : ce n'est donc ni une composition ni une dissertation. On n'attend donc pas nécessairement une réponse de plus de 2 pages.

L'**introduction** a donc pour but de présenter le plan qui sera choisi pour la réponse. En Terminale, vous devez construire votre plan.

Le **développement** peut être en 2 ou 3 parties. Il faut vous appuyer sur des exemples précis et articuler les idées générales avec des acteurs, des lieux, des événements.

La **réponse** à la question problématisée doit être développée avec rigueur et rédigée avec clarté. Le propos doit mobiliser des notions et le vocabulaire spécifique de la discipline concernée.

La **conclusion** doit fournir des éléments de réponse à la question posée.

L'analyse de document(s)

L'analyse de document(s) est accompagnée d'une **consigne** suggérant une problématique. Le ou les document(s), en histoire comme en géographie, comporte(nt) un **titre** et, si nécessaire, un nombre limité de **notes explicatives**.

Les documents portent de façon minoritaire sur les points de passage et d'ouverture.

Vous devez éviter de faire de la **paraphrase** ou de vous contenter de réciter un cours sans lien direct avec le(s) document(s) à analyser.

Réalisation d'une production graphique

La production graphique est, presque toujours, un **croquis** ; celui-ci est réalisé à partir d'un texte élaboré pour l'exercice qui présente une situation géographique. Un fond de carte est fourni.

L'exercice peut porter **sur n'importe quelle échelle spatiale** (locale, française, régionale, mondiale).

Vous devez faire preuve d'une **plus grande autonomie** qu'en 1re pour identifier, organiser et hiérarchiser les éléments à représenter, et construire la légende.

Peu d'exercices portent sur d'autres types de production graphique (schéma, par exemple) ; si c'est le cas, les consignes et les données servant à l'élaboration de cette production sont fournies avec l'exercice.

Les attentes de votre professeur

Plusieurs critères entrent dans la notation. On attend de vous que vous démontriez votre aptitude à :

– **mobiliser**, au service d'une réflexion historique et géographique, **des connaissances fondamentales** pour la compréhension du monde et la formation civique et culturelle du citoyen ;

– **rédiger des réponses construites et argumentées**, montrant une maîtrise correcte de la langue ;

– **exploiter, organiser et confronter des informations ;**

– **analyser un document** de source et de nature diverses ;

– **comprendre, interpréter et pratiquer différents langages graphiques**.

Le projet d'évaluation de votre établissement

Votre établissement et votre professeur vous communiquent, en début d'année, le projet d'évaluation, qui précise les **modalités de l'évaluation** en contrôle continu. Rédigé par la communauté éducative, ce projet permet de garantir la valeur du diplôme et l'égalité de traitement des candidats au regard de l'examen du baccalauréat et de la procédure Parcoursup.
Il est recommandé que **3 notes au moins**, correspondant à des devoirs sur table, figurent dans la moyenne de chaque trimestre (ou 4 notes au moins pour chaque semestre dans le cadre d'une organisation en semestre). Votre professeur vous proposera soit des questions problématisées au choix, soit des analyses critiques de documents, soit des exercices de réalisation de croquis. Par rapport à la classe de Première, sont privilégiées des consignes plus ouvertes, favorisant une construction plus autonome de la réflexion déployée au fil de ces exercices. Les autres notes correspondent à des exercices variés, permettant de vérifier vos capacités par rapport aux exigences du programme et, en particulier, l'utilisation du numérique et la pratique de l'oral.
Deux des notes de l'année doivent correspondre à un sujet choisi dans la **banque nationale de sujets** (BNS), cette banque étant accessible en ligne. La durée de ces épreuves est laissée au choix des professeurs : l'exercice prévu initialement pour être traité en 1 heure peut vous être proposé pour une durée de 1 h 30 ou être adapté. En général, ces épreuves particulières sont proposées sous la forme de devoirs communs à toutes les classes de Terminale de l'établissement.

1 L'impact de la crise de 1929

La crise de 1929 est un épisode célèbre dans l'histoire de l'économie mondiale. Elle **heurta profondément ses contemporains** et reste, aujourd'hui encore, une crise à laquelle on se réfère volontiers. À tous égards, la crise de 1929 fut d'une **ampleur sans précédent**.

1 Une crise mondiale et ses origines

A Les causes de la crise

• **Une crise spéculative.** Comme toutes les crises de l'ère industrielle, celle de 1929 éclate dans la **sphère boursière**. À partir de 1927, le **marché américain** est **saturé** (reconstruction de l'Europe achevée, concurrence des pays neufs) et la production industrielle augmente plus vite que la demande. Pourtant, la valeur des actions s'accroît rapidement car la **spéculation** joue à plein ; une bonne partie de l'argent disponible, parfois même du crédit, s'oriente vers des **placements boursiers dont la valeur gonfle artificiellement**.

• **Le krach de Wall Street.** La bulle spéculative éclate à Wall Street le **24 octobre 1929**, le fameux **« jeudi noir »**. Les titres s'effondrent, perdent leur valeur ; les actionnaires s'en débarrassent. **Démoralisation, peur et manipulation** sont les ressorts de cette crise qui se poursuit les **28 et 29 octobre**. En quelques jours, **la confiance s'effondre** et 70 millions d'actions sont jetées sur le marché. En novembre, la valeur globale des actions a baissé de moitié par rapport à septembre.

• **Une crise de surproduction.** L'effondrement du cours des actions entraîne la **chute de nombreuses banques** : celles-ci avaient prêté des sommes exorbitantes à des entreprises ne pouvant plus rembourser, frappées par l'effondrement de leurs actions. Dès lors, bien des établissements bancaires font faillite, **privant des centaines de milliers d'épargnants de leurs économies** et les empêchant de rembourser leurs crédits en cours. Il en résulte une crise de surproduction avec **baisse des prix et baisse des salaires**.

> **Mot-clé**
>
> **Crise :** point de retournement de la conjoncture, un événement ponctuel qui se traduit par la chute des prix, le ralentissement de l'activité et la montée du chômage.

B Le passage d'une crise américaine à une crise mondiale

• **Une crise qui se mondialise.** La contraction du commerce international est immédiate : les pays ont tendance à **se replier sur eux-mêmes**, les États-Unis rapatrient leurs capitaux jusque-là dispersés dans toute l'Europe. L'**Allemagne** est l'un des premiers pays d'Europe touché par la crise ; dès 1930, la production s'effondre car **le retrait des capitaux américains entraîne de multiples faillites** et des disparitions d'entreprises. Les Américains ayant bien moins investi en **France**, celle-ci est **touchée plus tardivement** et beaucoup moins violemment.

• **Les conséquences de la crise en Amérique latine.** En Amérique latine, mais aussi en Asie et en Afrique, la **chute brutale des cours des produits agricoles** sur le marché mondial a provoqué une crise de surproduction : on parle de **« crise des produits de dessert »**. Des millions de sacs de café sont ainsi brûlés au Brésil.

2 Conséquences sociales et mesures politiques

A L'émergence d'un chômage de masse

• **Une montée de la misère qui n'épargne aucune catégorie sociale.** On assiste à une **montée spectaculaire du chômage**, avec, pour tous les pays, un **pic en 1932**. Les faillites et la rétraction de l'activité économique poussent des millions de personnes au chômage. Peu de professions sont épargnées. Aux États-Unis, tous les secteurs de l'économie, y compris les activités tertiaires, sont atteints par la crise. Les **fermiers** sont **très durement touchés** : incapables de rembourser leurs lourds emprunts, ils sont expulsés de leurs terres. La misère touche **toutes les catégories sociales**.

▲ En pleine crise, aux États-Unis en décembre 1929, les voitures sont vendues contre de l'argent liquide.

B Des choix politiques nouveaux

• **1933 aux États-Unis : Roosevelt et le *New Deal*.** En novembre 1932, le *New Deal*, ou « Nouvelle Donne », porte **le démocrate Franklin D. Roosevelt** à la présidence des États-Unis. Ce programme économique ambitieux entend sortir le pays de la **dépression**. Plusieurs solutions sont envisagées pour s'extraire de la crise : l'État va surveiller les transactions financières, mettre en place des **barrières douanières fortes**, devenir employeur et **assurer la relance de l'économie par la consommation et l'investissement**.

• **1936 en France : les accords Matignon.** La crise débouche, en France, sur des **occupations d'usines** par les ouvriers et sur la **victoire électorale du Front populaire**. Le **7 juin 1936**, les **syndicats ouvriers** (CGT : Confédération générale du travail) et **patronaux** (CGPF : Confédération générale de la production française) signent les **accords Matignon**, qui prévoient des contrats collectifs de travail, la reconnaissance du droit syndical, une hausse des salaires et l'institution de délégués ouvriers dans les entreprises de plus de 10 salariés.

• **Une remise en cause générale du libéralisme.** En définitive, l'idée selon laquelle l'État ne doit pas intervenir en économie n'a pas résisté à l'épreuve des faits. L'économie libérale traditionnelle a tendu partout à disparaître au profit d'un **dirigisme** souvent inspiré des **idées de l'économiste anglais John Maynard Keynes** (1883-1946). La crise de 1929 a accéléré la **mise en place de l'État-providence**, qui s'épanouit après la Seconde Guerre mondiale.

> **Mot-clé**
>
> **Théorie de Keynes :** elle a pour postulat que l'État doit intervenir dans l'économie de deux façons : en relançant l'offre d'emploi par la réalisation de grands travaux (routes, barrages…) ; en stimulant la demande par la distribution de pouvoir d'achat via des allocations diverses.

HISTOIRE

2 Les régimes totalitaires

Un régime totalitaire est fondé sur le culte d'un **chef charismatique**, l'existence d'un **parti unique** et d'une **idéologie d'État**, l'**encadrement** des masses et la **terreur** comme mode de gouvernement. La violence de ces régimes se cristallise en **1938**, dans une sorte de marche à la guerre.

1 Les caractéristiques du totalitarisme

A Des idéologies fondées sur la toute-puissance de l'État

• **Le refus de la liberté de penser et de s'exprimer.** L'individu n'existe que dans la mesure où il se met au service de la **collectivité**, dont le destin est pris en charge par l'État. Celui-ci intervient dans tous les domaines – d'où le terme de « **totalitaire** » – au nom d'une **idéologie** : restaurer la **grandeur de la nation** dans l'Italie fasciste, assurer la **domination de la « race aryenne »** en Allemagne nazie, construire une **société sans classes** en URSS.

• **Des mouvements nationalistes ?** Fascisme et nazisme sont des mouvements nationalistes qui veulent restaurer la grandeur passée de la nation en glorifiant la **conquête**. Le projet soviétique est **internationaliste** : il souhaite étendre le système communiste à d'autres territoires par la **révolution prolétarienne**.

> **Mots-clés**
>
> **Dictature, régime autoritaire, régime totalitaire.** Dans une dictature, tous les pouvoirs sont concentrés dans les mains d'une personne ou d'un groupe. Certaines dictatures sont des régimes autoritaires car elles gouvernent par la contrainte. D'autres sont totalitaires parce qu'elles essaient de contrôler et d'encadrer la totalité des aspects de la vie de leur population pour obtenir d'elle une adhésion aveugle, une soumission et une obéissance absolues.

B Des formes et des degrés d'adhésion variables

• **Un encadrement des masses populaires.** Dans ces pays, un **parti unique** (PNF en Italie, NSDAP en Allemagne ou PCUS en Union soviétique) anime la vie politique et organise l'encadrement des populations. Une attention particulière est accordée à la **jeunesse**. Le but est de **créer un homme nouveau**. Pour contribuer à le modeler, la **propagande** utilise tous les moyens modernes et développe, autour des dirigeants, un véritable **culte de la personnalité**.

• **Le fascisme, totalitarisme « inachevé ».** Le fascisme laisse subsister certains éléments qui permettent de dire qu'il s'agit d'un totalitarisme « inachevé ». Ainsi, les rouages de l'**État libéral** ne disparaissent pas totalement ; des forces de résistance demeurent : le **roi** peut révoquer Mussolini, et l'**Église catholique** maintient ses mouvements de jeunesse. La **législation antisémite de 1938** est mollement appliquée.

2 Régimes totalitaires et violence en 1938

A La Grande Terreur en URSS

• **Une montée de la répression.** Dans les années 1930, la dictature se renforce en Union soviétique. **Staline combat l'influence religieuse** en fermant les églises ou les mosquées et en arrêtant les religieux. Les opposants sont exécutés, emprisonnés ou envoyés dans les camps de travail du **goulag**, souvent situés dans le Nord, l'Oural et la Sibérie, où l'on a besoin de main-d'œuvre. La mortalité y est très forte à cause de la faim, du froid et des épidémies. Après les déportations de paysans lors de la **dékoulakisation** (1929-1933), ce sont des **peuples entiers** qui sont envoyés en Sibérie ou au Kazakhstan, dont Staline veut renforcer le peuplement (Coréens du Pacifique dès 1937).

• **Des purges massives dans le parti.** En 1936, Staline décide de **terroriser le parti** pour en devenir le maître absolu. Entre 1936 et 1938, lors des **procès de Moscou**, les vieux bolcheviks, les compagnons de Lénine et les généraux de l'Armée Rouge sont jugés publiquement pour des **crimes fantaisistes** et condamnés à mort. Des centaines de milliers de cadres communistes sont aussi exécutés ou envoyés dans les camps. C'est la **« Grande Terreur »**.

B La Nuit de cristal (9-10 novembre 1938)

• **Un exemple de violence antisémite.** On désigne sous le nom de « Nuit de cristal » un **pogrom à l'échelle de l'Allemagne**, déclenché dans la nuit du 9 novembre 1938. Son nom se réfère à l'aspect des rues après la destruction des vitrines des magasins exploités par des Juifs. Il s'agit d'**actes de destruction** – de magasins, logements, synagogues – mais aussi d'**actes de violence**.

• **Causes et conséquences de ce déchaînement de haine.** La propagande nazie met en avant l'aspect spontané de cette **explosion de violence**, censée être une réponse « populaire » à l'assassinat par un Juif d'un conseiller de l'ambassade d'Allemagne à Paris. Mais, au-delà de l'**intervention des SA et des SS**, des années de **propagande antisémite haineuse** avaient préparé des actes de ce type. Cette nuit débouche sur l'envoi d'hommes dans les camps de concentration et sur une amende d'un milliard de marks imposée à l'ensemble des Juifs.

▲ « Mort aux Youpins », graffiti antisémite avec la croix gammée sur une synagogue de Berlin le 10 novembre 1938.

C Les totalitarismes et la guerre civile espagnole

• **L'opposition de Franco aux républicains espagnols.** En Espagne, un gouvernement de **Front populaire**, fondé sur l'**alliance des communistes et des socialistes**, a été mis en place en 1936. Dès son arrivée au pouvoir, il doit faire face à la **rébellion des troupes nationalistes du général Franco** et au début d'une **guerre civile en juillet 1936**.

• **Allemagne et Italie dans la guerre civile.** À la demande de Franco, Hitler envoie alors la **légion Condor**, constituée de volontaires de l'aviation allemande (la Luftwaffe), ainsi qu'un **armement ultramoderne** dont les bombardiers Junkers et les premiers chasseurs Messerschmitt. C'est la **première intervention de l'Allemagne nazie** hors de ses frontières. Il s'agit aussi, pour Hitler, de **concurrencer Mussolini** qui a envoyé également un corps de volontaires italiens.

3 La Seconde Guerre mondiale

En 1939, débute une guerre dont **l'étendue et la violence** sont sans précédent. Parmi les crimes les plus atroces, figure le **génocide des Juifs d'Europe**, qui résulte d'un long processus initié par l'Allemagne nazie. En **France**, la **défaite de 1940** a de lourdes conséquences.

1 Un conflit mondial

A Protagonistes et principaux théâtres d'opérations

• **Une guerre d'abord européenne.** Le **Pacte germano-soviétique de non-agression** permet à Hitler d'envahir, en **septembre 1939, la Pologne** et de déclencher son **offensive à l'Ouest en mai 1940**. En un mois, le seul pays à ne pas avoir capitulé est le **Royaume-Uni**.

• **Les changements de l'année 1941.** Hitler a toujours considéré l'URSS comme son grand ennemi. Il l'attaque par surprise en **juin 1941**. De son côté, le **Japon** décide de chasser les États-Unis du Pacifique pour pouvoir y étendre ses conquêtes. Le 7 décembre, l'aviation japonaise détruit la flotte américaine à **Pearl Harbor** dans l'archipel d'Hawaii ; les États-Unis déclarent la **guerre au Japon**, et l'Allemagne et l'Italie déclarent, en retour, la **guerre aux États-Unis**.

B Les phases de la guerre

• **1942 : le tournant de la guerre.** Dans le **Pacifique**, l'élan victorieux du Japon est stoppé par les forces américaines. En **Russie**, les troupes allemandes ne parviennent pas à s'emparer de Leningrad et de Moscou ; le front de l'Est est marqué par une véritable **guerre d'anéantissement**. En **Afrique du Nord**, à la suite du **débarquement anglo-américain** au Maroc et en Algérie le **8 novembre**, les armées de l'Axe sont prises en tenaille et se rendent.

> **Mot-clé**
> **Guerre d'anéantissement :** guerre qui a pour objectif de détruire complètement l'adversaire sans distinction entre civils et militaires.

• **Juin 1944 : les Allemands en déroute.** Avec le débarquement anglo-américain en Normandie le **6 juin** commence la **libération de la France**. Au même moment, après sa victoire à **Stalingrad**, l'Armée Rouge repousse la **Wehrmacht hors de l'URSS** en libérant la Biélorussie (opération Bagration).

• **Hiroshima et Nagasaki.** Dans le Pacifique, les Américains bombardent intensivement le Japon. Mais les Japonais ne se rendent pas. Le **6 août 1945** à **Hiroshima** puis le **9 août** à **Nagasaki**, le nouveau président américain, Truman, décide de lancer les **deux premières bombes atomiques de l'Histoire**. Le Japon capitule le 2 septembre.

2 La Shoah, génocide des Juifs d'Europe

A La violence antisémite nazie dans l'Europe occupée

• **L'Europe subit l'idéologie nazie.** Hitler établit une **hiérarchie entre les races** jugées supérieures et d'autres qualifiées d'« inférieures ». La conquête de l'Europe lui permet d'envisager de la débarrasser des populations jugées impures (**Juifs, Tsiganes, slaves**).

• **Les camps de concentration s'étendent.** Existant dans l'Allemagne nazie dès 1933, les camps de concentration font **travailler jusqu'à l'épuisement physique** les opposants politiques, des résistants au nazisme, et tous les individus jugés dangereux et nuisibles.

B Les étapes du génocide

• **Des persécutions à la ghettoïsation.** Avec les succès militaires en Pologne, multipliant par quatre le nombre de Juifs sous contrôle allemand, **les persécutions s'intensifient** et les Juifs sont humiliés en public, arrêtés ou exécutés. Les nazis les enferment dans des **ghettos** aux conditions épouvantables (**Varsovie**, 400 000 personnes).

• **Le tournant décisif de 1941.** Dès le début de la guerre contre l'URSS, des **groupes d'intervention *(Einsatzgruppen)*** exécutent méthodiquement les Juifs des territoires conquis. Cette **« Shoah par balles »** fait plus d'un million de victimes. Fin 1941, la **décision d'exterminer tous les Juifs d'Europe (« Solution finale »)** est prise, puis est étendue aux **Tsiganes**.

• **La mort à l'échelle industrielle.** Six camps d'extermination sont construits **hors d'Allemagne**, près des grandes lignes ferroviaires et des grands ghettos urbains mais assez isolés. Ces **« usines de la mort »** associent des structures de **triage**, de mise à mort (**chambres à gaz**) et d'incinération (**fours crématoires**). **Cinq à six millions de Juifs** sont exterminés (60 % de la population juive européenne) et **240 000 Tsiganes** (34 % de la population).

3 La France dans la guerre

A La défaite de 1940 et l'Occupation

• **Pétain au pouvoir.** Le maréchal Pétain devient **président du Conseil** le 16 juin 1940, alors que **la Wehrmacht occupe près de la moitié de la France**.

• **L'appel de De Gaulle.** Le **18 juin**, le général de Gaulle, qui a quitté la France pour l'Angleterre, lance un **appel à la radio de Londres**, la BBC, pour que le combat continue. Il recrute une petite armée composée de Français : les **Forces françaises libres (FFL)**.

B Régime de Vichy et Collaboration

• **L'État français.** Pétain s'installe à Vichy, dans la **zone libre**. Il se fait accorder par le Parlement les **pleins pouvoirs** pour modifier la Constitution. Il prend, ensuite, le titre de **« chef de l'État français »** et nomme **Pierre Laval** chef du gouvernement.

• **Des Français collaborateurs.** Pétain engage une **collaboration d'État avec l'Allemagne** à la suite de sa **rencontre avec Hitler à Montoire** le 24 octobre 1940. Dès lors, **l'État français livre à l'Allemagne les Juifs étrangers** de la zone libre, alors que la **police française** apporte son concours aux Allemands pour les arrêter dans la zone occupée. Le régime incite aussi les Français à partir travailler en Allemagne avec le **STO**, en 1943.

C La Résistance

• **Un long processus d'unification.** Entre 1941 et 1943, **Jean Moulin** s'attache à unifier tous les **mouvements de résistance** et à les placer sous l'**autorité de De Gaulle**.

• **La participation à la Libération.** La **Résistance intérieure** contribue à la Libération par des renseignements, des sabotages et des actions de guérilla à partir des **maquis**. **Paris est libéré** avec l'aide de la 2e division blindée du **général Leclerc** le **25 août 1944**. Le jour suivant, le général de Gaulle descend triomphalement les Champs-Élysées.

4 Après 1945, une nouvelle donne géopolitique

La **fin de la Seconde Guerre mondiale** est marquée par la volonté de création d'un **nouvel ordre international**. Mais des **tensions** surviennent très tôt entre les **deux nouvelles superpuissances**. Si le monde se bipolarise, émergent aussi de **nouveaux acteurs**.

1 Bilan de la guerre et nouvel ordre international

A Le bilan humain, matériel et moral du conflit

• **Morts et déplacés.** La guerre a fait environ **60 millions de victimes**, dont 45 millions à cause des bombardements et des combats. L'Europe connaît aussi un **gigantesque déplacement humain**, surtout lié aux changements territoriaux, tandis qu'en Asie, les nombreux Japonais installés dans les régions envahies par le Japon rentrent dans leur pays.

• **Des destructions massives.** Les villes européennes ont beaucoup été touchées par les **bombardements**, notamment les **villes allemandes**. Les dommages sont également financiers : les **États** sont très **endettés** à cause des dépenses liées aux combats et à la reconstruction.

• **Des traumatismes durables.** **L'opinion internationale est bouleversée** par la découverte des camps nazis. Les terribles effets de la **bombe atomique** provoquent en outre de **nouvelles angoisses**.

> **Mot-clé**
> **Crime contre l'humanité :** notion juridique définie lors du procès de Nuremberg pour juger « des actes inhumains et des persécutions commis de façon systématique ».

B Les bases d'un nouvel ordre international

• **Accords de Bretton Woods.** Au lendemain du débarquement allié en Normandie, **la circulation monétaire internationale est réglée** par les accords établis lors de la conférence internationale de Bretton Woods **(juillet 1944)**. Les États-Unis, qui possèdent alors les trois quarts de l'or mondial, s'engagent à **échanger le dollar contre de l'or** sur une base fixe. Un système de taux de change est établi entre les principales monnaies mondiales et le dollar.

• **Création de l'ONU.** L'ONU est fondée le **26 juin 1945**, à la **conférence de San Francisco**, par 51 États qui adoptent la **charte des Nations Unies**, pour préserver la paix et la sécurité internationales. Les puissances victorieuses de la Seconde Guerre mondiale sont représentées au **Conseil de sécurité**.

• **Procès de Nuremberg et de Tokyo.** **22 dignitaires du Reich, des organisations nazies** (parti NSDAP, SS, SA, Gestapo) sont jugés à Nuremberg (novembre 1945-octobre 1946) par 8 magistrats professionnels des 4 pays vainqueurs. 12 sont condamnés à la peine capitale et exécutés. Le **procès des responsables japonais à Tokyo** débute en janvier 1946 ; tous les accusés sont déclarés coupables et 7 sont pendus en décembre 1948.

C De nouvelles tensions

• **Début de l'affrontement des deux superpuissances.** La « guerre froide » a d'abord une **dimension européenne** alors que l'absence d'accord sur le **devenir de l'Allemagne** entraîne une première crise majeure (le **blocus de Berlin** entre juin 1948 et mai 1949) qui aboutit à la **création de deux États allemands** (RFA et RDA).

• **Les conflits au Proche-Orient.** En novembre 1947, la résolution 181 de l'ONU prévoit le **partage de la Palestine**, sous mandat britannique depuis 1922, en **deux États : arabe et juif**. Le **14 mai 1948, Israël déclare** donc **son indépendance**. Les États arabes, qui ont refusé le partage, décident d'entrer en guerre ; c'est un échec pour eux.

2 Bipolarisation et émergence du Tiers-Monde

A Modèles américain et soviétique et monde bipolaire

• **Un affrontement multiforme.** La rivalité entre les États-Unis et l'URSS s'exprime de manière multiforme, mais la **dimension idéologique** est essentielle : deux modèles s'affrontent **(socialisme et démocratie libérale)** pour s'imposer sur la planète. Les deux superpuissances organisent, autour d'elles, **des blocs rivaux** (exemple du **« coup de Prague » en février 1948** qui fait basculer la Tchécoslovaquie dans le bloc communiste).

• **Une guerre sans affrontement direct ?** Le **14 octobre 1962**, un avion espion américain photographie, à **Cuba**, des **bases d'engins balistiques**. Le président **Kennedy** instaure le **blocus total de l'île** pour empêcher le débarquement de missiles soviétiques et le **risque d'une guerre nucléaire**. Finalement, Khrouchtchev renonce à son projet.

> **Mot-clé**
> **Guerre froide :** la guerre froide désigne la période de 1947 à 1991, caractérisée par la division du monde en deux blocs dominés par les États-Unis et l'URSS. Cette confrontation provoque de nombreuses crises et fait planer la menace d'une guerre atomique, mais les deux superpuissances évitent un conflit direct.

B De nouveaux États

• **L'affirmation du Tiers-Monde.** La **décolonisation** s'accompagne de la naissance d'un grand nombre de **nouveaux États** qui, **en marge des deux blocs** de la guerre froide, constituent un troisième ensemble, le Tiers-Monde. À **Bandoeng**, en avril **1955**, les anciennes colonies d'Asie proclament le droit de tout peuple à la liberté et affirment leur **volonté de « non-alignement »**, refusant de se ranger derrière l'un ou l'autre des deux blocs.

• **La Chine de Mao.** Lors de la conférence de Bandoeng, c'est la Chine communiste, représentée par Chou En-lai, qui est la grande vedette. **Pékin** cherche à se poser en **chef de file des pays du Tiers-Monde**. Mao condamne aussi la **coexistence pacifique** que Moscou souhaite établir avec les États-Unis. La **rupture avec l'URSS** devient officielle en 1963.

C Contestations et conflits

• **De la guerre d'Indochine à celle du Vietnam.** La guerre que la France mène en Indochine, à partir de 1946, débouche sur l'**indépendance du Vietnam en 1954**. Le **Viêt-Minh (communistes du Nord)** soutient des opérations de guérilla dans le Sud du pays, allié aux États-Unis. À partir de 1964, les **États-Unis** lancent des raids aériens vers le Nord, puis, en 1965, ils **interviennent dans la guerre terrestre** aux côtés du Sud.

• **L'année 1968 dans le monde.** En écho avec le **mouvement contestataire américain** contre la guerre au Vietnam, des **manifestations géantes** secouent, au **printemps 1968**, aussi bien Paris que Rome, Bruxelles et Berlin-Ouest. En Europe de l'Est, on assiste à l'**intervention de l'Armée Rouge** et des troupes du pacte de Varsovie à **Prague.**

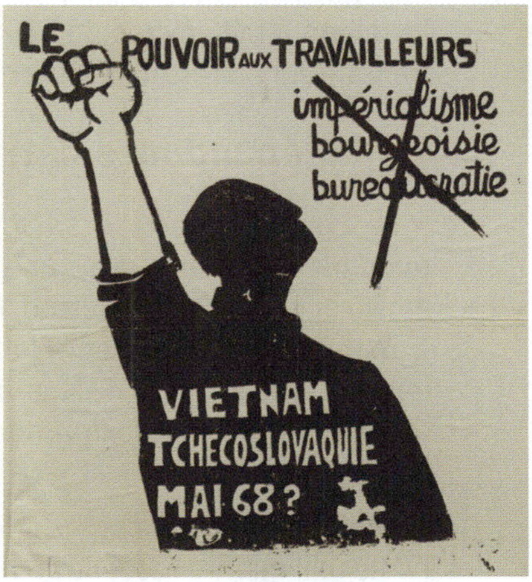

▲ Un poster de Mai 1968 dénonçant les interventions américaines et soviétiques.

HISTOIRE

5 La France : une nouvelle place dans le monde

Après 1945, la France doit faire face à de **nombreux défis internationaux** (mouvements d'indépendance, monde bipolaire, reconstruction de l'Europe), qui **influencent fortement la vie politique nationale** (nouvelles constitutions et redéfinition du rôle de l'État).

1 La France entre décolonisation, guerre froide et construction européenne

A De la guerre d'Indochine à la guerre d'Algérie

• **Un rejet de la mise en cause de l'empire colonial.** Comme le montre la **départementalisation** de la Guadeloupe, de la Guyane, de la Martinique et de la Réunion en **1946**, la France d'après-guerre ne souhaite en rien abandonner son empire colonial. C'est avec **Pierre Mendès-France** que la **négociation** commence à s'imposer (**accords de Genève en juillet 1954** mettant fin à la guerre d'Indochine ; **autonomie interne de la Tunisie**, première étape vers une indépendance acquise en 1956).

• **L'Algérie en 1954 : une situation explosive.** L'Algérie est une **colonie de peuplement** où cohabitent un million de colons européens et neuf millions d'Algériens musulmans. Après la répression des manifestations de **Sétif** en mai 1945, le **nationalisme algérien** bascule dans la clandestinité et la violence. Le **1er novembre 1954**, le **Front de libération nationale (FLN)** déclenche une série d'attentats.

• **Huit ans de guerre.** 400 000 soldats français sont déployés sur le terrain dès l'été 1956. De part et d'autre, **massacres et représailles** se multiplient. L'armée française n'hésite pas à utiliser la **torture** et **déplace les populations** pour contrer la guérilla. Cette **escalade de violence divise l'opinion publique** et les partis politiques. Les pressions internationales se multiplient. En **mars 1962**, les **accords d'Évian** reconnaissent l'**indépendance de l'Algérie.** La guerre a fait environ 300 000 victimes algériennes, 4 500 « pieds-noirs » et 30 000 soldats français et harkis (chiffres incertains et débattus encore aujourd'hui).

B Indépendance nationale et destin européen

• **La France et les blocs.** La France opte, d'abord, pour une politique de **rapprochement avec les États-Unis**, avec une adhésion très ferme à l'**OTAN** en 1949. Refusant l'hégémonie américaine, **de Gaulle** défend, ensuite, une **politique des « mains libres »** : il retire la France du commandement militaire intégré de l'OTAN en mars 1966 et dote le pays d'une **force de dissuasion nucléaire** (bombe A en 1960, bombe H en 1968).

• **La France et la construction européenne.** Sous la IVe République, les bases de la construction européenne sont posées par les Français **Robert Schuman** et **Jean Monnet**. Celle-ci passe par un **rapprochement avec l'Allemagne**

> **Mot-clé**
>
> **Atlantisme :** durant la guerre froide, attitude de soutien et de fidélité à l'égard des États-Unis de la part des pays d'Europe occidentale engagés dans l'OTAN. En France, les adversaires de la IVe République utilisent ce terme de manière plus polémique pour mettre en doute l'indépendance des gouvernements.

(RFA), autour d'un marché commun du charbon et de l'acier. Les **traités de Rome** instituant la **CEE** et **EURATOM** sont signés en mars **1957**. De Gaulle ne remet pas en cause ces accords mais subordonne toujours la construction européenne au **maintien d'une France forte et indépendante** ; il s'oppose, par exemple, à l'adhésion du Royaume-Uni, considéré comme le « cheval de Troie » des États-Unis.

▲ Le sous-marin *Le Redoutable*, avant son lancement en 1967.

2 Nouvelles institutions et modernisation du pays

A Deux Républiques

• **La fin de la IVe République.** C'est lorsque le gouvernement envisage une **négociation** durant la **guerre d'Algérie** que se produit la chute de la IVe République. En **mai 1958**, l'Assemblée accorde à **de Gaulle les pleins pouvoirs** pour préparer une **nouvelle Constitution** et donner à la France une stabilité dont elle a besoin.

• **Les débuts de la Ve République.** Avec la victoire de De Gaulle au référendum constitutionnel de 1958 puis à celui de 1962 sur l'**élection présidentielle au suffrage universel**, la présidence de la République devient une institution majeure du nouveau régime.

B État-providence et mise en place d'une économie ouverte

• **Les débuts : le programme du CNR.** Dès juin 1942, de Gaulle définit un programme qui sera celui de la **charte du Conseil national de la Résistance de mars 1944**. L'objectif de la Résistance n'est pas seulement de libérer le pays mais aussi de le **réformer**. À la Libération, le **Gouvernement provisoire de la République française**, créé par de Gaulle, met en œuvre une série de réformes pour assurer la reconstruction économique et **protéger la famille et les citoyens** contre les risques liés à l'emploi, la vieillesse et la santé.

> **Mot-clé**
>
> **État-providence :** expression qui désigne l'extension de l'intervention de l'État dans le domaine économique et social. Celui-ci est responsable de la croissance économique qu'il doit réguler (politique conjoncturelle) et du bien-être social qu'il doit assurer (redistribution de revenus, prestations sociales).

• **Nationalisations et planification.** Une **vague de nationalisations** a lieu entre 1944 et 1947 dans les secteurs prioritaires de la **modernisation de l'économie nationale** : charbon, gaz, électricité, chemins de fer, banques de dépôts. Pour orienter et coordonner les activités du secteur public, le **commissariat général du Plan** est créé en janvier 1946 et dirigé par Jean Monnet.

• **Grands programmes et concentration des entreprises.** L'État favorise la modernisation et les **grands programmes industriels** comme Caravelle et Concorde dans l'aéronautique. Il soutient **la concentration des entreprises**, comme Danone qui fusionne avec Gervais puis BSN.

6 Les remises en cause des années 1970 et 1980

Les **chocs pétroliers** de 1973 et 1979 provoquent une **déstabilisation** aussi bien économique que sociale et géopolitique. Parallèlement, les années 1970 et 1980 sont marquées par un **processus de démocratisation** en Europe. En France, la période 1974-1988 correspond également à un **tournant**.

1 La modification des grands équilibres économiques et politiques

A Chocs pétroliers et récession

• **Chocs pétroliers et géopolitiques du Proche et du Moyen-Orient.** Le **premier choc pétrolier** éclate suite au **conflit israélo-arabe d'octobre 1973** (guerre du Kippour) : le but recherché par les pays arabes de l'**OPEP** est d'utiliser l'**arme du pétrole** comme moyen de pression politique. Le second choc pétrolier survient en **1979** suite à la **Révolution iranienne**, qui voit l'**islamisme chiite** arriver au pouvoir et émerger sur la scène internationale.

• **La fin des Trente Glorieuses.** La croissance du PIB mondial passe de 6 % en 1973 à 0,6 % en 1974. **La production** ne baisse donc pas : elle **ralentit**. On parle de **« récession »** (diminution prolongée du taux de croissance de la production) plutôt que de crise.

• **Deng Xiaoping et Ronald Reagan.** Deng Xiaoping, qui arrive au pouvoir en Chine fin 1978, est partisan du **« socialisme de marché »** : développer l'industrie chinoise grâce aux investissements et au savoir-faire des entreprises étrangères attirées par les larges avantages fiscaux et la main-d'œuvre bon marché, travailleuse et soumise. **Ronald Reagan**, arrivé à la Maison Blanche en 1981, met en place une **politique néolibérale** (on parle de *« Reaganomics »*) fondée sur une hausse du budget de la Défense, une baisse des impôts, et des dépenses sociales et une **déréglementation des marchés intérieurs**.

B Recul ou disparition des régimes non démocratiques ?

• **Démocratisation de l'Europe méridionale et élargissements de la CEE.** En Europe du Sud, **les régimes autoritaires disparaissen**t en 1974 (Portugal, Grèce) et 1975 (Espagne). Ces trois pays rejoignent la CEE entre 1981 et 1986.

Mot-clé

Islamisme : des années 1970 au début des années 1990, le projet de l'islamisme politique est de construire, à partir d'un État, un système politique totalisant, gérant la société et l'économie en s'appuyant sur les fondements de l'islam et en refusant le pluralisme politique.

Novembre 1989 : la destruction du Mur de Berlin. ▶

• **L'année 1989 dans le monde.** En Chine, la **répression sanglante, le 4 juin**, de la manifestation sur la **place Tian'anmen à Pékin** montre l'autoritarisme du régime. Le **9 novembre**, la chute du Mur de Berlin marque la **fin symbolique de la guerre froide**, le début de l'effondrement du bloc soviétique et de l'URSS.

2 En France, un tournant social, politique et culturel

A Une société en mutation

• **Droits des femmes et légalisation de l'IVG.** Ministre de la Santé du gouvernement Chirac de 1974 à 1979, **Simone Veil** a donné son nom à la **loi autorisant l'avortement en milieu médical** (IVG ou interruption volontaire de grossesse), adoptée après de vifs débats au sein de son propre camp, en novembre 1974.

• **Un sujet qui fait polémique : l'épidémie du SIDA.** C'est en **1983** que les chercheurs de l'Institut Pasteur parviennent à **isoler le virus du SIDA**. À cette époque, la **stigmatisation des malades**, notamment homosexuels et toxicomanes, reste très pesante. Une partie de l'opinion est choquée par les premières mesures (publicité pour les préservatifs, vente libre de seringues) et par le film *Les Nuits fauves.*

B 1981, un tournant politique

• **L'alternance politique.** L'alternance correspond à l'**arrivée au pouvoir de la gauche en 1981**, avec l'élection du **socialiste François Mitterrand**. Alors que l'alternance effraye une partie de la droite, Mitterrand inscrit son premier septennat dans la tradition républicaine de la France.

• **L'abolition de la peine de mort.** François Mitterrand et les socialistes ont une ambition élevée, symbolisée par un slogan mobilisateur, **« Changer la vie »**, qui veut se traduire par le changement effectif des conditions d'existence de millions de gens. Faisant suite à sa promesse électorale, Mitterrand nomme comme **garde des Sceaux Robert Badinter**, avec pour mission de faire voter par l'Assemblée nationale l'**abolition de la peine de mort**. Son projet de loi est adopté en septembre **1981**.

C Un nouvel accès à la culture

• **Une ouverture de la culture. Jack Lang, ministre attitré de Mitterrand pour la Culture** pendant une décennie (1981-1986, 1988-1993), est partisan d'une **ouverture tous azimuts de la culture**, en multipliant les initiatives (radios libres, fête de la Musique, Journées du patrimoine) et en encourageant la création moderne et les arts mineurs.

• **Libéralisation de la radio et de la TV.** En France, **le monopole d'État sur la radio et la télévision prend fin**. En 1974, l'ORTF est remplacé par **trois chaînes publiques**. En 1982, le président Mitterrand **libère les ondes** et ouvre la bande FM à une multitude de radios libres et locales. **TF1**, la première chaîne de télévision, est **privatisée** en 1987.

Mot-clé

Culture de masse : culture produite et diffusée par les moyens de communication de masse (presse, radio,télévision, cinéma, Internet…), que ces moyens soient publics ou privés, et destinée au plus large public. On l'oppose souvent à une culture « savante » qui serait réservée à une élite.

7 Le monde depuis les années 1990

Aux **espoirs de paix** liés à la fin de la guerre froide, succèdent des **nouvelles formes de conflits** et la réapparition de **génocides**. Une nouvelle **gouvernance mondiale** tente de se mettre en place.

1 Entre espoirs de paix et nouvelles conflictualités

A La fin de l'apartheid

• **Le rôle de Mandela et de De Klerk.** En Afrique du Sud, la **séparation officielle (apartheid)** entre les trois principaux groupes ethniques (Blancs, Noirs, Métis) prend fin avec l'accession au pouvoir de Frederik de Klerk : **l'opposant Nelson Mandela est libéré** et l'apartheid **officiellement aboli en juin 1991**.

• **La victoire de l'ANC.** Les **premières élections multiraciales en 1994** portent au pouvoir Mandela et son parti **(l'African National Congress)**. Mais la route vers l'égalité est encore longue dans la nouvelle ***Rainbow nation*** (nation arc-en-ciel).

▲ Mandela et de Klerk recevant le Prix Nobel de la paix en 1993.

B La montée du terrorisme

• **Les attentats du 11 septembre.** Le 11 septembre 2001, des **terroristes d'Al-Qaïda** détournent quatre avions de ligne sur les **tours du World Trade Center** et le **Pentagone**, faisant **2 977 morts**. C'est le début des **guerres préventives** menées par Washington en Afghanistan puis en Irak.

• **Une poursuite du terrorisme.** L'Europe est, elle aussi, frappée par des **attentats meurtriers** revendiqués par Al-Qaïda puis par **Daesh** : c'est le cas, en France, en **janvier et novembre 2015** en région parisienne et en **juillet 2016** à Nice.

C Conflits asymétriques et renouvellement de l'affrontement des puissances

• **Armée régulière vs guérilla.** Après 1990, beaucoup de nouveaux conflits dits « de basse intensité » se déroulent **à l'intérieur des États** et opposent une armée régulière et une guérilla. L'asymétrie vient de la **disproportion des moyens** militaires, politiques et logistiques **entre les deux belligérants**.

• **USA vs Chine et Russie.** La domination des États-Unis sur le monde à la fin de la guerre froide n'a été que de courte durée. À l'illusion d'un monde unipolaire a fait place **la complexité d'un monde multipolaire**. On assiste à des tensions persistantes entre les États-Unis et la Chine, marquées par une rivalité géopolitique et économique, sur fond de course aux armements en lien avec la guerre en Ukraine et les pressions autour de Taïwan.

Mot-clé

Guerre préventive : type de guerre initié par les États-Unis en Irak (2003) ; à partir du moment où un faisceau de présomptions existe contre un État, l'intervention militaire est jugée possible et même souhaitable.

2 Crimes de masse et génocides

A Les guerres en ex-Yougoslavie (1991-2001)

• **Une purification ethnique voulue par les autorités serbes.** À partir de la **dislocation de la Fédération yougoslave** en 1991, la **Serbie** dirigée par **Slobodan Milosevic** entreprend de « protéger » les diverses populations serbes de Croatie, de Bosnie et du Kosovo. Belgrade arme et soutient les **milices nationalistes serbes**, comme celles de Radovan Karadžić et Ratko Mladic en Bosnie (**massacre de 8 000 Bosniaques musulmans à Srebrenica** en juillet 1995).

> **Mot-clé**
> **Purification ethnique :** pratique qui consiste, dans un État multiethnique, à ce qu'une des ethnies « vide » le territoire qu'elle convoite de toute présence d'autres ethnies. Cela s'accompagne de massacres, de viols…

• **Des représailles terribles.** Cette **purification** peut aussi se faire dans l'autre sens : avec la **guerre du Kosovo (1999)**, les Serbes sont, à leur tour, massacrés par les Albanais.

B Le génocide des Tutsis (1994)

• **Hutus et Tutsis, deux communautés antagonistes.** Après s'être longtemps appuyés sur les **Tutsis** pour gouverner leurs colonies, les Belges ont, ensuite, soutenu la communauté hutue. La **décolonisation** (1962) a permis aux **Hutus** du Rwanda de **prendre le pouvoir** et enclenché un cycle de violences qui a culminé avec le **génocide de 1994**.

• **Le génocide et ses suites.** D'avril à juillet 1994, plus de **800 000** hommes, femmes et enfants de la communauté **Tutsie** sont **massacrés**, souvent à la machette. Ces tueries sont un **crime collectif planifié** et commis par les détenteurs du pouvoir de l'État. Le génocide est suivi d'une **reconquête du pouvoir par les Tutsis** qui provoque la **fuite de 1,2 million de Hutus** vers des camps de réfugiés au Zaïre (actuelle République démocratique du Congo).

3 Vers une gouvernance mondiale

A Justice internationale et sort des réfugiés

• **Le TPIY.** Le **Tribunal pénal international pour l'ex-Yougoslavie**, créé en 1993 par l'ONU pour juger les personnes présumées responsables des crimes de guerre, **a mis en accusation plus de 160 individus**, parmi lesquels de nombreux dirigeants politiques ou militaires.

• **Le TPIR.** Un tribunal identique est mis en place en 1994 pour le Rwanda. Il a jugé un nombre important de **hauts responsables politiques impli qués dans le génocide** mais n'a pu entreprendre aucune action contre les crimes imputés au Front patriotique rwandais (FPR).

• **Le HCR.** Le **Haut-Commissariat des Nations Unies pour les réfugiés** se montre impuissant face aux massacres de dizaines de milliers de réfugiés hutus au Zaïre en 1996-1997.

B Les accords sur l'environnement

• **Les débuts dans les années 1990.** Malgré la tenue de **conférences internationales** (Rio en 1992, Kyoto en 1997), les avancées sont longtemps restées limitées.

• **Des progrès mais aussi des obstacles.** L'**accord de Paris (2015)** a marqué une avancée contre le changement climatique, mais les engagements restent insuffisants. Avec le nouveau retrait des États-Unis sous Trump, les tensions géopolitiques et les divergences freinent la mise en place d'actions concrètes pour la transition écologique.

8 L'Europe depuis les années 1990

Depuis la fin de la guerre froide et le traité de Maastricht, la construction européenne est marquée par des évolutions, des avancées et des crises.

1 La création d'une Union européenne élargie et approfondie

A Traité de Maastricht et naissance de l'UE et de l'euro

• **Maastricht : un tournant.** En 1992, le traité de Maastricht définit la **citoyenneté européenne** et renforce la **coopération des pays membres** en matière de justice, de police, de diplomatie et de défense. Il engage aussi la marche vers l'**union monétaire.**

• **De la CEE à l'UE.** Élargie et approfondie, la CEE devient, en **1993**, une union : **l'Union européenne (UE)**. Par ses réalisations économiques, culturelles ou institutionnelles, elle s'affirme graduellement comme l'organisation politique la plus importante en Europe.

• **Une monnaie unique en débat.** **L'euro** devient la monnaie unique européenne en deux temps : d'abord comme **valeur d'échange interbancaire** à partir du **1er janvier 1999**, puis comme **monnaie** sous forme de pièces et de billets à partir du **1er janvier 2002**. Sa mise en circulation suscite de nombreux débats.

B Une vague d'élargissements

• **Une Europe élargie aux anciennes démocraties populaires.** En 2004, huit pays de l'ancien bloc communiste adhèrent à l'UE en même temps que Chypre et Malte. Deux autres pays, la Roumanie et la Bulgarie, y adhèrent en 2007. La Croatie les rejoint le 1er juillet 2013. Mais certains États (Norvège, Suisse, Islande) préfèrent se tenir à l'écart, même s'ils signent des accords ponctuels avec l'UE.

• **Des candidats à l'intégration dans l'UE.** 9 pays des Balkans et du pourtour de la mer Noire ont reçu le statut de candidat (Turquie, Monténégro, Macédoine du Nord, Serbie, Albanie, Bosnie-Herzégovine, Moldavie, Géorgie, Ukraine) et le Kosovo est un candidat potentiel. En février 2025, le Parlement arménien a décidé d'ouvrir des négociations pour rejoindre l'UE.

Mot-clé

Approfondissement : processus d'intégration européenne passant par une harmonisation des politiques et par des transferts de compétences des États en faveur des institutions communautaires.

Caricature de Jacques Faizant (1918-2006) parue dans *Le Figaro*, le 31 décembre 1998. ▶

2 Doutes et hésitations depuis 2005

A Les débats institutionnels

• **Le contexte du traité de Lisbonne.** Le **projet de Constitution**, présenté en 2004 par V. Giscard d'Estaing, alors président de la Convention européenne, est malmené (refus français et néerlandais en 2005). Après renégociation, les 27 pays adoptent le traité de Lisbonne (2007). Malgré des hésitations (le « oui » irlandais ne survenant qu'après un second référendum), le traité entre finalement en vigueur pour tous les membres.

• **Des débats récurrents.** Les traités d'Amsterdam (1999), de Nice (2003) et de Lisbonne tentent d'apporter une solution aux problèmes de gouvernance de l'UE afin d'**éviter la paralysie découlant de la règle initiale de l'unanimité**, incompatible avec le nombre croissant de pays participants. Le poids respectif des États dans les décisions communautaires fait l'objet de nombreux débats. Le choix des domaines pour lesquels il est nécessaire d'abandonner la souveraineté nationale, en faveur d'une instance européenne supranationale, est aussi vivement discuté.

> **Mot-clé**
> **Eurosceptiques :** ceux qui contestent l'approfondissement de l'Union européenne au nom de la défense de la souveraineté.

B Une union d'États à géométrie variable

• **Une libre circulation très encadrée.** L'**espace Schengen** de libre circulation des personnes comprend 25 États de l'UE. L'Irlande a choisi de ne pas y participer. La Bulgarie et la Roumanie l'ont rejoint en janvier 2025, tandis que Chypre n'en fait pas encore partie. En revanche, 4 États non membres de l'UE y participent : la Suisse, la Norvège, l'Islande et le Liechtenstein.

• **Les conséquences de la crise migratoire.** La difficile gestion de l'**afflux de migrants**, en lien notamment avec les conflits du Proche-Orient (pic de 2015), révèle les difficultés qu'ont les pays européens à trouver des solutions de compromis tout en respectant les textes fondateurs de la communauté européenne. Le **règlement de Dublin**, qui prévoit que le premier pays d'accueil d'un migrant est responsable du traitement de sa demande d'asile, pose toujours problème, tout comme le système de répartition qui s'ensuit. Plusieurs pays ont rétabli temporairement (par périodes de six mois) des contrôles aux frontières.

• **Une zone eurocomplexe.** 20 États de l'UE, membres de la zone euro, sont liés par un **pacte de stabilité et de croissance** qui les oblige à coordonner leurs politiques budgétaires. Le Danemark et la Suède ont refusé d'y participer. En Europe orientale, la plupart des États ont dû reporter leur entrée dans l'espace monétaire à cause, notamment, d'une forte inflation.

C Le problème du « déficit démocratique » et du Brexit

• **Le poids des mécontentements.** L'élection des parlementaires européens au suffrage universel (depuis 1979) renforce leur poids dans le fonctionnement de la Communauté. Mais le **développement de l'euroscepticisme** est, entre autres, lié aux critiques croissantes sur le « déficit démocratique », voire social, d'une construction dont les peuples se sentent écartés.

• **Le Brexit.** En 2016, suite aux débats du Brexit, les Britanniques décident, par référendum, de quitter l'UE. Après trois reports de la date de sortie, le Royaume-Uni cesse, le **1er février 2020**, de faire partie de l'UE. Un accord de commerce et de coopération a été signé en décembre 2020 et un sommet s'est tenu en mai 2025 pour discuter de la coopération future.

9 La France depuis les années 1990

Depuis les années 1990, le **cadre constitutionnel et juridique** a **beaucoup évolué** en France, pour tenir compte des **profondes évolutions de la société**, notamment sur les sujets de l'égalité homme-femme, du mariage et de la parentalité.

1 De nouveaux principes constitutionnels

A La réaffirmation des principes fondamentaux

• **Stabilité et longévité de la Cinquième République.** Les **lois constitutionnelles** de **1875** ont instauré la **Troisième République** et ont été en vigueur jusqu'en **1940**. Née en **1958**, la **Cinquième République** deviendra donc bientôt le plus long régime constitutionnel de l'histoire de France.

• **Des révisions qui s'accélèrent depuis les années 1990.** Sur les 108 articles actuels de la Constitution, seuls 30 articles n'ont jamais été modifiés depuis les débuts de la Cinquième République. Sur les 25 révisions constitutionnelles, 19 concernent la période 1992-2008.

• **Les grands principes constitutionnels.** Aux principes **de liberté, d'égalité et de fraternité** s'ajoutent d'autres principes fondamentaux : **unité et indivisibilité, laïcité**, caractères **démocratique et social** de la République.

B Le principe de l'organisation décentralisée de la République

• **Acte I de la décentralisation.** En 1982-1983, les **lois Defferre** réorganisent profondément les **collectivités territoriales** en redéfinissant les rôles des préfets, des départements et des régions.

• **La révision constitutionnelle de 2003.** Les termes **« région »** et **« décentralisation »** sont, à présent, inclus dans la Constitution. Y figure aussi le principe de l'**autonomie financière des collectivités territoriales.**

• **La loi NOTRe de 2015**. La nouvelle organisation territoriale de la République redéfinit les compétences des collectivités et réduit le nombre de régions.

Mot-clé

Décentralisation : transfert d'une partie du pouvoir et des compétences de l'État central vers les autorités régionales ou locales. Lorsque la décision finale reste entre les mains du pouvoir central, on parle d'une simple « déconcentration ».

C Le principe de parité : un combat pour l'égalité femme-homme

• **Les réformes sur la parité de 1999 et 2000.** En juillet 1999, la France modifie sa Constitution pour favoriser **l'égal accès des femmes et des hommes aux mandats électoraux et fonctions électives.** La loi de juin 2000 impose aux partis politiques de présenter un nombre égal de candidats des deux sexes pour les élections municipales, régionales, sénatoriales et européennes.

• **La loi constitutionnelle de juillet 2008.** Cette loi constitutionnelle complète les textes précédents en étendant les dispositions en faveur de l'égal accès des femmes et des hommes aux *« responsabilités professionnelles et sociales »* (article 1 de la Constitution). Elle est complétée, en août 2014, par la loi pour l'égalité réelle entre les femmes et les hommes.

2 Des évolutions juridiques en faveur de nouveaux droits

A Une réaffirmation juridique du principe de laïcité

• **Un principe centenaire.** La **laïcité** est le principe selon lequel **l'État est neutre en matière religieuse** ; il garantit le **libre exercice des cultes** sans les reconnaître ni les subventionner. Ce principe, présent dans le corpus législatif français depuis 1905, est réaffirmé dans la Constitution de 1958.

• **La question de la religion à l'école.** Si la question de la neutralité des agents de l'État en milieu scolaire ne fait pas trop débat, il en va autrement des sujets concernant les élèves et les parents : nombre de journées d'absence autorisé en raison de fêtes religieuses ne figurant pas au calendrier scolaire, repas de cantine compatibles avec les divers interdits alimentaires, etc.

• **De nouvelles lois depuis les années 2000.** En 2004, la France interdit les **signes religieux ostensibles** dans les établissements publics d'enseignement primaire et secondaire. En 2013, une **Charte de la laïcité** en quinze articles est affichée dans toutes les écoles publiques. La **loi d'août 2021** vise à renforcer la laïcité et les principes républicains en luttant contre le séparatisme, notamment en encadrant davantage les associations cultuelles.

> **Mot-clé**
>
> **Signe religieux ostensible :** la circulaire du 18 mai 2004 précise que sont concernés *« le voile islamique, quel que soit le nom qu'on lui donne, la kippa ou une croix de dimension manifestement excessive »*.

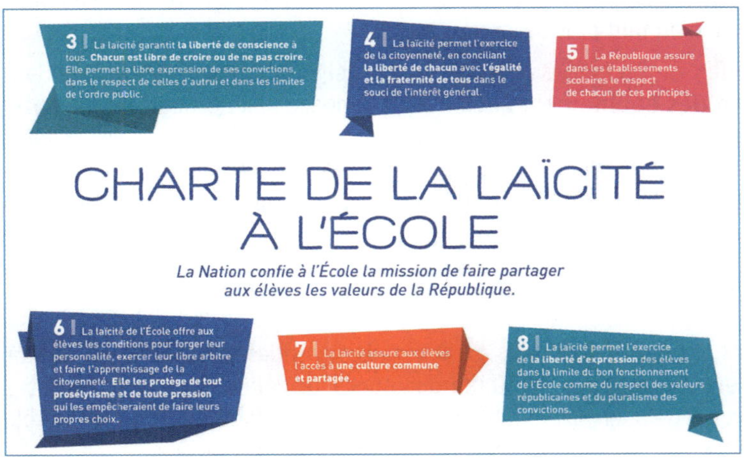

◄ La charte de la laïcité à l'école.

B De nouveaux droits pour les couples et les femmes

• **PACS et « mariage pour tous ».** Instauré en **1999**, le **Pacte civil de solidarité** est un contrat conclu entre deux personnes majeures, de sexe différent ou de même sexe, pour organiser leur vie commune. La **loi du 17 mai 2013** institue le **droit au mariage pour les couples homosexuels**, malgré des tensions fortes entre opposants et partisans du « mariage pour tous ».

• **PMA et homoparentalité.** Promulguée en août 2021, la loi de bioéthique élargit l'accès à la procréation médicalement assistée à toutes les femmes, célibataires ou vivant en couple (y compris de même sexe).

• **IVG.** Votée en mars 2024, la dernière révision constitutionnelle intègre la liberté pour la femme de recourir à l'interruption volontaire de grossesse.

HISTOIRE

10 Mers et océans, vecteurs essentiels de la mondialisation

La **maritimisation de l'économie** a consacré **les mers et les océans** comme les principales zones de ressources ou de passage et les **lieux privilégiés de la mondialisation**.

1 Des zones de ressources halieutiques et énergétiques

A Les enjeux de la pêche hauturière

• **Localisation des ressources halieutiques.** Essentiellement côtières, les principales zones de ressources halieutiques (pêche) sont **inégalement réparties** à la surface du globe, celles offrant le meilleur rendement annuel se situant **le long des côtes américaines, européennes** et sur la **côte atlantique de l'Afrique**.

• **Une pêche industrielle.** Les chalutiers chinois, indonésiens, états-uniens ou russes sont devenus de véritables **usines flottantes**, assurant à la fois la pêche, la transformation, la congélation et le transport : alors qu'il fallait près de 336 jours de pêche pour rapporter 1,5 million de tonnes d'anchois en 1987, il n'en faut plus désormais que 12.

• **Des enjeux économiques et politiques.** La pêche industrielle est, aujourd'hui, entrée dans un cercle vicieux où le **coût des équipements des navires** impose aux pêcheurs de rapporter toujours plus de prises et conduit ainsi à l'**épuisement des stocks** et à la fin de leur activité. Cette situation contradictoire est logiquement source de tensions, notamment entre les pays pour lesquels cette **industrie** est **vitale** et pour qui l'**agrandissement des zones de pêche** devient un enjeu économique mais aussi politique.

B Les enjeux du pétrole offshore

• **Réduire la dépendance à l'égard des pays du Golfe.** Les grandes puissances ont décidé, depuis les **chocs pétroliers des années 1970**, de diminuer leur dépendance énergétique à l'égard des pays du Moyen-Orient en exploitant des **gisements offshore**. Ainsi, le pétrole offshore représente actuellement **30 % de la production pétrolière mondiale**.

• **Une répartition inégale des gisements.** Ce pétrole provient essentiellement de **gisements peu profonds** (moins de 500 m de fond) des zones côtières. Ces gisements d'hydrocarbures sont inégalement répartis sur la planète : golfe du Mexique, mer du Nord et, plus récemment, au large du Brésil et du Venezuela et dans les eaux du golfe de Guinée.

• **Des enjeux économiques et politiques.** Là aussi, la **perspective de l'épuisement des gisements onshore** conduit peu à peu les États, par le biais de leurs compagnies pétrolières, à convoiter telle ou telle zone, notamment le **golfe de Guinée** et l'**océan Glacial Arctique**, au risque de faire surgir de nouvelles tensions à propos de la délimitation des frontières maritimes.

Mot-clé

Maritimisation : processus d'augmentation et de concentration des échanges internationaux par voie maritime, en pleine expansion depuis les années 1970 et 1980.

2 Des zones de passage et d'échanges

A Routes et interfaces maritimes

• **Une grande artère circumterrestre.** Sur les 20 premiers ports mondiaux de conteneurs, **14 sont asiatiques** et appartiennent à la Chine, à Singapour, à la Corée du Sud, à Hong Kong, à la Malaisie et à Taïwan. Tous se situent sur l'**axe Nord-Sud de l'Asie orientale** qui constitue le principal axe maritime du transport mondial de conteneurs. À partir de cet axe se déploient, à l'ouest, la **route vers l'Europe** et, à l'est, la **route transpacifique** vers l'Amérique du Nord.

• **Le rôle des interfaces maritimes et océaniques.** Ces grandes routes maritimes contribuent à renforcer la **polarisation** et la **hiérarchisation des territoires**, en n'en reliant que quelques-uns et en contournant ou ignorant les autres. Elles aboutissent à des lieux spécifiques : les **interfaces maritimes**, chargées de traiter les cargaisons qu'elles acheminent d'un bout à l'autre de la planète.

• **Un nombre limité de grandes façades.** Seule une poignée de façades concentrent le trafic maritime : les **façades américaines** (ouvertes sur l'Atlantique et le Pacifique), la ***Northern Range*** (ouverte sur la mer du Nord, la Manche et l'Atlantique), la **façade de la mégalopole japonaise**, et enfin la **façade asiatique**, moins dense mais abritant parmi les plus grands ports du monde.

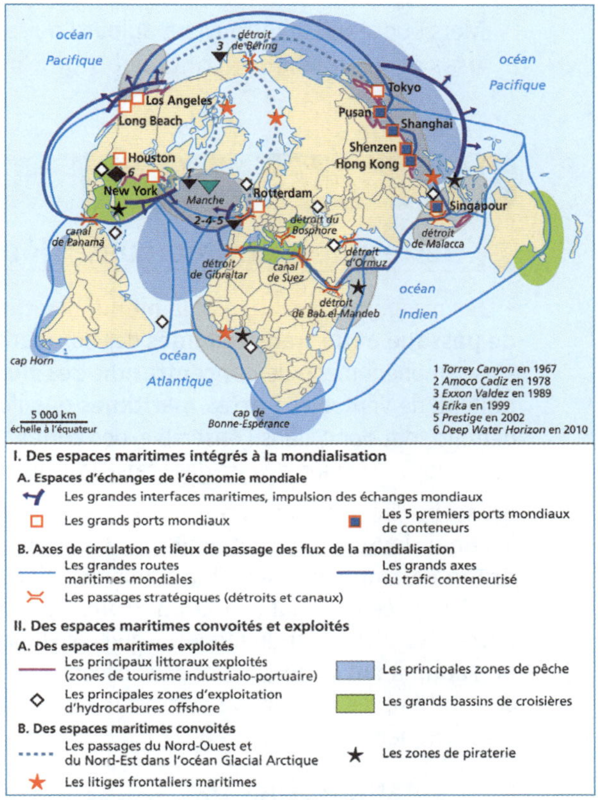

▲ Mers et océans dans la mondialisation.

Mot-clé

Façade maritime : espace littoral (comportant de grands organismes urbains et portuaires), interface entre un arrière-pays continental *(hinterland)* et un avant-pays maritime *(foreland)*, auxquels il est relié par des réseaux de communication denses et variés.

B Différents types de ports

• **Le port de transbordement.** Il n'est pas relié à un *hinterland* et joue donc le rôle d'un **hub** ou carrefour qui **concentre les flux maritimes** (essentiellement des conteneurs) en un point et les **redistribue** à des échelles inférieures : c'est le cas du **port d'Algésiras**, situé sur le détroit de Gibraltar, qui redistribue ainsi les flux dans tout le Bassin méditerranéen, évitant aux grands navires transocéaniques de multiplier les escales pour décharger des volumes de moins en moins importants.

• **Le port à *hinterland* classique.** Il accueille des **navires reliant directement deux façades maritimes**. Ces deux types de ports peuvent être combinés, notamment dans les plus grands ports comme celui de **Rotterdam**. Le but de ces interfaces est de **mettre en relation deux zones différenciées** de production et de consommation ou une zone de production et une zone de consommation situées de part et d'autre du globe.

11 Mers et océans, entre rivalités et coopérations

Mers et océans se retrouvent, aujourd'hui, au cœur des préoccupations, des convoitises et des tensions économico-politiques.

1 Points de passage et limites maritimes

A Des espaces stratégiques : détroits et canaux

• **Des maillons sensibles de la mondialisation.** Les détroits et canaux constituent des **lieux de passage et de transit obligés** des flux maritimes. Leur étroitesse et leur localisation créent ainsi un phénomène de **concentration des flux** et font d'eux, eu égard aux ressources qu'ils traitent, de véritables **portes maritimes** que l'on peut contrôler, fermer, ouvrir ou pirater. Ces détroits sont donc, dans l'ensemble, des **zones très militarisées**, comme le **détroit d'Ormuz** qui abrite la cinquième flotte des États-Unis, ancrée à Bahreïn, et pas moins de 8 bases militaires.

• **Localisation et enjeux des détroits et canaux.** Le détroit d'Ormuz et le **canal de Suez** donnent accès aux **ressources pétrolières du golfe Arabo-Persique** et assurent la communication avec les marchés américains européen et asiatique. Les **détroits de Malacca et de Singapour** ouvrent sur l'« atelier du monde » que constitue l'Asie de l'Est. Le **canal de Panamá** fait communiquer deux océans et permet d'éviter le passage du cap Horn. Le **détroit de Gibraltar** contrôle, quant à lui, l'accès à la Méditerranée.

> **Mot-clé**
> **Détroit :** bras de mer étroit cerné par des terres et mettant en communication deux étendues maritimes.

B La délimitation des zones maritimes

• **Les accords internationaux.** La **convention de Montego Bay** (Jamaïque), ratifiée en 1982 par la plupart des pays industrialisés (sauf les États-Unis), définit les **différentes zones maritimes** bordant les États côtiers et le **droit** qui les régit.

• **6 zones à partir du trait de côte.** Les **eaux intérieures** sont entre la côte et la ligne de base (limite de la marée la plus basse). Les **eaux territoriales** vont jusqu'à 12 milles des côtes (1 mille marin équivaut à 1 852 m) et les **eaux contiguës** 12 milles plus loin. La **ZEE** (zone économique exclusive) s'étend jusqu'à 200 milles des côtes. Le **plateau continental** désigne le prolongement sous-marin du territoire terrestre. Enfin, au-delà, se trouvent les **eaux internationales** ou « haute mer ».

• **Droit national et droit international.** L'État côtier exerce sa **totale souveraineté sur les eaux intérieures, territoriales et contiguës**. Au-delà, la **ZEE** et le **plateau continental** sont régis par le **droit international**, et la circulation y est totalement libre, y compris pour les bâtiments militaires et le passage d'oléoducs ou de câbles sous-marins. Dans sa **ZEE**, l'État n'y est pas souverain mais peut y **explorer, exploiter et protéger librement les ressources**. Les eaux internationales sont, quant à elles, gérées comme un patrimoine de l'humanité par l'**Autorité internationale des fonds marins**, basée à Kingston, en Jamaïque.

• **Les litiges maritimes : contrôler la circulation et les ressources.** Malgré ce droit international maritime, une frontière sous la mer reste beaucoup plus floue qu'une frontière terrestre et suscite, par conséquent, davantage de **revendications**. C'est le cas de quelques zones dans le monde : en **mer de Chine** (les îles Spratly), dans le **golfe du Niger** ou en **Océanie**. Les enjeux restent toujours les mêmes : les ressources et la sécurisation de la navigation.

2 Des politiques de coopération internationale ?

A Le cas de l'Arctique : de nouveaux enjeux maritimes

• **De nouvelles routes maritimes.** Le **retrait** conjoncturel (permanent ?) **des glaces** de l'océan Arctique, depuis une quinzaine d'années, laisse entrevoir l'**ouverture prolongée de deux passages** qui permettraient de relier beaucoup plus rapidement l'Asie à l'Atlantique : celui du **Nord-Ouest**, le long de l'Alaska, du Canada et du Groenland ; et celui du **Nord-Est**, le long de la Russie, ouvert officiellement depuis 1991.

• **Des revendications avant tout nationales.** La question se pose alors de savoir **si ces nouvelles routes font partie des eaux internationales**, libres de circulation, **ou des eaux territoriales** des États riverains. D'un côté, le Canada et la Russie clament leur souveraineté sur ces eaux glacées au large de leurs côtes ; de l'autre, les États-Unis, l'Union européenne et le Danemark (qui possède le Groenland) considèrent que ces eaux et les détroits n'appartiennent à personne.

Comparaison entre les différentes routes maritimes. ▶

B Les mesures contre la piraterie

• **Géographie de la piraterie.** On retrouve la piraterie en **Afrique**, au large des **côtes somaliennes** et dans le **golfe d'Aden**, ainsi que dans le **golfe de Guinée** (delta du Niger, en particulier), mais aussi en **Asie du Sud-Est** et en **Amérique du Sud**, au large du Brésil et du Pérou. L'Asie du Sud-Est reste l'une des zones maritimes les plus dangereuses du globe. La configuration archipélagique, le fait que **80 % du commerce mondial y transite** et l'instabilité de l'Indonésie (mouvements autonomistes du Timor) facilitent les **attaques** et le repli des pirates.

• **Des mesures internationales.** Face à cette **recrudescence de la piraterie**, les États ont dû se mobiliser et coopérer. L'**opération Atalante**, mise en œuvre par l'Union européenne, a pour tâche de lutter contre l'insécurité dans le golfe d'Aden et l'océan Indien. De son côté, le **Japon** se montre aussi très actif dans la lutte contre la piraterie internationale, notamment dans les **espaces stratégiques de la Malaisie** et du **détroit de Malacca**.

12 La France, puissance maritime ?

La France possède la **deuxième ZEE du monde** avec 11 millions de km², derrière les États-Unis mais devant l'Australie. Mers et océans restent donc un **enjeu primordial** pour le pays et ses territoires ultramarins.

1 Le rôle du secteur maritime dans l'économie

A Des aménagements pour la pêche et l'agriculture

• **Pêche artisanale et pêche industrielle.** Plus de **80 % des navires de pêche** pratiquent la pêche artisanale, qui comprend la pêche côtière au chalut et la petite pêche au filet maillant ou « trémail ». La **pêche industrielle** capture, cependant, **plus de la moitié des tonnages**. Cette pêche hauturière comprend la pêche fraîche traditionnelle et la pêche par **chalutiers congélateurs**.

• **Les principales zones de pêche.** Les zones portuaires de pêche sont surtout celles de la **mer du Nord** et de la **Manche** (**Boulogne-sur-Mer**, est le premier port de pêche français avec une flottille diversifiée de près de 150 bateaux), et celles de l'**Atlantique** (notamment Lorient et Le Guilvinec).

• **L'essor de l'aquaculture.** L'aquaculture est récente en France mais en pleine expansion. Les **cultures marines** portent sur l'élevage de **coquillages** (conchyliculture) comme les moules (mytiliculture) et les huîtres (ostréiculture), l'élevage de **poissons** (pisciculture) et de **crevettes**. On y ajoute la culture d'**algues** et l'exploitation des **marais salants**.

> **Mot-clé**
> **Aquaculture :** élevage d'animaux et de végétaux aquatiques.

B Des aménagements pour l'industrie et le commerce

• **Les zones industrialo-portuaires (ZIP).** À partir des années 1960, l'État crée des ZIP pour **promouvoir l'industrie sur l'eau française** et assurer les **approvisionnements en hydrocarbures.** Quatre ports se spécialisent : sidérurgie à **Dunkerque**, produits pétroliers à **Fos-sur-Mer**, chantiers navals à **Saint-Nazaire**, terminaux porte-conteneurs au **Havre**.

• **Des ports entre décentralisation et privatisation.** Les principaux ports de marchandises sont **Haropa** (Le Havre-Rouen-Paris avec 86 millions de tonnes [Mt]), **Marseille-Fos** (77 Mt) et **Dunkerque** (47 Mt). Depuis une dizaine d'années, beaucoup de ports sont devenus **propriétés des régions**, tandis que sept ports autonomes ont été transformés en **« grands ports maritimes »** et ont dû ouvrir leurs équipements de manutention à la concurrence.

2 Le poids des territoires ultramarins

A Les « confettis de l'Empire »

• **La création des Départements (DOM) et Territoires (TOM) d'outre-mer.** En **1946**, la France accorde à certaines colonies un **statut comparable à celui des départements** de métropole. Les quatre **DOM** sont la Guadeloupe, la Martinique, la Guyane et la Réunion. D'autres colonies sont dotées d'une certaine autonomie. Ces **TOM** se localisent en Amérique (Saint-Pierre-et-Miquelon) et en Océanie (Nouvelle-Calédonie, Wallis-et-Futuna, Polynésie française). Enfin, la France conserve des **territoires en Antarctique** et des **îlots peu ou pas habités** comme Clipperton.

Mot-clé

TAAF : Terres australes et antarctiques françaises, comprenant l'archipel Crozet, les îles Kerguelen, les îles Éparses de l'océan Indien, les îles Saint-Paul et Amsterdam et la terre Adélie.

• **Des statuts administratifs complexes.** Guadeloupe, Martinique, Guyane et Réunion ont à la fois le **statut de département et de région administrative** : on les qualifie, parfois, de **DROM**. Mayotte est aujourd'hui un département. Les TOM ont été remplacés par les **COM (Collectivités d'outre-mer)**. Les statuts varient selon les territoires, mais leur degré d'autonomie est souvent assez important. La **Nouvelle-Calédonie** bénéficie même d'un **statut propre** (pays d'outre-mer) avec option de passage à l'indépendance.

▲ La France ultramarine.

B L'importance des territoires ultramarins pour la France

• **Une indéniable valeur stratégique et scientifique.** Certains de ces territoires sont utilisés dans des **buts scientifiques** (Kerguelen, base Dumont-d'Urville en terre Adélie). D'autres ont une **justification stratégique et militaire** (base de lancement des **fusées Ariane** à Kourou, en Guyane).

• **Un potentiel maritime important.** Ces territoires comptent seulement 2,5 millions d'habitants et représentent une **faible superficie terrestre** (120 000 km²). Mais la zone sur laquelle **la France peut exploiter seule les ressources marines** s'étend sur **près de 11 millions de km²**.

C Des problèmes récurrents de développement

• **Un fort taux de chômage.** Les régions ultramarines sont globalement **très peu industrialisées** (hormis les mines de nickel néo-calédoniennes), et l'activité économique n'est pas suffisamment dynamique pour répondre à l'**augmentation rapide de la population. Le taux de chômage dépasse partout 15 %** et les jeunes sont les premiers touchés. Les **aides importantes de l'État** (dérogations fiscales, allocations, emplois publics…) ont abouti à une nette amélioration du niveau de vie mais n'arrivent pas à freiner l'**exode vers la Métropole**.

• **Une économie en gestation.** L'activité économique a longtemps été essentiellement **agricole**, tournée vers l'**exportation** à destination de la Métropole des cultures de plantations (bananes antillaises, canne à sucre). Cette agriculture est en crise, concurrencée par les pays à coût de main-d'œuvre moins élevé. En dehors de quelques stations balnéaires modernes (Le Marin en Martinique, Le Gosier en Guadeloupe), le **potentiel touristique** reste **sous-exploité**.

GÉOGRAPHIE

13 Une inégale intégration dans la mondialisation

La **domination de la Triade** sur le monde est le fait des États qui la composent mais aussi des FTN qui en sont originaires. Cependant, **les pays émergents** contestent de plus en plus cette position dominante.

1 La Triade dans la mondialisation

A Un acteur majeur de la mondialisation économique

• **Trois pôles de l'hémisphère Nord.** La Triade est formée des trois pôles qui constituent des **centres d'impulsion économique dans le monde**. Ce sont des États ou des groupes d'États : **États-Unis et Canada**, **Union européenne**, **Asie orientale** (du Japon à Singapour, via la Corée du Sud et la Chine littorale). Ces pays qui regroupent 15 % de la population mondiale concentrent environ **50 % du PIB de la planète**.

• **Le Groupe des sept.** Le Japon, le Canada, les États-Unis et quatre pays de l'UE (Allemagne, France, Italie, Royaume-Uni) forment le **G7** qui regroupe les **pays les plus riches et les plus industrialisés du globe**. Ce sommet des chefs d'État traite des **questions économiques et environnementales** qui affectent l'ensemble du monde.

> **Notion clé**
>
> **Nord / Sud :** le terme de Nord, opposé au Sud, cherche à rendre compte de la différenciation entre pays riches et pays pauvres. La référence aux points cardinaux est évidemment à relativiser. Beaucoup de pays pauvres sont au nord de l'équateur ; certains pays de l'hémisphère Sud, comme l'Australie et la Nouvelle-Zélande, font partie des pays riches.

B Des moyens de domination multiples

• **Une suprématie dans les décisions internationales.** Les pays de la Triade **contrôlent** toujours **les grands organismes internationaux** comme le Fonds monétaire international ou la Banque mondiale, soit parce qu'ils disposent d'un **droit de veto** sur les décisions importantes, soit parce qu'ils usent de leur **influence** pour constituer des regroupements de pays qui défendent leurs intérêts.

• **Une puissance modélisante.** La Triade **contrôle les flux d'informations** indispensables à la prise de décision économique et politique. Elle dispose de grands groupes de télévision (CNN) et de **réseaux de télécommunications** à l'échelle mondiale. Les principaux centres de recherche et les universités les plus réputées sont situés dans ces pays qui peuvent ainsi **imposer une culture dominante planétaire**.

2 Les puissances émergentes

A Des pays en développement à la croissance importante

• **Une définition complexe.** Les **puissances émergentes** sont des pays dont **le revenu par habitant** est **intermédiaire**, situé entre celui des pays les moins avancés et celui des pays riches, et dont la **croissance économique** est **rapide**. L'émergence repose, en général, sur la **règle des 5 E** (État, éducation, entreprise, épargne, exportation) avec une priorité donnée à l'**industrie**.

• **Un poids croissant dans l'économie mondiale.** Cette soixantaine de pays représente plus de **40 % du PIB mondial** et les deux tiers de la population. Grâce à des coûts de main-d'œuvre souvent très compétitifs, ces pays sont devenus des **rivaux redoutables** pour la Triade, même si une partie de leur succès économique bénéficie à des FTN originaires de celle-ci.

• **Une localisation spécifique.** Ces pays sont surtout situés en **Amérique latine** (Mexique, Argentine) et en **Asie** (Indonésie, Thaïlande, Turquie, Arabie Saoudite), avec l'exception du **Nigeria** en Afrique. Les 10 membres des **BRICS+** dominent cet ensemble.

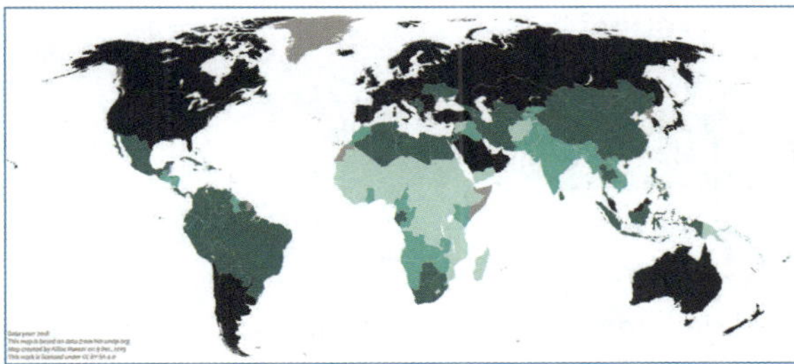

▲ Un indice de l'inégale intégration dans la mondialisation : l'IDH (2019).

B Des partenaires et des concurrents de la Triade

• **Une voix à l'OMC.** Certains pays émergents, comme le Brésil, la Chine ou l'Inde, appartiennent à l'**Organisation mondiale du commerce (OMC)**. Ils s'entendent pour **contester l'hégémonie de la Triade** et **dénoncent les politiques agricoles** des États-Unis et de l'Union européenne au sein de l'OMC.

• **Les travaux du G20.** Créé en 1999, le G20 réunit les représentants politiques, économiques ou sociaux de **19 pays** considérés comme les plus développés (G7 et principaux pays émergents), auxquels s'ajoutent les **représentants de l'UE** (présidence brésilienne en 2024 et sud-africaine en 2025). Le poids du G20 dans la gouvernance mondiale est devenu considérable, mais c'est une **instance critiquée**.

Mot-clé

Disparités socio-spatiales : différences quantitatives (démographiques, économiques, sociales, culturelles) repérables et mesurables dans des territoires de même dimension. Elles peuvent s'observer à différents niveaux d'échelle : mondes urbains et ruraux ; littoraux et espaces ouverts sur l'espace mondial d'une part, espaces périphériques de l'intérieur et des confins continentaux d'autre part.

C Un groupe hétérogène au niveau de développement très inégal

• **Un groupe sans réelle unité.** Les puissances émergentes forment une association qui reste trop hétérogène pour constituer une alliance. Les **antagonismes** sont **forts** entre la Chine et l'Inde ou entre Moscou et Pékin, qui convoite les richesses en matières premières et en énergie de la Sibérie.

• **Le problème des inégalités sociales.** Dans les pays émergents, la croissance économique et l'insertion dans la mondialisation ont permis une **amélioration du niveau de développement humain**, mais celui-ci est encore éloigné (surtout en Inde) des niveaux atteints par les pays développés. De plus, la croissance économique avive les **tensions sociales** des pays très inégalitaires comme le Brésil.

• **Le renforcement des inégalités spatiales.** Dans les pays émergents, l'insertion dans l'économie mondiale profite d'abord aux **métropoles qui concentrent les activités et attirent les investissements**. Les **façades littorales** sont au cœur du développement économique. Au contraire, certains espaces restent à l'écart de la mondialisation ; c'est le cas des **zones rurales enclavées**.

14 Coopérer pour réduire les inégalités territoriales

De **grandes organisations régionales** se sont développées à partir des années 1990 pour proposer un **échelon intermédiaire** entre les États et l'espace mondialisé. Si l'UE reste la construction la plus aboutie, d'autres associations existent et, parfois, coopèrent entre elles en signant des **partenariats**.

1 La politique de cohésion de l'UE

A Cinq objectifs-clés pour 2027

• **Une véritable politique régionale.** Si le premier poste de dépense de l'UE est la **Politique agricole commune (PAC)** avec les subventions versées aux agriculteurs, la **politique de cohésion** est le second secteur d'investissement (près du tiers du budget européen). L'UE a une **politique régionale** et donc d'aménagement du territoire qui s'appuie sur l'**octroi de subventions** à divers types de projets de développement.

• **La mesure des inégalités.** La méthode de répartition des fonds reste essentiellement **fondée sur le PIB par habitant** et prend aussi en compte le chômage des jeunes, le faible niveau scolaire, le changement climatique, l'accueil et l'intégration de migrants. L'UE fournit une aide particulière à ses **régions ultrapériphériques (RUP)**.

• **Deux objectifs prioritaires.** Les financements de développement régional ont un cadre pluriannuel. Pour la **phase 2021-2027**, la majeure partie des investissements sera concentrée d'abord sur la recherche, l'innovation, la numérisation et la transformation économique, et ensuite sur la transition énergétique, les énergies renouvelables et la lutte contre le changement climatique.

• **Trois autres grands objectifs.** S'ajoutent d'**autres priorités** : soutenir les réseaux stratégiques de transport et de communication numérique, promouvoir les emplois de qualité, l'éducation, les compétences, l'inclusion sociale et l'égalité d'accès aux soins de santé, financer les projets pilotés au niveau local et le développement urbain durable.

Mot-clé

Régions ultrapériphériques européennes : territoires éloignés géographiquement du continent mais qui font partie intégrante des États membres auxquels ils appartiennent. Sur les neuf RUP que compte l'UE, six sont françaises.

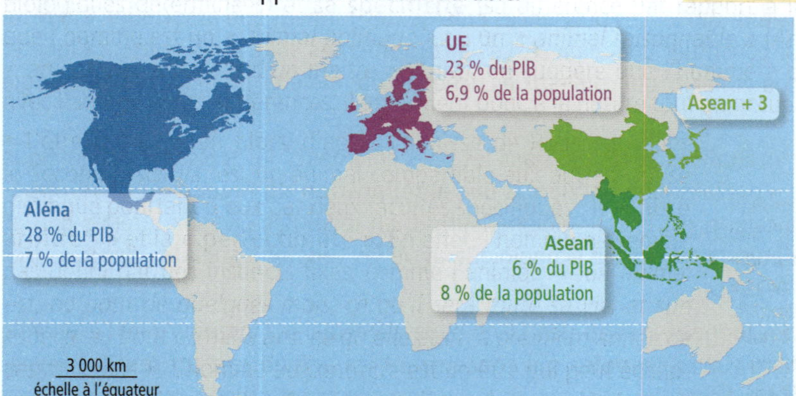

▲ Les 3 principales zones de libre-échange actuelles.

B Fonds structurels et aide aux régions en difficulté

• **Le Fonds européen de développement régional (FEDER).** Il cible particulièrement les **problèmes économiques, environnementaux et sociaux** dans les villes, les zones présentant des handicaps géographiques naturels (régions insulaires, montagneuses ou peu peuplées) et les zones ultrapériphériques.

• **Le Fonds social européen (FSE).** Il vise à **améliorer les possibilités d'emploi et de mobilité professionnelle** dans l'UE (notamment pour les personnes défavorisées), en finançant la formation et l'insertion professionnelles.

• **Le Fonds de cohésion (FC).** Il aide les États membres dont le revenu national brut (RNB) par habitant est inférieur à 90 % de la moyenne communautaire (tous les pays entrés dans l'UE depuis 2004, plus le Portugal et la Grèce) à **réduire leur retard économique et social** ainsi qu'à stabiliser leur économie.

2 La politique territoriale des organisations régionales

A Diversité des régionalisations

• **Des degrés variés d'association économique.** On distingue **quatre degrés d'intégration** économique à l'échelle continentale : la **zone de libre-échange**, créée suite à l'abaissement des droits de douane, l'**union douanière**, le **Marché commun** et l'**union économique et monétaire** dont l'Union européenne est le modèle le plus abouti. Les marchés élargis de ces associations sont à la fois un **rempart** de protection face aux dangers de la concurrence mondiale et un **tremplin** pour s'imposer dans la compétition internationale.

• **De nouveaux territoires.** L'affirmation de ce nouveau niveau de pouvoir et d'échelle de territoire, à un moment où les États se multiplient, introduit une complexité supplémentaire. Le citoyen se découvre des **appartenances multiples** entre la région au sein de l'État, l'État-nation, la communauté ou l'union supra-étatique.

• **Des organisations continentales.** Fondée en **1967** par l'Indonésie, la Malaisie, les Philippines, Singapour et la Thaïlande, l'**Association des nations de l'Asie du Sud-Est (Asean)** s'est étendue à cinq autres pays. Un partenariat (**RCEP**) est en vigueur depuis 2022 entre ces pays et la Chine, le Japon, la Corée du Sud, l'Australie et la Nouvelle-Zélande. Le **Mercosur** a été créé en **1991** par le rapprochement de l'Argentine, du Brésil, du Paraguay et de l'Uruguay (adhésion de la Bolivie en 2023). Cinq pays sont associés au Mercosur. En 2020, l'Accord Canada-États-Unis-Mexique (**ACEUM**) est entré en vigueur, remplaçant l'Accord de libre-échange nord-américain (**ALENA**) de 1994.

> **Mot-clé**
>
> **Zone de libre-échange :** elle permet la libre circulation des produits et services au sein d'un espace géographique par la suppression des barrières douanières.

B Des relations entre les grands pôles régionaux

• **Des dialogues et accords entre organisations régionales.** En décembre 2022, l'UE et l'ASEAN ont tenu **leur premier sommet commun** à Bruxelles. En décembre 2024, l'UE et le Mercosur ont conclu un accord de **partenariat**.

• **L'APEC, un exemple de coopération économique étendue.** La **Coopération économique pour l'Asie-Pacifique** n'est qu'un forum de discussion sans force contraignante, mais il permet de mettre en place des relations économiques entre les organisations régionales (ALENA, ASEAN) et les pays qui bordent le Pacifique.

15 La France dans la mondialisation

Septième puissance économique mondiale, la France est un des centres d'impulsion de la mondialisation, bien qu'elle représente moins de 1 % de la population mondiale (68 millions d'habitants).

1 Un rôle encore important dans le monde

A Une présence diplomatique et militaire

• **Une présence militaire planétaire.** La France a une politique ambitieuse fondée sur l'**indépendance nationale** et la **dissuasion nucléaire**. L'armée française a des **points d'appui** dans les Caraïbes, l'océan Indien et l'océan Pacifique. **Membre de l'OTAN,** la France a rejoint son organisation militaire intégrée en 2009. En Afrique, plusieurs pays ont demandé le départ des troupes françaises, notamment le Mali, le Burkina Faso, le Niger, le Tchad, la Côte d'Ivoire et le Sénégal.

• **Une politique étrangère active.** Les Français prônent un **monde multipolaire géré par une gouvernance mondiale**. Ils s'opposent donc à la politique souvent unilatérale menée par les États-Unis. **Pilier essentiel de l'UE**, la France joue aussi un rôle moteur dans la poursuite de la construction européenne. La France est également le **cinquième contributeur mondial à l'aide au développement** ; les pays africains en sont les premiers destinataires.

• **Une place importante dans les relations internationales.** **Membre permanent du Conseil de sécurité** avec un droit de veto, la France fournit des casques bleus à l'ONU. Paris est, en outre, le **siège de l'Unesco et de l'OCDE**. La France est **membre du G7**, qui réunit les chefs d'État des pays les plus puissants de la planète, et du **G20**, forum de discussion plus large.

Mot-clé

AEFE : Agence pour l'enseignement français à l'étranger. Présente dans 138 pays, elle scolarise 398 000 élèves dans 600 établissements.

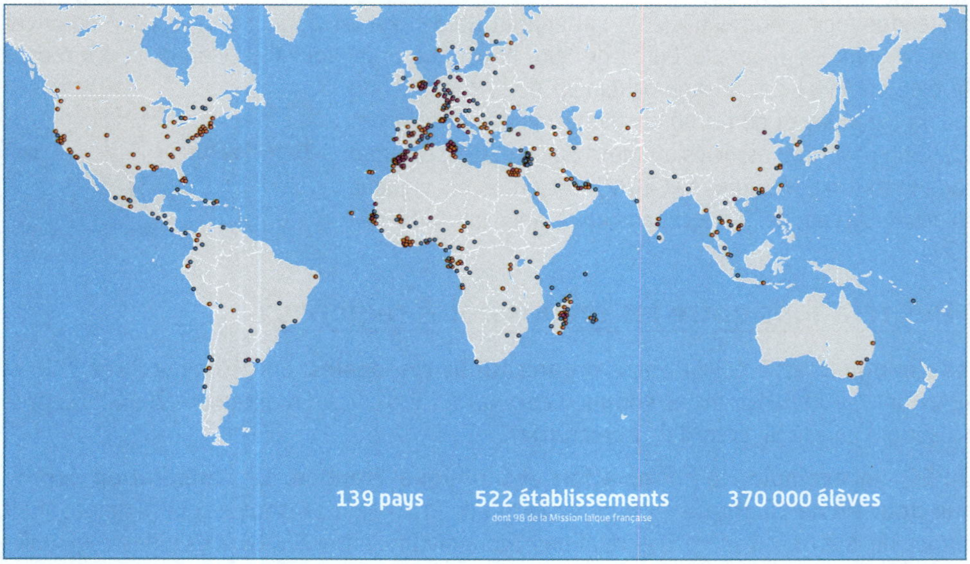

▲ Les lycées français à l'étranger.

B Une présence économique, culturelle et linguistique

• **Une économie performante.** Septième puissance économique, la France est un **grand pays exportateur**, l'un des principaux pays pour les **investissements (IDE)** et la **première destination touristique** du monde, grâce à un **patrimoine** particulièrement riche. La France excelle dans les filières de la mode, de l'industrie aéronautique, de l'industrie automobile, de l'énergie, ainsi que du bâtiment et de l'eau.

• **Un important rayonnement culturel.** Les territoires ultramarins facilitent le rayonnement de la langue française. Le français est une langue parlée par **320 millions de personnes dans plus de 110 pays et territoires**. La **francophonie** s'appuie sur le réseau des établissements de l'**AEFE** et de l'**Alliance française**, sur les programmes de Radio-France internationale et de TV5 Monde. La France défend le **principe de l'exception culturelle** et **de la diversité culturelle**, dans le cadre de l'UNESCO.

2 Acteurs et réseaux du secteur international

A La France à l'étranger

• **Un grand réseau diplomatique.** Plus de **deux millions de Français vivent à l'étranger**. Qualifiés pour la plupart, ils contribuent à donner une image positive du pays. Se présentant souvent comme le **berceau des droits de l'homme**, la France diffuse aussi ses valeurs grâce à son **réseau d'ambassades et de consulats**, le troisième au niveau mondial.

• **Des vecteurs de diffusion de la pensée française.** La chaîne de télévision **France 24**, qui émet dans le monde entier en français, en arabe, en anglais et en espagnol, et l'**Agence France-Presse (AFP)** diffusent l'actualité internationale selon une perspective française. L'image culturelle de la France passe aussi par ses **musées** : le Louvre a négocié, avec les autorités des Émirats arabes unis, l'utilisation de son nom à **Abu Dhabi** pendant 30 ans contre 400 millions d'euros.

> **Mot-clé**
> **IDE :** investissements directs à l'étranger.

• **Des entreprises françaises très internationalisées.** La présence économique de la France dans le monde est largement portée par l'**internationalisation de ses entreprises**. Le pays compte ainsi **plus de 30 firmes transnationales** (hors finance) parmi les 500 premières firmes mondiales, soit plus que l'Allemagne.

B La France : un territoire mondialisé

• **Paris, métropole mondiale.** Ce thème a été vu en classe de Première. Paris, bien que concurrencée par Londres, reste une **capitale économique attractive** et une **capitale culturelle dynamique**. Après Londres (1908, 1948 et 2012), Paris devient la deuxième ville au monde à célébrer les **jeux Olympiques d'été à trois reprises** (1900, 1924 et 2024).

• **La première destination touristique du monde.** En 2024, la France a accueilli **plus de 100 millions de touristes**. Le pays dispose de 53 sites inscrits au **Patrimoine mondial de l'Unesco** (culturel et naturel), ainsi que 28 éléments de **Patrimoine culturel immatériel de l'humanité**.

• **Un pays attractif pour les investisseurs et les étudiants.** La France accueille, sur son sol, le **9e stock mondial d'IDE entrants**. Les États-Unis conservent leur place de premier investisseur en France, devant l'Allemagne et le Royaume-Uni. Au total, la France compte près de **20 000 entreprises étrangères**, qui emploient 2,2 millions de personnes et représentent 40 % des exportations et 25 % des dépenses en R&D (Recherche et Développement). Enfin, plus de **400 000 étudiants étrangers** ont choisi d'étudier dans l'Hexagone.

16 L'UE : une puissance d'abord économique

L'UE dispose de **solides atouts économiques**, qui en font un pôle du Nord. Mais cette puissance est incomplète, du fait notamment des **divergences entre ses 27 membres**.

1 Aspects et fondements de la puissance économique de l'UE

A Un pôle du Nord

- **La première puissance commerciale.** Cette primauté s'explique par l'intensité exceptionnelle des **échanges intracommunautaires** (60 % du commerce de l'UE se fait entre ses membres), qui se sont accrus beaucoup plus rapidement que le commerce extra-européen.
- **Un système productif performant.** Le PIB de l'UE est largement dépassé par celui des États-Unis et de la Chine mais l'**industrie** européenne compte encore de nombreux points forts (automobile, sidérurgie, chimie, pétrole, aérospatiale et aéronautique).
- **Des services très performants.** L'UE est le **premier pôle touristique mondial.** Les banques, les assurances, les cabinets de conseil connaissent une forte croissance. S'y ajoutent les chaînes de grande distribution et les TIC (cinéma d'animation, jeux vidéo…).
- **Des sociétés présentes dans le monde entier.** Les **FTN européennes** sont bien classées même si leur poids reste inférieur à celui des grandes entreprises américaines, voire chinoises.

Mot-clé

FTN : firme transnationale, entreprise qui contrôle des unités de production et de conception dans plusieurs États. On peut préférer le terme de « transnationale » à celui de « multinationale » dans la mesure où les fonctions de commandement sont souvent localisées dans un même État, même si l'organisation et les stratégies de la firme sont conçues à l'échelle mondiale, par-delà les frontières.

B Bases et instruments de la puissance

- **Le premier marché de consommateurs.** L'UE est le **pôle le plus peuplé des régions riches du Nord.** La population dispose d'un pouvoir d'achat élevé : le **PIB par habitant** est presque **trois fois supérieur à la moyenne mondiale.**
- **Un réseau de transport très développé.** Le réseau de transport européen est **particulièrement dense.** Des grands travaux permettent de relier plus efficacement les pays membres. Les **lignes ferroviaires à grande vitesse** se sont multipliées entre les grandes métropoles européennes voisines.
- **Des politiques communautaires volontaristes.** Depuis sa création, la **Communauté européenne** a toujours agi pour **favoriser le développement économique** (Marché commun ; libre circulation des hommes, des marchandises et des capitaux ; Politique agricole commune). L'œuvre la plus spectaculaire dans le domaine économique est la **création de l'euro**, qui oblige les États à accepter une **discipline commune** (inflation, déficit, dette).

2 Quelles limites au poids mondial de l'UE ?

A Des faiblesses technologiques, démographiques et énergétiques

• **Les faiblesses de la recherche.** Si les États-Unis et le Japon consacrent environ 3,3 % de leur PIB à la **Recherche et Développement (R&D)** pour maintenir leur compétitivité économique et être présents sur les marchés de l'avenir, cette proportion ne dépasse pas 2,3 % pour l'UE. L'entreprise finlandaise de téléphonie mobile Nokia n'arrive qu'en dixième position du marché des smartphones. Ce sont des dissensions entre l'Italie, la France et l'Allemagne qui ont entraîné les **retards successifs du programme Galileo** (satellites de positionnement et de navigation), dont le déploiement doit s'achever en 2025.

• **Le déclin démographique.** Avec l'augmentation de l'espérance de vie et la baisse du taux de fécondité (1,4 au lieu des 2,1 nécessaires au renouvellement des générations), le **vieillissement de la population européenne** semble inéluctable.

• **L'absence de politique énergétique commune.** Les pays de l'UE sont très **dépendants dans le domaine des hydrocarbures**, d'autant que les gisements de la mer du Nord, qui assurent encore l'essentiel de la production, déclinent. Certains membres font le choix des **énergies renouvelables** (énergie éolienne au Danemark, en Allemagne ou en Espagne, énergie solaire en France et en Espagne…), mais il s'agit de **décisions non concertées**.

Mot-clé

Intégration régionale : un espace A s'intègre à un espace B lorsque des liens de toute nature le rendent de plus en plus solidaire (ou dépendant) de l'espace B. La notion d'intégration renvoie au vocabulaire économique, une entreprise étant « intégrée » lorsqu'elle contrôle l'ensemble de la filière de production de l'amont à l'aval, de la matière première à la commercialisation du produit.

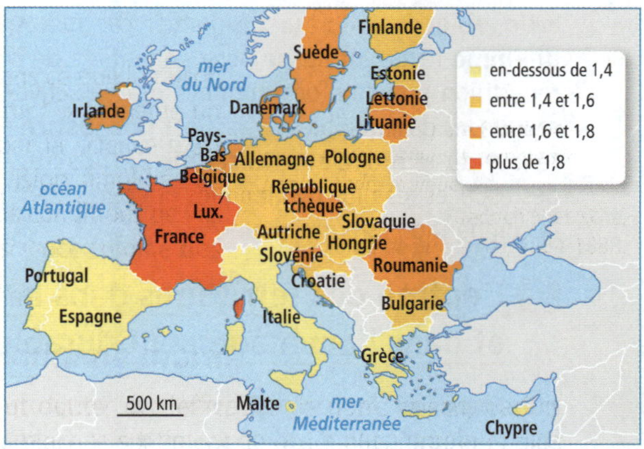

Le taux de fécondité dans l'UE. ▶

B Des logiques surtout nationales ou bilatérales

• **L'incohérence de la politique économique.** Même en matière économique, **les intérêts nationaux l'emportent sur la logique communautaire**. De nombreux États membres ne sont pas convaincus de la nécessité des politiques économiques communes. Beaucoup des grandes réussites de l'UE, comme **Airbus**, sont, avant tout, des **projets multilatéraux et non** des projets **communautaires**. L'euro peine à s'imposer dans les échanges internationaux face au dollar. Le **marché européen** est encore **cloisonné** par des réglementations nationales spécifiques et des réseaux de transport conçus selon des logiques d'abord nationales.

• **L'UE, « nain politique ».** Le **retrait du Royaume-Uni de l'UE**, décidé par référendum en **2016**, renforce la **crise de confiance** des Européens dans le processus de construction communautaire. De plus, si le rôle diplomatique de l'UE et de son haut représentant tend à se renforcer, l'UE n'a **pas de véritable politique commune de défense et de sécurité** : ce qui la prive d'une réelle puissance militaire et diplomatique.

17 L'UE et ses territoires

L'UE, dans la mise en œuvre de sa politique de cohésion, est partagée entre les exigences d'équité et de compétitivité. Cela se traduit encore par de profondes inégalités à plusieurs échelles.

1 Cohésion ou compétitivité ?

A Priorité à l'équité et à la mixité sociale

• **Une politique de cohésion en cours de révision.** L'objectif général est de renforcer la cohésion en **redistribuant les moyens vers les lieux et les personnes en difficulté**. Les territoires périurbains sont particulièrement marqués par les formes de **ségrégations socio-spatiales** et de **spécialisations fonctionnelles** : certaines communes ne sont que des **cités-dortoirs** alors que d'autres parviennent à valoriser leur patrimoine et exploiter leurs avantages comparatifs, en développant un parc technologique par exemple.

• **Un objectif ambigu.** Ce dernier cas met en évidence le **dilemme** récurrent qui se pose en matière de cohésion et de répartition optimale des hommes et des activités : comment réduire les déséquilibres et **assurer une justice sociale** à l'intérieur du territoire **sans affaiblir l'efficacité économique** des espaces les plus dynamiques qui participent pleinement à la compétition internationale ?

> **Mot-clé**
>
> **Politique de la ville :** mesures tentant de réduire les déséquilibres à l'échelle intra-urbaine en favorisant, notamment, la mixité sociale de l'habitat.

B L'entrée des territoires dans la concurrence et dans l'aménagement durable

• **Promouvoir la compétitivité des territoires.** L'UE a, aujourd'hui, la volonté de mettre sur un pied d'égalité les exigences d'**équité sociale** et celles d'**attractivité économique** et d'**excellence des territoires**. L'UE a ainsi adopté la pratique des **appels à projets** : ce sont les territoires qui doivent, aujourd'hui, mettre en valeur leurs atouts et qui, une fois leur stratégie bien définie, peuvent solliciter l'appui de l'UE.

• **Promouvoir des villes durables.** Les **écoquartiers** fleurissent dans les grandes villes ou à proximité ; les îlots urbains sont subventionnés quand ils se dotent de bâtiments à énergie positive (qui produisent plus d'électricité et de chaleur qu'ils n'en consomment). Les villes favorisent les **transports individuels non polluants** (pistes cyclables, véloroutes, voies vertes, rues piétonnes et réseaux de location de vélos) et les **transports en commun** peu polluants et silencieux.

2 Des territoires inégalement développés

A La mesure des inégalités régionales

• **La Nomenclature des unités territoriales statistiques (NUTS).** La Commission européenne a créé une **unité administrative spécifique** qui ne recouvre pas systématiquement les découpages territoriaux des États membres. Certains États de faible superficie ne forment qu'une seule unité (Luxembourg, Malte, Pays baltes), tandis qu'un pays comme l'Allemagne ne compte pas moins de 39 régions d'échelon **NUTS 2**. Cette échelle statistique permet à l'UE de mesurer les inégalités socio-spatiales et de **comparer les niveaux de développement des régions**.

• **Le PIB par habitant en SPA (standard de pouvoir d'achat).** Pour permettre une comparaison plus pertinente, le PIB par habitant est converti, au moyen de facteurs appelés **« parités de pouvoir d'achat »**, en une **unité de mesure commune artificielle** : le SPA.

B Dorsale, cœur et centre européen

• **Une mégalopole autour du Rhin.** Les régions les plus riches se trouvent le long de la **dorsale européenne** qui s'étend du Benelux au Nord de l'Italie. Cette **mégalopole**, structurée le long de l'axe rhénan, dispose de plusieurs **points d'appui à l'est et à l'ouest**, essentiellement les **grandes métropoles** des pays les plus riches (Paris, Hambourg, Munich, Vienne) : cet ensemble forme le cœur de l'UE.

• **Des centres secondaires.** Ils s'inscrivent à l'intérieur d'une **double ligne** Helsinki-Stockholm-Hambourg-Vienne-Florence à l'est et Rouen-Bordeaux-Madrid-Barcelone à l'ouest. Ils comprennent des espaces territoriaux comme le Sud de la Scandinavie, la Catalogne, la Bavière, l'Ouest de l'Autriche.

C Les périphéries de l'UE

• **Les périphéries intégrées.** Une première périphérie, bien intégrée au centre, peut être qualifiée d'**annexe du centre**. Elle comprend à la fois les **territoires des États ou des régions possédant des points d'appui dans le centre** (pays nordiques, Allemagne, Autriche, France, Benelux, Italie du Nord et du Centre, triangle Madrid-Barcelone-Bilbao) et les **centres principaux des pays moins développés** (Lisbonne, Dublin, Athènes et, dans une moindre mesure, Prague, Budapest, Varsovie, Ljubljana).

> **Notion clé**
>
> **Centre / Périphérie :** indissociables, les deux notions de centre et de périphérie ont une signification spatiale (le centre est au milieu et la périphérie autour) mais surtout hiérarchique (le centre domine la périphérie).

• **Les périphéries marginalisées.** Les périphéries plus marginalisées, bien que non délaissées, sont d'abord celles d'**Europe centrale et orientale**, particulièrement les régions bulgares, roumaines et slovaques (Carpates), les **périphéries polono-lituaniennes** ainsi que les **régions ultrapériphériques de l'outre-mer** (surtout français). Un autre ensemble est formé par les **régions du Sud de l'Europe**, du Portugal (Alentejo) à la Grèce continentale (Thessalie), en passant par le Centre et le Sud de l'Espagne (Estrémadure, Andalousie) et le Sud de l'Italie (Pouilles, Calabre, Sicile).

• **Les disparités nationales.** De profondes inégalités existent aussi à l'échelle nationale : **opposition Nord-Sud en Italie, Est-Ouest en Allemagne**. Dans la plupart des cas, la **région capitale** apparaît comme **plus favorisée** et plus dynamique que le reste du pays. C'est le cas entre Bruxelles et le Hainaut, entre Hambourg et Dessau, et entre Prague et la Moravie.

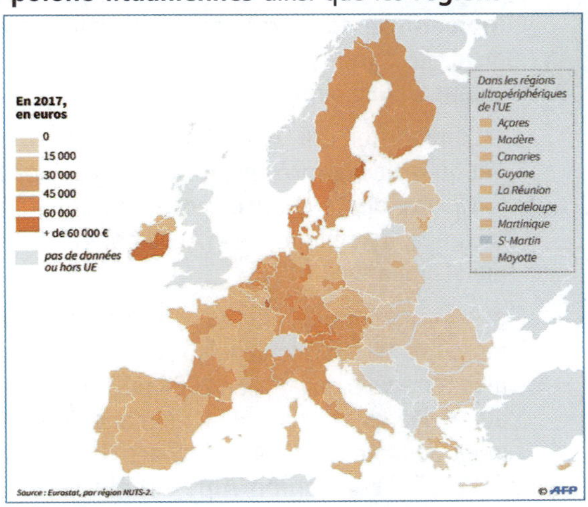

▲ Le PIB par habitant des régions de l'UE.

GÉOGRAPHIE

18 Les territoires transfrontaliers de la France

Dès les années 1960, une coopération se met en place, en France, avec les **régions frontalières** du Nord-Est. Ce processus est largement lié à l'**élargissement de la communauté européenne** et aux **inégalités** qui peuvent exister entre régions voisines.

1 Une dynamique avant tout européenne

A De la coopération transfrontalière aux eurorégions

• **Une coopération ancienne.** Si la coopération transfrontalière a commencé, au niveau européen, dès 1958, elle est d'abord restée limitée à l'**Europe du Nord** et particulièrement à l'**axe rhénan**, qui relie les **principaux fondateurs du projet européen** et qui a longtemps symbolisé l'affrontement franco-allemand.

• **D'abord limitée au Nord-Est de la France.** En 1986, la Lorraine développe un partenariat avec le land de Sarre et le Luxembourg (**Saar-Lor-Lux**) auxquels s'ajoutent le Land de Rhénanie-Palatinat et la Wallonie ; l'Alsace s'unit, en 1988, avec le Mittlerer Oberrhein et le Palatinat du Sud (**PAMINA**) ; le Nord-Pas-de-Calais a formé, en 1991, l'**eurorégion Nord-Transmanche** (dissoute en 2004) avec le Kent britannique, la Flandre, Bruxelles-Capitale et la Wallonie.

• **Le tournant des années 1990.** Il faut attendre les grands approfondissements de la construction européenne du début des années 1990, notamment les **projets de libre circulation**, pour que des **eurorégions** se développent sur une plus grande partie du territoire.

> **Mot-clé**
> **Eurorégion :** organisme de coopération entre régions voisines appartenant à différents États de l'Union européenne. Ses buts sont le développement des échanges et l'aménagement du territoire transfrontalier.

B Les groupements européens de coopération territoriale

• **Promouvoir la compétitivité des territoires.** Depuis 1990, l'UE finance les eurorégions (**objectif de coopération territoriale transfrontalière 2021-2027**), en stimulant, notamment, les **synergies** dans les régions périphériques qui ne bénéficient pas d'un pôle urbain jouant un rôle moteur.

• **Lobby interrégional.** Les régions françaises peuvent aussi se regrouper entre elles. Certaines ont ouvert des **représentations communes à Bruxelles** pour peser davantage. Créé en 1988, le **réseau des « Quatre moteurs pour l'Europe »** réunit quatre des régions les plus riches d'Europe, non limitrophes : Auvergne-Rhône-Alpes, le land de Bade-Wurtemberg, la Catalogne et la Lombardie.

• **Arcs maritimes et massifs montagneux.** En 1989, voit le jour l'**Arc atlantique**, qui regroupe 17 régions depuis l'Andalousie jusqu'à l'Écosse ; des projets concernent aussi l'arc méditerranéen ou latin. En 2004 puis 2009, le Languedoc-Roussillon et Midi-Pyrénées s'unissent aux Baléares et à la Catalogne dans l'**eurorégion Pyrénées-Méditerranée (EPM),** notamment pour surmonter le retard des connexions routières et ferroviaires transfrontalières. Créée en 2006, l'**eurorégion Alpes-Méditerranée** regroupe cinq régions françaises et italiennes (Provence-Alpes-Côte d'Azur, Auvergne-Rhône-Alpes, Ligurie, Piémont et Vallée d'Aoste).

• **Essor des GECT (groupements européens de coopération territoriale).** En **2006**, l'UE met en place un nouvel instrument de coopération territoriale. Plusieurs GECT voient ainsi le jour : des **eurométropoles** (Lille-Kortrijk-Tournai), des **eurodistricts** (Strasbourg-Ortenau, SaarMoselle), des **eurorégions** (Nouvelle-Aquitaine-Euskadi-Navarre), des **europarcs** (Alpi Marittime-Mercantour), des **eurocampus** (Eucor).

2 Un « effet frontière » complexe

A Une augmentation exceptionnelle des échanges de part et d'autre des frontières

• **L'essor des flux transfrontaliers.** Un des objectifs majeurs des eurorégions a été de faire des frontières non plus des lignes de clivage et des objets de tensions et de conflits, mais des **traits d'union**, des **zones de contacts et d'échanges**. L'« **effet frontière** » tend donc à s'étendre et à porter sur des distances pouvant aller **jusqu'à une centaine de kilomètres** vers l'intérieur des pays concernés.

• **Des formes de coopérations variables.** Toutefois, ces programmes sont nés d'initiatives diverses, souvent **sans passer par les gouvernements nationaux**. L'**espace** concerné par une eurorégion peut donc être **à géométrie variable** et la nature des coopérations varier fortement d'une eurorégion à l'autre. Il convient donc d'étudier la nature des échanges au sein des espaces frontaliers et aussi leurs limites.

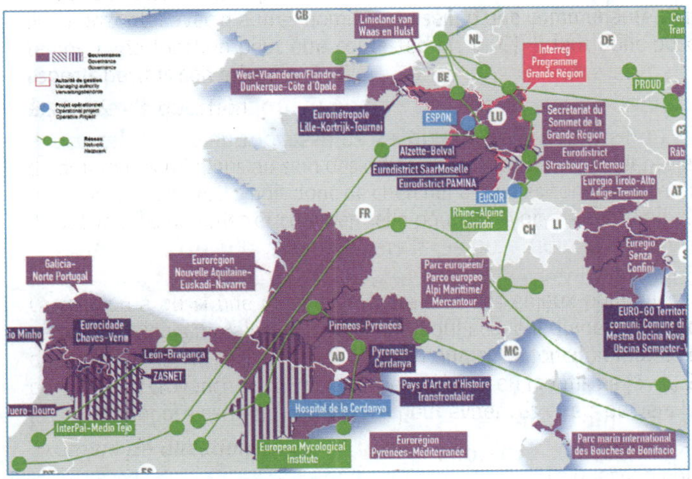

◀ Les GECT concernant la France.

> **Mot-clé**
> **Interreg :** nom du programme européen visant à promouvoir la coopération entre les régions européennes. Il est financé par le FEDER. Interreg VI couvre la période 2021-2027.

B Des échanges dissymétriques

• **Des flux générés par d'importants différentiels.** La coopération frontalière ne consiste pas en des échanges égalitaires. Elle s'appuie, au contraire, sur les **différentiels de salaires, de prix de l'immobilier et de niveaux de vie**. Beaucoup d'Allemands, par exemple, s'installent en France, notamment en Alsace, du fait des prix moins élevés de l'immobilier.

• **Le cas des travailleurs transfrontaliers.** De part et d'autre des frontières entre la France, la Suisse et l'Allemagne, les flux des travailleurs s'expliquent ainsi par l'**attractivité des salaires** et la **diversité des emplois** en Allemagne et encore plus en Suisse : les Suisses sont très peu attirés par le marché de l'emploi français ou allemand, et les travailleurs allemands vont peu travailler en France.

GÉOGRAPHIE

19 Ma région dans l'UE et dans le monde

A Me documenter sur ma région

• **Cadre naturel, historique et institutionnel.** Le cadre d'étude est l'une des **13 régions administratives de métropole** ou l'un des **5 Départements et Régions d'outre-mer (DROM)**. Il convient de localiser la région, de s'intéresser à ses atouts (richesses, ressources) et contraintes (risques). L'étude de l'identité historique de la région doit permettre, ensuite, de **questionner l'ancienneté de ses limites** et leur évolution au cours du temps, notamment à la suite du **redécoupage survenu en 2015**.

• **Les chiffres de l'INSEE.** Les directions régionales de l'Institut national de la statistique et des études économiques publient régulièrement des données chiffrées et des **analyses comparatives**. L'INSEE propose aussi, sur son site, des **statistiques** à partir de neuf grands thèmes sociodémographiques et économiques et une **cartographie** à l'aide de Géoclip.

• **Ma région en ligne.** Chaque conseil régional dispose d'un **site web officiel**. On y trouve des informations diverses : rappel historique, groupes politiques, budget, contrat de plan État-Région, lettres d'information et plaquettes publicitaires. Le site peut proposer aussi un portail cartographique dynamique.

Mot-clé

CPER : contrat de plan État-Région établi pour la période 2021-2027 entre le gouvernement (par l'intermédiaire du préfet de région) et les collectivités régionales pour programmer et financer les projets importants.

B Étudier la géographie de ma région

• **Quelle organisation et quels déséquilibres internes ?** Il faut, d'abord, observer le **réseau urbain** (polycentrique ou, au contraire, dominé par une grande métropole) puis l'impact géographique de certaines activités et les **disparités spatiales** en essayant de définir les espaces dynamiques et ceux en stagnation ou en crise.

• **Quelle insertion dans les espaces national, européen et mondial ?** Cela renvoie aux questions d'**accessibilité** vers la région étudiée, d'enclavement, d'**« effet frontière »**, d'échanges et de flux, de regroupement interrégional.

• **Quels acteurs et enjeux régionaux ?** Ceci permet d'interroger les actions et les projets de développement social, économique et environnemental des différents acteurs, en rapport avec l'identité régionale, les déséquilibres internes et l'intégration aux **échelons national et européen**.

• **Vers un croquis régional.** L'étude doit déboucher sur la réalisation d'un croquis régional dont **les informations et les figurés cartographiques** ainsi que l'organisation de la légende **dépendent de la problématique choisie**. À titre d'exemples, on peut s'interroger sur le poids de Paris en Île-de-France, le caractère européen de l'Alsace, le rôle de l'interface méditerranéenne en région Sud (autre appellation de PACA), etc.

Langues vivantes

(Enseignement commun)

LE CONTRÔLE CONTINU

Définition du contrôle continu et conseils

L'enseignement commun de langues vivantes fait l'objet de **contrôles en classe** tout au long de l'année. L'ensemble de vos notes servira à établir votre moyenne générale prise en compte dans le cadre du **contrôle continu**. Ces évaluations portent sur les axes étudiés pendant l'année du programme de cycle terminal.

	Coefficient
Moyenne de Première	3
Moyenne de Terminale	3

Attention !

Vous êtes évalué dans votre langue vivante A et votre langue vivante B.
Sur les deux années de votre cycle terminal, votre moyenne dans chaque langue vivante comptera ainsi pour 6 % de votre note finale au Bac.

Objectifs des évaluations

Le contrôle continu pour l'enseignement des langues a pour objectif d'évaluer les différentes activités langagières :
– compréhension orale : comprendre un document audio ou vidéo ;
– compréhension écrite : comprendre un document écrit ;
– expression orale en continu : s'exprimer oralement ;
– expression orale en interaction : prendre part à une conversation orale.

Réussir tout au long de l'année

Travailler régulièrement pendant l'année

• **Travaillez régulièrement** chacun des thèmes et chacune des compétences langagières étudiées dans chaque langue.
• **Faites des fiches synthétiques** centrées sur les points importants du programme (le lexique à connaître pour chaque axe par exemple) et les principaux points grammaticaux afin d'éviter les erreurs basiques aussi bien à l'écrit qu'à l'oral.
• **Refaites les différents devoirs et évaluations de l'année**, en appliquant les **conseils donnés sur votre copie par votre professeur** et vérifiez votre travail avec le corrigé que votre professeur aura fait en classe ou vous aura remis.
• **Lisez et regardez des programmes en langue étrangère.** Différentes applications sont téléchargeables sur votre portable et sont faciles d'accès.

Vous préparer la veille d'un contrôle

• **Relisez attentivement les fiches** que vous avez faites sur chaque axe (vocabulaire et points grammaticaux).

À faire le jour du contrôle

Premier réflexe
Lisez le sujet dans son ensemble avant de commencer à le travailler.

• **Compréhension orale :** restez bien concentré(e) durant l'écoute ou le visionnage. Pas de panique si vous ne comprenez pas tout !

• **Compréhension écrite :** lisez attentivement la ou les questions avant de commencer la lecture du ou des documents. Repérez bien ce que l'on vous demande. Lisez le ou les documents, plusieurs fois. Mettez des annotations sur le(s) document(s) afin de faciliter les repérages. Relisez-vous une fois cet exercice terminé afin de corriger les éventuelles erreurs.

• **Expression écrite :** lisez attentivement le sujet, analysez-le, repérez bien les attentes afin de trouver facilement un plan. Relisez-vous une fois cet exercice terminé afin de corriger les éventuelles erreurs.

• **Expression orale :** parlez fort et regardez votre interlocuteur. Veillez à être clair(e) et concis(e). N'oubliez pas d'argumenter vos propos.

1 Grammaire : quelques points importants

1 Les degrés de comparaison de l'adjectif

	Adjectif Court (1 syllabe ou 2 en *-y*, *-er* ou *-ow*)	Adjectif Long (2 syllabes et plus)
COMPARATIF		
Égalité	*as… as* *He drives* ***as fast as*** *she does.* (Il conduit aussi vite qu'elle.)	*as… as* *John was* ***as superstitious as*** *his dad.* (John était aussi superstitieux que son père.)
Infériorité	*not as… as* *It's* ***not as easy as*** *I thought.* (Ce n'est pas aussi facile que je le pensais.) *less… than* *Marcia is* ***less funny than*** *her sister.* (Marcia est moins drôle que sa sœur.)	*not as… as* *She is* ***not as fascinating as*** *she looks.* (Elle n'est pas aussi fascinante qu'elle en a l'air.) *less… than* *This exercise* ***was less difficult than*** *the other one.* (Cet exercice était moins difficile que l'autre.)
Supériorité	*…-er than* *The road is* ***narrower than*** *I had imagined.* (La route est plus étroite que je ne l'imaginais.)	*more… than* *Pigs are* ***more intelligent than*** *dogs.* (Les cochons sont plus intelligents que les chiens.)
Exceptions	*good* → *better* *bad* → *worse* *far* → *further* (UK) ou *farther* (US)	
DOUBLE COMPARATIF		
de plus en plus	*…-er and …-er* *You are* ***prettier and prettier****!* (Tu es de plus en plus belle !)	*more and more…* *Food has become* ***more and more expensive****.* (La nourriture est devenue de plus en plus chère.)
de moins en moins	*less and less…* *It is* ***less and less easy****.* (C'est de moins en moins facile.)	*less and less…* *Paul is* ***less and less attentive*** *in class!* (Paul est de moins en moins attentif en classe !)
ACCROISSEMENT PARALLÈLE		
plus…, moins…	*The...-er, the less…* ***The older*** *you get,* ***the less sad*** *you get.* (Plus on vieillit, moins on est triste.)	*The more…, the less…* ***The more patient*** *you are,* ***the less disappointed*** *you will be.* (Plus on est patient, moins on est déçu.)
SUPERLATIFS		
Maximum	*the… -est* *She is* ***the oldest*** *woman in the world.* (C'est la femme la plus âgée du monde.)	*the most…* *What is* ***the most*** *beautiful gift you were given?* (Quel est le plus beau cadeau que tu aies reçu ?)
Exceptions	*good* → *the best* *bad* → *the worst* *far* → *the farthest* ou *the furthest*	
Minimum	*the least…* *Chinese is* ***the least*** *easy language to learn in my opinion.* (Le chinois est la langue la moins facile à apprendre selon moi.)	*the least…* *India sells* ***the least*** *expensive cars in the world.* (L'Inde vend les voitures les moins chères au monde.)

2 La subordonnée relative

• La proposition subordonnée relative apporte une **information sur un groupe nominal** que l'on appelle **antécédent**.

• Elle est introduite par **un pronom relatif** qui dépend de la nature de l'antécédent (humain ou non humain) et de son rôle dans la relative (sujet ou complément).

A Le choix du pronom relatif

• Si le pronom relatif est **sujet** de la relative, il est placé avant le verbe de la proposition subordonnée. On emploie alors :
– *who* pour un **humain**
Ex. : *The actress* ***who*** *won an Oscar is Spanish*.
(L'actrice qui a gagné un Oscar est espagnole.)
– *that* ou *which* pour un **non-humain**
Ex. : *The house* ***that / which*** *was built last year is for sale.*
(La maison qui a été construite l'année dernière est à vendre.)

• Si le pronom relatif est **complément** de la subordonnée, on utilise :
– *that* (peu formel), *whom* (formel) ou Ø pour un **humain**
Ex. : *The man* ***that / whom*** */ Ø I met yesterday was very unpleasant.*
(L'homme que j'ai rencontré hier était très désagréable.)
– *that* (peu formel), *which* ou Ø pour un **non-humain**.
Ex. : *What did you do with the money* ***that / which / Ø*** *I gave you?*
(Qu'as-tu fait avec l'argent que je t'ai donné ?)

B Les deux types de subordonnées relatives

• **La relative déterminative** est une subordonnée **essentielle** au sens de la phrase. On ne peut pas la supprimer.
Ex. : *I have just found the keys* ***that*** *John lost last week.*
(Je viens de trouver les clés que John a perdues la semaine dernière.)

• **La relative appositive** apporte un simple complément d'information sur l'antécédent. Elle est placée entre virgules et peut facilement **être supprimée** sans compromettre le sens de la phrase.
Ex. : *My grandmother,* ***who*** *is 85, still plays tennis every Sunday.*
(Ma grand-mère, qui a 85 ans, joue toujours au tennis chaque dimanche.)

3 Modaux et substituts

La plupart des **modaux traditionnels** ne sont utilisables qu'au **présent**. Il faut donc utiliser des **substituts pour les autres temps.**

Modaux au présent	Substituts au passé	Substituts aux autres temps
CAN : – **possibilité,** – **autorisation,** – **capacité physique ou intellectuelle.**	***could*** *He said I could borrow him some money.* (Il a dit que je pouvais lui emprunter de l'argent.) ***was able to*** *I was able to play hockey when I was younger.* (Je pouvais jouer au hockey quand j'étais plus jeune.)	***be able to*** *John will be able to drive a car if you teach him.* (John pourra conduire si tu lui apprends.)
CAN'T : – **impossibilité,** – **refus de permission,** – **incapacité physique ou intellectuelle.**	***couldn't (could + not*** **: forme négative*)*** *Susan couldn't come with us, her leg was broken.* (Susan n'a pas pu venir, elle avait la jambe cassée.) ***wasn't able to*** *I wasn't able to run fast so I lost the race.* (Je n'ai pas pu courir vite et j'ai donc perdu la course.)	***not be able to*** *I haven't been able to travel a lot so far.* (Je n'ai pas pu beaucoup voyager jusqu'à présent.)
MAY : – **possibilité,** – **autorisation,** – **incertitude,** – **probabilité.**	***may have*** **+ participe passé** *The floor is wet, it may have rained last night.* (Le sol est mouillé, il a dû pleuvoir cette nuit.)	***might*** *They might be happy if you do that.* (Ils seront peut-être contents si tu fais ça.) *He told them they might leave.* (Il leur a dit qu'ils pouvaient partir.)
MAY NOT – **possibilité,** – **refus de permission,** – **probabilité,** – **interdiction.**	***may not have*** **+ participe passé** *The burglar may not have been very careful with his fingerprints.* (Le cambrioleur n'a pas dû être très prudent avec ses empreintes.)	***might not*** *Mum might not like it if you eat the whole cake.* (Il se peut que maman ne soit pas contente si tu manges tout le gâteau.)
MUST – **devoir,** – **obligation,** – **quasi-certitude.**	***had to*** *My brother had to put chains on his tyres because it snowed a lot last week.* (Mon frère a dû mettre des chaînes à ses pneus car il a beaucoup neigé la semaine dernière.)	***have to*** *My sister will have to hurry if she wants to be here at 9.* (Ma sœur devra se dépêcher si elle veut être là à 9 heures.)
MUSTN'T – **interdiction**	***was not allowed to*** *I was not allowed to watch TV in the evening before the age of 15.* (Je n'avais pas le droit de regarder la télé jusqu'à l'âge de 15 ans.)	***not be allowed to*** *If we don't obey mum, we won't be allowed to watch the movie tonight.* (Si nous n'obéissons pas à maman, nous n'aurons pas le droit de regarder le film ce soir.)

4 La voix passive

Comme en français, le choix de l'emploi du passif sert à attirer **l'attention sur autre chose que l'agent de l'action**, ce dernier peut d'ailleurs être omis.

A Les verbes à double complément

- Comme en français, les verbes du type *donner* (*give*), *offrir* (*offer*), *prêter* (*lend*) peuvent gérer trois noms : le donneur, la personne à qui l'on donne et la chose donnée.
- Quand en français la voix passive ne peut accepter que la chose donnée en tant que sujet, l'anglais accepte la chose donnée mais aussi la personne à qui l'on donne en tant que sujet.

	Français	Anglais
Voix active	Paul a donné un livre à Jenny.	*Paul gave Jenny a book.*
Voix passive	Un livre a été donné à Jenny par Paul.	*A book was given by Paul to Jenny.* (→ Le focus est mis sur l'objet.) *Jenny was given a book by Paul.* (→ Le focus est mis sur la personne qui reçoit.)

B Les tournures impersonnelles

Le français utilise beaucoup le pronom *on*. Cette tournure impersonnelle n'existe pas telle quelle en anglais. On a alors souvent recours au **passif**.

Ex. : *He is said to be rich.* (On dit qu'il est riche.)
On sait que cette actrice est malade. (*This actress is known to be sick.)*

C Les *phrasal verbs* ou verbes à particule

Tous les *phrasal verbs* peuvent être utilisés à la voix passive. Il faut seulement faire attention à ne pas oublier la particule.

Ex. : *Someone ran **over** my dog.* (Quelqu'un a écrasé mon chien.)
*My dog was run **over** [by someone].* (Mon chien a été écrasé [par quelqu'un.])
*They will laugh **at** me.* (Ils se moqueront de moi.)
*I will be laughed **at**.* (Je serai moqué.)

5 *Present perfect* et *past perfect*

A Le *present perfect*

- **Conditions de l'emploi.** Contrairement à l'idée reçue, le *present perfect* n'est pas un temps du passé. Il s'agit d'une forme verbale qui tient compte du passé mais qui permet surtout à l'énonciateur d'exprimer un constat au moment où il parle, ou de faire le bilan présent d'une situation due à des événements passés.

> **Attention !**
> Le **participe passé d'un verbe** est formé de la base verbale + *-ed* et figure dans la 3e colonne de la liste des verbes irréguliers.

- **Formation.** On utilise l'auxiliaire *have* conjugué au présent et le participe passé du verbe.

Ex. : *I have been to Australia twice.* (Je suis allé en Australie deux fois.)
Jessica has never seen a koala. (Jessica n'a jamais vu de koala.)

• **Emplois.** Le *present perfect* sert à parler d'actions passées qui ont **des conséquences dans le présent**.
Ex. : *I have met with the manager to discuss the situation.*
(J'ai rencontré le manager pour discuter de la situation.)

• On l'utilise également pour décrire des actions qui ont **commencé dans le passé** et qui sont **toujours en cours** au moment où nous parlons.
Ex. : *I have lived in Montreal for 3 years.* (Je vis à Montréal depuis 3 ans.)

• Le *present perfect* est le temps idéal pour parler de ses **expériences**.
Ex. : *I've never visited London.* (Je n'ai jamais visité Londres.)
Have you ever watched Titanic*?* (As-tu déjà vu *Titanic* ?)

• Enfin, on utilise le *present perfect* pour parler d'une action qui **vient de se terminer** à l'instant.
Ex. : *She has just finished doing her homework.* (Elle vient de finir ses devoirs.)

B Le *past perfect* ou *pluperfect*

• **Conditions de l'emploi.** D'après le contexte selon lequel il est employé, le ***past perfect*** peut faire référence à notre **imparfait** ou à notre **plus-que-parfait**. Ce temps permet donc, dans un récit au passé, d'évoquer une action ou un fait survenus encore plus loin dans le passé.

• **Formation.** On utilise l'auxiliaire *have* au prétérit *(had)* et le participe passé du verbe.

• Ex. : *I hadn't thought about it.* (Je n'y avais pas pensé.)
She had already eaten when they called. (Elle avait déjà mangé quand ils ont appelé.)

• **Emplois.** Le *past perfect* est utilisé pour dresser un **bilan à un moment du passé.**
Ex. : *I had never been to London when I decided to move to Great Britain.*
(Je n'avais jamais été à Londres quand j'ai décidé de déménager en Grande-Bretagne.)

• On l'utilise également pour insister sur la **durée d'une action passée** dans une phrase au passé.
Ex. : *They felt bad about selling their house because they had lived in it for more than forty years.*
(Ils n'étaient pas contents de vendre leur maison car ils y avaient vécu pendant plus de quarante ans.)

Attention !

Pour traduire « depuis » en anglais, vous avez le choix entre *since* et *for* :
– *since + date*
He had lived there since 1999.
Il y vivait depuis 1999.
– *for* + durée
He had lived there for 20 years.
Il y vivait depuis 20 ans.

2 Le vocabulaire utile par thème du programme

1 Identités et échanges / *Identity and Exchanges*

Abréviations
qch : quelque chose
qqn : quelqu'un
sth : something
sb : somebody

A Noms et expressions avec des noms

un émigré an emigrant
un taux a rate
racines roots
un citoyen a citizen
la recherche du bonheur the pursuit of happiness
le seuil de pauvreté the poverty line
les riches et les pauvres the rich and the poor
réfugié politique political refugee
assimilation assimilation
le rejet rejection
l'acceptation acceptance
immigration massive mass immigration
quotas quotas
le délit de solidarité offence of solidarity
la curiosité curiosity
le partenariat partnership
l'incompréhension misunderstanding
l'acculturation acculturation
la société des castes caste society
une vague d'immigration a migratory wave
à la recherche d'une vie meilleure looking for a better life

B Adjectifs

hospitalier hospitable
invasif invasive
multiculturel multicultural
pessimiste pessimistic

C Verbes et expressions avec des verbes

braver un interdit to defy authority
dialoguer to converse/to discuss
diminuer ≠ augmenter to decrease ≠ to raise/increase
encourager ≠ décourager to encourage ≠ to discourage
envahir to invade
être dans le pétrin to be in a mess
être déclassé to be downgraded
être dépaysé to have a change of scenery
faire partie d'un groupe to be part of a groupe
intervenir to intervene
persécuter to persecute
refouler to repel
s'exiler to go into exile
s'identifier à to identify with
s'insérer to integrate oneself into
s'intégrer to integrate
s'opposer à to oppose sb/sth
se débrouiller to cope
se tendre to stiffen
subvenir aux besoins de to provide for
tenter sa chance to try one's luck
vivre d'expédients to live in hardships

2 Espace privé et espace public / *Private Space vs. Public Space*

A Noms et expressions avec des noms

la laïcité secularism
discrimination positive affirmative action
la foi faith
un écart a gap
l'égalitarisme egalitarianism
une évolution an evolution

sensibilisation awareness
les droits et devoirs rights and duties
au sein de la société within society
mon semblable my fellow-man
l'opinion publique public opinion
un poste à responsabilité a position of responsibility
la coopération cooperation
le trajet maison-travail the commute
la hiérarchie hierarchy
une mise en lumière a highlight
adaptation adaptation

B Adjectifs

casanier home-loving
égalitaire egalitarian
laïque secular
qui inspire confiance who inspires confidence
structuré structured

Attention !

Ne mélangez pas les adjectifs finissant en ***-ing*** et ceux finissant en ***-ed*** !
Tiring → *Fatigant* **Tired** → *Fatigué*
Frightening → *Effrayant* **Frightened** → *Effrayé*

C Verbes et expressions avec des verbes

dénoncer to denounce
différencier to differentiate
éduquer to educate
effacer les différences to erase differences
entrer dans la vie active to enter the labour (UK) market
faire carrière to have a career
jouer un rôle prépondérant to play a major role
mener à bien un projet to complete a task successfully
mettre au centre de to place sth at the heart
muter to transfer
s'affranchir de to liberate oneself from
s'arracher à to pull oneself out of
s'extraire de to emerge from
se dépasser to surpass oneself
se libérer de to free oneself from
se mettre à la place de to put oneself into someone else's shoes
se sentir en sécurité to feel safe
structurer to structure
vivre dans sa bulle to live in a bubble

3 Art et pouvoir / *Art and Power*

A Noms et expressions avec des noms

dénonciation denunciation
incarnation embodiment
un soulèvement an uprising
un avertissement a warning
l'art arts
un courant artistique an artistic movement
vandalisme vandalism
vandale a vandal
nationalisme nationalism
divertissement entertainment
une portée politique a political scope
la contre-culture counter-culture
les convictions beliefs
l'approbation approval
l'offre culturelle cultural offer
l'art dégénéré degenerate art
un engagement a commitment
des valeurs values

B Adjectifs

avant-gardiste avant-garde
disproportionné disproportionate
doué gifted
porteur de valeurs a vector of values
puissant powerful
talentueux talented
vandalisé vandalised

C Verbes et expressions avec des verbes

choquer to shock
contester to challenge
distraire to entertain
être l'essence de to be the epitome of
être surveillé to be monitored
faire allusion à to hint to
incarner to embody
interroger to question
manifester to protest
mettre qqn en garde to alert
passer sous silence to ignore
prendre une décision to take a decision
proclamer to declare
provoquer to provoke
se produire sur scène to appear on stage
sonner l'alarme to sound the alarm
symboliser to symbolise
taire qch to conceal something
tourner un film to shoot a film
vandaliser to vandalise
véhiculer to convey

4 Citoyenneté et mondes virtuels / *Citizenship and Virtual Worlds*

A Noms et expressions avec des noms

un arnaqueur a scammer
un espion a spy
un geek a geek
harcèlement harassment
manipulation manipulation
un préjugé a prejudice
prudence caution
fiabilité reliability
des données data
la vie privée privacy
perplexité puzzlement
mauvaises intentions bad intentions
la punition a punishment
la règle the rule
le flot d'informations the flow of information
une émission de TV a TV show
un reportage a report

B Adjectifs

bien intentionné benevolent / well-intentioned
dépendant addicted
inutile useless
isolé isolated
mal intentionné ill-intentioned
prudent cautious
tendance trendy
utile useful

C Verbes et expressions avec des verbes

accéder à la connaissance to have access to knowledge
contrôler to control
diffuser to broadcast
diriger to lead
encourir un risque to run a risk
endosser l'identité de qqn to take on somebody's identity
être critique to be critical
être perplexe to be bewildered
faire preuve de civisme to demonstrate good citizenship
falsifier to fake
mentir to lie
répandre to spread
s'indigner to be outraged
s'isoler to isolate oneself
se passer de qch to do without something
se replier to turn inward
se révolter to revolt
veiller to ensure

5 Fictions et réalités / *Fictions and Realities*

A Noms et expressions avec des noms

une croyance a belief
un fantasme a fantasy
une évasion an evasion
une identification an identification
l'inspiration inspiration
une lutte a struggle
les représentations representations
l'esthétisme aesthetics
entre la fiction et la réalité between fiction and reality
en deçà de la réalité underestimation
la soif d'aventure a thirst for adventure
un côté aventureux adventurous spirit
le train-train everyday routine
une source d'inspiration inspirational

B Adjectifs

archétypique archetypical
banal mundane
civilisationnel civilisational
concret concrete
dystopique dystopian
imaginatif creative
inspirant inspiring
moral moral
ressemblant similar
routinier routine
visionnaire visionary

C Verbes et expressions avec des verbes

affabuler to give one's imagination free rein
avoir soif d'aventure to be thirsty for adventure
concevoir qch to conceive sth
correspondre à la réalité to match reality
dépasser l'entendement to be beyond understanding
être profondément ému to be deeply moved
reprendre son train-train quotidien to be back to one's routine
s'inspirer de faits réels to be based on a true story

6 Innovations scientifiques et responsabilité / *Scientific Innovations and Responsibility*

A Noms et expressions avec des noms

les agissements actions
l'amélioration improvement
la démonstration demonstration
la destruction destruction
la divulgation disclosure
une éclipse an eclipse
des dommages damages
des recherches research
le gaspillage waste
l'innovation innovation
la manœuvre manœuvre
le 7e continent the 7th continent
le danger hazard
la réduction reduction
la résolution resolution
la biologie biology
l'écologie ecology
la génétique genetics
le nucléaire nuclear
la responsabilité responsibility
la robotique robotics
les produits jetables disposable items
dégâts irréversibles permanent damage

B Adjectifs

corresponsable co-responsible
démesuré excessive
divers diverse
divulgué disclosed
endommagé damaged
expérimental experimental
recyclé recycled
surpeuplé overpopulated

C Verbes et expressions avec des verbes

alléger la tâche de l'homme to lighten man's load
consommer to consume
courir un risque to run a risk
croître to grow
déboiser to deforest
forer to drill
manquer to lack
menacer to threaten
plaider pour qch to argue for sth
prendre conscience to become aware
recycler to recycle
rendre la vie plus agréable to make life more enjoyable
s'inquiéter to worry
se dégrader to worsen
se poser des questions to wonder
sortir du nucléaire to phase out nuclear energy

7 Diversité et inclusion / *Diversity and Inclusion*

A Noms et expressions avec des noms

un accès an access
la confiance trust
l'estime esteem
la maltraitance abuse
l'élévation sociale social advancement
la défiance distrust
la mobilisation mobilisation (UK)
les jeunes et les vieux the young and the old
une controverse a controversy
le cosmopolitisme cosmopolitanism
l'acceptation acceptance
le soutien support
une ethnie an ethnic group
la marginalisation exclusion
la similitude similarity
la particularité particularity
la reconnaissance acknowledgment

B Adjectifs

controversé controversial
défiant distrustful
maltraitant abusive
méfiant suspicious
métissé hybrid / mixed
sectaire sectarian

C Verbes et expressions avec des verbes

avoir beaucoup de choses en commun to have a lot in common
avoir une représentation fausse to have a misconception
contribuer à to participate in
être solidaire to be supportive
faire des efforts to make efforts
faire preuve de cohésion to demonstrate cohesion
insulter to insult
intégrer to integrate
maltraiter to abuse
marginaliser to marginalise
mépriser to scorn
métisser to mix
s'entendre bien avec to get along with
s'entraider to help each other
s'ouvrir à to open to
vieillir to grow old

8 Territoire et mémoire / *Territory and Memory*

A Noms et expressions avec des noms

la décolonisation decolonisation
un emblème an emblem
les frontières the borders
l'individualité individuality
un mythe a myth
un destin national a national destiny
la solennité solemnity
un deuil a grief
une plaque commémorative a memorial plaque
un opposant politique a political opponent
un intellectuel an intellectual
la grâce a pardon
un témoin a witness
le droit de connaître la vérité the right to know the truth
l'amnésie amnesia
le séparatisme separatism
une lutte sans merci a ruthless struggle
un crime contre l'humanité a crime against humanity
un criminel de guerre a war criminal
un résistant a resistance fighter

B Adjectifs

amnistié pardoned
controversé contentious
mythique mythical
traumatisé traumatised

C Verbes et expressions avec des verbes

amnistier to pardon
battre to beat
déclarer la guerre à un pays to declare war on a country
décliner to decline
enraciner to put down roots
entretenir la mémoire de qqn to keep somebody's memory alive
être sous le joug de to be under somebody's yoke
exploiter to exploit
faire un discours to deliver a speech
lutter à mort to fight to death
occuper un pays to occupy a country
oublier to forget
réduire en esclavage to enslave
régner de manière autoritaire to rule as a dictator
résister to resist
s'effondrer to collapse
séparer to separate
traumatiser to traumatise

1 Grammaire : quelques points importants

1 L'orthographe

• **Les consonnes**

– Seules les consonnes du prénom « **C**aro**l**i**n**a » peuvent être doublées : *a**cc**ión / co**rr**er / **ll**egar / i**nn**ovación.*

– Les combinaisons de consonnes ***ph***, ***rh*** ou ***th*** qui existent en français ne sont pas admises en espagnol. Elles sont tout simplement remplacées par ***f***, ***r*** ou ***t*** : or**th**ogra**ph**e → *or**t**ogra**f**ía* / **rh**inocéros → ***r**inoceronte*.

• **Les conjonctions *Y* et *O***

– ***Y*** qui signifie **« et »** se transforme en ***e*** devant un mot commençant par ***i*** ou ***hi*** :

Ex. : *Es interesante **e** increíble*. (C'est intéressant et incroyable.)

– ***O*** qui signifie **« ou »** se transforme en ***u*** devant un mot commençant par ***o*** ou ***ho*** :

Ex. : *Ya no sé si había mujeres **u** hombres en el cine*.
(Je ne sais plus s'il y avait des femmes ou des hommes au cinéma.)

• **Les accents**

En espagnol, le seul accent que l'on doit utiliser est **l'accent aigu.** Il faut également mettre un accent sur les majuscules.

Ex. : ***É**l decidi**ó** irse.* (Il a décidé de s'en aller.)

Rappel

Tous les mots se terminant en *-ión* ont un accent écrit sur le *ó* (sauf *guion* et *ion* depuis la nouvelle réforme orthographique).

2 L'omission de l'article indéfini

On ne met jamais d'article indéfini devant les adjectifs suivants :

– ***otro/a*** Ex. : ***otro*** método *de trabajo* (une autre méthode de travail)
– ***cierto/a*** Ex. : ***cierta*** *agilidad* (une certaine agilité)
– ***medio/a*** Ex. : *durante **media** hora* (pendant une demi-heure)
– ***tal*** Ex. : *Ella nunca se encontró en **tal** situación.*
(Elle ne s'est jamais trouvée dans une telle situation.)
– ***semejante*** Ex. : *Nunca he visto **semejante** cosa.* (Je n'ai jamais vu une chose pareille.)

3 Traduire le sujet indéterminé *on*

• ***Nosotros/as :*** le locuteur s'inclut, l'agent est une collectivité dont il fait partie → On = Nous = moi et les autres.

Ex. : ***Debemos** cambiar de comportamiento.* (On doit changer de comportement.)

• **3e personne du pluriel :** le locuteur s'exclut et l'agent reste anonyme.

Ex. : ***Llaman** a la puerta.* (On frappe à la porte.)

• ***Se* + verbe à la 3e personne :** le locuteur exprime une généralité.
Ex. : *En España,* ***se come*** *paella.*
(En Espagne, on mange de la paëlla.)
En España, ***se comen*** *tapas.*
(En Espagne, on mange des tapas.)

Attention !
Le verbe s'accorde avec le **sujet réel** qui est placé après lui.

• ***Uno/a* + 3e personne du singulier :** le locuteur s'inclut et exprime une expérience personnelle.
Ex. : ***Uno*** *puede hablar de manera libre.*
(On peut parler librement.)

Rappel
Avec un **verbe pronominal**, on emploie également ***uno/a***. *Uno* renvoie à un locuteur et *una* à une locutrice.
Uno se niega a hablar. *On refuse de parler.*

4 Exprimer l'obligation

• **L'obligation personnelle :** le sujet est désigné.
– *tener que* + infinitif Ex. : ***Tengo que*** *disculparme.*
(Je dois m'excuser.)
– *deber* + infinitif Ex. : ***Debemos*** *respetar a los demás.*
(Nous devons respecter les autres.)
– *ser necesario / preciso / menester que* + subjonctif
Ex. : ***Es necesario / preciso / menester que*** *te calles.*
(Tu dois te taire. / Il faut que tu te taises.)
– *hacer falta que* + subjonctif
Ex. : ***Hace falta que*** *vengas.* (Il faut que tu viennes.)

Attention !
Si on emploie une forme suivie du subjonctif, on veillera à respecter la **concordance des temps**.

• **L'obligation impersonnelle :** le sujet n'est pas désigné.
– *hay que* + infinitif Ex. : ***Hay que*** *escuchar al profesor.*
(Il faut écouter le professeur.)
– *ser necesario* / preciso / menester + infinitif
Ex. : ***Es necesario / preciso / menester*** *leer.* (Il faut lire.)
– *hacer falta* + infinitif Ex. : ***Hace falta*** *comer.*
(Il faut manger.)

Rappel
Hay est la forme impersonnelle de l'auxiliaire ***haber***. Elle peut donc être conjuguée à tous les temps.
Había que escuchar al profesor.
Il fallait écouter le professeur.

5 Les quantitatifs

• Contrairement au français, il n'y a **pas de préposition *de*** après les quantitatifs en espagnol.
mucho/a/os/as → beaucoup (de)
demasiado/a/os/as → trop (de)
tanto/a/os/as → tant / autant (de)
poco/a/os/as → peu (de)
bastante/es → assez (de)

• Lorsque les quantitatifs sont suivis d'un nom, ils s'accordent en genre et en nombre avec ce nom. Ils ont alors une fonction d'adjectifs.
Ex. : *Hay* ***muchas*** *personas.* (Il y a beaucoup de personnes.)

Attention !
• ***Bastante*** ne s'accorde qu'en nombre.
Lorsque ***tanto*** est employé devant un adjectif ou un adverbe, il s'apocope en ***tan***.
• **Eres tan simpático.** *Tu es si gentil.*
La forme ***muy*** remplace *mucho* devant un adjectif ou adverbe.
Eres muy simpático. *Tu es très gentil.*

• Lorsque les quantitatifs sont suivis d'un adjectif, d'un adverbe ou précédés d'un verbe, ils restent invariables. Ils ont alors une fonction d'adverbes.
Ex. : *Eres* ***demasiado*** *pequeña.* (Tu es trop petite.) *Trabajas* ***poco.*** (Tu travailles peu.)

6 Les démonstratifs

Rappel : depuis la nouvelle réforme de l'orthographe, il n'y a plus de distinction entre les adjectifs et les pronoms démonstratifs.

- **Les adjectifs démonstratifs**

Singulier	Pluriel
este / esta (ce / cet / cette)	***estos / estas*** (ces)
ese / esa (ce / cet / cette)	***esos / esas*** (ces)
aquel / aquella (ce / cet / cette)	***aquellos / aquellas*** (ces)

- **Les pronoms démonstratifs**

Singulier	Pluriel	Neutre
este / esta (celui-ci / celle-ci)	***estos / estas*** (ceux-ci / celles-ci)	***esto*** (ceci)
ese / esa (celui-là / celle-là)	***esos / esas*** (ceux-là / celles-là)	***eso*** (cela)
aquel / aquella (celui-là / celle-là)	***aquellos / aquellas*** (ceux-là / celles-là)	***aquello*** (cela)

- **Les démonstratifs servent à situer dans le temps et dans l'espace celui/celle qui parle, par rapport aux personnes ou aux objets** qu'il/elle désigne :

– quelqu'un ou quelque chose de **près** : ***este / esta / estos / estas***. Ils renvoient aux personnes ***yo*** et ***nosotros/as***.

Ex. : ***Este*** *coche es mío.* (Cette voiture est à moi.) *Mi coche es* ***este****.* (Ma voiture, c'est celle-ci.)

– quelqu'un ou quelque chose de **plus ou moins éloigné** (intermédiaire) : ***ese / esa / esos / esas***. Ils renvoient aux personnes ***tú*** et ***vosotros/as***.

Ex. : ***Ese*** *libro es tuyo.* (Ce livre est à toi.)
Tu libro es ***ese****.* (Ton livre, c'est celui-là.)

– quelqu'un ou quelque chose de **très éloigné** : ***aquel / aquella / aquellos / aquellas***. Ils renvoient aux personnes ***él / ella*** et ***ellos / ellas***.

Ex. : *Él se compró* ***aquella*** *casa.* (Il s'est acheté cette maison.)
Su casa es ***aquella****.*(Sa maison, c'est celle-là / celle qui est là-bas).

> **Remarque**
> L'**éloignement** peut se mesurer dans l'**espace** avec ***aquí / ahí / allí*** et dans le **temps** avec ***ahora / en aquel entonces / en aquella época*** (à cette époque-là).

7 La tournure emphatique *c'est... qui / c'est... que*

- **Traduire *c'est… qui***

– *Ser* + nom (personne) + *quien / quienes / el que / la que / los que / las que*

Ex. : *Fue Cristóbal Colón* ***quien*** *(el que) descubrió América.*
(C'est Christophe Colomb qui a découvert l'Amérique.)
Es mi vecina ***quien*** *(la que) trabaja en una gran empresa.*
(C'est ma voisine qui travaille dans une grande entreprise.)

– *Ser* + nom (objet) + *el que / la que / los que / las que*

Ex. : *Fue la pelota* ***la que*** *rompió el cristal.* (C'est le ballon qui a cassé la vitre.)

> **Rappels**
> - **Pour traduire *c'est***, on emploie toujours le **verbe *ser***.
> - On accorde toujours le verbe *ser* au même temps que le verbe principal.

ESPAGNOL

• **Traduire *c'est… que***

• Si l'élément mis en valeur est une personne ou un objet :

– *Ser* + nom (personne) + *quien / quienes / el que / la que / los que / las que*

Ex. : *Es en mi mejor amigo en* ***quien*** *(en el que) pienso.*
(C'est à mon meilleur ami que je pense.)

Dans l'exemple ci-dessus, le verbe *pensar* est employé avec la préposition *en*, car on dit *pensar en (penser à)*.

– *Ser* + nom (objet) + *el que / la que / los que / las que*

Ex. : *Era este coche* ***el que*** *yo quería comprar.* (C'est cette voiture que je voulais acheter.)

• Si l'élément mis en valeur est un complément circonstanciel :

– *Ser* + lieu + *donde*

Ex. : *Es en París* ***donde*** *vivo.* (C'est à Paris que je vis.)
Es por el parque por ***donde*** *hay que pasar.* (C'est par le parc qu'il faut passer.)

Dans l'exemple ci-dessus, le verbe *pasar* est employé avec la préposition *por*, car on dit *pasar por* (passer par).

– *Ser* + temps + *cuando*

Ex. : *Fue en 2017* ***cuando*** *empezamos las reformas.*
(C'est en 2017 que nous avons commencé les travaux.)

– *Ser* + cause + *por lo que / porque*

Ex. : *Fue por eso* ***por lo que / porque*** *lo despidieron.*
(C'est pour cette raison qu'ils l'ont renvoyé.)

– *Ser* + manière + *como*

Ex. : *Es así* ***como*** *tienes que comportarte.*
(C'est de cette façon que tu dois te comporter.)

Attention !
Quien / Quienes ne peuvent pas être employés pour un objet.

Attention !
La **préposition régie par le verbe** doit être placée devant le mot mis en valeur et répétée devant le relatif.

Rappel
Il est fréquent d'**inverser le verbe *ser* et le mot mis en valeur** dans la phrase. Les deux constructions sont correctes.
Es en este castillo donde vivimos = En este castillo es donde vivimos.
C'est dans ce château que nous vivons.

8 La concordance des temps

La concordance des temps est obligatoire en espagnol. Le temps de la proposition principale conditionne le choix du subjonctif présent ou du subjonctif imparfait dans la subordonnée.

Prop. principale	Prop. sub.	Exemples
Présent de l'indicatif	Subjonctif présent	***Quiero que vengas*** *con nosotros.* (Je veux que tu viennes avec nous.)
Passé composé		***He querido que vengas*** *con nosotros.* (J'ai voulu que tu viennes avec nous.)
Futur simple		*Le* ***diré que venga*** *con nosotros.* (Je lui dirai de venir avec nous.)
Impératif		***Dile que venga*** *con nosotros.* (Dis-lui de venir avec nous.)
Imparfait de l'indicatif	Subjonctif imparfait	***Yo quería que vinieras*** *con nosotros.* (Je voulais que tu viennes avec nous.)
Passé simple		*Le* ***dije que viniera*** *con nosotros.* (Je lui ai dit de venir avec nous.)
Conditionnel		*Le* ***diríamos que viniera*** *con nosotros.* (Nous lui dirions de venir avec nous.)
Plus-que-parfait		*Le* ***habíamos dicho que viniera*** *con nosotros.* (Nous lui avions dit de venir avec nous.)

2 Le vocabulaire utile par thème du programme

1 Identités et échanges / *Identidades e intercambios*

A Noms et expressions avec des noms

Abréviations
qch : quelque chose
qqn : quelqu'un

l'émigration la emigración
l'exode el éxodo
l'immigration la inmigración
la fuite la huida
le départ la salida
l'exil el exilio
la frontière la frontera
le flux el flujo
le parcours el recorrido
l'accueil la acogida
le partage el compartir
le voyage el viaje
la découverte el descubrimiento
l'éloignement ≠ le rapprochement el alejamiento ≠ el acercamiento
le changement el cambio
le mélange la mezcla
l'embarcation de fortune la patera
le ghetto el gueto
le tourisme el turismo
les bagages el equipaje
le dialogue el diálogo
la compréhension ≠ l'incompréhension la comprensión ≠ la incomprensión
l'hospitalité la hospitalidad
la mondialisation la globalización
la menace la amenaza
la terre natale la tierra natal / el terruño
le rêve el sueño
les risques los riesgos
le pays d'accueil el país de acogida
l'acculturation la aculturación
le groupe social el grupo social
la demande d'asile la solicitud de asilo
le droit d'asile el derecho de asilo

B Adjectifs

accueillant/e acogedor/a
agréable ≠ désagréable agradable ≠ desagradable
apeuré/e atemorizado/a / temeroso/a
attractif/ive atractivo/a
compréhensif/ive / tolérant/e comprensivo/a
culturel/le cultural
dangereux/euse peligroso/a
enrichissant/e enriquecedor/a
facile ≠ difficile fácil ≠ difícil
linguistique lingüístico/a
lointain/e lejano/a
plein/e d'espoir esperanzado/a
problématique problemático/a
risqué/e arriesgado/a
tendu/e tenso/a
touristique turístico/a

C Verbes et expressions avec des verbes

accueillir acoger
affronter / faire face à enfrentarse a
atteindre son objectif conseguir [i] / lograr su objetivo
avoir envie de tener [ie] ganas de
avoir peur de qch tener [ie] miedo a algo
avoir peur de faire qch tener [ie] miedo de hacer algo
braver un interdit desafiar una prohibición
changer cambiar
découvrir descubrir
échanger intercambiar
échapper escapar
émigrer emigrar
fuir huir de
hésiter à vacilar en
immigrer inmigrar
lutter luchar
marcher caminar

Attention !
Les verbes à **diphtongue,** à **affaiblissement** et à **alternance** sont signalés par **[ie]**, **[ue]**, **[i]** et **[ie/i]**.

offrir beaucoup de possibilités brindar muchas posibilidades
parcourir recorrer
profiter de qch aprovechar algo / aprovecharse de algo
réussir lograr / conseguir [i]
rêver de soñar [ue] con
risquer sa vie arriesgarse la vida
s'adapter adaptarse
s'exiler exiliarse
se mélanger mezclarse
survivre sobrevivir
transgresser la loi transgredir [i] la ley
traverser cruzar
visiter visitar
voyager viajar

2 Espace privé et espace public / *Espacio privado y espacio público*

A Noms et expressions avec des noms

la société la sociedad
les inégalités las desigualdades
l'égalité la igualdad
la maison la casa
le foyer el hogar
le logement el alojamiento / la vivienda
l'appartement el piso
la cohabitation la convivencia
le lieu / l'endroit el lugar
le bureau la oficina
le quartier el barrio
le magasin / la boutique la tienda
le marché el mercado
la rue la calle
la voie publique la vía pública
le/la sans-abri / le/la sans domicile fixe el/la sin techo
les droits los derechos
la sociabilité la sociabilidad
la protestation la protesta
la grève la huelga
le couple la pareja
la violence conjugale la violencia de género
les clichés los estereotipos / los clichés
les valeurs los valores
les mentalités las mentalidades
la délinquance la delincuencia
la sécurité ≠ l'insécurité la seguridad ≠ la inseguridad
la mixité la mixidad
les traditions las tradiciones
l'émancipation la emancipación
la femme au foyer / la maîtresse de maison / la ménagère el ama de casa
la manifestation la manifestación
le ménage la limpieza
les changements los cambios
l'affaire privée el asunto privado
le dépassement la superación
la volonté de se dépasser el afán de superación
les tâches ménagères las tareas domésticas
le monde du travail el mundo laboral
le télétravail el teletrabajo / el trabajo a distancia

B Adjectifs

casanier/ière hogareño/a
déterminé/e determinado/a
égal/e ≠ inégal/e igual ≠ desigual
machiste / misogyne machista / misógino
moderne ≠ traditionnel/le moderno/a ≠ tradicional
partagé/e compartido/a
passé/e sous silence silenciado/a
populaire popular
quotidien/ne diario/a / cotidiano/a
rebelle ≠ soumis/e rebelde ≠ sometido/a / sumiso/a

C Verbes et expressions avec des verbes

construire construir
interdire ≠ autoriser prohibir / vetar ≠ autorizar
laver / nettoyer limpiar
lutter pour ses droits luchar por sus derechos
manifester manifestar [ie]
mettre sur un pied d'égalité poner en pie de igualdad / al mismo nivel
reléguer au second plan relegar a un segundo plano / dejar en un segundo plano
révéler ≠ cacher revelar ≠ esconder
revendiquer reivindicar
sans broncher sin rechistar
s'émanciper emanciparse
s'occuper des enfants cuidar de los niños
se dépasser / se surpasser superarse
se libérer liberarse
se plaindre quejarse
surmonter superar
être logé à la même enseigne estar en el mismo caso / estar en el mismo barco

3 Art et pouvoir / *Arte y poder*

A Noms et expressions avec des noms

la peinture la pintura
le tableau el cuadro
l'œuvre d'art la obra de arte
la toile el lienzo
l'architecture la arquitectura
la sculpture la escultura
le graffiti / le tag el grafiti / la pintada
la photographie la fotografía
la musique la música
le cinéma el cine
le film la película
le court-métrage el cortometraje
le documentaire el documental
le théâtre el teatro
la littérature la literatura
le roman la novela
la touche artistique el toque artístico
la source d'inspiration la fuente de inspiración
la vérité la verdad
la satire la sátira
la propagande la propaganda
le contre-pouvoir el contrapoder
le témoignage el testimonio
le/la témoin el/la testigo
la critique la crítica
la caricature la caricatura
la censure la censura
l'oppression / la domination la opresión
la liberté la libertad
la résistance la resistencia
l'héroïsme el heroísmo
la gloire la gloria
l'idéologie la ideología
la subjectivité ≠ l'objectivité la subjetividad ≠ la objetividad
les convictions las convicciones
l'opposition la oposición
le succès el éxito
la renommée / la réputation la fama

B Adjectifs

avant-gardiste vanguardista
caricatural/e caricaturesco/a
contemporain/e contemporáneo/a
controversé/e controvertido/a
émouvant/e conmovedor/a
engagé/e comprometido/a
héroïque heroico/a
légal/e ≠ illégal/e legal ≠ ilegal
moderne moderno/a
polémique polémico/a
provocateur/trice provocador/a
satirique satírico/a
talentueux/euse talentoso/a
trompeur/euse engañoso/a
vrai/e / véridique ≠ faux/fausse verdadero/a ≠ falso/a

C Verbes et expressions avec des verbes

appuyer / soutenir apoyar
attirer l'attention llamar la atención
caricaturer caricaturizar
censurer censurar
condamner condenar
construire construir
convaincre convencer
critiquer criticar
défendre defender [ie]
dénoncer denunciar
émouvoir conmover [ue]
faire prendre conscience concienciar
glorifier glorificar
montrer enseñar
prendre conscience concienciarse
remettre en question poner en tela de juicio
rendre hommage à rendir [i] homenaje a
réveiller les consciences despertar [ie] las conciencias
opprimer / dominer oprimir
passer sous silence callar / pasar por alto
peindre pintar
pousser un cri d'alarme dar la voz de alarma
protester contre qch protestar contra algo
sauvegarder salvaguardar
(s')engager comprometer(se)
(s')exprimer expresar(se)
se rallier à une cause unirse a una causa
(s')opposer à oponer(se) a
témoigner testimoniar
tomber dans le piège caer en la trampa
tourner un film rodar [ue]
(se) tromper engañar(se)

4 Citoyenneté et mondes virtuels / *Ciudadanía y mundos virtuales*

A Noms et expressions avec des noms

l'outil la herramienta
le mot de passe la contraseña
les données personnelles los datos personales
les nouvelles technologies las nuevas tecnologías
l'utilisateur/trice el/la usuario/a
l'ordinateur el ordenador
la tablette la tableta / la tablet
le (téléphone) portable el móvil
la publication la publicación
le danger el peligro
les risques los riesgos
la gravité la gravedad
l'humiliation la humillación
le/la hackeur/euse el hacker
le piratage el pirateo / el hackeo
l'amélioration la mejora
la honte la vergüenza
les insultes los insultos
le mépris el menosprecio / el desprecio
la haine el odio
la prévention la prevención
la prise de conscience la toma de conciencia
les mensonges las mentiras
le harcèlement el acoso
l'addiction la adicción
le détournement el desvío
l'aide la ayuda
l'utilité la utilidad
le respect el respeto
la manipulation la manipulación
l'escroquerie la estafa / el fraude
le savoir-vivre los buenos modales / la buena educación
la rapidité la rapidez
l'anonymat ≠ la renommée / la réputation el anonimato ≠ la fama
une atteinte à la vie privée una violación a / de la privacidad

B Adjectifs

accro adicto/a / enganchado/a
anonyme ≠ célèbre anónimo/a ≠ famoso/a
connecté/e conectado/a
dangereux/euse peligroso/a
gêné/e molesto/a
innovant/e novedoso/a
inquiet/ète preocupado/a
mal à l'aise incómodo/a
partagé/e compartido/a
provocateur/trice provocador/a
prudent/e prudente
rapide rápido/a
suspicieux/euse desconfiado/a / receloso/a
technologique tecnológico/a

C Verbes et expressions avec des verbes

améliorer mejorar
cacher ocultar
chercher des informations buscar información
compromettre comprometer
démêler le vrai du faux distinguir entre lo verdadero y lo falso
éduquer educar
être accro à Internet ser adicto/a a Internet
être dépendant/e de ser dependiente de
être victime de ser víctima de
faciliter facilitar / simplificar
faire attention à / se méfier de tener [ie] cuidado con / desconfiar de
harceler acosar
humilier humillar
informer informar
interagir interactuar
jouer un rôle desempeñar un papel
menacer amenazar
mentir / raconter des mensonges contar [ue] mentiras
mépriser qqn menospreciar / despreciar a alguien
nuire / porter préjudice dañar / perjudicar
publier publicar
regretter ≠ assumer arrepentirse [ie] ≠ asumir
s'entraider / compter les uns sur les autres ayudarse mutuamente / contar [ue] unos con otros
s'inscrire registrarse
se faire passer pour qqn hacerse pasar por alguien / fingir ser alguien diferente
se passer de qch prescindir de algo / vivir sin algo
se préoccuper / s'inquiéter pour qch preocuparse por algo
simplifier simplificar
suivre à la trace rastrear
surfer sur le net navegar por Internet
traquer / guetter acechar
tromper qqn engañar a alguien
twitter tuitear

5 Fictions et réalités / *Ficciones y realidades*

A Noms et expressions avec des noms

la légende la leyenda
le mythe el mito
les croyances las creencias
l'histoire la historia
les civilisations las civilizaciones
le patrimoine el patrimonio
le conte el cuento
la fable la fábula
la vérité la verdad
la ressemblance la semejanza / el parecido / la similitud
la magie la magia
l'inspiration la inspiración
l'imagination la imaginación
le héros el héroe
le super-héros el superhéroe
l'exemple el ejemplo
la figure la figura / el personaje

la réalité la realidad
la science-fiction la ciencia ficción
la fantaisie la fantasía
la morale la moraleja
la représentation la representación
la vision la visión
le réalisme el realismo
l'hyperréalisme el hiperrealismo
la mythologie la mitología
l'exagération la exageración
la superstition la superstición
l'utopie la utopía
le récit el relato
quand la réalité dépasse la fiction
cuando la realidad supera la ficción
le champ du possible / des possibles
la esfera de lo posible / el mundo de posibilidades

B Adjectifs

croyant/e creyente
culturel/le cultural
fantastique fantástico/a
héroïque heroico/a
imaginaire imaginario/a
légendaire legendario/a
magique mágico/a
méfiant/e desconfiado/a / receloso/a
merveilleux/euse maravilloso/a
mystérieux/euse misterioso/a
mythique mítico/a
rationnel/le / logique ≠ irrationnel/le / illogique
racional ≠ irracional
réaliste ≠ irréaliste realista ≠ irrealista
réel/le ≠ irréel/le real ≠ irreal
ressemblant/e semejante / parecido/a
superstitieux/ieuse supersticioso/a
utopique utópico/a

C Verbes et expressions avec des verbes

créer crear
croire (à) creer (en)
devenir / se transformer en convertirse [ie/i] (en)
deviner adivinar
envoûter hechizar / embrujar
être déconnecté/e de la réalité
estar desconectado/a de la realidad
idéaliser idealizar
imaginer imaginar
impressionner impresionar
incarner encarnar
interpréter interpretar
inventer inventar
penser (à) pensar [ie] (en)
protéger proteger
raconter contar [ue]
ramener à la réalité traer de vuelta a la realidad
réfléchir reflexionar
réussir conseguir [i] / lograr
sauver salvar
s'évader evadirse
s'inspirer de inspirarse en
transformer transformar

6 Innovations scientifiques et responsabilité / *Innovaciones científicas y responsabilidad*

A Noms et expressions avec des noms

le/la chercheur/euse el/la investigador/a
le/la scientifique el/la científico/a
le/la médecin el/la médico/a
le/la biologiste el/la biólogo/a
l'avenir el futuro / el porvenir
l'amélioration ≠ l'aggravation
la mejora ≠ el empeoramiento / el deterioro
l'avancée el avance
le progrès el progreso
l'énergie la energía
la découverte el descubrimiento
des produits jetables productos de usar y tirar / productos desechables
l'environnement el medio ambiente

les sciences las ciencias
la planète el planeta
le réchauffement climatique el cambio climático
la pollution la contaminación
la recherche la investigación
le clonage la clonación
les transports los transportes
le recyclage el reciclaje
les gaz d'échappement los gases de escape
l'effet de serre el efecto invernadero
l'espérance de vie la esperanza / expectativa de vida
l'allongement el alargamiento
les bienfaits los beneficios
l'avantage ≠ l'inconvévient la ventaja ≠ la desventaja
la guérison la cura
la modification la modificación
la révolution la revolución
le centre de recherche el centro de investigación
le développement el desarrollo
la performance énergétique la eficiencia energética
la surpopulation la superpoblación
l'automate el autómata
le robot el robot
la consommation el consumo
l'expérience el experimento / la prueba
les ressources (naturelles) los recursos (naturales)
le forage la perforación
les forêts los bosques
les espèces en voie d'extinction las especies en vía(s) de extinción
la faune la fauna
la flore la flora
les essais los ensayos / las pruebas
l'usage el uso
l'utilisation la utilización
la destruction la destrucción
la machine la máquina
la médecine la medicina
l'augmentation el aumento
les éoliennes los aerogeneradores
les dégâts irréversibles los daños irreversibles

B Adjectifs

dangereux/euse peligroso/a
durable sostenible
de pointe puntero/a
écologique ecológico/a
éthique ético/a
génétique genético/a
géothermique geotérmico/a
hydraulique hidráulico/a
innovant/e / novateur/trice innovador/a
néfaste / nuisible ≠ bénéfique nefasto/a ≠ beneficioso/a
nucléaire nuclear
pionnier/ère pionero/a
préjudiciable dañino/a / perjudicial
renouvelable renovable
responsable ≠ irresponsable responsable ≠ irresponsable
solaire solar
technologique tecnológico/a

C Verbes et expressions avec des verbes

allonger alargar
améliorer ≠ aggraver mejorar ≠ empeorar
augmenter aumentar
changer cambiar
découvrir descubrir
développer desarrollar
dégrader degradar
détruire destruir
économiser ahorrar
endommager dañar / deteriorar
évoluer evolucionar
faire des expériences experimentar
faire des recherches sur investigar
guérir curar
mettre en danger poner en peligro
mettre en pratique poner en práctica
modifier modificar
porter préjudice perjudicar
rendre la vie plus agréable amenizar la vida
révolutionner revolucionar
transformer transformar

7 Diversité et inclusion / *Diversidad e inclusión*

A Noms et expressions avec des noms

la discrimination la discriminación
l'intégration la integración
l'égalité ≠ l'inégalité la igualdad ≠ la desigualdad
l'émancipation la emancipación
la mixité la mixidad
l'insertion la inserción
l'origine / les origines el origen / los orígenes
la différence la diferencia
le handicap la discapacidad
un handicapé un discapacitado / un minusválido
les langues étrangères los idiomas
les langues régionales / officielles las lenguas regionales / oficiales
les valeurs los valores
le racisme el racismo
la xénophobie la xenofobia
l'homophobie la homofobia
le sexisme el sexismo
l'affirmation la afirmación
la revendication la reivindicación
le multiculturalisme el multiculturalismo
le niveau social el nivel social
le respect el respeto
la liberté la libertad
l'apport / la contribution el aporte
le mélange la mezcla
les préjugés los prejuicios
les minorités las minorías
l'acceptation la aceptación
l'intégration la integración
le rejet el rechazo
la tolérance la tolerancia
la solidarité la solidaridad
l'entraide la ayuda mutua
la religion la religión
les coutumes las costumbres
la sexualité la sexualidad
la nationalité la nacionalidad
les stéréotypes los estereotipos
les menaces las amenazas
le mépris el desprecio / el menosprecio
l'ascension el ascenso / la ascención

B Adjectifs

ethnique étnico/a
handicapé/e discapacitado/a
homophobe homófobo/a
intergénérationnel/le intergeneracional
(in)tolérant/e (in)tolerante
(ir)respectueux/euse (ir)respetuoso/a
marginal/e marginado/a
minoritaire minoritario/a
multiculturel/le multicultural
ouvert/e abierto/a
sexiste sexista
sociable sociable
solidaire solidario/a
xénophobe xenófobo/a

C Verbes et expressions avec des verbes

accepter aceptar
changer cambiar
compter les uns sur les autres contar [ue] (los) unos con (los) otros
discriminer discriminar
être à l'écart estar al margen
évoluer evolucionar
inclure incluir
insulter insultar
intégrer integrar
lutter pour ses droits luchar por sus derechos
menacer amenazar
mettre sur un pied d'égalité poner en pie de igualdad
respecter respetar
revendiquer reivindicar
s'émanciper emanciparse
s'entendre bien (mal) avec qqn llevarse bien (mal) con alguien
se mélanger mezclarse
se mobiliser movilizarse
vivre ensemble convivir

8 Territoire et mémoire / *Territorio y memoria*

A Noms et expressions avec des noms

le passé el pasado
le souvenir el recuerdo
l'oubli el olvido
l'histoire la historia
les espaces los espacios
les frontières las fronteras
les colonies las colonias
l'avenir el porvenir
le patrimoine el patrimonio
l'héritage la herencia
la commémoration la conmemoración
la conquête la conquista
la colonisation la colonización
les événements los acontecimientos / los sucesos
la reconquête la reconquista
l'indépendance la independencia
les racines las raíces
la nation la nación
le lien el vínculo
le pays el país
les conquistadors los conquistadores
l'expédition la expedición
l'organisation la organización
la résistance la resistencia
la défaite la derrota
l'abdication la abdicación
l'harmonie la harmonía
l'exploitation la explotación
l'esclavage la esclavitud
le nationalisme el nacionalismo
le séparatisme el separatismo
les faits los hechos
la reconnaissance el reconocimiento
le devoir de mémoire el deber de memoria
à la mémoire de qqn en memoria de alguien
le mémorial el memorial

B Adjectifs

collectif/ive colectivo/a
controversé/e controvertido/a
frontalier fronterizo/a
harmonieux/euse armonioso/a
historique histórico/a
individuel/le individual
légitime legítimo/a
métis/se mestizo/a
national/e nacional
nostalgique nostálgico/a
territorial territorial/e
régional/e regional

C Verbes et expressions avec des verbes

abdiquer pour / en faveur de abdicar en
coloniser colonizar
commémorer conmemorar
conquérir conquistar
exploiter explotar
gracier amnistiar / indultar
hériter heredar
imposer imponer
maintenir mantener [ie]
oublier olvidar
perpétuer perpetuar
prendre son indépendance independizarse
raconter relatar / contar [ue]
reconnaître reconocer
remuer le passé remover [ue] el pasado
rendre hommage rendir [i] homenaje
rester gravé/e dans sa mémoire permanecer en su memoria
s'opposer oponerse
se produire suceder / acontecer / ocurrir
se rappeler qch recordar [ue] algo
se souvenir de qch acordarse [ue] de algo
témoigner testimoniar
tourner la page pasar página
vaincre vencer

1 Grammaire : quelques points importants

1 La place du groupe verbal

La place du groupe verbal (GV, verbe conjugué + partie non conjuguée et invariable du groupe verbal) varie en fonction du type de phrases.

Types de phrases		Place du verbe conjugué	Place de la partie non conjuguée du groupe verbal
GV à l'infinitif	construction	dernière place	avant-dernière place
	exemple	*sich (A)* ***beeinflussen*** ***lassen*** (se laisser influencer)	
Déclarative	construction	deuxième place	dernière place
	exemple	*Er* ***lässt*** *sich* ***beeinflussen.*** (Il se laisse influencer.)	
Interrogative globale	construction	première place	dernière place
	exemple	***Lässt*** *er sich* ***beeinflussen?*** (Se laisse-t-il / Est-ce qu'il se laisse influencer ?)	
Interrogative partielle	construction	deuxième place	dernière place
	exemple	*Warum* ***lässt*** *er sich* ***beeinflussen?*** (Pourquoi se laisse-t-il influencer ?)	
Impérative	construction	première place	dernière place
	exemple	***Lassen*** *Sie sich nicht* ***beeinflussen!*** (Ne vous laissez pas influencer !)	
Subordonnée	construction	dernière place	avant-dernière place
	exemple	*Ich bin der Meinung, dass er sich* ***beeinflussen lässt.*** (Je pense qu'il se laisse influencer.)	

2 Les différents types de dépendantes

- Une proposition dépendante est une proposition dans laquelle le verbe conjugué est en dernière position et est précédé par la partie non conjuguée du GV.
- Il faut chercher à diversifier au maximum son expression, ce qui ne passe pas seulement par la richesse lexicale. Dans cette optique, il est indispensable de maîtriser les différentes types de dépendantes : conjonctives, relatives et infinitives.

3 Les propositions subordonnées conjonctives

Les propositions subordonnées conjonctives sont introduites par une conjonction de subordination.

- **Les propositions énonciatives**

Déclaratives = verbe déclaratif + *dass*.

Ex. : *Sie* ***sagt, dass*** *sie Architektur studieren will.*
(Elle dit qu'elle veut faire des études d'architecture.)

> **Rappel**
> *Ob* correspond au *si* de l'interrogative indirecte et ne doit pas être confondu avec le *si* conditionnel (*wenn*).

• **Les propositions interrogatives**

– **Globales ou totales** = *fragen* ou un synonyme + *ob*.

Ex. : *Ich **weiß nicht**, **ob** dieser Beruf für sie richtig ist.*
(Je ne sais pas si ce métier est fait pour elle.)

– **Partielles** = *fragen* ou un synonyme + le mot interrogatif qui sert également de subordonnant

Ex. : *Die Lehrerin **fragt**, **seit wann** sich die Schülerin für Architektur interessiert.*
(La professeure demande depuis quand son élève s'intéresse à l'architecture.)

• **Les propositions injonctives**

Ordre indirect = verbe déclaratif + *dass* + construites à l'aide du verbe de modalité *sollen* (ordre) dans la subordonnée

Ex. : *Der Vater **sagt** seinem Sohn, **dass** er sich auf die Prüfungen konzentrieren **soll**.*
(Le père dit à son fils de bien vouloir se concentrer sur ses examens.)

• **Les propositions causales**

– ***weil*** (parce que)

Ex. : *Ich finde es toll, Klassensprecher zu sein, **weil** man Verantwortung bekommt.*
(Je trouve génial d'être délégué de classe parce qu'on a des responsabilités.)

– ***da*** (comme, étant donné que)

Ex. : *Die Familie meiner Mutter ist relativ klein, **da** sie keine Geschwister hat.*
(La famille de ma mère est relativement réduite étant donné qu'elle n'a pas de frères et sœurs.)

– ***insofern (als)*** (dans la mesure où)

Ex. : *Er verdient eine gute Note, **insofern (als)** er regelmäßig arbeitet.*
(Il mérite une bonne note dans la mesure où il travaille régulièrement.)

– ***zumal*** (d'autant plus que)

Ex. : *Er hilft ihr gern, **zumal** sie es schwer hat.* (Il l'aide d'autant plus volontiers qu'elle a du mal.)

• **Les propositions temporelles**

– ***als*** (quand, à l'époque où / au moment précis où)

Ex. : ***Als** ich klein war, hat mir meine Mutter ein paar Filme von Fritz Lang gezeigt.*
(Quand j'étais petit(e), ma mère m'a montré quelques films de Fritz Lang.)

– ***wenn*** (quand, à chaque fois que)

Ex. : *Ich fühle mich wohl, **wenn** ich mit meiner Familie zusammen bin.*
(Je me sens bien quand je suis en famille.)

– ***bevor*** = *ehe* (avant que) ≠ ***nachdem*** (après que)

Ex. : *Er war schon ein Held, **bevor** er erwachsen wurde.*
(C'était un héros avant même d'être un adulte.)
***Nachdem** ich das Praktikum gemacht hatte, kannte ich den Beruf besser.*
(Après avoir fait ce stage, je connaissais mieux ce métier.)

– **seit(dem)** (depuis que)

Ex. : *Ich spiele Klavier, **seit(dem)** ich acht Jahre alt bin.* (Je joue du piano depuis que j'ai huit ans.)

– ***bis*** (jusqu'à ce que)

Ex. : *Wir arbeiten so lange, **bis** wir eine gemeinsame Lösung gefunden haben.*
(Nous travaillerons jusqu'à ce que nous trouvions une solution en commun.)

– ***sobald*** (dès que)

Ex. : ***Sobald** die Schülerin eine mittelmäßige Note hat, macht sich ihre Mutter um ihre Zukunft Sorgen.* (Dès que l'élève a une note moyenne, sa mère se fait du souci pour son avenir.)

– ***solange*** (aussi longtemps que, tant que)

Ex. : *Ich kaufe keine neuen Geräte, **solange** ich meine alten weiter benutzen kann.*
(Je n'achèterai pas de nouveaux appareils tant que je pourrai utiliser les anciens.)

– ***sooft*** (aussi souvent que)

Ex. : *Du kannst kommen,* ***sooft*** *du willst.* (Tu peux venir aussi souvent que tu veux.)

– ***während*** (pendant que)

Ex. : ***Während*** *die Lehrerin ihren uninteressanten Unterricht hält, schlafen die Schüler glatt ein.*
(Pendant que la professeure fait son cours ennuyeux, ses élèves s'endorment.)

• Les propositions concessives

– ***obwohl****, obgleich, obschon* (bien que)

Ex. : *Das Goethe-Schiller-Denkmal in Weimar stellt beide Schriftsteller in gleicher Körpergröße dar,* ***obwohl*** *Schiller viel größer war als Goethe.*
(La statue de Goethe et Schiller à Weimar représente les deux écrivains de la même taille alors que Schiller était beaucoup plus grand que Goethe.)

> **Remarque**
> Les formes *obgleich* et *obschon* sont moins courantes que *obwohl*.

– ***wobei*** (quand bien même)

Ex. : *Ich sehe mir eine Fernsehserie an,* ***wobei*** *mir einfällt, dass ich nicht mit meinen Hausaufgaben fertig bin.*
(Je regarde une série télé alors même que je me rappelle que je n'ai pas fini mes devoirs.)

> **Attention !**
> Pas de subjonctif en allemand, contrairement au français.

• Les propositions compléments de but

– ***damit*** (afin que)

Ex. : *Die Berufsberaterin hat mir Tipps gegeben,* ***damit*** *ich mich besser orientiere.*
(La conseillère d'orientation m'a donné des conseils afin que je m'oriente mieux.)

• Les propositions conditionnelles

– ***falls*** (au cas où)

Ex. : ***Falls*** *du nicht kommen kannst, ruf mich an!*
(Au cas où tu ne peux / pourrais pas venir, appelle-moi !)

– ***(auch) wenn*** ([même] si)

Ex. : ***Auch wenn*** *sie krank ist, geht sie (trotzdem) in die Schule.*
(Même si elle est malade, elle va [quand même] à l'école.)

> **Rappel**
> ***Wenn*** correspond au *si* du conditionnel et ne doit pas être confondu avec le *si* de l'interrogative indirecte (*ob*).

– ***als (ob)*** (comme si)

Ex. : *Es ist so viel geschehen,* ***als ob*** *sich plötzlich die Welt umgedreht hätte.*
(Il s'est passé tellement de choses qu'on dirait que le monde est sens dessus dessous.)

> **Rappel**
> Il est possible de supprimer le *ob* de la conjonction de subordination *als ob*. Dans ce cas, le verbe conjugué vient prendre la place de l'élément sous-entendu.
> **Es ist so viel geschehen, als hätte sich plötzlich die Welt umgedreht. (Das Tagebuch der Anne Frank)**

• Les propositions de conséquence

sodass (si bien que)

Ex. : *Er arbeitete Tag und Nacht, sodass er krank wurde.*
(Il travaillait jour et nuit, si bien qu'il tomba malade.)

• Les propositions de manière

– ***wie*** (comment)

Ex. : *Ich kann gar nicht verstehen,* ***wie*** *man sich nicht für Geschichte interessieren kann.*
(Je n'arrive pas à comprendre comment on peut ne pas s'intéresser à l'Histoire.)

– ***indem*** (en + participe présent)

Ex. : *Diese Ausstellung erzählt die Geschichte des Mordes an sechs Millionen Juden während des Zweiten Weltkriegs,* ***indem*** *es die Schicksale von einigen der Opfer in den Mittelpunkt rückt.*
(Cette exposition raconte l'histoire du génocide de 6 millions de personnes juives pendant la Seconde Guerre mondiale en mettant l'accent sur le destin de quelques victimes.)

– ***wobei*** (tout en + participe présent)
Ex. : *Er las ein Buch,* ***wobei*** *er Musik hörte.* (Il lisait un livre [tout] en écoutant de la musique.)

• **Les propositions d'opposition**
während (tandis que, alors que)
Ex. : *Um die Mitte des 14. Jahrhunderts wurde Hamburg das Tor zur Nordsee,* ***während*** *Lübeck das Tor zur Ostsee war.* (Vers le milieu du XIVe siècle, Hambourg est devenu la porte d'accès à la mer du Nord tandis que Lübeck était celle de la Baltique.)

4 Les propositions subordonnées relatives

• Les propositions subordonnées relatives sont introduites par un pronom relatif.

• Le genre du pronom relatif est le même que celui de son antécédent (masculin, féminin, neutre ou pluriel).

• Le **cas** du pronom relatif dépend de la **fonction grammaticale** qu'il remplit au sein de la proposition subordonnée relative.

> **Rappel**
> **Nominatif** = Sujet / Attribut du sujet
> **Accusatif** = COD
> **Datif** = COI / COS
> **Génitif** = Complément du nom

– au **nominatif**
Ex. : *Karl Lagerfeld, der in Paris lebte, war ein sehr bekannter deutscher Modeschöpfer* (Masculin-Nominatif).
(Karl Lagerfeld, qui vivait à Paris, était un grand couturier allemand très connu.)

– à l'**accusatif**
Ex. : *Die junge Frau, die ich zur Faschingsparty eingeladen habe, heißt Veronika.* (Féminin-Accusatif)
(La jeune femme que j'ai invitée au carnaval s'appelle Veronika.)

– au **datif**
Ex. : *Die Heimat ist das Land, in dem man geboren und aufgewachsen ist.* (Neutre-Datif)
(La patrie est le pays dans lequel on est né et on a grandi.)

– au **génitif**
Ex. : *Das Ausland ist ein anderes Land, dessen Nationalität man nicht besitzt.* (Neutre-Génitif)
(L'étranger, c'est le pays dont on ne possède pas la nationalité.)

5 Les propositions infinitives

• Dans les propositions infinitives, le **verbe** n'est plus conjugué mais à l'**infinitif** et toujours en fin de proposition.
Ex. : *Eine meiner Rollen als Klassensprecherin ist, Konflikte zwischen Schülern in der Klasse* ***zu lösen****.*
(L'un de mes rôles en tant que déléguée est de résoudre les conflits entre élèves au sein de la classe.)

• Ces propositions peuvent être introduites par :
– ***um… zu*** (pour)
Ex. : *Tom will bessere Noten bekommen,* ***um*** *gute Berufschancen* ***zu*** *haben.*
(Tom veut avoir de meilleures notes pour avoir de bonnes chances en matière professionnelle.)
– ***ohne… zu*** (sans)
Ex. : *Man muss für die Tests alles auswendig lernen,* ***ohne*** *nach****zu****denken.*
(Pour ces tests, il faut tout apprendre par cœur sans réfléchir.)
– ***(an)statt… zu*** (au lieu de)
Ex. : *Er geht zu seinem Freund,* ***(an)statt*** *seine Hausaufgaben* ***zu*** *machen.*
(Il va chez son ami au lieu de faire ses devoirs.)

2 Le vocabulaire utile par thème du programme

1 Identités et échanges / *Identität und Austausch*

A Noms et expressions avec des noms

Abréviations

qch : quelque chose qqn : quelqu'un
jdn : jemanden (A)
jdm : jemandem (D) jds : jemandes (G)
A : accusatif D : datif G : génitif

l'identité die Identität(en)
l'aspiration à qch die Sehnsucht nach etwas (D)
le sentiment das Gefühl(e)
le sentiment d'appartenance die Zugehörigkeit / das Zugehörigkeitsgefühl
le sentiment de sécurité die Geborgenheit
l'origine die Herkunft (die Herkünfte)
la patrie das Vaterland
le pays d'origine die Heimat / das Herkunftsland
la racine die Wurzel(n)
la spécificité de qch das Besondere an etwas (D)
l'échange der Austausch(e)

Rappel

- Les voyelles derrière les verbes à l'infinitif correspondent aux temps forts des verbes irréguliers.
- Le « * » signale les auxiliaires *haben* ou *sein*, les modaux.
- (en, en) derrière le nom signale les masculins faibles.
- Le « / » indique un verbe à particule séparable.
- Le pluriel des noms est entre parenthèses.

l'aide die Hilfe
la serviabilité die Hilfsbereitschaft
l'étranger (en tant que pays) das Ausland
le séjour à l'étranger der Auslandsaufenthalt(e)
l'expérience à l'étranger die Auslandserfahrung(en)
le pays d'adoption die Wahlheimat
l'intégration die Integration
la solidarité die Solidarität
l'expérience négative / positive die negative(n) / positive(n) Erfahrung(en)
le séjour der Aufenthalt(e)

B Adjectifs

(dés)agréable (un)angenehm
(in)accessible (un)erreichbar
(in)amical (un)freundlich
(in)approprié (un)angemessen
étranger (à qch) fremd
étranger (au pays) ausländisch
familier vertraut
(in)humain (un)menschlich
identique identisch / gleich
(pas) important (un)wichtig
indépendant selbstständig / unabhängig
linguistique sprachlich
ouvert aufgeschlossen / offen
perdu verloren
procurant un sentiment étrange unheimlich
semblable ähnlich
serviable hilfsbereit
(pas) solidaire (un)solidarisch
surprenant erstaunlich
(pas) sympathique (un)sympathisch

C Verbes et expressions avec des verbes

adresser la parole à qqn jdn an/sprechen (i ; a, o)
aider qqn jdm helfen (i ; a ; o)
aller dans un autre pays in ein anderes Land fahren (ä ; u, a)
améliorer ses connaissances linguistiques seine Sprachkenntnisse verbessern
apprendre à connaître qch / faire la connaissance de qqn etwas (A) / jdn kennen/lernen
aspirer à qch sich (A) nach etwas (D) sehnen
(ne pas) avoir le mal du pays (kein) Heimweh haben*
(ne pas) avoir peur (keine) Angst haben*
avoir qch en commun etwas (A) gemeinsam haben*

échanger avec qqn sich (A) mit jdm aus/tauschen

être / aller à l'étranger im Ausland sein* / ins Ausland gehen (i, a)

être exclu ausgegrenzt sein*

être important aux yeux de qqn jdm wichtig sein*

être intégré integriert sein*

être originaire d'un pays aus einem Land kommen (a, o) / stammen

exclure qqn jdn aus/grenzen

faire partie d'un groupe einer Gruppe an/gehören / zu einer Gruppe gehören

forger une identité Identität stiften

intégrer qqn jdn integrieren

manquer à qqn jdm fehlen / etwas (A) vermissen

ne compter que sur soi-même auf sich (A) selbst angewiesen sein / auf sich (A) allein gestellt sein*

passer quelque temps dans un pays einige Zeit in einem Land verbringen*

ressentir qch etwas (A) fühlen

s'identifier à qqn / qch sich (A) mit jdm / etwas (D) identifizieren

s'installer dans un pays sich (A) in einem Land nieder/lassen (ä ; ie, a)

s'intégrer sich (A) integrieren / sich (A) ein/leben

s'ouvrir à une autre culture sich (D) einer anderen Kultur öffnen

se sentir (mal) à l'aise sich (A) (un)wohl fühlen

se sentir chez soi sich (A) zu Hause / heimisch fühlen

se sentir en sécurité sich geborgen fühlen

se sentir étranger sich (A) fremd fühlen

transmettre qch etwas (A) vermitteln

visiter un pays / une ville ein Land / eine Stadt besuchen

visiter une ville / un musée eine Stadt / ein Museum besichtigen

vivre en paix in Frieden leben

2 Espace privé et espace public / *Privatsphäre und Öffentlichkeit*

A Noms et expressions avec des noms

l'espace privé die Privatsphäre

la vie privée das Privatleben

le secret das Geheimnis(se)

le droit das Recht(e)

la liberté die Freiheit(en)

les libertés fondamentales die Grundfreiheiten

la liberté d'expression die Meinungsfreiheit

la liberté de la presse die Pressefreiheit

la surveillance die Überwachung

l'espace / la vie publique die Öffentlichkeit

la curiosité die Neugier

la protestation der Protest(e)

la rébellion die Rebellion(en)

la manifestation die Demonstration(en)

la révolte die Revolte(n)

l'émeute der Aufruhr(e) / der Aufstand (die Aufstände)

la violence die Gewalt

la répression die Unterdrückung

B Adjectifs

curieux neugierig

interdit verboten

libre frei

pacifique friedlich

privé privat

public öffentlich

secret geheim

violent gewaltsam

C Verbes et expressions avec des verbes

(ne pas) accorder d(e l)'importance à qch (keinen) Wert auf etwas (A) legen

avoir de graves conséquences pour qqn / qch schlimme Konsequenzen für jdn / etwas (A) haben*

(ne pas) avoir peur pour qqn / qch (keine) Angst um jdn / etwas (A) haben*

cacher / dissimuler qch etwas (A) verbergen (i ; a, o)

espionner qqn jdn bespitzeln

(ne pas) faire attention à qch (nicht) auf etwas (A) achten / auf/passen
(ne pas) garder qch pour soi etwas (A) (nicht) für sich (A) behalten (ä ; ie, a)
livrer des informations sur soi / qqn Informationen über sich (A) / jdn preis/geben (i ; a, e)
menacer la vie privée das Privatleben bedrohen
mener une vie discrète / tapageuse (k)ein diskretes Leben führen
mettre qqn sur écoute / écouter une conversation téléphonique jdn / ein Telefonat ab/hören
nuire à qqn jdm schaden
(ne pas) parler de soi (nicht) von sich (D) erzählen
(ne pas) partager qch etwas (A) (nicht) teilen
pirater / voler des données Daten hacken / klauen
(ne pas) protéger sa vie privée seine Privatsphäre (nicht) schützen
(ne pas) publier qch etwas (A) (nicht) veröffentlichen
rassembler des informations sur qqn Informationen über jdn (ein/) sammeln
(ne pas) respecter le droit à la vie privée das Recht aufs Privatleben (nicht) respektieren
s'exprimer publiquement sich (A) öffentlich aus/drücken
se taire schweigen (ie, ie)
surveiller qqn jdn überwachen
utiliser des informations sur qqn Informationen über jdn (be)nutzen

3 Art et pouvoir / *Kunst und Macht*

A Noms et expressions avec des noms

l'art die Kunst (die Künste)
les arts plastiques die bildende Kunst (die bildenden Künste)
l'artiste der Künstler(-)
l'enrichissement culturel die kulturelle Bereicherung
la diversité culturelle die kulturelle Vielfalt
l'offre culturelle das Kulturangebot(e)
l'engagement das Engagement / der Einsatz
la liberté die Freiheit
la liberté d'expression die Meinungsfreiheit
l'œuvre / le chef-d'œuvre das Werk(e) / das Kunstwerk(e)
le participant der Teilnehmer(-)
le passage sur scène der Auftritt(e)
la paix der Frieden
le réfugié der Flüchtling(e)
la responsabilité die Verantwortung
la valeur der Wert(e)
le pouvoir (politique) die (politische) Macht
la culture die Kultur
la société die Gesellschaft
la censure die Zensur
l'autorisation die Erlaubnis(se)
l'interdiction das Verbot(e)
l'interdiction d'exercer sa profession das Berufsverbot(e)
l'interdiction de peindre das Malverbot(e)
l'interdiction d'écrire das Schreibverbot(e)
l'injustice / la justice die (Un)Gerechtigkeit
la critique die Kritik(en)
la caricature die Karrikatur(en)
la mise en garde die Warnung(en) / Mahnung(en)
l'art dégénéré die entartete Kunst
la manipulation die Manipulation
la prise de position die Stellungnahme(n)

B Adjectifs

artistique künstlerisch
censuré zensiert
dégénéré entartet
enrichissant bereichernd
libre frei
puissant mächtig
qui relit / unit verbindend
qui sépare trennend

C Verbes et expressions avec des verbes

apprendre qch à qqn jdm etwas (A) bei/bringen (a, a)
autoriser qch etwas (A) erlauben
avoir de l'influence sur qqn / qch Einfluss auf jdn / etwas (A) haben*
censurer qch etwas (A) zensieren
consolider qch etwas (A) stärken
convaincre qqn de qch jdn von etwas (D) überzeugen
critiquer le régime das Regime kritisieren
critiquer qqn / qch jdn / etwas (A) kritisieren / Kritik an jdm / etwas (D) üben
découvrir de nouvelles cultures neue Kulturen entdecken / kennen/lernen
enrichir qch etwas (A) bereichern
être d'accord avec le système angepasst sein*
être surveillé (par qqn) (von jdm) überwacht werden (i ; u, o)
exprimer qch etwas (A) aus/drücken / etwas (A) zum Ausdruck bringen (a, a)
faciliter qch etwas (A) erleichtern
faire allusion à qch auf etwas (A) an/spielen
interdire qch (à qqn) (jdm) etwas (A) verbieten (o, o)
mettre qqn en garde jdn warnen / mahnen
organiser qch etwas (A) organisieren / veranstalten
participer à qch an etwas (D) teil/nehmen / bei etwas (D) mit/machen
permettre qch etwas (A) erlauben
prendre position sur qch zu etwas (D) Stellung nehmen (i ; a, o)
prendre une décision eine Entscheidung treffen (i ; a, o)
remettre qch en question etwas (A) infrage stellen
résister à qch etwas (D) widerstehen (a, a)
s'engager pour / contre qch sich (A) für / gegen etwas (A) engagieren / ein/setzen
s'opposer au système sich (A) gegen das System stellen
se battre pour / contre qch für / gegen etwas (A) kämpfen
se rebeller (contre qch) (gegen etwas [A]) rebellieren / sich (A) (gegen etwas [A]) auf/lehnen
soutenir qqn jdn unterstützen
soutenir qch etwas (A) fördern
transmettre des valeurs Werte vermitteln

4 Citoyenneté et mondes virtuels / *Bürgerschaft und virtuelle Welten*

A Noms et expressions avec des noms

la citoyenneté die Bürgerschaft(en)
le droit das Recht(e)
les droits des citoyens die Bürgerrechte
les droits fondamentaux die Grundrechte
le danger die Gefahr(en)
le conseil der Rat(schläge)
le tuyau / l'astuce der Tipp(s)
l'habitude die Gewohnheit(en)
la protection des données der Datenschutz
le réseau (social) das (soziale[n]) Netzwerk(e)
le virus informatique der Virus (die Viren)
les libertés fondamentales die Grundfreiheiten
la liberté de la presse die Pressefreiheit
la liberté d'opinion die Meinungsfreiheit
l'info(rmation) die Information(en) / die Info(s)
la collecte d'informations die Informationsbeschaffung
le flot d'informations die Informationsflut
la nouvelle die Nachricht(en)
le monde virtuel die virtuelle(n) Welt(en)
l'appareil das Gerät(e)
Internet das Internet
le logiciel die Software
le nom d'utilisateur der Benutzer(-) / Nickname(ns, n)
l'ordinateur der Computer(-)
l'ordinateur portable der Laptop(s)
le téléphone portable das Handy(s)
le smartphone das Smartphone(s)
l'addiction / la dépendance die Sucht(en)
le harcèlement moral das Mobbing
les *fake news* (die) Fake News
le risque das Risiko (die Risiken)

B Adjectifs

(dé)connecté offline ≠ online / vernetzt
dangereux gefährlich
important wichtig
(pas) pratique (un)praktisch
(im)prudent (un)vorsichtig
(non) sécurisé (un)sicher
utile nützlich

C Verbes et expressions avec des verbes

aller voir sur Internet ins Internet gehen (i, a)
avertir qqn de qch jdn vor etwas (D) warnen
avoir un profil ouvert ≠ privé ein offnenes ≠ privates Profil haben*
choisir un mot de passe sécurisé sich (D) ein sicheres Passwort aus/suchen
conseiller qch à qqn jdm etwas (A) raten (ä ; ie, a)
(en)courir un risque ein Risiko ein/gehen (i, a)
effacer ses données seine Daten löschen
éteindre son portable sein Handy aus/schalten
faire des recherches sur qqn / qch sur Internet im Internet über jdn / etwas (A) recherchieren
faire des selfies Selfies machen
falsifier qch etwas (A) verfälschen
protéger les données die Daten schützen
respecter la vie privée das Privatleben respektieren
révéler des informations Informationen preis/geben (i ; a, e)
se déconnecter offline gehen (i, a)
sécuriser les données die Daten sichern
surfer sur Internet im Internet surfen
susciter l'attention de qqn jds Aufmerksamkeit erregen
taper le nom de qqn /qch dans un moteur de recherche jds Namen / etwas (A) (ein/) googeln
veiller à qch auf etwas (A) achten / auf/passen
vivre dans un monde virtuel in einer virtuellen Welt leben

5 Fictions et réalités / *Fiktion und Wirklichkeit*

A Noms et expressions avec des noms

la fiction die Fiktion(en)
l'imagination die Fantasie / Einbildungskraft / Vorstellungskraft
la figure héroïque die Heldenfigur(en)
le genre, le type de héros der Heldentyp(en, en)
l'héroïne die Heldin(nen)
le héros der Held(en, en)
l'héroïsme das Heldentum
le modèle littéraire die literarische(n) Vorlage(n)
le mythe (au cinéma) der (Kino-) Mythos (die [Kino-]Mythen)
le pouvoir surhumain die übermenschliche Kraft (die übermenschlichen Kräfte)
la réalité die Wirklichkeit
le fait die Tatsache(n)
l'acte remarquable / la performance die Leistung(en)
la bonne action die gute(n) Tat(en)
le courage der Mut
le civisme die Zivilcourage
le héros du quotidien der Alltagsheld(en, en)
le modèle, l'exemple à suivre das Vorbild(er)
la qualité (humaine) die Eigenschaft(en)
la représentation cinématographique die filmische(n) Darstellung(en)

B Adjectifs

admirable bewundernswert
bénévole / volontaire freiwillig
courageux / valeureux mutig / tapfer
fictif fiktiv
intrépide furchtlos
lâche feig(e)
mythique mythisch
peureux ängstlich
réaliste realistisch
réel real / wirklich
utopique utopisch
vrai / véritable wahr / echt

C Verbes et expressions avec des verbes

accomplir qch etwas (A) leisten
admirer qqn pour qch jdn für etwas (A) bewundern
agir héroïquement heldenhaft handeln
aider qqn jdm helfen (i ; a, o)
considérer qqn comme qch jdn als etwas (A) betrachten
correspondre à la réalité der Wirklichkeit entsprechen (i ; a, o)
illustrer qch etwas (A) illustrieren / dokumentieren
inspirer qqn jdn inspirieren
posséder un super-pouvoir eine Superkraft besitzen (a, e)
réaliser qch etwas (A) realisieren / voll/bringen* (a, a)
s'engager pour qqn /qch sich (A) für jdn / etwas (A) ein/setzen / engagieren
s'imaginer sich (D) etwas (A) ein/bilden / vor/stellen
sauver qqn / qch jdn / etwas (A) retten
se battre pour une bonne cause für eine gute Sache kämpfen
se distinguer (par qch) sich (A) [durch etwas (A)] aus/zeichnen
se représenter qch etwas (A) vor seinem geistigen Augen sehen (ie ; a, e)
se terminer bien / mal gut / schlecht aus/gehen (i, a)
tourner un film einen Film drehen
utiliser des super-pouvoirs Superkräfte ein/setzen
vivre une aventure ein Abenteuer erleben

6 Innovations scientifiques et responsabilité / *Wissenschaftliche Innovationen und Verantwortung*

A Noms et expressions avec des noms

l'innovation (scientifique) die wissenschaftliche(n) Innovation(en)
la science die Wissenschaft(en)
le / la scientifique der Wissenschaftler(-) / die Wissenschaftlerin(nen)
la recherche die Forschung
le chercheur / la chercheuse der Forscher(-) / die Forscherin(nen)
la découverte die Entdeckung(en) / die Erfindung(en)
l'inventeur / l'inventrice der Erfinder(-) / die Erfinderin(nen)
l'avantage / le point positif der Vorteil(e)
le but das Ziel(e)
la / (l'in)dépendance die (Un)Abhängigkeit
l'expérience scientifique das Experiment(e)
l'intelligence artificielle die künstliche Intelligenz / KI
le préjugé das Vorurteil(e)
la réalité (augmentée) die (erweiterte) Realität / AR
la responsabilité die Verantwortung(en)
l'abus (de qch) der Missbrauch [etwas (G)]
le devoir moral die Pflicht(en)
le danger die Gefahr(en)
le risque das Risiko (die Risiken)
l'erreur de raisonnement der Denkfehler(-)
la conclusion erronée der Fehlschluss (die Fahlschlüsse)
l'inconvénient / le point négatif der Nachteil(e)
le caractère (in)humain das (Un)Menschliche
l'objectif der Zweck(e)
l'illusion die Täuschung(en)
le libre arbitre die Willensfreiheit
la réalité die Realität / die Wirklichkeit
la santé die Gesundheit

B Adjectifs

avancé / progressif fortschrittlich
(pas) avantageux (un)vorteilhaft / (nicht) von Vorteil
conditionné konditioniert
(in)conscient (un)bewusst
dangereux / sans danger (un)gefährlich
dégradant erniedrigend
(in)dépendant (un)abhängig
facile leicht

(in)humain (un)menschlich
innovant innovativ
(im)possible (un)möglich
(dé)raisonnable (un)vernünftig
régressif rückschrittlich
(co)responsable (mit)verantwortlich
(mal)sain (un)gesund
simple einfach
soumis unterworfen
véritable / faux (un)echt

C Verbes et expressions avec des verbes

abuser de / faire un mauvais usage de qch etwas (A) missbrauchen
aider qqn jdm helfen (i ; a, o)
avoir besoin de qch etwas (A) brauchen
(en)courir un risque ein Risiko ein/gehen (i, a)
découvrir qch etwas (A) entdecken
détruire qch etwas (A) zerstören
développer qch (avec qqn) etwas (A) (mit) entwickeln
enseigner qch à qqn jdm etwas (A) bei/bringen*
être à la merci de qqn / être exposé à qch jdm / etwas (D) ausgesetzt sein*
expérimenter / vivre qch etwas (A) aus/leben
faire de la recherche [nach etwas (D)] forschen
faire des expériences scientifiques experimentieren
inventer qch etwas (A) erfinden (a, u)
mettre en danger qqn / qch jdn / etwas (A) gefährden
nuire à qqn / qch jm / etwas (D) schaden
porter la responsabilité de qch Verantwortung für etwas (A) tragen (ä ; u, a)
produire qch etwas (A) produzieren / her/stellen
progresser / faire des progrès fort/schreiten (i, i) / Fortschritte machen
protéger / préserver qch etwas (A) schützen / etwas (A) schonen
régresser Rückschritte machen
remettre qch en question etwas (A) infrage stellen
remplacer qch etwas (A) ersetzen
rendre possible qch etwas (A) ermöglichen
résoudre qch etwas (A) lösen
s'améliorer sich (A) verbessern
se dégrader sich (A) verschlechtern
simplifier qch etwas (A) vereinfachen
supprimer qch etwas (A) ab/schaffen

7 Diversité et inclusion / *Vielfalt und Einbeziehung*

A Noms et expressions avec des noms

la diversité die Vielfalt
l'abîme / le fossé die Kluft / die Schere
l'aide sociale die soziale Hilfe
le caractère inoffensif die Harmlosigkeit
le chômage die Arbeitslosigkeit
le devoir d'inclusion die Einbeziehungspflicht
le don (d'argent) die Spende(n)
le fait de fuir la compagnie des hommes die Menschenscheu
l'impuissance die Wehrlosigkeit
le / la malade der / die Kranke *(adj. subst.)*
la misère die Armseligkeit / das Elend
le / la pauvre der / die Arme *(adj. subst.)*
la personne âgée der Senior(en)
le / la sans-abri der / die Obdachlose *(adj. subst.)*
le semblable der Mitmensch(en, en)
l'inclusion die Einbeziehung
l'absence de protection die Schutzlosigkeit
l'assistant(e) social(e) der Sozialarbeiter(-) / die Sozialarbeiterin(nen)
les charges sociales / prélèvements sociaux die Sozialabgaben
le chômeur / la chômeuse der / die Arbeitslose *(adj. subst.)*
la différence der Unterschied(e)
le donateur / la donatrice der Spender(-) / die Spenderin(nen)
le / la handicapé(e) der / die Behinderte *(adj. subst.)*
l'indigné(e) der / die Empörte *(adj. subst.)*
le migrant der Migrant(en, en)
le / la nécessiteux(-se) der / die Bedürftigte *(adj. subst.)*
la pauvreté die Armut
le réfugié der Flüchtling(e)
le / la persécuté(e) der / die Verfolgte *(adj. subst.)*
la solitude die Einsamkeit

B Adjectifs

discriminé diskriminiert
handicapé behindert
impuissant / sans défense wehrlos
indigné empört
inoffensif harmlos
malade krank
misérable armselig
nécessiteux bedürftig
pauvre arm
qui fuit la compagnie des hommes menschenscheu
sans abri obdachlos
sans défense schutzlos
serviable hilfsbereit
seul / solitaire einsam
sociable kontaktfreudig
solidaire solidarisch
varié / divers vielfältig / facettenreich
volontaire freiwillig

C Verbes et expressions avec des verbes

accompagner qqn jdn begleiten
accueillir qqn jdn auf/nehmen (i ; a, o)
aider qqn jdm helfen (i ; a, o)
apporter son aide à qqn jdm Hilfe leisten
avoir besoin d'aide Hilfe brauchen
avoir une dette de reconnaissance envers qqn jdm für etwas (A) Dank schulden
distribuer qch (à qqn) etwas (A) (an jdn) verteilen / (jdm) etwas (A) aus/teilen
donner qch à qqn jdm etwas (A) geben (i ; a, e)
être discriminé(e) (par qqn) (von jdm) diskriminiert werden (i ; u, o)
être en fuite auf der Flucht sein*
être harcelé(e) (par qqn) (von jdm) gemobbt werden (i ; u, o)
être persécuté(e) (par qqn) (von jdm) verfolgt werden (i ; u, o)
être redevable à qqn d'un service jdm für seine Hilfe zu Dank verpflichtet sein*
être volontaire Freiwilliger / Freiwillige sein*
expliquer qch à qqn jdm etwas (A) erklären
faire un don Geld spenden
fuir son pays aus seiner Heimat fliehen (o, o) / flüchten
inclure / impliquer qqn (dans qch) / associer qqn (à qch) jdn (in etwas [A]) ein/beziehen (o, o)
montrer qch à qqn jdm etwas (A) zeigen
offrir qch à qqn jdm etwas (A) schenken
participer aux tâches ménagères zu Hause mit/helfen (i ; a, o)
quitter qch / qqn jdn / etwas (A) verlassen (ä ; ie, a)
remercier qqn jdm danken
s'engager (bénévolement) (pour qqn) (auprès d'une organisation) sich (A) (ehrenamtlich) (für jdn) (in einer Organisation) engagieren
s'enrichir au contact de qqn / grâce à qch sich (A) von etwas (D) / dank jdm bereichert fühlen
s'occuper de qqn / qch sich (A) um jdn / etwas (A) kümmern
se sentir concerné par qqn / qch sich (A) von jdm / etwas (D) angesprochen / betroffen fühlen
travailler bénévolement à l'étranger freiwillig im Ausland arbeiten
vivre dans le besoin in Not leben

8 Territoire et mémoire / *Territorium und Gedächtnis*

A Noms et expressions avec des noms

le territoire das Territorium (die Territorien) / das Gebiet(e)
l'Est / l'Ouest / le Nord / le Sud der Osten / der Westen / der Norden / der Süden
la création / la fondation de qch die Gründung etwas (G)
la frontière die Grenze(n)
le pays das Land (die Länder)
l'État der Staat(en)
l'Empire allemand das Deutsche Kaiserreich
la Première / Seconde Guerre mondiale der Erste / Zweite Weltkrieg
la démocratie die Demokratie(n)
la dictature die Diktatur(en)
le Troisième Reich das Dritte Reich

la division de l'Allemagne die Teilung Deutschlands

la République fédérale d'Allemagne (RFA) die Bundesrepublik Deutschland (BRD)

le Land das Bundesland (die Bundesländer)

la République démocratique allemande (RDA) die Deutsche Demokratische Republik (DDR)

la construction du mur de Berlin der Bau der Berliner Mauer / der Mauerbau

la chute du mur de Berlin der Fall der Berliner Mauer / der Mauerfall

la réunification die Wiedervereinigung

le « tournant » (processus qui à conduit à la réunification) die Wende

l'unification / l'unité allemande die Einigung / die deutsche Einheit

la mémoire das Gedächtnis

l'Allemand / l'Allemande der / die Deutsche *(adj. subst.)*

l'aspect économique / social der wirtschaftliche(n) / gesellschaftliche(n) Aspekt(e)

l'économie die Wirtschaft

l'histoire (la plus récente de l'Allemagne) die (jüngste) Geschichte Deutschlands

la société die Gesellschaft

le devoir de mémoire die Erinnerungspflicht

le fait d'assumer son passé die Vergangenheitsbewältigung

le mémorial die Gedenkstätte(n)

le lieu du souvenir der Erinnerungsort(e)

la marque / l'empreinte die Prägung

le monument commémoratif das Mahnmal(e) / das Denkmal (die Denkmäler)

le souvenir (de qqn / qch) die Erinnerung (an jdn / etwas [A])

le témoin der Zeitzeuge(n, n)

le témoignage das Zeitzeugnis(se)

la tentative der Versuch(e)

le travail de mémoire die Erinnerungskultur

les traces de l'Histoire die Spuren der Geschichte

la victime das Opfer(-)

B Adjectifs

économique wirtschaftlich

faible schwach

fédéral föderal

fort stark

historique geschichtlich / historisch

social gesellschaftlich / sozial

C Verbes et expressions avec des verbes

assumer son passé die Vergangenheit bewältigen

avoir du mal à assumer son passé sich (A) mit der Vergangenheitsbewältigung schwer/tun (a, a)

caractériser qqn / qch jdn / etwas (A) charakterisieren / kennzeichnen

commémorer qch etwas (G) gedenken (a, a)

conquérir un territoire ein Gebiet erobern

construire un mur eine Mauer bauen

entretenir la mémoire de qqn / qch die Erinnerung an jdn / etwas (A) wach/halten (ä ; ie ; a) / aufrecht erhalten (ä ; ie ; a)

essayer de faire qch versuchen, etwas (A) zu tun

être attaqué(e) angegriffen werden (i ; u, o)

être détruit(e) zerstört werden (i ; u, o)

être divisé(e) geteilt werden (i ; u, o)

être exterminé(e) (en parlant d'une personne) / anéanti(e) (en parlant d'une chose) vernichtet werden (i ; u, o)

être fondé(e) gegründet werden (i ; u, o)

être influencé(e) par qqn / qch von jdm / etwas (D) beeinflusst werden (i ; u, o)

être libéré(e) befreit werden (i ; u, o)

être occupé(e) besetzt werden (i ; u, o)

être réuni(e) vereinigt werden (i ; u, o)

être séparé(e) getrennt werden (i ; u, o)

être unifié(e) geeinigt werden (i ; u, o)

influencer / marquer qqn /qch jdn / etwas (A) prägen

laisser des traces Spuren hinterlassen (ä ; ie, a)

se confronter à son passé sich (A) mit der Vergangenheit auseinander/setzen

se distinguer par qch sich (A) durch etwas (A) unterscheiden (ie, ie)

se souvenir de qqn / qch sich (A) an jdn / etwas (A) erinnern

Enseignement scientifique

(Enseignement commun)

CONTRÔLE CONTINU

Définition du contrôle continu et conseils

L'enseignement commun d'enseignement scientifique fait l'objet de **contrôles en classe** tout au long de l'année. L'ensemble de vos notes servira à établir votre moyenne générale prise en compte dans le cadre du **contrôle continu**.
Cette moyenne comptera pour 3 % de votre note finale au Bac.

	Coefficient
Moyenne de Première	3
Moyenne de Terminale	3

Attention !
Sur les deux années de votre cycle terminal, le contrôle continu en Enseignement Scientifique comptera donc pour 6 % de votre note finale au Bac.

Exercices possibles de contrôle continu

- **Chaque exercice** porte sur **un ou deux thèmes du programme**.
- Les exercices font appel aux **compétences** suivantes : exploiter des documents ; organiser, effectuer et contrôler des calculs ; rédiger une argumentation scientifique. Chaque exercice évalue plus particulièrement une ou deux de ces compétences.
- Les exercices peuvent être de **formes diverses** : de la question ouverte jusqu'au questionnaire à choix multiples.

Organisation pendant l'année

Réussir tout au long de l'année

- **Travaillez régulièrement** chacun des thèmes et chacune des compétences développées dans les différents champs disciplinaires de l'enseignement scientifique.
- **Refaites les différents devoirs et évaluations de l'année**, en appliquant les **conseils donnés sur votre copie par votre professeur** et vérifiez votre travail avec le corrigé que votre professeur aura fait en classe ou vous aura remis.
- **N'hésitez surtout pas à demander des explications supplémentaires à vos enseignants** si des points restent encore obscurs.

À faire le jour du contrôle

- Prenez le temps de **lire attentivement le sujet** et **surlignez** toutes les **données numériques**.
- **Laissez de l'espace** si vous n'arrivez pas à répondre à une question, car vous pourrez toujours y revenir un peu plus tard.
- **Commencez une nouvelle page** pour chaque exercice, afin d'aérer la copie.
- Gardez **10 minutes** à la fin du contrôle pour **relire attentivement votre copie**.

Vérifiez que :
– vous n'avez oublié aucune unité lors des applications numériques ;
– les schémas que vous avez faits sont légendés ;
– les grandeurs portées sur les axes des graphiques que vous avez réalisés sont indiquées ;
– vous n'avez pas oublié de rendre les annexes, etc.

1 L'atmosphère terrestre et la vie

Depuis que la Terre s'est formée, à peu près en même temps que tout le système solaire, sa surface, et plus particulièrement son atmosphère, a été modifiée permettant l'émergence de la vie. **Comment atmosphère et vie sont-elles liées sur Terre ?**

1 L'atmosphère terrestre à l'origine de la vie

A L'évolution de l'atmosphère primitive

Il est possible de retrouver la composition de l'atmosphère primitive terrestre d'il y a 4,6 milliards d'années. Pour cela, on analyse les **gaz produits lors du volcanisme actuel** ou bien les gaz libérés lors de la **fusion de météorites primitives**. On obtient alors des compositions semblables qui permettent de déduire que l'atmosphère primitive était composée de N_2, CO_2 et H_2O. Depuis, elle a évolué pour atteindre sa composition actuelle : environ 78 % de N_2 et 21 % de O_2, avec des traces d'autres gaz (dont H_2O, CO_2, CH_4, N_2O).

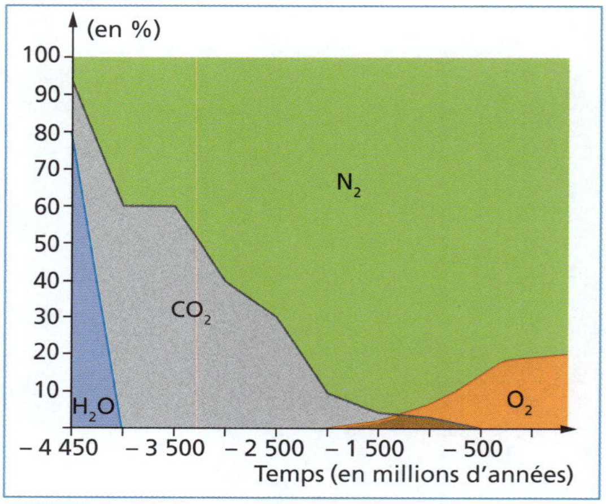

▲ L'évolution de la composition de l'atmosphère terrestre.

A L'apparition de la vie

L'étude d'un diagramme d'état de l'eau montre qu'en faisant varier la température et la pression, on peut faire varier l'état de l'eau. Lorsque la Terre s'est formée, c'était une boule de matière très chaude qui s'est refroidie par la suite. Ce refroidissement a permis la **liquéfaction** de l'eau atmosphérique gazeuse. Ce phénomène est responsable de la formation de l'**hydrosphère**, principalement constituée des océans où la vie est apparue et s'est développée.

> **Mot-clé**
> **Liquéfaction :** passage de l'état gazeux à l'état liquide.

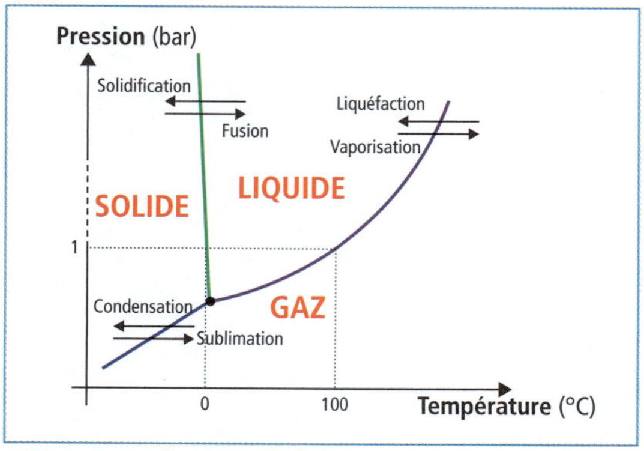

▲ Diagramme des états de l'eau

2 La vie et l'évolution de l'atmosphère terrestre

A Les premières formes de vie et la production d'O_2

Les premières formes avérées de vie sont trouvées dans des structures datées de 3,5 milliards d'années : les **stromatolithes**. Les stromatolithes actuelles se forment dans des eaux peu profondes. Ce sont des alternances de couches de bactéries pratiquant la photosynthèse et de couches minérales. On a des indices chimiques de l'apparition de la vie à 3,8 milliards d'années. Les bactéries réalisaient, comme actuellement, le métabolisme de la photosynthèse et libéraient donc dans le milieu de l'O_2.

B De l'O_2 dans l'hydrosphère puis dans l'atmosphère

- Dans un premier temps, le dioxygène a été libéré dans le milieu aquatique où il a permis l'oxydation d'espèces chimiques réduites. Les **fers rubanés** attestent de cette oxydation. Ces fers rubanés sont constitués de Fe^{3+} oxydés. Ce fer provient de l'érosion de roches du milieu continental mais sous sa forme réduite Fe^{2+}. Tant qu'il est réduit , le fer est soluble mais dès qu'il est oxydé, il devient insoluble et précipite.

- On trouve des fers rubanés sur Terre entre 3,5 et 1,9 milliards d'années. Après 1,9 milliards d'années, il ne s'en forme plus. Cela est dû à la **présence importante de dioxygène dans l'atmosphère**.

- D'autres indices géologiques permettent de dater l'apparition du dioxygène dans l'atmosphère. On trouve des **paléosols rouges** formés dans le domaine continental. La couleur rouge de ces sols est due à du fer oxydé par le dioxygène de l'atmosphère. Les premiers paléosols rouges sont anciens de 2,2 milliards d'années et attestent de la présence de dioxygène dans l'atmosphère. Les spécialistes estiment donc que **l'oxygénation de l'atmosphère a débuté il y a 2,4 milliards d'années**. La concentration atmosphérique actuelle en dioxygène a été atteinte, il y a 500 millions d'années.

- Actuellement, la source atmosphérique du dioxygène est la photosynthèse, assurée par les êtres vivants, alors que les **puits**, qui consomment ce dioxygène, sont la respiration assurée par les êtres vivants mais aussi les processus de combustion consommatrice de O_2.

> **Zoom**
> **La notion de puits**, à propos des gaz atmosphériques, désigne tous les processus conduisant à extraire un gaz de l'atmosphère.

C Conséquences sur la biodiversité

- Le dioxygène produit par la photosynthèse a dans un premier temps été « capturé » par l'oxydation de composés réduits. Dans un second temps, il a oxygéné l'eau océanique puis l'atmosphère. **Cette oxygénation a permis l'évolution de la biodiversité**.

- Dans un premier temps on trouvait, sur Terre, deux types d'organismes pouvant vivre sans dioxygène. Ceux qui réalisaient la **photosynthèse**, comme les cyanobactéries. Et les organismes qui vivaient grâce aux **fermentations**.

- Pour les spécialistes, l'oxygénation de l'océan et de l'atmosphère a été toxique pour le deuxième groupes d'organismes. **De nombreuses espèces se sont éteintes**. C'est la première extinction de la biodiversité.

- Par la suite de nouvelles espèces sont apparues capables de survivre dans un milieu oxygéné et pouvant réaliser un **nouveau métabolisme, la respiration**.

- Les interactions entre l'atmosphère et la biosphère ont donc contribué à des modifications de la biodiversité.

3 De l'O_2 à l'O_3

> **Mot-clé**
> **Photochimique :** qui nécessite un rayonnement électromagnétique, tel que les UV, le visible ou l'IR.

• Sous l'effet du rayonnement ultraviolet solaire, le dioxygène stratosphérique peut se dissocier, donnant naissance à deux atomes d'oxygène : $O_2 \rightarrow 2O$. Ces atomes d'oxygène vont ensuite réagir avec du dioxygène, initiant une transformation chimique qui aboutit à la formation d'**ozone** :

$$O_2 + O \rightarrow O_3.$$

• Celui-ci constitue une **couche** permanente de concentration maximale située à une altitude d'environ 30 km dans la **stratosphère**.

• Les différentes transformations entre le dioxygène et l'ozone sont des transformations **photochimiques** qui vont absorber une grande partie du rayonnement ultraviolet solaire (entre 200 et 400 nm). L'ADN présentant un pic d'**absorbance** à 260 nm. Les mutations induites sont le plus souvent délétères, elles conduisent à la mort des cellules dans les organismes. L'absorption des UV protège ainsi les êtres vivants de ses effets mutagènes.

• Au cours de l'histoire de la Terre, l'ozone s'est formée dès que du dioxygène s'est accumulé dans l'atmosphère. Sa teneur est devenue importante et donc protectrice il y a 800 millions d'années. Les **premières formes de vie continentales** en dehors des océans ont pu alors se développer.

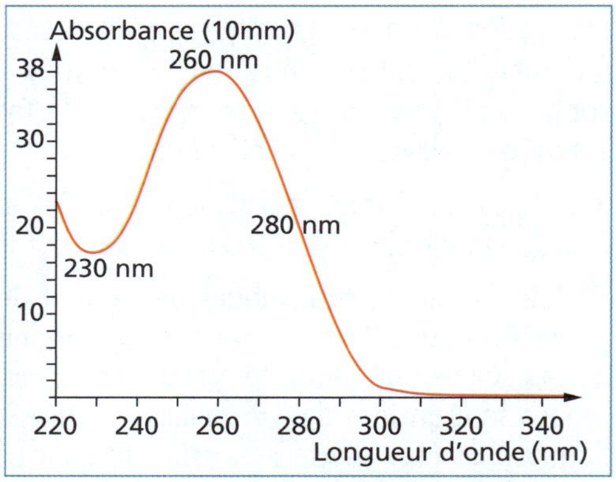

▲ Spectre d'absorption de la molécule d'ADN.

2 La complexité du système climatique

Le système climatique terrestre est soumis à des variations naturelles. Mais l'action de l'humanité conduit à perturber ce système. **Comment le système Terre réagit-il face à cette perturbation ?**

1 Les variations climatiques naturelles

A Différents climats terrestres

- Chaque climat est défini par un **ensemble de grandeurs atmosphériques moyennes :** température, pression, degré d'hygrométrie (humidité de l'air), pluviométrie (quantité et qualité des précipitations), nébulosité (couverture nuageuse), vitesse et direction des vents. Ces grandeurs moyennes sont observées dans une région et pour une période données.

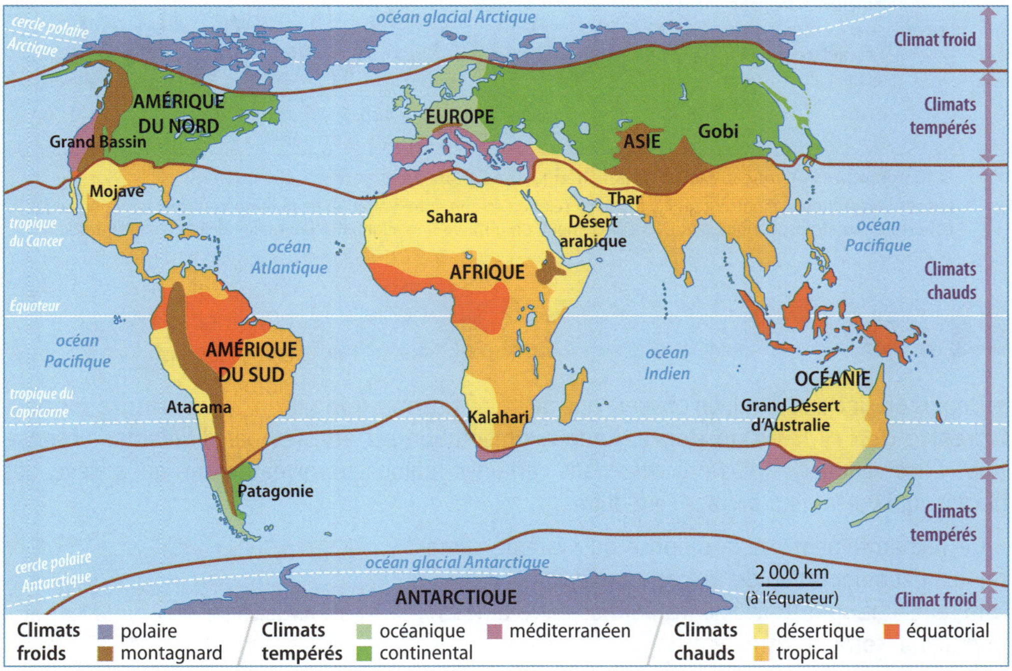

▲ Les climats terrestres.

- On distingue **météorologie** et **climatologie**.

– La météorologie cherche à prévoir les phénomènes atmosphériques sur des périodes qui vont de la journée à quelques semaines.

– La climatologie étudie les variations d'un climat local ou bien du climat global sur des périodes de temps plus longues : années, siècles ou millénaires.

B Des variations passées

• **Les variations climatiques**, étudiées principalement par le calcul de la température moyenne de la Terre, sont identifiées par différents outils :
– des mesures de terrain ou bien à partir de l'espace par des satellites ;
– la mesure du niveau des océans ;
– l'estimation de l'étendue des glaces polaires et glaciers ;
– l'étude des pollens dans les tourbes…

• Les données obtenues montrent que **le climat terrestre présente une variabilité naturelle sur différentes échelles de temps**.

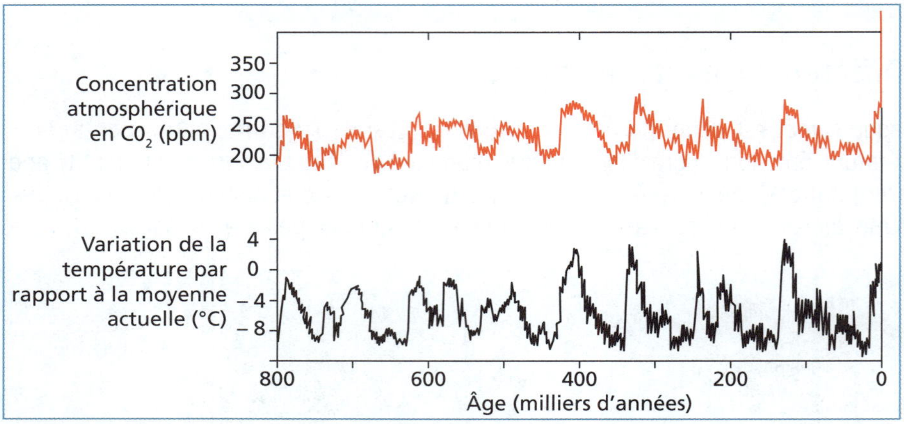

▲ **Températures et concentration atmosphérique en CO_2 lors des derniers 800 000 ans.**
Les résultats obtenus montrent qu'il y a une corrélation étroite entre variation de la température et variation de la concentration atmosphérique en CO_2. Actuellement, on observe une augmentation rapide de cette concentration.

2 Les variations climatiques actuelles

• Depuis un siècle et demi, on observe une **augmentation rapide de la température globale terrestre de l'ordre d'un degré**. Cette augmentation est attestée par différentes observations : des vendanges plus précoces dans certaines régions, un niveau marin qui s'élève, des glaciers qui voient leur surface se réduire...

• Ce réchauffement est la réponse du système climatique à l'augmentation du **forçage radiatif**.
Différents gaz sont trouvés dans l'atmosphère terrestre. Certains absorbent fortement dans l'infrarouge et sont à l'origine de ce forçage. Ce sont les gaz à effet de serre (GES) : le CO_2, le CH_4, le N_2O mais aussi l'eau gazeuse (H_2O).
L'atmosphère terrestre a toujours contenu des GES. Avant l'ère préindustrielle, il existait un équilibre radiatif entre la puissance radiative reçue et celle émise. La puissance additionnelle actuelle perturbe cet équilibre.
Actuellement, on observe une augmentation de la concentration des GES du fait des différentes activités industrielles de l'humanité. L'atmosphère absorbe davantage le rayonnement thermique infrarouge émis par la surface terrestre. De ce fait la puissance radiative reçue par cette surface de la part de l'atmosphère augmente.

Mot-clé
Forçage radiatif : différence entre l'énergie radiative reçue par la Terre et l'énergie radiative qu'elle émet.

• **Le surplus radiatif est stocké par différents compartiments :** les océans, l'atmosphère et les sols. La température moyenne terrestre augmente. Mais cela conduit aussi à une montée du niveau des océans.

3 Un système climatique dynamique

Le système climatique est impacté par l'augmentation des concentrations atmosphériques en GES. L'augmentation de la température qui en résulte a différents impacts qui conduisent à des rétroactions diverses.

A Rétroactions positives

• L'augmentation de la température a des conséquences qui amplifient son évolution. Il s'agit de **rétroactions positives**.
– Du fait de l'augmentation de la température, il y a une évaporation plus importante au niveau des océans. L'atmosphère s'enrichit alors en H_2O gazeux, gaz à effet de serre. La température augmente.
– L'augmentation de la température conduit à ce que la surface recouverte par les glaces diminue. Cela conduit à une diminution de l'**albédo terrestre**.
Plus une surface réfléchit la puissance incidente, plus son albédo est forte et donc, moins elle absorbe cette puissance, alors elle émet un rayonnement infrarouge plus faible. Ainsi, si l'albédo terrestre diminue, le rayonnement infrarouge émis par la surface terrestre augmente. Cela contribue à amplifier l'augmentation de la température.
– L'augmentation de la température conduit aussi à un dégel du permafrost. Sous ce terme, on désigne des sols arctiques gelés. Dans ces sols, ont été piégés des quantités énormes de GES. Leur dégel conduit donc à libérer ces gaz dans l'atmosphère. L'effet de serre se trouve donc amplifié. Là aussi l'augmentation de la température se trouve amplifié.

Zoom
Par **rétroaction**, on désigne une action en retour sur une cause. Ici, les GES conduisent à une augmentation de la température qui a des conséquences. Ces conséquences modulent l'augmentation de température en plus ou en moins.

Mot-clé
Albédo : rapport de la puissance radiative réfléchie par la surface terrestre sur la puissance radiative incidente.

• Les surplus énergétiques sont absorbés en grande partie par les océans. Cela permet actuellement d'amortir l'augmentation de température. Mais cela conduit à une élévation du niveau marin. En effet, des eaux plus chaudes se dilatent et occupent plus de place. **L'augmentation du niveau marin est amplifiée par la fonte des glaces continentales.**

Zoom
La fonte des glaces océaniques ne conduit pas à une élévation du niveau marin.

• L'accumulation d'énergie dans les océans conduit à ce que le réchauffement climatique soit durable et irréversible à des échelles de temps de plusieurs siècles.

B Rétroaction négative

Actuellement, l'augmentation de la température associée à l'augmentation de la concentration atmosphérique en CO_2 conduit à un accroissement de la **végétalisation**. Les organismes chlorophyllliens (marins et continentaux) se développent beaucoup plus que par le passé. Pour cela, ils réalisent le métabolisme de la photosynthèse qui nécessite du CO_2. Ainsi, ces organismes constituent-ils un puits de CO_2. L'effet de ce piégeage constitue une rétroaction négative. Dans les faits, **le piégeage du CO_2 a un effet stabilisateur de la température**.

3 Le climat du futur

Les scientifiques élaborent des modèles climatiques qu'ils extrapolent pour déterminer des évolutions possibles du système climatique. **Quelles prévisions sont élaborées à partir des modèles climatiques ?**

1 L'élaboration des modèles climatiques

• Les modèles climatiques sont élaborés par des scientifiques à partir de **différents « phénomènes » qui interagissent avec le système climatique** :
– les échanges d'énergie radiative entre différents compartiments terrestres : sol, océan, atmosphère ;
– le devenir de la puissance radiative incidente au travers de l'atmosphère terrestre, et plus particulièrement l'influence des gaz à effet de serre (GES) dans ce devenir ;
– la circulation des masses atmosphériques et hydrosphériques ;
– la formation et la fonte des glaces ;
– la couverture nuageuse ;
– les diverses rétroactions évoquées dans le chapitre précédent.

• Ces différents phénomènes sont **mis en équations puis modélisés de façon informatique**. Des lignes de codes sont alors écrites pour décrire les différentes interactions entre les phénomènes évoqués et le système climatique.

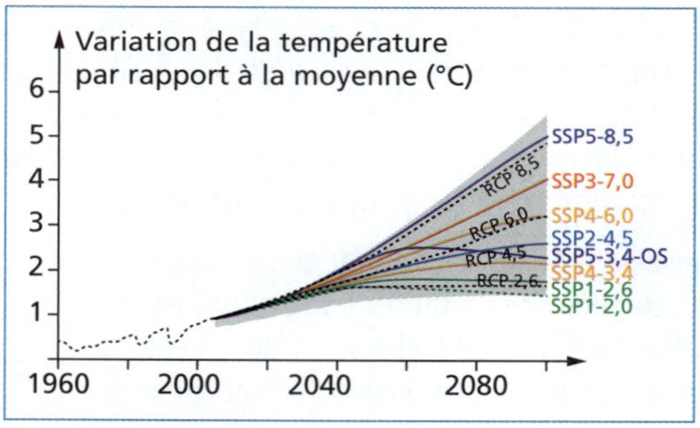

▲ Détermination des variations de températures selon différents modèle (Source : Riahi et al., 2016).

• De nombreuses équipes travaillent sur l'élaboration de modèles. Toutes s'appuient sur les évolutions climatiques des dernières décennies pour **estimer les variations climatiques globales** ou bien locales à venir sur les décennies ou les siècles.

2 La mise en œuvre des modèles

A Des certitudes sur le passé

• Tous les modèles s'appuient sur des **analyses scientifiques** qui combinent des observations, des éléments théoriques et des modélisations numériques.

• Tous s'accordent à conclure que l'augmentation de la température moyenne depuis le développement de l'ère industrielle est d'**origine anthropique**. C'est l'humanité qui a provoqué cette augmentation par différentes activités :

> **Mot-clé**
> **Anthropique :** qui résulte de l'intervention humaine.

– la combustion de combustibles fossiles, la réduction des surfaces « puits de CO_2 » par la déforestation et les rejets de CO_2 liés à la production de ciment ont contribué à enrichir l'atmosphère en CO_2, gaz à effet de serre ;
– l'exploitation des réserves de méthane (CH_4) et les fuites de gaz associées, la fermentation dans les décharges mais aussi les activités d'élevage agricole ont conduit à enrichir l'atmosphère en CH_4, autre gaz à effet de serre.

B Les prévisions des modèles

• Les modèles climatiques diffèrent par la prise en compte des **quantités de GES émises**. Aussi, leurs prévisions ne semblent pas cohérentes entre elles. En fait, ce sont les fourchettes des variations qui diffèrent entre les modèles.

• Tous s'accordent à prévoir **différents phénomènes pour les décennies à venir** :
– une augmentation de 1,5 à 5°C de la température moyenne de 2017 à la fin du XXIe siècle ;
– une élévation du niveau des océans d'ici la fin du XXIe siècle pouvant atteindre 1 mètre ;
– des changements des régimes des précipitations et la survenue d'événements climatiques extrêmes (ouragans plus fréquents, périodes de canicule renforcées…) ;
– une acidification des océans du fait du piégeage du CO_2 dans les eaux qui conduit à former l'acide carbonique (H_2CO_3) ;
– une modification majeure des paramètres physico-chimiques des écosystèmes continentaux et océaniques et ainsi une modification majeure de la biodiversité de ces écosystèmes.

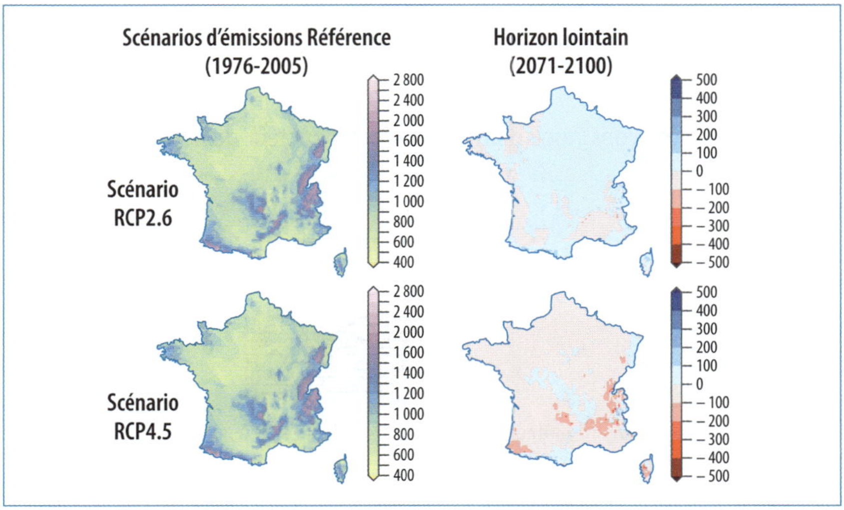

▲ Prévisions de l'évolution des précipitations en métropole selon deux modèles.

4 Deux siècles d'énergie électrique

L'énergie la plus utilisée de nos jours est l'énergie électrique et les efforts constants des scientifiques ont porté sur la création et le développement de générateurs de plus en plus performants et de plus en plus « verts ». **Comment fonctionnent ces générateurs électriques ?**

1 Les alternateurs

A Découverte

• En septembre 1821, un scientifique anglais, Michael Faraday (1791-1867) montre qu'un courant électrique peut, en créant un champ magnétique, conduire à la mise en mouvement d'objets, annonçant ainsi l'apparition des « moteurs » électriques. Il faut attendre 1831 pour que Faraday fasse l'observation des « courants induits » qui amènera à la construction des premières génératrices. L'idée est simple : si on peut obtenir un aimant à l'aide d'un courant électrique, alors un courant électrique peut être obtenu à l'aide d'un aimant. C'est **l'induction électromagnétique** qui sera théorisée par James Clerk Maxwell (1831-1879) en 1873. Faraday ouvre ainsi la voie à la création de nombreuses applications, telles que les bobines, les transformateurs, les alternateurs…

• Un **alternateur** est une machine rotative qui convertit une énergie mécanique en énergie électrique, c'est-à-dire en une tension variable au cours du temps. Il est constitué de deux parties :

– une partie mobile qui va tourner, le rotor. Celui-ci est généralement constitué d'un aimant ou d'un électroaimant. À un aimant (ou électroaimant) sont associés deux pôles (généralement Nord et Sud).

– une partie fixe, le stator, constituée d'un bobinage conducteur du courant électrique.

> **Zoom**
> Si l'alternateur comporte trois bobines de fils disposées à 120° les unes par rapport aux autres, alors on obtiendra un **courant triphasé**.

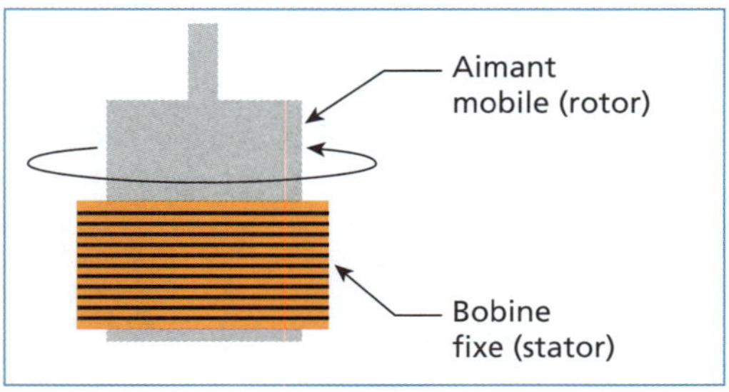

Modèle d'un alternateur. ▶

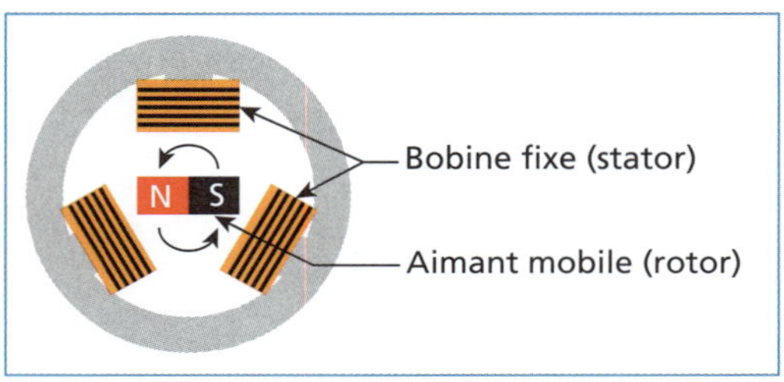

Alternateur avec trois bobines produisant un signal triphasé. ▶

• On peut aussi trouver des alternateurs pour lesquels la partie fixe est la source de champ magnétique et la partie mobile le conducteur.

B Propriétés

• **La tension de sortie du signal est alternative** et sa fréquence dépend directement de la vitesse de rotation du rotor. Pour produire un signal de fréquence 50 Hz, le rotor doit tourner à 50 tours/seconde soit 3 000 tours/minute. Mais si on augmente le nombre de paires de pôles magnétiques tournant, on peut alors diminuer la vitesse de rotation de la machine, tout en gardant la même fréquence de sortie. Ainsi, si le rotor est constitué de trois paires de pôles, pour fournir une fréquence de 50 Hz, une rotation de 1 000 tours/minute est suffisante.

• La valeur de la tension de sortie est elle aussi proportionnelle à la vitesse de rotation du rotor.

• Le rendement d'un alternateur est égal au rapport de l'énergie électrique obtenue par l'énergie mécanique fournie :

$$r = \frac{E_{électrique}}{E_{mécanique}}.$$

• Il est potentiellement très proche de 1 (≈ 0,95) et peut-être amélioré en insérant à l'intérieur de l'alternateur un noyau de fer doux qui va canaliser les lignes de champ magnétique.

2 Les semi-conducteurs

A Spectres de raies

• Au début du XXe siècle, la physique a connu une **révolution conceptuelle** à travers la **vision quantique**. Il a ainsi été possible d'expliquer la nature des raies présentes dans les spectres d'émission atomiques.

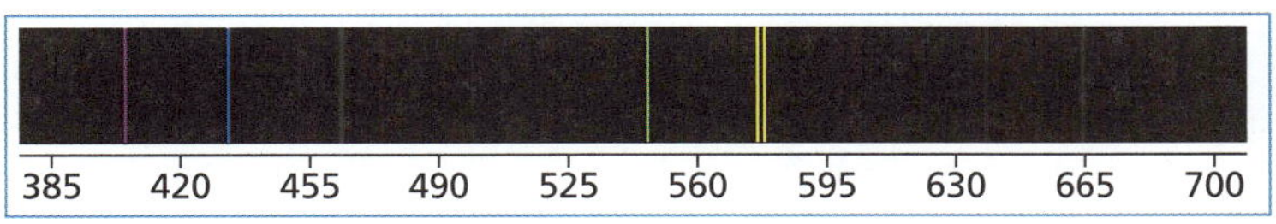

▲ Spectre d'émission du mercure.

• **Les niveaux d'énergie d'un atome sont quantifiés**, et lorsqu'un atome absorbe de l'énergie sous forme de photons (on dit alors qu'il est excité), cette énergie va permettre à un de ses électrons de changer de couche électronique, créant ainsi une **transition électronique**. Ensuite, l'atome va se désexciter, permettant à l'électron situé dans une couche d'énergie supérieure de rejoindre une couche d'énergie inférieure. On a alors émission d'un photon dont la longueur d'onde dépend de la différence d'énergie entre les deux états :

$$\lambda = h.\frac{c}{\Delta E} = h.\frac{c}{E_{sup} - E_{inf}}$$

c célérité de la lumière dans le vide, $c = 3{,}0.10^{8}$ m/s,
h constante de Planck, $h = 6{,}63.10^{-34}$ J/s,
E_{sup} et E_{inf} les niveaux d'énergie supérieur et inférieur respectivement en J.

B Théorie des bandes

• En généralisant la notion de niveaux énergétiques et en imaginant la **théorie des bandes**, les scientifiques ont pu expliquer les notions de conducteurs, d'isolant et de semi-conducteur. Dans ce modèle, les électrons ne peuvent prendre que des valeurs d'énergie comprises entre certains intervalles qu'on appelle bandes, et plus particulièrement deux bandes, la **bande de valence** et la **bande de conduction**, séparées par une bande dite **bande interdite**. La bande de valence est la dernière bande complètement remplie et la bande de conduction est la bande disponible suivante.

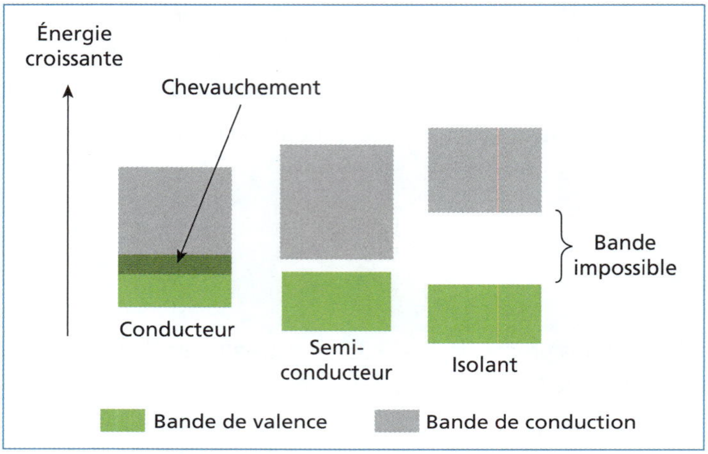

▲ Les bandes de conduction et de valence pour un conducteur, un semi-conducteur et un isolant.

• **Dans un conducteur**, la bande de conduction et la bande de valence se chevauchent. Les électrons peuvent donc passer directement de la bande de valence à la bande de conduction et circuler dans tout le solide.

• **Dans un semi-conducteur**, comme dans un **isolant**, ces deux bandes sont séparées par une bande interdite. Dans un isolant, cette valeur est si grande que les électrons ne peuvent pas passer de la bande de valence à la bande de conduction : les électrons ne circulent pas dans le solide.

• **Dans les semi-conducteurs**, cette valeur est plus petite (1,12 eV pour le silicium par exemple). Si l'on apporte cette énergie aux électrons, ils sont alors capables de passer de la bande de valence à la bande de conduction, et de circuler dans le matériau. Cette énergie est souvent apportée par un rayonnement électromagnétique : c'est **l'effet photoélectrique**, pour lequel on observe une modification de la conductivité sous l'action de la lumière. Ainsi, les semi-conducteurs absorbent l'énergie radiative et la convertissent en énergie électrique, permettant la fabrication de **capteurs photovoltaïques**.

5 Conversion et transport de l'énergie électrique

Les sociétés modernes utilisent majoritairement l'énergie électrique, et les derniers engagements politiques pris vont encore accroître la prédominance de ce type d'énergie. Les prochains défis scientifiques vont donc être de savoir produire en plus grande quantité et de façon éco-responsable cette forme d'énergie. **Comment stocker cette énergie ?**

1 Production d'énergie électrique sans combustion

- Trois méthodes de conversion d'énergie permettent d'obtenir de l'énergie électrique à partir de diverses ressources primaires sans nécessiter de combustion.
- Les différentes conversions possibles :

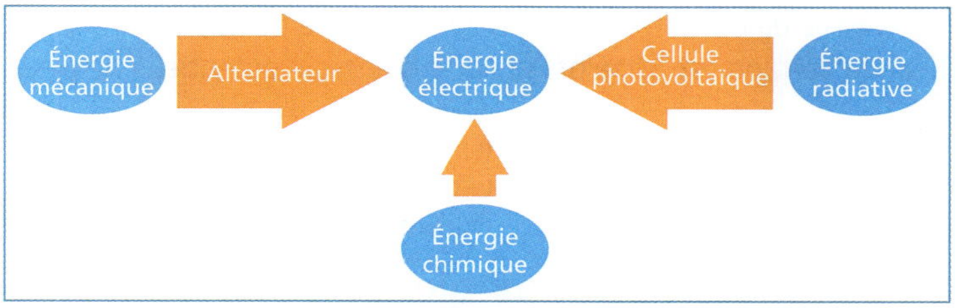

▲ Différentes conversions d'énergies primaires en énergie électrique.

- On définit le **rendement** comme le rapport entre l'énergie électrique récupérée sur l'énergie primaire fournie :

$$r = \frac{E_{électrique}}{E_{primaire}}.$$

- On peut multiplier ce rapport par 100 pour obtenir un pourcentage.

A La conversion d'énergie mécanique

- **La conversion d'énergie mécanique** peut être soit **directe** (dynamos, éoliennes, hydroliennes, barrages hydroélectriques), soit **indirecte** à partir d'énergie thermique (centrales nucléaires, centrales solaires thermiques, géothermie).
- Dans le cas d'une **conversion directe**, l'énergie mécanique est fournie directement au rotor d'un alternateur.

Rappel

L'énergie mécanique est la somme de l'énergie potentielle de pesanteur et de l'énergie cinétique $E_c = \frac{1}{2}mv^2$, avec m masse (en kg) et v vitesse de déplacement (en m/s).

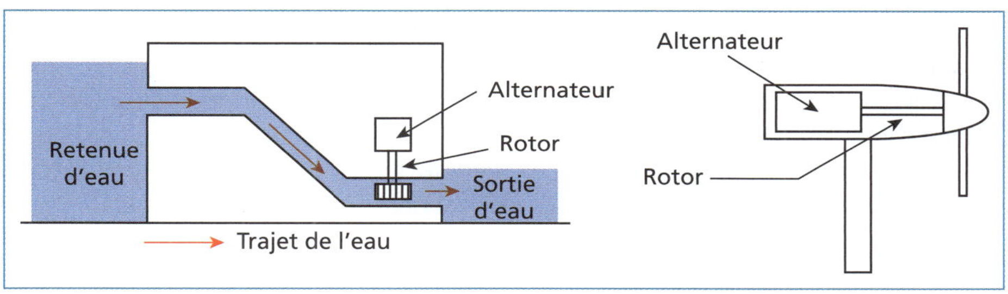

▲ Principe de fonctionnement d'un barrage hydroélectrique et d'une éolienne.

• Dans le cas d'une **conversion indirecte** à partir d'énergie thermique, celle-ci va permettre de chauffer un liquide (eau dans une centrale nucléaire ou pour la géothermie, fluide caloporteur pour une centrale solaire) afin de le vaporiser. Le gaz produit sous pression sera dirigé vers une turbine, qui entrainera la mise en mouvement du rotor d'un alternateur. Le gaz est ensuite refroidi pour se liquéfier, afin de pouvoir à nouveau être vaporisé…

> **Mot-clé**
> **Énergie cinétique :** énergie que possède un corps du fait de son déplacement.

• Pour les éoliennes, hydroliennes et barrages hydroélectriques, l'énergie est récupérée sur le fluide en déplacement (air ou eau), mais elle est toujours inférieure à son énergie cinétique en amont des pales, et on peut montrer que :

$$P_{max} = \frac{16}{27} \times \frac{1}{2} \times \rho \times a \times S \times v^3$$

avec ρ masse volumique du fluide (en kg/m³), *a* coefficient d'atténuation du fluide (sans unité), *S* la surface balayée par les pales (m²) et *v* la vitesse du fluide (en m/s).
Ainsi, plus les pales sont grandes et plus l'énergie récupérée sera importante.

• Pour les barrages hydroélectriques, cette énergie cinétique provient de la variation d'énergie potentielle de pesanteur de l'eau. En effet, si le dénivelé entre le niveau de l'eau en amont et en aval du barrage est Δh, alors la perte d'énergie potentielle de pesanteur de l'eau est de :

$$E_{\text{pot pesanteur}} = m \times g \times \Delta h$$

avec *m* masse de l'eau (en kg), *g* intensité du champ de pesanteur terrestre (en m/s²) et Δh dénivelé (en m).
Cette énergie potentielle de pesanteur est convertie en énergie cinétique, entrainant la mise en mouvement de l'eau.

B La conversion d'énergie radiative

• **La conversion de l'énergie radiative reçue du Soleil** utilise des panneaux photovoltaïques. Par effet photoélectrique, des semi-conducteurs vont faire circuler un courant électrique.

C La conversion électrochimique

• Dans le cas des piles ou accumulateurs conventionnels, une **transformation chimique** va libérer dans un circuit des électrons. Pour les piles à hydrogène (ou pile à combustible), c'est la réaction entre le dihydrogène et le dioxygène qui va libérer des électrons.

• L'énergie que peut fournir une pile est :

$$E = U \times I \times t$$

avec *U* tension de fonctionnement (en V), *I* intensité du courant débitée (en A) et *t* durée d'utilisation (en s).

2 Les inconvénients de la production d'énergie électrique sans combustion

• Dans le cas des barrages hydroélectriques, de larges étendues sont inondées et il a fallu, pour limiter leur impact sur les poissons migrateurs amphihalins, créer des échelles à poissons. Afin de limiter le développement des algues sur les pales des hydroliennes, on utilise une peinture antifouling contenant des produits toxiques pour la faune et la flore. Dans le cas de la géothermie ou des centrales nucléaires, le système de refroidissement utilise de l'eau dont la température est légèrement plus élevée que celle de la rivière dans laquelle elle est rejetée.

• Un autre problème de ces méthodes est la nécessité de trouver toujours plus de nouvelles ressources minières. Par exemple, la construction de cellules photovoltaïques nécessite des métaux (appelés terres rares) dont le prix, pour certains, a augmenté de plus de 80 % en peu de temps.

• Les piles et les panneaux solaires nécessitent un recyclage pour éviter des pollutions chimiques. La filière nucléaire génère d'importantes quantités de déchets radioactifs qu'on ne sait toujours pas traiter. Et les exemples de la tragédie du Vajont (Italie, 1960) ou de Fukushima (Japon, 2011) sont là pour nous rappeler l'existence d'accidents industriels toujours possibles.

3 Stockage de l'énergie électrique

• La production d'énergie électrique n'est pas toujours continue et les besoins de consommation sont variables. Il est donc nécessaire de convertir l'énergie électrique sous une forme stockable. Le choix du dispositif de stockage va dépendre de différents critères, comme la masse des dispositifs, la capacité et la durée de stockage, l'impact écologique.
Le stockage sous forme d'énergie potentielle correspond à ce que l'on fait dans les barrages : si on a un besoin plus important d'énergie électrique, il suffit d'ouvrir plus de vannes. Ce stockage n'est, en revanche, pas réversible, sauf à pomper de l'eau en aval du barrage pour la remettre en amont. Les quantités d'eau retenues étant importantes, c'est une très grosse réserve d'énergie.
Le stockage sous forme d'énergie chimique utilise des **accumulateurs**. Ce sont des dispositifs électrochimiques réversibles, c'est-à-dire capables de fournir de l'électricité (on parle alors de décharge de l'accumulateur) ou d'en stocker (on parle alors de charge de l'accumulateur). Ces dispositifs sont capables de générer des tensions de l'ordre du Volt. Si on a besoin de tensions plus élevées, il suffit de raccorder des éléments du même type en série au sein d'une batterie d'accumulateurs. C'est l'origine du terme « batterie » comme synonyme courant de regroupement d'accumulateurs.

> **Rappel**
> En sciences, on fait la différence entre deux types de **générateurs électrochimiques** : les **piles** et les **accumulateurs**. Les accumulateurs sont rechargeables, alors que les piles ne le sont pas. L'expression « pile rechargeable » est donc une confusion. Mettre une pile en charge est un phénomène dangereux, pouvant conduire à des accidents.

• **Le stockage sous forme d'énergie électromagnétique** utilise des **super-capacités**. Elles sont essentiellement constituées de collecteurs de courant (en métal conducteur), amenant le courant vers deux électrodes (l'anode et la cathode, généralement en charbon actif imbibé d'une solution conductrice organique ou aqueuse apellée électrolyte). Ces deux électrodes sont isolées l'une de l'autre par un séparateur.

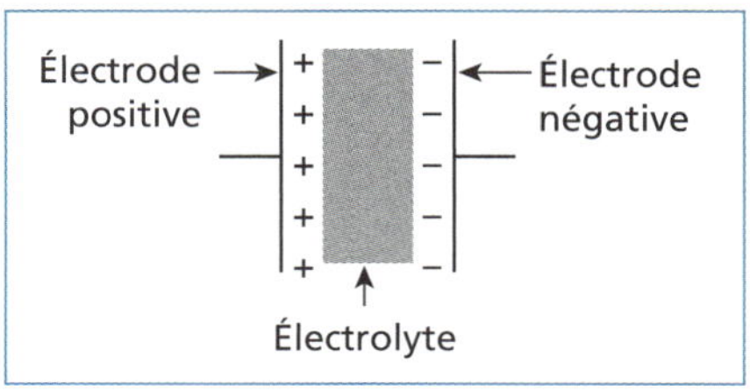

▲ Schéma d'une super capacité.

4 Le transport de l'électricité

A Définition d'un réseau électrique

• Traditionnellement, un **réseau électrique** comprend toujours quatre grandes parties : la production, le transport, la distribution et enfin la consommation. La production est la transformation de l'ensemble des énergies convertibles en énergie électrique, les réseaux de transport et de distribution transportent l'énergie électrique sous une forme triphasée et sinusoïdale dont les caractéristiques sont la fréquence et les niveaux de tension.

B L'effet Joule

• On appelle « effet Joule » le dégagement de chaleur qui accompagne le passage d'un courant électrique dans un matériau conducteur lui opposant une résistance. L'effet Joule résulte du fait que les électrons, en circulant dans le matériau conducteur, font vibrer les atomes qui le constituent. Lorsque les atomes vibrent, la température augmente.

• Cet effet peut présenter un avantage pour le chauffage (chauffage électrique par convecteur, grille-pain, etc.) et l'éclairage (lampe à incandescence) mais est aussi responsable de pertes d'énergie dans les câbles de transport du courant électrique.

• Par définition, la **puissance perdue par effet Joule par un résistor** est :

$P = U_R \times I$ avec U_R tension aux bornes du résistor et I intensité du courant qui le traverse.

• La tension aux bornes d'un résis3tor de résistance R étant, d'après la Loi d'Ohm, égale à $\boldsymbol{U_R = R \times I}$, on obtient, en reportant dans l'expression précédente, $\boldsymbol{P = (R \times I) \times I}$, soit $\boldsymbol{P = R \times I^2}$

ou $\boldsymbol{P = U_R \times \left(\frac{U_R}{R}\right)}$ soit : $\boldsymbol{P = \frac{U_R^{\,2}}{R}}$.

• L'**énergie dissipée par effet Joule dans un résistor** de résistance R, parcouru par un courant d'intensité I pendant une durée Δt est : $E_{Joule} = R \times I^2 \times \Delta t.$

• Plus le câble électrique est long et plus la résistance R de celui-ci sera élevée. Ainsi, si on veut minimiser les pertes dues à l'effet Joule, à puissance transportée constante, il faut donc avoir une intensité la plus faible possible ou une tension aux bornes du résistor la plus faible possible.

• Afin de diminuer l'intensité du courant, on va utiliser des **transformateurs**. Un transformateur est une machine électrique permettant de modifier les valeurs de tension et d'intensité du courant délivré par une source d'énergie électrique alternative, en un système de tension et de courant de valeurs différentes, mais de même fréquence et de même forme. Il effectue cette transformation avec un excellent rendement. Il utilise le principe d'induction magnétique.

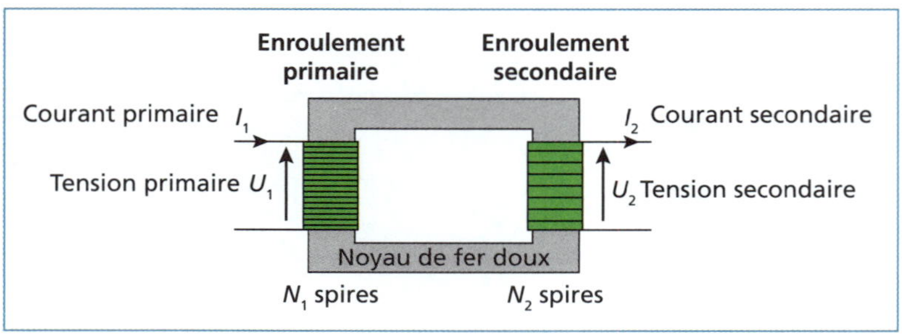

▲ Schéma d'un transformateur.

- On appelle rapport de transformation m le rapport du nombre de spires de l'enroulement secondaire N_2 sur le nombre de spires de l'enroulement primaire N_1 : $\boldsymbol{m = \frac{N_2}{N_1}}$. Ce rapport est aussi égal au rapport des tensions $\boldsymbol{m = \frac{U_2}{U_1}}$.
- De l'égalité des puissances $P_{primaire} = P_{secondaire}$, on obtient $U_1 \times I_1 = U_2 \times I_2$, soit $\frac{U_2}{U_1} = \frac{I_1}{I_2} = m$.

Par conséquent, s'il y a plus de spires au secondaire qu'au primaire ($N_1 < N_2$, soit $m > 1$), l'intensité du courant secondaire sera plus faible que celle du courant primaire. En revanche, la tension secondaire sera plus élevée que la tension primaire. Ainsi, si on souhaite limiter les pertes par effet Joule, il faut minimiser l'intensité dans le secondaire, ce qui conduit par conséquent à augmenter la tension secondaire. C'est pour cela que **l'on transporte l'électricité à très haute tension**.

C La ligne à haute tension

- On peut modéliser une ligne à haute tension par le schéma suivant, dit modélisation en Pi du fait de sa ressemblance avec cette lettre grecque (π).

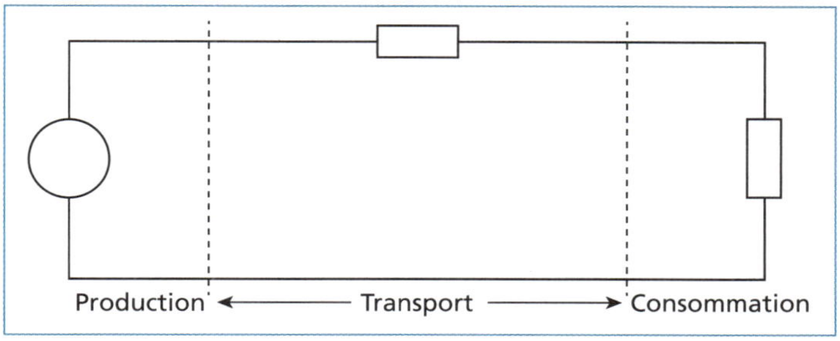

▲ Modèle en Pi d'une ligne à haute tension.

Dans ce modèle, on représente la production par un générateur, le site de consommation par un résistor. Pour simuler les propriétés de la ligne électrique, on l'assimile à un résistor.

5 La distribution de l'électricité

- Un réseau de transport électrique peut être modélisé mathématiquement par un graphe orienté.

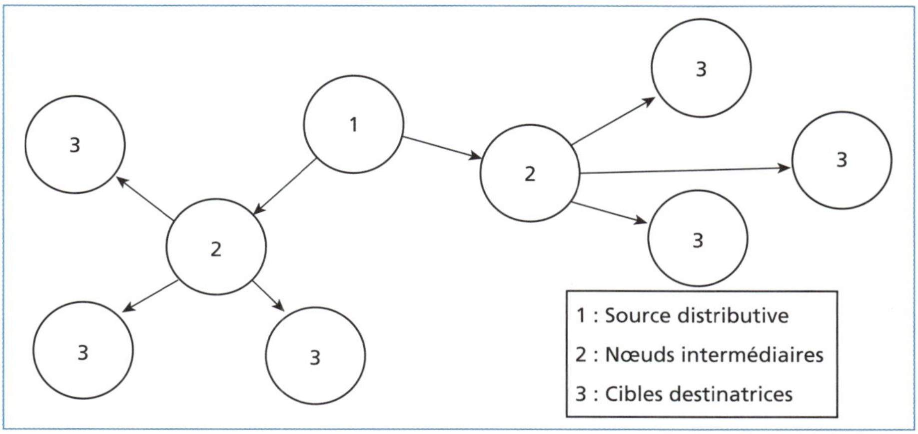

▲ Graphe orienté représentant un réseau de transport électrique.

• Afin de limiter les pertes par effet Joule sur l'ensemble du réseau, on doit imposer certaines contraintes au système.

– Une **source** ne peut produire qu'une certaine puissance électrique. Par exemple, une centrale nucléaire classique fournit une puissance moyenne de 800 MW, alors qu'une éolienne fournit environ 2 MW. C'est pour cela que **l'intensité totale sortant d'une source est limitée par la puissance maximale distribuée.**

– Les **nœuds intermédiaires** sont les endroits où l'électricité arrivant de la source est répartie vers chacune des cibles utilisatrices (maisons, immeubles, usines, infrastructures, etc.). Ces nœuds n'ont aucune consommation électrique. C'est pour cela que **l'intensité totale entrant dans chaque nœud intermédiaire est égale à l'intensité totale qui en sort.**

– Chacune des **cibles destinatrices** de l'électricité doit, pour pouvoir en bénéficier, signer un contrat d'abonnement auprès d'un des différents prestataires d'énergie électrique. Lors de la souscription de ce contrat, l'utilisateur choisit la puissance électrique dont il souhaite bénéficier. Ainsi, la tension nominale du courant électrique du secteur étant de 230 V, un choix de puissance impose la valeur de l'intensité totale arrivant à chaque cible.

6 Énergie, choix de développement et futur climatique

Devant l'urgence du changement climatique et l'impact de notre mode de consommation sur l'environnement, les sociétés amorcent des transitions énergétiques vers des comportements plus éco-responsables. **Quels sont les paramètres sur lesquels il est possible d'agir, individuellement et collectivement ?**

1 Choix énergétiques

A Les objectifs principaux

• Actuellement, la consommation mondiale d'énergie fait majoritairement appel aux combustibles fossiles, principale cause du réchauffement climatique. Afin d'en limiter les effets négatifs, il faut avoir recours à d'autres sources d'énergie, dont l'électricité. Produire de l'électricité sans contribuer au réchauffement climatique, en concevoir le stockage sous d'autres formes, optimiser son transport deviennent ainsi des objectifs majeurs d'une transition climatique et environnementale, et différents critères et paramètres doivent être pris en compte pour y parvenir.

B Les critères à considérer

• **Disponibilité des ressources et adéquation aux besoins.** Dans le cas des pays développés, les sites de production d'énergie sont généralement proches des sites de consommation, alors que dans les pays émergents, ce n'est pas forcément le cas.

> **Exemple**
> Les puits de pétrole du Golfe persique sont éloignés des grands centres urbains.

• **Impacts climatique, écologique, sanitaire, agricole.**
– L'utilisation massive des ressources hydrocarbonées a des conséquences sur le climat, à cause, entre autres, de la production de gaz à effet de serre (dioxyde de carbone principalement).
– Avant de réaliser un ouvrage tel qu'un barrage hydroélectrique, des études sont menées afin de déterminer quelles seront les conséquences, en termes écologiques, de la création d'une retenue d'eau artificielle sur la faune et sur la flore qui seront immergées. Dans certains cas, on a aménagé des échelles à poissons, afin de perturber le moins possible la migration des poissons migrateurs amphihalins.
– La combustion de carburants fossiles et de biomasse libère du dioxyde de carbone, des aérosols et d'autres substances (N_2O, O_3, suies, produits soufrés) qui affectent la qualité de l'air respiré et la santé. Habiter près d'une centrale nucléaire peut aussi avoir des conséquences graves sur la santé, si un accident survient.
– Concernant l'impact agricole, on doit en tenir compte lorsque l'on construit des fermes solaires, où une grande surface précédemment utilisée en pâturage dans les régions montagneuses est maintenant recouverte de panneaux photovoltaïques. De même, la création d'un parc éolien a un impact immédiat sur la quantité de terres arables disponibles.

• **Vulnérabilités et gestion des risques.** Le risque zéro n'existe pas, chaque site de production peut être mis en danger, soit par des catastrophes naturelles (centrale de Fukushima en 2011 suite à un tsunami), soit par des erreurs humaines (centrales de Three Mile Island en 1979 et de Tchernobyl en 1986), soit par des manifestations hostiles au nucléaire (invasion de militants Greenpeace sur les sites des centrales de Fessenheim en 2014 et de Cattenom en 2017), soit par des conflits ou attentats terroristes (attaques à l'aide de drones en septembre 2019 en Arabie Saoudite). Pour prévenir la majorité de ces risques, des normes drastiques sont mises en place (par exemple en matière de normes antisismiques), et chaque accident arrivant dans le monde est analysé afin, par retour d'expérience, d'améliorer la sécurité des installations.

• **Faisabilité.** Les contraintes humaine, matérielle ou géographique rendent parfois certains projets difficiles à mener à terme.

• **Conséquences économiques et sociales.** Une transition vers des énergies moins dépendantes des énergies fossiles a des conséquences économiques, en particulier pour tous les pays dont la ressource économique principale est l'exportation du pétrole. De même, la sortie prévue du nucléaire en France va considérablement impacter l'économie locale autour des centrales.
A contrario, le développement des énergies renouvelables, telle que l'énergie solaire, va permettre de développer d'autres secteurs économiques, et ainsi modifier l'équilibre des forces géopolitiques mondiales.

• L'analyse de ces éléments de décision conduit le plus souvent à une recherche de diversification ou d'évolution des ressources que l'on appelle le **mix énergétique**.

2 Les contraintes et les moyens de la transition écologique

• Les **durées longues, liées à l'inertie de certains systèmes** (infrastructures énergétiques, transports, production industrielle) constituent un handicap face à l'urgence de l'action. En effet, si on prend l'exemple de la construction du réacteur EPR de Flamanville, le chantier, qui a débuté en 2007, prévoit une livraison seulement en 2022 à cause de retards pris lors des travaux et de problèmes techniques rencontrés sur le réacteur lui-même.

> **Exemple**
> **Les accords de Paris sur le climat** (2015) visent à maintenir une augmentation de température en-dessous de 1,5°C d'ici à 2100. Il faut donc se tourner de plus en plus, et le plus rapidement possible, vers des énergies vertes, mais celles-ci sont parfois longues à mettre en place.

• La **recherche fondamentale** permet d'explorer de nouvelles pistes de sources d'énergie (par exemple, envisager la fusion nucléaire comme source d'énergie), mais elle permet aussi d'améliorer le rendement des systèmes utilisés, ainsi que leur durée de vie. Les particuliers vont bénéficier d'un accès plus facile et plus large, car moins onéreux, à de meilleurs isolants thermiques. Par ailleurs, chaque particulier pourra envisager d'être son propre fournisseur d'énergie en possédant sa propre source d'énergie, adaptée à sa consommation.
La transition écologique repose aussi sur l'invention de **nouveaux comportements individuels et collectifs** (limitation des consommations, favorisation des déplacements moins énergivores comme le bateau à la place de l'avion, amélioration des relations Nord-Sud afin d'apporter un savoir-faire et une expertise pour accélérer la mise en place de solutions vertes).

3 La consommation énergétique actuelle

• Pour satisfaire ses besoins en énergie, l'humanité utilise **différentes sources d'énergie**. La principale, les combustibles fossiles, représente actuellement près de 80 % de la production énergétique globale.

• La consommation d'énergie est très inégale dans le monde. Elle dépend de la richesse des pays et de ses individus.

Zoom

Les **unités d'énergie** et leur conversion :
– 1 kilowatt-heure (kWh) correspond à 3,6 MJ (Mega Joules soit 10^6 J) ;
– 1 tonne d'équivalent pétrole (tep) correspond à 42 GJ (Giga Joules soit 10^9 J).

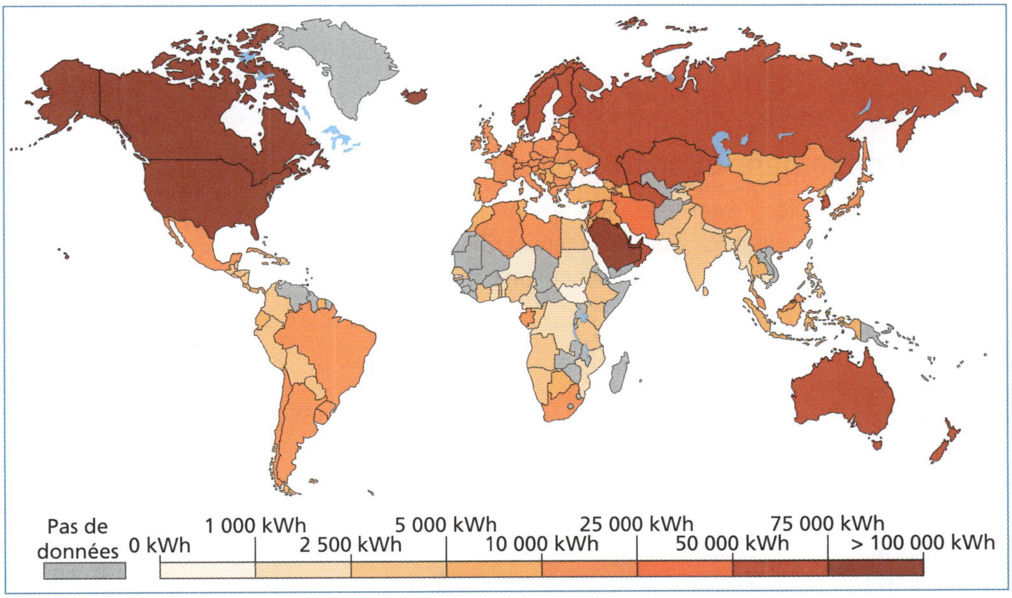

▲ Consommation énergétique annuelle par habitant – IEA - 2015.

• **La consommation énergétique ne fait que croître.** Elle était de l'ordre de 7 000 millions de tonnes d'équivalent pétrole (Mtep) en 1987. Elle a doublé en un peu plus de 30 ans pour atteindre 14 000 Mtep actuellement. Cette croissance est à mettre en relation avec le modèle industriel de production et de consommation des sociétés.

• À l'échelle mondiale, l'énergie est utilisée à parts équivalentes par l'industrie, le transport, le secteur résidentiel, de l'ordre de 2 000 à 2 800 Mtep en 2017. Le secteur agricole n'a consommé que 212 Mtep en 2017.

• Les **énergies primaires** que l'humanité utilise sont diverses. Ces énergies peuvent correspondre à des **stocks** (combustibles fossiles, uranium pour l'énergie nucléaire) ou bien à des **flux** (flux radiatif solaire, flux géothermique, puissance gravitationnelle à l'origine des marées).

Rappel

L'unité d'énergie est le joule (J). L'unité de puissance est le watt (W).
1 W = 1 $J.s^{-1}$

« Objet »	Puissance (W)
Corps humain au repos	80
Corps humain lors d'un sprint	500
Souris optique filaire	0,5
Ordinateur portable	80
Radiateur électrique	1 000
Réacteur nucléaire	$1{,}6.10^9$
Soleil	$3{,}85.10^{24}$

▲ Quelques ordres de grandeurs de puissance.

4 L'impact des choix énergétiques actuels

A Environnement et santé humaine

• Les combustibles fossiles et la biomasse sont des matières riches en carbone et hydrogène. Leur combustion se fait grâce à du dioxygène (O_2) et libère alors dans l'atmosphère du dioxyde de carbone (CO_2). Il est possible de déterminer la quantité de CO_2 produite pour différents carburants.

Exemple

L'essence contient de l'octane C_8H_{18}.

L'équation de la combustion est la suivante : $2C_8H_{18} + 25O_2 \rightarrow 16CO_2 + 18H_2O$

L'énergie massique de combustion de l'octane est de 48 $kJ.g^{-1}$.

Question : Calculer la masse de dioxyde de carbone produite par unité d'énergie dégagée lors de la combustion de l'octane.

Résolution

1. On commence par déterminer la masse de CO_2 produite lors de la combustion d'une mole d'octane.

– On constate à partir de l'équation que 2 moles d'octane produisent 16 moles de CO_2

– La masse molaire du CO_2 est de $M_{CO_2} = (12 \times 1) + (16 \times 2) = 44\ g.mol^{-1}$

– Donc la masse de CO_2 produite est de $m_{CO_2} = \left(\frac{16}{2}\right) \times 44 = 352\ g$

2. On détermine l'énergie molaire de la combustion de l'octane.

– La masse molaire de l'octane est de $M_{octane} = (8 \times 12) + (18 \times 1) = 114\ g.mol^{-1}$

– L'énergie molaire de la combustion est alors $E_{mol} = 48 \times 144 = 6\,912\ kJ.mol^{-1}$

3. On détermine alors la réponse à la question posée.

– On a déterminé qu'une mole d'octane produit 352 g de CO_2 et libère une énergie de 6 912 KJ.

– La masse de CO_2 produite par unité d'énergie est donc $m = \frac{352}{6\,912} = 0{,}05\ g.kJ^{-1}$

▲ Masse de CO_2 produite lors de la combustion de l'octane.

• La combustion des carburants fossiles ou bien de la biomasse libère du CO_2, gaz à effet de serre qui impacte le climat global de la Terre, mais aussi d'autres polluants atmosphériques qui vont avoir des impacts négatifs sur la santé humaine : aérosols, N_2O, O_3, suies, produits soufrés. Parmi les problèmes de santé que provoquent ces polluants, on peut évoquer les troubles respiratoires liés à des phénomènes allergiques.

B La notion d'empreinte carbone

L'empreinte carbone est la mesure du volume ou de la masse de CO_2 émis lors d'une activité humaine. Cet outil est utile pour identifier l'impact de telle ou telle activité sur l'environnement et incite à adopter alors des comportements qui permettent de réduire cette empreinte.

Activité	Émissions équivalents CO_2
Avion (par personne et par km parcouru)	285 g
Voiture (par personne et par km parcouru)	104 g
Train (par personne et par km parcouru)	14 g
Télévision (fabrication et usage)	374 kg
Viande de bœuf (production d'1 kg)	27 kg
Recherche internet (par personne et par an)	9,9 kg

▲ Quelques exemples d'empreinte carbone.

5 Des choix pour le futur

• Les modèles climatiques prennent en compte le phénomène de **transition écologique** où l'humanité adopte des comportements qui visent à réduire son empreinte carbone et donc à diminuer la quantité de GES émise. Suivant les comportements adoptés, différentes hypothèses sont alors déduites.

• Ces modèles évaluent les **changements prévisibles affectant les écosystèmes** comme le développement accru des organismes chlorophylliens mais aussi la disparition de diverses espèces. Les études de ces modèles portent aussi sur les conditions de vie des êtres humains et particulièrement des plus fragiles du point de vue de la santé ou de la richesse individuelle.

• Le **risque climatique** se définit comme la combinaison de l'**aléa climatique** et de l'**enjeu**.

• Les projections fournies par les modèles permettent de définir les **aléas à venir** : élévation du niveau marin, augmentation de la fréquence des ouragans, augmentation de la fréquence et de la quantité des précipitations, augmentation de la fréquence des phénomènes de canicule…

Mots-clés

Aléa climatique : probabilité qu'un événement climatique puisse survenir.
Enjeu : ensemble des biens et des produits de l'activité humaine mais aussi ensemble des êtres humains.

• La connaissance de ces aléas oriente la **prise de décision**. La transition écologique vise à diminuer la quantité de GES dans l'atmosphère et donc à réduire l'augmentation de la température globale terrestre. La prise de décision entraîne aussi des mesures d'adaptation à ces aléas des enjeux impliqués dans le risque climatique : par exemple, une plus grande végétalisation de l'espace urbain est une manière de lutter contre les fortes températures durant l'été.

• Le **GIEC** (Groupe d'experts intergouvernemental sur l'évolution du climat) regroupe actuellement des représentants de 195 pays. Il évalue les différents modèles et propose des scénarios concernant les aléas et les enjeux du risque climatique.

7 La biodiversité et son évolution

Des modèles mathématiques permettent d'étudier la biodiversité ainsi que son évolution. **Quels outils mathématiques sont utilisés dans l'étude de la biodiversité ?**

1 Estimation de la biodiversité

A Définitions

Mot-clé

Population : groupe d'individus d'une espèce vivant en un lieu donné et s'y reproduisant.

• **Les spécialistes estiment le nombre d'espèces sur Terre à 8,7 millions dont seulement 2 millions sont décrites.** D'autres estiment que ce nombre est situé entre 3 et 100 millions. Ces estimations reposent sur une extrapolation du nombre d'espèces dans les groupes (taxons) bien connus mais aussi sur la fréquence de découverte de nouvelles espèces.

• La **biodiversité** est décrite en nombre d'espèces (**richesse spécifique**) vivant dans un milieu mais aussi en nombre d'individus d'une population, d'une espèce ou d'un taxon plus grand.

• **L'échantillonnage est la technique qui permet d'estimer la biodiversité d'un milieu.** Pour cela, on délimite le milieu puis on dénombre les individus de l'espèce ou bien les espèces présents dans un ou plusieurs échantillons de ce milieu. Un rapport entre la surface du milieu étudié et la surface des échantillons permet de déterminer alors le nombre d'individus ou d'espèces présents dans le milieu. L'échantillonnage d'ADN, principalement dans le milieu aquatique, est aussi réalisé. On recherche l'ADN de telle ou telle espèce dans les milieux.

B Les différentes méthodes d'échantillonnage

• Il existe différentes méthodes d'échantillonnage. Dans la méthode, couramment utilisée, de **« capture-marquage-recapture »**, un nombre d'individus est capturé. On marque ces individus par différentes techniques : points de peinture, photographie, puis on les relâche dans leur milieu. On procède ensuite à une recapture plus tard dans l'année. On détermine alors la proportion d'individus marqués dans l'échantillon de recapture. On suppose que la proportion d'individus marqués est identique dans l'échantillon de recapture et dans la population totale. On peut alors déterminer l'effectif total de la population (**abondance**) grâce au calcul d'une quatrième proportionnelle. L'intérêt de cette technique est qu'on se limite à un seul échantillon.

Exemple

	Échantillon (recapture)	Population totale
Nombre total d'individus	252	?
Nombre d'individus marqués	14	356

Coefficient de proportionnalité : $\times \frac{252}{14}$

356 : Nombre d'individus capturés et marqués

? est la quatrième proportionnelle

$? = 356 \times \frac{252}{14} = 6\,408$

▲ Calcul d'une quatrième proportionnelle avec le tableau de proportionnalité.

• L'effectif de la population déterminé à partir d'un seul échantillon suppose que la proportion d'individus marqués dans l'échantillon est toujours la même si l'on réalise à nouveau une recapture. Ce qui dans la réalité n'est jamais le cas. C'est la **fluctuation due à l'expérience**. L'estimation se fait donc à l'aide d'un intervalle de confiance. Cet intervalle de confiance est d'autant plus réduit que la taille de l'échantillon est grande.

Définitions préalables

p : proportion d'individus marqués dans la population totale non connue.
IC : intervalle de confiance de p déterminé à partir de l'échantillon de recapture.
n : nombre total d'individus capturés dans l'échantillon de recapture.
f : proportion d'individus marqués dans l'échantillon de recapture.

Détermination de l'intervalle de confiance au niveau de confiance de 95 %

$$IC = \left[f - \frac{1}{\sqrt{n}}\,;f + \frac{1}{\sqrt{n}}\right]$$

Signification de l'IC

$p \in IC$ avec une probabilité de 95 %.
En prenant les valeurs basses et hautes de l'IC, on peut alors déterminer l'effectif de la population avec une fiabilité de 95 %.

▲ Notion d'intervalle à un niveau de confiance de 95 %.

2 Évolution génétique des populations

A Le modèle de Hardy-Weinberg

• Ce modèle mathématique, dit HW, décrit la **transmission des allèles dans une population de grande taille**. Dans certaines conditions, ce modèle prévoit que la fréquence des allèles dans une population est stable au cours des générations.

• On considère deux allèles dans une population : a1 et a2. La fréquence des deux allèles dans la population à la génération n est p pour a1 et q pour a2. On a $p + q = 1$.
• Dans la population, les mâles et les femelles produisent des gamètes a1/ à une fréquence p et des gamètes a2/ à une fréquence q.
• Lors de la reproduction, les gamètes se rencontrent au hasard.
• Trois génotypes sont possibles dans les descendants à la génération n+1 :
a1//a1 avec une fréquence de p^2
a2//a2 avec une fréquence de q^2
a1//a2 avec une fréquence de $2pq$
} Il s'agit du développement de $(p + q)^2$
• On recherche la fréquence des deux allèles à la génération n+1.

$$F(a1) = p^2 + \frac{1}{2}(2pq) = p^2 + pq = p\,(p + q) = p.$$

$$F(a2) = q^2 + \frac{1}{2}(2pq) = q^2 + pq = q\,(p + q) = q.$$

On constate donc que la fréquence des allèles ne change pas d'une génération à l'autre.

▲ Le modèle de Hardy-Weinberg.

B La réalité des faits

Au cours des générations, la composition génétique des populations change. La fréquence des allèles n'est pas stable et la taille des populations peut changer d'une génération à l'autre, ce qui rend impossible l'application du modèle HW.

Des **forces évolutives** s'appliquent sur les populations :
– les mutations font apparaître de nouveaux allèles ;
– certains allèles procurent un avantage sélectif aux individus, ils seront donc transmis préférentiellement aux générations suivantes ;
– les allèles ne se transmettent pas de façon équiprobable à la génération suivante. C'est le phénomène de **dérive génétique**.

Ces phénomènes induisent un changement de la fréquence des allèles d'une génération à l'autre.

3 Les modifications de la biodiversité

- **L'être humain par ses activités impacte les écosystèmes.** Il en modifie les paramètres physico-chimiques, ce qui peut conduire à l'extinction d'espèces.
- Des études ont montré que **le nombre d'espèces dépend de la surface du milieu**. Une fragmentation du territoire (comme par exemple, la construction d'une route qui sépare en deux un territoire, ou bien la déforestation...) réduit la surface totale d'un milieu et donc le nombre d'espèces présentes. Ce **phénomène de fragmentation** conduit à la fragmentation d'une population en plusieurs petites populations à l'effectif réduit.
- Les modèles mathématiques montrent alors qu'une forte dérive génétique se met en place conduisant à la disparition d'allèles dans la population et donc à son **appauvrissement génétique**.
- Les études ont montré que l'appauvrissement de la biodiversité génétique (santé animale mise à mal) peut être source d'**extinction d'espèces** dans les milieux. La construction de nouvelles voies de transport rend accessible à l'être humain des territoires inaccessibles au préalable. Il se trouve alors au contact d'espèces animales vectrices de virus très dangereux pour la santé humaine. De **graves maladies se propagent à l'être humain**.

> **Mot-clé**
> **Concept "une seule santé" :** ce concept repose sur la prise de conscience de l'interdépendance entre la santé des animaux, la santé humaine et l'état de l'environnement.

- La **connaissance du fonctionnement des écosystèmes et leur gestion** par l'être humain permet d'y **préserver la biodiversité**. Ainsi, des solutions peuvent être mises en place pour limiter la fragmentation du territoire.

> **Exemple**
> Des passages sont aménagés sous les routes pour permettre de conserver la taille des territoires des amphibiens.

8 L'évolution comme grille de lecture du monde

Différents concepts de la biologie évolutive permettent d'expliquer le monde dans lequel nous vivons. **Comment expliquer, par l'évolution, certaines structures anatomiques et certaines pratiques humaines ?**

1 Des structures anatomiques au crible de l'évolution

A L'œil dans tous ses états

• Presque tous les animaux sont capables de détecter la lumière dans leur milieu. Il existe une grande diversité de **détecteurs de lumière**. Cela va d'un amas de cellules jusqu'à des structures complexes que sont les yeux. Suivant les groupes d'êtres vivants, les yeux ont des organisations très différentes.

Mot-clé

Biologie évolutive : étude des scénarios et mécanismes de l'évolution des espèces.

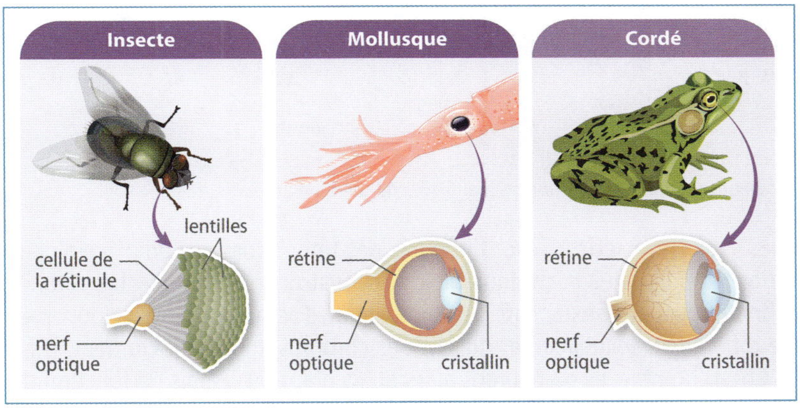

▲ Organisation des yeux dans trois groupes d'animaux.

• Sur la figure, les yeux des mollusques et des vertébrés, groupe dont fait partie l'être humain, semblent très semblables. Pourtant, l'organisation de la rétine est totalement différente : chez les mollusques, on trouve une couche de photorécepteurs tournés vers la lumière, alors que chez les cordés, on trouve trois couches de cellules dont une de photorécepteurs tournés vers l'arrière de l'œil.

• Cette diversité peut être expliquée par **différents concepts de la biologie évolutive** :
– **hasard** : tous les animaux qui ont des yeux complexes possèdent les mêmes gènes anciens qui déterminent la place des photorécepteurs dans l'œil. Les premiers animaux à symétrie bilatérale ont donc développé, par hasard, les innovations génétiques à l'origine de la diversité des yeux ;
– **variation** : on l'a vu préalablement, les yeux présentent une grande diversité de formes au sein du vivant ;

– **sélection naturelle** : l'œil de mollusque est bien mieux organisé pour détecter la lumière, ses photorécepteurs sont tournés vers l'avant de l'œil, là ou pénètre la lumière alors que l'œil des cordés présente une organisation imparfaite, avec des photorécepteurs tournés vers l'arrière. Malgré cette imperfection, la sélection naturelle a rendu possible l'émergence de cet œil ;
– **adaptation** : l'œil d'insecte est adapté à la vision du mouvement. Il détecte des mouvements six fois plus rapides que l'œil humain. Il s'agit d'une adaptation à la détection des prédateurs.

B Les structures anatomiques humaines

L'être humain présente des caractéristiques anatomiques que l'on peut expliquer par l'**histoire évolutive**.

• **Contraintes historiques** : lorsque le système circulatoire se met en place dans l'embryon, il est symétrique et constitué de différents arcs aortiques. Par la suite, des remaniements vont amener à la disparition de certains arcs pour ne laisser la place qu'à deux arcs dont le trajet de la crosse aortique est le reliquat.

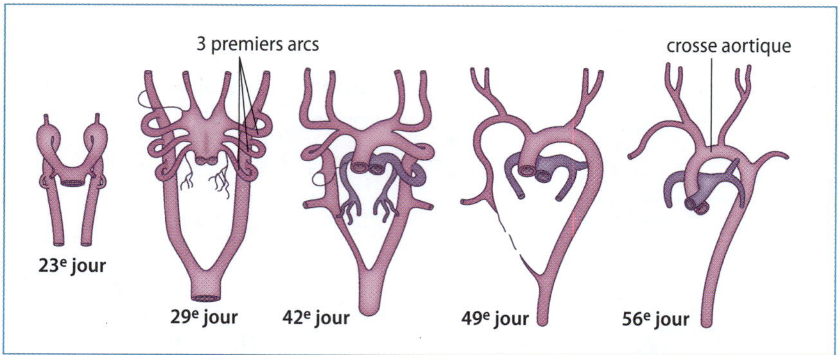

▲ Mise en place de la crosse aortique au cours du développement humain.

• **Contraintes de construction** : chez l'homme, des tétons sont mis en place alors qu'ils n'ont aucune fonction. Ceci est dû à la chronologie de la construction humaine. Les tétons se forment lorsque l'embryon n'est pas sexué, lors des six premières semaines de développement. Lorsque l'embryon se différencie sexuellement du fait des chromosomes qu'il contient, les tétons sont déjà formés. Chez l'homme, ils demeurent alors qu'ils n'auront jamais de fonction de lactation.

• **Compromis sélectif** : le bassin humain présente une forme qui permet le soutien des viscères lié à la bipédie. Par contre, sa forme rend l'accouchement plus difficile. Il y a donc un compromis entre la bipédie et l'accouchement.

• **Régressions en cours** : on constate chez l'humain la disparition de certains organes liée à la modification du mode de vie par rapport à celui des humains primitifs. Ainsi la tendance à la disparition des dents de sagesse serait due à une modification du régime alimentaire car, du fait du changement de régime alimentaire, la mastication est plus aisée actuellement que chez les premiers êtres humains.

Zoom
On observe actuellement une tendance à la réduction du petit orteil. Cela semble dû au mode de vie sédentaire des humains.

2 Des pratiques humaines au crible de l'évolution

A Lutter contre les organismes microbiens

• L'évolution permet de comprendre des phénomènes biologiques ayant une importance médicale.

• **Les microorganismes ont comme particularité d'évoluer rapidement.** Ils peuvent ainsi développer de nouvelles caractéristiques comme la résistance aux antibiotiques chez les bactéries. Les études ont montré que les bactéries subissent des **mutations régulières** et **rapides**. Ces mutations ont lieu au hasard. L'utilisation des antibiotiques depuis les années 1940 a favorisé le développement des populations de bactéries résistantes aux antibiotiques. Ces bactéries résistantes sont sélectionnées par l'usage des antibiotiques qui éliminent toutes les bactéries sensibles à ces antibiotiques mais permettent la survie de ces bactéries résistantes.

> **Mot-clé**
> **Microorganisme ou microbe :** désigne l'ensemble des êtres vivants observables au microscope. On associe les virus à cet ensemble, alors qu'ils ne sont pas des êtres vivants au sens biologique.

• **Certains virus deviennent résistants aux vaccins** du fait de mutations sur des gènes permettant l'expression de protéines cibles de ces vaccins. Après mutation, ces virus échappent aux thérapies vaccinales. C'est le cas du virus de la dengue dont la résistance a été mise en évidence en 2019. Là aussi, un processus de sélection naturelle permet la propagation de cette résistance dans les populations virales.

• Les **stratégies prophylactiques** ayant pour but de prévenir l'apparition, la propagation ou bien l'aggravation d'une maladie doivent donc être adaptées pour répondre à ces nouvelles contraintes.

B L'évolution des pratiques agricoles

• La pratique intensive de la monoculture, la domestication et l'utilisation de produits phytosanitaires ont un **impact plutôt négatif sur la biodiversité** et son évolution. En effet, la domestication des plantes conduit à diminuer fortement la diversité génétique. C'est aussi le cas des monocultures où la biodiversité spécifique est réduite à une seule espèce. L'ensemble conduit à développer des plantes très sensibles aux microorganismes et donc aux maladies.

• Pour lutter contre cette fragilité, la révolution agricole est associée à l'**usage de produits phytosanitaires** en grandes quantités. L'usage de ces pesticides favorise le développement d'espèces dites ravageuses des cultures, résistantes à ces produits.

9 L'évolution humaine

L'histoire évolutive de l'humanité et l'étude des fossiles permettent de rattacher l'humain aux primates. La phylogénie étudie les relations de parenté entre différentes espèces. **Quelle est l'histoire évolutive de l'humanité ?**

1 L'être humain dans le groupe des primates

• La **phylogénie** permet, à partir de données morpho-anatomiques (innovations évolutives) et génétiques, de construire les relations de parenté entre êtres vivants. Il est ainsi acquis que l'espèce humaine actuelle (*Homo sapiens*) appartient au groupe des primates (comme eux, il possède des pouces opposables et des ongles) et plus particulièrement au groupe des grands singes (comme eux il possède un nez, des orbites fermées, des narines écartées et l'appendice caudal est absent).

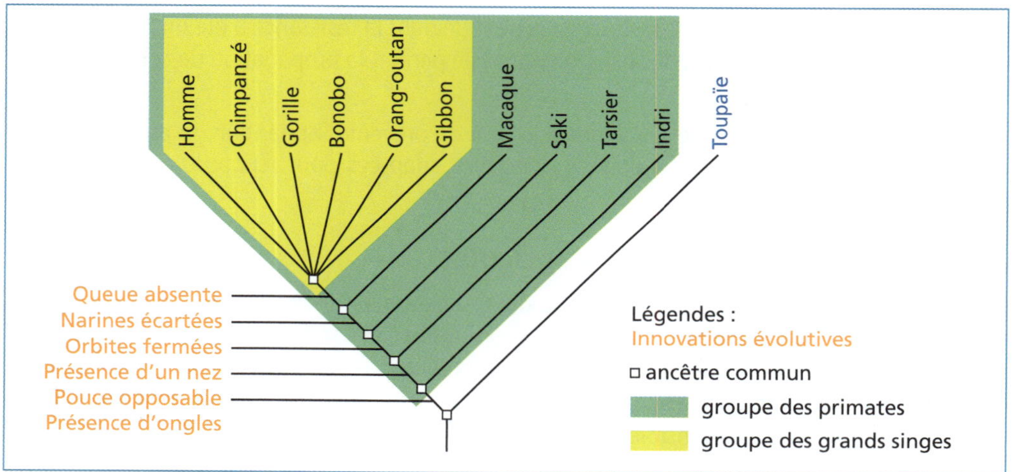

▲ Arbre phylogénétique de quelques primates et du Toupaïe (non primate).

• L'être humain présente des similitudes génétiques avec les grands singes. Son **caryotype** est très proche de celui de ces espèces. Il est possible de comparer des **données moléculaires**, gènes ou bien protéines codées par des gènes, qui montrent que le plus proche parent de l'être humain est le chimpanzé avec lequel il partage un ancêtre commun exclusif.

Mot-clé

Caryotype : ensemble des chromosomes d'un individu, d'une espèce, caractéristique de cet individu, de cette espèce.

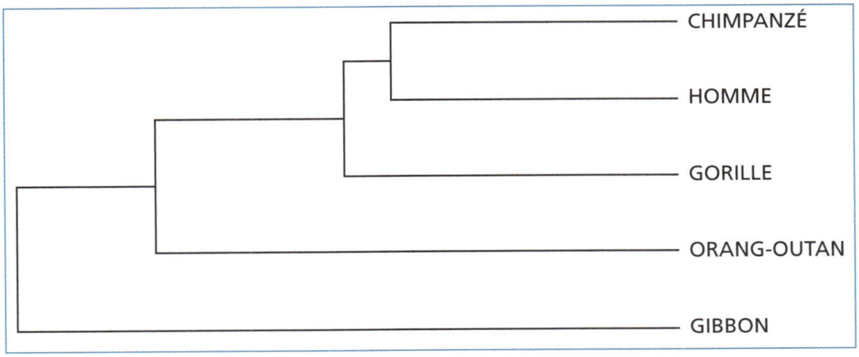

▲ Arbre phylogénétique obtenu à partir de la comparaison des protéines COX2 avec le logiciel Phylogène.

2 La lignée humaine

A Caractéristiques morpho-anatomiques et génétiques

La lignée humaine regroupe plusieurs genres. Les genres *Ardipithecus*, *Australopithecus*, *Paranthropus*, *Homo*. Chaque genre regroupe des **espèces fossiles**. Le genre *Homo* regroupe diverses espèces fossiles et l'espèce *Homo sapiens*, seule espèce actuelle.

> **Mot-clé**
> Une **espèce fossile** regroupe des individus dont les restes trouvés (fossiles) présentent de grandes similarités.

- Les espèces du genre *Homo* présentent des **caractères communs** comme le fait d'avoir une capacité crânienne développée (volume supérieur à 500 cm^3).

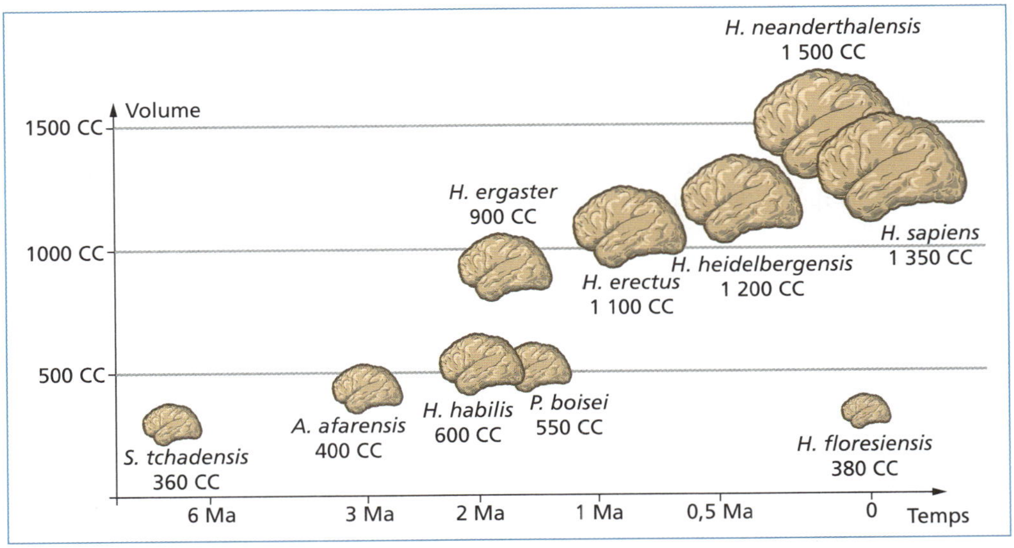

▲ Volume crânien de quelques membres de la lignée humaine.

- D'autres **caractères** sont **propres au genre humain**.

– Le **prognathisme**, c'est-à-dire l'avancée des mâchoires, est limité. De ce fait, la face est réduite.

> **Zoom**
> *L'Homo floresiensis* possède un petit volume crânien. Pour les spécialistes, il s'agit d'une régression. Comme ce « petit homme » possède les autres caractères du genre *Homo*, l'espèce appartient bien à ce genre.

– Le **trou occipital** qui marque le point d'insertion de la colonne vertébrale au niveau du crâne est avancé. La tête repose sur la colonne. Les espèces du genre *Homo* sont bipèdes permanentes.
– **Les pieds ne présentent pas de pouce opposable**. Les fémurs sont articulés sur le bassin de façon oblique par rapport à l'axe du corps. Ces deux caractéristiques permettent une course à pied plus aisée.
– La mandibule (mâchoire inférieure) des espèces est parabolique alors que dans les espèces de primates n'appartenant pas au genre *Homo*, cette mandibule est de forme rectangulaire.

• Les **données fossiles** montrent que plusieurs espèces ont cohabité ensemble sur Terre. C'est le cas de trois espèces récentes : *Homo sapiens*, *Homo neanderthalensis* et *Homo denisova*. Les deux dernières espèces sont éteintes. Leurs ossements ont permis d'extraire l'ADN que l'on trouve dans les mitochondries et de le comparer à celui d'*Homo sapiens*. Cela a permis de préciser les parentés entre les trois espèces.

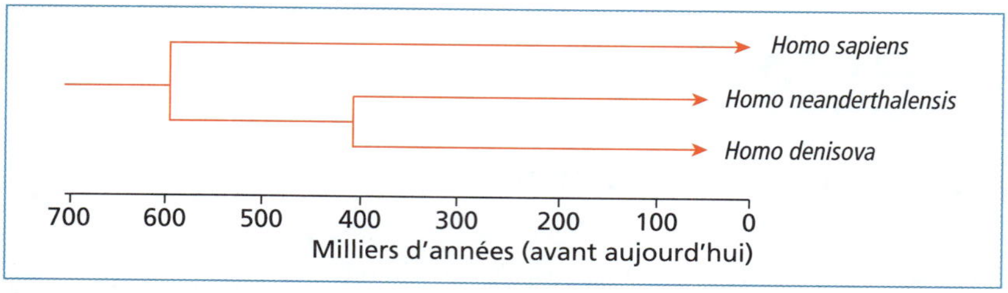

▲ Arbre phylogénétique obtenu à partir de l'ADN mitochondrial.

• **Autres genres dans la lignée humaine**

• Selon les spécialistes, **la lignée humaine et la lignée des chimpanzés se sont séparées** il y a 6 à 7 millions d'années. Certains fossiles âgés de 3 à 7 millions d'années présentent des innovations caractéristiques de la lignée humaine.
– Toumaï est une espèce fossile dont on a trouvé un crâne et des mandibules. Il est âgé de près de 7 millions d'années. Sa face est réduite et le trou occipital est avancé. La position du trou occipital indique que l'animal devait être capable de bipédie.
– Orrorin est un fossile âgé de 6 millions d'années. On a uniquement trouvé un fémur et des dents. La forme de son fémur indique que la bipédie était possible. Ses mâchoires présentent des molaires identiques à celles des humains actuels.
– La dizaine d'espèces du genre *Australopithecus* datées de – 4 à – 3 millions d'années présentent toutes des caractères de bipèdes.

B Des caractères non génétiques

• Certains **caractères non génétiques** sont **propres à la lignée humaine** :
– **L'utilisation d'outils complexes** : ce sont des outils comme les choppers (galets taillés) utilisés par *Homo habilis* pour la première fois ou bien la maîtrise du feu faite par *Homo erectus*.
– **Le langage** : il est difficile d'affirmer quel *Homo* a pu parler par le passé. On n'a aucune trace de ce langage. Des données anatomiques et génétiques peuvent laisser penser que le langage était possible pour *H. habilis* ou bien *H. neanderthalensis*. Mais ce n'est pas parce que l'espèce pouvait potentiellement parler qu'elle le faisait.
– **L'activité culturelle** : les grottes ornées sont dues à *H. sapiens* qui, par ailleurs, a développé un culte aux morts, ainsi qu' *H. neanderthalensis*.
– **Les habitudes alimentaires** : les espèces du genre *Homo* consomment de la viande (chasse ou charognage). La maîtrise du feu a rendu consommable certains tubercules.
– **Le microbiote** : les études sur la flore intestinale montrent qu'elle est spécifique de l'espèce humaine actuelle.

• Tous ces caractères ne sont pas transmis par la génétique. Certains le sont par l'apprentissage.

10 Les modèles démographiques

Afin de pouvoir estimer au mieux l'évolution du nombre de personnes sur Terre, on utilise des modèles mathématiques qui tiennent compte à la fois de l'évolution de la population mais aussi de celle des ressources nécessaires disponibles. **Quels sont ces modèles ?**

1 Le modèle linéaire

A Définition

• Soit $P(n)$ la population mondiale au 1er janvier de l'année n. En considérant que le nombre de naissances par an est constant et vaut N et que le nombre de décès par an est lui aussi constant et vaut D, alors, la population mondiale au 1er janvier de l'année $n+1$ vaut $P(n+1) = P(n) + N - D$, soit :

$$P(n+1) = P(n) + r \quad \text{avec } r = N - D.$$

• S'il y a plus de naissances que de décès ($N > D$, $r > 0$), alors la population mondiale augmente. On dit qu'elle est croissante. S'il y a autant de naissances que de décès ($N = D$, $r = 0$), la population mondiale reste constante. Et s'il y a plus de décès que de naissances ($N < D$, $r < 0$), alors la population mondiale diminue. On dit alors qu'elle est décroissante.

• Ce modèle mathématique simple est le **modèle linéaire**. Une grandeur discrète u varie de manière linéaire en fonction d'un palier entier n si sa variation absolue $u(n+1) - u(n)$ est constante, soit $u(n+1) - u(n) = r$ ou encore $\mathbf{u(n+1) = u(n) + r}$, avec r constante qu'on appelle **raison**.

B Suite arithmétique

• Soit $u(0)$ le premier terme. Ainsi, $u(1) = u(0) + r$.
De même :
$u(2) = u(1) + r = (u(0) + r) + r = u(0) + 2 \times r$, et $u(3) = u(2) + r = (u(0) + 2 \times r) + r = u(0) + 3 \times r$.
Ainsi, en généralisant, on obtient :

$$u(n) = u(0) + n \times r.$$

• Dans ce cas, les points de coordonnées $(n, u(n))$ sont situés sur une droite. La suite de terme général $u(n)$ est **arithmétique**.

Exemple
Considérons le nombre d'élèves d'un collège et notons le N. Chaque année, notée A, une cohorte d'élèves arrive des écoles primaires voisines du collège, et celle de troisième quitte le collège pour le lycée. Le nombre d'élèves du collège est indiqué dans le tableau ci-dessous :

Année scolaire	2015-2016	2016-2017	2017-2018	2018-2019	2019-2020	2020-2021
Nombre d'élèves	453	465	476	489	500	512

En traçant, à l'aide d'un tableur type Excel, un graphique d'évolution du nombre d'élèves en fonction des années scolaires, on obtient :

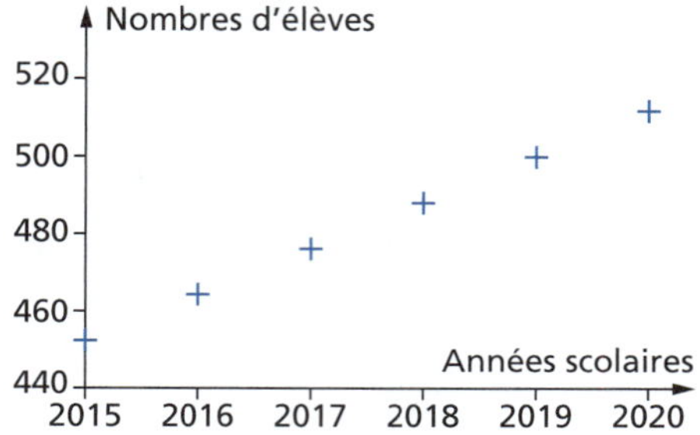

- Ce nuage de points semble représenter une droite et peut être modélisé par l'équation suivante, donnée par le tableur : $N = 11{,}8 \times A - 23\,324$ avec un coefficient de corrélation de $R = 0{,}99$. *Ex. :* en 2025, le nombre d'élève du collège devrait être égal à $N = 11{,}8 \times 2\,025 - 23\,324 = 571$.
- Remarque : le coefficient de corrélation nous permet de savoir si des points sont alignés ou pas. S'il est égal à 1, les points sont parfaitement alignés. On considérera que les points sont alignés dès qu'il sera égal à 0,99.
- Il est donc ainsi possible de prédire les effectifs du collège pour les années à venir.

- Malheureusement, le modèle linéaire est inadapté pour représenter l'évolution d'une grandeur dont la variation absolue change fortement d'un palier à l'autre.

2 Suites géométriques

A Croissance exponentielle

- Considérons à nouveau la population mondiale au 1er janvier de l'année n. Un modèle plus réaliste consiste à dire que le nombre de naissance de l'année n, $N(n)$, est proportionnel au nombre de personnes, soit $N(n) = k_1 \times P(n)$. De même, le nombre de décès de l'année n, $D(n)$, est lui aussi proportionnel à la population mondiale et $D(n) = k_2 \times P(n)$. Par conséquent, la population mondiale au 1er janvier de l'année $n+1$ est :
$P(n+1) = P(n) + N(n) - D(n) = P(n) + k_1 \times P(n) - k_2 \times P(n) = P(n) \times (1 + k_1 - k_2)$, soit :

$$P(n+1) = q \times P(n) \quad \text{avec } q \text{ constante égale à } 1 + k_1 - k_2.$$

- Considérons la suite discrète u, telle que $u(n+1) = q \times u(n)$.
On a alors $u(n+1) - u(n) = q \times u(n) - u(n)$ et donc $\mathbf{u(n+1) - u(n) = q' \times u(n)}$ avec $q' = q - 1$. On dit alors que la grandeur discrète u varie de manière exponentielle en fonction du palier entier n car sa variation absolue $u(n+1) - u(n)$ est proportionnelle à sa valeur courante $u(n)$.
- Remarque : une suite est dite discrète si elle n'a qu'un nombre limité et dénombrable de valeur.
- À l'aide de $u(n+1) - u(n) = q' \times u(n)$, on obtient $\dfrac{\mathbf{u(n+1) - u(n)}}{\mathbf{u(n)}} = \mathbf{q'}$. Dans ce cas, la variation relative (ou taux de variation) de la suite est constante et la suite de terme général $u(n)$ est **géométrique**.
- Considérons une suite géométrique discrète telle que $u(n+1) = q \times u(n)$ avec q constante, appelée raison de la suite. Ainsi, $u(1) = q \times u(0)$, avec $u(0)$ premier terme de la suite. De même,

$u(2) = q \times u(1) = q \times (q \times u(0)) = q^2 \times u(0)$. On a aussi $u(3) = q \times u(2) = q \times (q^2 \times u(0)) = q^3 \times u(0)$.
En poursuivant le raisonnement jusqu'au rang n, on obtient :

$$u(n) = q^n \times u(0).$$

Exemple

Considérons l'évolution d'une population de souris blanches dans un laboratoire. Celles-ci vont évoluer dans des conditions optimales (abondance de nourriture, eau, abri, aucun prédateur). On relève, à intervalle de temps régulier, le nombre d'individus dans la colonie, noté N. Les résultats sont regroupés dans le tableau ci-dessous :

Durée (jours)	0	45	90	135	180	225	270	315
Nombre de souris	6	15	37	94	230	589	1 471	3 655

En traçant, à l'aide d'un tableur type Excel, un graphique d'évolution du nombre de souris en fonction de la durée écoulée, on obtient :

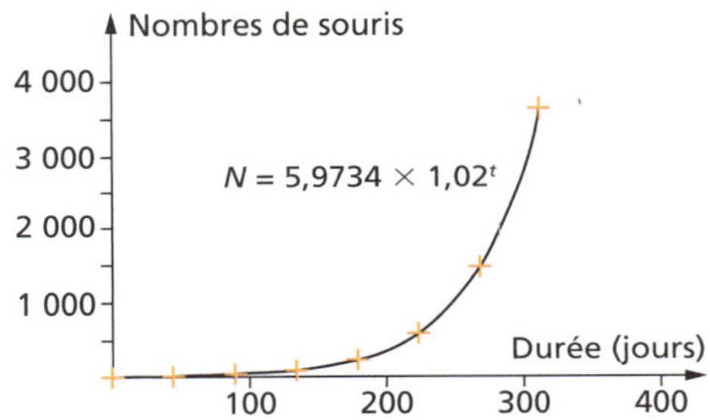

On peut modéliser, à l'aide du tableur, l'évolution des points et on obtient une équation exponentielle $N(t) = 5{,}9734 \times 1{,}02^t$. Il est donc possible de prévoir l'évolution du nombre de souris à un instant t, de savoir quand une population double ou est décuplée par exemple, etc.
Ex. : Au bout d'un an (365 jours) on a $N(365) = 5{,}9734 \times 1{,}02^{365} = 8\ 228$ souris.

B Le modèle de Malthus

- C'est en 1798, dans la première édition de son *Essai sur le principe de population*, que le Révérend Thomas Robert Malthus a formulé son « principe de population » :
« *Si elle n'est pas freinée, la population s'accroît en progression géométrique. Les subsistances ne s'accroissent qu'en progression arithmétique.* »

- Il en conclut le caractère inévitable de **catastrophes démographiques**, à moins de limiter la croissance de la population. Malthus préconise ainsi une régulation volontaire des naissances, la « contrainte morale ». Ainsi, les couples prévoyants, en retardant l'âge du mariage et en pratiquant la chasteté jusqu'au mariage, seraient enclins à n'avoir que le nombre d'enfants qu'ils sont certains de pouvoir entretenir.

- Le modèle démographique de Malthus est un **modèle exponentiel d'évolution de l'effectif de la population**. Il prévoit que l'effectif de la population décroît vers 0 si le le nombre de décès est supérieur au nombre de naissances et croît vers l'infini si le nombre de naissances est supérieur au nombre de décès.

Zoom
Des modèles plus élaborés prévoient que la population mondiale atteindra environ 10 milliards d'humains en 2050.

- Si les prédictions du modèle de Malthus se révèlent correctes à court terme, elles sont fausses à long terme, en particulier parce que ce modèle ne tient pas compte du fait que les ressources finiront par manquer si la population augmente trop rapidement.

11 L'intelligence artificielle

Au cours de son évolution, l'Homme a développé des outils de plus en plus performants pour résoudre ses problèmes et améliorer ses conditions de vie. Il a même élaboré un langage permettant de communiquer avec ces outils et de les commander. **Que permet de faire aujourd'hui l'intelligence artificielle (IA) ?**

1 Les prémisses de l'informatique

- Les premières machines qui ont traité l'information étaient limitées à une ou quelques tâches prédéterminées. Il s'agissait, par exemple, de métiers à tisser, qui utilisaient des rubans ou des cartes perforées. On pouvait aussi trier ou séparer des objets selon un critère, ou bien réaliser des additions simples.
- Les ordinateurs font désormais partie intégrante de notre vie courante. On peut citer les smartphones, les thermostats d'ambiance, les ordinateurs de bord de voitures, etc. Certains sont programmables, d'autres non.

> **Mot-clé**
> **Mémoire vive d'un ordinateur :** mémoire dans laquelle sont stockées les informations utilisées par l'ordinateur.

- **Alan Turing, mathématicien anglais**, montre en 1936, que ce qui est calculable peut être décomposé en un nombre fini d'étapes pouvant chacune être réalisée par une machine. C'est la première machine de Turing, qui n'existe que sur le papier. Durant la Seconde Guerre mondiale, les progrès réalisés ont permis de déchiffrer beaucoup de messages allemands codés par la machine Enigma à l'aide d'instruments appelés **bombes électromécaniques**. Dix ans plus tard, les premiers ordinateurs apparaissent. Ceux-ci sont constitués d'au moins un processeur et une mémoire vive.

▲ Une bombe reconstruite à Bletchley Park.

2 Programmes et fichiers

• Un **programme ou fichier exécutable** est un fichier dont l'exécution entraîne, lorsqu'il est chargé, la création d'un processus d'activation du programme. Ils s'opposent aux **fichiers de données** qui eux doivent être d'abord interprétés par un programme.

• Un ordinateur est capable de traiter des données de natures diverses (textes, images, sons) seulement si elles ont été numérisées, c'est-à-dire converties dans un langage compréhensible par la machine.

• En informatique, chaque caractère est identifié par un code unique qui est un entier naturel. Mais un code n'est pas utilisable tel quel par un ordinateur qui ne comprend que le binaire. Il faut donc encoder les codes en octets. Le **code ASCII** est l'un des plus anciens codes utilisés pour représenter du texte en informatique. Il se base sur un tableau contenant les caractères les plus utilisés en langue anglaise : les lettres de l'alphabet en majuscule (de A à Z) et en minuscule (de a à z), les dix chiffres arabes (de 0 à 9), les signes de ponctuation (point, virgule, point-virgule, guillemets, parenthèses, etc.), quelques symboles et certains caractères spéciaux invisibles (espace, retour-chariot, tabulation, retour-arrière, etc.). Ce code comporte 256 caractères, soit 2^8. Chaque caractère est donc codé sur 8 bits, soit 1 octet. Un texte de 2 000 caractères occupe donc 2 ko.

Mot-clé

ASCII : *American Standard Code for Information Interchange.*

Zoom

Sans compression, l'ordre de grandeur de la taille d'un fichier image est de 3 Mo, celui d'un fichier son de 11 Mo par minute environ et celui d'un film de 700 Mo.

3 Programmation

• Pour pouvoir fonctionner, les ordinateurs utilisent des programmes. Mais des programmes complexes codés dans des langages sophistiqués doivent être adaptés pour tenir compte de la spécificité de chaque type de processeur.

• Plus un programme est complexe, et plus il contient d'instructions. Il peut ainsi comporter jusqu'à plusieurs centaines de millions de lignes de code, entraînant la présence très probable d'erreurs appelées bogues (ou *bugs*). Ces erreurs peuvent conduire un programme à dysfonctionner. La gravité du dysfonctionnement peut aller de bénigne, causant par exemple des défauts d'affichage mineurs, à majeure, causant un crash système pouvant entraîner de graves accidents, par exemple la destruction en vol de la première fusée Ariane 5, en 1996.

• Un *bug* peut résider dans une application ou dans les logiciels utilisés par cette application. Un *bug* peut-être corrigé par un morceau de logiciel appelé patch.

4 Intelligence artificielle

• Le terme « intelligence artificielle », créé par John McCarthy, est souvent abrégé par le sigle IA. Il est défini par l'un de ses créateurs, Marvin Lee Minsky, comme « la construction de programmes informatiques qui s'adonnent à des tâches qui sont, pour l'instant, accomplies de façon plus satisfaisante par des êtres humains car elles demandent des processus mentaux de haut niveau tels que : l'apprentissage perceptuel, l'organisation de la mémoire et le raisonnement critique ».

• Turing a défini un test, dit **Test de Turing**, pour savoir si une machine peut-être qualifiée d'intelligente : un sujet interagit à l'aveugle avec un autre humain, puis avec une machine programmée pour formuler des réponses sensées. Si le sujet n'est pas capable de faire la différence entre l'humain et la machine, alors la machine a réussi le test.

• Toutes les grandes entreprises dans le monde de l'informatique (les GAFAM) travaillent aujourd'hui sur les problématiques de l'intelligence artificielle en tentant de l'appliquer à quelques domaines précis :
– la **vision artificielle** va permettre à la machine de déterminer précisément le contenu d'une image pour ensuite la classer selon l'objet, la couleur, le lieu ou le visage repéré ;
– le **développement des assistants personnels** utilise la reconnaissance vocale. Ils sont capables de transcrire les propos formulés en langage naturel puis de traiter les requêtes, soit en répondant directement via une synthèse vocale soit en réalisant une requête relative à la commande.

• Avec de **grandes quantités de données collectées (big data)**, il est possible, à partir de modèles mathématiques, de repérer des tendances (proportionnalité, similarité). Un ordinateur peut utiliser des programmes capables d'exploiter ces tendances afin de faire des prédictions ou bien de prendre des décisions. On parle alors d'**apprentissage machine**. Les algorithmes sont en mesure d'optimiser leurs calculs au fur et à mesure qu'ils effectuent des traitements. C'est ainsi que les filtres antispam deviennent de plus en plus efficaces au fur et à mesure que l'utilisateur identifie un message indésirable ou au contraire traite les faux-positifs.

• Pour obtenir des résultats de qualité, il faut que les données collectées (données d'entrainement) soient les plus pertinentes possibles en termes de qualité et de représentativité. Une erreur dans les données peut se retrouver amplifiée dans les résultats.

• Malheureusement, certains usages de l'IA peuvent poser des **problèmes éthiques**. En effet, la question des armes létales autonomes est posée. Comment gérer ces drones qui seraient capables de repérer des cibles puis décider de tirer pour éliminer ? Et concernant les voitures autonomes, quelle conduite à adopter en cas d'accident inévitable ?

Maths expertes

L'OPTION

L'enseignement optionnel de Mathématiques expertes

Présentation

• L'option **Mathématiques expertes** est destinée aux élèves qui ont choisi la Spécialité mathématiques et qui veulent approfondir leurs connaissances ou en acquérir de nouvelles.

• Les élèves qui choisissent cette option envisagent généralement de poursuivre des études dans des formations où les mathématiques sont indispensables (médecine, informatique, ingénierie…).

• L'option Mathématiques expertes représente **3 heures par semaine en plus** des 6 heures de la Spécialité. Cet enseignement permet de :
– consolider les acquis de l'enseignement de spécialité de Première ;
– développer le goût des mathématiques ;
– chercher, expérimenter ;
– développer des interactions avec d'autres enseignements de spécialités.
Durant les cours de Mathématiques expertes, l'usage de certains logiciels sur calculatrice ou ordinateur est développé.

• Dans ce livre, nous vous proposons pour chaque notion, un **résumé de cours**, une série d'**exercices de difficulté graduée** et une **correction détaillée** de chaque exercice, assortie de conseils.

Évaluation

Pour le baccalauréat, il n'y a pas d'épreuve terminale comme c'est le cas pour la Spécialité mathématiques. L'option Mathématiques expertes est évaluée en **contrôle continu** et, à ce titre, fait partie des notes des bulletins de Terminale et de Première qui comptent pour 10 % de la note finale, soit avec un coefficient 10.

Ce coefficient 10 se compose de la façon suivante : coefficient 5 pour la moyenne des moyennes de tous les enseignements de Première et coefficient 5 pour la moyenne des moyennes de tous les enseignements de Terminale.

1 Nombres complexes

1 Point de vue algébrique

A Ensemble $\mathbb{C}$

Le nombre i vérifie :

$$i^2 = -1$$

L'ensemble des nombres complexes $x + iy$, avec x et y réels, est noté $\mathbb{C}$; il contient l'ensemble des réels $\mathbb{R}$.
$\mathbb{C}$ est muni d'une addition et d'une multiplication qui prolongent celles de $\mathbb{R}$ et qui suivent les mêmes règles de calcul.
Tout nombre complexe z s'écrit de façon unique sous la forme $x + iy$, où x et y sont des réels.

- $x + iy$ est la **forme algébrique** de z ;
- la **partie réelle** de z est le nombre réel x, ce qui se note :
$$\Re e(z) = x \,;$$
- la **partie imaginaire** de z est le nombre réel y, ce qui se note :
$$\Im m(z) = y.$$

Deux nombres complexes sont égaux si, et seulement si, ils ont la même partie réelle et la même partie imaginaire.
Un nombre complexe est réel si, et seulement si, sa partie imaginaire est nulle.
On appelle **imaginaire pur** tout nombre complexe de la forme iy, avec y réel.
Un nombre complexe est un imaginaire pur si, et seulement si, sa partie réelle est nulle.

B Conjugué d'un nombre complexe

Le **conjugué** d'un nombre complexe z de forme algébrique $x + iy$ est le nombre complexe $\overline{z}$ défini par :

$$\overline{z} = x - iy$$

- **Propriétés**

z et z' désignent des nombres complexes.

- $z + \overline{z} = 2\Re e(z)$ et $z - \overline{z} = 2i\Im m(z)$
- **z est réel si, et seulement si, $\overline{z} = z$.**
- **z est imaginaire pur si, et seulement si, $\overline{z} = -z$.**
- $\overline{\overline{z}} = z$
- $\overline{z + z'} = \overline{z} + \overline{z'}$
- $\overline{zz'} = \overline{z}\,\overline{z'}$
- Si z est non nul, alors :
$$\overline{\left(\frac{1}{z}\right)} = \frac{1}{\overline{z}} \quad \text{et} \quad \overline{\left(\frac{z'}{z}\right)} = \frac{\overline{z'}}{\overline{z}}$$
- Si n est un entier naturel non nul, alors :
$$\overline{z^n} = \left(\overline{z}\right)^n$$

OPTION MATHS EXPERTES

C Formule du binôme

Soient a et b des nombres complexes et n un entier naturel non nul.

$$(a+b)^n = \sum_{k=0}^{n} \binom{n}{k} a^k b^{n-k}$$

2 Point de vue géométrique

A Image d'un nombre complexe

À tout complexe z de forme algébrique $x + \mathrm{i}y$, on associe le point M de coordonnées (x, y).

M est appelé le **point image** de z et $\overrightarrow{OM}$ est appelé le **vecteur image** de z.

On dit que z est **l'affixe du point** M et aussi que z est **l'affixe du vecteur $\overrightarrow{OM}$.**

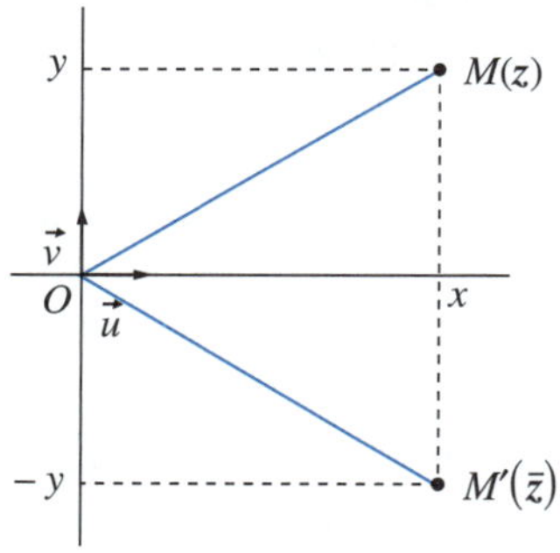

- Un nombre complexe est réel si, et seulement si, son point image est situé sur l'axe des abscisses.
- Un nombre complexe est un imaginaire pur si, et seulement si, son point image appartient à l'axe des ordonnées.
- Les points images d'un nombre complexe z et de son conjugué $\overline{z}$ sont symétriques par rapport à l'axe des abscisses.

B Module d'un nombre complexe

• Calcul d'un module

Le module d'un nombre complexe z de forme algébrique $x + \mathrm{i}y$ et de point image M est le réel noté $|z|$ tel que :

$$|z| = OM = \sqrt{x^2 + y^2}$$

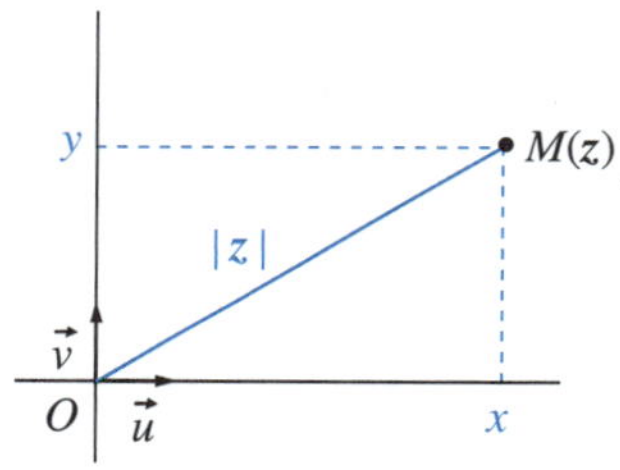

• Distance de deux points

Soient A et B des points d'affixes respectives z_A et z_B.

La **distance** AB est le module de la différence des affixes de A et de B :

$$AB = |z_B - z_A|$$

• z et z' désignent des nombres complexes.

- $|z|^2 = z\overline{z}$
- $|z| = 0$ **si, et seulement si,** $z = 0$
- $|-z| = |z|$ **et** $|\overline{z}| = |z|$
- $|z + z'| \leqslant |z| + |z'|$ ***inégalité triangulaire.***
- $|zz'| = |z||z'|$
- Si z est non nul, alors :

$$\left|\frac{1}{z}\right| = \frac{1}{|z|} \text{ et } \left|\frac{z'}{z}\right| = \frac{|z'|}{|z|}$$

- Pour tout entier naturel n non nul :

$$|z^n| = |z|^n$$

C Argument d'un nombre complexe non nul

Soient z un nombre complexe non nul et M son image.
On appelle argument de z et l'on note $\arg(z)$ une mesure en radians de l'angle $(\vec{u}, \overrightarrow{OM})$:

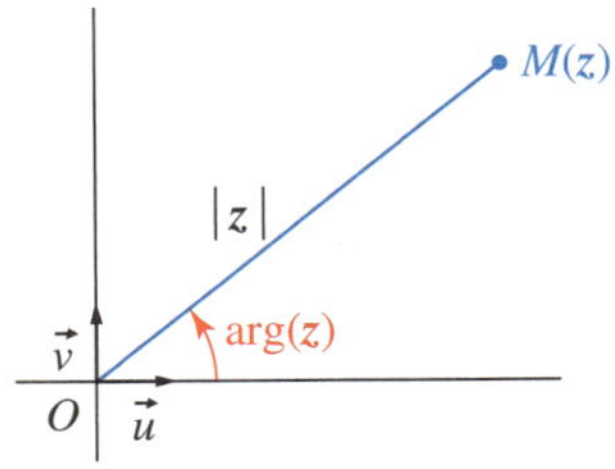

$$\arg(z) = (\vec{u}, \overrightarrow{OM})$$

- z est réel si, et seulement si, 0 ou π est un argument de z.
- z est imaginaire pur si, et seulement si, $\frac{\pi}{2}$ ou $-\frac{\pi}{2}$ est un argument de z.

$$\arg(zz') = \arg(z) + \arg(z') \quad [2\pi]$$

$$\arg\left(\frac{1}{z}\right) = -\arg(z) \quad [2\pi]$$

$$\arg\left(\frac{z}{z'}\right) = \arg(z) - \arg(z') \quad [2\pi]$$

D Forme trigonométrique d'un nombre complexe non nul

Soit z un nombre complexe non nul.
En notant θ un argument de z, on a : $z = |z|(\cos(\theta) + i\sin(\theta))$.
$|z|(\cos(\theta) + i\sin(\theta))$ est une forme trigonométrique de z.

3 Nombres complexes et trigonométrie

Soient a et b des nombres réels.

- **Formules d'addition**

$$\cos(a+b) = \cos(a)\cos(b) - \sin(a)\sin(b)$$
$$\cos(a-b) = \cos(a)\cos(b) + \sin(a)\sin(b)$$
$$\sin(a+b) = \sin(a)\cos(b) + \cos(a)\sin(b)$$
$$\sin(a-b) = \sin(a)\cos(b) - \cos(a)\sin(b)$$

- **Formules de duplication**

- $\cos(2a) = \cos^2(a) - \sin^2(a)$
- $\sin(2a) = 2\sin(a)\cos(a)$

- **Exponentielle imaginaire**

Soient θ et θ' des réels.

Par définition : $e^{i\theta} = \cos(\theta) + i\sin(\theta)$

Conséquences : $|e^{i\theta}| = 1$ et $\arg(e^{i\theta}) = \theta \quad [2\pi]$

Opérations : $e^{i\theta}e^{i\theta'} = e^{i(\theta+\theta')}$ et $\frac{e^{i\theta}}{e^{i\theta'}} = e^{i(\theta-\theta')}$

OPTION MATHS EXPERTES

• **Formules d'Euler**

Soit θ un réel.

• $\cos(\theta) = \frac{1}{2}(e^{i\theta} + e^{-i\theta})$ • $\sin(\theta) = \frac{1}{2i}(e^{i\theta} - e^{-i\theta})$

• **Formule de Moivre**

Soient θ un réel et n un entier naturel.

$$(\cos(\theta) + i\sin(\theta))^n = \cos(n\theta) + i\sin(n\theta)$$

ou encore :

$$(e^{i\theta})^n = e^{in\theta}$$

4 Équations polynomiales

A Équations $z^2 = \alpha$

Soit α un nombre réel strictement négatif.

L'équation du second degré $z^2 = \alpha$ admet dans $\mathbb{C}$ deux solutions, qui sont les complexes opposés $i\sqrt{|\alpha|}$ et $-i\sqrt{|\alpha|}$.

B Équations $az^2 + bz + c = 0$

Soient a, b, c des réels, a étant no n nul, et (E) l'équation du second degré :

$$az^2 + bz + c = 0.$$

Son discriminant Δ est le réel $b^2 - 4ac$.

• Si $\Delta > 0$, alors les solutions de (E) dans $\mathbb{C}$ sont celles dans $\mathbb{R}$:

$$\frac{-b - \sqrt{\Delta}}{2a} \quad \text{et} \quad \frac{-b + \sqrt{\Delta}}{2a}.$$

• Si $\Delta = 0$, alors (E) admet dans $\mathbb{C}$ une seule solution :

$$\text{le réel } \frac{-b}{2a}.$$

• Si $\Delta < 0$, alors les solutions de (E) dans $\mathbb{C}$ sont les complexes conjugués :

$$\frac{-b - i\sqrt{|\Delta|}}{2a} \quad \text{et} \quad \frac{-b + i\sqrt{|\Delta|}}{2a}.$$

C Factorisation d'un polynôme

Soient a un complexe et n un entier naturel non nul.

$$z^n - a^n = (z - a)(z^{n-1} + az^{n-2} + \ldots + a^{n-2}z + a^{n-1}) = (z - a)\sum_{k=0}^{n-1}(a^k z^{n-1-k})$$

• Si P est un polynôme et $P(a) = 0$, alors il existe un polynôme Q tel que :

$$P(z) = (z - a)Q(z).$$

On dit alors que a **est une racine** de P et que P est **factorisable par $z - a$**.

• Un polynôme de degré n admet au plus n racines.

5 Nombres complexes et géométrie

A Interprétation géométrique d'un quotient

A, B et C désignent des points du plan tels que $B \neq A$.
En notant a, b, et c leurs affixes respectives :

$$\left|\frac{c-a}{b-a}\right| = \frac{AC}{AB}$$ et si de plus $C \neq A$: $$\arg\left(\frac{c-a}{b-a}\right) = \left(\overrightarrow{AB}, \overrightarrow{AC}\right) \quad [2\pi]$$

B Racines n-ièmes de l'unité

Soit n un entier naturel non nul.
On appelle racine n-ième de l'unité tout nombre complexe z tel que :

$$z^n = 1.$$

L'ensemble des racines n-ièmes de l'unité se note $\mathbb{U}_n$.

Les racines n-ièmes de l'unité sont les nombres complexes $e^{ik\frac{2\pi}{n}}$, où k est un entier naturel inférieur ou égal à $n-1$.

$$\mathbb{U}_n = \left\{e^{ik\frac{2\pi}{n}}, k \in [\![0\,;n-1]\!]\right\}$$

Les images des racines n-ièmes de l'unité sont les sommets d'un polygone régulier à n côtés inscrit dans le cercle trigonométrique, dont un sommet est le point d'affixe 1.

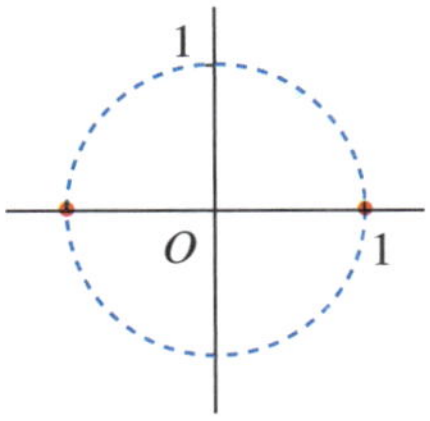

$n = 2$

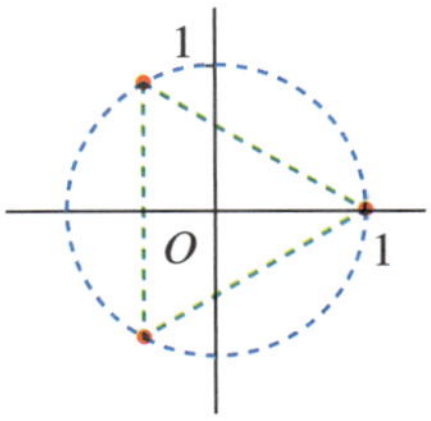

$n = 3$

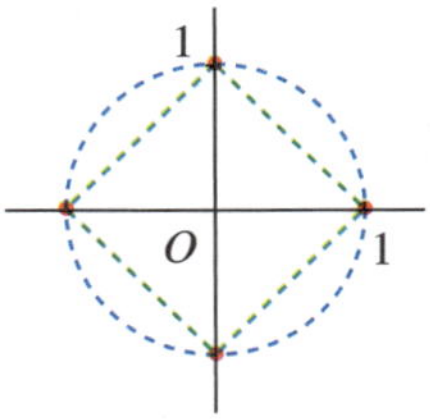

$n = 4$

Exercices d'entraînement

Point de vue algébrique

Exercice 1 ★ 2 min *Corrigé p. 563*

Donner la partie réelle et la partie imaginaire de chacun des complexes suivants.

$$1-3i, \quad 2i, \quad 5\sqrt{2}, \quad 0, \quad 9i-4, \quad i(3+i).$$

Exercice 2 ★ 5 min *Corrigé p. 563*

Parmi les complexes suivants, lesquels sont réels ? lesquels sont imaginaires purs ?

$$2i, \quad \sqrt{3}, \quad 0, \quad 9i-i^2, \quad 0{,}75-\frac{3}{4}+7i, \quad (2-i)(2+i), \quad i(2+i), \quad (1+i)^2.$$

OPTION MATHS EXPERTES

Exercice 3 ★ 10 min

Corrigé p. 563

Écrire chacun des complexes suivants sous forme algébrique.

$$2(3-4i)-5(2+7i),\quad (5+6i)(9-i),\quad (1-i)^2,\quad (8+5i)(8-5i),$$

$$\overline{11-13i},\quad \overline{3i-7},\quad \frac{-2}{1-i\sqrt{3}}.$$

Exercice 4 ★★ 15 min

Corrigé p. 563

Résoudre dans $\mathbb{C}$ l'équation (E) proposée.

1. $iz+1+i=0$.
2. $(3+2i)z=1+4i$.
3. $(1-9i)\overline{z}=3+2i$.
4. $(z+1-i)(\overline{z}+3+4i)=0$.

Point de vue géométrique

Exercice 5 ★ 2 min

Corrigé p. 564

Soient M et M' des points du plan, z et z' leurs affixes respectives.
Donner l'affixe de chacun des vecteurs suivants.

1. $2\overrightarrow{OM}$.
2. $3\overrightarrow{MM'}$.
3. $-2\overrightarrow{OM}+5\overrightarrow{OM'}$.

Exercice 6 ★ 5 min

Corrigé p. 564

1. Que peut-on dire d'un point dont l'affixe est un réel ?
2. Que peut-on dire du point image d'un imaginaire pur ?

Exercice 7 ★★ 10 min

Corrigé p. 564

Soient A, B, C et D les points d'affixes respectives : $2-i$, $3+2i$, $-1+4i$ et $-2+i$.
Démontrer que le quadrilatère $ABCD$ est un parallélogramme.

Module d'un nombre complexe

Exercice 8 ★★ 5 min

Corrigé p. 564

Calculer le module de chacun des complexes proposés.

1. $1+i\sqrt{3}$.
2. $1-i\sqrt{3}$.
3. $1-i$.
4. $3i$.
5. $-2\,030$.
6. $200-200i$.
7. $3\sqrt{2}-i\sqrt{7}$.
8. $(1-i)\left(3\sqrt{2}-i\sqrt{7}\right)$.
9. $\dfrac{1+i\sqrt{3}}{1-i}$.
10. $\left(1+i\sqrt{3}\right)^5$.

Exercice 9 ★★ 10 min

Corrigé p. 564

On considère les points A, B et C d'affixes respectives $-i\sqrt{3}$, $3+2i\sqrt{3}$, $-3+2i\sqrt{3}$.
Quelle est la nature du triangle ABC ?

Exercice 10 ★★ 15 min

Corrigé p. 565

Déterminer et construire l'ensemble $\mathscr{E}$ des points M dont l'affixe z vérifie la condition proposée.

1. $|z+1+2i|=|z-4|$.
2. $|z-3i|=2$.

Argument d'un nombre complexe non nul

Exercice 11 ★★ 10 min Corrigé p. 565

1. Placer les points A, B, C, D, E et F d'affixes respectives 2i, 3, -1, $1-\text{i}$, $-2+2\text{i}$ et $3+3\text{i}$.
2. Par lecture graphique, donner un argument de chacun des complexes précédents.

Forme trigonométrique d'un nombre complexe non nul

Exercice 12 ★★ 10 min Corrigé p. 565

Déterminer une forme trigonométrique de chacun des complexes suivants.

1. $-3+3\text{i}$; 2. $\sqrt{2}+\text{i}\sqrt{6}$; 3. $-2\left(\cos\frac{\pi}{6}+\text{i}\sin\frac{\pi}{6}\right)$.

Exercice 13 ★★ 10 min Corrigé p. 566

Donner la forme algébrique des complexes suivants.

1. $\text{e}^{\text{i}\pi}$. 2. $\text{e}^{\text{i}\frac{\pi}{2}}$. 3. $2\text{e}^{\text{i}\frac{\pi}{3}}$. 4. $\text{e}^{-\text{i}2\pi}$.

Nombres complexes et trigonométrie

Exercice 14 ★★ 10 min Corrigé p. 566

Donner les formes trigonométrique et exponentielle des complexes suivants :

$$\sqrt{3}+\text{i},\quad \sqrt{3}-\text{i},\quad -\frac{1}{2}-\text{i}\frac{\sqrt{3}}{2}.$$

Placer leurs points images respectifs A, B et C.

Équations du second degré

Exercice 15 ★★ 10 min Corrigé p. 567

Résoudre dans $\mathbb{C}$ l'équation proposée.

1. $z^2=-9$. 2. $z^2=3$. 3. $z^2=-7$. 4. $z^4=1$.

Exercice 16 ★★ 10 min Corrigé p. 567

Résoudre dans $\mathbb{C}$ l'équation $\mathscr{E}$ proposée.

1. $z^2+4z+5=0$. 2. $4z^2-2z+1=0$.

Racines *n*-ièmes complexes de 1

Exercice 17 ★★ 20 min Corrigé p. 567

Soit n un entier naturel supérieur ou égal à 2.

1. Démontrer que la somme des racines n-ièmes complexes de 1 est nulle.
2. Interpréter ce résultat graphiquement dans les trois cas suivants :

$$n=2,\quad n=3,\quad n=4.$$

2 Arithmétique

1 Divisibilité dans $\mathbb{Z}$

• Définition

Soient a et b des entiers relatifs, b étant non nul.
On dit que b est un diviseur de a lorsqu'il existe un entier relatif k tel que :

$$a = kb.$$

Les quatre assertions suivantes sont équivalentes :

(1) a est **divisible** par b
(2) b est **un diviseur** de a
(3) a est **un multiple** de b
(4) b **divise** a

• Premières conséquences

• Les diviseurs de 1 sont –1 et 1.
• 1 et –1 sont des diviseurs de n'importe quel entier.
• 0 est multiple de n'importe quel entier.
• Les entiers pairs sont les multiples de 2, c'est-à-dire ceux qui s'écrivent $2k$, avec k entier.
• Les entiers impairs sont les entiers qui ne sont pas multiples de 2, c'est-à-dire ceux qui s'écrivent $2k + 1$, avec k entier.

• Propriétés

a, b et c désignent des entiers non nuls.
• Si a divise b et si b divise c, alors a divise c.
• Si a divise b, alors a divise bc.
• Si a divise b et c, alors a divise la somme $b + c$, la différence $b - c$ et plus généralement toute combinaison linéaire $mb + nc$ de b et c avec m et n entiers.
• Si b divise a, alors $|b| \leqslant |a|$.
• Si b divise a et a divise b, alors $a = b$ ou $a = -b$.

2 Division euclidienne

Soient a un entier relatif et b un entier naturel non nul.
Il existe un unique couple (q, r) d'entiers relatifs tels que :

$$a = bq + r \quad \text{et} \quad 0 \leqslant r < b.$$

Déterminer le couple (q, r), c'est effectuer la division euclidienne de a par b.
q est le **quotient** et r le **reste** dans la division euclidienne de a par b.

3 Congruences dans $\mathbb{Z}$

n désigne un entier supérieur ou égal à 2.
a, b, c et d sont des entiers relatifs.

• Définition

On dit que a et b sont congrus modulo n lorsque $a - b$ est un multiple de n.
On note alors : $a \equiv b\ [n]$.

• **Propriété caractéristique**
a et b sont congrus modulo n si, et seulement si, a et b ont le même reste dans la division euclidienne par n.

• **Compatibilité avec les opérations**

Si l'on sait : $\begin{cases} a \equiv c \ [n] \\ b \equiv d \ [n] \end{cases}$

alors :

$$a + b \equiv c + d \ [n]$$
$$a - b \equiv c - d \ [n]$$
$$ab \equiv cd \ [n]$$
$$\text{pour tout } k \text{ de } \mathbb{N}^*, a^k \equiv c^k \ [n].$$

4 PGCD de deux entiers

a et b désignent des entiers relatifs non nuls.

• **Définition**
Le **plus grand commun** diviseur de a et b, noté $\text{PGCD}(a, b)$, est le plus grand entier qui divise a et b.

• **Lemme d'Euclide**
En notant r le reste de la division euclidienne de a par b (entier naturel non nul), l'ensemble des diviseurs communs à a et b est l'ensemble des diviseurs communs à b et r.

• **Propriétés**
• L'ensemble des diviseurs communs à a et b est l'ensemble des diviseurs de $\text{PGCD}(a, b)$.
• Si k est un entier naturel non nul, alors $\text{PGCD}(ka, kb) = k \ \text{PGCD}(a, b)$.

5 Couple d'entiers premiers entre eux

• **Définition**
On dit que deux entiers relatifs sont premiers entre eux lorsque leur seul diviseur positif commun est 1.

• **Théorème de Bézout**
Deux entiers relatifs a et b sont premiers entre eux si, et seulement si, il existe des entiers relatifs u et v tels que $au + bv = 1$.

• **Théorème de Gauss**
a, b et c désignent des entiers relatifs.
Si c divise le produit ab et si c et a sont premiers entre eux, alors c divise b.

6 Nombres premiers

• **Définition**
Dire qu'un entier naturel est premier signifie qu'il admet exactement deux diviseurs positifs.

• **Théorèmes**
• Tout entier n supérieur ou égal à 2 admet au moins un diviseur premier p tel que $p \leqslant \sqrt{n}$.
• Il existe une infinité de nombres premiers.

• Crible d'Ératosthène

Les nombres écrits en noir sont les nombres premiers inférieurs à 100.

1	2	3	4	5	6	7	8	9	10
11	12	13	14	15	16	17	18	19	20
21	22	23	24	25	26	27	28	29	30
31	32	33	34	35	36	37	38	39	40
41	42	43	44	45	46	47	48	49	50
51	52	53	54	55	56	57	58	59	60
61	62	63	64	65	66	67	68	69	70
71	72	73	74	75	76	77	78	79	80
81	82	83	84	85	86	87	88	89	90
91	92	93	94	95	96	97	98	99	100

7 Décomposition en produit de facteurs premiers

• Décomposition primaire

Tout entier n supérieur ou égal à 2 est un nombre premier ou s'écrit sous forme d'un produit de nombres premiers. Cette écriture est unique à l'ordre des facteurs près.

• Nombre de diviseurs positifs

n désigne un entier supérieur ou égal à 2.

On peut écrire : $n = (p_1)^{\alpha_1} \times (p_2)^{\alpha_2} \times \cdots \times (p_r)^{\alpha_r}$,

où p_1, p_2, ..., p_r sont des nombres premiers deux à deux distincts et α_1, α_2, ..., α_r des entiers naturels non nuls.

Le nombre de diviseurs positifs de n est égal à $(\alpha_1 + 1) \times (\alpha_2 + 1) \times \ldots \times (\alpha_r + 1)$.

8 Petit théorème de Fermat

Si p est un nombre premier, alors pour tout entier n :

$$n^p \equiv n\ [p],$$

et si de plus p ne divise pas n :

$$n^{p-1} \equiv 1\ [p].$$

Exercices d'entraînement

Divisibilité dans $\mathbb{Z}$

Exercice 1 ★ 10 min

Corrigé p. 568

Déterminer les entiers naturels x et y tels que : $x^2 - y^2 = 15$.

Exercice 2 ★★ 10 min

Corrigé p. 568

Soit n un entier relatif.

On pose : $a = 7n^2 + 4$ et $b = n^2 + 1$.

Démontrer que tout diviseur commun à a et b est un diviseur de 3.

Division euclidienne

Exercice 3 ★★ 10 min

Corrigé p. 568

Le reste de la division euclidienne par 17 de l'entier m est 8, celui de l'entier n est 12.

Déterminer le reste de la division euclidienne par 17 de $m + n$, de mn et de m^2.

Congruences dans $\mathbb{Z}$

Exercice 4 ★ 5 min

Corrigé p. 568

Démontrer que, pour tout entier naturel n, $3^{2n} - 2^n$ est divisible par 7.

Exercice 5 ★★ 15 min

Corrigé p. 568

Pour tout entier naturel n, on note u_n le reste dans la division euclidienne de 2^n par 9.

1. a) Compléter le tableau suivant.

n	0	1	2	3	4	5	6
u_n							

b) Soient n un entier naturel et r le reste dans la division euclidienne de n par 6.

Démontrer que $u_n = u_r$.

2. Déterminer le reste dans la division euclidienne de 65^n par 9 suivant les valeurs de l'entier naturel n.
3. Quel est le reste dans la division euclidienne de 65^{2029} par 9 ?

Codages

Exercice 6 ★★ 15 min

Corrigé p. 569

Louis et Noémie ont l'habitude d'échanger entre eux des messages secrets, qu'ils ont décidé de coder afin d'en préserver la confidentialité.

Leurs messages ne sont écrits qu'en lettres majuscules, sans espace entre les mots.

À chaque lettre de l'alphabet, on fait correspondre un rang selon le tableau ci-après.

lettre	A	B	C	D	E	F	G	H	I	J	K	L	M
rang	0	1	2	3	4	5	6	7	8	9	10	11	12
lettre	N	O	P	Q	R	S	T	U	V	W	X	Y	Z
rang	13	14	15	16	17	18	19	20	21	22	23	24	25

La lettre de rang x est codée par la lettre de rang r, où r est le reste de la division euclidienne de $3x + 20$ par 26.

Par exemple, la lettre T a pour rang 19. Le reste de la division euclidienne de $3 \times 19 + 20$ par 26 est 25, qui est le rang de la lettre Z. Ainsi, T est codée par Z et on peut montrer que T est la seule lettre codée par Z.

Plus généralement, tout message ne peut se décoder que d'une seule façon.

OPTION MATHS EXPERTES

lettre						
rang x						
rang lettre codée r						
lettre codée	J	U	A	S	B	G

1. Vérifier que la lettre M est codée par la lettre E.
2. Coder le message « MATHS ».
3. On veut déterminer la lettre codée par B. On appelle x son rang.
Démontrer : $3x \equiv 7\ [26]$, puis conclure.
4. Compléter le tableau suivant pour décoder le message « JUASBG ».

PGCD

Exercice 7 ★ 10 min

Corrigé p. 569

Déterminer PGCD(168 ; 288) en utilisant l'algorithme d'Euclide.

Exercice 8 ★★ 10 min

Corrigé p. 569

n désigne un entier non nul.

1. Déterminer PGCD$(n, n+1)$.
2. Déterminer PGCD$(n+1, 2n+1)$.

Entiers premiers entre eux

Exercice 9 ★★ 15 min

Corrigé p. 569

Déterminer un couple (u, v) d'entiers relatifs vérifiant la condition proposée.

1. $14u + 25v = 1$.
2. $3u + 4v = 1$.

Exercice 10 ★★ 20 min

Corrigé p. 570

On considère l'équation $(E) : 43x - 26y = 1$, d'inconnue (x, y) dans $\mathbb{Z}^2$.

1. Pourquoi peut-on affirmer que l'équation (E) admet des solutions dans $\mathbb{Z}^2$?
2. Vérifier que le couple $(-3 ; -5)$ est solution de (E).
3. Déterminer toutes les solutions de (E) dans $\mathbb{Z}^2$.
4. Déterminer, à l'aide de la question 3., le seul entier naturel x inférieur ou égal à 25 tel que :

$$43x \equiv 1\ [26].$$ *On dit que cet entier est l'inverse de 43 modulo 26.*

Nombres premiers

Exercice 11 ★ 10 min

Corrigé p. 570

Trouver tous les diviseurs positifs de 144.

Exercice 12 ★★ 15 min

Corrigé p. 570

1. Quels sont les nombres premiers qui figurent dans la décomposition primaire de 100 ! ?
2. Quel est l'exposant de 5 dans cette décomposition primaire ?
3. Combien y a-t-il de zéros dans l'écriture décimale de 100 ! ?

Petit théorème de Fermat

Exercice 13 ★★ 10 min

Corrigé p. 571

Calculer le reste de la division euclidienne de 7^{10} par 11, puis celui de 7^{3281} par 11.

Exercice 14 ★★ 10 min

Corrigé p. 571

Démontrer que, pour tout entier naturel n, $n^5 - n$ est divisible par 30.

3 Graphes et matrices

1 Graphes non orientés

• Définitions

• On appelle **graphe** un ensemble constitué par des points et des lignes reliant certains de ces points.
Les points sont appelés **sommets** du graphe, les lignes sont appelées **arêtes** du graphe.
• L'**ordre** d'un graphe est le nombre de ses sommets.
• Des **sommets adjacents** sont des sommets reliés par une arête.
• Le **degré d'un sommet** est le nombre d'arêtes dont il est l'origine.

• Théorème

La somme des degrés d'un graphe est égale au double du nombre de ses arêtes.

• Graphe complet

Un graphe est dit **complet** lorsque tous ses sommets sont deux à deux adjacents.

• Chaîne

• Une **chaîne** est une liste ordonnée de sommets où chaque sommet (s'il n'est pas une extrémité de la chaîne) est adjacent au précédent et au suivant.
• La **longueur** d'une chaîne est le nombre de ses arêtes.
• Une **chaîne fermée** est une chaîne dans laquelle le premier sommet est égal au dernier.
• Une **chaîne eulérienne** d'un graphe G est une chaîne qui contient une seule fois chaque arête du graphe G.
• Un **cycle eulérien** est une chaîne eulérienne fermée.

• Graphe connexe

• Un graphe est dit **connexe** lorsque deux sommets quelconques sont reliés par au moins une chaîne.

• Théorème d'Euler

Un graphe connexe G admet une chaîne eulérienne si, et seulement si, soit tous les sommets de G sont de degré pair (G est alors un cycle eulérien), soit seuls deux sommets de G sont de degré impair.

• Matrice d'adjacence d'un graphe

Soit G un graphe d'ordre n dont les sommets sont numérotés de 1 à n.
• La matrice d'adjacence du graphe G est la matrice carrée A d'ordre n dont le terme de position (i, j) est le nombre d'arêtes reliant les sommets i et j.
• Le nombre de chaînes de longueur k du graphe G reliant le sommet i au sommet j est égal au terme de position (i, j) de la matrice A^k.

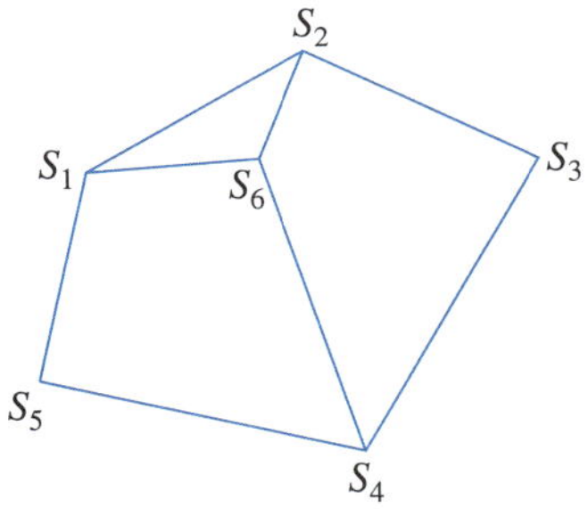

$$A = \begin{pmatrix} 0 & 1 & 0 & 0 & 1 & 1 \\ 1 & 0 & 1 & 0 & 0 & 1 \\ 0 & 1 & 0 & 1 & 0 & 0 \\ 0 & 0 & 1 & 0 & 1 & 1 \\ 1 & 0 & 0 & 1 & 0 & 0 \\ 1 & 1 & 0 & 1 & 0 & 0 \end{pmatrix}$$

OPTION MATHS EXPERTES

2 Matrices

m, n, p, q désigneront des entiers naturels non nuls.

• Définitions

• On appelle matrice de **format** (m, n) à coefficients réels tout tableau rectangulaire A de $m \times n$ réels, disposés sur m lignes et n colonnes.
Si i et j sont des entiers tels que $1 \leqslant i \leqslant m$ et $1 \leqslant j \leqslant n$, le terme situé à l'intersection de la i-ème ligne et de la j-ème colonne de A est appelé le terme de position (i, j) de A.

• Cas particuliers

Une matrice de format $(1, n)$ est appelée **matrice-ligne**.

Une matrice de format $(n, 1)$ est appelée **matrice-colonne**.

On appelle **matrice nulle** une matrice dont tous les coefficients sont nuls.

• Des matrices de même format sont égales si, et seulement si, elles ont à toute position des coefficients égaux.

• Une **matrice carrée** d'ordre n est une matrice de format (n, n).

• Les **coefficients diagonaux** d'une matrice carrée sont ceux dont la position est de la forme (i, i).

• Une **matrice diagonale** est une matrice carrée dont tous les coefficients non diagonaux sont nuls.

• On appelle **matrice identité** d'ordre n la matrice diagonale I_n d'ordre n dont tous les coefficients diagonaux valent 1.

• Opérations

• Addition

On ne peut additionner que des matrices de même format.
L'addition se fait terme à terme :
la **somme** de deux matrices A et B de même format est la matrice $A + B$ de même format que A et B, dont chaque coefficient est la somme des coefficients de A et B situés à la même ligne et à la même colonne.

• Multiplication par un réel

Le **produit** λA d'une matrice A par un réel λ est la matrice de même format que A obtenue en multipliant par λ chaque terme de la matrice A.

• Multiplication matricielle

La multiplication se fait ligne par colonne.
– On ne peut effectuer le **produit** $A \times B$ de deux matrices A et B qu'à condition que le nombre de colonnes de A soit égal au nombre de lignes de B.
– Le produit d'une matrice ligne par une matrice colonne de même taille est un nombre réel :

$$\begin{pmatrix} x_1 \dots x_n \end{pmatrix} \begin{pmatrix} y_1 \\ \vdots \\ y_n \end{pmatrix} = x_1 y_1 + \dots + x_n y_n = \sum_{k=1}^{n} x_k y_k \, .$$

– Le produit d'une matrice A de format (m, n) par une matrice B de format (n, p) est la matrice de format (m, p) dont le coefficient de position (i, j) est le produit de la i-ème ligne de A par la j-ème colonne de B.

• Inverse d'une matrice carrée

On dit qu'une matrice A carrée d'ordre n est **inversible** lorsqu'il existe une matrice B carrée d'ordre n telle que : $AB = I_n$ et $BA = I_n$.
Si une telle matrice B existe, alors elle est unique, on l'appelle la matrice inverse de A et on la note A^{-1}.

• Propriétés des opérations sur les matrices

• Les règles opératoires concernant l'addition et la multiplication par un réel sont analogues avec celles dans $\mathbb{R}$.

• Sous réserve de compatibilité des formats :

$$(AB)C = A(BC), \qquad A(B + C) = AB + AC, \qquad (A + B)C = AC + BC.$$

• Pour toute matrice A de format (m, n) : $AI_n = I_m A = A$.

• Puissances d'une matrice carrée

Pour toute matrice A carrée d'ordre n, on pose :

• $A^0 = I_n$,

• pour tout entier naturel k, $A^{k+1} = A^k \times A$.

Pour toute matrice A carrée d'ordre n et tous k et ℓ de $\mathbb{N}$:

$$A^k \times A^\ell = A^{k+\ell} = A^\ell \times A^k .$$

• Cas des matrices diagonales

Pour tout entier naturel k, $\begin{pmatrix} a_1 & & (0) \\ & \ddots & \\ (0) & & a_n \end{pmatrix}^k = \begin{pmatrix} a_1^k & & (0) \\ & \ddots & \\ (0) & & a_n^k \end{pmatrix}$.

3 Représentations matricielles

• Systèmes linéaires

Soit (S) le système à coefficients réels et d'inconnue $(x_1, x_2, \dots, x_n)$:

$$\begin{cases} a_{11}\, x_1 + a_{12}\, x_2 + \dots + a_{1n}\, x_n = b_1 \\ a_{21}\, x_1 + a_{22}\, x_2 + \dots + a_{2n}\, x_n = b_2 \\ \quad \vdots \\ a_{n1}\, x_1 + a_{n2}\, x_2 + \dots + a_{nn}\, x_n = b_n. \end{cases}$$

En posant :

$$A = \begin{pmatrix} a_{11} & a_{12} & \dots & a_{1n} \\ a_{21} & a_{22} & \dots & a_{2n} \\ \vdots & \vdots & & \vdots \\ a_{n1} & a_{n2} & \dots & a_{nn} \end{pmatrix}, \quad X = \begin{pmatrix} x_1 \\ x_2 \\ \vdots \\ x_n \end{pmatrix}, \quad B = \begin{pmatrix} b_1 \\ b_2 \\ \vdots \\ b_n \end{pmatrix},$$

on peut écrire (S) sous forme matricielle $AX = B$.

Lorsque la matrice A est inversible, (S) admet une seule solution :

$$AX = B \Leftrightarrow X = A^{-1}B.$$

• Suites récurrentes

Soient A et B des matrices carrées de même ordre.

• Suites de matrices colonnes vérifiant $U_{n+1} = AU_n$

Si (U_n) est une suite de matrices colonnes vérifiant :

pour tout entier naturel n, $U_{n+1} = AU_n$,

alors : pour tout entier naturel n, $U_n = A^n U_0$.

• Suites de matrices colonnes vérifiant $U_{n+1} = AU_n + B$

Si (U_n) est une suite de matrices colonnes vérifiant :

pour tout entier naturel n, $U_{n+1} = AU_n + B$,

et s'il existe une matrice C telle que $C = AC + B$,

alors : pour tout entier naturel n, $U_{n+1} - C = A(U_n - C)$.

3 Chaînes de Markov à deux ou trois états

- Une chaîne de Markov est une suite d'épreuves aléatoires où les **états** possibles sont donnés et la distribution de probabilité évolue selon des **probabilités de transition** constantes.
- Un **graphe probabiliste** est un graphe orienté dans lequel :
- les **sommets du graphe** représentent les différents états possibles,
- les **poids des arcs** indiquent les probabilités de passage d'un état à l'autre.

Dans un graphe probabiliste, la somme des poids des arcs issus d'un sommet est égale à 1.

- Après avoir ordonné les états, on définit la matrice carrée P, appelée **matrice de transition**, telle que le terme de position (i, j) soit la probabilité de passer de l'état i à l'état j.
- La somme des coefficients de chaque ligne de P vaut 1.
- Le coefficient de position (i, j) de la matrice P^n est la probabilité de passer de l'état i à l'état j après n transitions.
- En notant π_0 la matrice ligne qui représente la distribution initiale, la matrice ligne $\pi_0 P^n$ représente la distribution après n transitions.

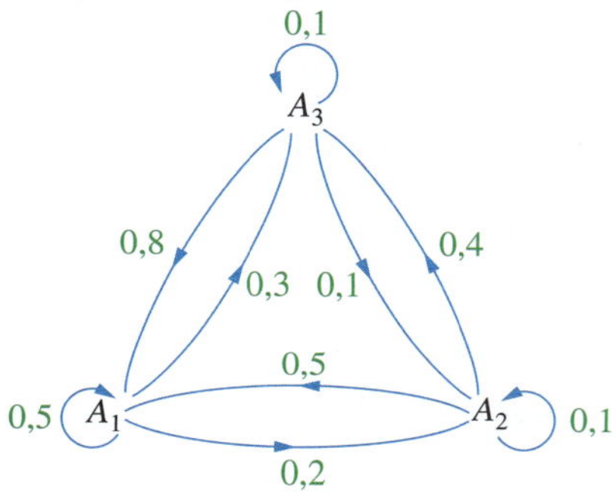

$$P = \begin{pmatrix} 0,5 & 0,2 & 0,3 \\ 0,5 & 0,1 & 0,4 \\ 0,8 & 0,1 & 0,1 \end{pmatrix}$$

Exercices d'entraînement

Graphes non orientés

Exercice 1 ★★ 10 min *Corrigé p. 571*

Le responsable d'une agence de services à domicile implantée dans la ville de LAIRE a représenté par le graphe $\mathcal{G}$ ci-dessous toutes les rues dans lesquelles se trouvent des clients qu'il doit visiter quotidiennement. Dans ce graphe, les arêtes sont les rues et les sommets sont les intersections des rues.

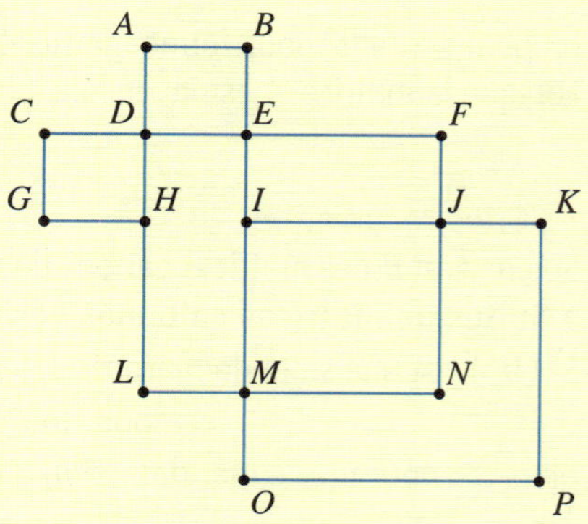

1. Quel est l'ordre du graphe $\mathcal{G}$? Le graphe $\mathcal{G}$ est-il complet ? Est-il connexe ?

2. Le responsable voudrait effectuer un parcours qui passe une seule fois par chaque rue où se trouvent les clients. Déterminer si un tel parcours existe dans les deux cas suivants.

a. Le point d'arrivée est le même que le point de départ.

b. Le point d'arrivée n'est pas le même que le point de départ.

Exercice 2 ★★ 10 min

Corrigé p. 571

Dans la ville de Graaff, on s'intéresse aux principales rues permettant de relier différents lieux ouverts au public, à savoir la mairie M, le centre commercial C, la bibliothèque B, la piscine P et le lycée L.

Les cases vertes du tableau ci-dessous indiquent les rues reliant deux de ces lieux.

	B	C	L	M	P
B		■		■	■
C	■		■	■	
L		■		■	
M	■	■	■		■
P	■			■	

1. Dessiner un graphe représentant cette situation.
Le graphe est-il connexe ?
2. Démontrer qu'il existe au moins un trajet empruntant une seule fois chacune de ces rues. Proposer un tel trajet.
3. Est-il possible de passer une seule fois dans chaque rue et de revenir à la fin à son point de départ ?

Matrices et opérations

Exercice 3 ★★ 10 min

Corrigé p. 572

On pose : $A = \begin{pmatrix} 1 & 1 \\ 0 & 2 \end{pmatrix}$ $\quad B = \begin{pmatrix} 0 & 1 \\ 2 & -2 \end{pmatrix}$

Calculer les matrices suivantes :

1. $2A$.
2. $-B$.
3. $2A + 3B$.
4. $5A - 4B$.
5. $2A - 3I_2$.
6. $A - 2B - 6(A - B)$.

Exercice 4 ★★ 10 min

Corrigé p. 572

Soit A une matrice carrée d'ordre n $(n \in \mathbb{N}^*)$.

1. Développer $(3A - I_n)A$, $(A - 3I_n)(A + I_n)$, $(A - 2I_n)^2$.
2. Factoriser $A^2 - 2A$, $A^2 - 3A + 2I_n$, $A^2 - I_n$.

Puissances d'une matrice

Exercice 5 ★ 10 min

Corrigé p. 572

Soit A la matrice $\begin{pmatrix} 1 & -1 \\ 1 & -1 \end{pmatrix}$. Calculer A^2. Que vaut A^{10} ?

Exercice 6 ★★ 15 min

Corrigé p. 572

Soit A la matrice $\begin{pmatrix} 1 & 1 \\ 1 & 1 \end{pmatrix}$. Calculer A^2, puis A^3. Quelle conjecture est-on amené à formuler concernant A^n, n désignant un entier naturel non nul ? La démontrer par récurrence.

Matrice inverse

Exercice 7 ★★ 30 min

Corrigé p. 572

Soit A la matrice $\begin{pmatrix} \frac{1}{2} & \frac{2}{3} \\ \frac{1}{2} & \frac{1}{3} \end{pmatrix}$.

Le but de l'exercice est de calculer A^n $(n \in \mathbb{N}^*)$. Pour cela, on pose :

$$B = \begin{pmatrix} 4 & -1 \\ 3 & 1 \end{pmatrix}, \quad D = \begin{pmatrix} 1 & 0 \\ 0 & -\dfrac{1}{6} \end{pmatrix}.$$

1. a. À l'aide de la calculatrice, vérifier que B est inversible et expliciter B^{-1}, puis effectuer le produit $B^{-1}AB$.

b. Expliciter la matrice D^n pour tout n de $\mathbb{N}^*$.

c. Écrire A à l'aide de D, B et B^{-1}.

2. Démontrer par récurrence que, pour tout n de $\mathbb{N}^*$: $A^n = BD^nB^{-1}$.

3. Conclure.

Matrices et systèmes d'équations linéaires

Exercice 8 ★ 10 min

Corrigé p. 573

Traduire le système suivant : $\begin{cases} 2x + y = 3 \\ 5x - 4y = 7 \end{cases}$

1. par une égalité entre deux matrices colonnes ;

2. par une égalité portant sur des matrices colonnes, de la forme $xC_1 + yC_2 = Y$;

3. par une égalité entre matrices, de la forme $AX = Y$.

Exercice 9 ★★ 15 min

Corrigé p. 573

1. Soit A la matrice $\begin{pmatrix} 4 & -13 \\ -5 & 7 \end{pmatrix}$.

À l'aide de la calculatrice, vérifier que A est inversible et expliciter la matrice A^{-1}.

2. Applications.

a. Résoudre le système (Σ) d'inconnue (x, y) : $\begin{cases} 4x - 13y = -53 \\ -5x + 7y = 20. \end{cases}$

b. Le plan étant rapporté à un repère $(O; \vec{i}, \vec{j})$, on considère les vecteurs définis par :

$$\vec{u} = 4\vec{i} - 5\vec{j}, \quad \vec{v} = -13\vec{i} + 7\vec{j}, \quad \vec{w} = -53\vec{i} + 20\vec{j}.$$

Démontrer que $\vec{w}$ s'écrit de façon unique comme combinaison linéaire de $\vec{u}$ et $\vec{v}$.

Chaînes de Markov

Exercice 10 ★★ 10 min

Corrigé p. 574

Donner la matrice de transition associée à chacun des graphes probabilistes suivants.

Les sommets sont rangés dans l'ordre alphabétique.

1.

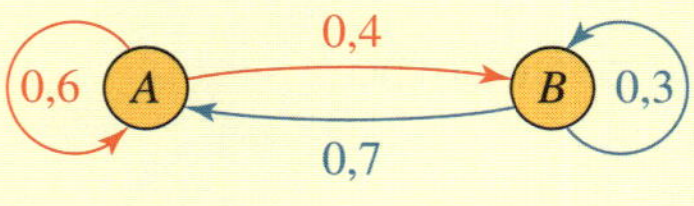

2.

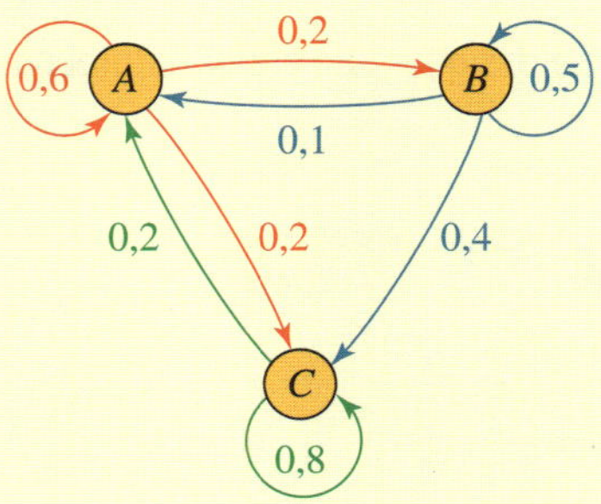

CORRIGÉS

CHAPITRE 1 (Énoncés p. 545)

1

- **$\mathcal{R}e(1-3i) = 1$ et $\mathcal{I}m(1-3i) = -3$.**
- **$\mathcal{R}e(2i) = 0$ et $\mathcal{I}m(2i) = 2$.**

La partie réelle d'un imaginaire pur est nulle.

- **$\mathcal{R}e(5\sqrt{2}) = 5\sqrt{2}$ et $\mathcal{I}m(5\sqrt{2}) = 0$.**
- **$\mathcal{R}e(0) = 0$ et $\mathcal{I}m(0) = 0$.**

La partie imaginaire d'un réel est nulle.

- **$\mathcal{R}e(9i-4) = -4$ et $\mathcal{I}m(9i-4) = 9$.**
- $i(3+i) = 3i + i^2 = -1 + 3i$,

donc : **$\mathcal{R}e(i(3+i)) = -1$ et $\mathcal{I}m(i(3+i)) = 3$.**

0 est le seul complexe dont les parties réelle et imaginaire sont nulles.

2 • **$\sqrt{3}$, 0 et $(2-i)(2+i)$ sont réels.**

$(2-i)(2+i) = 2^2 - i^2 = 4 + 1 = 5$

• **2i, 0, $0{,}75 - \dfrac{3}{4} + 7i$ et $(1+i)^2$ sont imaginaires purs.**

$$0{,}75 - \frac{3}{4} + 7i = 7i$$

$$(1+i)^2 = 1^2 + 2i + i^2 = 1 + 2i - 1 = 2i$$

• $9i - i^2 = 1 + 9i$ et $i(2+i) = -1 + 2i$, donc **$9i - i^2$ et $i(2+i)$ ne sont ni réels, ni imaginaires purs.**

3

- $2(3-4i) - 5(2+7i) = 6 - 8i - 10 - 35i = \mathbf{-4 - 43i}$.
- $(5+6i)(9-i) = 45 - 6i^2 - 5i + 54i = 45 + 6 + 49i = \mathbf{51 + 49i}$.
- $(1-i)^2 = 1^2 - 2\times1\times i + i^2 = 1 - 2i - 1 = \mathbf{-2i}$.
- $(8+5i)(8-5i) = 8^2 + 5^2 = 64 + 25 = \mathbf{89}$.
- $\overline{11-13i} = \mathbf{11 + 13i}$.
- $\overline{3i-7} = \overline{-7+3i} = \mathbf{-7 - 3i}$.
- $\dfrac{-2}{1-i\sqrt{3}} = \dfrac{-2(1+i\sqrt{3})}{(1-i\sqrt{3})(1+i\sqrt{3})}$

$$= \frac{-2(1+i\sqrt{3})}{1^2 + (\sqrt{3})^2} = \frac{-2(1+i\sqrt{3})}{4}$$

$$= -\frac{1}{2} - i\frac{\sqrt{3}}{2}$$

On multiplie numérateur et dénominateur par le conjugué du dénominateur.

4 1. $(E) : iz + 1 + i = 0$.

(E) est une équation du premier degré. On applique les mêmes techniques de résolution que pour une équation de la forme $ax + b = 0$ d'inconnue x dans $\mathbb{R}$.

Pour tout complexe z :

$$(E) \Leftrightarrow iz = -1 - i \Leftrightarrow z = \frac{-1-i}{i}, \text{ et :}$$

$\dfrac{-1-i}{i} = \dfrac{(-1-i)(-i)}{i(-i)} = -1 + i$, donc (E) **admet pour seule solution $-1 + i$.**

2. $(E) : (3+2i)z = 1 + 4i$.

(E) est une équation du premier degré.

Pour tout complexe z :

$$(E) \Leftrightarrow z = \frac{1+4i}{3+2i} \quad \text{et :}$$

$$\frac{1+4i}{3+2i} = \frac{(1+4i)(3-2i)}{(3+2i)(3-2i)} = \frac{3 + 12i - 2i + 8}{9+4} = \frac{11+10i}{13}.$$

Donc **la seule solution de (E) est $\dfrac{11}{13} + \dfrac{10}{13}i$.**

3. $(E) : (1-9i)\bar{z} = 3 + 2i$.

Le conjugué d'un quotient est le quotient des conjugués.

Pour tout nombre complexe z :

$$(E) \Leftrightarrow \bar{z} = \frac{3+2i}{1-9i} \Leftrightarrow z = \frac{3-2i}{1+9i}, \text{ et :}$$

$$\frac{3-2i}{1+9i} = \frac{(3-2i)(1-9i)}{1^2+9^2} = \frac{3 - 2i - 27i - 18}{82} = \frac{-15-29i}{82}.$$

Donc (E) **admet pour seule solution :**

$$-\frac{15}{82} - \frac{29}{82}i.$$

4. $(E) : (z + 1 - i)(\bar{z} + 3 + 4i) = 0$.

Pour tout complexe z :

$$(E) \Leftrightarrow z + 1 - i = 0 \text{ ou } \bar{z} + 3 + 4i = 0$$
$$\Leftrightarrow z = -1 + i \text{ ou } \bar{z} = -3 - 4i$$
$$\Leftrightarrow z = -1 + i \text{ ou } z = \overline{-3 - 4i}$$
$$\Leftrightarrow z = -1 + i \text{ ou } z = -3 + 4i.$$

Les solutions de l'équation (E) sont $-1 + i$ et $-3 + 4i$.

5 1. L'affixe du vecteur $\overrightarrow{OM}$ est z, donc **l'affixe de $2\overrightarrow{OM}$ est $2z$.**

2. L'affixe du vecteur $\overrightarrow{MM'}$ est $z' - z$, donc **l'affixe de $3\overrightarrow{MM'}$ est $3(z' - z)$.**

3. Les affixes des vecteurs $\overrightarrow{OM}$ et $\overrightarrow{OM'}$ sont respectivement z et z', donc **le vecteur $-2\overrightarrow{OM} + 5\overrightarrow{OM'}$ a pour affixe $-2z + 5z'$.**

6 1. Dire que l'affixe d'un point est un réel signifie que ce point a une ordonnée nulle, autrement dit, qu'**il appartient à la droite des abscisses.**

2. Dire qu'un point est l'image d'un imaginaire pur signifie qu'**il appartient à la droite des ordonnées.**

Les imaginaires purs sont les complexes de partie réelle nulle.

7 $z_A = 2 - i$, $z_B = 3 + 2i$, $z_C = -1 + 4i$, $z_D = -2 + i$.

- $z_B - z_A = 3 + 2i - 2 + i = 1 + 3i$.
- $z_C - z_D = -1 + 4i + 2 - i = 1 + 3i$.

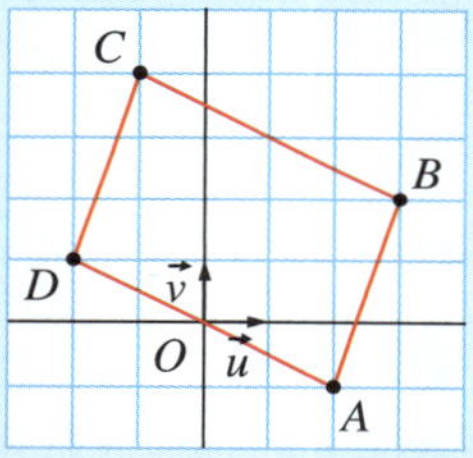

Les vecteurs $\overrightarrow{AB}$ et $\overrightarrow{DC}$ ont donc la même affixe, ce qui prouve : $\overrightarrow{AB} = \overrightarrow{DC}$, c'est-à-dire que **le quadrilatère $ABCD$ est un parallélogramme.**

8 1. $|1 + i\sqrt{3}| = \sqrt{1^2 + \sqrt{3}^2} = \sqrt{1+3} = \sqrt{4}$,

donc : $\mathbf{|1 + i\sqrt{3}| = 2.}$

Des complexes conjugués ont le même module.

2. $|1 - i\sqrt{3}| = |1 + i\sqrt{3}|$, donc : $\mathbf{|1 - i\sqrt{3}| = 2.}$

$1 - i\sqrt{3}$ est le conjugué de $1 + i\sqrt{3}$

3. $\mathbf{|1 - i|} = \sqrt{1^2 + (-1)^2} = \sqrt{1+1} = \mathbf{\sqrt{2}.}$

4. $\mathbf{|3i| = 3.}$

On peut écrire : $|3i| = |3| \times |i| = 3 \times 1 = 3$.

Le module d'un imaginaire pur est la valeur absolue de sa partie imaginaire.

5. $\mathbf{|-2\,030| = 2\,030.}$

Le module d'un réel est sa valeur absolue.

6. $|200 - 200i| = |200(1 - i)| = 200 \times |1 - i|$,

d'où : $\mathbf{|200 - 200i| = 200\sqrt{2}.}$

7. $|3\sqrt{2} - i\sqrt{7}| = \sqrt{(3\sqrt{2})^2 + \sqrt{7}^2} = \sqrt{18 + 7} = \sqrt{25}$,

donc : $\mathbf{|3\sqrt{2} - i\sqrt{7}| = 5.}$

8. On a :

$|(1 - i)(3\sqrt{2} - i\sqrt{7})| = |1 - i| \times |3\sqrt{2} - i\sqrt{7}| = \sqrt{2} \times 5 = \mathbf{5\sqrt{2}.}$

Le module d'un produit est le produit des modules.

9. $\left|\dfrac{1 + i\sqrt{3}}{1 - i}\right| = \dfrac{|1 + i\sqrt{3}|}{|1 - i|} = \dfrac{2}{\sqrt{2}}$,

donc : $\mathbf{\left|\dfrac{1 + i\sqrt{3}}{1 - i}\right| = \sqrt{2}.}$

Le module d'un quotient est le quotient des modules.

10. $\left|(1 + i\sqrt{3})^5\right| = |1 + i\sqrt{3}|^5 = 2^5$,

d'où : $\mathbf{\left|(1 + i\sqrt{3})^5\right| = 32.}$

$|z^n| = |z|^n$

9 $A(-i\sqrt{3})$, $B(3 + 2i\sqrt{3})$ et $C(-3 + 2i\sqrt{3})$.

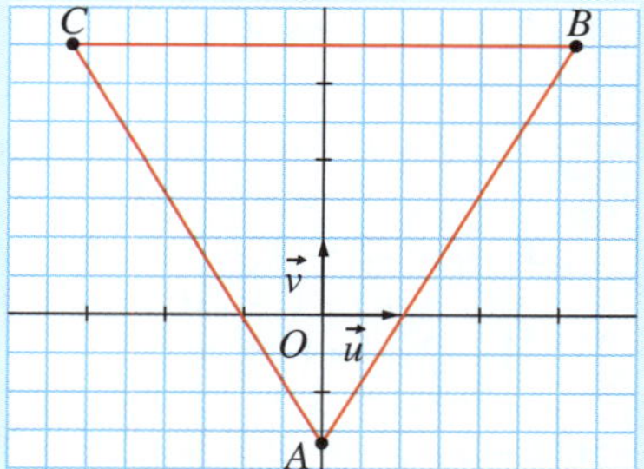

La figure conduit à conjecturer que le triangle ABC est équilatéral.

- $AB = |(3 + 2i\sqrt{3}) - (-i\sqrt{3})|$
$= |3 + 2i\sqrt{3} + i\sqrt{3}| = |3 + 3i\sqrt{3}|$
$= 3|1 + i\sqrt{3}| = 3 \times \sqrt{1+3} = 3 \times 2$
$= 6.$

- $AC = |(-3 + 2i\sqrt{3}) - (-i\sqrt{3})|$
$= |-3 + 2i\sqrt{3} + i\sqrt{3}| = |-3 + 3i\sqrt{3}|$
$= 3|-1 + i\sqrt{3}| = 3 \times \sqrt{1+3}$
$= 3 \times 2$
$= 6.$

- $BC = \left|\left(-3+2\mathrm{i}\sqrt{3}\right)-\left(3+2\mathrm{i}\sqrt{3}\right)\right|$
$= \left|-3+2\mathrm{i}\sqrt{3}-3-2\mathrm{i}\sqrt{3}\right| = |-6| = 6.$

On a : $AB = AC = BC$, donc **le triangle ABC est équilatéral**

10 1. $|z+1+2\mathrm{i}| = |z-4|$.

Soient A et B les points d'affixes $-1-2\mathrm{i}$ et 4.

Dire que l'on a : $|z+1+2\mathrm{i}| = |z-4|$ signifie :

$AM = BM.$

On en déduit : $M \in \mathscr{E} \Leftrightarrow AM = BM$.

Donc $\mathscr{E}$ est la médiatrice de $[AB]$.

On peut aussi poser $z = x + \mathrm{i}y$ avec x et y réels. On a alors :

$$\begin{aligned} M \in \mathscr{E} &\Leftrightarrow |x+\mathrm{i}y+1+2\mathrm{i}| = |x+\mathrm{i}y-4| \\ &\Leftrightarrow |x+1+\mathrm{i}(y+2)| = |x-4+\mathrm{i}y| \\ &\Leftrightarrow |x+1+\mathrm{i}(y+2)|^2 = |x-4+\mathrm{i}y|^2 \\ &\Leftrightarrow (x+1)^2+(y+2)^2 = (x-4)^2+y^2 \\ &\Leftrightarrow x^2+2x+1+y^2+4y+4 \\ &\qquad = x^2-8x+16+y^2 \\ &\Leftrightarrow 2x+1+4y+4 = -8x+16 \\ &\Leftrightarrow 10x+4y-11 = 0, \end{aligned}$$

ce qui permet de conclure que $\mathscr{E}$ est la droite d'équation $10x+4y-11=0$.

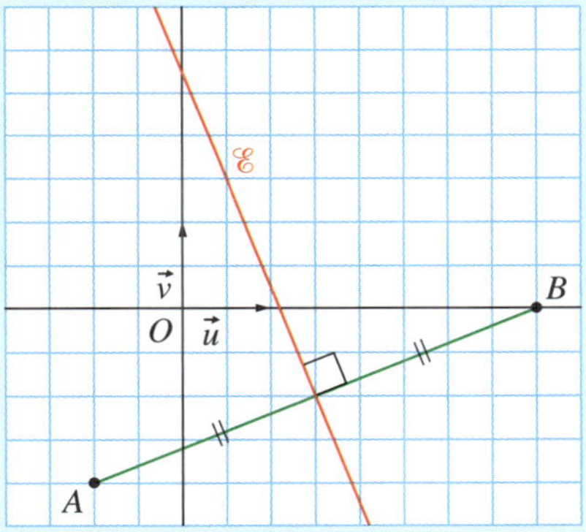

2. $|z-3\mathrm{i}| = 2$.

Soit A le point d'affixe $3\mathrm{i}$. La condition $|z-3\mathrm{i}| = 2$ se traduit par : $AM = 2$.

Donc :

$M \in \mathscr{E} \Leftrightarrow AM = 2.$

On en déduit : **$\mathscr{E}$ est le cercle de centre A et de rayon 2.**

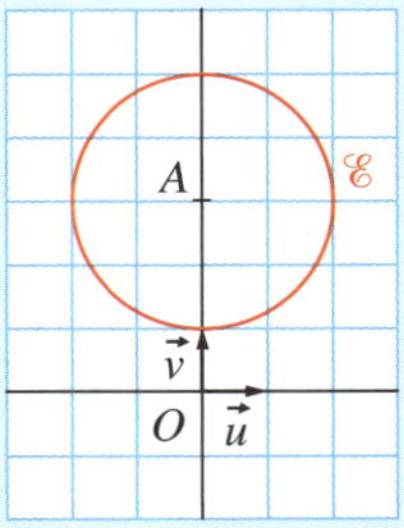

On pouvait aussi poser $z = x + \mathrm{i}y$ avec x et y réels. On a alors :

$$\begin{aligned} M \in \mathscr{E} &\Leftrightarrow |z-3\mathrm{i}| = 2 \\ &\Leftrightarrow |x+\mathrm{i}y-3\mathrm{i}| = 2 \\ &\Leftrightarrow |x+\mathrm{i}(y-3)|^2 = 4 \\ &\Leftrightarrow x^2+(y-3)^2 = 4. \end{aligned}$$

11 1. $A(2\mathrm{i})$, $B(3)$, $C(-1)$, $D(1-\mathrm{i})$, $E(-2+2\mathrm{i})$ et $F(3+3\mathrm{i})$.

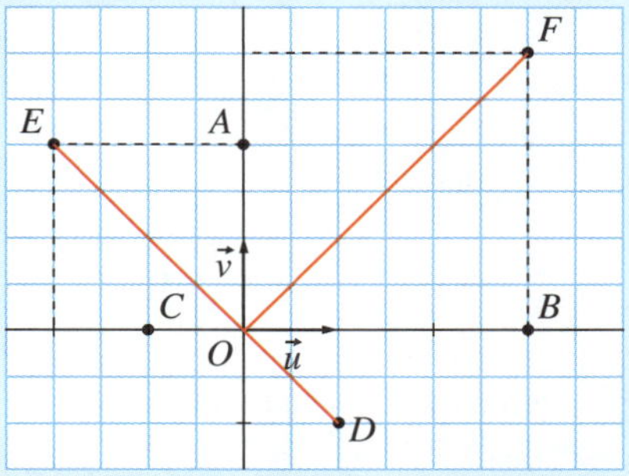

2. On obtient par lecture graphique, modulo 2π :

- **$\arg(2\mathrm{i}) = \left(\vec{u}, \overrightarrow{OA}\right) = \dfrac{\pi}{2}$,**
- **$\arg(3) = \left(\vec{u}, \overrightarrow{OB}\right) = 0$,**
- **$\arg(-1) = \left(\vec{u}, \overrightarrow{OC}\right) = \pi$,**
- **$\arg(1-\mathrm{i}) = \left(\vec{u}, \overrightarrow{OD}\right) = -\dfrac{\pi}{4}$,**
- **$\arg(-2+2\mathrm{i}) = \left(\vec{u}, \overrightarrow{OE}\right) = \dfrac{3\pi}{4}$,**
- **$\arg(3+3\mathrm{i}) = \left(\vec{u}, \overrightarrow{OF}\right) = \dfrac{\pi}{4}$.**

> Pour tout complexe non nul z d'image M :
> $\arg(z) = \left(\vec{u}, \overrightarrow{OM}\right)$.

12 1. $|-3+3\mathrm{i}| = \sqrt{9+9} = 3\sqrt{2}$; θ désignant un argument de $-3+3\mathrm{i}$:

$$\cos(\theta) = \frac{-3}{3\sqrt{2}} = -\frac{\sqrt{2}}{2},\ \sin(\theta) = \frac{3}{3\sqrt{2}} = \frac{\sqrt{2}}{2},$$

or, on sait :

$$\cos\left(\frac{3\pi}{4}\right) = -\frac{\sqrt{2}}{2} \quad \text{et} \quad \sin\left(\frac{3\pi}{4}\right) = \frac{\sqrt{2}}{2},$$

donc $\dfrac{3\pi}{4}$ est un argument de $-3+3\mathrm{i}$.

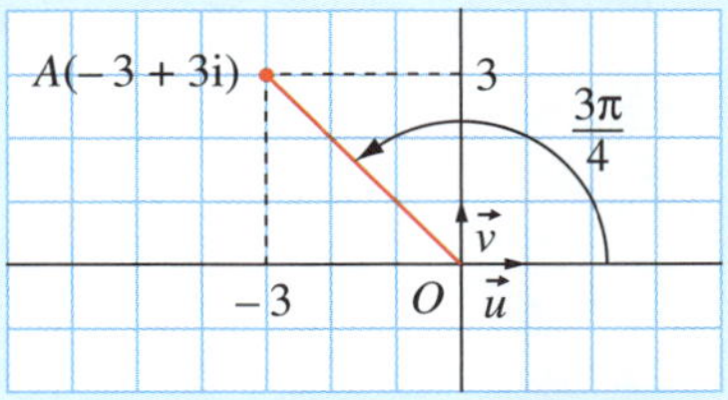

Finalement, **$3\sqrt{2}\left(\cos\dfrac{3\pi}{4} + \mathrm{i}\sin\dfrac{3\pi}{4}\right)$ est une forme trigonométrique de $-3+3\mathrm{i}$.**

En pratique, certains calculs intermédiaires se font de tête, ce qui conduit à une présentation abrégée du type :

$-3 + 3i = 3\sqrt{2}\left(-\frac{\sqrt{2}}{2} + i\frac{\sqrt{2}}{2}\right)$

↑ calcul du module, sa mise en facteur

$= 3\sqrt{2}\left(\cos\frac{3\pi}{4} + i\sin\frac{3\pi}{4}\right)$

↑ recherche d'un argument (éventuellement à l'aide du cercle trigonométrique)

ou : $-3 + 3i = 3(-1 + i)$

↑ mise en facteur d'un réel positif

$= 3\sqrt{2}\left(\cos\frac{3\pi}{4} + i\sin\frac{3\pi}{4}\right)$

↑ lecture graphique du module et d'un argument de $-1 + i$

2. $\sqrt{2} + i\sqrt{6} = 2\sqrt{2}\left(\frac{1}{2} + i\frac{\sqrt{3}}{2}\right)$

$= \mathbf{2\sqrt{2}\left(\cos\frac{\pi}{3} + i\sin\frac{\pi}{3}\right)}$.

3. $-2\left(\cos\frac{\pi}{6} + i\sin\frac{\pi}{6}\right) = 2\left(-\cos\frac{\pi}{6} - i\sin\frac{\pi}{6}\right)$

$= 2\left(\cos\left(\frac{\pi}{6} + \pi\right) + i\sin\left(\frac{\pi}{6} + \pi\right)\right)$

donc :

$$-2\left(\cos\frac{\pi}{6} + i\sin\frac{\pi}{6}\right) = 2\left(\cos\frac{7\pi}{6} + i\sin\frac{7\pi}{6}\right).$$

$\frac{7\pi}{6} = -\frac{5\pi}{6} + 2\pi$, donc :

$$-2\left(\cos\frac{\pi}{6} + i\sin\frac{\pi}{6}\right) = 2\left(\cos\left(-\frac{5\pi}{6}\right) + i\sin\left(-\frac{5\pi}{6}\right)\right).$$

13 **1.** $e^{i\pi} = \cos(\pi) + i\sin(\pi) = \mathbf{-1}$.

2. $e^{i\frac{\pi}{2}} = \cos\left(\frac{\pi}{2}\right) + i\sin\left(\frac{\pi}{2}\right) = \mathbf{i}$.

3. $2e^{i\frac{\pi}{3}} = 2\left(\cos\frac{\pi}{3} + i\sin\frac{\pi}{3}\right) = \mathbf{1 + i\sqrt{3}}$.

4. $e^{-i2\pi} = \cos(-2\pi) + i\sin(-2\pi)$
$= \cos(0) + i\sin(0) = \mathbf{1}$.

14 • On a :

$\left|\sqrt{3} + i\right| = \sqrt{\left(\sqrt{3}\right)^2 + 1^2} = \sqrt{3 + 1} = 2,$

$\sqrt{3} + i = 2\left(\frac{\sqrt{3}}{2} + \frac{1}{2}i\right),$

donc : $\mathbf{\sqrt{3} + i = 2\left(\cos\frac{\pi}{6} + i\sin\frac{\pi}{6}\right)}$,

c'est-à-dire : $\mathbf{\sqrt{3} + i = 2e^{i\frac{\pi}{6}}}$.

• $\sqrt{3} - i$ est le conjugué de $\sqrt{3} + i$, donc :

$\mathbf{\sqrt{3} - i = 2\left(\cos\left(-\frac{\pi}{6}\right) + i\sin\left(-\frac{\pi}{6}\right)\right)}$,

c'est-à-dire : $\mathbf{\sqrt{3} - i = 2e^{-i\frac{\pi}{6}}}$.

• On a : $\left|-\frac{1}{2} - i\frac{\sqrt{3}}{2}\right| = \sqrt{\left(-\frac{1}{2}\right)^2 + \left(\frac{\sqrt{3}}{2}\right)^2}$

$= \sqrt{\frac{1}{4} + \frac{3}{4}} = 1,$

$\cos\left(-\frac{2\pi}{3}\right) = -\frac{1}{2}$ et $\sin\left(-\frac{2\pi}{3}\right) = -\frac{\sqrt{3}}{2}$.

On en déduit :

$\mathbf{-\frac{1}{2} - i\frac{\sqrt{3}}{2} = \cos\left(-\frac{2\pi}{3}\right) + i\sin\left(-\frac{2\pi}{3}\right)}$,

c'est-à-dire : $\mathbf{-\frac{1}{2} - i\frac{\sqrt{3}}{2} = e^{i\left(-\frac{2\pi}{3}\right)}}$

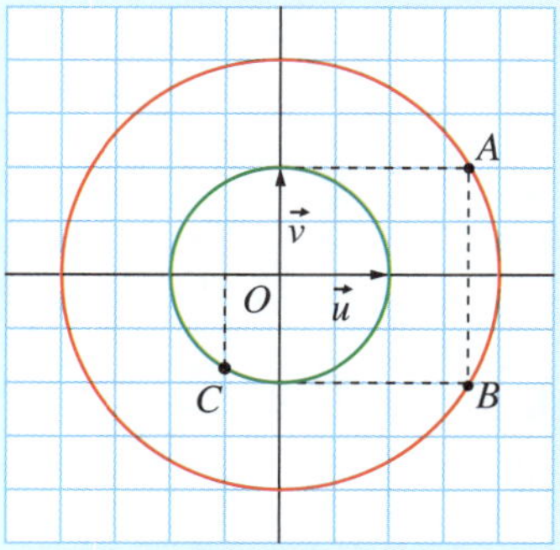

Le triangle OAB est équilatéral indirect.

A appartient au cercle de centre O et de rayon 2, son ordonnée est égale à 1 et son abscisse est positive. B est le symétrique du point A par rapport à la droite des abscisses. C appartient au cercle trigonométrique, son abscisse est $-\frac{1}{2}$ et son ordonnée est négative.

15 1. Pour tout complexe z :

$$z^2 = -9 \Leftrightarrow z^2 = 9i^2 \Leftrightarrow z^2 - 9i^2 = 0$$
$$\Leftrightarrow (z-3i)(z+3i) = 0$$
$$\Leftrightarrow z = 3i \text{ ou } z = -3i.$$

Si a est un réel strictement positif, les solutions de l'équation $z^2 = -a$ sont $i\sqrt{a}$ et $-i\sqrt{a}$.

Par conséquent, **les solutions dans $\mathbb{C}$ de l'équation $z^2 = -9$ sont 3i et –3i.**

2. Pour tout complexe z :

$$z^2 = 3 \Leftrightarrow z = \sqrt{3} \text{ ou } z = -\sqrt{3}$$

Les solutions dans $\mathbb{C}$ de l'équation $z^2 = 3$ sont $\sqrt{3}$ et $-\sqrt{3}$.

Si a est un réel strictement positif, les solutions de l'équation $z^2 = a$ sont les mêmes dans $\mathbb{C}$ et $\mathbb{R}$: ce sont les réels $\sqrt{a}$ et $-\sqrt{a}$.

3. Pour tout complexe z : $z^2 = -7 \Leftrightarrow z^2 = 7i^2$.
On en déduit que **les solutions dans $\mathbb{C}$ de l'équation $z^2 = -7$ sont $\sqrt{7}i$ et $-\sqrt{7}i$.**

4. Pour tout complexe z :

$$z^4 = 1 \Leftrightarrow z^4 - 1 = 0 \Leftrightarrow (z^2-1)(z^2+1) = 0$$
$$\Leftrightarrow (z^2 - 1^2)(z^2 - i^2) = 0$$
$$\Leftrightarrow (z-1)(z+1)(z-i)(z+i) = 0$$
$$\Leftrightarrow z = 1 \text{ ou } z = -1 \text{ ou } z = i \text{ ou } z = -i.$$

Finalement, **les solutions dans $\mathbb{C}$ de l'équation $z^4 = 1$ sont 1, –1, i et –i.**

16 1. $\mathscr{E}$: $z^2 + 4z + 5 = 0$. Le discriminant Δ de $\mathscr{E}$ vérifie : $\Delta = 16 - 20 = -4 = (2i)^2$, donc **les solutions de $\mathscr{E}$ sont** les complexes conjugués :

$$\frac{-4-2i}{2} \quad \text{et} \quad \frac{-4+2i}{2},$$

c'est-à-dire **–2 – i** et **–2 + i**.

2. $\mathscr{E}$: $4z^2 - 2z + 1 = 0$. Le discriminant Δ de $\mathscr{E}$ vérifie : $\Delta = 4 - 16 = -12 = \left(2i\sqrt{3}\right)^2$, donc **les solutions de $\mathscr{E}$ sont les complexes conjugués z_1 et z_2 tels que** :

$$z_1 = \frac{2-2i\sqrt{3}}{8} = \frac{1-i\sqrt{3}}{4}, \quad z_2 = \frac{1+i\sqrt{3}}{4}.$$

17 $n \geqslant 2$.

Les racines n-ièmes de l'unité dans $\mathbb{C}$ sont les nombres complexes $e^{ik\frac{2\pi}{n}}$, où k est un entier naturel inférieur ou égal à $n-1$.

1. Notons S la somme des racines n-ièmes complexes de 1.
On peut écrire :

$$S = \sum_{k=0}^{n-1} e^{ik\frac{2\pi}{n}} = \sum_{k=0}^{n-1}\left(e^{i\frac{2\pi}{n}}\right)^k,$$

$$S = 1 + e^{i\frac{2\pi}{n}} + e^{2\times i\frac{2\pi}{n}} + \ldots + e^{(n-1)\times i\frac{2\pi}{n}}$$
$$= 1 + e^{i\frac{2\pi}{n}} + \left(e^{i\frac{2\pi}{n}}\right)^2 + \ldots + \left(e^{i\frac{2\pi}{n}}\right)^{n-1}$$

donc S est la somme des n premiers termes de la suite géométrique de premier terme 1 et de raison $e^{i\frac{2\pi}{n}}$.
De plus par hypothèse : $n \geqslant 2$, donc : $e^{i\frac{2\pi}{n}} \neq 1$, donc :

$$S = \frac{1-\left(e^{i\frac{2\pi}{n}}\right)^n}{1-e^{i\frac{2\pi}{n}}} = \frac{1-e^{in\times\frac{2\pi}{n}}}{1-e^{i\frac{2\pi}{n}}}$$

c'est-à-dire : $S = 0$.

$$e^{i2\pi} = 1$$

On a prouvé que **la somme des racines n-ièmes complexes de 1 est nulle.**

2. • **Cas : $n = 2$.**

$$\mathbb{U}_2 = \{1 ; -1\}$$

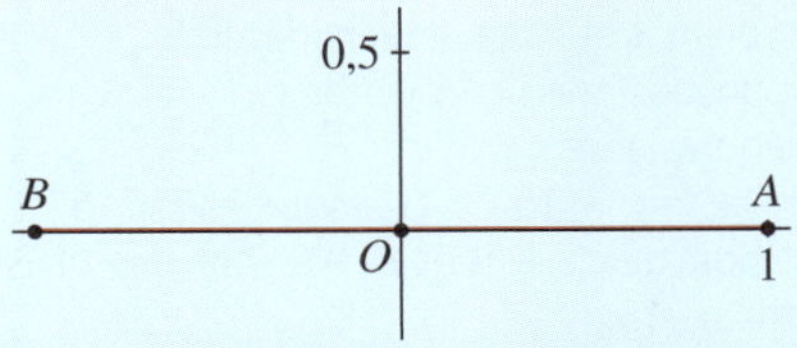

Les images des racines 2-ièmes de 1 sont les extrémités d'un segment $[AB]$ **de milieu O.**

$z_A + z_B = 0$, autrement dit : $\overrightarrow{OA} + \overrightarrow{OB} = \vec{0}$.

• **Cas : $n = 3$.**

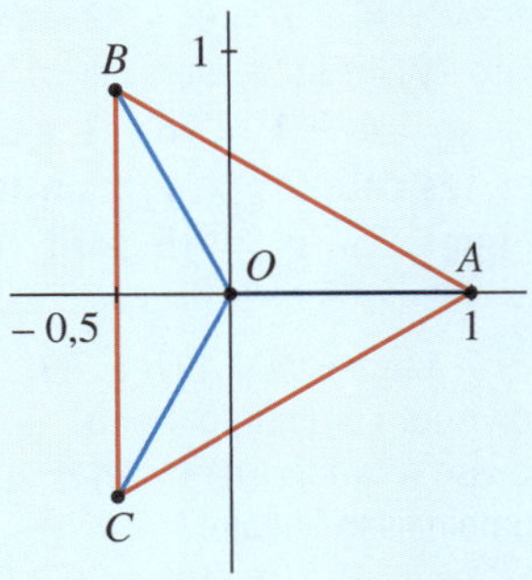

$$\mathbb{U}_3 = \{1, j, j^2\} \quad \text{avec} \quad j = e^{i\frac{2\pi}{3}}$$

Les images des racines 3-ièmes de 1 sont les sommets d'un triangle équilatéral ***ABC* de centre *O*.**

L'égalité sur des complexes : $z_A + z_B + z_C = 0$, se traduit vectoriellement par :

$$\overrightarrow{OA} + \overrightarrow{OB} + \overrightarrow{OC} = \vec{0}.$$

O est le centre de gravité du triangle ABC.

• **Cas : $n = 4$.**

$$\mathbb{U}_4 = \{1, i, -1, -i\}$$

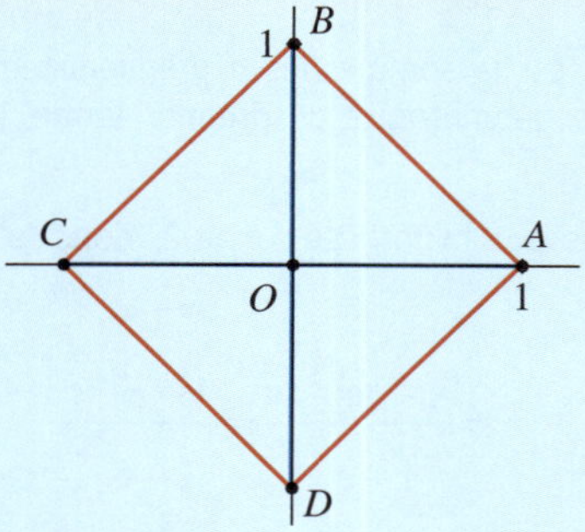

Les images des racines 4-ièmes de 1 sont les sommets d'un carré ***ABCD* de centre *O*.**

$z_A + z_B + z_C + z_D = 0$, autrement dit :

$$\overrightarrow{OA} + \overrightarrow{OB} + \overrightarrow{OC} + \overrightarrow{OD} = \vec{0}.$$

CHAPITRE 2 *(Énoncés p. 552)*

1 Soient x et y des entiers naturels.

• Supposons que (x, y) vérifie : $x^2 - y^2 = 15$.

De l'équivalence :

$$x^2 - y^2 = 15 \Leftrightarrow (x-y)(x+y) = 15,$$

on déduit que $x - y$ et $x + y$ sont des diviseurs positifs de 15.

Or, les diviseurs positifs de 15 sont 1, 3, 5, 15, et $x - y$ est inférieur ou égal à $x + y$, donc $(x - y\,; x + y)$ ne peut être qu'un des deux couples suivants : $(1\,; 15)$, $(3\,; 5)$.

• Si $(x - y\,; x + y) = (1\,; 15)$, alors : $x = 8$ et $y = 7$; de plus : $x^2 - y^2 = 8^2 - 7^2 = 64 - 49 = 15$.

• Si $(x - y\,; x + y) = (3\,; 5)$, alors : $x = 4$ et $y = 1$; de plus $x^2 - y^2 = 4^2 - 1^2 = 16 - 1 = 15$.

Finalement, **les couples (x, y) d'entiers naturels tels que $x^2 - y^2 = 15$ sont $(8\,; 7)$ et $(4\,; 1)$.**

2 $a = 7n^2 + 4$ et $b = n^2 + 1$ $(n \in \mathbb{Z})$

Soit d un diviseur commun à a et b.

L'entier d divise à la fois $7n^2 + 4$ et $n^2 + 1$, donc d divise la combinaison linéaire :

$$-(7n^2 + 4) + 7(n^2 + 1),$$

c'est-à-dire d divise 3.

$-(7n^2 + 4) + 7(n^2 + 1) = -7n^2 - 4 + 7n^2 + 7 = 3$

On a ainsi prouvé que **tout diviseur commun à *a* et *b* est un diviseur de 3.**

3 Le reste de la division euclidienne de l'entier m par 17 est 8, celui de l'entier n est 12.

Il existe donc un entier q tel que : $m = 17q + 8$, et un entier q' tel que :

$$n = 17q' + 12.$$

• On en déduit : $m + n = 17(q + q') + 20$, donc :

$$m + n = 17(q + q' + 1) + 3.$$

De plus : $0 \leqslant 13 < 17$,

donc **le reste de la division euclidienne par 17 de $m + n$ est 3.**

Le reste dans une division euclidienne par un entier naturel b est un entier naturel strictement inférieur à b.

• De même : $mn = (17q + 8)(17q' + 12)$

$= 17(17qq' + 8q' + 12q) + 96,$

or $96 = 17 \times 5 + 11$,

donc : $mn = 17(17qq' + 8q' + 12q + 5) + 11$,

avec $0 \leqslant 11 < 17$.

On a ainsi prouvé que **le reste de la division euclidienne par 17 de *mn* est 11.**

• Enfin : $m^2 = (17q + 8)^2$

$= 17^2q^2 + 2 \times 17 \times 8q + 8^2$

$= 17(17q^2 + 16q) + 64,$

de plus : $64 = 17 \times 3 + 13$,

donc : $m^2 = 17(17q^2 + 16q + 3) + 13$,

avec $0 \leqslant 3 < 17$, ce qui permet de conclure :

le reste de la division euclidienne par 17 de m^2 est 13.

4 Pour tout entier naturel n :

$3^{2n} = (3^2)^n = 9^n$, or : $9 \equiv 2\ [7]$, donc :

$9^n \equiv 2^n\ [7]$, c'est-à-dire : $3^{2n} \equiv 2^n\ [7]$,

ce qui prouve que **$3^{2n} - 2^n$ est divisible par 7.**

$a - b$ divisible par $n \Leftrightarrow a \equiv b\ [n]$

5 **1.** u_n est le reste dans la division euclidienne de 2^n par 9.

a)

n	0	1	2	3	4	5	6
2^n	1	2	4	8	16	32	64
u_n	**1**	**2**	**4**	**8**	**7**	**5**	**1**

$1 = 0 \times 9 + 1,\ \ldots,\ 8 = 0 \times 9 + 8,$

$16 = 1 \times 9 + 7,\ 32 = 3 \times 9 + 5,\ 64 = 7 \times 9 + 1$

b) Soit n un entier naturel.

Effectuons la division euclidienne de n par 6 :

$$n = 6q + r,\ 0 \leqslant r < 6.$$

On a alors les congruences modulo 9 suivantes :

$$2^n \equiv 2^{6q+r} \equiv (2^6)^q \times 2^r \equiv 1^q \times 2^r,$$

d'où : $2^n \equiv 2^r\ [9]$,

ce qui prouve que 2^n et 2^r ont le même reste dans la division euclidienne par 9, autrement dit :

$$u_n = u_r.$$

Pour tout entier naturel n : $u_{n+6} = u_n$. La suite (u_n) est périodique de période 6.

2. Effectuons la division euclidienne de 65 par 9 :

$65 = 9 \times 7 + 2$, donc : $65 \equiv 2\ [9]$, d'où :

$$65^n \equiv 2^n\ [9].$$

D'après la question **1.**, il vient :

si $n \equiv 0$ [6], alors $65^n \equiv 1$ [9]
si $n \equiv 1$ [6], alors $65^n \equiv 2$ [9]
si $n \equiv 2$ [6], alors $65^n \equiv 4$ [9]
si $n \equiv 3$ [6], alors $65^n \equiv 8$ [9]
si $n \equiv 4$ [6], alors $65^n \equiv 7$ [9]
si $n \equiv 5$ [6], alors $65^n \equiv 5$ [9].

3. On a : $2\,029 \equiv 1$ [6], $2\,029 = 6 \times 338 + 1$
donc : $65^{2\,029} \equiv 65^1$ [9], or : $65^1 \equiv 2$ [9], donc :

$$65^{2\,029} \equiv 2 \;[9].$$

Finalement, **le reste dans la division euclidienne de $65^{2\,029}$ par 9 est 2.**

6 La lettre de rang x est codée par la lettre de rang r, avec r le reste de la division euclidienne de $3x + 20$ par 26.

1. La lettre M a pour rang 12, et :

$$3 \times 12 + 20 = 36 + 20 = 56.$$

De plus : $56 = 26 \times 2 + 4$ et $0 < 4 < 26$, donc le reste de la division euclidienne de 56 par 26 est 4.
Enfin, comme 4 est le rang de la lettre E, on peut affirmer que **la lettre M est codée par la lettre E.**

2. « MATHS »

- La lettre A a pour rang 0, le reste de la division euclidienne de $3 \times 0 + 20$ par 26 est 20,

$3 \times 0 + 20 = 20$ $\quad 20 = 26 \times 0 + 20$ et
$0 \leqslant 20 < 26$

de plus 20 est le rang de U, donc A est codée par U.

On a l'enchaînement : $A \to 0 \to 20 \to U$

- D'après l'énoncé, la lettre T est codée par Z.
- On a l'enchaînement : $H \to 7 \to 15 \to P$,

$3 \times 7 + 20 = 41$ $\quad 41 = 26 \times 1 + 15$ et
$0 < 15 < 26$

donc la lettre H est codée par P.

- On a l'enchaînement : $S \to 18 \to 22 \to W$,

$3 \times 18 + 20 = 74$ $\quad 74 = 26 \times 2 + 22$ et
$0 < 22 < 26$

donc la lettre S est codée par W.
Finalement : **le message « MATHS » est codé par « EUZPW ».**

3. On appelle x le rang de la lettre codée par B.
Le rang x vérifie : $3x + 20 \equiv 1$ [26], c'est-à-dire : $3x \equiv -19$ [26], ou encore : $3x \equiv 7$ [26].

$7 \equiv -19$ [26] car $7 - (-19) = 26$.

Le plus petit multiple positif de 3 qui est congru à 7 modulo 26 est 33.
Puisque x est un entier compris entre 0 et 25 :

$$x = 11.$$

Comme la lettre chiffrée par 11 est L, on peut conclure que **la lettre B code la lettre L.**

4. Notons x le rang de la lettre codée par J.
Le rang x vérifie : $3x + 20 \equiv 9$ [26], c'est-à-dire : $3x \equiv -11$ [26], ou encore : $3x \equiv 15$ [26].

$15 \equiv -11$ [26] car $15 - (-11) = 26$.

On a bien sûr : $3 \times 5 \equiv 15$ [26].

Comme la lettre chiffrée par 5 est F, on peut conclure que la lettre J (et elle seule) code la lettre F.
Deux lettres distinctes ne sont jamais codées par la même lettre.
En procédant comme ci-dessus, on peut remplir le tableau suivant.

lettre initiale	F	A	C	I	L	E
rang x	5	0	2	8	11	4
rang lettre codée r	9	20	0	18	1	6
lettre codée	J	U	A	S	B	G

Finalement, **le message JUASBG est décodé par FACILE.**

7 Utilisons l'algorithme d'Euclide pour déterminer le PGCD de 168 et 288.

$$288 = 168 \times 1 + 120$$
$$168 = 120 \times 1 + 48$$
$$120 = 48 \times 2 + 24$$
$$48 = 24 \times 2 + 0.$$

Ces divisions euclidiennes successives jusqu'au premier reste nul peuvent se présenter dans un tableau de la façon suivante :

	1	1	2	2
288	168	120	48	24
	120	48	**24**	**0**

Le dernier reste non nul obtenu dans les divisions successives étant 24, on en déduit :

PGCD(168 ; 288) = 24.

8 1. • Si un entier divise n et $n + 1$, alors il divise leur différence $(n + 1) - n$, c'est-à-dire 1, donc le seul diviseur positif commun à n et $n + 1$ est 1.

Si a divise b et c, alors a divise $b - c$.

Par conséquent : **PGCD(n, $n + 1$) = 1.**
Ce résultat pouvait s'établir en invoquant le théorème de Bézout après avoir écrit :

$$1 \times (n + 1) + (-1) \times n = 1.$$

2. • Si un entier divise $n + 1$ et $2n + 1$, alors il divise aussi leur différence $(2n + 1) - (n + 1)$, c'est-à-dire n. Comme le seul diviseur positif commun à n et $n + 1$ est 1, on peut affirmer :

PGCD($n + 1$, $2n + 1$) = 1.

$$2 \times (n + 1) + (-1) \times (2n + 1) = 1.$$

9 1. $14u + 25v = 1$. Les entiers 14 et 25 sont clairement premiers entre eux.

$14 = 2 \times 7$ et $25 = 5^2$

Le théorème de Bézout assure alors l'existence d'entiers relatifs u et v vérifiant l'égalité :

$$14u + 25v = 1.$$

Déterminons de tels entiers u et v en employant l'algorithme d'Euclide.

Si a et b sont premiers entre eux, alors il existe des entiers u et v tels que : $au + bv = 1$.

OPTION MATHS EXPERTES

• Par divisions euclidiennes successives :

$25 = 14 \times 1 + 11$ (1)

$14 = 11 \times 1 + 3$ (2)

$11 = 3 \times 3 + 2$ (3)

$3 = 2 \times 1 + 1$ (4)

• Par reports successifs en partant de la dernière égalité, on peut écrire :

$1 = 3 - 2$ (4)

$1 = 3 - (11 - 3 \times 3) = 4 \times 3 - 11$ (3)

$1 = 4 \times (14 - 11) - 11 = 4 \times 14 - 5 \times 11$ (2)

$1 = 4 \times 14 - 5 \times (25 - 14) = 9 \times 14 - 5 \times 25.$ (1)

On a ainsi obtenu : $14 \times 9 + 25 \times (-5) = 1$, ce qui permet de conclure qu'en prenant :

$$u = 9 \quad \text{et} \quad v = -5,$$

l'égalité $14u + 25v = 1$ est satisfaite.

2. $3u + 4v = 1$.

Il n'est pas nécessaire ici d'appliquer une méthode savante, car de façon évidente :

$3 \times (-1) + 4 \times 1 = 1$, ce qui permet d'affirmer que l'égalité $3u + 4v = 1$ est vérifiée lorsque :

$$u = -1 \quad \text{et} \quad v = 1.$$

10 (E) : $43x - 26y = 1$.

1. Les entiers 43 et –26 sont premiers entre eux, 43 est premier et $26 < 43$ donc d'après le théorème de Bézout, **il existe des entiers relatifs x et y tels que $43x - 26y = 1$**.

2. On a : $43 \times (-3) - 26 \times (-5) = -129 + 130$, donc : $43 \times (-3) - 26 \times (-5) = 1$, ce qui prouve que **le couple $(-3 ; -5)$ est une solution de l'équation (E).**

3. Soient x et y des entiers relatifs. D'après la question 2., les équations suivantes sont équivalentes :

$43x - 26y = 1$,

$43x - 26y = 43 \times (-3) - 26 \times (-5)$,

$43(x + 3) = 26(y + 5)$.

• Supposons que (x, y) vérifie : $43x - 26y = 1$.
Alors : $43(x + 3) = 26(y + 5)$, donc 26 divise $43(x + 3)$.

Comme de plus 26 et 43 sont premiers entre eux, le théorème de Gauss permet d'affirmer que 26 divise $x + 3$, c'est-à-dire qu'il existe un entier k tel que : $x = -3 + 26k$.

De : $43(x + 3) = 26 \times (y + 5)$, on déduit :

$43 \times 26k = 26(y + 5)$, ou encore : $y = -5 + 43k$.

• Réciproquement, s'il existe un entier k tel que :

$$x = -3 + 26k \quad \text{et} \quad y = -5 + 43k,$$

alors : $43x - 26y = 43(-3 + 26k) - 26(-5 + 43k)$
$= 43 \times (-3) - 26 \times (-5) = 1$, donc (x, y) est un couple d'entiers solution de (E).

Finalement, **les solutions dans $\mathbb{Z}^2$ de l'équation (E) : $43x - 26y = 1$ sont les couples $(26k - 3, 43k - 5)$, avec $k \in \mathbb{Z}$.**

4. Dire : $43x \equiv 1\ [26]$ signifie qu'il existe un entier y tel que : $43x - 26y = 1$, c'est-à-dire qu'il existe un entier k tel que : $x = -3 + 26k$.

Le seul entier naturel x inférieur ou égal à 25 tel que $43x \equiv 1\ [26]$ est donc obtenu pour $k = 1$, et il est égal à **23**.

L'inverse de 43 modulo 26 est 23.

11 Décomposons 144 en produit de facteurs premiers. L'algorithme présenté ci-contre conduit à :

144	2
72	2
36	2
18	2
9	3
3	3
1	

$$144 = 2^4 \times 3^2.$$

On aurait pu écrire :
$144 = 12^2 = (2^2 \times 3)^2 = 2^4 \times 3^2$.

Les diviseurs positifs de 144 sont donc les entiers naturels qui s'écrivent $2^m \times 3^n$, où m et n sont des entiers tels que : $0 \leqslant m \leqslant 4$ et $0 \leqslant n \leqslant 2$.

Il y a donc 5 valeurs possibles pour m et 3 valeurs possibles pour n, donc 5×3 diviseurs positifs de 144.

Les quinze diviseurs positifs de $2^4 \times 3^2$ sont les termes de la somme obtenue en développant le produit : $(1 + 2 + 2^2 + 2^3 + 2^4)(1 + 3 + 3^2)$.

Les diviseurs positifs de 144 sont donc les quinze entiers suivants : 1, 2, 2^2, 2^3, 2^4, 3, 2×3, $2^2 \times 3$, $2^3 \times 3$, $2^4 \times 3$, 3^2, 2×3^2, $2^2 \times 3^2$, $2^3 \times 3^2$, $2^4 \times 3^2$, c'est-à-dire 1, 2, 4, 8, 16, 3, 6, 12, 24, 48, 9, 18, 36, 72, 144. 24 est obtenu pour $m = 3$ et $n = 1$.

Rangés dans l'ordre croissant, **les diviseurs positifs de 144 sont : 1, 2, 3, 4, 6, 8, 9, 12, 16, 18, 24, 36, 48, 72, 144.**

12 1. Chaque nombre premier inférieur à 100 figure dans la décomposition primaire de 100 ! De plus, aucun nombre premier supérieur à 100 ne peut figurer dans la décomposition primaire de 100 !.

$100\,! = 1 \times 2 \times 3 \times \ldots \times 98 \times 99 \times 100$

Les nombres premiers qui figurent dans la décomposition primaire de 100 ! sont ceux qui sont inférieurs à 100.

Si un entier naturel d divise un entier naturel n, alors : $d \leqslant n$.

2. **L'exposant de 5 dans la décomposition primaire de 100 ! est 24.** En effet, il y a vingt entiers naturels non nuls qui sont à la fois multiples de 5 et inférieurs ou égaux à 100.

5 ; 10 ; 15 ; 20 ; 25 ; 30 ; 35 ; 40 ; 45 ; 50 ; 55 ; 60 ; 65 ; 70 ; 75 ; 80 ; 85 ; 90 ; 95 ; 100

Parmi ceux-ci, quatre sont multiples de 5^2.

25 ; 50 ; 75 et 100. Et on s'arrête là car $5^3 > 100$.

3. Parmi les entiers de 1 à 100, cinquante sont pairs, donc l'exposant de 2 dans la décomposition primaire de 100 ! est au minimum 50.

Avec de la patience, on trouve 97.

Le nombre de zéros dans l'écriture décimale d'un entier n est le plus grand entier α tel que $n = 10^{\alpha} \times m$, avec m entier.

Ainsi, dans la décomposition primaire de 100 ! figurent le facteur premier 5 avec l'exposant 24 et le facteur premier 2 avec un exposant supérieur à 24.

$$100! = (2 \times 5)^{24} \times m,$$

avec m entier non divisible par 10

l'écriture décimale de 100 ! comporte 24 zéros.

13 • Comme 11 ne divise pas 7, on peut écrire : $7^{11-1} \equiv 1 \ [11]$, c'est-à-dire : $7^{10} \equiv 1 \ [11]$, $0 \leqslant 1 < 11$ ce qui prouve **que le reste de la division euclidienne de 7^{10} par 11 est 1.**

Si p est un nombre premier ne divisant pas n, alors : $n^{p-1} \equiv 1 \ [p]$.

• On a : $3\,281 = 10 \times 328 + 1$, donc :
$7^{3281} = (7^{10})^{328} \times 7^1 = (7^{10})^{328} \times 7$.
En outre : $7^{10} \equiv 1 \ [11]$, donc :
$(7^{10})^{328} \equiv 1 \ [11]$, $1^{328} = 1$
d'où : $(7^{10})^{328} \times 7 \equiv 7 \ [11]$, c'est-à-dire :
$7^{3281} \equiv 7 \ [11]$. $0 \leqslant 7 < 11$
On peut alors conclure **que le reste de la division euclidienne de 7^{3281} par 11 est 7.**

14 Démontrer qu'un entier a est divisible par 30 revient à prouver que 2, 3 et 5 figurent dans la décomposition primaire de a, c'est-à-dire que 2, 3 et 5 divisent a. $30 = 2 \times 3 \times 5$
Soit n un entier naturel.

$$n^5 - n = n(n^4 - 1) = n(n^2 + 1)(n^2 - 1)$$
$$= n(n^2 + 1)(n - 1)(n + 1).$$

• $n - 1$, n et $n + 1$ sont trois entiers consécutifs, donc l'un au moins est pair, et l'un d'entre eux est divisible par 3.
• D'après le petit théorème de Fermat :
$n^5 \equiv n \ [5]$, donc 5 divise $n^5 - n$. 5 est premier
Finalement, 2, 3 et 5 sont des nombres premiers qui divisent $n^5 - n$, donc leur produit 30 divise $n^5 - n$.
On peut conclure que **pour tout entier naturel n, $n^5 - n$ est divisible par 30.**

CHAPITRE 3 *(Énoncés p. 557)*

1 1. • Le graphe admet 16 sommets : **le graphe $\mathcal{G}$ est d'ordre 16.**
• **Le graphe $\mathcal{G}$ n'est pas complet** car les sommets B et D, par exemple, ne sont pas reliés par une arête.
• **Le graphe $\mathcal{G}$ est connexe** car chaque sommet est relié à n'importe quel autre sommet par une chaîne.
2. Commençons par déterminer le degré de chaque sommet.

Sommet	Degré	Sommet	Degré
A	2	I	**3**
B	2	J	4
C	2	K	2
D	4	L	2
E	4	M	4
F	2	N	2
G	2	O	2
H	**3**	P	2

Une chaîne est eulérienne lorsqu'elle contient une seule fois chaque arête du graphe.
Un cycle eulérien est une chaîne eulérienne dans laquelle le premier sommet est égal au dernier.

a. Les sommets de $\mathcal{G}$ n'étant pas tous de degré pair, $\mathcal{G}$ n'admet pas de cycle eulérien : **il n'existe aucun parcours passant une seule fois par chaque rue et dont le point de départ est aussi celui d'arrivée.**
b. Seuls les sommets H et I sont de degré impair, donc $\mathcal{G}$ **admet une chaîne eulérienne** joignant H et I. **Il existe** donc **un parcours passant une seule fois par chaque rue et dont le point de départ est différent de celui d'arrivée.**
En ne gardant que les sommets qui correspondent à un « tournant », voici un « parcours » eulérien du graphe : *H-G-C-F-N-L-A-B-O-P-K-I*.

2 1. Le graphe $\mathcal{G}$ ci-contre représente la situation.

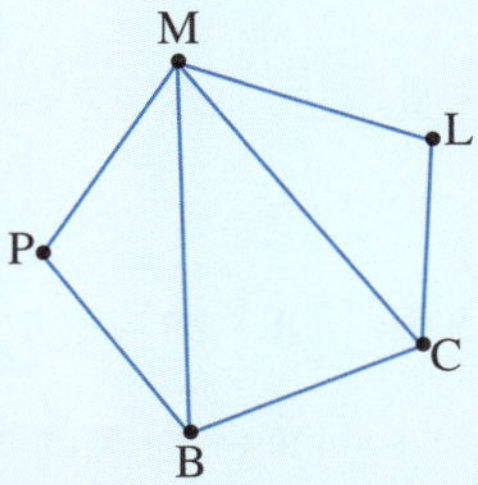

Le graphe $\mathcal{G}$ est connexe car chaque sommet est relié à n'importe quel autre par une chaîne.
2. Un trajet empruntant une seule fois chacune des rues correspond à une chaîne eulérienne.
Consignons le degré de chaque sommet dans un tableau.

Sommet	B	C	L	M	P
Degré	3	3	2	4	2

Si exactement deux sommets d'un graphe connexe sont de degré impair, alors ce graphe admet une chaîne eulérienne.

B et C sont de degré impair, tous les autres sont de degré pair, donc $\mathcal{G}$ admet une chaîne eulérienne.

On en déduit qu'**il existe au moins un trajet empruntant une seule fois chacune des rues. B-C-L-M-P-B-M-C est un tel trajet.**

3. Un trajet qui passe une seule fois dans chaque rue et revient à la fin à son point de départ correspond à un cycle eulérien.

Les sommets B et C ont un degré impair, donc **aucun trajet ne peut à la fois passer une seule fois dans chaque rue et revenir à son point de départ.**

Un graphe connexe admet un cycle eulérien si, et seulement si, tous ses sommets sont de degré pair.

3 1. $\mathbf{2A = \begin{pmatrix} 2 & 2 \\ 0 & 4 \end{pmatrix}.}$

2. $\mathbf{-B = \begin{pmatrix} 0 & -1 \\ -2 & 2 \end{pmatrix}.}$

3. $2A + 3B = \begin{pmatrix} 2 & 2 \\ 0 & 4 \end{pmatrix} + \begin{pmatrix} 0 & 3 \\ 6 & -6 \end{pmatrix},$

donc : $\mathbf{2A + 3B = \begin{pmatrix} 2 & 5 \\ 6 & -2 \end{pmatrix}.}$

4. $5A - 4B = \begin{pmatrix} 5 & 5 \\ 0 & 10 \end{pmatrix} - \begin{pmatrix} 0 & 4 \\ 8 & -8 \end{pmatrix},$

donc : $\mathbf{5A - 4B = \begin{pmatrix} 5 & 1 \\ -8 & 18 \end{pmatrix}.}$

5. $2A - 3I_2 = \begin{pmatrix} 2 & 2 \\ 0 & 4 \end{pmatrix} - \begin{pmatrix} 3 & 0 \\ 0 & 3 \end{pmatrix},$

$$\mathbf{2A - 3I_2 = \begin{pmatrix} -1 & 2 \\ 0 & 1 \end{pmatrix}.}$$

6. $$\begin{aligned} A - 2B - 6(A - B) &= A - 2B - 6A + 6B \\ &= -5A + 4B \\ &= -(5A - 4B), \end{aligned}$$

donc : $\mathbf{A - 2B - 6(A - B) = \begin{pmatrix} -5 & -1 \\ 8 & -18 \end{pmatrix}.}$

La somme de deux matrices (de même format) s'effectue terme à terme.

4 A : matrice carrée d'ordre n.

$AI_n = I_nA = A$

1. • $(3A - I_n)A = 3A^2 - I_nA$, d'où :

$$(3A - I_n)A = 3A^2 - A.$$

• $(A - 3I_n)(A + I_n) = A^2 + A - 3A - 3I_n,$

$I_n^2 = I_n$

donc : $\mathbf{(A - 3I_n)(A + I_n) = A^2 - 2A - 3I_n.}$

• $\mathbf{(A - 2I_n)^2 = A^2 - 4A + 4I_n.}$

2. • $\mathbf{A^2 - 2A = A(A - 2I_n) = (A - 2I_n)A.}$

Attention à ne pas oublier « I_n » dans l'écriture « $A - 2I_n$ ».

• $$\mathbf{\begin{aligned} A^2 - 3A + 2I_n &= (A - 2I_n)(A - I_n) \\ &= (A - I_n)(A - 2I_n). \end{aligned}}$$

Pour tout réel x :

$$x^2 - 3x + 2 = (x - 2)(x - 1) = (x - 1)(x - 2).$$

• $\mathbf{A^2 - I_n = (A - I_n)(A + I_n) = (A + I_n)(A - I_n).}$

Bien observer que ces calculs sont valides car les matrices A et I_n commutent.

I_n commute avec toute matrice carrée d'ordre n.

5 A^2 est la matrice nulle carrée d'ordre 2 :

$\mathbf{A^2 = \begin{pmatrix} 0 & 0 \\ 0 & 0 \end{pmatrix} = (0)_2.}$

		1	−1
		1	−1
1	−1	0	0
1	−1	0	0

On en déduit $\mathbf{A^{10} = (0)_2.}$

$$\begin{aligned} A^{10} &= A^2 \times A^8 \\ &= (0)_2 \times A^8 = (0)_2 \end{aligned}$$

6 On obtient sans difficulté :

$\mathbf{A^2 = \begin{pmatrix} 2 & 2 \\ 2 & 2 \end{pmatrix} = 2A,}$ $A^2 = 2^1A$

$\mathbf{A^3 = \begin{pmatrix} 4 & 4 \\ 4 & 4 \end{pmatrix} = 4A,}$ $A^3 = 2^2A$

ce qui conduit à conjecturer que, pour tout entier naturel n non nul : $A^n = 2^{n-1}A$.

Démontrons cette conjecture par récurrence.

• **Initialisation**

On a : $A^1 = A$ et $2^{1-1}A = 2^0A = 1A = A$, donc :

$$A^1 = 2^{1-1}A.$$

• **Hérédité**

Soit p un entier naturel non nul.

Supposons : $A^p = 2^{p-1}A$, et démontrons :

$$A^{p+1} = 2^pA.$$

Par définition des puissances d'une matrice :

$$A^{p+1} = A^p \times A,$$

donc, d'après l'hypothèse de récurrence :

$$A^{p+1} = (2^{p-1}A) \times A,$$

d'où : $A^{p+1} = 2^{p-1}(A \times A) = 2^{p-1}A^2$, or $A^2 = 2A$,

donc : $A^{p+1} = 2^{p-1}(2A) = (2^{p-1} \times 2)A$,

et finalement : $A^{p+1} = 2^pA$.

Le principe de récurrence permet de conclure :

pour tout n de $\mathbb{N}^*$, $A^n = 2^{n-1}A$.

7 $A = \begin{pmatrix} \frac{1}{2} & \frac{2}{3} \\ \frac{1}{2} & \frac{1}{3} \end{pmatrix}$, $B = \begin{pmatrix} 4 & -1 \\ 3 & 1 \end{pmatrix}$,

$D = \begin{pmatrix} 1 & 0 \\ 0 & -\frac{1}{6} \end{pmatrix}.$

1. a. On lit à l'affichage de la calculatrice, d'une part : $B^{-1} = \begin{pmatrix} \frac{1}{7} & \frac{1}{7} \\ -\frac{3}{7} & \frac{4}{7} \end{pmatrix}$,

d'où : $B^{-1} = \frac{1}{7}\begin{pmatrix} 1 & 1 \\ -3 & 4 \end{pmatrix}$, d'autre part :

$B^{-1}AB = \begin{pmatrix} 1 & 0 \\ 0 & -\frac{1}{6} \end{pmatrix}$, c'est-à-dire : $\boldsymbol{B^{-1}AB = D}$.

b. D'après les règles opératoires sur les matrices diagonales, **pour tout n de $\mathbb{N}^*$:**

$$D^n = \begin{pmatrix} 1 & 0 \\ 0 & \left(-\frac{1}{6}\right)^n \end{pmatrix}.$$

$$\begin{pmatrix} a & 0 \\ 0 & b \end{pmatrix}^n = \begin{pmatrix} a^n & 0 \\ 0 & b^n \end{pmatrix}.$$

c. En multipliant chaque membre de l'égalité $B^{-1}AB = D$ à gauche par B et à droite par B^{-1}, on obtient :

$$B \times (B^{-1}AB) \times B^{-1} = BDB^{-1},$$

c'est-à-dire : $\boldsymbol{A = BDB^{-1}}$.

$$B \times (B^{-1}AB) \times B^{-1} = (BB^{-1}) \times A \times (BB^{-1}) = I_3 \times A \times I_3 = A.$$

2. Pour tout entier naturel n non nul, notons $\mathcal{P}(n)$ la proposition : $A^n = BD^nB^{-1}$.

- **Initialisation**

On a les égalités : $BD^1B^{-1} = BDB^{-1} = A = A^1$ donc $\mathcal{P}(1)$ est vraie.

- **Hérédité**

Soit p un entier naturel non nul.
Supposons $\mathcal{P}(p)$ vraie, c'est-à-dire :

$$A^p = BD^pB^{-1},$$

et démontrons que $\mathcal{P}(p+1)$ est vraie, c'est-à-dire : $A^{p+1} = BD^{p+1}B^{-1}$.

On a : $A^{p+1} = A^p \times A$,

donc, d'après l'hypothèse de récurrence :

$$A^{p+1} = (BD^pB^{-1}) \times A.$$

De plus $A = BDB^{-1}$, donc :

$$A^{p+1} = (BD^pB^{-1}) \times BDB^{-1},$$

d'où : $A^{p+1} = BD^p \times (B^{-1}B) \times DB^{-1}$
$= BD^p \times I_3 \times DB^{-1} = BD^p \times DB^{-1}$
$= B \times (D^pD) \times B^{-1}$,

et finalement : $A^{p+1} = BD^{p+1}B^{-1}$, autrement dit, $\mathcal{P}(p+1)$ est vraie.

D'après le principe de récurrence, on a ainsi prouvé : **pour tout n de $\mathbb{N}^*$, $A^n = BD^nB^{-1}$.**

3. Soit n un entier naturel non nul.

Posons, par commodité d'écriture : $\alpha = \left(\frac{-1}{6}\right)^n$.

		D^n		$7B^{-1}$	
		1	0	1	1
		0	α	−3	4
4	−1	4	$-\alpha$	$4+3\alpha$	$4-4\alpha$
3	1	3	α	$3-3\alpha$	$3+4\alpha$
B		BD^n		$7BD^nB^{-1}$	

$$(BD^n) \times (7B^{-1}) = 7(BD^nB^{-1})$$

D'après l'algorithme ci-dessus :

$$7BD^nB^{-1} = \begin{pmatrix} 4+3\alpha & 4-4\alpha \\ 3-3\alpha & 3+4\alpha \end{pmatrix}.$$

On est en mesure de conclure que, **pour tout entier naturel n non nul :**

$$A^n = \begin{pmatrix} \frac{4}{7} + \frac{3}{7}\left(\frac{-1}{6}\right)^n & \frac{4}{7} - \frac{4}{7}\left(\frac{-1}{6}\right)^n \\ \frac{3}{7} - \frac{3}{7}\left(\frac{-1}{6}\right)^n & \frac{3}{7} + \frac{4}{7}\left(\frac{-1}{6}\right)^n \end{pmatrix},$$

ce qui peut aussi s'écrire :

$$A^n = \frac{1}{7}\begin{pmatrix} 4 & 4 \\ 3 & 3 \end{pmatrix} + \frac{1}{7}\left(\frac{-1}{6}\right)^n \begin{pmatrix} 3 & -4 \\ -3 & 4 \end{pmatrix}.$$

8 Pour tous réels x et y, on a les équivalences :

1. $\begin{cases} 2x + y = 3 \\ 5x - 4y = 7 \end{cases} \Leftrightarrow \begin{pmatrix} 2x + y \\ 5x - 4y \end{pmatrix} = \begin{pmatrix} 3 \\ 7 \end{pmatrix}$.

2. $\begin{cases} 2x + y = 3 \\ 5x - 4y = 7 \end{cases} \Leftrightarrow x\begin{pmatrix} 2 \\ 5 \end{pmatrix} + y\begin{pmatrix} 1 \\ -4 \end{pmatrix} = \begin{pmatrix} 3 \\ 7 \end{pmatrix}$.

3. $\begin{cases} 2x + y = 3 \\ 5x - 4y = 7 \end{cases} \Leftrightarrow \begin{pmatrix} 2 & 1 \\ 5 & -4 \end{pmatrix}\begin{pmatrix} x \\ y \end{pmatrix} = \begin{pmatrix} 3 \\ 7 \end{pmatrix}$.

9 **1.** $A = \begin{pmatrix} 4 & -13 \\ -5 & 7 \end{pmatrix}$.

On lit à l'affichage de la calculatrice :

$$A^{-1} = \begin{pmatrix} -\frac{7}{37} & -\frac{13}{37} \\ -\frac{5}{37} & -\frac{4}{37} \end{pmatrix},$$

ce qui peut s'écrire : $A^{-1} = -\frac{1}{37}\begin{pmatrix} 7 & 13 \\ 5 & 4 \end{pmatrix}$.

2. a. $(\Sigma) : \begin{cases} 4x - 13y = -53 \\ -5x + 7y = 20. \end{cases}$

Pour tous réels x et y, on a l'équivalence :

$$(\Sigma) \Leftrightarrow A\begin{pmatrix} x \\ y \end{pmatrix} = \begin{pmatrix} -53 \\ 20 \end{pmatrix},$$

OPTION MATHS EXPERTES

or A est inversible, donc :

$$(\Sigma) \Leftrightarrow \begin{pmatrix} x \\ y \end{pmatrix} = A^{-1}\begin{pmatrix} -53 \\ 20 \end{pmatrix},$$

de plus, à l'aide de la calculatrice :

$$A^{-1}\begin{pmatrix} -53 \\ 20 \end{pmatrix} = \begin{pmatrix} 3 \\ 5 \end{pmatrix},$$

donc : $(\Sigma) \Leftrightarrow \begin{pmatrix} x \\ y \end{pmatrix} = \begin{pmatrix} 3 \\ 5 \end{pmatrix},$

ce qui permet de conclure :

(3 ; 5) est la seule solution de (Σ) dans $\mathbb{R}^2$.

b. $\vec{u} = 4\vec{i} - 5\vec{j}$, $\vec{v} = -13\vec{i} + 7\vec{j}$,

$\vec{w} = -53\vec{i} + 20\vec{j}$.

Pour tous réels x et y, on a les équivalences :

$$(\Sigma) \Leftrightarrow \begin{pmatrix} 4 & -13 \\ -5 & 7 \end{pmatrix}\begin{pmatrix} x \\ y \end{pmatrix} = \begin{pmatrix} -53 \\ 20 \end{pmatrix}$$

$$\Leftrightarrow x\begin{pmatrix} 4 \\ -5 \end{pmatrix} + y\begin{pmatrix} -13 \\ 7 \end{pmatrix} = \begin{pmatrix} -53 \\ 20 \end{pmatrix},$$

donc : $(\Sigma) \Leftrightarrow x\vec{u} + y\vec{v} = \vec{w}$,

dans la base $(\vec{i}, \vec{j})$,

$\vec{u}\begin{pmatrix} 4 \\ -5 \end{pmatrix}$, $\vec{v}\begin{pmatrix} -13 \\ 7 \end{pmatrix}$, $\vec{w}\begin{pmatrix} -53 \\ 20 \end{pmatrix}$

et on déduit de la question précédente :

$$x\vec{u} + y\vec{v} = \vec{w} \quad \Leftrightarrow \quad x = 3 \text{ et } y = 5.$$

On a ainsi prouvé que **$\vec{w}$ s'écrit de façon unique comme combinaison linéaire de $\vec{u}$ et $\vec{v}$**, et que l'on a l'égalité : $\vec{w} = 3\vec{u} + 5\vec{v}$.

10 **1.** Le graphe probabiliste possède deux sommets, donc la matrice de transition M associée à ce graphe est une matrice carrée d'ordre 2.

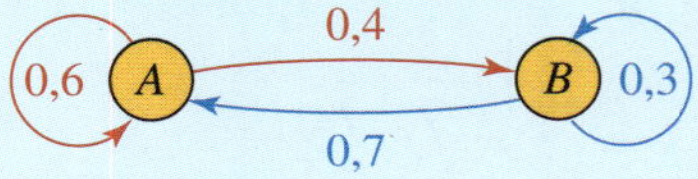

$$M = \begin{pmatrix} 0{,}6 & 0{,}4 \\ 0{,}7 & 0{,}3 \end{pmatrix}.$$

Le terme de position (i, j) d'une matrice de transition est la probabilité de passer de l'état numéro i à l'état numéro j.

2.

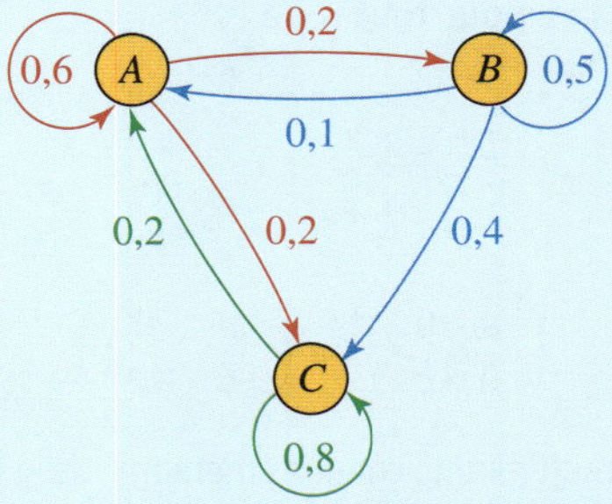

Le graphe probabiliste possède trois sommets, donc la matrice de transition M associée à ce graphe est d'ordre 3.

$$M = \begin{pmatrix} 0{,}6 & 0{,}2 & 0{,}2 \\ 0{,}1 & 0{,}5 & 0{,}4 \\ 0{,}2 & 0 & 0{,}8 \end{pmatrix}.$$